莎士比亚悲剧
（上）

［英］威廉·莎士比亚◎著　朱生豪◎译

吉林出版集团股份有限公司

目 录

罗密欧与朱丽叶

Luo Mi Ou Yu Zhu Li Ye

剧中人物

爱斯卡勒斯　维洛那亲王

帕里斯　少年贵族，亲王的亲戚

蒙太古
凯普莱特　}互相敌视的两家家长

罗密欧　蒙太古之子

茂丘西奥　亲王的亲戚
班伏里奥　蒙太古之侄　}罗密欧的朋友

提伯尔特　凯普莱特夫人之内侄

劳伦斯神父　方济会教士

约翰神父　与劳伦斯同门的教士

鲍尔萨泽　罗密欧的仆人

山普孙
葛莱古里　}凯普莱特的仆人

彼　得　朱丽叶乳媪的从仆

亚伯拉罕　蒙太古的仆人

卖药人

乐工三人

茂丘西奥的侍童

帕里斯的侍童

蒙太古夫人

凯普莱特夫人

朱丽叶　凯普莱特之女

朱丽叶的乳媪

维洛那市民；两家男女亲属；跳舞者、卫士、巡丁及侍从等

致辞者

地　点

维洛那；曼多亚

开场诗

致辞者上。

故事发生在维洛那名城，
　有两家门第相当的巨族，
累世的宿怨激起了新争，
　鲜血把市民的白手污渎。
是命运注定这两家仇敌，
　生下了一双不幸的恋人，
他们的悲惨凄凉的殒灭，
　和解了他们交恶的尊亲。
这一段生生死死的恋爱，
　还有那两家父母的嫌隙，
把一对多情的儿女杀害，
　演成了今天这一本戏剧。
交代过这几句挈领提纲，
　请诸位耐着心细听端详。（下）

第一幕

第一场　维洛那。广场

山普孙及葛莱古里各持盾剑上。

山普孙　葛莱古里，咱们可真的不能让人家当作苦力一样欺侮。

葛莱古里　对了，咱们不是可以随便给人欺侮的。

山普孙　我说，咱们要是发起脾气来，就会拔剑动武。

葛莱古里　对了，你可不要把脖子缩到领子里去。

山普孙　我一动性子，我的剑是不认人的。

葛莱古里　可是你不大容易动性子。

山普孙　我见了蒙太古家的狗子就会动性子。

葛莱古里　你一动就是跑路，有胆子生了气站那儿别动；逃跑的不是好汉。

山普孙　我见了他们家里的狗子，就会站住不动；蒙太古家里任何男女碰到了我，都将像碰到墙壁一般。

葛莱古里　这正说明你是个软弱无能的奴才；因为只有最没出息的家伙才会去到墙底躲难。

山普孙　不错；所以生来软弱的女人，往往会被人逼到墙角；我见了蒙太古家的人，是男人我就把他们从墙角推出来揍，是女人我就把她们顶到墙角玩儿。

葛莱古里　吵架是咱们两家主仆男人们的事，与她们女人有什么相干？

山普孙　那我不管，我要做一个杀人不眨眼的魔王；一面跟男人们打架，一面对娘儿们也不留情面，我要取她们的命。

葛莱古里　要娘儿们的性命吗？

山普孙　对了，娘儿们的性命，或是她们视同性命的童贞，随你怎么说。

葛莱古里　那就要看她们怎样感觉了。

山普孙　只要我下手，漂亮娘儿们自会尝到我的手段。

葛莱古里　幸而你是人不是鱼，否则肯定是条软骨头的咸鱼干。拔出你的家伙来；有两个蒙太古家的人来啦。

亚伯拉罕及鲍尔萨泽上。

山普孙　我的剑已经出鞘；你去跟他们吵起来，我就在你背后帮你的忙。

葛莱古里　怎么？你想转过背逃走吗？

山普孙　你放心吧，我不是那样的人。

葛莱古里　哼，我倒有点不放心！

山普孙　还是让他们先动手，打起官司来也是咱们的理直。

葛莱古里　我走过去向他们横个白眼，瞧他们怎么样。

山普孙　好，瞧他们有没有胆。我要向他们咬我的大拇指，瞧他们能不能忍受这样的侮辱。

亚伯拉罕　你向我们咬你的大拇指吗？

山普孙　我是咬我的大拇指。

亚伯拉罕　你是向我们咬你的大拇指吗？

山普孙　（向葛莱古里旁白）要是我说是，那么打起官司来是谁的理直？

葛莱古里　（向山普孙旁白）是他们的理直。

山普孙　不，我不是向你们咬我的大拇指；可是我是咬我的大拇指。

葛莱古里　你是要向我们挑衅吗？

亚伯拉罕　挑衅！不，哪儿的话！

山普孙　你要是想跟我们吵架，那么我可以奉陪；你也是你家主子的奴才，我也是我家主子的奴才，难道我家的主子就比不上你家的主子？

亚伯拉罕　比不上。

山普孙　好。

葛莱古里　（向山普孙旁白）说“比得上”；我家老爷的一位亲戚来了。

山普孙　比得上。

亚伯拉罕　你胡说。

山普孙　是汉子就拔出剑来。葛莱古里，别忘了你的杀手锏。（双方互斗）

班伏里奥上。

班伏里奥　分开，蠢才！收起你们的剑；你们不知道你们在干些什么事。（击下众仆的剑）

提伯尔特上。

提伯尔特　怎么！你跟这些不中用的奴才吵架吗？过来，班伏里奥，让我结果你的性命。

班伏里奥　我不过维持和平；收起你的剑，或者帮我分开这些人。

提伯尔特　什么！你拔出了剑，还说什么和平？我痛恨这两

个字，就跟我痛恨地狱、痛恨所有蒙太古家的人和你一样。照剑，懦夫！（二人相斗）

两家各有若干人上，加入争斗；一群市民持枪棍继上。

众市民 打！打！打！把他们打下来！打倒凯普莱特！打倒蒙太古！

凯普莱特穿长袍及凯普莱特夫人同上。

凯普莱特 什么事吵得这个样子？喂！把我的长剑拿来。

凯普莱特夫人 是拐杖！拐杖！您要剑干什么？

凯普莱特 快拿剑来！蒙太古那老东西来啦；他还晃着他的剑，明明在跟我寻事。

蒙太古及蒙太古夫人上。

蒙太古 凯普莱特，你这奸贼！——别拉住我；让我走。

蒙太古夫人 你要去跟人家吵架，我连一步也不让你走。

亲王率侍从上。

亲　王 目无法纪的臣民，扰乱治安的罪人，你们的刀剑都被你们邻人的血玷污了；——他们不听我的话吗？喂，听着！你们这些人，你们这些畜生，你们为了扑灭你们怨毒的怒焰，不惜让殷红的流泉从你们的血管里喷涌出来；你们要是畏惧刑法，赶快从你们血腥的手里丢下你们的凶器，静听你们震怒的君王的判决。凯普莱特，蒙太古，你们已经三次为了一句口头上的空言，引起了市民的械斗，扰乱了我们街道上的安宁，害得维洛那的年老公民，也不能不脱下他们尊严的装束，在他们习于安乐的苍老衰弱的手里持起古旧的长枪，分解你们溃烂的纷争。要是你们以后再在市街上闹事，就要把你们的生命作为扰乱治安的代价。现在别人都给我退下去；凯普莱特，你跟我来；蒙太古，你今天下午到自由村的审判厅里来，听候我对于今天这一案的宣判。大家散开去，倘有逗留不去的，格杀勿论！（除蒙太古夫妇及班伏里

奥外皆下）

蒙太古 是谁把这场宿怨又重新煽风点火？侄儿，对我说，他们动手的时候你也在场吗？

班伏里奥 我还没有到这儿来，您的仇家的仆人跟您家里的仆人已经打成一团了。我拔出剑来分开他们；就在这时候，那个性如烈火的提伯尔特提着剑来了，他对我出言不逊，把剑在他自己头上舞得嗖嗖直响，就像风在那儿讥笑他的装腔作势一样。当我们正在剑来剑去的时候，人越来越多，有的帮这一面，有的帮那一面，乱哄哄地互相争斗，直等亲王来了，方才把两边的人喝开。

蒙太古夫人 啊，罗密欧呢？你今天见过他吗？我很高兴他没有参加这场争斗。

班伏里奥 伯母，在尊严的太阳开始从东方的黄金窗里探出头来的一小时前，我因为心中烦闷，到郊外去散步，在城西一丛枫树的下面，我看见罗密欧兄弟一早在那儿走来走去。我正要向他走过去，他已经看见了我，就躲到树林深处去了。我因为自己也是心灰意懒，觉得连自己这一身也是多余的，只想找一处没有人迹的地方，所以凭着自己的心境推测别人的心境，也就不去找他多事，彼此互相避开了。

蒙太古 好多天的早上都曾经有人在那边看见过他，用眼泪洒为清晨的露水，用长叹嘘成天空的云雾；可是一等到鼓舞众生的太阳在东方的天边开始揭起黎明女神床上灰黑色的帐幕的时候，我那怀着一颗沉重的心的儿子，就逃避了光明，溜回到家里；一个人关起了门躲在房间里，闭紧了窗子，把大好的阳光锁在外面，为他自己造成了一个人工的黑夜。他这一种怪脾气恐怕不是好兆，除非良言劝告可以替他解除心头的烦恼。

班伏里奥 伯父，您知道他的烦恼的根源吗？

蒙太古 我不知道，也没有法子从他自己嘴里探听出来。

班伏里奥 您有没有设法探问过他？

蒙太古 我自己以及许多其他的朋友都曾经探问过他，可是他把心事一股脑儿闷在自己肚里，总是守口如瓶，不让人家试探出来，正像一朵初生的蓓蕾，还没有迎风舒展它的嫩瓣，向太阳献吐它的娇艳，就给妒嫉的蛀虫咬啮了一样。只要能够知道他的悲哀究竟是从什么地方来的，我们一定会尽心竭力替他找寻治疗的方案。

班伏里奥 瞧，他来了；请您站在一旁，等我去问问他究竟有些什么心事，看他理不理我。

蒙太古 但愿你留在这儿，能够听到他的真情的吐露。来，夫人，我们去吧。（*蒙太古夫妇同下*）

罗密欧上。

班伏里奥 早安，兄弟。

罗密欧 天还是这样早吗？

班伏里奥 刚敲过九点钟。

罗密欧 唉！在悲哀里度过的时间似乎是格外长的。急忙忙地走过去的那个人，不就是我的父亲吗？

班伏里奥 正是。什么悲哀使罗密欧的时间过得这样长？

罗密欧 因为我缺少了可以使时间变短促的东西。

班伏里奥 你跌进恋爱的网里了吗？

罗密欧 我还徘徊在门外——

班伏里奥 在爱情的门外？

罗密欧 我得不到意中人的欢心。

班伏里奥 唉！想不到爱神的外表这样温柔，实际上却是如此残暴！

罗密欧 唉！想不到爱神蒙着眼睛，却会一直闯进人们的心灵！我们在什么地方吃饭？嗳哟！又是谁在这儿打过架了？可是不必告诉我，我早就知道了。这些都是怨恨造成的后果，可是爱情的力量比它要大过许多。啊，吵吵闹闹的相爱，亲亲热热的怨恨！啊，无中生有的一切！啊，沉重的轻浮，严肃的狂妄，整齐的混乱，铅铸的羽毛，光明的烟雾，寒冷的火焰，憔悴的健康，永远觉醒的睡眠，否定的存在！我感觉到的爱情正是这么一种东西，可是我并不喜爱这一种爱情。你不会笑我吗？

班伏里奥 不，兄弟，我倒是有点儿想哭。

罗密欧 好人，为什么呢？

班伏里奥 因为瞧着你善良的心受到这样的痛苦。

罗密欧 唉！这就是爱情的错误，我自己已经有太多的忧愁重压在我的心头，你对我表示的同情，徒然使我在太多的忧愁之上再加上一重忧愁。爱情是叹息吹起的一阵烟；恋人的眼中有它净化了的火星；恋人的眼泪是它激起的波涛。它又是最智慧的疯狂、哽喉的苦味、吃不到嘴的蜜糖。再见，兄弟。（欲去）

班伏里奥 且慢，让我跟你一块儿去；要是你就这样丢下了我，未免太不给我面子啦。

罗密欧 嘿！我已经遗失了我自己；我不在这儿；这不是罗密欧，他是在别的地方。

班伏里奥 老实告诉我，你所爱的是谁？

罗密欧 什么！你要我在痛苦呻吟中说出她的名字来吗？

班伏里奥 痛苦呻吟！不，你只要告诉我她是谁就得了。

罗密欧 叫一个病人郑重其事地立起遗嘱来！啊，对于一个病重的人，还有什么比这更刺痛他的心？老实对你说，兄弟，我是爱上了一个女人。

班伏里奥 我说你一定在恋爱，果然猜得不错。

罗密欧 好一个每发必中的射手！我所爱的是一位美貌的

姑娘。

班伏里奥 好兄弟，目标越好，射得越准。

罗密欧 你这一箭就射岔了。丘比特的金箭不能射中她的心；她有狄安娜女神的圣洁，不让爱情软弱的弓矢损害她的坚不可破的贞操。她不愿听任深怜密爱的词句把她包围，也不愿让灼灼逼人的眼光向她进攻，更不愿接受可以使圣人动心的黄金的诱惑；啊！美貌便是她巨大的财富，只可惜她一死以后，她的美貌也要化为黄土！

班伏里奥 那么她已经立誓终身守贞不嫁了吗？

罗密欧 她已经立下了这样的誓言，为了珍惜她自己，造成了莫大的浪费；因为她让美貌在无情的岁月中日渐枯萎，不知道替后世传留下她的绝世容华。她是个太美丽、太聪明的人儿，不应该剥夺她自身的幸福，使我抱恨终天。她已经立誓割舍爱情，我现在活着也就等于死去一般。

班伏里奥 听我的劝告，别再想起她了。

罗密欧 啊！那么你教我怎样忘记吧。

班伏里奥 你可以放纵你的眼睛，让它们多看几个世间的美人。

罗密欧 那不过格外使我觉得她的美艳无双罢了。那些吻着美人娇额的幸运的面罩，因为它们是黑色的缘故，常常使我们想起被它们遮掩的面庞不知有多么娇丽。突然盲目的人，永远不会忘记存留在他消失了的视觉中的宝贵的影像。给我看一个姿容绝代的美人，她的美貌除了使我记起世上有一个人比她更美以外，还有什么别的用处？再见，你不能教我怎样忘记。

班伏里奥 我一定要证明我的意见不错，否则死不瞑目。（同下）

第二场 同前。街道

凯普莱特、帕里斯及仆人上。

凯普莱特 可是蒙太古也负着跟我同样的责任；我想象我们这样有了年纪的人，维持和平还不是难事。

帕里斯 您两家都是很有名望的大族，结下了这样不解的冤仇，真是一件不幸的事。可是，老伯，您对于我的求婚有什么见教？

凯普莱特 我的意思早就对您表示过了。我的女儿今年还没有满十四岁，完全是一个不懂事的孩子；再过两个夏天，才可以谈到亲事。

帕里斯 比她年纪更小的人，都已经做了幸福的母亲了。

凯普莱特 早结果的树木一定早凋。我在这世上已经什么希望都没有了，只有她是我的唯一的安慰。可是向她求爱吧，善良的帕里斯，得到她的欢心；只要她愿意，我的同意是没有问题的。今天晚上，我要按照旧例，举行一次宴会，邀请许多亲友参加；您也是我所要邀请的一个，请您接受我的最诚意的欢迎。在我的寒舍里，今晚您可以见到灿烂的群星翩然下降，照亮黑暗的天空；在蓓蕾一样娇艳的女郎丛里，您可以充分享受青春的愉快，正像盛装的四月追随着残冬的足迹降临人世，在年轻人的心里充满着活跃的欢欣一样。您可以听一个够，看一个饱，从许多美貌的女郎中间，连我的女儿也在其内，拣一个最好的做您的意中人。来，跟我去。（以一纸交仆）你到维洛那全城去走一转，按着这单子上一个一个的名字去找人，请他们到我的家里来。（凯普莱特、帕里斯同下）

仆　人 按着这单子上的名字去找人！人家说，鞋匠的针线，裁缝的钉锤，渔夫的笔，画师的网，各人有各人的职司；可是我们的老爷却叫我挨着这单子上的名字去找人，我怎么知道写字的人在这上面写着些什么？我一定要找个识字的人。来得正好。

班伏里奥及罗密欧上。

班伏里奥 不，兄弟，新的火焰可以把旧的火焰扑灭，大的苦痛可以使小的苦痛减轻；头晕目眩的时候，只要转身向后看；一桩绝望的忧伤，也可以用另一桩烦恼把它驱除。给你的眼睛找一个新的迷惑，你的原来的痼疾就可以霍然脱体。

罗密欧 你的药草只好医治——

班伏里奥 医治什么？

罗密欧 医治你的跌伤的胫骨。

班伏里奥 怎么，罗密欧，你疯了吗？

罗密欧 我没有疯，可是比疯人更不自由；关在牢狱里，不进饮食，挨受着鞭挞和酷刑——晚安，好朋友！

仆　人 晚安！请问先生，您念过书吗？

罗密欧 是的，这是我的不幸中的万幸。

仆　人 也许您可以不拿着书读；可是请问您会不会看着字一个一个地念？

罗密欧 我认得的字，我就会念。

仆　人 您说得很老实；愿您一生快乐！（欲去）

罗密欧 等一等，朋友；我会念。“玛丁诺先生暨夫人及诸位令嫒；安赛尔美伯爵及诸位令妹；寡居之维特鲁维奥夫人；帕拉森西奥先生及诸位令侄女；茂丘西奥及其令弟瓦伦丁；凯普莱特叔父暨婶母及诸位贤妹；罗瑟琳贤侄女；里维娅；伐伦西奥先生及其令表弟提伯尔特；路西奥及活泼之海伦娜。”好一群名士贤嫒！请他们到什么地方去？

仆　人　到——

罗密欧　哪里？

仆　人　到我们家里吃饭去。

罗密欧　谁的家里？

仆　人　我的主人的家里。

罗密欧　对了，我该先问你的主人是谁才是。

仆　人　您也不用问，我就告诉您吧。我的主人就是那个有财有势的凯普莱特；要是您不是蒙太古家里的人，请您也来跟我们喝一杯酒，愿您一生快乐！（下）

班伏里奥　在这一个凯普莱特家里按照旧例举行的宴会中间，你所热恋的美人罗瑟琳也要跟着维洛那城里所有的绝色名媛一同前去。你也到那儿去吧，用不带成见的眼光，把她的容貌跟别人比较比较，你就可以知道你的天鹅不过是一只乌鸦罢了。

罗密欧　要是我的虔敬的眼睛会相信这种谬误的幻象，那么让眼泪变成火焰，把这一双罪状昭著的异教邪徒烧成灰烬吧！比我的爱人还美！烛照万物的太阳，自有天地以来也不曾看见过一个可以和她媲美的人。

班伏里奥　嘿！你看见她的时候，因为没有别人在旁边，你的两只眼睛里只有她一个人，所以你以为她是美丽的；可是在你那水晶的天秤里，要是把你的恋人跟另外一个我可以在这宴会里指点给你看的美貌的姑娘同时较量起来，那么她现在虽然仪态万方，那时候就要自惭形秽了。

罗密欧　我倒要去这一次；不是去看你所说的美人，只要看看我自己的爱人怎样大放光彩，我就心满意足了。（同下）

第三场　同前。凯普莱特家中一室

凯普莱特夫人及乳媪上。

凯普莱特夫人 奶妈，我的女儿呢？叫她出来见我。

乳　媪 凭着我十二岁时候的童贞发誓，我早就叫过她了。喂，小绵羊！喂，小鸟儿！上帝保佑！这孩子到什么地方去啦？喂，朱丽叶！

朱丽叶上。

朱丽叶 什么事？谁叫我？

乳　媪 你的母亲。

朱丽叶 母亲，我来了。您有什么吩咐？

凯普莱特夫人 是这么一件事。奶妈，你出去一会儿。我们要谈些秘密的话。——奶妈，你回来吧；我想起来了，你也应当听听我们的谈话。你知道我的女儿年纪也不算怎么小啦。

乳　媪 对啊，我把她的生辰记得清清楚楚的。

凯普莱特夫人 她现在还不满十四岁。

乳　媪 我可以用我的十四颗牙齿打赌——唉，说来伤心，我的牙齿掉得只剩四颗啦！——她还没有满十四岁呢。现在离收获节还有多久？

凯普莱特夫人 两个星期多一点。

乳　媪 不多不少，不先不后，到收获节的晚上她才满十四岁。苏珊跟她同年——上帝安息一切基督徒的灵魂！唉！苏珊是跟上帝在一起啦，我命里不该有这样一个孩子。可是我说过的，到收获节的晚上，她就要满十四岁啦；正是，一点不错，我记得清清楚楚的。自从地震那一年到现在，已经十一年啦；那时候她已经断了奶，我永远不会忘记，不先不后，刚巧在那一天；因为我在那时候用艾叶涂在奶头上，坐在鸽棚下面晒着太阳；老爷跟您那时候都在曼多亚。瞧，我的记性可不算坏。可是我说的，她一尝到我奶头上的艾叶的味道，觉得变苦啦，嗳哟，这可爱的小傻瓜！她就发起脾气来，把奶头甩开啦。就在那时地震了，鸽棚都在摇动呢；这个说来话长，算来也有十一年啦；后来她就慢慢儿会一个人站得直挺挺的，还会摇呀摆的到处乱跑，就是在她跌破额角的那一天，我那去世的丈夫——上帝安息他的灵魂！他是个喜欢说说笑笑的人，把这孩子抱了起来，“啊！”他说，“你往前扑倒了吗？等你年纪一大，你就要往后仰了；是不是呀，朱丽？”谁知道这个可爱的坏东西忽然停住了哭声，说“嗯”。嗳哟，真把人都笑死了！瞧瞧！现在玩笑成真了！要是我活到一千岁，我也再不会忘记这句话。“是不是呀，朱丽？”他说；这可爱的小傻瓜就停住了哭声，说“嗯”。

凯普莱特夫人 得了得了，请你别说下去了吧。

乳　媪 是，太太。可是我一想到她会停住了哭说“嗯”，就禁不住笑起来。不说假话，她额角上肿起了像小雄鸡的睾丸那么大的一个包哩；这一摔可不轻，她痛得放声大哭；“啊！”我的丈夫说，“你往前扑倒了吗？等你年纪一大，你就要往后仰了；是不是呀，朱丽？”她就停住了哭声，说“嗯”。

朱丽叶 我说，奶妈，您也可以停住嘴了。

乳　媪 好，我不说啦，我不说啦。上帝保佑你！你是在我手里抚养长大的一个最可爱的小宝贝；要是我能够活到有一天瞧着你嫁了出去，也算了结我的一桩心愿啦。

凯普莱特夫人 是呀，我现在就是要谈起她的亲事。朱丽叶，我的孩子，告诉我，要是现在把你嫁了出去，你觉得怎么样？

朱丽叶 这是我做梦也没有想到过的一件荣誉。

乳　媪 一件荣誉！倘不是你只有我这一个奶妈，我一定要说你的聪明是从奶头上得来的。

凯普莱特夫人 好，现在你把婚姻问题考虑考虑吧。在这儿维洛那城里，比你再年轻点儿的千金小姐们，都已经做了母亲啦。就拿我来说吧，我在你现在这样的年纪，也已经生下了你。废话用不着多说，少年英俊的帕里斯已经来向你求过婚啦。

乳　媪　真是一位好官人，小姐！像这样的一个男人，小姐，真是天下少有。嗳哟！他真是一位十全十美的好郎君。

凯普莱特夫人　维洛那的夏天找不到这样一朵好花。

乳　媪　是啊，他是一朵花，真是一朵好花。

凯普莱特夫人　你怎么说？你能不能喜欢这个绅士？今晚上在我们家里的宴会中间，你就可以看见他。从年轻的帕里斯的脸上，你可以读到用秀美的笔写成的迷人诗句；一根根齐整的线条，交织成整个一幅谐和的图画；要是你想探索这一卷美好的书中的奥秘，在他的眼角上可以找到微妙的诠释。这本珍贵的恋爱的经典，只缺少一帧可以使它相得益彰的封面；正像游鱼需要活水，美妙的内容也少不了美妙的外表陪衬。记载着金科玉律的宝籍，锁合在漆金的封面里，它的辉煌富丽为众目所共见；要是你做了他的封面，那么他所有的一切都属于你所有了。你们便可平分秋色了。

乳　媪　不止平分！要更大，女人靠男人生长。

凯普莱特夫人　简简单单回答我吧，你能够接受帕里斯的爱吗？

朱丽叶　要是我看见了他以后，能够发生好感，那么我是准备喜欢他的。可是我的眼光的飞箭，倘若没有得到您的允许，是不敢大胆发射出去的呢。

一仆人上。

仆　人　太太，客人都来了，餐席已经摆好了，请您跟小姐快些出去。大家在厨房里埋怨着奶妈，什么都乱成一团。我要侍候客人去；请您马上就来。

凯普莱特夫人　我们就来了。朱丽叶，那伯爵在等着呢。

乳　媪　去，孩子，快去找天天欢乐，夜夜良宵。（同下）

第四场　同前。街道

罗密欧、茂丘西奥、班伏里奥及五六人或戴假面或持火炬上。

罗密欧　怎么！我们就用这一番话作为我们的进身之阶呢，还是就这么昂然直入，不说一句道歉的话？

班伏里奥　这种虚文俗套，现在早就不时兴了。我们用不着蒙着眼睛的丘比特，背着一张花漆的木弓，像个稻草人似的去吓那些娘儿们；也用不着跟着提示的人一句一句念那从书上默诵出来的登场白；随他们把我们认做什么人，我们只要跳完一回舞，走了就完啦。

罗密欧　给我一个火炬，我不高兴跳舞。我的阴沉的心需要光明。

茂丘西奥　不，好罗密欧，我们一定要你陪着我们跳舞。

罗密欧　我实在不能跳。你们都有轻快的舞鞋；我只有一副铅一样重的灵魂，把我的身体紧紧地钉在地上，使我的脚步不能移动。

茂丘西奥　你是一个恋人，你就借着丘比特的翅膀，高高地飞起来吧。

罗密欧　他的羽镞已经穿透我的胸膛，我不能借着他的羽翼高翔；他束缚住了我整个的灵魂，爱的重担压得我向下坠沉，跳不出悲哀的桎梏去。

茂丘西奥　爱是一件温柔的东西，要是你拖着它一起沉下去，那未免太难为它了。

罗密欧　爱是温柔的吗？它是太粗暴、太专横、太野蛮了；

它像荆棘一样刺人。

茂丘西奥 要是爱情虐待了你，你也可以虐待爱情；它刺痛了你，你也可以刺痛它；这样你就可以战胜了爱情。给我一个面具，让我把我的尊容藏起来；（戴假面）嗳哟，好难看的鬼脸！再给我拿一个面具来把它罩住吧。也罢，就让人家笑我丑，也有这一张鬼脸替我遮羞。

班伏里奥 来，敲门进去；大家一进门，就跳起舞来。

罗密欧 拿一个火炬给我。让那些无忧无虑的公子哥儿们去卖弄他们的舞步吧；莫怪我说句老气横秋的话，我对于这种玩意儿实在敬谢不敏，还是做个壁上旁观的人吧。

茂丘西奥 胡说！要是你已经没头没脑深陷在恋爱的泥沼里——恕我说这样的话——那么我们一定要拉你出来。来来来，我们别白昼点灯浪费光阴啦！

罗密欧 我们并非白昼点灯。

茂丘西奥 我的意思是说，我们耽误时光，就好比白昼点灯一样。请受我们的好意，因为我们的各种思想的本能足以帮你判断得清。

罗密欧 我们去参加他们的舞会也并无恶意，但只怕不是件明智之举。

茂丘西奥 为什么？请问。

罗密欧 昨天晚上我做了一个梦。

茂丘西奥 我也做了一个梦。

罗密欧 好，你做了什么梦？

茂丘西奥 我梦见做梦的人老是说谎。

罗密欧 一个人在睡梦里往往可以见到真实的事情。

茂丘西奥 啊！那么一定春梦婆来望过你了。

班伏里奥 春梦婆！她是谁？

茂丘西奥 她是精灵们的稳婆；她的身体只有郡吏手指上一颗玛瑙那么大；几匹蚂蚁大小的细马替她拖着车子，越过酣睡的人们的鼻梁；她的车辐是用蜘蛛的长脚做成的；车篷是蚱蜢的翅膀；挽索是细小蜘蛛丝，横梁环绕着如水的月光；马鞭是蟋蟀的骨头；缰绳是天际的游丝。替她驾车的是一只小小的灰色的蚊虫，它的大小还不及从一个贪懒丫头的指尖上挑出来的懒虫的一半。她的车子是野蚕用一个榛子的空壳替她造成，它们从古以来，就是精灵们的车匠。她每夜驱着这样的车子，穿过情人们的脑中，他们就会在梦里谈情说爱；经过官员们的膝上，他们就会在梦里打躬作揖；经过律师们的手指，他们就会在梦里伸手讨讼费；经过娘儿们的嘴唇，她们就会在梦里跟人家接吻，可是因为春梦婆讨厌她们嘴里吐出来的糖果的气息，往往罚她们满嘴长着水泡。有时她会驰过廷臣的鼻子，他就会在梦里寻找好差事；有时她从捐献给教会的猪身上拔下它的尾巴来，撩拨着一个牧师的鼻孔，他就会梦见自己又领到一份俸禄；有时她绕过一个兵士的颈项，他就会梦见杀敌人的头，进攻、埋伏、锐利的剑锋、淋漓的痛饮——忽然被耳边的鼓声惊醒，咒骂了几句，又翻了个身睡去了。就是这一个春梦婆在夜里把马鬣打成了辫子，把懒女人的纠结的乱发烘成一处处胶粘的硬块，倘若把它们梳通了，就要遭逢祸事；就是这个婆子在人家女孩子们仰面睡觉的时候，压在她们的身上，教会她们怎样养儿子；就是她——

罗密欧 得啦，得啦，茂丘西奥，别说啦！你全然在那儿痴人说梦。

茂丘西奥 对了，梦本来是痴人脑中的胡思乱想；它的本质像空气一样稀薄；它的变化莫测，就像一阵风，刚才还在向着冰雪的北方求爱，忽然发起恼来，一转身又到雨露的南方来了。

班伏里奥 你讲起的这一阵风，不知把我们自己吹到哪儿去了。人家晚饭都用过了，我们进去怕要太晚啦。

罗密欧　我怕也许是太早了；我仿佛觉得有一种不可知的命运，将要从我们今天晚上的狂欢开始它的恐怖的统治，我这可憎恨的生命，将要遭遇惨酷的天折而告一结束。可是让支配我的前途的上帝指导我的行动吧！前进，快活的朋友们！

班伏里奥　来，把鼓擂起来。（全体同下）

第五场　同前。凯普莱特家中厅堂

乐工各持乐器等候；众仆持餐巾上。

仆　甲　卜得潘呢？他怎么不来帮忙把这些盘子拿下去？他不愿意搬碟子！他不愿意揩砧板！

仆　乙　当一切事情都指望一两个人应付，叫他们连洗手的工夫都没有，这实在糟糕！

仆　甲　把折凳拿进去，把食器架搬开，留心打碎盘子。好兄弟，留一块杏仁酥给我；谢谢你去叫那管门的让苏珊跟耐儿进来。安东尼！卜得潘！

仆　乙　唉，兄弟，我在这儿。

仆　甲　里头在找着你，叫着你，问着你，到处寻着你。

仆　乙　我们可不会分身术呀。来，孩子们，大家出力！（众仆退后）

凯普莱特、朱丽叶及其家族等自一方上；众宾客及假面跳舞者等自另一方上，相遇。

凯普莱特　诸位朋友，欢迎欢迎！足趾上不生茧子的小姐太太们要跟你们跳一回舞呢。啊哈！我的小姐们，你们中间现在有什么人不愿意跳舞？我可以发誓，谁要是推三阻四的，一定脚上长着老大的茧子；果然给我猜中了吗？诸位朋友，欢迎欢迎！我从前也曾经戴过假面，在一个标致姑娘的耳朵旁边讲些使得她心花怒放的话儿；这种时代现在是过去了，过去了，过去了。诸位朋友，欢迎欢迎！来，乐工们，奏起音乐来吧。站开些！站开些！让出地方来。姑娘们，跳起来吧。（奏乐；众开始跳舞）混蛋，把灯点亮一点，把桌子一起搬掉，把火炉熄了，这屋子里太热啦。啊，好小子！这才玩得有兴。啊！请坐，请坐，好兄弟，我们两人现在是跳不起来的了；您还记得我们最后一次戴着假面跳舞是在什么时候？

凯普莱特族人　这话说来也有三十年啦。

凯普莱特　什么，兄弟！没有这么久，没有这么久；那是在路森修结婚的那年，大概离现在有二十五年模样，我们曾经跳过一次。

凯普莱特族人　不止了，不止了；他的儿子可不小了，大哥，有三十岁啦。

凯普莱特　我难道不知道吗？他的儿子两年以前还没有成年哩。

罗密欧　（问一仆人）搀着那位骑士的手的那位小姐是谁？

仆　人　我不知道，先生。

罗密欧　啊！火炬远不及她的明亮；
她皎然悬在暮天的颊上，
像黑奴耳边璀璨的珠环；
她是天上明珠降落人间！
瞧她随着女伴进退周旋，
像鸦群中一头白鸽蹁跹。
我要等舞阑后追随左右，
握一握她那纤纤的素手。
我从前的恋爱是假非真，

今晚才遇见绝世的佳人！

提伯尔特 听这个人的声音，好像是一个蒙太古家里的人。小子，拿我的剑来。哼！这不知死活的奴才，竟敢套着一个鬼脸，到这儿来嘲笑我们的盛会吗？为了保持凯普莱特家族的光荣，我把他杀死了也不算罪过。

凯普莱特 嗳哟，怎么，侄儿！你怎么动起怒来啦？

提伯尔特 姑父，这是我们的仇家蒙太古家里的人；这贼子今天晚上到这儿来，一定不怀好意，存心来捣乱我们的盛会。

凯普莱特 他是罗密欧那小子吗？

提伯尔特 正是他，正是罗密欧这小杂种。

凯普莱特 别生气，好侄儿，让他去吧。瞧他的举动倒也规规矩矩；说句老实话，在维洛那城里，他也算得一个品行很好的青年。我无论如何不愿意在我自己的家里跟他闹事。你还是耐着性子，别理他吧。我的意思就是这样，你要是听我的话，赶快收下了怒容，和和气气的，不要打断大家的兴致。

提伯尔特 这样一个贼子也来做我们的宾客，我怎么不生气？我不能容他在这儿放肆。

凯普莱特 不容也得容；哼，目无尊长的孩子！我偏要容他。嘿！谁是这里的主人？是你还是我？嘿！你容不得他！什么话！你要当着这些客人的面吵闹吗？你不服气！你要充好汉！

提伯尔特 姑父，咱们不能忍受这样的耻辱。

凯普莱特 得啦，得啦，你真是一点规矩都不懂。——这怎么行？冲动闹事没有好处。——我知道你一定要跟我闹别扭！——好了，我的好人儿！——你是个放肆的孩子；去，别闹！不然的话——把灯再点亮些！把灯再点亮些！——不害臊的！我要叫你闭嘴。——啊！痛痛快快地玩一下，我的好人儿们！

提伯尔特 我这满腔怒火偏给他浇下一盆冷水，好教我气得

浑身哆嗦。我且退下去；可是今天由他闯进了咱们的屋子，看他不会有一天得意反成了后悔。（下）

罗密欧 （向朱丽叶）

要是我这俗手上的尘污
　亵渎了你的神圣的庙宇，
这两片嘴唇，含羞的信徒，
　愿意用一吻乞求你宥恕。

朱丽叶 信徒，莫把你的手儿侮辱，
　这样才是最虔诚的礼敬；
神明的手本许信徒接触，
　掌心的密合远胜如亲吻。

罗密欧 生下了嘴唇有什么用处？

朱丽叶 信徒的嘴唇要祷告神明。

罗密欧 那么我要祷求你的允许，
让手的工作交给了嘴唇。

朱丽叶 你的祷告已蒙神明允准。

罗密欧 神明，请容我把殊恩受领。（吻朱丽叶）
这一吻涤清了我的罪孽。

朱丽叶 你的罪却沾上我的唇间。

罗密欧 啊，我的唇间有罪？感谢你的善意责备！让我把罪恶收回。

朱丽叶 你连接吻都规规矩矩。

乳　媪 小姐，你妈要跟你说话。

罗密欧 谁是她的母亲？

乳　媪 小官人，她的母亲就是这儿府上的太太，她是个好太太，又聪明，又贤德；我替她抚养她的女儿，就是刚才跟您说话的那个；告诉您吧，谁要是娶了她去，才发财咧。

罗密欧 她是凯普莱特家里的人吗？嗳哟！我的生死现在操在我的仇人的手里了！

班伏里奥 去吧，跳舞快要完啦。

罗密欧 是的，我只怕盛筵易散，良会难逢。

凯普莱特 不，列位，请慢点儿去；我们还要请你们稍微用一点茶点。真要走吗？那么谢谢你们；各位朋友，谢谢，谢谢，再会！再会！再拿几个火把来！来，我们去睡吧。啊，好小子！天真是不早了；我要去休息一会儿。（除朱丽叶及乳媪外俱下）

朱丽叶 过来，奶妈。那边的那位绅士是谁？

乳　媪 提伯里奥那老头儿的儿子。

朱丽叶 现在跑出去的那个人是谁？

乳　媪 呃，我想他就是那个年轻的彼特鲁乔。

朱丽叶 那个跟在人家后面不跳舞的人是谁？

乳　媪 我不认识。

朱丽叶 去问他叫什么名字。——要是他已经结过婚，那么坟墓便是我的婚床。

乳　媪 他的名字叫罗密欧，是蒙太古家里的人，咱们仇家的独子。

朱丽叶 恨灰中燃起了爱火融融，
要是不该相识，何必相逢！
昨天的仇敌，今日的情人，
这场恋爱怕要种下祸根。

乳　媪 你在说什么？你在说什么？

朱丽叶 那是刚才一个陪我跳舞的人教给我的几句诗。（内呼，“朱丽叶！”）

乳　媪 就来，就来！来，咱们去吧；客人们都已经散了。（同下）

开场诗

致辞者上。

旧日的温情已尽付东流，
　新生的爱恋正如日初上；
为了朱丽叶的绝世温柔，
　忘却了曾为谁魂思梦想。
罗密欧爱着她媚人容貌，
　把一片痴心呈献给仇雠；
朱丽叶恋着他风流才调，
　甘愿被香饵钓上了金钩。
只恨解不开的世仇宿怨，
　这段山海深情向谁申诉？
幽闺中锁住了桃花人面，
　要相见除非是梦魂来去。
可是热情总会战胜辛艰，
　苦味中间才有无限甘甜。（下）

第二幕

第一场　维洛那。凯普莱特花园墙外的小巷

罗密欧上。

罗密欧　我的心还逗留在这里，我能够就这样掉头前去吗？翻过去吧，这混沌的土墙，去找寻你的灵魂吧。（攀登墙上，跳入墙内）

班伏里奥及茂丘西奥上。

班伏里奥　罗密欧！罗密欧兄弟！

茂丘西奥　他是个乖巧的家伙；我说他一定溜回家去睡了。

班伏里奥　他往这条路上跑，一定跳进这花园的墙里去了。好茂丘西奥，你叫叫他吧。

茂丘西奥　不，我要念咒喊他出来呢。罗密欧！痴人！疯子！恋人！情郎！快快化做一声叹息出来吧！我不要你多说什么，只要你念一行诗，叹一口气，把咱们那位维纳斯奶奶恭维两句，替她的瞎眼儿子丘比特少爷取个绰号。这位小爱神真是个神射手，一箭竟使国王爱上了女叫花子！他没有听见，他没有作声，他没有动静；这猴崽子难道死了吗？待我咒他的鬼魂出来。

凭着罗瑟琳的光明的眼睛，凭着她的高额角，她的红嘴唇，她的玲珑的脚，挺直的小腿，弹性的大腿和大腿附近的那一部分，凭着这一切的名义，赶快给我现出真形来吧！

班伏里奥 他要是听见了，一定会生气的。

茂丘西奥 这不会令他生气；他要是生气，除非是因为咒得他在他情人的身体里激起了一个异样的妖精，由它在那儿大行其道，直到她降伏并使它低下了头；那才是真正怀有恶意；我的咒语却很正当，我无非凭着他情人的名义唤起他来罢了。

班伏里奥 来，他已经躲到树丛里，跟那多露水的黑夜作伴去了；爱情本来是盲目的，让他在黑暗里摸索去吧。

茂丘西奥 爱情如果是盲目的，就射不中靶心。此刻他该坐在枇杷树下，盼望他的意中人正是他口中的枇杷。——啊，罗密欧，但愿，但愿她真的成了你到口的枇杷！罗密欧，晚安！我要上床睡觉去；这儿草地上太冷啦，我可受不了。来，咱们走吧。

班伏里奥 好，走吧；他要避着我们，找他也是白费辛劳。（同下）

第二场　同前。凯普莱特家的花园

罗密欧上。

罗密欧 没有受过伤的才会讥笑别人身上的创痕。（朱丽叶自上方窗户中出现）轻声！那边窗子里亮起来的是什么光？那就是东方，朱丽叶就是太阳！起来吧，美丽的太阳！赶走那妒忌的月亮，她因为她的女弟子比她美得多，已经气得面色惨白了。既然她这样妒忌着你，你不要忠于她吧；脱下她给你的这一身惨绿色的贞女的道服，它是只配给愚人穿的。那是我的意中人；啊！那是我的爱；唉，但愿她知道我在爱着她！她欲言又止，可是她的眼睛已经道出了她的心事。待我去回答她吧；不，我不要太鲁莽，她不是对我说话。天上两颗最灿烂的星，因为有事离去，请求她的眼睛替代它们在空中闪耀。要是她的眼睛变成了天上的星，天上的星变成了她的眼睛，那便怎样呢？她脸上的光辉会掩盖了星星的明亮，正像灯光在朝阳下黯然失色一样；在天上的她的眼睛，会在太空中大放光明，使鸟儿误认为黑夜已经过去而唱出它们的歌声。瞧！她用纤手托住了脸颊，那姿态是多么美妙！啊，但愿我是那一只手上的手套，好让我亲一亲她脸上的香泽！

朱丽叶　唉！

罗密欧　她说话了。啊！再说下去吧，光明的天使！因为我在这夜色之中仰视着你，就像一个尘世的凡人，张大了出神的眼睛，瞻望着一个生着翅膀的天使，驾着白云缓缓地驰过了天空一样。

朱丽叶　罗密欧啊，罗密欧！为什么你偏偏是罗密欧呢？否认你的父亲，抛弃你的姓名吧；也许你不愿意这样做，那么只要你宣誓做我的爱人，我也不愿再姓凯普莱特了。

罗密欧　*（旁白）*我还是继续听下去呢，还是现在就对她说话？

朱丽叶　只有你的名字才是我的仇敌；你即使不姓蒙太古，仍然是这样的一个你。姓不姓蒙太古又有什么关系呢？它又不是手，又不是脚，又不是手臂，又不是脸，又不是身体上任何其他的部分。啊！换一个姓名吧！姓名本来是没有意义的；我们叫做玫瑰的这一种花，要是换了个名字，它的香味还是同样的芬芳；罗密欧要是换了别的名字，他的可爱的完美也决不会有丝毫改变。罗密欧，抛弃了你的名字吧；我愿意用我整个的心灵，赔偿你这一个身外的空名。

罗密欧　那么我就听你的话，你只要把我叫做爱，我就将获得新的名字；从今以后，永远不再叫罗密欧了。

朱丽叶 你是什么人，在黑夜里躲躲闪闪地偷听人家的话？

罗密欧 我没法告诉你我叫什么名字。敬爱的神明，我痛恨我自己的名字，因为它是你的仇敌；要是把它写在纸上，我一定把这几个字撕成粉碎。

朱丽叶 我的耳朵里还没有灌进从你嘴里吐出来的一百个字，可是我认识你的声音；你不正是罗密欧，蒙太古家里的人吗？

罗密欧 不是，美人，要是你不喜欢这两个名字。

朱丽叶 告诉我，你怎么会到这儿来，为什么到这儿来？花园的墙这么高，是不容易爬上来的；要是我家里的人瞧见你在这儿，他们一定不让你活命。

罗密欧 我借着爱的轻翼飞过园墙，因为瓦石的墙垣是不能把爱情阻隔的；爱情的力量所能够做到的事，它都会冒险尝试，所以我不怕你家里人的干涉。

朱丽叶 要是他们瞧见了你，一定会把你杀死的。

罗密欧 唉！你的眼睛比他们二十柄刀剑还厉害；只要你用温柔的眼光看着我，他们就不能伤害我的身体。

朱丽叶 我怎么也不愿让他们瞧见你在这儿。

罗密欧 朦胧的夜色可以替我遮过他们的眼睛。只要你爱我，就让他们瞧见我吧；与其因为得不到你的爱情而在这世上捱命，还不如在仇人的刀剑下丧生。

朱丽叶 谁叫你找到这儿来的？

罗密欧 爱情怂恿我探听出这一个地方；他替我出主意，我借给他眼睛。我不会操舟驾舵，可是倘使你在辽远辽远的海滨，我也会冒着风波将你寻访。

朱丽叶 幸亏黑夜替我罩上了一重面幕，否则为了我刚才被你听去的话，你一定可以看见我脸上羞愧的红晕。我真想遵守礼法，否认已经说过的言语，可是这些虚文俗礼，现在只好一切置之不顾了！你爱我吗？我知道你一定会说“是的”；我也一定会相信你的话；可是也许你起的誓只是一个谎，人家说，对于恋人们的寒盟背信，天神是一笑置之的。温柔的罗密欧啊！你要是真的爱我，就请你诚意告诉我；你要是嫌我太容易降心相从，我也会堆起怒容，装出倔强的神气，拒绝你的好意，好让你向我婉转求情，否则我是无论如何不会拒绝你的。俊秀的蒙太古啊，我真的太痴心了，所以也许你会觉得我的举动有点轻浮；可是相信我，朋友，总有一天你会知道我的忠心远胜过那些善于矜持作态的人。我必须承认，倘不是你趁我不备的时候偷听去了我的真情的表白，我一定会更加矜持一点的；所以原谅我吧，是黑夜泄漏了我心底的秘密，不要把我的允诺看做无耻的轻狂。

罗密欧　姑娘，凭着这一轮皎洁的月亮，它的银光涂染着这些果树的梢端，我发誓——

朱丽叶　啊！不要指着月亮起誓，它是变化无常的，每个月都有盈亏圆缺；你要是指着它起誓，也许你的爱情也会像它一样无常。

罗密欧　那么我指着什么起誓呢？

朱丽叶　不用起誓吧；或者要是你愿意的话，就凭着你优美的自身起誓，那是我所崇拜的偶像，我一定会相信你的。

罗密欧　要是我的出自深心的爱情——

朱丽叶　好，别起誓啦。我虽然喜欢你，却不喜欢今天晚上的密约；它太仓卒、太轻率、太出人意外了，正像一闪电光，等不及人家开一声口，已经消隐了下去。好人，再会吧！这一朵爱的蓓蕾，靠着夏天的暖风的吹拂，也许会在我们下次相见的时候，开出鲜艳的花来。晚安，晚安！但愿恬静的安息同样降临到你我两人的心头！

罗密欧 啊！你就这样离我而去，不给我一点满足吗？

朱丽叶 你今夜还要什么满足呢？

罗密欧 你还没有把你的爱情的忠实的盟誓跟我交换。

朱丽叶 在你没有要求以前，我已经把我的爱给了你了；可是我倒愿意再给你一次。

罗密欧 你要把它收回去吗？为什么呢，爱人？

朱丽叶 为了表示我的慷慨，我要把它重新给你。可是我只愿拥有我已有的东西；我的慷慨像海一样浩渺，我的爱情也像海一样深沉；我给你的越多，我自己也越是富有，因为这两者都是没有穷尽的。（乳媪在内呼唤）我听见里面有人在叫；亲爱的，再会吧！——就来了，好奶妈！——亲爱的蒙太古，愿你不要负心。再等一会儿，我就会来的。（自上方下）

罗密欧 幸福的，幸福的夜啊！我怕我只是在晚上做了一个梦，这样美满的事不会是真实的。

朱丽叶自上方重上。

朱丽叶 亲爱的罗密欧，再说三句话，我们真的要再会了。要是你的爱情的确是光明正大，你的目的是在于婚姻，那么明天我会叫一个人到你的地方来，请你叫他带一个信给我，告诉我你愿意在什么地方、什么时候举行婚礼；我就会把我的整个命运交托给你，把你当作我的主人，跟随你到天涯海角。

乳　媪 （在内）小姐！

朱丽叶 就来——可是你要是没有诚意，那么我请求你——

乳　媪 （在内）小姐！

朱丽叶 等一等，我来了。——停止你的求爱，让我一个人独自伤心吧。明天我就叫人来看你。

罗密欧 凭着我的灵魂——

朱丽叶 一千次的晚安！（自上方下）

罗密欧 晚上没有你的光，我只有一千次的心伤！恋爱的人去赴他情人的约会，像一个放学归来的儿童；可是当他和情人分别的时候，却像上学去一般满脸懊丧。（退后）

朱丽叶自上方重上。

朱丽叶 嘘！罗密欧！嘘！唉！我希望我会发出呼鹰的声音，召这只鹰儿回来。我不能高声说话，否则我要让我的呼唤传进厄科的洞穴，让她的无形的喉咙因为反复叫喊着我的罗密欧的名字而变成嘶哑。

罗密欧 那是我的灵魂在叫喊着我的名字。恋人的声音在晚间多么清婉，听上去就像最柔和的音乐！

朱丽叶 罗密欧！

罗密欧 我的爱！

朱丽叶 明天我应该在什么时候叫人来看你？

罗密欧 就在九点钟吧。

朱丽叶 我一定不失信；挨到那个时候，该有二十年那么长久！我记不起为什么要叫你回来了。

罗密欧 让我站在这儿，等你记起了告诉我。

朱丽叶 你这样站在我的面前，我一心想着多么爱跟你在一块儿，一定永远记不起来了。

罗密欧 那么我就永远等在这儿，让你永远记不起来，忘记除了这里以外还有什么家。

朱丽叶 天快要亮了；我希望你快去；可是我就好比一个任性的女孩子，像放松一个囚犯似的让她心爱的鸟儿暂时跳出她的掌心，又用一根丝线把它拉了回来，爱的私心使她不愿意给它自由。

罗密欧 我但愿我是你的鸟儿。

朱丽叶 好人，我也但愿这样；可是我怕你会死在我的过分的爱抚里。晚安！晚安！离别是这样甜蜜的凄清，我真要向你道晚安直到天明！（自上方下）

罗密欧 但愿睡眠合上你的眼睛！
但愿平静安定我的心灵！
我如今要去向神父求教，
把今宵的艳遇诉他知晓。（下）

第三场 同前。劳伦斯神父的寺院

劳伦斯神父携篮上。

劳伦斯 黎明笑向着含愠的残宵，
金鳞浮上了东方的天梢；
看赤轮驱走了片片乌云，
像一群醉汉向四处狼奔。
趁太阳还没有睁开火眼，
晒干深夜里的涔涔露点，
我待要采摘下满箧盈筐，
毒草灵葩充实我的青囊。
大地是生化万类的慈母，
她又是掩藏群生的坟墓，
试看她无所不载的胸怀，
哺乳着多少的姹女婴孩！
天生下的万物没有弃掷，
什么都有它各自的特色，
石块的冥顽，草木的无知，
都含着玄妙的造化生机。

莫看那蠢蠢的恶木莠蔓，
对世间都有它特殊贡献；
即使最纯良的美谷嘉禾，
用得失当也会害性戕躯。
美德的误用会变成罪过，
罪恶有时反会造成善果。
这一朵有毒的弱蕊纤苞，
也会把淹煎的痼疾医疗；
它的香味可以祛除百病，
吃下腹中却会昏迷不醒。
草木和人心并没有不同，
各自有善意和恶念争雄；
恶的势力倘若占了上风，
死便会蛀蚀进它的心中。

罗密欧上。

罗密欧 早安，神父。

劳伦斯 上帝祝福你！是谁的温柔的声音这么早就在叫我？孩子，你一早起身，一定有什么心事。老年人因为多忧多虑，往往容易失眠，可是身心健壮的青年，一上了床就应该酣然入睡；所以你的早起，倘不是因为有什么烦恼，一定是昨夜没有睡过觉。

罗密欧 您的第二个猜测是对的；我昨夜享受到比睡眠更甜蜜的安息。

劳伦斯 上帝饶恕我们的罪恶！你是跟罗瑟琳在一起吗？

罗密欧 跟罗瑟琳在一起，我的神父？不，我已经忘记了那一个名字，和那个名字所带来的烦恼。

劳伦斯 那才是我的好孩子；可是你究竟到什么地方去了？

罗密欧 我愿意在您没有问我第二遍以前告诉您。昨天晚上我跟我的仇敌在一起宴会，突然有一个人伤害了我，同时她也被我伤害了；只有您的帮助和您的圣药，才会医治我们两人的重伤。神父，我并不怨恨我的敌人，因为瞧，我来向您请求的事，不单为了我自己，也同样为了她。

劳伦斯 好孩子，说明白一点，把你的意思老老实实告诉我，别打着哑谜了。

罗密欧 那么老实告诉您吧，我心底的一往深情，已经完全倾注在凯普莱特的美丽的女儿身上了。她也同样爱着我；一切都完全定当了，只要您肯替我们主持神圣的婚礼。我们在什么时候遇见，在什么地方求爱，怎样彼此交换着盟誓，这一切我都可以慢慢告诉您；可是无论如何，请您一定答应就在今天替我们成婚。

劳伦斯 圣芳济啊！多么快的变化！难道你所深爱着的罗瑟琳，就这样一下子被你抛弃了吗？这样看来，年轻人的爱情都是见异思迁，不是发于真心的。耶稣，玛利亚！你为了罗瑟琳的缘故，曾经用多少的眼泪洗过你消瘦的面庞！为了替无味的爱情添加一点辛酸的味道，曾经浪费掉多少的咸水！太阳还没有扫清你吐向苍穹的怨气，我这龙钟的耳朵里还留着你往日的呻吟；瞧！就在你自己的颊上，还剩着一丝不曾揩去的旧时的泪痕。要是你不曾变了一个人，这些悲哀都是你真实的情感，那么你是罗瑟琳的，这些悲哀也是为罗瑟琳而发的；难道你现在已经变心了吗？男人既然这样没有恒心，那就莫怪女人家朝三暮四了。

罗密欧 您常常因为我爱罗瑟琳而责备我。

劳伦斯 我的学生，我不是说你不该恋爱，我只叫你不要因为恋爱而发痴。

罗密欧 您又叫我把爱情埋葬在坟墓里。

劳伦斯 我没有叫你把旧的爱情埋葬了，再去另找新欢。

罗密欧 请您不要责备我；我现在所爱的她，跟我心心相印，不像前回那个一样。

劳伦斯 啊，罗瑟琳知道你对她的爱情完全抄着人云亦云的老调，你还没有读过恋爱入门的一课哩。可是来吧，朝三暮四的青年，跟我来；为了一个理由，我愿意帮助你一臂之力；因为你们的结合也许会使你们两家释嫌修好，那就是天大的幸事了。

罗密欧 啊！我们就去吧，我巴不得越快越好。

劳伦斯 凡事三思而行；跑得太快是会滑倒的。（同下）

第四场　同前。街道

班伏里奥及茂丘西奥上。

茂丘西奥 见鬼的，这罗密欧究竟到哪儿去了？他昨天晚上没有回家吗？

班伏里奥 没有，我问过他的仆人了。

茂丘西奥 嗳哟！那个白面孔狠心肠的女人，那个罗瑟琳，一定把他虐待得要发疯了。

班伏里奥 提伯尔特，凯普莱特那老头子的亲戚，有一封信送到他父亲那里。

茂丘西奥 一定是一封挑战书。

班伏里奥 罗密欧一定会给他一个答复。

茂丘西奥 只要会写几个字，谁都会写一封复信。

班伏里奥 不，我说他一定会接受他的挑战。

茂丘西奥 唉！可怜的罗密欧！他已经死了，一个白女人的黑眼睛戳破了他的心；一支恋歌穿过了他的耳朵；瞎眼的丘比特的箭已把他当胸射中；他现在还能够抵得住提伯尔特吗？

班伏里奥 提伯尔特是个什么人？

茂丘西奥 我可以告诉你，他不是个平常的阿猫阿狗。啊！他是个胆大心细、剑法高明的人。他跟人打起架来，就像照着乐谱唱歌一样，一板一眼都不放松，一秒钟的停顿，然后一、二、三，刺进人家的胸膛；他全然是个穿礼服的屠夫，一个决斗的专家；一个名门贵胄，一个击剑能手。啊！那了不得的侧击！那反击！那直中要害的一剑！

班伏里奥 那什么？

茂丘西奥 让那些怪模怪样、扭扭捏捏的家伙见鬼去吧，都是些说话怪声怪气的人。他们只会说，“耶稣在上，好一柄锋利的刀子！”好一条彪形汉子！好一个风流的婊子！嘿，我的老爷子，咱们遇到这一群满嘴法国话的时髦人简直像遇到了一群令人不悦的苍蝇，他们过于标新立异，以至连坐一张旧凳子也会觉得不舒服。

罗密欧上。

班伏里奥 罗密欧来了，罗密欧来了。

茂丘西奥 瞧他孤零零的神气，倒像一条风干的咸鱼。啊，你这一身健子肉是怎样变成了干鱼！现在他又要念起彼特拉克的诗句来了：罗拉比起他的情人来不过是个灶下的丫头，虽然她有一个会作诗的爱人；狄多是个蓬头垢面的村妇；克莉奥佩屈拉是个吉卜赛姑娘；海伦、赫洛都是下流的娼妓；提斯柏也许有一双美丽的灰色眼睛，可是也不配相提并论。罗密欧先生，向你致以法国式的敬礼！昨天晚上你给我们开了多大的一个玩笑啊。

罗密欧 两位大哥早安！昨晚我开了什么玩笑？

茂丘西奥 你昨天晚上逃走得好；装什么傻？

罗密欧 对不起，茂丘西奥，我当时事情非常重要，所以只好失礼了。

茂丘西奥　这就是说，在那情况下你不得不屈一屈膝了。

罗密欧　你的意思是说要赔个礼。

茂丘西奥　你猜得真准。

罗密欧　这正是堪称礼貌的说法。

茂丘西奥　何止如此，我恐怕是讲礼讲过头了。

罗密欧　像是花儿鞋子的尖头。

茂丘西奥　没错。

罗密欧　那么我的鞋子已经全是花花的洞儿了。

茂丘西奥　答得妙；不妨跟着我把这个笑话讲到底吧，直追得你的鞋底磨穿而那笑话也就变得又秃又光了。

罗密欧　啊，好一个又光又秃的笑话，真配傻子来说。

茂丘西奥　快来帮忙，好班伏里奥；我的脑袋不及他灵光。

罗密欧　要来就快马加鞭；不然我就宣告胜利了。

茂丘西奥　不，如果比聪明像赛马，我承认我输了；我的马儿哪有你的野？说到野，我就是再多四个脑袋，也比不上你这只大野鹅。当你野的时候，我几时跟你在一起过？

罗密欧　哪一次撒野没有你这呆头鹅？

茂丘西奥　冲你这话我真恨不得咬你一口。

罗密欧　啊，好鹅儿，莫咬我。

茂丘西奥　你的笑话又甜又辣；简直是辣酱汁。

罗密欧　美鹅加辣酱，岂不绝妙？

茂丘西奥　啊，妙语横生，越拉越横！

罗密欧　横得好；你这呆头鹅变成一只横胖鹅了。

茂丘西奥　呀，我们这样插科打趣岂不比呻吟求爱好得多吗？此刻你多么合群，此刻你才真是罗密欧了；不论禀赋还是修养，此刻才是你的真面目；恋爱会使人变得呆痴，就像一个天生的傻子，奔上奔下，流着口水四处找洞儿藏他的破棍儿。

班伏里奥 打住吧，打住吧。

茂丘西奥 你不让我的话讲完，留着尾巴好不顺眼。

班伏里奥 再说下去，你的尾巴还要长大呢。

茂丘西奥 啊，你错了；我的话已经要收尾了，事实上，我也懒得再辩论啦。

罗密欧 看哪，好把戏来啦！

乳媪及彼得上。

茂丘西奥 一条帆船，一条帆船！

班伏里奥 两条，两条！一公一母。

乳　媪 彼得！

彼　得 有！

乳　媪 彼得，我的扇子。

茂丘西奥 好彼得，替她把脸遮了；因为她的扇子比她的脸好看一点。

乳　媪 早安，列位先生。

茂丘西奥 晚安，好太太。

乳　媪 是道晚安时候了吗？

茂丘西奥 我告诉您，不会错；那日晷上的指针正顶着中午那一刻呢。

乳　媪 去你的！你是什么人！

罗密欧 好太太，上帝造了他，可他却不知好歹。

乳　媪 说得好，你说他“不知好歹”？列位先生，你们有谁能够告诉我，年轻的罗密欧在什么地方？

罗密欧 我可以告诉您；可是等您找到他的时候，年轻的罗密欧已经比您寻访他的时候老了点儿了。我因为取不到一个更好的名字，所以就叫做罗密欧；在叫这个名字的人们中间，我是最年轻的一个。

乳　媪　您说得真好。

茂丘西奥　呀，说这最坏的家伙好？好吧；有道理，有道理。

乳　媪　先生，要是您就是他，我要跟您单独讲句话儿。

班伏里奥　她要拉他吃晚饭去。

茂丘西奥　一个老皮条，一个老皮条！就这样来了！

罗密欧　什么来了？

茂丘西奥　来的不是野兔子；是只老肉鸡，充其量守斋馅饼里做馅用，没有吃完就发了霉。（唱）

老兔肉，发白霉，
老兔肉，发白霉，
原是斋节好点心；
可是霉了的兔肉饼，
二十个人也吃不尽，
无人吃的霉肉饼。

罗密欧，你到不到你父亲那儿去？我们要在那边吃饭。

罗密欧　我就来。

茂丘西奥　再见，老太太；（唱）

再见，我的好姑娘！（茂丘西奥、班伏里奥下）

乳　媪　好，再见！先生，这个满嘴胡说八道的放肆家伙是谁？

罗密欧　奶妈，这位先生最喜欢听他自己讲话；他在一分钟里所说的话，比他在一个月里听人家讲的话还多。

乳　媪　要是他对我说了一句不客气的话，尽管他力气再大一点，我也要给他一顿教训；这种家伙二十个我都对付得了，要是对付不了，我会叫那些对付得了他们的人来。混账东西！他把老娘看做什么人啦？我不是那些烂污婊子，由他随便取笑。（向彼得）你也是个好东西，看着人家把我欺侮，站在旁边一动也不动！

彼　得　我没有看见什么人欺侮您；要是我看见了，一定会立刻拔出刀子来的。碰到吵架的事，只要理直气壮，打起官司来不怕人家，我是从来不肯落在人家后头的。

乳　媪　嗳哟！真把我气得浑身发抖。混账的东西！对不起，先生，让我跟您说句话儿。我刚才说过的，我家小姐叫我来找您；她叫我说些什么话我可不能告诉您；可是我要先明白对您说一句，要是正像人家说的，您想骗她做一场春梦，那可真是人家说的一件顶坏的行为；因为这位姑娘年纪还小，所以您要是欺骗了她，实在是一桩对无论哪一位好人家的姑娘都是对不起的事情，而且也是一桩顶不应该的举动。

罗密欧　奶妈，请您替我向您家小姐致意。我可以对您发誓——

乳　媪　很好，我就这样告诉她。主啊！主啊！她听见了一定会非常喜欢的。

罗密欧　奶妈，您去告诉她什么话呢？您没有听我说呀。

乳　媪　我就对她说您发过誓了，那证明您是一位正人君子。

罗密欧　您请她今天下午想个法子出来到劳伦斯神父的寺院里忏悔，就在那个地方举行婚礼。这几个钱是给您的酬劳。

乳　媪　不，真的，先生，我一个钱也不要。

罗密欧　别客气了，您还是拿着吧。

乳　媪　今天下午吗，先生？好，她一定会去的。

罗密欧　好奶妈，请您在这寺墙后面等一等，就在这一点钟之内，我要叫我的仆人去拿一捆扎得像船上的软梯一样的绳子来给您带去；在秘密的夜里，我要凭着它攀登我的幸福的尖端。再会！愿您对我们忠心，我一定不会有负您的辛劳。再会！替我向您的小姐致意。

乳　媪　天上的上帝保佑您！先生，我对您说。

罗密欧　您有什么话说，我的好奶妈？

乳　媪　您那仆人靠得住吗？您没听见古话说，两个人知道是秘密，三个人知道就不是秘密吗？

罗密欧　您放心吧，我的仆人是最可靠不过的。

乳　媪　好先生，我那小姐是个最可爱的姑娘——主啊！主啊！——那时候她还是个咿咿呀呀怪会说话的小东西——啊！本地有一位叫做帕里斯的贵人，他巴不得把我家小姐抢到手里；可是她，好人儿，瞧他比瞧一只蛤蟆还讨厌。我有时候对她说帕里斯人品不错，你才不知道哩，她一听见这样的话，就会气得面如土色。请问婚礼用的罗丝玛丽花和罗密欧是不是同样一个字开头的呀？

罗密欧　是呀，奶妈；怎么啦？都是罗字起头的哪。

乳　媪　啊，您开玩笑哩！那是狗的名字啊；罗就是那个——不对；我知道一定是另一个字开头的——她还把你同罗丝玛丽花连在一起，我也不懂，反正您听了一定欢喜的。

罗密欧　替我向您小姐致意。

乳　媪　一定一定。（罗密欧下）彼得！

彼　得　有！

乳　媪　给我带路，拿着我的扇子，快些走。（同下）

第五场　同前。凯普莱特家的花园

朱丽叶上。

朱丽叶　我在九点钟差奶妈去；她答应在半小时以内回来。

也许她碰不见他；那是不会的。啊！她的脚走起路来不大方便。恋爱的使者应当是思想，因为它比驱散山坡上的阴影的太阳光还要快十倍；所以维纳斯的云车是用白鸽驾驶的，所以凌风而飞的丘比特生着翅膀。现在太阳已经升上中天，从九点钟到十二点钟是三个很长的钟点，可是她还没有回来。要是她是个有感情、有温暖的青春的血液的人，她的行动一定会像球儿一样敏捷，我用一句话就可以把她抛到我的心爱的情人那里，他也可以用一句话把她抛回到我这里；可是年纪老的人，大多像死人一般，手脚滞钝，呼唤不灵，慢腾腾地没有一点精神。

乳媪及彼得上。

朱丽叶 啊，上帝！她来了。啊，好心肝奶妈！什么消息？您碰到他了吗？叫那个人出去。

乳　媪 彼得，到门口去等着。（彼得下）

朱丽叶 亲爱的好奶妈——唉呀！您怎么满脸的懊恼？即使是坏消息，您也应该装着笑容说；如果是好消息，您就不该用这副难看的面孔奏出美妙的音乐来。

乳　媪 我累死了，让我歇一会儿吧。唉呀，我的骨头好痛！我赶了多少的路！

朱丽叶 我但愿把我的骨头给您，您的消息给我。求求您，快说呀；好奶妈，说呀。

乳　媪 耶稣哪！你忙什么？你不能等一下子吗？你没见我气都喘不过来吗？

朱丽叶 您既然气都喘不过来，那么您怎么会告诉我说您气都喘不过来？您费了这么久的时间推三阻四的，要是干脆告诉了我，还不是几句话就完了。我只要您回答我，您的消息是好的还是坏的？只要先回答我一个字，详细的话慢慢再说好了。快让我知道了吧，是好消息还是坏消息？

乳　媪　好，你是个傻孩子，选中了这么一个人；你不知道怎样选一个男人。罗密欧！不，他不行，虽然他的脸长得比人家漂亮一点；可是他的腿才长得有样子；讲到他的手、他的脚、他的身体，虽然这种话不大好出口，可是的确谁也比不上他。他并非顶懂得礼貌，可是温柔得就像一头羔羊。好，看你的运气吧，姑娘；好好敬奉上帝。怎么，你在家里吃过饭了吗？

朱丽叶　没有，没有。您这些话我都早就知道了。他对于结婚的事情怎么说？

乳　媪　主啊！我的头痛死了！我害了多厉害的头痛！痛得好像要裂成二十块似的。还有我那一边的背痛；嗳哟，我的背！我的背！你的心肠真好，叫我到外边东奔西走去寻死。

朱丽叶　害您这样不舒服，我真是说不出的抱歉。亲爱的，亲爱的，亲爱的奶妈，告诉我，我的爱人说些什么话？

乳　媪　你的爱人说——他说得很像个老老实实的绅士，很有礼貌，很和气，很漂亮，而且也很规矩——你的妈呢？

朱丽叶　我的妈！她就在里面；她还会在什么地方？您回答得多么古怪："你的爱人说，他说得很像个老老实实的绅士，你的妈呢？"

乳　媪　嗳哟，圣母娘娘！你这样性急吗？哼！反了反了，这就是你瞧着我筋骨酸痛而替我涂上的药膏吗？以后还是你自己去送信吧。

朱丽叶　别缠下去啦！快些，罗密欧怎么说？

乳　媪　你已经得到准许今天去忏悔吗？

朱丽叶　我已经得到了。

乳　媪　那么你快到劳伦斯神父的寺院里去，有一个丈夫在那边等着你去做他的妻子哩。现在你的脸红起来啦。你到教堂里去吧，我还要到别处去搬一张梯子来，等到天黑的时候，你的爱人就可以凭着它爬进鸟窠里。为了使你快乐我可要吃苦啦；可是你到了晚上也要负起那个重担来啦。去吧，我还没有吃过饭呢。

朱丽叶 我要找寻我的幸运去！好奶妈，再会。（各下）

第六场 同前。劳伦斯神父的寺院

劳伦斯神父及罗密欧上。

劳伦斯 愿上天祝福这神圣的结合，不要让日后的懊恨把我们谴责！

罗密欧 阿门，阿门！可是无论将来会发生什么悲哀的后果，都抵不过我在看见她这短短一分钟内的欢乐。不管侵蚀爱情的死亡怎样伸展它的魔手，只要你用神圣的言语把我们的灵魂结为一体，让我能够称她一声我的人，我也就不再有什么遗恨了。

劳伦斯 这种狂暴的快乐将会产生狂暴的结局，正像火和火药的亲吻，就在最得意的一刹那烟消云散。最甜的蜜糖可以使味觉麻木；不太热烈的爱情才会维持久远；太快和太慢，结果都不会圆满。

朱丽叶上。

劳伦斯 这位小姐来了。啊！这样轻盈的脚步，是永远不会踩破神龛前的砖石的；一个恋爱中的人，可以踏在随风飘荡的蛛网上而不会跌下，幻妄的幸福使他灵魂飘然轻举。

朱丽叶 晚安，神父。

劳伦斯 孩子，罗密欧会替我们两人感谢你的。

朱丽叶 我也同样向他问了好，他何必再来多余的客套。

罗密欧 啊，朱丽叶！要是你感觉到像我一样多的快乐，要是你的灵唇慧舌，能够宣述你衷心的快乐，那么让空气中满布着从你嘴里吐出来的芳香，用无比的妙乐把这一次会晤中我们两人给与彼此的无限欢欣倾吐出来吧。

朱丽叶 充实的思想不在于言语的富丽；只有乞儿才能够计数他的家私。真诚的爱情充溢在我的心里，我无法估计自己享有的财富。

劳伦斯 来，跟我来，我们要把这件事情早点办好；因为在神圣的教会没有把你们两人结合以前，你们两人是不能在一起的。（同下）

第三幕

第一场　维洛那。广场

茂丘西奥、班伏里奥、侍童及若干仆人上。

班伏里奥　好茂丘西奥，咱们还是回去吧。天这么热，凯普莱特家里的人满街都是，要是碰到了他们，又免不了一场吵架；因为在这种热天气里，一个人的脾气最容易暴躁起来。

茂丘西奥　你就像这么一种家伙，他们跑进了酒店的门，把剑在桌子上一放，说，“上帝保佑我不要用到你!”等到两杯喝罢，却又无缘无故拿起剑来跟酒保吵架。

班伏里奥　我难道是这样一种人吗?

茂丘西奥　得啦得啦，你的坏脾气比得上意大利无论哪一个人；动不动就要生气，一生气就要乱动。

班伏里奥　再以后怎样呢?

茂丘西奥　哼！要是有两个像你这样的人碰在一起，结果总会一个也没有，因为大家都要把对方杀死了方肯罢休。你！嘿，你会因为人家比你多一根或是少一根胡须就跟人家吵架。瞧见人家剥栗子，你也会跟他闹翻，你的理由只是因为你有一双栗色的眼睛。除了生着这样一双眼睛的人以外，谁还会像这样吹毛求疵地去跟人家寻事？你的脑袋里装满了惹事招非的念头，正像鸡蛋里装满了蛋黄蛋白，虽然为了惹事招非的缘故，你的脑袋曾经给人打得像个坏蛋一样。你曾经为了有人在街上咳了一声而跟他吵架，因为他咳醒了你那条在太阳底下睡觉的狗。不是有一次你因为看见一个裁缝在复活节以前穿起他的新背心来，所以跟他大闹吗？不是还有一次因为他用旧带子系他的新鞋子，所以又跟他大闹吗？现在你却要教我不要跟人家吵架！

班伏里奥 要是我像你一样爱吵架，不消一时半刻，我的性命早就卖给人家了。

茂丘西奥 性命卖给人家！哼，算了吧！

班伏里奥 嗳哟！凯普莱特家里的人来了。

茂丘西奥 拿脚跟保证！我不在乎。

提伯尔特及余人等上。

提伯尔特 你们跟着我不要走开，等我去向他们说话。两位晚安！我要跟你们中间无论哪一位说句话儿。

茂丘西奥 您只要跟我们两人中间的一个人讲一句话吗？再来点儿别的吧。要是您愿意在一句话以外，再跟我们较量一两手，那我们倒愿意奉陪。

提伯尔特 只要您给我一个理由，您就会知道我也不是个怕事的人。

茂丘西奥 您不会自己想出一个什么理由来吗？

提伯尔特 茂丘西奥，你陪着罗密欧到处乱闯——

茂丘西奥 到处拉唱！怎么！你把我们当作一群沿街卖唱的人吗？你要是把我们当作沿街卖唱的人，那么我们倒要请你听一点儿不大好听的声音；这就是我的提琴上的拉弓，拉一拉就要叫你跳起舞来。他妈的！到处拉唱！

班伏里奥 这儿来往的人太多，讲话不大方便，最好还是找个清静一点的地方去谈谈；要不然大家别闹意气，有什么过不去的事平心静气理论理论；否则各走各的路，也就完了，别让这么许多人的眼睛瞧着我们。

茂丘西奥 人们生着眼睛总要瞧，让他们瞧去好了；我可不能为着别人高兴离开这块地方。

罗密欧上。

提伯尔特 好，我的人来了；我不跟你吵。

茂丘西奥 他又不吃你的饭，不穿你的衣，怎么是你的人？可是他虽然不是你的跟班，要是你拔脚逃起来，他倒一定会紧紧跟住你的。

提伯尔特 罗密欧，我对你的仇恨使我只能用一个名字称呼你——你是一个恶贼！

罗密欧 提伯尔特，我跟你无冤无恨，你这样无端挑衅，我本来是不能容忍的，可是因为我有必须爱你的理由，所以也不愿跟你计较了。我不是恶贼；再见，我看你还不知道我是个什么人。

提伯尔特 小子，你冒犯了我，现在可不能用这种花言巧语掩饰过去；赶快回过身子，拔出剑来吧。

罗密欧 我可以郑重声明，我从来没有冒犯过你，而且你想不到我是怎样爱你，除非你知道了我所以爱你的理由。所以，好凯普莱特——我尊重这一个姓氏，就像尊重我自己的姓氏一样——咱们还是讲和了吧。

茂丘西奥 哼，好丢脸的屈服！只有武力才可以洗去这种耻辱。（拔剑）提伯尔特，你这捉耗子的猫儿，你愿意跟我决斗吗？

提伯尔特 你要我跟你干么？

茂丘西奥 好猫精，听说你有九条性命，我只要取你一条命，留下那另外八条，等以后再跟你算账。快快拔出你的剑来，否则莫怪无情，我的剑就要临到你的耳朵边了。

提伯尔特　（拔剑）好，我愿意奉陪。

罗密欧　好茂丘西奥，收起你的剑。

茂丘西奥　来，来，来，我倒要领教领教你的剑法。（二人互斗）

罗密欧　班伏里奥，拔出剑来，把他们的武器打下来。两位老兄，这算什么？快别闹啦！提伯尔特，茂丘西奥，亲王已经明令禁止在维洛那的街道上斗殴。住手，提伯尔特！好茂丘西奥！（提伯尔特从罗密欧臂下刺中茂丘西奥。提伯尔特及其党徒下）

茂丘西奥　我受伤了。你们这两户倒霉的人家！我已经完啦。他不带一点伤就去了吗？

班伏里奥　啊！你受伤了吗？

茂丘西奥　嗯，嗯，擦破了一点儿；可是也够受的了。我的侍童呢？你这家伙，快去找个外科医生来。（侍童下）

罗密欧　放心吧，老兄；这伤口不算十分厉害。

茂丘西奥　是的，它没有一口井那么深，也没有一扇门那么阔，可是这一点点伤也就够要命了；要是你明天找我，就到坟墓里来看我吧。我这一生是完了。你们这两户倒霉的人家！他妈的！狗、耗子、猫儿，都会咬得死人！这个说大话的家伙，这个混账东西，打起架来也要按照着数学的公式！谁叫你把身子插了进来？都是你把我拉住了，我才受了伤。

罗密欧　我完全是出于好意。

茂丘西奥　班伏里奥，快把我扶进什么屋子里去，不然我就要晕过去了。你们这两户倒霉的人家！我已经死在你们手里了。——你们这两户人家！（茂丘西奥、班伏里奥同下）

罗密欧　他是亲王的近亲，也是我的好友；如今他为了我的缘故受到了致命的重伤。提伯尔特杀死了我的朋友，又毁谤了我的名誉，虽然他在一小时以前还是我的亲人。亲爱的朱丽叶啊！你的美丽使我变成懦弱，磨钝了我的勇气的锋刃！

班伏里奥重上。

班伏里奥　啊，罗密欧，罗密欧！勇敢的茂丘西奥死了；他已经撒手离开尘世，他的英魂已经升上天庭了！

罗密欧　今天这一场意外的变故，怕要引起日后的灾祸。

提伯尔特重上。

班伏里奥　暴怒的提伯尔特又来了。

罗密欧　茂丘西奥死了，他却耀武扬威活在人世！现在我只好抛弃一切顾忌，不怕伤了亲戚的情分，让眼睛里喷出火焰的愤怒支配着我的行动了！提伯尔特，你刚才骂我恶贼，我要你把这两个字收回去；茂丘西奥的阴魂就在我们头上，他在等着你去跟他作伴；我们两个人中间必须有一个人去陪陪他，要不然就是两人一起死。

提伯尔特　你这该死的小子，你生前跟他做朋友，死后也去陪他吧！

罗密欧　这柄剑可以替我们决定谁死谁生。（二人互斗；提伯尔特倒下）

班伏里奥　罗密欧，快走！市民们都已经被这场争吵惊动了，提伯尔特又死在这儿。别站着发怔；要是你给他们捉住了，亲王就要判你死刑。快去吧！快去吧！

罗密欧　唉！我是受命运玩弄的人。

班伏里奥　你为什么还不走？（罗密欧下）

市民等上。

市民甲　杀死茂丘西奥的那个人逃到哪儿去了？那凶手提伯尔特逃到什么地方去了？

班伏里奥 躺在那边的就是提伯尔特。

市民甲 先生，起来吧，请你跟我去。我用亲王的名义命令你服从。

亲王率侍从；蒙太古夫妇、凯普莱特夫妇及余人等上。

亲　王 这一场争吵的肇祸的罪魁在什么地方？

班伏里奥 啊，尊贵的亲王！我可以把这场流血的争吵的不幸经过向您从头告禀。躺在那边的那个人，就是把您的亲戚，勇敢的茂丘西奥杀死的人，他现在已经被年轻的罗密欧杀死了。

凯普莱特夫人 提伯尔特，我的侄儿！啊，我的哥哥的孩子！亲王啊！侄儿啊！丈夫啊！嗳哟！我的亲爱的侄儿给人杀死了！殿下，您是正直无私的，我们家里流的血，应当用蒙太古家里流的血来报偿。嗳哟，侄儿啊！侄儿啊！

亲　王 班伏里奥，是谁开始这场血斗的？

班伏里奥 死在这儿的提伯尔特，他是被罗密欧杀死的。罗密欧很诚恳地劝告他，叫他想一想这种争吵多么没意思，并且也提起您的森严的禁令。他用温和的语调、谦恭的态度，赔着笑脸向他反复劝解，可是提伯尔特充耳不闻，一味逞着他的骄横，拔出剑来就向勇敢的茂丘西奥胸前刺了过去；茂丘西奥也动了怒气，就和他两下交锋起来，自恃着本领高强，满不在乎地一手挡开了敌人致命的剑锋，一手向提伯尔特还刺过去，提伯尔特眼明手快，也把它挡开了。那个时候罗密欧就高声喊叫，“住手，朋友；两下分开！”说时迟，来时快，他的敏捷的腕臂已经打下了他们的利剑，他就插身在他们两人中间；谁料提伯尔特怀着毒心，冷不防打罗密欧的手臂下面刺了一剑过去，竟中了茂丘西奥的要害，于是他就逃走了。等了一会儿他又回来找罗密欧，罗密欧这时候正是满腔怒火，就像闪电似的跟他打起来，我还来不及拔剑阻止他们，勇猛的提伯尔特已经中剑而死，罗密欧见他倒在地上，也就转身逃走了。我所说的句句都是真话，倘有虚言，愿受死刑。

凯普莱特夫人 他是蒙太古家的亲戚，他说的话都是徇着私情，完全是假的。他们一共有二十来个人参加这场恶斗，二十个人合力谋害一个人的生命。殿下，我要请您主持公道，罗密欧杀死了提伯尔特，罗密欧必须抵命。

亲 王 罗密欧杀了他，他杀了茂丘西奥；茂丘西奥的生命应当由谁抵偿？

蒙太古 殿下，罗密欧不应该偿他的命；他是茂丘西奥的朋友，他的过失不过是执行了提伯尔特依法应处的死刑。

亲 王 为了这一个过失，我现在宣布把他立刻放逐出境。你们双方的憎恨已经牵涉到我的身上，在你们残暴的斗殴中，已经流下了我的亲人的血；可是我要给你们一个重重的惩罚，儆戒儆戒你们的将来。我不要听任何的请求辩护，哭泣和祈祷都不能使我枉法徇情，所以不用想什么挽回的办法，赶快把罗密欧遣送出境吧；不然的话，我们什么时候发现他，就在什么时候把他处死。把这尸体抬去，不许违抗我的命令；对杀人的凶手不能讲慈悲，否则就是鼓励杀人了。（同下）

第二场 同前。凯普莱特家的花园

朱丽叶上。

朱丽叶 快快跑过去吧，踏着火云的骏马，把太阳拖回到它的安息的所在；但愿驾车的太阳神之子法厄同鞭策你们飞驰到西方，让阴沉的暮夜赶快降临。展开你密密的帷幕吧，成全恋爱的黑夜！遮住夜行人的眼睛，让罗密欧悄悄地投入我的怀里，不被人家看见也不被人家谈论！恋人们可以在他们自身美貌的光辉里互相缱绻；即使恋爱是盲目的，那也正好和黑夜相称。来吧，温文的夜，你朴素的黑衣妇人，教会我怎样在一场全胜的赌博中失败，把各人纯洁的童贞互为赌注。用你黑色的罩巾遮住我脸上羞怯的红潮，等我深藏内心的爱情慢慢地胆大起来，不再因为在行动上流露真情而惭愧。来吧，黑夜！来吧，罗密欧！来吧，你黑夜中的白昼！因为你将要睡在黑夜的翼上，比乌鸦背上的新雪还要皎白。来吧，柔和的黑夜！来吧，可爱的黑颜的夜，把我的罗密欧给我！等他死了以后，你再把他带去，分散成无数的星星，把天空装饰得如此美丽，使全世界都恋爱着黑夜，不再崇拜眩目的太阳。啊！我已经买下了一所恋爱的华厦，可是它还不曾属我所有；虽然我已经把自己出卖，可是还没有被买主领去。这日子长得真叫人厌烦，正像一个做好了新衣服的小孩，在节日的前夜焦躁地等着天明一样。啊！我的奶妈来了。

乳媪携绳上。

朱丽叶 她带着消息来了。谁的舌头上只要说出了罗密欧的名字，他就在吐露着天上的仙音。奶妈，什么消息？您带着些什么来了？那就是罗密欧叫您去拿的绳子吗？

乳　媪 是的，是的，这绳子。（将绳掷下）

朱丽叶 嗳哟！什么事？您为什么扭着您的手？

乳　媪 唉！唉！唉！他死了，他死了，他死了！我们完了，小姐，我们完了！唉！他去了，他给人杀了，他死了！

朱丽叶 天道竟会这样狠毒吗？

乳　媪 不是天道狠毒，罗密欧才下得了这样狠毒的手。啊！罗密欧，罗密欧！谁想得到会有这样的事情？罗密欧！

朱丽叶 你是个什么鬼，这样煎熬着我？这简直就是地狱里的酷刑。罗密欧把他自己杀死了吗？您只要回答我一个“是”字，这一个“是”字就比毒龙眼里射放的死光更会致人死命。如果真有这样的事，我就不会再活在人世，否则那叫您说声“是”的人，从此就要闭上他的眼睛。要是他死了，您就说“是”；要是他没有死，您就说“不”；这两个简单的字就可以决定我的终身祸福。

乳　媪　我看见他的伤口，我亲眼看见他的伤口，慈悲的上帝！就在他的宽阔的胸上。一个可怜的尸体，一个可怜的流血的尸体，像灰一样苍白，满身都是血，满身都是一块块的血；我一瞧见就晕过去了。

朱丽叶　啊，我的心要碎了！——可怜的破产者，你已经丧失了一切，还是赶快碎裂了吧！失去了光明的眼睛，你从此不能再见天日了！你这俗恶的泥土之躯，赶快停止呼吸，复归于泥土，去和罗密欧同眠在一个圹穴里吧！

乳　媪　啊！提伯尔特，提伯尔特！我的顶好的朋友！啊，温文的提伯尔特，正直的绅士！想不到我活到今天，却会看见你死去！

朱丽叶　这是一阵什么风暴，一会儿又倒转方向！罗密欧给人杀了，提伯尔特又死了吗？一个是我的最亲爱的表哥，一个是我的更亲爱的夫君？那么，可怕的号角，宣布世界末日的来临吧！要是这样两个人都可以死去，谁还应该活在这世上？

乳　媪　提伯尔特死了，罗密欧放逐了；罗密欧杀了提伯尔特，他现在被放逐了。

朱丽叶　上帝啊！提伯尔特是死在罗密欧手里的吗？

乳　媪　是的，是的；唉！是的。

朱丽叶　啊，花一样的面庞里藏着蛇一样的心！那一条恶龙曾经栖息在这样清雅的洞府里？美丽的暴君！天使般的魔鬼！披着白鸽羽毛的乌鸦！豺狼一样残忍的羔羊！圣洁的外表包覆着丑恶的实质！你的内心刚巧和你的形状相反，一个万恶的圣人，一个庄严的奸徒！造物主啊！你为什么要从地狱里提出这一个恶魔的灵魂，把它安放在这样可爱的一座肉体的天堂里？哪一本邪恶的书籍曾经装订得这样美观？啊！谁想得到这样一座富丽的宫殿里，会容纳着欺人的虚伪！

乳　媪　男人都靠不住，没有良心，没有真心的；谁都是三心二意，反复无常，奸恶多端，净是些骗子。啊！我的人呢？快给我倒点儿酒来；这些悲伤烦恼，已经使我老起来了。愿耻辱降临到罗密欧的头上！

朱丽叶　您说出这样的愿望，您的舌头上就应该长起水疱来！耻辱从来不曾和他在一起，它不敢侵上他的眉宇，因为那是君临天下的荣誉的宝座。啊！我刚才把他这样辱骂，我真是个畜生！

乳　媪　杀死了你的族兄的人，你还说他好话吗？

朱丽叶　他是我的丈夫，我应当说他坏话吗？啊！我的可怜的丈夫！你的三小时的妻子都这样凌辱你的名字，谁还会对它说一句温情的慰藉呢？可是你这恶人，你为什么杀死我的哥哥？他要是不杀死我的哥哥，我的凶恶的哥哥就会杀死我的丈夫。回去吧，愚蠢的眼泪，流回到你的源头；你那滴滴的细流，本来是悲哀的倾注，可是你却错把它呈献给喜悦。我的丈夫活着，他没有被提伯尔特杀死；提伯尔特死了，他想要杀死我的丈夫！这明明是喜讯，我为什么要哭泣呢？还有两个字比提伯尔特的死更使我痛心，像一柄利刃刺进了我的胸中；我但愿忘了它们，可是唉！它们紧紧地牢附在我的记忆里，就像萦回在罪人脑中的不可宥恕的罪恶。“提伯尔特死了，罗密欧放逐了！”放逐了！这“放逐”两字，就等于杀死了一万个提伯尔特。单单提伯尔特的死，已经可以令人伤心了；即使祸不单行，必须在“提伯尔特死了”这一句话以后，再接上一句不幸的消息，为什么不说你的父亲，或是你的母亲，或是父母两人都死了，那也可以引起一点人情之常的哀悼？可是在提伯尔特的噩耗以后，再接连一记更大的打击，“罗密欧放逐了！”这句话简直等于说，父亲、母亲、提伯尔特、罗密欧、朱丽叶，一起被杀，一起死了。“罗密欧放逐了！”这一句话里面包含着无穷无际、无极无限的死亡，没有字句能够形容出这里面蕴蓄着的悲伤。——奶妈，我的父亲、我的母亲呢？

乳　媪　他们正在抚着提伯尔特的尸体痛哭。你要去看他们吗？让我带着你去。

朱丽叶　让他们用眼泪洗涤他的伤口，我的眼泪是要留着为罗密欧的放逐而哀哭的。拾起那些绳子来。可怜的绳子，你是失望了，我们俩都失望了，因为罗密欧已经被放逐；他要借着你做接引相思的桥梁，可是我却要做一个独守空闺的怨女而死去。来，绳儿；来，奶妈。我要去睡上我的新床，把我的童贞奉献给死亡！

乳　媪　那么你快到房里去吧；我去找罗密欧来安慰你，我知道他在什么地方。听着，你的罗密欧今天晚上一定会来看你；他现在躲在劳伦斯神父的寺院里，我就去找他。

朱丽叶　啊！您快去找他；把这指环拿去给我的忠心的骑士，叫他来作一次最后的诀别。（各下）

第三场　同前。劳伦斯神父的寺院

劳伦斯神父上。

劳伦斯　罗密欧，跑出来；出来吧，你受惊的人，你已经和坎坷的命运结下了不解之缘。

罗密欧上。

罗密欧　神父，什么消息？亲王的判决怎样？还有什么我所不知道的不幸的事情将要来找我？

劳伦斯 我的好孩子，你已经遭逢到太多的不幸了。我来报告你亲王的判决。

罗密欧 除了死罪以外，还会有什么判决？

劳伦斯 他的判决是很温和的；他并不判你死罪，只宣布把你放逐。

罗密欧 嘿！放逐！慈悲一点，还是说“死”吧！不要说“放逐”，因为放逐比死还要可怕。

劳伦斯 你必须立刻离开维洛那境内。不要懊恼，这是一个广大的世界。

罗密欧 在维洛那城以外没有别的世界，只有地狱的苦难；所以从维洛那放逐，就是从这世界上放逐，也就是死。明明是死，您却说是放逐，这就等于用一柄利斧砍下我的头，反因为自己犯了杀人罪而扬扬得意。

劳伦斯 嗳哟，罪过罪过！你怎么可以这样不知恩德！你所犯的过失，按照法律本来应该处死，幸亏亲王仁慈，特别对你开恩，才把可怕的死罪改成了放逐；这明明是莫大的恩典，你却不知道。

罗密欧 这是酷刑，不是恩典。朱丽叶所在的地方就是天堂；这儿的每一只猫、每一只狗、每一只小小的老鼠，都生活在天堂里，都可以瞻仰到她的容颜，可是罗密欧却看不见她。污秽的苍蝇都可以接触亲爱的朱丽叶的皎洁的玉手，从她的嘴唇上偷取天堂中的幸福，那两片嘴唇是这样的纯洁贞淑，永远含着娇羞，好像觉得它们自身的相吻也是一种罪恶；苍蝇可以这样做，我却必须远走高飞，它们是自由人，我却是一个放逐的流徒。您还说放逐不是死吗？难道你没有配好的毒药、锋锐的刀子或者无论什么致命的利器，而必须用“放逐”两个字把我杀害吗？放逐！啊，神父！只有沉沦在地狱里的鬼魂才会用到这两个字，伴着凄厉的呼号用到它；您是一个教士，一个替人忏罪的神父，又是我的朋友，怎么忍心用“放逐”这两个字来寸磔我呢？

劳伦斯 你这痴心的疯子，听我说一句话。

罗密欧 啊！您又要对我说起放逐了。

劳伦斯 我要教给你怎样抵御这两个字的方法，用哲学的甘乳安慰你的逆运，让你忘却被放逐的痛苦。

罗密欧 又是“放逐”！我不要听什么哲学！除非哲学能够制造一个朱丽叶，迁徙一个城市，撤销一个亲王的判决，否则它就没有什么用处。别再多说了吧。

劳伦斯 啊！那么我看疯人是不生耳朵的。

罗密欧 聪明人不生眼睛，疯人何必生耳朵呢？

劳伦斯 让我跟你讨论讨论你现在的处境吧。

罗密欧 您不能谈论您所没有感觉到的事情；要是您也像我一样年轻，朱丽叶是您的爱人，才结婚一小时，就把提伯尔特杀了；要是您也像我一样热恋，像我一样被放逐，那时您才可以讲话，那时您才会像我现在一样扯着您的头发，倒在地上，替自己量一个葬身的墓穴。（内叩门声）

劳伦斯 快起来，有人在敲门；好罗密欧，躲起来吧。

罗密欧 我不要躲，除非我心底里发出来的痛苦呻吟的气息，会像一重云雾一样，把我掩过了追寻者的眼睛。（叩门声）

劳伦斯 听！门打得多么响！——是谁在外面？——罗密欧，快起来，你要给他们捉住了。——等一等！——站起来；（叩门声）跑到我的书斋里去。——就来了！——上帝啊！瞧你多么不听话！——来了，来了！（叩门声）谁把门敲得这么响？您是什么地方来的？您有什么事？

乳　媪 （在内）让我进来，您就可以知道我的来意；我是从朱丽叶小姐那里来的。

劳伦斯 那好极了，欢迎欢迎！

乳媪上。

乳 媪 啊，神父！啊，告诉我，神父，我的小姐的姑爷呢？罗密欧呢？

劳伦斯 在那边地上哭得死去活来的就是他。

乳 媪 啊！他正像我的小姐一样，正像她一样！唉！真是同病相怜，一般的伤心！她也是这样躺在地上，一边唠叨一边哭，一边哭一边唠叨。起来，起来；是个男子汉就该起来；为了朱丽叶的缘故，为了她的缘故，站起来吧。为什么您要伤心到这个样子呢？

罗密欧 奶妈！

乳 媪 唉，姑爷！唉，姑爷！一个人到头来总是要死的。

罗密欧 您刚才不是说起朱丽叶吗？她现在怎么样？我现在已经用她近亲的血玷污了我们的新欢，她不会把我当作一个杀人的凶犯吗？她在什么地方？她怎么样？我这位秘密的新妇对于我们这一段中断的情缘说些什么话？

乳 媪 啊，她没有说什么话，姑爷，只是哭呀哭的哭个不停；一会儿倒在床上，一会儿又跳了起来；一会儿叫一声提伯尔特，一会儿哭一声罗密欧；然后又倒了下去。

罗密欧 好像我那一个名字是从枪口里瞄准了射出来似的，一弹出去就把她杀死，正像我这一双该死的手杀死了她的亲人一样。啊！告诉我，神父，告诉我，我的名字是在我身上哪一处万恶的地方？告诉我，好让我捣毁这可恨的巢穴。（拔剑）

劳伦斯 放下你的鲁莽的手！你是一个男子吗？你的外形是一个男子，你却流着妇人的眼泪；你的狂暴的举动，简直是一头野兽的无可理喻的咆哮。你这须眉的贱妇，你这人头的畜类！我真想不到你的性情竟会这样毫无涵养。你已经杀死了提伯尔特，你还要杀死你自己吗？你没想到你对自己采取了这种万劫不赦的暴行就是杀死与你相依为命的你的妻子吗？为什么你要怨恨天地，怨恨你自己的生不逢辰？天地好容易生下你这一个人来，你却要亲手把你自己摧毁！呸！呸！你有的是一副堂堂的七尺之躯，有的是热情和智慧，你却不知道把它们好好利用，这岂不是辜负了你的七尺之躯，辜负了你的热情和智慧？你的堂堂的仪表不过是一尊蜡像，没有一点男子汉的血气；你的山盟海誓都是些空虚的谎语，杀害你所发誓珍爱的情人；你的智慧不知道指示你的行动、驾御你的感情，它已经变成了愚妄的谬见，正像装在一个笨拙的兵士的枪膛里的火药，本来是自卫的武器，因为不懂得点燃的方法，反而毁损了自己的肢体。怎么！起来吧，孩子！你刚才几乎要为了你的朱丽叶而自杀，可是她现在好好活着，这是你的第一件幸事。提伯尔特要把你杀死，可是你却杀死了提伯尔特，这是你的第二件幸事。法律上本来规定杀人抵命，可是它对你特别留情，减成了放逐的处分，这是你的第三件幸事。这许多幸事照顾着你，幸福穿着盛装向你献媚，你却像一个倔强乖僻的女孩，向你的命运和爱情噘起了嘴唇。留心，留心，像这样不知足的人是不得好死的。去，快去会见你的情人，按照预定的计划，到她的寝室里去，安慰安慰她；可是在逻骑没有出发以前，你必须及早离开，否则你就到不了曼多亚。你可以暂时在曼多亚住下，等我们觑着机会，把你们的婚姻宣布出来，和解了你们两家的亲族，向亲王请求特赦，那时我们就可以用超过你现在离别的悲痛二百万倍的欢乐招呼你回来。奶妈，您先去，替我向您家小姐致意；叫她设法催促她家里的人早早安睡，他们在遭到这样重大的悲伤以后，这是很容易办到的。您对她说，罗密欧就要来了。

乳　媪　主啊！像这样好的教训，我就是在这儿听上一整夜都愿意；啊！真是有学问人说的话！姑爷，我就去对小姐说您就要来了。

罗密欧　很好，请您再叫我的爱人预备好一顿责骂。（乳媪欲下，复折回）

乳　媪　姑爷，这一个戒指小姐叫我拿来送给您，请您赶快就去，天色已经很晚了。（下）

罗密欧　现在我又重新得到了多大的安慰！

劳伦斯　去吧，晚安！你的运命在此一举；你必须在巡逻者没有开始查缉以前脱身，否则就得在黎明时候化装逃走。你就在曼多亚安下身来；我可以找到你的仆人，倘使这儿有什么关于你的好消息，我会叫他随时通知你。把你的手给我。时候不早了，再会吧，晚安。

罗密欧　倘不是一个超乎一切喜悦的喜悦在招呼着我，像这样匆匆的离别，一定会使我黯然神伤。再会！（各下）

第四场　同前。凯普莱特家中一室

凯普莱特、凯普莱特夫人及帕里斯上。

凯普莱特　伯爵，舍间因为遭逢变故，我们还没有时间去开导小女；您知道她跟她那个表兄提伯尔特是友爱很笃的，我也非常喜欢他；唉！人生不免一死，也不必再去说他了。现在时间已经很晚，她今夜不会再下来了；不瞒您说，倘不是您大驾光临，我也早在一小时以前上了床啦。

帕里斯　我在你们正在伤心的时候来此求婚，实在是太冒昧了。晚安，伯母；请您替我向令嫒致意。

凯普莱特夫人　好，我明天一早就去探听她的意思；今夜她已经怀着满腔的悲哀关上门睡了。

凯普莱特 帕里斯伯爵，我可以大胆替我的孩子作主，我想她一定会绝对服从我的意志；是的，我对于这一点可以断定。夫人，你在临睡以前先去看看她，把这位帕里斯伯爵向她求爱的意思告诉她知道；你再对她说，听好我的话，叫她在星期三——且慢！今天星期几？

帕里斯 星期一，老伯。

凯普莱特 星期一！哈哈！好，星期三是太快了点儿，那么就是星期四吧。对她说，在这个星期四，她就要嫁给这位尊贵的伯爵。您来得及准备吗？您不嫌太匆促吗？咱们也不必十分铺张，略为请几位亲友就够了；因为提伯尔特才死不久，他是我们自己家里的人，要是我们大开欢宴，人家也许会说我们对去世的人太没有情分。所以我们只要请五六个亲友，把仪式举行一下就算了。您说星期四怎样？

帕里斯 老伯，我但愿星期四便是明天。

凯普莱特 好，您去吧；那么就是星期四。夫人，你在临睡前先去看看朱丽叶，叫她预备预备，好做起新娘来啊。再见，伯爵。喂！掌灯！时候已经很晚了，等一会儿我们就要说它很早了。晚安！（各下）

第五场　同前。朱丽叶的卧室

罗密欧及朱丽叶上；两人在窗边。

朱丽叶 你现在就要走了吗？天亮还有一会儿呢。那刺进你惊恐的耳膜中的，不是云雀，是夜莺的声音；它每天晚上在那边石榴树上歌唱。相信我，爱人，那是夜莺的歌声。

罗密欧 那是报晓的云雀，不是夜莺。瞧，爱人，不作美的晨曦已经在东天的云朵上镶起了金线，夜晚的星光已经烧烬，愉快的白昼蹑足踏上了迷雾的山巅。我必须到别处去找寻生路，或者留在这儿束手等死。

朱丽叶 那光明不是晨曦，我知道；那是从太阳中吐射出来的流星，要在今夜替你拿着火炬，照亮你到曼多亚去。所以你不必急着要去，再耽搁一会儿吧。

罗密欧 让我被他们捉住，让我被他们处死；只要是你的意思，我就毫无怨恨。我愿意说那边灰白色的云彩不是黎明睁开它的睡眼，那不过是从月亮的眉宇间反映出来的微光；那响彻云霄的歌声，也不是出于云雀的喉中。我巴不得留在这里，永远不要离开。来吧，死，我欢迎你！因为这是朱丽叶的意思。怎么，我的灵魂？让我们谈谈；天还没有亮哩。

朱丽叶 天已经亮了，天已经亮了；快走吧，快走吧！那唱得这样刺耳、嘶着粗涩的噪声和讨厌的锐音的，正是天际的云雀。有人说云雀会发出千变万化的甜蜜的歌声，这句话一点不对，因为它只使我们彼此分离；有人说云雀曾经和丑恶的蟾蜍交换眼睛，啊！我但愿它们也交换了声音，因为那声音使你离开了我的怀抱，用催醒的晨歌催促你登程。啊！现在你快走吧；天越来越亮了。

罗密欧 天越来越亮，我们悲哀的心却越来越黑暗。

乳媪上。

乳　媪 小姐！

朱丽叶 奶妈？

乳　媪 你的母亲就要到你房里来了。天已经亮啦，小心点儿。（下）

朱丽叶 那么窗啊，让白昼进来，让生命出去。

罗密欧 再会，再会！给我一个吻，我就下去。（由窗口下

降）

朱丽叶　你就这样走了吗？我的夫君，我的爱人，我的朋友！我必须在每一天的每一小时都听到你的消息，因为一分钟就等于许多天。啊！照这样计算起来，等我再看见我的罗密欧的时候，我不知道已经老到怎样了。

罗密欧　再会！我决不放弃任何的机会，爱人，向你传达我的衷忱。

朱丽叶　啊！你想我们会不会再有见面的日子？

罗密欧　一定会有的；我们现在这一切悲哀痛苦，到将来便是握手谈心的资料。

朱丽叶　上帝啊！我有一颗预感不祥的灵魂；你现在站在下面，我仿佛望见你像一具坟墓底下的尸骸。也许是我的眼光昏花，否则就是你的面容太惨白了。

罗密欧　相信我，爱人，在我的眼中你也是这样；忧伤吸干了我们的血液。再会！再会！（下）

朱丽叶　命运啊命运！谁都说你反复无常；要是你真的反复无常，那么你怎样对待一个忠贞不二的人呢？愿你不要改变你的轻浮的天性，因为这样也许你会懒得再将他捉弄，而早早打发他回来。

凯普莱特夫人　（在内）喂，女儿！你起来了吗？

朱丽叶　谁在叫我？是我的母亲吗？——难道她这么晚还没有睡觉，还是这么早就起来了？什么特殊的原因使她到这儿来？

凯普莱特夫人上。

凯普莱特夫人　啊，怎么，朱丽叶！

朱丽叶　母亲，我不大舒服。

凯普莱特夫人　老是为了你表兄的死而掉泪吗？什么！你想用眼泪把他从坟墓里冲出来吗？就是冲得出来，你也没法子叫他复活；所以还是算了吧。适当的悲哀可以表示感情的深切，过度的伤心却可以证明智慧的欠缺。

朱丽叶 可还是让我为了这样一个痛心的损失而流泪吧。

凯普莱特夫人 损失固然痛心，可是一个失去的亲人，不是眼泪能够哭得回来的。

朱丽叶 因为这损失实在太痛心了，我不能不为了失去的亲人而痛哭。

凯普莱特夫人 好，孩子，人已经死了，你也不用多哭他了；顶可恨的是那杀死他的恶人仍旧活在世上。

朱丽叶 什么恶人，母亲？

凯普莱特夫人 就是罗密欧那个恶人。

朱丽叶 （*旁白*）恶人跟他相去真有十万八千里呢。——上帝饶恕他！我愿意全心饶恕他；可是没有人会像他那样使我心里充满伤悲。

凯普莱特夫人 那是因为这个万恶的凶手还活在世上。

朱丽叶 是的，母亲，我恨不得把他抓住在我的手里。但愿我能够独自报复这一段杀兄之仇！

凯普莱特夫人 我们一定要报仇的，你放心吧；别再哭了。这个亡命的流徒现在到曼多亚去了，我要差一个人到那边去，用一种稀有的毒药把他毒死，让他早点儿跟提伯尔特见面；那时候我想你一定可以满足了。

朱丽叶 真的，我心里永远不会感到满足，除非我看见罗密欧在我的面前——死去；我这颗可怜的心是这样为了一个亲人而痛楚！母亲，要是您能够找到一个愿意带毒药去的人，让我亲手把它调好，好叫那罗密欧服下以后，就会安然睡去。唉！我心里多么难过，只听到他的名字，却不能赶到他的面前，为了我对哥哥的感情，我巴不得能在那杀死他的人的身上报这个仇！

凯普莱特夫人　你去想办法，我一定可以找到这样一个人。可是，孩子，现在我要告诉你好消息。

朱丽叶　在这样不愉快的时候，好消息来得真是再适当没有了。请问母亲，是什么好消息呢？

凯普莱特夫人　哈哈，孩子，你有一个体贴你的好爸爸哩；他为了替你排解愁闷，已经为你选定了一个大喜的日子，不但你想不到，就是我也没有想到。

朱丽叶　母亲，快告诉我，是什么日子？

凯普莱特夫人　哈哈，我的孩子，星期四的早晨，那位风流年少的贵人，帕里斯伯爵，就要在圣彼得教堂里娶你做他的幸福的新娘了。

朱丽叶　凭着圣彼得教堂和圣彼得的名字起誓，我决不让他娶我做他的幸福的新娘。世间哪有这样匆促的事情，人家还没有来向我求过婚，我倒先做了他的妻子了！母亲，请您对我的父亲说，我现在还不愿意出嫁；就是要出嫁，我可以发誓，我也宁愿嫁给我所痛恨的罗密欧，不愿嫁给帕里斯。真是些好消息！

凯普莱特夫人　你爸爸来啦；你自己对他说去，看他会不会听你的话。

凯普莱特及乳媪上。

凯普莱特　太阳西下的时候，天空中落下了蒙蒙的细露；可是我的侄儿死了，却有倾盆的大雨送着他下葬。怎么！装起喷水管来了吗，孩子？咦！还在哭吗？雨到现在还没有停吗？你这小小的身体里面，也有船，也有海，也有风；因为你的眼睛就是海，永远有泪潮在那儿涨退；你的身体是一艘船，在这泪海上面航行；你的叹息是海上的狂风；你的身体经不起风浪的吹打，是会在这汹涌的怒海中覆没的。怎么，妻子！你没有把我们的意思告诉她吗？

凯普莱特夫人 我告诉她了；可是她说谢谢你，她不要嫁人。我希望这傻丫头还是死了干净！

凯普莱特 且慢！讲明白点儿，讲明白点儿，妻子。怎么！她不要嫁人吗？她不谢谢我们吗？她不称心吗？像她这样一个贱丫头，我们替她找到了这么一位高贵的绅士做她的新郎，她还不想想这是多大的福气吗？

朱丽叶 我没有喜欢，只有感激；你们不能勉强我喜欢一个我对他没有好感的人，可是我感激你们爱我的一片好心。

凯普莱特 怎么！怎么！胡说八道！这是什么话？什么喜欢不喜欢，感激不感激！死丫头，我也不要你感谢，我也不要你喜欢，只要你预备好星期四到圣彼得教堂里去跟帕里斯结婚；你要是不愿意，我就把你装在木笼里拖了去。不要脸的死丫头，贱东西！

凯普莱特夫人 嗳哟！嗳哟！你疯了吗？

朱丽叶 好爸爸，我跪下来求求您，请您耐心听我说一句话。

凯普莱特 该死的小贱妇！不孝的畜生！我告诉你，星期四给我到教堂里去，不然以后再也不要见我的面。不许说话，不要回答我；我的手指痒着呢。——夫人，我们常常怨叹自己福薄，只生下这一个孩子；可是现在我才知道就是这一个已经太多了，总是家门不幸，出了这一个冤孽！不要脸的贱货！

乳　媪 上帝祝福她！老爷，您不该这样骂她。

凯普莱特 为什么不该！我的聪明的老太太？谁要你多嘴，我的好大娘？你去跟你那些婆婆妈妈们谈天去吧，去！

乳　媪 我又没有说过一句冒犯您的话。

凯普莱特 啊，去你的吧。

乳　媪 就不能开口了吗？

凯普莱特 闭嘴，你这叽哩咕噜的蠢婆娘！我们不要听你的教训。

凯普莱特夫人 你的脾气太躁了。

凯普莱特 哼！我气都气疯啦。每天每夜，时时刻刻，不论忙着空着，独自一个人或是跟别人在一起，我心里总是在盘算着怎样把她许配给一个好好的人家；现在好容易找到一位出身高贵的绅士，又有家私，又年轻，又受过高尚的教养，正是人家说的十二分的人才，好到没得说的了；偏偏这个不懂事的傻丫头，放着送上门来的好福气不要，说什么“我不要结婚”、“我不懂恋爱”、“我年纪太小”、“请你原谅我”；好，你要是不愿意嫁人，我可以放你自由，尽你的意思到什么地方去，我这屋子里可容不得你了。你给我想想明白，我是一向说到哪里做到哪里的。星期四就在眼前；自己仔细考虑考虑。你倘若是我的女儿，就得听我的话嫁给我的朋友；你倘若不是我的女儿，那么你去上吊也好，做叫花子也好，挨饿也好，死在街道上也好，我都不管，因为凭着我的灵魂起誓，我是再也不会认你这个女儿的，你也别想我会分一点什么给你。我不会骗你，你想一想吧；我已经发过誓了，一定要把它做到。（下）

朱丽叶 天知道我心里是多么难过，难道它竟会不给我一点慈悲吗？啊，我的亲爱的母亲！不要丢弃我！把这门亲事延期一个月或是一个星期也好；或者要是您不答应我，那么请您把我的新床安放在提伯尔特长眠的幽暗的坟茔里吧！

凯普莱特夫人 不要对我讲话，我没有什么话好说的。随你的便吧，我是不管你啦。（下）

朱丽叶 上帝啊！啊，奶妈！这件事情怎么避过去呢？我的丈夫还在世间，我的誓言已经上达天听；倘使我的誓言可以收回，那么除非我的丈夫已经脱离人世，从天上把它送还给我。安慰安慰我，替我想想办法吧。唉！唉！想不到天也会作弄像我这样一个柔弱的人！您怎么说？难道您没有一句可以使我快乐的话吗？奶妈，给我一点安慰吧！

乳　媪　好，那么你听我说。罗密欧是已经放逐了；我可以拿随便什么东西跟你打赌，他再也不敢回来责问你，除非他偷偷地溜了回来。事情既然这样，那么我想你最好还是跟那伯爵结婚吧。啊！他真是个可爱的绅士！罗密欧比起他来只好算是一块抹布；小姐，一只鹰也没有像帕里斯那样一双又是碧绿好看、又是锐利的眼睛。说句该死的话，我想你这第二个丈夫，比第一个丈夫好得多啦；纵然不是好得多，可是你的第一个丈夫虽然还在世上，对你已经没有什么用处，也就跟死了差不多啦。

朱丽叶　您这些话是从心里说出来的吗？

乳　媪　那不但是我心里的话，也是我灵魂里的话；倘有虚假，让我的灵魂下地狱。

朱丽叶　阿门！

乳　媪　什么！

朱丽叶　好，您已经给了我很大的安慰。您进去吧；告诉我的母亲说我出去了，因为得罪了我的父亲，要到劳伦斯的寺院里去忏悔我的罪过。

乳　媪　很好，我就这样告诉她；这才是聪明的办法哩。（下）

朱丽叶　老而不死的魔鬼！顶丑恶的妖精！她希望我背弃我的盟誓；她几千次向我夸奖我的丈夫，说他比谁都好，现在却又用同一条舌头说他的坏话！去，我的顾问；从此以后，我再也不把你当作心腹看待了。我要到神父那儿去向他求救；要是一切办法都已用尽，我至少还有死这条路。（下）

第四幕

第一场　维洛那。劳伦斯神父的寺院

劳伦斯神父及帕里斯上。

劳伦斯　在星期四吗，伯爵？时间未免太局促了。

帕里斯　这是我的岳父凯普莱特的意思；他既然这样性急，我也不愿把时间延迟下去。

劳伦斯　您说您还没有知道那小姐的心思；我不赞成这种片面决定的事情。

帕里斯　提伯尔特死后她伤心过度，所以我没有跟她过多谈情说爱，因为在一间哭哭啼啼的屋子里，维纳斯是露不出笑容来的。神父，她的父亲因为瞧她这样一味忧伤，恐怕会发生什么意外，所以才决定提早替我们完婚，免得她一天到晚哭得像个泪人儿一般；一个人在房间里最容易触景伤情，要是有了伴侣，也许可以替她排除悲哀。现在您可以知道我这次匆促结婚的理由了。

劳伦斯　（*旁白*）我希望我不知道它为什么必须延迟的理由。——瞧，伯爵，这位小姐到我寺里来了。

朱丽叶上。

帕里斯 您来得正好，我的爱妻。

朱丽叶 伯爵，等我做了妻子以后，也许您可以这样叫我。

帕里斯 爱人，也许到星期四这就要成为事实了。

朱丽叶 事实是无可避免的。

劳伦斯 那是当然的道理。

帕里斯 您是来向这位神父忏悔的吗？

朱丽叶 我要是回答了您，我就得向您忏悔了。

帕里斯 不要在他的面前否认您爱我。

朱丽叶 我愿意在您的面前承认我爱他。

帕里斯 我相信您也一定愿意在我的面前承认您爱我。

朱丽叶 要是我必须承认，那么在您的背后承认，比在您的面前承认好得多啦。

帕里斯 可怜的人儿！眼泪已经毁损了你的美貌。

朱丽叶 眼泪并没有得到多大的胜利；因为我这副容貌在没有被眼泪毁损以前，已经够丑了。

帕里斯 你不该说这样的话诽谤你的美貌。

朱丽叶 这不是诽谤，伯爵，这是实在的话，我当着我自己的脸说的。

帕里斯 你的脸是我的，你不该侮辱它。

朱丽叶 也许是的，因为它不是我自己的。神父，您现在有空吗？还是让我在晚祷的时候再来？

劳伦斯 我还是现在有空，多愁的女儿。伯爵，我们现在必须请您离开我们。

帕里斯 我不敢打扰你们的祈祷。朱丽叶，星期四一早我就来叫醒你；现在我们再会吧，请你保留下这一个神圣的吻。（下）

朱丽叶 啊！把门关了！关了门，再来陪着我哭吧。没有希望，没有补救，没有挽回了！

劳伦斯 啊，朱丽叶！我早已知道你的悲哀，实在想不出一个万全的计策。我听说你在星期四必须跟这伯爵结婚，而且毫无拖延的可能了。

朱丽叶 神父，不要对我说您已经听见这件事情，除非您能够告诉我怎样避免它；要是您的智慧不能帮助我，那么只要您赞同我的决心，我就可以立刻用这把刀解决一切。上帝把我的心和罗密欧的心结合在一起，我们两人的手是您替我们结合的；要是我这一只已经由您证明和罗密欧缔盟的手，再去和别人缔结新盟，或是我的忠贞的心起了叛变，投进别人的怀里，那么这把刀可以割下这背盟的手，诛戮这叛变的心。所以，神父，凭着您的丰富的见识阅历，请您赶快给我一些指教；否则瞧吧，这把血腥气的刀，就可以在我跟我的困难之间做一个公正人，替我解决您的经验和才能所不能替我觅得一个光荣解决的难题。不要老是不说话；要是您不能指教我一个补救的办法，那么我除了一死以外，没有别的希冀。

劳伦斯 住手，女儿；我已经望见了一线希望，可是那必须用一种非常的手段，方才能够抵御这一种非常的变故。要是你因为不愿跟帕里斯伯爵结婚，能够毅然立下视死如归的决心，那么你也一定愿意采取一种和死差不多的办法，来避免这种耻辱；倘若你敢冒险一试，我就可以把办法告诉你。

朱丽叶 啊！只要不嫁给帕里斯，您可以叫我从那边塔顶的雉堞上跳下来；您可以叫我在盗贼出没、毒蛇潜迹的路上匍匐行走；把我和咆哮的怒熊锁禁在一起；或者在夜间把我关在堆积尸骨的地窟里，用许多陈死的白骨、霉臭的腿胴和失去下颚的焦黄的骷髅掩盖着我的身体；或者叫我跑进一座新坟里去，把我隐匿在死人的殓衾里；无论什么使我听了战栗的事，只要可以让我活着对我的爱人做一个纯洁无瑕的妻子，我都愿意毫不恐惧、毫不迟疑地做去。

劳伦斯 好，那么放下你的刀；快快乐乐地回家去，答应嫁给帕里斯。明天就是星期三了；明天晚上你必须一人独睡，别让你的奶妈睡在你的房间里；这一个药瓶你拿去，等你上床以后，就把这里面炼就的液汁一口喝下，那时就会有一阵昏昏沉沉的寒气通过你全身的血管，接着脉搏就会停止跳动；没有一丝热气和呼吸可以证明你还活着；你的嘴唇和颊上的红色都会变成灰白；你的眼睑闭下，就像死神的手关闭了生命的白昼；你身上的每一部分失去了灵活的控制，都像死一样僵硬寒冷；在这种与死无异的状态中，你必须经过四十二小时，然后你就仿佛从一场酣睡中醒了过来。当那新郎在早晨来催你起身的时候，他们会发现你已经死了；然后，照着我们国里的规矩，他们就要替你穿起盛装，用柩车载着你到凯普莱特族中祖先的坟茔里。同时因为要预备你醒来，我可以写信给罗密欧，告诉他我们的计划，叫他立刻到这儿来；我跟他两个人就守在你的身边，等你一醒过来，当夜就叫罗密欧带着你到曼多亚去。只要你不临时变卦，不中途气馁，这一个办法一定可以使你避免这一场眼前的耻辱。

朱丽叶 给我！给我！啊，不要对我说起害怕两个字！

劳伦斯 拿着；你去吧，愿你立志坚强，前途顺利！我就叫一个弟兄飞快到曼多亚，带我的信去送给你的丈夫。

朱丽叶 爱情啊，给我力量吧！只有力量可以搭救我。再会，亲爱的神父！（各下）

第二场 同前。凯普莱特家中厅堂

凯普莱特、凯普莱特夫人、乳媪及众仆上。

凯普莱特 这单子上有名字的，都是要去邀请的客人。（仆甲下）来人，给我去雇二十个有本领的厨子来。

仆　乙　老爷请放心，我一定要挑选一些能舔手指头的厨子来。

凯普莱特　为什么呢？

仆　乙　呀，老爷，厨子都用手指头尝菜，不能舔手指头的就不能做菜——这样的厨子我就不要。

凯普莱特　好，去吧。咱们这一次实在有点儿措手不及。什么！我的女儿到劳伦斯神父那里去了吗？

乳　媪　正是。

凯普莱特　好，也许他可以劝告劝告她；真是个乖僻不听话的浪蹄子！

乳　媪　瞧她已经忏悔完毕，高高兴兴地回来啦。

朱丽叶上。

凯普莱特　啊，我的倔强的丫头！你荡到什么地方去啦？

朱丽叶　我因为自知忤逆不孝，违抗了您的命令，所以特地前去忏悔我的罪过。现在我听从劳伦斯神父的指教，跪在这儿请您宽恕。爸爸，请您宽恕我吧！从此以后，我永远听您的话了。

凯普莱特　去请伯爵来，对他说：我要把婚礼改在明天早上举行。

朱丽叶　我在劳伦斯寺里遇见这位少年伯爵；我已经在不超过礼法的范围以内，向他表示过我的爱情了。

凯普莱特　啊，那很好，我很高兴。站起来吧；这样才对。让我见见这伯爵；喂，快去请他过来。多谢上帝，把这位可尊敬的神父赐给我们！我们全城的人都感戴他的好处。

朱丽叶　奶妈，请你陪我到我的房间里去，帮我检点检点衣饰，看有哪几件可以在明天穿戴。

凯普莱特夫人　不，还是到星期四再说吧，急什么呢？

凯普莱特　去，奶妈，陪她去。我们一定明天上教堂。（朱丽叶及乳媪下）

凯普莱特夫人　我们现在预备起来怕来不及；天已经快黑了。

凯普莱特　胡说！我现在就动手，你瞧着吧，太太，到明天一定什么都安排得好好的。你快去帮朱丽叶打扮打扮；我今天晚上不睡了，让我一个人在这儿做一次管家妇。喂！喂！这些人一个都不在。好，让我自己跑到帕里斯那里去，叫他准备明天做新郎。这个倔强的孩子现在回心转意，真叫我高兴得了不得。（各下）

第三场　同前。朱丽叶的卧室

朱丽叶及乳媪上。

朱丽叶　嗯，那些衣服都很好。可是，好奶妈，今天晚上请您不用陪我，因为我还要念许多祷告，求上天宥恕我过去的罪恶，默佑我将来的幸福。

凯普莱特夫人上。

凯普莱特夫人　啊！你正在忙着吗？要不要我帮你？

朱丽叶　不，母亲；我们已经选择好了明天需用的一切，所以现在请您让我一个人在这儿吧；让奶妈今天晚上陪着您不睡，因为我相信这次事情办得太匆促了，您一定忙得不可开交。

凯普莱特夫人　晚安！早点睡觉，你应该好好休息休息。（凯普莱特夫人及乳媪下）

朱丽叶　再会！上帝知道我们将在什么时候相见。我觉得仿佛有一阵寒颤刺激着我的血液，简直要把生命的热流冻结起来似的；待我叫她们回来安慰安慰我。奶妈！——要她到这儿来干吗？这凄惨的场面必须让我一个人扮演。来，药瓶。要是这药水不发生效力呢？那么我明天早上就必须结婚吗？不，不，这把刀会阻止我；你躺在那儿吧。（放下匕首）也许这瓶里是毒药，那神父因为已经替我和罗密欧证婚，现在我再跟别人结婚，恐怕损害他的名誉，所以有意骗我服下去毒死我；我怕也许会有这样的事；可是他一向是众所公认的道高德重的人，我想大概不至于；我不能抱着这样卑劣的思想。要是我在坟墓里醒了过来，罗密欧还没有到来把我救出去呢？这倒是很可怕的一点！那时我不是要在终年透不进一丝新鲜空气的地窟里活活闷死，等不到我的罗密欧到来吗？即使不闷死，那死亡和长夜的恐怖，那古墓中阴森的气象，几百年来，我祖先的尸骨都堆积在那里，入土未久的提伯尔特蒙着他的殓衾，正在那里腐烂；人家说，一到晚上，鬼魂便会归返他们的墓穴；唉！唉！要是我太早醒来，这些恶臭的气味，这些使人听了会发疯的凄厉的叫声；啊！要是我醒来，周围都是这种吓人的东西，我不会心神迷乱，疯狂地抚弄着我的祖宗的骨骼，把肢体溃烂的提伯尔特拖出了他的殓衾吗？在这样疯狂的状态中，我不会拾起一根老祖宗的骨头来，当作一根棍子，打破我的发昏的头颅吗？啊，瞧！那不是提伯尔特的鬼魂，正在那里追赶罗密欧，报复他的一剑之仇吗？等一等，提伯尔特，等一等！罗密欧，我来了！我为你干了这一杯！（倒在幕内的床上）

第四场　同前。凯普莱特家中厅堂

凯普莱特夫人及乳媪上。

凯普莱特夫人　奶妈，把这串钥匙拿去，再拿一点香料来。

乳　媪　点心房里在喊着要枣子和温柏呢。

凯普莱特上。

凯普莱特 来，赶紧点儿，赶紧点儿！鸡已经叫了第二次，晚钟已经打过，到三点钟了。好安吉丽加，当心看看肉饼有没有烤焦。多花几个钱没有关系。

乳 媪 走开，走开，女人家的事用不着您多管；快去睡吧，今天忙了一个晚上，明天又要害病了。

凯普莱特 不，哪儿的话！嘿，我为了没要紧的事，也曾经整夜不睡，几曾害过病来？

凯普莱特夫人 对啦，你从前也是惯偷女人的夜猫儿，可是现在我却不放你出去胡闹啦。（凯普莱特夫人及乳媪下）

凯普莱特 真是个醋娘子！真是个醋娘子！

三四仆人持炙叉、木柴及篮上。

凯普莱特 喂，这是什么东西？

仆 甲 老爷，这都是拿去给厨子的，我也不知道是什么东西。

凯普莱特 赶紧点儿，赶紧点儿。（仆甲下）喂，木头要拣干燥点儿的，你去问彼得，他可以告诉你什么地方有。

仆 乙 老爷，我自己也长着脑袋会拣木头，用不着麻烦彼得。（下）

凯普莱特 嘿，倒说得有理，这个淘气的小杂种！你长的是木头脑袋。嗳哟！天已经亮了；伯爵就要带着乐工来了，他说过的。（内乐声）我听见他已经走近了。奶妈！妻子！喂，喂！喂，奶妈呢？

乳媪重上。

凯普莱特 快去叫朱丽叶起来，把她打扮打扮；我要去跟帕里斯谈天去了。快去，快去，赶紧点儿；新郎已经来了；赶紧点儿！（各下）

第五场　同前。朱丽叶的卧室

乳媪上。

乳　媪　小姐！喂，小姐！朱丽叶！她准是睡熟了。喂，小羊！喂，小姐！哼，你这懒丫头！喂，亲亲！小姐！心肝！喂，新娘！怎么！一声也不响？现在尽你睡去，尽你睡一个星期；到今天晚上，帕里斯伯爵可不让你安安静静休息一会儿了。上帝饶恕我，阿门，她睡得多熟！我必须叫她醒来。小姐！小姐！小姐！好，让那伯爵自己到你床上来吧，那时你可要吓得跳起来了，是不是？（拉开帘子）怎么！衣服都穿好了，又重新睡下去吗？我必须把你叫醒。小姐！小姐！小姐！嗳哟！嗳哟！救命！救命！我的小姐死了！嗳哟！我还活着做什么！喂，拿一点酒来！老爷！太太！

凯普莱特夫人上。

凯普莱特夫人　吵什么？

乳　媪　嗳哟，好伤心啊！

凯普莱特夫人　什么事？

乳　媪　瞧，瞧！嗳哟，好伤心啊！

凯普莱特夫人　嗳哟，嗳哟！我的孩子，我的唯一的生命！醒来！睁开你的眼睛来！你死了，叫我怎么活得下去？救命！救命！大家来啊！

凯普莱特上。

凯普莱特　还不送朱丽叶出来，她的新郎已经来啦。

乳　媪　她死了，死了，她死了！嗳哟，伤心啊！

凯普莱特夫人　唉！她死了，她死了，她死了！

凯普莱特　嘿！让我瞧瞧。嗳哟！她身上冰冷的；她的血液已经停止不流，她的手脚都硬了；她的嘴唇里已经没有了生命的气息；死像一阵未秋先降的寒霜，摧残了这一朵最鲜嫩的娇花。

乳　媪　嗳哟，好伤心啊！

凯普莱特夫人　嗳哟，好苦啊！

凯普莱特　死神夺去了我的孩子，他使我悲伤得说不出话来。

劳伦斯神父、帕里斯及乐工等上。

劳伦斯　来，新娘有没有预备好上教堂去？

凯普莱特　她已经预备动身，可是这一去再不回来了。啊，贤婿！死神已经在你新婚的前夜降临到你妻子的身上。她躺在那里，像一朵被他摧残了的鲜花。死神是我的新婿，是我的后嗣，他已经娶走了我的女儿。我也快要死了，把我的一切都传给他；我的生命财产，一切都是死神的！

帕里斯　难道我眼巴巴望到天明，却让我看见这一个凄惨的景象吗？

凯普莱特夫人　倒霉的、不幸的、可恨的日子，永无休止的时间运行中一个顶悲惨的时辰！我就生了这一个孩子，这一个可怜的疼爱的孩子，她是我唯一的宝贝和安慰，现在却被残酷的死神从我眼前夺了去啦！

乳　媪　好苦啊！好苦的、好苦的、好苦的日子啊！我这一生一世里顶伤心的日子！顶凄凉的日子！嗳哟，这个日子！这个可恨的日子！从来不曾见过这样倒霉的日子！好苦的、好苦的日子啊！

帕里斯　最可恨的死，你欺骗了我，杀害了她，拆散了我们的良缘，一切都被残酷的、残酷的你破坏了！啊！爱人！啊，我的生命！没有生命，只有被死亡吞噬了的爱情！

凯普莱特　悲痛的命运，为什么你要来打破、打破我们的盛礼？儿啊！儿啊！我的灵魂，你死了！你已经不是我的孩子了！死了！唉！我的孩子死了，我的快乐也随着我的孩子埋葬了！

劳伦斯 静下来！不害羞吗？你们这样乱哭乱叫是无济于事的。上天和你们共有着这一个好女儿；现在她已经完全属于上天所有，这是她的幸福，因为你们不能使她的肉体避免死亡，上天却能使她的灵魂得到永生。你们竭力替她找寻一个美满的前途，因为你们的幸福是寄托在她的身上；现在她高高地升上云中去了，你们却为她哭泣吗？啊！你们瞧着她享受最大的幸福，却这样发疯一样号啕叫喊，这可以算是真爱你们的女儿吗？活着，嫁了人，一直到老，这样的婚姻有什么乐趣呢？在年轻时候结了婚而死去，那才是最幸福不过的。揩干你们的眼泪，把你们的香花散布在这美丽的尸体上，按照着习惯，把她穿着盛装抬到教堂里去。愚痴的天性虽然使我们伤心痛哭，可是在理智眼中，这些天性的眼泪却是可笑的。

凯普莱特 我们本来为了喜庆预备好的一切，现在都要变成悲哀的殡礼；我们的乐器要变成忧郁的丧钟，我们的婚筵要变成凄凉的丧席，我们的婚曲要变成沉痛的挽歌，新娘手里的鲜花要放在坟墓中殉葬，一切都要相反而行。

劳伦斯 凯普莱特先生，您进去吧；夫人，您陪他进去；帕里斯伯爵，您也去吧；大家准备送这具美丽的尸体下葬。上天的愤怒已经降临在你们身上，不要再违拂他的意旨，招致更大的灾祸。（凯普莱特夫妇、帕里斯、劳伦斯同下）

乐工甲 真的，咱们也可以收起笛子走啦。

乳　媪 啊！好兄弟们，收起来吧，收起来吧；这真是一场令人伤心的横祸！（下）

乐工甲 唉，要是这事有什么办法补救该多好。

彼得上。

彼　得　乐工！啊！乐工，《心里的安乐》，《心里的安乐》！啊！替我奏一曲《心里的安乐》，否则我要活不下去了。

乐工甲　为什么要奏《心里的安乐》呢？

彼　得　啊！乐工，因为我的心在那里唱着“我心里充满了忧伤”。啊！替我奏一支快活的歌儿，安慰安慰我吧。

乐工甲　不奏不奏，现在不是奏乐的时候。

彼　得　那么你们不奏吗？

乐工甲　不奏。

彼　得　那么我就给你们——

乐工甲　你给我们什么？

彼　得　我可不给你们钱，哼！我要给你们一顿骂；我骂你们是一群卖唱的叫花子。

乐工甲　那么我就骂你是个下贱的奴才。

彼　得　那么我就把奴才的刀搁在你们的脖子上。我叫你们“来”就“来”，叫你们“发”就“发”，你们听见吗？

乐工甲　你想指挥我们，没门儿。

乐工乙　且慢，君子动口，小人动手。

彼　得　好，那你们就接招吧。看我不用我这张铁嘴骂你们个够。我可以不动手，但有本领的，回答我一个问题，歌里唱：

当悲哀伤痛着心灵，
当忧郁萦绕在胸中，
唯有音乐的银声——

为什么说“银声”？为什么说“音乐的银声”？西蒙，你怎么说？

乐工甲　因为银子的声音好听。

彼　得　说得好！你怎么说，弹三弦的休伊？

乐工乙　因为乐工奏乐的目的，是想人家赏他些银子。

彼　得　废话！詹姆士，你怎么说？

乐工丙　不瞒你说，我可不知道该怎么说。

彼　得　啊！对不起，你是只会唱唱歌的；我替你说了吧：因为乐工尽管奏乐奏到老死，也换不到一些金子。

唯有音乐的银声，

可以把烦闷推开。（下）

乐工甲　真是个讨厌的家伙！

乐工乙　该死的奴才！来，咱们且慢回去，等吊客来的时候吹奏两声，吃他们一顿饭再走。（同下）

第五幕

第一场　曼多亚。街道

罗密欧上。

罗密欧　要是梦寐中的幻景果然可以代表真实，那么我的梦预兆着将有好消息到来：我觉得心神宁恬，整日里有一种向所没有的精神，用快乐的思想把我从地面上飘扬起来。我梦见我的爱人来看见我死了——奇怪的梦，一个死人也会思想！——她吻着我，把生命吐进了我的嘴唇里，于是我复活了，并且成为一个君王。唉！仅仅是爱的影子，已经给人这样丰富的欢乐，要是能占有爱的本身，那该有多么甜蜜！

罗密欧的仆人鲍尔萨泽着靴上。

罗密欧　从维洛那来的消息！啊，鲍尔萨泽！不是神父叫你带信来给我吗？我的爱人怎样？我父亲好吗？我再问你一遍，我的朱丽叶安好吗？因为只要她安好，一定什么都是好好的。

鲍尔萨泽　那么她是安好的，什么都是好好的；她的身体长眠在凯普莱特家的坟茔里，她的不死的灵魂和天使们在一起。我看见她下葬在她亲族的墓穴里，所以立刻飞马前来告诉您。啊，少爷！恕我带了这恶消息来，因为这是您吩咐我做的事。

罗密欧 有这样的事！命运，我咒诅你！——你知道我的住处；给我买些纸笔，雇下两匹快马，我今天晚上就要动身。

鲍尔萨泽 少爷，请您宽心一下；您的脸色惨白而仓皇，恐怕是不吉之兆。

罗密欧 胡说，你看错了。快去，把我叫你做的事赶快办好。神父没有叫你带信给我吗？

鲍尔萨泽 没有，我的好少爷。

罗密欧 算了，你去吧，把马匹雇好了；我就来找你。（鲍尔萨泽下）好，朱丽叶，今晚我要睡在你的身旁。让我想个办法。啊，罪恶的念头！你会多么快钻进一个绝望者的心里！我想起了一个卖药的人，他的铺子就开设在附近，我曾经看见他穿着一身破烂的衣服，皱着眉头在那儿拣药草；他的形状十分消瘦，贫苦把他熬煎得只剩一把骨头；他的寒伧的铺子里挂着一只乌龟，一头剥制的鳄鱼，还有几张形状丑陋的鱼皮；他的架子上稀疏地散放着几只空匣子、绿色的瓦罐、一些胞囊和发霉的种子、几段包扎的麻绳，还有几块陈年的干玫瑰花，作为聊胜于无的点缀。看到这一种寒酸的样子，我就对自己说，在曼多亚城里，谁出卖了毒药是会立刻被处死的，可是倘有谁现在需要毒药，这儿有一个可怜的奴才会卖给他。啊！不料我这一个思想，竟会预兆着我自己的需要，这个穷汉的毒药却要卖给我。我记得这里就是他的铺子；今天是假日，所以这叫花子没有开门。喂！卖药的！

卖药人上。

卖药人 谁在高声叫喊？

罗密欧 过来，朋友。我瞧你很穷，这儿是四十块钱，请你给我一点能够迅速致命的毒药，厌倦于生命的人一服下去便会散入全身的血管，立刻停止呼吸而死去，就像火药从炮膛里放射出去一样快。

卖药人　这种致命的毒药我是有的；可是曼多亚的法律严禁发卖，出卖的人是要处死刑的。

罗密欧　难道你这样穷苦，还怕死吗？饥寒的痕迹刻在你的面颊上，贫乏和迫害在你的眼睛里射出了饿火，轻蔑和卑贱重压在你的背上；这世间不是你的朋友，这世间的法律也保护不到你，没有人为你定下一条法律使你富有；那么你何必苦耐着贫穷呢？违犯了法律，把这些钱收下吧。

卖药人　我的贫穷答应了你，可是那是违反我的良心的。

罗密欧　我的钱是给你的贫穷，不是给你的良心的。

卖药人　把这一服药放在无论什么饮料里喝下去，即使你有二十个人的气力，也会立刻送命。

罗密欧　这儿是你的钱，那才是害人灵魂的更坏的毒药，在这万恶的世界上，它比你那些不准贩卖的微贱的药品更会杀人；你没有把毒药卖给我，是我把毒药卖给你。再见；买些吃的东西，把你自己喂得胖一点。——来，你不是毒药，你是替我解除痛苦的仙丹，我要带着你到朱丽叶的坟上去，少不得要借重你一下哩。（各下）

第二场　维洛那。劳伦斯神父的寺院

约翰神父上。

约　翰　喂！师兄在哪里？

劳伦斯神父上。

劳伦斯　这是约翰师弟的声音。欢迎你从曼多亚回来！罗密欧怎么说？要是他的意思在信里写明，那么把他的信给我吧。

约　翰　我临走的时候，因为要找一个同门的师弟作我的同伴，他正在这城里访问病人，不料给本地巡逻的人看见了，疑心我们走进了一家染着瘟疫的人家，把门封锁住了，不让我们出来，所以耽误了我的曼多亚之行。

劳伦斯 那么谁把我的信送去给罗密欧了？

约 翰 我没有法子把它送出去，现在我又把它带回来了；因为他们害怕瘟疫传染，也没有人愿意把它送还给你。

劳伦斯 糟了！这封信不是等闲，性质十分重要，把它耽误下来，也许会引起极大的灾祸。约翰师弟，你快去给我找一柄铁锄，立刻带到这儿来。

约 翰 好师兄，我去给你拿来。（下）

劳伦斯 现在我必须独自到墓地里去；在这三小时之内，朱丽叶就会醒来，她因为罗密欧不曾知道这些事情，一定会责怪我。我现在要再写一封信到曼多亚去，让她留在我的寺院里，直等罗密欧到来。可怜的没有死的尸体，幽闭在一座死人的坟墓里！（下）

第三场 同前。凯普莱特家坟茔所在的墓地

帕里斯及侍童携鲜花火炬上。

帕里斯 孩子，把你的火把给我；走开，站在远远的地方；还是灭了吧，我不愿给人看见。你到那边的紫杉树底下直躺下来，把你的耳朵贴着中空的地面，地下挖了许多墓穴，土是松的，要是有踉跄的脚步走到坟地上来，你准听得见；要是听见有什么声息，便吹一个唿哨通知我。把那些花给我。照我的话做去，走吧。

侍 童 （*旁白*）我简直不敢独自一人站在这墓地上，可是我要硬着头皮试一下。（*退后*）

帕里斯 这些鲜花替你铺盖新床；

惨啊，一朵娇红永委沙尘！

我要用沉痛的热泪淋浪，

和着香水浇溉你的芳坟；
夜夜到你墓前散花哀泣，
这一段相思啊永无消歇！（侍童吹口哨）

这孩子在警告我有人来了。哪一个该死的家伙在这晚上到这儿来打扰我在爱人墓前的凭吊？什么！还拿着火把来吗？——让我躲在一旁看看他的动静。（退后）

罗密欧及鲍尔萨泽持火炬、锹锄等上。

罗密欧 把那锄头跟铁钳给我。且慢，拿着这封信；等天一亮，你就把它送给我的父亲。把火把给我。听好我的吩咐，无论你听见什么瞧见什么，都只好远远地站着不许动，免得妨碍我的事情；要是动一动，我就要你的命。我所以要跑下这个坟墓里去，一部分的原因是要探望探望我的爱人，可是主要的理由却是要从她的手指上取下一个宝贵的指环，因为我有一个很重要的用途。所以你赶快给我走开吧；要是你不相信我的话，胆敢回来窥伺我的行动，那么，我可以对天发誓，我要把你的骨骼一节一节扯下来，让这饥饿的墓地上散满了你的肢体。我现在的心境非常狂野，比饿虎或是咆哮的怒海都要凶猛无情，你可不要惹我性起。

鲍尔萨泽 少爷，我走就是了，决不来打扰您。

罗密欧 这才像个朋友。这些钱你拿去，愿你一生幸福。再会，好朋友。

鲍尔萨泽 （旁白）虽然这么说，我还是要躲在附近的地方看着他；他的脸色使我害怕，我不知道他究竟打算做出什么事来。（退后）

罗密欧 你可憎的墓茔，死亡的所在，你吞噬了世上最可爱的人儿，那么我要扒开你这腐烂的咽喉，（将墓门掘开）索性让你再吃一个饱！

帕里斯 这就是那个已经放逐出去的骄横的蒙太古，他杀死了我爱人的表兄，据说她就是因为伤心他的惨死而夭亡的。现在这家伙又要来盗尸发墓了，待我去抓住他。（上前）万恶的蒙太古！停止你的罪恶的工作，难道你杀了他们还不够，还要在死人身上发泄你的仇恨吗？该死的凶徒，赶快束手就捕，跟我见官去！

罗密欧　我果然该死，所以才到这儿来。年轻人，不要激怒一个不顾死活的人，快快离开我走吧；想想这些死了的人，你也该胆寒了。年轻人，请你不要激动我的怒气，使我再犯一次罪；啊，走吧！我可以对天发誓，我爱你远过于爱我自己，因为我来此的目的，就是要跟自己作对。别留在这儿，走吧；好好留着你的活命，以后也可以对人家说，是一个疯子发了慈悲，叫你逃走的。

帕里斯　我不听你这种鬼话；你是一个罪犯，我要逮捕你。

罗密欧　你一定要激怒我吗？那么好，来吧，小子！（二人格斗）

侍　童　嗳哟，主啊！他们打起来了，我去叫巡逻的人来！（下）

帕里斯　（倒下）啊，我死了！——你倘有几分仁慈，打开墓门来，把我放在朱丽叶的身旁吧！（死）

罗密欧　好，我愿意成全你的志愿。让我瞧瞧他的脸；啊，茂丘西奥的亲戚，尊贵的帕里斯伯爵！当我们一路上骑马而来的时候，我的仆人曾经对我说过几句话，那时我因为心绪烦乱，没有听得进去；他说些什么？好像他告诉我说帕里斯本来预备娶朱丽叶为妻；他不是这样说吗？还是我做过这样的梦？或者还是我神经错乱，听见他说起朱丽叶的名字，所以发生了这一种幻想？啊！把你的手给我，你我都是登录在恶运的黑册上的人，我要把你葬在一个胜利的坟墓里；一个坟墓吗？啊，不！被杀害的少年，这是一个灯塔，因为朱丽叶睡在这里，她的美貌使这一个墓窟变成一座充满着光明的欢宴的华堂。死了的人，躺在那儿吧，一个死了的人把你安葬了。（将帕里斯放下墓中）人们临死的时候，往往反会觉得心中愉快，旁观的人便说这是死前的一阵回光返照；啊！这也就是我的回光返照吗？啊，我的爱人！我的妻子！死虽然已经吸去了你呼吸中的芳蜜，却还没有力量摧残你的美貌；你还没有被他征服，你的嘴唇上、面庞上，依然显着红润的美艳，不曾让灰白的死亡进占。提伯尔特，你也裹着你的血淋淋的殓衾躺在那儿吗？啊！你的青春葬送在你仇人的手里，现在我来替你报仇来了，我要亲手杀死那杀害你的人。原谅我吧，兄弟！啊！亲爱的朱丽叶，你为什么仍然这样美丽？难道那虚无的死亡，那枯瘦可憎的妖魔，也是个多情种子，所以把你藏匿在这幽暗的洞府里做他的情妇吗？为了防止这样的事情，我要永远陪伴着你，再不离开这漫漫长夜的幽宫；我要留在这儿，跟你的侍婢，那些蛆虫们在一起；啊！我要在这儿永久安息下来，从我这厌倦人世的凡躯上挣脱恶运的束缚。眼睛，瞧你的最后一眼吧！手臂，作你最后一次的拥抱吧！嘴唇，啊！你呼吸的门户，用一个合法的吻，跟网罗一切的死亡订立一个永久的契约吧！来，苦味的向导，绝望的领港人，现在赶快把你的厌倦于风涛的船舶向那巉岩上冲撞过去吧！为了我的爱人，我干了这一杯！（饮药）啊！卖药的人果然没有骗我，药性很快地发作了。我就这样在这一吻中死去。（死）

劳伦斯神父持灯笼、锄、锹自墓地另一端上。

劳伦斯　圣芳济保佑我！我这双老脚今天晚上怎么老是在坟堆里绊来跌去的！那边是谁？

鲍尔萨泽　是一个朋友，也是一个跟您熟识的人。

劳伦斯　祝福你！告诉我，我的好朋友，那边是什么火把，向蛆虫和没有眼睛的骷髅浪费着它的光明？照我辨认起来，那火把亮着的地方，似乎是凯普莱特家族的坟茔。

鲍尔萨泽 正是，神父；我的主人，您的好朋友，就在那儿。

劳伦斯 他是谁？

鲍尔萨泽 罗密欧。

劳伦斯 他来多久了？

鲍尔萨泽 足足半点钟。

劳伦斯 陪我到墓穴里去。

鲍尔萨泽 我不敢，神父。我的主人不知道我还没有走；他曾经对我严辞恐吓，说要是我留在这儿窥伺他的动静，就要把我杀死。

劳伦斯 那么你留在这儿，让我一个人去吧。恐惧临到我的身上；啊！我怕会有什么不幸的祸事发生。

鲍尔萨泽 当我在这株紫杉树底下睡了过去的时候，我梦见我的主人跟另外一个人打架，那个人被我的主人杀了。

劳伦斯 （趋前）罗密欧！嗳哟！嗳哟！这坟墓的石门上染着些什么血迹？在这安静的地方，怎么横放着这两柄无主的血污的刀剑？（进墓）罗密欧！啊，他的脸色这么惨白！还有谁？什么！帕里斯也躺在这儿，浑身浸在血泊里？啊！多么残酷的时辰，造成了这场凄惨的意外！那小姐醒了。（朱丽叶苏醒）

朱丽叶 啊，善心的神父！我的夫君呢？我记得很清楚我应当在什么地方，现在我正在这地方。我的罗密欧呢？（内喧声）

劳伦斯 我听见有什么声音。小姐，赶快离开这个密布着毒氛腐臭的死亡的巢穴吧；一种我们所不能反抗的力量已经阻挠了我们的计划。来，出去吧。你的丈夫已经在你的怀中死去；帕里斯也死了。来，我可以替你找一处地方出家做尼姑。不要耽误时间盘问我，巡夜的人就要来了。来，好朱丽叶，去吧。（内喧声又起）我不敢再等下去了。

朱丽叶 去，你去吧！我不愿意走。（劳伦斯下）这是什么？一只杯子，紧紧地握在我的忠心的爱人的手里？我知道了，一定是毒药结果了他的生命。唉，冤家！你一起喝干了，不留下一滴给我吗？我要吻着你的嘴唇，也许这上面还留着一些毒液，可以让我当作兴奋剂服下而死去。（吻罗密欧）你的嘴唇还是温暖的！

巡丁甲　（在内）孩子，带路；在哪一个方向？

朱丽叶　啊，人声吗？那么我必须快一点了结。啊，好刀子！（攫住罗密欧的匕首）这就是你的鞘子；（以匕首自刺）你插了进去，让我死了吧。（扑在罗密欧身上死去）

巡丁及帕里斯侍童上。

侍　童　就是这儿，那火把亮着的地方。

巡丁甲　地上都是血；你们几个人去把墓地四周搜查一下，看见什么人就抓起来。（若干巡丁下）好惨！伯爵被人杀了躺在这儿，朱丽叶胸口流着血，身上还是热热的好像死得不久，虽然她已经葬在这里两天了。去，报告亲王，通知凯普莱特家里，再去把蒙太古家里的人也叫醒了，剩下的人到各处搜搜。（若干巡丁续下）我们看见这些惨事发生在这个地方，可是在没有得到人证以前，却无法明了这些惨事的真相。

若干巡丁率鲍尔萨泽上。

巡丁乙　这是罗密欧的仆人；我们看见他躲在墓地里。

巡丁甲　把他好生看押起来，等亲王来审问。

若干巡丁率劳伦斯神父上。

巡丁丙　我们看见这个教士从墓地旁边跑出来，神色慌张，一边叹气一边流泪，他手里还拿着锄头铁锹，都给我们拿下来了。

巡丁甲　他有很重大的嫌疑；把这教士也看押起来。

亲王及侍从上。

亲　王　什么祸事在这样早的时候发生，打断了我的清晨的安睡？

凯普莱特、凯普莱特夫人及余人等上。

凯普莱特　外边这样乱叫乱喊，是怎么一回事？

凯普莱特夫人 街上的人们有的喊着罗密欧，有的喊着朱丽叶，有的喊着帕里斯；大家沸沸扬扬地向我们家里的坟上奔去。

亲 王 这么许多人为什么发出这样惊人的叫喊？

巡丁甲 王爷，帕里斯伯爵被人杀死了躺在这儿；罗密欧也死了；已经死了两天的朱丽叶，身上还热着，又被人重新杀死了。

亲 王 用心搜寻，把这场万恶的杀人命案的真相调查出来。

巡丁甲 这儿有一个教士，还有一个被杀的罗密欧的仆人，他们都拿着掘墓的器具。

凯普莱特 天啊！——啊，妻子！瞧我们的女儿流着这么多的血！这把刀弄错了地方了！瞧，它的空鞘子还在蒙太古家小子的背上，它却插进了我的女儿的胸前！

凯普莱特夫人 嗳哟！这些死的惨象就像惊心动魄的钟声，警告我这风烛残年，快要不久于人世了。

蒙太古及余人等上。

亲 王 来，蒙太古，你起来虽然很早，可是你的儿子倒下得更早。

蒙太古 唉！殿下，我的妻子因为悲伤小儿的远逐，已经在昨天晚上去世了；还有什么祸事要来跟我这老头子作对呢？

亲 王 瞧吧，你就可以看见。

蒙太古 啊，你这不孝的东西！你怎么可以抢在你父亲的前面，自己先钻到坟墓里去呢？

亲 王 暂时停止你们的悲恸，让我把这些可疑的事实审问明白，知道了详细的原委以后，再来领导你们放声一哭吧；也许我的悲哀还要远远胜过你们呢！——把嫌疑犯带上来。

劳伦斯 时间和地点都可以做不利于我的证人；在这场悲惨的血案中，我虽然是一个能力最薄弱的人，但却是嫌疑最重的人。我现在站在殿下的面前，一方面要供认我自己的罪过，一方面也要为我自己辩解。

亲 王 那么快把你所知道的一切说出来。

劳伦斯 我要把经过的情形尽量简单地叙述出来，因为我的短促的残生还不及一段冗烦的故事那么长。死了的罗密欧是死了的朱丽叶的丈夫，她是罗密欧的忠心的妻子，他们的婚礼是由我主持的。就在他们秘密结婚的那天，提伯尔特死于非命，这位才做新郎的人也从这城里被放逐出去；朱丽叶是为了他，不是为了提伯尔特，才那样伤心憔悴。你们因为要替她解除烦恼，把她许婚给帕里斯伯爵，还要强迫她嫁给他，她就跑来见我，神色慌张地要我替她想个办法避免这第二次的结婚，否则她要在我的教堂里自杀。所以我就根据我的医药方面的学识，给她一服安眠的药水；它果然发生了我所预期的效力，她一服下去就像死了一样昏沉过去。同时我写信给罗密欧，叫他就在这一个悲惨的晚上到这儿来，帮助把她搬出她寄寓的坟墓，因为药性一到时候便会过去。可是替我带信的约翰神父却因遭到意外，不能脱身，昨天晚上才把我的信原样带了回来。那时我只好按照着预先算定她醒来的时间，一个人前去把她从她家族的墓茔里带出来，预备把她藏匿在我的教堂里，等方便再去叫罗密欧来；不料我在她醒来以前几分钟到这儿来的时候，尊贵的帕里斯和忠诚的罗密欧已经双双惨死了。她一醒过来，我就请她出去，劝她安心忍受这一种出自天意的变故；可是那时我听见了纷纷的人声，吓得逃出了墓穴，她在万分绝望之中不肯跟我去，看样子她是自杀了。这是我所知道的一切，至于他们两人的结婚，那么她的乳母也是知道的。要是这一场不幸的惨祸，是由我的疏忽所造成，那么我这条老命愿受最严厉的法律的制裁，请您让它提早几点钟牺牲了吧。

亲 王 我一向知道您是一个道行高尚的人。罗密欧的仆人呢？他有什么话说？

鲍尔萨泽 我把朱丽叶的死讯通知了我的主人，因此他从曼多亚急急地赶到这里，到了这座坟堂的前面。这封信他叫我一早送去给我家老爷；当他走进墓穴里的时候，他还恐吓我，说要是我不离开他赶快走开，他就要杀死我。

亲　王　把那封信给我，我要看看。叫巡丁来的那个伯爵的侍童呢？喂，你的主人到这地方来做什么？

侍　童　他带了花来散在他夫人的坟上，他叫我站得远远的，我就听他的话；不一会儿工夫，来了一个拿着火把的人把坟墓打开了。后来我的主人就拔剑跟他打了起来，我就奔去叫巡丁了。

亲　王　这封信证实了这个神父的话，讲起他们恋爱的经过和她的去世的消息；他还说他从一个穷苦的卖药人手里买到一种毒药，要把它带到墓穴里来准备和朱丽叶长眠在一起。这两家仇人在哪里？——凯普莱特！蒙太古！瞧你们的仇恨已经受到了多大的惩罚，上天借手于爱情，夺去了你们心爱的人；我为了忽视你们的争执，也已经丧失了一双亲戚，大家都受到惩罚了。

凯普莱特　啊，蒙太古大哥！把您的手给我；这就是您给我女儿的一份聘礼，我不能再要求更多了。

蒙太古　但是我可以给您更多的；我要用纯金替她铸一座像，只要维洛那一天不改变它的名称，任何塑像都不会比忠贞的朱丽叶那一座更为卓越动人。

凯普莱特　罗密欧也要有一座同样富丽的金像卧在他情人的身旁，这两个在我们的仇恨下惨遭牺牲的可怜的人儿！

亲　王　清晨带来了凄凉的和解，
　　太阳也惨得在云中躲闪。
大家先回去发几声感慨，
　　该恕的该罚的再听宣判。
古往今来多少离合悲欢，
谁曾见这样的哀怨辛酸！（同下）

奥赛罗

Ao Sai Luo

剧中人物

威尼斯公爵

勃拉班修　元老

葛莱西安诺　勃拉班修之弟

罗多维科　勃拉班修的亲戚

奥赛罗　摩尔族贵裔，供职威尼斯军界

凯西奥　奥赛罗的副将

伊阿古　奥赛罗的旗官

罗德利哥　威尼斯绅士

蒙太诺　塞浦路斯总督，奥赛罗的前任者

小　丑　奥赛罗的仆人

苔丝狄蒙娜　勃拉班修之女，奥赛罗之妻

爱米利娅　伊阿古之妻

比恩卡　凯西奥的情妇

诸元老、水手、吏役、军官、使者、乐工、传令官、侍从等

地　点

第一幕在威尼斯；其余各幕在塞浦路斯岛一海港

第一幕

第一场　威尼斯。街道

罗德利哥及伊阿古上。

罗德利哥　嘿！别对我说，伊阿古；我把我的钱袋交给你支配，让你随意花用，你却做了他们的同谋，这太不够朋友啦。

伊阿古　他妈的！你总不肯听我说下去。要是我做梦会想到这种事情，你不要把我当作一个人。

罗德利哥　你告诉我你一向恨他。

伊阿古　要是我不恨他，你从此别理我。这城里的三个当道要人亲自向他打招呼，举荐我做他的副将；凭良心说，我知道我自己的价值，难道我就做不得一个副将？可是他眼睛里只有自己没有别人，对于他们的请求，都用一套充满了军事上口头禅的空话回绝了；因为，他说："我已经选定我的将佐了。"他选中的是个什么人呢？哼，一个算学大家，一个叫做迈克尔·凯西奥的人，一个几乎因为娶了娇妻而误了终身的家伙；他从来不曾在战场上领过一队兵，对于布阵作战的知识，他懂得简直也不比一个老守空闺的女人更多；即使懂得一些书本上的理论，那些身穿宽袍的元老大人们讲起来也会比他更头头是道；只有空谈，不切实际，这就是他的全部的军人资格。可是，老兄，他居然得到了任命；我在罗得斯岛、塞浦路斯岛，以及其他基督徒和异教徒的国土之上立过多少的军功，都是他亲眼看见的，现在却必须低首下心，受一个市侩的指挥。这位掌柜居然做起他的副将来，而我呢——上帝恕我这样说——却只在这位黑将军的麾下充一名旗官。

罗德利哥 天哪，我宁愿做他的刽子手。

伊阿古 这也是没有办法呀。说来真叫人恼恨，军队里的升迁可以全然不管古来的定法，按照各人的阶级依次递补，只要谁的路子活，能够得到上官的欢心，就可以越级擢升。现在，老兄，请你替我评一评，我究竟有什么理由要跟这摩尔人要好。

罗德利哥 假如是我，我就不愿跟随他。

伊阿古 啊，老兄，你放心吧；我所以跟随他，不过是要利用他达到我自己的目的。我们不能每个人都是主人，每个主人也不是都有仆人忠心地追随。你可以发现，有一辈天生的奴才，他们卑躬屈节，拼命讨主人的好，甘心受主人的鞭策，像一头驴子似的，为了一些粮草而出卖他们的一生，等到年纪老了，主人就把他们撵走；这种老实的奴才是应该抽一顿鞭子的。还有一种人，他们表面上尽管装出一副鞠躬如也的样子，骨子里却是为他们自己打算；看上去好像替主人做事，实际却靠着主人发展自己的势力，一旦捞足了油水，才知道这种人真正尊敬的只有他自己；像这种人还有几分头脑；我承认我自己就属于这一类。因为，老兄，正像你是罗德利哥而不是别人一样，我要是做了那摩尔人，我就不会是伊阿古。也就是说，虽说我是跟随他，其实还是跟随我自己。上天是我的公证人，我这样对他陪着小心，既不是为了忠心，也不是为了义务，只是为了自己的利益，才戴上这一副假脸。要是我表面的恭敬行为会泄露我内心的秘密，那么不久我就要掬出我的心来，让乌鸦们乱啄了。世人所知道的我，并不是实在的我。

罗德利哥 要是那厚嘴唇的家伙也有这么一手，那可让他交上大运了！

伊阿古 叫起她的父亲来；不要放过他，打断他的兴致，在各处街道上宣布他的罪恶；激怒她的亲族。让他虽然住在气候宜人的地方，也免不了受蚊蝇的滋扰，虽然享受着盛大的欢乐，也免不了受烦恼的缠绕。

罗德利哥 这儿就是她父亲的家；我要高声叫喊。

伊阿古 很好，你嚷起来吧，就像在一座人口众多的城里，因为晚间失慎而起火的时候，人们用那种惊骇惶恐的声音呼喊一样。

罗德利哥 喂，喂，勃拉班修！勃拉班修先生，喂！

伊阿古 醒来！喂，喂！勃拉班修！捉贼！捉贼！捉贼！留心你的屋子、你的女儿和你的钱袋！捉贼！捉贼！

勃拉班修自上方窗口上。

勃拉班修 大惊小怪地叫什么呀？出了什么事？

罗德利哥 先生，您家里的人没有缺少吗？

伊阿古 您的门都锁上了吗？

勃拉班修 咦，你们为什么这样问我？

伊阿古 哼！先生，有人偷了您的东西去啦，还不赶快披上您的袍子！您的心碎了，您的灵魂已经丢掉半个；就在这时候，就在这一刻，一头老黑羊在跟您的白母羊交尾哩。起来，起来！打钟惊醒那些鼾睡的市民，否则魔鬼要让您抱外孙啦。喂，起来！

勃拉班修 什么！你发疯了吗？

罗德利哥 最可敬的老先生，您听得出我的声音吗？

勃拉班修 我听不出；你是谁？

罗德利哥 我的名字是罗德利哥。

勃拉班修 讨厌！我叫你不要在我的门前走动；我已经老老实实、明明白白对你说，我的女儿是不能嫁给你的；现在你吃饱了饭，喝醉了酒，疯疯癫癫，不怀好意，又要来扰乱我的安静了。

罗德利哥 先生，先生，先生！

勃拉班修 可是你必须明白，我不是一个好说话的人，要是你惹我发火，凭着我的地位，只要略微拿出一点儿力量来，你就要叫苦不迭了。

罗德利哥 好先生，不要生气。

勃拉班修 说什么有贼没有贼？这儿是威尼斯；我的屋子不是一座独家的田庄。

罗德利哥 最尊严的勃拉班修，我是一片诚心来通知您。

伊阿古 嘿，先生，您也是那种因为魔鬼叫他敬奉上帝而把上帝丢在一旁的人。您把我们当作了坏人，所以把我们的好心看成了恶意，宁愿让您的女儿给一头黑马骑了，替您生下一些马子马孙，攀一些马亲马眷。

勃拉班修 你是个什么混账东西，敢这样胡说八道？

伊阿古 先生，我是一个特意来告诉您一个消息的人，您的令嫒现在正在跟那摩尔人干那件禽兽一样的勾当哩。

勃拉班修 你是个混蛋！

伊阿古 您是一位——元老呢。

勃拉班修 你留点儿神吧；罗德利哥，我认识你。

罗德利哥 先生，我愿意负一切责任，可是请您允许我说一句话。要是令嫒因为得到您的明智的同意，所以才会在这样更深人静的午夜，毫无家教地让一个下贱的谁都可以雇用的船夫，把她载到一个贪淫的摩尔人的粗野的怀抱里——要是您对于这件事情不但知道，而且默许——照我看来，您至少已经给了她一部分的同意——那么我们的确太放肆、太冒昧了；可是假如您果真不知道这件事，那么从礼貌上说起来，您可不应该对我们恶声相向。难道我会这样一点儿不懂规矩，敢来戏侮像您这样一位年尊的长者吗？我再说一句，要是令嫒没有得到您的许可，就把她的责任、美貌、智慧和财产，全部委弃在一个到处为家、漂泊流浪的异邦人的身上，那么她的确已经干下了一件重大的逆行了。您可以立刻去调查一个明白，要是她好好儿地在她的房间里或是在您的宅子里，那么是我欺骗了您，您可以按照国法惩办我。

勃拉班修　喂，点起火来！给我一支蜡烛！把我的仆人全都叫起来！这件事情很像我的噩梦，它的极大的可能性已经重压在我的心头了。喂，拿火来！拿火来！（自上方下）

伊阿古　再会，我要少陪了；要是我不去，我就得与这摩尔人当面对证，那不但不大相宜，而且因我的身份也会有很多不便；因为我知道无论他将要因此而受到什么谴责，政府方面现在还不能轻易就把他解职；塞浦路斯的战事正在进行，情势紧急，他是不二的出征人选，他们休想找到第二个有像他那样才能的人可以担当这一个重任。所以虽然我恨他像恨地狱里的刑罚一样，可是为了事实上的必要，我不得不和他假意周旋，那也不过是表面上的敷衍而已。你等他们出来找人的时候，只要领他们到马人旅馆去，一定可以找到他；我也在那边跟他在一起。再见。（下）

勃拉班修率众仆持火炬自上。

勃拉班修　真有这样的祸事！她去了；只有悲哀怨恨伴着我这衰朽的余年！罗德利哥，你在什么地方看见她的？——啊，不幸的孩子！——你说跟那摩尔人在一起吗？——谁还愿意做一个父亲！——你怎么知道是她？——唉，想不到她会这样欺骗我！——她对你怎么说？——再拿些蜡烛来！唤醒我的所有的亲族！——你想他们有没有结婚？

罗德利哥 说老实话，我想他们已经结了婚啦。

勃拉班修 天哪！她怎么出去的？啊，骨肉的叛逆！做父亲的人啊，从此以后，你们千万留心你们女儿的行动，不要信任她们的心思。世上有没有一种引诱青年少女失去贞操的邪术？罗德利哥，你有没有在书上读到过这一类的事情？

罗德利哥 是的，先生，我的确读到过。

勃拉班修 叫起我的兄弟来！唉，我后悔不让你娶了她去！你们快去给我分头找寻！你知道我们可以在什么地方把她和那摩尔人一起捉到？

罗德利哥 我想我可以找到他的踪迹，要是您愿意多派几个得力的人手跟我前去。

勃拉班修 请你带路。我要到每一个人家去搜寻；大部分的人家都在我的势力管控之下。喂，多带一些武器！叫起几个巡夜的警吏！去，好罗德利哥，我一定重谢你的辛苦。（同下）

第二场 另一街道

奥赛罗、伊阿古及侍从等持火炬上。

伊阿古 虽然我在战场上杀过不少的人，可是总觉得有意杀人是违反良心的；缺少作恶的本能，往往使我不能做我所要做的事。好多次我想要把我的剑从他的肋骨下面刺进去。

奥赛罗 还是随他说去吧。

伊阿古 可是他唠哩唠叨地说了许多难听的话破坏您的名誉，连我这样一个荒唐的家伙也实在压不住心头的怒气。可是请问主帅，你们有没有完成婚礼？您要注意，这位元老是很得人心的，他的潜势力比公爵还要大上一倍；他会拆散你们的姻缘，尽量运用法律的力量来给您种种压制和迫害。

奥赛罗 随他怎样发泄他的愤恨吧；我对贵族们所立的功劳，就可以驳倒他的控诉。世人还没有知道——要是夸口是一件荣耀的事，我就要到处宣布——我是高贵的祖先的后裔，我有充分的资格，享受我目前所得到的值得骄傲的幸运。告诉你吧，伊阿古，倘不是我真心爱恋温柔的苔丝狄蒙娜，即使给我大海中所有的珍宝，我也不愿意放弃我的无拘无束的自由生活，来俯就家室的羁缚的。可是瞧！那边举着火把走来的是些什么人？

伊阿古 她的父亲带着他的亲友来找您了；您还是进去躲一躲吧。

奥赛罗 不，我要让他们看见我；我的人品、我的地位和我的清白的人格可以替我表明一切。是不是他们？

伊阿古 凭双面神起誓，我想不是。

凯西奥及若干吏役持火炬上。

奥赛罗 原来是公爵手下的人，还有我的副将。晚安，各位朋友！有什么消息？

凯西奥 主帅，公爵向您致意，请您立刻就过去。

奥赛罗 你知道是为了什么事？

凯西奥 照我猜想起来，大概是塞浦路斯方面的事情，看样子很是紧急。就在这一个晚上，战船上已经连续不断派了十二个使者赶来告急；许多元老都从睡梦中被人叫醒，在公爵府里集合了。他们正在到处找您；因为您不在家里，所以元老院派了三队人出来分头寻访。

奥赛罗 幸而你找到了我。让我到这儿屋子里去说一句话，就来跟你同去。（下）

凯西奥 他到这儿来有什么事？

伊阿古 不瞒你说，他今天夜里登上了一艘陆地上的大船；要是能够证明那是一件合法的战利品，他可以从此成家立业了。

凯西奥 我不懂你的话。

伊阿古 他结了婚啦。

凯西奥 跟谁结婚？

奥赛罗重上。

伊阿古 呃，跟——来，主帅，我们走吧。

奥赛罗 好，我跟你走。

凯西奥 又有一队人来找您了。

伊阿古 那是勃拉班修。主帅，请您留心点儿；他来是不怀好意的。

勃拉班修、罗德利哥及吏役等持火炬、武器上。

奥赛罗 喂！站住！

罗德利哥 先生，这就是那摩尔人。

勃拉班修 杀死他，这贼！（双方拔剑）

伊阿古 你，罗德利哥！来，我们来比个高下。

奥赛罗 收起你们明晃晃的剑，它们沾了露水会生锈的。老先生，像您这么年高德劭的人，有什么话不可以命令我们，何必动起武来呢？

勃拉班修 啊，你这恶贼！你把我的女儿藏到什么地方去了？你不想想你自己是个什么东西，胆敢用妖法蛊惑她；我们只要凭着情理判断，像她这样一个年轻貌美娇生惯养的姑娘，多少我们国里有财有势的俊秀子弟她都看不上眼，倘不是中了魔，怎么会不怕人家的笑话，背着尊亲投奔到你这个丑恶的黑鬼的怀里？——吓都能吓死她，谈何乐趣！世人可以替我评一评，是不是显而易见你用邪恶的符咒欺诱她的娇弱的心灵，用药饵丹方迷惑她的知觉；我要叫大家评一评理，这种事情是不是很可能的。

所以我现在逮捕你；妨害风化、行使邪术，便是你的罪名。抓住他；要是他敢反抗，你们就用武力制伏他。

奥赛罗 帮助我的，反对我的，大家放下你们的手！我要是想打架，我自己会知道应该在什么时候动手。您要我到什么地方去答复您的控诉？

勃拉班修 到监牢里去，等法庭上传唤你的时候你再开口。

奥赛罗 要是我听从您的话去了，那么怎么答复公爵呢？他的使者就在我的身边，因为有紧急的公事，等候着带我去见他。

吏　役 真的，大人；公爵正在举行会议，我相信他已经派人请您去了。

勃拉班修 怎么！公爵在举行会议！在这样夜深的时候！把他带去。我的事情也不是一件等闲小事；公爵和我的同僚们听见了这个消息，一定会感到这种侮辱简直就像加在他们自己身上一般。要是这样的行为可以置之不问，奴隶和异教徒都要来主持我们的国政了。（同下）

第三场　议事厅

公爵及众元老围桌而坐；吏役等随侍。

公　爵 这些消息彼此纷歧，令人难于置信。

元老甲 它们真是参差不一；我的信上说是共有船只一百零七艘。

公　爵 我的信上说是一百四十艘。

元老乙 我的信上又说是二百艘。可是它们所报的数目虽然各各不同，因为根据估计所得的结果，难免多少有些出入，不过它们都证实确有一支土耳其舰队在向塞浦路斯岛进发。

公　爵 嗯，这种事情推想起来很有可能；即使消息不尽正确，大体上总是有根据的，我们倒不能不担着几分心事。

水　手　（在内）喂！喂！喂！有人吗？

吏　役　一个从船上来的使者。

一水手上。

公　爵　什么事？

水　手　安哲鲁大人叫我来此禀告殿下，土耳其人调集舰队，正在向罗得斯岛进发。

公　爵　你们对于这一个变动有什么意见？

元老甲　照常识判断起来，这是不会有的事；它无非是转移我们目标的一种诡计。我们只要想一想，塞浦路斯岛对于土耳其人的重要性远在罗得斯岛以上，而且攻击塞浦路斯岛，也比攻击罗得斯岛容易得多，因为它的防务比较空虚，不像罗得斯岛那样戒备严密；我们只要想到这一点，就可以断定土耳其人绝不会那样愚笨，甘心舍本逐末，避轻就重，进行一场无益的冒险。

公　爵　嗯，他们的目标绝不是罗得斯岛，这是可以断定的。

吏　役　又有消息来了。

一使者上。

使　者　公爵和各位大人，向罗得斯岛进发的土耳其舰队，已经和另外一支紧随其后的舰队会合了。

元老甲　嗯，果然符合我的预料。照你猜想起来，一共有多少船只？

使　者　三十艘模样；它们现在已经回过头来，显然是要开向塞浦路斯岛去的。蒙太诺大人，您的忠实英勇的仆人，本着他的职责叫我来向您报告这一个可靠的消息。

公　爵　那么一定是到塞浦路斯岛去的了。玛克斯·勒西科斯不在威尼斯吗？

元老甲　他现在到佛罗伦萨去了。

公　爵　替我写一封十万火急的信给他。

元老甲　勃拉班修和那勇敢的摩尔人来了。

勃拉班修、奥赛罗、伊阿古、罗德利哥及吏役等上。

公　爵　英勇的奥赛罗，我们必须立刻派您出去向我们的公敌土耳其人作战。（向勃拉班修）我没有看见您；欢迎，高贵的大人，我们今晚正需要您的指教和帮助呢。

勃拉班修　我也同样需要您的指教和帮助。殿下，请您原谅，我并不是因为职责所在，也不是因为听到了什么国家大事而从床上惊起；国家的安危不能引起我的注意，因为我个人的悲哀是那么强大以至压倒一切，把其余的忧虑一起吞没了。

公　爵　啊，为了什么事？

勃拉班修　我的女儿！啊，我的女儿！

公爵、众元老　死了吗？

勃拉班修　嗯，她对于我是死了。她已经被人污辱，人家把她从我的地方拐走，用江湖骗子的符咒药物引诱她堕落；因为一个没有残疾、眼睛明亮、理智健全的人，倘不是中了魔法的蛊惑，绝不会犯这样荒唐的错误的。

公　爵　如果有人用这种邪恶的手段引诱您的女儿，使她丧失了自己的本性，使您丧失了她，那么无论他是什么人，您都可以根据无情的法律，照您自己的解释给他应得的严刑；即使他是我的儿子，您也可以照样控诉他。

勃拉班修　感谢殿下。罪人就在这儿，就是这个摩尔人；好像您有重要的公事召他来的。

公爵、众元老　那我们真是抱憾得很。

公　爵　（向奥赛罗）您自己对于这件事有什么话要分辩？

勃拉班修　没有，事情就是这样。

奥赛罗 威严无比、德高望重的各位大人，我的尊贵贤良的主人们，我把这位老人家的女儿带走了，这是完全真实的；我已经和她结了婚，这也是真的；我的最大的罪状仅止于此，别的就不是我所知道的了。我的言语是粗鲁的，一点儿不懂得那些温文尔雅的辞令；因为自从我这双手臂长了七年的膂力以后，直到最近这无所事事的九个月以前，它们一直都在战场上发挥它们的本领；对于这一个广大的世界，我除了冲锋陷阵以外，几乎一无所知，所以我也不能用什么动人的字句替我自己辩护。可是你们要是愿意耐心听我说下去，我可以向你们讲述一段质朴无文的、关于我的恋爱的全部经过的故事；告诉你们我用什么“药物”、什么“符咒”、什么“驱神役鬼”的手段、什么神奇玄妙的“魔法”，骗到了他的女儿，因为这是他所控诉我的罪名。

勃拉班修 一个素来胆小的女孩子，她的生性是那么幽娴贞静，甚至于心里略为动了一点儿感情，就会满脸羞愧；像她这样的品性，像她这样的年龄，竟会不顾国族的畛域，把名誉和一切作为牺牲，去跟一个她瞧着都害怕的人发生恋爱！假如有人敢说，这样完美的人儿会做下这样违情悖理的事，那这个人一定是糊涂了；因此我一定要仔细查究，看到底这里使用了什么阴谋诡计，才会有这种事情？我断定他一定曾经用烈性的药饵或是邪术炼成的毒剂麻醉了她的血液。

公　爵 没有更确实显明的证据，单单凭着这些表面上的猜测和莫须有的武断，是不能使人信服的。

元老甲 奥赛罗，你说，你有没有用不正当的诡计诱惑这一位年轻的女郎，或是用强暴的手段逼迫她服从你；还是正大光明地对她真心表白，达到你的求爱的目的？

奥赛罗 请你们差一个人到马人旅馆去把这位小姐接来，让她当着她的父亲的面告诉你们我是怎样一个人。要是你们根据她的报告，认为我是有罪的，你们不但可以撤销你们对我的信任，解除你们给我的职权，并且可以把我判处死刑。

公　爵　去把苔丝狄蒙娜带来。

奥赛罗　旗官，你领他们去；你知道她在什么地方。（*伊阿古及吏役等下*）当她没有到来以前，我要像对天忏悔我的血肉的罪恶一样，把我怎样得到这位美人的爱情和她怎样得到我的爱情的经过情形，忠实地向各位陈诉。

公　爵　说吧，奥赛罗。

奥赛罗　她的父亲很看重我，常常请我到他家里，每次谈话的时候，总是问起我过去的历史，要我讲述我一年又一年所经历的各次战争、围城和意外的遭遇；我就把我的一生事实，从我的童年时代起，直到他叫我讲述的那一刻为止，原原本本地说了出来。我说起最可怕的灾祸，海上陆上惊人的奇遇，间不容发的脱险，在傲慢的敌人手中被俘为奴和遇赎脱身的经过，以及旅途中的种种见闻；那些广大的岩窟、荒凉的沙漠、突兀的崖嶂、巍峨的峰岭，以及彼此相食的野蛮部落、肩下生头的化外异民；这些都是我的谈话的题目。苔丝狄蒙娜对于这种故事总是出神倾听；有时为了家庭中的事务，她不能不离座而起，可是她总是尽力把事情赶紧办好，再回来孜孜不倦地把我所讲的每一个字都听进去。我注意到她这种情形，有一天在一个适当的时间，从她的嘴里逗出了她的真诚的心愿：她希望我能够把我的一生经历，对她作一次详细的复述，因为她平日所听到的，只是一鳞半爪、残缺不全的片段。我答应了她的要求；当我讲到我在少年时代所遭逢的不幸的打击的时候，她忍不住掉下泪来。我的故事讲完以后，她用无数的叹息酬劳我；她发誓说，那是非常奇异而悲惨的；她希望她没有听到这段故事，可是又希望上天为她造下这样一个男子。她向我道谢，对我说，要是我有一个朋友爱上了她，我只要教他怎样讲述我的故事，就可以得到她的爱情。我听了这一个暗示，才向她吐露我的求婚的诚意。她为了我所经历的种种患难而爱我，我为了她对我所抱的同情而爱她；这就是我的唯一的妖术。她来了；让她为我证明吧。

苔丝狄蒙娜、伊阿古及吏役等上。

公　爵　像这样的故事，我想我的女儿听了也会着迷的。勃拉班修，木已成舟，不必懊恼了。刀剑虽破，比起手无寸铁来，总是略胜一筹。

勃拉班修　请殿下听她说；要是她承认她本来也有爱慕他的意思，而我却还要归咎于他，那就让我遭到报应吧。过来，好姑娘，你看这在座的济济众人之间，谁是你所最应该服从的？

苔丝狄蒙娜　我的尊贵的父亲，我在这里所看到的，让我矛盾得难以抉择；对您说起来，我深荷您的生养教育的大恩，您给我的生命和教养使我明白我应该怎样敬重您；您是我的家长和严君，我直到现在都是您的女儿。可是这儿是我的丈夫，正像我的母亲对您克尽一个妻子的义务、把您看得比她的父亲更重一样，我也应该有权利向这位摩尔人，我的夫主，尽我应尽的名分。

勃拉班修　上帝和你同在！我没有话说了。殿下，请您继续处理国家的要务吧。我宁愿抚养一个义子，也不愿自己生男育女。过来，摩尔人。我现在用我的全副诚心，把她给了你；倘不是你早已得到了她，我一定再也不会让她到你手里。为了你的缘故，宝贝，我很高兴我没有别的儿女，否则你的私奔将要使我变成一个虐待儿女的暴君，因为我要给他们手脚加上镣铐。我没有话说了，殿下。

公　爵　让我设身处地说几句话给您听听，也许可以帮助这一对恋人，使他们能够得到您的欢心。

眼看希望幻灭，恶运临头，

无可挽回，何必满腹牢愁？
为了既成的灾祸而痛苦，
徒然招惹出更多的灾祸。
既不能和命运争强斗胜，
还是付之一笑，安心耐忍。
聪明人遭盗窃毫不介意；
痛哭流涕反而伤害自己。

勃拉班修 让敌人夺去我们的海岛，
我们同样可以付之一笑。
那感激法官仁慈的囚犯，
他可以忘却刑罚的苦难；
倘若他怨恨那判决太重，
他就要忍受加倍的惨痛。
种种譬解虽能给人慰藉，
它们也会格外添人悲戚；
可是空言毕竟无补实际，
好听的话几曾送进心底？
请殿下继续进行原来的公事吧。

公　爵 土耳其人正在向塞浦路斯大举进犯；奥赛罗，那岛上的实力您是知道得十分清楚的；虽然我们派在那边代理总督职务的，是一个公认为很有能力的人，可是大家的意思还是觉得，由您去负责镇守，才可以万无一失；所以说只得打扰您的新婚的快乐，辛苦您去跑这一趟了。

奥赛罗 各位尊严的元老们，习惯的暴力已经使我把冷酷无情的战场当作我的温软的眠床，对于艰难困苦，我总是挺身而赴。我愿意接受你们的命令，去和土耳其人作战；可是我要恳求你们念在我替国出力的分上，给我的妻子一个适当的安置，按照她的身份，供给她一切日常的需要。

公　爵　您要是同意的话，可以让她住在她父亲的家里。

勃拉班修　我不愿意收留她。

奥赛罗　我也不能同意。

苔丝狄蒙娜　我也不愿住在父亲的家里，让他每天看见我生气。最仁慈的公爵，愿您俯听我的陈请，让我的卑微的衷忱得到您的谅解和赞许。

公　爵　你有什么请求，苔丝狄蒙娜？

苔丝狄蒙娜　我不顾一切的行动可以代我向世人宣告，我因为爱这摩尔人，所以愿意和他过共同的生活；我的心灵完全为他的高贵的德性所征服；我不仅被他那奇伟的仪表更是被他那颗高贵的心所征服；我已经把我的灵魂和命运一起呈献给他了。所以，各位大人，要是他一个人迢迢出征，把我遗留在和平的后方，像蜉蝣一般苟且偷生，我将要因为不能朝夕侍奉他，而在镂心刻骨的离情别绪中度日如年了。让我跟他去吧。

奥赛罗　请你们允许了她吧。上天为我作证，我向你们这样请求，并不是为了贪尝人生的甜头，也不是为了满足我自己的欲望，因为青春的热情在我已成过去了；我的唯一的动机，只是不忍使她失望。请你们千万不要抱着那样的思想，以为她跟我在一起，会使我懈怠了你们所付托给我的重大的使命。不，要是插翅的爱神的风流解数，可以蒙蔽了我的灵明的理智，使我因为贪恋欢娱而误了正事，那么让主妇们把我的战盔当作水罐，让一切的污名都丛集于我的一身吧！

公　爵　她的去留行止，可以由你们自己去决定。事情很是紧急，您必须立刻出发。

元老甲　今天晚上您就得动身。

奥赛罗　很好。

公　爵　明天早上九点钟，我们还要在这儿聚会一次。奥赛罗，请您留下一个将佐在这儿，将来我的委任状好由他转交给您；要是我们随后还有什么决定，可以叫他把训令传达给您。

奥赛罗　殿下，我的旗官是一个很适当的人物，他的为人是忠实而可靠的；我还要请他负责护送我的妻子，要是此外还有什么必须寄给我的物件，也请殿下一起交给他。

公　爵　很好。各位晚安！（向勃拉班修）尊贵的先生，倘不是以貌取人，您这位女婿的才德远比他的黑皮肤更令人赞美。

元老甲　再会，勇敢的摩尔人！好好看顾苔丝狄蒙娜。

勃拉班修　留心看着她，摩尔人，不要视而不见；她已经愚弄了她的父亲，她也会把你欺骗。（公爵、众元老、吏役等同下）

奥赛罗　我用生命保证她的忠诚！正直的伊阿古，我必须把我的苔丝狄蒙娜托付给你，请你叫你的妻子当心照料她；看什么时候方便，就烦你护送她们起程。来，苔丝狄蒙娜，我只有一小时的工夫和你诉诉衷情，料理庶事了。我们必须服从环境的支配。

（奥赛罗、苔丝狄蒙娜同下）

罗德利哥　伊阿古！

伊阿古　你怎么说，好人儿？

罗德利哥　你想我该怎么办？

伊阿古　上床睡觉去吧。

罗德利哥　我立刻就投水去。

伊阿古　好，要是你投了水，我从此不喜欢你了。嘿，你这傻大少爷！

罗德利哥　要是活着这样受苦，傻瓜才愿意活下去；一死可以了却烦恼，还是死了的好。

伊阿古　啊，该死！我在这世上也经历过四七二十八个年头了，自从我能够辨别利害以来，我从来不曾看见过什么人知道怎样爱惜他自己。要是我也会为了爱上一个雌儿的缘故而投水自杀，我宁愿变成一只猴子。

罗德利哥 我该怎么办？我承认这样痴心是一件丢脸的事，可是我没有力量把它补救过来呀。

伊阿古 力量！废话！我们变成这样那样，全要靠我们自己。我们的身体就像一座园圃，我们的意志是这园圃里的园丁；不论我们插荨麻、种莴苣、栽下牛膝草、拔起百里香，或者单独培植一种草木，或者把全园种得万卉纷披，让它荒废不治也好，把它辛勤耕垦也好，那力量都在于我们的意志。要是在我们的生命之中，理智和情欲不能保持平衡，我们血肉的邪心就会引导我们到一个荒唐的结局；可是我们有的是理智，可以冲淡我们汹涌的热情、肉体的刺激和奔放的淫欲；我认为你所称为"爱情"的，也不过是那样一种东西。

罗德利哥 不，那不是。

伊阿古 那不过是在意志的默许之下一阵情欲的冲动而已。算了，做一个汉子。投水自杀！捉几头大猫小狗投在水里吧！我曾经声明我是你的朋友，我承认我对你的友谊是用不可摧折的、坚韧的缆索联结起来的；现在正是我应该为你出力的时候。把银钱放在你的钱袋里；跟他们出征去；装上一脸假胡子，遮住你的本来面目——我说，把银钱放在你的钱袋里。苔丝狄蒙娜爱那摩尔人绝不会长久——把银钱放在你的钱袋里——他也不会长久爱她。她一开始就把他爱得这样热烈，他们感情的破裂一定也是很突然的——你只要把银钱放在你的钱袋里。这些摩尔人很容易变心——把你的钱袋装满了钱——现在他吃起来像蝗虫一样美味的食物，不久便要变得像苦瓜一样涩口了。她必须换一个年轻的男子；当他的肉体使她餍足了以后，她就会觉悟她的选择的错误。

她必须换换口味，非换不可；所以把银钱放在你的钱袋里。要是你一定要寻死，也得想一个比投水巧妙一点的死法。尽你的力量搜括一些钱。要是凭着我的计谋和魔鬼们的奸诈，破坏这一个粗俗的蛮子和这一个狡猾的威尼斯女人之间的脆弱的盟誓，还不算是一件难事，那么你一定可以享受她；所以快去设法弄些钱来吧。投水自杀！什么话！那根本就不用提；你宁可因为追求你的快乐而被人吊死，总不要在没有一亲她的香泽以前投水自杀。

罗德利哥 要是我指望着这样的结果，你一定会尽力帮助我达到我的愿望吗？

伊阿古 你可以完全信任我。去，弄一些钱来。我常常对你说，一次一次反复告诉你，我恨那摩尔人；我的怨毒蓄积在心头，你也对他抱着同样深刻的仇恨，让我们同心合力向他复仇；要是你能够替他戴上一顶绿头巾，你固然是如愿以偿，我也可以拍掌称快。无数人事的变化孕育在时间的胚胎里，我们等着看吧。去，预备好你的钱。我们明天再谈这件事吧。再见。

罗德利哥 明天早上我们在什么地方会面？

伊阿古 就在我的寓所里吧。

罗德利哥 我一早就来看你。

伊阿古 好，再会。你听见吗，罗德利哥？

罗德利哥 你说什么？

伊阿古 别再提起投水的话了，你听见没有？

罗德利哥 我已经变了一个人了。我要去把我的田地一起变卖。（下）

伊阿古 好，再会！多往你的钱袋里放些钱。我总是这样让这种傻瓜掏出钱来给我花用；因为倘不是为了替自己解解闷气，打算占些便宜，那我浪费时间跟这样一个呆子周旋，那才对不起我的智商呢。我恨那摩尔人；有人说他和我的妻子私通，我不知道这句话是真是假；可是在这种事情上，即使不过是嫌疑，我也要把它当作实有其事一样看待。他对我很有好感，这样可以令我对他实行我的计策的时候格外方便一些。凯西奥是一个俊美的男子；让我想想看：夺到他的位置，实现我的一举两得的阴谋；怎么办？怎么办？让我看：等过了一些时候，在奥赛罗的耳边捏造一些鬼话，说他跟奥赛罗的妻子看上去太亲热了；他长得漂亮，性情又温和，天生有一种媚惑妇人的魔力，像奥赛罗这种人是很容易引起疑心的。那摩尔人是一个坦白爽直的人，他看见人家在表面上装出一副忠厚诚实的样子，就以为一定是个好人；我可以把他像一头驴子一般牵着鼻子跑。有了！我的计策已经产生。地狱和黑夜正酝酿成这空前的罪恶，它必须向世界显露它的面目。（下）

第二幕

第一场　塞浦路斯岛海港一市镇。码头附近的广场

蒙太诺及二军官上。

蒙太诺　你从那海岬望出去，看见海里有什么船只没有？

军官甲　一点儿望不见。波浪很高，在海天之间，我看不见一片船帆。

蒙太诺　风在陆地上吹得也很厉害；从来不曾有这么大的暴风摇撼过我们的雉堞。要是它在海上也这么猖狂，哪一艘橡树造成的船身支持得住山一样的巨涛迎头倒下？这场风暴会带给我们什么消息呢？

军官乙　土耳其的舰队一定要被风浪冲散了。您只要站在白沫飞溅的海岸上，就可以看见咆哮的汹涛直冲云霄，被狂风卷起的怒浪奔腾山立，好像要把海水浇向光明的大熊星上，熄灭那照耀北极的永古不移的斗宿一样。我从来没有见过这样可怕的惊涛骇浪。

蒙太诺　要是土耳其舰队没有避进港里，它们一定沉没了；

这样的风浪是抵御不了的。

另一军官上。

军官丙 报告消息！伙伴们！咱们的战事已经结束了。土耳其人遭受这场风暴的突击，不得不放弃他们进攻的计划。一艘从威尼斯来的大船一路上看见他们的船只或沉或破，大部分零落不堪。

蒙太诺 啊！这是真的吗？

军官丙 大船已经在这儿进港，是一艘维洛那造的船；迈克尔·凯西奥，那勇武的摩尔人奥赛罗的副将，已经上岸来了；那摩尔人自己还在海上，他是奉到全权委任，到塞浦路斯这儿来的。

蒙太诺 我很高兴，这是一位很有才能的总督。

军官丙 可是这个凯西奥说起土耳其的损失，虽然兴高采烈，同时却也满脸愁容，祈祷着那摩尔人的安全，因为他们是在险恶的大风浪中彼此失散的。

蒙太诺 但愿他平安无恙；因为我曾经在他手下做过事，知道他在治军用兵这方面，的确是一个大将之才。来，让我们到海边去！一方面看看新到的船舶，一方面把我们的眼睛遥望到海天相接的远处，盼候着勇敢的奥赛罗。

军官丙 来，我们去吧；因为每一分钟都会有更多的人到来。

凯西奥上。

凯西奥 谢谢，你们这座英勇的岛上的各位壮士，因为你们这样褒奖我们的主帅。啊！但愿上天帮助他战胜风浪，因为我是在险恶的波涛之中和他失散的。

蒙太诺 他的船靠得住吗？

凯西奥 船身很坚固，舵师是一个大家公认的很有经验的人，所以我还抱着很大的希望。（内呼声："一条船！一条船！一条船！"）

一使者上。

凯西奥 什么声音？

使　者 全市的人都出来了；海边站满了人，他们在嚷，"一条船！一条船！"

凯西奥 我希望那就是我们新任的总督。（炮声）

军官乙 他们在放礼炮了；即使不是总督，至少也是我们的朋友。

凯西奥 请你去看一看，回来告诉我们究竟是什么人来了。

军官乙 我就去。（下）

蒙太诺 可是，副将，你们主帅有没有结过婚？

凯西奥 他的婚姻是再幸福不过的。他娶到了一位小姐，她的美貌才德，胜过一切的形容和崇高的名誉；笔墨的赞美不能写尽她的好处，没有一句适当的言语可以充分表出她的天赋的优美。

军官乙重上。

凯西奥 啊！谁到来了？

军官乙 是元帅麾下的一个旗官，名叫伊阿古。

凯西奥 他倒一帆风顺地到了。汹涌的怒涛，咆哮的狂风，埋伏在海底、跟往来的船只作对的礁石沙碛，似乎也懂得爱惜美人，收敛了它们凶恶的本性，让神圣的苔丝狄蒙娜安然通过。

蒙太诺 她是谁？

凯西奥 就是我刚才说起的，我们大帅的旗官。勇敢的伊阿古护送她到这儿来，想不到他们路上走得这么快，比我们的预期还早七天。伟大的乔武啊，保佑奥赛罗，吹一口你的大力的气息在他的船帆上，让他的高大的桅樯在这儿海港里显现它的雄姿，让他跳动着一颗恋人的心投进了苔丝狄蒙娜的怀里，重新燃起我们奄奄欲绝的精神，使整个塞浦路斯充满了兴奋！

苔丝狄蒙娜、爱米利娅、伊阿古、罗德利哥及侍从等上。

凯西奥 啊！瞧，船上的珍宝到岸上来了。塞浦路斯人啊，向她下跪吧。祝福你，夫人！愿神灵在你前后左右周遭呵护你！

苔丝狄蒙娜 谢谢您，英勇的凯西奥。您知道我丈夫有什么消息吗？

凯西奥 他还没有到来；我只知道他是平安的，大概不久就会到来。

苔丝狄蒙娜 啊！可是我怕——你们怎么会分散的？

凯西奥 天风和海水的猛烈的激战，使我们彼此失散。可是，听！有船来了。（内呼声："一条船！一条船！"炮声）

军官乙 他们向我们城上放礼炮了；到来的也是我们的朋友。

凯西奥 你去探看探看。（军官乙下。向伊阿古）旗官，欢迎！（向爱米利娅）欢迎，嫂子！请你不要恼怒，好伊阿古，我总得讲究个礼貌，按照我的教养，就得来这么一个放肆的见面礼。（吻爱米利娅）

伊阿古 老兄，要是她向你掀动她的嘴唇，也像她向我掀动她的舌头一样，那你就要叫苦不迭了。

苔丝狄蒙娜 唉！她又不会多嘴。

伊阿古 真的，她太会多嘴了；每次我想睡觉的时候，总是被她吵得不得安宁。不过，在您夫人的面前，我还要说一句，她有些话是放在心里说的，人家瞧她不开口，她却在心里骂人。

爱米利娅 你没有理由这样冤枉我。

伊阿古 得啦，得啦，你们跑出门来像图画，走进房去像响铃，到了灶下像野猫；设计害人的时候，面子上装得像个圣徒，人家冒犯了你们，你们便活像夜叉；叫你们管家，你们只会一味胡闹，一上床却又像个忙碌的主妇。

苔丝狄蒙娜 啊，啐！你这口无遮拦的家伙！

伊阿古 不，我说的话儿千真万确，

你们起来游戏，上床工作。

爱米利娅 我再也不要你给我编什么赞美诗了。

伊阿古 好，可不要叫我编。

苔丝狄蒙娜 要是叫你赞美我，你要怎么编法呢？

伊阿古 啊，好夫人，别叫我做这件事，因为我的脾气是要吹毛求疵的。

苔丝狄蒙娜 来，试试看。有人到港口去了吗？

伊阿古 是，夫人。

苔丝狄蒙娜 我虽然心里愁闷，姑且强作欢容。来，你怎么赞美我？

伊阿古 我正在想着呢；可是我的诗情粘在我的脑壳里，用力一挤就会把脑浆一起挤出的。我的诗神可在难产呢。有了——好容易生下来了：

她要是既漂亮又智慧，

就不会误用她的娇美。

苔丝狄蒙娜 赞美得好！要是她虽黑丑而聪明呢？

伊阿古 她要是虽黑丑却聪明，

包她嫁给一位俊郎君。

苔丝狄蒙娜 不成话。

爱米利娅 要是美貌而愚笨呢？

伊阿古 美女人绝不是笨冬瓜，

蠢煞也会抱个小娃娃。

苔丝狄蒙娜 这些都是在酒店里骗傻瓜们笑笑的古老的歪

诗。还有一种又丑又笨的女人，你也能够勉强赞美她两句吗？

伊阿古 别嫌她心肠笨相貌丑，

女人的戏法一样拿手。

苔丝狄蒙娜 啊，岂有此理！你把最好的赞美给了最坏的女人。可是你又如何赞美一位真正值得赞美的女人呢？一位连十足的恶人都不得不赞赏的女人。

伊阿古 她生得美貌，却从不骄傲，

她能说会道，却从不叫嚣；

她手里有钱，但从不妖娆；

摆脱欲念，却承认“我要”！

她受人气恼，却并不追讨，

平定了怨气，把烦恼打消；

如此懂事明智，从不徒增纷扰，

吃着鳕鱼头，不羡鲑鱼尾；

脑筋转得勤，却闭紧小嘴，

倘有人盯梢，她头也不回；

要是真有这样的女娇娘——

苔丝狄蒙娜 要她干什么呢？

伊阿古 去奶傻孩子，去记油盐账。

苔丝狄蒙娜 啊，这可真是最蹩脚、最扫兴的结尾！爱米利娅，不要听他乱说，虽然他是你的丈夫。你怎么说，凯西奥？他难道不是一个张口就胡说八道的家伙吗？

凯西奥 他很直爽，夫人。您要是把他当作一个军人，不把他当作一个文士，您就不会嫌他出言粗俗了。

伊阿古 （*旁白*）他捏着她的手心。嗯，交头接耳，好得很。我只要张起这么一个小小的网，就可以捉住像凯西奥这样一只大苍蝇。嗯，对她微笑，很好；我要叫你跌翻在你自己的礼貌

中间。——您说得对，正是正是。——要是这种鬼殷勤会葬送你的前程，你还是不要老是吻着你的三个指头，表示你的绅士风度吧。很好；吻得不错！绝妙的礼貌！正是正是。又把你的手指放到你的嘴唇上去了吗？让你的手指头变做你的通肠管才好。（*喇叭声*）主帅来了！我听得出他的喇叭声音。

凯西奥　真的是他。

苔丝狄蒙娜　让我们去迎接他。

凯西奥　瞧！他来了。

奥赛罗及侍从等上。

奥赛罗　啊，我的娇美的战士！

苔丝狄蒙娜　我的亲爱的奥赛罗！

奥赛罗　看见你比我先到这里，真使我又惊又喜。啊，我的心爱的人！要是每一次暴风雨之后，都有这样和煦的阳光，那么尽管让狂风肆意地吹，把死亡都吹醒了吧！让那辛苦挣扎的船舶爬上一座座如山的高浪，就像从高高的天上堕下幽深的地狱一般，一泻千丈地跌下来吧！要是我现在死去，那才是最幸福的；因为我怕我的灵魂已经尝到了无上的欢乐，此生此世，再也不会有同样令人欣喜的事情了。

苔丝狄蒙娜　但愿上天眷顾，让我们的爱情和欢乐与日俱增！

奥赛罗　阿门，慈悲的神明！我不能充分说出我心头的快乐；太多的欢喜憋住了我的呼吸。（*吻苔丝狄蒙娜*）一个吻，再来一个，这便是两颗心儿间最大的呼应。

伊阿古　（*旁白*）啊，你们现在是琴瑟调和，看我不动声色，就叫你们断了弦线走了音。

奥赛罗　来，让我们到城堡里去。好消息，朋友们；我们的战事已经结束，土耳其人全都溺死了。我的岛上的旧友，您好？

爱人，你在塞浦路斯将要受到众人的宠爱，我觉得他们都是非常热情的。啊，亲爱的，我自己太高兴了，所以会说出这样忘形的话来。好伊阿古，请你到港口去一趟，把我的箱子搬到岸上。带那船长到城堡里来；他是一个很好的家伙，他的才能非常叫人钦佩。来，苔丝狄蒙娜，我们又在塞浦路斯岛团圆了。（除伊阿古、罗德利哥外均下）

伊阿古 你马上就到港口来会我。过来。人家说，爱情可以刺激懦夫，使他鼓起本来所没有的勇气；要是你果然有胆量，请听我说。副将今晚在卫舍守夜。第一我必须告诉你，苔丝狄蒙娜是主动跟他爱恋的。

罗德利哥 跟他产生爱恋！那是不会有的事。

伊阿古 闭住你的嘴，好好听我说。你看她当初不过因为这摩尔人向她吹了些牛皮，撒下了一些漫天的大谎，她就爱得他那么热烈；难道她会继续爱他，只是为了他的吹牛的本领吗？你是个聪明人，不要以为世上会有这样的事。她的视觉必须得到满足；她能够从魔鬼脸上感到什么佳趣？情欲在一阵兴奋过了以后而渐生厌倦的时候，必须换一换新鲜的口味，方才可以把它重新刺激起来，或者是容貌的漂亮，或者是年龄的相称，或者是举止的风雅，这些都是这摩尔人所欠缺的；她因为在这些必要的方面不能得到满足，一定会觉得她的青春娇艳所托非人，而开始对这摩尔人由失望而憎恨，由憎恨而厌恶，她的天性就会迫令她再作第二次的选择。这种情形是很自然而可能的；要是承认了这一点，试问哪一个人比凯西奥更有享受这一种福分的便利？一个很会讲话的家伙，为了达到他的秘密的淫邪的欲望，他会恬不为意地装出一副殷勤文雅的外表。哼，谁也比不上他；哼，谁也比不上他！一个狡猾阴险的家伙，惯会乘机取利，无孔不钻——钻得进钻不进他才不管呢。一个鬼一样的家伙！而且，这家伙又漂亮，又年轻，凡是可以使无知妇女醉心的条件，他无一不备；一个十足害人的家伙。这女人已经把他勾上了。

罗德利哥 我不能相信，她是一位圣洁的姑娘。

伊阿古 他妈的圣洁！她喝的酒也是用葡萄酿成的；她要是圣洁，她就不会爱这摩尔人了。哼，圣洁！你没有看见她捏他的手心吗？你没有看见吗？

罗德利哥 是的，我看见的；可是那不过是礼貌罢了。

伊阿古 我举手为誓，这明明是奸淫！这一段意味深长的楔子，就包括无限淫情欲念的交流。他们的嘴唇那么贴近，他们的呼吸简直互相拥抱了。该死的思想，罗德利哥！这种表面上的亲热一开了端，主要的好戏就会跟着上场，肉体的结合是必然的结论。呸！可是，老兄，你要听我的。我特意把你从威尼斯带来，今晚你依令去守夜，我会给你相应配合；凯西奥是不认识你的；我就在离你不远的地方看着你；你见了凯西奥就找一些借口向他挑衅，或者高声辱骂，破坏他的军纪，或者随你的意思见机发挥。

罗德利哥 好。

伊阿古 老兄，他是个性情暴躁、易于发怒的人，也许会向你动武；即使他不动武，你也要激他和你打起架来；因为借着这一个理由，我就可以在塞浦路斯人中间煽起一场暴动，假如要平息他们的愤怒，除了把凯西奥解职以外没有其他方法。这样你就可以在我的设计协助之下，早日达到你的愿望，你的阻碍也可以从此除去，否则我们的事情是决无成功之望的。

罗德利哥 我愿意这样干，要是我能够找到下手的机会。

伊阿古 那我可以向你保证。等会儿在城堡前见我。我现在必须去替他把应用物件搬上岸来。再会。

罗德利哥 再会。（下）

伊阿古 凯西奥爱她，这一点我是可以充分相信的；她爱凯西奥，这也是一件很自然而可能的事。这摩尔人我虽然气他不过，却有一副坚定仁爱、正直的性格；我相信他会对苔丝狄蒙娜做一个最多情的丈夫。讲到我自己，我也是爱她的，并不完全出于情欲的冲动——虽然我的罪过也并不浅——可是一半是为要报复我的仇恨，因为我疑心这好色的摩尔人已经跳上了我的坐骑。这一种思想像毒药一样腐蚀我的肝肠，什么都不能使我心满意足，除非我也如法炮制，在他身上发泄这一口怨气；我要叫他有妻不能享，即使不能做到这一点，我也要叫这摩尔人心里长起根深蒂固的嫉妒来，没有一种理智的药饵可以把它治疗。为了达到这一个目的，我已经利用这威尼斯的蠢货做我的鹰犬；要是他果然听我的唆使，我就可以抓住我们那位迈克尔·凯西奥的把柄，在这摩尔人面前大大地诽谤他——因为我疑心凯西奥跟我的妻子也是有些暧昧的。这样我可以让这摩尔人感谢我，喜欢我，报答我，因为我叫他做了一头大大的驴子，用诡计捣乱他的平和安宁，使他因气愤而发疯。方针已经决定，前途未可预料；阴谋的面目直到下手才会揭晓。（下）

第二场　街　道

传令官持告示上；民众随后。

传令官 我们尊贵英勇的元帅奥赛罗有令，根据最近接到的消息，土耳其舰队已经全军覆没，全体军民听到这一个捷音，理应同表庆祝；跳舞的跳舞，燃放焰火的燃放焰火，每一个人都可以随他自己的高兴尽情欢乐；因为除了这些可喜的消息以外，我们同时还要祝贺我们元帅的新婚。为此一切公共设施将全部开放；从下午五时起，直到深夜十一时，大家可以纵情饮酒宴乐。

上天祝福塞浦路斯岛和我们尊贵的元帅奥赛罗！（同下）

第三场　城堡中的厅堂

奥赛罗、苔丝狄蒙娜、凯西奥及侍从等上。

奥赛罗　好迈克尔，今天请你留心警备；我们必须随时谨慎，免得因为纵乐无度而肇成意外。

凯西奥　我已经吩咐伊阿古怎样办了，我自己也要亲自督察照看。

奥赛罗　伊阿古是个忠实可靠的汉子。迈克尔，晚安；明天你一早就来见我，我有话要跟你说。（向苔丝狄蒙娜）来，我的爱人，我们已经把彼此心身互相交换，愿今后花开结果，恩情美满。晚安！（奥赛罗、苔丝狄蒙娜及侍从等下）

伊阿古上。

凯西奥　欢迎，伊阿古；我们该守夜去了。

伊阿古　时候还早哪，副将；现在还不到十点钟。咱们主帅因为舍不得他的新夫人，所以这么早就打发我们出去；可是我们也怪不得他，他还没有跟她真个销魂，而她这个人，任是天神见了也要动心的。

凯西奥　她是一位人间无比的佳人。

伊阿古　我可以担保她迷男人的功夫也不会差呢。

凯西奥　她的确是一个娇艳可爱的女郎。

伊阿古　她的眼睛多么迷人！简直能勾人魂魄。

凯西奥　一双动人的眼睛；可是却有一种端庄贞静的神气。

伊阿古　她说话的时候，不就是爱情的警报吗？

凯西奥　她真是十全十美。

伊阿古　好，愿他们被窝里快乐！来，副将，我还有一瓶酒；外面有两个塞浦路斯的军官，要想为黑将军祝饮一杯。

凯西奥 今夜可不能奉陪了，好伊阿古。我一喝了酒，头脑就会糊涂起来。我希望有人能够发明在宾客欢会的时候，用另外一种方法招待他们。

伊阿古 啊，他们都是我们的朋友；喝一杯吧，我也可以代你喝。

凯西奥 我今晚只喝了一杯，就是那一杯也被我偷偷地冲了些水，可是你看我这样子，已经昏头昏脑了。我知道自己的弱点，实在不敢再多喝了。

伊阿古 嗳哟，朋友！这是一个狂欢的良夜，不要让大家扫兴吧。

凯西奥 他们在什么地方？

伊阿古 就在这儿门外；请你去叫他们进来吧。

凯西奥 我去就去，可是我心里是不愿意的。（下）

伊阿古 他今晚已经喝过了一些酒，我只要再灌他一杯下去，他就会像小狗一样到处惹事生非。我们那位为情憔悴的傻瓜罗德利哥今晚为了苔丝狄蒙娜也喝了几大杯的酒，我已经派他守夜了。还有三个心性高傲、重视荣誉的塞浦路斯少年，都是这座尚武的岛上数一数二的人物，我也把他们灌得酩酊大醉；他们今晚也是要守夜的。在这一群醉汉中间，我要叫我们这位凯西奥干出一些可以激起这岛上公愤的事来。可是他们来了。要是结果真就像我所梦想的，我这条顺风船儿顺流而下，前程可远大呢。

凯西奥率蒙太诺及军官等重上；众仆持酒后随。

凯西奥 上帝可以作证，他们已经灌了我一满杯啦。

蒙太诺 真的，只是小小的一杯，顶多也不过一品脱的分量；我是一个军人，从来不会说谎的。

伊阿古 喂，酒来！（唱）

一瓶一瓶复一瓶。
饮酒击瓶叮当鸣。
我为军人岂无情，
人命倏忽如烟云，
聊持杯酒遣浮生。
孩子们，拿酒来！

凯西奥 好一支歌儿！

伊阿古 这一支歌是我在英国学来的。英国人的酒量才厉害呢；什么丹麦人、德国人、大肚子的荷兰人——拿酒来！——比起英国人来都算不了什么。

凯西奥 英国人果然这样善于喝酒吗？

伊阿古 嘿，他会不动声色地把丹麦人灌得烂醉如泥，面不流汗地把德国人灌得不省人事，还没有倒满下一杯，那荷兰人已经呕吐狼藉了。

凯西奥 祝我们的主帅健康！

蒙太诺 赞成，副将，您喝我也喝。

伊阿古 啊，可爱的英格兰！（唱）

英明天子斯蒂芬，
做条新裤五百文；
硬说多花钱六个，
就把裁缝骂一顿。
本爷大名天下传，
你这小子是何人？
骄奢虚荣误了国，
不如旧衣披在身。
喂，拿酒来！

凯西奥 呃，这支歌比方才那一支更好听了。

伊阿古 你要再听一遍吗？

凯西奥 不用，因为我认为像他这样地位的人做出这种事来，太有失体统的。好，上帝在我们头上，有的灵魂必须得救，有的灵魂就不能得救。

伊阿古 对了，副将。

凯西奥 讲到我自己——我并没有冒犯我们主帅或是无论哪一位大人物的意思——我是希望能够得救的。

伊阿古 我也这样希望，副将。

凯西奥 嗯，可是，对不起，你不能比我先得救；副将得救了，然后才是旗官得救。咱们别提这种话啦，还是去干我们的公事吧。上帝赦免我们的罪恶！各位先生，我们不要忘记了我们的事情。不要以为我是醉了，各位先生。这是我的旗官；这是我的右手，这是我的左手。我现在并没有醉；我站得很稳，我说话也很清楚。

众　人 非常清楚。

凯西奥 那么很好；你们可不要以为我醉了。（下）

蒙太诺 各位朋友，来，我们到露台上守望去。

伊阿古 你们看刚才出去的这一个人；讲到指挥三军的才能，他可以和凯撒争一日之雄；可是你们瞧他这一副酗酒的样子，却正好和他的长处相抵消。我真为他可惜！我怕奥赛罗对他如此信任，也许有一天会被他误了大事，使全岛大受震动的。

蒙太诺 可是他常常是这样的吗？

伊阿古 他喝醉了酒总要睡觉；要是没有酒替他催眠，他恐怕一昼夜都睡不着觉。

蒙太诺 这种情形应该向元帅提起；也许他没有觉察，也许他秉性仁恕，因为看重凯西奥的才能而忽略了他的短处。这句话对不对？

罗德利哥上。

伊阿古 （向罗德利哥旁白）怎么，罗德利哥！你快追到那副将后面去吧；去。（罗德利哥下）

蒙太诺 这高贵的摩尔人竟会让一个染上这种恶癖的人做他的辅佐，真是一件令人抱憾的事。谁能够老实对他这样说，才是一个正直的汉子。

伊阿古 即使把这一座大好的岛送给我，我也不愿意说；我很爱凯西奥，要是有办法，我愿意尽力帮助他除去这一种恶癖。可是听！什么声音？（内呼声："救命！救命！"）

凯西奥驱罗德利哥重上。

凯西奥 混蛋！狗贼！

蒙太诺 什么事，副将？

凯西奥 一个混蛋竟敢教训起我来！我要把这混蛋打进一只瓶子里去。

罗德利哥 打我！

凯西奥 你还要利嘴吗，狗贼？（打罗德利哥）

蒙太诺 （拉凯西奥）不，副将，请您住手。

凯西奥 放开我，先生，否则我要一拳打到您的头上来了。

蒙太诺 得啦，得啦，您醉了。

凯西奥 醉了！（与蒙太诺斗）

伊阿古 （向罗德利哥旁白）快走！到外边去高声嚷叫，说是出了乱子啦。（罗德利哥下）不，副将！天哪，各位！喂，来人！副将！蒙太诺！帮帮忙，各位朋友！这算是守的什么夜呀！（钟鸣）谁在那儿打钟？该死！全市的人都要起来了。天哪！副将，住手！你的脸要从此丢尽啦。

奥赛罗及侍从等重上。

奥赛罗 这儿出了什么事情？

蒙太诺 他妈的！我的血流个不停；我受了重伤啦，我得死定了。

奥赛罗 要活命的快住手！

伊阿古 喂，住手，副将！蒙太诺！各位！你们忘记你们的地位和责任了吗？住手！主帅在对你们说话；还不住手！

奥赛罗 怎么，怎么！为什么闹起来的？难道我们都变成野蛮人了吗？上天不许土耳其人来攻打我们，我们倒自相残杀起来了吗？为了基督徒的面子，停止这场粗暴的争吵；谁要是一味呕气，再敢动一动，他就是看轻他自己的灵魂，他一举手我就叫他死。叫他们不要打那可怕的钟；它会扰乱岛上的人心。各位，究竟是怎么一回事？正直的伊阿古，瞧你懊恼得脸色惨淡，告诉我，谁开始这场争闹的？凭着你的忠心，老实对我说。

伊阿古 我不知道；刚才还是好好的朋友，像正在宽衣解带的新婚夫妇一般相亲相爱，一下子就好像受到什么星光的刺激，迷失了他们的本性，大家竟然拔出剑来，向彼此的胸前直刺过去，拼个你死我活了。我说不出这场任性的争吵是怎么开始的；只怪我这双腿不曾在光荣的战阵上失去，那么我也不会踏进这种是非中间了！

奥赛罗 迈克尔，你怎么会这样忘记你自己的身份？

凯西奥 请您原谅我；我没有话可说。

奥赛罗 尊贵的蒙太诺，您一向是个温文知礼的人，您的少年端庄为举世所钦佩，在贤人君子之间，您有很好的名声；为什么您会这样自贬身价，牺牲您的宝贵的名誉，让人家说您是个在深更半夜里酗酒闹事的家伙？给我一个回答。

蒙太诺 尊贵的奥赛罗，我伤得很厉害，不能多说话；您的贵部下伊阿古可以告诉您我所知道的一切。其实我也不知道我在今夜说错了什么话或是做错了什么事，除非在暴力侵凌的时候，自卫是一桩罪恶。

奥赛罗 苍天在上，我现在可再也遏制不住我的怒气了；我的血气蒙蔽了清明的理性，叫我只知道凭着冲动的感情行事。我只要动一动，或是举一举这一只胳臂，就可以叫你们中间最有本领的人在我的一怒之下丧失了生命。让我知道这一场可耻的骚扰是怎么开始的，谁是最初挑起事端来的人；要是证实了哪一个人是挑衅的罪魁，即使他是我的孪生兄弟，我也不能放过他。什么！一个新遭战乱的城市，秩序还没有恢复，人民的心里充满了恐惧，你们却在深更半夜，在全岛治安所系的所在为了私人间的细故争吵起来！岂有此理！伊阿古，谁是肇事的人？

蒙太诺 你要是意存偏袒，或是同僚相护，所说的话和事实不尽符合，你就不是个军人。

伊阿古 不要这样逼我；我宁愿割下自己的舌头，也不愿让它说迈克尔·凯西奥的坏话；可是事已如此，我想说老实话也不算对不起他。是这样的，主帅；蒙太诺跟我正在谈话，忽然跑进一个人来高呼救命，后面跟着凯西奥，杀气腾腾地提着剑，好像一定要杀死他才甘心似的；那时候这位先生就挺身前去拦住凯西奥，请他息怒；我自己追赶那个叫喊的人，因为恐怕他在外边大惊小怪，扰乱人心——后来果然不出我所料；可是他跑得快，我追不上，又听见背后刀剑碰撞和凯西奥高声咒骂的声音，所以就回来了；我从来没有听见他这样骂过人；我本来追得不远，一转身就看见他们在这儿你一刀、我一剑地厮杀得难解难分，正像您到来呵开他们的时候一样。我所能报告的就是这几句话。人总是人，圣贤也有犯错误的时候；一个人在愤怒之中，就是好朋友也会翻脸不认。虽然凯西奥给了他一点小小的伤害，可是我相信凯西奥一定从那逃走的家伙手里受到什么奇耻大辱，所以才会动起那么大的火性来的。

奥赛罗 伊阿古，我知道你的忠实和义气，你把这件事情轻描淡写，替凯西奥减轻他的罪名。凯西奥，你是我的好朋友，可是从此以后，你不是我的部属了。

苔丝狄蒙娜率侍从重上。

奥赛罗 瞧！我的温柔的爱人也给你们吵醒了！（向凯西奥）我要拿你做一个榜样。

苔丝狄蒙娜 什么事？

奥赛罗 现在一切都没事了，亲爱的；去睡吧。先生，您受的伤我愿意亲自替您医治。把他扶出去。（侍从扶蒙太诺下）伊阿古，你去巡视市街，安定安定受惊的人心。来，苔丝狄蒙娜；难圆的是军人的好梦，才合眼又被杀声惊动。（除伊阿古、凯西奥外均下）

伊阿古 什么！副将，你受伤了吗？

凯西奥 嗯，我的伤是无药可救的了。

伊阿古 嗳哟，上天保佑没有这样的事！

凯西奥 名誉，名誉，名誉！啊，我的名誉已经一败涂地了！我已经失去我的生命中不死的一部分，留下来的也就跟畜生没有分别了。我的名誉，伊阿古，我的名誉！

伊阿古 我是个老实人，我还以为你受到了什么身体上的伤害，那是比名誉的损失痛苦得多的。名誉是一件无聊的骗人的东西；得到它的人未必有什么功德，失去它的人也未必有什么过失。你的名誉仍旧是好端端的，除非你自以为它已经扫地了。嘿，朋友，你要恢复主帅对你的欢心，尽有办法呢。你现在不过一时遭逢他的恼怒；他给你的这一种处分，与其说是表示对你的不满，还不如说是遮掩世人耳目的政策，正像有人为了吓退一头凶恶的狮子而故意鞭打他的驯良的狗一样。你只要向他恳求恳求，他一定会回心转意的。

凯西奥 我宁愿恳求他唾弃我，也不愿蒙蔽他的聪明，让这样一位贤能的主帅手下有这么一个酗酒放荡的不肖将校。纵饮无度！胡言乱道！吵架！吹牛！赌咒！跟自己的影子说些废话！啊，你空虚缥缈的美酒的精灵，要是你还没有一个名字，让我们叫你做魔鬼吧！

伊阿古 你提着剑追逐不舍的那个人是谁？他怎么冒犯了你？

凯西奥 我不知道。

伊阿古 你怎么会不知道？

凯西奥 我记得一大堆的事情，可是全都是模模糊糊的；我记得跟人家吵起来，可是不知道为了什么。上帝啊！人们居然会把一个仇敌放进自己的嘴里，让它偷去他们的头脑！我们居然会在欢天喜地之中，把自己变成了畜生！

伊阿古 可是你现在已经很清醒了；你怎么会明白过来的？

凯西奥 气鬼一上了身，酒鬼就自动退让；一件过失引起了第二件过失，简直使我自己也瞧不起自己了。

伊阿古 得啦，你也太认真了。照此时此地的环境说起来，我但愿没有这种事情发生；可是既然事已如此，还是想办法亡羊补牢吧。

凯西奥 我要向他请求恢复我的原职；他会对我说我是一个酒棍！即使我有一百张嘴，这样一个答复也会把它们一起封住。现在还是一个清清楚楚的人，不一会儿就变成个傻子，然后立刻就变成一头畜生！啊，奇怪！每一杯过量的酒都是魔鬼酿成的毒汁。

伊阿古 算了，算了，好酒只要不滥喝，也是一个很好的伙伴；你也不用咒骂它了。副将，我想你一定把我当作一个好朋友看待。

凯西奥 我很信任你的友谊。我醉了！

伊阿古 朋友，一个人有时候多喝了几杯，也是免不了的。让我告诉你一个办法。我们主帅的夫人现在是我们真正的主帅；我可以这样说，因为他心里只念着她的好处，眼睛里只看见她的可爱。你只要在她面前坦白忏悔，恳求恳求她，她一定会帮助你官复原职。她的性情是那么慷慨仁慈，那么体贴人心，人家请她出十分力，她要是没有出到十二分，就觉得好像对不起人似的。你请她替你弥缝弥缝你跟她的丈夫之间的这一道裂痕，我可以拿我的全部财产打赌，你们的交情一定反而会因此格外加强的。

凯西奥 你的主意出得很好。

伊阿古 我发誓这一种意思完全出于一片诚心。

凯西奥 我充分信任你的善意；明天一早我就请求贤德的苔丝狄蒙娜替我尽力说情。要是我在这儿给他们革退了，我的前途也就从此毁了。

伊阿古 你说得对。晚安，副将；我还要守夜去呢。

凯西奥 晚安，正直的伊阿古！（下）

伊阿古 谁说我做事奸恶？我贡献给他的这番意见，不是光明正大、很合理，而且的确是挽回这摩尔人的心意的最好办法吗？只要是正当的请求，苔丝狄蒙娜总是有求必应的；她的为人是再慷慨、再热心不过的了。至于叫她去说动这摩尔人，更是不费吹灰之力；他的灵魂已经完全成为她的爱情的俘虏，无论她要做什么事，或是把已经做成的事重新推翻，即使叫他抛弃他的信仰和一切得救的希望，他也会唯命是从，让她的喜恶主宰他的无力反抗的身心。我既然帮助了凯西奥，向他指示了这一条对他有利的方策，谁还能说我是个恶人呢？佛面蛇心的鬼魅！恶魔往往用神圣的外表，引诱世人干最恶的罪行，正像我现在所用的手段一样；因为当这个老实的呆子恳求苔丝狄蒙娜为他转圜，当她竭力在那摩尔人面前替他说情的时候，我就要用毒药灌进那摩尔人的耳中，说是她所以要帮助劝说凯西奥复职，只是为了恋奸情热的缘故。这样她越是忠于所托，越是会加强那摩尔人的猜疑；我就利用她的善良的心肠污毁她的名誉，让他们一个个都落进我的罗网之中。

罗德利哥重上。

伊阿古 啊，罗德利哥！

罗德利哥 我跟着人群被赶到这儿来，不像一头追寻狐兔的猎狗，倒像是替你们凑凑热闹的。我的钱也差不多花光了，今夜我还挨了一顿痛打；我想这番教训，大概就是我费去不少辛苦换来的代价了。现在我的钱囊已经空空如也，我的头脑里总算增加了一点儿智慧，我要回威尼斯去了。

伊阿古 没有耐性的人是多么可怜！什么伤口不是慢慢地平复起来的？你知道我们干事情全赖计谋，并不是用的魔法；用计谋就必须等待时机成熟。一切不是进行得很顺利吗？凯西奥固然把你打了一顿，可是你受了一点儿小小的痛苦，已经使凯西奥把官职都丢了。虽然在太阳光底下，各种草木都欣欣向荣，可是最先开花的果子总是最先成熟。你安心点儿吧。嗳哟，天已经亮啦；又是喝酒，又是打架，闹哄哄的就让时间飞过去了。你去吧，回到你的宿舍里去；去吧，有什么消息我再来告诉你；去吧。（罗德利哥下）我还要做两件事情：第一是叫我的妻子在她的女主人面前替凯西奥说两句好话；我就去怂恿她；同时我就去设法把那摩尔人骗开，等到凯西奥去向他的妻子请求的时候，再让他亲眼看见这幕把戏。好，言之有理；不要迁延不决，耽误了锦囊妙计。（下）

第三幕

第一场　塞浦路斯。城堡前

凯西奥及若干乐工上。

凯西奥　列位朋友，就在这儿奏起来吧；我会酬劳你们的。奏一支简短一些的乐曲，敬祝我们的主帅晨安。（众乐工奏乐）

小丑上。

小　丑　怎么，列位朋友，你们的家伙都曾到过那不勒斯的温柔乡吗，所以才这样嗡咙嗡咙地用鼻音说话？

乐工甲　大哥，怎么说？

小　丑　请问这些都是管乐器吗？

乐工甲　正是，大哥。

小　丑　啊，怪不得下面有个那玩意儿。

乐工甲　怪不得有个什么玩意儿，大哥？

小　丑　我想，有好多管乐器就都是这么回事。可是列位朋友，这儿是赏给你们的钱；将军非常喜欢你们的音乐，他请求你们千万不要再奏下去了。

乐工甲　好，大哥，我们不奏就是。

小　丑　要是你们会奏听不见的音乐，请奏起来吧；可是正像人家说的，将军对于听音乐这件事不大感兴趣。

乐工甲　我们不会奏那样的音乐。

小　丑　那么把你们的笛子藏起来，因为我要去了。走，消失在空气里吧；走！（乐工等下）

凯西奥　你听没听见，我的好朋友？

小　丑　不，我没有听见您的好朋友；我只听见您。

凯西奥　少说笑话。这一块小小的金币你拿了去；要是侍候将军夫人的那位奶奶已经起身，你就告诉她有一个凯西奥请她出来说话。你肯不肯？

小　丑　她已经起身了，先生；要是她愿意出来，我就告诉她。

凯西奥　谢谢你，我的好朋友。（小丑下）

伊阿古上。

凯西奥　来得正好，伊阿古。

伊阿古　您还没有上过床吗？

凯西奥　没有；我们分手的时候，天早就亮了。伊阿古，我已经大胆叫人去请您的妻子出来；我想请她替我设法见一见贤德的苔丝狄蒙娜。

伊阿古　我去叫她立刻出来见您。我还要想一个法子把那摩尔人调开，好让你们谈话方便一些。

凯西奥　多谢您的好意。（伊阿古下）我从来没有认识过一个比他更善良正直的佛罗伦萨人。

爱米利娅上。

爱米利娅　早安，副将！听说您误触主帅之怒，真是一件令人懊恼的事；可是一切就会转祸为福的。将军和他的夫人正在谈起此事，夫人竭力替您辩白，将军说，被您伤害的那个人，在塞浦路斯是很有名誉、很有势力的，为了避免受人非难起见，他不得不把您斥革；可是他说他很喜欢您，即使没有别人替您说情，他也会因此留心着，一有适当的机会，就让您恢复原职。

凯西奥 可是我还要请求您一件事：要是您认为没有妨碍，或是可以办得到的话，请您设法让我独自见一见苔丝狄蒙娜，跟她作一次简短的谈话。

爱米利娅 请您进来吧；我可以带您到一处可以让您从容吐露您的心曲的所在。

凯西奥 那真使我感激万分了。（同下）

第二场 城堡中一室

奥赛罗、伊阿古及绅士等上。

奥赛罗 伊阿古，这几封信你拿去交给舵师，叫他回去替我呈上元老院。我就在堡垒上走走；你把事情办好以后，就到那边来见我。

伊阿古 是，主帅，我就去。

奥赛罗 各位，我们要不要去看看这儿的防务？

众 人 我们愿意奉陪。（同下）

第三场 城堡前

苔丝狄蒙娜、凯西奥及爱米利娅上。

苔丝狄蒙娜 好凯西奥，您放心吧，我一定尽力替您说情就是了。

爱米利娅 好夫人，请您千万出力。不瞒您说，我的丈夫为了这件事情，也懊恼得不得了，就像是他自己身上的事情一般。

苔丝狄蒙娜 啊！您的丈夫是一个好人。放心吧，凯西奥，我一定会设法使我的丈夫对您恢复原来的友谊。

凯西奥 大恩大德的夫人，无论迈克尔·凯西奥将来会有什么成就，他永远是您的忠实的仆人。

苔丝狄蒙娜 我知道；我感谢您的好意。您爱我的丈夫，您又是他的多年的知交；放心吧，他除了表面上因为避免嫌疑而对您略示疏远以外，绝不会真对您见外的。

凯西奥 您说得很对，夫人；可是为了这“避嫌”之计，时间可能就要拖得很长，或是为了一些什么细碎小事还是不便叫我回来，那么我就失去了在帐下供奔走的机会，日久之后，有人代替了我的地位，恐怕主帅就要把我的忠诚和微劳一起忘记了。

苔丝狄蒙娜 那您不用担心；当着爱米利娅的面，我保证您一定可以恢复原职。请您相信我，要是我发誓帮助一个朋友，我一定会帮助他到底。我的丈夫将要不得安息，无论睡觉吃饭的时候，我都要在他耳旁聒噪；无论他干什么事，我都要插进嘴去替凯西奥说情。所以高兴起来吧，凯西奥，因为您的辩护人是宁死不愿放弃您的权益的。

奥赛罗及伊阿古自远处上。

爱米利娅 夫人，将军来了。

凯西奥 夫人，我告辞了。

苔丝狄蒙娜 啊，等一等，听我说。

凯西奥 夫人，改日再谈吧；我现在心里很不自在，见了主帅恐怕反多不便。

苔丝狄蒙娜 好，随您的便。（凯西奥下）

伊阿古 嘿！我不喜欢那种样子。

奥赛罗 你说什么？

伊阿古 没有什么，主帅；要是——我不知道。

奥赛罗 那从我妻子身边走开去的，不是凯西奥吗？

伊阿古 凯西奥，主帅？不，不会有那样的事，我不能够设想，他一看见您来了就好像做了什么虚心事似的，偷偷地溜走了。

奥赛罗 我相信是他。

苔丝狄蒙娜 啊，我的主！刚才有人在这儿向我请托，他因为失去了您的欢心，非常抑郁不快呢。

奥赛罗 你说的是什么人？

苔丝狄蒙娜 就是您的副将凯西奥呀。我的好夫君，要是我还有几分面子，或是几分可以左右您的力量，请您立刻恢复对他原来的恩宠吧；因为他倘不是一个真心爱您的人，他的过失倘不是无心而是有意的，那么我就是看错了人啦。请您叫他回来吧。

奥赛罗 他刚才从这儿走开吗？

苔丝狄蒙娜 嗯，是的；他是那样满含着羞愧，使我也不禁对他感到同情的悲哀。爱人，叫他回来吧。

奥赛罗 现在不必，亲爱的苔丝狄蒙娜；慢慢儿再说吧。

苔丝狄蒙娜 可是那不会太久吗？

奥赛罗 亲爱的，为了你的缘故，我叫他早一点儿复职就是了。

苔丝狄蒙娜 能不能在今天晚餐的时候？

奥赛罗 不，今晚可不能。

苔丝狄蒙娜 那么明天午餐的时候？

奥赛罗 明天我不在家里午餐；我要跟将领们在营中会面。

苔丝狄蒙娜 那么明天晚上吧；或者星期二早上，星期二中午、晚上，星期三早上，随您指定一个时间，可是不要超过三天以上。他对于自己的行为失检，的确非常悔恨；固然在这种战争的时期，听说必须惩办那些不以身作则的重要人士，给全军立个榜样，可是照我们平常的眼光看来，他的过失实在是微乎其微，不必遭受个人的处分。什么时候让他来？告诉我，奥赛罗。要是您有什么事情要求我，我想我决不会拒绝您，或是这样吞吞吐吐的。什么！迈克尔·凯西奥，您向我求婚的时候，是他陪着您来的；好多次我表示对您不满意的时候，他总是为您辩护；现在我请您把他重新叙用，却会这样为难！相信我，我可以——

奥赛罗　好了，不要说下去了。让他随便什么时候来吧；你要什么我总不愿拒绝的。

苔丝狄蒙娜　这并不是一个恩惠，就好像我请求您戴上您的手套，劝您吃些富于营养的菜肴，穿些温暖的衣服，或是叫您做一件对您自己有益的事情一样。不，要是我真的向您提出什么要求，来试探试探您的爱情，那一定是一件非常棘手而难以应允的事。

奥赛罗　我什么都不愿拒绝你；可是现在你必须答应暂时离开我一会儿。

苔丝狄蒙娜　我会拒绝您的要求吗？不。再会，我的主。

奥赛罗　再会，我的苔丝狄蒙娜；我马上就来看你。

苔丝狄蒙娜　爱米利娅，来吧。您爱怎么样就怎么样，我总是服从您的。（苔丝狄蒙娜、爱米利娅同下）

奥赛罗　可爱的女人！要是我不爱你，愿我的灵魂永堕地狱！当我不爱你的时候，世界也要复归于混沌了。

伊阿古　尊贵的主帅——

奥赛罗　你说什么，伊阿古？

伊阿古　当您向夫人求婚的时候，迈克尔·凯西奥也知道你们在恋爱吗？

奥赛罗　他从头到尾都知道。你为什么问起？

伊阿古　不过是为了解释我心头的一个疑惑，并没有其他用意。

奥赛罗　你有什么疑惑，伊阿古？

伊阿古 我以为他本来跟夫人是不相识的。

奥赛罗 啊，不，他常常在我们两人之间传递消息。

伊阿古 当真？

奥赛罗 当真！嗯，当真。你觉得有什么不对吗？他这人不老实吗？

伊阿古 老实，我的主帅！

奥赛罗 老实！嗯，老实。

伊阿古 主帅，照我所知道的——

奥赛罗 你有什么意见？

伊阿古 意见，我的主帅！

奥赛罗 意见，我的主帅！天哪，他在学我的舌，好像在他的思想之中，藏着什么丑恶得不可见人的怪物似的。你的话里含着意思。刚才凯西奥离开我的妻子的时候，我听见你说，你不喜欢那种样子；你不喜欢什么样子呢？当我告诉你在我求婚的全部过程中他都参与我们的秘密的时候，你又喊着说："当真！"蹙紧了你的眉头，好像在把一个可怕的思想锁在你的脑筋里一样。要是你爱我，把你所想到的事告诉我吧。

伊阿古 主帅，您知道我是爱您的。

奥赛罗 我相信你的话；因为我知道你是一个忠诚正直的人，从来不让一句没有忖度过的话轻易出口，所以你这种吞吞吐吐的口气格外使我惊疑。对于一个奸诈的小人，这些不过是一套玩惯了的戏法；可是对于一个正人君子，那就是从心底里不知不觉自然流露出来的秘密的抗议。

伊阿古 讲到迈克尔·凯西奥，我敢发誓我相信他是忠实的。

奥赛罗 我也这样想。

伊阿古 人们的内心应该跟他们的外表一致，有的人却不是这样；要是他们能够脱下了假面，那就好了！

奥赛罗 不错，人们的内心应该跟他们的外表一致。

伊阿古 所以我想凯西奥是个忠实的人。

奥赛罗 不，我看你还有一些别的意思。请你老老实实把你心中的意思告诉我，尽管用最坏的字眼，说出你所想到的最坏的事情。

伊阿古 我的好主帅，请原谅我；凡是我名分上应尽的责任，我当然不敢躲避，可是您不能勉强我做那一切奴隶们也没有那种义务的事。吐露我的思想？也许它们是邪恶而卑劣的；哪一座庄严的宫殿里，不会有时被下贱的东西闯入呢？哪一个人的心胸这样纯洁，没有一些污秽的念头和正大的思想分庭抗礼呢？

奥赛罗 伊阿古，要是你以为你的朋友受人欺侮了，可是却不让他知道你的思想，这不成合谋卖友了吗？

伊阿古 也许我是以小人之腹度君子之心，因为，我承认我有一种天生的坏毛病，我是个秉性多疑的人，常常会无中生有，错怪了人家；所以请您凭着您的见识，还是不要把我的无稽的猜测放在心上，更不要因为我的胡乱的妄言而自寻烦恼。要是我让您知道了我的思想，一则将会破坏您的安宁，对您没有什么好处；二则那会影响我的人格，对我也是一件不智之举。

奥赛罗 你的话是什么意思？

伊阿古 我的好主帅，无论男人女人，名誉是他们灵魂里面最切身的珍宝。谁偷窃我的钱囊，不过偷窃到一些废物，一些虚无的东西，它只是从我的手里转到他的手里，而它也曾做过千万人的奴隶；可是谁偷去了我的名誉，那么他虽然并不因此而富足，我却因为失去它而成为赤贫了。

奥赛罗 凭着上天起誓，我一定要知道你的思想。

伊阿古 即使我的心在您的手里，您也不能知道我的思想；当它还在我的保管之下，我更不能让您知道。

奥赛罗　嘿！

伊阿古　啊，主帅，您要留心嫉妒啊；那是一个绿眼的妖魔，谁作了它的牺牲，就要受它的玩弄。本来并不爱他的妻子的那种丈夫，虽然明知被他的妻子欺骗，算来还是幸福的；可是啊！一方面那样痴心疼爱，一方面又是那样满腹狐疑，这才是活活的受罪！

奥赛罗　啊，难堪的痛苦！

伊阿古　贫穷而知足，可以赛过富有；有钱的人要是时时刻刻都在担心他会有一天变成穷人，那么即使他有无限的资财，实际上也像冬天一样贫困。天啊，保佑我们不要嫉妒吧！

奥赛罗　咦，这是什么意思？你以为我会在嫉妒里消磨我的一生，随着每一次月亮的变化，发生一次新的猜疑吗？不，我有一天感到怀疑，就要把它立刻解决。要是我会让这种捕风捉影的猜测支配我的心灵，像你所暗示的那样，我就是一头愚蠢的山羊。谁说我的妻子貌美多姿，爱好交际，口才敏慧，能歌善舞，弹得一手好琴，绝不会使我嫉妒；对于一个贤淑的女子，这些是锦上添花的美妙的外饰。我也绝不因为我自己的缺点而担心她会背叛我；她倘不是独具慧眼，绝不会选中我的。不，伊阿古，我在没有亲眼目睹以前，决不妄起猜疑；当我感到怀疑的时候，我就要把它证实；果然有了确实的证据，我就一了百了，让爱情和嫉妒同时毁灭。

伊阿古　您这番话使我听了很是高兴，因为我现在可以用更坦白的精神，向您披露我的忠爱之忱了；既然我不能不说，您且听我说吧。我还不能给您确实的证据。注意尊夫人的行动；留心观察她对凯西奥的态度；用冷静的眼光看着他们，不要一味多心，也不要过于大意。我不愿您的慷慨豪迈的天性被人欺罔；留心着吧。我知道我们国里娘儿们的脾气；在威尼斯她们背着丈夫干的风流话剧，是不瞒天地的；她们可以不顾羞耻，干她们所要干的事，只要不让丈夫知道，就可以问心无愧。

奥赛罗 你真的这样说吗？

伊阿古 她当初跟您结婚，曾经骗过她的父亲；当她好像对您的容貌战栗畏惧的时候，她的心里却在热烈地爱着它。

奥赛罗 她正是这样。

伊阿古 好，她这样小小的年纪，就有这般能耐，做得不露一丝破绽，把她父亲的眼睛完全遮掩过去，使他疑心您用妖术把她骗走。——可是我不该说这种话；请您原谅我对您的过分的忠心吧。

奥赛罗 我永远感激你的好意。

伊阿古 我看这件事情有点儿令您扫兴。

奥赛罗 一点儿不，一点儿不。

伊阿古 真的，我怕您在发火啦。我希望您把我这番话当作善意的警戒。可是我看您真的在动怒啦。我必须请求您不要因为我这么说，就武断地下了结论；不过是一点嫌疑，还不能就认为是事实哩。

奥赛罗 我不会的。

伊阿古 您要是这样，主帅，那么我的话就要引起不幸的后果，完全违反我的本意了。凯西奥是我的好朋友——主帅，我看您在动怒啦。

奥赛罗 不，并不怎么动怒。我完全相信苔丝狄蒙娜是贞洁的。

伊阿古 但愿她永远如此！但愿您永远这样想！

奥赛罗 可是一个人往往容易迷失本性——

伊阿古 嗯，问题就在这儿。说句大胆的话，当初多少跟她同国族、同肤色、同阶级的人向她求婚，而且照我们看来，那真是水到渠成、天作之合，可是她都置之不理，这明明是违反常情的举动；嘿！从这儿就可以看到一个荒唐的意志、乖僻的习性和不近人情的思想。可是原谅我，我不一定指着她说；虽然我恐怕她因为一时的孟浪跟随了您，也许后来会觉得您在各方面不能符合她自己国中的标准而懊悔她的选择的错误。

奥赛罗　再会，再会。要是你还观察到什么事，请让我知道；叫你的妻子留心察看。离开我，伊阿古。

伊阿古　主帅，我告辞了。（欲去）

奥赛罗　我为什么要结婚呢？这个诚实的汉子所看到所知道的事情，一定比他向我宣布出来的多得多。

伊阿古　（回转）主帅，我想请您最好把这件事情搁一搁，慢慢再说吧。凯西奥虽然应该让他复职，因为他对于这一个职位是非常胜任的；可是您要是愿意对他暂时延宕一下，就可以借此窥探他的真相，看他钻的是哪一条门路。您只要注意尊夫人在您面前是不是着力替他说情；从那上头就可以看出不少情事。现在请您只把我的意见认作无谓的过虑——我相信我的确太多疑了——仍旧把尊夫人看成一个清白无罪的人。

奥赛罗　你放心吧，我不会失去自制的。

伊阿古　那么我告辞了。（下）

奥赛罗　这是一个非常诚实的家伙，对于人情世故是再熟悉不过的了。要是我能够证明她是一头没有驯伏的野鹰，虽然我用自己的心弦把她系住，我也要放她随风远去，追寻她自己的命运。也许因为我生得黑丑，缺少绅士们温柔风雅的谈吐；也许因为我年纪老了点儿——虽然还不算顶老——所以她才会背叛我；我已经自取其辱，只好割断对她这一段痴情。啊，结婚的烦恼！我们可以在名义上把这些可爱的人儿称为我们所有，却不能支配她们的爱憎喜恶！我宁愿做一只蛤蟆，呼吸牢室中的浊气，也不愿占住自己心爱之物的一角，让别人把它享用。可是那是富贵者也不能幸免的灾祸，他们并不比贫贱者享有更多的特权；那是像死一样不可逃避的命运，我们一生下来就早已在冥冥中被注定了。瞧！她来了。倘若她是不贞的，啊！那么上天在开自己的玩笑了。我不信。

苔丝狄蒙娜及爱米利娅重上。

苔丝狄蒙娜 啊，我的亲爱的奥赛罗！您所宴请的那些岛上的贵人们都在等着您去就席哩。

奥赛罗 是我失礼了。

苔丝狄蒙娜 您怎么说话这样没有劲儿？您不大舒服吗？

奥赛罗 我有点儿头痛。

苔丝狄蒙娜 那一定是因为睡少的缘故，不要紧的；让我替您绑紧了，一小时内就可以痊愈。

奥赛罗 你的手帕太小了。（苔丝狄蒙娜手帕坠地）随它去；来，我跟你一块儿进去。

苔丝狄蒙娜 您身子不舒服，我很懊恼。（奥赛罗、苔丝狄蒙娜下）

爱米利娅 我很高兴我拾到了这方手帕；这是她从那摩尔人手里第一次得到的礼物。我那古怪的丈夫向我说过了不知多少好话，要我把它偷出来；可是她非常喜欢这玩意儿，因为他叫她永远保存好，所以她随时带在身边，一个人的时候就拿出来把它亲吻，对它说话。我要去把那花样描下来，再把它送给伊阿古；究竟他拿去有什么用，天才知道，我可不知道。我只不过为了讨他的喜欢。

伊阿古重上。

伊阿古 啊！你一个人在这儿干什么？

爱米利娅 不要骂；我有一件好东西给你。

伊阿古 一件好东西给我？一件不值钱的东西——

爱米利娅 嘿！

伊阿古 娶了一个愚蠢的老婆。

爱米利娅 啊！只落得这句话吗？要是我现在把那方手帕给了你，你给我什么东西？

伊阿古 什么手帕？

爱米利娅 什么手帕！就是那摩尔人第一次送给苔丝狄蒙娜，你老是叫我偷出来的那方手帕呀。

伊阿古 已经偷来了吗？

爱米利娅 不，不瞒你说，她自己不小心掉了下来，我正在旁边，乘此机会就把它拾起来了。瞧，这不是吗？

伊阿古 好妻子，给我。

爱米利娅 你一定要我偷了它来，究竟有什么用？

伊阿古 哼，那干你什么事？（夺帕）

爱米利娅 要是没有重要的用途，还是把它还了我吧。可怜的夫人！她失去这方手帕，准要发疯了。

伊阿古 不要说出来；我自有用处。去，离开我。（爱米利娅下）我要把这手帕丢在凯西奥的寓所里，让奥赛罗找到它。像空气一样轻的小事，对于一个善于嫉妒的人，也会变成天书一样坚强的确证；也许这就可以引起一场是非。这摩尔人已经中了我的毒药，他的心理已经发生变化了；危险的思想本来就是一种毒药，虽然在开始的时候尝不到什么苦涩的味道，可是渐渐地在血液里活动起来，就会像硫矿一样轰然爆发。我的话果然不差；瞧，他又来了！

奥赛罗重上。

伊阿古 罂粟、曼陀罗，或是世上一切使人昏迷的药草，都不能使你得到昨天晚上你还安然享受的酣眠。

奥赛罗 嘿！嘿！对我不贞？

伊阿古 啊，怎么，主帅！别老想着那件事啦。

奥赛罗 去！滚开！你害得我好苦。与其知道得不明不白，还是糊里糊涂受人家欺弄的好。

伊阿古 怎么，主帅！

奥赛罗 她瞒着我跟人家私通，我不是一无知觉吗？我没有看见，没有想到，它对我莫不相干；到了晚上，我还是睡得好好的，逍遥自得，无忧无虑，在她的嘴唇上找不到凯西奥吻过的痕迹。被盗的人要是不知道偷儿盗去了他什么东西，旁人也不去让他知道，他就等于没有被盗一样。

伊阿古 我很抱歉听见您说这样的话。

奥赛罗 要是全营的将士，从最低微的工兵起，都曾领略过她的肉体的美趣，只要我一无所知，我还是快乐的。啊！从今以后，永别了，宁静的心绪！永别了，平和的幸福！永别了，威武的大军、激发壮志的战争！啊，永别了！永别了，长嘶的骏马、锐厉的号角、惊魂的鼙鼓、刺耳的横笛、庄严的大旗和一切战阵上的威仪！还有你，杀人的巨炮啊，你的残暴的喉管里摹仿着天神乔武的怒吼，永别了！奥赛罗的事业已经完了。

伊阿古 难道确已至此吗，主帅？

奥赛罗 恶人，你必须证明我的爱人是一个淫妇，你必须给我目击的证据；否则凭着人类永生的灵魂起誓，我激起了的怒火将要喷射在你的身上，使你悔恨自己当初不曾投胎做一条狗！

伊阿古 竟会到了这样的地步吗？

奥赛罗 让我亲眼看见这种事实，或者至少给我无可置疑的切实的证据，不这样可不行；否则我要活活要你的命！

伊阿古 尊贵的主帅——

奥赛罗 你要是故意捏造谣言，毁坏她的名誉，使我受到难堪的痛苦，那么你再不要祈祷吧；放弃一切恻隐之心，让各种骇人听闻的罪恶丛集于你罪恶的一身，尽管做一些使上天悲泣、使人世惊愕的暴行吧，因为你现在已经罪大恶极，没有什么比这可以使你在地狱里沉沦得更深的了。

伊阿古 天啊！您是一个汉子吗？您有灵魂吗？您有知觉吗？上帝和您同在！我也不要做这劳什子的旗官了。啊，倒霉的傻瓜！你一生只想做个老实人，人家却把你的老实当作了罪恶！啊，丑恶的世界！注意，注意，世人啊！说老实话，做老实人，是一件危险的事哩。谢谢您给我这一个有益的教训；既然善意反而遭人嗔怪，从此以后，我再也不对什么朋友掬献我的真情了。

奥赛罗 不，且慢；你应该做一个老实人。

伊阿古 我应该做一个聪明人；因为老实人就是傻瓜，虽然一片好心，结果还是好心不得好报。

奥赛罗 我想我的妻子是贞洁的，可是又疑心她不大贞洁；我想你是诚实的，可是又疑心你不大诚实。我一定要得到一些证据。她的名誉本来是像狄安娜的容颜一样皎洁的，现在已经染上污垢，像我自己的脸一样黝黑了。要是这儿有绳子、刀子、毒药、火焰或是使人窒息的河水，我一定不能忍受下去。但愿我能够扫空这一块疑团！

伊阿古 主帅，我看您完全被感情所支配了。我很后悔不该惹起您的疑心。那么您愿意知道究竟吗？

奥赛罗 愿意！嘿，我一定要知道。

伊阿古 那倒是可以的；可是怎样才算知道了呢，主帅？难道您要眼睁睁地当场看她被人调戏吗？

奥赛罗 啊！该死该死！

伊阿古 叫他们当场出丑，我想很不容易；他们干这种事，总是要避人眼目的。那么又怎么办呢？我应该怎么说呢？怎样才可以拿到真凭实据？即使他们像山羊一样风骚，猴子一样好色，豺狼一样贪淫，即使他们是糊涂透顶的傻瓜，您也看不到他们这一幕把戏。可是我说，有了确凿的线索，就可以探出事实的真相；要是这一类间接的旁证可以替您解除疑惑，那倒是不难让您得到的。

奥赛罗　给我一个充分的理由，证明她已经失节。

伊阿古　我不欢喜这件差使；可是既然愚蠢的忠心已经把我拉进了这一桩纠纷里去，我也不能再保持沉默了。最近我曾经和凯西奥同过榻；我因为牙痛不能入睡；世上有一种人，他们的灵魂是不能保守秘密的，往往会在睡梦之中吐露他们的私事，凯西奥也就是这一种人；我听见他在梦寐中说："亲爱的苔丝狄蒙娜，我们须要小心，不要让别人窥破了我们的爱情！"于是，主帅，他就紧紧地捏住我的手，嘴里喊："啊，可爱的人儿！"然后狠狠地吻着我，好像那些吻是长在我的嘴唇上，他恨不得把它们连根拔起一样；然后他又把他的脚搁在我的大腿上，叹一口气，亲一个吻，喊了一声"该死的命运，把你给了那摩尔人"！

奥赛罗　啊，可恶！可恶！

伊阿古　不，这不过是他的梦。

奥赛罗　但是过去发生过什么可想而知；虽然只是一个梦，怎么能不叫人起疑呢。

伊阿古　这的确令人生疑，而且也许能进一步证明一些猜测。

奥赛罗　我要把她碎尸万段。

伊阿古　不，您不能太鲁莽了；我们还没有看见实际的行动；也许她还是贞洁的。告诉我这一点；您有没有看见过在尊夫人的手里有一方绣着草莓花样的手帕？

奥赛罗　我给过她这样一方手帕；那是我第一次送给她的

礼物。

伊阿古 那我不知道；可是今天我看见凯西奥用这样一方手帕抹他的胡子，我相信它一定就是尊夫人的。

奥赛罗 假如就是那一方手帕——

伊阿古 假如就是那一方手帕，或者是她所用过的其他手帕，那么又是一个对她不利的证据了。

奥赛罗 啊，我但愿那家伙有四万条生命！单单让他死一次是发泄不了我的愤怒的。现在我明白这件事情全然是真的了。瞧，伊阿古，我把我的全部痴情向天空中吹散；它已经随风消失了。黑暗的复仇，从你的幽窟之中升起来吧！爱情啊，把你的王冠和你的心灵深处的宝座让给残暴的憎恨吧！膨胀起来吧，我的胸膛，因为你已经满载着毒蛇的螫舌！

伊阿古 请您息怒。

奥赛罗 啊，血！血！血！

伊阿古 忍耐点儿吧；也许您的意见会改变过来的。

奥赛罗 决不，伊阿古。正像黑海的寒涛滚滚奔流，奔进马尔马拉海，直冲达达尼尔海峡，永远不会后退一样，我的风驰电掣的流血的思想，在复仇的目的没有充分达到以前，也决不会踟蹰却顾，化为绕指的柔情。（跪）苍天在上，我倘不能报复这奇耻大辱，誓不偷生人世。

伊阿古 且慢起来。（跪）永古炳耀的日月星辰，环抱宇宙的风云雨雾，请你们为我作证；从现在起，伊阿古愿意尽心竭力，为被欺的奥赛罗效劳；无论他叫我做什么残酷的事，我一切唯命是从。

奥赛罗 我不用空口的感谢接受你的好意，为了表示我的诚心的嘉纳，我要请你立刻履行你的诺言；在这三天以内，让我听见你说凯西奥已经不在人世。

伊阿古　我的朋友的死已经决定了，因为这是您的意旨；可是放她活命吧。

奥赛罗　该死的淫妇！啊，咒死她！来，跟我去；我要为这美貌的魔鬼想出一个干脆的死法。现在你是我的副将了。

伊阿古　我永远是您的忠仆。（同下）

第四场　城堡前

苔丝狄蒙娜、爱米利娅及小丑上。

苔丝狄蒙娜　喂，你知道凯西奥副将家在哪儿吗？

小　丑　我可不敢说他有“假”。

苔丝狄蒙娜　为什么？

小　丑　他是个军人，要是说军人心中有“假”，那可是性命攸关的事儿。

苔丝狄蒙娜　好吧，那么他住在什么地方？

小　丑　告诉您他住在什么地方，就是告诉您我“假”在哪儿。

苔丝狄蒙娜　莫名其妙，什么意思？

小　丑　我不知道他住在什么地方；要是胡乱想出一个地方来，说他住在这儿，住在那儿，那就是我存心说“假”话了。

苔丝狄蒙娜　你可以打听打听他在什么地方呀。

小　丑　好，我就去到处向人家打听——或者说，去盘问人家，看他们怎么回答我。

苔丝狄蒙娜　找到了他，你就叫他到这儿来；对他说我已经替他在将军面前说过情了，大概可以得到圆满的结果。

小　丑　干这件事是一个人的智力所能及的，所以我愿意去干一下。（下）

苔丝狄蒙娜 我究竟在什么地方掉了那方手帕呢，爱米利娅？

爱米利娅 我不知道，夫人。

苔丝狄蒙娜 相信我，我宁愿失去我的一满袋金币；倘若我的摩尔人不是这样一个光明磊落的汉子，倘若他也像那些多疑善妒的卑鄙男人一样，这是很可能引起他的疑心的。

爱米利娅 他不会嫉妒吗？

苔丝狄蒙娜 谁！他？我想在他生长的地方，那灼热的阳光已经把这种气质完全从他身上吸去了。

爱米利娅 瞧！他来了。

苔丝狄蒙娜 我在他没有把凯西奥叫到他跟前来以前，决不离开他一步。

奥赛罗上。

苔丝狄蒙娜 您好吗，我的主？

奥赛罗 好，我的好夫人。（旁白）啊，装假脸真不容易！——你好，苔丝狄蒙娜？

苔丝狄蒙娜 我好，我的好夫君。

奥赛罗 把你的手给我。这手很潮润呢，我的夫人。

苔丝狄蒙娜 它还没有感到老年的侵袭，也没有受过忧伤的损害。

奥赛罗 这只手表明它的主人是胸襟宽大而心肠慷慨的；这么热，这么潮。奉劝夫人努力克制邪心，常常斋戒祷告，反躬自责，礼拜神明，因为这儿有一个年少风流的魔鬼，惯会在人们血液里捣乱。这是一只好手，一只很慷慨的手。

苔丝狄蒙娜 您真的可以这样说，因为就是这一只手把我的心献给您的。

奥赛罗 一只慷慨的手。从前的姑娘把手给人，同时把心也一起给了他；现在时世变了，得到一位姑娘的手的，不一定能够得到她的心。

苔丝狄蒙娜 这种话我不会说。来，您答应我的事怎么样啦？

奥赛罗 我答应你什么，乖乖？

苔丝狄蒙娜 我已经叫人去请凯西奥来跟您谈谈了。

奥赛罗 我的眼睛有些胀痛，老是淌着眼泪。把你的手帕借给我一用。

苔丝狄蒙娜 这儿，我的主。

奥赛罗 我给你的那一方呢？

苔丝狄蒙娜 我没有带在身边。

奥赛罗 没有带？

苔丝狄蒙娜 真的没有带，我的主。

奥赛罗 那你可错了。那方手帕是一个埃及女人送给我的母亲的；她是一个能够洞察人心的女巫，她对我的母亲说，当她保存着这方手帕的时候，它可以使她得到我的父亲的欢心，享受专房的爱宠，可是她要是失去了它，或是把它送给旁人，我的父亲就要对她产生憎厌，他的心就要另觅新欢了。她在临死的时候把它传给我，叫我有了妻子以后，就把它交给新妇。我遵照她的吩咐给了你，所以你必须格外小心，珍惜它像珍惜你自己宝贵的眼睛一样；万一失去了，或是送给别人，那就难免遭到一场无比的灾祸。

苔丝狄蒙娜 真会有这种事吗？

奥赛罗 真的，这一方小小的手帕，却有神奇的魔力织在里面；它是一个二百岁的神巫在一阵心血来潮的时候缝就的；它那一缕缕的丝线，也不是世间的凡蚕所吐；织成以后，它曾经在用处女的心炼成的丹液里浸过。

苔丝狄蒙娜　当真！这是真的吗？

奥赛罗　绝对的真实；所以留心藏好它吧。

苔丝狄蒙娜　上帝啊，但愿我从来没有见过它！

奥赛罗　嘿！为什么？

苔丝狄蒙娜　您为什么说得这样暴躁？

奥赛罗　它已经失去了吗？不见了吗？说，它是不是已经丢了？

苔丝狄蒙娜　上天祝福我们！

奥赛罗　你说。

苔丝狄蒙娜　它没有失去；可是要是失去了，那可怎么办呢？

奥赛罗　怎么！

苔丝狄蒙娜　我说它没有失去。

奥赛罗　去把它拿来给我看。

苔丝狄蒙娜　我可以去把它拿来，可是现在我不高兴。这是一个诡计，要想把我的要求赖了过去。请您把凯西奥重新录用了吧。

奥赛罗　给我把那手帕拿来。我在起疑心了。

苔丝狄蒙娜　得啦，得啦，您再也找不到一个比他更能干的人。

奥赛罗　手帕！

苔丝狄蒙娜　请您还是跟我谈谈凯西奥的事情吧。

奥赛罗　手帕！

苔丝狄蒙娜　他一向把前途寄托在您的眷爱上，又跟着您同甘共苦、历尽艰辛——

奥赛罗　手帕！

苔丝狄蒙娜　凭良心说，您也太不该。

奥赛罗　去！（下）

爱米利娅 这个人在嫉妒吗？

苔丝狄蒙娜 我从来没有见过他这样子。这手帕一定有些不可思议的魔力；我真倒霉，把它丢了。

爱米利娅 好的男人一两年里头也难得碰见一个。男人是一张胃，我们是一块肉；他们贪馋地把我们吞下去，吃饱了，就把我们呕出来。您瞧！凯西奥跟我的丈夫来啦。

伊阿古及凯西奥上。

伊阿古 没有别的法子，只好央求她出力。瞧！好运气！去求求她吧。

苔丝狄蒙娜 啊，好凯西奥！您有什么见教？

凯西奥 夫人，我还是要向您重提我之前的请求，希望您发挥鼎力，让我重新做人，能够在我所尊敬的主帅麾下再邀恩眷。我不能这样延宕下去了。假如我果然罪大恶极，无论过去的微劳、现在的悔恨或是将来立功自赎的决心，都不能博取他的矜怜宽谅，那么我也希望得到一个明白的答复，我就死心塌地向别处去乞讨命运的布施了。

苔丝狄蒙娜 唉，善良的凯西奥！我的话已经变成刺耳的烦渎了；我的丈夫已经不是我的丈夫，要是他的面貌也像他的脾气一样变了样，我简直要不认识他了。愿神灵保佑我！我已经尽力替您说话；因我的言辞的戆拙，我已经遭到他的憎恶。您必须暂时忍耐；只要是我力量所及的事，我都愿意为您一试；请您相信我，倘若那是我自己的事情，我也不会这样热心的。这样，您该满意了吧。

伊阿古 主帅发怒了吗？

爱米利娅 他刚才从这儿走开，神气暴躁异常。

伊阿古 他会发怒吗？我曾经看见大炮冲散他的队伍，像魔鬼一样把他的兄弟从他身边轰掉，他仍旧不动声色。他也会发怒吗？那么一定出了什么重大的事情了。我要去看看他。他要是发怒，一定有些缘故。

苔丝狄蒙娜 请你就去吧。（伊阿古下）一定是威尼斯有什么国家大事，或是他在塞浦路斯这儿发现了什么秘密的阴谋，扰乱了他的清明的神志；人们在这种情形之下，往往会为了一些些小事而生气，虽然实际激怒他们的却是其他更大的原因。正是这样，我们一个指头疼痛的时候，全身都会觉得难受。我们不能把男人当作完善的天神，也不能希望他们永远像新婚之夜那样殷勤体贴。爱米利娅，我真该死，会在心里抱怨他的无情；现在我才觉悟我是让他受了冤枉。

爱米利娅 谢天谢地，但愿果然像您所想的，是为了些国家的事情，不是因为对您起了疑心。

苔丝狄蒙娜 唉！我从来没有给过他一些可以使他怀疑的理由。

爱米利娅 可是多疑的人是不会因此而满足的；他们往往不是因为有了什么理由而嫉妒，只是为了嫉妒而嫉妒，那是一个凭空而来、自生自长的怪物。

苔丝狄蒙娜 愿上天保佑奥赛罗，不要让这怪物钻进他的心！

爱米利娅 阿门，夫人。

苔丝狄蒙娜 我去找他去。凯西奥，您在这儿走走；要是我看见他，自己可以跟他说几句话，我会向他提起您的请求，尽力给您转圜就是了。

凯西奥 多谢夫人。（苔丝狄蒙娜、爱米利娅下）

比恩卡上。

比恩卡 您好，凯西奥朋友！

凯西奥 你怎么不在家里？你好，我的最娇美的比恩卡。不骗你，亲爱的，我正要到你家里去呢。

比恩卡 我也是要到您的尊寓去的，凯西奥。怎么！一个星期不来看我？七天七夜？一百六十八个小时？在相思里挨过的时辰，比时钟是要慢上一百六十倍的；啊，这一笔算不清的糊涂账！

凯西奥 对不起，比恩卡，这几天来我实在心事太重，改日加倍补报你就是了。亲爱的比恩卡，（以苔丝狄蒙娜手帕授与比恩卡）替我把这手帕上的花样描下来。

比恩卡 啊，凯西奥！这是从什么地方来的？这一定是哪个新相好送给您的礼物；我现在明白您不来看我的缘故了。有这等事吗？好，好。

凯西奥 得啦，女人！把你这种瞎疑心丢还给魔鬼吧。你在吃醋了，你以为这是什么情人送给我的纪念品；不，凭着我的良心发誓，比恩卡。

比恩卡 那么这是谁的？

凯西奥 我不知道，亲爱的；我在寝室里找到它。那花样我很喜欢，我想乘失主没有来问我讨还以前，把它描下来。请你拿去给我描一描。现在请你暂时离开我。

比恩卡 离开您！为什么？

凯西奥 我在这儿等候主帅到来；让他看见我有女人陪着，恐怕不大方便，我不愿意这样。

比恩卡 为什么？我倒要请问。

凯西奥 不是因为我不爱你。

比恩卡 就是因为您不爱我。请您陪我稍微走一段路，告诉我今天晚上您来不来看我。

凯西奥 我只能陪你稍走几步，因为我在这儿等人；可是我会去看你的。

比恩卡 那很好；我也不能勉强您。（各下）

第四幕

第一场　塞浦路斯。城堡前

奥赛罗及伊阿古上。

伊阿古　您愿意这样想吗？

奥赛罗　是这样想，伊阿古！

伊阿古　什么！背着人接吻？

奥赛罗　这样的接吻是为礼法所不许的。

伊阿古　脱光了衣服，和她的朋友睡在一床，经过一个多小时，却一点儿不起邪念？

奥赛罗　伊阿古，脱光衣服睡在床上，还会不起邪念！这明明是对魔鬼的假意矜持；他们的本心是规矩的，可偏是做出了这种勾当；魔鬼欺骗了这两个规规矩矩的人，而他们就去欺骗上天。

伊阿古　要是他们不及于乱，那还不过是一个小小的过失；可是假如我把一方手帕给了我的妻子——

奥赛罗　给了她便怎样？

伊阿古　啊，主帅，那时候它就是她的东西了；既然是她的东西，我想她可以把它送给无论什么人的。

奥赛罗　她的贞操也是她自己的东西，她也可以把它送给无论什么人吗？

伊阿古　她的贞操是一种不可捉摸的品质；世上其实有几个真正贞洁的妇人？可是讲到那方手帕——

奥赛罗　天哪，我但愿忘记那句话！你说——啊！它笼罩着我的记忆，就像预兆不祥的乌鸦在染疫人家的屋顶上回旋一样——你说我的手帕在他的手里。

伊阿古　是的，在他手里便怎么样？

奥赛罗　那可不大好。

伊阿古　什么！要是我说我看见他干那对您不住的事？或是听见他说——世上尽多那种家伙，他们靠着死命的追求征服了一个女人，或者得到什么情妇的主动的垂青，就禁不住到处向人吹嘘——

奥赛罗　他说过什么？

伊阿古　说过的，主帅；可是您放心吧，他说过的话，他都可以发誓否认的。

奥赛罗　他说过什么？

伊阿古　他说，他曾经——我不知道他曾经干些什么事。

奥赛罗　什么？什么？

伊阿古　跟她睡——

奥赛罗　在一床？

伊阿古　睡在一床，睡在她的身上；随您怎么说吧。

奥赛罗　跟她睡在一床！睡在她的身上！我们说睡在她身上，岂不是对她的污辱——睡在一床！该死，岂有此理！手帕——口供——手帕！叫他招供了，再把他吊死。先把他吊起来，然后叫他招供。我一想起就气得发抖。人们总是有了某种感应，阴暗的情绪才会笼罩他的心灵；一两句空洞的话是不能给我这样大的震动的。呸！磨鼻子，咬耳朵，吮嘴唇。会有这样的事吗？口供！——手帕！——啊，魔鬼！（晕倒）

伊阿古　显出你的效力来吧，我的妙药，显出你的效力来吧！轻信的愚人是这样落进了圈套；许多贞洁贤淑的娘儿们，都是这样蒙上了不白之冤。喂，主帅！主帅！奥赛罗！

凯西奥上。

伊阿古　啊，凯西奥！

凯西奥　怎么一回事？

伊阿古　咱们大帅发起癫痫来了。这是他第二次发作；昨天他也发过一次。

凯西奥　在他太阳穴上摩擦摩擦。

伊阿古　不，不行；他这种昏迷状态，必须保持安静；要不然的话，他就会嘴里冒出白沫，慢慢地会发起疯狂来的。瞧！他在动了。你暂时走开一下，他就会恢复常态的。等他走了以后，我还有要紧的话跟你说。（凯西奥下）怎么啦，主帅？您没有跌痛您的头吧？

奥赛罗　你在讥笑我吗？

伊阿古　我讥笑您！不，没有这样的事！我愿您像一个大丈夫似的忍受命运的拨弄。

奥赛罗　顶上了绿头巾，还算是个人吗？

伊阿古　在一座热闹的城市里，这种不算人的人多着呢。

奥赛罗　他自己公然承认了吗？

伊阿古　主帅，您看破一点儿吧；您只要想一想，哪一个有家室的须眉男子，没有遭到跟您同样命运的可能；世上不知有多少男人，他们的卧榻上容留过无数素昧生平的人，他们自己还满以为这是一块私人的禁地哩；您的情形还不算顶坏。啊！这是最刻毒的恶作剧，魔鬼的最大的玩笑，让一个男人安安心心地搂着枕边的荡妇亲嘴，还以为她是一个三贞九烈的女人！不，我要睁开眼来，先看清自己是个什么东西，我也就看准了该拿她怎么办。

奥赛罗　啊！你是个聪明人；你说得一点儿不错。

伊阿古　现在请您暂时站在一旁，竭力耐住您的怒气。刚才您恼得昏过去的时候——大人物怎么能这样感情冲动啊——凯西奥曾经到这儿来过；我推说您不省人事是因为一时不舒服，把他打发走了，叫他过一会儿再来跟我谈谈；他已经答应我了。您只要找一处所在躲一躲，就可以看见他满脸得意忘形，冷嘲热讽的神气；因为我要叫他从头叙述他历次跟尊夫人相会的情形，还要问他重温好梦的时间和地点。您留心看看他那副表情吧。可是不要气恼；否则我就要说您一味意气用事，一点儿没有大丈夫的气概啦。

奥赛罗　告诉你吧，伊阿古，我会很巧妙地不动声色；可是，你听着，我也会包藏一颗最可怕的杀心。

伊阿古　那很好；可是什么事都要看准时机。您走远一步吧。（奥赛罗退后）现在我要向凯西奥谈起比恩卡，一个靠着出卖风情维持生活的雌儿；她热恋着凯西奥；这也是娼妓们的报应，往往不管她们迷惑了多少的男子，结果却被一个男人迷昏了心。他一听见她的名字，就会忍不住捧腹大笑。他来了。

凯西奥重上。

伊阿古　他一笑起来，奥赛罗就会发疯；可怜的凯西奥的嬉笑的神情和轻狂的举止，在他那充满着无知的嫉妒的心头，一定可以引起严重的误会。——您好，副将？

凯西奥　我因为丢掉了这个头衔，正在懊恼得要死，你却还要这样称呼我。

伊阿古 在苔丝狄蒙娜跟前多说几句央求的话，包你原官起用。（*低声*）要是这件事情换在比恩卡手里，早就不成问题了。

凯西奥 唉，可怜虫！

奥赛罗 （*旁白*）瞧！他已经笑起来啦！

伊阿古 我从来不知道一个女人会这样爱一个男人。

凯西奥 唉，小东西！我看她倒是真的爱我。

奥赛罗 （*旁白*）他还在勉强否认，想一笑搪塞。

伊阿古 你听见了吗，凯西奥？

奥赛罗 （*旁白*）现在他缠住凯西奥要他讲一讲经过情形啦。说下去；很好，很好。

伊阿古 她向人家说你将要跟她结婚；你有这个意思吗？

凯西奥 哈哈哈！

奥赛罗 （*旁白*）你这样得意吗，好家伙，你这样得意吗？

凯西奥 我跟她结婚！什么？一个卖淫妇？对不起，你不要这样看轻我，我还不至于糊涂到这等地步哩。哈哈哈！

奥赛罗 （*旁白*）好，好，好，好。得胜的人才会笑逐颜开。

伊阿古 不骗你，人家都在说你将要跟她结婚。

凯西奥 对不起，别说笑话啦。

伊阿古 我要是骗了你，我就是个大大的混蛋。

奥赛罗 （*旁白*）你这算是刺激我吗？好。

凯西奥 一派胡言！她自己一厢情愿，相信我会跟她结婚；我可没有答应她。

奥赛罗 （*旁白*）伊阿古在向我打招呼；现在他开始讲他的故事啦。

凯西奥 她刚才还在这儿；她到处缠着我。前天我正在海边跟几个威尼斯人谈话，那傻东西就来啦；不瞒你说，她这样攀住我的颈项——

奥赛罗 （旁白）叫一声“啊，亲爱的凯西奥”，我可以从他的表情之间猜得出来。

凯西奥 她这样拉住我的衣服，靠在我的怀里，哭个不停，还这样把我拖来拖去，哈哈哈！

奥赛罗 （旁白）现在他在讲她怎样把他拖到我的寝室里去啦。啊！我看见你的鼻子，可是不知道应该把它丢给哪一条狗吃。

凯西奥 好，我只好离开她。

伊阿古 啊！瞧，她来了。

凯西奥 好一头抹香粉的臭猫！

比恩卡上。

凯西奥 你这样到处盯着我不放，算什么意思呀？

比恩卡 让魔鬼跟他的老娘盯着你吧！你刚才给我的那方手帕算是什么意思？我是个大傻瓜，才会把它收了下来。叫我描下那花样！好看的花手帕可真多哪，居然让你在你的寝室里找到它，却不知道谁把它丢在那边！这一定是哪一个贱丫头送给你的东西，却叫我描下它的花样来！拿去，还给你那个相好吧；随你从什么地方得到这方手帕，我可不高兴描下它的花样。

凯西奥 怎么，我的亲爱的比恩卡！怎么啦！怎么啦！

奥赛罗 （旁白）天哪，那该是我的手帕哩！

比恩卡 今天晚上你要是愿意来吃饭，尽管来吧；要是不愿意来，等你下回有兴致的时候再来吧。（下）

伊阿古 追上去，追上去。

凯西奥 真的，我必须追上去，否则她会沿街谩骂的。

伊阿古 你预备到她家里去吃饭吗？

凯西奥 是的，我想去。

伊阿古 好，也许我会再碰见你；因为我很想跟你谈谈。

凯西奥　请你一定来吧。

伊阿古　得啦，别多说啦。（凯西奥下）

奥赛罗　（趋前）伊阿古，我应该怎样杀死他？

伊阿古　您看见他一听到人家提起他的丑事，就笑得多么高兴吗？

奥赛罗　啊，伊阿古！

伊阿古　您还看见那方手帕吗？

奥赛罗　那就是我的吗？

伊阿古　我可以举手起誓，那是您的。瞧他多么看得起您那位痴心的太太！她把手帕送给他，他却拿去给了他的娼妇。

奥赛罗　我要用九年的时间慢慢折磨死她。一个高雅的女人！一个美貌的女人！一个温柔的女人！

伊阿古　不，您必须忘掉那些。

奥赛罗　嗯，让她今夜腐烂、死亡、堕入地狱吧，因为她不能再活在世上。不，我的心已经变成铁石了；我打它，反而打痛了我的手。啊！世上没有一个比她更可爱的东西；她可以睡在一个皇帝的身边，命令他干无论什么事。

伊阿古　您素来不是这个样子的。

奥赛罗　让她死吧！我不过说她是怎么样的一个人。她的针线活儿是这样精妙！一个出色的音乐家！啊，她唱起歌来，可以驯服一头野熊的心！她的心思才智，又是这样敏慧多能！

伊阿古　唯其这样多才多艺，干出这种丑事来，才格外叫人气恼。

奥赛罗　啊！一千倍、一千倍的可恼！而且她的性格又是这样温柔！

伊阿古　嗯，太温柔了。

奥赛罗　对啦，一点儿不错。可是，伊阿古，可惜！啊！伊阿古！伊阿古！太可惜啦！

伊阿古　要是您对于一个失节之妇，还是这样恋恋不舍，那么索性采取放任吧；因为既然您自己也不以为意，当然更不干别人的事。

奥赛罗　我要把她剁成一堆肉酱。叫我当一个王八！

伊阿古　啊，她太不顾羞耻啦！

奥赛罗　跟我的部将通奸！

伊阿古　那尤其可恶。

奥赛罗　给我弄些毒药来，伊阿古；今天晚上。我不想跟她多费唇舌，免得她的肉体和美貌再打动了我的心。今天晚上，伊阿古。

伊阿古　不要用毒药，在她床上扼死她，就在那被她玷污了的床上。

奥赛罗　好，好；那是一个大快人心的处置，很好。

伊阿古　至于凯西奥，让我去取他的命吧；您在午夜前后，一定可以听到消息。

奥赛罗　好极了。（*内喇叭声*）那是什么喇叭的声音？

伊阿古　一定是从威尼斯来了什么人。——是罗多维科奉公爵之命到这儿来了；瞧，您那位太太也跟他在一起。

罗多维科、苔丝狄蒙娜及侍从等上。

罗多维科　上帝保佑您，尊贵的将军！

奥赛罗　祝福您，大人。

罗多维科　公爵和威尼斯的元老们问候您安好。（*以信交与奥赛罗*）

奥赛罗　我敬吻他们的恩命。（*拆信阅读*）

苔丝狄蒙娜　罗多维科大哥，威尼斯有什么消息？

伊阿古　我很高兴看见您，大人；欢迎您到塞浦路斯来！

罗多维科 谢谢。凯西奥副将好吗?

伊阿古 他还健在，大人。

苔丝狄蒙娜 大哥，他跟我的丈夫闹了点儿别扭；可是您可以使他们言归于好。

奥赛罗 你有把握吗?

苔丝狄蒙娜 您怎么说，我的主?

奥赛罗 （读信）“务必照办为要，不得有误。——”

罗多维科 他没有回答；他正在忙着读信。将军对凯西奥果然有了意见吗?

苔丝狄蒙娜 有了很不幸的意见；为了我对凯西奥所抱的好感，我很愿意尽力调解他们。

奥赛罗 该死!

苔丝狄蒙娜 您怎么说，我的主?

奥赛罗 你聪明吗?

苔丝狄蒙娜 什么！他生气了吗?

罗多维科 也许这封信激动了他；因为照我猜想起来，他们是要召他回国，叫凯西奥代理他的职务。

苔丝狄蒙娜 真的吗？那好极了。

奥赛罗 当真!

苔丝狄蒙娜 您怎么说，我的主?

奥赛罗 你要是发了疯，我才高兴。

苔丝狄蒙娜 为什么，亲爱的奥赛罗?

奥赛罗 魔鬼！（击苔丝狄蒙娜）

苔丝狄蒙娜 我没有错处，您不该这样对待我。

罗多维科 将军，我要是把这回事情告诉威尼斯人，即使发誓说我亲眼看见，他们也一定不会相信我。这太过分了；向她赔罪吧，她在哭了。

奥赛罗 啊，魔鬼！魔鬼！要是妇人的眼泪有孳生化育的力量，她的每一滴泪，掉在地上都会变成一条鳄鱼。走开，不要让我看见你！

苔丝狄蒙娜 我不愿留在这儿害您生气。（欲去）

罗多维科 真是一位顺从的夫人。将军，请您叫她回来吧。

奥赛罗 夫人！

苔丝狄蒙娜 我的主？

奥赛罗 大人，您要跟她说些什么话？

罗多维科 谁？我吗，将军？

奥赛罗 嗯，您要我叫她转来，现在她转过来了。她会转来转去，走一步路回一个身；她还会哭，大人，她还会哭；她是非常顺从的，正像您所说，非常顺从。尽管流你的眼泪吧。大人，这信上的意思——好一股装腔作势的劲儿！——是要叫我回去——你去吧，等会儿我再叫人来唤你——大人，我服从他们的命令，不日就可以束装上路，回到威尼斯去——去！滚开！（苔丝狄蒙娜下）凯西奥可以接替我的位置。今天晚上，大人，我还要请您赏光便饭。欢迎您到塞浦路斯来！——山羊和猴子！（下）

罗多维科 这就是为我们整个元老院所同声赞叹、称为全才全德的那位英勇的摩尔人吗？这就是那喜怒之情不能把它震撼的高贵的天性吗？那命运的箭矢也不能擦伤穿破的坚定的德操呢？

伊阿古 他已经大大变了样子啦。

罗多维科 他的头脑没有毛病吗？他的神经是不是有点儿错乱？

伊阿古 他就是这个样子；我实在不敢说他还会变成怎么一个样子；如果他不是像他所应该的那样，愿老天保佑他吧！

罗多维科 什么！打他的妻子！

伊阿古 真的，那可不大好；可是我但愿知道他对她没有比这更暴虐的行为！

罗多维科 他一向都是这样的吗？还是因为信上的话激怒了他，才会有这种以前所没有的过失？

伊阿古 唉！唉！按着我的地位，我实在不便把我所看见所知道的一切说出口来。您不妨留心注意他，他自己的行动就可以说明一切，用不着我多说了。请您跟上去，看他还会做出什么花样来。

罗多维科 他竟是这样一个人，真使我大失所望啊。（同下）

第二场　城堡中一室

奥赛罗及爱米利娅上。

奥赛罗 那么你没有看见什么吗？

爱米利娅 没有看见，没有听见，也没有疑心到。

奥赛罗 你不是看见凯西奥跟她在一起吗？

爱米利娅 可是我不知道那有什么不对，而且我听见他们两人所说的每一个字。

奥赛罗 什么！他们从来不曾低声耳语吗？

爱米利娅 从来没有，将军。

奥赛罗 也不曾打发你走开吗？

爱米利娅 没有。

奥赛罗 没有叫你去替她拿扇子、手套、脸罩，或是什么东西吗？

爱米利娅 没有，将军。

奥赛罗 那可奇怪了。

爱米利娅 将军，我敢用我的灵魂打赌她是贞洁的。要是您疑心她有非礼的行为，赶快除掉这种思想吧，因为那是您心理上的一个污点。要是哪一个混蛋把这种思想放进您的脑袋里，让上天罚他变成一条蛇，受永远的咒诅！假如她不是贞洁、贤淑和忠诚的，那么世上没有一个幸福的男人了；最纯洁的妻子，也会变成最丑恶的淫妇。

奥赛罗　叫她到这儿来；去。（爱米利娅下）她的话说得很动听；可是这种拉惯皮条的人，都是天生的利嘴。这是一个狡猾的淫妇，一肚子千刁万恶，当着人却会跪下来向天祈祷；我看见过她这一种手段。

爱米利娅偕苔丝狄蒙娜重上。

苔丝狄蒙娜　我的主，您有什么吩咐？

奥赛罗　过来，乖乖。

苔丝狄蒙娜　您要我怎么样？

奥赛罗　让我看看你的眼睛；瞧着我的脸。

苔丝狄蒙娜　这是什么古怪的念头？

奥赛罗　（向爱米利娅）你去忙你的事吧，奶奶；把门关了，让我们两人在这儿谈谈心。要是有人来了，你就在门口咳嗽一声。干你的鬼营生去吧；快，快！（爱米利娅下）

苔丝狄蒙娜　我跪在您的面前，请您告诉我您这些话是什么意思？我知道您在生气，可是我不懂您的话。

奥赛罗　嘿，你是什么人？

苔丝狄蒙娜　我的主，我是您的妻子，您的忠心不二的妻子。

奥赛罗　来，发一个誓，让你自己死后下地狱吧；因为你的外表太像一个天使了，倘不是在不贞之上，再加一重伪誓的罪名，也许魔鬼们会不敢抓你下去的；所以发誓说你是贞洁的吧。

苔丝狄蒙娜　天知道我是贞洁的。

奥赛罗　天知道你是像地狱一样淫邪的。

苔丝狄蒙娜 我的主，我对谁干了欺心的事？我跟哪一个人有不端的行为？我怎么是淫邪的？

奥赛罗 啊，苔丝狄蒙娜！去！去！去！

苔丝狄蒙娜 唉，不幸的日子！——您为什么哭？您的眼泪是为我而流的吗，我的主？要是您疑心这次奉召回国，是我父亲的主意，请您不要怪我；您固然失去他的好感，我也已经失去他的慈爱了。

奥赛罗 要是上天的意思，要让我受尽种种的折磨；要是他用诸般的痛苦和耻辱降在我的毫无防卫的头上，把我浸没在贫困的泥沼里，剥夺我的一切自由和希望，我也可以在我的灵魂的一隅之中，找到一滴忍耐的甘露。可是唉！在这尖酸刻薄的世上，做一个被人戟指笑骂的目标！就连这个，我也完全可以容忍；可是我的心灵失去了归宿，我的生命失去了寄托，我的活力的源泉枯竭了，变成了蛤蟆们繁育生息的污池！忍耐，你朱唇韶颜的天婴啊，转变你的脸色，让它化成地狱般的狰狞吧！

苔丝狄蒙娜 我希望我在我的尊贵的夫主眼中，是一个贤良贞洁的妻子。

奥赛罗 啊，是的，就像夏天肉铺里的苍蝇一样贞洁一边飞来飞去撒它的卵子，一边就在受孕。你这野草闲花啊！你的颜色是这样娇美，你的香气是这样芬芳，人家看见你嗅到你就会心疼；但愿世上从来不曾有过你！

苔丝狄蒙娜 唉！我究竟犯了什么连我自己也不知道的罪恶呢？

奥赛罗 这一张皎洁的白纸，这一本美丽的书册，是要让人家去写上“娼妓”两个字的吗？犯了什么罪恶！啊，你这人尽可夫的娼妇！我只要一说起你所干的事，我的两颊就会变成两座熔炉，把廉耻烧为灰烬。犯了什么罪恶！天神见了它要掩鼻而过；

月亮看见了要羞得闭上眼睛；碰见什么都要亲吻的淫荡的风，也静悄悄地躲在岩窟里面，不愿听见人家提起它的名字。犯了什么罪恶！不要脸的娼妇！

苔丝狄蒙娜 天啊，您不该这样侮辱我！

奥赛罗 你不是一个娼妇吗？

苔丝狄蒙娜 不，我发誓我不是，否则我就不是一个基督徒。要是为我的主保持这一个清白的身子，不让淫邪的手把它污毁，要是这样的行为可以使我免去娼妇的恶名，那么我就不是娼妇。

奥赛罗 什么！你不是一个娼妇吗？

苔丝狄蒙娜 不，否则我死后没有得救的希望。

奥赛罗 真的吗？

苔丝狄蒙娜 啊！上天饶恕我们！

奥赛罗 那么我真是多多冒昧了；我还以为你就是那个嫁给奥赛罗的威尼斯的狡猾的娼妇哩。——喂，你这位刚刚和圣彼得干着相反的差使的，看守地狱门户的奶奶！

爱米利娅重上。

奥赛罗 你，你，对了，你！我们已经说完了。这几个钱是给你作为酬劳的；请你开了门上的锁，不要泄漏我们的秘密。（下）

爱米利娅 唉！这位老爷究竟在转些什么念头呀？您怎么啦，夫人？您怎么啦，我的好夫人？

苔丝狄蒙娜 我是在半醒半睡之中。

爱米利娅 好夫人，我的老爷到底有些什么心事？

苔丝狄蒙娜 谁？

爱米利娅 我的老爷呀，夫人。

苔丝狄蒙娜 谁是你的老爷？

爱米利娅　我的老爷就是您的丈夫，好夫人。

苔丝狄蒙娜　我没有丈夫。不要对我说话，爱米利娅；我不能哭，我没有话可以回答你，除了我的眼泪。请你今夜把我结婚的被褥铺在我的床上，记好了；再去替我叫你的丈夫来。

爱米利娅　真是变了，变了！（下）

苔丝狄蒙娜　我应该受到这样的待遇，全然是应该的。我究竟有些什么不检的行为——哪怕只是一丁点儿的错误，才会引起他这样的猜疑呢？

爱米利娅率伊阿古重上。

伊阿古　夫人，您有什么吩咐？您怎么啦？

苔丝狄蒙娜　我不知道。小孩子做了错事，做父母的总是用温和的态度，轻微的责罚教训他们；他也可以这样责备我，因为我是一个该受管教的孩子。

伊阿古　怎么一回事，夫人？

爱米利娅　唉！伊阿古，将军口口声声骂她娼妇，用那样难堪的名字加在她的身上，稍有人心的人，谁听见了都不能忍受。

苔丝狄蒙娜　我应该得到那样一个称呼吗，伊阿古？

伊阿古　什么称呼，好夫人？

苔丝狄蒙娜　就像她说我的主称呼我的那种名字。

爱米利娅　他叫她“娼妇”；一个喝醉了酒的叫花子，也不会把这种名字加在他的姘妇身上。

伊阿古　为什么他要这样？

苔丝狄蒙娜　我不知道；我相信我不是那样的女人。

伊阿古　不要哭，不要哭。唉！

爱米利娅　多少名门贵族向她求婚，她都拒绝了；她抛下了老父，离乡背井，远别亲友，结果却只讨他骂一声娼妇吗？这还不叫人伤心吗？

苔丝狄蒙娜 都是我自己命薄。

伊阿古 他太岂有此理了！他怎么会起这种心思的？

苔丝狄蒙娜 天才知道。

爱米利娅 我可以打赌，一定有一个万劫不复的恶人，一个爱管闲事、鬼讨好的家伙，一个说假话骗人的奴才，因为要想钻求差使，造出这样的谣言来；要是我的话说得不对，我愿意让人家把我吊死。

伊阿古 呸！哪里有这样的人？一定不会的。

苔丝狄蒙娜 要是果然有这样的人，愿上天宽恕他！

爱米利娅 宽恕他！一条绳子箍住他的颈项，地狱里的恶鬼咬碎他的骨头！他为什么叫她"娼妇"？谁跟她在一起？什么所在？什么时候？什么方式？什么根据？这摩尔人一定是上了不知哪一个千刁万恶的坏人的当，一个下流的大混蛋，一个卑鄙的家伙；天啊！愿你揭破这种家伙的嘴脸，让每一个老实人的手里都拿一根鞭子，把这些混蛋们脱光了衣服抽一顿，从东方一直抽到西方！

伊阿古 别嚷得给外边都听见了。

爱米利娅 哼，可恶的东西！前回弄昏了你的头，使你疑心我跟这摩尔人有暧昧的，也就是这种家伙。

伊阿古 好了，好了；你是个傻瓜。

苔丝狄蒙娜 好伊阿古啊，我应当怎样重新取得我的丈夫的欢心呢？好朋友，替我向他解释解释；因为凭着天上的太阳起誓，我实在不知道我怎么会失去他的宠爱。我对天下跪，要是在思想上、行动上，我曾经有意背弃他的爱情；要是我的眼睛、我的耳朵或是我的任何感觉，曾经对别人产生爱悦；要是我在过去、现在和将来，不是那样始终深深地爱着他，即使他把我弃如敝屣，也不因此而改变我对他的忠诚；要是我果然有那样的过失，愿我终身不能享受快乐的日子！无情可以给人重大的打击；他的无情也许会摧残我的生命，可是永不能毁坏我的爱情。我不愿提起“娼妇”两个字，一说到它就会使我心生憎恶，更不用说亲自去干那博得这种丑名的勾当了；整个世界的荣华也不能诱动我。

伊阿古 请您宽心，这不过是他一时的心绪恶劣，在国家大事方面受了点儿刺激，所以跟您呕起气来啦。

苔丝狄蒙娜 要是没有别的原因——

伊阿古 只是为了这个原因，我可以保证。（喇叭声）听！喇叭在吹晚餐的信号了；威尼斯的使者在等候进餐。进去，不要哭；一切都会圆满解决的。（苔丝狄蒙娜、爱米利娅下）

罗德利哥上。

伊阿古 啊，罗德利哥！

罗德利哥 我看你全然在欺骗我。

伊阿古 我怎么欺骗你？

罗德利哥 伊阿古，你每天在我面前捣鼓，把我支吾过去；照我现在看来，你非但不给我开一线方便之门，反而使我的希望一天小似一天。我实在再也忍不住了。为了自己的愚蠢，我已经吃了不少的苦头，这一笔账我也不能就此善罢甘休。

伊阿古 你愿意听我说吗，罗德利哥？

罗德利哥 哼，我已经听得太多了；你的话和行动是不相符合的。

伊阿古 你太冤枉人啦。

罗德利哥 我一点儿没有冤枉你。我的钱都花光啦。你从我手里拿去送给苔丝狄蒙娜的珠宝，即使一个圣徒也会被它诱惑的；你对我说她已经收下了，告诉我不久就可以听到喜讯，可是到现在还不见一点儿动静。

伊阿古 好，算了；很好。

罗德利哥 很好！算了！我不能就此算了，朋友；这事情也不很好。我举手起誓，这种手段太卑鄙了；我开始觉得我自己受了骗了。

伊阿古 很好。

罗德利哥 我告诉你这事情不很好。我要亲自去见苔丝狄蒙娜，要是她肯把我的珠宝还我，我愿意死了这片心，忏悔我这种非礼的追求；要不然的话，你留心点儿吧，我一定要跟你算账。

伊阿古 你现在话说完了吧？

罗德利哥 嗯，我的话都是说过就做的。

伊阿古 好，现在我才知道你是一个有骨气的人；从这一刻起，你已经使我比从前加倍看重你了。把你的手给我，罗德利哥。你责备我的话，都非常有理；可是我还要声明一句，我替你干这件事情，的的确确是尽忠竭力，不敢昧一分良心的。

罗德利哥 那还没有事实的证明。

伊阿古 我承认还没有事实的证明，你的疑心不是没有理由的。可是，罗德利哥，要是你果然有决心，有勇气，有胆量——我现在相信你一定有的——今晚你就可以表现出来；要是明天夜里你不能享用苔丝狄蒙娜，你可以用无论什么恶毒的手段、什么阴险的计谋，取去我的生命。

罗德利哥 好，你要我怎么干？是说得通做得到的事吗？

伊阿古 老兄，威尼斯已经派了专使来，叫凯西奥代替奥赛罗的职位。

罗德利哥 真的吗？那么奥赛罗和苔丝狄蒙娜都要回到威尼斯去了。

伊阿古 啊，不，他要到毛里塔尼亚去，把那美丽的苔丝狄蒙娜一起带走，除非这儿出了什么事，使他耽搁下来。最好的办法，是把凯西奥除掉。

罗德利哥 你说把他除掉是什么意思？

伊阿古 砸碎他的脑袋，让他不能担任奥赛罗的职位。

罗德利哥 那就是你要我去干的事吗？

伊阿古 嗯，要是你敢做一件对你自己有利益的事。他今晚在一个妓女家里吃饭，我也要到那儿去见他。现在他还不知道他自己的命运。我可以设法让他在十二点钟到一点钟之间从那儿出来，你只要留心在门口守候，就可以照你的意思把他处置；我就在附近接应你，他在我们两人之间一定逃不了。来，不要发呆，跟我去；我可以告诉你为什么他的死是必要的，你听了就会知道这是你的一次无可推辞的行动。现在正是晚餐的时候，夜过去得很快，准备起来吧。

罗德利哥 我还要听一听你要叫我这样做的理由。

伊阿古 我一定可以向你解释明白。（同下）

第三场　城堡中另一室

奥赛罗、罗多维科、苔丝狄蒙娜、爱米利娅及侍从等上。

罗多维科 将军请留步吧。

奥赛罗 啊，没有关系；散散步对我也是很有好处的。

罗多维科 夫人，晚安；谢谢您的盛情。

苔丝狄蒙娜 大驾光临，我们是十分欢迎的。

奥赛罗 请吧，大人。啊！苔丝狄蒙娜——

苔丝狄蒙娜 我的主？

奥赛罗 你快进去睡吧；我马上就回来的。把你的侍女们打发开了，不要忘记。

苔丝狄蒙娜 是，我的主。（奥赛罗、罗多维科及侍从等下）

爱米利娅 怎么？他现在的脸色温和得多啦。

苔丝狄蒙娜 他说他就会回来的；他叫我去睡，还叫我把你遣开。

爱米利娅 把我遣开！

苔丝狄蒙娜 这是他的吩咐；所以，好爱米利娅，把我的睡衣给我，你去吧，我们现在不能再惹他生气了。

爱米利娅 我希望您当初并不和他相识！

苔丝狄蒙娜 我却不希望这样；我是那么喜欢他，即使他的固执、他的呵斥、他的怒容——请你替我取下衣上的扣针——在我看来也是可爱的。

爱米利娅 我已经照您的吩咐，把那些被褥铺好了。

苔丝狄蒙娜 很好。天哪！我们的思想是多么傻！要是我比你先死，请你就把那些被褥做我的殓衾。

爱米利娅 得啦得啦，您在说呆话。

苔丝狄蒙娜 我的母亲有一个侍女名叫巴巴拉，她跟人家有了恋爱；她的情人发了疯，把她丢了。她有一支《杨柳歌》，那是一支古老的曲调，可是正好说中了她的命运；她到死的时候，嘴里还在唱着它。那支歌今天晚上老是萦回在我的脑际；我的烦乱的心绪，使我禁不住侧下我的头，学着可怜的巴巴拉的样子把它歌唱。请你赶快点儿。

爱米利娅 我要不要就去把您的睡衣拿来？

苔丝狄蒙娜 不，先替我取下这儿的扣针。这个罗多维科是一个俊美的男子。

爱米利娅 一个很漂亮的人。

苔丝狄蒙娜 他的谈吐很高雅。

爱米利娅 我知道威尼斯有一个女郎，愿意赤了脚步行到巴勒斯坦，只为能够碰一碰他的下唇。

苔丝狄蒙娜 （唱）

可怜的她坐在枫树下啜泣，
歌唱那青青杨柳；
她手抚着胸膛，她低头靠膝，
唱杨柳，杨柳，杨柳。
清澈的流水吐出她的呻吟，
唱杨柳，杨柳，杨柳。
她的热泪溶化了顽石的心——
把这些放在一旁。——（唱）
唱杨柳，杨柳，杨柳。
快一点儿，他就要来了。——（唱）
青青的柳枝编成一个翠环；
不要怪他，我甘心受他笑骂——
不，下面一句不是这样的。听！谁在打门？

爱米利娅 是风哩。

苔丝狄蒙娜 （唱）

我叫情哥负心郎，他又怎讲？
唱杨柳，杨柳，杨柳。
我见异思迁，由你另换情郎。

你去吧；晚安。我的眼睛在跳，那是哭泣的预兆吗？

爱米利娅 没有这样的事。

苔丝狄蒙娜 我听见人家这样说。啊，这些男人！这些男人！凭你的良心说，爱米利娅，你觉得世上有没有背着丈夫干这种坏事的女人？

爱米利娅 怎么没有？

苔丝狄蒙娜 你愿意为了整个世界的财富而干这种事吗？

爱米利娅 难道您不愿意吗？

苔丝狄蒙娜 不，我对着明月起誓！

爱米利娅 不，对着光天化日，我也不干这种事；要干也得暗地里干。

苔丝狄蒙娜 难道你愿意为了整个的世界而干这种事吗？

爱米利娅 世界是一个无比大的东西；用一件小小的坏事换得这样大的好处是值得的。

苔丝狄蒙娜 真的，我想你不会。

爱米利娅 真的，我想我应该干的；等干好之后，再想法补救。当然，为了一枚对合的戒指、几丈细麻布或是几件衣服、几件裙子、一两项帽子以及诸如此类的小玩意儿而叫我干这种事，我当然不愿意；可是为了整个的世界，谁不愿意为了让她的丈夫做皇帝而交换她的贞操呢？我就是因此而下炼狱，也是甘心的。

苔丝狄蒙娜 我要是为了整个的世界，而干出这种丧心病狂的事来，一定不得好死。

爱米利娅 世间的是非本来没有定准；您因为干了一件错事而得到整个的世界，在您自己的世界里，您还不能把是非颠倒过来吗？

苔丝狄蒙娜 我想世上不会有那样的女人的。

爱米利娅 这样的女人不仅有，可多着呢，多到足够把她们用风流韵事换来的世界塞满了。照我想来，妻子的堕落总是丈夫的过失；要是他们疏忽了自己的责任，把我们所珍爱的东西浪掷在外人的怀里，或是无缘无故吃起醋来，约束我们行动的自由或是殴打我们，削减我们的花粉钱，我们也是有脾气的，虽然生就温柔的天性，到了一个时候也是会复仇的。让做丈夫的人们知道，他们的妻子也和他们有同样的感觉；她们的眼睛也能辨别美恶，她们的鼻子也能辨别香臭，她们的舌头也能辨别甜酸，正像她们的丈夫们一样。他们厌弃了我们，别寻新欢，是为了什么缘故呢？是逢场作戏吗？我想是的。是因为爱情的驱使吗？我想也是的。还是因为喜新厌旧的人之常情呢？那也是一个理由。那么难道我们就不会对别人产生爱情，难道我们就没有逢场作戏的欲望，难道我们就不会喜新厌旧，跟男人们一样吗？所以让他们好好地对待我们吧；否则我们要让他们知道，我们所干的坏事都是出于他们的指教。

苔丝狄蒙娜 晚安，晚安！愿上天监视我们的言行；我不愿以恶为师，我只愿鉴非自警！（各下）

第五幕

第一场　塞浦路斯。街道

伊阿古及罗德利哥上。

伊阿古　来，站在这堵披屋后面；他就会来的。把你的宝剑拔出鞘来，看准要害刺过去。快，快；不要怕；我就在你旁边。成功失败，在此一举，你得下定决心。

罗德利哥　不要走开，也许我会失手。

伊阿古　我就在这儿，你的近旁。胆子放大些，站定了。（*退后*）

罗德利哥　我对于这件事情不是顶热心；可是他讲的理由十分充足。反正不过去掉一个人。出来，我的剑；他必须死！

伊阿古　我已经激动这小脓包的心，他居然动起怒来了。不管是他杀死凯西奥，还是凯西奥杀死他，或者两败俱伤，对于我都是有好处的。要是罗德利哥活在世上，他总有一天要问我讨还那许多我从他手里蒙骗下来、说是送给苔丝狄蒙娜的金银珠宝；这可断断不能。要是凯西奥活在世上，他那种翩翩风度，叫我每天都要在他的旁边相形见绌；而且那摩尔人万一向他当面质问起来，我的阴谋就会暴露，那时候我的地位就非常危险了。不，他非死不可。就这样吧。我听见他来了。

凯西奥上。

罗德利哥 我认识他的走路的姿势；正是他。——恶人，你给我死吧！（挺剑刺凯西奥）

凯西奥 幸亏我穿着一身好甲，否则那一剑一定会致我死命。让我也来试一试你的甲牢不牢吧。（拔剑刺伤罗德利哥）

罗德利哥 啊，我死了！（伊阿古自后刺伤凯西奥腿，下）

凯西奥 我从此终身残废了！救命啊！杀了人啦！杀了人啦！（倒地）

奥赛罗自远处上。

奥赛罗 凯西奥的声音。伊阿古果然没有失信。

罗德利哥 啊，我真是个恶人！

奥赛罗 一点儿不错。

凯西奥 啊，救命哪！拿火来！找一个医生！

奥赛罗 正是他。勇敢正直的伊阿古呀，你这样奋不顾身，为你的朋友复仇雪耻，真是难得！你给我了一个教训。贱人，你心爱的人已经死在这儿，你的末日就在眼前；娼妇，我来了！从我的心头抹去你的媚眼的魔力；让淫邪的血溅洒你那被淫邪玷污了的枕席。（下）

罗多维科及葛莱西安诺自远处上。

凯西奥 喂！怎么！没有巡夜的逻卒？没有过路的行人？杀了人啦！杀了人啦！

葛莱西安诺 出了什么乱子啦？这叫声很是凄惨。

凯西奥 救命啊！

罗多维科 听！

罗德利哥 啊，该死的恶人！

罗多维科　两三个人在那儿呻吟。这是一个很阴沉的黑夜；也许他们是故意装出来的，我们人手孤单，冒冒失失过去，恐怕不大安全。

罗德利哥　没有人来吗？那么我要流血而死了！

罗多维科　听！

伊阿古持火炬重上。

葛莱西安诺　有一个人穿着衬衫、一手拿火、一手举着武器来了。

伊阿古　那边是谁？什么人在那儿喊杀人？

罗多维科　我们不知道。

伊阿古　你们听见有呼声吗？

凯西奥　这儿，这儿！看在上天的面上，救救我！

伊阿古　怎么一回事？

葛莱西安诺　这个人好像是奥赛罗麾下的旗官。

罗多维科　正是；一个很勇敢的汉子。

伊阿古　你是什么人，在这儿叫喊得这样凄惨？

凯西奥　伊阿古吗？啊，我被恶人算计，害得我不能做人啦！救救我！

伊阿古　嗳哟，副将！这是什么恶人干的事？

凯西奥　我想有一个暴徒还在这儿；他逃不了。

伊阿古　啊，可恶的奸贼！（向罗多维科、葛莱西安诺）你们是什么人？过来帮帮忙。

罗德利哥　啊，救救我！我在这儿。

凯西奥　他就是恶党中的一人。

伊阿古　好一个杀人的凶徒！啊，恶人！（刺罗德利哥）

罗德利哥　啊，万恶的伊阿古！没有人心的狗！

伊阿古　在暗地里杀人！这些凶恶的贼党都在哪儿？这地方

多么寂静！喂！杀了人啦！杀了人啦！你们是什么人？是好人还是坏人？

罗多维科　请你自己判断我们吧。

伊阿古　罗多维科大人吗？

罗多维科　正是，老总。

伊阿古　恕我失礼了。这儿是凯西奥，被恶人们刺伤，倒在地上。

葛莱西安诺　凯西奥！

伊阿古　怎么样，兄弟？

凯西奥　我的腿断了。

伊阿古　嗳哟，罪过罪过！两位先生，请替我照着亮儿；我要用我的衫子把它包扎起来。

比恩卡上。

比恩卡　喂，什么事？谁在这儿叫喊？

伊阿古　谁在这儿叫喊！

比恩卡　嗳哟，我的亲爱的凯西奥！我的温柔的凯西奥！啊，凯西奥！凯西奥！凯西奥！

伊阿古　哼，你这声名狼藉的娼妇！凯西奥，照你猜想起来，向你下这样毒手的大概是些什么人？

凯西奥　我不知道。

葛莱西安诺我正要来找你，准料你会遭逢这样的祸事，真是恼人！

伊阿古　借给我一条吊袜带。好。啊，要是有一张椅子，让他舒舒服服躺在上面，把他抬去才好！

比恩卡　嗳哟，他晕过去了！啊；凯西奥！凯西奥！凯西奥！

伊阿古　两位先生，我很疑心这个贱人也是那些凶徒们的同党。——忍耐点儿，好凯西奥。——来，来，借我一个火。我们认不认识这一张面孔？嗳哟！是我的同国好友罗德利哥吗？不。唉，果然是他！天哪！罗德利哥！

葛莱西安诺　什么！威尼斯的罗德利哥吗？

伊阿古　正是他，先生。您认识他吗？

葛莱西安诺　认识他！我怎么不认识他？

伊阿古　葛莱西安诺先生吗？请您原谅，这些流血的惨剧，使我礼貌不周，失敬得很。

葛莱西安诺　哪儿的话；我很高兴看见您。

伊阿古　你怎么啦，凯西奥？啊，来一张椅子！来一张椅子！

葛莱西安诺　罗德利哥！

伊阿古　他，他，正是他。（众人携椅上）啊！很好；椅子。几个人把他小心抬走；我就去找军医官来。（向比恩卡）你，奶奶，你也不用装腔作势啦。——凯西奥，死在这儿的这个人是我的好朋友。你们两人有什么仇恨？

凯西奥　一点儿没有；我根本不认识这个人。

伊阿古　（向比恩卡）什么！你脸色变白了吗？——啊！把他抬进屋子里去。（众人抬凯西奥、罗德利哥二人下）等一等，两位先生。奶奶，你脸色变白了吗？你们看见她眼睛里这一股惊慌的神气吗？哼，要是你这样睁大了眼睛，我们还要等着听一些新鲜的话哩。留心瞧着她；你们瞧；你们看见了吗，两位先生？哼，犯了罪的人即使僵住了舌头，罪行也自会大白于天下。

爱米利娅上。

爱米利娅　唉！出了什么事啦？出了什么事啦，丈夫？

伊阿古　凯西奥在这黑暗之中，被罗德利哥和几个在逃的同党袭击；他几乎送了性命，罗德利哥已经死了。

爱米利娅 嗳哟，好一位绅士！嗳哟，好凯西奥！

伊阿古 这是他爱嫖的结果。爱米利娅，你去问问凯西奥，他今天晚上在什么地方吃饭的。——什么！你听了这句话就发抖吗？

比恩卡 他在我家里吃饭；可我并不是因为这个而发抖。

伊阿古 噢，他在你家里吃饭？你跟我走！

爱米利娅 呸，呸，你这不要脸的娼妇！

比恩卡 我不是娼妇；我跟你一样清白。

爱米利娅 跟我一样清白！呸！不要脸！

伊阿古 两位好先生，让我们去帮助帮助可怜的凯西奥，替他把伤口扎好。来，奶奶，你必须对我们讲老实话。爱米利娅，你快奔到城堡里去，告诉将军和夫人这儿发生了什么事。你们先请吧。（旁白）今夜是我的命运所寄，倘不能青云直上，就要一败涂地。（同下）

第二场 城堡中的卧室

苔丝狄蒙娜睡床上，一灯照耀室内；奥赛罗上。

奥赛罗 只是为了这个原因，只是为了这个原因，我的灵魂！纯洁的星星啊，不要让我向你们说出它的名字！只是为了这个原因……可是我不愿溅她的血，也不愿毁伤她那比白雪更皎洁、比石膏更腻滑的肌肤。可是她不能不死，否则她将要陷害更多的男子。让我熄灭了这一盏灯，然后我就熄灭你的生命的火焰。融融的灯光啊，我把你吹熄以后，要是我心生后悔，仍旧可以把你重新点亮；可是你，造化最精美的形象啊，你的火焰一旦熄灭，我不知道什么地方有那天上的神火，能够燃起你原来的光彩！我摘下了蔷薇，就不能再给它已失的生机，只好让它枯萎凋谢；当它还在枝头的时候，我要嗅一嗅它的芳香。（吻苔丝狄蒙娜）啊，甘美的气息！你几乎诱动公道的心，使她折断她的利剑了！再一个吻，再一个吻。愿你到死都是这样；我要杀死你，然后再爱你。再一个吻，这是最后的一吻了；这样销魂，却又是这样无比的惨痛！我必须哭泣，然而这些是无情的眼泪。这一阵阵悲伤是神圣的，因为它要惩罚的正是它最疼爱的。她醒来了。

苔丝狄蒙娜 谁？奥赛罗吗？

奥赛罗 嗯，苔丝狄蒙娜。

苔丝狄蒙娜 您要睡了吗，我的主？

奥赛罗 你今晚有没有祈祷过，苔丝狄蒙娜？

苔丝狄蒙娜 祈祷过了，我的主。

奥赛罗 要是你想到在你的一生之中，还有什么罪恶不曾为上帝所宽宥，赶快恳求他的恩赦吧。

苔丝狄蒙娜 嗳哟！我的主，您这句话是什么意思？

奥赛罗 嘿，祈祷吧，干脆点儿；我就在一旁等着你。我不愿杀害你的没有准备的灵魂；不，上天禁止这种罪行！我不愿杀害你的灵魂。

苔丝狄蒙娜 您在说杀人的话吗？

奥赛罗 嗯，是的。

苔丝狄蒙娜 那么愿上天垂怜于我！

奥赛罗 阿门，但愿如此！

苔丝狄蒙娜 要是您这样说，我希望您不至于把我杀死。

奥赛罗 哼！

苔丝狄蒙娜 可是我怕您；因为您的眼珠这样滚转的时候，您已经动了杀机。我不知道我为什么害怕，因为我不知道我有什么罪；可是我觉得害怕。

奥赛罗 想想你的罪恶吧。

苔丝狄蒙娜 除非我对您的爱是罪恶，我不知道我有什么罪恶。

奥赛罗 好，你必须因此而死。

苔丝狄蒙娜 为了爱而被杀，那样的死是违反人情的。唉！您为什么这样咬着您的下唇呢？一种饮血的欲念震撼您的全身，这便是它的征兆；可是我希望，我希望您的怒气不是对我而发。

奥赛罗 闭嘴，不要作声！

苔丝狄蒙娜 是；可是请您告诉我究竟为了什么事？

奥赛罗 你把我给你的那条我的心爱的手帕送给了凯西奥。

苔丝狄蒙娜 不，凭着我的生命和灵魂起誓！您叫他来问好了。

奥赛罗 好人儿，留心不要发伪誓；你的死已在眼前了。

苔丝狄蒙娜 不，我现在还不能死。

奥赛罗 你必须立刻死，所以赶快坦白招认你的罪恶吧；即使你发誓否认每一件事实，也不能除去那使我痛心的坚定的确信。你必须死。

苔丝狄蒙娜 那么愿上帝垂怜于我！

奥赛罗 阿门。

苔丝狄蒙娜 愿您也大发慈悲！我生平从不曾得罪过您，也从不曾用上天所不容的非分的爱情滥施在凯西奥的身上；我没有给过他什么东西。

奥赛罗 苍天在上，我亲眼看见我的手帕在他的手里。欺罔神明的妇人！你使我的心变成坚硬；我本来想把你作为献祭的牺牲，现在却被你激起我的屠夫的恶念来了。我明明看见那手帕的。

苔丝狄蒙娜 那么是他在什么地方拾到的；我没有给他。叫他到这儿来，让他供认事实的真相。

奥赛罗 他已经承认了。

苔丝狄蒙娜 承认什么，我的主？

奥赛罗 承认他已经和你发生关系。

苔丝狄蒙娜 怎么？非法的关系吗？

奥赛罗 嗯。

苔丝狄蒙娜 他不会这样说的。

奥赛罗 是的，他的嘴已经闭住，正直的伊阿古已经把他解决了。

苔丝狄蒙娜 啊，我的恐惧令我明白！什么！他死了吗？

奥赛罗 即使他每一根头发里都有生命，我的复仇的怒火也会把它们一起吞下。

苔丝狄蒙娜 唉！他被人陷害，我的一生也从此断送了！

奥赛罗 不要脸的娼妇！你当着我的面为他哭泣吗？

苔丝狄蒙娜 啊，我的主，把我放逐，可是不要杀我！

奥赛罗 倒下，娼妇！

苔丝狄蒙娜 明天杀我，让我活过今天！

奥赛罗 不，要是你想挣扎——

苔丝狄蒙娜 给我半点钟的时间！

奥赛罗 已经决定了，没有挽回的余地。

苔丝狄蒙娜 可是让我作一次祷告吧！

奥赛罗 太迟了。（扼苔丝狄蒙娜咽喉）

爱米利娅 （在内）将军，将军！喂！将军，将军！

奥赛罗 这是什么声音？没有死吗？还没有完全死去吗？我虽然狠心，却还有几分慈悲；我不愿你多挨受一刻痛苦。好，好。（刺苔丝狄蒙娜）

爱米利娅 （在内）喂！将军，将军！

奥赛罗 哪一个？

爱米利娅 （在内）啊，将军！我要跟您说句话儿。

奥赛罗 是的，这是爱米利娅。——等一等。——她死了。她多半要来说起凯西奥的死。外边已经听得见嘈杂的声音。嘿！一动也不动了吗？像坟墓一样沉寂。要不要让她进来？妥当不妥当？我想她又在动了，不，怎么办呢？要是她进来，她一定要跟我的妻子说话。我的妻子！我的妻子！什么妻子？我没有妻子。啊，难堪！啊，不幸的时辰！我想现在日月应该晦暗不明，受惊的地球看见这种非常的灾变，也要吓得目瞪口呆。

爱米利娅 （在内）啊，好将军！请您让我进来对您说句话儿。

奥赛罗 我忘记了。啊，进来，爱米利娅。慢点儿，等一等。让我把帐幕拉下来。你在哪儿？（启锁开门）

爱米利娅上。

奥赛罗 什么事？

爱米利娅 啊，好将军！那边出了杀人命案啦！

奥赛罗 什么！现在？

爱米利娅 就是刚才，将军。

奥赛罗 那都是因为月亮走错了轨道，比平常更近地球，所以人们都发起疯来了。

爱米利娅 将军，凯西奥杀死了一个名叫罗德利哥的威尼斯青年。

奥赛罗 罗德利哥被杀了！凯西奥也被杀了吗？

爱米利娅 不，凯西奥没有死。

奥赛罗 凯西奥没有死！那么失手了，痛快的复仇又有了变卦啦。

苔丝狄蒙娜 啊，死得好冤枉呀！

爱米利娅 嗳哟！那是什么呼声？

奥赛罗　那！什么？

爱米利娅　嗳哟！那是夫人的声音。救命！救命啊！救命！啊，夫人，再说一声话儿！亲爱的苔丝狄蒙娜！啊，亲爱的夫人，说呀！

苔丝狄蒙娜　我是无罪而死的。

爱米利娅　啊！这是谁干的事？

苔丝狄蒙娜　谁也没有干；是我自己。再会吧；替我向我的仁慈的夫君致意。啊，再会吧！（死）

奥赛罗　啊！她怎么会被人杀死的？

爱米利娅　唉！谁知道？

奥赛罗　你听见她说是她自己，我没有杀死她。

爱米利娅　她是这样说；我只好按照事实去报告。

奥赛罗　她到地狱的火焰里去，还不愿说一句真话。杀死她的是我。

爱米利娅　啊，那么她尤其是一个天使，你尤其是一个黑心的魔鬼了！

奥赛罗　她干了无耻的事，她是个淫妇。

爱米利娅　你冤枉她，你是个魔鬼。

奥赛罗　她像水一样轻浮。

爱米利娅　你说她轻浮，你自己才像火一样粗暴。啊，她是圣洁而忠贞的！

奥赛罗　凯西奥和她通奸，不信你去问你的丈夫吧。啊，要是我采取这种极端的手段，并没有正当的理由，死后就要永远堕入地狱的底层！你的丈夫全都知道。

爱米利娅　我的丈夫！

奥赛罗　你的丈夫。

爱米利娅　他知道她不守贞节吗？

奥赛罗　嗯，他知道她跟凯西奥有暧昧。嘿，要是她是个贞洁的妇人，即使上帝为我用一颗完整的宝石另外造一个世界，我也不愿用她去交换。

爱米利娅　我的丈夫！

奥赛罗　嗯，他最初告诉我这件事。他是个正人君子，他痛恨卑鄙龌龊的行为。

爱米利娅　我的丈夫！

奥赛罗　妇人，为什么把这句话说了又说呢？我是说你的丈夫。

爱米利娅　啊，夫人！你因为多情，受了好人的愚弄了！我的丈夫说她不贞！

奥赛罗　正是他，妇人；我说你的丈夫；你懂得这句话吗？我的朋友，你的丈夫，正直的、正直的伊阿古。

爱米利娅　要是他果然说了这样的话，愿他恶毒的灵魂每天一分一寸地糜烂！他全然胡说；她对于她的最卑鄙的男人是太痴心了。

奥赛罗　嘿！

爱米利娅　随你把我怎么样吧。你配不上这样的好妻子，你这种行为是上天所不容的。

奥赛罗　还不闭嘴！

爱米利娅　你没有半分力量可以伤害我；我的心碎了，还怕你什么！啊，笨伯！傻瓜！泥土一样蠢的家伙！你已经做了一件大大不该的事——我不怕你的剑；我要宣布你的罪恶，即使我将要因此而丧失二十条生命。救命！救命啊！救命！摩尔人杀死了夫人啦！杀了人啦！杀了人啦！

蒙太诺、葛莱西安诺、伊阿古及余人等上。

蒙太诺　什么事？怎么，将军！

爱米利娅　啊！你来了吗，伊阿古？你做的好事，人家都把杀人的罪名架在你头上啦！

葛莱西安诺　什么事？

爱米利娅　你倘是个汉子，赶快否认这恶人所说的话吧；他说你告诉他他的妻子不贞。我知道你不会说这种话，你还不会是这样一个恶人。说吧，我的心都要胀破了。

伊阿古　我不过把我自己的意思告诉他；我对他所说的话，已经由他自己证实了。

爱米利娅　可是你有没有对他说她是不贞的？

伊阿古　我对他说过。

爱米利娅　你说谎，一个可憎的、万恶不赦的谎！凭着我的灵魂起誓，一个谎，一个罪恶的谎！她跟凯西奥私通！你说她跟凯西奥私通吗？

伊阿古　跟凯西奥私通，太太。好了好了，收住你的舌头吧。

爱米利娅　我不愿收住我的舌头；我必须说话。夫人在这床上给人谋杀了。

众　人　啊，哪会有这样的事！

爱米利娅　都是你造的谣言，引起这场血案。

奥赛罗　各位不必惊慌；这事情是真的。

葛莱西安诺　真有这样的事，那可奇了！

蒙太诺　啊，骇人的行为！

爱米利娅　诡计！诡计！诡计！我现在想起来了；啊，诡计！那时候我就有些怀疑；我要伤心死了！啊，诡计！诡计！

伊阿古　什么！你疯了吗？快给我回家去！

爱米利娅　各位先生，让我有一个说话的机会。照理我应该服从他，可是现在却不能服从他。也许，伊阿古，我永远不再回家了。

奥赛罗 啊！啊！啊！（扑卧床上）

爱米利娅 哼，你躺下来哭叫吧；因为你已经杀死一个世间最温柔纯洁的人。

奥赛罗 啊，她是淫污的！我简直不认识您啦，叔父。那边躺着您的侄女，她的呼吸刚才被我这双手扼断；我知道这种行为在世人眼中看起来是惊人而惨酷的。

葛莱西安诺 可怜的苔丝狄蒙娜！幸亏你父亲已经死了；你的婚事是他的致死的原因，悲伤摧折了他的衰老的生命。要是他现在还活着，看见这种惨状，一定会干出一些疯狂的事情来的；他会咒天骂地，赶走了身边的守护神，毁灭了自己的灵魂。

奥赛罗 这诚然是一件伤心的事；可是伊阿古知道她曾经跟凯西奥干过许多回无耻的勾当，凯西奥自己也承认了。她还把我的定情礼物送给凯西奥，作为他殷勤献媚的回报。我看见它在他的手里；那是一方手帕，我的父亲给我母亲的一件古老的纪念品。

爱米利娅 天啊！天上的神明啊！

伊阿古 算了，闭住你的嘴！

爱米利娅 事情总会暴露的，事情总会暴露的。闭住我的嘴？不，不，我要像北风一样自由地说话；让天神、世人和魔鬼全都把我嘲骂羞辱，我也要说我的话。

伊阿古 放明白一些，回家去吧。

爱米利娅 我不愿回家。（伊阿古拔剑欲刺爱米利娅）

葛莱西安诺 呸！你向一个妇人动武吗？

爱米利娅 你这愚笨的摩尔人啊！你所说起的那方手帕，是我偶然拾到，把它给了我的丈夫的；虽然那只是一件小小的东西，他却几次三番恳求我替他偷出来。

伊阿古 长舌的淫妇！

爱米利娅　她送给凯西奥！唉！不，是我拾到了，把它交给我的丈夫的。

伊阿古　贱人，你说谎！

爱米利娅　苍天在上，我没有说谎；我没有说谎，各位先生。杀人的傻瓜啊！像你这样一个蠢才，怎么配得上这样好的一位妻子呢？

奥赛罗　天上没有石块，可以像雷霆一样打下来吗？好一个奸贼！（向伊阿古扑奔；伊阿古刺爱米利娅后逃下）

葛莱西安诺　这妇人倒下来了；他把他的妻子杀死了。

爱米利娅　是，是；啊！把我放在夫人的身边吧！

葛莱西安诺　他跑了，他的妻子给他杀了。

蒙太诺　这是一个罪大恶极的凶徒。你拿着我从这摩尔人手里夺下来的剑。来，在门外看守好了，别让他出去；他要是想逃走，尽管把他杀死。我要去追那恶人，那是一个不可宽恕的家伙。

（蒙太诺、葛莱西安诺下）

奥赛罗　我的勇气也离我而去了，每一个孱弱的懦夫都可以夺下我的剑来。可是奸恶既然战胜了正直，哪里还会有荣誉存在呢？让一切都归于幻灭吧！

爱米利娅　你的歌儿是一个预兆吗，夫人？听，你听没听见我的声音？我要像天鹅一般在歌声中死去。（唱）

杨柳，杨柳，杨柳……

摩尔人，她是贞洁的；她爱你，狠心的摩尔人。我说的是真话，愿我的灵魂享受天福；我的话是跟我的思想一致的。我死了，我死了。（死）

奥赛罗　我还有一柄剑在这屋子里，那是一柄用冰泉的水所浸炼的西班牙宝剑。啊，在这儿！叔父，我一定要出来。

葛莱西安诺　（在内）你要是敢试一试，就得付出重大的代价；你没有武器，只好屈服。

奥赛罗　那么进来瞧瞧我吧，我有话对你说；否则我虽然没有武器，也只好不顾一切跟你拼一下了。

葛莱西安诺重上。

葛莱西安诺　什么事？

奥赛罗　瞧！我有一柄剑；从来不曾有一个战士佩戴过比这更好的剑；凭着这一条小小的胳臂和这一柄利剑，我曾经冲破二十倍于你们这样人数的包围；可是，无聊的夸口啊！谁能主宰他自己的命运呢？现在我已经没有那样的本领了。虽然你看我拿着武器，可是不用害怕，这儿是我的旅途的终点，我的航程的最后的目标。你吓得退走了吗？这是不必要的惊恐；谁只要拿一根灯草向奥赛罗的胸前刺来，他也会向后退缩的。奥赛罗应该到什么地方去呢？——啊，让我再看看你的脸庞吧，薄命的女郎！像你的衬衣一样惨白！我们在天庭对簿的时候，你这一副脸色就可以把我的灵魂赶下天堂，让魔鬼把它抓去。你的全身冰冷，我的恋人！正像你的贞洁一样凛若寒霜。啊，该死的、该死的奴才！魔鬼啊，把我从这天仙一样美人的面前鞭逐出去吧！让狂风把我吹卷、硫磺把我熏烤、沸汤的深渊把我沉浸吧！啊，苔丝狄蒙娜！苔丝狄蒙娜！死了！啊！啊！啊！

罗多维科、蒙太诺、二侍从以卧椅抬凯西奥上，吏役等押伊阿古同上。

罗多维科　这鲁莽而不幸的人在哪儿？

奥赛罗　那就是从前的奥赛罗；我在这儿。

罗多维科　那条毒蛇呢？把这恶人带上来。

奥赛罗　据说魔鬼的脚是分趾的，让我看看他的脚是不是这样。要是你真的是一个魔鬼，我也不能杀死你。（刺伤伊阿古）

罗多维科 把他手里的剑夺下来。

伊阿古 我不过流了点儿血，还没有给他杀死。

奥赛罗 那也好，我要你留着活命；因为在我看来，死倒是一桩幸福。

罗多维科 啊，奥赛罗！你本来是一个很好的汉子，却会中一个万恶的奸人的诡计，我们该说你什么好呢？

奥赛罗 随便你们怎么说吧；要是你们愿意，不妨说我是一个正直的凶手，因为我所干的事，都是出于荣誉的观念，不是出于猜嫌的私恨。

罗多维科 这恶人已经承认了一部分他的奸谋；杀死凯西奥是你跟他同谋的吗？

奥赛罗 是的。

凯西奥 主帅，我从来不曾得罪过您。

奥赛罗 我相信你的话；愿你原谅我吧。你们问一问那个顶着人头的恶魔，为什么他要这样陷害我的灵魂和肉体？

伊阿古 什么也不要问我；你们所知道的，你们已经知道了；从这一刻起，我不再说一句话。

罗多维科 什么！你也不要祈祷吗？

葛莱西安诺 酷刑可以逼你开口。

奥赛罗 嘿，您最好说出来。

罗多维科 将军，您很快会明白一切经过，我相信您现在还被蒙在鼓里。这是从已死的罗德利哥衣袋里搜到的一封信；这儿还有一封；其中一封信里说到杀死凯西奥的事情由罗德利哥动手执行。

奥赛罗 啊，奸贼！

凯西奥 野蛮残忍的阴谋！

罗多维科 这儿还有一封从他的衣袋里找到的充满怨言的

信，看来好像是罗德利哥预备寄给这个万恶的奸人的；可是信还没有寄出，伊阿古就给了他答复。

奥赛罗 啊，恶毒的奸贼！凯西奥，我的妻子的手帕怎么会到你手里的？

凯西奥 我在我的房间里找到它；他刚才已经亲口承认是他有意把它丢在那里的，借此可以达到他自己的图谋。

奥赛罗 啊，傻瓜！傻瓜！傻瓜！

凯西奥 在罗德利哥的信里，他又埋怨伊阿古不该撺掇他在我值夜的时候向我寻事；我就是因那一回的事而去职的。就在刚才，他从长时间的昏迷中醒了过来，还说起他一切都受伊阿古的指使，结果却是伊阿古伤了他的生命。

罗多维科 你必须离开这所屋子，跟我们去；你的军队和兵权必须全部交卸，让凯西奥主持塞浦路斯的军政重务。对于这一个家伙，我们将要用一切巧妙的酷刑加在他的身上，使他遍受种种的痛苦而不至于立刻死去。我们还要把你严密监禁，等候威尼斯政府判决你的罪状。来，把他带下去。

奥赛罗 且慢，在你们未走以前，再听我说一两句话。我对于国家曾经立过相当的功劳，这是执政诸公所知道的；那些话现在也不用说了。当你们把这种不幸的事实报告与他们的时候，请你们在公文上老老实实照我本来的样子叙述，不要徇情回护，也不要恶意构陷；你们应当说我是一个在恋爱上不智而过于深情的人；一个不容易产生嫉妒的人，可是一旦被人煽动以后就会糊涂到极点的人；一个像某些糊涂的印度人一般，会把一颗比他整个部落所有的财产更贵重的珍珠随手抛弃，一个虽然不惯于流妇人之泪，可是当他被感情征服的时候，也会像涌流着胶液的阿拉伯胶树一般两眼泪水泛滥的人。请你们把这些话记下，再补充一句说；在阿勒坡地方，曾经有一个裹着头巾的有敌意的土耳其人殴

打一个威尼斯人，诽谤我们的国家，那时候，我就一把抓住这受割礼的狗子的咽喉，就这样把他杀了。（以剑自刎）

罗多维科 啊，惨酷的结局！

葛莱西安诺 一切说过的话，现在又要颠倒过来了。

奥赛罗 我在杀死你以前，曾经用一吻和你诀别；现在我自己的生命也在一吻里终结。（倒扑在苔丝狄蒙娜身上，死）

凯西奥 我早就担心会有这样的事发生，可是我还以为他没有武器；他的心地是光明正大的。

罗多维科 （向伊阿古）你这比痛苦、饥饿和大海更凶暴的猛犬啊！瞧瞧这床上一双浴血的尸身吧；这是你干的好事。这样伤心惨目的景象，赶快把它遮盖起来吧。葛莱西安诺，请您接收这一座屋子；这摩尔人的全部家产，都应该归您继承。总督大人，怎样处置这一个恶魔般的奸徒，什么时候，什么地点，用怎样的刑法，都要请您全权办理，千万不要宽纵他！我现在就要上船回去禀明政府，用一颗悲哀的心报告这一段悲哀的事故。（同下）

麦克白

Mai Ke Bai

剧中人物

邓　肯　苏格兰国王

马尔康、**道纳本**　邓肯之子

麦克白、**班　柯**　苏格兰军中大将

麦克德夫、**列诺克斯**、**洛斯**、**孟提斯**、**安格斯**、**凯士纳斯**　苏格兰贵族

弗里恩斯　班柯之子

西华德　诺森伯兰伯爵，英国军中大将

小西华德　西华德之子

西　登　麦克白的侍臣

麦克德夫的幼子

英格兰医生

苏格兰医生

军　曹

门　房

老　翁

麦克白夫人

麦克德夫夫人

麦克白夫人的侍女

赫卡忒及三女巫

贵族、绅士、将领、兵士、刺客、侍从及使者等

班柯的鬼魂及其他幽灵等

地　点

苏格兰；英格兰

第一幕

第一场　荒　原

雷电。三女巫上。

女巫甲　何时姊妹再相逢，

雷电轰轰雨蒙蒙？

女巫乙　且等烽烟静四陲，

败军高奏凯歌回。

女巫丙　半山夕照尚含辉。

女巫甲　何处相逢？

女巫乙　在荒原。

女巫丙　共同去见麦克白。

女巫甲　我来了，狸猫精。

女巫乙　癞蛤蟆叫我了。

女巫丙　来也。

众　巫　（合）美即丑恶丑即美，翱翔毒雾妖云里。（同下）

第二场　福累斯附近的营地

内号角声。邓肯、马尔康、道纳本、列诺克斯及侍从等上，与一流血之军曹相遇。

邓　肯　那个流血的人是谁？看他那痛苦的样子，也许可以向我们报告关于叛乱的最新消息。

马尔康　这就是那个奋勇苦战帮助我突围的军曹。祝福，勇敢的朋友！把你离开战场以前的战况报告王上吧。

军　曹　双方还在胜负未决之中；正像两个精疲力竭的游泳者，彼此扭成一团，显不出各自的本领来。那残暴的麦克唐华德不愧为一个叛徒，因为他将无数奸恶的天性集于一身；他已经征调了西方各岛上的轻重步兵，且命运也像娼妓一样，有意向叛徒卖弄风情，助长他的罪恶气焰。可是这一切都无能为力，因为英勇的麦克白——真称得上“英勇”——不以命运的喜怒为意，挥舞着他的血腥的宝剑，一路砍杀过去，直到了那奴才的面前，二话不说就挺剑从他的肚脐上刺了进去，把他的胸膛划破，一直划到下巴上；他的头已经割下来挂在我们的城楼上了。

邓　肯　啊，英勇的表弟！了不起的壮士！

军　曹　可天有不测风云，从那透露曙光的东方偏卷来了无情的风暴，可怕的雷雨；我们正在兴高彩烈的时候，却又遭遇了重大打击。听着，陛下，听着；当正义凭着勇气的威力正驱逐敌军向后溃退的时候，挪威国君看见有机可乘，竟调了一批甲械精良的生力军又向我们开始一次新的猛攻。

邓　肯　我们的将军们，麦克白和班柯可曾因此而气馁？

军　曹　是的，要是麻雀能使怒鹰退却、兔子能把雄狮吓走的话。实实在在地说，他们就像两尊巨炮，满装着双倍火力的炮弹，愈发愈猛地向敌人射击；瞧他们的神气，好像拼着浴血负创也非让尸骸铺满原野似的——可是我的气力已经不济了，我的伤口需要马上医治。

邓　肯　你的叙述和你的伤口一样，都表现出一个战士的精神。来，把他送到军医那儿去。（侍从扶军曹下）

洛斯上。

邓　肯　谁来啦？

马尔康　尊贵的洛斯爵士。

列诺克斯　他的眼睛里露出多么慌张的神色！好像要说些什么意想不到的事情似的。

洛　斯　上帝保佑吾王！

邓　肯　爵士，您从什么地方来？

洛　斯　从法夫来，陛下；挪威的旌旗在那边的天空招展，把一阵寒风搧进了我们人民的心里。挪威国君亲自率领了大队人马，靠着那个最奸恶的叛徒考特爵士的帮助，开始了一场惨酷的血战；直到麦克白披甲戴盔，和他刀来枪往，奋勇交锋，方才挫折了他的凶焰；胜利终于属于我们。

邓　肯　好大的幸运！

洛　斯　现在史威诺，挪威的国王，已经向我们求和了。我们责令他在圣戈姆小岛上缴纳一万块钱充入我们的国库，否则不让他把战死的将士埋葬。

邓　肯　考特爵士再也不能骗取我们的厚爱了，快去宣布把他立即处死，他的原来的爵位移赠麦克白。

洛　斯　我就去执行陛下的旨意。

邓　肯　他所失去的，也就是尊贵的麦克白所得到的。（同下）

第三场　荒　原

雷鸣。三女巫上。

女巫甲　妹妹，你从哪儿来？

女巫乙　我刚杀了猪来。

女巫丙　姐姐，你从哪儿来？

女巫甲　一个水手的妻子坐在那儿吃栗子，啃呀啃呀啃呀地啃着。“给我来点，”我说。“滚开，妖巫！”那个大屁股贱人喊起来了。她的丈夫是“猛虎号”的船长，到阿勒坡去了；可是我要坐在一张筛子里追他去，像一头没有尾巴的老鼠，瞧我的，瞧我的，瞧我的吧。

女巫乙　我助你一阵风。

女巫甲　感谢你的神通。

女巫丙　我也助你一阵风。

女巫甲　驾风直到海西东。
到处狂风吹海立，
浪打行船无休息；
终朝终夜不得安，
骨瘦如柴血色干；
一年半载海上漂，
气断神疲精力销；
他的船儿不会翻，
暴风雨里受苦难。
瞧我有些什么东西？

女巫乙　给我看，给我看。

女巫甲　这是一个在归途覆舟殒命的舵工的拇指。（内鼓声）

女巫丙 鼓声！鼓声！麦克白来了。

三女巫 （合）手携手，三姊妹，

沧海高山弹指地，

朝飞暮返任游戏。

姐三巡，妹三巡.

三三九转蛊方成。

麦克白及班柯上。

麦克白 我从来没有见过这样阴郁而又光明的日子。

班　柯 到福累斯还有多少路？这些是什么人，形容这样枯瘦，服装这样怪诞，不像是地上的居民，可是却在地上出现？你们是活人吗？你们能不能回答我们的问题？好像你们懂得我的话，每一个人都同时把她满是皱纹的手指按在自己干枯的嘴唇上。你们应当是女人，可是你们的胡须却又使我不敢相信你们是女人。

麦克白 你们要是能够讲话，告诉我们你们是什么人？

女巫甲 万福，麦克白！祝福你，葛莱密斯爵士！

女巫乙 万福，麦克白！祝福你，考特爵士！

女巫丙 万福，麦克白，未来的君王！

班　柯 将军，您为什么这样吃惊，好像害怕这种听上去很好的消息似的？用真理的名义回答我，你们到底是幻象呢，还是果真如你们所显现的那种生物？你们向我的高贵的同伴致敬，并且预言他未来的尊荣和远大的希望，使他仿佛听得出了神；可是你们却没有对我说一句话。要是你们能够洞察时间所播的种子，知道哪一颗会长成哪一颗不会长成，那么请对我说吧；我既不乞讨你们的恩惠，也不惧怕你们的憎恨。

女巫甲 祝福！

女巫乙 祝福！

女巫丙　祝福！

女巫甲　比麦克白低微，可是你的地位在他之上。

女巫乙　不像麦克白那样幸运，可是比他更有福。

女巫丙　你虽然不是君王，但你的子孙将要君临一国。万福，麦克白和班柯！

女巫甲　班柯和麦克白，万福！

麦克白　且慢，你们这些闪烁其辞的预言者，明白一点告诉我。西纳尔死了以后，我知道我已经晋封为葛莱密斯爵士；可是怎么会做起考特爵士来呢？考特爵士现在还活着，他的势力非常显赫；至于说我是未来的君王，那正像说我是考特爵士一样难于置信。说，你们这些奇怪的消息是从什么地方得来的？为什么你们要在这荒凉的旷野上用这种预言式的称呼使我们止步？说，我命令你们。（三女巫隐去）

班　柯　水上有泡沫，土地也有泡沫，这些便是大地上的泡沫。她们消失到什么地方去了？

麦克白　消失在空气之中，好像是有形体的东西，却像呼吸一样融化在风里了。我倒希望她们再多留一会儿。

班　柯　我们正在谈论的这些怪物，果然曾经在这儿出现过吗？还是因为我们误食了令人疯狂的草根，已经丧失了我们的理智？

麦克白　您的子孙将要成为君王。

班　柯　您自己将要成为君王。

麦克白　而且还要做考特爵士；她们不是这样说吗？

班　柯　正是这样说的。谁来啦？

洛斯及安格斯上。

洛　斯　麦克白，陛下已经很高兴地接到了您胜利的消息；当他听见您在这次征讨叛逆的战斗中所表现的英勇勋绩的时候，他简直不知道应当惊异还是应当赞叹，在这两种心理的交相冲突之下，他快乐得说不出话来。他又得知您在同一天之内，又在雄壮的挪威大军的阵地上出现，不禁为您自己亲手造成的败军的惨象而感到振奋。报信的人像密雹一样接踵而至，异口同声地在他的面前称颂您保卫祖国的大功。

安格斯　我们奉陛下的命令前来，向您传达他的慰劳的诚意；我们的使命只是迎接您回去面谒陛下，不是来酬答您的功绩。

洛　斯　为了向您保证他将给您更大的尊荣，他叫我替您加上考特爵士的称号；祝福您，最尊贵的爵士！这个尊号是属于您的了。

班　柯　什么！魔鬼居然会说真话吗？

麦克白　考特爵士现在还活着，为什么你们要替我穿上借来的衣服？

安格斯　原来的考特爵士现在还活着，可是因为他自取其咎，犯了不赦的重罪，在无情的判决之下，将要失去他的生命。他究竟有没有和挪威人公然联合，或者曾经给叛党秘密的援助，或者同时用这两种手段来图谋颠覆他的祖国，我还不能确实知道；可是他的叛国重罪，已经由他亲口供认，并且有了事实的证明，这使他遭到了毁灭的命运。

麦克白　（*旁白*）葛莱密斯，考特爵士，最大的尊荣还在后面。（*向洛斯、安格斯*）谢谢你们的跋涉。（*向班柯*）您不希望您的子孙将来做君王吗？方才她们称呼我做考特爵士时，不是同时也给了你的子孙莫大的尊荣吗？

班　柯　您要是完全相信了她们的话，也许做了考特爵士以后，还渴望想把王冠攫取到手。可是这种事情很奇怪；魔鬼为了要陷害我们，往往故意向我们说真话，在小事情上取得我们的信任，然后在重要的关头我们便会堕入他的圈套。两位大人，让我对你们说句话。

麦克白 （*旁白*）两句话已经证实，这好比是美妙的开场白，接下去就是帝王登场的重头戏了。（向洛斯、安格斯）谢谢你们两位。（*旁白*）这种神奇的启示不会是凶兆，可是也不像是吉兆。假如它是凶兆，为什么用一开头就应验的预言预示我未来的成功呢？我现在不是已经做了考特爵士了吗？假如它是吉兆，为什么那句话会在我脑中引起可怖的印象，使我毛发悚然，使我的心全然失去常态，噗噗地跳个不住呢？想象中的恐怖远过于实际中的恐怖；我的思想中不过偶然浮起了杀人的妄念，就已经使我全身震撼，心灵在胡思乱想中丧失了作用，把虚无的幻影认为是真实的。

班　柯 瞧，我们的同伴想得多么出神。

麦克白 （*旁白*）要是命运将会使我成为君王，那么也许命运会替我加上王冠，用不着我自己费力。

班　柯 新的尊荣加在他的身上，就像我们穿上新衣服一样，在没有穿惯以前，总觉得有些不大合身似的。

麦克白 （*旁白*）事情要来尽管来吧，最难堪的日子也总会过去的。

班　柯 尊贵的麦克白，我们在等候着您的意旨。

麦克白 原谅我；我的迟钝的脑筋刚才偶然想起了一些已经忘记了的事情。两位大人，你们的辛苦已经铭刻在我的心上，我每天都要把它翻开来诵读。让我们到陛下那儿去。想一想最近发生的这些事情；等我们把一切仔细考虑过以后，再把各人心里的意思彼此开诚相告吧。

班　柯 很好。

麦克白 现在暂时不必多说。来，朋友们。（同下）

第四场　福累斯。宫中一室

喇叭奏花腔。邓肯、马尔康、道纳本、列诺克斯及侍从等上。

邓　肯　考特的死刑是否已执行完毕？监刑的人还没有回来吗？

马尔康　陛下，他们还没有回来；可是我曾经和一个亲眼看见他就刑的人谈过话，他说他很坦白地供认自己的叛逆，请求您宽恕他的罪恶，并且表示深切的悔恨。他一生的行事，从未像他临终的时候那样得体；他抱着视死如归的态度，抛弃了他的最宝贵的生命，就像它是不足介意、不值一钱的东西。

邓　肯　世上还没有一种方法，可以从一个人的脸上探察他的居心；他是我曾经绝对信任的一个人。

麦克白、班柯、洛斯及安格斯上。

邓　肯　啊，最值得钦佩的表弟！我的忘恩负义的罪恶，刚才还重压在我的心头。你的功劳太超越寻常了，飞得最快的报酬都追不上你；要是它再微小一点，那么也许我可以按照适当的名分，给你应得的感谢和酬劳；现在我只能这样说，一切的报酬都不能抵偿你的伟大的勋绩。

麦克白　为陛下尽忠效命，它的本身就是一种酬报。接受我们的劳力是陛下的名分；我们对于陛下和王国的责任，正像子女和奴仆一样，为了尽我们的臣子之心，无论做什么事都是应该的。

邓　肯　欢迎你回来；我已经开始把你栽培，我要努力使你繁茂。尊贵的班柯，你的功劳也不在他之下，让我把你拥抱在我的心头。

班　柯　要是我能够在陛下的心头生长，那收获是属于陛下的。

邓　肯　洋溢在我心头的盛大的喜乐，想要在悲哀的泪滴里隐藏它自己。吾儿，各位国戚，各位爵士，以及一切最亲近的人，我现在向你们宣布立我的长子马尔康为王储，册封为肯勃兰亲王，他将来要继承我的王位；不仅仅是他一个人受到这样的光荣，广大的恩宠将要像繁星一样，照耀在每一个有功者的身上。陪我到因弗内斯去，让我再叨受你一次盛情的招待。

麦克白　不为陛下效劳，闲暇成了苦役。让我做一个前驱者，把陛下光临的喜讯先去报告我的妻子知道；现在我就此告辞了。

邓　肯　我的尊贵的考特！

麦克白　（旁白）肯勃兰亲王！这是一块横在我前途上的阶石，我必须跳过这块阶石，否则就要颠仆在它的上面。星星啊，收起你们的火焰！不要让光亮照见我的黑暗幽深的欲望。眼睛啊，别望我这双手吧；可是我仍要下手，不管我做出的事会否吓得它不敢看。（下）

邓　肯　真的，尊贵的班柯；他真是英勇非凡，我已经饱听人家对他的赞美，那对我就像是一桌盛筵。他现在先去预备款待我们了，让我们跟上去。真是一个无可匹敌的国戚。（喇叭奏花腔。众下）

第五场　因弗内斯。麦克白的城堡

麦克白夫人上，读信。

麦克白夫人　“她们在我胜利的那天迎接我；我根据最可靠的说法，知道她们是具有超越凡俗的知识的。当我燃烧着热烈的欲望，想要向她们详细询问的时候，她们已经化为一阵风不见了。我正在惊奇不置，陛下的使者就来了，他们都称我为‘考特爵士’；那一个尊号正是这些神巫用来称呼我的，而且她们还对我作这样的预示，说是‘祝福，未来的君王’！我想我应该把这样的消息告诉你，我的最亲爱的有福同享的伴侣，好让你不致于因为对于你所将要得到的富贵一无所知，而失去了你所应该享有的欢欣。把它放在你的心头，再会。”你本身已是葛莱密斯爵士，现在又做了考特爵士，将来还可能达到预言所告诉你的那种高位。可是我却为你的天性忧虑；它充满了太多的人情的乳臭，使你不敢采取最近的捷径；你希望做一个伟大的人物，你不是没有野心，可是你却缺少和那种野心相联属的奸恶；你的欲望很大，但又希望只用正当的手段；一方面不愿玩弄机诈，一方面却又要作非分的攫夺；伟大的爵士，你想要的那东西正在喊：“你要到手，就得这样干！”虽然你也不是不肯这样干，可是你又宁愿中途住手也不想追悔莫及。赶快回来吧，让我把我的精神力量倾注在你的耳中；命运和玄奇的力量分明已经准备把黄金的宝冠罩在你的头上，让我用舌尖的勇气，把那阻止你得到那顶王冠的一切障碍驱扫一空吧。

一使者上。

麦克白夫人 你带了些什么消息来？

使　者 陛下今晚要到这儿来。

麦克白夫人 你在说疯话吗？主人是不是跟陛下在一起？要是果真有这一回事，他一定会早就通知我们准备的。

使　者 禀夫人，这话是真的。我们的爵爷快要来了；我的一个伙伴比他早到了一步，他奔得气都喘不过来，好容易才告诉了我这个消息。

麦克白夫人 好好看顾他；他带来了重大的消息。（使者下）

报告邓肯走进我这堡门来送死的乌鸦，它的叫声是嘶哑的。来，注视着人类恶念的魔鬼们！解除我的女性的柔弱，用最凶恶的残忍自顶至踵贯注在我的全身；凝结我的血液，不要让怜悯钻进我的心头，不要让天性中的恻隐摇动我的狠毒决意！来，你们这些杀人的助手，你们无形的躯体散满在空间，到处找寻为非作恶的机会，进入我的妇人的胸膛，把我的乳水当作胆汁吧！来，阴沉的黑夜，用最昏暗的地狱中的浓烟罩住你自己，让我的锐利的刀瞧不见它自己切开的伤口，让青天不能从黑暗的重衾里探出头来高喊："住手，住手！"

麦克白上。

麦克白夫人 伟大的葛莱密斯！尊贵的考特！比这二者更伟大、更尊贵的未来的统治者！你的信使我飞越蒙昧的现在，我已经感觉到未来的搏动了。

麦克白 我的最亲爱的亲人，邓肯今晚要到这儿来。

麦克白夫人 什么时候回去呢？

麦克白 他预备明天回去。

麦克白夫人 啊！太阳永远不会见到那样一个明天。您的脸，我的爵爷，正像一本书，人们可以从那上面读到奇怪的事情。你要欺骗世人，必须装出和世人同样的神气；让您的眼睛里、您的手上、您的舌尖，随处流露着欢迎；让人家瞧您像一朵纯洁的花朵，可是在花瓣底下却有一条毒蛇潜伏。我们必须准备款待这位将要来到的贵宾；您可以把今晚的大事交给我去办；凭此一举，我们今后就可以日日夜夜永远掌握君临万民的无上权威。

麦克白 我们还要商量商量。

麦克白夫人 泰然自若地抬起您的头来；脸色突变最易引起猜疑。一切都包在我身上。（同下）

第六场　同前。城堡之前

高音笛奏乐。火炬前导；邓肯、马尔康、道纳本、班柯、列诺克斯、麦克德夫、洛斯、安格斯及侍从等上。

邓　肯　这座城堡的位置很好；一阵阵温柔的和风轻轻吹拂着我们微妙的感觉。

班　柯　这个夏天的客人——巡礼庙宇的燕子，也在这里筑下了它的温暖的巢居，这可以证明这里的空气有一种诱人的香味；檐下梁间、墙头屋角，无不是这鸟儿安置吊床和摇篮的地方——凡是它们生息繁殖之处，我注意到空气总是很新鲜芬芳。

麦克白夫人上。

邓　肯　瞧，瞧，我们的尊贵的主妇！到处跟随我们的挚情厚爱有时候反而会成为一种麻烦，可是我们还是要把它当作厚爱来感谢；所以根据这个道理，我们给你带来了麻烦，你还应该感谢我们，而且还要祈祷上帝保佑我们。

麦克白夫人　我们的犬马微劳，即使加倍报效，比起陛下赐给我们的深恩广泽来，也还是不足挂齿的；我们只有燃起一瓣心香，为陛下祷祝上苍，报答陛下过去和新近加于我们的荣宠。

邓　肯　考特爵士呢？我们想要追在他的前面，趁他没有到家，先替他设筵洗尘；不料他骑马的本领十分了得，他的一片忠心使他急如星火，帮助他比我们先到了一步。高贵贤淑的主妇，今天晚上我要做您的宾客了。

麦克白夫人　只要陛下吩咐，您的仆人们随时准备把他们的身家性命及所有的一切都开列清单，如数奉上，这些原本就属于陛下您。

邓　肯　把您的手给我；领我去见我的东道主。我很敬爱

他，我还要继续眷顾他。请了，夫人。（同下）

第七场　同前。堡中一室

高音笛奏乐；室中遍燃火炬。一司膳及若干仆人持肴馔食具上，自台前经过。麦克白上。

麦克白　要是干了以后就完了，那么还是快一点干；要是凭着暗杀的手段可以攫取美满的结果，又可以排除一切后患；要是这一刀砍下去，就可以完成一切、终结一切；那么，那么——在这人世上，在时间这大海的浅滩上，我也就只能纵身一跃，顾不到来世了。可是在这种事情上，我们往往逃不过冥冥中的裁判；我们树立下血的榜样，教会别人杀人，结果反而自己被人所杀；把毒药投入酒杯里的人，结果也会自己饮鸩而死，这就是报应。他到这儿来本有两重的信任；第一，我是他的亲戚，又是他的臣子，按照名分绝对不能干这样的事；第二，我是他的东道主，应当保障他身体的安全，怎么可以自己持刀行刺？而且，这个邓肯秉性仁慈，处理国政从来没有过失，要是把他杀死了，他生前的美德，将要像天使一般发出喇叭一样清澈的声音，向世人昭告我的弑君重罪；"怜悯"就会像一个御气而行的天婴，将要把这可憎的行为揭露在每一个人的眼中，使眼泪淹没叹息。没有一种力量可以鞭策我实现自己的意图，可是我的跃跃欲试的野心，却不顾一切地驱着我去冒颠踬的危险。

麦克白夫人上。

麦克白　啊！什么消息？

麦克白夫人　他快要吃好了；你为什么从大厅里跑了出来？

麦克白　他有没有问起我？

麦克白夫人　你不知道他问起过你吗？

麦克白 我们还是不要进行这一件事情吧。他最近给我极大的尊荣；我也好不容易从各种人的嘴里博到了无上的美誉，我的名声现在正在发射最灿烂的光彩，不能这么快就把它丢弃了。

麦克白夫人 难道你把自己沉浸在里面的那种希望，只是醉后的妄想吗？它现在从一场睡梦中醒来，因为追悔自己的孟浪，而吓得脸色这样苍白吗？从这一刻起，我要把你的爱情看做同样靠不住的东西。你不敢让你在行为和勇气上跟你的欲望一致吗？你宁愿像一头畏首畏尾的猫儿，顾全你所认为生命的装饰品的名誉，不惜让你在自己眼中成为一个懦夫，让“我不敢”永远跟随在“我想要”的后面吗？

麦克白 请你不要说了。只要是男子汉做的事，我都敢做；没有人比我有更大的胆量。

麦克白夫人 那么当初是什么畜生使你把这一种企图告诉我的呢？是男子汉就应当敢作敢为；要是你敢做一个比你更伟大的人物，那才更是一个男子汉。那时候，无论时间和地点都不曾给你下手的方便，可是你却居然决意要实现你的愿望；现在你有了大好的机会，你又失去勇气了。我曾经哺乳过婴孩，知道一个母亲是怎样怜爱那吮吸她乳汁的子女；可是我会在他看着我的脸微笑的时候，从他的柔软的嫩嘴里摘下我的乳头，把他的脑袋砸碎，要是我也像你一样，曾经发誓要下这样毒手的话。

麦克白 假如我们失败了——

麦克白夫人 我们失败！只要你集中你的全副勇气，我们绝不会失败。邓肯赶了这一天辛苦的路程，一定睡得很熟；我再去陪他那两个侍卫饮酒作乐，灌得他们头脑昏沉，记忆化成一阵烟雾；等他们烂醉如泥，像死猪一样睡去以后，我们不就可以把那毫无防卫的邓肯随意摆布了吗？我们不是可以把这一件重大的谋杀罪案，推在他的酒醉的侍卫身上吗？

麦克白 愿你所生育的全是男孩子，因为你的无畏的精神，只应该铸造一些刚强的男性。要是我们在那睡在他寝室里的两个人身上涂抹一些血迹，而且就用他们的刀子，人家会不会相信真是他们干下的事？

麦克白夫人 等他的死讯传出以后，我们就假意装出号啕痛哭的样子，这样还有谁敢不相信？

麦克白 我的决心已定，我要用全身的力量，去干这件惊人的举动。去，用最美妙的外表把人们的耳目欺骗；奸诈的心必须罩上虚伪的笑脸。（同下）

第二幕

第一场　因弗内斯。堡中庭院

仆人执火炬引班柯及弗里恩斯上。

班　柯　孩子，夜已经过了几更了？

弗里恩斯　月亮已经下去；我还没有听见打钟。

班　柯　月亮是在十二点钟下去的。

弗里恩斯　我想不止十二点钟了，父亲。

班　柯　等一下，把我的剑拿着。天上也讲究节俭，把灯烛一起熄灭了。把这个也拿着（将腰带和匕首交给弗里恩斯）。催人入睡的疲倦，像沉重的铅块一样压在我的身上，可是我却一点也不想睡。慈悲的神明！抑制那些罪恶的思想，不要让它们潜入我的睡梦之中。

麦克白上，一仆人执火炬随上。

班　柯　把我的剑给我。——那边是谁？

麦克白　一个朋友。

班　柯　什么，爵爷！还没有安息吗？陛下已经睡了；他今天非常高兴，赏了您家仆人许多东西。这一颗金刚钻是他送给尊夫人的，他称她为最殷勤的主妇。无限的愉快笼罩着他的全身。

麦克白 我们因为事先没有准备，恐怕有许多招待不周的地方。

班　柯 好说好说。昨天晚上我梦见那三个女巫；她们对您所讲的话倒有几分应验。

麦克白 我没有想到她们；可是等我们有了工夫，不妨谈谈那件事，要是您愿意的话。

班　柯 悉如尊命。

麦克白 您听从了我的话，包您有一笔富贵到手。

班　柯 为了觊觎富贵而丧失荣誉的事，我是不干的；要是您有什么见教，只要不毁坏我的清白的忠诚，我都愿意接受。

麦克白 那么慢慢再说，请安歇吧。

班　柯 谢谢；您也可以安歇啦。（班柯、弗里恩斯同下）

麦克白 去对太太说要是我的睡前酒预备好了，请她打一下钟。你去睡吧。（仆人下）在我面前摇晃着，它的柄对着我的手的，不是一把刀子吗？来，让我抓住你。我抓不到你，可是仍旧看见你。不祥的幻象，你只是一件可视不可触的东西吗？或者你不过是一把想象中的刀子，从狂热的脑筋里发出来的虚妄的意象？我仍旧看见你，你的形状正像我现在拔出的这一把刀子一样明显。你指示着我所要去的方向，告诉我应当用什么利器。我的眼睛倘不是受了其他知觉的嘲弄，就是兼领了一切感官的机能。我仍旧看见你；你的刃上和柄上还流着一滴一滴刚才所没有的血。没有这样的事！杀人的恶念使我看见这种异象。现在在半个世界里，一切生命仿佛已经死去，罪恶的梦景扰乱着平和的睡眠，作法的女巫在向惨白的赫卡忒献祭；形容枯瘦的杀人犯，听到了替他巡哨、报更的豺狼的嗥声，蹑着脚步像一个鬼魂似的向他的目的地走去。坚固结实的大地啊，不要听见我的脚步是向什么地方去的，我怕路上的砖石会泄漏了我的行踪，打破这一派阴森可怕的死寂。我正在这儿威胁他的生命，他却在那儿活得好好的；在紧张的行动中间，言语不过是一口冷气。（钟声）我去，就这么干；钟声在招唤我。不要听它，邓肯，这是召唤你上天堂或者下地狱的丧钟。（下）

第二场 同 前

麦克白夫人上。

麦克白夫人 酒把他们醉倒了，却提起了我的勇气；浇熄了他们的馋焰，却燃起了我心头的烈火。听！不要响！这是夜枭的啼声，它正在鸣着丧钟，向人们道凄厉的晚安。他在那儿动手了。门都开着，那两个醉饱的侍卫用鼾声代替他们的守望；我曾经在他们的乳酒里放下麻药，瞧他们熟睡的样子，简直分辨不出他们是活人还是死人。

麦克白 （在内）那边是谁？喂！

麦克白夫人 嗳哟！我怕他们已经醒过来了，事情却还没有办好；不是罪行本身，而是我们的企图毁了我们。听！我把他们的刀子都放好了；他不会找不到的。倘不是我看他睡着的样子活像我的父亲，我早就自己动手了。我的丈夫！

麦克白上。

麦克白 我已经把事情办好了。你没有听见一个声音吗？

麦克白夫人 我听见枭啼和蟋蟀的鸣声。你没有讲过话吗？

麦克白 什么时候？

麦克白夫人 刚才。

麦克白 我下来的时候吗？

麦克白夫人 嗯。

麦克白　听！谁睡在隔壁的房间里？

麦克白夫人　道纳本。

麦克白　（视手）好惨！

麦克白夫人　别发傻，惨什么。

麦克白　一个人在睡梦里大笑，还有一个人喊“杀人啦！”他们把彼此惊醒了；我站定听他们；可是他们念完祷告，又睡着了。

麦克白夫人　是有两个睡在那一间。

麦克白　一个喊，“上帝保佑我们！”一个喊，“阿门！”好像他们看见我高举这一双杀人的血手似的。听着他们惊慌的口气，当他们说过了“上帝保佑我们”以后，我想要说“阿门”，却怎么也说不出来。

麦克白夫人　不要把它放在心上。

麦克白　可是我为什么说不出“阿门”两个字来呢？我才是最需要上帝垂恩的，可是“阿门”两个字却哽在我的喉间。

麦克白夫人　我们干这种事，不能尽往这方面想下去，这样会使我们发疯的。

麦克白　我仿佛听见一个声音喊着：“不要再睡了！麦克白已经杀害了睡眠。”那清白的睡眠，把忧虑的乱丝编织起来的睡眠，那日常的死亡、疲劳者的沐浴、受伤心灵的油膏、大自然的最丰盛的菜肴、生命的盛筵上主要的营养——

麦克白夫人　你这种话是什么意思？

麦克白　那声音继续向全屋子喊着：“不要再睡了！葛莱密斯已经杀害了睡眠，所以考特将再也得不到睡眠，麦克白将再也得不到睡眠！”

麦克白夫人　谁喊着这样的话？唉，我的爵爷，您这样胡思乱想，是会妨害您的健康的。去拿些水来，把您手上的血迹洗净。为什么您把这两把刀子带了来？它们应该放在那边。把它们拿回去，涂一些血在那两个熟睡的侍卫身上。

麦克白　我不想再去了；我不敢回想刚才所干的事，更没有胆量再去看它一眼。

麦克白夫人　意志动摇的人！把刀子给我。睡着的人和死了的人不过和画像一样；只有小儿的眼睛才会害怕画中的魔鬼。要是他还流着血，我就把它涂在那两个侍卫的脸上；因为我们必须让人家瞧着是他们的罪恶。（下。内敲门声）

麦克白　那打门的声音是从什么地方来的？究竟是怎么一回事，一点点的声音都会吓得我心惊肉跳？这是什么手！嘿！它们要挖出我的眼睛。大洋里所有的水，能够洗净我手上的血迹吗？不，恐怕我这一手的血，倒要把一碧无垠的海水染成一片殷红呢。

麦克白夫人重上。

麦克白夫人　我的两手也跟你的同样颜色了，可是我的心却羞于像你那样变成惨白。（内敲门声）我听见有人打着南面的门，让我们回到自己房间里去；一点点的水就可以替我们泯除痕迹；不是很容易的事吗？你的魄力不知道到哪儿去了。（内敲门声）听！又在那儿打门了。披上你的睡衣，也许人家会来找我们，不要让他们看见我们还没有睡觉。别这样傻头傻脑地呆想了。

麦克白　想到我所干的事，最好还是忘掉我自己。（内敲门声）用你打门的声音把邓肯惊醒了吧！但愿你能够惊醒他！（同下）

第三场　同　前

内敲门声。一看门人上。

看门人 门打得这样厉害！要是一个人在地狱里做了管门人，就是拔闩开锁也足够他办的了。（内敲门声）敲，敲，敲！凭着魔鬼的名义，谁在那儿？一定是个囤积粮食的庄稼汉，眼看祈求好年景期望落了空，就此上吊了。赶快进来吧，多预备几方手帕，这儿是火坑，包你淌一身臭汗。（内敲门声）敲，敲！凭着还有一个魔鬼的名字，是谁在那儿？哼，一定是个什么讲起话来暧昧含糊的家伙，他会同时站在两方面，一会儿帮着这个骂那个，一会儿帮着那个骂这个；他曾经为了上帝的缘故，干过不少亏心事，可是他那条暧昧含糊的舌头却不能把他送上天堂去。啊！进来吧，暧昧含糊的家伙。（内敲门声）敲，敲，敲！谁在那儿？哼，一定是个什么英国的裁缝，活着的时候给人做条法国紧身裤还要偷材料，所以给送到地狱里来了。进来吧，裁缝；你可以在这儿烧你的烙铁。（内敲门声）敲，敲，敲个不停！你是什么人？可是这儿太冷，当不成地狱呢。我再也不想做这鬼看门人了。我倒很想放进几个各色各样的人来，让他们经过酒池肉林，一直到刀山火焰上去。（内敲门声）来了，来了！请你记着我这看门的人。（开门）

麦克德夫及列诺克斯上。

麦克德夫 朋友，你是不是睡得太晚了，所以睡到现在还爬不起来？

看门人 不瞒您说，大人，我们昨天晚上喝酒，一直闹到第二遍鸡啼哩；喝酒这一件事，大人，最容易引起三件事情。

麦克德夫 是哪三件事情？

看门人 呃，大人，酒糟鼻、睡觉和撒尿。淫欲呢，它挑起来也压不下去；它挑起你的春情，可又不让你真的干起来。所以多喝了酒，对于淫欲来说也是个两面派；成全它，又破坏它；捧它的场，又拖它的后腿；鼓励它，又打击它；替它撑腰，又让它站不住脚；结果呢，两面派把它哄睡了，叫它做了一场荒唐的春梦，然后溜之大吉。

麦克德夫 我看昨晚上杯子里的东西就叫你做了一场春梦吧。

看门人 可不是，大爷，让我从来也没这么荒唐过。可我也不是好惹的，依我看，我比它强，我虽然不免给它揪住大腿，可我终究把它摔到地上了。

麦克德夫 你的主人起来了没有？

麦克白上。

麦克德夫 我们打门把他吵醒了；他来了。

列诺克斯 早安，爵爷。

麦克白 两位早安。

麦克德夫 爵爷，陛下起来了没有？

麦克白 还没有。

麦克德夫 他叫我一早就来叫他，我几乎误了时间。

麦克白 我带您去看他。

麦克德夫 我知道这是您乐意干的事，可是有劳您啦。

麦克白 我们喜欢的工作，可以使我们忘记劳苦。这门里就是。

麦克德夫 那么我就冒昧进去了，因为我奉有陛下的命令。（下）

列诺克斯 陛下今天就要走吗？

麦克白 是的，他已经这样决定了。

列诺克斯 昨天晚上刮着很厉害的暴风，我们住的地方，烟囱都给吹了下来；他们还说空中有哀哭的声音，有人听见奇怪的死亡的惨叫，还有人听见一个可怕的声音，预言着将要有一场绝大的纷争和混乱降临在这不幸的时代。不知名的凶鸟整整地吵了一个漫漫的长夜；有人说大地都发热而战抖起来了。

麦克白果然是一个可怕的晚上。

列诺克斯 我的年轻的经验里唤不起一个同样的回忆。

麦克德夫重上。

麦克德夫 啊，可怕！可怕！可怕！不可言喻、不可想象的恐怖！

麦克白、列诺克斯 什么事？

麦克德夫 混乱已经完成了它的杰作！大逆不道的凶手打开了陛下的圣殿，把他的生命偷了去了！

麦克白 你说什么？生命？

列诺克斯 你是说陛下吗？

麦克德夫 到他的寝室里去，让一幕惊人的惨剧昏眩你们的视觉吧。不要向我追问，你们自己去看了再说。（麦克白、列诺克斯同下）醒来！醒来！敲起警钟来。杀了人啦！有人在谋反啦！班柯！道纳本！马尔康！醒来！不要贪恋温柔的睡眠，那只是死亡的表象，瞧一瞧死亡的本身吧！起来，起来，瞧瞧世界末日的影子！马尔康！班柯！像鬼魂从坟墓里起来一般，过来瞧瞧这一幕恐怖的景象吧！把钟敲起来！（钟鸣）

麦克白夫人上。

麦克白夫人 为什么要吹起这样凄厉的号角，把全屋子睡着的人唤醒？说，说！

麦克德夫 啊，好夫人！我不能让您听见我嘴里的消息，它一进到妇女的耳朵里，是比利剑还要难受的。

班柯上。

麦克德夫 啊，班柯！班柯！我们的陛下给人谋杀了！

麦克白夫人 嗳哟！什么！在我们的屋子里吗？

班　柯 无论在什么地方，都是太惨了。好德夫，请您收回您刚才说过的话，告诉我们没有这么一回事。

麦克白及列诺克斯重上。

麦克白 要是我在这件变故发生以前一小时死去，我就可以说是活过了一段幸福的时间；因为从这一刻起，人生已经失去它的严肃的意义，一切都不过是儿戏；荣名和美德已经死了，生命的美酒已经喝完，剩下来的只是一些无味的渣滓，被当作酒窖里的珍宝。

马尔康及道纳本上。

道纳本 出了什么乱子了？

麦克白 你们还没有知道你们重大的损失；你们的血液的源泉已经切断了，你们的生命的根本已经切断了。

麦克德夫 你们的父王给人谋杀了。

马尔康 啊！给谁谋杀的？

列诺克斯 瞧上去是睡在他房间里的那两个家伙干的；他们的手上脸上都是血迹；我们从他们枕头底下搜出了两把刀，刀上的血迹也没有揩掉；他们的神色惊惶万分，谁也不能把他自己的生命托付给这种家伙。

麦克白 啊！可是我后悔一时鲁莽，把他们杀了。

麦克德夫 你为什么杀了他们？

麦克白 谁能够在惊愕之中保持冷静，在盛怒之中保持镇定，在激于忠愤的时候保持他的不偏不倚的精神？世上没有这样的人吧。我的理智来不及控制我的愤激的忠诚。这儿躺着邓肯，他的白银的皮肤上镶着一缕缕黄金的宝血，他的创巨痛深的伤痕张开了裂口，像是一道道毁灭的门户；那边站着这两个凶手，身上浸润着他们罪恶的颜色，他们的刀上凝结着刺目的血块；只要是一个尚有几分忠心的人，谁不会怒火中烧，替他的主子报仇雪恨？

麦克白夫人 啊，快来扶我进去！

麦克德夫 快来照料夫人。

马尔康 （向道纳本旁白）这是跟我们切身相关的事情，为什么我们一言不发？

道纳本 （向马尔康旁白）我们身陷危境，不可测的命运随时都会吞噬我们，还有什么话好说呢？快走，我们的眼泪现在还只能在心头酝酿。

马尔康 （向道纳本旁白）我们的沉重的悲哀也还没有开头呢。

班　柯 照料这位夫人。（侍从扶麦克白夫人下）我们这样袒露着身子，不免要受凉，大家且去披了衣服，回头再举行一次会议，详细彻查这一件最残酷的血案的真相。恐惧和疑虑使我们惊惶失措；站在上帝的伟大的指导之下，我一定要从尚未揭发的假面具下面，探出叛逆的阴谋，和它作殊死的斗争。

麦克德夫 我也愿意作同样的宣告。

众　人 我们也都抱着同样的决心。

麦克白 让我们赶快振作起来，大家到厅堂里商议去。

众　人 很好。（除马尔康、道纳本外均下）

马尔康 你预备怎么办？我们不要跟他们在一起。假装出一副悲哀的面孔，是每一个奸人的拿手好戏。我要到英格兰去。

道纳本 我到爱尔兰去；我们两人各奔前程，对于彼此都是比较安全的办法。我们现在所在的地方，人们的笑脸里都暗藏着利刃；越是跟我们血统相近的人，越是想喝我们的血。

马尔康 杀人的利箭已经射出，可是还没有落下，避过它的指射是我们唯一的活路。所以赶快上马吧，让我们不要拘于告别的礼貌，趁着有便就溜出去；明知没有网开一面的希望，就该及早逃避弋人的罗网。（同下）

第四场　同前。城堡外

洛斯及一老翁上。

老　翁　我已经活了七十个年头，惊心动魄的日子也经过得不少，稀奇古怪的事情也看到过不少，可是像这样可怕的夜晚，却还是第一次遇见。

洛　斯　啊！好老人家，您看上天好像恼怒人类的表演，在向这流血的舞台发出恐吓。照钟点现在应该是白天了，可是黑夜的魔手却把那盏在天空中运行的明灯遮蔽得不露一丝光亮。难道黑夜已经统治一切，还是因为白昼不屑露面，所以在这应该有阳光遍吻大地的时候，地面上却被无边的黑暗所笼罩？

老　翁　这种现象完全是反常的，正像那件惊人的血案一样。在上星期二那天，有一头雄踞在高岩上的猛鹰，被一只吃田鼠的鸱鸮飞上去啄死了。

洛　斯　还有一件非常怪异可是十分确实的事情，邓肯有几匹躯干俊美、举步如飞的骏马，的确是不可多得的良种，忽然野性大发，撞破了马棚，冲了出来，倔强得不受羁勒，好像要向人类挑战似的。

老　翁　据说它们还彼此相食。

洛　斯　是的，我亲眼看见这种事情，简直不敢相信自己的眼睛。麦克德夫来了。

麦克德夫上。

洛　斯　情况如何？

麦克德夫　啊，您没有看见吗？

洛　斯　谁干的这件残酷得超乎寻常的罪行，知道了吗？

麦克德夫　就是那两个给麦克白杀死了的家伙。

洛　斯　唉！他们干这件事希望得到什么好处呢？

麦克德夫　他们是受人的指使。马尔康和道纳本，陛下的两个儿子，已经偷偷地逃走了，这使他们也蒙上了嫌疑。

洛　斯　那更加违反人情了！反噬自己的命根，这样的野心会有什么好结果呢？看来大概王位要让麦克白登上去了。

麦克德夫　他已经受到推举，现在到斯贡即位去了。

洛　斯　邓肯的尸体在什么地方？

麦克德夫　已经抬到戈姆基尔，他的祖先的陵墓上。

洛　斯　您也要到斯贡去吗？

麦克德夫　不，大哥，我还是到法夫去。

洛　斯　好，我要到那里去看看。

麦克德夫　好，但愿您看见那里的一切都是好好的，再会！怕只怕我们的新衣服不及旧衣服舒服哩！

洛　斯　再见，老人家。

老　翁　上帝祝福您，也祝福那些把恶事化成善事、把仇敌化为朋友的人们！（各下）

第三幕

第一场　福累斯。宫中一室

班柯上。

班　柯　您现在已经如愿以偿了；国王、考特、葛莱密斯，一切符合女巫们的预言；您得到这种富贵的手段恐怕不大正当；可是据说您的王位不能传及子孙，我自己却要成为许多君王的始祖。既然她们所说的话已经在您麦克白身上应验，那么难道不也会成为对我的启示，使我对未来产生希望吗？可是闭口！不要多说了。

喇叭奏花腔。麦克白王冠王服；麦克白夫人后冠后服；列诺克斯、洛斯、贵族、贵妇、侍从等上。

麦克白　这儿是我们主要的上宾。

麦克白夫人　要是忘记了请他，那就要成为我们盛筵上绝大的遗憾，一切都要显得寒伧了。

麦克白　将军，我们今天晚上要举行一次隆重的宴会，请您千万出席。

班　柯　谨遵陛下命令；我的忠诚永远接受陛下的使唤。

麦克白 今天下午您要骑马去吗？

班　柯 是的，陛下。

麦克白 否则我很想请您参加我们今天的会议，贡献给我们一些良好的意见，您的老谋深算，我是一向佩服的；可是我们明天再谈吧。您要骑到很远的地方吗？

班　柯 陛下，我想尽量把从现在起到晚餐为止这段的时间在马上消磨过去；要是我的马不跑得快一些，也许要到天黑以后一两小时才能回来。

麦克白 不要误了我们的宴会。

班　柯 陛下，我一定不失约。

麦克白 我听说我那两个凶恶的王侄已经分别到了英格兰和爱尔兰，他们不承认他们的残酷的弑父重罪，却到处向人传播离奇荒谬的谣言；可是我们明天再谈吧，有许多重要的国事要等候我们两人共同处理呢。请上马吧，等您晚上回来的时候再会。弗里恩斯也跟着你去吗？

班　柯 是，陛下；时间已经不早，我们就要去了。

麦克白 愿您快马飞驰，一路平安。再见。（班柯下）大家请便，各人去干各人的事，到晚上七点钟再聚首吧。为更能领略到嘉宾满堂的快乐起见，我在晚餐以前预备一个人独自静息静息；愿上帝和你们同在！（除麦克白及侍从一人外均下）喂，问你一句话。那两个人是不是在外面等候着我的旨意？

侍　从 是，陛下，他们就在宫门外面。

麦克白 带他们进来见我。（侍从下）单单做到了这一步还不算什么，总要把现状确定巩固起来才好。我对于班柯怀着深切的恐惧，他的高贵的天性中有一种使我生畏的东西；他是个敢作敢为的人，在他的无畏的精神上，又加上深沉的智虑，指导他的大勇在确有把握的时机行动。除了他以外，我什么人都不怕，只有他的存在使我惴惴不安；我的星宿给他罩住了，就像凯撒罩住了安东尼的星宿。当那些女巫们最初称我为王的时候，他呵斥她们，叫她们对他说话；她们就像先知似的说他的子孙将相继为王，她们把一顶没有后嗣的王冠戴在我的头上，把一根没有人继承的御杖放在我的手里，然后再从我的手里夺去，我自己的子孙却得不到继承。要是果然是这样，那么我玷污了我的手，只是为了班柯后裔的好处；我为了他们暗杀了仁慈的邓肯；为了他们良心上负着重大的罪疚和不安；我把我的永生的灵魂送给了人类的公敌，只是为了使他们可以登上王座，使班柯的种子登上王座！不，我不能忍受这样的事，宁愿接受命运的挑战！是谁？

侍从率二刺客重上。

麦克白 你现在到门口去，等我叫你再进来。（侍从下）我们不是在昨天谈过话吗？

刺客甲 回陛下的话，正是。

麦克白 那么好，你们有没有考虑过我的话？你们知道从前都是因为他的缘故，使你们屈身微贱，虽然你们却错怪到我的身上。在上一次我们谈话的中间，我已经把这一点向你们说明白了，我用确凿的证据，指出你们怎样被人操纵愚弄、怎样受人牵制压抑、人家对你们是用怎样的手段、这种手段的主动者是谁以及一切其他的种种，都可以使一个半痴的、疯癫的人恍然大悟地说："这些都是班柯干的事。"

刺客甲 我们已经蒙陛下开示过了。

麦克白 是的，而且我还要更进一步，这就是我们今天第二次谈话的目的。你们难道有那样的好耐性，能够忍受这样的屈辱吗？他的铁手已经快要把你们压下坟墓里去，使你们的子孙永远做乞丐，难道你们就这样虔敬，还要叫你们替这个好人和他的子孙祈祷吗？

刺客甲　陛下，我们是人，总有人气。

麦克白　嗯，按说，你们也算是人类，正像家狗、野狗、猎狗、叭儿狗、狮子狗、杂种狗、癞皮狗统称为狗一样；它们有的灵敏，有的迟钝，有的狡猾，有的可以看门，有的可以打猎，各自按照造物赋与它们的本能而分别价值的高下，在笼统的总称之下得到特殊的名号；人类也是一样。要是你们在人类的行列之中，并不属于最卑劣的一级，那么就不要来去无声，我可以把一件事情信托于你们，你们照我的话干了以后，不但可以除去你们的仇人，而且还可以永远受我的眷宠；他一天活在世上，我的心病一天不能痊愈。

刺客乙　陛下，我久受世间无情的打击和虐待，为了向这世界发泄我的怨恨起见，我什么事都愿意干。

刺客甲　我也这样，一次次的灾祸逆运，使我厌倦于人世，我愿意拿我的生命去赌博，或者从此交上好运，或者了结我的一生。

麦克白　你们两人都知道班柯是你们的仇人。

刺客乙　是的，陛下。

麦克白　他也是我的仇人；而且他是我的肘腋之患，他的存在每一分钟都深深威胁着我生命的安全；虽然我可以老实不客气地运用我的权力，把他从我的眼前铲去，而且只要说一声“这是我的意旨”就可以交代过去。可是我却还不能就这么干，因为他有几个朋友同时也是我的朋友，我不能招致他们的反感，即使我亲手把他打倒，也必须假意为他的死亡悲泣；所以我只好借重你们两人的助力，为了许多重要的理由，把这件事情遮过一般人的眼睛。

刺客乙　陛下，我们一定照您的命令做去。

刺客甲　即使我们的生命——

麦克白 你们的勇气已经充分透露在你们的神情之间。最迟在这一小时之内，我就可以告诉你们在什么地方埋伏，在什么时间动手；因为这件事情一定要在今晚干好，而且要离开王宫远一些，你们必须记住不能把我牵涉在内；同时为了免得留下枝节起见，你们还要把跟在他身边的他的儿子弗里恩斯也一起杀了，他们父子两人的死，对于我是同样重要的，必须让他们同时接受黑暗的命运。你们先下去决定一下；我就来看你们。

刺客乙 我们已经决定了，陛下。

麦克白 我立刻就会来看你们；你们进去等一会儿。（二刺客下）班柯，你的命运已经决定，你的灵魂要是找得到天堂的话，今天晚上你就该找到了。（下）

第二场　同前。宫中另一室

麦克白夫人及一仆人上。

麦克白夫人 班柯已经离开宫廷了吗？

仆　人 是，娘娘，可是他今天晚上就要回来的。

麦克白夫人 你去对陛下说，我要请他允许我跟他说几句话。

仆　人 是，娘娘。（下）

麦克白夫人 费尽了一切，结果还是一无所得，我们的目的虽然达到，却一点不感觉满足。要是用毁灭他人的手段，使自己置身在充满着疑虑的欢娱里，那么还不如那被我们所害的人，倒落得无忧无虑。

麦克白上。

麦克白夫人 啊，我的主！您为什么一个人孤零零的，让最悲哀的幻想做您的伴侣，把您的思想念念不忘地集中在一个已死者的身上？无法挽回的事，只好听其自然；事情干了就算了。

麦克白 我们不过刺伤了蛇身，却没有把它杀死，它的伤口会慢慢平复过来，再用它的原来的毒牙向我们复仇。可是让一切秩序完全解体，让活人、死人都去受罪吧，为什么我们要在忧虑中进餐，在每夜使我们惊恐的恶梦的谑弄中睡眠呢？我们为了希求自身的平安，把别人送下坟墓里去享受永久的平安，可是我们的心灵却把我们磨折得没有一刻平静的安息，使我们觉得还是跟已死的人在一起，倒要幸福得多了。邓肯现在睡在他的坟墓里；经过了一场人生的热病，他现在睡得好好的，叛逆已经对他施过最狠毒的伤害，再没有刀剑、毒药、内乱、外患，可以加害于他了。

麦克白夫人 算了算了，我的好丈夫，把您的烦恼的面孔收起；今天晚上您必须和颜悦色地招待您的客人。

麦克白 正是，亲人；你也要这样。尤其请你对班柯曲意殷勤，用你的眼睛和舌头给他特殊的荣宠。我们的地位现在还没有巩固，我们必须在阿谀逢迎的人流中洗涤我们的名声，用我们的威严，用我们的外貌遮掩着我们的内心，不要给人家窥破。

麦克白夫人 您不要多想这些了。

麦克白 啊！我的头脑里充满着蝎子，亲爱的妻子；你知道班柯和他的弗里恩斯尚在人间。

麦克白夫人 可是他们并不是长生不死的。

麦克白 那还可以给我几分安慰，他们的确是可以被侵害的；所以你快乐起来吧。在蝙蝠完成它黑暗中的飞翔以前，在振翅而飞的甲虫应答着赫卡忒的呼召，用嗡嗡的声音摇响催眠的晚钟以前，将要有一件可怕的事情发生。

麦克白夫人 是什么事情？

麦克白 你暂时不必知道，最亲爱的宝贝，等事成以后，你再鼓掌称快吧。来，使人盲目的黑夜，遮住可怜的白昼的温柔的眼睛，用你的无形的毒手，毁除那使我畏惧的重大的绊脚石吧！天色在朦胧起来，乌鸦都飞回到昏暗的林中；一天的好事开始沉沉睡去，黑夜的罪恶的使者却在准备攫捕他们的猎物。我的话使你惊奇；可是不要说话；以不义开始的事情，必须用罪恶使它巩固。跟我来。（同下）

第三场　同前。苑囿，有一路通王宫

三刺客上。

刺客甲　可是谁叫你来帮我们的？

刺客丙　麦克白。

刺客乙　我们可以不必对他怀疑，他已经把我们的任务和怎样动手的方法都指示给我们了，跟我们得到的命令相符。

刺客甲　那么就跟我们站在一起吧。西方还闪耀着一线白昼的余辉；晚归的行客现在快马加鞭，找寻宿处了；我们守候的目标已经在那儿向我们走近。

刺客丙　听！我听见马蹄声。

班　柯　（在内）喂，给我们一个火把！

刺客乙　一定是他；别的客人们都已经到了宫里了。

刺客甲　他的马在兜圈子。

刺客丙　差不多有一里路；可是他正像许多人一样，常常把从这儿到宫门口的这一条路当作走道。

刺客乙　火把，火把！

刺客丙　是他。

刺客甲　准备好。

班柯及弗里恩斯持火炬上。

班　柯　今晚恐怕要下雨。

刺客甲　让它下吧。（刺客等向班柯攻击）

班　柯　啊，阴谋！快逃，好弗里恩斯，逃，逃，逃！你也许可以替我报仇。啊，奴才！（死。弗里恩斯逃去）

刺客丙　谁把火把灭了？

刺客甲　不应该灭吗？

刺客丙　只有一个人倒下；那儿子逃去了。

刺客乙　我们工作重要的一部分失败了。

刺客甲　好，我们回去报告我们工作的结果吧。（同下）

第四场　同前。宫中大厅

厅中陈设筵席。麦克白、麦克白夫人、洛斯、列诺克斯、群臣及侍从等上。

麦克白　大家按着各人自己的品级坐下来；总而言之一句话，我竭诚欢迎你们。

群　臣　谢谢陛下的恩典。

麦克白　我自己将要跟你们在一起，做一个谦恭的主人，我们的主妇现在还坐在她的宝座上，可是我就要请她对你们殷勤招待。

麦克白夫人　陛下，请您替我向我们所有的朋友们表示我的欢迎的诚意吧。

刺客甲上，至门口。

麦克白　瞧，他们用诚意的感谢答复你了；两方面已经各得其平。我将要在这儿中间坐下来。大家不要拘束，乐一个畅快；等会儿我们就要合席痛饮一巡。（向刺客走去）你的脸上有血。

刺客甲　那么它是班柯的。

麦克白　我宁愿你站在门外，不愿他置身室内。你们已经把他结果了吗？

刺客甲　陛下，他的咽喉已经割断了；这是我干的事。

麦克白　你是一个最有本领的杀人犯；可是谁杀死了弗里恩斯，也一样值得夸奖；要是你也把他杀了，那你才是一个无比的好汉。

刺客甲　陛下，弗里恩斯逃走了。

麦克白　我的心病本来可以痊愈，现在它又要发作了；我本来可以像大理石一样完整，像岩石一样坚固，像空气一样广大自由，现在我却被恼人的疑惑和恐惧所包围拘束。可是班柯已经死了吗？

刺客甲　是，陛下；他安安稳稳地躺在一条泥沟里，他的头上刻着二十道伤痕，最轻的一道也可以致他死命。

麦克白　谢天谢地。大蛇躺在那里；那逃走了的小虫，将来会用它的毒液害人，可是现在它的牙齿还没有长成。走吧，明天再来听候我的旨意。（刺客甲下）

麦克白夫人　陛下，您还没有劝过客；宴会上倘没有主人的殷勤招待，那就不是在请酒，而是在卖酒；既然出来作客，那么在席上最让人开胃的就是主人的礼数，缺少了它饮宴就会索然无味，否则倒不如待在自己家里吃饭来得舒适呢。

麦克白　亲爱的，不是你提起，我几乎忘了！来，请放量醉饱吧，愿各位胃纳健旺，身强力壮！

列诺克斯　陛下请安坐。

班柯鬼魂上，坐在麦克白座上。

麦克白　要是班柯在座，那么全国的才俊，真可以说是荟集于一堂了；我宁愿因为他的疏怠而嗔怪他，不愿因为他遭到什么意外而为他惋惜。

洛　斯　陛下，他今天失约不来，是他自己的过失。请陛下上坐，让我们叨陪末席。

麦克白　席上已经坐满了。

列诺克斯　陛下，这儿是给您留着的一个位置。

麦克白　什么地方？

列诺克斯　这儿，陛下。什么事情使陛下这样变色？

麦克白　你们哪一个人干了这件事？

群　臣　什么事，陛下？

麦克白　你不能说这是我干的事；别这样对我摇着你的染着血的头发。

洛　斯　各位大人，起来；陛下病了。

麦克白夫人　坐下，尊贵的朋友们，陛下常常这样，他从小就有这种毛病。请各位安坐吧；他的癫狂不过是暂时的，一会儿就会好起来。要是你们太注意了他，他也许会动怒，发起狂来更加厉害；尽管自己吃喝，不要理他吧。你是一个男子吗？

麦克白　噢，我是一个堂堂男子，可以使魔鬼胆裂的东西，我也敢正眼瞧着它。

麦克白夫人　啊，这才说得不错！这不过是你的恐惧所描绘出来的一幅图画；正像你所说的那柄引导你去行刺邓肯的空中的匕首一样。啊！要是在冬天的火炉旁，听一个妇女讲述她的老祖母告诉她的故事，那么这种情绪的冲动、恐惧的伪装，倒是非常合适的。不害羞吗？你为什么扮这样的怪脸？你瞧着的说到底不过是一张凳子罢了。

麦克白　你瞧那边！瞧！瞧！瞧！你怎么说？哼，我什么都不在乎。要是你会点头，你也应该会说话。要是殡舍和坟墓必须把我们埋葬了的人送回世上，那么我们的坟墓也将要变成鸢鸟的胃囊了。（鬼魂隐去）

麦克白夫人 什么！你发了痴，把你的男子气都失掉了吗？

麦克白 要是我现在站在这儿，那么刚才我明明瞧见他。

麦克白夫人 啐！不害羞吗！

麦克白 在人类不曾制定法律以保障公众福利的古代，杀人流血是不足为奇的事；即使在有了法律以后，惨不忍闻的谋杀事件也时有发生。从前的时候，一刀下去，当场毙命，事情就这样完结了；可是现在他们却会从坟墓中起来，他们的头上戴着二十件谋杀的重罪，把我们推下座位。这种事情是比这样一件谋杀案更奇怪的。

麦克白夫人 陛下，您的尊贵的朋友们都因为您不去陪他们而十分扫兴哩。

麦克白 我忘了。不要对我惊诧，我的最尊贵的朋友们；我有一种怪病，认识我的人都知道那是不足为奇的。来，让我们用这一杯酒表示我们的同心永好，祝各位健康！你们干了这一杯，我就坐下。给我拿些酒来，倒得满满的。我为今天在座众人的快乐，还要为我们亲爱的缺席的朋友班柯尽此一杯；要是他也在这儿就好了！来，为大家、为他，请干杯。

群　臣 敢不从命。

班柯鬼魂重上。

麦克白 去！离开我的眼前！让土地把你藏匿了！你的骨髓已经枯竭，你的血液已经凝固；你那向人瞪着的眼睛也已经失去了光彩。

麦克白夫人 各位大人，这不过是他的旧病复发，没有什么别的缘故；害各位扫兴，真是抱歉得很。

麦克白 别人敢做的事，我都敢；无论你用什么形状出现，像粗暴的俄罗斯大熊也好，像披甲的犀牛、舞爪的猛虎也好，只要不是你现在的样子，我的坚定的神经决不会起半分战栗；或者你现在死而复活，用你的剑向我挑战，要是我会惊惶胆怯，那么你就可以宣称我是一个少女怀抱中的婴孩。去，可怕的影子！虚妄的揶揄，去！（鬼魂隐去）嘿，他一去，我的勇气又恢复了。请你们安坐吧。

麦克白夫人　你这样疯疯癫癫的，已经打断了众人的兴致，扰乱了今天的良会。

麦克白　难道碰到这样的事，我们还能像看到飘过夏天的一朵浮云那样熟视无睹吗？我吓得面无人色，你们眼看着这样的怪象，你们的脸上却仍然保持着天然的红润，这才怪哩。

洛　斯　什么怪象，陛下？

麦克白夫人　请您不要对他说话；他越来越疯了；你们多问了他，他会动怒的。对不起，请各位还是散席了吧；大家不必推先让后，请立刻就去，晚安！

列诺克斯　晚安；愿陛下早复康健！

麦克白夫人　各位晚安！（群臣及侍从等下）

麦克白　他们说，流血是免不了的；流血必须引起流血。据说石块曾经自己转动，树木曾经开口说话；鸦鹊的鸣声里曾经泄露过阴谋作乱的凶手。夜过去了多少了？

麦克白夫人　差不多到了黑夜和白昼的交界，分别不出是昼是夜来。

麦克白　麦克德夫藐视王命，拒不奉召，你看怎么样？

麦克白夫人　你有没有差人去叫过他？

麦克白　我偶然听人这么说；可是我要差人去唤他。他们这一批人家里谁都有一个被我买通的仆人，替我窥探他们的动静。我明天要尽早去访那三个女巫，听她们还有什么话说；因为我现在非得从最妖邪的恶魔口中知道我的最悲惨的命运不可。为了我自己，只好把一切置之不顾。我已经两足深陷于血泊之中，要是不再涉血前进，那么回头的路也是同样使人厌倦的。我想起了一些非常的计谋，必须在不被人察觉的时候迅速实行。

麦克白夫人 一切有生之伦，都少不了睡眠的调剂，可是你还没有好好睡过。

麦克白 来，我们睡去。我的疑鬼疑神、出乖露丑，都是因为未经磨炼、心怀恐惧的缘故；我们干这事太缺少经验了。（同下）

第五场　荒　原

雷鸣。三女巫上，与赫卡忒相遇。

女巫甲 嗳哟，赫卡忒！您在发怒哩。

赫卡忒 我不应该发怒吗，你们这些放肆大胆的丑婆子？你们怎么敢用哑谜和有关生死的秘密和麦克白串通；我是你们魔法的总管，一切的灾祸都由我主持支配，你们却不通知我一声，让我也来显一显我们的神通？而且你们所干的事，都只是为了一个刚愎自用、残忍狂暴的人；他像所有的世人一样，只知道自己的利益，一点不是对你们存着什么好意。可是现在你们必须补赎你们的过失；快去，天明的时候，在阿契隆的地坑附近会我，他将要到那边来探询他的命运；把你们的符咒、魔蛊和一切应用的东西预备齐整，不得有误。我现在乘风而去，今晚我要用整夜的工夫，布置出一场悲惨的结果；在正午以前，必须完成大事。月亮角上挂着一颗湿淋淋的露珠，我要在它没有堕地以前把它摄取，用魔术提炼以后，就可以凭着它呼灵唤鬼，让种种虚妄的幻影迷乱他的本性；他将要藐视命运，唾斥死生，超越一切的情理，排弃一切的疑虑，执著他的不可能的希望；你们都知道自信是人类最大的仇敌。（内歌声，“来吧，来吧……”）听！在叫我啦，我

的小精灵们。瞧，他们坐在云雾之中，在等着我呢。（下）

女巫甲 来，我们赶快；她就要回来的。（同下）

第六场 福累斯。宫中一室

列诺克斯及另一贵族上。

列诺克斯 我以前说的那些话看来已经合了您的心思，那些话是还可以进一步解释的；我只觉得事情有些古怪。仁厚的邓肯被麦克白所哀悼；邓肯是已经死去了的。勇敢的班柯不该在深夜走路，您也许可以说——要是您愿意这么说的话，他是被弗里恩斯杀死的，因为弗里恩斯已经逃匿无踪；人总不应该在夜深的时候走路。哪一个人不以为马尔康和道纳本杀死他们仁慈的父亲，是一件多么惊人的巨变？万恶的行为！麦克白为了这件事多么痛心；他不是逞着一时的忠愤，把那两个酗酒贪睡的溺职卫士杀了吗？那件事干得不是很忠勇的吗？嗯，而且也干得很聪明；因为要是人家听见他们抵赖他们的罪状，谁都会怒从心起的。所以我说，他把一切事情处理得很好；我想要是邓肯的两个儿子也让他拘留起来——上天保佑他们不会落在他的手里——他们就会知道向自己的父亲行弑，必须受到怎样的报应；弗里恩斯也是一样。可是这些话别提啦，我听说麦克德夫因为出言不逊，又不出席那暴君的宴会，已经受到贬辱。您能够告诉我他现在在什么地方吗？

贵 族 被这暴君篡逐出亡的邓肯世子现在寄身在英格兰宫廷之中，谦恭的爱德华对他非常优待，一点不因为他处境颠危而减削了礼数。麦克德夫也到那里去了，他的目的是要请求贤明的英王协力激励诺森伯兰和好战的西华德，使他们出兵相援，凭着上帝的意旨帮助我们恢复已失的自由，使我们仍旧能够享受食桌上的盛馔和酣畅的睡眠，不再畏惧宴会中有沾血的刀剑，让我们能够一方面输诚效忠，一方面安受爵赏而心无疑虑；这一切都是我们现在所渴望而求之不得的。这一个消息已经使我们的陛下大为震怒，他正在那儿准备作战了。

列诺克斯 他有没有差人到麦克德夫那儿去？

贵 族 他已经差人去过了；得到的回复是很干脆的一句："阁下，我不去。"那个恼怒的差人转身就走，嘴里好像哼了一句："你竟敢这样答复，看着吧，有你后悔的时候。"

列诺克斯 那很应该叫他留心尽量远避当前的祸害。但愿什么神圣的天使飞到英格兰的宫廷里，预先替他把信息传到；让上天的祝福迅速回到我们这个在毒手压制下备受苦难的国家！

贵 族 我愿意为他祈祷。（同下）

第四幕

第一场　山洞。中置沸釜

雷鸣。三女巫上。

女巫甲　斑猫已经叫过三声。

女巫乙　刺猬已经啼了四次。

女巫丙　怪鸟在鸣啸；时候到了，时候到了。

女巫甲　绕釜环行火融融，
毒肝腐脏真其中。
蛤蟆蛰眠寒石底，
三十一日夜相继；
汗出淋漓化毒浆，
投之鼎釜沸为汤。

众　巫　（合）不惮辛劳不惮烦，
釜中沸沫已成澜。

女巫乙　沼地蟒蛇取其肉，
脔以为片煮至熟；
蝾螈之目青蛙趾，

蝙蝠之毛犬之齿，
蝮舌如叉蚯蚓刺，
蜥蜴之足枭之翅，
炼为毒蛊鬼神惊，
扰乱人世无安宁。

众　巫　（合）不惮辛劳不惮烦，釜中沸沫已成澜。

女巫丙　豺狼之牙巨龙鳞，
千年巫尸貌狰狞；
海底抉出鲨鱼胃，
夜掘毒芹根块块；
杀犹太人摘其肝，
剖山羊胆汁潺潺；
雾黑云深月蚀时，
潜携斤斧劈杉枝；
娼妇弃儿死道间，
断指持来血尚殷；
土耳其鼻鞑靼唇，
烈火糜之煎作羹；
猛虎肝肠和鼎内，
炼就妖丹成一味。

众　巫　（合）不惮辛劳不惮烦，
釜中沸沫已成澜。

女巫乙　炭火将残蛊将成，
猩猩滴血蛊方凝。

赫卡忒上。

赫卡忒　善战尔曹功不浅，
颁赏酬劳利泽遍。

于今绕釜且歌吟，
大小妖精成环形，
摄人魂魄荡人心。（音乐，众巫唱幽灵之歌。赫卡忒下）

女巫乙 拇指怦怦动，
必有恶人来；（敲门声）
既来皆不拒，
洞门敲自开。

麦克白上。

麦克白 啊，你们这些神秘的幽冥的夜游的妖婆子！你们在干些什么？

众　巫 （合）一件没有名义的行动。

麦克白 凭着你们的法术，我吩咐你们回答我，不管你们的法术是从哪里得来的。即使你们口出狂风，让它们向教堂猛击；即使汹涌的波涛会把航海的船只颠覆吞噬；即使谷物的叶片会倒折在田亩上，树木会连根拔起；即使城堡会向它们的守卫者的头上倒下；即使宫殿和金字塔都会倾圮；即使大自然所孕育的一切灵奇完全归于毁灭，即使连“毁灭”都感到手软了，我也要你们回答我的问题。

女巫甲 说。

女巫乙 你问吧。

女巫丙 我们可以回答你。

女巫甲 你愿意从我们嘴里听到答复呢，还是愿意让我们的主人们回答你？

麦克白 叫他们出来；让我见见他们。

女巫甲 母猪九子食其豚，
血浇火上焰生腥；

杀人恶犯上刑场，

汗脂投火发凶光。

众　巫　（合）鬼王鬼卒火中来，

现形作法莫惊猜。

雷鸣。第一幽灵出现，为一戴盔之头。

麦克白　告诉我，你这无名的力量——

女巫甲　他知道你的心事；听他说，你不用开口。

第一幽灵　麦克白！麦克白！麦克白！留心麦克德夫；留心法夫爵士。放我回去。够了。（隐入地下）

麦克白　不管你是什么精灵，我感谢你的忠言警告；你已经一语道破了我的忧虑。可是再告诉我一句话——

女巫甲　他是不受命令的。这儿又来了一个，比第一个法力更大。

雷鸣。第二幽灵出现，为一流血之小儿。

第二幽灵　麦克白！麦克白！麦克白！——

麦克白　我要是有三只耳朵，我的三只耳朵都会听着你。

第二幽灵　你要残忍、勇敢、坚决；你可以把人类的力量付之一笑，因为没有一个妇人所生下的人可以伤害麦克白。（隐入地下）

麦克白　那么尽管活下去吧，麦克德夫；我何必惧怕你呢？可是我要使确定的事实加倍确定，从命运手里接受切实的保证。我还是要你死，让我可以斥胆怯的恐惧为虚妄，在雷电怒作的夜里也能安心睡觉。

雷鸣。第三幽灵出现，为一戴王冠之小儿，手持一树枝，升起。

麦克白　这升起来的是什么，他的模样像是一个王子，他幼稚的头上还戴着统治的荣冠？

众　巫　静听，不要对它说话。

第三幽灵　你要像狮子一样骄傲而无畏，不要关心人家的怨怒，也不要担忧有谁在算计你。麦克白永远不会被人打败，除非有一天勃南的树林会冲着他向邓西嫩高山移动。（隐入地下）

麦克白　那是绝不会有的事；谁能够命令树木，叫它从泥土之中拔起它的深根来呢？幸运的预兆！好！勃南的树林不会移动，叛徒的举事也不会成功，我们巍巍高位的麦克白将要尽其天年，在他寿数告终的时候奄然物化。可是我的心还在跳动着想要知道一件事情；告诉我，要是你们的法术能够解释我的疑惑，班柯的后裔会不会在这一个国土上称王？

众　巫　不要追问下去了。

麦克白　我一定要知道究竟；要是你们不告诉我，愿永久的咒诅降在你们身上！告诉我。为什么那口釜沉了下去？这是什么声音？（高音笛声）

女巫甲　出来！

女巫乙　出来！

女巫丙　出来！

众　巫　（合）一见惊心，魂魄无主；

如影而来，如影而去。

作国王装束者八人次第上；最后一人持镜；班柯鬼魂随其后。

麦克白　你太像班柯的鬼魂了；下去！你的王冠刺痛了我的眼珠。怎么，又是一个戴着王冠的，你的头发也跟第一个一样。第三个又跟第二个一样。该死的鬼婆子！你们为什么让我看见这些人？第四个！跳出来吧，我的眼睛！什么！这一连串戴着王冠的，要到世界末日才会完结吗？又是一个？第七个！我不想再看了。可是第八个又出现了，他拿着一面镜子，我可以从镜子里面看见许许多多戴王冠的人；有几个还拿着两重的金球，三头的御杖。可怕的景象！啊，现在我知道这不是虚妄的幻象，因为血污的班柯在向我微笑，用手指点着他们，表示他们就是他的子孙。（众幻影消灭）什么！真是这样吗？

女巫甲 嗯，这一切都是真的；可是麦克白为什么这样呆若木鸡？来，姊妹们，让我们鼓舞鼓舞他的精神，用最好的歌舞替他消愁解闷。我先用魔法使空中奏起乐来，你们就搀成一个圈子团团跳舞，让这位伟大的君王知道，我们并没有怠慢他。（音乐。众女巫跳舞，舞毕俱隐去）

麦克白 她们在哪儿？去了？愿这不祥的时辰在日历上永远被人咒诅！外面有人吗？进来！

列诺克斯上。

列诺克斯 陛下有什么命令？

麦克白 你看见那三个女巫吗？

列诺克斯 没有，陛下。

麦克白 她们没有打你身边过去吗？

列诺克斯 确实没有，陛下。

麦克白 愿她们所驾乘的空气都化为毒雾，愿一切相信她们言语的人都永堕沉沦！我方才听见奔马的声音，是谁经过这地方？

列诺克斯 启禀陛下，刚才有两三个使者来过，向您报告麦克德夫已经逃奔英格兰去了。

麦克白 逃奔英格兰去了！

列诺克斯 是，陛下。

麦克白 时间，你早就料到我的狠毒的行为，所以竟抢先了一步；要追赶上那反复无常的恶念，就得马上见诸行动；从这一刻起，我心里一想到什么，便要立刻把它实行，没有迟疑的余地；我现在就要用行动表示我的意志；想到便下手——我要去突袭麦克德夫的城堡；把法夫拿下来；把他的妻子儿女和一切跟他相关的不幸的人们一齐杀死。我不能像一个傻瓜似的只会空口说大话；我必须趁着我这一个目的还没有冷淡下来以前把这件事干好。可是我不想再看见什么幻象了！那几个使者呢？来，带我去见见他们。（同下）

第二场　法夫。麦克德夫城堡

麦克德夫夫人、麦克德夫子及洛斯上。

麦克德夫夫人　他干了什么事，要逃亡国外？

洛　斯　您必须安心忍耐，夫人。

麦克德夫夫人　他可没有一点忍耐；他的逃亡全然是发疯。我们的行为本来是光明坦白的，可是我们的疑虑却使我们成为叛徒。

洛　斯　您还不知道他的逃亡究竟是明智的行为还是无谓的疑虑。

麦克德夫夫人　明智的行为！他自己高飞远走，把他的妻子儿女、他的宅第尊位，一起丢弃不顾，这算是明智的行为吗？他不爱我们；他没有天性之情；鸟类中最微小的鹪鹩也会奋不顾身，和鸱鸮争斗，保护它巢中的众雏。他心里只有恐惧没有爱；也没有一点智慧，因为他的逃亡是完全不合情理的。

洛　斯　好嫂子，请您抑制一下自己；讲到尊夫的为人，那么他是高尚明理而有见识的，他知道应该怎样见机行事。我不敢多说什么；现在这种时世太冷酷无情了，我们自己还不知道，就已经蒙上了叛徒的恶名；一方面恐惧流言，一方面却不知道为何而恐惧，就像在一个风波险恶的海上漂浮，全没有一定的方向。

现在我必须向您告辞；不久我会再到这儿来。最恶劣的事态总有一天告一段落，或者逐渐恢复原状。我的可爱的侄儿，祝福你！

麦克德夫夫人 他虽然有父亲，却和没有父亲一样。

洛 斯 我要是再逗留下去，才真是再蠢不过的傻子，会叫人家笑话我不像个男人，还要连累您心里难过；我现在立刻告辞了。（下）

麦克德夫夫人 小子，你爸爸死了；你现在怎么办？你预备怎样过活？

麦克德夫子 像鸟儿一样过活，妈妈。

麦克德夫夫人 什么！吃些小虫儿、飞虫儿吗？

麦克德夫子 我的意思是说，我得到些什么就吃些什么，正像鸟儿一样。

麦克德夫夫人 可怜的鸟儿！你从来想不到有人会张起网儿、布下陷阱，捉了你去哩。

麦克德夫子 我为什么要怕这些，妈妈？他们是不会算计可怜的小鸟的。我的爸爸并没有死，虽然您说他死了。

麦克德夫夫人 不，他真的死了。你没了父亲怎么好呢？

麦克德夫子 您没了丈夫怎么好呢？

麦克德夫夫人 嘿，我可以到随便哪个市场上去买二十个丈夫回来。

麦克德夫子 那么您买了他们回来，还是要卖出去的。

麦克德夫夫人 这刁钻的小油嘴；可也亏你想得出来。

麦克德夫子 我的爸爸是个反贼吗，妈妈？

麦克德夫夫人 嗯，他是个反贼。

麦克德夫子 怎么叫做反贼？

麦克德夫夫人 反贼就是起假誓扯谎的人。

麦克德夫子 凡是反贼都是起假誓扯谎的吗？

麦克德夫夫人　起假誓扯谎的人都是反贼，都应该绞死。

麦克德夫子　起假誓扯谎的都应该绞死吗？

麦克德夫夫人　都应该绞死。

麦克德夫子　谁去绞死他们呢？

麦克德夫夫人　那些正人君子。

麦克德夫子　那么那些起假誓扯谎的都是些傻瓜，他们有这许多人，为什么不联合起来打倒那些正人君子，把他们绞死了呢？

麦克德夫夫人　嗳哟，上帝保佑你，可怜的猴子！可是你没了父亲怎么好呢？

麦克德夫子　要是他真的死了，您会为他哀哭的；要是您不哭，那是一个好兆头，我就可以有一个新的爸爸了。

麦克德夫夫人　这小油嘴真会胡说！

一使者上。

使　者　祝福您，好夫人！您不认识我是什么人，可是我久闻夫人的令名，所以特地前来，报告您一个消息。我怕夫人眼下有极大的危险，要是您愿意接受一个微贱之人的忠告，那么还是离开此地，赶快带着您的孩子们避一避的好。我这样惊吓着您，已经是够残忍的了；要是有人再要加害于您，那真是太没有人道了，可是这没人道的事儿就快落到您头上了。上天保佑您！我不敢多耽搁时间。（下）

麦克德夫夫人　叫我逃到哪儿去呢？我没有做过害人的事。可是我记起来了，我是在这个世上，这世上做了恶事才会被人恭维赞美，做了好事反会被人当作危险的傻瓜；那么，唉！我为什么还要用这种婆子气的话替自己辩护，说我没有做过害人的事呢？

刺客等上。

麦克德夫夫人 这些是什么人？

众刺客 你的丈夫呢？

麦克德夫夫人 我希望他是在光天化日之下，你们这些鬼东西不敢露脸的地方。

刺　客 他是个反贼。

麦克德夫子 你胡说，你这蓬头的恶人！

刺　客 什么！你这叛徒的孽种！（刺麦克德夫子）

麦克德夫子 他杀死我了，妈妈；您快逃吧！（死。麦克德夫夫人呼："杀了人啦！"下，众刺客追下）

第三场　英格兰。王宫前

马尔康及麦克德夫上。

马尔康 让我们找一处没有人踪的树荫，在那里把我们胸中的悲哀痛痛快快地哭个干净吧。

麦克德夫 我们还是紧握着利剑，像好汉子那样卫护我们被蹂躏的祖国吧。每一个新的黎明都听得见新孀的寡妇在哭泣，新失父母的孤儿在号啕，新的悲哀上冲霄汉，发出凄厉的回声，就像哀悼苏格兰的命运，替她奏唱挽歌一样。

马尔康 我为自己相信的一切痛哭，我知道的事情我都相信；只要有机会效忠祖国，我愿意尽我的力量拨乱匡正。您说的话也许是事实。一提起这个暴君的名字，就使我们切齿腐舌。可是他曾经有过正直的名声；您与他也有很好的交情；他也还没有加害于您。我虽然年轻识浅，可是您也许可以利用我向他邀功求赏，把一头柔弱无罪的羔羊向一个愤怒的天神献祭，不失为一件聪明的事。

麦克德夫 我不是一个奸诈小人。

马尔康 麦克白却是的。在尊严的王命之下，忠实仁善的人也许不得不背着天良行事。可是我必须请您原谅；您的忠诚的人格绝不会因为我用小人之心去测度它而发生变化；最光明的天使也许会堕落，可是天使总是光明的；虽然忠良貌似被罪恶遮蔽，可是忠良的却一定会显露出它的光辉。

麦克德夫 我已经失去我的希望。

马尔康 也许正是这一点引起我的怀疑。您为什么不告而别，丢下您的妻子儿女，您那些宝贵的原动力，那些爱情的坚强的联系，让她们担惊受险呢？请您不要把我的多心引为耻辱，为了我自己的安全，我不能不这样顾虑。不管我心里怎样想，也许您真是一个忠义的汉子。

麦克德夫 流血吧，流血吧，可怜的国家！不可一世的暴君，奠下你的安若泰山的基业吧，因为正义的力量不敢向你诛讨！戴着你那不义的王冠吧，这是你的已经确定的名分；再会，殿下；即使把这暴君掌握下的全部土地一起给我，再加上富庶的东方，我也不愿做一个像你所猜疑那样的奸人。

马尔康 不要生气；我说这样的话，并不是完全为了不放心您。我想我们的国家呻吟在虐政之下，流泪、流血，每天都有一道新的伤痕加在旧日的疮痍之上；我也想到一定有许多人愿意为了我的权利奋臂而起，就在这友好的英格兰，也已经有数千义士愿意给我助力；可是虽然这样说，要是我有一天能够把暴君的头颅放在足下践踏，或者把它悬挂在我的剑上，我的可怜的祖国却要在一个新的暴君的统治之下，滋生更多的罪恶，忍受更大的苦痛，造成更分歧的局面。

麦克德夫 这新的暴君是谁？

马尔康 就是我自己。我知道在我的天性之中，深植着各种的罪恶，要是有一天暴露出来，黑暗的麦克白在相形之下，将会变成白雪一样纯洁；我们的可怜的国家看见了我的无限的暴虐，将会把他当作一头羔羊。

麦克德夫　踏遍地狱也找不出一个比麦克白更万恶不赦的魔鬼。

马尔康　我承认他嗜杀、骄奢、贪婪、虚伪、欺诈、狂暴、凶恶，一切可以指名的罪恶他都有；可是我的淫佚是没有止境的；你们的妻子、女儿、妇人、处女，都不能填满我的欲壑；我的猖狂的欲念会冲决一切节制和约束；与其让这样一个人做国王，还是让麦克白统治的好。

麦克德夫　人性里无限制的纵欲是一种"虐政"，它曾经颠覆了无数君主，使他们不能长久坐在王位上。可是您还不必担心，谁也不能禁止您满足您的分内的欲望；您可以一方面尽情欢乐，一方面在外表上装出庄重的神气，世人的耳目是很容易遮掩过去的。我们国内尽多自愿献身的女子，无论您怎样贪欢好色，也应付不了这许多求荣献媚的娇娥。

马尔康　除了这一种弱点以外，在我邪僻的心中还有一种不顾廉耻的贪婪，要是我做了国王，我一定要诛锄贵族，侵夺他们的土地；不是向这个人索取珠宝，就是向那个人索取房屋；我所有的越多，我的贪心越不知道餍足，我一定会为了图谋财富，向善良忠贞的人无端寻衅，把他们陷于死地。

麦克德夫　这一种贪婪比起少年的情欲来，它的根是更深而更有毒的，我们曾经有许多过去的国王死在它的剑下。可是您不用担心，苏格兰有足够您享用的财富，它都是属于您的；只要有其他的美德，这些缺点都不算什么。

马尔康　可是我一点没有君主之德，什么公平、正直、节俭、镇定、慷慨、坚毅、仁慈、谦恭、诚敬、宽容、勇敢、刚强，我全没有；各种罪恶却应有尽有，在各方面表现出来。嘿，要是我掌握了大权，我一定要把和谐的甘乳倾入地狱，扰乱世界的和平，破坏地上的统一。

麦克德夫 啊，苏格兰，苏格兰！

马尔康 你说这样一个人是不是适宜于统治？我正是像我所说的那样一个人。

麦克德夫 适宜于统治！不，这样的人是不该让他留在人世的。啊，多难的国家，一个篡位的暴君握着染血的御杖高踞在王座上，你的最合法的嗣君又亲口吐露了他是这样一个应受诅咒的人，辱没了他的高贵的血统，那么你几时才能重见天日呢？你的父王是一个最圣明的君主；生养你的母后视尘世为身外，朝夕都在屈膝跪求上天的垂怜。再会！你自己供认的这些罪恶，已经把我从苏格兰放逐。啊，我的胸膛，你的希望永远在这儿埋葬了！

马尔康 麦克德夫，只有一颗正直的心，才会有这种勃发的忠义之情，它已经把黑暗的疑虑从我的灵魂上一扫而空，使我充分信任你的真诚。魔鬼般的麦克白曾经派了许多说客来，想要把我诱进他的罗网，所以我不得不着意提防；可是上帝鉴临在你我二人的中间！从现在起，我委身听从你的指导，并且撤回我刚才对我自己所讲的坏话，我所加在我自己身上的一切污点，都是我的天性中所没有的。我还没有近过女色，从来没有背过誓；即使是我自己的东西，我也没有贪得的欲念；我从不曾失信予人，我不愿把魔鬼出卖给他的同伴，我珍爱忠诚不亚于生命；刚才我对自己的诽谤，是我第一次说谎。那真诚的我，是准备随时接受你和我的不幸的祖国的命令的。在你还没有到这儿来以前，年老的西华德已经带领了一万个战士，准备就绪，向苏格兰出发了。现在我们就可以把我们的力量合并在一起；我们堂堂正正的义师，一定可以得胜。您为什么不说话？

麦克德夫 好消息和恶消息同时传进了我的耳朵里，使我的喜怒都失去了自主。

一医生上。

马尔康　好，等会儿再说。请问一声，陛下出来了吗？

医　生　出来了，殿下；有一大群不幸的人们在等候他医治，他们的疾病使最高明的医生束手无策，可是上天给他这样神奇的力量，只要他的手一触，他们就立刻痊愈了。

马尔康　谢谢您的见告，大夫。（医生下）

麦克德夫　他说的是什么疾病？

马尔康　他们都把它叫做瘰疬；自从我来到英格兰以后，我常常看见这位善良的国王显示他的奇妙无比的本领。除了他自己以外，谁也不知道他是怎样祈求着上天；可是害着怪病的人，浑身肿烂，惨不忍睹，一切外科手术无法医治的，他只要嘴里念着祈祷，用一枚金章亲手挂在他们的颈上，他们便会霍然痊愈；据说他这种治病的天能，是世世相传永袭罔替的。除了这种特殊的本领以外，他还是一个天生的预言家，福佑笼罩着他的王座，昭示他具有各种美德。

麦克德夫　瞧，谁来啦？

马尔康　是我们国里的人；可是我还认不出他是谁。

洛斯上。

麦克德夫　我的贤弟，欢迎。

马尔康　我现在认识他了。好上帝，赶快除去使我们成为陌路之人的那一层隔膜吧！

洛　斯　阿门，殿下。

麦克德夫　苏格兰还是原来那样子吗？

洛　斯　唉！可怜的祖国！它简直不敢认识它自己。它不能再称为我们的母亲，只是我们的坟墓；在那边，除了浑浑噩噩、一无所知的人以外，谁的脸上也不曾有过一丝笑容；叹息、呻吟、震撼天空的呼号，都是日常听惯的声音，不再能引起人们的注意；剧烈的悲哀变成一般的风气；葬钟敲响的时候，谁也不再关心它是为谁而鸣；善良人的生命往往在他们帽上的花朵还没有枯萎以前就化为朝露。

麦克德夫 啊！太高明、也是太真实的描写！

马尔康 最近可有什么令人痛心的事情？

洛　斯 一小时以前的变故，在叙述者的嘴里就已经变成陈迹了；每一分钟都产生新的祸难。

麦克德夫 我的妻子安好吗？

洛　斯 呃，她很安好。

麦克德夫 我的孩子们呢？

洛　斯 也很安好。

麦克德夫 那暴君还没有毁坏他们的平静吗？

洛　斯 没有；当我离开他们的时候，他们是很平安的。

麦克德夫 不要吝惜你的言语；究竟怎样？

洛　斯 当我带着沉重的消息、预备到这儿来传报的时候，一路上听见谣传，说是许多有名望的人都已经起义；这种谣言照我想起来是很可靠的，因为我亲眼看见那暴君的罪孽。现在是应该出动全力挽救祖国沦夷的时候了；你们要是在苏格兰出现，可以使男人们个个变成兵士，使女人们愿意为了从困苦之下争取解放而斗争。

马尔康 我们正要回去，让这消息作为他们的安慰吧。友好的英格兰已经借给我们西华德将军和一万兵士，所有基督教的国家里找不出一个比他更老练、更优秀的军人。

洛　斯 我希望我也有同样好的消息给你们！可是我所要说的话，是应该把它在荒野里呼喊，不让它钻进人们耳中的。

麦克德夫 它是关于哪方面的？是和大众有关的呢，还是一两个人单独的不幸？

洛　斯　凡天良未泯的人，对于这件事都要觉得像自己身受一样伤心，虽然您是最感到切身之痛的一个。

麦克德夫　倘若那是与我有关的事，那么不要瞒过我；快让我知道了吧。

洛　斯　但愿您的耳朵不要从此永远憎恨我的舌头，因为它将要让您听见您有生以来所听到的最惨痛的声音。

麦克德夫　哼！我猜到了。

洛　斯　您的城堡受到袭击；您的妻子和儿女都惨死在野蛮的刀剑之下；要是我把他们的死状告诉您，那会更使您痛不欲生，简直是在他们已经成为被杀害了的驯鹿似的尸体上，又加上了您的。

马尔康　慈悲的上天！什么，朋友！不要把您的帽子拉下来遮住您的额角；用言语把您的悲伤倾泄出来吧；无言的哀痛是会向那不堪重压的心低声耳语，叫它裂成碎片的。

麦克德夫　我的孩子也都死了吗？

洛　斯　妻子、孩子、仆人，凡是被他们找得到的，杀得一个不存。

麦克德夫　我却不得不离开那里！我的妻子也被杀了吗？

洛　斯　我已经说过了。

马尔康　请宽心吧；让我们用壮烈的复仇做药饵，治疗这一段惨酷的悲痛。

麦克德夫　他自己没有儿女。我的可爱的宝贝们都死了吗？你说他们一个也不存吗？啊，地狱里的恶鸟！一个也不存？什么！我的可爱的鸡雏们和他们的母亲一起葬送在毒手之下了吗？

马尔康　拿出大丈夫的气概来。

麦克德夫　我要拿出大丈夫的气概来；可是我不能抹杀我的

人类的感情。我怎么能够把我所最珍爱的人置之度外，不去想念他们呢？难道上天看见这一幕惨剧而不对他们抱同情吗？罪恶深重的麦克德夫！他们都是因为你而死于非命。我真该死，他们没有一点罪过，只是因为我自己不好，无情的屠戮才会降临到他们的身上。愿上天给他们安息！

马尔康　把这一桩仇恨作为磨快你的剑锋的砺石；让哀痛变成愤怒；不要让你的心麻木下去，激起它的怒火来吧。

麦克德夫　啊！我可以一方面让我的眼睛里流着妇人之泪，一方面让我的舌头发出豪言壮语。可是，仁慈的上天，求你撤除一切中途的障碍，让我跟这苏格兰的恶魔正面相对，使我的剑能够刺到他的身上；要是我会放他逃走，那就是上天饶恕他！

马尔康　这几句话说得很像个汉子。来，我们见国王去；我们的军队已经调齐，一切齐备，只待整装出发。麦克白气数将绝，天诛将至；黑夜无论怎样悠长，白昼总会到来。（同下）

第五幕

第一场　邓西嫩。城堡中一室

一医生及一侍女上。

医　生　我已经陪着你看守了两夜，可是一点不能证实你的报告。她最后一次晚上起来行动是在什么时候？

侍　女　自从陛下出征以后，我曾经看见她从床上起来，披上睡衣，开了橱门上的锁，拿出信纸，把它折起来，在上面写了字，读了一遍，然后把信封好，再回到床上去；可是在这一段时间里，她始终睡得很熟。

医　生　这是心理上的一种重大的紊乱，一方面处于睡眠的状态，一方面还能像醒着一般做事。在这种睡眠不安的情形之下，除了走路和其他动作以外，你有没有听见她说过什么话？

侍　女　大夫，那我可不能把她的话照样说给您听。

医　生　你不妨对我说，而且应该对我说。

侍　女　我不能对您说，也不能对任何人说，因为没有一个见证人可以证实我的话。

麦克白夫人持烛上。

侍　女　您瞧！她来啦。这正是她往常的样子；凭着我的生命起誓，她现在睡得很熟。留心看着她；站近一些。

医　生　她怎么会有那支蜡烛？

侍　女　那就放在她的床边；她的寝室里通宵点着灯火，这是她的命令。

医　生　你瞧，她的眼睛睁着呢。

侍　女　嗯，可是她的视觉却关闭着。

医　生　她现在在干什么？瞧，她在擦着手。

侍　女　这是她的一个惯常的动作，好像在洗手似的。我曾经看见她这样擦了足有一刻钟的时间。

麦克白夫人　可是这儿还有一点血迹。

医　生　听！她说话了。我要把她的话记下来，免得忘记。

麦克白夫人　去，该死的血迹！去吧！一点，两点。啊，那么现在可以动手了。地狱里是这样幽暗！呸，我的爷，呸！你是一个军人，也会害怕吗？既然谁也不能奈何我们，为什么我们要怕被人知道？可是谁想得到这老头儿会有这么多血？

医　生　你听见没有？

麦克白夫人　法夫爵士从前有一个妻子；现在她在哪儿？什么！这两只手再也不会干净了吗？算了，我的爷，算了；您这样大惊小怪，把事情都弄糟了。

医　生　说吧，说吧；反正你已经知道了不应该知道的事。

侍　女　我想她已经说了她所不应该说的话；天知道她心里有些什么秘密。

麦克白夫人　这儿还是有一股血腥气；所有阿拉伯的香料都不能叫这只小手变得香一点。啊！啊！啊！

医　生　这一声叹息多么沉痛！她的心里蕴蓄着无限的凄苦。

侍　女　我可不愿为了表面的尊荣而让我的胸膛里装着这样

一颗纠结的心。

医　生　好，好，好。

侍　女　但愿一切都是好好的，大夫。

医　生　这种病我没有法子医治。可是我知道有些曾经在睡梦中走动的人，都是很虔敬地寿终正寝。

麦克白夫人　洗净你的手，披上你的睡衣；不要这样面无人色。我再告诉你一遍，班柯已经下葬了；他不会从坟墓里出来的。

医　生　有这等事？

麦克白夫人　睡去，睡去；有人在打门哩。来，来，来，来，让我搀着你。事情已经干了就算了。睡去，睡去，睡去。（下）

医　生　她现在要上床去吗？

侍　女　就要上床去了。

医　生　外边很多骇人听闻的流言。反常的行为引起了反常的纷扰；良心负疚的人往往会向无言的衾枕泄漏他们的秘密；她需要教士的训诲甚于医生的诊视。上帝，上帝饶恕我们一切世人！留心照料她；一切有可能伤害她的东西全都从她手边拿开；随时看顾着她。好，晚安！她扰乱了我的心，迷惑了我的眼睛。我心里所想到的，却不敢把它吐出嘴唇。

侍　女　晚安，好大夫。（各下）

第二场　邓西嫩附近乡野

旗鼓前导，孟提斯、凯士纳斯、安格斯、列诺克斯及兵士等上。

孟提斯　英格兰军队已经迫近，领军的是马尔康、他的叔父西华德和麦克德夫三人，他们的胸头燃起复仇的怒火；即使心如死灰的人也会被这种痛入骨髓的仇恨激起歃血的决心。

安格斯 在勃南森林附近，我们将要和他们正面相迎；他们正在从那条路上过来。

凯士纳斯 谁知道道纳本是不是跟他的哥哥在一起？

列诺克斯 我可以确实告诉你，将军，他们不在一起。我有一张他们军队里高级将领的名单，里面有西华德的儿子，还有许多初上战场、乳臭未干的少年。

孟提斯 那暴君有什么举动？

凯士纳斯 他把邓西嫩防御得非常坚固。有人说他疯了；对他比较没有什么恶感的人，却说那是一个猛士的愤怒；可是他不能自己约束住他的惶乱的心情，却是一件无疑的事实。

安格斯 现在他已经感觉到他的暗杀的罪恶紧粘在他的手上；每分钟都有一次叛变，谴责他的不忠不义；受他命令的人，都不过奉命行事，并不是出于对他的忠诚；现在他已经感觉到他的尊号罩在他的身上，就像一个矮小的偷儿穿了一件巨人的衣服一样缠手绊脚。

孟提斯 他自己的灵魂都在谴责它本身的存在，谁还能怪他的昏乱的知觉怔忡不安呢。

凯士纳斯 好，我们整队前进吧；我们必须认清谁是我们应该服从的人。为了拔除祖国的沉痼，让我们准备和他共同流尽我们的最后一滴血。

列诺克斯 否则我们也愿意喷洒我们的热血，灌溉这一朵国家主权的娇花，淹没那凭陵它的野草。向勃南进军！（众列队行进下）

第三场 邓西嫩。城堡中一室

麦克白、医生及侍从等上。

麦克白 不要再告诉我什么消息；让他们一个个逃走吧；除非勃南的森林会向邓西嫩移动，我是不知道有什么事情值得害怕的。马尔康那小子算得什么？他不是妇人所生的吗？预知人类死生的精灵曾经这样向我宣告：“不要害怕，麦克白，没有一个妇人所生下的人可以加害于你。”那么逃走吧，不忠的爵士们，去跟那些饕餮的英国人在一起吧。我的头脑，永远不会被疑虑所困扰，我的心灵永远不会被恐惧所震荡。

一仆人上。

麦克白 魔鬼罚你变成炭团一样黑，你这脸色惨白的狗头！你从哪儿得来这么一副呆鹅的蠢相？

仆　人 有一万——

麦克白 一万只鹅吗，狗才？

仆　人 一万个兵，陛下。

麦克白 去刺破你自己的脸，把你那吓得毫无血色的两颊染一染红吧，你这鼠胆的小子。什么兵，蠢才？该死的东西！瞧你吓得脸像白布一般。什么兵，不中用的奴才？

仆　人 启禀陛下，是英格兰兵。

麦克白 不要让我看见你的脸。（仆人下）西登！——我心里很不舒服，当我看见——喂，西登！——这一次的战争也许可以使我从此高枕无忧，也许可以立刻把我倾覆。我已经活得够长久了；我的生命已经日渐枯萎，像一片雕谢的黄叶；凡是老年人所应该享有的尊荣、敬爱、服从和一大群的朋友，我是没有希望再得到的了；代替这一切的，只有低声而深刻的咒诅，口头上的恭维和一些违心的假话。西登！

西登上。

西　登　陛下有什么吩咐？

麦克白　还有什么消息没有？

西　登　陛下，刚才所报告的消息，全都证实了。

麦克白　我要战到我的全身不剩一块好肉。给我拿战铠来。

西　登　现在还用不着哩。

麦克白　我要把它穿起来。加派骑兵，到全国各处巡回视察，要是有谁嘴里提起了一句害怕的话，就把他吊死。给我拿战铠来。大夫，您的病人今天怎样？

医　生　回陛下，她并没有什么病，只是因为思虑太过，持续不断的幻想扰乱了她的神经，使她不得安息。

麦克白　替她医好这种病。您难道不能诊治那种病态的心理，从记忆中拔去一桩根深蒂固的忧郁，拭掉那写在脑筋上的烦恼，用一种使人忘却一切的甘美的药剂，把那堆满在胸间、重压在心头的积毒扫除干净吗？

医　生　那还是要仗病人自己设法的。

麦克白　那么把医药丢给狗子吧；我不要仰仗它。来，替我穿上战铠；给我拿指挥杖来。西登，把骑兵派出去。——大夫，那些爵士们都背了我逃走了。——来，快。——大夫，要是您能够替我的国家验一验小便，查查它的病根，使它回复原来的健康，我一定要使太空之中充满着我对您的赞美的回声。——喂，把它脱下了。——什么大黄肉桂，什么清泻的药剂可以把这些英格兰人排泄掉？您见过这样的药吗？

医　生　是的，陛下，您的御驾亲征就是这样一副良药。

麦克白　除非勃南森林会向邓西嫩移动，否则我对死亡和毒害都没有半分惊恐。

医　生　（旁白）要是我能够远远离开邓西嫩，高官厚禄再也诱不动我回来。（同下）

第四场　勃南森林附近的乡野

旗鼓前导，马尔康、西华德父子、麦克德夫、孟提斯、凯士纳斯、安格斯、列诺克斯、洛斯及兵士等列队行进上。

马尔康　诸位贤卿，我希望大家都能够安枕而寝的日子已经不远了。

孟提斯　那是我们一点也不怀疑的。

西华德　前面这一座是什么树林？

孟提斯　勃南森林。

马尔康　每一个兵士都砍下一根树枝来，把它举起在各人的面前；这样我们可以隐匿我们全军的人数，让敌人无从知道我们的实力。

众兵士　得令。

西华德　我们所得到的情报，都说那自信的暴君仍旧在邓西嫩深居不出，等候我们兵临城下。

马尔康　这是他的唯一的希望；因为在他手下的人，不论地位高低，一找到机会都要叛弃他，他们接受他的号令，都只是出于被迫，并不是自己心愿。

麦克德夫　还是等有了更可靠的情报再下准确的判断吧，眼前让我们抖擞精神，全力以赴。

西华德　我们这一次的胜败得失，不久就可以见分晓。口头的推测不过是一些悬空的希望，实际的行动才能够产生决定的结果，大家奋勇前进吧！（众列队行进下）

第五场　邓西嫩。城堡内

旗鼓前导，麦克白、西登及兵士等上。

麦克白　把我们的旗帜挂在城墙外面；到处仍旧是一片“他们来了”的呼声；我们这座城堡防御得这样坚强，还怕他们围攻吗？让他们到这儿来，等饥饿和瘟疫来把他们收拾了吧。倘不是我们自己的军队也倒了戈跟他们联合在一起，我们尽可以挺身出战，把他们赶回老家去。（内妇女哭声）那是什么声音？

西　登　是妇女们的哭声，陛下。（下）

麦克白　我简直已经忘记了恐惧的滋味。从前一声晚间的哀叫，可以把我吓出一身冷汗；一丝头发的掉落都会使我悲天悯人，仿佛头发里藏着我的生命似的。现在我已经饱尝无数的恐怖；我的习惯于杀戮的思想，再也没有什么悲惨的事情可以使它惊悚了。

西登重上。

麦克白　那哭声是为了什么事？

西　登　陛下，王后死了。

麦克白　她反正迟早要死的，总会有听到这个噩耗的一天。明天，明天，再一个明天，一天接着一天地蹑步前进，直到最后一秒钟的时间；我们所有的昨天，不过替傻子们照亮了到死亡的土壤中去的路。熄灭了吧，熄灭了吧，短促的烛光！人生不过是一个行走的影子，一个在舞台上指手划脚的拙劣的伶人，登场片刻，就在无声无息中悄然退下；它是一个愚人所讲的故事，充满着喧哗和骚动，却找不到一点意义。

一使者上。

麦克白　你要来播弄你的唇舌，有什么话快说。

使　者　陛下，我应该向您报告我以为我所看见的事，可是我不知道应该怎样说起。

麦克白　好，你说吧。

使　者　当我站在山头守望的时候，我向勃南一眼望去，好像那边的树木都在开始行动了。

麦克白　说谎的奴才！

使　者　要是没有那样一回事，我愿意悉听陛下的惩处；在这三里路以内，您可以看见它向这边过来；一座活动的树林。

麦克白　要是你说了谎话，我要把你活活吊在最近的一株树上，让你饿死；要是你的话是真的，我也希望你把我吊死了吧。我的决心已经有些动摇，我开始怀疑起那魔鬼所说的似是而非的暧昧的谎话了；“不要害怕，除非勃南森林会到邓西嫩来”。现在一座树林真的到邓西嫩来了。披上武装，出去！他所说的这种事情要是果其出现，那么逃走固然逃走不了，留在这儿也不过坐以待毙。我现在开始厌倦白昼的阳光，但愿这世界早一点崩溃。敲起警钟来！吹吧，狂风！来吧，灭亡！就是死，我们也要捐命沙场。（同下）

第六场　同前。城堡前平原

旗鼓前导，马尔康、老西华德、麦克德夫等率军队各持树枝上。

马尔康　现在已经相去不远；把你们树叶的幕障抛下，现出你们威武的军容来。尊贵的叔父，请您带领我的兄弟——您的英勇的儿子，先去作为前锋；其余的一切统归尊贵的麦克德夫和我两人负责部署。

西华德　再会。今天晚上我们只要找得到那暴君的军队，一定要跟他们拼个你死我活。

麦克德夫 把我们所有的喇叭一齐吹起来；鼓足了他们的士气，把流血和死亡的消息吹进敌人的耳里。（同下）

第七场 同前。平原上的另一部分

号角声。麦克白上。

麦克白 他们已经缚住我的手脚；我不能逃走，可是我必须像熊一样挣扎到底。哪一个人不是妇人生下的？除了这样一个人以外，我还怕什么人。

小西华德上。

小西华德 你叫什么名字？

麦克白 我的名字说出来会吓坏你。

小西华德 即使你给自己取了一个比地狱里的魔鬼更炽热的名字，也吓不倒我。

麦克白 我就叫麦克白。

小西华德 魔鬼自己也不能向我的耳中说出一个更可憎恨的名字。

麦克白 他也不能说出一个更可怕的名字。

小西华德 胡说，你这可恶的暴君；我要用我的剑证明你在说谎。

（二人交战，小西华德被杀）

麦克白 你是妇人所生的；我瞧不起一切妇人之子手里的刀剑。（下）

号角声。麦克德夫上。

麦克德夫 喧声是在那边。暴君，露出你的脸来；要是你已经被人杀死，等不及我来取你的性命，那么我的妻子儿女的阴魂一定不会放过我。我不能杀害那些被你雇佣的倒霉的士卒；我的剑倘不能刺中你，麦克白，我宁愿让它闲置不用，保全它的锋刃，把它重新插回鞘里。你应该在那边；这一阵高声的呐喊，好像是宣布什么重要的人物上阵似的。命运，让我找到他吧！我没有此外的奢求了。（下。号角声）

马尔康及老西华德上。

西华德　这儿来，殿下；那城堡已经拱手纳降。暴君的人民有的帮这一面，有的帮那一面；英勇的爵士们一个个出力奋战；您已经胜券在握，大势就可以确定了。

马尔康　我们倒也碰见了敌人，不过他们只是虚晃几枪罢了。

西华德　殿下，请进堡里去吧。（同下。号角声）

第八场　同　前

麦克白上。

麦克白　我为什么要学那些罗马人的傻样子，死在我自己的剑上呢？我的剑是应该为杀敌而用的。

麦克德夫上。

麦克德夫　转过来，地狱里的恶狗，转过来！

麦克白　我在一切人中间，最不愿意看见你。可是你回去吧，我的灵魂里沾着你一家人的血，已经太多了。

麦克德夫　我没有话说；我的话都在我的剑上，你这没有一个名字可以形容你的狠毒的恶贼！（二人交战）

麦克白　你不过白费了气力；你要使我流血，正像用你锐利的剑锋在空气上划一道痕迹一样困难。让你的刀刃降落在别人的头上吧；我的生命是有魔法保护的，没有一个妇人所生的人可以把它伤害。

麦克德夫 不要再信任你的魔法了吧；让你所信奉的神告诉你，麦克德夫是没有足月就从他母亲的腹中剖出来的。

麦克白 愿那告诉我这样的话的舌头永受咒诅，因为它使我失去了男子汉的勇气！愿这些欺人的魔鬼再也不要被人相信，他们用模棱两可的话愚弄我们，虽然貌似句句应验，结果却完全和我们原来的期望相反。我不愿跟你交战。

麦克德夫 那么投降吧，懦夫，我们可以饶你活命，可是要叫你在众人的面前出丑；我们要把你的怪物般的嘴脸画出来悬在篷帐外的高柱上，底下写着："请来看暴君的原形"。

麦克白 我不愿投降，我不愿低头吻那马尔康小子足下的泥土，被那些下贱的民众任意唾骂。虽然勃南森林已经到了邓西嫩，虽然今天和你狭路相逢，你偏偏不是妇人产下的，可是我还要举起我的雄壮的盾牌，血战到底。来，麦克德夫，谁先喊"住手，够了"的，让他永远在地狱里沉沦。（二人且战且下。号角声）

两人继续格斗着重上，麦克白被杀，麦克德夫拖着麦克白尸体下。

吹退军号。喇叭奏花腔。旗鼓前导，马尔康、老西华德、洛斯、众爵士及兵士等重上。

马尔康 我希望我们不见的朋友都能够安然回来。

西华德 总有人免不了牺牲；可是照我看见的眼前这些人说起来，我们这次重大的胜利所付的代价是很小的。

马尔康 麦克德夫跟您的英勇的儿子都失踪了。

洛　斯 老将军，令郎已经尽了一个军人的责任；他刚刚活到成人的年龄，就用他的勇往直前的战斗精神证明了他的勇气，像一个男子汉般去了。

西华德 那么他已经死了吗？

洛　斯　是的，他的尸体已经从战场上搬走。他的死是一桩无价的损失，您必须勉抑哀思才好。

西华德　他的伤口是在前面吗？

洛　斯　是的，是在前面。

西华德　那么愿他成为上帝的兵士！要是我有像头发一样多的儿子，我也不希望他们得到一个更光荣的结局；这就作为他的丧钟吧。

马尔康　他是值得我们更深的悲悼的，我将向他致献我的哀思。

西华德　他已经得到他最大的酬报；他们说，他死得很英勇，他的责任已尽；愿上帝与他同在！又有好消息来了。

麦克德夫携麦克白首级重上。

麦克德夫　祝福，吾王陛下！您就是国王了。瞧，篡贼的万恶的头颅已经取来；无道的虐政从此推翻了。我看见全国的才俊拥绕在您的周围，他们心里都在发出跟我同样的敬礼；现在我要请他们陪着我高呼：祝福，苏格兰的国王！

众　人　祝福，苏格兰的国王！（喇叭奏花腔）

马尔康　多承各位拥戴，论功行赏，在此一朝。各位爵士国戚，从现在起，你们都得到了伯爵的封号，在苏格兰你们是最初享有这样封号的人。在这去旧布新的时候，我们还有许多事情要做；那些因为逃避暴君的罗网而出亡国外的朋友们，我们必须召唤他们回来；这个屠夫虽然已经死了，他的魔鬼一样的王后，据说也已经亲手杀害了自己的生命，可是帮助他们杀人行凶的党羽，我们必须——搜捕，处以极刑；此外一切必要的工作，我们都要按照上帝的旨意，分别先后，逐步处理。现在我要感谢各位的相助，还要请你们陪我到斯贡去，参与加冕的盛典。（喇叭奏花腔。众下）

雅典的泰门

Ya Dian De Tai Men

剧中人物

泰　门　雅典贵族

路歇斯

路库勒斯　}谄媚的贵族

辛普洛涅斯

文提狄斯　泰门的负心友人之一

艾帕曼特斯　性情乖僻的哲学家

艾西巴第斯　雅典将官

弗莱维斯　泰门的管家

弗莱米涅斯

路西律斯　}泰门的仆人

塞维律斯

凯菲斯

菲洛特斯　}泰门债主的仆人

泰特斯

霍坦歇斯

路歇斯家仆人

文提狄斯的仆人

凡罗及艾西铎（泰门的二债主）的仆人

三路人

雅典老人

侍　童

弄　人

诗人、画师、宝石匠及商人

菲莉妮娅｝艾西巴第斯的情妇
提曼德拉｝

贵族、元老、将士、兵士、窃贼、侍从等
化装跳舞中扮丘比特及阿玛宗女战士者

地　点

雅典及附近森林

第一幕

第一场　雅典。泰门家中的厅堂

诗人、画师、宝石匠、商人及余人等自各门分别上。

诗　人　早安，先生。

画　师　您好。

诗　人　好久不见了。近况如何？

画　师　先生，变得一天不如一天了。

诗　人　嗯，那是谁都知道的；可是有什么特别新鲜的事情，有什么奇闻怪事，为我们浩如烟海的载籍中所未之前睹的？瞧，慷慨的魔力！群灵都被你召唤前来，听候驱使了。我认识这个商人。

画　师　这两个人我都认识；有一个是宝石匠。

商　人　啊！真是一位贤德的贵人。

宝石匠　嗯，那是谁都不能否认的。

商　人　一位举世无双的人，他的生活的目的，好像就是持续不断地行善，永不厌倦。像他这样的人，真是难得！

宝石匠　我带着一颗宝石在这儿——

商　人　啊！倒要见识见识。先生，这是送给泰门大爷的吗？

宝石匠　要是他能出一个价格；可是——

诗　人　诗句当为美善而歌颂，倘因贪利而赞美丑恶，就会降低风雅的声价。

商　人　（观宝石）这宝石的式样很不错。

宝石匠　它的色彩也很美丽；您瞧那光泽多好。

画　师　先生，您又在吟哦您的大作了吗？一定又是献给这位贵人的什么诗篇了。

诗　人　偶然想起来的几个句子。我们的诗歌就像树脂一样，会从它滋生的地方分泌出来。燧石中的火不打是不会出来的；我们的灵感的火焰却会自然激发，像流水般冲击着岸边。您手里是什么东西？

画　师　一幅图画，先生。您的大著几时出版？

诗　人　等我把它呈献给这位贵人以后，就可以和世人相见了。可不可以让我欣赏欣赏您的妙绘？

画　师　见笑得很。

诗　人　画得很好，真是神来之笔。

画　师　谬奖谬奖。

诗　人　佩服佩服！瞧这姿态多么优美！这一双眼睛里闪耀着多少智慧！这一双嘴唇上流露着多少丰富的想象！在这默然无语的神情中间，蕴蓄着无限的深意。

画　师　这是一幅惟妙惟肖的画像。这一笔很传神，您看怎样？

诗　人　简直是巧夺天工，就是真的人也不及老兄笔下这样生趣盎然。

若干元老上，自舞台前经过。

画　师　这位贵人真是前呼后拥！

诗　人　都是雅典的元老；幸福的人！

画　师　瞧，还有！

诗　人　您瞧这一大群蝇营蚁附的宾客。在我的拙作中间，我勾画出了一个受尽世俗爱宠的人；可是我并不单单着力做个人的描写，我让我的恣肆的笔锋在无数的模型之间活动，不带一丝恶意，只是像凌空的鹰隼一样，一往直前，不留下一丝痕迹。

画　师　您的意思我有点不大懂得。

诗　人　我可以解释给您听。您瞧各种不同地位不同性情的人，无论是轻浮油滑的，或是严肃庄重的，都愿意为泰门大爷效劳服役；他的巨大的财产，再加上他的善良和蔼的天性，征服了各种不同的人，使他们乐于向他输诚致敬；从那些脸上反映出主人的喜怒的谄媚者起，直到憎恨自己的艾帕曼特斯，一个个在他的面前屈膝，只要泰门点点头，就可以使他们满载而归。

画　师　我曾经看见他跟艾帕曼特斯在一起谈话。

诗　人　先生，我假定命运的女神端坐在一座巍峨而幽美的山上；在那山麓下面，有无数智愚贤不肖的人在那儿劳心劳力，追求世间的名利，他们的眼睛都一致注视着这位主宰一切的女神；我把其中一个人代表泰门，命运女神用她象牙一样洁白的手招引他到她的身边；他是她眼前的恩宠，他的敌人也一齐变成了他的奴仆。

画　师　果然是很巧妙的设想。我想这一个宝座，这一位命运女神和这一座山，在这山下的许多人中间只有一个人得到女神的招手，这个人正弓着身子向峻峭的山崖爬去，攀登到幸福的顶端，很可以表现出我们这儿的情形。

诗　人　不，先生，听我说下去。那些在不久以前还是和他同样地位的人，也有一些本来胜过他的人，现在都跟在他后面亦步亦趋；他的接待室里挤满了关心他的起居的人，他的耳朵中充满了一片有如向神圣祷告那样的低语；连他的马镫也被奉为神圣，他们从他那里呼吸到自由的空气。

画　师　好，那便怎么样呢？

诗　人　命运突然改变了心肠，把她的宠儿一脚踢下山坡的时候，那些攀龙附凤之徒，本来跟在他后面匍匐膝行的，这时候便会冷眼看他跌落，没有一个人做他患难中的同伴。

画　师　那是人类的通性。我可以画出一千幅醒世的图画，比语言更有力地说明祸福无常的真理。你也不妨用文字向泰门大爷陈述一个道理，即目光短浅的人往往只会混淆黑白。

喇叭声。泰门上，向每一请求者殷勤周旋；一使者奉文提狄斯差遣前来，趋前与泰门谈话；路西律斯及其他仆人随后。

泰　门　你说他下了监狱了吗？

使　者　是，大爷。他欠了五个泰伦的债，他的手头非常困难，他的债主催逼得很厉害。他请您写一封信去给那些拘禁他的人，否则他什么安慰也没有了。

泰　门　尊贵的文提狄斯！好，我不是一个在朋友有困难时把他丢弃不顾的人。我知道他是一位值得帮助的绅士，我一定要帮助他。我愿意替他还债，使他恢复自由。

使　者　他永远不会忘记您的大恩。

泰　门　替我向他致意。我这就把他的赎金送去；他出狱以后，请他到我这儿来。单单把软弱无力的人扶了起来是不够的，必须有人随时搀扶他，照顾他。再见。

使　者　愿大爷有福！（下）

一雅典老人上。

老　人　泰门大爷，听我说句话。

泰　门　你说吧，好老人家。

老　人　你有一个名叫路西律斯的仆人。

泰　门　是的，他怎么啦？

老　人　最尊贵的泰门，把那家伙叫来。

泰　门　他在不在这儿？路西律斯！

路西律斯　有，大爷有什么吩咐？

老　人　这个家伙，泰门大爷，你这位尊价，晚上常常到我家里来。我一生克勤克俭，挣下了这份家产，可不能让一个做奴才的承继了去。

泰　门　嗯，还有些什么话？

老　人　我只有一个独生的女儿，要是我死了，也没有别的亲人可以接受我的遗产。我这孩子长得很美，还没有到结婚的年纪，我费了不少的钱，让她受最好的教育。你这个仆人却想勾引她。好大爷，请你帮帮忙，不许他去看她；我自己对他说过好多次，总是没用。

泰　门　这个人倒还老实。

老　人　所以你应该叫他不要做不老实的事，泰门。一个人老老实实，总有好报；可不能让他老实得把我的女儿也拐了去。

泰　门　你的女儿爱他吗？

老　人　她年纪太轻，容易受人诱惑；就是我们自己在年轻的时候，也是一样多情善感的。

泰　门　（向路西律斯）你爱这位姑娘吗？

路西律斯　是，我的好大爷，她也接受我的爱。

老　人　要是她没有得到我的允许和别人结婚，我请天神作证，我要拣一个乞儿做我的后嗣，一个钱也不给她。

泰　门　要是她嫁给一个门户相当的丈夫，你预备给她怎样一份嫁奁呢？

老　人　先给她三泰伦；等我死了以后，我的全部财产都是她的。

泰　门　这个人已经在我这儿做了很久的事；君子成人之美，我愿意破格帮助他这一次。把你的女儿给他；你有多少陪嫁费，我也给他同样的数目，这样他就可以不致辱没令媛了。

老　人　最尊贵的大爷，您既然这么说，我一定遵命，她就是他的人了。

泰　门　好，我们握手为定；我用我的名誉向你担保。

路西律斯　敬谢大爷；我的一切幸运，都是您所赐与的！（路西律斯及老人下）

诗　人　这一本拙作要请大爷指教。

泰　门　谢谢您；您不久就可以得到我的答复；不要走开。您有些什么东西，我的朋友？

画　师　是一幅画，请大爷收下了吧。

泰　门　一幅画吗？很好很好。这幅画简直画得像活人一样；因为自从欺诈渗进了人们的天性中以后，人本来就只剩一个外表了。这些画像确实是一丝不苟。我很喜欢您的作品，您可以知道：请您等一等，我还有话对您说。

画　师　愿神明保佑您！

泰　门　回头见，先生；把您的手给我；您一定要陪我吃饭的。先生，您那颗宝石，我实在有点不敢领情。

宝石匠　怎么，大爷，宝石不好吗？

泰　门　简直是太好了。要是我按照人家对它所下的赞美那样的价值向您把它买了下来，恐怕我要倾家荡产了。

宝石匠　大爷，它的价格是按照市价估定的；可是您知道，同样价值的东西，往往因为主人的喜恶而分别高下。相信我，好大爷，要是您戴上了这宝石，它就会身价十倍了。

泰　门　不要取笑。

商　人　不，好大爷；他说的话不过是我们大家所要说的话。

泰　门　瞧，谁来啦？你们愿意挨一顿骂吗？

艾帕曼特斯上。

宝石匠　要是大爷不以为意，我们也愿意忍受他的侮辱。

商　人　他骂起人来是谁也不留情的。

泰　门　早安，善良的艾帕曼特斯！

艾帕曼特斯　等我善良以后，你再说你的早安吧；等你变成了泰门的狗，等这些恶人都变成好人以后，你再说你的早安吧。

泰　门　为什么你要叫他们恶人呢？你又不认识他们。

艾帕曼特斯　他们不是雅典人吗？

泰　门　是的。

艾帕曼特斯　那么我没有叫错。

宝石匠　您认识我吗，艾帕曼特斯？

艾帕曼特斯　你知道我认识你；我刚才就叫过你的名字。

泰　门　你太骄傲了，艾帕曼特斯。

艾帕曼特斯　我感到最骄傲的是我不像泰门一样。

泰　门　你到哪儿去？

艾帕曼特斯　去砸碎一个正直的雅典人的脑袋。

泰　门　你干了那样的事，是要抵命的。

艾帕曼特斯　对了，要是干了莫须有的事也要依法抵命的话。

泰　门　艾帕曼特斯，你喜欢这幅图画吗？

艾帕曼特斯　是一幅好画，因为它不会害人。

泰　门　画这幅图画的人手法怎样？

艾帕曼特斯　造物创造出这个画师来，他的手法比这画师强多啦，虽然他创造出来的也不过是一件低劣的作品。

画　师　你是一条狗。

艾帕曼特斯　你的母亲是我的同类；倘若我是狗，她又是什么？

泰　门　你愿意陪我吃饭吗，艾帕曼特斯？

艾帕曼特斯　不，我是不吃那些贵人的。

泰　门　要是你吃了那些贵人，那些贵人的太太们要生气哩。

艾帕曼特斯　啊！她们自己才是吃贵人吃惯了的，所以吃得肚子那么大。

泰　门　你把事情看邪了。

艾帕曼特斯　既然你这么看，那你就这么认为好了。

泰　门　艾帕曼特斯，你喜欢这颗宝石吗？

艾帕曼特斯　我喜欢真诚老实，它不花一文钱。

泰　门　你想它值多少钱？

艾帕曼特斯　它不值得我去想它的价钱。你好，诗人！

诗　人　你好，哲学家！

艾帕曼特斯　你说谎。

诗　人　你不是哲学家吗？

艾帕曼特斯　是的。

诗　人　那么我没有说谎。

艾帕曼特斯　你不是诗人吗？

诗　人　是的。

艾帕曼特斯　那么你说谎；瞧你上一次的作品，你故意把他写成了一个好人。

诗　人　那并不是假话；他的确是一个好人。

艾帕曼特斯　是的，他赏了你钱，所以他是一个好人；有人喜欢被拍马屁，自然就有爱拍马屁的人。天哪，但愿我也是一个贵人！

泰　门　你做了贵人便怎么样呢，艾帕曼特斯？

艾帕曼特斯　我要是做了贵人，我就要像现在的艾帕曼特斯一样，从心底里痛恨一个贵人。

泰　门　什么，痛恨你自己吗？

艾帕曼特斯　是的。

泰　门　为什么呢？

艾帕曼特斯　因为我不能再怀着痛恨的心情想象一个贵人了。你是一个商人吗？

商　人　是的，艾帕曼特斯。

艾帕曼特斯　要是神明不给你灾祸，那么让你在买卖上大倒其霉吧！

商　人　要是我买卖失利，那就是神明给我的灾祸。

艾帕曼特斯　买卖就是你的神明，愿你的神明给你灾祸！

喇叭声。一仆人上。

泰　门　那是哪里的喇叭声音？

仆　人　那是艾西巴第斯带着二十多人骑着马来了。

泰　门　你们去招待招待；领他们进来。（若干侍从下）你们必须陪我吃饭，等我谢过了你们的厚意以后再去。承你们各位光临，我非常高兴。

艾西巴第斯率队上。

泰　门　欢迎得很，将军！

艾帕曼特斯　好，好！愿疼痛把你们柔软的骨节扭成一团！这些温文和气的恶人彼此不怀好意，面子上却做得这样彬彬有礼！人类全都变成猴子啦。

艾西巴第斯　我已经想了您好久，今天能够看见您，真是大慰平生的饥渴。

泰　门　欢迎欢迎！这次我们一定要好好地欢叙一下再分手。请进去吧。（除艾帕曼特斯外均下）

二贵族上。

贵族甲　现在是什么时候了，艾帕曼特斯？

艾帕曼特斯　现在是应该做个老实人的时候了。

贵族甲　人是无论什么时候都应该老老实实的。

艾帕曼特斯　那你就更加该死，你无论什么时候都是不老实的。

贵族乙　你去参加泰门大爷的宴会吗？

艾帕曼特斯　是的，我要去看肉塞在恶汉的嘴里，酒灌在傻子的肚里。

贵族乙　再见，再见。

艾帕曼特斯　你是个傻瓜，向我说两次“再见”。

贵族乙　为什么，艾帕曼特斯？

艾帕曼特斯　你应该把一句“再见”留给你自己，因为我是不想向你说“再见”的。

贵族甲　你去上吊吧！

艾帕曼特斯　不，我不愿听从你的号令。你还是向你的朋友请求吧。

贵族乙　滚开，专爱吵架的狗！我要把你踢走了。

艾帕曼特斯　我要像一条狗一样逃开驴子的蹄子。（下）

贵族甲　他是个不近人情的家伙。来，我们进去，领略领略泰门大爷的盛情吧。他的慷慨仁慈，真是世间少有的。

贵族乙　他的恩惠是随时随地向人倾注的；财神普路托斯不过是他的管家。谁替他做了一件事，他总是给他价值七倍的酬劳；谁送给他什么东西，他的答礼总是超过一般酬酢的极限。

贵族甲　他有一颗比任何人更高贵的心。

贵族乙 愿他富贵长寿！我们进去吧。

贵族甲 敢不奉陪。（同下）

第二场 同前。泰门家中的宴会厅

高音笛奏闹乐。厅中设盛宴，弗莱维斯及其他仆人侍立；泰门、艾西巴第斯、众贵族元老、文提狄斯及侍从等上；艾帕曼特斯最后上，仍作倨傲不平之态。

文提狄斯 最可尊敬的泰门，神明因为眷念我父亲年老，召唤他去享受永久的安息；他已经安然去世，把他的财产遗留给我。这次多蒙您的大德鸿恩，使我脱离了缧绁之灾，现在我把那几个泰伦如数奉还，还要请您接受我的感恩图报的微忱。

泰　门 啊！这算什么，正直的文提狄斯？您误会我的诚意了；那笔钱是我送给您的，哪有给了人家再收回来之理？假如比我们高明的人这样做的话，我们也决不敢效法他们；有钱人的缺点也是优点。

文提狄斯 您的心肠太好了。（众垂手恭立，视泰门）

泰　门 嗳哟，各位大人，一切礼仪，都是为了文饰那些虚应故事的行为、言不由衷的欢迎、出尔反尔的殷勤而设立的；如果有真实的友谊，这些虚伪的形式就该一律摈弃。请坐吧；我的财产欢迎你们分享，甚于我欢迎我自己的财产。（众就坐）

贵族甲 大人，我们也常常这么说。

艾帕曼特斯 呵，呵！也这么说；哼，你们也这么说吗？

泰　门 啊！艾帕曼特斯，欢迎。

艾帕曼特斯 不，我不要你欢迎；我要你把我撵出门外去。

泰　门 呸！你是个伧夫；你的脾气太乖僻啦。各位大人，人家说，暴怒不终朝；可是这个人老是在发怒。去，给他一个人摆一张桌子，因为他不喜欢跟别人在一起，也不配跟别人在一起。

艾帕曼特斯 泰门，要是你不把我撵走，那你可不要怪我得罪你的客人；我是来做一个旁观者的。

泰　门 我不管你说什么；你是一个雅典人，所以我欢迎你。我自己没有力量封住你的嘴，请你让我的肉食使你静默吧。

艾帕曼特斯 我不要吃你的肉食；它会噎住我的喉咙，因为我永远不会谄媚你。神啊！多少人在吃泰门，他却看不见他们。我看见这许多人把他们的肉放在一个人的血里蘸着吃，我就心里难过；可是发了疯的他，却还在那儿殷勤劝客。我不知道人们怎么敢相信他们的同类；我想他们请客的时候，应当不备刀子，既可以省些肉，又可以防止生命的危险。这样的例子是很多的；现在坐在他的近旁，跟他一同切着面包、喝着同心酒的那个人，也就是第一个动手杀他的人；这种事情早就有证明了。如果我是一个巨人，我一定不敢在进餐的时候喝酒；因为恐怕人家看准我的咽喉上的要害；大人物喝酒是应当用铁甲裹住咽喉的。

泰　门 大人，今天一定要尽兴；大家干一杯，互祝健康吧。

贵族乙 好，大人，让酒像潮水一样流着吧。

艾帕曼特斯 像潮水一样流着！好家伙！他倒是惯会迎合潮流的。泰门泰门，这样一杯一杯地干下去，要把你的骨髓和你的家产都吸干了啊！我这儿只有一杯不会害人的淡酒，好水啊，你是不会叫人烂醉如泥的；这样的酒正好配着这样的菜。吃着大鱼大肉的人，是会高兴得忘记感谢神明的。

永生的神，我不要财宝，
我也不愿为别人祈祷；
保佑我不要做个呆子，

相信人们空口的盟誓；
也不要相信娼妓的泪；
也不要相信狗的假寐；
也不要相信我的狱吏，
或是我患难中的知己。

阿门！好，吃吧；有钱的人犯了罪，我只好嚼嚼菜根。（饮酒食肴）愿你好心得好报，艾帕曼特斯！

泰　门　艾西巴第斯将军，您的心现在一定在战场上驰骋吧。

艾西巴第斯　我的心是永远乐于供您驱使的，大人。

泰　门　您一定喜欢和敌人们在一起早餐，甚于和朋友们在一起宴会。

艾西巴第斯　大人，敌人的血是胜于一切美味的肉食的；我希望我的最好的朋友也能跟我在一起享受这样的盛宴。

艾帕曼特斯　但愿这些谄媚之徒全是你的敌人，那么你就可以把他们一起杀了，让我分享一杯羹。

贵族甲　大人，要是我们能够有那样的幸福，可以让我们的一片赤诚为您尽尺寸之劳，那么我们就可以自己觉得不虚此生了。

泰　门　啊！不要怀疑，我的好朋友们，天神早已注定我将要得到你们许多帮助；否则你们怎么会做我的朋友呢？为什么在千万人中间，只有你们有那样一个名号；不是因为你们是我心上最亲近的人吗？你们因为谦逊而没有向我提起过的关于你们自己的话，我都向我自己说过了；这是我可以向你们证实的。我常常这么想着：神啊！要是我们永远没有需用我们的朋友的时候，那么我们何必要朋友呢？要是我们永远不需要他们的帮助，那么他们便是世上最无用的东西，就像深藏不用的乐器一样，没有人听得见它们美妙的声音。啊，我常常希望我自己再贫穷一些，那么我一定可以格外跟你们亲近一些。上天赐予我们生命，就是要我们乐善好施；什么东西比我们朋友的财产更适宜于被称为我们自己的呢？啊！能够有这么许多人像自己的兄弟一样，彼此支配着各人的财产，这是一件多么可贵的乐事！呵，快乐还未诞生就已经溶化了！我的眼睛里忍不住要流出眼泪来了；原谅我的软弱，我为各位干这一杯。

艾帕曼特斯　你简直是涕泣劝酒了，泰门。

贵族乙　您的快乐在我们眼中孕育，现在就要像一个孩子诞生了。

艾帕曼特斯　呵，呵！我一想到那个孩子是个私生子，我就要笑死了。

贵族丙　大人，您使我非常感动。

艾帕曼特斯　非常感动！（喇叭奏花腔）

泰　门　那喇叭声音是怎么回事？

一仆人上。

泰　门　什么事？

仆　人　禀大爷，有几位姑娘在外面求见。

泰　门　姑娘！她们来干什么？

仆　人　大爷，她们有一个领班的人，他会告诉您她们的来意。

泰　门　请她们进来吧。

一人饰丘比特上。

丘比特　祝福你，尊贵的泰门；祝福你席上的嘉宾！人身上最灵敏的五官承认你是它们的恩主，都来向你献奉它们的珍奇。听觉、味觉、触觉、嗅觉，都已经从你的筵席上得到满足了；现在我们还要略呈薄技，贡献你视觉上的欢娱。

泰　门　欢迎欢迎；请她们进来吧。音乐，奏起来欢迎她们！（*丘比特下*）

贵族甲　大人，您看，您是这样被人敬爱。音乐；丘比特率妇女一队扮阿玛宗女战士重上，众女手持琵琶，且弹且舞。

艾帕曼特斯　嗳哟！瞧这些过眼的浮华！她们跳舞！她们都是些疯女人。人生的荣华不过是一场疯狂的胡闹，正像这种奢侈的景象在一个嚼着淡菜根的人看来一样。我们寻欢作乐，全然是傻子的行为。我们所谄媚的、我们所举杯祝饮的那些人，也就是在年老时被我们痛骂的那些人。哪一个人不曾被人败坏也败坏过别人？哪一个人死了能够逃过他的朋友的讥斥？我怕现在在我面前跳舞的人，有一天将要把我放在他们的脚下践踏；这样的事不是不曾有过，人们对于一个没落的太阳是会闭门不纳的。

众贵族起身离席，向泰门备献殷勤；每人各择舞女一人共舞，高音笛奏闹乐一二曲；舞止。

泰　门　各位美人，你们替我们添加了不少兴致，我们今天的欢娱，因为有了你们而格外美丽热烈了。我必须谢谢你们。

舞女甲　大爷，您太抬举我们了。

艾帕曼特斯　的确，好在压低，我怕那样就太不成体统了。

泰　门　姑娘们，还有一桌酒席空着等候你们；请你们随意坐下吧。

众　女　谢谢大爷。（*丘比特及众女下*）

泰　门　弗莱维斯！

弗莱维斯　有，大爷。

泰　门　把我那小匣子拿来。

弗莱维斯　是，大爷。（*旁白*）又要把珠宝送人了！他高兴的时候，谁也不能违拗他的意志，否则我早就老老实实告诉他了；真的，我该早点儿告诉他，等到他把一切挥霍干净以后，再

要跟他闹别扭也来不及了。可惜宽宏大量的人，背后不多生一个眼睛；心肠太好的结果不过害了自己。（下）

贵族甲 我们的仆人呢？

仆　人 有，大爷，在这儿。

贵族乙 套起马来！

弗莱维斯携匣重上。

泰　门 啊，我的朋友们！我还要对你们说一句话。大人，我要请您赏我一个面子，接受了我这一颗宝石；请您收下戴上吧，我的好大人。

贵族甲 我已经得到您太多的厚赐了——

众　人 我们也都是屡蒙见惠。

一仆人上。

仆　甲 大爷，有几位元老院里的老爷刚才到来，要来拜访。

泰　门 我很欢迎他们。

弗莱维斯 大爷，请您让我向您说句话：那是跟您有切身关系的。

泰　门 有切身关系！好，那么等会儿你再告诉我吧。请你快去预备预备，不要怠慢了客人。

弗莱维斯 （旁白）我简直不知道应该怎么办。

另一仆人上。

仆　乙 禀大爷，路歇斯大爷送来了四匹乳白的骏马，鞍辔完全是银的，要请您鉴纳他的诚意，把它们收下。

泰　门 我很高兴接受它们；把马儿好生饲养着。

另一仆人上。

泰　门 啊！什么事？

仆　丙 禀大爷，那位尊贵的绅士，路库勒斯大爷，请您明天去陪他打猎；他送来了两对猎犬。

泰　门　我愿意陪他打猎；把猎犬收下了，用一份厚礼答谢他。

弗莱维斯　（旁白）这样下去怎么得了呢？他命令我们预备这样预备那样，把贵重的礼物拿去送人，可是他的钱箱里却早已空得不剩一文。他又从来不想知道他究竟有多少钱，也不让我有机会告诉他实在的情形，使他知道他的力量已经不能实现他的愿望。他所答应人家的，远超过他自己的资力，因此他口头所说的每一句话都是一笔负债。他是这样的慷慨，他现在送给人家的礼物，都是他出了利息向人借贷来的；他的土地都已经抵押出去了。唉，但愿他早一点辞歇了我，免得将来有被迫解职的一日！与其用酒食供养这些比仇敌还凶恶的朋友，那么还是没有朋友的人幸福得多了。我在为我的主人衷心泣血呢。（下）

泰　门　你们这样自谦，真是太客气了。大人，这一点点小东西，聊以表示我们的情谊。

贵族乙　那么我拜领了，非常感谢。

贵族丙　啊，他真是个慷慨仁厚的人。

泰　门　我记起来了，大人，前天您曾经赞美过我所乘的一匹栗色的马儿；您既然喜欢它，就把它带去吧。

贵族丙　啊！原谅我，大人，那我可万万不敢掠爱。

泰　门　您尽管收下吧，大人；我知道一个人倘不是真心喜欢一样东西，绝不会把它赞美得恰如其分。凭着我自己的心理，就可以推测到我的朋友的感情。我叫他们把它牵来给您。

众贵族　啊！那好极了。

泰　门　承你们各位光临，我心里非常感激；即使把我的一切送给你们，也不能报答你们的盛情；我想要是我有许多国土可以分给我的朋友们，我一定永远不会感到厌倦。艾西巴第斯，你是一个军人，军人总是身无长物的，钱财难得会到你的手里；因为你的生活是与死为邻，你所有的土地都在疆场之上。

艾西巴第斯 是的，大人，只是一些荆榛瓦砾之场。

贵族甲 我们深感大德——

泰　门 我也同样感谢你们。

贵族乙 备蒙雅爱——

泰　门 我也多承各位不弃，多拿些火把来！

贵族甲 最大的幸福、尊荣和富贵跟您在一起，泰门大人！

泰　门 这一切他都愿意和朋友们分享。（艾西巴第斯及贵族等同下）

艾帕曼特斯 好热闹！这么摇头晃脑撅屁股！他们的两条腿恐怕还不值他们跑这一趟所得到的好处。友谊不过是些渣滓废物，虚伪的心不会有坚硬的腿，老实的傻瓜们也在人们的打躬作揖之下卖弄自己的家私。

泰　门 艾帕曼特斯，倘若你不是这样乖僻，我也会给你好处的。

艾帕曼特斯 不，我不要什么；要是我也受了你的贿赂，那么再也没有人骂你了，你就要造更多的孽了。你老是布施人家，泰门，我怕你快要写起卖身文契来，把你自己也送给人家了。这种宴会、奢侈、浮华有什么用呢？

泰　门 嗳哟，要是你骂起我的交际来，那我可要发誓不理你了。再会；下次来的时候，请你预备一些好一点的音乐。（下）

艾帕曼特斯 好，你现在不要听我，将来要听也听不到了；天堂的门已经锁上了，你从此只好徘徊门外。唉，人们的耳朵不能容纳忠言，谄媚却这样容易进去！（下）

第二幕

第一场　雅典。某元老家中一室

某元老手持文件上。

元　老　最近又是五千；他还欠了凡罗和艾西铎九千；单是我的债务，前后一共是两万五千。他还在任意挥霍！这样子是维持不下去的；一定维持不下去。要是我要金子，我只要从一个乞丐那里偷一条狗送给泰门，这条狗就会替我变出金子来。要是我要把我的马卖掉，再去买二十四比它更好的马来，我只要把我的马送给泰门，不必问他要什么。就这么送给他，它就会立刻替我生下二十四匹好马来。他门口的管门人，见了谁都笑脸相迎，每一个路过的人，他都邀请他们进去。这样子是维持不下去的；他这份家私看起来恐怕有些不稳。凯菲斯，喂！喂，凯菲斯！

凯菲斯上。

凯菲斯　有，老爷；您有什么吩咐？

元　老　披上你的外套，赶快到泰门大爷家里去；请他务必把我的钱还我；不要听他推三托四，也不要因为他说了一声“替我问候你家老爷”，把他的帽子放在右手这么一挥，就说不出一句话来；你要对他说，我有很要紧的用途；我必须用我自己的钱供给我自己的需要；他的借款早已过期，他因为爽约，我对他也失去信任了。我虽然很看重他的为人，可是不能为了医治他的手指就弄伤我自己的背；我的需要很急迫，不能让他用空话敷衍过去，一定要他立刻把钱还我。你去吧；装出一副很严厉的神情向他追索。我怕泰门大爷现在虽然像一只神采蹁跹的凤凰，要是把他借来的羽毛一根根拔去以后，就要变成一只秃羽的海鸥了。你去吧。

凯菲斯　我就去，老爷。

元　老　“我就去，老爷”！把借票一起带去，别忘记借票上面的日子。

凯菲斯　是，老爷。

元　老　去吧。（各下）

第二场　同前。泰门家中的厅堂

弗莱维斯持债票多纸上。

弗莱维斯　他一点也不在乎，一点都不知道停止他的挥霍！不想想这样浪费下去，怎么维持得了；钱财产业从他手里飞了出去，他也不管；将来怎么过日子，他也从不放在心上；只是这样傻头傻脑地乐善好施。怎么办才好呢？不叫他亲自尝到财尽囊空的滋味，他是再也不会听人家的话的。现在他出去打猎，快要回来了，我必须提醒他才是。嘿！嘿！嘿！嘿！

凯菲斯及艾西铎、凡罗二家仆人上。

凯菲斯　晚安，凡罗家的大哥。什么！你是来讨债的吗？

凡罗家仆人　你不也是来讨债的吗？

凯菲斯　是的；你也是吗，艾西铎家的大哥？

艾西铎家仆人　正是。

凯菲斯　但愿我们都能讨到手！

凡罗家仆人　我怕讨不到。

凯菲斯　大爷来了！

泰门、艾西巴第斯及贵族等上。

泰　门　我们吃过了饭再出去，艾西巴第斯。你们是来看我的吗？有什么事？

凯菲斯　大爷，这儿是一张债票。

泰　门　债票！你是哪儿来的？

凯菲斯　我就是这儿雅典的人，大爷。

泰　门　跟我的管家说去。

凯菲斯　禀大爷，他叫我等几天再来，可是我家主人因为自己有急用，并且知道大爷一向为人正直，千万莫让他今天失望了。

泰　门　我的好朋友，请你明天来吧。

凯菲斯　不，我的好大爷——

泰　门　你放心吧，好朋友。

凡罗家仆人　大爷，我是凡罗的仆人——

艾西铎家仆人　艾西铎叫我来请大爷快一点把他的钱还了。

凯菲斯　大爷，要是您知道我家主人是怎样等着用这笔钱——

凡罗家仆人　这笔钱，大爷，已经过期六个星期了。

艾西铎家仆人　大爷，您那位管家尽是今天推明天，明天推后天的，所以我家主人才叫我向大爷您面讨。

泰　门　让我松一口气。各位大人，请你们先进去一会儿；我立刻就来奉陪。（艾西巴第斯及贵族等下。向弗莱维斯）过来。请问你，究竟是怎么一回事，这些人都拿着过期的债票向我缠扰不清，让人家看着把我的脸也丢尽了？

弗莱维斯 对不起，各位朋友，现在不是讲这种事情的时候，请你们暂时忍耐片刻，等大爷吃过饭以后，我可以告诉他为什么你们的债款还没有归还。

泰 门 等一等再说吧，我的朋友们。好好地招待他们。(下)

弗莱维斯 请各位过来。(下)

艾帕曼特斯及弄人上。

凯菲斯 且慢，瞧那傻子跟着艾帕曼特斯来了；让我们跟他们开开玩笑。

凡罗家仆人 别理他，他会骂我们的。

艾西铎家仆人 该死的狗！

凡罗家仆人你好，傻子？

艾帕曼特斯 你在对你的影子讲话吗？

凡罗家仆人我不是跟你说话。

艾帕曼特斯 不，你是对你自己说话。(向弄人) 去吧。

艾西铎家仆人 (向凡罗家仆人) 傻子已经附在你的背上了。

艾帕曼特斯 不对，你明明是一个人站在那里，还没有骑上他的背呢。

凯菲斯 此刻那傻子呢？

艾帕曼特斯 问这问题的就是那傻子。哼，这些放债人手下的奴才！只会在金钱和欲望之间拉皮条。

众 仆 我们是什么，艾帕曼特斯？

艾帕曼特斯 都是些驴子。

众 仆 为什么？

艾帕曼特斯 因为你们不知道自己是什么，却要来问我。跟他们谈谈，傻子。

弄　人　各位请了。

众　仆　你好，好傻子。你家奶奶好吗？

弄　人　她正在烧开热水来替你们这些小鸡洗皮拔毛哩。巴不得赶紧在妓院里看到你们！

艾帕曼特斯　说得好！

侍童上。

弄　人　瞧，咱们奶奶的童儿来了。

侍　童　（向弄人）啊，您好，大将军！您在这些聪明人中间有什么贵干？你好，艾帕曼特斯。

艾帕曼特斯　我但愿我的舌头上长着一根棒子，可以痛痛快快地回答你。

侍　童　艾帕曼特斯，请你把这两个信封上的字念给我听一听，我不知道哪一封信应该给哪一个人。

艾帕曼特斯　你不认识字吗？

侍　童　不认识。

艾帕曼特斯　那么你吊死一天，学问倒不会受损失了。这是给泰门大爷的；这是给艾西巴第斯的。去吧；你生下来是个私生子，到死是个王八蛋。

侍　童　母狗把你生了下来，你死了也是一条饿狗。不要回答我，我去了。（下）

艾帕曼特斯　好，你夹着尾巴逃吧。——傻瓜，我要跟你一块儿到泰门大爷那儿去。

弄　人　您要把我丢在那儿吗？

艾帕曼特斯　要是泰门在家，我就把你丢在那儿。你们三个人侍候着三个放债的人吗？

众　仆　是的；我们但愿他们侍候我们！

艾帕曼特斯 那倒跟刽子手侍候偷儿一样。

弄　人 你们三个人的主人都是放债的吗？

众　仆 是的，傻瓜。

弄　人 我想是个放债的就得有个傻瓜做他的仆人；我家奶奶是个放债的，我就是她的傻瓜。人家向你们的主人借钱，来的时候都是愁眉苦脸，去的时候都是欢欢喜喜；可是人家走进我家奶奶的屋子的时候，却是欢欢喜喜，走出去的时候反而愁眉苦脸，这是什么道理呢？

凡罗家仆人 我可以说出一个道理来。

艾帕曼特斯 那么你说吧，你说了出来，我们就可以承认你是一个王八龟子；虽然你本来就是个王八龟子。

凡罗家仆人 傻瓜，什么叫做王八龟子？

弄　人 他是一个穿着好衣服的傻瓜，跟你差不多的一种东西。是一个幽灵；有时候样子像一个贵人；有时候像一个律师；有时候像一个哲学家，裤裆里系着两颗天生的药丸；又往往以一个骑士的姿态出现；这个幽灵也会化成各色各样的人，有时候是个八十岁的老头儿，有时候是个十三岁的小哥儿。

凡罗家仆人 你倒不完全是个傻子。

弄　人 你也不完全是个聪明人；我不过有几分傻气，你也刚刚缺少这几分聪明。

艾帕曼特斯 这倒像是艾帕曼特斯说的话。

众　仆 站开，站开；泰门大爷来了。

泰门及弗莱维斯重上。

艾帕曼特斯 跟我来，傻瓜，来。

弄　人 我不大愿意跟在情人、长兄和女人的背后；有时候也不愿意跟着哲学家跑。（艾帕曼特斯及弄人下）

弗莱维斯 请您过来；我一会儿就跟你们说话。（众仆下）

泰　门　你真让我奇怪；为什么你不早一点把我的家用收支的情形明白告诉我，好让我在没有欠债以前，把费用节省节省呢？

弗莱维斯　我好几回向您说起，您总是不理会我。

泰　门　哼，也许你趁着我心里不高兴的时候说起这种话，我叫你不要向我絮烦，你就借着这个做理由，替你自己诿卸责任了。

弗莱维斯　啊，我的好大爷！好多次我把账目拿上来呈给您看，您总是把它们推在一旁，说是您相信我的忠实。当您收下了人家一点点轻微的礼品，叫我用许多贵重的东西酬答他们的时候，我总是摇头流泪，甚至于不顾自己卑贱的身份，再三劝告您不要太慷慨了。不止一次我因为向您指出您的财产已经大不如前，您的欠债已经愈积愈多，而您却对我严词申斥。我的亲爱的大爷，现在您虽然肯听我把实际的情形告诉您，可是已经太迟了，您的家产至多也不过抵偿您的欠债的半数。

泰　门　把我的土地一起卖掉好了。

弗莱维斯　土地有的已经变卖了，有的已经抵押给人家了；剩下来的还不够偿还目前已经到期的债款；没有到期的债款也快要到期了，中间这一段时间怎么应付过去呢？我们这一笔账，到最后又是怎么算法？

泰　门　我的土地不是一直通到斯巴达吗？

弗莱维斯　啊，我的好大爷！整个的世界也不过是一句话；即使它是完全属于您的，只要您一开口，也可以把它很快地送给别人。

泰　门　你说的倒是真话。

弗莱维斯　要是您疑心我办事欺心，您可以叫几个最精细的查账员当面查看我的账目。神明在上，当我们的门庭之内充满着饕餮的食客，当我们的酒窟里泛滥着满地的余沥，当每一间屋内灯光吐辉、笙歌沸天的时候，我总是一个人躲在拔掉了木塞的酒桶下面，止不住我的泪涛的汹涌。

泰　门　请你不要说下去啦。

弗莱维斯　天啊！我总是说，这位大爷多么慷慨！在这一个晚上，有多少狼藉的酒肉填饱了庸奴伧夫的肠胃！哪一个人不是靠泰门养活的？哪一个人的心思才智、武力资财，不是泰门大爷的？伟大的泰门，光荣高贵的泰门，唉！花费了无数的钱财，买到人家一声赞美，钱财一旦失去，赞美的声音也寂灭了。酒食上得来的朋友，等到酒尽樽空，转眼成为路人；一片冬天的乌云刚刚出现，这些飞虫们早就躲得不知去向了。

泰　门　得啦，少教训几句吧；我虽然太慷慨了些，可是慷慨也不是坏事；我的钱财用得虽然不大得当，可是还不算是用在不明不白的地方。你何必哭呢？你难道以为我会缺少朋友吗？放心吧，凭着我对人家这点交情，要是我开口向人告借，谁都会把他们自己和他们的财产给我自由支配的。

弗莱维斯　但愿您所深信的果真是事实！

泰　门　而且我现在的贫乏，未始不可以说是一种幸运；因为我可以借此试探我的朋友。你就可以明白你对于我的财产的忧心完全是一种过虑，我有这许多朋友，还怕穷吗？里面有人吗？弗莱米涅斯！塞维律斯！

弗莱米涅斯、塞维律斯及其他仆人上。

众　仆　大爷！大爷！

泰　门　你们替我分别到几个地方去；你到路歇斯大爷那里；你到路库勒斯大爷那里，我今天还跟他在一起打猎；你到辛普洛涅斯那里。替我向他们致意问候；说是我认为非常荣幸，能够有机会请求他们借给我一些钱；只要五十个泰伦就够了。

弗莱米涅斯 是，大爷，我们就照您这几句话去说。

弗莱维斯 （旁白）路歇斯和路库勒斯？哼！

泰　门 （向另一仆人）你到元老院去，请他们立刻送一千泰伦来给我；为了国计民生我曾尽过力，他们不会拒绝我的请求。

弗莱维斯 我已经大胆用您的图章和名义，向他们请求过了；可是他们只向我摇摇头，结果我仍旧空手而归。

泰　门 真的吗？有这种事！

弗莱维斯 他们众口一词地回答我说，现在他们的景况很困难，手头没有钱，力不从心；很抱歉；您是很有信誉的人；可是他们觉得——他们不知道；有一点儿不敢十分赞同；善人未必没有过失；但愿一切顺利；实在不胜遗憾之至；说着这样断断续续的话，满脸不耐烦的神气，把帽子掀了掀，冷淡地点了点头，就去忙别的要事去了，把我冷得哑口无言。

泰　门 神啊，惩罚他们！老人家，你不用烦恼。这些老家伙，都是天生忘恩负义的东西；他们的血已经寒冷冻结，不会流了；他们因为缺少热力，所以这样冷酷无情；他们将要终结他们生命的旅程而归于泥土，所以他们的天性也变得冥顽不灵了。（向一仆）你到文提狄斯那儿去。（向弗莱维斯）你也不用伤心了，你是忠心而诚实的；这全然不是你的错处。（向那仆人）文提狄斯新近把他的父亲安葬；他自从父亲死了以后，已经承继到一笔很大的遗产；他关在监狱里的时候，穷得一个朋友也没有，是我用五泰伦把他赎了出来；你去替我向他致意，对他说他的朋友因为有一些正用，请他把那五泰伦还给他。（仆人下。向弗莱维斯）那五泰伦拿到以后，就把目前已经到期的债款还给那些家伙。泰门有的是朋友，他的家业是不会没落的。

弗莱维斯 我希望我也像您一样放心。顾虑是慷慨的仇敌；一个人自己慷慨了，就以为人家也跟你一样。（同下）

第三幕

第一场　雅典。路库勒斯家中一室

弗莱米涅斯在室中等候；一仆人上。

仆　人　我已经告诉我家大爷说你在这儿；他就来见你了。

弗莱米涅斯　谢谢你，大哥。

路库勒斯上。

仆　人　这就是我家大爷。

路库勒斯　（旁白）泰门大爷的一个仆人！一定是送什么礼物来的。哈哈，一点不错；我昨天晚上梦见银盘和银瓶哩。弗莱米涅斯，好弗莱米涅斯，承蒙你光临，不胜欢迎之至。给我倒些酒来。（仆人下）那位尊贵的、十全十美的、宽宏大量的雅典绅士，你那慷慨的好主人好吗？

弗莱米涅斯　他身体很好，先生。

路库勒斯　我很高兴他身体很好。你那外套下面有些什么东西，可爱的弗莱米涅斯？

弗莱米涅斯　不瞒您说，先生，那不过是一只空匣子；我奉我家大爷之命，特来请您把它填满了；他因为急用，需要五十个泰伦，所以叫我来向您商借，他相信您一定会毫不踌躇地帮助他的。

路库勒斯 哪，哪，哪哪！“相信他一定会帮助我”，他这样说吗？唉！好大爷，他是一位尊贵的绅士，就是太爱摆阔了。我好多次陪他在一块儿吃中饭，打算劝劝他；晚上再去陪他吃晚饭，也是为着劝他不要太浪费；可是他总不肯听人家的劝，也不因为我一次次地上门而有所觉悟。哪一个人没有几分错处，他的错处就是太老实了；我也这样对他说过，可是没有法子改变他的习性。

仆人持酒重上。

仆　人 大爷，酒来了。

路库勒斯 弗莱米涅斯，我一向知道你是个聪明人。喝杯酒吧。

弗莱米涅斯 多承大爷谬奖。

路库勒斯 我常常注意到你的脾气很和顺勤勉，凭良心说，你是很懂得道理的；你也从来不偷懒，这些都是你的好处。（向仆人）你去吧。（仆人下）过来，好弗莱米涅斯，你家大爷是位慷慨的绅士；可是你是个聪明人，虽然你到这儿来看我，你也一定明白，现在不是可以借钱给别人的时世，尤其单单凭着一点交情，什么保证都没有，那怎么行呀？这儿有三毛钱你拿了去；好孩子，帮帮忙，就说你没有看见我就是了。再会。

弗莱米涅斯 世事的变迁，人情的变幻，竟会一至于此吗？滚开，该死的下贱的东西，回到那崇拜你的人那儿去吧！（将钱掷去）

路库勒斯 嘿！原来你也是个傻子，这才是有其主必有其仆。（下）

弗莱米涅斯 愿你落在铁锅里和着熔化了的钱活活地熬死，

你这恶病一样的朋友！难道友谊是这样轻浮善变，不到两天工夫就换了样子吗？天啊！我的心头充塞着我主人的愤怒。这个奴才的肠胃里还有我家主人赏给他吃的肉，为什么这些肉不跟他的良心一起变坏，化成毒药呢？他的一部分生命是靠着我家主人养活的；但愿他害起病来，临死之前多挨一些痛苦！（下）

第二场　同前。广场

路歇斯及三路人上。

路歇斯　谁？泰门大爷吗？他是我的很好的朋友，也是一个高贵的绅士。

路人甲　我们也久闻他的大名，虽然跟他没有交情。可是我可以告诉您一件事情，我听一般人都这样纷纷传说，说现在泰门大爷的光荣时代已经过去，他的家业已经远不如前了。

路歇斯　嘿，哪有这样的事，你不要听信人家胡说；他是不会缺钱的。

路人乙　可是您得相信我，在不久以前，他叫一个仆人到路库勒斯大爷家里去，向他告借多少泰伦，说是有很要紧的用途，可是结果并没有借到。

路歇斯　怎么！

路人乙　我说，他没有借到。

路歇斯　岂有此理！天神在上，我真替他害羞！不肯借钱给这样一位高贵的绅士！那真是太不讲道义了。拿我自己来说，我必须承认曾经从他手里得到过一些小恩小惠，譬如说钱哪，杯盘哪，珠宝哪，这一类零星小物，比起别人到手的东西来可比不上，可是要是他向我开口借钱，我是不会拒绝借给他这几个泰伦的。

塞维律斯上。

塞维律斯 瞧，巧得很，那里正是路歇斯大爷；我好不容易找到他。（向路歇斯）我的尊贵的大爷！

路歇斯 塞维律斯！你来得很好。再会；替我问候你的高贵贤德的主人，我的最好的朋友。

塞维律斯 告诉大爷知道，我家主人叫我来——

路歇斯 哈！他又叫你送什么东西来了吗？你家大爷待我真好，他老送东西给我；你看我应当怎样感谢他才好呢？他现在又送些什么来啦？

塞维律斯 他没有送什么来，大爷，只是因为一时需要，想请您借给他几个泰伦。

路歇斯 我知道他老人家只是跟我开开玩笑；他哪里会缺五十、一百个泰伦用。

塞维律斯 可是大爷，他现在需要的还不到这个数目。要是他的用途并不正当，我也不会向您这样苦苦求告的。

路歇斯 你说的是真话吗，塞维律斯？

塞维律斯 凭着我的灵魂起誓，我说的是真话。

路歇斯 我真是一头该死的畜生，放着这一个大好的机会，可以表明我自己不是一个翻脸无情的小人，偏偏把手头的钱一起用光了！真不凑巧，前天我买了一件无关紧要的东西，今天蒙泰门大爷给我这样一个面子，却不能应命。塞维律斯，天神在上，我真的是无力应命；我是一头畜生；我自己刚才还想叫人来向泰门大爷告借几个钱呢，这三位先生可以替我证明的；可是我觉得不好意思，否则早就向他开口了。请你多多替我向你家大爷致意；我希望他不要见怪于我，因为我实在是心有余而力不足。再请你替我告诉他，我不能满足这样一位高贵的绅士的要求，真是我生平第一件恨事。好塞维律斯，你愿意做我的好朋友，照我这几句话对他说吗？

塞维律斯 好的，大爷，我这样对他说就是了。

路歇斯 我一定不忘记你的好处，塞维律斯。（塞维律斯下）你们果然说得不错，泰门已经失势了，一次被人拒绝，到处都要碰壁的。（下）

路人甲 您看见这种情形吗，霍斯提律斯？

路人乙 嗯，我看得太明白了。

路人甲 哼，这就是世人的本来面目；每一个谄媚之徒，都是同样的居心。谁能够叫那同器而食的人做他的朋友呢？据我所知道的，泰门曾经像父亲一样照顾这位贵人，用他自己的钱替他还债，维持他的产业；甚至于他的仆人的工钱，也是泰门替他代付的；他每一次喝酒，他的嘴唇上都是啜着泰门的银子；可是唉！瞧这些狗彘不食的人！人家行善事，对乞丐也要布施几个钱，他却好意思这样忘恩负义地一口拒绝。

路人丙 世道如斯，鬼神有知，亦当痛哭。

路人甲 拿我自己来说，我虽然从来不曾叨光过泰门的一顿酒食；他也从来不曾施恩于我，可以表明我是他的一个朋友；可是我要说一句，为了他的正直的胸襟、超人的德行和高贵的举止，要是他在窘迫的时候需要我的帮助，我一定愿意变卖我的家产，把一大半送给他，因为我是这样敬爱他的为人。可是在现在的时世，一个人也只好把怜悯之心搁起，因为万事总需熟权利害，不能但问良心。（同下）

第三场　同前。辛普洛涅斯家中一室

辛普洛涅斯及一泰门的仆人上。

辛普洛涅斯 哼！难道他没有别人，一定要找我吗？他可以向路歇斯或是路库勒斯试试；文提狄斯是他从监狱里赎出身来的，现在也发了财了；这几个人都是靠着他才有今天这份财产的。

仆　人　大爷，他们几个人的地方都去过了，一个也不是好东西，谁都不肯借给他。

辛普洛涅斯　怎么！他们已经拒绝了他吗？文提狄斯和路库勒斯都拒绝了他吗？他现在又来向我告借吗？三个人？哼！这就可以看出他不但不够交情，而且也太缺少知人之明；我必须做他的最后的希望吗？他的朋友已经三次拒绝了他，就像一个病人已经被三个医生认为不治，所以我必须负责把他医好吗？他明明瞧不起我，给我这样重大的侮辱，我在生他的气哩。他应该一开始就向我商量，因为凭良心说，我是第一个受到他的礼物的人；现在他却最后一个才想到我，想叫我在最后帮他的忙吗？不，要是我答应了他，人家都要笑我，那些贵人们都要当我是个傻子了。要是他瞧得起我，第一个就向我借，那么别说这一点数目，就是三倍于此，我也愿意帮助他的。可是现在你回去吧，替我把我的答复跟他们的冷淡的回音一起告诉你家主人；谁轻视了我，休想用我的钱。（下）

仆　人　很好！你这位大爷也是一个大大的奸徒。魔鬼把人们造得这样奸诈，一定后悔不及；比起人心的险恶来，魔鬼也要望而却步哩。瞧这位贵人唯恐人家看不清楚他的丑恶，拼命龇牙咧嘴给人家看，这就是他的奸诈的友谊！这是我的主人的最后的希望；现在一切都已消失了，只有向神明祈祷。现在他的朋友都已死去；终年开放、来者不拒的大门，也要关起来保护它们的主人了；这是一个浪子的下场；一个人不能看守住他的家产，就只好关起大门躲债。（下）

第四场　同前。泰门家中厅堂

凡罗家两个仆人及路歇斯的仆人同上，与泰特斯、霍坦歇斯及其他泰门债主的仆人相遇。

凡罗家仆人甲　咱们碰见得很巧；早安，泰特斯，霍坦歇斯。

泰特斯　早安，凡罗家的大哥。

霍坦歇斯　路歇斯家的大哥！怎么！你也来了吗？

路歇斯家仆人　是的，我想我们都是为着同一目的来的；我为讨钱而来。

泰特斯　他们和我们都是来讨钱的。

菲洛特斯上。

路歇斯家仆人　菲洛特斯也来了！

菲洛特斯　各位早安。

路歇斯家仆人　欢迎，好兄弟。你想现在是什么时候了？

菲洛特斯　快九点钟啦。

路歇斯家仆人　这么晚了吗？

菲洛特斯　还没有看见泰门大爷吗？

路歇斯家仆人　还没有。

菲洛特斯　那可怪了，他平常总是七点钟就起来的。

路歇斯家仆人　嗯，可是他的白昼现在已经比从前短了；你该知道一个浪子所走的路程是跟太阳一般的，可是他并不像太阳一样周而复始。我怕在泰门大爷的钱囊里，已经是岁晚寒深的暮冬时候了，你尽管一直把手伸到底里，恐怕还是一无所得。

菲洛特斯　我也担着这样的心。

泰特斯　我可以提醒你一件奇怪的事情。你家大爷现在差你来要钱。

霍坦歇斯 一点不错，他差我来要钱。

泰特斯 可是他身上还戴着泰门送给他的珠宝，我就是到这儿来等他把这珠宝的钱还我的。

霍坦歇斯 我虽然奉命而来，心里可是老大不愿意。

路歇斯家仆人 你瞧，事情多么奇怪，泰门应该还人家的钱比他实际欠下的债还多；好像你家主人佩戴了他的珍贵的珠宝以后，还应该向他讨还珠宝的价钱一样。

霍坦歇斯 我真不愿意干这种差使。我知道我家主人挥霍了泰门的财产，现在还要干这样忘恩负义的事，真是窃贼不如了。

凡罗家仆人甲 是的，我要向他讨还三千克朗，你呢？

路歇斯家仆人 我的是五千克朗。

凡罗家仆人甲 还是你比我多；照这数目看起来，你家主人对他的交情比我家主人深得多了，否则不会有这样的差别的。

弗莱米涅斯上。

泰特斯 他是泰门大爷的一个仆人。

路歇斯家仆人 弗莱米涅斯！大哥，说句话。请问大爷就要出来了吗？

弗莱米涅斯 不，他还不想出来呢。

泰特斯 我们都在等着他；请你去向他通报一声。

弗莱米涅斯 我不必通报他；他知道你们是经常上门的。（弗莱米涅斯下）

弗莱维斯穿外套蒙首上。

路歇斯家仆人 嘿！那个蒙住了脸的，不是他的管家吗？他躲躲闪闪地去了；叫住他，叫住他。

泰特斯 你听见了吗，总管？

凡罗家仆人乙 对不起，总管。

弗莱维斯　你有什么事要问我，朋友？

泰特斯　我们在这儿等着要拿回几个钱，总管。

弗莱维斯　哼，当你们那些黑心的主人们吃着我家大爷的肉食的时候，为什么你们不把债票送上来要钱？那个时候他们是不把他的欠款放在心上的，只知道忙着胁肩谄笑，把利息吞进他们贪馋的胃里。你们跟我吵有什么用呢？让我安安静静地过去吧。相信我，我家大爷跟我已经解除了主仆的名分；我没有账可管，他也没有钱可用了。

路歇斯家仆人　我们可不能拿你这样的话回去交代啊。

弗莱维斯　我的话倒是老实话，不像你们的主人都是些无耻小人。（下）

凡罗家仆人甲　怎么！这位卸了职的老爷子咕噜些什么？

凡罗家仆人乙　随他咕噜些什么；他是个苦老头儿，理他作甚？连一间可以钻进头去的屋子也没有的人，见了高楼大厦当然会痛骂的。

塞维律斯上。

泰特斯　啊！塞维律斯来了；现在我们可以得到一些答复了。

塞维律斯　各位朋友，要是你们愿意改日再来，我就感谢不尽了；不瞒列位说，我家大爷今天心境很不好；他身子也有点不大舒服，不能起来。

路歇斯家仆人　有许多人睡在床上不起来，并不是害病的缘故。要是他真的有病，我想他更应该早一点把债还清，这才可以撒手归天。

塞维律斯　天哪！

泰特斯　我们不能拿这样的话回去交代哩。

弗莱米涅斯　（在内）塞维律斯，赶快！大爷！大爷！

泰门暴怒上，弗莱米涅斯随上。

泰　门　什么！我自己的门都不许我通过吗？我从来不曾受别人管过，现在我自己的屋子却变成了拘禁我的敌人、我的监狱吗？我曾经举行过宴会的地方，难道也像所有的人类一样，用一颗铁石的心肠对待我吗？

路歇斯家仆人　跟他说去，泰特斯。

泰特斯　大爷，这儿是我的债票。

路歇斯家仆人　这儿是我的。

霍坦歇斯　还有我的，大爷。

凡罗家仆人甲　、凡罗家仆人乙还有我们的，大爷。

菲洛特斯　我们的债票都在这儿。

泰　门　用你们的债票把我打倒，把我腰斩了吧。

路歇斯家仆人　唉！大爷——

泰　门　剖开我的心来。

泰特斯　我的账上是五十个泰伦。

泰　门　把我的血一滴一滴地数出来。

路歇斯家仆人　五千个克朗，大爷。

泰　门　还你五千滴血。你要多少？你呢？

凡罗家仆人甲　大爷——

凡罗家仆人乙　大爷——

泰　门　扯碎我的四肢，把我的身体拿了去吧；天神的愤怒降在你们身上！（下）

霍坦歇斯　我看我们的主人的债是讨不回来的了，因为欠债的是个疯子。（同下）

泰门及弗莱维斯重上。

泰　门　他们简直不容我有一点儿喘息的工夫，这些奴才们！什么债主，简直是魔鬼！

弗莱维斯 我的好大爷——

泰　门 要是果然这样呢?

弗莱维斯 大爷——

泰　门 我一定这么办。管家!

弗莱维斯 在，大爷。

泰　门 很好! 去，再把我的朋友们一起请来，路歇斯、路库勒斯、辛普洛涅斯，叫他们大家都来；我还要宴请一次这些恶人。

弗莱维斯 啊，大爷! 您这些话只是一时气愤之言；别说请客，现在就是略为备一些酒食的钱也没有了。

泰　门 你别管；去吧。我叫你把他们全都请来；让那些混账东西再进一次我的门；我的厨子跟我会预备好东西给他们吃的。(同下)

第五场　同前。元老院

众元老列坐议事。

元老甲 大人，您的意见我很赞同；这是一件重大的过失；他必须判处死刑；姑息的结果只是放纵了罪恶。

元老乙 一点不错；法律必须给他一些惩罚。

艾西巴第斯率侍从上。

艾西巴第斯 愿荣耀、康健和仁慈归于各位元老!

元老甲 请了，将军。

艾西巴第斯 我是你们的一个卑微的请愿者。人家说，法律不外人情，只有暴君酷吏才会借着法律的威严肆其荼毒。我的一个朋友因为一时之愤，无意中陷入法网。虽然他现在遭逢不幸，可是他也是很有品行的人，并不是卑怯无耻之流，单这一点也就可以补赎他的过失了；他因为眼看他的名誉受到致命的污辱，所以才挺身而起，光明正大地和他的敌人决斗；就是当他们兵刃相交的时候，他也始终不动声色，就像不过跟人家辩论一场是非一样。

元老甲 您想把一件恶事说得像一件好事，恐怕难以自圆其说；您的话全然是饰词强辩，有心替杀人犯辩护，把斗殴当作勇敢，可惜这种勇敢却是误用了的。真正勇敢的人，应当能够智慧地忍受最难堪的屈辱，不以身外的荣辱介怀，用息事宁人的态度避免无谓的横祸。要是屈辱可以使我们杀人，那么为了气愤而冒着生命的危险，是一件多么愚蠢的事！

艾西巴第斯 大人——

元老甲 您不能使重大的罪恶化为清白；报复不是勇敢，忍受才是勇敢。

艾西巴第斯 各位大人，我是一个武人，请你们恕我说句武人的话。为什么愚蠢的人们宁愿在战场上捐躯，不知道忍受各种的威胁呢？为什么他们不高枕而眠，让敌人从容割破他们的咽喉而不加抗拒呢？要是忍受果然是这样勇敢的行为，那么我们为什么要去远征国外呢？照这样说来，那么在家内安居的妇人女子才是更勇敢的，驴子也要比狮子英雄得多了；要是忍受是一种智慧，那么铁索银铛的囚犯，也比法官更聪明了。啊，各位大人！你们身膺众望，应该仁爱为怀。谁不知道残酷的暴行是罪不容赦的？杀人者处极刑；可是为了自卫而杀人，却是正当的行为。负气使性，虽然为正人君子所不齿，然而人非木石，谁没有一时的气愤呢？你们在判定他的罪名以前，请先斟酌人情，不要矫枉过正才好。

元老乙 您这些话全是白说。

艾西巴第斯 白说！他在斯巴达和拜占廷两次战役中所立的

功劳，难道不能赎回他的一死吗？

元老甲　那是怎么一回事？

艾西巴第斯　我说，各位大人，他曾经立下不少的功劳，在战争中杀死你们的许多敌人。在上次作战的时候，他是多么勇敢，手刃了多少敌人！

元老乙　他杀过太多的人；他是个好乱成性的家伙；要是没有人跟他作对，他也要找人家吵闹；因为他有这样的坏脾气，也不知闹过多少回事、引起多少回的纷争了；我们久已风闻他的酗酒寻衅、行为不检的劣迹。

元老甲　他必须处死。

艾西巴第斯　残酷的命运！早知如此，他就该死在战场上。各位大人，要是他的功绩才能不能替他自己赎罪，那么我可以拿我自己的微劳一并作为抵押，请你们宽恕了他的死罪；我知道你们这样年高的人都喜欢有一个确实的保证，所以我愿意以我历次的胜利和我的荣誉向你们担保，他一定不会有负你们的矜宥。要是他这次所犯的罪，按照法律必须用生命抵偿，那么让他洒血沙场，英勇而死吧；因为战争是和法律同样无情的。

元老甲　我们只知道秉公执法，他必须死。不要再絮渎了，免得惹起我们的恼怒。即使他是我们的朋友或是兄弟，杀了人也必须抵命。

艾西巴第斯　一定要这样办吗？不，一定不能这样办。各位大人，我请求你们，想一想我是什么人。

元老甲　怎么！

艾西巴第斯　请你们想一想我是什么人。

元老丙　什么！

艾西巴第斯　我想你们一定年老健忘，想不起我了；否则我这样向你们卑辞请求这么一点小小的恩惠，总不至于会被你们拒绝的。我身上的伤痕还在为你们而疼痛哩。

元老甲 你胆敢惹我们生气吗？好，听着，我们没有很多的话说，可是我们的话是言出如山的；我们宣布把你永远放逐。

艾西巴第斯 把我放逐！把你们自己的糊涂放逐了吧；把你们放债营私、秽迹昭彰的腐化行为放逐了吧！

元老甲 要是在两天以后，你仍旧逗留在雅典境内，我们就要判处你加倍的重罪。至于你那位朋友，为了让我们耳目中清静一些起见，我们就要把他立刻处决。（众元老同下）

艾西巴第斯 愿神明保佑你们长寿，让你们枯瘦得只剩一副骨头，谁也不来瞧你们一眼！真把我气疯了；我替他们打退了敌人，让他们安安稳稳地在一边数他们的钱，用高利放债，我自己却只得到了满身的伤痕；这一切不过换到了今天这样的结果吗？难道这就是那放高利贷的元老院替将士伤口敷上的油膏吗？放逐！那倒不是坏事；我不恨他们把我放逐；我可以借着这个理由，举兵攻击雅典，向他们发泄我的愤怒。我要去鼓动我的愤愤不平的部队；军人们像天神一样，是不能忍受丝毫的侮辱的。（下）

第六场　同前。泰门家中的宴会厅

音乐；室内排列餐桌，众仆立侍；若干贵族、元老及余人等自各门分别上。

贵族甲 早安，大人。

贵族乙 早安。我想这位可尊敬的贵人前天不过是把我们试探一番。

贵族甲 我刚才也这么想着；我希望他并不真正穷到像他故意装给朋友们看的那个样子。

贵族乙 照他这次重开盛宴的情形看来，他并没有真穷。

贵族甲 我也这样想。他很诚恳地邀请我，我本来还有许多事情，实在抽不出身，可是因为他的盛情难却，所以不能不拨冗而来。

贵族乙 我也有许多要事在身，可是他一定不肯放过我。我很抱歉，当他叫人来问我借钱的时候，我刚巧手边没有现款。

贵族甲 我知道了他这种情形之后，心里也难过得很。

贵族乙 这儿每一个人都有这样的感觉。他要向您借多少钱？

贵族甲 一千块。

贵族乙 一千块！

贵族甲 您呢？

贵族丙 他叫人到我那儿去，大人，——他来了。

泰门及侍从等上。

泰　门 竭诚欢迎，两位老兄；你们都好吗？

贵族甲 托您的福，大人。

贵族乙 燕子跟随夏天，也不及我们跟随您这样踊跃。

泰　门 （旁白）你们离开我也比燕子离开冬天还快；人就是这种趋炎避冷的鸟儿。——各位朋友，今天肴馔不周，又累你们久等，实在抱歉万分；要是你们不嫌喇叭的声音刺耳，请先饱听一下音乐，我们就可以入席了。

贵族甲 前天累尊价空劳往返，希望您不要见怪。

泰　门 啊！老兄，那是小事，请您不必放在心上。

贵族乙 大人——

泰　门 啊！我的好朋友，什么事？

贵族乙 大人，我真是说不出的惭愧，前天您叫人来看我的时候，不巧我正是身无分文。

泰　门　老兄不必介意。

贵族乙　要是您再早两点钟叫人来——

泰　门　请您不要把这种事留在记忆里。（众仆端酒食上）来，把所有的盘子放在一起。

贵族乙　盘子上全都罩着盖！

贵族甲　一定是奇珍异味哩。

贵族丙　那还用说吗，只要是出了钱买得到的东西。

贵族甲　您好？近来有什么消息？

贵族丙　艾西巴第斯被放逐了；您听见人家说起没有？

贵族甲、贵族乙　艾西巴第斯被放逐了！

贵族丙　是的，这是真的。

贵族甲　怎么？怎么？

贵族乙　请问是为了什么原因？

泰　门　各位好朋友，大家过来吧。

贵族丙　等会儿我再详细告诉您。看来又是一场盛大的欢宴。

贵族乙　他还是原来那样子。

贵族丙　这样子能够维持长久吗？

贵族乙　也许；可是——那就——

贵族丙　我明白您的意思。

泰　门　请大家以和爱人接吻那样热烈的情绪，各人就各人的座位吧；你们的菜肴是完全一致的。不要拘泥礼节，谦让得把肉菜都冷了。请坐，请坐。我们必须先向神明道谢；——神啊，我们感谢你们的施与，赞颂你们的恩惠；可是不要把你们所有的一切完全给人，免得你们神灵也要被人蔑视。借足够的钱给每一个人，不使他再转借给别人；因为如果你们神灵也要向人类告贷，人类是会把神明舍弃的。让人们重视肉食，甚于把肉食赏给他们的人。让每一处有二十个男子的所在，聚集着二十个恶徒；要是有十二个妇人围桌而坐，让她们中间的十二个人保持她们的本色。神啊！那些雅典的元老们，以及黎民众庶，请你们鉴察他们的罪恶，让他们遭受毁灭的命运吧。至于我这些在座的朋友，他们本来对于我漠不相关，所以我不给他们任何的祝福，我所用来款待他们的也只有空虚的无物。揭开来，狗子们，舔你们的盆子吧。（众盘揭开，内满贮温水）

一宾客　他这种举动是什么意思？

另一宾客　我不知道。

泰　门　请你们永远不再见到比这更好的宴会，你们这一群口头的朋友！蒸汽和温水是你们最好的饮食。这是泰门最后一次的宴会了；他因为被你们的谄媚蒙住了心窍，所以要把它洗干净，把你们这些恶臭的奸诈仍旧洒还给你们。（浇水于众客脸上）愿你们老而不死，永远受人憎恶，你们这些微笑的、柔和的、可厌的寄生虫，彬彬有礼的破坏者。驯良的豺狼，温驯的熊，命运的弄人，酒食征逐的朋友，趋炎附势的青蝇，脱帽屈膝的奴才，水汽一样轻浮的跳梁小丑！一切人畜的恶症侵蚀你们的全身！什么！你要走了吗？且慢！你还没有把你的教训带去，——还有你，——还有你；等一等，我有钱借给你们哩，我不要向你们借钱呀！（将盘子掷众客身，众下）什么！大家都要走了吗？从此以后，让每一个宴会上把好人尊为上客吧。屋子，烧起来呀！雅典，沉没了吧！从此以后，泰门将要痛恨一切的人类了！（下）

众贵族、元老等重上。

贵族甲　嗳哟，各位大人！

贵族乙　您知道泰门发怒的缘故吗？

贵族丙　嘿！您看见我的帽子了吗？

贵族丁　我的袍子也丢了。

贵族甲　他已经发了疯啦，完全在逞着他的性子乱闹。前天他给我一颗宝石，现在他又把它从我的帽子上打下来了。你们看见我的宝石了吗？

贵族丙　您看见我的帽子了吗？

贵族乙　在这儿。

贵族丁　这儿是我的袍子。

贵族甲　我们还是快走吧。

贵族乙　泰门已经疯了。

贵族丙　他把我的骨头都捶痛了呢。

贵族丁　他高兴就给我们金刚钻，不高兴就用石子扔我们。（同下）

第四幕

第一场　雅典城外

泰门上。

泰　门　让我回头瞧瞧你。城啊，你包藏着如许的豺狼，快快沉没吧，不要再替雅典做藩篱！已婚的妇人们，淫荡起来吧！子女们不要听父母的话！奴才们和傻瓜们，把那些年高德劭的元老们拉下来，你们自己坐上他们的位置吧！娇嫩的处女变成人尽可夫的娼妓，当着你们父母的眼前跟别人通奸吧！破产的人，不要偿还你们的欠款，用刀子割破你们债主的咽喉吧！仆人们，放手偷窃吧！你们庄严的主人都是借着法律的名义杀人越货的大盗。婢女们，睡到你们主人的床上去吧；你们的主妇已经做卖淫妇去了！十六岁的儿子，夺下你步履龙钟的老父手里的拐杖，把他的脑浆敲出来吧！孝亲敬神的美德、和平公义的正道、齐家睦邻的要义、教育、礼仪、百工的技巧、尊卑的品秩、风俗、习惯，一起陷于混乱吧！加害于人身的各种瘟疫，向雅典伸展你们的毒手，播散你们猖獗传染的热病！让风湿钻进我们那些元老的骨髓，使他们手脚瘫痪！让淫欲放荡占领我们那些少年人的心，使他们反抗道德，沉溺在狂乱之中！每一个雅典人身上播下了疥癣疮毒的种子，让他们一个个害起癞病！让他们的呼吸中都含着毒素，谁和他们来往做朋友都会中毒而死！除了我这赤裸裸的一身以外，我什么也不带走，你这可憎的城市！我给你的只有无穷的咒诅！泰门要到树林里去，和最凶恶的野兽做伴侣，比起无情的人类来，它们是要善良得多了。天上一切神明，听着我，把那城墙内外的雅典人一起毁灭了吧！求你们让泰门把他的仇恨扩展到全体人类，不分贵贱高低！阿门。（下）

第二场　雅典。泰门家中一室

弗莱维斯及二三仆人上。

仆　甲　请问总管，我们的主人呢？我们全完了吗？被丢弃了吗？什么也没有留下吗？

弗莱维斯　唉！兄弟们，我应当对你们说些什么话呢？正直的天神可以替我作证，我跟你们一样穷。

仆　甲　这样一份家业也会冰消瓦解！这样一位贵主人也会一朝失势！什么都完了！没有一个朋友和他患难相依！

仆　乙　正像我们送已死的同伴下葬以后就掉头而去一样，他的知交一见他的财产化为泥土，也就悄悄溜走，只有他们所发的虚伪的誓言，还像一个已经掏空的钱袋似的留在他的身边。可怜的他，变成一个无家可归的叫花子，因为害着一身穷病，弄得人人走避，只好一个人踽踽独行。又有几个我们的弟兄来了。

其他仆人上。

弗莱维斯　都是一个破落人家的一些破碎的工具。

仆　丙　可是我们心里都还穿着泰门发给我们的制服，我们的脸上都流露着眷怀故主的神色。我们现在遭逢不幸，依然是亲密的同伴。我们的大船已经漏了水，我们这些可怜的水手，站在向下沉没的甲板上，听着海涛的威胁；在这茫茫的大海之中，我们必须从此分散了。

弗莱维斯 各位好兄弟们，我愿意把我剩余下来的几个钱分给你们。以后我们无论在什么地方相会，为了泰门的缘故，让我们仍旧都是好朋友；让我们摇摇头，叹口气，悲悼我们主人家业的零落，说："我们都是过过好日子的。"各人都拿一些去；（给众仆钱）不，大家伸出手来。不必多说，我们现在穷途离别，让悲哀充塞着我们的胸膛吧。（众仆互相拥抱，分别下）啊，荣誉带给我们的残酷的不幸！财富既然只替人招来了困苦和轻蔑，谁还愿意坐拥巨资呢？谁愿意享受片刻的荣华，徒做他人的笑柄？谁愿意在荣华的梦里，相信那些虚伪的友谊？谁还会贪恋那些和趋炎附势的朋友同样不可靠的尊荣豪贵？可怜的老实的大爷！他因为自己心肠太好，所以才到了今天这个地步！谁想得到，一个人行了太多的善事反是最大的罪恶！谁还敢再像他一半仁慈呢？慷慨本来是天神的德性，凡人慷慨了却会损害他自己。我们最亲爱的大爷，你是一个有福之人，却反而成为最倒霉的一个，你的万贯家财害得你如此凄凉，你的富有变成了你的最大的痛苦。唉！仁慈的大爷，他因为气不过这些忘恩负义的朋友，才一怒而去；他既没有携带活命的资粮，又没有一些可以变换衣食的财帛。我要追寻他的踪迹，尽心竭力侍候他的旨意；当我还有一些金钱在手的时候，我仍然是他的管家。（下）

第三场　海滨附近的树林和岩穴

泰门自穴中上。

泰　门 神圣的化育万物的太阳啊！把地上的瘴雾吸起，让天空中弥漫着毒气吧！同生同长、同居同宿的孪生兄弟，也让他们各人去接受不同的命运，让那贫贱的人被富贵的人所轻蔑吧。重视伦常天性的人，必须遍受各种颠沛困苦的凌虐；灭伦悖义的人，才会安享荣华。让乞儿跃登高位，大臣退居贱职吧；元老必须世世代代受人蔑视，乞儿必须享受世袭的光荣。有了丰美的牧草，牛儿自然肥胖；缺少了饲料它就会瘦瘠下来。谁敢秉着光明磊落的胸襟挺身而起，说“这人是一个谄媚之徒”？要是有一个人是谄媚之徒，那么谁都是谄媚之徒；因为每一个按照财产多寡区分的阶级，都要被次一阶级所奉承；博学的才人必须向多金的愚夫鞠躬致敬。在我们万恶的天性之中，一切都是歪曲颠倒的，一切都是奸邪淫恶。所以，让我永远厌弃人类的社会吧！泰门憎恨所有形状像人一样的东西，他也憎恨他自己；愿毁灭吞噬整个人类！泥土，给我一些树根充饥吧！（掘地）谁要是希望你给他一些更好的东西，你就用你最猛烈的毒物餍足他的口味吧！咦，这是什么？金子！黄黄的、发光的、宝贵的金子！不，天神们啊，我不是一个游手好闲的信徒；我只要你们给我一些树根！这东西，只这一点点儿，就可以使黑的变成白的，丑的变成美的，错的变成对的，卑贱变成尊贵，老人变成少年，懦夫变成勇士。嘿！你们这些天神们啊，为什么要给我这东西呢？嘿，这东西会把你们的祭司和仆人从你们的身旁拉走，把壮士头颅底下的枕垫抽去；这黄色的奴隶可以使异教联盟，同宗分裂；它可以使受咒诅的人得福，使害着灰白色的癞病的人为众人所敬爱；它可以使窃贼得到高爵显位，和元老们分庭抗礼；它可以使鸡皮黄脸的寡妇重做新娘，即使她的尊容会使身染恶疮的人见了呕吐，有了这东西也会恢复三春的娇艳。来，该死的土块，你这人尽可夫的娼妇，你惯会在乱七八糟的列国之间挑起纷争，我倒要让你去施展一下你的神通。（远处军队行进声）嘿！鼓声吗？你还是活生生

的，可是我要把你埋葬了再说。不，当那看守你的人已经风瘫了的时候，你也许要逃走，且待我留着这一些作质。（拿了若干金子）

鼓角前导，艾西巴第斯戎装率菲莉妮娅、提曼德拉同上。

艾西巴第斯 你是什么？说。

泰 门 我跟你一样是一头野兽。愿蛀虫蛀掉了你的心，因为你又让我看见了人类的面孔！

艾西巴第斯 你叫什么名字？你自己是一个人，怎么把人类恨到这个样子？

泰 门 我是恨世者，一个厌恶人类的人。我倒希望你是一条狗，那么也许我会喜欢你几分。

艾西巴第斯 我认识你是什么人，可是不知道你为什么会变成这样。

泰 门 我也认识你；除了我知道你是什么人之外，我不要再知道什么。跟着你的鼓声去吧；用人类的血染红大地；宗教的戒条、民事的法律，哪一条不是冷酷无情的，那么谁能责怪战争的残酷呢？这一个狠毒的娼妓，虽然瞧上去像个天使一般，杀起人来却比你的刀剑还要厉害呢。

菲莉妮娅 愿你的嘴唇烂掉！

泰 门 我不要吻你；你的嘴唇是有毒的，让它自己烂掉吧。

艾西巴第斯 尊贵的泰门怎么会变成这个样子？

泰 门 正像月亮一样，因为缺少了可以照人的光；可是我不能像月亮一样缺而复圆，因为我没有可以借取光明的太阳。

艾西巴第斯 尊贵的泰门，我可以为你做些什么事，来表示友谊呢？

泰 门 不必，只要你支持我的意见。

艾西巴第斯 什么意见，泰门？

泰　门 用口头上的友谊允许人家，可是不要履行你的允诺；要是你不允许人家，那么神明降祸于你，因为你是一个人！要是你果然履行允诺，那么愿你沉沦地狱，因为你是一个人！

艾西巴第斯 我曾经略为听到过一些你的不幸的际遇。

泰　门 当我有钱的时候，你就看见过我是怎样的不幸了。

艾西巴第斯 我现在才看见你的不幸；当初你是很享福的。

泰　门 正像你现在一样，给一对娼妓挟住了不放。

提曼德拉 这就是那个受尽世人歌颂的雅典的宠儿吗？

泰　门 你是提曼德拉吗？

提曼德拉 是的。

泰　门 做你一辈子的婊子去吧；把你玩弄的那些人并不真心爱你；他们在你身上发泄过兽欲以后，你就把恶疾传给他们。利用你的淫浪的时间，把他们放进腌缸里或汽浴池中，把那些红颜的少年消磨得形销骨立吧。

提曼德拉 该死的恶魔！

艾西巴第斯 原谅他，好提曼德拉，因为他遭逢变故，他的神志已经混乱了。豪侠的泰门，我近来钱囊羞涩，为了饷糈不足的缘故，我的部队常常发生叛变。我也很痛心，听到那应受咒诅的雅典怎样轻视你的才能，忘记你的功德，倘不是靠着你的威名和财力，这区区的雅典城早被强邻鲸食了——

泰　门 请你敲起鼓来，快点走开吧。

艾西巴第斯 我是你的朋友，我同情你，亲爱的泰门。

泰　门 你这样跟我胡缠，还说同情我吗？我宁愿一个人在这里。

艾西巴第斯 好，那么再会；这儿有一些金子，你拿去吧。

泰　门 金子你自己留着，我又不能吃它。

艾西巴第斯 等我把骄傲的雅典踏成平地以后——

泰 门 你要去打雅典吗?

艾西巴第斯 是的，泰门，我有充分的理由哩。

泰 门 愿天神降祸于所有的雅典人，让他们一个个在你剑下丧命；等你征服了雅典以后，愿天神再降祸于你！

艾西巴第斯 为什么降祸于我，泰门?

泰 门 因为天生下你来，要你杀尽那些恶人，征服我的国家。把你的金子藏好了；快去。我这儿还有些金子，也一起给了你吧。快去。愿你奉行天罚，像一颗高悬在作恶多端的城市上的灾星一般，别让你的剑下放过一个人。不要怜悯一把白须的老翁，他是一个放高利贷的人。那凛然不可侵犯的中年妇人，外表上虽然装得十分贞淑，其实却是一个鸨妇，让她死在你的剑下吧。也不要因为处女的秀颊而软下了你的锐利的剑锋；这些惯在窗棂里偷看男人的丫头们，都是可怕的叛徒，不值得怜惜的。也不要饶过婴孩，像一个傻子似的看见他的浮着酒涡的微笑而大发慈悲；你应当认为他是一个私生子，上天已经向你隐约预示他将来长大以后会割断你的咽喉，所以你必须硬着心肠把他剁死。你的耳朵上、眼睛上，都要罩着一重厚甲，让你听不到母亲、少女和婴孩们的啼哭，看不见披着圣服的祭司的流血。把这些金子拿去分给你的兵士们，让他们去造成一次大大的纷乱；等你的盛怒消释以后，愿你也不得好死！不必多说，快去。

艾西巴第斯 你还有金子吗?我愿意接受你给我的金子，可是不能完全接受你的劝告。

泰 门 接受也好，不接受也好，愿上天的咒诅降在你身上！

菲莉妮娅、提曼德拉 好泰门，给我们一些金子；你还有吗?

泰　门　有，有，有，我有足够的金子，可以使一个妓女改业，自己当起老鸨来。揭起你们的裙子来，你们这两个贱婢。你们是不配发誓的，虽然我知道你们发起誓来，听见你们的天神也会浑身发抖，毛骨悚然；不要发什么誓了，我愿意信任你们。做你们一辈子的婊子吧；要是有什么仁人君子，想要劝你们改邪归正，你们就得施展你们的狐媚伎俩引诱他，使他在欲火里丧生。一辈子做你们的婊子吧；你们的脸上必须满涂着脂粉，让马蹄踏上去都会拔不出来。

菲莉妮娅、提曼德拉　好，再给我们一些金子。还有什么吩咐？相信我们，只要有金子，我们是什么都愿意干的。

泰　门　把痨病的种子播在人们枯干的骨髓里；让他们胫骨疯瘫，不能上马驰驱。嘶哑了律师的喉咙，让他不再颠倒黑白，为非分的权利辩护，鼓弄他的如簧之舌。叫那痛斥肉体的情欲、自己不相信自己的话的祭司害起满身的癞病；叫那长着尖锐的鼻子、一味钻营逐利的家伙烂去了鼻子；叫那长着一头鬈曲秀发的光棍变成秃子；叫那不曾受过伤、光会吹牛的战士也从你们身上受到一些痛苦；让所有的人都被你们害得身败名裂。再给你们一些金子；你们去害了别人，再让这东西来害你们，愿你们一起倒在阴沟里死去！

菲莉妮娅、提曼德拉　宽宏慷慨的泰门，再给我们一些金子吧，你还有什么话要对我们说呢？

泰　门　你们先去多卖几次淫，多害几个人；回头来我还有金子给你们。

艾西巴第斯　敲起鼓来，向雅典进发！再会，泰门；要是我此去能够成功，我会再来访问你的。

泰　门　要是我的希望没有落空，我再也不要看见你了。

艾西巴第斯　我从来没有得罪过你。

泰　门　可是你说过我的好话。

艾西巴第斯　这难道对你是有害的吗？

泰　门　人们每天都可以发现说好话的人总是不怀好意。走开，把你这两条小猎狗带了去。

艾西巴第斯　我们留在这儿反而惹他生气。敲鼓！（敲鼓；艾西巴第斯、菲莉妮娅、提曼德拉同下）

泰　门　想不到在饱尝人世的无情之后，还会感到饥饿；你这万物之母啊，（掘地）你的不可限量的胸腹，孳乳着繁育着一切；你的精气不但把傲慢的人类，你的骄儿，吹嘘长大，也同样生养了黑色的蟾蜍、青色的蝮蛇、金甲的蝾螈、盲目的毒虫以及一切光天化日之下可憎可厌的生物；请你从你那丰饶的怀里，把一块粗硬的树根给那痛恨你一切人类子女的我果果腹吧！枯萎了你的肥沃多产的子宫，让它不要再生出负心的人类来！愿你怀孕着虎龙狼熊，以及一切宇宙覆载之中所未见的妖禽怪兽！啊！一个根；谢谢。干涸了你的血液，枯焦了你的土壤；忘恩负义的人类，都是靠着你的供给，用酒肉填塞了他的良心，以至于迷失了一切的理性！

艾帕曼特斯上。

泰　门　又有人来了！该死！该死！

艾帕曼特斯　人家指点我到这儿来；他们说你学会了我的举止，模仿着我的行为。

泰　门　因为你还不曾养一条狗，否则我倒宁愿学它；愿痨病抓了你去！

艾帕曼特斯　你这种样子不过是一时的感触，因为命运的转移而产生的怯懦的忧郁。为什么拿起这柄锄头？为什么住在这个地方？为什么穿上这身奴才的装束？为什么露出这样忧伤的神色？向你献媚的家伙现在还穿的是绸缎，喝的是美酒，睡的是温软的被褥，彻底忘记了世上曾经有过一个名叫泰门的人。不要装出一副骂世者的腔调，害这些山林蒙羞了。还是自己也去做一个献媚的人，在那些毁荡了你的家产的家伙手下讨生活吧。弯下你的膝头，让他嘴里的气息吹去你的帽子；尽管他发着怎样大的脾气，你都要把他恭维得五体投地。你应当像笑脸迎人的酒保一样，倾听着每一个流氓恶棍的话；你必须自己也做一个恶棍，要是你再发了财，也不过让恶棍们享用了去。可不要再学着我的样子啦。

泰　门　要是我像了你，我宁愿把自己丢掉。

艾帕曼特斯　你因为像你自己，早已把你自己丢掉了；你做了这么久的疯人，现在却变成了一个傻子。怎么！你以为那凛冽的霜风，你那喧嚷的仆人，会把你的衬衫烘暖吗？这些寿命超过鹰隼、罩满苍苔的老树，会追随你的左右，听候你的使唤吗？那冰冻的寒溪会替你在清晨煮好粥汤，替你消除昨夜的积食吗？叫那些赤裸裸地生存在上天的暴怒之中、无遮无掩地受着风吹雨打霜雪侵凌的草木向你献媚吧；啊！你就会知道——

泰　门　你是一个傻子。快去。

艾帕曼特斯　我从来不曾像现在这样喜欢过你。

泰　门　我从来不曾像现在这样讨厌过你。

艾帕曼特斯　为什么？

泰　门　因为你向贫困献媚。

艾帕曼特斯　我没有献媚，我说你是一个下流的恶汉。

泰　门　为什么你要来找我？

艾帕曼特斯　因为我要惹你恼怒。

泰　门　这是一个恶徒或者愚人的工作。你以为惹人家恼怒对于你自己是一件乐事吗？

艾帕曼特斯　是的。

泰　门　怎么！你又是一个无赖吗？

艾帕曼特斯　要是你披上这身寒酸的衣服，目的只是要惩罚你自己的骄傲，那么很好；可是你是出于勉强的，倘若你不再是一个乞丐，你就会再去做一个廷臣。自愿的贫困胜如不定的浮华；穷奢极欲的人要是贪得无厌，比最贫困而知足的人更要不幸得多了。你既然这样困苦，应该但求速死。

泰　门　我不会听了一个比我更倒霉的人的话而去寻死。你是一个奴隶，命运的温柔的手臂从来不曾拥抱过你。要是你从呱呱堕地的时候就跟我们一样，可以随心所欲地享受这浮世的欢娱，你一定已经沉溺在无边的放荡里，把你的青春消磨在左拥右抱之中，除了一味追求眼前的淫乐以外，再也不会知道那些冷冰冰的人伦道德。可是我，整个的世界曾经是我的糖果屋；人们的嘴、舌头、眼睛和心都争先恐后地等候着我的使唤，虽然我没有这许多工作可以给他们做；无数的人像叶子依附橡树一般依附着我，可是经不起冬风的一吹，他们便落下枝头，剩下我赤裸裸的枯干，去忍受风雨的摧残。像我这样享福过来的人，一旦挨受这种逆运，那才是一件难堪的重荷；你却是从开始时候就尝到人世的痛苦的，经验已经把你磨炼得十分坚强了。你为什么厌恶人类呢？他们从来没有向你献过媚；你曾经有些什么东西给人家呢？倘若你要咒骂，你就得咒骂你的父亲，那个穷酸的叫花子，他因为一时兴起，和一个女乞婆养下了你这世袭的穷光蛋来。滚开！快去！倘若你不是生下来就是世间最下贱的人，你就是个奸佞的小人。

艾帕曼特斯　你现在还是这样骄傲吗？

泰　门　是的，因为我不是你而骄傲。

艾帕曼特斯　我也因为不是一个浪子而骄傲。

泰　门　我因为现在是个浪子而骄傲。要是我所有的一切钱

财都在你的手掌之中，我也不向你要。快去！但愿全体雅典人的生命都在这块根里，我要像这样把它一口吞下！（食树根）

艾帕曼特斯 你有什么话要我带给雅典人吗？

泰门 但愿一阵旋风把你卷到雅典去。要是你愿意，你可以告诉他们我这儿有金子；瞧，我有金子。

艾帕曼特斯 你在这儿用不着金子。

泰门 金子在这儿才是最好最真的，因为它安安静静地躺在这儿，不被人拿去为非作歹。

艾帕曼特斯 晚上在什么地方睡觉，泰门？

泰门 在太虚的覆罩之下。你白天在什么地方吃东西，艾帕曼特斯？

艾帕曼特斯 在我的肚子能找到肉食的地方；或者说，在我能吃到肉的地方。

泰门 我希望鸩毒服从我的意志！

艾帕曼特斯 你要把它送到什么地方去？

泰门 撒在你的食物里。

艾帕曼特斯 你只知道人生中的两个极端，不曾度过中庸的生活。当你锦衣美服、麝香熏身的时候，他们讥笑你的繁文缛礼；现在你不衫不履，蓬首垢面，他们又蔑视你的落拓疏狂。

泰门 艾帕曼特斯，要是全世界俯伏在你的脚下，你预备把它怎样处置？

艾帕曼特斯 把它送给野兽，让它们吃尽了所有的人类。

泰门 你愿意置身于人类的混乱之中，而与众兽为伍，做一头畜生吗？

艾帕曼特斯 是的，泰门。

泰门 愿天神保佑你达成这一个畜生的愿望。要是你做了狮子，狐狸会来欺骗你；要是你做了羔羊，狐狸会来吃了你；要是你做了狐狸，万一驴子把你告发，狮子会对你起疑心；要是你做了驴子，你的愚蠢将使你受苦，而且你免不了做豺狼的一顿早餐；要是你做了狼，你的贪馋将使你烦恼，而且常常要为着求食而冒生命的危险；要是你做了犀牛，你的骄傲和凶暴将使你受罪，让你自己被你的盛怒所奴役；要是你做了熊，你要死在马蹄的践踏之下；要是你做了马，你要被豹子所攫噬；要是你做了豹，你是狮子的近亲，你身上的斑纹将使你送命。你没有安全，没有保障。你要做一头什么野兽，才可以不受别的野兽的侵害呢？你不知道你现在已经是一头什么野兽，也不知道你在变形以后将要遭到怎样的不幸。

艾帕曼特斯 你这番话讲得倒很有理；雅典已经变成一个众兽群居的林薮了。

泰　门 那么驴子是怎样冲破了城墙，让你溜到城外来的？

艾帕曼特斯 那里有一个诗人和一个画师来了；愿来来往往的人们把你缠扰得不得安宁！我可要敬谢不敏，抽身远避了。当我不知道还有什么事情可做的时候，我会再来瞧你的。

泰　门 当世间除了你之外死得什么都不剩的时候，我会欢迎你的。我宁愿做乞丐手里牵着的狗，也不愿做艾帕曼特斯。

艾帕曼特斯 你是世上天字第一号的大傻瓜。

泰　门 我希望你再干净点儿，可以让我把唾涎吐在你身上！

艾帕曼特斯 愿你遭瘟！你太坏了，我简直不屑咒你！

泰　门 所有的恶人站在身边，相形之下你也会变成正人君子。

艾帕曼特斯 你一说话，嘴里也会掉下癞病来。

泰　门 要是我再提起你的名字的话。倘不是怕污了我的手，我早就打你了。去，你这癞狗生的杂种！世上会有你这样的人活着，把我气也气死了；我一见了你就要气昏了脑袋。

艾帕曼特斯 我希望你气破了肚子才好！

泰　门 去，你这讨厌的混蛋！算我倒霉，还要赔一块石子来扔你。（向艾帕曼特斯掷石）

艾帕曼特斯 畜生！

泰　门 奴才！

艾帕曼特斯 蛤蟆！

泰　门 混蛋，混蛋，混蛋！我讨厌这个虚伪的世界和这个世界上所有的一切。所以，泰门，赶快预备你的坟墓吧；安息在海水的泡沫可以每天打击你的墓碣的地方；刻下你的墓志铭，让你的一死讥刺着世人的偷生苟活。（视金）啊，你这可爱的凶手，帝王逃不过你的掌握，亲生的父子会被你离间！你这灿烂的奸夫，淫污了纯洁的婚床！你勇敢的战神！你永远年轻韶秀、永远被人爱恋的娇美的情郎，你的羞颜可以融化了狄安娜女神膝上的冰雪！你有形的神明，你会使冰炭化为胶漆，仇敌互相亲吻！你会说任何的方言，使每一个人唯命是从！你摄人心魄的宝物啊！你的奴隶，那些人类，要造反了，快快运用你的法力，让他们互相砍杀，留下这个世界来给兽类统治吧。

艾帕曼特斯 但愿如此；可是等我死了再说。我要去对他们说你有金子；不久他们就要蜂拥而来了。

泰　门 蜂拥而来？

艾帕曼特斯 正是。

泰　门 请你快给我滚开。

艾帕曼特斯 活下去，喜爱你的困苦吧！（下）

泰　门 好容易把他赶走了。又有些像人一样的东西来啦！真讨厌！

众窃贼上。

贼　甲　他哪里来的这些金子？那一定是他留在身边的一些碎片零屑。他就是因为囊中金罄，友朋离散，所以才发起疯来的。

贼　乙　听说他还有许多宝贝。

贼　丙　让我们吓唬他一下；要是他不爱惜金银，一定会双手捧给我们的；要是他推推托托不肯交出来，那便怎么办呢？

贼　乙　不错，他并不把它们放在身边，一定是藏得好好的。

贼　甲　这不就是他吗？

众　贼　在哪儿？

贼　乙　正是他的样子。

贼　丙　他；我认识是他。

众　贼　你好，泰门？

泰　门　好哇，你们这些偷儿？

众　贼　我们是兵士，不是偷儿。

泰　门　是兵士，也是偷儿；你们都是妇人的儿子。

众　贼　我们不是偷儿，不过是些什么都没有的穷光蛋。

泰　门　你们没有东西吃吗？为什么没有？瞧，地下生着各种草木的根；在这一里以内，长着多少的山蔬野草；橡树上长着橡果，野蔷薇也长着一粒粒红色的果实；那慷慨的主妇，大自然，在每一棵植物上替你们安排好美食，你们还嫌没有东西吃吗？

贼　甲　我们不能像鸟兽游鱼一样，靠着吃草啄果、喝些清水过活呀。

泰　门　你们也不能靠着吃鸟兽游鱼的肉过活；你们是一定要吃人的。可是我还是要谢谢你们，因为你们都是明目张胆地做贼，并不蒙着庄严神圣的假面具；那些道貌岸然的正人君子，才是最可怕的穿窬大盗哩。你们这些鼠贼，拿着这些金子去吧。去，痛痛快快地喝个醉，让烈酒烧枯你们的血液，免得你们到绞架上去受苦。不要相信医生的话，他的药方上都是毒药，他杀死的比你们偷窃的还多。放手偷吧，尽情杀吧；你们既然做了贼，尽管把恶事当作正当的工作一样做去吧。我可以讲几个最大的窃贼给你们听：太阳是个贼，用他的伟大的吸力偷窃海上的潮水；月亮是个无耻的贼，她的惨白的光辉是从太阳那儿偷来的；海是个贼，他的汹涌的潮汐把月亮溶化成咸的眼泪；地是个贼，他偷了万物的粪便作肥料，使自己肥沃；什么都是贼，那束缚你们鞭打你们的法律，也凭借他的野蛮的威力，实行不受约制的偷窃。不要爱你们自己；快去！各人互相偷窃。再拿一些金子去吧。放大胆子去杀人；你们所碰到的人没有一个不是贼。到雅典去，打开人家的店铺；你们所偷到的东西没有一件本来不是贼赃的。不要因为我给了你们金子就不去做贼；让金子送了你们的性命！阿门。

贼　丙　他劝我做贼，反而把我说得不愿意做贼了。

贼　甲　他因为痛恨人类，所以这样劝告我们；他不是希望我们靠着做贼发财享福。

贼　乙　我要把他的话当作仇敌的话，放弃我的本行了。

贼　甲　让我们替雅典维持治安；无论时世怎样艰难，一个人总可以安分度日的。（众贼下）

弗莱维斯上。

弗莱维斯　天哪！那个衣服褴褛、形容枯槁的人，便是我的主人吗？他怎么会衰落到这个地步？为善的人竟会得到这样的恶报！从前那样炙手可热，一朝穷了下来，就要受尽世人的冷眼！世上还有什么东西比那些把最高贵的人引到了最落魄的下场的朋友们更可恶的！在这样尔虞我诈的人间，一个人与其爱他的朋友，还不如爱他的仇敌；虽然仇敌对我不怀好意，可是朋友实际上却在陷害我。他已经看见我了。我要向他表示我的真诚的同情，仍旧把他看做我的主人一样用我的生命为他服役。我的最亲爱的主人！泰门上前。

泰　门　走开！你是什么人？

弗莱维斯　您忘记我了吗，大爷？

泰　门　为什么问我这个问题？我已经忘记了所有的人了；要是你承认自己是个人，那么我当然也忘记你了。

弗莱维斯　我是您的一个可怜的忠心的仆人。

泰　门　那么我不认识你。我从来不曾有过一个忠心的仆人在我的身边；我只是养了一大群恶汉，侍候奸徒们的肉食。

弗莱维斯　神明可以作证，从来不曾有过一个可怜的管家像我一样为了他的破产的主人而衷心哀痛。

泰　门　怎么！你哭了吗？过来，那么我爱你，因为你是一个女人，不是冷酷无情的男子，男子的眼睛除了激于情欲和大笑的时候以外，是从来不会潮润的。他们的恻隐之心久已睡去了；奇怪的时代，人们流泪是为了欢笑，不是为了哭泣！

弗莱维斯　请您不要把我当作陌生人，我的好大爷，接受我的同情的安慰；我身上还剩着几个钱，请您仍旧让我做您的管家吧。

泰　门　我竟有这样一个忠心正直的管家来安慰我吗？我的狂野的心都几乎被你软化了。让我瞧瞧你的脸。不错，这个人是妇人所生的。原谅我抹杀一切的武断吧，永远清醒的神明们！我宣布这世界上还有一个正直的人，不要误会我，只有一个，而且他是个管家。但愿没有其他的人和他一样，因为我要痛恨一切的人类！你虽然不再受我的憎恨，可是除了你以外，谁都要受我的咒诅。我想你这样老实，未免太不聪明，因为要是你现在欺骗我、凌辱我，也许可以早一点得到一个新的主人；许多人都是踏在他们旧主人的颈子上，去侍候他们的新主人的。可是老实告诉我——我虽然相信你，却不能不怀疑——你的好心是不是别有用意，像那些富人们送礼一样，希望得到二十倍的利息？

弗莱维斯 不，我最尊贵的主人；唉！您到现在才懂得怀疑，已经太迟了。当您大开盛宴的时候，您就该想到人情的虚伪；可是一个人总要到了日暮途穷，方才知道人心是不可轻信的。天知道我现在向您表示的，完全是一片赤心，我不过对您高贵无比的精神呈献我的天职和热忱，关心您的饮食起居；相信我，我的最尊贵的大爷，我愿意用一切实际上或是希望中的利益，交换这一个愿望；只要您恢复原来的财势，就是给我莫大的报酬了。

泰　门 瞧，我已经发了财了。你这唯一的善人，来，拿去；天神借手于我的困苦，把财富送给你了。去，快快活活地做个财主吧；可是你要遵照我一个条件：你必须在远离人踪的地方筑屋而居；痛恨所有的人，咒诅所有的人，不要对任何人发慈悲心，听任那枵腹的饿丐形销骨立，也不要给他一些饮食；宁可把你不愿给人类的东西拿去丢给狗；让监狱把他们吞咽，让重债把他们压死；让人们像枯树一样倒毙，让疾病吸干了他们奸诈的血！去吧，愿你有福！

弗莱维斯 啊，让我留着安慰安慰您吧，我的主人。

泰　门 要是你不愿意挨骂，那么不要停留；趁你得到我的祝福、还是一个自由之身的时候，赶快逃走吧。你再也不要看见人类的面孔，也不要让我再看见你。（各下）

第五幕

第一场　树林。泰门所居洞穴之前

诗人及画师上。

画　师　照我所记得的这地方的样子，离他的住处不会太远了。

诗　人　他这人真有点莫测高深。人家说他拥有大量的黄金，这谣言是真的吗？

画　师　真的。艾西巴第斯就这样说；菲莉妮娅和提曼德拉都从他手里得到过金子；还有那些穷苦的流浪的兵士们，也拿了不少去。据说他给了他的管家一笔很大的数目呢。

诗　人　那么他这次破产不过是有意对他的朋友们的试探罢了。

画　师　正是；您就会看见他再在雅典扬眉吐气，高居要津。所以我们应该在他佯为窘迫的时候向他献些殷勤，那可以表现出我们的古道热肠，而且要是关于他的多金的传言果然属实的话，那么我们枉道前来，也一定可以满载而归了。

诗　人　您现在有些什么东西可以呈献给他的？

画　师　我现在只是专诚拜访，东西可什么也没有；可是我将会答应给他一幅绝妙的作品。

诗　人　我也必须献给他一些什么东西；我要告诉他我准备写一篇怎样的诗送给他。

画　师　再好不过了。这年头儿最通行的就是空口许诺，它会叫人睁大了眼睛盼望，要是真的实行起来，那倒没有什么稀罕了；只有那些老实愚蠢的人，才会把说过的话认真照办。诺言是最有礼貌、最合时尚的事，实行就像一种遗嘱，证明本人的理智已经病入膏肓。

泰门自穴中上。

泰　门　（旁白）卓越的匠人！像你自己这样一副恶人的嘴脸，是画也画不出来的。

诗　人　我正在想我应当说我预备写些什么献给他；那必须是一篇描写他自己的诗章；讽刺人世繁华的虚浮，指出那跟随在盛年与富裕后面的，是多少逢迎谄媚的丑态。

泰　门　（旁白）你一定要在你自己的作品里充当一个恶徒吗？你要在别人的身上暴露你自己的弱点吗？很好，我有金子给你哩。

诗　人　来，我们找他去吧。要是我们遇见了有利可获的机会而与之失之交臂，那就太对不起我们自己的幸运了。

画　师　不错，趁着白昼的光亮不用你出钱的时候，应当赶快找寻你所要的东西，等到黑夜到来，那就太晚了。来。

泰　门　（旁白）那我在转角的地方与你们相会吧。黄金真是一尊了不得的神明，即使他住在比猪窝还卑污的庙宇里，也会受人膜拜！你驱使船只在海上航行，你使奴隶的心中发生敬羡；你是应该被人们顶礼的，让你的圣徒们永远罩着只接受你的使唤的瘟疫吧。我现在就去见他们。（上前）

诗　人　祝福你，尊敬的泰门！

画　师　我们高贵的旧主！

泰　门　我曾经见过两个正人君子吗？

诗　人　先生，我常常沾沐您的慷慨的恩施，听说您已经隐居避世，您的朋友们一个个冷落了踪迹，他们那种忘恩的天性——啊，没有良心的东西！上天把所有的刑罚降在他们身上也掩蔽不了他们的罪恶！嘿！他们居然会这样对待您，他们整个的心身都在您的星辰一样的仁惠之下得到化育！我简直气疯了，想不出用怎样巨大的字眼，才可以遮盖这种薄情无义的弥天罪恶。

泰　门　不要遮盖它，让人家可以看得清楚一些。你们都是正人君子，还是把你们的本来面目公之于大众吧。

画　师　我们两个人常常受到您的霖雨一样的赏赐，感戴您的恩泽的深厚。

泰　门　嗯，你们都是正人君子。

画　师　我们专诚来此，想要为您略尽微劳。

泰　门　真是正人君子！啊，我应当怎样报答你们呢？你们也会啃树根喝冷水吗？不见得吧。

画师、诗人　为了替您服役的缘故，只要是我们能够做的事，我们都愿意做。

泰　门　你们是正人君子。你们已经听见我有金子；我相信你们一定已经听见这样的消息了。老实说出来吧，你们是正人君子。

画　师　人家是在这样说，我的高贵的大爷；可是我的朋友跟我都不是因为这缘故才来的。

泰　门　好一对正人君子！你画了全雅典最好的一帧脸谱，描摹得这样栩栩如生。

画　师　不过如此，不过如此，大爷。

泰　门　正是不过如此，先生。至于讲到你那些向壁虚造的故事，那么你的诗句里那种美妙婉转的辞藻，真可以说得上笔穷造化。可是虽然这么说，我的两位居心正直的朋友们，我必须说你们还有一个小小的缺点，不过这也不是什么了不得的缺点，我也不希望你们费许多的力量把它改正过来。

画师、诗人　请您明白告诉我们吧。

泰　门　你们会见怪的。

画师、诗人　我们一定会非常感谢您的开示。

泰　门　真的吗?

画师、诗人　不要怀疑，尊贵的大爷。

泰　门　你们都相信着一个大大地欺骗了你们的坏人。

画师、诗人　真的吗，大爷?

泰　门　是的，你们听见他信口开河，看见他装腔作势，明明知道他不是个好东西，偏偏跟他要好，给他吃喝，把他视为心腹。

画　师　我不知道有这样一个人，大爷。

诗　人　我也不知道。

泰　门　听着，我很喜欢你们；我愿意给你们金子，只要你们替我把你们这两个坏朋友除掉；随你们吊死他们也好，刺死他们也好，把他们扔在茅坑里淹死也好，或是用无论什么方法作弄他们，然后再来见我，我一定会给你们许多金子。

画师、诗人　请您说出他们的名字来，大爷；让我们知道他们究竟是谁。

泰　门　你向那边走，你向这边走。你们一共只有两个人，可是你们两人分开以后，各人还有一个万恶的奸徒和他在一起。要是你不愿意有两个恶人在你的身边，那么不要走近他。（向诗人）要是你只要和一个恶人住在一起，那么不要和他来往。去，滚开！这儿有金子哩。你们是为着金子来的，你们这两个奴才！你们替我做了工了，这是给你们的工钱；去！你有炼金的本领，去把这些泥块炼成黄金吧。滚开，恶狗！（将二人打走，返入穴内）

弗莱维斯及二元老上。

弗莱维斯　你们要去跟泰门说话是不可能的，因为他这样耽好孤寂，除了只有外形还像一个人的他自己而外，他觉得什么都是对他不怀好意的。

元老甲　带我们到他的洞里去；我们已经答应雅典人，负责向泰门说话。

元老乙　人们不是永远始终如一的；时间和悲哀使他变成这样一个人。要是命运加惠于他，恢复了他旧日的豪富，他也许仍旧会恢复原来的样子。带我们见他去，碰碰机会吧。

弗莱维斯　这就是他所住的山洞了。愿平和安宁降临在这儿！泰门大爷！泰门！出来，跟您的朋友们谈谈。雅典人派了两位最年高有德的元老来问候您了。跟他们谈谈吧，尊贵的泰门。

泰门自穴中上。

泰　门　抚慰众生的太阳，烧起来吧！你们有什么话？快说，说过了就给我上吊去。愿你们说了一句真话就长起一个水疱！说了一句假话就会在舌根上烂一个窟窿！

元老甲　尊贵的泰门——

元老乙　雅典的元老们问候你，泰门。

泰　门　我谢谢他们；要是我能够替他们把瘟疫招来，我愿意把它送给他们。

元老甲　啊！忘记那些我们自己所悔恨的事吧。元老们众口一词地诚意要求你回到雅典去；他们已经考虑到许多特殊的荣典，等你回去接受。

元老乙 他们承认过去对你太冷酷无情了；现在雅典的公众已经感觉到他们为了不曾给泰门援手，已经失去了一座患难时可以倚畀的长城，所以他们才突破成例，叫我们前来表示歉忱，并且向你呈献他们无限的爱敬和不可数计的财富，补赎他们以往的过失。

泰　门 你们这一番话，真说得我受宠若惊，差一点要感激涕零了。借给我一颗愚人的心和一双妇人的眼睛，我就会听了这种温慰的言语而哭泣起来，尊贵的元老们。

元老甲 那么请你跟我们一同回去，在我们的雅典，也就是你的雅典，接受大将的尊位；你一定会得到人民的感谢，他们会给你绝对的权力，你的美好的声名将和威权同在。我们不久就可以逐退那来势汹汹的艾西巴第斯，他像一头横冲直撞的野猪似的，捣毁了祖国的和平。

元老乙 向雅典的城墙摇挥他的咄咄逼人的剑锋。

元老甲 所以，泰门——

泰　门 好，先生，很好；那么就这样吧；要是艾西巴第斯杀死了我的同胞，让艾西巴第斯知道，泰门是全不介意的。要是他把美好的雅典城劫掠一空，把我们那些善良的老人家们揪着胡须拉走，让我们那些圣洁的处女们去受那疯狂的、兽性的战争的污辱，那么让他知道，告诉他，泰门这样说，为了怜悯我们的老人和我们的少年，我不能不对他说，泰门对于这些是全不介意的，随他高兴怎么办就怎么办吧；因为只要你们还有不曾割断的咽喉，他们的刀是不会嫌血污的。至于我自己，那么，那横暴不法的敌人营里的每一把屠刀，都比雅典最可尊敬的咽喉更能获得我的好感。所以我现在把你们交付在幸运的天神的照顾之下，正像把一群窃贼交付给狱吏一样。

弗莱维斯 去吧，一切全都没用。

泰　门　我刚才正在写我的墓志铭；你们明天就可以看见。健康和生活使我害了长久的病，现在我的宿疾已经开始痊愈，从虚无中我得到了一切。去，继续活下去；愿艾西巴第斯给你们灾难，他也在你们手里遭灾，最后大家同归于尽吧！

元老甲　我们的话都是白说。

泰　门　可是我爱我的国家，人家虽然说我喜欢看见宗国的沦亡，其实我却不是那样的人。

元老甲　这还像句话。

泰　门　请你们替我向我亲爱的同胞们致意——

元老甲　这样的话从您的嘴里出来，足见志士襟怀，毕竟与众不同。

元老乙　它们进入我们的耳中，也像得胜荣归的勇士，在夹道欢呼声中凯旋国门一样。

泰　门　替我向他们致意；告诉他们，为了减轻他们的忧虑，解除他们对于敌人剑锋的恐惧，释免他们的痛苦、损失、爱情的烦恼以及在生命的无定的航程中这脆弱的凡躯所遭受的一切其他的不幸起见，我愿意给他们一些善意的贡献，指点他们避免狂暴的艾西巴第斯的愤怒的方法。

元老乙　我很高兴他说这样的话；他会重新回去的。

泰　门　我有一棵树长在我的住处的附近，因为我自己需用，不久就要把它砍下来；告诉我的朋友们，告诉全雅典的人，叫他们按照各人地位的高低分别先后，凡是有谁愿意解除痛苦，就赶快到这儿来，在我那棵树未遭斧斫以前自己缢死。请你们这样替我对他们说吧。

弗莱维斯　不要再跟他絮烦了，他总是这个样子的。

泰　门　不要再来见我；对雅典说，泰门已经在海边的沙滩上筑好他的万世的佳城，汹涌的波涛每天一次，向它喷吐着泡沫；到那里来吧，让我的墓碑预示着你们的命运。让怨怼不挂唇，让言语消灭，灾难和瘟疫将会纠正一切！坟墓是人一世辛勤的成绩；隐去吧，阳光！陪着泰门安息。（下）

元老甲　他的愤懑不平之气，已经深植在天性之中，再也消解不掉了。

元老乙　我们对他的希望已经完了，还是回去凭着我们残余的力量，想些其他的办法，尽力挽救危局吧。

元老甲　事不宜迟，我们快回去。（同下）

第二场　雅典城墙之前

二元老及一使者上。

元老丙　难为你探到了这样的消息；他的军力果然像你所说的那样雄壮吗？

使　者　他的实际力量，比我所说的还要强大得多；而且他的行军非常迅速，大概就要到来了。

元老丁　要是他们不能劝诱泰门回来，我们的处境可真是危险万分呢。

使　者　我在路上碰见一个信差，是我旧日的朋友，虽然我们各事一方，可是我们从前的交谊使我们泯除猜忌，像朋友一般互吐真情。艾西巴第斯差他飞骑送信到泰门的洞里去的，那信上要求泰门协力助攻雅典，因为这次举兵一部分的原因也就是为了他。

元老丙　我们的两个同僚来了。

甲乙二元老自泰门处归。

元老甲　别再提起泰门的名字，别再对他存什么希望了。敌人的鼓声已经近在耳边，一片尘沙扬蔽了天空。进去，赶快准备起来；我怕我们要陷入敌人的罗网了。（同下）

第三场　树林。泰门洞穴，相去不远有草草砌成的坟墓一座

一兵士上，寻找泰门。

兵　士　照他们所说的样子看来，大概就是这儿了。有人吗？喂，说话呀！没有回答！这是什么？泰门死了，他的大限已到；这坟墓是什么野兽给他盖起来的？这儿是没有人住的地方。一定是死了；这便是他的坟墓。墓石上还有几行字，我可认不得；让我用蜡把它们拓下来；我们的主将什么文字都懂，他年纪虽轻，懂的事情可多哩。他现在一定已经在骄傲的雅典城前安下了营寨；攻陷那座城市就是他不渝的目标。（下）

第四场　雅典城墙之前

喇叭声；艾西巴第斯率军队上。

艾西巴第斯　吹起喇叭来，让这个怯懦的、淫秽的城市知道我们的大军已经来到。（吹谈判信号）

众元老等登城。

艾西巴第斯　在今天以前，由你们胡作非为，肆行不义，把你们的私心当作公道；在今天以前，我自己以及一切睡在你们权力阴影下面的人，谁都是叉手彷徨，有冤莫诉。现在忍无可忍的时刻已经到了，蹲伏惯了的脊骨，在重重的压迫之下，喊出“受不住了”的呼声；现在无告的冤苦将要坐在你们宽大的安乐椅上喘息，短气的骄横将要狼狈奔逃了。

元老甲　尊贵的少年将军，你当初因为些微的误会一怒而去的时候，虽然你还是无拳无勇，我们无须恐惧你的报复，可是我们仍

旧召你回来，好意抚慰你，用逾量的恩宠洗刷我们负心的罪戾。

元老乙　就是对于改换了形貌的泰门，我们也曾用谦恭的使节和优渥的允诺恳求他眷念我们的城市。我们并不全是冷酷无情的人，也不该不分皂白地同受战争的屠戮。

元老甲　我们这一座城墙，并不是建立于得罪你的那些人之手；这些巍峨的高塔、标柱和学校，更不应该为了私人的错误而同归毁灭。

元老乙　当初驱迫你流亡的那些人，因为自愧缺少应付非常的才能，心中惭疚，都已忧郁逝世了。尊贵的将军，带领你的大军，高扬你的旗帜，开进我们的城中吧；要是你不顾上天好生之德，你的复仇的欲望必须得到满足的话，那么请你在十人中杀死一人，让那不幸接触你的锋刃的人作为牺牲品吧。

元老甲　不是每一个人都犯罪；因为从前的人铸下了错误而向现在的人报复，这不是合乎公道的措置；罪恶和土地一样，都不是世袭的。所以，亲爱的兄弟，带你的队伍进来吧，可是把你的愤怒留在外面。宽恕养育你的雅典，也不要在盛怒之中把你的亲人和那些得罪你的人同时骈戮；像一个牧人一般，你可以走到羊栏里，把那些染疫的牲畜拣出，可不要漫无区别地一律杀死。

元老乙　你要什么都可以用微笑取得，何必一定要用刀剑的威力诛求呢？

元老甲　你只要一踏到我们壁垒森严的门口，它们就会砉然开启，让你仁慈的心为你先容，通报你善意的来临。

元老乙　抛下你的手套，或是任何代表你的荣誉的纪念物，表示你这次攻城的目的，只是伸雪你的不平，不是破坏我们的安全；你的全部军队可以驻扎在我们城里，直等我们签准了你的全部要求为止。

艾西巴第斯　那么我就摔下我的手套。下来，打开你们未受攻击的城门；把泰门的和我自己的敌人交出来领死，其余一概不论。为了消释你们的疑虑、表明我正直的胸襟起见，我还要下令严禁部下的士兵擅离营地，扰乱你们城市中的治安，凡是违反禁令的，一律交付你们按法严惩。

元老甲、元老乙 真是光明正大的言辞。

艾西巴第斯 下来，实践你们自己的允诺。（元老等下城开门）

一兵士上。

兵 士 启禀主将，泰门已经死了；他葬身在大海的边沿，在他的墓石上刻着这几行文字，我因为自己看不懂，已经用蜡把它们拓了下来。

艾西巴第斯

残魂不可招，
　空剩臭皮囊；
莫问其中谁；
　疫吞满路狼！
生憎举世人，
　殁葬海之滑；
悠悠行路者，
　速去毋相溷！

这几行诗句很可以表明你后来的心绪。虽然你看不起我们人类的悲哀，蔑视我们凉薄的天性里自然流露出来的泪点，可是你的丰富的想象使你叫那苍茫的大海永远在你低贱的坟墓上哀泣。高贵的泰门死了；对他的记忆将永留人间。带我到你们的城里去；我要一手执着橄榄枝，一手握着宝剑，使战争孕育和平，使和平止息战争，这样才可以安不忘危，巩固国家的基础。敲起我们的鼓来！（众下）

莎士比亚悲剧

（中）

[英] 威廉·莎士比亚◎著　朱生豪◎译

吉林出版集团股份有限公司

泰特斯·安德洛尼克斯

Tai Te Si An De Luo Ni Ke Si

剧中人物

萨特尼纳斯 罗马前皇之子，后即位称帝

巴西安纳斯 萨特尼纳斯之弟，与拉维妮娅相恋

泰特斯·安德洛尼克斯 征讨哥特人之罗马大将

玛克斯·安德洛尼克斯 护民官，泰特斯之弟

路歇斯
昆塔斯
马歇斯
缪歇斯 泰特斯·安德洛尼克斯之子

小路歇斯 路歇斯之幼子

坡勃律斯 玛克斯·安德洛尼克斯之子

辛普洛涅斯
卡厄斯
凡伦丁 泰特斯之亲族

伊米律斯 罗马贵族

阿拉勃斯
狄米特律斯
契　伦 塔摩拉之子

艾　伦 摩尔人，塔摩拉之嬖奴

塔摩拉 哥特女王

拉维妮娅 泰特斯·安德洛尼克斯之女

乳　媪

黑　婴

元老、护民官、将官、使者、小丑、兵士、侍从、罗马人民

及哥特将士等

地　点

罗马及其附近郊野

第一幕

第一场　罗　马

安德洛尼克斯家族坟墓遥见；护民官及元老等列坐上方。萨特尼纳斯及其党徒自下边一门上，巴西安纳斯及其党徒自另一门上，各以旗鼓前导。

萨特尼纳斯　尊贵的卿士们，我的权利的保护人，用武器捍卫我的合法的要求吧；同胞们，我的亲爱的臣僚，用你们的宝剑争取我的继承的名分吧；我是罗马前皇的长子，让我父亲的尊荣在我的身上延续，不要让我这长子的名分遭受非礼的侮蔑。

巴西安纳斯　诸位罗马人，朋友们，同志们，我的权利的拥护者，要是巴西安纳斯——凯撒的儿子，曾经在尊贵的罗马眼中幸蒙眷注，请你们守卫这一条通往圣殿的大路，不要让耻辱玷污皇座的尊严；这一个天命所集的位置，是应该为秉持正义、淡泊高尚的人所占有的。让功业德行在大公无私的选举中放射它的光辉；罗马人，你们的自由能否保全，在此一举，认清你们的目标而奋斗吧。

玛克斯·安德洛尼克斯捧皇冠自上方上。

玛克斯 两位皇子，你们各拥党羽，雄心勃勃地争取国柄和皇座，我们现在代表民众告诉你们：罗马人民已经众口一辞，公举素有忠诚之名的安德洛尼克斯作为统治罗马的君王，因为他曾经为罗马立下许多丰功伟绩，在今日的邦城之内，没有一个比他更高贵的男子、更英勇的战士。他这次奉着元老院的召唤，从征讨野蛮的哥特人的辛苦的战役中回国；凭着他们父子使敌人破胆的声威，已经镇伏了一个强悍善战的民族。自从他为了罗马的光荣开始出征，用武力膺惩我们敌人的骄傲以来，已经费去了十年的时间；他曾经五次流着血护送他战死疆场的英勇的儿子们的灵榇回到罗马来；现在这位善良的安德洛尼克斯，雄名远播的泰特斯，终于满载着光荣的战利品，旌旗招展，奏凯班师了。凭着你们所希望发扬光大的先皇陛下的名义，凭着你们发誓尊崇的议会的权力，让我们请求你们各自退下，解散你们的随从，用和平而谦卑的态度，根据你们本身的才德，提出你们合法的要求。

萨特尼纳斯 这位护民官说得很好，他使我的心安静下来了！

巴西安纳斯 玛克斯·安德洛尼克斯，我信任你的公平正直；我敬爱你，也敬爱你的高贵的兄长泰特斯和他的英勇的儿子们，我尤其敬爱我所全心倾慕的温柔的拉维妮娅，罗马的贵重的珍饰；我愿意在这儿遣散我的亲爱的朋友们，把我的正当的要求委之于命运和人民的意旨。（巴西安纳斯党羽下）

萨特尼纳斯 朋友们，谢谢你们为了我的权利而如此出力，现在你们都退下去吧；我把自身的利害、正义的存亡，都信托于祖国的公意了。（萨特尼纳斯党羽下）罗马，正像我对你深信不疑一样，愿你用公平仁爱的精神对待我。开门，让我进来。

巴西安纳斯 各位护民官，也让我这卑微的竞争者进来。（喇叭奏花腔；萨特尼纳斯、巴西安纳斯二人升阶入议会）

一将官上。

将　官　罗马人，让开！善良的安德洛尼克斯，正义的保护者，罗马最好的战士，已经用他的宝剑征服罗马的敌人，带着光荣和幸运，战胜回来了。

鼓角齐鸣；马歇斯及缪歇斯前行，二人抬棺（棺上覆黑布），路歇斯及昆塔斯随后。泰特斯·安德洛尼克斯领队，率塔摩拉、阿拉勃斯、契伦、狄米特律斯、摩尔人艾伦及其他哥特俘虏续上，兵士人民等后随。抬棺者将棺放下，泰特斯发言。

泰特斯　祝福，罗马，在你的丧服之中得到了胜利的光荣！瞧！像一艘满载着珍宝的巨船回到它最初启碇的口岸一样，安德洛尼克斯戴着桂冠，用他的眼泪，因为生还了罗马而流下的真诚的喜悦之泪，向他的祖国致敬了。这一座圣殿的伟大的保卫者啊，仁慈地鉴临着我们将要举行的仪式吧！罗马人，我曾经有二十五个勇敢的儿子，普里阿摩斯王诸子的半数，瞧，现在活的死的，一共还剩多少！这几个活着的，让罗马用恩宠报答他们；这几个新近战死的，我要把他们葬在祖先的坟地上；哥特人已经允许我把我的宝剑插进鞘里了。泰特斯，你这不慈不爱的父亲，为什么你还不把你的儿子们安葬，害他们在可怕的冥河之滨徘徊？让他们长眠在他们兄弟的身旁吧。（开墓）沉默地会晤你们的亲人，平静地安睡吧，你们是为祖国而捐躯的！啊，埋藏着我所之所爱的神库，正义和勇敢的美好的巢穴，你已经容纳了我多少个儿子，你是再也不会把他们还给我的了！

路歇斯　把哥特人中间最骄贵的俘虏交给我们，让我们砍下他的四肢，在我们兄弟埋骨的坟墓之前把他烧死，作为献祭亡灵的礼品；让阴魂可以瞑目地下，不至于为祟人间。

泰特斯　我把生存的敌人中间最尊贵的一个交付给你，这位痛苦的女王的长子。

塔摩拉 且慢，罗马的兄弟们！仁慈的征服者，胜利的泰特斯，怜悯我所挥的眼泪，一个母亲为了哀痛她的儿子所挥的眼泪吧！要是你曾经爱过你的儿子，啊！请你想一想我的儿子对于我也是同样亲爱的。我们已经成为你的囚人，屈服于罗马的威力之下，被俘到罗马来，夸耀你的光荣的凯旋了；难道这还不够，还必须把我的儿子们屠戮在市街上，因为他们曾经为他们自己的国家出力吗？啊！要是在你们国中，为君主和国家而战是一件应尽的责任，那么在我们国中也是一样的。安德洛尼克斯，不要用鲜血玷污你的坟墓。你要效法天神吗？你就该效法他们的慈悲；慈悲是高尚人格的真实标记。尊贵的泰特斯，赦免我的长子吧！

泰特斯 您忍耐点儿吧，娘娘，原谅我。这些已死的都是他们的兄弟，你们哥特人曾经看见他们怎样以身殉国；现在他们为了已死的兄弟诚心要求一件祭礼，您的儿子已经被选中了，他必须用一死安慰那些愤懑的幽魂。

路歇斯 把他带下去！立刻生起火来；在一堆木柴之上，让我们用宝剑肢解他的身体，直到烈火把他烧成一堆焦炭。（路歇斯、昆塔斯、马歇斯、缪歇斯牵阿拉勃斯下）

塔摩拉 啊，残酷的、伤天害理的行为！

契　伦 西徐亚的土人有他们一半野蛮吗？

狄米特律斯 不要把西徐亚和野心的罗马相比。阿拉勃斯去安息了，我们这些未死的囚徒，只有在泰特斯的狰狞的目光下战栗。所以，母亲，我们还是坚决地希望着，那曾经帮助特洛亚王后向色雷斯的暴君复仇的天神们，也会照顾哥特人的女王塔摩拉，向她的敌人报复血海深仇。只要哥特人还是哥特人，塔摩拉还是哥特女王。

路歇斯、昆塔斯、马歇斯、缪歇斯各持血剑重上。

路歇斯 瞧，父亲，我们已经举行了我们罗马的祭礼。阿拉勃斯的四肢都被我们割了下来，他的脏腑投在献祭的火焰之中，那烟气像燃烧的香料一样熏彻天空。现在我们只要送我们的兄弟入土，高鸣号角欢迎他们回到罗马来。

泰特斯 很好，让安德洛尼克斯向他们的灵魂作这一次最后的告别。（喇叭吹响，棺材下墓）在平和与光荣之中安息吧，我的孩子们；罗马的最勇敢的战士，在这儿你们受不到人世的侵害和意外的损伤，安息吧！这儿没有潜伏的阴谋，没有暗中生长的嫉妒，没有害人的毒药，没有风波，没有喧哗，只有沉默和永久的睡眠；在平和与光荣之中安息吧，我的孩子们！

拉维妮娅上。

拉维妮娅 愿泰特斯将军在平安与光荣之中安享长年；我的尊贵的父亲，愿您活着受到世人的景仰！瞧！在这坟墓之前，我用一掬哀伤的眼泪向我的兄弟们致献我追思的敬礼；我还要跪在您的足下，用喜悦的眼泪浇洒泥土，因为您已经无恙归来。啊！用您胜利的手为我祝福吧！

泰特斯 仁慈的罗马，感谢你温情的庇护，为我保全了这一个暮年的安慰！拉维妮娅，生存吧；愿你的寿命超过你的父亲，你的贤淑的声名永垂不朽！

玛克斯·安德洛尼克斯及众护民官、萨特尼纳斯、巴西安纳斯及余人等重上。

玛克斯 泰特斯将军，我的亲爱的兄长，罗马眼中仁慈的胜利者，愿你长生！

泰特斯 谢谢，善良的护民官，玛克斯贤弟。

玛克斯 欢迎，侄儿们，你们这些奏凯回来的生存的英雄和流芳万世的长眠的壮士！你们为国献身，国家一定会给你们同样隆重的褒赏；可是这庄严的葬礼，却是更肯定的凯旋，他们已经超登极乐，战胜命运的无常，永享不朽的美名了。泰特斯·安德洛尼克斯，你一向就是罗马人民的公正的朋友，他们现在推举我——他们所信托的护民官——把这一件洁白无疵的长袍送给你，并且提出你的名字，和这两位前皇的世子并列，作为罗马皇位的候选人。所以，请你答应参加竞选，披上这件白袍，帮助无主的罗马得到一个元首吧。

泰特斯 罗马的光荣的身体上不该安放一颗老迈衰弱的头颅。为什么我要穿上这件长袍，拖累你们呢？也许我今天受到推戴，明天就会撒手长逝，那不是又要害你们多费一番忙碌吗？罗马，我已经做了四十年你的军人，带领你的军队东征西讨，不曾遭过败衄；我已经埋葬了二十一个在战场上建立功名、为了他们高贵的祖国而慷慨捐躯的英勇的儿子。给我一支荣誉的手杖，让我颐养我的晚年；不要给我统治世界的权标，那最后握着它的，各位大人，应该是一位聪明正直的君主。

玛克斯 泰特斯，你只要同意接受，皇位便一定是你的。

萨特尼纳斯 骄傲而野心勃勃的护民官，你有这个把握吗？

泰特斯 不要恼，萨特尼纳斯皇子。

萨特尼纳斯 罗马人，给我合法的权利。贵族们，拔出你们的剑来，直到萨特尼纳斯登上罗马的皇座，再把它们插入鞘中。安德洛尼克斯，我但愿把你送下地狱，要是你想夺取民众对我的信心！

路歇斯 骄傲的萨特尼纳斯，你还不知道光明磊落的泰特斯预备怎样照顾你，就这样口出狂言。

泰特斯 安心吧，皇子；我会使人民放弃他们原来的意见，使你重新得到他们的爱戴。

巴西安纳斯 安德洛尼克斯，我并不谄媚您，我只是尊敬您，我将要尊敬您直到我死去。要是您愿意率领您的友人加强我的阵营，我一定非常感激你；对于心地高尚的人，感谢是无上的酬报。

泰特斯　罗马的人民和各位在座的护民官，我要求你们的同意和赞成；你们愿意接受安德洛尼克斯的建议吗？

众护民官　为了使善良的安德洛尼克斯得到满足，为了庆贺他安返罗马，人民愿意接受他所赞助的人。

泰特斯　诸位护民官，我谢谢你们；我要向你们提出这个要求，请你们推戴你们前皇的长子萨特尼纳斯殿下践履皇位；我希望他的贤德将会普照罗马，就像日光照射大地一样，在这国土之上结成正义的果实。要是你们愿意听从我的建议，就请把皇冠加在他的头上，高呼"吾皇万岁"！

玛克斯　在全国人民不分贵贱一致的推戴拥护之下，我们宣布萨特尼纳斯殿下为罗马伟大的皇帝；萨特尼纳斯吾皇万岁！（喇叭奏长花腔）

萨特尼纳斯　泰特斯·安德洛尼克斯，为了您今天推戴的功劳，我不但给您口头的感谢，还要用实际行动报答您的好意。我要光大您的荣誉和您的家族的盛名，泰特斯，第一步，我要使拉维妮娅做我的皇后，罗马的尊严的女主人，我的意中的爱宠；我要在神圣的万神殿中和她举行婚礼。告诉我，安德洛尼克斯，这个建议使您满意吗？

泰特斯　是，陛下；蒙陛下不弃下婚，真是莫大的恩荣。当着罗马人民的面，我把我的宝剑、我的战车和我的俘虏，这些适合于呈奉罗马皇座的礼物，献给萨特尼纳斯，我们全体国民的君王和主帅，统治这一个广大的世界的皇帝。请陛下鉴纳愚诚，接受我这卑微的贡献。

萨特尼纳斯　谢谢您，尊贵的泰特斯，我的生命的父亲！罗马的历史上将要记载我是怎样地欣幸于得到您和您的礼物；要是有一天我会忘记这些无言可喻的伟大的勋绩中的最微细的部分，那时候，罗马人，忘记你们对我应尽的忠诚吧。

泰特斯 （向塔摩拉）现在，娘娘，您是一个皇帝的俘虏了；他将要根据您的尊贵的地位，给您和您的手下应得的礼遇。

萨特尼纳斯 （旁白）真是个美貌佳人。相信我，倘能重新选择，她才是我真正想选的王后——漂亮的女王，快拂去你满脸的愁云惨雾吧；虽然战争的胜负改变了你的境遇，但你断不会在罗马遭到丝毫的轻视；你将在各方面获得慷慨的优待。请相信我的保证，不必被懊恼冲散了你的一切希望，夫人，那能够使你享受比哥特女王更大的荣华的人在安慰你了。拉维妮娅，你听我这样说不会生气吧？

拉维妮娅 不，陛下，因为真实的高贵使得这些话只能更显慷慨与大度。

萨特尼纳斯 谢谢，亲爱的拉维妮娅。罗马人，让我们走吧；这些俘虏都一起释放，不要他们的赎金。各位贤卿，吹起喇叭擂起鼓来，宣布我们今天的盛典。（喇叭奏花腔。萨特尼纳斯向塔摩拉做求爱的手势）

巴西安纳斯 泰特斯将军，恕我，这位女郎是属于我的。（夺拉维妮娅）

泰特斯 怎么，殿下！您不是在开玩笑吗？

巴西安纳斯 不，尊贵的泰特斯；我已经下了决心，坚持我应有的权利。

玛克斯 物各有主，这位皇子夺回他自己的情人并不是非法逾分的行为。

路歇斯 只要路歇斯活在世上，谁也不能阻止他。

泰特斯 好一伙反贼，都给我滚开！皇上的卫队呢？反了，陛下！拉维妮娅被人抢走了。

萨特尼纳斯 抢走了！什么人敢把她抢走？

巴西安纳斯 把她抢走的，是一个有权利把他的未婚妻带到远离人世的地方去的人。（玛克斯及巴西安纳斯挟拉维妮娅下）

缪歇斯 兄弟们，帮助他们护送她离开这地方，这一扇门归我仗剑把守。（路歇斯、昆塔斯、马歇斯同下）

泰特斯 跟我走，陛下，我立刻就去把她夺回来。

缪歇斯 父亲，您不能打这儿通过。

泰特斯 什么！逆子，不让我在罗马通行吗？（刺缪歇斯）

缪歇斯 救命，路歇斯，救命！（死）

路歇斯重上。

路歇斯 父亲，您太狠心了；您不该在无理的争吵中杀了您的儿子。

泰特斯 你、他，都不是我的儿子；我的儿子决不会给我这样的羞辱。反贼，快把拉维妮娅还给皇上。

路歇斯 您可以叫她死，却不能叫她放弃原来的婚约另嫁旁人。（下）

萨特尼纳斯 不，泰特斯，不；皇帝不需要她；她、你、你家里的人，我一个也用不着。我宁可信任一个曾经嘲弄我的人，可再也不愿相信你，或是你的叛逆傲慢的儿子们。你们都是故意这样串通了来羞辱我的。难道罗马没有别人，只有一个萨特尼纳斯是可以给人玩弄的吗？安德洛尼克斯，像这样的行为也会当着我的面干出来，怪不得你要向人夸口，说我的皇位是从你的手里讨得的了。

泰特斯 嗳哟！这一番责备的话是从哪里说起！

萨特尼纳斯 去吧；去把那朝三暮四的东西给那为了她挥刀舞剑的家伙吧。恭喜你招到一位勇敢的女婿，你的不法的儿子们可以有一个打架的对手，扰乱罗马国境之内的安宁了。

泰特斯 这些话就像刺刀一样，刺痛了我的受伤的心。

萨特尼纳斯 所以，可爱的塔摩拉，哥特人的女王，你像庄严的月神卓立在她周遭的女神之间一样，使罗马最美的妇人黯然失色，要是你不嫌唐突，瞧吧，我选择你，塔摩拉，做我的新娘，我将要把你立为罗马的皇后。说，哥特人的女王，你赞同我的选择吗？这儿我指着一切罗马的神明起誓，因为祭司和圣水无需远求，蜡烛点燃得这样光明，一切都已准备着迎迓许门的降临；我要在这儿和我的新娘举行婚礼以后，再和她携手同出，巡行罗马的街道，跨进我的宫门。

塔摩拉 苍天在上，听我向罗马起誓，要是萨特尼纳斯宠纳哥特人的女王，她愿意做一个侍候他的意旨的奴婢，一个温柔体贴的保姆，一个爱护他的青春的慈母。

萨特尼纳斯 美貌的女王，登上万神殿去吧。各位贤卿，陪伴你们的皇帝和他的可爱的新娘一同进来；她是上天赐给萨特尼纳斯皇子的，他的智慧已经征服了她的命运。我们在圣殿之内，将要完成我们的婚礼。（除泰特斯外均下）

泰特斯 他不曾叫我也去侍候这位新娘。泰特斯，你生平什么时候曾经众叛亲离，受到这样的羞辱？

玛克斯、路歇斯、昆塔斯及马歇斯重上。

玛克斯 啊！泰特斯，瞧！啊！瞧你干了什么事；你已经在一场无理的争吵中杀死了一个贤德的儿子。

泰特斯 不，愚蠢的护民官，不；他不是我的儿子，你也不是我的兄弟，我一个也不认识你们；你们结党同谋，干出这样贻羞家门的事来；不肖的兄弟，不肖的儿子！

路歇斯 可是让我们按照他的身份把他埋了；把缪歇斯跟我们的兄弟们葬在一起吧。

泰特斯 反贼们，滚开！他不能安息在这座坟墓里。这巍峨的丘陇，已经经历了五百年的岁月，我曾经几度把它隆重修建，在这儿光荣地长眠着的，都是军人和罗马的忠仆，没有一个是在口角斗殴之中卑劣地丧命的。随便你们找一个什么地方把他埋葬了吧；这儿没有他的地位。

玛克斯 兄长，你这未免太没有骨肉之情了。我的侄儿缪歇斯的行为可以替他自己辩护；他必须和他的兄弟们葬在一起。

昆塔斯、马歇斯 他必须和他们合葬，否则我们愿意和他同死。

泰特斯 他必须！哪一个混蛋敢说这句话？

昆塔斯 倘不是因为在您的面前，说这句话的人一定要用行动保证这句话的实现。

泰特斯 什么！你们胆敢反抗我的意旨把他埋葬吗？

玛克斯 不，尊贵的泰特斯；我们请求你宽恕缪歇斯，让我们把他葬了。

泰特斯 玛克斯，你竟也这样向我公然顶撞，跟这些孩子们联合起来伤害我的荣誉；我把你们每一个人都看做我的仇敌；不要再跟我纠缠了，一起给我滚吧！

马歇斯 他已经疯了；我们走吧。

昆塔斯 在缪歇斯的尸骨没有安葬以前，我是不走的。（玛克斯及泰特斯诸子下跪）

玛克斯 哥哥，让骨肉之情打动你的心——

昆塔斯 爸爸，愿您俯念父子之情——

泰特斯 算了，不要说下去了。

玛克斯 著名的泰特斯，我的大半个灵魂——

路歇斯 亲爱的爸爸，我们大家身心的主宰——

玛克斯 让您的兄弟玛克斯把他的英勇的侄儿安葬在这些忠臣义士的中间，因为他是为了拉维妮娅的缘故光荣地死去的。您是一个罗马人，不要像野蛮人一般；当初埃阿斯自杀了，希腊人接受了聪明的拉俄提斯之子俄底修斯的请求，把他隆重入殓，依礼入葬了。缪歇斯曾经是您所心爱的孩子，让他进入这一座墓门吧。

泰特斯 起来，玛克斯，起来。今天是我一生中最不幸的日子，在罗马被我的儿子们所羞辱！好，把他葬了，回头再来葬了我吧。

（缪歇斯尸身被置入墓中）

路歇斯 这儿长眠着你的骸骨，亲爱的缪歇斯，和你的亲人们在一起；等候着我们用战利品来装饰你的坟墓吧。

众　人 （跪）没有人为英勇的缪歇斯流泪；他为正义而死，生存在荣誉之中。

玛克斯 把这些伤心的事情先搁在一旁，兄长，那哥特人的狡猾的女王怎么一下子就在罗马得到这样的恩宠？

泰特斯 我不知道，玛克斯；我只知道有这么一回事，天才知道这里头有没有什么诡计。她不是应该感激那使她得到这样极大幸运的人吗？

玛克斯 是的，她一定会重重酬答他的。

喇叭奏花腔。萨特尼纳斯率侍从及塔摩拉、狄米特律斯、契伦、艾伦等自一方上；巴西安纳斯、拉维妮娅及余人等自另一方重上。

萨特尼纳斯 好，巴西安纳斯，你已经夺到你的锦标；恭喜你得了一位美貌的新娘！

巴西安纳斯 我也要同样恭喜你，陛下！我没有别的话说，愿你快乐；再会。

萨特尼纳斯 反贼，要是罗马还有法律，我还有权力的话，你和你的同党免不了有一天会懊悔这种奸占的行为。

巴西安纳斯 陛下，我夺回明明和我订有婚约的爱人，现在她已成为我的妻子了，你却说这是奸占吗？可是让罗马的法律决定一切吧；我所占有的是属于我自己的。

萨特尼纳斯 很好，你敢在我面前这样放肆，总有一天我要叫你知道我的厉害。

巴西安纳斯 陛下，我所干的事，必须由我自己担当，决不诿卸我的责任。只有这一点是我希望你明白的：这位高贵的骑士，泰特斯将军，是被你误解了，他在名誉上已经横蒙不白之冤；他为了尽忠于你，看见他对你的慷慨的许诺遭到意外的阻挠，在争夺拉维妮娅的过程之中，由于一时的气愤，已经亲手杀死了他的幼子；他已经用他一切的行为，证明了他对于你和罗马是一个父亲和一个朋友，萨特尼纳斯，不要错怪他吧。

泰特斯 巴西安纳斯皇子，不要为我的行为辩护；都是你和那一伙人使我遭到这样的羞辱。罗马和公正的天庭可以为我作证，我是多么敬爱萨特尼纳斯！

塔摩拉 陛下，要是塔摩拉曾经在您尊贵的眼中辱蒙见爱，请听我说一句没有偏心的话；亲爱的，听从我的请求，把已成过去的事情忘怀了吧。

萨特尼纳斯 什么，御妻！被人公然侮辱，却卑怯地不知报复，就这样隐忍了事吗？

塔摩拉 不是这样说，陛下；要是我使您做了不名誉的事，罗马的神明也会不容我的！可是我敢凭着我的荣誉担保，善良的泰特斯将军在一切事情上都是无罪的，他的真诚的愤怒说明了他内心的悲痛。所以，听从我的请求，用温和的眼光看待他吧；不要因为无稽的猜测而失去这样一个高贵的朋友，更不要用恼怒的脸色刺痛他的善良的心。（*向萨特尼纳斯旁白*）陛下，听我的话，不要固执，把您的一切愤恨暂时遮掩一下；您现在即位未久，不要把人民和贵族赶到泰特斯一方去，使他们觉得您是忘恩负义而把您废黜，因为忘恩负义在罗马人看来是一桩极大的罪恶。听从我的请求，一切都包在我的身上；我会有一天杀得他们一个不留，把他们的党羽和宗族剪除干净；那残忍的父亲和他的叛逆的儿子们，我要叫他们抵偿我的爱子的性命，使他们知道让一个女王当街长跪，哀求他们俯赐矜怜而无动于衷，会有些什么报应。（高声）来，来，好皇帝；来，安德洛尼克斯；扶起这位好老人家来，安慰安慰他那在您满脸的怒色中濒于死去的心吧。

萨特尼纳斯 起来，泰特斯，起来；我的皇后已经把我说服了。

泰特斯 谢谢陛下和娘娘的恩典。这些仁慈的言语、温和的颜色，把新的生命注入我的身体之内了。

塔摩拉 泰特斯，我已经和罗马结为一体，现在我也是一个罗马人了，我必须为了皇上的好处，给他忠诚的劝告。从今天起，安德洛尼克斯，一切争执都消灭了。我的好陛下，我已经使您和您的朋友们言归于好，这就算是我的莫大的荣幸吧。至于您，巴西安纳斯皇子，我已经向皇上保证，今后您一定做一个驯良安分的人。不用担心，各位贤卿，还有你，拉维妮娅，大家听我的话，跪下来向皇上陛下求恕吧。

路歇斯 是，我们向上天和陛下起誓，我们刚才所干的事，都是为了我们的姊妹和我们自己的荣誉而不得不采取的行动，我们已经尽力约束自己，不会过分越出轨道了。

玛克斯 我可以凭着我的名誉起誓。

萨特尼纳斯 去，不要说话了；少向我们烦渎吧。

塔摩拉 不，不，好皇帝，我们大家都要变成好朋友。这位护民官和他的侄儿们都在向您跪求恩恕；您必须听我的话；好人儿，转过脸来吧。

萨特尼纳斯 玛克斯，既然我的可爱的塔摩拉向我这样请求，为了你的缘故，也为了你的兄长的缘故，我赦免了这些少年人的重罪；站起来。拉维妮娅，虽然你把我当作一个村夫似的丢弃了，我已经找到一个爱我的人，我可以确实发誓，当我离开祭司的时候，我不会仍然是一个单身的汉子。来，要是皇帝的宫廷里可以欢宴两个新娘，你，拉维妮娅，和你的亲友们都是我的宾客。今天将要成为一个释嫌修好的日子，塔摩拉。

泰特斯 明天陛下要是高兴的话，我愿意追随您出猎，打些豹子公鹿玩玩；我们将要用号角和猎犬的吠声向您道早安。

萨特尼纳斯 很好，泰特斯，谢谢你。（喇叭声；同下）

第二幕

第一场　罗马。皇宫前

艾伦上。

艾　伦　现在塔摩拉已经登上了奥林匹斯的峰巅，命运的箭镞再也不会伤害她；她高居宝座，不受震雷闪电的袭击，脸色惨白的嫉妒不能用威胁加到她的身上。正像金色的太阳向清晨敬礼，用它的光芒镀染海洋，驾着耀目的云车从黄道上疾驰飞过，高耸云霄的山峰都在它的俯瞰之下；塔摩拉也正是这样，人世的尊荣听候着她的智慧的使唤，正义在她的颦蹙之下屈躬战栗。那么，艾伦，鼓起你的勇气，现在正是你攀龙附凤的机会。你的主后已经长久成为你的俘虏，用色欲的锁链紧紧铸定，被艾伦的魅人的目光紧紧捆束，比缚在高加索山上的普罗米修斯更难脱身；你只要抱着向上的决心，就可以升到和她同样高的位置。脱下奴隶的服装，摈弃卑贱的思想！我要大放光辉，满身戴起耀目的金珠来，侍候这位新膺恩命的皇后。我说侍候吗？不，我要和这位女王，这位女神，这位仙娥，这位妖妇调情；她将要迷惑罗马的萨特尼纳斯，害得他国破身亡。嗳哟！这是一场什么风暴？

狄米特律斯及契伦争吵上。

狄米特律斯　契伦，你年纪太轻，智慧不足，礼貌全无，不要来妨碍我的好事。

契　伦　狄米特律斯，你总是这样蛮不讲理，想用恐吓的手段压倒我。难道我比你小了一两岁，人家就会把我瞧不上眼，你就会比我更幸运吗？我也和你一样会向我的爱人献殷勤，为什么我就不配得到她的欢心？瞧吧，我的剑将要向你证明我对于拉维妮娅的热情。

艾　伦　（旁白）打！打！这些情人们一定要大闹一场哩。

狄米特律斯　嘿，孩子，虽然我们的母亲一时糊涂，给你佩带了一柄跳舞用的小剑，你却会不顾死活，用它来威吓你的兄长吗？算了吧，把你的玩意儿藏在鞘里，等你懂得怎样使剑的时候再拔出来吧。

契　伦　你不要瞧我没有本领，我要让你看看我的勇气。

狄米特律斯　哦，孩子，你居然变得这样勇敢了吗？（二人拔剑）

艾　伦　嗳哟，怎么，两位王子！你们怎么敢在皇宫附近挥刀弄剑，公然争吵起来？你们反目的原因我完全知道；即使有人给我百万黄金，我也不愿让那些与这件事情最有关系的人知道你们为什么发生争执；你们的母后也决不愿在罗马的宫廷里被人耻笑。真好意思，还不把剑收起来！

狄米特律斯　不，我非得把我的剑插进他的胸膛，不把他在这儿侮辱我的不逊之言灌进他自己的咽喉里去，我决不罢手。

契　伦　我已经完全准备好了，你这满口狂言的懦夫，你只会用一条舌头吓人，却不敢使用你的武器。

艾　伦　快走，别闹了！凭着好战的哥特人所崇拜的神明起誓，这一场无聊的争吵要把我们一起都毁了。唉，哥儿们，你们没有想到侵害一位亲王的权利，是一件多么危险的事吗？嘿！难道拉维妮娅是一个放荡的淫妇，巴西安纳斯是一个下贱的庸夫，会容忍你们这样争风吃醋而恬不为意，不向你们报复问罪吗？少爷们，留心点吧！皇后要是知道了你们争吵的原因，看她不把你们骂得狗血喷头。

契　伦　我不管，让她和全世界都知道，我是什么也不顾的；我爱拉维妮娅胜于整个的世界。

狄米特律斯　小子，你还是去选一个次一点儿的吧；拉维妮娅是你兄长看中的人。

艾　伦　嗳哟，你们都疯了吗？难道你们不知道在罗马，人们是不能容忍情敌存在的吗？我告诉你们，两位王子，你们这样简直是自己找死。

契　伦　艾伦，为了得到我所心爱的人，叫我死一千次都愿意。

艾　伦　得到你所心爱的人！怎么得到？

狄米特律斯　这有什么奇怪！她是个女人，所以可以向她调情；她是个女人，所以可以把她勾搭上手；她是拉维妮娅，所以非爱不可。嘿，朋友！磨夫数不清磨机旁边滚过的流水；从一个切开了的面包里偷去一片是毫不费事的。虽然巴西安纳斯是皇帝的兄弟，比他地位更高的人也曾戴过绿头巾。

艾　伦　（*旁白*）嗯，这句话正好说在萨特尼纳斯身上。

狄米特律斯　那么一个人只要懂得怎样用美妙的言语、风流的仪表、大量的馈赠，就能猎取女人的心，他为什么还要失望呢？嘿！你不是常常射中了一头母鹿，当着看守人的面前把她捉了去吗？

艾　伦　啊，这样看来，你们还是应该乘人不备，把她抢夺过来的好。

契　伦　对，只要可以使我们达到目的。

狄米特律斯　艾伦，你说得不错。

艾　伦　既然如此，那么你们为什么要吵个不休呢？听着，听着！你们难道都是傻子，为了这些事情而互相闹起来吗？照我的意思，与其两败俱伤，还不如大家沾些实惠的好。

契　伦　说老实话，那在我倒也无所谓。

狄米特律斯　我也不反对，只要我自己也有一份儿。

艾　伦　真好意思，赶快和和气气的，同心合作，把你们所争夺的人儿拿到手再说吧；为了达到你们的目的，这是唯一的策略；你们必须抱定主意；既然事情不能完全适如你们的愿望，就该在可能的范围以内实现你们的企图。让我贡献你们这一个意见：这一位拉维妮娅，巴西安纳斯的爱妻，是比鲁克丽丝更为贞洁的；与其在无望的相思中熬受着长期的痛苦，不如采取一种干脆爽快的行动。我已经想到一个办法了。两位王子，明天有一场盛大的狩猎，可爱的罗马女郎们都要一显身手；森林中的道路是广阔而宽大的，有许多人迹不到的所在，适宜于暴力和奸谋的活动。你们选定了这么一处地方，就把这头娇美的小鹿诱到那里去，要是不能用言语打动她的心，不妨用暴力满足你们的愿望；只有这一个办法可以有充分的把握。来，来，我们的皇后正在用她天赋的智慧，一心一意地计划着复仇的阴谋，让我们把我们想到的一切告诉她，她是决不容许你们同室操戈的，一定会供给我们一些很好的意见，使你们两人都能如愿以偿。皇帝的宫廷像流言飞语的殿堂一样，充满着无数的唇舌耳目，树林却是冷酷无情，不闻不见的；勇敢的孩子们，你们在那里说话，动武，抓住你们各人的机会吧，在蔽天的浓荫之下，发泄你们的情欲，从拉维妮娅的肉体上享受销魂的喜悦。

契　伦　小子，你的主见很好，不失为一个痛快的办法。

狄米特律斯 不管良心上是不是过得去，我一定要找到这一个清凉我的欲焰的甘泉，使之成为镇定我情热的灵符。哪怕要深入地府，渡过冥河，我也情愿。（同下）

第二场 森 林

内号角及猎犬吠声。泰特斯·安德洛尼克斯率从猎者及玛克斯、路歇斯、昆塔斯、马歇斯等同上。

泰特斯 猎人已经准备出发，清晨的天空泛出鱼肚色的曙光，田野间播散着芳香，树林是绿沉沉的一片。在这儿放开猎犬，让它们吠叫起来，催醒皇上和他的可爱的新娘，用号角的和鸣把亲王唤起，让整个宫廷都震响着回声。孩子们，你们要小心侍候皇上；昨天晚上我睡梦不安，可是黎明又鼓起我新的欢悦。（猎犬群吠，号角齐鸣）

萨特尼纳斯、塔摩拉、巴西安纳斯、拉维妮娅、狄米特律斯、契伦及侍从等上。

泰特斯 陛下早安！娘娘早安！我答应陛下用猎人的合奏乐把你们唤醒的。

萨特尼纳斯 您奏得很卖力，将军；可是对于新婚的少妇们，未免早得太煞风景了。

巴西安纳斯 拉维妮娅，你怎么说？

拉维妮娅 我说不；我已经完全清醒两个多时辰了。

萨特尼纳斯 那么来，备起马匹和车子来，我们立刻出发打猎去。（向塔摩拉）御妻，现在你可以看看我们罗马人的打猎了。

玛克斯 陛下，我有几头猛犬，善于搜逐最勇壮的豹子，攀登最峻峭的山崖。

泰特斯 我有几匹好马，能够绝尘飞步，像燕子一样掠过原野，追踪逃走的野兽。

狄米特律斯 契伦，我们不用犬马打猎，我们的目的只是要捉住一头娇美的小鹿。（同下）

第三场 森林中之僻静处

艾伦持一袋黄金上。

艾 伦 聪明的人看见我把这许多金子埋在一株树下，自己将来永远没有享用它的机会，一定以为我是个没有头脑的傻瓜。让这样瞧不起我的人知道，这一堆金子是要铸出一个计策来的，要是这计策运用得巧妙，可以造成一件非常出色的恶事。躺着，好金子，让那得到这一笔从皇后的宝箱中取得施舍的人不得安宁吧。（埋金）

塔摩拉上。

塔摩拉 我的可爱的艾伦，万物都在夸耀着它们的欢乐，你为什么郁郁不快呢？小鸟在每一株树上吟唱歌曲；花蛇卷起了身体安眠在温和的阳光之下；青青的树叶因凉风吹过而颤动，在地上织成了纵横交错的影子。在这样清静的树荫底下，艾伦，让我们坐下来；当饶舌的回声仿效着猎犬的长嗥，向和鸣的号角发出尖锐的答响，仿佛有两场狩猎正在同时进行的时候，让我们坐着倾听他们嘶叫的声音。正像狄多和她的流浪的王子受到暴风雨的袭击，躲避在一座秘密的山洞里一样，我们也可以彼此拥抱在各人的怀里，在我们的游戏完毕以后，一同进入甜蜜的梦乡；猎犬、号角和婉转清吟的小鸟，合成了一阕催眠的歌曲，抚着我们安然睡去。

艾 伦 娘娘，虽然维纳斯主宰着你的欲望，我的心却为忧愁所占领。我的凝止的眼睛、我的静默、我的阴沉的忧郁、我的根根竖起的蓬松的头发，就像展开了身体预备咬人的毒蛇一样，这些都表示着什么呢？不，娘娘，这些不是情欲的征兆；杀人的恶念藏在我的心头，死亡握在我的手里，流血和复仇在我的脑中震荡。听着，塔摩拉，我的灵魂的皇后，你的怀抱便是我的灵魂的归宿，它不希望更有其他的天堂；今天是巴西安纳斯的末日，他的菲罗墨拉必须失去她的舌头，你的儿子们将要破坏她的贞操，在巴西安纳斯的血泊中洗手。你看见这封信吗？这里面藏着恶毒的阴谋，请你把它收起来交给那皇帝。不要多问，有人看见我们了；这儿来了一双我们安排捕捉的猎物，他们还没有想到他们生命的毁灭就在眼前。

塔摩拉　啊！我的亲爱的摩尔人，你是我的比生命更可爱的人儿。

艾　伦　不要说下去啦，皇后；巴西安纳斯来了。你先找一些借口，跟他拌起嘴来；我就去找你的儿子来帮你吵架。（下）

巴西安纳斯及拉维妮娅上。

巴西安纳斯　什么人在这儿？罗马的尊严的皇后，没有一个侍从卫护她吗？或者是狄安娜女神摹仿着她的装束，离开天上的树林，到这里的林中来参观我们的狩猎吗？

塔摩拉　好大胆的狂徒，竟敢窥探我的私人的行动！要是我有像人家所说狄安娜所有的那种力量，我就要立刻叫你像亚克托安一样头上长起角来，变成一头鹿，让猎犬把你追逐，你这无礼的莽撞鬼！

拉维妮娅　恕我说句话，好娘娘，人家都在疑心您跟您那摩尔人正在作什么实验，要替什么人安上角去呢。乔武保佑尊夫，让他今天不要被他的猎犬追逐！要是它们把他当作了一头公鹿，那可糟啦。

巴西安纳斯　相信我，娘娘，您那黑奴已经使您的名誉变了颜色，像他身体一样污秽可憎了。倘不是因为受着您的卑劣的欲念的引导，为什么您要摈斥您的侍从，降下您的雪白的骏马，让一个野蛮的摩尔人陪伴着您跑到这一个幽僻的所在？

拉维妮娅　因为你们的好事被我们打散了，无怪您要嗔骂我的丈夫无礼啦。来，我们走吧，让她去和她的乌鸦一般的爱人尽情作乐；这幽谷是一个再适当不过的地方。

巴西安纳斯　我的皇兄必须知道这件事情。

拉维妮娅　啊，这些败行他早该知道的了。好皇帝，竟遭到这样重大的耻辱！

塔摩拉　为什么我要忍受你们这样的侮蔑呢？

狄米特律斯及契伦上。

狄米特律斯　怎么，亲爱的母后！您的脸上为什么这样惨淡失色？

塔摩拉　你们想想我应不应该脸色惨淡？这两个人把我骗到了这个所在，一个荒凉可憎的幽谷！你们看，虽然是夏天，这些树木却是萧条而枯瘦的，青苔和寄生树侵蚀了它们的生机；这儿从来没有太阳照耀；这儿没有生物繁殖，除了夜枭和不祥的乌鸦。当他们把这个可怕的幽谷指点给我看的时候，他们告诉我，这儿在沉寂的深宵，有一千个妖魔、一千条嘶嘶作声的蛇、一万只臃肿的蛤蟆、一万只刺猬，同时发出惊人的、杂乱的叫声，无论什么人听见了，不是立刻发疯就要当场吓死。他们告诉了我这样可怕的故事以后，就对我说，他们要把我缚在一株阴森的杉树上，让我在这种恐怖之中死去；于是他们称我为万恶的淫妇，放荡的哥特女人，和一切诸如此类凡是人们耳中所曾经听见过的最恶毒的名字；倘不是神奇的命运使你们到这里来，他们早就向我下这样的毒手了。你们要是爱你们母亲的生命，快替我复仇吧，否则从此以后，你们再也不能算是我的孩子了。

狄米特律斯 这可以证明我是你的儿子。（刺巴西安纳斯）

契 伦 这一剑直中要害，可以证明我的本领。（刺死巴西安纳斯）

拉维妮娅 啊，来，妖妇！不，野蛮的塔摩拉，因为只有你自己的名字最能够表现你恶毒的天性。

塔摩拉 把你的短剑给我；你们将要知道，我的孩子们，你们的母亲将要亲手报仇血恨。

狄米特律斯 且慢，母亲，我们还不能就让她这样死了；先把谷粒打出，然后再把稻草烧去。这丫头自负贞洁，胆敢冲撞母后，难道我们就让她带着她的贞洁到她的坟墓里去吗？

契 伦 要是让她这样清清白白地死去，我宁愿自己是一个太监。把她的丈夫拖到一个僻静的洞里，让他的尸体作为我们纵欲的枕垫吧。

塔摩拉 可是当你们采到了你们所需要的蜜汁以后，不要放这黄蜂活命；她的刺会伤害我们的。

契 伦 您放心吧，母亲，我们决不留着她来危害我们。来，娘子，现在我们要用强力欣赏欣赏您那用心保存着的贞洁了。

拉维妮娅 啊，塔摩拉！你生着一张女人的面孔——

塔摩拉 我不要听她说话；把她带下去！

拉维妮娅 两位好王子，求求她听我说一句话。

狄米特律斯 听着，美人儿。母亲，她的流泪便是您的光荣；但愿她的泪点滴在您的心上，就像雨点打在无情的顽石上一样。

拉维妮娅 乳虎也会教训起它的母亲来了吗？啊！不要学她的残暴；是她把你教成这个样子；你从她胸前吮吸的乳汁都变成了石块；当你哺乳的时候，你的凶恶的天性已经锻成了。可是每一个母亲不一定生同样的儿子；（向契伦）你求求她显出一点女人的慈悲来吧！

契　伦　什么！你要我证明我自己是一个异种吗？

拉维妮娅　不错！乌鸦是孵不出云雀来的。可是我听见人家说，狮子受到慈悲心的感动，会容忍它的尊严的脚爪被人剪去；唉！要是果然有这样的事，那就好了。有人说，乌鸦常常抚育被遗弃的孤雏，却让自己的小鸟在巢中挨饿；啊！虽然你的冷酷的心不许你对我这样仁慈，可是请你稍微发一点怜悯吧！

塔摩拉　我不知道怜悯是什么意思；把她带下去！

拉维妮娅　啊，让我劝导你！看在我父亲的面上，他曾经在可以把你杀死的时候宽宥了你的生命，不要固执，张开你的聋了的耳朵吧！

塔摩拉　即使你自己从不曾得罪过我，为了他的缘故，我也不能对你容情。记着，孩子们，我徒然抛掷了滔滔的热泪，想要把你们的哥哥从罗马人的血祭中间拯救出来，却不能使凶恶的安德洛尼克斯改变他的初衷。所以，把她带下去，尽你们的意思蹂躏她；你们越是把她作践得痛快，我越是喜爱你们。

拉维妮娅　塔摩拉啊！愿你被称为一位仁慈的皇后，用你自己的手就在这地方杀了我吧！因为我向你苦苦哀求的并不是生命，当巴西安纳斯死了以后，可怜的我活着也就和死去一般了。

塔摩拉　那么你求些什么呢？傻女人，放了我？

拉维妮娅　我要求立刻就死；我还要求一件女人的羞耻使我不能说出口的事。啊！不要让我在他们手里遭受比死还难堪的玷辱；请把我丢在一个污秽的地窟里，永不要让人们的眼睛看见我的身体；做一个慈悲的杀人犯，答应我这一个要求吧！

塔摩拉　那么我就要剥夺我的好儿子们的权利了。不，让他们在你的身上满足他们的欲望吧。

狄米特律斯 快走！你已经使我们在这儿等得太久了。

拉维妮娅 没有慈悲！没有妇道！啊，禽兽不如的东西，全体女性的污点和仇敌！愿地狱——

契　伦 哼，那么我可要塞住你的嘴了。哥哥，你把她丈夫的尸体搬过来；这就是艾伦叫我们把他掩埋的地窟。（狄米特律斯将巴西安纳斯尸体掷入穴内；狄米特律斯、契伦二人拖拉维妮娅同下）

塔摩拉 再会，我的孩子们；留心不要放她逃走。让我的心头永远不知道有愉快存在，除非安德洛尼克斯全家死得不留一人。现在我要去找我的可爱的摩尔人，让我的暴怒的儿子们去摧折这一枝败柳残花。（下）

艾伦率昆塔斯及马歇斯同上。

艾　伦 来，两位公子，看谁走得快，我立刻就可以带领你们到我看见有一头豹子在那儿熟睡的洞口。

昆塔斯 我的眼光十分模糊，不知道是什么预兆。

马歇斯 我也这样。说来惭愧，我真想停止打猎，找个地方睡一会儿。（失足跌入穴内）

昆塔斯 什么！你跌下去了吗？这是一个什么幽深莫测的地穴，洞口遮满了蔓生的荆棘，那叶子上还染着一滴滴的鲜血，像花瓣上的朝露一样新鲜？看上去这似乎是一处很危险的所在。说呀，兄弟，你跌伤了没有？

马歇斯 啊，哥哥！我碰在一件东西上受伤了，这东西瞧上去真叫人触目惊心。

艾　伦 （旁白）现在我要去把那皇帝带来，让他看见他们在这里，他一定会猜想是他们两人杀死了他的兄弟。（下）

马歇斯 你为什么不搭救搭救我，帮助我从这邪恶的血污的地穴里出来？

昆塔斯　一阵无端的恐惧侵袭着我，冷汗湿透了我的战栗的全身；我的眼前虽然一无所见，我的心里却充满了惊疑。

马歇斯　为了证明你有一颗善于预测的心，请你和艾伦两人向这地穴里望一望，就可以看见一幅血与死的可怖的景象。

昆塔斯　艾伦已经走了；我的恻隐之心使我不忍观望那在推测之中已经使我战栗的情状。啊！告诉我是怎么一回事；我从来不曾像现在一样孩子气，害怕着我所不知道的事情。

马歇斯　巴西安纳斯殿下僵卧在这可憎的黑暗的饮血的地穴里，知觉全无，像一头被宰的羔羊。

昆塔斯　地穴既然是黑暗的，你怎么知道是他？

马歇斯　在他的流血的手指上戴着一枚宝石的指环，它的光彩照亮了地窟的全部；正像一支墓穴里的蜡烛一般，它照出了已死者的泥土色的脸，也照见了地窟里凌乱的一切；当皮拉摩斯躺在处女的血泊中的晚上，那月亮的颜色也是这么惨淡的。啊，哥哥！恐惧已经使我失去力气，要是你也是这样，赶快用你无力的手把我拉出这个吃人的洞府，它像一张喷着妖雾的魔口一样可怕。

昆塔斯　把你的手伸上来给我抓住了，好让我拉你出来，否则因为我自己也提不起劲儿，怕会翻下了这个幽深的黑洞，可怜的巴西安纳斯的坟墓里去。我没有力气把你拉上洞口。

马歇斯　没有你的帮助，我也没有力气爬上来。

昆塔斯　再把你的手给我；这回我倘不把你拉出洞外，拼着自己也跌下去，再不松手了。（跌入穴内）

艾伦率萨特尼纳斯重上。

萨特尼纳斯　跟我来；我要看看这儿是个什么洞，跳下去的是个什么人。喂，你是什么人，跳到这个地窟里去？

马歇斯　我是老安德洛尼克斯的倒霉的儿子，在一个不幸的时辰被人带到这里来时，发现您的兄弟巴西安纳斯已经死了。

萨特尼纳斯 我的兄弟死了！我知道你在开玩笑。他跟他的夫人都在这猎场北首的茅屋里，我在那里离开他们还不到一小时。

马歇斯 我们不知道您在什么地方看见他们好好地活着；可是，唉！我们却在这里看见他死了。

塔摩拉率侍从及泰特斯·安德洛尼克斯、路歇斯同上。

塔摩拉 我的皇上在什么地方？

萨特尼纳斯 这儿，塔摩拉；重大的悲哀使我痛不欲生。

塔摩拉 您的兄弟巴西安纳斯呢？

萨特尼纳斯 你触到了我的心底的创痛；可怜的巴西安纳斯躺在这儿被人谋杀了。

塔摩拉 那么我把这一封致命的书信送来得太迟了。（以一信交萨特尼纳斯）这里面藏着造成这一幕出人意料的悲剧的阴谋；真奇怪，一个人可以用满脸的微笑，遮掩着这种杀人的恶意。

萨特尼纳斯 （读信）“万一事情决裂，好猎人，请你替他掘下坟墓；我们说的是巴西安纳斯，你懂得我们的意思。在那覆罩着巴西安纳斯葬身的地穴的一株大树底下，你只要拨开那些荨麻，便可以找到你的酬劳。照我们的话办了，你就是我们永久的朋友。”啊，塔摩拉！你听见过这样的话吗？这就是那个地穴，这就是那株大树。来，你们大家快去给我搜寻那杀死巴西安纳斯的猎人。

艾　伦 启禀陛下，这儿有一袋金子。

萨特尼纳斯 （向泰特斯）都是你生下这一对狼心狗肺的孽畜，把我的兄弟害了。来，把他们从这地穴里拖出来，关在监牢里，等我们想出一些闻所未闻的酷刑来处置他们。

塔摩拉 什么！他们就在这地穴里吗？啊，怪事！杀了人这么容易就被发觉了！

泰特斯 陛下，让我这软弱的双膝向您下跪，用我不轻易抛掷的眼泪请求这一个恩典；要是我这两个罪该万死的逆子果然犯下了这样重大的罪过，要是有确实的证据证明他们的罪状——

萨特尼纳斯 要是有确实的证据！事实还不够明白吗？这封信是谁找到的？塔摩拉，是你吗？

塔摩拉 安德洛尼克斯自己从地上拾起来的。

泰特斯 是我拾起来的，陛下。可是让我做他们的保人吧；凭着我的祖先的坟墓起誓，他们一定随时听候着陛下的传唤，准备用他们的生命洗刷他们的嫌疑。

萨特尼纳斯 你不能保释他们。跟我来；把被害者的尸体抬走，那两个凶手也带了去。不要让他们说一句话；他们的罪状已经很明显了。凭着我的灵魂起誓，要是人间有比死更痛苦的结局，我一定要叫他们尝尝那样的滋味。

塔摩拉 安德洛尼克斯，我会向皇上说情的；不要为你的儿子们担忧，他们一定可以平安无事。

泰特斯 来，路歇斯，来；快走，别跟他们说话了。（各下）

第四场　森林的另一处

狄米特律斯、契伦及拉维妮娅上；拉维妮娅已遭奸污，两手及舌均被割去。

狄米特律斯 现在你的舌头要是还会讲话，你去告诉人家谁奸污你的身体、割去你的舌头吧。

契　伦 要是你的断臂还会握笔，把你心里的话写了出来吧。

狄米特律斯 瞧，她还会做手势呢。

契 伦 回家去，叫他们替你拿些香水洗手。

狄米特律斯 她没有舌头可以叫，也没有手可以洗，所以我们还是让她静悄悄地走她的路吧。

契 伦 要是我处于她的地位，我一定去上吊了。

狄米特律斯 那还要看你有没有手可以帮助你在绳上打结。（狄米特律斯、契伦同下）

玛克斯上。

玛克斯 这是谁，跑得这么快？是我的侄女吗？侄女，跟你说一句话；你的丈夫呢？要是我在做梦，但愿我所有的财富能够把我惊醒！要是我现在醒着，但愿一颗行星毁灭我，让我从此长眠不醒！说，温柔的侄女，哪一只凶狠无情的毒手砍去了你身体上的那双秀枝，那一对可爱的装饰品，它们的柔荫的环抱，是君王们所追求的温柔仙境？为什么不对我说话？嗳哟！一道殷红的血流，像被风激起泡沫的泉水一样，在你的两片蔷薇色的嘴唇之间浮沉起伏，随着你的甘美的呼吸而涨落。一定是哪一个凶神蹂躏了你，因为怕你宣布他的罪恶，才把你的舌头割下。啊！现在你因为羞愧而把你的脸转过去了；虽然你的血从三处同时奔涌，你的面庞仍然像迎着浮云的太阳的酡颜一样绯红。要不要我替你说话？要不要我说，事情果然是这样的？唉！但愿我知道你的心思；但愿我知道那害你的禽兽，那么我也好痛骂他一顿，出出我心头的气愤。郁结不发的悲哀正像闷塞了的火炉一样，会把一颗心烧成灰烬。美丽的菲罗墨拉不过失去了她的舌头，她却会不怕厌烦，一针一线地织出她的悲惨的遭遇；可是，可爱的侄女，你已经拈不起针线来了，你所遇见的是一个更奸恶的忒瑞斯，他已经把你那比菲罗墨拉更善于针织的娇美的手指截去了。啊！要是那恶魔曾经看见这双百合花一样的纤手像战栗的白杨叶般弹弄着琵琶，使那一根根丝弦乐于和它们亲吻，他一定不忍伤害它们；要是他曾经听见从那美妙的舌端吐露出来的天乐，他一定会丢下他的刀子，昏昏沉沉地睡去。来，让我们去，使你的父亲成为盲目吧，因为这样的惨状是会使一个父亲的眼睛昏眩的；一小时的暴风雨就会淹没了芬芳的牧场，你父亲的眼睛怎么经得起经年累月的泪涛泛滥呢？不要退后，因为我们将要陪着你悲伤；唉！要是我们的悲伤能够减轻你的痛苦就好了！（同下）

第三幕

第一场　罗马。街道

元老、护民官及法官等押马歇斯及昆塔斯绑缚上，穿过舞台，向刑场前进；泰特斯前行哀求。

泰特斯　听我说，尊严的父老们！尊贵的护民官们，等一等！可怜我这一把年纪吧！当你们高枕安卧的时候，我曾经在危险的沙场上抛掷我的青春；为了我在罗马伟大的战役中所流的血，为了我枕戈待旦的一切霜露的深宵，为了现在你们所看见的、这些填满在我脸上衰老的皱纹里的苦泪，求求你们向我这两个定了罪的儿子大发慈悲吧，他们的灵魂并不像你们所想象的那样堕落。我已经失去了二十二个儿子，我不曾为他们流一点泪，因为他们是死在光荣的、高贵的眠床上。为了这两个，这两个，各位护民官，（投身地上）我在泥土上写下我的深心的苦痛和我的灵魂的悲哀之泪。让我的眼泪浇息了大地的干渴，我的孩子们的亲爱的血液将会使它羞愧而脸红。（元老、护民官等及二囚犯同下）大地啊！从我这两口古罂之中，我要倾泻出比四月的春天更多的雨水灌溉你；在苦旱的夏天，我要继续向你淋洒；在冬天我要用热泪融化冰雪，让永久的春光留驻在你的脸上，只要你拒绝喝下我的亲爱的孩子们的血液。

路歇斯拔剑上。

泰特斯 可尊敬的护民官啊！善良的父老们啊！松了我的孩子们的绑缚，撤销死罪的判决吧！让我这从未流泪的人说，我的眼泪现在变成打动人心的辩士了。

路歇斯 父亲啊，您这样哀哭是无济于事的；护民官们听不见您的话，一个人也不在近旁；您在向一块石头诉述您的悲哀。

泰特斯 啊！路歇斯，让我为你的兄弟们哀求。尊严的护民官们，我再向你们作一次求告——

路歇斯 父亲，没有一个护民官在听您说话哩。

泰特斯 嗨，那又有什么关系呢？即使他们听见，他们也不会注意我的话；即使他们注意我的话，他们也不会怜悯我；可是我必须向他们哀求，虽然我的哀求是毫无结果的。所以我向石块们诉述我的悲哀，它们不能解除我的痛苦，可是比起那些护民官来还是略胜一筹，因为它们不会打断我的话头；当我哭泣的时候，它们谦卑地在我的脚边承受我的眼泪，仿佛在陪着我哭泣一般；要是它们也披上了庄严的法服，罗马没有一个护民官可以比得上它们；石块是像蜡一样柔软的，护民官的心肠却比石块更坚硬；石块是沉默而不会侵害他人的，护民官却会掉弄他们的舌头，把无辜的人们宣判死刑。（起立）可是你为什么把你的剑拔出来拿在手里？

路歇斯 我想去把我的两个兄弟劫救出来；那些法官们因为我有这样的企图，已经宣布把我永远放逐了。

泰特斯 幸运的人啊！他们在照顾你哩。嘿，愚笨的路歇斯，你没看见罗马只是一大片猛虎出没的荒野吗？猛虎是一定要饱腹的；罗马除了我和我们一家的人以外，再没有别的猎物可以充塞它们的馋吻了。你现在被放逐他乡，远离这些吃人的野兽，该是多大的幸运啊！可是谁跟着我的兄弟玛克斯来啦？

玛克斯及拉维妮娅上。

玛克斯 泰特斯，让你的老眼准备流泪，要不然的话，让你高贵的心准备碎裂吧；我带了毁灭你的暮年的悲哀来了。

泰特斯 它会毁灭我吗？那么让我看看。

玛克斯 这是你过去的女儿。

泰特斯 嗳哟，玛克斯，她现在还是我的女儿呀。

路歇斯 好惨！我可受不了啦。

泰特斯 没有勇气的孩子，起来，瞧着她。说，拉维妮娅，哪一只可咒诅的毒手使你在你父亲的眼前变成一个没有手的人？哪一个傻子挑了水倒在海里，或是向火光烛天的特洛亚城中丢进一束柴去？在你没有来以前，我的悲哀已经达到了顶点，现在它像尼罗河一般，泛滥过一切的界限了。给我一柄剑，我要把我的手也砍下来；因为它们曾经为罗马出过死力，结果却是一无所得；在无益的祈求中，我曾经把它们高高举起，可是它们对我一点没有用处；现在我所要叫它们做的唯一的事，是让这一只手把那一只手砍了。拉维妮娅，你没有手也好，因为曾经为国家出力的手，在罗马是不被重视的。

路歇斯 说，温柔的妹妹，谁害得你这个样子？

玛克斯 啊！那善于用巧妙敏捷的辩才宣达她的思想的可爱的器官，那曾经用柔曼的歌声迷醉世人耳朵的娇鸣的小鸟，已经从那美好的笼子里被抓去了。

路歇斯 啊！你替她说，谁干了这样的事？

玛克斯 啊！我看见她在林子里仓皇奔走，正像现在这样子，想要把自己躲藏起来，就像一头鹿受到了不治的重伤一样。

泰特斯 那是我的爱宠；谁伤害了她，这给我的痛苦甚于杀死我自己。现在我像一个站在一块岩石上的人一样，周围是一片汪洋大海，那海潮愈涨愈高，每一秒钟都会有一阵无情的浪涛把他卷下白茫茫的波心。我的不幸的儿子们已经从这一条路上向死亡走去了；这儿站着我的另一个儿子，一个被放逐的流亡者；这儿站着我的兄弟，为了我的厄运而悲泣；可是那使我的心灵受到最大打击的，却是亲爱的拉维妮娅，比我的灵魂更亲爱的。我要是看见人家在图画里把你画成这个样子，也会气得发疯；现在我看见你这一副活生生的惨状，我应该怎样才好呢？你没有手可以揩去你的眼泪，也没有舌头可以告诉我谁害了你。你的丈夫他已经死了，为了他的死，你的兄弟们也被判死罪，这时候也早已没有命了。瞧！玛克斯；啊！路歇斯我儿，瞧着她；当我提起她的兄弟们的时候，新的眼泪又滚下她的脸颊，正像甘露滴在一朵被人催折的憔悴的百合花上一样。

玛克斯　也许她流泪是因为他们杀死了她的丈夫；也许因为她知道他们是无罪的。

泰特斯　要是他们果然杀死了你的丈夫，那么高兴起来吧，因为法律已经给他们惩罚了。不，不，他们不会干这样卑劣的事；瞧他们的姊妹在流露着多大的伤心。温柔的拉维妮娅，让我吻你的嘴唇，或者指示我怎样可以给你一些安慰。要不要让你的好叔父、你的哥哥路歇斯，还有你、我，大家在一个水池旁边团团坐下，瞧瞧我们映在水中的脸，瞧它们怎样为泪痕所污，正像洪水新退以后，牧场上还残留着许多潮湿的黏土一样？我们要不要向着池水伤心落泪，让那澄澈的流泉失去它的清冽的味道，变成一泓咸水？或者我们要不要也像你一样砍下我们的手？或是咬下我们的舌头，在无言的沉默中消度我们可憎的残生？我们应该怎样做？让我们这些有舌的人商议出一些更多的苦难来加在我们自己身上，留供后世人们嗟叹吧。

路歇斯　好爸爸，别哭了吧；瞧我那可怜的妹妹又被您惹得呜咽痛哭起来了。

玛克斯　宽心点儿，亲爱的侄女。好泰特斯，揩干你的眼泪。

泰特斯　啊！玛克斯，玛克斯，弟弟；我知道你的手帕再也收不进我的一滴眼泪，因为你，可怜的人，已经用你自己的眼泪把它浸透了。

路歇斯　啊！我的拉维妮娅，让我揩干你的脸吧。

泰特斯　瞧，玛克斯，瞧！我懂得她的意思。要是她会讲话，她现在要对她的哥哥这样说；他的手帕已经浸满他的伤心的眼泪，拭不干她颊上的悲哀了。唉！纵然我们彼此相怜，谁都爱莫能助，正像地狱边缘的幽魂盼不到天堂的幸福。

艾伦上。

艾　伦　泰特斯·安德洛尼克斯，我奉皇上之命，向你传达他的旨意：要是你爱你那两个儿子，只要让玛克斯、路歇斯，或是你自己，年老的泰特斯，你们任何一人砍下一只手来，送到皇上面前，他就可以赦免你的儿子们的死罪，把他们送还给你。

泰特斯　啊，仁慈的皇帝！啊，善良的艾伦！乌鸦也会唱出云雀的歌声，报知日出的喜讯吗？很好，我愿意把我的手献给皇上。好艾伦，你肯帮助我把它砍下来吗？

路歇斯　且慢，父亲！您那高贵的手曾经推倒无数的敌人，不能把它砍下，还是让我的手代替了吧。我比您年轻力壮，流一些血还不大要紧，所以应该让我的手去救赎我的兄弟们的生命。

玛克斯　你们两人的手谁不曾保卫罗马，高挥着流血的战斧，在敌人的堡垒上写下了毁灭的命运？啊！你们两人的手都曾建立赫赫的功业，我的手却无所事事，让它去赎免我的侄儿们的死罪吧；那么我总算也叫它干了一件有意义的事了。

艾　伦　来，来，快些决定把哪一个人的手送去，否则也许赦令未下，他们早已死了。

玛克斯　把我的手送去。

路歇斯　凭着上天起誓，这不能。

泰特斯　你们别闹啦；像这样的枯枝败梗，才是适宜于樵夫的刀斧的，还是把我的手送去吧。

路歇斯　好爸爸，要是您承认我是您的儿子，让我把我的兄弟们从死亡之中救赎出来吧。

玛克斯　为了我们去世的父母的缘故，让我现在向你表示一个兄弟的友爱。

泰特斯　那么由你们两人去决定吧！我就保留下我的手。

路歇斯　那么我去找一柄斧头来。

玛克斯　可是那斧头是要让我用的。（*路歇斯、玛克斯下*）

泰特斯　过来，艾伦；我要把他们两人都骗了过去。帮我一下，我就把我的手给你。

艾　伦　（*旁白*）要是那也算是欺骗的话，我宁愿一生一世做个老实人，再也不骗人；可是我要用另一种手段欺骗你，不上半小时就可以让你见个分晓。（*砍下泰特斯手*）

路歇斯及玛克斯重上。

泰特斯　现在你们也不用争执了，应该做的事情已经做好。好艾伦，把我的手献给皇上陛下，对他说那是一只曾经替他抵御过一千种危险的手，叫他把它埋了；它应该享受更大的荣宠，这样的要求是不该被拒绝的。至于我的儿子们，你说我认为他们是用低微的代价买来的珍宝，可是因为我用自己的血肉换到他们的生命，所以他们的价值仍然是贵重的。

艾　伦　我去了，安德洛尼克斯；你牺牲了一只手，等着它换来你的两个儿子吧。（*旁白*）我的意思是说他们的头。啊！我

一想到这一场恶计，就觉得浑身通泰。让傻瓜们去行善，让美男子们去向神明献媚吧，艾伦宁愿让他的灵魂黑得像他的脸一样。（下）

泰特斯 啊！我向天举起这一只手，把这衰老的残躯向大地俯伏；要是哪一尊神明怜悯我这不幸的人所挥的眼泪，我要向他祈求！（向拉维妮娅）什么！你也要陪着我下跪吗？很好，亲爱的，因为上天将要垂听我们的祷告，否则我们要用叹息嘘成浓雾，把天空遮得一片昏沉，使太阳失去它的光辉，正像有时浮云把它拥抱起来一样。

玛克斯 唉！哥哥，不要疯疯癫癫地讲这些无关实际的话了。

泰特斯 我的悲痛还有什么止境？倒不如让我哀痛到底吧。

玛克斯 应该让理智控制你的悲痛才是。

泰特斯 要是理智可以向我解释这一切灾祸，我就可以约束我的悲痛。当上天哭泣的时候，地上不是要泛滥着大水吗？当狂风怒号的时候，大海不是要发起疯来，鼓起了它的面颊向天空恫吓吗？你要知道我这样叫闹的理由吗？我就是海；听她的叹息在刮着多大的风；她是哭泣的天空，我就是大地；我这海水不能不被她的叹息所激动，我这大地不能不因为她的不断的流泪而泛滥沉没，因为我的肠胃容纳不下她的辛酸，我必须像一个醉汉似的把它们呕吐出来。所以由着我吧，因为失败的人必须得到许可，让他们用愤怒的言辞发泄他们的怨气。

一使者持二头一手上。

使　者 尊贵的安德洛尼克斯，您把一只好端端的手砍下来献给皇上，白白作了一次无益的牺牲。这儿是您那两个好儿子的头颅，这儿是您自己的手，为了讥笑您的缘故，他们叫我把它们送还给您。您的悲哀是他们的玩笑，您的决心被他们所揶揄；我

一想到您的种种不幸就觉得伤心，简直比回忆我的父亲的死还要难过。（下）

玛克斯 现在让埃特那火山在西西里冷却，让我的心变成一座永远焚烧的地狱吧！这些灾祸不是人力所能忍受的。陪着哭泣的人流泪，多少会使他感到几分安慰，可是满心的怨苦被人嘲笑，却是双重的死刑。

路歇斯 唉！这样的惨状能够使人心魂摧裂，可憎恶的生命却还是守住这皮囊不肯脱离；生活已经失去了意义，却还要在这世上吞吐着这一口气，做一个活受罪的死鬼。（拉维妮娅吻泰特斯）

玛克斯 唉，可怜的人儿！这一个吻正像把一块冰送进饿蛇的嘴里，一点不能安慰他。

泰特斯 这可怕的噩梦几时才可以做完呢？

玛克斯 现在再用不着自己欺骗自己了。死吧，安德洛尼克斯；你不是在做梦。瞧，你的两个儿子的头，你的握惯刀剑的手，这儿还有你的被人残害了的女儿；你那一个被放逐的儿子，看着这种残酷的情景，已经面无人色了；你的兄弟，我，也像一座石像一般无言而僵冷。啊！现在我再不劝你抑制你的悲哀了。撕下你的银色的头发，用你的牙齿咬着你那残余的一只手吧；让这凄凉的景象闭住我们生不逢辰的眼睛！现在是掀起风暴来的时候，你为什么一声不响呢？

泰特斯 哈哈哈！

玛克斯 你为什么笑？这在现在是不相宜的。

泰特斯 嘿，我的泪已经流完了；而且这悲哀是一个敌人，它会窃据我的潮润的眼睛，用滔滔的泪雨蒙蔽我的视觉，使我找不到复仇的路径。因为这两颗头颅似乎在向我说话，恐吓我要是我不让那些害苦我们的人亲身遍历我们现在所受的一切惨痛，我将要永远享不到天堂的幸福。来，让我想一想我应该怎样进行我的工作。你们这些忧郁的人，都来聚集在我的周围，我要对着你们每一个人用我的灵魂宣誓，我将要为你们复仇。我的誓已经发下了。来，兄弟，你拿着一颗头；我用这一只手托住那一颗头。拉维妮娅，你也要帮我们做些事情，把我的手衔在你的嘴里，好孩子。至于你，孩子，赶快离开我的眼前吧；你是一个被放逐的人，你不能停留在这里。到哥特人那里去，调集起一支军队来。要是你爱我，让我们一吻而别，因为我们还有许多事情要做哩。(泰特斯、玛克斯、拉维妮娅同下)

路歇斯 别了，安德洛尼克斯，我的高贵的父亲，罗马最不幸的人！别了，骄傲的罗马！路歇斯舍弃了他的比生命更宝贵的亲人，有一天他将要重新回来。别了，拉维妮娅，我的贤淑的妹妹；啊！但愿你仍旧像从前一样！可是现在路歇斯和拉维妮娅都必须被世人所遗忘，在痛苦的忧愁里度日了。要是路歇斯不死，他一定会为你复仇，叫那骄傲的萨特尼纳斯和他的皇后在罗马城前匍匐乞怜。现在我要到哥特人那里去调集军队，向罗马和萨特尼纳斯报复这天大的冤仇。(下)

第二场　同前。泰特斯家中一室，桌上餐肴罗列

泰特斯、玛克斯、拉维妮娅及小路歇斯上。

泰特斯 好，好，现在坐下来；你们不要吃得太多，只要能够维持我们充分的精力，报复我们的大仇深恨就得啦。玛克斯，放开你那被悲哀纠结着的双手；你的侄女跟我两个人，可怜的东西，都是缺手的人，不能用交叉的手臂表示我们沉重的悲伤。我只剩下这一只可怜的右手，在我的胸前逞弄它的威风；当我的心因为载不起如许的苦痛而在我的肉体的囚室里疯狂跳跃的时候，

我这手就会把它使劲捶打下去。（向拉维妮娅）你这苦恼的化身，你在用表情向我们说话吗？你的意思是说，当你那可怜的心发狂般跳跃的时候，你不能捶打它叫它静止下来。用叹息刺伤它，孩子，用呻吟杀死它吧；或者你可以用你的牙齿咬起一柄小刀来，对准你的心口划一个洞，让你那可怜的眼睛里流下来的眼泪一起从这洞里滚进去，让这痛哭的愚人在苦涩的泪海里淹死。

玛克斯　唉，哥哥，唉！不要教她下这样无情的毒手，摧残她娇嫩的生命。

泰特斯　怎么！悲哀已经使你变得糊涂起来了吗？嗨，玛克斯，除了我一个人之外，别人是谁也不应该发疯的。她能够下什么毒手去摧残她自己的生命？啊！为什么你一定要提起这个“手”字？你要叫埃涅阿斯把特洛亚焚烧的故事从头讲起吗？啊！不要谈到这个题目，不要讲什么手呀手的，使我们永远记得我们是没有手的人。呸！呸！我在说些什么疯话，好像要是玛克斯不提起“手”字，我们就会忘记我们没有手似的。来，大家吃吧；好女儿，吃了这个。这儿酒也没有。听，玛克斯，她在说些什么话；我能够解释她这残废的身体上所作出的种种表示；她说她的唯一的饮料只是那和着悲哀酿就、淋漓在她颊上的眼泪。无言的诉苦者，我要熟习你的思想，像乞食的隐士娴于祷告一般充分了解你的沉默的动作；无论你吐一声叹息，或是把你的断臂向天高举，或是眨一眨眼，点一点头，屈膝下跪，或者作出任何的符号，我都要竭力探究出它的意义，用耐心的学习寻求一个确当的解释。

小路歇斯　好爷爷，不要老是伤心痛哭了；讲一个有趣的故事让我的姑姑快乐快乐吧。

玛克斯　唉！这小小的孩子也受到感动，瞧着他爷爷那种伤心的样子而掉下泪来了。

泰特斯 不要响，小东西；你是用眼泪塑成的，眼泪会把你的生命很快地融化了。（*玛克斯以刀击餐盆*）玛克斯，你在用刀子砍什么？

玛克斯 一只苍蝇，哥哥；我已经把它打死了。

泰特斯 该死的凶手！你刺中我的心了。我的眼睛已经看饱了凶恶的暴行；杀戮无辜的人是不配做泰特斯的兄弟的。出去，我不要跟你在一起。

玛克斯 唉！哥哥，我不过打死了一只苍蝇。

泰特斯 可是假如那苍蝇也有父亲母亲呢？它们该怎样扇动着那纤弱的金翅，用嗡嗡声去诉说满胸的悲哀呢！可怜的善良的苍蝇！它飞到这儿来，用它可爱的嗡嗡的吟诵娱乐我们，你却把它打死了！

玛克斯 恕我，哥哥；那是一只黑色的、丑恶的苍蝇，有点像那皇后身边的摩尔人，所以我才打死它。

泰特斯 哦，哦，哦！那么请你原谅我，我错怪你了，因为你做的是一件好事。把你的刀给我，我要侮辱侮辱它；用虚伪的想象欺骗我自己，就像它是那摩尔人，存心要来毒死我一样。这一刀是给你自己的，这一刀是给塔摩拉的，啊，好小子！可是难道我们已经变得这样卑怯，用两个人的力量去杀死一只苍蝇，只是因为它的形状像一个黑炭似的摩尔人吗？

玛克斯 唉，可怜的人！悲哀已经把他折磨成这个样子，使他把幻影认为真实了。

泰特斯 来，把这些东西撤下去。拉维妮娅，跟我到你的闺房里去；我要陪着你读一些古代悲哀的故事。来，孩子，跟我去；你的眼睛是明亮的，当我的目光昏花的时候，你就接着我读下去。（同下）

第四幕

第一场　罗马。泰特斯家花园

泰特斯及玛克斯上。小路歇斯臂夹一本书后上，拉维妮娅奔随其后。

小路歇斯　救命，爷爷，救命！我的姑姑拉维妮娅到处追着我，不知道为了什么缘故。好玛克斯爷爷，瞧她跑得多么快。唉！好姑姑，我不知道您是什么意思哩。

玛克斯　站在我的身边，孩子；不要怕你的姑姑。

泰特斯　她是非常爱你的，孩子，决不会伤害你。

小路歇斯　嗯，当我的爸爸在罗马的时候，她是很爱我的。

玛克斯　我的侄女拉维妮娅这样打手势是什么意思呢？

泰特斯　不要怕她，路歇斯。她总有一番意思。瞧，路歇斯，瞧她多么疼你；她是要你跟她到什么地方去哩。唉！孩子，她曾经比一个母亲教导她的儿子还要用心地读给你听那些美妙的诗歌和名人的演说哩。

玛克斯　你猜不出她为什么这样追着你吗？

小路歇斯　爷爷，我不知道，我也猜不出，除非她发疯了；

因为我常常听见爷爷说，过分的悲哀会叫人发疯；我也曾在书上读到，特洛亚的赫卡柏王后因为伤心而变得疯狂；所以我有点害怕，虽然我知道我的好姑姑是像我自己的妈妈一般爱我的，倘不是发了疯，决不会把我吓得丢下了书本逃走。可是好姑姑，您不要见怪；要是玛克斯爷爷肯陪着我，我是愿意跟您去的。

玛克斯　路歇斯，我陪着你就是了。（拉维妮娅以断臂掀路歇斯落下之书）

泰特斯　怎么，拉维妮娅！玛克斯，这是什么意思？她要看这儿的一本什么书。女儿，你要看哪一本？孩子，你替她翻开来吧。可是这些是小孩子念的书，你是要读高深一点儿的书的；来，到我的书斋里去拣选吧。读书可以帮助你忘记你的悲哀，耐心地等候着上天把恶人的阴谋暴露出来的一日。为什么她接连几次举起她的手臂来？

玛克斯　我想她的意思是说参与这件暴行的不止一个人；嗯，一定不止一人；否则她就是求告上天为她复仇。

泰特斯　路歇斯，她在不断掀动着的是本什么书？

小路歇斯　爷爷，那是奥维德的《变形记》，是我的妈妈给我的。

玛克斯　也许她眷念去世者，特意选择了它。

泰特斯　且慢！瞧她在多么忙碌地翻动着书页！帮帮她；她要找些什么？拉维妮娅，要不要我读这一段？这是菲罗墨拉的悲惨的故事，讲到忒瑞斯怎样用奸计把她奸污；我怕你的遭遇也和她一样呢。

玛克斯　瞧，哥哥，瞧！她在指点着书上的文句。

泰特斯　拉维妮娅，好孩子，你也像菲罗墨拉一样，在冷酷、广大而幽暗的树林里遭到了强徒的暴力，被他污毁了你的身体吗？瞧，瞧！嗯，在我们打猎的地方，正有这样一个所在——

啊！要是我们从来不曾在那地方打猎多好！——就像诗人所描写的一样，这儿天生就是一个让恶徒们杀人行凶的所在。

玛克斯　唉！大自然为什么要设下这样一个罪恶的陷阱？难道天神们也是喜欢悲剧的吗？

泰特斯　好孩子，这儿都是自己人，你用符号告诉我们是哪一个罗马贵人敢做下这样的事；是不是萨特尼纳斯效法往昔的塔昆，偷偷地跑出了自己的营帐，在鲁克丽丝的床上干那罪恶的行为？

玛克斯　坐下来，好侄女；哥哥，你也坐下。阿波罗、帕拉斯、乔武、墨丘利，求你们启发我的心，让我探出这奸谋的究竟！哥哥，瞧这儿；瞧这儿，拉维妮娅；这是一块平坦的沙地，看我怎样在它上面写字。（以口衔杖，以足拨动，使于沙上写字）我已经不用手的帮助，把我的名字写下来了。该死的恶人，使我们不得不用这种方法传达我们的心思！好侄女，你也照着我的样子把那害你的家伙的名字写出来，我们一定替你复仇。愿上天指导着你的笔，让它表白出你的冤情，使我们知道谁是真正的凶徒！（拉维妮娅衔杖口中，以断臂拨杖成字）

泰特斯　啊！兄弟，你看见她写些什么吗？“奸污。契伦、狄米特律斯”。

玛克斯　什么，什么！塔摩拉的荒淫的儿子们是干下这件惨无人道的行为的罪人吗？

泰特斯　统治万民的伟大的天神，你听见这样的惨事，看见这样的暴行吗？

玛克斯　啊！安静一些，哥哥；虽然我知道写在这地上的这几个字，可以在最驯良的心中激起一场叛乱，使柔弱的婴孩发出不平的呼声。哥哥，让我们一同跪下；拉维妮娅，你也跪下来；好孩子，罗马未来的勇士，你也跪下来；大家跟着我向天发誓

——我们要像当初袭涅斯·勃鲁托斯为了鲁克丽丝的受害而立誓报复一样，一定要运用我们的智谋心力，向这些奸恶的哥特人报复我们切身的仇恨，否则到死也不瞑目。

泰特斯 要是你知道用什么方法可以达到我们的目的，那当然没有问题；可是当你追捕这两头小熊的时候，留心吧，那母熊要是嗅到了你的气息，是会醒来的。她现在正和狮子勾结得非常亲密，向他施展出种种迷人的手段，当他睡熟以后，她就可以为所欲为了。你是一个经验不足的猎人，玛克斯，还是不要冲动胡来。来，我要去拿一片铜箔，用钢铁的尖镞把这两个名字刻在上面藏起来；一阵怒号的北风吹起，这些沙土就要漫天飞扬，那时候你到哪儿去找寻它们呢？孩子，你怎样说？

小路歇斯 我说，爷爷，倘若我年纪不是这样小，这些恶奴即使躲在他们母亲的房间里，我也决不放过他们。

玛克斯 嗯，那才是我的好孩子！你的父亲也是常常为了他的忘恩的祖国而出生入死、不顾一切危险的。

小路歇斯 爷爷，要是我长大了，我也一定这样做。

泰特斯 来，跟我到我的武库里去；路歇斯，我要替你拣一副兵器，而且我还要叫我的孩子替我送一些礼物去给那皇后的两个儿子哩。来，来，你愿意替我干这一件差使吗？

小路歇斯 嗯，爷爷，我愿意把我的刀子插进他们的心口里去。

泰特斯 不，孩子，不是这样说；我要教你另外一种办法。拉维妮娅，来。玛克斯，你在我家里看守着；小路歇斯跟我要到宫廷里去拼他一拼。嗯，是的，我们要去拼他一拼。（泰特斯、拉维妮娅及小路歇斯下）

玛克斯 天啊！你能够听见一个好人的呻吟，却对他一点不动怜悯之心吗？悲哀在他心上刻下的创痕，比战士盾牌上的剑痕

更多；看他疯疯癫癫的，不知要闹出些什么事来。玛克斯，你得留心看着他才是。天啊，为年老的安德洛尼克斯复仇吧！（下）

第二场　同前。宫中一室

艾伦、狄米特律斯及契伦自一方上；小路歇斯及一侍从持武器一捆及诗笺一卷自另一方上。

契　伦　狄米特律斯，这是路歇斯的儿子，他要来送一个信给我们。

艾　伦　嗯，一定是他的疯爷爷叫他送什么疯信来了。

小路歇斯　两位王子，安德洛尼克斯叫我来向你们致敬。（旁白）愿罗马的神明劈死你们！

狄米特律斯　谢谢你，可爱的路歇斯；你给我们带些什么消息来了？

小路歇斯　（旁白）你们两个人已经确定是两个强奸命妇的凶徒，这就是消息。（高声）家祖父叫我多多拜上两位王子，他说你们都是英俊的青年，罗马的希望，叫我把他武库里几件最好的武器送给你们，以备不时之需，请两位千万收下了。现在我就向你们告别；（旁白）你们这一对该死的恶棍！（小路歇斯及侍从下）

狄米特律斯　这是什么？一个纸卷，上面还写着诗句？让我们看看——（读）

弓伸天讨剑诛贼，

抉尽神奸巨憝心。

契　伦　哦！这是两句贺拉斯的诗，我早就在文法书上念过了。

艾　伦　嗯，不错，是两句贺拉斯的诗；你说得对。（旁白）

嘿，一个人做了蠢驴又有什么办法！这可不是开玩笑的事！那老头儿已经发现了他们的罪恶，把这些兵器送给他们，还题上这样的句子，明明是揭破他们的秘密，他们却还一点没有知觉。要是我们聪明的皇后也在这儿的话，她一定会佩服安德洛尼克斯的才情；可是现在她正不大好过，还是不要惊动她吧。（向狄米特律斯、契伦）两位小王子，那引导我们到罗马来的，不是一颗幸运的星吗？我们本来只是些异邦的俘虏，现在却享受着这样的尊荣，就是我也敢在宫门之前把那护民官辱骂，不怕被他的哥哥听见，好不痛快。

狄米特律斯　可是尤其使我高兴的是这样一位了不得的大人物现在也会卑躬屈节，向我们送礼献媚了。

艾　伦　难道他没有理由吗，狄米特律斯王子？你们不是很看得起他的女儿吗？

狄米特律斯　我希望有一千个罗马女人给我们照样玩弄，轮流做我们泄欲的工具。

契　伦　好一个普度众生的多情宏愿！

艾　伦　可惜你们的母亲不在跟前，少了一个说“阿门”的人。

契　伦　她当然会说的，再有两万个女人她也不会反对。

狄米特律斯　来，让我们去为我们正在生产的、苦痛中的亲爱的母亲向诸神祈祷吧。

艾　伦　（旁白）还是去向魔鬼祈祷的好；天神们早已舍弃我们了。

（喇叭声）

狄米特律斯　为什么皇帝的喇叭吹得这样响？

契　伦　恐怕是庆祝皇帝新添了一位太子。

狄米特律斯　且慢！谁来了？

乳媪抱黑婴上。

乳　媪　早安，各位大爷。啊！告诉我，你们看见那摩尔人艾伦吗？

艾　伦　呃，远在天边，近在眼前，艾伦就是我。你找艾伦有什么事？

乳　媪　啊，好艾伦！咱们全完了！快想个办法，否则你的性命也要保不住啦！

艾　伦　嗳哟，你在吵些什么！你抱在手里的是个什么东西？

乳　媪　啊！我但愿把它藏在不见天日的地方，这是我们皇后的羞愧，庄严的罗马的耻辱！她生了，各位爷们，她生了。

艾　伦　她生了谁的气吗？

乳　媪　我是说她生产了。

艾　伦　好，上帝给她安息！她生下个什么来啦？

乳　媪　一个魔鬼。

艾　伦　啊，那么她是魔鬼的老娘了；恭喜恭喜！

乳　媪　一个叫人看见了就丧气的、又黑又丑的孩子。你瞧吧，把他放在我们国家里那些白白胖胖的孩子们的中间，他简直像只蛤蟆。娘娘叫我把他送给你，因为他身上盖着你的戳印；她吩咐你用你的刀尖替他施洗。

艾　伦　胡说，你这娼妇！难道长得黑一点儿就这样要不得吗？好宝贝，你是一朵美丽的鲜花哩。

狄米特律斯　混蛋，你干了什么事啦？

艾　伦　已经干了，你又有什么办法？

狄米特律斯　该死的恶狗！你把我们的母亲毁了。也是她有眼无珠，偏会看中你这个丑货，生下了这可咒诅的妖种！

契　伦　这孽种不能让他留在世上。

艾　伦　他不能死。

乳　媪　艾伦，他必须死；这是他母亲的意思。

艾　伦　什么！他必须死吗，奶妈？那么除了我自己以外，谁也不能动手杀害我的亲生骨肉。

狄米特律斯　我要把这小蝌蚪穿在我的剑头上。奶妈，把他给我；我的剑一下子就可以结果了他。

艾　伦　你要是敢碰他一碰，这一柄剑就要把你的肚肠一起挑出来。（自乳媪怀中夺儿，拔剑）住手，杀人的凶手们！你们要杀死你们的兄弟吗？你们的母亲在光天化日之下受孕怀胎，生下了这个孩子，现在我就凭着照耀天空的火轮起誓，谁敢碰我这初生的儿子，我一定要叫他死在我的剑锋之下。我告诉你们，哥儿们，无论哪一个三头六臂的天神天将，都不能把我这孩子从他父亲的手里夺下。嘿，嘿，你们这些粉面红唇的不懂事的孩子们！你们这些涂着白垩的泥墙！你们这些酒店里的白漆招牌！黑炭才是最好的颜色，它是不屑于用其他的色彩涂染的；大洋里所有的水不能使天鹅的黑腿变成白色，虽然它每时每刻都在波涛里冲洗。你去替我回复皇后，说我不是一个小孩子了，我自己的儿女应该由我自己抚养，请她随便想个什么方法把这回事情掩饰过去吧。

狄米特律斯　你想这样出卖你的主妇吗？

艾　伦　我的主妇只是我的主妇，这孩子可就是我自己，他是我青春的活力和影子，我重视他甚于整个世界；我要不顾一切险阻保护他的安全，否则你们中间免不了有人要在罗马流血。

狄米特律斯　那么我们的母亲要从此丢脸了。

契　伦　罗马将要为了她这种丑行而蔑视她。

乳　媪　皇上一发怒，说不定就会把她判处死刑。

契　伦　我一想到这种丑事就要脸红。

艾　伦　嘿，这就是你们的美貌的好处。哼，不可信任的颜色！它会泄漏你们心底的秘密。这儿是一个跟你们不同颜色的孩子；瞧这小黑奴向他的父亲笑得多么迷人；他好像在说，“老家伙，我是你的亲儿子呀。”他是你们的兄弟；你们母亲的血肉养育了你们，也养育了他，大家都是从一个娘胎里出来的；虽然他的脸上盖着我的戳印，他总是你们的同母兄弟呀。

乳　媪　艾伦，我应该怎样回复娘娘呢？

狄米特律斯　艾伦，你想一个万全的方法，我们愿意接受你的意见；只要大家无事，你尽管保全你的孩子好了。

艾　伦　那么我们坐下来商议商议；我的儿子跟我两人坐在这儿，你们的一举一动都逃不了我们的眼睛；你们坐在那儿别动；现在由你们去讨论你们的万全之计吧。（众就坐）

狄米特律斯　哪几个女人看见过他这个孩子？

艾　伦　很好，两位勇敢的王子！当我们大家站在一条线上的时候，我是一头羔羊；可是你们倘要撩惹我这摩尔人，那么发怒的野猪、深山的母狮或是汹涌的海洋，都比不上艾伦凶暴。可是说吧，多少人曾经看见了这孩子？

乳　媪　除了娘娘自己以外，只有稳婆科尼利娅跟我两个人看见。

艾　伦　皇后、稳婆和你三个人；两个人是可以保守秘密的，只要把第三个人除去。你去告诉皇后，说我这样说：（挺剑刺乳媪，乳媪死）“威克威克！”一头刺上炙叉的母猪就是这样叫的。

狄米特律斯　你这是什么意思，艾伦？为什么要杀死她？

艾　伦　嗳哟，我的爷，这是策略上的必要呀；难道我们应该让她留在世上，掉弄她搬弄是非的长舌，泄漏我们的罪恶吗？不，王子们，不。现在我把我的主意完全告诉了你们吧。在不远的地方住着一个名叫牟利的人，他也是个摩尔人；他的妻子昨天晚上生产，生下个白皮肤的孩子，白得就跟你们一样。我们现在可以去跟他掉换一下，给那妇人一些钱，把一切情形告诉他们，对他们说他们的孩子一进宫去，大家只知道他是皇上的小太子，保证享受荣华，后福无穷。这样人不知、鬼不觉地把我的孩子换了出来，让那皇帝抱着一个野种当作自己的骨肉，一场风波不就可以毫无痕迹地消弭了吗？听我说，两位王子；你们瞧我已经给她服下了安眠灵药，（指乳媪）现在就烦你们替她料理葬事；附近有的是空地，你们又是两位胆大气壮的好汉。这事情办好以后，不要耽搁时间，立刻就去叫那稳婆来见我。我们把那稳婆和奶妈收拾出去，就大可随那些娘儿们谈长论短。

契　伦　艾伦，我看你要是有了秘密，真是不会让一丝风把它走漏出去的。

狄米特律斯　塔摩拉一定非常感激你的爱护。（狄米特律斯、契伦抬乳媪尸下）

艾　伦　现在我要像燕子一般飞到哥特人的地方去，替我这怀抱里的宝贝找一个安身之处；我还要秘密会晤皇后的朋友们。来，你这厚嘴唇的奴才，我要抱着你离开这里，都是你害得我变成了一个亡命之徒。我要给你吃野果和菜根，喝些乳脂乳浆，让山羊供给你乳汁，和你栖息在山洞里，把你抚养长大，做一个指挥大军的战士。（抱婴孩下）

第三场　同前。广场

泰特斯持箭数支，箭端各系书札，率玛克斯、小路歇斯、坡勃律斯、辛普洛涅斯、卡厄斯及其他军官等各持弓上。

泰特斯　来，玛克斯；来，各位贤侄，到这儿来。哥儿，现在让我瞧瞧你的箭法如何；小心瞄准了，一直向那儿射去。记着，玛克斯，公道女神已经离开了人间，她已经逃走了。来，大家拿起弓来。你们各位替我到海洋里捞捞，把网儿撒下去，也许你们可以在海底找到她；可是海里和陆地上一样，一点公道都没有的。不，坡勃律斯和辛普洛涅斯，我必须麻烦你们一下；你们必须用锄头铁锹一直掘下地心，当你们掘到普路同境内的时候，请把这封请愿书送给他，要求他主持公道，援助无辜，对他说，这是在忘恩的罗马含冤负屈的年老的安德洛尼克斯写给他的。啊，罗马！都是我害你受苦，我不该怂恿民众拥戴一个暴君，让他把我这样凌辱。去，你们去吧，大家小心一点，每一艘战舰都要仔细搜过，也许这恶皇帝把她运送出去了；那时候，各位贤侄，我们再到什么地方去呼冤呢？

玛克斯 啊，坡勃律斯！你看你的伯父疯得这个样子，好不凄惨！

坡勃律斯 所以，父亲，我们不能不早晚留心，一刻也不离开他的身边，什么事情都顺他的意思，等时间慢慢医治他的伤痕。

玛克斯 各位贤侄，他的伤心是无法医治的了。我们还是联合哥特人，用武力征伐忘恩的罗马，向萨特尼纳斯这奸贼复仇吧。

泰特斯 坡勃律斯，怎么！怎么，诸位朋友！你们碰见她了吗？

坡勃律斯 不，我的好伯父；可是普路同有信给您，他说您要是需要差遣复仇女神的话，他可以叫她暂离地狱，听候您的使唤；可是公道女神事情很忙，也许她在天上跟乔武有些公事要接洽，也许她在别的什么地方，您要是一定要借重她的话，只好等些时候再说了。

泰特斯　他不该老是这样拖延时日，耽误了我的事情。我要跳到地狱深处的火湖里去，抓住她的脚把她拉出来。玛克斯，我们不过是些小小的灌木，并不是参天的松柏；我们不是庞大的巨人，玛克斯，可是我们有的是钢筋铁骨，然而我们肩上所负的冤屈，却已经把我们压得快要支持不住了。既然人世和地狱都没有公道存在，我们只好祈求天上的神明，快快把公道降下人间，为我们伸冤雪恨。来，大家拿起弓来。你是一个射箭的好手，玛克斯。（以箭分授众人）你把这一支箭射到乔武那儿去；这一支是给阿波罗的；我自己把这一支射给玛斯；这是给帕拉斯的，孩子；这是给墨丘利的；这是给萨登的，卡厄斯，不要弄错了射到萨特尼纳斯的地方去，那就变成了向风射箭，一点用处都没有了。动手吧，孩子！玛克斯，我吩咐你的时候，你就把箭射出去。这回我写得一点不含糊，每一个天神我都向他请求到了。

玛克斯　各位贤侄，把你们的箭一齐射到皇宫里去，激发激发那皇帝的天良。

泰特斯　现在大家拉弓吧。（众射）啊！很好，路歇斯！好孩子，这一箭要射进帕拉斯女神的怀里。

玛克斯　哥哥，我的箭已经越过月亮一里之遥；这时候乔武一定可以收到你的信了。

泰特斯　哈！坡勃律斯，坡勃律斯，你干了什么事啦？瞧，瞧！金牛星的一个角儿也给你射掉啦。

玛克斯　怪有趣的，哥哥，当坡勃律斯射箭的时候，那金牛星发起脾气来，向白羊星使劲一撞，把两只羊角都撞下来了，刚巧落在皇宫里，给那皇后所宠爱的摩尔人拾到了；她笑着对他说，他应该把这两只角儿送给皇上做一件礼物。

泰特斯　看，长在他头上了；老天爷给了皇上莫大的福气！

一小丑携篮上，篮中有二鸽。

泰特斯 啊！从天上来的消息！玛克斯，天上的报信人来了。喂，你带了什么消息来？有什么信没有？他们答应替我主持公道吗？乔武怎么说？

小 丑 啊！您说的是那个装绞架的家伙吗？他说他已经把绞架拆下来了，因为那个人要在下星期才处决哩。

泰特斯 可是我问你，乔武怎么说？

小 丑 唉！老爷，我不认识什么乔武；我从来不曾跟他在一起喝过酒。

泰特斯 嗨，糊涂虫，那么你不是送信的吗？

小 丑 哎，老爷，我是送鸽子的，不送什么信。

泰特斯 你不是从天上来的吗？

小 丑 从天上来的！唉，老爷，我从来不曾到天上去过。上帝保佑我，我现在年纪轻轻的，还不想上天堂哩。我现在带了鸽子，要到平民法庭去；我的舅舅跟一个皇帝手下的卫士吵了架，我要帮他打官司去。

玛克斯 哥哥，你的呈文叫他送去，倒是再适当没有了；这两只鸽子就算是你的贡物，让他拿去献给那皇帝吧。

泰特斯 告诉我，你能不能很正式地替我向皇帝递一个呈文？

小 丑 不行呀，老爷，我一生连餐前祷告都未曾做过。

泰特斯 喂，过来。你也不用多麻烦，到什么法庭去了；这两只鸽子你就拿去送给皇帝，凭着我的面子，他一定会帮助你打赢这场官司的。等一等，等一等，我还要赏你几个钱哩。把笔墨给我拿来。喂，你会不会按着礼节送一封呈文？

小 丑 是，老爷。

泰特斯 那么这儿有一封呈文，你给我送一送吧。你走到他面前的时候，就向他跪下，跟着就吻他的脚，跟着就把你的鸽子送上去，然后你就可以等他给你赏钱。我要在不远的地方看着你，你可要好好地做。

小　丑　您放心吧，老爷；瞧着我就是了。

泰特斯　喂，你有没有一把刀子？来，让我看看。玛克斯，你把它夹在呈文里面。这封呈文送给皇帝以后，你就来敲我的门，告诉我他说什么话。

小　丑　上帝和您同在，老爷；我就给您送去。（下）

泰特斯　来，玛克斯，我们去吧。坡勃律斯，跟我来。（同下）

第四场　同前。皇宫前

萨特尼纳斯、塔摩拉、狄米特律斯、契伦、群臣及余人等上；萨特尼纳斯手握泰特斯所射之箭。

萨特尼纳斯　嘿，诸位，你们瞧，全是些诉冤叫屈的话儿！哪一个罗马皇帝曾经凭空遭到这样的烦扰和侮蔑？诸位想都明白，虽然这些破坏我们安宁的家伙到处向人民散播谣言，我们对于老安德洛尼克斯那两个顽劣的儿子所下的判决，完全是一秉至公，以法律为根据的。即使他的悲伤把他的头脑搅糊涂了，难道我必须受他疯狂的侮辱和咒骂吗？现在他写信到天上呼冤去了；瞧，这是给乔武的，这是给墨丘利的，这是给阿波罗的，这是给战神玛斯的；让这些纸片在罗马满街飞扬，那才够人瞧的！这不是对元老院的公然诽谤，向全国宣传我们的不公道吗？这不是大开玩笑吗？诸位，让人家说，在罗马是没有公道的？可是我还没有死，我决不容忍他这样装疯装癫地掩饰他的狂妄的行为；我要叫他和他一伙人知道，萨特尼纳斯一天活在世上，公道一天不会死亡，他的正义的怒火一旦燃烧起来，最骄傲的阴谋者也逃不了他的斧钺的严威。

塔摩拉　我的仁慈的皇上，我的亲爱的萨特尼纳斯，我的生命的主人，我的思想的指挥者，不要生气；泰特斯年纪老了，有什么不对的地方，你担待担待他吧；这都是因为他死了两个好儿子，伤透了心，所以才气成这个样子；你应该安慰安慰他的不幸的处境，这种目无君上的行为，也就不必计较了。（旁白）面面讨好是塔摩拉的聪明的计策；可是，泰特斯，我已经刺中你的要害，你的生命的血液已经流尽了。但愿艾伦不要一时懵懂，坏了我的事，那才要谢天谢地呢。

小丑上。

塔摩拉　啊，好朋友，你要见我们说话吗？

小　丑　正是，请问您这位先生是不是皇帝？

塔摩拉　我是皇后，那里坐着的才是皇帝。

小　丑　正是他。上帝和圣斯蒂芬祝福您！我给您送来了一封信和一对鸽子。（萨特尼纳斯读信）

萨特尼纳斯　来，把他抓下去，立刻吊死他。

小　丑　我可以得到几个赏钱？

塔摩拉　来，小子，我们要吊死你哩。

小　丑　吊死我！嗳哟，想不到我长了一个脖子，却要遭到这样的下场！（卫士押小丑下）

萨特尼纳斯　可恶的不能容忍的侮辱！我应该宽纵这样重大的奸谋吗？我知道这是谁玩的花样；这也是可以忍受的吗？他那两个奸恶的儿子暗杀了我的兄弟，明明按照法律应该抵命，照他的口气，却好像是我冤杀了他们似的！去，把那老贼揪住了头发抓了来；他的年龄和地位都不能让他沾到一些便宜。为了这样无礼的讥嘲，我要做你的刽子手，狡猾的疯老头儿；你是因为想把我和罗马一手挟制，才把我捧上皇位的。

伊米律斯上。

萨特尼纳斯　你有些什么消息，伊米律斯？

伊米律斯　武装起来，武装起来，陛下！罗马已经到了最紧急的关头，哥特人已经集合大队人马，一个个抱着坚强的决心，来向我们进攻了；领队的就是路歇斯，老安德洛尼克斯的儿子，他气势汹汹地立誓复仇，要像科利奥兰纳斯一般把罗马踏成平地。

萨特尼纳斯　好战的路歇斯做了哥特人的统帅了吗？这些消息把我吓冷了大半截，使我像一朵霜打的残花、一茎风吹的小草一般垂头丧气。嗯，现在不幸已经向我们开始袭来了。他是平民所喜爱的人；我自己微服私行的时候，常常听见他们说，路歇斯的放逐是不公的，他们希望路歇斯做他们的皇帝。

塔摩拉　为什么您要害怕呢？罗马城不是守卫得很巩固吗？

萨特尼纳斯　嗯，可是民心都向着路歇斯，人们一定会叛变我，帮助他把我推翻。

塔摩拉　您是个皇帝，愿您的思想也像您的名号一样高贵。太阳会因为蚊蚋的飞翔而黯淡了它的光辉吗？鹰隼放任小鸟的歌吟，不去理会它们唱些什么，它知道它的巨翼的黑影，可以随时遏止它们的乐曲；那些反复无常的罗马人，您也可以这样对付他们。所以鼓起您的精神来吧，您这皇帝；您知道我要用一些花言巧语去迷惑那老安德洛尼克斯，那些言语是比引诱鱼儿上钩的香饵或是毒害羊群的肥美的苜蓿更甜蜜更危险的。

萨特尼纳斯　但是他决不会为我们向他的儿子求情。

塔摩拉　要是塔摩拉请求他，他一定不会拒绝；因为我可以用慷慨的许诺灌进他的老迈的耳中；即使他的心坚不可摧，他的耳朵完全聋了，我也会使他的耳朵和他的心受我的舌头的指挥。（*向伊米律斯*）你先去传达我们的旨意，就说皇上要向勇敢的路歇斯提出和议，请他就在他父亲老安德洛尼克斯家里跟我们相会。

萨特尼纳斯　伊米律斯，希望你此去不辱使命；要是他坚持为了他个人安全起见，我们必须给他一些什么保证，你就对他说无论他提出什么条件，我们都可以照办。

伊米律斯　我一定尽力执行陛下的命令。（下）

塔摩拉　现在我要去见老安德洛尼克斯，用我的全副手段劝诱他叫那骄傲的路歇斯脱离哥特人的队伍。亲爱的皇帝，快活起来，把您的一切忧虑埋葬在我的妙计之中吧。

萨特尼纳斯　那么你就去求求他看。（同下）

第五幕

第一场　罗马附近平原

喇叭奏花腔。旗鼓前导，路歇斯及一队哥特战士上。

路歇斯　各位忠勇的战友，我已经从伟大的罗马得到信息，告诉我罗马人民是怎样痛恨他们的皇帝，怎样热切希望我们去拯救他们。所以，诸位将军，愿你们一鼓作气，振起你们复仇的决心；凡是罗马所曾给与你们的伤痕，你们都要从它身上获得三倍的报偿。

哥特人甲　伟大的安德洛尼克斯的勇敢的后人，你的父亲的名字曾经使我们胆裂，现在却成为我们的安慰了，他的丰功伟绩，却被忘恩的罗马用卑劣的轻蔑作为报答；愿你信任我们，我们愿意服从你的领导，像一群盛夏的有刺的蜜蜂跟随它们的君后飞往百花怒放的原野一般，向可咒诅的塔摩拉声讨她的罪恶。

众哥特人　他所说的话，也就是我们大家所要说的。

路歇斯　我深深感激你们各位的好意。可是那里有一个哥特壮士领了个什么人来了。

一哥特人率艾伦抱婴孩上。

哥特人乙 威名远播的路歇斯，我刚才因为看见路旁有一座毁废了的寺院，一时看得出了神，不知不觉地离开了队伍；当我正在凭吊那颓垣碎瓦的时候，忽然听见在一堵墙下有一个小孩的哭声；我向那哭声走去，就听见有人在对那啼哭的婴儿说话，他说："别哭，小黑奴，一半是我，一半是你的娘！倘不是你的皮肤的颜色泄漏了你的出身的秘密，要是造化让你生得和你母亲一个模样，小东西，谁说你不会有一天做了皇帝？可是公牛母牛倘若都是白的，决不会生下一头黑炭似的小牛来。别哭！小东西，别哭！"他这样叱骂着那孩子——"我必须把你交到一个靠得住的哥特人手里；他要是知道了你是皇后的孩子，看在你妈的面上，一定会好好照顾你。"我听他这样说，就把剑拔在手里，出其不意地把他抓住，带到这儿来请你发落。

路歇斯 啊，勇敢的哥特人，这就是那个恶魔的化身，是他害安德洛尼克斯失去了他的手；他是你们女王眼中的明珠，这小孩便是他淫欲的恶果。说，你这眼睛骨碌碌的奴才，你要把你自己这一副鬼脸的模型带到哪里去？你为什么不说话？什么，聋了吗？不说一句话？兵士们，拿一根绳子来！把他吊死在这株树上，把他那私生的贱种也吊在他的旁边。

艾　伦 不要碰这孩子；他是有王族的血液的。

路歇斯 这孩子太像他的父亲了，长大了也不是个好东西。先把孩子吊起来，让他看看他挣扎的情形，叫他心里难受难受。拿一张梯子来。（兵士等携梯至，驱艾伦登梯）

艾　伦 路歇斯，保全这孩子的生命；替我把他带去送给皇后。你要是答应做到这一件事，我可以告诉你许多惊人的事情，你听了一定可以得益不少。要是你不答应我，那么我就听天由命，什么话都没有，但愿你们全都不得好死！

路歇斯 说吧，要是你讲的话使我听了满意，我就让你的孩子活命，并且一定把他抚养长大。

艾　伦　使你听了满意！哼，老实告诉你吧，路歇斯，我所要说的话是会使你听了痛苦万分的；因为我必须讲到暗杀、强奸、流血、黑夜的秘密、卑污的行动、奸逆的阴谋和种种骇人听闻的恶事；这一切都要因为我的一死而湮灭，除非你向我发誓保全我的孩子的生命。

路歇斯　把你心里的话说出来；我答应让你的孩子活命。

艾　伦　你必须向我发过了誓，我才开始我的叙述。

路歇斯　我应该凭着什么发誓呢？你是不信神明的，那么你怎么会相信别人的誓言呢？

艾　伦　我固然是不信神明的，可是那有什么关系呢？我知道你是个敬天畏神的人，你的胸膛里有一件叫做良心的东西，还有一二十种可笑的教规和仪式，我看你是把它们十分看重的，所以我才一定要你发誓；因为我知道一个痴人是会把一件玩意儿当作神明的，他会终生遵守凭着那神明所发的誓，所以你必须凭着你所敬信的无论什么神明发誓保全我的孩子的生命，并且把他抚养长大，否则我就什么也不告诉你。

路歇斯　我就凭着我的神明向你起誓，我一定保全他的生命，并且把他抚养长大。

艾　伦　第一我要告诉你，他是我跟皇后所生的。

路歇斯　啊，好一个荒淫放荡的妇人！

艾　伦　嘿！路歇斯，这比起我将要告诉你的那些事情来，还算是一件好事哩。暗杀巴西安纳斯的就是她的两个儿子；也是他们割去你妹妹的舌头、奸污了她的身体，还把她的两手砍下，把她修剪成像你所看见的那样子。

路歇斯　啊，可恨的恶汉！你还说什么修剪吗？

艾　伦　是呀，洗了，砍了，修剪了！干这事的人可是大大享受了一番，好不畅心。

路歇斯 啊，野蛮的禽兽一般的恶人，正像你这家伙一样！

艾　伦 不错，我正是教导他们的师傅哩。他们那一副好色的天性是他们的母亲传给他们的，那杀人作恶的心肠，却是从我这儿学去的；他们是风月场中猎艳的能手，也是两条不怕血腥气味的猁犬。好，让我的行为证明我的本领吧。我把你那两个兄弟诱到了躺着巴西安纳斯尸首的洞里；我写下那封被你父亲拾到的信，把那信上提到的金子埋在树下，皇后和她的两个儿子都是我的同谋；凡是你所引为痛心的事情，哪一件没有我在里边捣鬼？我设计诓骗你的父亲，叫他砍去了自己的手，当他的手拿来给我的时候，我躲在一旁，几乎把肚子都笑破了。当他牺牲了一只手，换到了他两个儿子的头颅的时候，我从墙缝里偷看他哭得好不伤心，把我笑个不住，我的眼睛里也像他一样充满眼泪了。后来我把这笑话告诉皇后，她听见这样有趣的故事，简直乐得晕过去了，为了我这好消息，她还赏给我二十个吻哩。

哥特人甲 什么！你好意思讲这些话，一点不觉得羞愧吗？

艾　伦 嗯，就像人家说的，黑狗不会脸红。

路歇斯 你干了这些十恶不赦的事情，不知道后悔吗？

艾　伦 嗯，我只悔恨自己不再多犯下一千件的罪恶，现在我还在咒诅着命运不给我更多的机会哩。可是我想在受到我的咒诅的那些人们中间，没有几个能够逃得过我的恶作剧的播弄；譬如杀死一个人，或是设计谋害他的生命；强奸一个处女，或是阴谋破坏她的贞操；诬陷清白的好人，毁弃亲口发下的誓言；在两个朋友之间挑拨离间，使他们变成势不两立的仇敌；穷人的家畜我会叫它们无端折断了颈项；谷仓和草堆我会叫它们夜间失火，还去吩咐它们的主人用眼泪浇熄它们；我常常从坟墓中间掘起死人的骸骨来，把它们直挺挺地竖立在它们亲友的门前，当他们的哀伤早已冷淡下去的时候；在尸皮上我用刀子刻下一行字句，就像那是一片树皮一样，“虽然我死了，愿你们的悲哀永不消灭”。嘿！我曾经干下一千种可怕的事情，就像一个人打死一只苍蝇一般不当作一回事儿，最使我恼恨的，就是我不能再做一万件这样的恶事了。

路歇斯 把这恶魔带下来；把他干干脆脆地吊死未免太便宜他了。

艾　伦 假如世上果然有恶魔，我就愿意做一个恶魔，在永生的烈火中受着不死的煎灼；只要地狱里有你陪着我，我要用我的毒舌折磨你的灵魂！

路歇斯 弟兄们，塞住他的嘴，不要让他说下去。

一哥特人上。

哥特人将军，罗马差了一个人来，要求见您一面。

路歇斯 叫他过来。

伊米律斯上。

路歇斯 欢迎，伊米律斯！罗马有什么消息？

伊米律斯 路歇斯将军和各位哥特王子们，罗马皇帝叫我来问候你们；他因为闻知你们兴师远来，要求在令尊家里跟您谈判和平；要是您需要保证的话，我们可以立刻提交你们。

哥特人甲 我们的主帅怎样说？

路歇斯 伊米律斯，你去回复你家皇帝，叫他把保证交给我的父亲和我的叔父玛克斯，我们就可以和他会面。整队前进！（众下）

第二场　罗马。泰特斯家门前

塔摩拉、狄米特律斯及契伦各化装上。

塔摩拉 我穿着这一身奇异而惨淡的服装，去和安德洛尼克斯相见，对他说我是复仇女神，奉着冥王的差遣来到世上，帮助他伸雪奇冤。听说他一天到晚在他的书斋之内，思索着种种骇人的复仇妙计；现在你们就去敲他的门，告诉他，复仇女神来帮助他铲除他的敌人了。（敲门）

泰特斯自上方上。

泰特斯 谁在那儿扰乱我的沉思？你们想骗我开了门，让我的郑重的计划书一起飞掉，害我白费一场心思吗？你们打算错了；你们瞧，我已经把我所预备做的事情血淋淋地写了下来；凡是在这儿写下的，我都要把它们全部实行。

塔摩拉 泰特斯，我要来跟你谈谈。

泰特斯 不，一句话也不用谈；我是个缺手的人，怎么能够用手势帮助表达我谈话的语气呢？我说不过你，所以不用谈了吧。

塔摩拉 要是你知道我是谁，你一定愿意跟我谈话。

泰特斯 我没有发疯；我知道你是谁。这凄惨的断臂，这一道道殷红的血痕，这些被忧虑刻下的凹纹，疲倦的白昼和烦恼的黑夜，一切的悲哀怨恨，都可以为我作证，我认识你是我们骄傲的皇后，不可一世的塔摩拉。你不是来讨我那另一只手的吗？

塔摩拉 告诉你吧，你这不幸的人，我不是塔摩拉；她是你的仇敌，我是你的朋友。我是复仇女神，从下界的冥国中奉派前来，帮助你歼灭仇人，解除那咬啮着你的心的痛苦。下来，欢迎我来到这人世之上；跟我商议商议杀人的方法吧。无论哪一处空洞的岩穴、隐身的幽窟、广大的僻野或是烟雾弥漫的山谷，凡是杀人的凶手和强奸的恶徒因恐惧而躲藏的所在，我都可以把他们找寻出来，在他们的耳边告诉他们我的名字就是可怕的复仇，使那些作恶的罪人心惊胆裂。

泰特斯　你果然是复仇女神吗？你是奉命来帮助我惩罚我的仇敌的吗？

塔摩拉　我正是；所以下来欢迎我吧。

泰特斯　那么在我没有出来以前，先请你替我做一件事。瞧，在你的身旁一边站着“强奸”，一边站着“暗杀”；现在你必须向我证明你确是复仇女神，把他们刺杀了吧，或是把他们缚在你的车轮上碾死他们，那么我就下来做你的车夫，跟着你在大地的周围环绕巡行；我会替你备下两匹漆黑的壮健的小马，拖着你的愤怒的云车快步飞奔，在罪恶的巢穴中找出杀人犯的踪迹；当你的车上载满他们的头颅以后，我愿意下车步行，像一个忠顺的脚夫，从太阳升上东方的时候起，一直走到它没下海中；每天每天我愿意做这样劳苦的工作，只要你现在把强奸和暗杀这两个恶魔杀死。

塔摩拉　这两个是我的助手，跟着我一起来的。

泰特斯　他们是你的助手吗？叫什么名字？

塔摩拉　一个就叫“强奸”，一个就叫“暗杀”；因为他们的职务就是惩罚这两种恶人。

泰特斯　上帝啊，他们多么像那皇后的两个儿子，你多么像那皇后！可是我们这些凡俗之人，虽然生了一双眼睛，往往会混淆黑白，颠倒是非。亲爱的复仇女神啊！现在我出来迎接你了；要是你不嫌我只有一只手臂，我要用这一只手臂拥抱你。（自上方下）

塔摩拉　这一套鬼话刚巧打进他的疯狂的心坎。现在他已经深信我是复仇女神了，你们在言语之间，留心不要露出破绽；我要利用他这种疯狂的轻信，叫他召唤他的儿子路歇斯来，在宴会席上把他稳住了，我就临时使出一些巧妙的手段，遣散那些心性轻浮的哥特人，或者至少使他们变成他的仇敌。瞧，他来了，我必须继续对他装神扮鬼。

泰特斯上。

泰特斯 这许多时候我是一个孤立无援的人，渴望着你的到来；欢迎，可怕的复仇女神，欢迎你光临我这凄凉的屋宇！“强奸”和“暗杀”，你们两位也是欢迎的！你们多么像那皇后和她的两个儿子！要是再加上一个摩尔人，那就一无欠缺了；难道整个地狱里找不到这样一个魔鬼吗？因为我知道那皇后无论到什么地方，总有一个摩尔人跟随在她的左右；你们要是想装扮我们的皇后，这样一个魔鬼是少不了的。可是你们来了，总是欢迎的。我们应该怎么办呢？

塔摩拉 你要我们干些什么事，安德洛尼克斯？

狄米特律斯 指点一个杀人的凶手给我看，让我处置他。

契　伦 指点一个强奸的暴徒给我看，我会惩罚他。

塔摩拉 指点一千个曾经害你受苦的人给我看，我会替你向他们复仇。

泰特斯 你到罗马的罪恶的街道上去访寻，要是找到一个和你一般模样的人，好“暗杀”啊，你把他刺杀了吧，他是一个杀人的凶手。你也跟着他去，要是你也找得到另一个和你一般模样的人，好“强奸”啊，你把他刺杀了吧，他是一个强奸妇女的暴徒。你也跟着他们去；在皇帝的宫里，有一个随身带着一个摩尔黑奴的皇后，她是很容易认识的，因为从头到脚，她都活像你自己；请你用残酷的手段处死他们，因为他们曾经用残酷的手段对待我和我的儿女们。

塔摩拉 领教领教，我们一定替你办到就是了。可是，好安德洛尼克斯，听说你那位勇武非常的儿子路歇斯已经带了一大队善战的哥特人打到罗马来了，可不可以请你叫他到你家里来，为他设席洗尘；当他到来的时候，就在隆重的宴会之中，我去把那皇后和她的两个儿子，还有那皇帝自己以及你所有的仇人一起带来，让他们在你的脚下长跪乞怜，你可以向他们痛痛快快地发泄你的愤恨。不知道安德洛尼克斯对于这一个计策有什么意见？

泰特斯 玛克斯，我的兄弟！悲哀的泰特斯在呼喊你。

玛克斯上。

泰特斯 好玛克斯，到你侄儿路歇斯的地方去；你可以在那些哥特人的中间探听他的所在。你对他说我要见见他，叫他把军队就地驻扎，带几位最高贵的哥特王子到我家里来参加宴会；告诉他皇帝和皇后也要出席的。请你看在我们兄弟的情分上，替我走这一遭；要是他关心他的老父的生命，让他赶快来吧。

玛克斯 我就去见他，一会儿就回来的。（下）

塔摩拉 现在我要带着我的两个助手，替你干事情去了。

泰特斯 不，不，叫“强奸”和“暗杀”留在这儿陪伴我；否则我要叫我的兄弟回来，一心一意让路歇斯替我复仇，不敢再有劳你了。

塔摩拉 （向二子旁白）你们怎么说，孩子们？你们愿意暂时留在这儿，让我一个人去告诉皇上，我们怎样开这场玩笑吗？敷衍敷衍他，一切奉承他的意思，用好话把他哄住了，等我回来再说。

泰特斯 （旁白）我全都认识他们，虽然他们以为我疯了；他们想用诡计愚弄我，我就将计就计，把他们摆布一下，这一对该死的恶狗和他们的老母狗！

狄米特律斯 （向塔摩拉旁白）母亲，您去吧；让我们留在这儿。

塔摩拉 再会，安德洛尼克斯；复仇女神现在去安排妙计，把你的仇敌诱下罗网。（下）

泰特斯 我知道你会替我出力的；亲爱的复仇女神，再会吧！

契　伦　告诉我们，老人家，你要我们干些什么事？

泰特斯　嘿！我要叫你们做的事多着呢。坡勃律斯，出来！卡厄斯！凡伦丁！

坡勃律斯及余人等上。

坡勃律斯　您有什么吩咐？

泰特斯　你们认识这两个人吗？

坡勃律斯　我认识，这两个就是皇后的儿子，契伦和狄米特律斯。

泰特斯　不，坡勃律斯，不！你完全弄错了。这一个是“暗杀”，那一个名叫“强奸”；所以把他们绑起来吧，好坡勃律斯；卡厄斯和凡伦丁，抓住他们。你们常常听见我说，希望有这一天，现在这一天居然来到了。把他们缚得牢牢的，要是他们嚷叫起来，把他们的嘴也给塞住。（泰特斯下；坡勃律斯等捉契伦、狄米特律斯二人）

契　伦　混蛋，住手！我们是皇后的儿子。

坡勃律斯　所以我们奉命把你们绑缚起来。塞住他们的嘴，别让他们说一句话。把他绑好了吗？千万把他绑紧了。泰特斯率拉维妮娅重上；拉维妮娅捧盆，泰特斯持刀。

泰特斯　来，来，拉维妮娅；瞧你的仇人已经绑住了。侄儿们，塞住他们的嘴，别让他们对我说话，我要叫他们听听我有些什么惊心动魄的话要对他们说。契伦、狄米特律斯，你们这两个恶人啊！这儿站着被你们用污泥搅混了的清泉；她本来是一个美好的夏天，却被你们用严冬的霜雪摧残了她的生机。你们杀死了她的丈夫，为了这一个重大的罪恶，她的两个兄弟含冤负屈地被处了死刑，还要害我砍掉了手，给你们取笑。她的娇好的两手、她的舌头，还有比两手和舌头更宝贵的，她的无瑕的贞操，没有人心的奸贼们，都在你们暴力的侵凌之下失去了。假如我让你们说话，你们还有什么话好说？恶贼！你们还好意思哀求饶命吗？听着，狗东西！听我说我要怎样处死你们，我这一只剩下的手还可以割断你们的咽喉，拉维妮娅用她的断臂捧着的那个盆子，就是预备盛放你们罪恶的血液的。你们知道你们的母亲准备到我家里来赴宴，她自称为复仇女神，她以为我是疯了。听着，恶贼们！我要把你们的骨头磨成灰粉，用你们的血把它调成面糊，再把你们这两颗无耻的头颅捣成了肉泥，裹在拌着骨灰的面皮里面做饼馅；叫那淫妇，你们的猪狗般下贱的母亲，吃下她亲生的骨肉。这就是我请她来享用的美宴，这就是她将要饱餐的盛馔；因为你们对待我的女儿比菲罗墨拉还要残忍，所以我要用比普洛克涅还要凶狠的手段向你们报复。现在伸出你们的头颈来吧。拉维妮娅，来。（割二人咽喉）让他们的血淋在这盆子里；等他们死了以后，我就去把他们的骨头磨成灰粉，用这可憎的血水把它调和了，再把他们这两颗奸恶的头颅放在那面饼里烘焙。来，来，大家助我一臂之力，安排这一场不平常的盛宴。现在把他们抬了进去，我要亲自下厨，料理好这一道点心，等他们的母亲到来。（众抬二尸下）

第三场　罗马。泰特斯家大厅，桌上罗列酒肴

路歇斯、玛克斯及哥特人等上；艾伦负镣铐随上。

路歇斯　玛克斯叔父，既然是我父亲的意思，要我到罗马来，我只好遵从他的命令。

哥特人甲　我们也决心追随您，一切听任命运的安排。

路歇斯　好叔父，请您把这野蛮的摩尔人，这狠恶的饿虎，这可恨的魔鬼，带了进去；不要给他吃什么东西，用镣铐锁住

了，等那皇后到来，就提他当面对质，叫他证明她的种种奸恶的图谋。再请您看看我们埋伏的人手够不够，我怕那皇帝对我们不怀好意。

艾　伦　有一个魔鬼在我的耳边低声咒诅，教唆我的舌头向你们倾吐出我的愤怒的心中的怨毒！

路歇斯　滚开，没有人心的狗！污秽的奴才！朋友们，帮我的叔父把他拖进去。（*众哥特人推艾伦下；喇叭声*）喇叭的声音报知皇帝就要来了。

萨特尼纳斯及塔摩拉率伊米律斯、元老、护民官及余人等上。

萨特尼纳斯　什么！天上可以有两个太阳吗？

路歇斯　你自称为太阳，有什么用处？

玛克斯　罗马的皇帝，侄儿，请你们暂停辩论；我们必须平心静气，解决彼此间的争端。殷勤的泰特斯已经安排好一席盛宴，希望在杯酒之间，两方面重敦盟好，恢复和平，使罗马永享安宁的幸福。所以请你们大家过来，各人就座吧。

萨特尼纳斯　玛克斯，那么我就坐下了。（*高音笛吹响。众人桌前坐下*）

泰特斯作厨夫装束，拉维妮娅戴面幕，小路歇斯及余人等上。泰特斯捧面饼一盘置桌上。

泰特斯　欢迎，仁慈的皇上；欢迎，尊严的皇后；欢迎，各位英勇的哥特人；欢迎，路歇斯；欢迎，在座的全体嘉宾。虽然我们的酒食非常粗劣，也可以使你们饱腹而归；请随便吃吧，不要客气。

萨特尼纳斯　你为什么打扮成这个样子，安德洛尼克斯？

泰特斯　因为我要保证一切万无一失，所以才亲自下厨调度安排。

塔摩拉 那真是多谢你了，好安德洛尼克斯。

泰特斯 但愿娘娘知道我这一片赤心。皇上陛下，我要请您替我解决一个问题；那粗鲁的维琪涅斯因为他的女儿被人强行奸污，把她亲手杀死，这一件事做得对不对？

萨特尼纳斯 对的，安德洛尼克斯。

泰特斯 请问陛下的理由？

萨特尼纳斯 因为那女儿不该忍辱偷生，使她的父亲在每一回看见她的时候都勾起他的怨恨。

泰特斯 一个正当、充分而有力的理由；对于我这最不幸的人，它是一个可以仿效的成例，一个活生生的榜样。死吧，死吧，拉维妮娅，让你的耻辱和你同时死去；让你父亲的怨恨也和你的耻辱同归于尽吧！（杀拉维妮娅）

萨特尼纳斯 你干了什么事啦，你这不慈不爱的父亲？

泰特斯 我把她杀了。为了她，我已经把我的眼睛都哭瞎了；我是像维琪涅斯一样伤心的，我有比他多过一千倍的理由，使我下这样的毒手；现在这事情已经干了。

萨特尼纳斯 什么！她也被人奸污了吗？告诉我谁干的事。

泰特斯 请陛下和娘娘吃了这一道粗点。

塔摩拉 为什么你用这样的手段杀死你独生的女儿？

泰特斯 杀死她的不是我，是契伦和狄米特律斯；他们奸污了她，割去了她的舌头；是他们，是他们害她落得这样一个结果。

萨特尼纳斯 快去把他们立刻抓来见我。

泰特斯 嘿，他们就在这盘子里头，那烘烤在这面饼里的就是他们的骨肉；他们的母亲刚才吃得津津有味的，也就是她自己亲生的儿子。这是真的，这是真的；我的锋利的刀尖可以为我作见证。（杀塔摩拉）

萨特尼纳斯 疯子，你这样的行为死有余辜！（杀泰特斯）

路歇斯 做儿子的忍心看着他的父亲流血吗？冤冤相报，有命抵命！（杀萨特尼纳斯；大骚乱，众慌乱走散；玛克斯、路歇斯及其党羽登上泰特斯家前面的露台）

玛克斯 你们这些满面愁容的人们，罗马的人民和子孙，巨大的变乱使你们分裂离散，像一群惊惶的禽鸟，在暴风中四散飞逃；啊！让我教你们怎样把这一束散乱的禾秆重新集合起来，把这些零落的肢体团结为完整的全身；否则罗马将要自招灭亡的灾祸，那曾经为强大的列国所敬礼的名城，将要像一个日暮途穷的破落汉一样，卑怯地结束他自己的生命了。可是我的僵硬的手势和衰老的口才，这些饱经沧桑的真实的见证，倘不能诱引你们倾听我的言语，（向路歇斯）那么说吧，罗马的亲爱的友人，正像当年我们的先祖用他那严肃的口气，向害着相思的狄多叙述那些狡猾的希腊人偷进特洛亚城那一个悲惨的大火之夜的故事一样；告诉我们是什么奸人迷惑了我们的耳朵，是谁把那致命的祸根引入罗马，使我们的国本受到这样的伤害。我的心不是铁石打成的。我也不能向你们尽情吐露我们全部悲哀的历史，也许就在我最需要你们同情地倾听的时候，滔滔的热泪将会打断我的叙述。这儿是一位年轻的罗马将军，让他告诉你们吧；听他说了以后，你们的心将要怔忡跳动，你们的眼眶里将要挥泪如雨。

路歇斯 那么，高贵的听众，让我告诉你们知道，那万恶的契伦和狄米特律斯便是杀害我们这位皇帝的兄弟的凶手，也就是奸污我的妹妹的暴徒。为了他们重大的罪恶，我的两个兄弟冤遭不白，身首异处；他们不但把我父亲的涕泣陈请置之不顾，而且还用卑鄙的手段，骗诱他砍掉了他那曾经为罗马奋勇作战、把她的敌人送下坟墓去的忠诚的手。最后，我自己也遭到他们无情的放逐，他们把我摒出国门，让我含着满眶的眼泪，向罗马的敌人呼吁求援；我的敌人们被我的真诚的哀泣所感动，捐弃了旧日的嫌恨，伸开他们的两臂拥抱我，把我认作他们的友人。你们要知道，我这为祖国所不容的人，却曾用热血保卫了她的安全，拼着自己不顾一切的身体，挡开了那对准她的胸前的敌人的兵刃。唉！你们知道我不是一个喜欢自夸的人；我的疤痕虽然不会说话，它们却可以为我证明我的话是真实不虚的。可是且慢！我想我这样称扬自己的不足道的功绩，未免离题太远了；啊！请你们恕我；当没有朋友在他们身旁的时候，人们只好为自己宣传。

玛克斯 现在应该轮到我说话了。瞧这孩子吧，（指一侍从怀里艾伦之子）这是塔摩拉跟一个不信宗教的摩尔人私通所生的，那摩尔人也就是策动这些惨剧的罪魁祸首。这恶贼虽然罪该万死，但为了留着他作一个见证起见，还是被留在泰特斯的屋子里，没有把他杀掉。现在请你们评判评判，泰特斯遭到这样无可言喻、超过一切忍耐的限度、任何人所受不了的创巨痛深的损害，是不是应该有今天的报复？你们现在已经听到全部事实的真相了，诸位罗马人，你们怎么说？要是我们有什么事情做错了，请你们指出我们的错误，我们这两个安德洛尼克斯家仅存的硕果，愿意从你们现在看见我们所站的地方，手搀着手纵身跳下，在粗硬的顽石上把我们的脑浆砸出，终结我们这一家的命运。说吧，罗马人，说吧！要是你们说我们必须如此，瞧哪！路歇斯跟我就可以当着你们的面前跳下。

伊米律斯 下来，下来，可尊敬的罗马人，轻轻地搀着我们的皇上下来；路歇斯是我们的皇帝，因为我知道这是罗马人民一致的呼声。

众罗马人 路歇斯万岁！罗马的尊严的皇帝！

玛克斯 （向从者）到老泰特斯的悲惨的屋子里去，把那不信神明的摩尔人抓来，让我们判决他一个最可怕的死刑，惩罚他

那作恶多端的一生。（侍从等下）

路歇斯、玛克斯及余人等自露台走下。

众罗马人 路歇斯万岁！罗马的仁慈的统治者！

路歇斯 谢谢你们，善良的罗马人；但愿我即位以后，能够治愈罗马的创伤，拭去她的悲痛的回忆！可是，善良的人民，请你们容我片刻的时间，因为天性之情正驱使我履行一件悲哀的任务。大家站远些；可是叔父，您过来吧，让我们向这尸体挥洒我们诀别的眼泪。啊！让这热烈的一吻留在你这惨白冰冷的唇上，（吻泰特斯）让这些悲哀的泪点留在你这血污的脸上吧，这是你的儿子对你的最后敬礼了！

玛克斯 含着满眶的热泪，你的兄弟玛克斯也来吻一吻你的嘴唇；啊！要是我必须给你流不完的泪、无穷尽的吻，我也决不吝惜。

路歇斯 过来，孩子；来，来，学学我们的样子，在泪雨之中融化了吧。你的爷爷是十分爱你的；好多次他抱着你在他的膝上跳跃，唱歌催你入睡，他的慈爱的胸脯做你的枕头；他曾经给你讲许多小孩子所应该知道的事情；所以你要做一个孝顺的孩子，从你幼稚的灵泉里洒下小小的泪珠来，因为这是天性至情所必需的；心心相系的人，在悲哀之中必然会发出同情的共鸣。向他告别，送他下了坟墓；尽了这一次最后的情谊，从此你就和他人天永别了。

小路歇斯 啊，爷爷，爷爷！要是您能够死而复活，我真愿意让自己死去。主啊！我哭得不能向他说话；一张开嘴，我的眼泪就会把我噎住。

侍从等押艾伦重上。

罗马人甲 安德洛尼克斯家不幸的后人，停止了你们的悲哀吧；这可恶的奸贼一手造成了这些惨事，快把他宣判定罪。

路歇斯 把他齐胸埋在泥土里，让他活活饿死；尽他站在那儿叫骂哭喊，不准给他一点食物；谁要是怜悯他救济他，也要受死刑的处分。这是我们的判决，剩几个人在这儿替他掘下泥坑，装他进去。

艾 伦 啊！为什么把怒气藏在胸头，隐忍不发呢？我不是小孩子，你们以为我会用卑怯的祷告忏悔我所做的恶事吗？要是我能够随心所欲，我要做一万件比我曾经做过的更恶的恶事；要是在我一生之中，我曾经做过一件善事，我倒要从心底里深深懊悔。

路歇斯 这位已故的皇帝，请几位他生前的好友把他抬出去，替他埋葬在他父皇的坟墓里。我的父亲和拉维妮娅将要在我们的家墓之中立刻下葬。至于那头狠毒的雌虎塔摩拉，任何葬礼都不准举行，谁也不准为她服丧志哀，也不准为她鸣响丧钟；把她的尸体丢在旷野里，听凭野兽猛禽的咬啄。她的一生像野兽一样不知怜悯，所以她也不应该得到我们的怜悯。那万恶的摩尔人艾伦，必须受到他应得的重罚，因为他是造成我们这一切惨事的祸根。然后从今天起，我们要惩前毖后，把政事重新整顿，不要让女色谗言，动摇了邦基国本。（同下）

裘力斯·凯撒

Qiu Li Si Kai Sa

剧中人物

裘力斯·凯撒

奥克泰维斯·凯撒、**玛克·安东尼**、**伊米力斯·莱必多斯**——凯撒死后的三人执政

西塞罗、**坡勃律斯**、**波匹律斯·里那**——元老

玛克斯·勃鲁托斯、**凯歇斯**、**凯斯卡**、**特莱包涅斯**、**里加律斯**、**狄歇斯·勃鲁托斯**、**麦泰勒斯·辛伯**、**西　那**——反对凯撒的叛党

弗莱维斯、**马鲁勒斯**——护民官

阿特米多勒斯　克尼陀斯的诡辩学者

预言者

西　那　诗人

另一诗人

路西律斯
泰提涅斯
梅萨拉
小凯图
伏伦涅斯
——勃鲁托斯及凯歇斯的友人

凡　罗
克列特斯
克劳狄斯
斯特莱托
路歇斯
达台涅斯
——勃鲁托斯的仆人

品达勒斯　凯歇斯的仆人

凯尔弗妮娅　凯撒之妻
鲍西娅　勃鲁托斯之妻

元老、市民、卫队、侍从、幽灵等

地　点

大部分在罗马；后半一部分在萨狄斯，一部分在腓利比附近

第一幕

第一场　罗马。街道

弗莱维斯、马鲁勒斯及若干市民上。

弗莱维斯　去！回家去，你们这些懒得做事的东西，回家去。今天是放假的日子吗？嘿！你们难道不知道，你们做手艺的人，在工作的日子走到街上来，一定要把你们职业的符号带在身上吗？说，你是干哪一行的？

市民甲　呃，先生，我是一个木匠。

马鲁勒斯　你的革裙、你的尺呢？你穿起新衣服来干什么？你，你是干哪一行的？

市民乙　说老实话，先生，我没什么高等手艺，我不过就是个干粗活的罢了。

马鲁勒斯　可是你究竟是干什么的？少跟我卖关子。

市民乙　先生，我希望我干的行业可以对得起自己的良心；我不过是个替人家补缺补漏的。

马鲁勒斯　混账东西，说明白些你到底是干什么的？

市民乙　嗳，先生，请您不要对我生气；要是您有什么漏洞，我也可以替您补一补。

马鲁勒斯 你这话是什么意思？替我补一补，你这坏蛋？

市民乙 对不起，先生，我是说，替你补破鞋洞。

弗莱维斯 这么说，你是一个补鞋匠咯？

市民乙 不瞒您说，先生，我的吃饭家伙就只有一把锥子；我也不会动斧头锯子，我也不会做针线女红，我就只有一把锥子。实实在在，先生，我是专治破旧靴鞋的外科医生；它们即使害着危险的重病，我都可以把它们救活过来。那些脚踏牛皮的体面绅士，都曾请教过我哩。

弗莱维斯 可是你今天为什么不在你的铺子里做工？为什么你要领着这些人在街上走来走去？

市民乙 不瞒您说，先生，我要叫他们多走破几双鞋子，让我好多做几桩生意。可是说实在的，先生，我们今天因为要迎接凯撒，庆祝他的凯旋，所以才放了一天假。

马鲁勒斯 为什么要庆祝呢？他带了些什么胜利回来？他的战车后面缚着几个纳土称臣的俘囚君长？你们这些木头石块，冥顽不灵的东西！冷酷无情的罗马人啊，你们忘记了庞贝吗？好多次你们爬到城墙上、雉堞上，有的登在塔顶，有的倚着楼窗，还有人高据烟囱的项上，手里抱着婴孩，整天坐着耐心等候，为了要看一看伟大的庞贝经过罗马的街道；当你们看见他的战车出现的时候，你们不是齐声欢呼，使台伯河里的流水因为听见你们的声音在凹陷的河岸上发出反响而颤栗吗？现在你们却穿起了新衣服，放假庆祝，把鲜花散布在踏着庞贝的血迹凯旋回来的那人的路上吗？快去！奔回你们的屋子，跪在地上，祈祷神明饶恕你们的忘恩负义吧，否则上天的灾祸一定要降在你们头上了。

弗莱维斯 去，去，各位同胞，为了你们这一个错误，赶快把你们所有的伙伴集合在一起，带他们到台伯河岸上，把你们的眼泪洒入河中，让那最低的水流也会漫过那最高的堤岸。（众市民下）瞧这些下流的材料也会天良发现；他们因为自知有罪，一个个哑口无言地去了。您打那一条路向圣殿走去；我打这一条路走。要是您看见他们在偶像上披着锦衣彩饰，就把它撕下来。

马鲁勒斯 我们可以这样做吗？您知道今天是卢柏克节。

弗莱维斯 别管它。不要让偶像身上悬挂着凯撒的胜利品。我要去驱散街上的愚民；您要是看见什么地方有许多人聚集在一起，也要把他们赶散。我们应当趁早剪拔凯撒的羽毛，让他无力高飞；要是他羽毛既长，一飞冲天，我们大家都要在他的足下俯伏听命了。（各下）

第二场　同前。广场

凯撒率众列队奏乐上；安东尼作竞走装束、凯尔弗妮娅、鲍西娅、狄歇斯、西塞罗、勃鲁托斯、凯歇斯、凯斯卡同上；大群民众随后，其中有一预言者。

凯　撒 凯尔弗妮娅！

凯斯卡 肃静！凯撒有话。（乐止）

凯　撒 凯尔弗妮娅！

凯尔弗妮娅 有，我的主。

凯　撒 你等安东尼快要跑到终点的时候，就到跑道中间站在他对面的地方。安东尼！

安东尼 有，凯撒，我的主。

凯　撒 安东尼，你在奔走的时候，不要忘记用手碰一碰凯尔弗妮娅的身体；因为有年纪的人都说，不孕的妇人要是被这神圣的竞走中的勇士碰了，就可以解除乏嗣的咒诅。

安东尼 我一定记得。凯撒吩咐做什么事，就得立刻照办。

凯　撒　现在开始吧；不要遗漏了任何仪式。（音乐）

预言者　凯撒！

凯　撒　嘿！谁在叫我？

凯斯卡　所有的声音都静下来！肃静！（乐止）

凯　撒　谁在人丛中叫我？我听见一个比一切乐声更尖锐的声音喊着“凯撒”的名字。说吧，凯撒在听着。

预言者　留心三月十五日。

凯　撒　那是什么人？

勃鲁托斯　一个预言者请您留心三月十五日。

凯　撒　把他带到我的面前；让我瞧瞧他的脸。

凯斯卡　那家伙，跑出来见凯撒。

凯　撒　你刚才对我说什么？再说一遍。

预言者　留心三月十五日。

凯　撒　他是个妄想狂；不要理他。我们走。（吹号；除勃鲁托斯、凯歇斯外均下）

凯歇斯　您也去看他们赛跑吗？

勃鲁托斯　我不去。

凯歇斯　去看看也好。

勃鲁托斯　我不喜欢干这种陶情作乐的事。我没有安东尼那样活泼的精神。不要让我扫了您的兴致，凯歇斯，我先去了。

凯歇斯　勃鲁托斯，我近来留心观察您的态度，从您的眼光之中，我觉得您对于我已经没有从前那样的温情和友爱；您对于爱您的朋友，太冷淡而疏远了。

勃鲁托斯　凯歇斯，不要误会。要是我在自己的脸上罩着一层阴云，那只是因为我自己心里有些烦恼。我近来为某种情绪所困扰，某种不可告人的隐忧，使我在行为上也许有些反常；可是，凯歇斯，您是我的好朋友，请您不要因此而不快，也不要因为可怜的勃鲁托斯和他自己交战，忘记了对别人的礼貌，而责怪我的怠慢。

凯歇斯 那么，勃鲁托斯，我大大地误会了您的心绪了。我因为疑心您对我有什么不满，所以有许多重要的值得考虑的意见我都藏在自己的心头，没有对您提起。告诉我，好勃鲁托斯，您能够瞧见您自己的脸吗？

勃鲁托斯 不，凯歇斯，因为眼睛不能瞧见它自己，必须借着反射，借着外物的力量。

凯歇斯 不错，勃鲁托斯，可惜您却没有这样的镜子，可以把您隐藏着的贤德照到您的眼里，让您看见您自己的影子。我曾经听见那些在罗马最有名望的人——除了不朽的凯撒以外——说起勃鲁托斯，他们呻吟于当前的桎梏之下，都希望高贵的勃鲁托斯睁开他的眼睛。

勃鲁托斯 凯歇斯，您要我在我自己身上寻找我所没有的东西，到底是要引导我去干什么危险的事呢？

凯歇斯 所以，好勃鲁托斯，留心听着吧。您既然知道您不能瞧见您自己，像在镜子里照得那样清楚，我就可以做您的镜子，并不夸大地把您自己所不知道的自己揭露给您看。不要疑心我，善良的勃鲁托斯；倘若我是一个胁肩谄笑之徒，惯用千篇一律的盟誓向每一个人矢陈我的忠诚；倘若您知道我会当着人家的面向他们献媚，把他们搂抱，背了他们就用诽语毁谤他们；倘若您知道我是一个常常跟下贱的平民酒食征逐的人，那么您就认为我是一个危险分子吧。（喇叭奏花腔。众欢呼声）

勃鲁托斯 这一阵欢呼是什么意思？我怕人民会选举凯撒做他们的王。

凯歇斯 嗯，您怕吗？那么看来您是不赞成这回事了。

勃鲁托斯 我不赞成，凯歇斯；虽然我很敬爱他。可是您为什么一直缠着我？您有什么话要对我说？倘若那是对大众有利的事，那么让我的一只眼睛看见光荣，另一只眼睛看见死亡，我也会同样不偏不倚地正视着它们；因为我喜爱光荣的名字，甚于恐惧死亡，这自有神明作证。

凯歇斯 我知道您有那样内心的美德，勃鲁托斯，正像我知道您的外貌一样。好，光荣正是我谈话的题目。我不知道您和其他的人对于这一个人生抱着怎样的观念；可是拿我个人而论，假如要我为了某人而担惊受怕，那么我还是不要活着的好。我生下来就跟凯撒同样的自由；您也是一样。我们都跟他同样地享受过，同样地能够忍耐冬天的寒冷。记得有一次，在一个狂风暴雨的白昼，台伯河里的怒浪正冲击着它的堤岸，凯撒对我说，“凯歇斯，你现在敢不敢跟我跳下这汹涌的波涛里，泅到对面去？”我一听见他的话，就穿着随身的衣服跳了下去，叫他跟着我；他也跳了下去。那时候滚滚的急流迎面而来，我们用壮健的膂力拼命抵抗，用顽强的心破浪前进；可是我们还没有达到预定的目标，凯撒就叫起来说，“救救我，凯歇斯，我要沉下去了！”正像我们伟大的祖先埃涅阿斯从特洛亚的烈焰之中把年老的安喀西斯肩负而出一样，我把力竭的凯撒负出了台伯河的怒浪。这个人现在变成了一尊天神，凯歇斯却是一个倒霉的家伙，要是凯撒偶然向他点一点头，也必须俯下他的身子。凯撒在西班牙的时候，曾经害过一次热病，我看见那热病在他身上发作，他浑身都颤抖起来；是的，这位天神也会颤抖；他的懦怯的嘴唇失去了血色，那使全世界惊悚的眼睛也没有了光彩；我听见他的呻吟；是的，他那使罗马人耸耳而听、使他们把他的话记载在书册上的舌头，唉！却吐出了这样的呼声，“给我一些水喝，泰提涅斯。”就像一个害病的女儿一样。神啊，像这样一个心神软弱的人，却会征服这个伟大的世界，独占着胜利的光荣，真是我再也想不到的事。

（喇叭奏花腔。欢呼声）

勃鲁托斯 又是一阵大众的欢呼！我相信他们一定又把新的荣誉加在凯撒的身上，所以才有这些喝彩的声音。

凯歇斯 嘿，老兄，他像一个巨人似的跨越这狭隘的世界；我们这些渺小的凡人一个个在他粗大的两腿下行走，四处张望着，替自己寻找不光荣的坟墓。人们有时可以支配他们自己的命运；要是我们受制于人，亲爱的勃鲁托斯，那错处并不在我们的命运，而在我们自己。勃鲁托斯和凯撒；“凯撒”那个名字又有什么了不得？为什么人们只是提起它而不提起勃鲁托斯？把那两个名字写在一起，您的名字并不比他的难看；放在嘴上念起来，也是一样顺口；称起重量来，它们是一样的重；要是用它们呼神召鬼，“勃鲁托斯”也可以同样感动幽灵，正像“凯撒”一样。凭着一切天神的名字，我们这位凯撒究竟吃了什么珍馐美食，才会长得这样伟大？可耻的时代！罗马啊，你的高贵的血统已经中断了！自从洪水以后哪个时代你不曾产生不止一个的著名人物？直到现在为止，什么时候人们谈起罗马，能够说，她的广大的城墙之内，只是一个人的世界？要是罗马给一个人独占了去，那么它真的就变成无人之境了。啊！你我都曾听见我们的父老说过，从前罗马有一个勃鲁托斯，不愿让他的国家被一个君主所统治，正像他不愿让它被永劫的恶魔统治一样。

勃鲁托斯 我一点不怀疑您对我的诚意；我也有点明白您打算鼓动我去干什么事；我对于这件事的意见，以及对于目前这一种局面所取的态度，以后可以告诉您知道，可是现在却不愿作进一步的表示或行动，请您也不必向我多说。您已经说过的话，我愿意仔细考虑；您还有些什么话要对我说的，我也愿意耐心静听，等有了适当的机会，我一定洗耳以待，畅聆您的高论，并且还要把我的意思向您提出。在那个时候没有到来以前，我的好友，请您记住这一句话：勃鲁托斯宁愿做一个乡野的贱民，也不愿在这种将要加到我们身上来的难堪的重压之下，自命为罗马的儿子。

凯歇斯 我很高兴我的微弱的言辞已经在勃鲁托斯的心中激起了这一点点火花。

勃鲁托斯 竞赛已经完毕，凯撒就要回来了。

凯歇斯 当他们经过的时候，您去拉一拉凯斯卡的衣袖，他就会用他那种尖酸刻薄的口气，把今天值得注意的事情告诉您。

凯撒及随从诸人重上

勃鲁托斯 很好。可是瞧，凯歇斯，凯撒的额角上闪动着怒火，跟在他后面的那些人一个个垂头丧气，好像挨了一顿骂似的；凯尔弗妮娅面颊惨白；西塞罗的眼睛里充满着懊丧愤恨的神色，就像我们看见他在议会里遭到什么元老的驳斥的时候一样。

凯歇斯 凯斯卡会告诉我们出了什么事。

凯　撒 安东尼！

安东尼 凯撒。

凯　撒 我要那些身体长得胖胖的、头发梳得光光的、夜里睡得好好的人在我的左右。那个凯歇斯有一张消瘦憔悴的脸；他心思太多；这种人很是危险。

安东尼 别怕他，凯撒，他没有什么危险；他是一个高贵的罗马人，有很好的天赋。

凯　撒 我希望他再胖一点！可是我不怕他；不过要是我的名字可以和恐惧连在一起的话，那么我不知道还有谁比那个瘦瘦的凯歇斯更应该避得远远的了。他读过许多书；他的眼光很厉害，能够窥测他人的行动；他不像你，安东尼，那样喜欢游戏；他从来不听音乐；他不大露笑容，笑起来的时候，那神气之间，好像在讥笑他自己竟会被一些琐屑的事情所引笑。像他这种人，要是看见有人高过他们，心里就会觉得不舒服，所以他们是很危险的。我现在不过告诉你哪一种人是可怕的，并不是说我惧怕他们，因为我永远是凯撒。跑到我的右边来，因为这一只耳朵是聋的；实实在在告诉我你觉得他这个人怎么样。（吹号；凯撒及随从诸人下，凯斯卡留后）

凯斯卡 您拉我的外套；要跟我说话吗？

勃鲁托斯 是的，凯斯卡；告诉我们为什么今天凯撒的脸上显出心事重重的样子。

凯斯卡 怎么，您不是也跟他在一起吗？

勃鲁托斯 要是我跟他在一起，那么我也用不着问您了。

凯斯卡 嘿，有人把一顶王冠献给他；他用他的手背这么一摆拒绝了；于是民众欢呼起来。

勃鲁托斯 第二次的喧哗又为着什么？

凯斯卡 嘿，也是为了那件事。

凯歇斯 他们一共欢呼了三次；最后一次的呼声是为着什么？

凯斯卡 嘿，也是为了那件事。

勃鲁托斯 他们把王冠献给他三次吗？

凯斯卡 嗯，是的，他三次都拒绝了，每一次都比前一次更谦恭；他每拒绝一次，我身旁那些善良的人便欢呼起来。

凯歇斯 谁把王冠献给他的？

凯斯卡 嘿，安东尼。

勃鲁托斯 把他献冠的情形告诉我们，好凯斯卡。

凯斯卡 要我把那情形讲出来，还不如把我吊死了吧。那全然是一幕滑稽的把戏；我瞧也不去瞧它。我看见玛克·安东尼献给他一顶王冠；其实那也不是什么王冠，不过是一顶普通的冠；我已经对您说过，他第一次把它拒绝了；可是虽然拒绝，我觉得他心里却巴不得把它拿过来。于是安东尼再把它献给他；他又把它拒绝了；可是我觉得他的手指头却恋恋不舍地不愿意离开它。于是安东尼又第三次把它献上去；他第三次把它拒绝了；当他拒绝的时候，那些乌合之众便高声欢呼，拍着他们粗糙的手掌，抛掷他们汗臭的睡帽，把他们令人作呕的气息散满在空气之中，因为凯撒拒绝了王冠，结果几乎把凯撒都熏死了；他一闻到这气息，便晕了过去倒在地上。我那时候瞧着这光景，虽然觉得好笑，可是竭力抿住我的嘴唇，不让它笑出来，生怕把这种恶浊的空气吸进去。

凯歇斯　可是且慢；您说凯撒晕过去了吗？

凯斯卡　他在市场上倒了下来，嘴边冒着白沫，话都说不出来。

勃鲁托斯　这是很可能的；他素来就有这种晕倒的毛病。

凯歇斯　不，凯撒没有这种病；您、我，还有正直的凯斯卡，我们才害着这种晕倒的病。

凯斯卡　我不知道您这句话是什么意思；可是我可以确定凯撒是倒了下去。那些下流的群众有的拍手，有的发出嘘声，就像在戏院里一样；要是我编造了一句谣言，我就是个骗人的混蛋。

勃鲁托斯　他清醒过来以后说了些什么？

凯斯卡　嘿，他在没有倒下以前，看见群众因为他拒绝了王冠而欢欣，就要我解开他的衬衣，露出他的咽喉来请他们宰割。倘若我是一个干活儿做买卖的人，我一定会听从他的话，否则让我跟那些恶人们一起下地狱去，于是他就倒下去了。等到他一醒过来，他就说，要是他做错了什么事，说错了什么话，他要请他们各位原谅他是一个有病的人。在我站立的地方，有三四个姑娘喊着说，“唉，好人儿！”从心底里原谅了他；可是不必注意她们，要是凯撒刺死了她们的母亲，她们也会同样原谅他的。

勃鲁托斯 后来他就这样闷闷不乐地走了吗？

凯斯卡 嗯。

凯歇斯 西塞罗说了些什么？

凯斯卡 嗯，他说的是希腊话。

凯歇斯 怎么说的？

凯斯卡 嗳哟，要是我把那些话告诉了您，那我以后再也不好意思看见您啦；可是那些听得懂他话的人都互相瞧着笑笑，摇摇他们的头；至于讲到我自己，那我可一点儿都不懂。我还可以告诉你们其他的新闻；马鲁勒斯和弗莱维斯因为扯去了凯撒像上的彩带，已经被剥夺了发言的权利。再会。滑稽丑剧还多着呢，可惜我记不起来啦。

凯歇斯 凯斯卡，您今天晚上愿意陪我吃晚饭吗？

凯斯卡 不，我已经跟人家有约在先了。

凯歇斯 明天陪我吃午饭好不好？

凯斯卡 嗯，要是我明天还活着，要是您的心思没有改变，要是您的午饭值得一吃，那么我是会来的。

凯歇斯 好，我等着您。

凯斯卡 好。再见，两位。（下）

勃鲁托斯 这家伙越来越乖僻了！他在求学的时候，倒是伶俐得很。

凯歇斯 他现在虽然装出这一副迟钝的模样，可是干起勇敢壮烈的事业来，却不会落人之后。他的乖僻对于他的智慧是一种调味品，使人们在咀嚼他的言语的时候，可以感到一种深长的滋味。

勃鲁托斯 正是。现在我要暂时失陪了。明天您要是愿意跟我谈谈的话，我可以到您府上来看您；或者要是您愿意，就请您到我家里来也好，我一定等着您。

凯歇斯 好，我明天一定来拜访。再会；同时，请您眷顾这周围的世界。（勃鲁托斯下）好，勃鲁托斯，你是个仁人义士；可是我知道你的高贵的天性却可以被人诱入歧途；所以正直的人必须和正直的人为伍，因为谁是那样刚强，能够不受诱惑呢？凯撒不中意我；可是他很喜欢勃鲁托斯；倘若现在我是勃鲁托斯，他是凯歇斯，他就打不动我的心。今天晚上我要摹仿几个人不同的笔迹，写几封匿名信丢进他的窗里，假装那是好几个市民写给他的，里面所说的话，都是指出罗马人对于他抱着多大的信仰，同时隐隐约约地暗示着凯撒的野心。我这样布置好了以后，让凯撒坐得安稳一些吧，因为我们倘不能把他推翻，就要忍受更黑暗的命运了。（下）

第三场　同前。街道

雷电交加；凯斯卡拔剑上，西塞罗自相对方向上。

西塞罗 晚安，凯斯卡；您送凯撒回去了吗？您为什么气都喘不过来？为什么把眼睛睁得这样大？

凯斯卡 您看见整个大地颤栗不已、摇摇欲坠，难道还能无动于衷吗？啊，西塞罗！我曾经看见过咆哮的狂风劈碎多节的橡树；我曾经看见过野心的海洋奔腾澎湃，把浪沫喷涌到阴郁的黑云之上；可是我从来没有经历过像今晚这样一场从天上掉下火块来的狂风暴雨。倘不是天上起了纷争，一定因为世人的侮慢激怒了神明，使他们决心把这世界毁灭。

西塞罗 啊，您还看见什么奇怪的事情吗？

凯斯卡 一个卑贱的奴隶举起他的左手，那手上燃烧着二十个火炬合起来似的烈焰，可是他一点不觉得灼痛，他的手上也没有一点火烙过的痕迹。在圣殿之前，我又遇见一头狮子，它睨视着我，生气似的走了过去，却没有跟我为难；到现在我都没有收起我的剑。一百个面无人色的女人吓得缩成一团，她们发誓说她们看见浑身发着火焰的男子在街道上来来去去。昨天正午的时候，夜枭栖在市场上，发出凄厉的鸣声。这种种怪兆同时出现，谁都不能说，“这些都是不足为奇的自然现象”；我相信它们都是上天的示意，预兆着将有什么重大的变故到来。

西塞罗　是的，这是一个变异的时世；可是人们可以照着自己的意思解释一切事物的原因，实际却和这些事物本身的目的完全相反。凯撒明天到圣殿去吗？

凯斯卡　去的；他曾经叫安东尼传信告诉您他明天要到那边去。

西塞罗　那么晚安，凯斯卡；这样坏的天气，还是待在家里好。

凯斯卡　再会，西塞罗。（西塞罗下）

凯歇斯上。

凯歇斯　那边是谁？

凯斯卡　一个罗马人。

凯歇斯　听您的声音像是凯斯卡。

凯斯卡　您的耳朵很好。凯歇斯，这是一个多么可怕的晚上！

凯歇斯　对于居心正直的人，这是一个很可爱的晚上。

凯斯卡　谁见过这样吓人的天气？

凯歇斯　地上有这么多的罪恶，天上自然有这么多的灾异。讲到我自己，那么我刚才就在这样危险的夜里在街上跑来跑去，像这样松开了钮扣，袒露着我的胸膛去迎接雷霆的怒击；当那青色的交叉的电光似乎把天空当胸劈裂的时候，我就挺着我自己的身体去领受神火的威力。

凯斯卡 可是您为什么要这样冒渎天威呢？当威灵显赫的天神们用这种可怕的天象惊骇我们的时候，人们是应该颤栗畏惧的。

凯歇斯 凯斯卡，您太冥顽了，您缺少一个罗马人所应该有的生命的热力，否则您就是把它藏起来不用。您看见上天发怒，就吓得面无人色，呆若木鸡；可是您要是想到究竟为什么天上会掉下火来，为什么有这些鬼魂来来去去，为什么鸟兽都改变了常性，为什么老翁、愚人和婴孩都会变得工于心计起来，为什么一切都脱离了常道，发生那样妖妄怪异的现象？啊，您要是思索到这一切的真正的原因，您就会明白这是上天假手于它们，警告人们预防着将要到来的一种非常的巨变。凯斯卡，我现在可以向您提起一个人的名字，他就像这个可怕的夜一样，能够叱咤雷电，震裂坟墓，像圣殿前的狮子一样怒吼，他在个人的行动上并不比你我更强，可是他的势力已经扶摇直上，变得像这些异兆一样可怕了。

凯斯卡 您说的是凯撒，是不是，凯歇斯？

凯歇斯 不管他是谁。罗马人现在有的是跟他们的祖先同样的筋骨手脚；可是，唉！我们祖先的精神却已经死去，我们是被我们母亲的灵魂所统治着，我们的束缚和痛苦显出我们缺少男子的气概。

凯斯卡 不错，他们说元老们明天预备立凯撒为王；他可以君临海上和陆上的每一处地方，可是我们不能让他在这意大利称王。

凯歇斯 那么我知道我的刀子应当用在什么地方了；凯歇斯将要从奴隶的羁缚之下把凯歇斯解放出来。就在这种地方，神啊，你们使弱者变成最强壮的；就在这种地方，神啊，你们把暴君击败。无论铜墙石塔、密不透风的牢狱或是坚不可摧的锁链，都不能拘囚坚强的心灵；生命在厌倦于这些尘世的束缚以后，决不会缺少解脱它自身的力量。要是我知道我也肩负着一部分暴力的压迫，我就可以立刻挣脱这一种压力。（雷声继续）

凯斯卡 我也能够；每一个被束缚的奴隶都可以凭着他自己的手挣脱他的锁链。

凯歇斯 那么为什么要让凯撒做一个暴君呢？可怜的人！我知道他只是因为看见罗马人都是绵羊，所以才做一头狼；罗马人倘不是一群鹿，他就不会成为一头狮子。谁要是急于生起一场旺火来，必须先用柔弱的草秆点燃；罗马是一些什么不中用的糠屑草料，要去点亮像凯撒这样一个卑劣庸碌的人物！可是，唉，糟了！你引得我说出些什么话来啦？也许我是在一个甘心做奴隶的人的面前讲这种话，那么我知道我必须因此而受祸；可是我已经准备好了，一切危险我都不以为意。

凯斯卡 您在对凯斯卡讲话，他并不是一个摇唇弄舌、泄漏秘密的人。握着我的手；只要允许我跟您合作推翻暴力的压制，我愿意赴汤蹈火，踊跃前驱。

凯歇斯 那么很好，我们一言为定。现在我要告诉你，凯斯卡，我已经联络了几个勇敢的罗马义士，叫他们跟我去干一件轰轰烈烈的冒险事业，我知道他们现在一定在庞贝走廊下等我；因为在这样可怕的夜里，街上是不能行走的；天色是那么充满了杀机和愤怒，正像我们所要干的事情一样。

凯斯卡 暂避一避，有什么人急忙忙地来了。

凯歇斯 那是西那；我从他走路的姿势上认得出来。他也是我们的同志。

西那上。

凯歇斯 西那，您这样忙到哪儿去？

西　那 特为找您来的。那位是谁？麦泰勒斯·辛伯吗？

凯歇斯 不，这是凯斯卡；他也是参与我们的计划的。他们在等着我吗，西那？

西 那 那很好。真是一个可怕的晚上！我们中间有两三个人看见过怪事哩。

凯歇斯 他们在等着我吗？回答我。

西 那 是的，在等着您。啊，凯歇斯！只要您能够劝高贵的勃鲁托斯加入我们的一党——

凯歇斯 您放心吧。好西那，把这封信拿去放在市长的坐椅上，也许它会被勃鲁托斯看见；这一封信拿去丢在他的窗户里；这一封信用蜡胶在老勃鲁托斯的铜像上；这些事情办好以后，就到庞贝走廊去，我们都在那儿。狄歇斯·勃鲁托斯和特莱包涅斯都到了没有？

西 那 除了麦泰勒斯·辛伯以外，都到齐了；他是到您家里去找您的。好，我马上就去，照您的吩咐把这几封信放好。

凯歇斯 放好了以后，就到庞贝剧场来。（西那下）来，凯斯卡，我们两人在天明以前，还要到勃鲁托斯家里去看他一次。他已经有四分之三属于我们，只要再跟他谈谈，他就可以完全加入我们这一边了。

凯斯卡 啊！他是众望所归的人；在我们似乎是罪恶的事情，有了他便可以像幻术一样变成正大光明的义举。

凯歇斯 您对于他、他的才德和我们对他的极大的需要，都看得很明白。我们去吧，现在已经过了半夜了；天明以前，我们必须把他叫醒，探探他的决心究竟如何。（同下）

第二幕

第一场　罗马。勃鲁托斯的花园

勃鲁托斯上。

勃鲁托斯　喂，路歇斯！喂！我不能凭着星辰的运行，猜测现在离天亮还有多少时间。路歇斯，喂！我希望我也睡得像他一样熟。喂，路歇斯，你什么时候才会醒来？醒醒吧！喂，路歇斯！

路歇斯上。

路歇斯　您叫我吗，主人？

勃鲁托斯　替我到书斋里拿一支蜡烛，路歇斯；把它点亮了到这儿来叫我。

路歇斯　是，主人。（下）

勃鲁托斯　只有叫他死这一个办法。我自己对他并没有私怨，只是为了大众的利益。他将要戴上王冠；那会不会改变他的性格是一个问题；蝮蛇是在光天化日之下出现的，所以步行的人必须刻刻提防。让他戴上王冠？——不！那等于我们把一个毒刺给了他，使他可以随意加害于人。把不忍之心和威权分开，那威权就会被人误用；讲到凯撒这个人，说一句公平话，我还不曾知道他什么时候曾经一味感情用事，不受理智的支配。可是微贱往往是初期野心的阶梯，凭借着它一步步爬上了高处；当他一旦登上了最高的一级之后，他便不再回顾那梯子，他的眼光仰望着云霄，瞧不起他从前所恃为凭借的低下的阶梯。凯撒何尝不会这样？所以，为了怕他有这一天，必须早一点防备。既然我们反对他的理由，不是因为他现在有什么可以指责的地方，所以就得这样说；照他现在的地位要是再扩大些权力，一定会引起这样那样的后患；我们应当把他当作一颗蛇蛋，与其让它孵出以后害人，不如趁它还在壳里的时候就把它杀死。

路歇斯重上。

路歇斯 主人，蜡烛已经点在您的书斋里了。我在窗口找寻打火石的时候，发现了这封信；我明明记得我去睡觉的时候，并没有什么信放在那儿。

勃鲁托斯 你再去睡吧；天还没有亮哩。孩子，明天不是三月十五吗？

路歇斯 我不知道，主人。

勃鲁托斯 看看日历，回来告诉我。

路歇斯 是，主人。（下）

勃鲁托斯 天上一闪一闪的电光，亮得可以使我读出信上的字来。（拆信）“勃鲁托斯，你在睡觉；醒来瞧瞧你自己吧。难道罗马将要——说话呀，攻击呀，拯救呀！勃鲁托斯，你睡着了；醒来吧！”他们常常把这种煽动的信丢在我的屋子附近。“难道罗马将要——”我必须替它把意思补足；难道罗马将要处于独夫的严威之下？什么，罗马？当塔昆称王的时候，我们的祖先曾经把他从罗马的街道上赶走。“说话呀，攻击呀，拯救呀！”他们请求我仗义执言，挥戈除暴吗？罗马啊！我向你保证，勃鲁托斯一定会全力把你拯救！

路歇斯重上。

路歇斯 主人，三月已经有十四天过去了。（内叩门声）

勃鲁托斯 很好。到门口瞧瞧去；有人打门。（路歇斯下）自从凯歇斯鼓动我反对凯撒那一天起，我一直没有睡过。在计划一件危险的行动和开始行动之间的一段时间里，一个人就好像置身于一场可怖的噩梦之中，遍历种种的幻象；他的精神和身体上的各部分正在彼此磋商；整个的身心像一个小小的国家，临到了叛变突发的前夕。

路歇斯重上。

路歇斯 主人，您的兄弟凯歇斯在门口，他要求见您。

勃鲁托斯 他一个人来吗？

路歇斯 不，主人，还有些人跟他在一起。

勃鲁托斯 你认识他们吗？

路歇斯 不，主人；他们的帽子都拉到耳边，他们的脸一半裹在外套里面，我不能从他们的外貌上认出他们来。

勃鲁托斯 请他们进来。（路歇斯下）他们就是那一伙党徒。阴谋啊！你在百鬼横行的夜里，还觉得不好意思显露你的险恶的容貌吗？啊！那么你在白天什么地方可以找到一处幽暗的巢窟，遮掩你的奇丑的脸相呢？不要找寻吧，阴谋，还是把它隐藏在和颜悦色的后面；因为要是您用本来面目招摇过市，即使幽冥的地府也不能把你遮掩过人家的眼睛的。

凯歇斯、凯斯卡、狄歇斯、西那、麦泰勒斯·辛伯及特莱包涅斯等诸党徒同上。

凯歇斯 我想我们未免太冒昧了，打搅了您的安息。早安，勃鲁托斯；我们惊吵您了吧？

勃鲁托斯 我整夜没有睡觉，早就起来了。跟您同来的这些人。我都认识吗？

凯歇斯 是的，每一个人您都认识；这儿没有一个人不敬重您；谁都希望您能够看重您自己，就像每一个高贵的罗马人看重您一样。这是特莱包涅斯。

勃鲁托斯 欢迎他到这儿来。

凯歇斯 这是狄歇斯·勃鲁托斯。

勃鲁托斯 我也同样欢迎他。

凯歇斯 这是凯斯卡；这是西那；这是麦泰勒斯·辛伯。

勃鲁托斯 我都同样欢迎他们。可是各位为了什么烦心的事情，在这样的深夜不去睡觉？

凯歇斯 我可以跟您说句话吗？（勃鲁托斯、凯歇斯二人耳语）

狄歇斯 这儿是东方；天不是从这儿亮起来的吗？

凯斯卡 不。

西　那 啊！对不起，先生，它是从这儿亮起来的；那边镶嵌在云中的灰白色的条纹，便是预报天明的使者。

凯斯卡 你们将要承认你们两人都弄错了。这儿我用剑指着的所在，就是太阳升起的地方；在这样初春的季节，它正在南方逐渐增加它的热力；再过两个月，它就要更高地向北方升起，吐射它的烈焰了。这儿才是正东，也就是圣殿所在的地方。

勃鲁托斯 再让我一个一个握你们的手。

凯歇斯 让我们宣誓表示我们的决心。

勃鲁托斯 不，不要发誓。要是人们惨淡的面容、我们心灵上的苦难和这时代的腐恶算不得有力的动机，那么还是早些散了伙，各人回去高枕而卧吧；让凌越一切的暴力肆意横行，每一个人等候着命运替他安排好的死期吧。可是我相信我们眼前这些人心里都有着可以使懦夫奋起的蓬勃的怒焰，都有着可以使柔弱的妇女变为钢铁的坚强的勇气，那么，各位同胞，我们只要凭着我们自己堂皇正大的理由，便可以激励我们改造这当前的局面，何必还要什么其他的鞭策呢？我们都是守口如瓶、言而有信的罗马人，何必还要什么其他的约束呢？我们彼此赤诚相示，倘若不能达到目的，宁愿以身为殉，何必还要什么其他的盟誓呢？祭司们、懦夫们、奸诈的小人、老朽的陈尸腐肉和这一类自甘沉沦的不幸的人们才有发誓的需要；他们为了不正当的理由，恐怕不能见信于人，所以不得不用誓言来替他们圆谎；可是不要以为我们的宗旨或是我们的行动是需要盟誓的，因为那无异污蔑了我们堂堂正正的义举和我们不可压抑的精神；作为一个罗马人，要是对于他已经出口的诺言略微有一点违背之处，那么他身上光荣地载着的每一滴血，就都要蒙上数重的耻辱。

凯歇斯　可是西塞罗呢？我们要不要探探他的意向？我想他一定会跟我们全力合作的。

凯斯卡　我们不要把他遗漏了。

西　那　是的，我们不要把他遗漏了。

麦泰勒斯　啊！让我们招他参加我们的阵线；因为他的白发可以替我们赢得好感，使世人对我们的行动表示同情。人家一定会说他的见识支配着我们的胳臂；我们的少年孟浪可以不致于被世人所发现，因为一切都埋葬在他的老成练达的阅历之下了。

勃鲁托斯　啊！不要提起他；让我们不要对他说起，因为他是决不愿跟在后面去干别人所发起的事情的。

凯歇斯　那就不要叫他参加。

凯斯卡　他的确不大适宜。

狄歇斯　除了凯撒以外，别的人一个也不要碰吗？

凯歇斯　狄歇斯，你问得很好。我想玛克·安东尼这样被凯撒宠爱，我们不应该让他在凯撒死后继续留在世上。他是一个诡计多端的人；你们知道要是他利用他现在的力量，很可以给我们极大的阻梗；为了避免那样的可能起见，让安东尼跟凯撒一起丧命吧。

勃鲁托斯 卡厄斯·凯歇斯，我们割下了头，再去切断肢体，不但泄愤于生前，并且迁怒于死后，那瞧上去未免太残忍了；因为安东尼不过是凯撒的一只胳臂。让我们做献祭的人，不要做屠夫，卡厄斯。我们一致奋起反对凯撒的精神，我们的目的并不是要他流血；啊！要是我们能够直接战胜凯撒的精神，我们就可以不必戕害他的身体。可是，唉！凯撒必须因此而流血。所以，善良的朋友们，让我们勇敢地，却不是残暴地，把他杀死；让我们把他当作一盘祭神的牺牲而宰割，不要把他当作一具饲犬的腐尸而脔切；让我们的心像聪明的主人一样，在鼓动他们的仆人去行暴以后，再在表面上装作责备他们的神气。这样可以昭示世人，使他们知道我们采取如此做法，只是迫不得已，并非出于私心的嫉恨；在世人的眼中，我们将被认为恶势力的清扫者，而不是杀人的凶手。至于玛克·安东尼，我们尽可不必把他放在心上，因为凯撒的头要是落了地，他这条凯撒的胳臂是无能为力的。

凯歇斯 可是我怕他，因为他对凯撒有很深切的感情——

勃鲁托斯 唉！好凯歇斯，不要顾虑他。要是他爱凯撒，他所能做的事情不过是忧思哀悼，用一死报答凯撒；可是那未必是他所做得到的，因为他是一个喜欢游乐、放荡、交际和饮宴的人。

特莱包涅斯 不用担心他这个人；让他保全了性命吧。等到事过境迁，他会把这种事情付之一笑的。（钟鸣）

勃鲁托斯 静！听钟声敲几下。

凯歇斯 敲了三下。

特莱包涅斯　是应该分手的时候了。

凯歇斯　可是凯撒今天会不会出来，还是一个问题；因为他近来变得很迷信，完全改变了从前对怪异梦兆这一类事情的见解。这种明显的预兆、这晚上空前恐怖的天象以及他的卜者的劝告，也许会阻止他今天到圣殿里去。

狄歇斯　不用担心，要是他决定不出来，我可以叫他改变他的决心；因为他喜欢听人家说犀牛见欺于树木，熊见欺于镜子，象见欺于土穴，狮子见欺于罗网，人类见欺于谄媚；可是当我告诉他他憎恶谄媚之徒的时候，他就会欣然首肯，不知道他已经中了我深入痒处的谄媚了。让我试一试我的手段；我可以看准他的脾气下手，哄他到圣殿里去。

凯歇斯　我们大家都要到那边去迎接他。

勃鲁托斯　最迟要在八点钟到齐，是不是？

西　那　最迟八点钟大家不可有误。

麦泰勒斯　卡厄斯·里加律斯对凯撒也很怀恨，因为他说了庞贝的好话，受到凯撒的斥责；你们怎么没有人想到他。

勃鲁托斯　啊，好麦泰勒斯，带他一起来吧；他对我感情很好，我也有恩于他；叫他到我这儿来，我可以劝他跟我们合作。

凯歇斯　天正在亮起来了；我们现在要离开您，勃鲁托斯。朋友们，各人散开；可是大家记住你们说过的话，证明你们是真正的罗马人。

勃鲁托斯　各位好朋友们，大家脸色放轻松一些；不要让我们的脸上堆起我们的心事；应当像罗马的伶人一样，用不倦的精神和坚定的仪表肩负起我们的重任。祝你们各位早安。（除勃鲁托斯外均下）孩子！路歇斯！睡熟了吗？很好，享受你的甜蜜而沉重的睡眠的甘露吧；你没有那些充满着烦忧的人们脑中的种种幻象，所以你会睡得这样安稳。

鲍西娅上。

鲍西娅 勃鲁托斯，我的主！

勃鲁托斯 鲍西娅，你来做什么？为什么你现在就起来？你这样娇弱的身体，是受不住清晨的寒风的。

鲍西娅 那对于您的身体也是同样不适宜的。您也太狠心了，勃鲁托斯，偷偷地从我的床上溜了出来。昨天晚上吃饭的时候，您也是突然立起身来，在屋子里跑来跑去，交叉着两臂，边想心事边叹气；当我问您为了什么事的时候，您用凶狠的眼光瞪着我；我再向您追问，您就搔您的头，非常暴躁地顿您的脚；可是我仍旧问下去，您还是不回答我，只是怒气冲冲地向我挥手，叫我走开。我因为您在盛怒之中，不愿格外触动您的烦恼，所以就遵从您的意思走开了，心里在希望这不过是您一时心境恶劣，人是谁都免不了有心里不痛快的时候的。它不让您吃饭、说话或是睡觉，要是它能够改变您的形体，就像它改变您的脾气一样，那么勃鲁托斯，我就要完全不认识您了。我的亲爱的主，让我知道您的忧虑的原因吧。

勃鲁托斯 我因为身体不舒服，所以有点烦躁。

鲍西娅 勃鲁托斯是个聪明人，要是他身体不舒服，他一定会知道怎样才可以得到健康。

勃鲁托斯 对了。好鲍西娅，去睡吧。

鲍西娅 勃鲁托斯要是有病，他应该松开了衣带，在多露的清晨步行，呼吸那种潮湿的空气吗？什么！勃鲁托斯害了病，他还要偷偷地从温暖的眠床上溜了出去，向那恶毒的夜气挑战，使他自己病上加病吗？不，我的勃鲁托斯，您害的是心里的病，凭着我的地位和权利，您应该让我知道。我现在向您跪下，凭着我的曾经受人赞美的美貌，凭着您的一切爱情的誓言，以及那使我们两人结为一体的伟大的盟约，我请求您告诉我，您的自身，您的一半，为什么您这样郁郁不乐，今天晚上有什么人来看过您；因为我知道这儿曾经来过六七个人，他们在黑暗之中还是不敢露出他们的脸来。

勃鲁托斯 不要跪，温柔的鲍西娅。

鲍西娅 假如您是温柔的勃鲁托斯，我就用不着下跪。在我们夫妇的名分之内，告诉我，勃鲁托斯，难道我是不应该知道您的秘密的吗？我虽然是您自身的一部分，可是那只是有限制的一部分，除了陪着您吃饭，在枕席上安慰安慰您，有时候跟您谈谈话以外，没有别的任务了吗？难道您只要我跟着您的好恶打转吗？假如不过是这样，那么鲍西娅只是勃鲁托斯的娼妓，不是他的妻子了。

勃鲁托斯 你是我的忠贞的妻子，正像滋润我悲哀的心的鲜红血液一样宝贵。

鲍西娅 这句话倘若是真的，那么我就应该知道您的心事。我承认我只是一个女流之辈，可是我却是勃鲁托斯娶为妻子的一个女人；我承认我只是一个女流之辈，可是我却是凯图的女儿，不是一个碌碌无名的女人。您以为我有了这样的父亲和丈夫，还是跟一般女人同样不中用吗？把您的心事告诉我，我一定不向人泄漏。我为了保证对你的坚贞，曾经自愿把我的贞操献给了你；难道我能够忍耐那样的痛苦，却不能保守我丈夫的秘密吗？

勃鲁托斯 神啊！保佑我不要辜负了这样一位高贵的妻子。（内叩门声）听，听！有人在打门，鲍西娅，你先暂时进去；等会儿你就可以知道我的心底的秘密。我要向你解释我的全部的计划，以及藏在我的脑中的一切思想。赶快进去。（鲍西娅下）路歇斯，谁在打门？

路歇斯率里加律斯重上。

路歇斯 这儿是一个病人，要跟您说话。

勃鲁托斯 卡厄斯·里加律斯，刚才麦泰勒斯向我提起过的。孩子，站在一旁。卡厄斯·里加律斯！怎么？

里加律斯 请您允许我这病弱的舌头向您吐出一声早安。

勃鲁托斯 啊！勇敢的卡厄斯，您怎么在这样早的时间扶病而起？要是您没有病那才好。

里加律斯 要是勃鲁托斯有什么无愧于荣誉的事情要吩咐我去做，那么我是没有病的。

勃鲁托斯 要是您有一双健康的耳朵可以听我诉说，里加律斯，那么我手头正有这样的一件事情。

里加律斯 凭着罗马人所崇拜的一切神明，我现在抛弃了我的疾病。罗马的灵魂！光荣的祖先所生的英勇的子孙！您像一个驱策鬼神的术士一样，已经把我奄奄一息的精神呼唤回来了。现在您只要叫我为您奔走，我就会冒着一切的危险迈进，克服一切前途的困难。您要我做什么事？

勃鲁托斯 我要叫您干一件可以使病人痊愈的事。

里加律斯 可是我们不是要叫有些不害病的人不舒服吗？

勃鲁托斯 是的，我们也要叫有些不害病的人不舒服。我的卡厄斯，我们现在就要到我们预备下手的地方去，一路上我可以告诉你那是件什么工作。

里加律斯 请您举步先行，我用一颗新燃的心跟随您，去干一件我还没有知道的事情；在勃鲁托斯的领导之下，一定不会有错。

勃鲁托斯 那么跟我来。（同下）

第二场 同前。凯撒家中

雷电交加；凯撒披寝衣上。

凯　撒　今晚天地都不得安宁。凯尔弗妮娅在睡梦之中三次高声叫喊，说“救命！他们杀了凯撒啦！”里面有人吗？

一仆人上。

仆　人　主人有什么吩咐？

凯　撒　你去叫那些祭司们到神前献祭，问问他们我的吉凶休咎。

仆　人　是，主人。（下）

凯尔弗妮娅上。

凯尔弗妮娅　凯撒，您要做什么？您想出去吗？今天可不能让您走出这屋子。

凯　撒　凯撒一定要出去。恐吓我的东西只敢在我背后装腔作势；它们一看见凯撒的脸，就会销声匿迹。

凯尔弗妮娅　凯撒，我从来不讲究什么禁忌，可是现在却有些惴惴不安。里边有一个人，他除了我们所听到看到的一切之外，还讲给我听巡夜的人所看见的许多可怕的异象。一头母狮在街道上生产；坟墓裂开了口，放鬼魂出来；凶猛的骑士在云端里列队交战，他们的血洒到了圣庙的顶上；战斗的声音在空中震响，人们听见马的嘶鸣、濒死者的呻吟，还有在街道上悲号的鬼魂。凯撒啊！这些事情都是从来不曾有过的，我害怕得很哩。

凯　撒　天意注定的事，难道是人力所能逃避的吗？凯撒一定要出去；因为这些预兆不是给凯撒一个人看，而是给所有的世人看的。

凯尔弗妮娅　乞丐死了的时候，天上不会有彗星出现；君王们的凋殒才会上感天象。

凯　撒　懦夫在未死以前，就已经死过好多次；勇士一生只死一次。在我所听到过的一切怪事之中，人们的贪生怕死是一件最奇怪的事情，因为死本来是一个人免不了的结局，它要来的时候谁也不能叫它不来。

仆人重上。

凯　撒　卜者们怎么说？

仆　人　他们叫您今天不要出外走动。他们剖开一头献祭的牲畜的肚子，预备掏出它的内脏来，不料找来找去找不到它的心。

凯　撒　神明显示这样的奇迹，是要叫懦怯的人知道惭愧；凯撒要是今天为了恐惧而躲在家里，他就是一头没有心的牲畜。不，凯撒决不躲在家里。凯撒是比危险更危险的，我们是两头同日产生的雄狮，我却比它更大更凶猛。凯撒一定要出去。

凯尔弗妮娅　唉！我的主，您的智慧被自信汩没了。今天不要出去；就算是我的恐惧把您留在家里的吧，这不能说是您自己胆小。我们可以叫玛克·安东尼到元老院去，叫他对他们说您今天身体不大舒服。让我跪在地上，求求您答应了我吧。

凯　撒　那么就叫玛克·安东尼去说我今天不大舒服；为了不忍拂你的意思，我就待在家里吧。

狄歇斯上。

凯　撒　狄歇斯·勃鲁托斯来了，他可以去替我告诉他们。

狄歇斯　凯撒，万福！祝您早安，尊贵的凯撒；我来接您到元老院去。

凯　撒　你来得正好，请你替我去向元老们致意，对他们说我今天不来了；不是不能来，更不是不敢来，我只是不高兴来；就对他们这么说吧，狄歇斯。

凯尔弗妮娅　你说他有病。

凯　撒　凯撒是叫人去说谎的吗？难道我南征北战，攻下了这许多地方，却不敢对一班白须老头子们讲真话吗？狄歇斯，去告诉他们凯撒不高兴来。

狄歇斯 最伟大的凯撒，让我知道一些理由，否则我这样告诉了他们，会被他们嘲笑的。

凯 撒 我不高兴去，这就是我的理由；你就这样去告诉元老们吧。可是为了我们私人间的感情，我愿意让你知道，我的妻子凯尔弗妮娅不放我出去。昨天晚上她梦见我的雕像仿佛一座有一百个喷水孔的水池，浑身流着鲜血；许多壮健的罗马人欢欢喜喜地都来把他们的手浸在血里。她以为这个梦是不祥之兆，所以跪着求我今天不要出去。

狄歇斯 这个梦完全解释错了；那明明是一个大吉大利之兆；您的雕像喷着鲜血，许多欢欢喜喜的罗马人把手浸在血里，这表示伟大的罗马将要从您的身上吸取复活的新血，许多有地位的人都要来向您要求分到一点余泽。这才是凯尔弗妮娅梦的真正意义。

凯 撒 你这样解释得很好。

狄歇斯 我还有一些话要告诉您，您听了以后，就会知道我解释得一点不错。元老院已经决定要在今天替伟大的凯撒加冕；要是您叫人去对他们说您今天不去，他们也许会变了卦。而且这种事情给人家传扬出去，很容易变成笑柄，人家会这样说，“等凯撒的妻子做过了好梦以后，再让元老院开会吧。”要是凯撒躲在家里，他们不会窃窃私语，说“瞧！凯撒在害怕呢”吗？恕我，凯撒，因为我对您的深切的关心，使我向您说了这样的话。

凯 撒 你的恐惧现在瞧上去是多么傻气，凯尔弗妮娅！我刚才听了你的话，现在倒有些惭愧起来了。把我的袍子给我，我要去。坡勃律斯、勃鲁托斯、里加律斯、麦泰勒斯、凯斯卡、特莱包涅斯

及西那同上。

凯 撒 瞧，坡勃律斯来迎接我了。

坡勃律斯 早安，凯撒。

凯 撒 欢迎，坡勃律斯。啊！勃鲁托斯，你也这样早就出来了吗？早安，凯斯卡。卡厄斯·里加律斯，你的贵恙害得你这样消瘦，凯撒可没有这样欺侮过你哩。现在几点钟啦？

勃鲁托斯 凯撒，已经敲过八点了。

凯 撒 谢谢你们的跋涉和好意。

安东尼上。

凯 撒 瞧！通宵狂欢的安东尼也已经起身了。早安，安东尼。

安东尼 早安，最尊贵的凯撒。

凯 撒 叫他们里面预备起来；我不该让他们久等。你好，西那；你好，麦泰勒斯；啊，特莱包涅斯！我有可以足足讲一个钟点的话预备跟你谈哩；记住今天你还要来看我一次；站得离我近一些，免得我把你忘了。

特莱包涅斯 是，凯撒。（旁白）我要站得离你这么近，让你的好朋友们将来怪我不站远一些呢。

凯 撒 好朋友们，进去陪我喝口酒；喝过了酒，我们就像朋友一样，大家一块儿去。

勃鲁托斯 （旁白）唉，凯撒！人家的心可不跟您一样，我勃鲁托斯想到这一点不免有些惆怅。（同下）

第三场 同前。圣殿附近的街道

阿特米多勒斯上，读信。

阿特米多勒斯 “凯撒，留心勃鲁托斯；注意凯歇斯；不要走近凯斯卡；看着西那；不要相信特莱包涅斯；盯紧麦泰勒斯·辛伯；狄歇斯·勃鲁托斯不喜欢你；卡厄斯·里加律斯受过你的委屈。这些人只有一条心，那就是要推翻凯撒。要是你不是永生不死的，那么警戒你的四周吧；过于自信只会给阴谋以可趁之机。伟大的神明护佑你！爱你的人，阿特米多勒斯。”我要站在这儿，等候凯撒经过，像一个请愿的人一样，我要把这信交给他。我一想到德行逃不过争胜的利齿，就觉得万分伤心。要是你读了这封信，凯撒啊！也许你还可以活命；否则命运也变成叛徒的同谋者了。（下）

第四场　同前。同一街道的另一部分，勃鲁托斯家门前

鲍西娅及路歇斯上。

鲍西娅　孩子，请你赶快跑到元老院去；不要停留在这儿回答我，快去，你为什么还不去？

路歇斯　我还不知道您要我去做什么事哩，太太。

鲍西娅　我要你到那边去，去了再回来，可是我说不出我要你去做什么事。啊，坚强的精神！不要离开我；替我在我的心和舌头之间堆起一座高山；我有一颗男子的心，却只有妇女的能力。叫一个女人保守一桩秘密是一件多大的难事！你还在这儿吗？

路歇斯　太太，您要我去做什么呢？就是跑到圣殿里去，没有别的事了吗？去了再回来，就是这样吗？

鲍西娅　是的，孩子，你回来告诉我，主人的脸色怎样，因为他出去的时候，好像不大舒服；你还要留心看着凯撒的行动，向他请愿的有些什么人。听，孩子！那是什么声音？

路歇斯　我听不见，太太。

鲍西娅　仔细听着。我好像听见一阵骚乱的声音，仿佛在吵

架似的；那声音从风里传了过来，好像就在圣殿那边。

路歇斯 真的，太太，我什么都听不见。

预言者上。

鲍西娅 过来，朋友；你从哪儿来？

预言者 从我自己的家里，好太太。

鲍西娅 现在几点钟啦？

预言者 大约九点钟了，太太。

鲍西娅 凯撒到圣殿里去了没有？

预言者 太太，还没有。我要去拣一处站立的地方，瞧他从街上经过到圣殿里去。

鲍西娅 你也要向凯撒提出什么请愿吗？

预言者 是的，太太。要是凯撒为了他自己的好处，愿意听我的话，我要请求他照顾照顾他自己。

鲍西娅 怎么，你知道有人要谋害他吗？

预言者 我不知道有什么人要谋害他，可是我怕有许多人要谋害他。再会。这街道很狭，那些跟在凯撒背后的元老们、官吏们，还有请愿的民众们，一定拥挤得很；像我这样瘦弱的人，怕要给他们挤死。我要去找一处空旷一些的地方，等伟大的凯撒走过的时候，就可以向他说话。（下）

鲍西娅 我必须进去。唉！女人的心是一件多么软弱的东西！勃鲁托斯啊！愿上天保佑你的事业成功。嗳哟，叫这孩子听了去啦；勃鲁托斯要向凯撒请愿，可是凯撒不见得会答应他。啊！我的身子快要支持不住了。路歇斯，快去，替我致意我的主，说我现在很快乐。去了你再回来，告诉我他对你说些什么。（各下）

第三幕

第一场　罗马。圣殿前。元老院在上层聚会

阿特米多勒斯及预言者杂在大群民众中上；喇叭奏花腔。凯撒、勃鲁托斯、凯歇斯、凯斯卡、狄歇斯、麦泰勒斯、特莱包涅斯、西那、安东尼、莱必多斯、波匹律斯、坡勃律斯及余人等上。

凯　撒　（向预言者）三月十五日已经到了。

预言者　是的，凯撒，可是它还没有过去。

阿特米多勒斯　万福，凯撒！请您把这张单子读一遍。

狄歇斯　这是特莱包涅斯的一个卑微的请愿，请您有空把它看一看。

阿特米多勒斯　啊，凯撒！先读我的；因为我的请愿跟凯撒息息相关。读吧，伟大的凯撒。

凯　撒　有关我自己的事情，应当放在末了办。

阿特米多勒斯　不要把它搁置，凯撒；立刻就读。

凯　撒　什么！这家伙疯了吗？

坡勃律斯　喂，让开。

凯　撒　什么！你们要在街上呈递你们的请愿吗？到圣殿里来吧。凯撒走上元老院，余人后随；众元老起立。

波匹律斯　我希望你们今天大事成功。

凯歇斯　什么大事，波匹律斯？

波匹律斯　再见。（至凯撒前）

勃鲁托斯　波匹律斯说了什么？

凯歇斯　他希望我们今天大事成功。我怕我们的计划已经泄露了。

勃鲁托斯　瞧，他到凯撒面前去了；看着他。

凯歇斯　凯斯卡，事不宜迟，不要让他们有了防备。勃鲁托斯，怎么办？要是事情泄露，那么也许是凯歇斯，也许是凯撒，总有一个人今天不能回去，因为我们这次倘若失败，我一定自杀。

勃鲁托斯　凯歇斯，别慌；波匹律斯·里那并没有把我们的计划告诉他；瞧，他在笑，凯撒也没有变脸色。

凯歇斯　特莱包涅斯很机警，你瞧，勃鲁托斯，他把玛克·安东尼拉开了。（安东尼、特莱包涅斯同下；凯撒及众元老就坐）

狄歇斯　麦泰勒斯·辛伯在哪儿？叫他立刻过来，向凯撒呈上他的请愿。

勃鲁托斯　在叫麦泰勒斯了；我们站近些帮他说话。

西　那　凯斯卡，你第一个举起手来。

凯　撒　我们都预备好了吗？现在还有什么不对的事情，凯撒和他的元老们必须纠正的？

麦泰勒斯　至高无上、威严无比的凯撒，麦泰勒斯·辛伯在您的座前掬献一颗卑微的心——（跪）

凯　撒　我必须阻止你，辛伯。这种打躬作揖的玩意儿，也许可以煽动平常人的心，使那已经决定了的命令宣判变成儿戏的法律。可是你不要痴心，以为凯撒也有那样卑劣的血液，会因为这种可以使傻瓜们感动的甘言美语、弯腰屈膝和无耻的摇尾乞怜而融化了他的坚强的意志。按照判决，你的兄弟必须放逐出境；要是你奴颜婢膝地为他说情，我就要把你像狗一样踢开去。告诉你，凯撒是不会错误的，他所决定的事，一定有充分的理由。

麦泰勒斯 这儿难道没有一个比我自己更有价值的、在伟大的凯撒耳中更动听的声音，愿意为我放逐的兄弟恳求撤回成命吗？

勃鲁托斯 我吻你的手，可是这不是向你献媚，凯撒；请你立刻下令赦免坡勃律斯·辛伯。

凯　撒 什么，勃鲁托斯！

凯歇斯 开恩吧，凯撒；凯撒，开恩吧。凯歇斯俯伏在您的足下，请您赦免坡勃律斯·辛伯。

凯　撒 要是我也跟你们一样，我就会被你们所感动；要是我也能够用哀求打动别人的心，那么你们的哀求也会打动我的心；可是我是像北极星一样坚定，它的不可动摇的性质，在天宇中是无与伦比的。天上布满了无数的星辰，每一个星辰都是一个火球，都有它各自的光辉，可是在众星之中，只有一颗星卓立不动。在人世间也是这样；无数的人生活在这世间，他们都是有血肉有知觉的，可是我知道只有一个人能够确保他的不可侵犯的地位，任何力量都不能使他动摇。我就是他；让我在这件小小的事上向你们证明，我既然已经决定把辛伯放逐，就要贯彻我的意旨，毫不含糊地执行这一成命，而且永远不让他再回到罗马来。

西　那 啊，凯撒——

凯　撒 去！你想把奥林匹斯山一手举起吗？

狄歇斯 伟大的凯撒——

凯　撒 勃鲁托斯不是白白地下跪吗？

凯斯卡 好，那么让我的手代替我说话！（率众刺凯撒）

凯　撒 勃鲁托斯，你也在内吗？那么倒下吧，凯撒！（死）

西　那 自由！解放！暴君死了！去，到各处街道上宣布这一消息。

凯歇斯 去几个人到公共讲坛上，高声呼喊，“自由，解放！”

勃鲁托斯 各位民众，各位元老，大家不要惊慌，不要跑走，站定，野心已经偿了它的债了。

凯斯卡 到讲坛上来，勃鲁托斯。

狄歇斯 凯歇斯也上去。

勃鲁托斯 坡勃律斯呢？

西　那 在这儿，他给这场乱子吓呆了。

麦泰勒斯 大家站在一起不要跑开，也许凯撒的同党们——

勃鲁托斯 别讲这种话。坡勃律斯，放心吧；我们不会加害于你，也不会加害任何其他的罗马人；你这样告诉他们，坡勃律斯。

凯歇斯 离开我们，坡勃律斯；也许人民会向我们冲来，连累您老人家受了伤害。

勃鲁托斯 是的，你去吧；我们干了这种事，我们自己负责，不要连累别人。

特莱包涅斯上。

凯歇斯 安东尼呢？

特莱包涅斯 吓得逃回家里去了。男人、女人、孩子，大家睁大了眼睛，乱嚷乱叫，到处奔跑，像是末日到来了一般。

勃鲁托斯 命运，我们等候着你的旨意。我们谁都免不了一死；与其在世上偷生苟活，拖延着日子，还不如轰轰烈烈地死去。

凯斯卡 嘿，切断了二十年的生命，等于切断了二十年在忧生畏死中过去的时间。

勃鲁托斯 照这样说来，死还是一件好事。所以我们都是凯撒的朋友，帮助他结束了这一段忧生畏死的生命。弯下身去，罗马人，弯下身去；让我们把手浸在凯撒的血里，一直到我们的肘上；让我们用他的血抹我们的剑。然后我们就迈步前进，到市场上去；把我们鲜红的武器在我们头顶挥舞，大家高呼着，“和平，自由，解放！”

凯歇斯 好，大家弯下身去，洗你们的手吧。多少年代以后，我们这一场壮烈的戏剧，将要在尚未产生的国家，用我们所不知道的语言表演！

勃鲁托斯 凯撒将要在戏剧中流多少次的血，他现在却长眠在庞贝的像座之下，他的尊严化成了泥土！

凯歇斯 后世的人们搬演今天这一幕的时候，将要称我们这一群为祖国的解放者。

狄歇斯 怎么！我们要不要就去？

凯歇斯 好，大家去吧。让勃鲁托斯领导我们，让我们用罗马最勇敢纯洁的心跟随在他的后面。

一仆人上。

勃鲁托斯 且慢！谁来啦？一个安东尼手下的人。

仆　人 勃鲁托斯，我的主人玛克·安东尼叫我跪在您的面前，他叫我对您说：勃鲁托斯是聪明正直、勇敢高尚的君子，凯撒是威严勇猛、慷慨仁慈的豪杰；我爱勃鲁托斯，我尊敬他；我畏惧凯撒，可是我也爱他尊敬他。要是勃鲁托斯愿意保证安东尼的安全，允许他来见一见勃鲁托斯的面，让他明白凯撒何以致死的原因，那么玛克·安东尼将要爱活着的勃鲁托斯甚于已死的凯撒；他将要竭尽他的忠诚，不辞一切的危险，追随着高贵的勃鲁托斯。这是我的主人安东尼所说的话。

勃鲁托斯 你的主人是一个聪明勇敢的罗马人，我一向佩服他。你去告诉他，请他到这儿来，我们可以给他满意的解释；我用我的荣誉向他保证，他决不会受到丝毫的伤害。

仆 人 我立刻就去请他来。（下）

勃鲁托斯 我知道我们可以跟他做朋友的。

凯歇斯 但愿如此；可是我对他总觉得很不放心。我所疑虑的事情，往往会成为事实。

安东尼重上。

勃鲁托斯 安东尼来了。欢迎，玛克·安东尼。

安东尼 啊，伟大的凯撒！你就这样倒下了吗？你的一切赫赫的勋业，你的一切光荣胜利，都化为乌有了吗？再会！各位壮士，我不知道你们的意思，还有些什么人在你们眼中看来是有毒的，应当替他放血。假如是我的话，那么我能够和凯撒死在同一个时辰，让你们手中那沾着全世界最高贵的血的刀剑结果我的生命，实在是再好没有的事。我请求你们，要是你们对我怀着敌视，趁着现在你们血染的手还在发出热气，赶快执行你们的意旨吧。即使我活到一千岁，也找不到像今天这样好的一个死的机会；让我躺在凯撒的旁边，还有比这更好的死处吗？让我死在你们这些当代英杰的手里，还有比这更好的死法吗？

勃鲁托斯 啊，安东尼！不要向我们请求一死。虽然你现在看我们好像是这样残酷残忍，可是你只看见我们血污的手和它们所干的这一场流血的惨剧，你却还没有看见我们的心，它们是慈悲而仁善的。我们因为不忍看见罗马的人民受到暴力的压迫，所以才不得已把凯撒杀死；正像一场大火把小火吞没一样，更大的怜悯使我们放弃了小小的不忍之心。对于你，玛克·安东尼，我们的剑锋是铅铸的；我们用一切的热情、善意和尊敬，张开我们友好的臂膀欢迎你。

凯歇斯 我们重新分配官职的时候，你的意见将会受到同样的尊重。

勃鲁托斯 现在请你暂时忍耐，等我们把惊惶失措的群众安抚好了以后，就可以告诉你为什么我们要采取这样的行动，虽然我在刺死凯撒的一刹那还是没有减却我对他的敬爱。

安东尼 我不怀疑你的智慧。让每一个人把他的血手给我；第一，玛克斯·勃鲁托斯，我要握您的手；其次，卡厄斯·凯歇斯，我要握您的手；狄歇斯·勃鲁托斯、麦泰勒斯、西那，还有我的勇敢的凯斯卡，让我一个一个跟你们握手；虽然是最后一个，可是让我用同样热烈的诚意和您握手，好特莱包涅斯。各位朋友——唉！我应当怎么说呢？我的信誉现在岌岌可危，你们不以为我是一个懦夫，就要以为我是一个阿谀之徒。啊，凯撒！我曾经爱过你，这是一件千真万确的事实；要是你的阴魂现在看着我们，你看见你的安东尼当着你的尸骸之前腼颜事仇，握着你的敌人的血手，那不是要使你觉得比死还难过吗？要是我有像你的伤口那么多的眼睛，我应当让它们流着滔滔的热泪，正像血从你的伤口涌出一样，可是我却忘恩负义，和你的敌人成为朋友了。恕我，裘力斯！你是一头勇敢的鹿，在这儿落入了猎人的手里；啊，世界！你是这头鹿栖息的森林，他是这一座森林中的骄子；你现在躺在这儿，多么像一头中箭的鹿，被许多王子贵人把你射死！

凯歇斯 玛克·安东尼——

安东尼 恕我，卡厄斯·凯歇斯。即使是凯撒的敌人，也会说这样的话；在一个他的朋友的嘴里，这不过是人情上应有的表示。

凯歇斯 我不怪你把凯撒这样赞美；可是你预备怎样跟我们合作？你愿意做我们的一个同志呢，还是各行其是？

安东尼 我因为愿意跟你们合作，所以才跟你们握手；可是因为瞧见了凯撒，就又扯到了别的话题，你们都是我的朋友，我愿意和你们大家相亲相爱，可是我希望你们能够向我解释为什么凯撒是一个危险的人物。

勃鲁托斯 我们倘没有正当的理由，那么今天这一举动完全是野蛮的暴行了。要是你知道了我们所以要这样干的原因，安东尼，即使你是凯撒的儿子，你也会心悦诚服。

安东尼 那是我所要知道的一切。我还要向你们请求一件事，请你们准许我把他的尸体带到市场上去，让我以一个朋友的地位，在讲坛上为他说几句追悼的话。

勃鲁托斯 我们准许你，玛克·安东尼。

凯歇斯 勃鲁托斯，跟你说句话。（向勃鲁托斯旁白）你太不加考虑了；不要让安东尼发表他的追悼演说。你不知道人民听了他的话，将会受到多大的感动吗？

勃鲁托斯 对不起，我自己先要登上讲坛，说明我们杀死凯撒的理由；我还要声明安东尼将要说的话，事先曾经得到我们的许可，我们并且同意凯撒可以得到一切合礼的身后哀荣。这样不但对我们没有妨害，而且更可以博得舆论对我们的同情。

凯歇斯 我不知道那会引起什么结果；我不赞成这样做。

勃鲁托斯 玛克·安东尼，来，你把凯撒的遗体搬去。在你的哀悼演说里，你不能归罪我们，不过你可以照你所能想到的尽量称道凯撒的好处，同时你必须声明你说这样的话，曾经得到我们的许可；要不然的话，我们就不让你参加他的葬礼。还有你必须跟我在同一讲坛上演说，等我演说完了以后你再上去。

安东尼 就这样吧；我没有其他的奢望了。

勃鲁托斯 那么准备把尸体抬起来，跟着我们来吧。（除安东尼外同下）

安东尼 啊！你这一块流血的泥土，你这有史以来最高贵的英雄的遗体，恕我跟这些屠夫们曲意周旋。愿灾祸降于溅泼这样宝贵的血的凶手！你的一处处伤口，好像许多无言的嘴，张开了它们殷红的嘴唇，要求我的舌头替它们向世人申诉；我现在就在这些伤口上预言：一个咒诅将要降临在人们的肢体上；残暴残酷的内乱将要使意大利到处陷于混乱；流血和破坏将要成为一时的风尚，恐怖的景象将要每天映入人们的眼睛，以至于做母亲的人看见她们的婴孩被战争的魔手所肢解，也会毫不在乎地付之一笑；人们因为习惯于残杀，一切怜悯之心将要完全灭绝；凯撒的冤魂借着从地狱的烈火中出来的阿提的协助，将要用一个君王的口气，向罗马的全境发出屠杀的号令，让战争的猛犬四出蹂躏，为了这一个万恶的罪行，大地上将要弥漫着呻吟求葬的腐尸的气息。

一仆人上。

安东尼 你是侍候奥克泰维斯·凯撒的吗？

仆　人 是的，玛克·安东尼。

安东尼 凯撒曾经写信叫他到罗马来。

仆　人 他已经接到信，正在动身前来；他叫我口头对您说——（见尸体）啊，凯撒！——

安东尼 你有仁慈的心肠，走开去哭吧。情感是容易感染的，看见你眼睛里悲哀的泪水，我自己也忍不住流泪了。你的主人就来吗？

仆　人 他今晚耽搁在离罗马二十多里的地方。

安东尼 赶快回去，告诉他这儿发生的事。这是一个悲伤的罗马，一个危险的罗马，现在还不是可以让奥克泰维斯安全居住的地方；快去，照这样告诉他。可是且慢，你必须等我把这尸体搬到市场上去了以后再回去；我要在那边用演说试探人民对于这些暴徒们所造成的惨剧的反应，你可以根据他们的表示，回去告诉年轻的奥克泰维斯关于这儿的一切情形。帮一帮我。（二人抬凯撒尸体同下）

第二场　同前。大市场

勃鲁托斯、凯歇斯及一群市民上。

众市民　我们一定要得到满意的解释。给我们一个满意的解释。

勃鲁托斯　那么跟我来，朋友们，让我讲给你们听。凯歇斯，你到另外一条街上去，把听众分散分散。愿意听我的留在这儿；愿意听凯歇斯的跟他去。我们将要公开宣布凯撒致死的原因。

市民甲　我要听勃鲁托斯讲。

市民乙　我要听凯歇斯讲；我们各人听了以后，可以把他们两人的理由比较比较。（凯歇斯及一部分市民下；勃鲁托斯登讲坛）

市民丙　尊贵的勃鲁托斯上去了；静！

勃鲁托斯　请耐心听我讲完。各位罗马人，各位亲爱的同胞们！请你们静静地听我解释。为了我的名誉，请你们相信我；尊重我的名誉，这样你们就会相信我的话。用你们的智慧批评我；唤起你们的理智，给我一个公正的评断。要是今天在场的群众中间，有什么人是凯撒的好朋友，我要对他说，勃鲁托斯也是和他同样地爱着凯撒。要是那位朋友问我为什么勃鲁托斯要起来反对凯撒，这就是我的回答；并不是我不爱凯撒，而是我更爱罗马。你们宁愿让凯撒活在世上，大家作为奴隶而死呢，还是让凯撒死去，大家作为自由人而生？因为凯撒爱我，所以我为他流泪；因为他是幸运的，所以我为他欣慰；因为他是勇敢的，所以我尊敬他；因为他有野心，所以我杀死他。我用眼泪报答他的友谊，用喜悦庆祝他的幸运，用尊敬崇扬他的勇敢，用死亡惩戒他的野心。这儿有谁愿意自甘卑贱，做一个奴隶？要是有这样的人，请说出来；因为我已经得罪他了。这儿有谁愿意自居化外，不愿做一个罗马人？要是有这样的人，请说出来；因为我已经得罪他了。这儿有谁愿意自处下流，不爱他的国家？要是有这样的人，请说出来；因为我已经得罪他了。我等待着答复。

众市民　没有，勃鲁托斯，没有。

勃鲁托斯　那么我没有得罪什么人。我怎样对待凯撒，你们也可以怎样对待我。他的遇害的经过已经记录在议会的案卷上，他的彪炳的功绩不曾被抹杀，他的错误虽使他伏法受诛，也不曾被夸大。安东尼及余人等抬凯撒尸体上。

勃鲁托斯　玛克·安东尼护送着他的遗体来了。虽然安东尼并不预闻凯撒的死，可是他将要享受凯撒死后的利益，他可以在共和国中得到一个地位，正像你们每一个人都是共和国中的一分子一样。当我临去之前，我还要说一句话：为了罗马的利益，我杀死了我最好的朋友，要是我的祖国需要我的死，那么无论什么时候，我都可以用同一把刀子杀死我自己。

众市民　不要死，勃鲁托斯！不要死！不要死！

市民甲　用欢呼护送他回家。

市民乙　替他立一座雕像，和他的祖先们在一起。

市民丙　让他做凯撒。

市民丁　让凯撒的一切光荣都归于勃鲁托斯。

市民甲　我们要一路欢呼送他回去。

勃鲁托斯　同胞们——

市民乙　静！别吵！勃鲁托斯讲话了。

市民甲 静些！

勃鲁托斯 善良的同胞们，让我一个人回去，看在我的分上，留在这儿听安东尼有何话说。你们应该尊敬凯撒的遗体，静听玛克·安东尼赞美他的功业的演说；这是我们已经允许他的。除了我一个人以外，请你们谁也不要走开，等安东尼讲完了他的话。（下）

市民甲 大家别走！让我们听玛克·安东尼讲话。

市民丙 让他登上讲坛；我们要听他讲话。尊贵的安东尼，上去。

安东尼 为了勃鲁托斯的缘故，我感激你们的好意。（登坛）

市民丁 他说勃鲁托斯什么话？

市民丙 他说，为了勃鲁托斯的缘故，他感激我们的好意。

市民丁 他最好不要在这儿说勃鲁托斯的坏话。

市民甲 这凯撒是个暴君。

市民丙 嗯，那是不用说的；幸亏罗马除掉了他。

市民乙 静！让我们听听安东尼有些什么话说。

安东尼 各位善良的罗马人——

众市民 静些！让我们听他说。

安东尼 各位朋友，各位罗马人，各位同胞，请你们听我说；我是来埋葬凯撒，不是来赞美他。人们做了恶事，死后免不了遭人唾骂，可是他们所做的善事，往往随着他们的尸骨一齐入土；让凯撒也这样吧。尊贵的勃鲁托斯已经对你们说过，凯撒是有野心的；要是真有这样的事，那诚然是一个重大的过失，凯撒也为了它付出了残酷的代价。现在我得到勃鲁托斯和他的同志们的允许——因为勃鲁托斯是一个正人君子，他们也都是正人君子——到这儿来在凯撒的丧礼中说几句话。他是我的朋友，他对我是那么忠诚公正；然而勃鲁托斯却说他是有野心的，而勃鲁托斯是一个正人君子。他曾经带许多俘虏回到罗马来，他们的赎金都充实了公家的财库；这可以说是野心者的行径吗？穷苦的人哀哭的时候，凯撒曾经为他们流泪；野心者有这样的仁慈吗？然而勃鲁托斯却说他是有野心的，而勃鲁托斯是一个正人君子。你们大家看见在卢柏克节的那天，我三次献给他一顶王冠，他三次都拒绝了；这难道是野心吗？然而勃鲁托斯却说他是有野心的，而勃鲁托斯的的确确是一个正人君子。我不是要推翻勃鲁托斯所说的话，我所说的只是我自己所知道的事实。你们过去都曾爱过他，那并不是没有理由的；那么什么理由阻止你们现在哀悼他呢？唉，理性啊！你已经遁入了野兽的心中，人们已经失去辨别是非的能力了。原谅我；我的心现在是跟凯撒一起在他的棺木之内，我必须停顿片刻，等它回到我自己的胸腔里。

市民甲 我想他的话说得很有道理。

市民乙 仔细想起来，凯撒死得是有点儿冤枉。

市民丙 列位，他死得冤枉吗？我怕换了一个人来，比他还不如哩。

市民丁 你们听见他的话了吗？凯撒不愿接受王冠；所以他的确一点野心也没有。

市民甲 要是果然如此，有几个人将要付出重大的代价。

市民乙 可怜的人！他的眼睛哭得像火一般红。

市民丙 在罗马没有比安东尼更高贵的人了。

市民丁 现在听着；他又开始说话了。

安东尼 就在昨天，凯撒的一句话可以抵御整个的世界；现在他躺在那儿，没有一个卑贱的人向他致敬。啊，诸君！要是我有意想要激动你们的心灵，引起一场叛乱，那我就要对不起勃鲁托斯，对不起凯歇斯；你们大家知道，他们都是正人君子。我不愿干对不起他们的事；我宁愿对不起死人，对不起我自己，对不起你们，却不愿对不起这些正人君子。可是这儿有一张羊皮纸，上面盖着凯撒的印章；那是我在他的卧室里找到的一张遗嘱。只要让民众一听到这张遗嘱上的话——原谅我，我现在还不想把它宣读——他们就会去吻凯撒尸体上的伤口，用手巾去蘸他神圣的血，还要乞讨他的一根头发回去作纪念，当他们临死的时候，将要在他们的遗嘱上郑重提起，作为传给后嗣的一项贵重遗产。

市民丁 我们要听那遗嘱；读出来，玛克·安东尼。

众市民 遗嘱，遗嘱！我们要听凯撒的遗嘱。

安东尼 有点耐心，善良的朋友们；我不能读给你们听。你们不应该知道凯撒多么爱你们。你们不是木头，你们不是石块，你们是人；既然是人，听见了凯撒的遗嘱，一定会激起你们心中的火焰，一定会使你们发疯。你们还是不要知道你们是他的后嗣；要是你们知道了，啊！那将会引起一场什么乱子来呢？

市民丁 读那遗嘱！我们要听，安东尼；你必须把那遗嘱读给我们听，那凯撒的遗嘱。

安东尼 你们不能忍耐一些吗？你们不能等一会儿吗？是我一时失口告诉了你们这件事。我怕我对不起那些用刀子杀死凯撒的正人君子；我怕我对不起他们。

市民丁 他们是叛徒，什么正人君子！

众市民 遗嘱！遗嘱！

市民乙 他们是恶人、凶手！遗嘱！读那遗嘱！

安东尼 那么你们一定要逼迫我读那遗嘱吗？好，那么你们大家环绕在凯撒尸体的周围，让我给你们看看那写下这遗嘱的人。我可以下来吗？你们允许我吗？

众市民 下来。

市民乙 下来。（安东尼下坛）

市民丙 我们允许你。

市民丁 大家站成一个圆圈。

市民甲 不要挨着棺材；不要挨着尸体。

市民乙 留出一些地位给安东尼，最尊贵的安东尼。

安东尼 不，不要挨得我这样紧；站开一些。

众市民 退后！让出地方来！退后去！

安东尼 要是你们有眼泪，现在准备流起来吧。你们都认识这件外套；我记得凯撒第一次穿上它，那是在一个夏天的晚上，在他的营帐里，就在他征服纳维人的那一天。瞧！凯歇斯的刀子是从这里穿过的；瞧那狠心的凯斯卡割开了一道多深的裂口；他所深爱的勃鲁托斯就从这儿刺了一刀进去，当勃鲁托斯拔出他那万恶的武器的时候，瞧凯撒的血是怎样汩汩不断地跟着它出来，好像急于涌到外面来，想要知道究竟是不是勃鲁托斯下这样无情的毒手；因为你们知道，勃鲁托斯是凯撒心目中的天使。神啊，请你们判断判断凯撒是多么爱他！这是最无情的一击，因为当尊贵的凯撒看见他行刺的时候，负心，这一柄比叛徒的武器更锋锐的利剑，就一直刺进了他的心脏，那时候他的伟大的心就碎裂了；他的脸给他的外套蒙着，他的血不停地流着，就在庞贝像座之下，伟大的凯撒倒下了。啊！那是一个多么惊人的陨落，我的同胞们；我、你们，我们大家都随着他一起倒下，残酷的叛逆却在我们头上耀武扬威。啊！现在你们流起眼泪来了，我看见你们已经天良发现；这些是真诚的泪滴。善良的人们，怎么！你们只看见我们凯撒衣服上的伤痕，就哭起来了吗？瞧这儿，这才是他自己，你们看，给叛徒们伤害成这个样子。

市民甲 啊，伤心的景象！

市民乙 啊，尊贵的凯撒！

市民丙 啊，不幸的日子！

市民丁 啊，叛徒！恶贼！

市民甲 啊，最残忍的惨剧！

市民乙 我们一定要复仇。

众市民 复仇！——动手！——捉住他们！——烧！放火！——杀！——杀！不要让一个叛徒活命。

安东尼 且慢，同胞们！

市民甲 静下来！听尊贵的安东尼讲话。

市民乙 我们要听他，我们要跟随他，我们要和他死在一起。

安东尼 好朋友们，亲爱的朋友们，不要让我使你们煽起这样一场暴动的怒潮。干这件事的人都是正人君子；唉！我不知道他们有些什么私人的怨恨，使他们干出这种事来，可是他们都是聪明而正直的，一定有理由可以答复你们。朋友们，我不是来偷取你们的心；我不是一个像勃鲁托斯那样能言善辩的人；你们大家都知道我不过是一个老老实实、爱我的朋友的人；他们也知道这一点，所以才允许我为他公开说几句话。因为我既没有智慧，又没有口才，又没有本领，我也不会用行动或言语来激动人们的血性；我不过照我心里所想到的说出来；我只是把你们已经知道的事情向你们提醒，给你们看看亲爱的凯撒的伤口，可怜的、可怜的无言之口，让它们代替我说话。可是假如我是勃鲁托斯，而勃鲁托斯是安东尼，那么那个安东尼一定会激起你们的愤怒，让凯撒的每一处伤口里都长出一条舌头来，即使罗马的石块也将要大受感动，奋身而起，向叛徒们抗争了。

众市民 我们要暴动！

市民甲 我们要烧掉勃鲁托斯的房子！

市民丙 那么去！来，捉那些奸贼们去！

安东尼 听我说，同胞们，听我说。

众市民 静些！——听安东尼说——最尊贵的安东尼。

安东尼 唉，朋友们，你们不知道你们将要去干些什么事。凯撒在什么地方值得你们这样爱他呢？唉！你们还没有知道，让我来告诉你们吧。你们已经忘记我对你们说起的那张遗嘱了。

众市民 不错。那遗嘱！让我们先听听那遗嘱。

安东尼 这就是凯撒盖过印的遗嘱。他给每一个罗马市民七十五个德拉克马。

市民乙 最尊贵的凯撒！我们要为他的死复仇。

市民丙 啊，伟大的凯撒！

安东尼 耐心听我说。

众市民 静些！

安东尼 而且，他还把台伯河这一边的他的所有的步道、他的私人的园亭、他的新辟的花圃，全部赠给你们，永远成为你们世袭的产业，供你们自由散步游息之用。这样一个凯撒，几时才会有第二个同样的人？

市民甲 再也不会有了，再也不会有了！来，我们去，我们去！我们要在神圣的地方把他的尸体火化，就用那些火把去焚烧叛徒们的屋子。抬起这尸体来。

市民乙 去点起火来。

市民丙 把凳子拉下来烧。

市民丁 把椅子、窗门——什么东西一起拉下来烧。（众市民抬尸体下）

安东尼 现在让它闹起来吧；一场乱事已经发生，随它怎样发展下去吧！

一仆人上。

安东尼 什么事？

仆　人 大爷，奥克泰维斯已经到罗马了。

安东尼 他在什么地方？

仆　人　他跟莱必多斯都在凯撒家里。

安东尼　我立刻就去看他。他来得正好。命运之神现在很高兴，她会满足我们一切的愿望。

仆　人　我听他说勃鲁托斯和凯歇斯像疯子一样逃出了罗马的城门。

安东尼　大概他们已经注意到人民的态度，人民都被我煽动得十分激昂。领我到奥克泰维斯那儿去。（同下）

第三场　同前。街道

诗人西那上。

诗人西那　昨天晚上我做了一个梦，梦里我跟凯撒在一起欢宴；许多不祥之兆萦回在我的脑际；我实在不想出来，可是不知不觉地又跑到了门外。

众市民上。

市民甲　你叫什么名字？

市民乙　你到哪儿去？

市民丙　你住在哪儿？

市民丁　你是一个结过婚的人，还是一个单身汉子？

市民乙　回答每一个人的问话，要说得爽爽快快。

市民甲　是的，而且要说得简简单单。

市民丁　是的，而且要说得明明白白。

市民丙　是的，而且最好要说得确确实实。

诗人西那　我叫什么名字？我到哪儿去？我住在哪儿？我是一个结过婚的人，还是一个单身汉子？我必须回答每一个人的问话，要说得爽爽快快、简简单单、明明白白，而且确确实实。我就明明白白地回答你们，我是一个单身汉子。

市民乙 那简直就是说，那些结婚的人都是糊里糊涂的家伙；我怕你免不了要挨我一顿打。说下去；爽爽快快地说。

诗人西那 爽爽快快地说，我是去参加凯撒的葬礼的。

市民甲 你用朋友的名义去参加呢，还是用敌人的名义？

诗人西那 用朋友的名义。

市民乙 那个问题他已经爽爽快快地回答了。

市民丁 你的住所呢？简简单单地说。

诗人西那 简简单单地说，我住在圣殿附近。

市民丙 先生，你的名字呢？确确实实地说。

诗人西那 确确实实地说，我的名字是西那。

市民乙 撕碎他的身体；他是一个奸贼。

诗人西那 我是诗人西那，我是诗人西那。

市民丁 撕碎他，因为他作了坏诗；撕碎他，因为他作了坏诗。

诗人西那 我不是参加叛党的西那。

市民乙 不管它，他的名字叫西那；把他的名字从他的心里挖出来，再放他去吧。

市民丙 撕碎他，撕碎他！来，火把！喂！火把！到勃鲁托斯家里，到凯歇斯家里；烧毁他们的一切。去几个人到狄歇斯家里，几个人到凯斯卡家里，还有几个人到里加律斯家里。去！去！

（同下）

第四幕

第一场　罗马。安东尼家中一室

安东尼、奥克泰维斯及莱必多斯围桌而坐。

安东尼　那么这些人都是应该死的；他们的名字上都作了记号了。

奥克泰维斯　你的兄弟也必须死；你答应吗，莱必多斯？

莱必多斯　我答应。

奥克泰维斯　替他作记号，安东尼。

莱必多斯　可是有一个条件，坡勃律斯也不能让他活命，他是你的外甥，安东尼。

安东尼　那么就把他处死；瞧，我用一个黑点注定他的死罪了。可是莱必多斯，你到凯撒家里去一趟，把他的遗嘱拿来，让我们决定怎样按照他的意旨替他处分遗产。

莱必多斯　什么！还要我到这儿来找你们吗？

奥克泰维斯　我们要是不在这儿，你到圣殿来找我们好了。（莱必多斯下）

安东尼　这是一个不足挂齿的庸奴，只能替别人供奔走之劳；像他这样的人，也配跟我们鼎足三分，在这世界上称雄道霸吗？

奥克泰维斯 你既然这样瞧不起他，为什么在我们判决哪几个人应当处死的时候，却愿意听从他的意见？

安东尼 奥克泰维斯，我比你多了几年人生经验；虽然我们把这种荣誉加在这个人的身上，使他替我们分去一部分诽谤，可是他负担他的荣誉将会像驴子负担黄金一样，在重荷之下呻吟流汗，不是被人牵曳，就是受人驱策，走一步路都要听我们的指挥；等他替我们把宝物载运到我们预定的地点以后，我们就可以卸下他的负担，把他赶走，让他像一头闲散的驴子一样，耸耸他的耳朵，在旷地上啃嚼他的草料。

奥克泰维斯 你可以照你的意思做；可是他不失为一个经验丰富的勇敢军人。

安东尼 我的马儿也是这样，奥克泰维斯；因为它久历戎行，所以我才用粮草饲养它。我教我的马儿怎样冲锋作战，怎样转弯，怎样停步，怎样向前驰突，它的身体的动作都要受我的意志的节制。莱必多斯也有几分正是如此；他一定要有人教导训练，有人命令他前进；他是一个没有独立精神的家伙，靠残羹剩饭滋养他自己，只知道掇拾他人的牙慧，人家已经习久生厌的事情，在他却还是十分新奇；不要讲起他，他只配当一件工具。现在，奥克泰维斯，让我们讲些重大的事情吧。勃鲁托斯和凯歇斯正在那儿招募兵马，我们必须立刻准备抵御；让我们集合彼此的力量，拉拢我们最好的朋友，运用我们所有的资财；让我们立刻就去举行会议，商讨怎样揭发秘密的阴谋，抗拒公开的攻击的方法吧。

奥克泰维斯 好，我们就去；我们已经到了存亡的关头，许多敌人环伺在我们的四周；还有许多虽然脸上装着笑容，我怕他

们的心头却藏着无数的奸谋。（同下）

第二场　萨狄斯附近的营地。勃鲁托斯营帐之前

鼓声；勃鲁托斯、路西律斯、路歇斯及兵士等上；泰提涅斯及品达勒斯自相对方向上。

勃鲁托斯　喂，站住！

路西律斯　喂，站住！口令！

勃鲁托斯　啊，路西律斯！凯歇斯就要来了吗？

路西律斯　他快要到了；品达勒斯奉他主人之命，来向您致敬。（品达勒斯以信交勃鲁托斯）

勃鲁托斯　他信上写得很是客气。品达勒斯，你的主人近来行动有些改变，也许是他用人失当，使我觉得有些事情办得很不满意；不过要是他就要来了，我想他一定会向我解释的。

品达勒斯　我相信我的尊贵的主人一定会向您证明他还是那样一个忠诚正直的人。

勃鲁托斯　我并不怀疑他。路西律斯，我问你一句话，他待你怎样？

路西律斯　他对我很是客气；可是却不像从前那样亲热，言辞之间，也没有从前那样真诚坦白。

勃鲁托斯　你所讲的正是一个热烈的友谊冷淡下来的情形。路西律斯，你要是看见朋友之间开始出现不自然的礼貌的时候，就可以知道他们的感情已经在衰落了。坦白质朴的忠诚，是无需浮文虚饰的；可是没有真情的人，就像一匹尚未试步的倔强的驽马，表现出一副奔腾千里的姿态，等到一受鞭策，就会颠蹶泥涂，显出庸劣的本相。他的军队有没有开拔？

路西律斯　他们预备今晚驻扎在萨狄斯；大部分的人马是跟

凯歇斯同来的。

勃鲁托斯 听！他到了。（内军队轻步行进）轻轻地上去迎接他。

凯歇斯及兵士等上。

凯歇斯 喂，站住！

勃鲁托斯 喂，站住！口令！

兵士甲 站住！

兵士乙 站住！

兵士丙 站住！

凯歇斯 最尊贵的兄弟，你欺人太甚啦。

勃鲁托斯 神啊，判断我。我欺侮过我的敌人吗？要是我没有欺侮过敌人，我怎么会欺侮一个兄弟呢？

凯歇斯 勃鲁托斯，你用这种庄严的神气掩饰你给我的侮辱——

勃鲁托斯 凯歇斯，别生气；你有什么不痛快的事情，请你轻轻地说吧。当着我们这些兵士的面前，让我们不要争吵，不要让他们看见我们两人不和。打发他们走开；然后，凯歇斯，你可以到我的帐里来诉说你的怨恨；我一定听你。

凯歇斯 品达勒斯，向我们的将领下令，叫他们各人把队伍安顿在离这儿略远一点的地方。

勃鲁托斯 路西律斯，你也去下这样的命令；在我们的会谈没有完毕以前，谁也不准进入我们的帐内。叫路歇斯和泰提涅斯替我们把守帐门。（同下）

第三场　勃鲁托斯帐内

勃鲁托斯及凯歇斯上。

凯歇斯 你对我的侮辱，可以在这一件事情上看得出来；你把路歇斯·配拉定了罪，因为他在这儿受萨狄斯人的贿赂；可是我因为知道他的为人，写信来替他说情，你却置之不理。

勃鲁托斯 你在这种事情上本来就不该写信。

凯歇斯 在现在这种时候，不该为了一点小小的过失就把人谴责。

勃鲁托斯 让我告诉你，凯歇斯，许多人都说你自己的手心也很有点儿痒，常常为了贪图黄金的缘故，把官爵出卖给无功无能的人。

凯歇斯 我的手心痒！说这句话的人，倘不是勃鲁托斯，那么凭着神明起誓，这句话将要成为你的最后一句话。

勃鲁托斯 这种贪污的行为，因为有凯歇斯的名字作护符，所以惩罚还不曾显出它的威严来。

凯歇斯 惩罚！

勃鲁托斯 记得三月十五吗？伟大的凯撒不是为了正义的缘故而流血吗？倘不是为了正义，哪一个恶人可以加害他的身体？什么！我们曾经打倒全世界首屈一指的人物，因为他庇护盗贼；难道就在我们中间，竟有人甘心让卑污的贿赂玷污他的手指，为了盈握的废物，出卖我们伟大的荣誉吗？我宁愿做一只向月亮狂吠的狗，也不愿做这样一个罗马人。

凯歇斯 勃鲁托斯，不要向我吠叫；我受不了这样的侮辱。你这样逼迫我，全然忘记了你自己是什么人。我是一个军人，经验比你多，我知道怎样处置我自己的事情。

勃鲁托斯 哼，不见得吧，凯歇斯。

凯歇斯 我就是这样一个人。

勃鲁托斯 我说你不是。

凯歇斯 别再逼我吧，我快要无法控制我自己了；留心你的性命，别再挑拨我了吧。

勃鲁托斯 去，卑鄙的小人！

凯歇斯 好啊你！

勃鲁托斯 听着，我要说我的话。难道我必须在你的暴怒之下退让吗？难道一个疯子的怒目就可以把我吓倒吗？

凯歇斯 神啊！神啊！我必须忍受这一切吗？

勃鲁托斯 这一切！嗯，还有哩。你去发怒到把你骄傲的心都气破了吧；给你的奴隶们看看你的脾气多大，让他们吓得乱抖吧。难道我必须让你吗？我必须要看你的颜色吗？当你心里烦躁的时候，我必须诚惶诚恐地站在一旁，俯首听命吗？凭着神明起誓，即使你气破了肚子，也是你自己的事；因为从今天起，我要把你的发怒当作我的笑料呢。

凯歇斯 岂有此理！

勃鲁托斯 你说你是一个比我更好的军人；很好，你拿事实来证明你的夸口吧，那会使我十分高兴的。拿我自己来说，我很愿意向高贵的人学习呢。

凯歇斯 你在各方面侮辱我；你侮辱我，勃鲁托斯。我说我是一个经验比你丰富的军人，并没有说我是一个比你更好的军人；难道我说过"更好"这两个字吗？

勃鲁托斯 我不管你有没有说过。

凯歇斯 凯撒活在世上的时候，他也不敢这样惹恼我。

勃鲁托斯 闭嘴，闭嘴！你也不敢这样惹恼他。

凯歇斯 我不敢！

勃鲁托斯 你不敢。

凯歇斯 什么！不敢惹他！

勃鲁托斯 你不敢惹他！

凯歇斯 不要太自恃你我的交情；我也许会做出一些将会使

我后悔的事情来的。

勃鲁托斯 你已经做了你应该后悔的事。凯歇斯，凭你怎样恐吓，我都不怕；因为正直的居心便是我有力的护身符，你那些无聊的恐吓，就像一阵微风吹过，引不起我的注意。我曾经差人来向你告借几个钱，你没有答应我；因为我不能用卑鄙的手段搜括金钱；凭着上天发誓，我宁愿剖出我的心来，把我一滴滴的血熔成钱币，也不愿从农人粗硬的手里辗转榨取他们污臭的锱铢。为了分发军队的粮饷，我差人来向你借钱，你却拒绝了我；凯歇斯可以有这样的行为吗？我会不会给卡厄斯·凯歇斯这样的答复？玛克斯·勃鲁托斯要是也会变得这样吝啬，锁住他的鄙贱的银箱，不让他的朋友们染指，那么神啊，用你们的雷火把他击得粉碎吧！

凯歇斯 我没有拒绝你。

勃鲁托斯 你拒绝我了。

凯歇斯 我没有，传回我答复的那家伙是个傻瓜。勃鲁托斯把我的心都劈碎了。一个朋友应当原谅他朋友的过失，可是勃鲁托斯却把我的过失格外夸大。

勃鲁托斯 我没有，是你自己对不起我。

凯歇斯 你不喜欢我。

勃鲁托斯 我不喜欢你的错误。

凯歇斯 一个朋友的眼睛决不会注意到这种错误。

勃鲁托斯 在一个佞人的眼中，即使有像奥林匹斯山峰一样高大的错误，也会视而不见。

凯歇斯 来，安东尼，来，年轻的奥克泰维斯，你们向凯歇斯一个人复仇吧，因为凯歇斯已经厌倦于人世了；被所爱的人憎恨，被他的兄弟攻击，像一个奴隶似的受人呵斥，他的一切过失都被人注视记录，背诵得烂熟，作为当面揭发的罪状。啊！我可以从我的眼睛里哭出我的灵魂来。这是我的刀子，这儿是我的袒裸的胸膛，这里面藏着一颗比财神普路托斯的宝矿更富有、比黄金更贵重的心；要是你是一个罗马人，请把它挖出来吧，我拒绝给你金钱，却愿意把我的心献给你。就像你向凯撒行刺一样把我刺死了吧，因为我知道，即使在你最恨他的时候，你也爱他远胜于爱凯歇斯。

勃鲁托斯 插好你的刀子。你高兴发怒就发怒吧，高兴怎么干就怎么干吧。啊，凯歇斯！你的伙伴是一头羔羊，愤怒在他的身上，就像燧石里的火星一样，受到重大的打击，也会发出闪烁的光芒，可是一转瞬间就已经冷了下去。

凯歇斯 难道凯歇斯的伤心苦恼，只给他的勃鲁托斯作为笑料吗？

勃鲁托斯 我说那句话的时候，我自己也是脾气太坏。

凯歇斯 你也这样承认吗？把你的手给我。

勃鲁托斯 我连我的心也一起给你。

凯歇斯 啊，勃鲁托斯！

勃鲁托斯 什么事？

凯歇斯 我的母亲给了我这副暴躁的脾气，使我常常难以自制，看在我们友谊的情分上，你能够原谅我吗？

勃鲁托斯 是的，我原谅你；从此以后，要是你有时候跟你的勃鲁托斯过分认真，他会当作是你母亲在那儿发脾气，一切都不介意。（*内喧声*）

诗　人 （*在内*）让我进去瞧瞧两位将军；他们彼此之间有些争执，不应该让他们两人在一起。

路西律斯 （*在内*）你不能进去。

诗　人 （*在内*）除了死，什么都不能阻止我。诗人上，路西律斯、泰提涅斯及路歇斯随后。

凯歇斯　怎么！什么事？

诗　人　呸，你们这些将军们！你们是什么意思？你们应该相亲相爱，做两个要好的朋友；我的话不会有错，我比你们谁都活得长久。

凯歇斯　哈哈！这个玩世不恭的诗人吟的诗句多臭！

勃鲁托斯　滚出去，放肆的家伙，去！

凯歇斯　不要生他的气，勃鲁托斯；他本性如此。

勃鲁托斯　谁叫他胡说八道。在这样战争的年代，要这些胡诌几句歪诗的傻瓜们做什么用？滚开，坏家伙！

凯歇斯　去，去！出去！（诗人下）

勃鲁托斯　路西律斯，泰提涅斯，传令各将领，叫他们今晚准备把队伍安营。

凯歇斯　你们传过了令，就带梅萨拉来见我们。（路西律斯、泰提涅斯同下）

勃鲁托斯　路歇斯，倒一杯酒来！（路歇斯下）

凯歇斯　我没有想到你会这样动怒。

勃鲁托斯　啊，凯歇斯！我心里有许多烦恼。

凯歇斯　要是你让偶然的不幸把你困扰，那么你自己的哲学也就毫无用处了。

勃鲁托斯　谁也不比我更能忍受悲哀；鲍西娅已经死了。

凯歇斯　什么！鲍西娅！

勃鲁托斯　她死了。

凯歇斯　我刚才跟你这样吵嘴，你居然没有把我杀死，真是侥幸！唉，难堪的、痛心的损失！害什么病死的？

勃鲁托斯　她因为舍不得跟我远别，又听到了奥克泰维斯和玛克·安东尼的势力这样强大的消息，变得心神狂乱，趁着仆人不在的时候，把火吞了下去。

凯歇斯 就是这样死了吗？

勃鲁托斯 就是这样死了。

凯歇斯 永生的神啊！

路歇斯持酒及烛重上。

勃鲁托斯 不要再说起她。给我一杯酒。凯歇斯，在这一杯酒里，我捐弃了一切猜嫌。（饮酒）

凯歇斯 我的心企望着这样高贵的誓言，有如渴者的思饮。来，路歇斯，给我倒满这一杯，我喝着勃鲁托斯的友情，是永远不会餍足的。（饮酒）

勃鲁托斯 进来，泰提涅斯。（路歇斯下）

泰提涅斯率梅萨拉重上。

勃鲁托斯 欢迎，好梅萨拉。让我们现在围烛而坐，讨论我们重要的事情。

凯歇斯 鲍西娅，你去了吗？

勃鲁托斯 请你不要说了。梅萨拉，我已经得到信息，说是奥克泰维斯那小子跟玛克·安东尼带了一支强大的军队，向腓利比进发，要来攻击我们了。

梅萨拉 我也得到同样的信息。

勃鲁托斯 你还知道什么其他的事情？

梅萨拉 听说奥克泰维斯、安东尼和莱必多斯三人用非法的手段，把一百个元老宣判了死刑。

勃鲁托斯 那么我们听到的略有不同；我得到的消息是七十个元老被他们判决处死，西塞罗也是其中的一个。

凯歇斯 西塞罗！

梅萨拉 西塞罗也被他们判决处死。您没有从您的夫人那儿得到信息吗？

勃鲁托斯 没有，梅萨拉。

梅萨拉 别人给您的信上也没有提起她吗？

勃鲁托斯 没有，梅萨拉。

梅萨拉 那可奇怪了。

勃鲁托斯 你为什么问起？你听见什么关于她的消息吗？

梅萨拉 没有，将军。

勃鲁托斯 你是一个罗马人，请你老实告诉我。

梅萨拉 那么请您用一个罗马人的精神，接受我告诉您的噩耗；尊夫人已经死了，而且死得很奇怪。

勃鲁托斯 那么再会了，鲍西娅！我们谁都不免一死，梅萨拉；想到她总有一天会死去，使我现在能够忍受这一个打击。

梅萨拉 这才是伟大的人物善处拂逆的精神。

凯歇斯 我可以在表面上装得跟你同样镇定，可是我的天性却受不了这样的打击。

勃鲁托斯 好，讲我们活人的事吧。你们以为我们应不应该立刻向腓利比进兵？

凯歇斯 我想这不是最好的办法。

勃鲁托斯 你有什么理由？

凯歇斯 我的理由是这样的；我们最好让敌人来找寻我们，这样可以让他们糜费军需，疲劳兵卒，削弱他们自己的实力；我们却可以以逸待劳，蓄养我们的精锐。

勃鲁托斯 你的理由果然很对，可是我却有比你更好的理由。在腓利比到这儿之间一带地方的人民，都是因为被迫而归顺我们的，他们心里都怀着怨恨，对于我们的征敛早就感到不满。敌人一路前来，这些人民一定会加入他们的队伍，增强他们的力量。要是我们到腓利比去向敌人迎击，把这些人民留在后方，就可以避免给敌人这一种利益。

凯歇斯 听我说，好兄弟。

勃鲁托斯 请你原谅。你还要注意，我们已经集合我们所有的友人，我们的军队已经达到最高的数量，我们行动的时机已经完全成熟；敌人的力量现在还在每天增加中，我们在全盛的顶点上，却有日趋衰落的危险。世事的起伏本来是波浪式的，人们要是能够趁着高潮一往直前，一定可以功成名就；要是不能把握时机，就要终身蹭蹬，一事无成。我们现在正在满潮的海上漂浮，倘不能顺水行舟，我们的事业就会一败涂地。

凯歇斯 那么就照你的意思办吧；我们要亲自前去，在腓利比和他们相会。

勃鲁托斯 我们贪着谈话，不知不觉夜已经深了。疲乏了的精神，必须休息片刻。没有别的话了吗？

凯歇斯 没有了。晚安；明天我们一早就起来，向前方出发。

勃鲁托斯 路歇斯！

路歇斯重上。

勃鲁托斯 拿我的睡衣来。（路歇斯下）再会，好梅萨拉；晚安，泰提涅斯。尊贵的、尊贵的凯歇斯，晚安，愿你好好安息。

凯歇斯 啊，我的亲爱的兄弟！今天晚上的事情真是不幸；但愿我们的灵魂之间再也没有这样的分歧！让我们以后再也不要这样，勃鲁托斯。

勃鲁托斯 什么事情都是好好的。

凯歇斯 晚安，将军。

勃鲁托斯 晚安，好兄弟。

泰提涅斯 晚安，勃鲁托斯将军。

梅萨拉、勃鲁托斯 各位再会。（凯歇斯、泰提涅斯、梅萨拉同下）

路歇斯持睡衣重上。

勃鲁托斯 把睡衣给我。你的乐器呢？

路歇斯 就在这儿帐里。

勃鲁托斯 什么！你说话好像在瞌睡一般？可怜的东西，我不怪你；你睡得太少了。把克劳狄斯和什么其他的仆人叫来；我要叫他们搬两个垫子来睡在我的帐内。

路歇斯 凡罗！克劳狄斯！

凡罗及克劳狄斯上。

凡 罗 主人呼唤我们吗？

勃鲁托斯 请你们两个人就在我的帐内睡下；也许等会儿我有事情要叫你们起来到我的兄弟凯歇斯那边去。

凡 罗 我们愿意站在这儿侍候您。

勃鲁托斯 我不要这样；睡下来吧，好朋友们；也许我没有什么事情。瞧，路歇斯，这就是我找来找去找不到的那本书；我把它放在我的睡衣口袋里了。（凡罗、克劳狄斯睡下）

路歇斯 我原就说您没有把它交给我。

勃鲁托斯 原谅我，好孩子，我的记性太坏了。你能不能够暂时睁开你的倦眼，替我弹一两支曲子？

路歇斯 好的，主人，要是您喜欢的话。

勃鲁托斯 我很喜欢，我的孩子。我太麻烦你了，可是你很愿意出力。

路歇斯 这是我的责任，主人。

勃鲁托斯 我不应该勉强你尽你能力以上的责任；我知道年轻人是需要休息的。

路歇斯 主人，我早已睡过了。

勃鲁托斯 很好，一会儿我就让你再去睡睡；我不愿耽搁你太久的时间。要是我还能够活下去，我一定不会亏待你。（音乐，路歇斯唱歌）这是一支催眠的乐曲；啊，杀人的睡眠！你把你的权杖加在为你奏乐的我的孩子的身上了吗？好孩子，晚安；我不愿惊醒你的好梦。也许你在瞌睡之中，会打碎了你的乐器；让我替你拿去吧；好孩子，晚安。让我看看，我上次没有读完的地方，不是折下了页脚吗？我想就是这儿。

凯撒幽灵上。

勃鲁托斯 这蜡烛的光怎么这样暗！嘿！谁来啦？我想我的眼睛有点昏花，所以会看见鬼怪。它走近我的身边来了。你是什么东西？你是神呢，天使，还是魔鬼，吓得我浑身冷汗，头发直竖？对我说你是什么。

幽　灵 你的冤魂，勃鲁托斯。

勃鲁托斯 你来干什么？

幽　灵 我来告诉你，你将在腓利比看见我。

勃鲁托斯 好，那么我还会再看见你吗？

幽　灵 是的，在腓利比。

勃鲁托斯 好，那么我们在腓利比再见。（幽灵隐去）我刚鼓起一些勇气，你又不见了；冤魂，我还要跟你说话呢。孩子，路歇斯！凡罗！克劳狄斯！喂，大家醒醒！克劳狄斯！

路歇斯 主人，弦子还没有调准呢。

勃鲁托斯 他以为他还在弹他的乐器呢。路歇斯，快醒醒！

路歇斯 主人！

勃鲁托斯 路歇斯，你做了什么梦，你在说梦话吗？

路歇斯 主人，我不知道我曾经说过梦话。

勃鲁托斯 你曾经说过。你看见什么没有？

路歇斯 没有，主人。

勃鲁托斯 继续睡吧，路歇斯。喂，克劳狄斯！你这家伙！快醒来！

凡　罗　主人！

克劳狄斯　主人！

勃鲁托斯　你们为什么在睡梦里大呼小叫的？

凡罗、克劳狄斯　我们在睡梦里大呼小叫吗，主人？

勃鲁托斯　嗯，你们瞧见什么没有？

凡　罗　没有，主人，我没有瞧见什么。

克劳狄斯　我也没有瞧见什么，主人。

勃鲁托斯　去向我的兄弟凯歇斯致意，请他赶快先把他的军队开拔，我们随后就来。

凡罗、克劳狄斯　是，主人。（各下）

第五幕

第一场　腓利比平原

奥克泰维斯及安东尼率军队上。

奥克泰维斯　现在，安东尼，我们的猜测已经得到事实的答复了。你说敌人一定坚守山岭高地，不会下来；事实却并不如此，他们的军队已经向我们逼近，似乎有意要在这腓利比先发制人，给我们一个警告。

安东尼　嘿！我熟悉他们的心理，知道他们为什么这样做。他们的目的无非是想先声夺人，让我们看见他们的汹汹之势，认为他们的士气非常旺盛；其实完全不是这样。

一使者上。

使　者　两位将军，请你们快些准备起来，敌人正在浩浩荡荡地开过来了；他们已经挂出挑战的旗号，我们必须立刻布置防御的策略。

安东尼　奥克泰维斯，你带领你的一支军队向战地的左翼缓缓前进。

奥克泰维斯　我要向右翼迎击；你去打左翼。

安东尼　为什么你要在这样紧急的时候跟我闹别扭？

奥克泰维斯　我不跟你闹别扭；可是我就要这样。（军队行进）

鼓声；勃鲁托斯及凯歇斯率军队上；路西律斯、泰提涅斯、梅萨拉及余人等同上。

勃鲁托斯　他们站住了，要跟我们谈判。

凯歇斯　站定，泰提涅斯；我们必须出阵跟他们谈话。

奥克泰维斯　玛克·安东尼，我们要不要发出交战的号令？

安东尼　不，凯撒，等他们向我们进攻的时候，我们再去应战。上去；那几位将军们要谈几句话哩。

奥克泰维斯　不要动，等候号令。

勃鲁托斯　先礼后兵，是不是，各位同胞们？

奥克泰维斯　我们倒不像您那样喜欢空话。

勃鲁托斯　奥克泰维斯，良好的言语胜于拙劣的刺击。

安东尼　勃鲁托斯，您用拙劣的刺击来说您的良好的言语；瞧您刺在凯撒心上的创孔，它们在喊着，“凯撒万岁！”

凯歇斯　安东尼，我们还没有领教过您的剑法；可是我们知道您的舌头上涂满了蜜，蜂巢里的蜜都给你偷光了。

安东尼　我没有把蜜蜂的刺也一起偷走吧？

勃鲁托斯　啊，是的。您连它们的声音也一起偷走了；因为您已经学会了在刺人之前，先用嗡嗡的声音向人威吓。

安东尼　恶贼！你们在凯撒的尸体上拔出你们万恶的刀子来的时候，是连半句话也透不出来的；你们像猴子一样露出你们的牙齿，像狗一样摇尾乞怜，像奴隶一样卑躬屈膝，吻着凯撒的脚；该死的凯斯卡却像一条恶狗似的躲在背后，向凯撒的脖子上挥动他的凶器。啊，你们这些谄媚的家伙！

凯歇斯　谄媚的家伙！勃鲁托斯，谢谢你自己吧。早依了凯歇斯的话，今天决不让他把我们这样信口侮辱。

奥克泰维斯　不用多说；辩论不过使我们流汗，我们却要用流血来判断双方的曲直。瞧，我拔出这一柄剑来跟叛徒们决战；

除非等到凯撒身上三十三处伤痕的仇恨完全报复或者另外一个凯撒也死在叛徒们的刀剑之下，这一柄剑是永远不收回去的。

勃鲁托斯 凯撒，你不会死在叛徒们的手里，除非那些叛徒就在你自己的左右。

奥克泰维斯 我也希望这样；天生下我来，不是要我死在勃鲁托斯的剑上的。

勃鲁托斯 啊！孩子，即使你是你的家门中最高贵的后裔，能够死在勃鲁托斯剑上，也要算是莫大的荣幸呢。

凯歇斯 像他这样一个顽劣的学童，跟一个跳舞喝酒的浪子在一起，才不值得污我们的刀剑。

安东尼 还是从前的凯歇斯！

奥克泰维斯 来，安东尼，我们去吧！叛徒们，我们现在当面向你们挑战；要是你们有胆量的话，今天就在战场上相见，否则等你们有了勇气再来。（奥克泰维斯、安东尼率军队下）

凯歇斯 好，现在狂风已经吹起，波涛已经澎湃，船只要在风浪中颠簸了！一切都要信托给不可知的命运。

勃鲁托斯 喂！路西律斯！有话对你说。

路西律斯 什么事，主将？（勃鲁托斯、路西律斯在一旁谈话）

凯歇斯 梅萨拉！

梅萨拉 主将有什么吩咐？

凯歇斯 梅萨拉，今天是我的生日；就在这一天，凯歇斯诞生到世上。把你的手给我，梅萨拉。请你作我的见证，正像从前庞贝一样，我是因为万不得已，才把我们全体的自由在这一次战役中作孤注一掷的。你知道我一向很信仰伊壁鸠鲁的见解；现在我的思想却改变了，有些相信起预兆来了。我们从萨狄斯开拔前来的时候，有两头猛鹰从空中飞下，栖止在我们从前那个旗手的肩上；它们啄食我们兵士手里的食物，一路上跟我们作伴，一直到这腓利比。今天早晨它们却飞去不见了，代替它们的，只有一群乌鸦鸱鸢，在我们的头顶盘旋，好像把我们当作垂死的猎物一般；它们的黑影像是一顶不祥的华盖，掩覆着我们末日在迩的军队。

梅萨拉 不要相信这种事。

凯歇斯 我也不完全相信，因为我的精神很兴奋，我已经决心用坚定不拔的意志，抵御一切的危难。

勃鲁托斯 就这样吧，路西律斯。

凯歇斯 最尊贵的勃鲁托斯，愿神明今天护佑我们，使我们能够在太平的时代做一对亲密的朋友，直到我们的暮年！可是既然人事是这样无常，让我们也考虑到万一的不幸。要是我们这次战败了，那么现在就是我们最后一次的聚首谈心；请问你在那样的情形之下，准备怎么办？

勃鲁托斯 凯图自杀的时候，我曾经对他这一种举动表示不满；我不知道为什么，可是总觉得为了惧怕可能发生的祸患而结束自己的生命，是一件懦弱卑劣的行动；我现在还是根据这一种观念，决心用坚韧的态度，等候主宰世人的造化所给予我的命运。

凯歇斯 那么，要是我们失败了，你愿意被凯旋的敌人拖来拖去，在罗马的街道上游行吗？

勃鲁托斯 不，凯歇斯，不。尊贵的罗马人，你不要以为勃鲁托斯会有一天被人绑着回到罗马；他是有一颗太高傲的心的。可是今天这一天必须结束三月十五所开始的工作；我不知道我们能不能再有见面的机会，所以让我们从此永诀吧。永别了，永别了，凯歇斯！要是我们还能相见，那时候我们可以相视而笑；否则今天就是我们生离死别的日子。

凯歇斯 永别了，永别了，勃鲁托斯！要是我们还能相见，那时候我们一定相视而笑；否则今天真的是我们生离死别的日子了。

勃鲁托斯 好，那么前进吧。唉！要是一个人能够预先知道一天的结果——可是一天的时间是很容易过去的，那结果也总会见到分晓。来啊！我们去吧！（同下）

第二场 同前。战场

号角声；勃鲁托斯及梅萨拉上。

勃鲁托斯 梅萨拉，赶快骑马前去，传令那一方面的军队，（号角大鸣）叫他们立刻冲上去，因为我看见奥克泰维斯带领的那支军队软弱懈怠，迅速的进攻可以把他们一举击溃。赶快骑马前去，梅萨拉；叫他们全军向敌人进攻。（同下）

第三场 战场的另一部分

号角声；凯歇斯及泰提涅斯上。

凯歇斯 啊！瞧，泰提涅斯，瞧，那些坏东西逃得多快。我自己也变成了我自己的仇敌；这是我的旗手，我看见他想要转身逃走，就把这懦夫杀了，抢过了这军旗。

泰提涅斯 啊，凯歇斯！勃鲁托斯把号令发得太早了；他因为对奥克泰维斯略占优势，自以为胜利在握；他的军队忙着搜掠财物，我们却被安东尼团团包围起来。

品达勒斯上。

品达勒斯 再逃远一些，主人，再逃远一些；玛克·安东尼已经攻占您的营帐了，主人。快逃，尊贵的凯歇斯，逃得远远的。

凯歇斯 这座山头已经够远了。瞧，瞧，泰提涅斯；那边有火的地方，不就是我的营帐吗？

泰提涅斯 是的，主将。

凯歇斯 泰提涅斯，要是你爱我，请你骑了我的马，着力加鞭，到那边有军队的所在探一探，再飞马回来向我报告，让我知道他们究竟是友军还是敌军。

泰提涅斯 是，我就去就来。（下）

凯歇斯 品达勒斯，你给我登上那座山顶；我的眼睛看不大清楚；留意看着泰提涅斯，告诉我你所见到的战场上的情形。（品达勒斯登山）我今天第一次透过一口气来；时间在循环运转，我在什么地方开始，也要在什么地方终结；我的生命已经走完了它的旅程。喂，看见什么没有？

品达勒斯 （在上）啊，主人！

凯歇斯 什么消息？

品达勒斯 泰提涅斯给许多骑马的人包围在中心，他们都向他策马而前；可是他仍旧向前飞奔，现在他们快要追上他了；赶快，泰提涅斯，现在有人下马了；嗳哟！他也下马了；他给他们捉去了；（内欢呼声）听！他们在欢呼。

凯歇斯 下来，不要再看了。唉，我真是一个懦夫，眼看着我最好的朋友在我面前给人捉去，我自己却还在这世上偷生苟活！品达勒斯下山。

凯歇斯 过来，小子。你在巴底亚做了我的俘虏，我免了你一死，叫你对我发誓，无论我吩咐你做什么事，你都要照做。现在你来履行你的誓言；我让你从此做一个自由人；这柄曾经穿过凯撒心脏的好剑，你拿着它往我的胸膛里刺进去吧。不用回答我的话；来，把剑柄拿在手里；等我把脸遮上了，你就动手。好，凯撒，我用杀死你的那柄剑，替你复了仇了。（死）

品达勒斯 现在我已经自由了；可是那却不是我自己的意思。凯歇斯啊，品达勒斯将要远远离开这一个国家，到没有一个罗马人可以看见他的地方去。（下）

泰提涅斯及梅萨拉重上。

梅萨拉 泰提涅斯，双方的胜负刚刚互相抵消；因为一方面奥克泰维斯被勃鲁托斯的军队打败，一方面凯歇斯的军队也被安东尼打败。

泰提涅斯 这消息倒是可以安慰安慰凯歇斯。

梅萨拉 你在什么地方离开他？

泰提涅斯 就在这座山上，垂头丧气地跟他的奴隶品达勒斯在一起。

梅萨拉 躺在地上的不就是他吗？

泰提涅斯 他躺着的样子好像已经死了。啊，我的心！

梅萨拉 那不是他吗？

泰提涅斯 不，梅萨拉，这个人从前是他，现在凯歇斯已经不在人世了。啊，没落的太阳！正像你今晚沉没在你红色的光辉中一样，凯歇斯的白昼也在他的赤血之中消隐了；罗马的太阳已经沉没了下去。我们的白昼已经过去；黑云、露水和危险正在袭来；我们的事业已成灰烬了。他因为不相信我能够不辱使命，所以才干出这件事来。

梅萨拉 他因为不相信我们能够得到胜利，所以才干出这件事来。啊，可恨的错误，你忧愁的产儿！为什么你要在人们灵敏的脑海里造成颠倒是非的幻象？你一进入人们的心中，便给他们带来了悲惨的结果。

泰提涅斯 喂，品达勒斯！你在哪儿，品达勒斯？

梅萨拉 泰提涅斯，你去找他，让我去见勃鲁托斯，把这刺耳的消息告诉他；勃鲁托斯听见了这个消息，一定会比锋利的刀刃、有毒的箭镞贯进他的耳中还要难过。

泰提涅斯 你去吧，梅萨拉；我先在这儿找一找品达勒斯。（梅萨拉下）勇敢的凯歇斯，为什么你要叫我去呢？我不是碰见你的朋友了吗？他们不是把这胜利之冠加在我的额上，叫我回来献给你吗？你没有听见他们的欢呼吗？唉！你误会了一切。可是请你接受这一个花环，让我替你戴上吧；你的勃鲁托斯叫我把它送给你，我必须遵从他的命令。勃鲁托斯，快来，瞧我怎样向卡厄斯·凯歇斯尽我的责任。允许我，神啊；这是一个罗马人的天职；来，凯歇斯的宝剑，进入泰提涅斯的心里吧。（自杀）

号角声；梅萨拉率勃鲁托斯、小凯图、斯特莱托、伏伦涅斯及路西律斯重上。

勃鲁托斯 梅萨拉，梅萨拉，他的尸体在什么地方？

梅萨拉 瞧，那边；泰提涅斯正在他旁边哀泣。

勃鲁托斯 泰提涅斯的脸是向上的。

小凯图 他也死了。

勃鲁托斯 啊，裘力斯·凯撒！你到死还是有本领的！你的英灵不泯，借着我们自己的刀剑，洞穿我们自己的心脏。（号角低吹）

小凯图 勇敢的泰提涅斯！瞧他替已死的凯歇斯加上胜利之冠了！

勃鲁托斯 世上还有两个和他们同样的罗马人吗？最后的罗马英杰，再会了！罗马再也不会产生可以和你们匹敌的人物。朋友们，我对于这位已死的人，欠着还不清的眼泪。——慢慢地，凯歇斯，我会找时间来偿还。——来，把他的尸体送到泰索斯去；他的葬礼不能在我们的营地上举行，因为恐怕影响军心。路西律斯，来；来，小凯图；我们到战场上去。拉琵奥、弗莱维斯，传令我们的军队前进。现在还只有三点钟；罗马人，在日落以前，我们还要在第二次的战争中试试我们的命运。

（同下）

第四场　战场的另一部分

号角声；两方兵士交战，勃鲁托斯、小凯图、路西律斯及余人等上。

勃鲁托斯　同胞们，啊！振起你们的精神！

小凯图　哪一个贱种敢退缩不前？谁愿意跟我来？我要在战场上到处宣扬我的名字；我是玛克斯·凯图的儿子！我是暴君的仇敌，祖国的朋友；我是玛克斯·凯图的儿子！

勃鲁托斯　我是勃鲁托斯，玛克斯·勃鲁托斯就是我；勃鲁托斯，祖国的朋友；请认明我是勃鲁托斯！（追击敌人下；小凯图被敌杀死）

路西律斯　啊，年轻高贵的小凯图，你倒下了吗？啊，你现在像泰提涅斯一样勇敢地死了，你死得不愧为凯图的儿子。

兵士甲　不投降就是死。

路西律斯　我愿意投降，看在这许多钱的面上，请你们把我立刻杀死。（取钱赠兵士）你们杀死了勃鲁托斯，也算立了一件大大的功劳。

兵士甲　我们不能杀你。一个尊贵的俘虏！

兵士乙　喂，让开！告诉安东尼，勃鲁托斯已经捉住了。

兵士甲　我去传报这消息。主将来了。

安东尼上。

兵士甲　主将，勃鲁托斯已经捉住了。

安东尼　他在哪儿？

路西律斯　安东尼，勃鲁托斯还是安然无恙。我敢向你说一句，没有一个敌人可以把勃鲁托斯活捉；神明保佑他不至于遭到这样的耻辱！你们找到他的时候，不论是死的还是活的，他一定会保持他的堂堂的荣誉。

安东尼　朋友，这个人不是勃鲁托斯，可是也不是一个等闲之辈。不要伤害他，把他好生看待。我希望我有这样的人做我的朋友，而不是做我的仇敌。去，看看勃鲁托斯有没有死；有什么消息就到奥克泰维斯的营帐里来报告我们。（各下）

第五场　战场的另一部分

勃鲁托斯、达台涅斯、克列特斯、斯特莱托及伏伦涅斯上。

勃鲁托斯　来，残余下来的几个朋友，在这块岩石上休息休息吧。

克列特斯　我们望见斯泰提律斯的火把，可是他没有回来；大概不是被捉了去就是死了。

勃鲁托斯　坐下来，克列特斯。他一定死了；多少人都死了。听着，克列特斯。（向克列特斯耳语）

克列特斯　什么，我吗，主人？不，那是万万不能的。

勃鲁托斯　那么算了！不要多说话。

克列特斯　我宁愿自杀。

勃鲁托斯　听着，达台涅斯。（向达台涅斯耳语）

达台涅斯　我非这样不可吗？

克列特斯　啊，达台涅斯！

达台涅斯　啊，克列特斯！

克列特斯　勃鲁托斯要求你干一件什么坏事？

达台涅斯　他要我杀死他，克列特斯。瞧，他在出神呆想。

克列特斯　他的高贵的心里装满了悲哀，甚至从他的眼睛里流露出来。

勃鲁托斯　过来，好伏伦涅斯，听我一句话。

伏伦涅斯　主将有什么吩咐？

勃鲁托斯　是这样的，伏伦涅斯。凯撒的鬼魂曾经两次在夜里向我出现；一次在萨狄斯，一次就是昨天晚上，在这腓利比的战场上。我知道我的末日已经到了。

伏伦涅斯 不会有的事，主将。

勃鲁托斯 不，我确信我的末日已经到了，伏伦涅斯。你看大势已经变化到什么地步；我们的敌人已经把我们逼到了山穷水尽之境，与其等待他们来把我们推落深坑，还不如自己先跳下去。好伏伦涅斯，我们从前曾经在一起求学，看在我们旧日交情的分上，请你拿着我的剑柄，让我伏剑而死。

伏伦涅斯 主将，这不是一件可以叫一个朋友做的事。（号角声继续不断）

克列特斯 快逃，快逃，主人！这儿是不能久留的。

勃鲁托斯 再会，你，你，还有你，伏伦涅斯。斯特莱托，你已经瞌睡了这大半天，再会了，斯特莱托。同胞们，我很高兴在我的一生之中，只有他还尽忠于我。我今天虽然战败了，可是将要享有比奥克泰维斯和玛克·安东尼在这次卑鄙的胜利中所得到的更大的光荣。大家再会了；勃鲁托斯的舌头已经差不多讲完了他一生的历史；暮色罩在我的眼睛上，我的筋骨渴望得到劳苦已久的安息。（号角声；内呼声，"逃啊，逃啊，逃啊！"）

克列特斯 快逃吧，主人，快逃吧。

勃鲁托斯 我就来。（克列特斯、达台涅斯、伏伦涅斯同下）斯特莱托，请你不要去，陪着你的主人。你是一个心地很好的人，你的为人还有几分义气；拿着我的剑，转过你的脸，让我对准剑锋扑上去。你肯不肯这样做，斯特莱托？

斯特莱托 请您先允许我握一握您的手；再会了，主人。

勃鲁托斯 再会了，好斯特莱托。（扑身剑上）凯撒，你现在可以瞑目了；我杀死你的时候，还不及现在一半的坚决。（死）

号角声；吹退军号；奥克泰维斯、安东尼、梅萨拉、路西律斯及军队上。

奥克泰维斯 那是什么人？

梅萨拉 我的主将的仆人。斯特莱托，你的主人呢？

斯特莱托 他已经永远脱离了加在你身上的被俘的命运了，梅萨拉；胜利者只能在他身上举起一把火来，因为只有勃鲁托斯能够战胜他自己，谁也不能因他的死而得到荣誉。

路西律斯 勃鲁托斯的结果应当是这样的。谢谢你，勃鲁托斯，因为你证明了路西律斯的话并没有说错。

奥克泰维斯 所有跟随勃鲁托斯的人，我都愿意把他们收留下来。朋友，你愿意跟随我吗？

斯特莱托 好，只要梅萨拉肯把我举荐给您。

奥克泰维斯 你把他举荐给我吧，好梅萨拉。

梅萨拉 斯特莱托，我们的主将怎么死的？

斯特莱托 我拿着剑，他扑了上去。

梅萨拉 奥克泰维斯，他已经为我的主人尽了最后的义务，您把他收留下来吧。

安东尼 在他们那一群中间，他是一个最高贵的罗马人；除了他一个人以外，所有的叛徒们都是因为妒嫉凯撒而下毒手的；只有他才是激于正义的思想，为了大众的利益，而去参加他们的阵线。他一生善良，交织在他身上的各种美德，可以使造物肃然起立，向全世界宣告，“这是一个汉子！”

奥克泰维斯 让我们按照他的美德，给他应得的礼遇，替他殡葬如仪。他的尸骨今晚将要安顿在我的营帐里，他必须充分享受一个军人的荣誉。现在传令全军安息；让我们去分享今天胜利的荣光吧。（同下）

李尔王

Li Er Wang

剧中人物

李　尔　不列颠国王

法兰西国王

勃艮第公爵

康华尔公爵

奥本尼公爵

肯特伯爵

葛罗斯特伯爵

爱德伽　葛罗斯特之子

爱德蒙　葛罗斯特之庶子

克　伦　朝臣

奥斯华德　高纳里尔的管家

老　人　葛罗斯特的佃户

医　生

弄　人

爱德蒙属下一军官

考狄利娅一侍臣

传令官

康华尔的众仆

高纳里尔｝

里　根｝李尔之女

考狄利娅｝

扈从李尔之骑士、军官、使者、兵士及侍从等

地　点

不列颠

第一幕

第一场　李尔王宫中大厅

肯特、葛罗斯特及爱德蒙上。

肯　特　我觉得陛下对奥本尼公爵比对康华尔公爵更有好感。

葛罗斯特　我们一向都觉得是这样；可是这次划分国土的时候，却看不出来他对这两位公爵谁更偏重一些；因为他分配得那么平均，无论他们怎样斤斤较量，都不能说对方比自己占了便宜。

肯　特　大人，这位是您的令郎吗？

葛罗斯特　他是我一手带大的；我常常不好意思承认他，可是现在惯了，也就无所谓啦。

肯　特　我不懂您的意思。

葛罗斯特　不瞒您说，这个小子的母亲还没有嫁人就大了肚子，生下儿子来。您想这应该不应该？

肯　特　能生这样一个好儿子，即使一时错误也是值得的。

葛罗斯特　我还有一个合法的儿子，年纪比他大一岁，然而我还是喜欢这个。这畜生虽然不等召唤就自己莽莽撞撞来到这世上，可是他的母亲是个迷人的东西，我们在制造他的时候，曾经有过一场销魂的游戏，这孽种我不能不承认他。爱德蒙，你认识这位贵人吗？

爱德蒙　不认识，父亲。

葛罗斯特　肯特伯爵；从此以后，你该记着他是我的尊贵的朋友。

爱德蒙　大人，我愿意为您效劳。

肯　特　我一定喜欢你，希望我们以后能够常常见面。

爱德蒙　大人，我一定尽力报答您的垂爱。

葛罗斯特　他已经在国外九年，不久还是要出去的。王上来了。

喇叭奏花腔。李尔、康华尔、奥本尼、高纳里尔、里根、考狄利娅及侍从等上。

李　尔　葛罗斯特，您去招待招待法兰西国王和勃艮第公爵。

葛罗斯特　是，陛下。（葛罗斯特、爱德蒙同下）

李　尔　现在我要向你们说明我的心事。把那地图给我。告诉你们吧，我已经把我的国土划成三部分；我因为自己年纪老了，决心摆脱一切世务的拖累，把责任交卸给年轻力壮之人，让自己释去重担，好安安心心地等死。康华尔贤婿，还有我心爱的奥本尼贤婿，为了预防他日的争执，我想还是趁现在把我的几个女儿的嫁奁当众分配清楚。法兰西和勃艮第两位君主正在竞争我的小女儿的爱情，他们为了求婚而住在宫里也已经有好多时候了，现在他们就可以得到答复。孩子们，在我将政权、领土和国事的重任全部放弃以前，告诉我，你们中间哪一个人最爱我？我要看看谁最有孝心，最值得奖赏，我就给她最大的恩惠。高纳里尔，我的大女儿，你先说。

高纳里尔 父亲，我对您的爱，不是言语所能表达的；我爱您胜过自己的眼睛、宇宙和自由；超越一切可以估价的贵重稀有的事物；不亚于兼有淑德、健康、美貌和荣誉的生命；不曾有一个儿女这样爱过他的父亲，也不曾有一个父亲这样被他的儿女所爱；这一种爱可以使唇舌无力，语言苍白，我对您的爱超越一切。

考狄利娅 （*旁白*）考狄利娅应该怎么说呢？默默地爱着吧。

李　尔 在这些疆界以内，从这条界线起到这条界线止，所有浓密的森林、膏腴的平原、富庶的河流、广大的牧场，都要奉你为它们的女主人；这一块土地永远为你和奥本尼的子孙所有。我的二女儿，最亲爱的里根，康华尔的夫人，你怎么说？

里　根 我跟姊姊完全一样，您凭着她就可以判断我。在我的真心之中，我觉得她刚才所说的话，正是我爱您的实际的情形，可是她还不能充分说明我心所想；我宣布厌弃一切凡是敏锐的知觉所能感受到的快乐，只有爱您才是我的无上的幸福。

考狄利娅 （*旁白*）那么，可怜的考狄利娅，你只好安贫乐道了！可是我并不贫穷，因为我深信我的爱心比我的口才更为富有。

李　尔 这一块从我们这美好的王国中划分出来的三分之一的沃壤，是你和你的子孙永远世袭的产业，和高纳里尔所得到的一份同样广大、同样富庶，也同样佳美。现在，我的宝贝，虽然是最后的一个，却并非我最不在意；法兰西的葡萄和勃艮第的乳酪都在竞争你的青春之爱；你有些什么话，可以换到一份比你的两个姊姊更富庶的土地？说吧。

考狄利娅 父亲，我没有话说。

李　尔　没有？

考狄利娅　没有。

李　尔　没有只能换到没有；重新说过。

考狄利娅　我拙嘴笨舌，不会把我的心捧上我的嘴；我爱您只是按照我的名分，一分不多，一分不少。

李　尔　怎么，考狄利娅！把你的话修正修正，否则你要毁坏你自己的命运了。

考狄利娅　父亲，您生我，养我，爱惜我、厚待我；我受到您这样的恩德，理应恪尽责任服从您、爱您、敬重您。我的姊姊们要是用她们整个的心来爱您，那么她们为什么要嫁人呢？要是我有一天出嫁了，那接受我的忠诚的誓约的丈夫，将要得到我的一半的爱、我的一半的关心和责任；假如我只爱我的父亲，我一定不会像我的两个姊姊一样再去嫁人的。

李　尔　你这些话果然是从你心里说出来的吗？

考狄利娅　是的，父亲。

李　尔　年纪这样小，却这样没有良心吗？

考狄利娅　父亲，我年纪虽小，心却是忠实的。

李　尔　好，那么让你的忠实做你的嫁奁吧。凭着太阳神圣的光辉，凭着黑夜的神秘，凭着主宰人类生死的星球的运行，我宣布从现在起，永远和你断绝一切父女之情和血亲的关系，只把你当作一个路人看待。啖食自己儿女的残忍生番，比起你，我的旧日的女儿来，也不会更令我憎恨。

肯　特　陛下——

李　尔　闭嘴，肯特！不要来批怒龙的逆鳞。她是我最爱的一个，我本来想要在她的殷勤看护之下终养我的天年。去，不要让我看见你！让坟墓做我安息的眠床吧，我从此割断对她的父爱了！叫法兰西王来！都是死人吗？叫勃艮第来！康华尔、奥本尼，你们已经分到我的两个女儿的嫁奁，现在把我第三个女儿的那一份也拿去分了吧；让骄傲——她自己所称为坦白的美德替她找一个丈夫吧。我把我的财富、特权和一切君主的尊荣一起给了你们。我自己只保留一百名骑士，在你们两人的地方按月轮流居住，由你们负责供养。除了国王的名义和尊号以外，所有行政的大权、国库的收入和大小事务的处理，完全交在你们手里；为了证实我的话，两位贤婿，我赐给你们这一顶宝冠，归你们两人共有。

肯　特　尊严的李尔，我一向敬重您像敬重我的神，爱您像爱我的父亲，跟随您像跟随我的主人，在我的祈祷之中，我总把您当作我的伟大的恩主——

李　尔　弓已经弯好拉满，你留心躲开箭锋吧。

肯　特　让它落下来吧，即使箭镞会刺进我的心里。李尔发了疯，肯特也只好不顾礼貌了。你究竟要怎样，老头儿？你以为当权力向谄媚低头，尽忠守职的臣僚就不敢说话了吗？当君主一时糊涂干下了愚蠢的事情，那么臣子直言极谏就是义务。保留你的权力，仔细考虑一下这鲁莽的举措，收回这成命吧。你的小女儿并不是最不孝顺；寡言并非无情无义。我以生命担保。

李　尔　肯特，你要是想活命，赶快闭住你的嘴。

肯　特　我的生命本来是预备向您的仇敌抛掷的；为了您的安全，我也不怕把它失去。

李　尔　走开，不要让我看见你！

肯　特　瞧明白一些，李尔；还是让我坦然地站在你的眼前吧。

李　尔　凭着阿波罗起誓——

肯　特　凭着阿波罗，老王，您向神明发誓也是没用的。

李　尔　啊，可恶的奴才！（以手按剑）

奥本尼、康华尔 陛下请息怒。

肯　特 好，杀了您的医生，把您的恶病养得一天比一天厉害吧。赶快撤销您的分土馈赠；否则只要我的喉舌尚在，我就要大声疾呼，告诉你你做了错事啦。

李　尔 听着，逆贼！如果你还算臣子，好生听着！你想要煽动我毁弃我的不容更改的誓言，凭着你的傲慢，对我的命令和权力妄加阻挠，这种目无君上的态度使我忍无可忍；为了维持王命的尊严，不能不给你应得的处分。我现在宽容你五天的时间，让你预备些应用的衣服食物，免得受饥寒困苦；在第六天，你那可憎的身体必须离开我的国境；要是在此后十天之内，我们的领土上再发现了你的踪迹，那时候就要把你当场处死。去！凭着朱庇特发誓，这一个判决是无可改变的。

肯　特 再会，国王；你既不知悔改，
囚笼里也没有自由存在。（向考狄利娅）
姑娘，自有神明为你照应；
你心地纯洁，真心真意！（向里根、高纳里尔）
愿你们的夸口变成实事，
爱的誓言能结下真的果子。
各位王子，肯特从此远去；
到新的国土走我的旧路。（下）

喇叭奏花腔；葛罗斯特偕法兰西王、勃艮第及侍从等重上。

葛罗斯特 陛下，法兰西国王和勃艮第公爵来了。

李　尔 勃艮第公爵，您跟这位国王都是来向我女儿求婚的，现在我先问您：您希望她至少要有多少陪嫁的奁资，否则宁愿放弃对她的追求？

勃艮第 最尊贵的陛下，照着您所已经答应的数目，我就很满足了；想来您也不会再吝惜的。

李　尔　尊贵的勃艮第，当她为我所宠爱的时候，我是把她看得非常珍重的，可是现在她的价格已经跌落了，公爵，您瞧她站在那儿，一个弱小的身躯，要是除了我的憎恨以外，我什么都不给她，而您仍然觉得她有使您中意的地方，或者您觉得她整个儿都能使您满意，那么她就在那儿，您把她带去好了。

勃艮第　我不知道怎样回答。

李　尔　像她这样一个一无是处的女孩子，没有亲友的照顾，新近遭到我的憎恨，咒诅是她的嫁奁，我已经立誓和她断绝关系，您还是愿意娶她呢，还是打算把她放弃？

勃艮第　恕我，陛下；在这种条件之下，决定取舍是一件很为难的事。

李　尔　那么放弃她吧，公爵；凭着赋与我生命的造物主起誓，我已经告诉您她的全部价值了。（向法兰西王）至于您，伟大的国王，为了重视你我的友谊，我断不愿把一个我所憎恶的人匹配给您；所以请您还是丢开了这个天人共怨的女子，另外去找寻佳偶吧。

法兰西王　这太奇怪了，她刚才还是您的眼中的珍宝、您的赞美的题目、您的老年的安慰、您最心爱的人儿，怎么一转瞬间就会干下这么一件罪大恶极的行为，丧失了您的深恩厚爱！她的罪恶倘不是超乎寻常，您的爱心绝不会变得这样绝情；可是除非那是一桩奇迹，我无论如何不相信她会干那样的事。

考狄利娅　我再次请求您陛下，我只是没有浮华动人的口才，不会讲违心的言语，凡是我心里想到的事情，我总不愿在没有做到以前就公开宣扬；要是您因此怪罪我，我必须请求您让世人知道，我所以失去您的欢心的原因，并不是什么丑恶的污点、淫邪的行动，或是不名誉的举止；只是因为我缺少像人家那样的一双献媚求恩的眼睛，一条我所认为可耻的善于逢迎的舌头，虽然没有了这些使我不能再受您的宠爱，可是唯其如此，却使我格外尊重自己的人格。

李　尔　不能讨我欢心，还不如当初没有生下你来得好。

法兰西王　只是为了这一个原因吗？为了生性不肯有话便说，不肯把心里想做到的用华章表达出来？勃艮第公爵，您对于这位公主意下如何？爱情里面要是搀杂了和它本身无关的算计，那就不是真的爱情。您愿不愿意娶她？她自己就是一注无价的嫁奁。

勃艮第　尊严的李尔，只要把您原来已经允许过的那一份嫁奁给我，我现在就可以使考狄利娅成为勃艮第公爵的夫人。

李　尔　我什么都不给；我已经发过誓了。

勃艮第　那么抱歉得很，您由于失去一个父亲而又失去一个丈夫了。

考狄利娅　愿勃艮第平安！他所爱的既然只是财产，我也不愿做他的妻子。

法兰西王　最美丽的考狄利娅！你因为贫穷，所以是最富有的；你因为被遗弃，所以是最可宝贵的；你因为遭人轻视，所以最蒙我的怜爱。我现在把你和你的美德一起攫在我的手里；人弃我取是合情合理的。天啊天！想不到他们的冷酷的蔑视，却会激起我热烈的敬爱。陛下，您的没有嫁奁的女儿恰恰成全了我的良缘；她现在是我的全部财产的王后，法兰西全国的女主人了；沼泽之邦的勃艮第所有的公爵，都不能从我手里买去这一个无价之宝的女郎。考狄利娅，向他们告别吧，虽然他们是这样冷酷无情；你失去了故国，但将要得到一个更好的家乡。

李　尔　你带了她去吧，法兰西王；她是你的，我没有这样的女儿，也再不要看见她的脸，去吧，不要想得到我的恩宠和祝福。来，尊贵的勃艮第公爵。（喇叭奏花腔。李尔、勃艮第、康

华尔、奥本尼、葛罗斯特及侍从等同下）

法兰西王 向您的两位姊姊告别吧。

考狄利娅 父亲眼中的两颗宝玉，考狄利娅用泪洗过的眼睛向你们告别。我知道你们是怎样的人；因为碍着姊妹的情分，我不愿直言指斥你们的错处。好好对待父亲；你们自己说是孝敬他的，我把他托付给你们了。可是，唉！要是我没有失去他的欢心，我一定不让他依赖你们的照顾。再会了，两位姊姊。

里　根 用不着你教训我们。

高纳里尔 你还是去小心侍候你的丈夫吧，命运的施舍把你交在他的手里；你自己忤逆不孝，今天空手而去也是活该。

考狄利娅 时间会令深藏的奸诈显出它的原形；罪恶虽然可以掩饰一时，却早晚都会出乖露丑。愿你们兴旺！

法兰西王 来，我美丽的考狄利娅。（法兰西王、考狄利娅同下）

高纳里尔 妹妹，我有许多对我们两人有切身关系的话必须跟你谈谈。我想我们的父亲今晚就要离开此地。

里　根 那当然，他要住到你们那儿去；下个月再跟我们住在一起。

高纳里尔 你瞧他现在年纪大了，脾气多么变化不定；我们已经屡次注意到这些。他一向都是最爱我们妹妹的，现在竟凭着一时的气恼就把她撵走，可见是多么糊涂。

里　根 这是他老年的昏悖；可是他向来就是这样喜怒无常的。

高纳里尔 他年轻的时候性子就很暴躁，现在他任性惯了，再加上老年人身体日衰带来的怪脾气，看来我们只好准备受他的气了。

里　根 他把肯特也放逐了；谁知道他心里一不高兴起来，

会不会用同样的手段对付我们？

高纳里尔 法兰西王辞行回国，跟他还有一番辞行的应酬。让我们商量一个方策；要是顺着他这种脾气滥施威权起来，这一次的让权对于我们未必有什么好处。

里　根 我们还要仔细考虑一下。

高纳里尔 我们必须趁早想个办法。（同下）

第二场　葛罗斯特伯爵城堡中的厅堂

爱德蒙持信上。

爱德蒙 大自然，你是我的女神，我愿意为你的法律俯首听命。为什么我要受世俗的歧视，让世人剥夺我应享的权利，只因为我比一个哥哥迟生了一年或是十四个月？为什么他们要叫我私生子？为什么我比人家卑贱？我壮健的体格、高贵的精神、端正的容貌，哪一点比不上正经女人生下的儿子？为什么他们要给我加上庶出、贱种、私生子的恶名？贱种，贱种；贱种？难道在热烈兴奋的偷情里，得天地精华、父母元气而生下的孩子，倒不及拥着一个毫无欢趣的老婆，在半睡半醒之间制造出来的那一批蠢货？好，合法的爱德伽，我一定要得到你的土地；父亲喜欢他的私生子爱德蒙，正像他喜欢他的合法的嫡子一样。好听的名词，“合法”！好，我的合法的哥哥，要是这封信发生效力，我的计策能够成功，瞧着吧，庶出的爱德蒙将要把合法的嫡子超越——那时候我可要扬眉吐气啦。神啊，帮助帮助私生子吧！

葛罗斯特上。

葛罗斯特 肯特就这样被放逐了！法兰西王盛怒而去；王上昨晚又走了！他的权力全部交出，依靠他的女儿过活！这些事情都在匆促中决定，不曾经过丝毫的考虑！爱德蒙，怎么样！有什么消息？

爱德蒙　禀父亲，没有什么消息。（藏信）

葛罗斯特　你为什么急急忙忙把那封信藏起来？

爱德蒙　我不知道有什么消息，父亲。

葛罗斯特　你读的是什么信？

爱德蒙　没有什么，父亲。

葛罗斯特　没有什么？那么你为什么慌慌张张地把它塞进衣袋里去？既然没有什么，何必藏起来？来，给我看；要是那上面没有什么话，我也可以不用戴眼镜。

爱德蒙　父亲，请您原谅我；这是我哥哥写给我的一封信，我还没有把它读完，照我已经读到的部分看，我想还是不要让您看见的好。

葛罗斯特　把信给我。

爱德蒙　不给您看您要动怒，给您看了您更要动怒。哥哥真不应该写出这种话来。

葛罗斯特　给我看，给我看。

爱德蒙　我希望哥哥写这封信是有他的理由的，他不过要试试我的德性。

葛罗斯特　（读信）“这一种尊敬老年人的政策，使我们在最好的年纪里不能享受生命的欢乐；我们的财产不能由我们自己处分，等到年纪老了，这些财产对我们也失去了价值。我开始觉得老年人的专制实在是一种荒谬的束缚；他们压迫我们，并非因为他们有这个权利，而是我们自己容忍他们这样做。来跟我讨论讨论这个问题吧。要是我们的父亲彻底闭上了眼睛，一直好好睡着，你就可以永远享受他的一半的收入，并且将要为你的哥哥所喜爱。爱德伽。”——哼！阴谋！“要是我们的父亲彻底闭上了眼睛，一直好好睡着，你就可以永远享受他的一半的收入。”我的儿子爱德伽！他会有这样的心思？他能写得出这样一封信吗？这封信是什么时候到你手里的？谁给你的？

爱德蒙 它不是什么人送给我的，父亲；这正是他狡猾的地方；它被掷进我的房间的窗户。

葛罗斯特 你认识这笔迹是你哥哥的吗？

爱德蒙 父亲，要是这信里所写的都是好话，我敢发誓这是他的笔迹；可是那上面写的既然是这种话，我但愿不是他写的。

葛罗斯特 这是他的笔迹。

爱德蒙 笔迹确是他的，父亲；可是我希望这种话不是出于他的真心。

葛罗斯特 他以前从没有用这一类话试探过你？

爱德蒙 没有，父亲；可是我常常听见他说，儿子成年以后，父亲要是已经衰老，他应该受儿子的监护，把财产交给儿子掌管。

葛罗斯特 啊，混蛋！混蛋！正是他在这信里所表示的意思！可恶的混蛋！不孝的、没有心肝的畜生！禽兽不如的东西！去，把他找来；我要依法惩办他。可恶的混蛋！他在哪儿？

爱德蒙 我不大知道，父亲。照我看来，您在没有得到可靠的证据证明哥哥确有这种意思以前，最好暂时平息您的怒气；因为要是您立刻对他采取激烈的手段，万一事情出于误会，那不但大大损害了您的尊严，而且也会冤枉他对您的孝心。我敢拿我的生命为他作保，他写这封信的用意，不过是试探试探我对您的孝心，并没有其他危险的目的。

葛罗斯特 你以为是这样的吗？

爱德蒙 您要是认为可以的话，让我把您安置在一个可以让您听到我们两人谈论这件事情的地方，用您自己的耳朵得到真凭实据；事不宜迟，今天晚上就可以一试。

葛罗斯特 他不会是这样一个大逆不道的禽兽——

爱德蒙 他断不会是这样的人。

葛罗斯特 天地良心！我做父亲的为他付出了一切爱心，他却这样对待我。爱德蒙，找他出来；探探他究竟居心何在；照你自己的意思随机应付。我愿意放弃我的地位和财产，把这一件事情调查明白。

爱德蒙 父亲，我立刻就去找他，想方设法探明这件事情，然后向您报告。

葛罗斯特 最近这一些日蚀月蚀果然不是好兆；虽然人类天赋的智慧可以对它们作这样那样的解释，可是接踵而来的天灾人祸或许正是上天对人们所施的惩罚。亲人相疏远，朋友变陌路，兄弟成仇敌；城市里有暴动，国家发生内乱，宫廷之内潜藏着逆谋；父子纲常完全破灭。我这畜生也是恶兆之一；有他这样逆亲犯上的儿子，怎能不有不慈不爱的父亲。我们最好的日子已经过去；现在只有一些阴谋、欺诈、叛逆、纷乱追随我们走进坟墓里去。爱德蒙，去把这畜生侦查个明白；那对你不会有什么妨害的；你只要自己留心一点儿就是了。——忠心的肯特被放逐了！他的罪名是诚实！怪事，怪事！（下）

爱德蒙 人们最爱自欺欺人；当我们因为自己行为不慎而遭逢不幸的时候，我们就会把我们的灾祸归怨于日月星辰，好像我们做恶人也是命运注定，做傻瓜也是出于上天的旨意，做无赖、做盗贼、做叛徒，都是受到天体运行的支配，酗酒、造谣、奸淫都有一颗什么星在那儿操纵，我们无论干什么罪恶的行为，全都是因为有一种超自然的力量在驱策着我们。明明自己跟人家通奸，却把他的好色的天性归咎到一颗星的身上，真是绝妙的推诿！我的父亲跟我的母亲在巨龙星的尾巴底下交媾，我又是在大熊星底下出世，所以我就是个粗暴而好色的家伙。呸！即使当我的父母苟合成奸的时候，有一颗最贞洁的处女星在天空眨眼睛，我也决不会换个样子的。

爱德伽上。

爱德蒙 他来得正好，正像旧式喜剧里的大团圆一样；我现在必须装出一副忧愁煞人的样子，像疯子一般长吁短叹。唉！这些日蚀月蚀果然预兆着人世的纷争！法——索——拉——咪。

爱德伽 啊，爱德蒙兄弟！你在沉思些什么？

爱德蒙 哥哥，我正在想起前天读到的一篇预言，说是在这些日蚀月蚀之后，将要发生些什么事情。

爱德伽 你让这些东西困扰精神吗？

爱德蒙 告诉你吧，他所预言的事情果然不幸言中；什么父子争斗、死亡、饥荒、友谊的毁灭、国家的分裂、对于国王和贵族的恫吓和咒诅、无谓的猜疑、朋友的放逐、军队的叛离、婚姻的破裂，还有许许多多我所不知道的事情。

爱德伽 你什么时候相信起星象之学来？

爱德蒙 我说，我说；你最近一次看见父亲在什么时候？

爱德伽 昨天晚上。

爱德蒙 你跟他说过话没有？

爱德伽 嗯，我们谈了两个钟头。

爱德蒙 你们分别的时候，没有闹什么意见吗？你在他的辞色之间，不觉得他对你有点儿恼怒吗？

爱德伽 一点儿没有。

爱德蒙 想想看你在什么地方得罪了他；听我的劝告，暂时避开一下，等他的怒气平息下来再说，现在他正在大发雷霆，恨不得一口咬下你的肉来呢。

爱德伽 一定有哪一个坏东西在嚼舌头了。

爱德蒙 我也怕如此。请你千万忍耐忍耐，不要碰在他的火性上；现在你还是跟我到我住的地方去，我可以想法让你躲起来听听他老人家怎么说。请你去吧；这是我的钥匙。你要是在外面走动的话，最好身边带上武器。

爱德伽　带上武器，弟弟！

爱德蒙　哥哥，我这样劝告你都是为了你好；带些武器在身边吧；要是没有人在暗算你，就算我不是个好人。我已经把我所看到听到的事情都告诉你了；可还只是轻描淡写，远不及实际的情形严重哩。请你赶快去吧。

爱德伽　我不久就可以听到你的消息吗？

爱德蒙　我在这一件事情上竭力帮你的忙就是了。（爱德伽下）一个轻信的父亲，一个忠厚的哥哥，他自己从不会算计别人，所以也不疑心别人算计他；对付他们这样老实的傻瓜，我的计划手到擒来。我已经想好了。既然凭我的出身，产业到不了我的手，那就只好用我的智谋；不管用什么手段，只要得逞，对我说来就是成功。（下）

第三场　奥本尼公爵府中一室

高纳里尔及其管家奥斯华德上。

高纳里尔　我的父亲因为我的侍卫骂了他的弄人，所以动手打他吗？

奥斯华德　是，夫人。

高纳里尔　他一天到晚欺侮我；每一点钟他都要借端寻事，把我们这儿吵得鸡犬不宁。我不能再忍受下去了。他的骑士们一天一天横行不法起来，他自己又在每一件小事上都要责骂我们。等他打猎回来的时候，我不想跟他说话；你就对他说我病了。你也用不着像从前那样殷勤侍候他；他要是见怪，都怪在我身上。

奥斯华德　他来了，夫人；我听见他的声音。（内号角声）

高纳里尔　你跟你手下的人尽管对他装出一副不理不睬的态度；我要看看他有些什么话说。要是他恼了，那么让他到我妹妹那儿去吧，我知道我的妹妹的心思也跟我一样，不能受人压制。这老废物已经放弃了他的权力，还想管这个管那个！凭着我的生命发誓，年老的傻瓜正像婴儿一样，一味的姑息会纵容坏了他的脾气，不对他凶一点儿是不行的，记住我的话。

奥斯华德　是，夫人。

高纳里尔　让他的骑士们也受到你们的冷眼；无论发生什么事情都不用管；你去这样通知你手下的人吧。我要编造一些借口，和他当面说个明白。我还要立刻写信给妹妹，叫她采取一致的行动。吩咐他们备饭。（各下）

第四场　奥本尼公爵府中厅堂

肯特化装上。

肯　特　我已经完全隐去我的本来面目，要是我能够改变口音，掩饰语调，那么我的一片苦心也许可以达到目的。被放逐的肯特啊，要是你顶着一身罪名还依然能够尽职尽责，那么总有一天，你所爱戴的主人会看到你的苦心。

内号角声。李尔、众骑士及侍从等上。

李　尔　我一刻也不能等待，快去叫他们拿出饭来。（一侍从下）啊！你是什么？

肯　特　我是一个人，大爷。

李　尔　你是干什么的？你来见我有什么事？

肯　特　您瞧我像干什么的，我就是干什么的；谁要是信任我，我便愿意尽忠服侍他；谁要是居心正直，我便愿意爱他；谁要是聪明而不爱多说话，我便愿意跟他来往；我害怕上帝和良心的审判；逼不得已的时候，我也会跟人家打架；我不吃鱼。

李　尔　你究竟是什么人？

肯　特　一个心肠非常正直的汉子，而且像国王一样穷。

李　尔　要是你这做臣民的，也像我这做国王的一样穷，那么你也算得“真穷”了。你要什么？

肯　特　我要讨一个差使。

李　尔　你想替谁做事？

肯　特　替您。

李　尔　你认识我吗？

肯　特　不，大爷；可是在您的神气之间有一种什么东西，使我愿意叫您做我的主人。

李　尔　是什么东西？

肯　特　权威。

李　尔　你会做些什么事？

肯　特　我会保守秘密，我会骑马，我会跑路，我会把一个复杂的故事讲得清楚，我会把一个清楚的口信传得放心；凡是普通人能够做的事情，我都可以做，我的最大的好处是勤劳。

李　尔　你年纪多大了？

肯　特　大爷，说我年轻，我也不算年轻，我不会为了一个女人会唱几句歌而害相思；说我年老，我也不算年老，我不会糊里糊涂地溺爱一个女人；我已经活过四十八个年头了。

李　尔　跟着我吧；你可以替我做事。要是我在吃过晚饭以后还是这样欢喜你，那么我不会把你撵走。喂！饭呢？拿饭来！我的跟班呢？我的弄人呢？你去叫我的弄人来。（一侍从下）

奥斯华德上。

李　尔　喂，喂，我的女儿呢？

奥斯华德 对不起——（下）

李　尔 这家伙怎么说？叫那蠢东西回来。（一骑士下）喂，我的弄人呢？全都睡着了吗？怎么！那狗头呢？

骑士重上。

骑　士 陛下，他说公主有病。

李　尔 我叫他回来，那奴才为什么不回来？

骑　士 陛下，他非常放肆，回答我说他不高兴回来。

李　尔 他不高兴回来！

骑　士 陛下，我也不知道为了什么缘故，可是照我看起来，他们对待您已经不像往日那样殷勤礼貌了；不但一般下人从仆，就是公爵和公主也对您冷淡得多了。

李　尔 嘿！你这样说吗？

骑　士 陛下，要是我说错了话，请您原谅我；可是当我觉得您受人侮辱的时候，责任所在，我不能闭口不言。

李　尔 你不过向我提起一件我自己已经感觉到的事；我近来也觉得他们对我的态度有点儿冷淡，可是我总以为那是我自己多心，不愿断定是他们有意怠慢。我还要仔细观察观察。可是我的弄人呢？我这两天没有看见他。

骑　士 陛下，自从小公主到法国去了以后，这弄人老是郁郁不乐。

李　尔 别再提那事了；我也注意到了。你去对我的女儿说，我要跟她说话。（一侍从下）你去叫我的弄人来。（另一侍从下）

奥斯华德重上。

李　尔 啊！你，你过来，大爷。你知道我是什么人吗？

奥斯华德 我们夫人的父亲。

李　尔 “我们夫人的父亲”！我们大爷的奴才！好大胆的

狗！你这狗东西！

奥斯华德 对不起，陛下，我不是狗。

李　尔 你敢跟我当面顶嘴吗，你这混蛋？（打奥斯华德）

奥斯华德 您不能打我，陛下。

肯　特 我也不能踢你吗，你这踢皮球的下贱东西？（自后踢奥斯华德倒地）

李　尔 谢谢你，伙计；你帮了我，我喜欢你。

肯　特 来，朋友，站起来，给我滚吧！我要教训教训你，让你知道尊卑上下的分别。去！去！你还想用你蠢笨的身体丈量土地吗？滚！你难道不知轻重吗？去。（将奥斯华德推出）

李　尔 我的好伙计，谢谢你；这是你替我做事的回报。（以钱给肯特）

弄人上。

弄　人 让我也把他雇下来；这儿是我的鸡头帽。（脱帽授与肯特）

李　尔 啊，我的乖乖！你好？

弄　人 喂，你最好还是戴了我的鸡头帽吧。

肯　特 傻瓜，为什么？

弄　人 为什么？因为你帮了一个失势的人。要是你不会看准风向把你的笑脸迎上去，你就会很快着凉。来，把我的鸡头帽拿去。嘿，这家伙撵走了两个女儿，却赐福于第三个女儿，虽然也不是出于他的本意；要是你跟了他，你必须戴上我的鸡头帽。啊，老伯伯！但愿我有两顶鸡头帽，再有两个女儿！

李　尔 为什么，我的孩子？

弄　人 要是我把我的家私一起给了她们，我自己还可以存下两顶鸡头帽。我这儿有一顶；再去向您的女儿们讨一顶戴戴吧。

李　尔　嘿，你留心着鞭子。

弄　人　真理是一条贱狗，它只好躲在狗洞里；当母狗站在火边撒尿的时候，它必须一顿鞭子被人赶出去。

李　尔　简直是揭我的疮疤！

弄　人　（向肯特）喂，让我教你一段话。

李　尔　你说吧。

弄　人　听着，老伯伯；——

多积财，少摆阔；
耳多听，话少说；
少放款，多借债；
走路不如骑马快；
三言之中信一语，
多掷骰子少下注；
莫饮酒，莫嫖妓；
待在屋中把门闭；
会打算的占便宜，
不会打算叹口气。

肯　特　傻瓜，这些话一点儿意思也没有。

弄　人　那么正像拿不到诉讼费的律师徒费口舌一样，老伯伯，你不能无中生有悟出一点儿意思来？

李　尔　啊，不，孩子；没有就是没有。

弄　人　（向肯特）请你告诉他，他那么多土地的租金不也同样归于没有；他就是不肯相信一个弄人嘴里的话。

李　尔　好尖酸的话！

弄　人　我的孩子，你知道弄人是有酸有甜的吗？

李　尔　不，孩子；告诉我。

弄　人　听了爵爷话，

　　土地全分光；
　　我傻你更傻，
　两傻相比照；
　　一个傻瓜甜，
　一个傻瓜酸；
　　甜的穿花衣，
　酸的丢王冠。

李　尔　你叫我傻瓜吗，孩子？

弄　人　您把您所有的尊号都送了别人；只有这一个名字是您娘胎里带来的。

肯　特　陛下，他倒不全然是傻瓜哩。

弄　人　不，那些老爷大人们都不会答应的；要是我取得了傻瓜的专利权，他们一定要来夺我一份去，就是太太小姐们也不会放过我的；他们不肯让我一个人做傻瓜。老伯伯，给我一个蛋，我给您两顶冠。

李　尔　两顶什么冠？

弄　人　我把蛋从中间切开，吃完了蛋黄、蛋白，就用蛋壳给您做两顶冠。您想您自己好端端有一顶王冠，却把它从中间剖成两半，把两半全都送给人家，这不是背了驴子过泥潭吗？您这光秃秃的头顶连里面也是没有一点儿脑子，所以才会把一顶金冠送了人。我说了我要说的话，谁说这种话是傻话，让他挨一顿鞭子。

　这年头傻瓜不吃香，
　　聪明人个个昏了头，
　顶着个脑袋没思想，
　　只会跟着搅局忙。

李　尔　你几时学会了这许多歌儿？

弄　人　老伯伯，自从您把女儿当作了妈，我就常常唱起歌儿来了；因为当您把棒儿给了她们，拉下您自己的裤子的时候，——

　　她们高兴得眼泪盈眶，
　　　我只好唱歌自遣忧伤，
　　可怜您堂堂一国之主，
　　　却跟傻瓜们作伴发狂。

老伯伯，您去请一位先生来，教教您的傻瓜怎样说谎吧；我很

想学学说谎。

李　尔　要是你说了谎，小子，我就用鞭子抽你。

弄　人　我不知道您跟您的女儿们究竟是什么亲戚；她们因为我说了真话，要用鞭子抽我，您因为我说谎，又要用鞭子抽我；有时候我闭嘴，你们也要用鞭子抽我。我宁可做任何东西，也不要做个傻瓜；可是我宁可做个傻瓜，也不愿意做您，老伯伯；您把您的聪明从两边削掉了，削得中间不剩一点儿东西。瞧，那削下的一片来了。

高纳里尔上。

李　尔　啊，女儿！为什么你是满脸怒气？我看你近来老是皱着眉头。

弄　人　从前您用不着看她的脸，随她怎样都不与您相干；可是现在您却变成一个孤零零的圆圈圈儿，还比不上我；我是个傻瓜，您却什么都不是。（向高纳里尔）好，好，我闭嘴就是啦；虽然你没有说话，但我从你的脸色知道你的意思。

　　闭嘴，闭嘴；
　　你不知道积谷防饥，
　　活该啃不到面包皮。

他只是一个剥空了的豌豆荚。（指李尔）

高纳里尔 父亲，不单这一个肆无忌惮的傻瓜，还有您那些蛮横的卫士，也都在时时刻刻寻事骂人，种种无礼的暴行，实在叫人忍无可忍。父亲，我本来还以为要是让您知道了这种情形，一定会训诫他们的行为；可是照您最近所说的话和所做的事看来，我不能不疑心您是有意纵容他们。要是果然出于您的授意，那么为了维持法纪的尊严，我们也只好采取断然的处置，虽然也许会令您难堪；可是眼前这样的步骤却是必要的。

弄　人 您看，老伯伯——

那篱雀养大了杜鹃鸟，

自己的头也给它吃掉。

蜡烛熄了，我们眼前只有一片黑暗。

李　尔 你是我的女儿吗？

高纳里尔 算了吧，老人家，您不是一个不懂道理的人，我希望您能明智一些；不要动不动就动气，这实在太有失一个做长辈的体统。

弄　人 傻驴怎会知道马儿何时颠倒过来给车子拖着走？“呼，噢！我爱你。”

李　尔 这儿有谁认识我吗？这不是李尔。是李尔在走路、在说话吗？他的眼睛呢？他的知觉呢？他的神志呢？嘿！他醒着吗？没有的事。谁能够告诉我，我是什么人？

弄　人 李尔的影子。

李　尔 我要弄明白我是谁；君权、知识和理智都难以使我相信我是个有女儿的人。

弄　人 那些女儿们是会教您做一个听话的父亲的。

李　尔 太太，请教您的芳名？

高纳里尔 父亲，您何必这样装疯卖傻，近来您就爱如此胡闹。您是一个有年纪的老人家了，应该明礼一些。请您明白我的意思；您在这儿养了一百个骑士，全是些胡闹放荡、胆大妄为的家伙，我们好好的宫廷给他们骚扰得像一个喧嚣的客店；他们成天吃喝玩女人，简直把这儿当作了酒馆妓院，哪里还是一座庄严的宫殿。这一种可耻的现象必须立刻纠正；所以请您依了我的要求，酌量减少您的扈从的人数，只留下一些适合于您的年龄，也明白他们自己身份的人跟随您；要是您不答应，那么我没有法子，只好勉强执行了。

李　尔　地狱里的魔鬼！备起我的马来；召集我的侍从。没有良心的贱人！我不要麻烦你；我还有一个女儿哩。

高纳里尔　您打我的管家，那一班捣乱的流氓也不想想自己是什么东西，胆敢把他们上面的人像奴仆一样呼来叱去。

奥本尼上。

李　尔　唉！现在懊悔也来不及了。（向奥本尼）啊！你也来了吗？这是不是你的意思？你说。——替我备马。再铁石心肠的鬼怪也不及忘恩负义的儿女可怕。

奥本尼　陛下，请您不要生气。

李　尔　（向高纳里尔）枭獍不如的东西！你说谎！我的卫士都是最有品行的人，懂得一切的礼仪，他们的一举一动都不愧于骑士之名。啊！考狄利娅不过犯了一点儿小小的错误，怎么在我的眼睛里却会变得这样丑恶！它像一座酷虐的刑架，扭曲了我的天性，抽干了我心里的慈爱，散尽了苦楚。啊，李尔！李尔！李尔！对准这一扇装进你的愚蠢、放出你的智慧的门，着力痛打吧！（自击其头）走吧，走吧，我的人。

奥本尼　陛下，我真不知道您为什么生气。

李　尔　也许不是您的错，公爵。——听着，造化的女神，听我的吁诉！要是你想使这畜生生男育女，请你改变你的意旨吧！取消她的生育的能力，干涸她的繁殖的器官，让她的堕落的肉体里永远生不出一个子女！要是她必须生产，请你让她生下一个忤逆狂悖的孩子，使她自作自受！让她年轻的额角上很早就刻下皱纹；让眼泪流下她的面颊，磨成一道道的沟渠；让她的鞠育的辛劳，只换到冷笑和白眼；让她也感觉到一个负心的孩子比毒蛇的牙齿还要尖刻的痛楚！走吧，走吧！（下）

奥本尼　凭着我们敬奉的神明，告诉我这是怎么一回事？

高纳里尔　你不用知道什么原因；他老糊涂了，让他去使性子吧。

李尔重上。

李　尔　什么！我在这儿不过住了半个月，就把我的卫士一下子裁撤了五十名吗？

奥本尼　什么事，陛下？

李　尔　等一等告诉你。（向高纳里尔）老天！我真惭愧，你让我在你的面前失去了大丈夫的气概，让我的热泪为了一个这样的人而滚滚流出。愿毒风吹着你，恶雾罩着你！愿一个父亲的咒诅刺透你的五官百窍，留下永远不能平复的疮痍！痴愚的老眼，要是你们再为此而流泪，我要把你们挖出来，丢在你们所流的泪水里，和泥土拌在一起！哼！竟到了这等地步？好，我还有一个女儿，我相信她是孝顺我的；她听见你这样对待我，一定会用指爪抓破你的豺狼一样的面孔。你以为我一辈子也不能恢复我原来的威风了吗？好，你瞧着吧。（李尔、肯特及侍从等下）

高纳里尔　你听见没有？

奥本尼　高纳里尔，虽然我十分爱你，可是我不能这样偏心——

高纳里尔　请别说了。喂，奥斯华德！（向弄人）你这七分奸刁三分傻的东西，跟你的主人去吧。

弄　人　李尔老伯伯，李尔老伯伯！等一等，带傻瓜一块儿去。

捉狐狸，杀狐狸，
如此女儿是狐狸？
一定除掉毋迟疑。
可惜我这顶帽子，
换不到一条绳子；
追上去，你这傻子。（下）

高纳里尔　不知道是什么人替他出的好主意。一百个骑士！让他随身带着一百个全副武装的卫士，真是万全之计；只要他做了一个梦，听了一句谣言，转了一个念头，或者心里有什么不高兴不舒服，就可以任着性子用他们的力量危害我们的生命。喂，奥斯华德！

奥本尼　也许你太过虑了。

高纳里尔　过虑总比大意好些。与其时时刻刻提心吊胆，害怕暗算，宁可直接除去一切可能的威胁。我知道他的心理。他所说的话，我已经写信去告诉二妹了；她要是不听我的劝告，仍旧容留他以及那一百个骑士——

奥斯华德重上。

高纳里尔　啊，奥斯华德！我叫你写给我二妹的信，写好了没有？

奥斯华德　写好了，夫人。

高纳里尔　带几个人跟着你，赶快上马出发；把我所担心的情形明白告诉她，再加上一些你所想到的理由，让它更有说服力。去吧，早点儿回来。（奥斯华德下）不，不，我的爷，你做人太仁善厚道了，虽然我不怪你，可是恕我说一句话，只会有人批评你糊涂，却没有人称赞你善良。

奥本尼 我不知道你的眼光能够看到多远；可是过分操切也会误事的。

高纳里尔 咦，那么——

奥本尼 好，好，但看结果如何。（同下）

第五场 奥本尼公爵府外院

李尔、肯特及弄人上。

李 尔 你带着这封信，先到葛罗斯特那里去。我的女儿看了我的信，倘若有什么话问你，你就照你所知道的回答她，此外不要多说什么。要是你在路上耽搁时间，也许我会比你先到的。

肯 特 陛下，我在没有把您的信送到以前，决不打一次盹儿。（下）

弄 人 要是一个人的脑筋生在脚跟上，不知会不会长起脓包来？

李 尔 嗯，不会的，孩子。

弄 人 那么您放心吧；反正您的脑筋不用穿了拖鞋来保护。

李 尔 哈哈哈！

弄 人 您到了那另外一个女儿的地方，就可以知道她会待您多么好；因为虽然她跟这一个就像野苹果跟家苹果一样相像，可是我可以告诉您我所知道的事情。

李 尔 你可以告诉我什么，孩子？

弄 人 您一尝到她的滋味，就会知道她跟这一个完全相同，正像两只野苹果一般没有分别。您能够告诉我为什么一个人的鼻子生在脸中间吗？

李 尔 不能。

弄　人　鼻子两旁可以安放眼睛；鼻子嗅不出来的，眼睛可以看个仔细。

李　尔　我对不起她——

弄　人　你知道牡蛎怎样造它的壳吗？

李　尔　不知道。

弄　人　我也不知道；可是我知道蜗牛为什么背着一个屋子。

李　尔　为什么？

弄　人　因为可以把它的头藏在里面；它不会把它的屋子送给它的女儿，害得它连角都没有地方安顿。

李　尔　我不会再顾什么天性之情，我这做父亲的有什么地方亏待了她！我的马备好了吗？

弄　人　您的驴子们正在那儿给您预备呢。北斗七星为什么只有七颗星，其中有一个绝妙的理由。

李　尔　因为它们没有第八颗吗？

弄　人　正是，一点儿不错；您可以做一个很好的弄人。

李　尔　用武力夺回来！忘恩负义的畜生！

弄　人　假如您是我的傻瓜，老伯伯，我就要打您，因为您不到时候就老了。

李　尔　那是什么意思？

弄　人　您应该先懂得些世故再老呀。

李　尔　啊！不要让我发疯！天哪，抑制住我的怒气，不要让我发疯！我不想发疯！

侍臣上。

李　尔　怎么！马预备好了吗？

侍　臣　预备好了，陛下。

李　尔　来，孩子。

弄　人　哪个姑娘笑我痴，
她的贞操保不牢，
除非那事就此了。（同下）

第二幕

第一场　葛罗斯特伯爵城堡庭院

爱德蒙及克伦自相对方向上。

爱德蒙　您好，克伦？

克　伦　您好，公子。我刚才见过令尊，通知他康华尔公爵跟他的夫人里根公主今天晚上要到这儿来拜访他。

爱德蒙　他们怎么会来？

克　伦　我也不知道。您有没有听见外边的消息？我是指人们交头接耳在暗中相互传说的那些消息。

爱德蒙　我没有听见；请教是些什么消息？

克　伦　您没有听说康华尔公爵也许会跟奥本尼公爵开战吗？

爱德蒙　一点儿没有听见。

克　伦　那么您也许慢慢会听到的。再会，公子。（下）

爱德蒙　公爵今天晚上到这儿来！那也好！再好不过了！我正好利用这个机会。父亲已经叫人四处把守，要捉我的哥哥；我还有一件不大好办的事情，得靠运气帮忙！——哥哥，跟你说一句话；下来，哥哥！

爱德伽上。

爱德蒙 父亲在那儿守着你。啊，哥哥！离开这个地方吧；有人已经告诉他你躲在什么地方；趁着现在天黑，你快逃吧。你有没有说过什么反对康华尔公爵的话？他就要到这儿来了，在这样的夜里，急急忙忙的。里根也跟着他来；你有没有站在他这一边，说过奥本尼公爵什么话吗？想一想看。

爱德伽 我真的一句话也没有说过。

爱德蒙 我听见父亲来了；原谅我；我必须假装对你动武的样子；拔出剑来，就像在自卫一般。（*高声*）放下你的剑；见我的父亲去！喂，拿火来！这儿！——逃吧，哥哥。（*高声*）火把！火把！——再会。（*爱德伽下*）身上沾几点血，可以使他相信我真的作过一番凶猛的争斗。（*以剑刺伤手臂*）我曾经看见有些醉汉为了开玩笑的缘故，就是这样割破他自己的皮肉。（*高声*）父亲！父亲！住手！住手！没有人来帮我吗？

葛罗斯特率众仆持火炬上。

葛罗斯特 爱德蒙，那畜生呢？

爱德蒙 他站在这儿黑暗之中，拔出他的锋利的剑，嘴里念念有词，见神见鬼地请月亮帮他的忙。

葛罗斯特 可是他在什么地方？

爱德蒙 瞧，父亲，我流着血呢。

葛罗斯特 爱德蒙，那畜生呢？

爱德蒙 往这边逃去了，父亲。他也是没有法子——

葛罗斯特 喂，你们追上去！（*若干仆人下*）“没有法子”什么？

爱德蒙 没有法子劝我跟他同谋把您杀死；我对他说，嫉恶如仇的神明对弑父的逆子是要用天雷劈死的；我告诉他儿子对于父亲的关系是多么息息相关；总而言之，他看见我这样憎恶他违背天伦的图谋，就恼羞成怒，拔出他的早就预备好的剑，气势汹汹地向我毫无防卫的身上刺了过来，把我的手臂刺破了；后来他见我也发起怒来，自恃理直气壮，跟他奋力对抗，倒胆怯起来，也许因为听见我喊叫的声音，就急忙逃走了。

葛罗斯特 让他逃得远远的吧；除非逃到国外去，我们总有捉到他的一天；看他到时还活得成活不成。公爵殿下，我高贵的恩主今晚要到这儿来，我要请他发出一道命令，谁要是能够把这杀人的懦夫捉住，交给我们绑在火刑柱前，他将会得到重谢；谁要是把他藏匿起来，一经发觉，也要处死。

爱德蒙 当他不听我的劝告，决意实行他的企图的时候，我就严辞恫吓他，说我要公开他的秘密；可是他却回答我说："你这个没份儿继承遗产的私生子！你以为咱俩相争，人家会相信你的德才，相信你所说的话吗？我可以绝口否认——我自然要否认，即使你拿出我亲手写下的笔迹，我还可以反咬一口，说这全是你的阴谋恶计；人们不是傻瓜，他们当然会相信你因为觊觎我死后的利益，所以才会起这样的毒心，想要害我的命。"

葛罗斯特 好恶毒的畜生！他赖得掉他的信吗？他不是我生的。（内喇叭奏花腔）听！公爵的号角声。我不知道他来有什么事。我要把所有的城门关起来，看这畜生逃到哪儿去；公爵一定会答应我这一个要求；而且我还要把他的画像各处散发，让全国的人都可以注意他。我的孝顺的孩子，你不学你哥哥的坏样，我一定想法子使你能够承继我的土地。

康华尔、里根及侍从等上。

康华尔 您好，我的尊贵的朋友！我还不过刚到这儿，就已经听见了奇怪的消息。

里　根 要是真有那样的事，那罪人真是万死不足蔽辜了。

是怎么一回事，伯爵？

葛罗斯特 啊！夫人，我这颗衰老的心已经碎了，已经碎了！

里　根 什么！我父亲的教子要谋害您的性命吗？就是我父亲替他取名字的，您的爱德伽吗？

葛罗斯特 啊！夫人，夫人，发生了这种事情，真是说来叫人丢脸。

里　根 他不是常常跟我父亲身边的那些不守规矩的骑士们在一起吗？

葛罗斯特 我不知道，夫人。太可恶了！太可恶了！

爱德蒙 是的，夫人，他正是常跟那些人在一起的。

里　根 无怪他会变得这样坏；一定是他们撺掇他谋害了老父亲，好把他的财产拿出来给大家挥霍。今天傍晚的时候，我接到我姊姊的一封信，她告诉我他们种种逾矩的情形，并且警告我要是他们想要住到我的家里来，我最好不要招待他们。

康华尔 相信我，里根，我也绝不去招待他们。爱德蒙，我听说你对你的父亲很尽孝道。

爱德蒙 那是我的本分，殿下。

葛罗斯特 他揭发了他哥哥的阴谋；您看他身上的这一处伤就是因为奋不顾身想要捉住那畜生而受的。

康华尔 那他逃走了？

葛罗斯特 是的，殿下。

康华尔 要是他给我们捉住了，就再也不能为非作恶；您只要决定一个办法，在我的权力范围以内，我都帮您办。爱德蒙，你这一回所表现的行动和孝心令人赞赏；像你这样不负付托的人，正是我们所需要的，我将要大大地重用你。

爱德蒙 殿下，无论如何我都愿意为您效命。

葛罗斯特 殿下这样器重他，我感激万分。

康华尔 您还不知道我们造访的原因——

里 根 尊贵的葛罗斯特，我们这样很失礼地深夜赶来，实在是因为有一些相当重要的事情，必须请教您的高见。我们的父亲和姊姊都有信来，说他们两人之间发生了一些冲突；我想最好不要在我们自己的家里答复他们；两方面的使者都在这儿等候我的回复。我们的善良的老朋友，您宽宽心，替我们赶快出个主意吧。

葛罗斯特 夫人但有所命，我自当效劳。殿下和夫人光临，欢迎得很！（同下）

第二场 葛罗斯特城堡之前

肯特及奥斯华德各上。

奥斯华德 早安，朋友；你是这屋子里的人吗？

肯 特 嗯。

奥斯华德 什么地方可以让我们拴马？

肯 特 烂泥地里。

奥斯华德 对不起，大家是好朋友，告诉我吧。

肯 特 谁是你的好朋友？

奥斯华德 好，那么我也用不着理你。

肯 特 要是我把你一口咬住，看你理不理我。

奥斯华德 你为什么对我这样？我又不认识你。

肯 特 家伙，我认识你。

奥斯华德 你认识我是谁？

肯 特 一个无赖；一个恶棍；一个吃剩饭的家伙；一个下贱的、骄傲的、浅薄的、叫花子一样的、只有三身衣服、全部家私不过一百镑的、卑鄙龌龊的、穿毛线袜子的奴才；一个胆小如鼠、仗势欺人的奴才；一个婊子生的、顾影自怜的、奴颜婢膝的、装腔作势的混账东西；一个天生的王八胚子；又是奴才，又是叫花子，又是懦夫，又是王八，又是一条杂种老母狗的儿子；要是你不承认你这些头衔，我要把你打得汪汪大叫。

奥斯华德 咦，奇怪，你是个什么东西，你也不认识我，我也不认识你，怎么开口骂人？

肯　特 你还说不认识我，你这厚脸皮的奴才！两天以前，我不是把你踢倒在地上，还在陛下的面前打过你吗？拔出剑来，你这混蛋；虽然是夜里，月亮照着呢；我要在月光底下把你剁得稀烂。（拔剑）拔出剑来，你这婊子生的下流东西，拔出剑来！

奥斯华德 去！我不跟你胡闹。

肯　特 拔出剑来，你这恶棍！你这傀儡，带来了一个女儿伤害她父王的信，拔出剑来，你这混蛋，否则我要砍下你的胫骨。拔出剑来，恶棍；来来来！

奥斯华德 喂！救命哪！要杀人啦！救命哪！

肯　特 拔剑呀，你这奴才；站住，混蛋，别跑；你这漂亮的奴才，你不会还手吗？（打奥斯华德）

奥斯华德 救命啊！要杀人啦！要杀人啦！

爱德蒙拔剑上。

爱德蒙 怎么！什么事？（分开二人）

肯　特 好小子，你也要寻事吗？来，我给你点儿颜色瞧瞧；来，小哥儿。

康华尔、里根、葛罗斯特及众仆上。

葛罗斯特 动刀动剑的，什么事呀？

康华尔 大家不要闹；谁再动手，就叫他死。怎么一回事？

里　根 一个是我姊姊的使者，一个是国王的使者。

康华尔　你们为什么争吵？说。

奥斯华德　殿下，我给他搞得气都喘不过来啦。

肯　特　怪不得你，你把全身勇气都提起来了。你这懦怯的恶棍，造化不承认他曾经造下你；你是裁缝手里做出来的。

康华尔　你是一个奇怪的家伙；裁缝会做出一个人来吗？

肯　特　嗯，裁缝；石匠或者油漆匠都不会把他做得这样坏，即使他们学会这门手艺才不过两个钟头。

康华尔　说，你们怎么会吵起来的？

奥斯华德　这个老不讲理的家伙，殿下，不是看在他的花白胡子的分上，我早就要他的命了——

肯　特　你这婊子养的、不中用的废物！殿下，要是您允许我的话，我要把这混蛋踏成一堆替人涂刷茅厕墙壁的泥浆。看在我的花白胡子分上？你这摇尾乞怜的狗！

康华尔　住口！畜生，你连规矩也不懂吗？

肯　特　是，殿下；可是我实在气愤不过。

康华尔　你为什么气愤？

肯　特　我气愤的是像这样一个奸诈的奴才，居然也佩起剑来。都是这种笑脸的小人，像老鼠一样咬断了神圣的伦纪纲常；主上的恶念他们每每竭力逢迎，不是火上浇油，就是雪上添霜；他们最擅长的是随风转舵，随着主人的意思，他们像狗一样摇着尾巴忽东忽西，只知道跟着主人跑。恶疮烂掉了你的抽搐的面孔！你笑我所说的话，你以为我是个傻瓜吗？呆鹅，要是我在旷野里碰见了你，看我不把你打得嘎嘎乱叫，赶快回你的老家去吧！

康华尔　什么！你疯了吗，老头儿？

葛罗斯特　说，你们究竟是怎么吵起来的？

肯　特　我跟这混蛋是势不两立的。

康华尔 你为什么叫他混蛋？他做错了什么事？

肯 特 我不喜欢他的面孔。

康华尔 也许你也不喜欢我的面孔、他的面孔，还有夫人的面孔。

肯 特 殿下，我是说惯老实话的；我曾经见过一些面孔，比现在站在我面前的这些好得多。

康华尔 这个人正是那种因为有人称赞了他言辞率直就从此装出一副玩世不恭样子的家伙。他不会谄媚，有一颗正直坦白的心，他必须说老实话；要是人家愿意接受他的意见，很好；不然的话，他是个老实人。我知道这种家伙，他们用坦白的外表，包藏着极大的奸谋祸心，比二十个胁肩谄笑、小心翼翼的谄媚者更要不怀好意。

肯 特 殿下，您的伟大的明鉴，就像太阳神额上的烨耀的火轮，请您照临我的善意的忠诚，恳切的虔心——

康华尔 这是什么意思？

肯 特 因为您不喜欢我的话，所以我改变了一个样子。我知道我不是一个谄媚之徒；我也不愿做一个故意用率直的言语诱惑人家听信的奸诈小人；即使您请求我做这样的人，我也决不从命。

康华尔 （向奥斯华德）你在什么地方冒犯了他？

奥斯华德 我从来没有冒犯过他。最近陛下因为对我有了点误会，把我殴打；他便助主为虐，从我的背后把我踢倒在地上，侮辱谩骂，装出一副非常勇敢的神气；陛下看见他这样，把他称赞了两句，他便得意忘形，所以一看见我，又拔剑跟我大闹。

肯 特 这懦弱的混蛋倒真会吹牛。

康华尔 拿足枷来！你这口出狂言的倔强的老贼，我们要教训你一下。

肯　特　殿下，我已经太老，不能受您的教训了；您不能用足枷枷我。我是陛下的人，奉他的命令前来；您要是把他的使者枷起来，那未免对我的主上太失敬、太放肆无礼了。

康华尔　拿足枷来！凭着我的生命和荣誉起誓，他必须锁在足枷里直到中午为止。

里　根　到中午为止！到晚上，殿下；把他整整枷上一夜再说。

肯　特　啊，夫人，假如我是您父亲的狗，您也不该这样对待我。

里　根　因为你是他的奴才，所以我要这样对待你。

康华尔　这正是我们的姊姊提到的那个家伙。来，拿足枷来。（从仆取出足枷）

葛罗斯特　殿下，请您不要这样。他的过失诚然很大，陛下知道了一定会责罚他的；您所决定的这一种羞辱的刑罚，只能惩戒那些犯偷窃之类普通小罪的下贱的小民；他是陛下差来的人，要是您给他这样的处分，陛下一定要认为您轻蔑了他的来使而心中不快。

康华尔　那我可以负责。

里　根　我的姊姊要是知道她的使者因为奉行她的命令而被人这样侮辱殴打，她的心里还要不高兴哩。把他的腿放进去。（从仆将肯特套入足枷）来，殿下，我们走吧。（除葛罗斯特、肯特外均下）

葛罗斯特　朋友，我很为你难过；这是公爵的意思，全世界都知道他的脾气固执，不肯接受劝阻。我会替你向他求情。

肯　特　请您不必多此一举，大人。我走了许多路，还没有睡过觉；一部分的时间将在瞌睡中过去，醒着的时候我可以吹吹口哨。好人上足枷没准会走好运呢。再会！

葛罗斯特 这是公爵的不是；陛下一定会见怪的。（下）

肯　特 好陛下，您正像俗语说的，抛下天堂的幸福，来受赤日的煎熬了。来吧，你这照耀大地的炬火，让我借着你的温柔的光辉读一读这封信。倒霉的人未必不会遇见奇迹；我知道这是考狄利娅寄来的，我的改头换面的行踪，所幸给她知道了；她一定会找到一个机会改变这一切的。疲倦得很；闭上吧，沉重的眼睛，免得看见这耻辱的一切。晚安，命运，求你转过你的轮子来，再向我们微笑吧。（睡）

第三场　荒野的一处

爱德伽上。

爱德伽 听说他们已经发出告示捉我；幸亏我躲在一株空心的树干里，没有给他们找到。没有一处城门可以出入无阻；没有一个地方不是警卫森严，准备把我捉住！我总得设法逃过才能保全自己的生命；我想还不如改扮作一个最卑贱穷苦、最为世人所轻视、和禽兽相去无几的家伙；我要用污泥涂在脸上，一块毡布裹住我的腰，把头发打成许多乱结，赤身裸体，顶着风雨的侵凌。这地方得天独厚，有许多疯丐，他们高声叫喊，用针哪、木锥哪、钉子哪、迷迭香的树枝哪，刺在他们麻木而僵硬的手臂上；用这种可怕的形状，到那些穷苦的农场、乡村、羊棚和磨坊里去，有时候发出疯狂的咒诅，有时候向人哀求祈祷，乞讨一些布施。我现在学着他们的样子，一定不会引起人家的疑心。可怜的疯丐！可怜的汤姆！倒有几分像；我现在不再是爱德伽了。（下）

第四场　葛罗斯特城堡前

肯特系足枷中。李尔、弄人及侍臣上。

李　尔　真奇怪，他们不在家里，又不打发我的使者回去。

侍　臣　我听说他们在前一个晚上还不曾有走动的意思。

肯　特　向您致敬，尊贵的主人！

李　尔　嘿！你把这样的羞辱作为消遣吗？

肯　特　不，陛下。

弄　人　哈哈！他吊着一副多么难受的袜带！缚马缚在头上，缚狗缚熊缚在脖子上，缚猴子缚在腰上，缚人缚在腿上；一个人的腿儿太会活动了，就要叫他穿木袜子。

李　尔　谁认错了人，把你锁在这儿？

肯　特　您的女婿和女儿。

李　尔　不。

肯　特　是的。

李　尔　我说不。

肯　特　我说是的。

李　尔　不，不，他们不会干这样的事。

肯　特　他们干了。

李　尔　凭着朱庇特起誓，没有这样的事。

肯　特　凭着朱诺起誓，有这样的事。

李　尔　他们不敢做这样的事；他们不能，也不会做这样的事；要是他们有意做出这种忤逆的暴行来，那简直比杀人更不可恕。赶快告诉我，你究竟犯了什么罪，他们才会用这种刑罚来对待一个国王的使者。

肯　特　陛下，我带了您的信到了他们家里，当我跪在地上把信交上去，还没有立起身来的时候，又有一个使者汗流满面，气喘吁吁，急急忙忙地奔了进来，代他的女主人高纳里尔向他们请安，随后把一封书信递上去；于是他们就不再理睬我，先读高纳里尔的信；读罢了信，他们立刻召集仆从，上马出发，叫我跟到这儿来，等候他们的答复；对待我十分冷淡。一到这儿，我又碰见了那个使者，他也就是最近对您非常无礼的那个家伙，我知道他们对我冷淡，都是因为他来了的缘故，一时激于气愤，不加考虑地向他动起武来；他高声发出胆怯的叫喊，惊动了全屋子的人。您的女婿女儿认为我犯了这样的罪，应该受到这样的侮辱，所以就把我枷起来了。

弄　人　冬天还没有过去，要是野雁尽往那个方向飞。

老父衣百结，
儿女不相认；
老父满囊金，
儿女尽孝心。
命运如娼妓，
遗弃贫贱人。

虽然这样说，你的女儿们还要孝敬你数不清的烦恼哩。

李　尔　啊！无边的怒气都涌上我的心头来了！你这一股无名的气恼，快给我平静下去！我那女儿呢？

肯　特　在里边，陛下；跟伯爵在一起。

李　尔　不要跟着我；在这儿等着。（下）

侍　臣　除了你刚才所说的以外，你没有犯其他的过失吗？

肯　特　没有。陛下怎么不多带几个人来？

弄　人　你会提出这么一个问题，活该给人用足枷枷起来。

肯　特　为什么，傻瓜？

弄　人　你应该拜蚂蚁做老师，让它教你冬天是不能劳作的。谁都长着眼睛，除非瞎子，每个人都看得清自己该朝哪一边走；何况还有鼻子——二十个人的鼻子没有一个嗅不出来他身上发霉的味道。当一个大车轮即将滚下山坡，你千万不要抓住它，免得跟它一起滚下去跌断了颈脖；可是要是看见它上山去，那么何不让它拖着你一起往上爬。倘若有什么聪明人给你更好的忠告，请你把这番话还我；一个傻瓜的忠告，只配让一个混蛋去遵从。

他为了私利，
　向你屈节卑躬，
天色一变就要告别，
　留下你在雨中无可奈何。
聪明的人全都飞散，
　只剩我这傻瓜独自留下；
逃走的混蛋是真正的傻瓜，
　那傻瓜般的弄人却不做混蛋。

肯　特　傻瓜，你从哪里学会这支歌儿？

弄　人　不是在足枷里，傻瓜。

李尔偕葛罗斯特重上。

李　尔　拒绝跟我说话！他们有病！他们疲倦了，他们昨天晚上走路辛苦了！都是些鬼话，明明是要背叛我的意思。给我再去向他们要一个好一点的答复来。

葛罗斯特　陛下，您知道公爵的火性，他决定了怎样就是怎样，再也没有更改的。

李　尔　报应哪！反了！反了！火性！什么火性？嘿，葛罗斯特，葛罗斯特，我要跟康华尔公爵和他的妻子说话。

葛罗斯特　呃，陛下，我已经通知他们了。

李　尔　通知他们了！你懂得我的意思吗？

葛罗斯特 是，陛下。

李　尔 国王要跟康华尔说话；父亲要跟他的女儿说话，叫她出来见我；你有没有这样通知他们？我这坏脾气，我这一腔血！哼，火性！对那火性的公爵说——不，且慢，也许他真的不大舒服；一个人为了疾病往往疏忽了他的责任，是应当加以原谅的；我们身体上有了病痛，行动上也许就不由我们自己做主。我且忍耐一下，不要太鲁莽了，对一个有病的人过分求全责备。该死！（视肯特）为什么把他枷在这儿？这一种举动使我相信公爵夫妇对我的回避，完全是一种预定的计谋。把我的仆人放出来还我。去，对公爵和他的妻子说，我现在立刻就要跟他们说话；叫他们赶快出来见我，否则我要在他们的寝室门前擂起鼓来，直到把睡眠吵死。

葛罗斯特 我但愿你们大家和和好好的。（下）

李　尔 啊！我的心！我的怒气直冲的心！下去，快下去吧！

弄　人 大叫吧，老伯伯，就像伦敦女人把活鳗鱼和进面糊里的时候那样叫吧；她拿起手里的棍子，会敲着它们的头大喊："下去，坏东西，下去！"还有她的兄弟，为了爱他的马儿，替它在草料上涂了牛油。

康华尔、里根、葛罗斯特及众仆上。

李　尔 你们两位早安！

康华尔 祝福陛下！（众人释肯特）

里　根 我很高兴看见陛下。

李　尔 里根，我想你一定高兴看见我；我知道我为什么要这样想；要是你不高兴看见我，我就要跟你已故的母亲离婚，把她的坟墓当作一座淫妇的丘垄。（向肯特）啊！你放出来了吗？那事儿等会儿再谈。亲爱的里根，你的姊姊太不孝啦。啊，里根！她的无情的凶恶像饿鹰的利喙一样猛啄我的心。我简直不能告诉你；你不会相信她忍心害理到什么地步——啊，里根！

里　根　父亲，请您多多忍耐。我想她不会对您有失孝道，恐怕还是您不能谅解她的苦衷吧。

李　尔　啊，这是什么意思？

里　根　我想我的姊姊绝不会有什么地方不尽天职；父亲，要是她约束了您那班随从的放荡的行为，那当然有充分的理由和正大的目的，绝对不能怪她的。

李　尔　我的咒诅降在她的头上！

里　根　啊，父亲！您年纪老了，有生之年越来越少；应该让一个比您自己更明白您的地位的人指点您；所以我劝您还是回到姊姊那里去，对她赔一个不是。

李　尔　请求她的饶恕吗？你看这样像不像个样子："好女儿，我承认我年纪老，不中用啦，让我跪在地上，（跪下）请求您赏给我几件衣服穿，赏给我张床睡，赏给我些东西吃吧。"

里　根　父亲，别这样子；这太丢人啦，简直是胡闹！回到我姊姊那儿去吧。

李　尔　（起立）再也不回去了，里根。她裁撤了我一半的侍从；不给我好脸看；用她的毒蛇一样的舌头刺痛我的心。但愿上天蓄积的报复一起降在她的无情无义的头上！但愿恶风吹打她的腹中的胎儿，让它生下地来就是个瘸子！

康华尔　嘿！这是什么话！

李　尔　迅疾的闪电啊，把你的眩目的火焰射进她傲慢的眼睛里去吧！在烈日熏灼下蒸发起来的瘴气啊，损坏她的美貌，消灭她的骄傲吧！

里　根　天上的神明啊！您要是对我发起怒来，也会这样咒我的。

李　尔　不，里根，你永远不会受我的咒诅；你的温柔的天性绝不会使你干出冷酷残忍的事来。她的眼睛里有一股凶光，可是你的眼睛却是温存和蔼的。你绝不会吝惜我的享受，裁撤我的侍从，用不逊之言向我顶嘴，削减我的费用，甚至于把我关在门外不让我进来；你是懂得天伦的义务、儿女的责任、孝亲的礼貌和受恩的感激的；你总还没有忘记我曾经赐给你一半的国土。

里　根　父亲，不要把话说远了。

李　尔　谁把我的人枷起来？（内喇叭奏花腔）

康华尔　那是什么声音？

里　根　我知道，是我的姊姊来了；她信上说就要到这儿来的。

奥斯华德上。

里　根　夫人来了吗？

李　尔　这是一个靠着主妇暂时的恩宠、狐假虎威、倚势凌人的奴才。滚开，贱奴，不要让我看见你！

康华尔　陛下，这是什么意思？

李　尔　谁把我的仆人枷起来的？里根，我希望你并不知道这件事。谁来啦？

高纳星尔上。

李　尔　天啊，要是你爱老人，要是你相信子女应该孝顺他们的父母，要是你自己也老了，那么不要置身事外，拿出你的态度来，帮我申雪我的怨恨吧！（向高纳里尔）你看见我这一把胡须，不觉得惭愧吗？啊，里根，你愿意跟她握手吗？

高纳里尔　为什么她不能跟我握手呢！我干了什么错事？难道凭着一张糊涂昏悖的嘴巴，就可以定我的罪了吗？

李　尔　啊，我的胸膛！你还没有胀破吗？我的人怎么给枷了起来的？

康华尔 陛下，是我把他枷在那儿的；照他狂妄的行为，这样的惩戒还太轻呢。

李　尔 你！是你干的吗？

里　根 父亲，您该明白您是个衰弱的老人了，差不多就得了。要是您现在仍旧回去跟姊姊住在一起，裁撤了您一半的侍从，那么等住满了一个月，再到我这儿来吧。我现在不在自己家里，要供养您也有许多不便。

李　尔 回到她那儿去？裁撤五十名侍从！不，我宁愿什么屋子也不要住，过风餐露宿的生活，和豺狼鸟兽做伴侣，忍受一切饥寒的痛苦！回去跟她一起？嘿，我宁愿到那娶了我的没有嫁奁的小女儿去的热情的法兰西国王的座前匍匐膝行，像一个臣仆一样向他讨一份微薄的恩俸，苟延残喘。回去跟她住在一起！你还是劝我在这可恶的仆人手下当奴才、当牛马吧。（指奥斯华德）

高纳里尔 随你的便。

李　尔 女儿，请你不要使我发疯；我也不愿再来打扰你了，我的孩子。再会吧；我们从此不再相见。可是你是我的血肉，我的女儿；或者还不如说是我身体上的一个恶瘤，我不能不承认你是我的；你是我的腐败的血液里的一个疖子、一个瘀块、一个肿毒的恶疮。可是我不愿责骂你；让羞辱自己降临你的身上吧，我没有呼召它；我不要求天雷把你劈死，我也不把你的忤逆向垂察善恶的天神控诉，你且回去扪心自问，趁早痛改前非。我可以忍耐；我可以带着我的一百个骑士，跟里根住在一起。

里　根 那绝对不行；现在还轮不到我，我也没有预备好招待您的礼数。父亲，听我姊姊的话吧；人家用理智对待您的暴怒，因为您老了，所以——可是姊姊是知道她自己该怎样做的。

李　尔 这是你的好意的劝告吗？

里　根 是的，父亲，这是我的真诚的意见。什么！五十个卫十？这不是很好吗？再多一些有什么用处？就是这也太多了。别说供养他们不起，而且这么多人成群结党，也是一件危险的事。一间屋子里养了这许多人，受着两个主人支配，怎么不会发生矛盾？绝对不行。

高纳里尔　父亲，您为什么不让我们的仆人侍候您呢？

里　根　对了，父亲，那不是很好吗？要是他们怠慢了您，我们也可以管束他们。您下回到我这儿来的时候，请您只带二十五个人来，因为现在我已经看到了一个危险；超过这个数目，我是恕不招待的。

李　尔　我把一切都给了你们——

里　根　您幸好及时给了我们。

李　尔　叫你们做我的代理人、保管者，我的唯一的条件，只是让我保留这么多的侍从。什么！我只能带二十五个人，到你这儿来吗？里根，你真的这样说？

里　根　父亲，我可以再说一遍，不能再来更多人。

李　尔　恶人的面孔虽然狰狞可怖，但是与比他更恶的人相比，反倒显得和蔼可亲；不是绝顶的凶恶，总还有几分可取。（向高纳里尔）我愿意跟你去；你的五十个人还比她的二十五个多一倍，你的孝心也比她大一倍。

高纳里尔　父亲，我们家里难道没有两倍这么多的仆人侍候您？依我说，不但用不着二十五个人，就是十个五个也是多余的。

里　根　一个又有什么需要？

李　尔　啊！不要跟我说什么需要不需要；最卑贱的乞丐，也有他最不值钱的身外之物；人要是除了天生的需要以外，别无其他享受，那和畜类的生活有何分别。你是一位夫人；你穿着这样华丽的衣服，如果只是为了保持温暖，那就根本不需如此，因为华服并不能使你温暖。可是，讲到真的需要，那么天啊，给我忍耐吧，我需要忍耐！神啊，你们看见我在这儿，一个可怜的老头子，被忧伤和老迈折磨得好苦！假如是你们鼓动这两个女儿的心，使她们忤逆她们的父亲，那么请你们不要尽是愚弄我，叫我默然忍受吧；让我的心里激起了尊严的怒火，别让妇人所恃为武器的眼泪玷污我男子汉的面颊！不，你们这两个不孝的妖妇，我要向你们复仇，我要做出一些使全世界惊怖的事情来——虽然我现在还不知道要怎么做。你们以为我将要哭泣；不，我不愿哭泣，我虽然有充分的哭泣的理由，可是我宁愿让这颗心碎成万片，也不愿流下一滴泪来。啊，弄人啊！我要发疯了！（李尔、葛罗斯特、肯特及弄人同下）

康华尔　我们进去吧；一场暴风雨将要来了。（远处暴风雨声）

里　根　这座房屋太小了，这老头儿带着他那班人来是容纳不下的。

高纳里尔　是他自己不好，放着安逸的日子不过，一定要吃些苦，才知道自己的蠢。

里　根　单是他一个人，我倒也很愿意收留他，可是他的那班跟随的人，我可一个也不能容纳。

高纳里尔　我也是这个意思。葛罗斯特伯爵呢？

康华尔　跟老头子出去了。他回来了。

葛罗斯特重上。

葛罗斯特　陛下正在盛怒之中。

康华尔　他要到哪儿去？

葛罗斯特　他叫人备马；可是不让我知道他要到什么地方去。

康华尔　还是不要管他，随他自己的意思吧。

高纳里尔 伯爵，您千万不要留他。

葛罗斯特 唉！天色暗起来了，外面刮着狂风，附近许多里之内，简直连一株小树都没有。

里　根 啊！伯爵，对于刚愎自用的人，只好让他们自己招致的灾祸教训他们。关上您的门；他有一班亡命之徒跟随在身边，他自己又是这样容易受人愚弄，天知道他们会煽动他干出些什么事来。明智的话，还是小心点儿好。

康华尔 关上您的门，伯爵；这是一个狂暴之夜。我的里根说得一点不错。暴风雨来了，快进去躲风雨吧。（同下）

第三幕

第一场　荒　野

暴风雨，雷电。肯特及一侍臣上，相遇。

肯　特　除了恶劣的天气以外，还有谁在这儿？

侍　臣　一个心绪像这天气一样不安静的人。

肯　特　我认识你。陛下呢？

侍　臣　正在跟暴怒的大自然搏斗；他叫狂风把大地吹下海里，叫泛滥的波涛吞没了陆地，使万物都变了样子或归于毁灭；他扯下了自己的根根白发，让挟着盲目愤怒的暴风把它们卷得无影无踪；在他渺小的躯体内，也正在进行着一场比暴风雨的冲突更剧烈的斗争。这样的晚上，被小熊吸干了乳汁的母熊也躲着不敢出来，狮子和饿狼都不愿沾湿它们的毛皮。他却光秃着头在风雨中狂奔，把一切付托给鬼神。

肯　特　可是谁和他在一起？

侍　臣　只有那弄人一路跟着他，竭力用些笑话替他排解心中的伤痛。

肯　特　我知道你是什么人，我敢凭着我的所知告诉你一件重要的消息。在奥本尼和康华尔两人之间，虽然表面上彼此掩饰得毫无痕迹，可是暗中却已经开始勾心斗角；正像一般身居高位的人一样，在他们手下都有一些名为仆人、实际上却是向法国密报我们国内情形的探子，凡是这两个公爵的明争暗斗，他们两人对于善良的老王的冷酷待遇，以及种种表象底下其他更秘密的一切动静，全都传到了法国的耳中；现在已经有一支军队从法国开到我们这个分裂的国土上来，乘着我们疏忽无备，在我们几处最好的港口秘密登陆，不久就要公然揭开他们的旗帜了。现在，你要是信任我的话，请赶快到多佛去一趟，那边你可以找到欢迎你的人，你可以把被逼疯了的陛下所受的种种无理的屈辱和虐待向他如实报告，他一定会感激你的好意。我是一个有地位有身价的绅士，因为知道你为人可靠，所以把这件差使交给你。

侍　臣　我还要跟您谈谈。

肯　特　不，不必。为了向你证明我并不是像我的外表那样的一个微贱之人，你可以打开这个钱囊，把里面的东西拿去。你一到多佛，马上可以见到考狄利娅；只要把这戒指给她看了，她就会告诉你，你现在所不认识的同伴是个什么人。好可恶的暴风雨！我要找陛下去。

侍　臣　把您的手给我。您没有别的话了吗？

肯　特　只有一句最重要的话，就是我们现在先去找陛下；你往那边去，我往这边去，谁先找到他，就打一个招呼（各下）

第二场　荒野的另一部分

暴风雨继续未止。李尔及弄人上。

李　尔　吹吧，风啊！吹破了你的脸颊，猛烈地吹吧！你瀑布一样的倾盆大雨，尽管倒泻下来，直到浸没了我们的教堂尖顶，淹沉了屋顶上的风标吧！你思想一样迅速的硫磺电火，劈碎橡树的巨雷的先驱，烧焦了我的白发的头颅吧！你，震撼一切的霹雳啊，把这繁密饱满的地球击平了吧！打碎造物的模型，不要让一颗忘恩负义的人类的种子遗留在世吧！

弄　人　啊，老伯伯，干燥屋子里的宫廷圣水，不比在这没有遮蔽的旷野里的雨水好得多吗？老伯伯，回到那所房子里去，向您的女儿们请求祝福吧；这样的夜无论对于聪明人或是傻瓜，都是不发一点慈悲的。

李　尔　尽管轰着吧！尽管吐你的火舌，尽管喷你的雨水吧！雨、风、雷、电，都不是我的女儿，我不责怪你们的无情；我不曾给你们国土，不曾称你们为我的孩子，你们没有顺从我的义务；所以，随你们的高兴，降下你们可怕的威力来吧，我站在这儿，只是你们的奴隶，一个可怜的、衰弱的、无力的、遭人贱视的老头子。可是我仍然要骂你们是卑劣的帮凶，因为你们滥用上天的威力，帮同两个万恶的女儿来跟我这个白发的老翁作对。啊！啊！这太卑劣了！

弄　人　有好脑筋的人不愁没有屋顶来藏他的头。

脑袋还没找好住房，
　裤裆倒先提前上岗；
上上下下生满虱子，
　叫花也要讨个婆娘。
有人只顾他的脚趾，
　不把德行放在心上；
长个鸡眼让他难受，
　辗转反侧嚷到天亮。

漂亮女人总会对着镜子挠首弄姿。

肯特上。

李　尔　不，我要忍人所不能忍；我要闭口无言。

肯　特　谁在那边？

弄　人　一个是陛下，一个是弄人；一个聪明人，一个傻瓜。

肯　特　唉！陛下，您在这儿吗？喜爱黑夜的东西，不会喜爱这样的夜；狂怒的天气吓怕了黑暗中的漫游者，使它们躲在洞里不敢出来。自从有生以来，我从没有看见过这样的闪电，听见过这样可怕的雷声，这样惊人的风雨的咆哮；人类的精神禁受不起这样的磨折和恐惧。

李　尔　伟大的神灵在我们头顶掀起这场可怕的骚动。让他们现在找到他们的敌人吧。战栗吧，你心怀鬼胎、逍遥法外的罪人！躲起来吧，你沾血的双手，你伪誓欺人的骗子，你道貌岸然的逆伦禽兽！魂飞魄散吧，你这正直的外表遮掩杀人阴谋的大奸巨恶！撕下你们包藏祸心的伪装，显露你们罪恶的原形，向这些可怕的天吏哀号乞命吧！我是个所受惩罚超过罪过的人。

肯　特　唉！您头上没有一点遮盖的东西！陛下，这儿附近有一间茅屋，可以替您挡挡风雨。我刚才曾经到那所冷酷的屋子里——那比它墙上的石块更冷酷无情的屋子——探问您的行踪，可是他们关上了门不让我进去；现在您且暂时躲一躲雨，我还要回去，非要跟他们理论清楚不可。

李　尔　我的头脑开始昏乱了。来，我的孩子。你怎么啦，我的孩子？你冷吗？我自己也冷呢。我的朋友，这间茅屋在什么地方？一个人到了最落魄的时候，再渺小的东西竟也会变成无价之宝。来，带我到那间茅屋里去。可怜的傻小子，我心里还留着一块地方为你悲伤哩。

弄　人

只怪自己糊涂少算计，

嗨呵，一阵风来一阵雨，
人的命运天注定，
管它雨雨又风风来不停。

李　尔　不错，我的好孩子。来，领我们到这茅屋里去。（李尔、肯特下）

弄　人　今天晚上可太凉快了，叫婊子都热不起劲儿来。待我在临走之前讲几句预言：

当传教士说得比做得好；
当酿酒的掺水真不少；
当有钱的大爷去教裁缝活儿；
被烧的将不是异教徒而是傻嫖客；
当件件官司都问得清；
当乡绅不欠钱，骑士不贫穷；
无人再靠诽谤舌头谋生；
扒儿手不在人堆里穿行；
放债的肯让金银见得光；
娼妓老鸨出钱修教堂——
届时英国必大乱；
活着的都可以看得见；
只不过从此走路得想周全。

其实这番预言该让梅林在将来说，因为我出生在他之前。（下）

第三场　葛罗斯特城堡中的一室

葛罗斯特及爱德蒙上。

葛罗斯特　唉，唉！爱德蒙，我不赞成这种不近人情的行为。当我请求他们允许我给他一点援助的时候，他们竟会剥夺我使用自己的房子的权利，不许我提起他的名字，不许我替他说一句恳求的话，也不许我给他任何的救济，否则我就要永远失去他们的欢心。

爱德蒙 太野蛮、太不近人情了！

葛罗斯特 算了，你不要多说什么。两个公爵现在已经有了矛盾，而且还有一件比这更严重的事情。今天晚上我接到一封信，里面的话说出来也是很危险的；我已经把这信锁在壁橱里了。陛下受到这样的凌虐，总有人会来替他报复的；已经有一支军队在路上了；我们必须站在陛下的一边。我就要找他去，暗地里接济他；你去陪公爵谈谈，免得被他觉察了我的行动。要是他问起我，你就说我身子不好，已经睡了。大不了是一个死——他们的确拿死来威吓——陛下是我的老主人，我不能坐视不救。出人意料的事情快要发生了，爱德蒙，你必须小心点儿。（下）

爱德蒙 你违背了命令去献这种殷勤，我立刻就要去告诉公爵知道；还有那封信我也要告诉他。这是我献功邀赏的好机会，父亲将要因此而丧失的一切，也许很快全部都要落到我的手里；老的一代没落了，年轻的一代才会兴起。（下）

第四场　荒野上的茅屋之前

李尔、肯特及弄人上。

肯　特 就是这地方，陛下，进去吧。在这样毫无掩蔽的黑夜里，谁也受不了如此暴虐的风雨。（暴风雨继续不止）

李　尔 不要缠着我。

肯　特 陛下，进去吧。

李　尔 你要让我心碎吗？

肯　特　我宁愿碎裂我自己的心。陛下，进去吧。

李　尔　你以为让这样的狂风暴雨侵袭我们的肌肤，是一件了不得的苦事；在你看来是这样的；可是一个人要是身染重病，他就不会感觉到小小的痛楚。你见了一头熊就要转身逃走；可是假如你的前路是汹涌的大海，你也就只好硬着头皮迎向那头熊了。当我们心绪宁静的时候，肉体才是敏感的；我的心灵中的暴风雨已经取去我一切其他的感觉，只剩下心头的热血在那儿挣扎。儿女的忘恩！这不就像这一只手把食物送进这张嘴里，这张嘴却把这一只手咬了下来吗？可是我要重重惩罚她们。不，我不愿再哭泣了。在这样的夜里把我关在门外！尽管倒下来吧，什么大雨我都可以忍受。在这样的一个夜里！啊，里根，高纳里尔！你们年老仁慈的父亲一片诚心，把一切都给了你们——啊！那样想下去是要发疯的；我不要想；别再提起那些。

肯　特　陛下，进去吧。

李　尔　你自己进去舒服去吧。这暴风雨不肯给我喘息，让我思量那些伤心事，可是我要进去。（向弄人）进去，孩子，你先走。你们这些无家可归的人——你进去吧。我要祈祷，然后我要睡一会儿。（弄人入内）衣不蔽体的不幸的人们，无论你们在什么地方，都得忍受着这样无情的暴风雨的袭击，你们的头上没有片瓦遮身，你们的腹中饥肠辘辘，你们的衣服干疮百孔，怎么抵挡得了这样的气候呢？啊！我一向没有太关心这种事情了。安享荣华的人们啊，睁开你们的眼睛来，出来体味一下穷人的痛苦，分一些你们享用不了的福泽给他们，展示一下上天的公平吧！

爱德伽　（在内）九英尺深，九英尺深！可怜的汤姆！（弄人自屋内奔出）

弄　人　老伯伯，不要进去；里面有鬼。救命！救命！

肯　特　让我搀着你，谁在里边？

弄　人　一个鬼，一个鬼；他说他的名字叫做可怜的汤姆。

肯　特　你是什么人，在这茅屋里大呼小叫的？出来。

爱德伽乔装疯人上。

爱德伽　走开！恶魔跟在我的背后！“风儿吹过山楂林”。哼！到你冷冰冰的床上暖一暖身体吧。

李　尔　你把你的一切都给了你的两个女儿，所以才到今天这地步吗？

爱德伽　谁把什么东西给可怜的汤姆？恶魔带着他穿过大火，穿过烈焰，穿过水道和漩涡，穿过沼地和泥泞；把刀子放在他的枕头底下，把上吊绳放在他的凳子底下，把毒药放在他的粥里；使他心中狂妄，骑了一匹栗色的奔马，从四英寸阔的桥梁上过去，把他自己的影子当作叛徒去追。祝福你的五种才智！汤姆冷着呢。啊！哆啼哆啼哆啼。愿旋风不吹你，星星不把毒箭射你，瘟疫不到你身上！做做好事，救救那给恶魔害得好苦的可怜的汤姆吧！恶魔现在就在那儿，在那儿，又到那儿去了，在那儿。（*暴风雨继续不止*）

李　尔　什么！他的女儿害得他变成这个样子吗？你不能留下一些什么来吗？你一并都给了她们了吗？

弄　人　不，他还留着一方毡毯，否则我们大家都要不好意思了。

李　尔　愿那弥漫在天空之中的惩罚恶人的瘟疫一起降临在你的女儿身上！

肯　特　陛下，他没有女儿哩。

李　尔　该死的奸贼！他没有不孝的女儿，怎么会流落到这等不堪的地步？难道被弃的父亲，都是这样一点不爱惜他们自己的身体的吗？适当的处罚！谁叫他们的肉体产下那些枭獍般的女儿来？

爱德伽 小雄鸡坐在高墩上，呵啰，呵啰，啰，啰！

弄　人 这个寒冷的夜晚将要使我们大家变成傻瓜和疯子。

爱德伽 当心恶魔。孝顺你的爷娘；说过的话不要反悔；不要赌咒；不要奸淫有夫之妇；不要把你的情人打扮得太漂亮。汤姆冷着呢。

李　尔 你本来是干什么的？

爱德伽 一个心性高傲的仆人，头发卷得曲曲的，帽子上佩着情人的手套，惯会讨妇女的欢心，干些不可告人的勾当；开口发誓，闭口赌咒，当着上天的面把它们一个个毁弃；睡梦里都在转奸淫的念头，一醒来便把它实行。我贪酒，我爱赌，我比土耳其人更好色；一颗奸诈的心，一对轻信的耳朵，一双不怕血腥气的手；猪一般懒惰，狐狸一般狡诡，狼一般贪狠，狗一般疯狂，狮子一般凶恶。不要让女人的脚步声和窸窣窸窣的绸衣裳的声音摄去了你的魂魄；不要把你的脚踏进窑子里去；不要把你的手伸进裙子里去；不要把你的笔碰到放债人的借据上；抵抗恶魔的引诱吧。“冷风还是打山楂树里吹过去”；听它怎么说，吁——吁——呜——呜——哈——哈——道芬我的孩子，我的孩子；叱嚓！让他奔过去。（暴风雨继续不止）

李　尔 唉，你这样赤身裸体，受风雨的吹淋，还是死了的好。难道人不过是这样一个东西吗？想一想他吧。你也不欠蚕一根丝，不欠野兽一张皮，不欠羊一片毛，不欠麝猫一块香料。嘿！我们这三个人都已经失掉了本来的面目，只有你保全着天赋的原形；人之初不过都是像你这样的一个寒碜的赤裸的两脚动物。脱下来，脱下来，你们这些身外之物！来，松开你的钮扣。（扯去衣服）

弄　人 老伯伯，请你安静点儿；这样危险的夜里是不能游泳的。旷野里一点小小的火光，正像一个好色的老头儿的心，只有这么一星星的热，其余全身都是冰冷的。瞧！一团火走来了。

葛罗斯特持火炬上。

爱德伽 这就是那个叫做“弗力勃铁捷贝特”的恶魔；他在黄昏的时候出现，一直到第一声鸡啼方才隐去；他叫人眼睛里长白膜和针眼；他叫人长兔唇；他还会叫面粉发霉，寻可怜人开心。

圣维都尔三次经过山岗，
遇见魇魔和她九个儿郎；
　他说妖精快停住，
　发过誓儿滚开去；
去你的，妖精，快滚吧！

肯　特 陛下，您怎么啦？

李　尔 他是谁？

肯　特 那儿什么人？你找谁？

葛罗斯特 你们是些什么人？你们叫什么名字？

爱德伽 可怜的汤姆，他吃的是泅水的青蛙、蛤蟆、蝌蚪、壁虎和水蜥；恶魔在他心里捣乱的时候，他发起狂来就会把牛粪当作一盆美味的生菜；他吞的是老鼠和死狗，喝的是死水上面绿色的浮渣；他到处给人家鞭打，锁在枷里，关在牢里；他从前有三身外衣、六件衬衫，跨着一匹马，带着一口剑：

可是在这整整七年时光，
耗子是汤姆唯一的食粮。

留心那跟在我背后的鬼。不要闹，史墨金！不要闹，你这恶魔！

葛罗斯特 什么！陛下竟会跟这种人作起伴来了吗？

爱德伽 地狱里的魔王是一个绅士；他的名字叫做摩陀，又叫做玛呼。

葛罗斯特 陛下，我们亲生的骨肉都变得那样坏，把自己生身之父当作了仇敌。

爱德伽 可怜的汤姆冷着呢。

葛罗斯特 跟我回去吧。我的良心不允许我全然服从您女儿的无情的命令；虽然他们叫我关上了门，把您丢在这狂暴的黑夜之中，可是我还是大胆出来找您，把您带到有火炉、有食物的地方去。

李　尔 让我先跟这位哲学家谈谈。天上打雷是什么缘故？

肯　特 陛下，接受他的好意；跟他回去吧。

李　尔 我还要跟这位学者说一句话。您研究的是哪一门学问？

爱德伽 抵御恶魔的战略和消灭毒虫的方法。

李　尔 让我私下里问您一句话。

肯　特 大人，请您再催催他吧；他的神经有点儿错乱起来了。

葛罗斯特 你能怪他吗？（暴风雨继续不止）他的女儿要他死哩。唉！那善良的肯特，他早就说过会有这么一天的，可怜的被放逐的人！你说陛下要疯了；告诉你吧，朋友，我自己也差不多疯了。我有一个儿子，现在我已经跟他断绝关系了；他要谋害我的生命，这还是最近的事；我爱他，朋友，没有一个父亲比我更爱自己的儿子；不瞒你说，（暴风雨继续不止）我的头脑都气昏了。这是一个什么晚上！陛下，求求您——

李　尔 啊！请您原谅，先生。高贵的哲学家，请了。

爱德伽 汤姆冷着呢。

葛罗斯特 进去，家伙，到这茅屋里去暖一暖吧。

李　尔 来，我们大家进去。

肯　特　陛下，这边走。

李　尔　带着他；我要跟我这位哲学家在一起。

肯　特　大人，随他的意思吧；让他把这家伙带去。

葛罗斯特　您带着他来吧。

肯　特　小子，来；跟我们一块儿去。

李　尔　来，好雅典人。

葛罗斯特　嘘！不要说话，不要说话。

爱德伽　罗兰骑士来到黑暗的古堡，他的嘴里一直念叨：“呸，嘿，

哼！”我闻到了一股不列颠人的血腥。（同下）

第五场　葛罗斯特城堡中一室

康华尔及爱德蒙上。

康华尔　我在离开他的屋子以前，一定要把他惩治一下。

爱德蒙　殿下，我为了尽忠的缘故，不顾父子之情，一想到人家不知将要怎样辱骂我，心里很有点儿惴惴不安哩。

康华尔　我现在才知道你哥哥想要谋害他的生命，并不完全出于恶毒的本性；多半是他自己咎由自取，才会激起他的杀心。

爱德蒙　我的命运多么颠倒，虽然做了正义的事情，却必须抱恨终身！这就是他说起的那封信，它可以证实他私通法国的罪状。天啊！但愿这种叛逆的行为没有发生，但愿发现的人他不是我！

康华尔　跟我见公爵夫人去。

爱德蒙　这信上所说的事情倘若属实，那您就要有一桩大事儿要做了。

康华尔　不管它是真是假，它已经使你成为葛罗斯特伯爵

了。你去找找你父亲在什么地方，让我们可以把他逮捕起来。

爱德蒙 （旁白）要是我看见他正在援助那老王，他的嫌疑就格外加重了。——虽然忠心和孝道在我的灵魂里发生剧烈的争战，可大义所在，我只好把私恩抛弃不管。

康华尔 我完全信任你；你在我的恩宠之中，将要得到一个更慈爱的父亲。（各下）

第六场　邻接城堡的农舍一室

葛罗斯特、李尔、肯特、弄人及爱德伽上。

葛罗斯特 这儿比露天好一些，不要嫌它寒伧，将就住下来吧。我再去找找有些什么吃的用的东西；我去去就来。

肯　特 他的智力已经在他的盛怒之中完全消失了。神明报答您的好心！（葛罗斯特下）

爱德伽 弗拉特累多在叫我，他告诉我尼禄王在冥湖里钓鱼。喂，傻瓜，你要祷告，要留心恶魔啊。

弄　人 老伯伯，告诉我，一个疯子是绅士呢，还是平民？

李　尔 是个国王，是个国王！

弄　人 不，他是一个平民，他的儿子却当上了绅士；他眼看儿子以牺牲父亲为代价做了绅士，就被气成了一个发疯了的平民。

李　尔 一千条血红的火舌吱啦吱啦烧到她们的身上——

爱德伽 恶魔在咬我的背。

弄　人 谁要是相信豺狼的驯良、马儿的健康、孩子的爱情或是娼妓的盟誓，他就是个疯子。

李　尔 一定要办到，我现在就要控诉她们。（向爱德伽）来，最有学问的法官，你坐在这儿；（向弄人）你，贤明的官长，坐在这儿。——来，你们这两头雌狐！

爱德伽 瞧，他站在那儿，眼睛睁得大大的！太太，你在被审判的时候，要不要有人瞧着你？

渡过河来会我，蓓西——

弄　人 她的小船儿漏了，

她不能让你知道

为什么她不敢见你。

爱德伽 恶魔借着夜莺的喉咙，向可怜的汤姆作祟了。霍普丹斯在汤姆的肚子里嚷着要两条新鲜的鲱鱼。别吵，魔鬼；我没有东西给你吃。

肯　特 陛下，您怎么啦！不要这样呆呆地站着。您愿意躺下来，在这褥垫上面休息休息吗？

李　尔 我要先看她们受了审判再说。把她们犯罪的证人带上来。（向爱德伽）你这披着法衣的审判官，请坐；（向弄人）你，他的执法的同僚，坐在他的旁边。（向肯特）你是陪审官，你也坐下。

爱德伽 让我们秉公裁判。

你睡着还是醒着，快乐的牧羊人？

　你的羊儿在田里乱跑；

你只需用小嘴吹一声口哨，

　你的羊儿就不伤一根汗毛。

呼噜呼噜；这是一只灰色的猫儿。

李　尔 先控诉她；她是高纳里尔。我当着尊严的堂上起誓，她曾经踢她的可怜的父王。

弄　人 过来，奶奶。你的名字叫高纳里尔吗？

李　尔 她不能抵赖。

弄　人 对不起，我还以为您是一张凳子哩。

李　尔　这儿还有一个，瞧她满脸的横肉，就可以知道她的心肠是什么做的。拦住她！举起你们的武器，拔出你们的剑，点起火把来！营私舞弊的法庭！枉法的贪官，你为什么放她逃走？

爱德伽　让老天保佑您的神志吧！

肯　特　嗳哟！陛下，您不是常常说您没有失去忍耐吗？现在您的忍耐呢？

爱德伽　（*旁白*）我的热泪忍不住为他流下，怕要给他们瞧破我的假装了。

李　尔　这些小狗：特雷、布兰奇、斯威特哈特，瞧，它们都在向我狂吠。

爱德伽　让汤姆甩头把它们吓走。滚开，你们这些恶狗！

黑嘴巴，白嘴巴，
疯狗咬人磨毒牙，
猛犬猎犬杂种犬，
叭儿小犬团团转，
短尾巴，长尾巴，
汤姆一只不饶它；
只要我把头一甩，
大狗小狗逃得快。

哆啼哆啼。吡嚓！来，我们赶庙会，上市集去。可怜的汤姆，你乞讨用的牛角杯干得滴不出一滴水。

李　尔　叫他们剖开里根的身体来，看看她心里有些什么东西。究竟大自然基于什么原因，她们的心才会变得这样坚硬？（*向爱德伽*）我留下你，叫你做我一百名侍卫中间的一个，只是我不喜欢你衣服的式样；你也许要说，这是最漂亮的波斯装；可是我看还是请你换一换吧。

肯　特　陛下，您还是躺下来休息休息吧。

李　尔　不要吵，不要吵；放下帐子，好，好，好。我们明早再去吃晚饭吧；好，好，好。

弄　人　我到中午可要睡觉。

葛罗斯特重上。

葛罗斯特　过来，朋友；陛下呢？

肯　特　在这儿，大人；可是不要打扰他，他的神经已经错乱了。

葛罗斯特　好朋友，请你把他抱起来。我听到了一个打算谋害他生命的阴谋。马车已经准备好了，你快把他放进去，驾着它到多佛，那边有人会欢迎你并且会保障你的安全。抱起你的主人来；要是你耽误了半点钟的时间，他的性命、你的性命以及一切出力救护他的人的性命，都要保不住了。抱起来，抱起来；跟我来，让我设法把你们赶快送到一处可以安身的地方。

肯　特　受尽磨折的身心，现在安然入睡了；安息也许可以镇定镇定他的破碎的神经，但愿上天能行个方便，不要让它再雪上加霜。（向弄人）来，帮我抬起你的主人来；你也不能留在这儿。

葛罗斯特　来，来，去吧。（除爱德伽外，肯特、葛罗斯特及弄人抬李尔下）

爱德伽　看到君王都如此下场，
使我忘却了自己的忧伤。
最大的不幸是独抱牢愁，
任何的欢娱都难慰心头；
倘有了同病相怜的侣伴，
再大痛苦也会解去一半。

国　王　有的是不孝的逆女，
我自己遭逢无情的严父，

他与我两个人一般遭际！
使我的痛苦大为宽释。
去吧，汤姆，忍住你的怨气，
你现在蒙着无辜的污名，
总有日回复你清白之身。

不管今夜里还会发生什么事情，但愿陛下能安然出险！我还是躲起来吧。（下）

第七场　葛罗斯特城堡中一室

康华尔、里根、高纳里尔、爱德蒙及众仆上。

康华尔　夫人，请您赶快到尊夫的地方去，把这封信交给他；法国军队已经登陆了。——来人，替我去搜寻那反贼葛罗斯特的踪迹。（若干仆人下）

里　根　把他捉到了立刻吊死。

高纳里尔　把他的眼珠挖出来。

康华尔　我自有处置他的办法。爱德蒙，我们不便让你看见你的谋叛的父亲受到怎样的报复，所以请你护送我们的姊姊回去，替我向奥本尼公爵致意，叫他赶快准备；我们这儿也要采取同样的行动。我们两地之间必须随时用飞骑传报消息。再会，亲爱的姊姊；再会，葛罗斯特伯爵。

奥斯华德上。

康华尔　怎么啦？那国王呢？

奥斯华德　葛罗斯特伯爵已经把他载送走了；有三十五六个追寻他的骑士在城门口和他会合，还有几个伯爵手下的人也在一起，一同向多佛进发，据说那边有他们武装的友人在等候他们。

康华尔　替你家夫人备马。

高纳里尔 再会，殿下，再会，妹妹。

康华尔 再会，爱德蒙。（高纳里尔、爱德蒙及奥斯华德下）再去几个人把那反贼葛罗斯特捉来，像偷儿一样把他绑来见我。（若干仆人下）虽然在没有经过正式的审判手续以前，我们不能就把他判处死刑，可是为了发泄我们的愤怒，我只好不顾人们的指摘，任凭着我们的权力独断行事了。那边是什么人？是那反贼吗？

众仆押葛罗斯特重上。

里 根 没有良心的狐狸！正是他。

康华尔 把他枯瘪的手臂牢牢缚起来。

葛罗斯特 两位殿下，这是什么意思？我的好朋友们，你们是我的客人；不要用这种无礼的手段对待我。

康华尔 捆住他。（众仆绑葛罗斯特）

里 根 缚紧些，缚紧些。啊，可恶的反贼！

葛罗斯特 你是一个没有心肝的女人，我却不是反贼。

康华尔 把他缚在这张椅子上。奸贼，我要让你知道——（里根扯葛罗斯特的胡须）

葛罗斯特 天神在上，这还成什么话，你扯起我的胡子来啦！

里 根 胡子这么白，想不到却是一个反贼！

葛罗斯特 恶妇，你从我的腮上扯下这些胡子来，它们将要像活人一样控诉你的罪恶。我是这里的主人，你不该用你强盗的手，这样报答我的好客的殷勤。你究竟要怎么样？

康华尔 说，你最近从法国得到什么书信？

里 根 老实说出来，我们已经什么都知道了。

康华尔 你跟那些最近踏到我们国境来的叛徒们有些什么勾结？

里　根　你把那发疯的老王送到什么人手里去了？说。

葛罗斯特　我只收到过一封信，里面都不过是些猜测之谈，寄信的是一个没有偏见的人，并不是一个敌人。

康华尔　好狡猾的推托！

里　根　一派鬼话！

康华尔　你把国王送到什么地方去了？

葛罗斯特　送到多佛。

里　根　为什么送到多佛？我们不是早就警告你——

康华尔　为什么送到多佛？让他回答这个问题。

葛罗斯特　罢了，我现在被身缚刑柱，只好拼着这条老命了。

里　根　为什么送到多佛？

葛罗斯特　因为我不愿看见你的凶恶的指爪挖出他的可怜的老眼；因为我不愿看见你残暴的姊姊用她野猪般的利齿咬进他的神圣的肉体。他的赤裸的头颅在地狱一般漆黑的夜里顶风冒雨；受到那样狂风暴雨的震荡，海水也要把它的怒潮喷向天空，熄灭了星星的火焰；但是他，可怜的老翁，却还要把他的热泪帮助天空浇洒。要是在那样怕人的晚上，豺狼在你的门前悲鸣，你也要说，“善良的看门人，开了门放它进来吧”，除风暴外一切的罪恶都可以接纳。可是我总有一天会见到上天的报应降临在这种儿女的身上。

康华尔　你再也不会见到那一天。来，按住这椅子。我要把你这一双眼睛放在我的脚底下践踏。

葛罗斯特　谁要是希望能得以善终，帮帮我吧！啊，好惨！天啊！（葛罗斯特一眼被挖出）

里　根　还有那一颗眼珠也去掉了吧，免得它嘲笑没有眼珠的一面。

康华尔 要是你看见什么报应——

仆 甲 住手，殿下；我从小为您效劳，但是现在，我认为求您住手才算是我最宝贵的效劳。

里 根 怎么，你这狗东西！

仆 甲 要是你的腮上也长了胡子，我现在也要把它扯下来。

康华尔 混账奴才，你反了吗？（拔剑）

仆 甲 好，那么来，我们拼一个你死我活。（拔剑。二人决斗。康华尔受伤）

里 根 把你的剑给我。一个奴才也会撒野到这等地步！（取剑自后刺仆甲）

仆 甲 啊！我死了。大人，您还剩着一只眼睛，可以看到他们将来的报应。啊！（死）

康华尔 哼，看他再瞧得见什么报应！出来，可恶的浆块！现在你还会发光吗？（葛罗斯特另一眼被挖出）

葛罗斯特 一切都是黑暗和痛苦。我的儿子爱德蒙呢？爱德蒙，燃起你天性中的怒火，替我报复这一场暗无天日的暴行吧！

里 根 哼，万恶的奸贼！你在呼唤一个憎恨你的人；就是他告发了你反叛的阴谋。他是一个深明大义的人，绝不会对你发一点儿怜悯。

葛罗斯特 啊，我是蠢才！那么爱德伽是冤枉的了。仁慈的神明啊，赦免我的错误，保佑他有福吧！

里 根 把他推出门外，让他一路摸索到多佛去。（一仆率葛罗斯特下）怎么，殿下？您的脸色怎么变啦？

康华尔 我受了伤啦。跟我来，夫人。把那瞎眼的奸贼撵出去；把这奴才丢在粪堆里。里根，我的血尽在流着；这真是无妄之灾。用你的胳臂搀着我。（里根扶康华尔同下）

仆 乙 要是这家伙会有好收场，我什么坏事都可以去做了。

仆　丙　要是她会寿终正寝，所有的女人都要变成恶鬼了。

仆　乙　让我们跟在那老伯爵的后面，叫那疯丐把他领到他所要去的地方；反正那个游荡的疯子什么都敢做。

仆　丙　你先去吧；我还要去拿些麻布和蛋白来，替他贴在他的流血的脸上。但愿上天保佑他！（各下）

第四幕

第一场　荒　野

爱德伽上。

爱德伽　与其被人在表面上恭维而背地里鄙弃，那么还是像这样自己知道为举世所不容的好。一个最困苦、最微贱、最为命运所屈辱的人，可以永远抱着希冀而无所恐惧；从最高的地位上跌下来，那变化是可悲的，最穷困的人只有见到命运的转机才能欢笑！那么欢迎你——跟我相拥抱的虚无的空气；被你刮到绝境的不幸的人并不少欠你丝毫情分。可是谁来啦？

一老人领葛罗斯特上。

爱德伽　我的父亲，让一个穷苦的老头儿领着他吗？啊，世界，世界，世界！倘不是你的变幻无常，使我们对你心存怨恨，哪一个人会甘愿老去消亡？

老　人　啊，我的好老爷！我在老太爷手里就做您府上的佃户，一直做到您老爷手里，已经有八十年了。

葛罗斯特　去吧，好朋友，你快去吧；你的安慰对我一点没有用处，他们也许会害你的。

老　人　您眼睛看不见，怎么走路呢？

葛罗斯特　我没有路，所以不需要眼睛；当我能够看见的时候，我也照样失足颠仆。我们往往因为有所自恃而失之于大意，反不如缺陷更加对我们有益。啊！爱德伽好儿子，你的父亲受人之愚，错怪了你，要是我能在未死以前摸到你的身体，我就要说，我又有了眼睛啦。

老　人　啊！那边是什么人？

爱德伽　（旁白）神啊！谁能够说"我现在是最不幸的"？我现在比从前不幸得多啦。

老　人　那是可怜的发疯的汤姆。

爱德伽　（旁白）也许我还要碰到更不幸的命运；当我们能够说"这是最不幸的事"的时候，那还不是最不幸的。

老　人　汉子，你到哪儿去？

葛罗斯特　是一个叫花子吗？

老　人　是个疯叫花子。

葛罗斯特　他的理智还没有完全丧失，否则他不会向人乞讨。在昨晚的暴风雨里，我也看见这样一个家伙，他使我想起一个人不过等于一条虫；那时候我的儿子的影像就闪进了我的心里，可是当时我正在恨他，不愿想起他；后来我才听到一些其他的话。天神掌握着我们的命运，正像顽童对于将要捉到的飞虫，他们为了戏弄而把我们杀害。

爱德伽　（旁白）怎么会有这样的事？在一个伤心人的面前装傻，对自己、对别人，都是一件不愉快的行为。（向葛罗斯特）祝福你，先生！

葛罗斯特　他就是那个不穿衣服的家伙吗？

老　人　正是，老爷。

葛罗斯特　那么你去吧。我要请他领我到多佛去，要是你看在我的分上，愿意回去拿一点衣服来替他遮盖遮盖身体，那就再好没有了；我们不会走远，从这儿到多佛的路上一二里之内，你一定可以追上我们。

老　人　可是，老爷！他是个疯子哩。

葛罗斯特　疯子带着瞎子走路，本来就是这时代的病态。照我的话，或者干脆就照你自己的意思做吧；第一件事情是请你快去。

老　人　我要把我的最好的衣服拿来给他，不管它会引起怎样的后果。（下）

葛罗斯特　喂，不穿衣服的家伙——

爱德伽　可怜的汤姆冷着呢。（*旁白*）我不能再假装下去了。

葛罗斯特　过来，汉子。

爱德伽　（*旁白*）可是我不能不假装下去。——祝福您的可爱的眼睛，它们在流血哩。

葛罗斯特　你认识到多佛去的路吗？

爱德伽　一处处关口城墙、一条条马路人径道，我全认识。可怜的汤姆被他们吓迷了心窍；祝福你，好人的儿子，愿恶魔不来缠绕你！五个魔鬼一齐作弄着可怜的汤姆；一个是色魔奥别狄克特；一个是哑鬼霍别狄丹斯；一个是偷东西的玛呼；一个是杀人的摩陀；一个是扮鬼脸的弗力勃铁捷贝特，他后来常常附在丫头、使女的身上。好，祝福您，先生！

葛罗斯特　来，你这受尽上天凌虐的人，把这钱囊拿去；我的不幸却是你的运气。老天啊，愿你常常如此！让那穷奢极欲、把你的旨意当作满足他们自己享受工具的人以及那些因为知觉麻木而沉迷不悟的人，赶快感到你的威力吧；从享用过度的人手里夺下一点来分给穷人，让每一个人都得到他所应得的吧。你认识多佛吗？

爱德伽 认识，先生。

葛罗斯特 那边有一座悬崖，它的高耸的绝顶俯瞰着幽深的海水；你只要领我到那悬崖的边上，我就给你一些我随身携带的贵重的东西，你拿了去可以过得稍好些；那时我也不用再烦你带路了。

爱德伽 把您的胳臂给我；让可怜的汤姆领着您走。（同下）

第二场 奥本尼公爵府前

高纳里尔及爱德蒙上。

高纳里尔 欢迎，伯爵；我不知道我那位温和的丈夫为什么不来迎接我们。

奥斯华德上。

高纳里尔 主人呢？

奥斯华德 夫人，他在里边；可是已经跟过去判若两人啦。我告诉他法国军队登陆的消息，他听了只是微笑；我告诉他说您来了，他的回答却是，“还是不来的好”；我告诉他葛罗斯特怎样谋反、他的儿子怎样尽忠的时候，他骂我蠢东西，说我颠倒是非。凡是他所应该痛恨的事情，他听了都觉得很高兴；他所应该欣慰的事情，反而使他恼怒。

高纳里尔 （向爱德蒙）那么你止步吧。这是他懦怯畏缩的天性，使他不敢担当大事；他宁愿忍受侮辱，不肯挺身而出。我们在路上谈起的那个愿望，也许可以实现。爱德蒙，你且回到我的妹夫那儿去；催促他赶紧调齐人马，交给你统率；我这儿只好由我自己出马，把家务托付我的丈夫照管了。这个可靠的仆人可以替我们传达消息；要是你有胆量为了你自己的好处而行事，那么不久大概就会听到你的女主人的命令。把这东西拿去带在身边；不要多说什么；（以饰物赠爱德蒙）低下你的头来；这一个吻要是能够替我说话，它会叫你的灵魂儿飞上天的。你要明白我的心；再会吧。

爱德蒙　我愿意为您赴汤蹈火。

高纳里尔　我的最亲爱的葛罗斯特！（爱德蒙下）唉！男人和男人竟有这样的不同！你理应得到一个女人为你贡献一切，而我却让一个傻瓜侵占了我的眠床。

奥斯华德　夫人，殿下来了。（下）

奥本尼上。

高纳里尔　难道我就不值得迎接？

奥本尼　啊，高纳里尔！你的价值还比不上那狂风吹在你脸上的尘土。我替你这种脾气担着心事；一个人要是看轻了自己的根本，将势必难守他起码的本分；枝叶脱离了树干将会枯萎，到后来只好让人当作枯柴而付之一炬。

高纳里尔　得啦得啦；全是些傻话。

奥本尼　智慧和仁义在恶人眼中看来都是恶的；下流的人只喜欢下流的事。你们干下了些什么事情？你们是猛虎，不是女儿，你们干了些什么事啦？这样一位父亲，这样一位仁慈的老人家，一头野熊见了他也会俯首贴耳，你们这些蛮横下贱的女儿，却把他逼到了疯狂！难道我那位贤襟兄竟会让你们这样胡闹吗？他也是个堂堂汉子，一邦的君主，又受过他这样的深恩厚德！要是上天不立刻降下一些明显的灾祸来惩罚这种万恶的行为，那么人类定会像深海的怪物一样自相吞食了。

高纳里尔　不中用的懦夫！你让人家打肿你的脸，把侮辱加在你的头上，还以为是一件体面的事，你的额头上根本没长着眼睛；正像那些不明是非的傻瓜，人家存心害你，幸亏发觉得早，他们在未下毒手以前就受到惩罚，你却还要可怜他们。你的鼓呢？法国的旌旗已经展开在我们安静的国境上了，你的敌人顶着羽毛飘扬的战盔已经开始威胁你的生命。你这迂腐的傻子却坐着一动不动，只会说："唉！他为什么要这样呢？"

奥本尼 瞧瞧你自己吧，魔鬼！恶魔的丑恶嘴脸体现在一个女人身上是那样可怕万分。

高纳里尔 嗳哟，你这没有头脑的蠢货！

奥本尼 你这变形成女人的、蛇蝎般心肠的魔鬼，不要露出你的狰狞的面目来吧！要是我可以允许这双手服从我的怒气，它们一定会把你的骨肉一块块撕下来；可是你虽然是一个魔鬼，你的形状却还是一个女人，我不能伤害你。

高纳里尔 哼，这就是你的男子汉的气概。——呸！

一使者上。

奥本尼 有什么消息？

使　者 啊！殿下，康华尔公爵死了；他正要挖去葛罗斯特第二只眼睛的时候，他的一个仆人把他杀死了。

奥本尼 葛罗斯特的眼睛！

使　者 他养的一个仆人激于义愤，反对他这一种行动，就拔出剑来向他的主人行刺；他的主人大怒，和他奋力猛斗，结果把那仆人砍死了，可是自己也受了重伤，终于不治身亡。

奥本尼 啊，上天终究是偏向正义的，人世的罪恶这样快就受到了诛谴！但是啊，可怜的葛罗斯特！他失去了他的第二只眼睛吗？

使　者 是，殿下，他两只眼睛全都给挖去了。夫人，这封信是您的妹妹写来的，请您立刻给她一个回音。

高纳里尔 （*旁白*）从一方面说来，这是一个好消息；可是她做了寡妇，我的葛罗斯特又跟她在一起，也许我的一切美梦都要从我这可憎的生活中流走了；不然的话，这消息还不算顶坏。

（向使者）我读过以后再写回信吧。（下）

奥本尼　他们挖去他的眼睛的时候，他的儿子在什么地方？

使　者　他是跟夫人一起到这儿来的。

奥本尼　他不在这儿。

使　者　是的，殿下，我在路上碰见他回去了。

奥本尼　他知道这种罪恶的事情吗？

使　者　是，殿下；就是他出首告发他的，他故意离开那座房屋，为的是让他们行事方便一些。

奥本尼　葛罗斯特，我永远感激你对王上所表示的好意，一定替你报复你的挖目之仇。过来，朋友，详细告诉我一些你所知道的其他的消息。（同下）

第三场　多佛附近法军营地

肯特及一侍臣上。

肯　特　为什么法兰西王突然回去，您知道这事的理由吗？

侍　臣　他在国内还有一点未了的要事，出来以后方才想起；因为那件事情有关国家的安全，所以他不能不亲自回去料理。

肯　特　他去了以后，委托什么人代他主持军务？

侍　臣　拉·发元帅。

肯　特　王后看了您的信，有没有什么悲哀的表示？

侍　臣　是的，先生；她拿了信，当着我的面前读下去，一颗颗饱满的泪珠淌下她的娇嫩的颊上；可是她仍然控制感情，保持着一个王后的尊严，虽然她的情感像叛徒一样想要把她压服。

肯　特　啊！那么她是受到感动的了。

侍　臣　她并不痛哭流涕；“忍耐”和“悲哀”互相竞争着

谁能把她表现得更美。您曾经看见过阳光和雨点同时出现；她的微笑和眼泪也正是这样，只是更动人得多；那些荡漾在她的红润的嘴唇上的小小的微笑，似乎不知道她的眼睛里有些什么客人，他们从她钻石一样晶莹的眼球里滚出来，正像一颗颗浑圆的珍珠。简单一句话，要是所有的悲哀都是这样美，那么悲哀将要成为最受世人喜爱的珍奇了。

肯　特　她没有说过什么话吗？

侍　臣　一两次她的嘴里迸出了“父亲”两个字，好像它们重压着她的心一般；她哀呼着：“姊姊！姊姊！女人的耻辱！姊姊！肯特！父亲！姊姊！什么，在风雨里吗？在黑夜里吗？不要相信世上还有怜悯吧！”于是她挥去了她的天仙般的眼睛里的神圣的水珠，让眼泪淹没了她内心的哀号，于是她移步他往，和哀愁独自作伴去了。

肯　特　那是天上的星辰，天上的星辰主宰着我们的命运；否则同一对父母怎么会生出这样不同的儿女来。您后来没有跟她说过话吗？

侍　臣　没有。

肯　特　这是在法兰西王回国以前的事吗？

侍　臣　不，这是他去后的事。

肯　特　好，告诉您吧，可怜的受难的李尔已经到了此地，他在比较清醒的时候，记起我们来干什么事，一定不肯见他的女儿。

侍　臣　为什么呢，好先生？

肯　特　羞耻之心压垮了他；他自己的绝情剥夺了她的应得的慈爱，使她远适异国，听任天命的安排，把她的尊贵权利分给那两个犬狼之心的女儿——这一切像毒刺一样螫着他的心，使他充满了火烧一样的惭愧，阻止他和考狄利娅相见。

侍　臣　唉！可怜的人！

肯　特　关于奥本尼和康华尔的军队，您听见什么消息没有？

侍　臣　是的，他们已经出动了。

肯　特　好，先生，我要带您去见见我们的陛下，请您替我照料他。我因为有某种重要的理由，必须暂时隐藏我的真相；当您知道我是什么人以后，您绝不会后悔跟我结识的。请您跟我走吧。

（同下）

第四场　同前。帐幕

旗鼓前导，考狄利娅、医生及兵士等上。

考狄利娅　唉！正是他。刚才还有人看见他，疯狂得像被飓风激动的怒海，高声歌唱，头上插满了恶臭的地烟草、牛蒡、毒芹、荨麻、杜鹃花和各种蔓生在田亩间的野草。派一百个兵士到繁茂的田野里各处搜寻，把他领来见我。（一军官下）人们的智慧能不能恢复他的丧失的心神？谁要是能够医治他，我愿意把我的身外的富贵一起送给他。

医　生　娘娘，法子是有的；休息是滋养疲乏心神的乳娘，他现在就是缺少休息；只要给他服一些有效的药草，就可以阖上他的痛苦的眼睛，让他睡去。

考狄利娅　一切神圣的秘密、一切地下潜伏的灵奇，随着我的眼泪一起奔涌出来吧！帮助解除我的善良的父亲的痛苦！快去找他，快去找他，我只怕他在不可控制的疯狂之中会消灭了他的失去主宰的生命。

一使者上。

使　者　报告娘娘，英国军队向这儿开过来了。

考狄利娅 我们早已知道；一切都预备好了，只等他们到来。亲爱的父亲啊！我这次掀动干戈，完全是为了您的缘故；伟大的法兰西王被我的悲哀和恳求的眼泪所感动。鼓动我们出师的并非什么非分的野心，而是一片真情，热烈的真情和要替我们的老父主持正义的愿望。但愿我不久就可以听见看见他！（同下）

第五场 葛罗斯特城堡中一室

里根及奥斯华德上。

里　根 可是我的姊夫的军队已经出发了吗？

奥斯华德 出发了，夫人。

里　根 他亲自率领吗？

奥斯华德 夫人，好容易才把他催上了马；还是您的姊姊是个更好的军人哩。

里　根 爱德蒙伯爵到了你们家里，有没有跟你家主人谈过话？

奥斯华德 没有，夫人。

里　根 姊姊给他的信里有些什么话？

奥斯华德 我不知道，夫人。

里　根 告诉你吧，他有重要的事情，已经离开此地了。葛罗斯特被挖去了眼睛以后，仍旧放他活命，实在是一个极大的失策；因为他每到一个地方，都会激起众人对我们的反叛。我想爱德蒙因为怜悯他的苦难，是要去替他解脱他的暗无天日的生涯的；而且他还负有探察敌人实力的使命。

奥斯华德 夫人，我必须追上去把我的信交给他。

里　根 我们的军队明天就要出发；你暂时耽搁在我们这儿吧，路上很危险呢。

奥斯华德 我不能，夫人；我家夫人曾经吩咐我不准误事的。

里 根 为什么她要写信给爱德蒙呢？难道你不能替她口头传达她的意思吗？看来恐怕有点儿——我也说不清。让我拆开这封信来，我会重赏你的。

奥斯华德 夫人，那我可——

里 根 我知道你家夫人不爱她的丈夫；这一点我是可以确定的。她最近在这儿的时候，常对高贵的爱德蒙抛掷调情的媚眼。我知道你是她的心腹之人。

奥斯华德 我，夫人！

里 根 我的话不是随便说说的，我知道你确是她的心腹；所以请你仔细听我说，我的丈夫已经死了，爱德蒙跟我曾经谈妥，他和我结婚总比和你家夫人更适合些。其余的你自己去意会吧。要是你找到了他，请你替我把这个交给他；你把我的话对你家夫人说了以后，再请她仔细想个明白。好，再会。假如你听见人家说起那瞎眼的老贼在什么地方，能够把他除掉，一定可以得到重赏。

奥斯华德 但愿他能够碰在我的手里，夫人；我一定可以向您表明我是哪一方面的人。

里 根 再会。（各下）

第六场 多佛附近的乡间

葛罗斯特及爱德伽穿农民装束同上。

葛罗斯特 什么时候我才能够登上山顶？

爱德伽 您正在一步步上去；瞧这路多么难走。

葛罗斯特 我觉得这地面是很平的。

爱德伽 陡峭得可怕呢；听！您听到海水的声音吗？

葛罗斯特 不，我真的听不见。

爱德伽 唉，那么大概因为您的眼睛痛得厉害，所以别的知觉也连带模糊起来啦。

葛罗斯特 那倒也许是真的。我觉得你的声音也变了样啦，你讲的话不像原来那样粗鲁和疯疯癫癫啦。

爱德伽 您错啦；除了我的衣服以外，我什么都没有变样。

葛罗斯特 我觉得你的话像样得多啦。

爱德伽 来，先生；我们已经到了，您站好。把眼睛一直望到这么低的地方，真是惊心眩目！在半空盘旋的乌鸦，瞧上去还没有甲虫那么大；山腰中间悬着一个采金花草的人，可怕的工作！我看他的全身简直抵不上一个人头部的大小。在海滩上走路的渔夫就像小鼠一般，那艘碇泊在岸旁的高大的帆船小得像它的舢舨，它的舢舨小得像一个浮标，几乎看不出来。汹涌的波涛在海滨无数的石子上冲击的声音，也不能传到这样高的所在。我不愿再看下去了，恐怕我的头脑要昏眩，眼睛一花，就要一个筋斗直跌下去。

葛罗斯特 带我到你所立的地方。

爱德伽 把您的手给我；您现在已经离开悬崖的边上只有一英尺了；就是把天下所有的一切都给了我，我也不愿意跳下去。

葛罗斯特 放开我的手。朋友，这儿又是一个钱袋，里面有一颗宝石，一个穷人得到了足可终身温饱；愿天神们保佑你因此而得福吧！你再走远一点；向我告别一声，让我听见你走过去。爱德伽再会吧，好先生。

葛罗斯特 再会。

爱德伽 （*旁白*）我这样戏弄他的目的，是要把他从绝望的处境中解救出来。

葛罗斯特 威严的神明啊！我现在宣布放弃这个世界，当着你们的面，摆脱我的无边的痛苦了；要是我能够再忍受下去而不怨尤你们不可反抗的伟大意志，我这可厌的残生不久也会像烛花般燃尽。要是爱德伽尚在人世，神啊，请你们祝福他！现在，朋友，我们再会了！（向前仆地）

爱德伽 我去了，先生；再会。（旁白）可是我不知道当一个人已经失去生的愿望时，那么幻想会不会真的可以泯灭他的生命灵光；要是他果然在他所想象的某个地方，现在他早已没有思想了。活着还是死了？（向葛罗斯特）喂，你这位先生！朋友！你听见吗，先生？说呀！也许他真的死了；可是他醒过来啦。你是什么人，先生？

葛罗斯特 走开，让我死。

爱德伽 倘使你不是一根蛛丝、一根羽毛、一阵空气，从这样千仞的悬崖上跌落下来，早就像鸡蛋一样跌成粉碎了；可是你还在呼吸，还有重量，没有流血，身体还是好好的，还会说话，简直毫发无损。十根桅杆连接起来，也不及你所跌下来的高度；你的生命是一个奇迹。再对我说说话吧。

葛罗斯特 可是我到底有没有跌下来？

爱德伽 您就是从这可怕的悬崖绝顶上面跌下来的。抬起头来看一看吧；鸣声嘹亮的云雀飞到了那样高的所在，我们不但看不见它的形状，也听不见它的声音；您看。

葛罗斯特 唉！我没有眼睛哩。难道一个苦命的人，连寻死的权利都要被剥夺去吗？罢了，想死死不成也算是某种安慰，再苦的人也该想办法抵抗那苦难的暴君。

爱德伽 把您的胳臂给我；起来，好，怎样？站得稳吗？您站住了。

葛罗斯特 很稳，很稳。

爱德伽 这真太不可思议了。刚才在那悬崖的顶上，从您身边走开的是什么东西?

葛罗斯特 一个可怜的叫花子。

爱德伽 我站在下面望，仿佛看见他的眼睛像两轮满月；他有一千个鼻子，长着无数像波浪一样高低扭曲的犄角；一定是个什么妖魔。所以，幸运的老人家，您应该想这是无所不能的神明在暗中默佑您，否则绝不会有这样的奇事。

葛罗斯特 我现在记起来了；从此以后，我要耐心忍受痛苦，直等它有一天自己喊了出来，“够啦，够啦”，那时候再撒手死去。你所说起的那个东西，我还以为是个人；它老是嚷着“恶魔，恶魔”的；就是它把我领到了那个地方。

爱德伽 不要胡思乱想，安心忍耐。可是谁来啦?

李尔饰杂乱野花上。

爱德伽 神志清醒的人绝不会把自己打扮成这个样子。

李　尔 不，他们不能判我私铸货币的罪名；我是国王哩。

爱德伽 啊，令人伤心的景象!

李　尔 在那一点上，天然是胜过人工的。这是征募你们当兵的饷银。那家伙弯弓的姿势，活像一个稻草人；给我射一支一码长的箭试试看。瞧，瞧！一只小老鼠！别闹，别闹！这一块烘乳酪可以捉住它。这是我的铁手套；尽管他是一个巨人，我也要跟他一决胜负。带那些戟手上来。啊！飞得好，鸟儿；刚刚中在靶子心里，咻！口令!

爱德伽 墨角兰。

李　尔 过去。

葛罗斯特 我认识那个声音。

李　尔 嘿！长着白胡须的高纳里尔！她们像狗一样向我献媚，说我在没有出黑须以前，就已经有了智慧的白须。我说一声

“是”，她们就应一声“是”；我说一声“不”，她们就应一声“不”！像个反复无常的伪教徒。当雨点淋湿了我，风吹得我牙齿打颤，当雷声不肯听我的话平静下来的时候，我才发现了她们，嗅出了她们。算了，她们不是心口如一的人；她们把我恭维得糊里糊涂；全然是个谎，一发起烧来我就没有办法。

葛罗斯特　这说话的声调我记得很清楚；他不是我们的陛下吗？

李　尔　嗯，从头到脚都是君王；我只要一瞪眼睛，我的臣子就要吓得发抖。我赦免那个人的死罪。你犯的是什么案子？奸淫吗？你不用死；为了奸淫而犯死罪！不，小鸟儿都在干那把戏，金苍蝇当着我的面也会公然交合哩。让通奸的人多子多孙吧；因为葛罗斯特的私生的儿子也比我的合法女儿更孝顺。淫风越盛越好，我巴不得他们替我多制造几个兵士出来。瞧那个脸上堆着假笑的妇人，她的脸装出一副守身如玉的神情，看似贞洁娴静，一听见人家谈起调情的话儿就要摇头；其实她自己干起那回事来，比臭猫和骚马还要浪得多哩。她们的上半身虽然是女人，下半身却是淫荡的妖怪；腰带以上是属于天神的，腰带以下全是属于魔鬼的；那儿是地狱，那儿是黑暗，那儿是硫磺火坑，滚烫、恶臭，把一切烧成了灰。啐！啐！啐！呸！呸！好掌柜，给我称一两麝香，让我解解我的想象中的臭气；钱在这儿。

葛罗斯特　啊！让我吻一吻那只手！

李　尔　让我先把它揩干净；它上面有一股死亡的邪气。

葛罗斯特　啊，毁灭了的生命！这广大的世界有一天也会像这样破败得归零。您认识我吗？

李　尔　我很记得你这双眼睛。你在向我翻白眼吗？不，瞎眼的丘比特，随你使出什么手段来，我是再也不会恋爱的。这是一封挑战书，你拿去读吧，瞧瞧它是怎么写的。

葛罗斯特 即使每一个字都是一个太阳，我也瞧不见。

爱德伽 （*旁白*）要是人家告诉我这样的事，我一定不会相信；可是这样的事是真的，我的心要碎了。

李　尔 读呀。

葛罗斯特 什么！用眼眶子读吗？

李　尔 啊哈！你原来是这个意思吗？你的头上没有眼睛，你的袋里也没有银钱吗？你的眼眶子真深，你的钱袋子真浅。可是你却看得见这世界的冷酷无情。

葛罗斯特 我只能靠感觉品味。

李　尔 什么！你疯了吗？一个人就是没有眼睛，也可以看见这世界的丑恶。用你的耳朵瞧着吧；你没看见那法官怎样痛骂那个卑贱的偷儿吗？侧过你的耳朵来，听我告诉你；让他们两人换了地位，谁还认得出哪个是法官，哪个是偷儿？你见过农夫的狗向乞丐乱吠吗？

葛罗斯特 嗯，陛下。

李　尔 你还看见那乞丐怎样给那条狗赶走吗？从这件事情上你就可以看到威权的伟大的影子；一条得势的狗，也可以使人家唯命是从。你这可恶的教吏，停住你的残忍的手！为什么你要鞭打那个妓女？向你自己的背上猛抽吧；你自己心里想着和她犯奸淫，却因为她跟人家犯奸淫而鞭打她。那放高利贷的家伙却把那骗子判了死刑。褴褛的衣衫遮不住小小的过失；披上锦袍裘服，便可以隐匿一切。罪恶镀了金，法律的权杖就会失效；把它用破烂的布条裹起来，一根侏儒的稻草就可以戳破它。没有一个人是犯罪的，我说，没有一个人；我愿意为他们担保；相信我吧，我的朋友，我有权力封住控诉者的嘴唇。你还是去装上一双玻璃眼睛，像一个卑鄙的阴谋家，假装能够看见你所看不见的事情吧。来，来，来，来，替我把靴子脱下来；用力一点，用力一点；好。

爱德伽　（旁白）啊！疯话和正经话夹杂在一起；疯狂中带着哲理。

李　尔　要是你愿意为我的命运痛哭，那么把我的眼睛拿了去吧。我知道你是什么人；你的名字是葛罗斯特。你必须忍耐；你知道我们来到这世上，第一次嗅到了空气，就哇呀哇呀地哭起来。让我讲一番道理给你听；你听着。

葛罗斯特　唉！唉！

李　尔　当我们出生的时候，我们因为来到了这个傻瓜遍地的广大的舞台而哭，这项帽子的式样很不错！用毛毡为队伍包马蹄倒是一个妙计；我要亲自试一下，悄悄地偷进我那两个女婿的营里，然后我就杀呀，杀呀，杀呀，杀呀，杀呀，杀呀！

侍臣率侍从数人上。

侍　臣　啊！他在这儿；抓住他。陛下，您的最亲爱的女儿——

李　尔　没有人救我吗？什么！我变成囚犯了吗？我是天生被命运愚弄的小丑。不要虐待我；有人会拿钱来赎我的。替我请几个外科医生来，我的头脑受了伤啦。

侍　臣　您将会得到您所需要的一切。

李　尔　一个伙伴也没有？只有我一个人吗？唉，这样会叫人变成了个泪人儿，用他的眼睛充作灌园的水壶，拿去浇洒秋天的泥土。

侍　臣　陛下——

李　尔　我要像一个新郎似的勇敢地死去。嘿！我要高高兴兴的。来，来，我是一个国王，你们知道吗？

侍　臣　您是尊严的王上，我们服从您的旨意。

李　尔　那么还有几分希望。要去快去。吵吵吵吵。（下。

侍从等随下)

侍　臣　最微贱的平民到了这个地步，也会叫人看了伤心，何况是一个国王！您那两个不孝的女儿，已经使天道人伦受到咒诅，可是您还有一个女儿，她把人性从这样的咒诅中间拯救出来了。

爱德伽　您好，先生。

侍　臣　足下有什么见教？

爱德伽　您有没有听见什么关于将要发生一场战事的消息？

侍　臣　这已经是一件千真万确、谁都知道的事了；每一个耳朵能够辨别声音的人都听到过那样的消息。

爱德伽　可是借问一声，您知道对方的军队离这儿还有多少路？

侍　臣　很近了，他们一路来得很快；他们的主力部队每一点钟都有到来的可能。

爱德伽　谢谢您，先生；这是我所要知道的一切。

侍　臣　王后虽然有特别的原因还在这里，她的军队已经开上去了。

爱德伽　谢谢您，先生。(侍臣下)

葛罗斯特　永远仁慈的神明，请停止我的呼吸吧；不要在你没有要我离世之前，再让我的罪恶的灵魂引诱我结束我自己的生命！

爱德伽　您祷告得很好，老人家。

葛罗斯特　好先生，您是什么人？

爱德伽　一个非常穷苦的人，受惯命运的打击；因为自己是从忧患中间过来的，所以对于不幸的人很容易抱同情。把您的手给我，让我把您领到一处可以栖身的地方去。

葛罗斯特　多谢多谢；愿上天大大赐福给您！

奥斯华德上。

奥斯华德 明令缉拿的要犯！居然碰在我的手里，好极了！你那颗瞎眼的头颅，却是我的进身的阶梯。你这倒霉的老奸贼，赶快忏悔你的罪恶；剑已经拔出了，你今天难逃一死。

葛罗斯特 但愿你这慈悲的手多用一些气力，帮助我早早脱离苦痛。（爱德伽上前阻止奥斯华德）

奥斯华德 怎么，大胆的村夫，你怎么敢袒护一个明令缉拿的叛徒？滚开，免得你也遭到和他同样的命运。放开他的胳臂。

爱德伽 先生，你不向我说明理由，我是不放的。

奥斯华德 放开，奴才，否则我叫你死。

爱德伽 好先生，你走你的路，让穷人们过去吧。这种吓人的话不会把我吓倒。不，不要走近这个老头儿；我关照你走远一点儿；要不然的话，我要试一试究竟是你的头硬还是我的棍子硬。我说得很清楚了。

奥斯华德 走开，混账东西！

爱德伽 我要拔掉你的牙齿，先生。来，尽管刺过来吧。（二人决斗，爱德伽击奥斯华德倒地）

奥斯华德 奴才，你杀死我了。把我的钱袋拿了去吧。要是你希望将来有好日子过，请你把我的尸体掘一个坑埋了；我身边还有一封信，请你替我送给葛罗斯特伯爵，爱德蒙大爷，他在英国军队里，你可以找到他。啊！想不到我就这样死了！（死）

爱德伽 我认识你；你是一个惯会讨主上欢心的奴才；你的女主人无论有什么万恶的命令，你总是奉命唯谨。

葛罗斯特 什么！他死了吗？

爱德伽 坐下来，老人家；您休息一会儿吧。让我们搜一搜他的衣袋——他说起的这一封信，也许可以对我有一点用处。他死了；我只可惜他不是死在刽子手的手里。让我们看；对不起，好蜡，我要把你拆开来了；恕我无礼，为了要知道我们敌人的居心，就是他们的心肝也要剖出来，拆阅他们的信件不算是不义的事。（读信）“不要忘记我们彼此间的誓约。你有许多机会可以除去他；只要你有决心，时间、地点都不成问题。要是他得胜归来，那就什么都完了；我将要成为一个囚人，他的眠床就是我的牢狱。把我从他可憎的怀抱中拯救出来吧，他的地位你可以取而代之，这也是你应得的酬劳。你的恋慕的仆人（但愿我能换上‘妻子，两个字）高纳里尔。”啊，不可测度的女人的心！谋害她的善良的丈夫，叫我的兄弟代替他的位置！在这砂土之内，我要把你掩埋起来，你这杀人的淫妇的使者。在适当的时机，我要让那被人阴谋弑害的公爵见到这一封卑劣的信。我能够把你的死讯和你的使命告诉他，对于他是一件幸运的事。

葛罗斯特 陛下疯了；而我的可恶的知觉却是倔强得很，我一站起身来，无限的悲痛就涌上我的心头！还是疯了的好；那样我可以不再想到我的不幸，让一切痛苦在昏乱的幻想之中忘记了它们本身的存在。（远处鼓声）

爱德伽 把您的手给我；好像我听见远远有打鼓的声音。来，老人家，让我把您安顿在一个朋友的地方。（同下）

第七场　法军营帐

考狄利娅、肯特、医生及侍臣上。

考狄利娅 好肯特啊！我怎么能够报答您这一番苦心好意呢！我的生命太短，不足以抵偿您的大德。

肯　特 娘娘，只要我的苦心被人了解，那就是莫大的回报了。我所讲的话，句句都是事实，没有一分增减。

考狄利娅 去换一身好一点的衣服吧；您身上的衣服是那一

段悲惨的时光中的纪念品，请您脱下来吧。

肯　特　原谅我，娘娘；我现在还不能恢复我的本来面目，因为一旦被人认出会妨碍我预定的计划。请您准许我这个要求，在我认为时机成熟以前，您必须把我当作一个不相识的人。

考狄利娅　那么就照您的意思吧，伯爵。（向医生）陛下怎样？

医　生　娘娘，他仍旧睡着。

考狄利娅　慈悲的神明啊，医治他的被凌辱的心灵中的巨创吧！保佑这个被不孝的女儿伤透心的老父神智早日回复健全吧！

医　生　请问娘娘，我们现在可不可以叫陛下醒来？他已经睡很久了。

考狄利娅　照您的意见，应该怎么办就怎么办吧。他有没有穿着好？

李尔卧椅内，众仆抬上。

侍　臣　是，娘娘；我们趁着他熟睡的时候，已经替他把新衣服穿上去了。

医　生　娘娘，请您不要走开，等我们叫他醒来；我相信他的精神已经稳定下来了。

考狄利娅　很好。（乐声）

医　生　请您走近一步。音乐还要响一点儿。

考狄利娅　啊，我的亲爱的父亲！但愿我的嘴唇上有治愈疯狂的灵药，让这一吻治愈了我那两个姊姊加在您身上的暴虐的伤害吧！

肯　特　善良的好公主！

考狄利娅　假如您不是她们的父亲，这满头的白发也该引起她们的怜悯。这样一张面庞怎能受得起狂风吹打？它能够抵御可怕的雷霆吗？在最吓人的闪电之下，您像个可怜无援的兵士！光着头苦苦地守住你的哨岗吗？我的敌人的狗，即使它曾经咬过我，在那样的夜里，我也要让它躺在我的火炉之前。但是你，可怜的父亲，却甘心钻在污秽霉烂的稻草里，和猪狗以及流浪的乞儿做伴吗？唉！唉！您的生命不和您的神志同归于尽才是一件怪事。他醒来了；对他说些什么话吧。

医　生　娘娘，应该您去跟他说说。

考狄利娅　父王陛下，您好吗？

李　尔　你们不应该把我从坟墓中间拖了出来。你是一个有福的灵魂；我却缚在一个烈火的车轮上，我自己的眼泪也像熔铅一样灼痛我的脸。

考狄利娅　父亲，您认识我吗？

李　尔　你是一个灵魂，我知道；你在什么时候死的？

考狄利娅　还是疯疯癫癫的。

医　生　他还没有完全清醒过来；暂时不要惊扰他。

李　尔　我到过些什么地方？现在我在什么地方？天亮了吗？我被骗苦啦。我如果看见别人落到这个地步，也要为他心碎而死。我不知道应该说些什么。我不愿发誓说这是我的手；让我试试看，这针刺上去是觉得痛的。但愿我能够知道我自己的实际情形！

考狄利娅　啊！瞧着我，父亲，把您的手按在我的头上为我祝福吧。不，父亲，您千万不能跪下。

李　尔　请不要取笑我；我是一个非常愚蠢的傻老头子，活了八十多岁了；不瞒您说，我怕我的头脑有点儿不大健全。我想我应该认识您，也该认识这个人；可是我不敢确定；因为我全然不知道这是什么地方，而且凭着我所有的能力，我也记不起来什么时候穿上这身衣服；我也不知道昨天晚上我在什么所在过夜。不要笑我；我想这位夫人是我的孩子考狄利娅。

考狄利娅 正是，正是。

李 尔 你是在流眼泪吗？当真。求你不要哭；要是你有毒药为我预备着，我愿意喝下去。我知道你不爱我；因为我记得你的两个姊姊都虐待我；你虐待我还有几分理由，她们却没有。

考狄利娅 谁都没有这理由。

李 尔 我是在法国吗？

肯 特 在您自己的国土之内，陛下。

李 尔 不要骗我。

医 生 请宽心一点，娘娘；您看他的疯狂已经平息下去了；可是如果再向他提起他经历的事情，却是危险的。请他进去吧，不要多打扰他，让他继续安定下来。

考狄利娅 陛下，咱们到里边去安息安息好吗？

李 尔 你必须原谅我。请你宽赦我的过失吧；我是个年老糊涂的人。（李尔、考狄利娅、医生及侍从等同下）

侍 臣 先生，康华尔公爵被刺的消息是真的吗？

肯 特 完全真确。

侍 臣 他的军队归什么人带领？

肯 特 据说是葛罗斯特的庶子。

侍 臣 他们说他的被放逐在外的儿子爱德伽现在跟肯特伯爵都在德国。

肯 特 消息常常变化不定。现在是应该戒备的时候了，英国军队已在迅速逼近。

侍 臣 一场血战是免不了的。再会，先生。（下）

肯 特 我的目的能不能顺利达成，祸福就看这一场战事的结果啦。（下）

第五幕

第一场　多佛附近英军营地

旗鼓前导，爱德蒙、里根、军官、兵士及侍从等上。

爱德蒙　（向一军官）你去问一声公爵，他是不是仍旧保持着原来的决心，还是因为有了其他的考虑，已经改变了方针；他这个人摇摆不定，瞬息万变；我要知道他究竟抱着怎样的主张。（军官下）

里　根　我那姊姊差来的人一定在路上出了事。

爱德蒙　那可说不定，夫人。

里　根　好爵爷，我对你的一片好心你不会不知道；现在请你告诉我，老老实实地告诉我，你是不爱我的姊姊的对吗?

爱德蒙　我只是敬爱她。

里　根　可是你从来没有深入我姊夫的禁地吗?

爱德蒙　那样想会降低您的身份。

里　根　我怕你们已经打成一片，她心坎儿里只有你一个人哩。

爱德蒙　凭着我的名誉起誓，夫人，没有这样的事。

里　根　我决不答应她；我的亲爱的爵爷，不要跟她亲热。

爱德蒙　您放心吧。——她跟她的公爵丈夫来啦！

旗鼓前导。奥本尼、高纳里尔及兵士上。

高纳里尔　（旁白）我宁愿这一次战争失败，也不让我那个妹子把他从我手里夺走。

奥本尼　贤妹久违了。伯爵，我听说陛下带了一班受不住我国的苛政、高呼不平的人们，到他女儿那儿去了。要是我们所兴的是一场不义之战，我是从来提不起勇气来的；可是现在的问题，并不是我们的陛下和他手下的一群人在法国的煽动之下，以堂堂正正的理由向我们兴师问罪，而是法国举兵侵犯我们的领土，这是我们所不能容忍的。

爱德蒙　您所言极是。

里　根　这种话讲它有意义吗？

高纳里尔　我们只须同心合力，打退敌人；这些内部的纠纷不是现在所要讨论的问题。

奥本尼　那么让我们跟那些老将们讨论讨论我们的战略吧。

爱德蒙　我马上就到您的帐里来。

里　根　姊姊，您也跟我们一块儿去吗？

高纳里尔　不。

里　根　您怎么可以不去？来，请吧。

高纳里尔　（旁白）哼！我明白你的意思。（高声）好，我就去。

爱德伽乔装上。

爱德伽　殿下要是不嫌我微贱，请听我说一句话。

奥本尼　你们先请一步，我就来。——说。（爱德蒙、里根、高纳里尔、军官、兵士及侍从等同下）

爱德伽　在您开始作战以前，先把这封信拆开来看一看。要是您得到胜利，可以吹号角为信号，叫我出来；虽然我看似卑微，但我可以请出一个证人来，证明这信上所写的事。要是您失败了，那么您在这世上的使命已经完毕，一切阴谋也都无能为力了。愿命运眷顾您！

奥本尼　等我读了信你再走。

爱德伽　我不能。时候一到，您只要叫传令官传唤一声，我就会出来的。

奥本尼　那么再见；你的信我会看的。（*爱德伽下*）

爱德蒙重上。

爱德蒙　敌人已经望得见了；快把您的军队集合起来。这儿记载着根据多方侦查所得的敌方军力的估计；可是现在您必须快点儿了。

奥本尼　好，我们准备迎敌就是了。（*下*）

爱德蒙　我对这两个姊姊都已经立下爱情的盟誓；她们彼此互怀嫉妒，就像被蛇咬过的人见不得蛇影子一样。我应该选择哪一个呢？两个都要？只要一个？还是一个也不要？要是两个全都留在世上，我就一个也不能到手；娶了那寡妇，一定会激怒她的姊姊高纳里尔；而且她的丈夫一天不死，我又怎么能跟她成双配对？现在我们还是要借他做号召军心的幌子；等到战事结束以后，她要是想除去他，让她自己设法结果他的性命吧。照他的意思，李尔和考狄利娅两人被我们捉到以后是不能加害的；可是假如他们果然落在我们手里，我们可决不能让他们得到他的赦免；因为我保全自己的地位要紧，这不容犹豫。（*下*）

第二场　两军营地之间的原野

内号角声。旗鼓前导，李尔及考狄利娅率军队上；同下。爱

德伽及葛罗斯特上。

爱德伽 来，老人家，在这树荫底下坐坐吧；但愿正义得到胜利！要是我还能够回来见您，我一定会带给您好消息的。

葛罗斯特 上帝照顾您，先生！（*爱德伽下*）号角声；有顷，内吹退军号。

爱德伽重上。

爱德伽 走吧，老人家！把您的手给我；走吧！李尔王已经失败，他跟他的女儿都被他们捉去了。把您的手给我；来。

葛罗斯特 不，先生，让我就在这儿等死吧。

爱德伽 怎么！您又转起那种坏念头来了吗？人们要忍受死，正像他们要忍受生一样，你应该耐心忍受天命的安排。来。

葛罗斯特 那也说得有理。（同下）

第三场 多佛附近英军营地

旗鼓前导，爱德蒙凯旋上；李尔、考狄利娅被俘随上；军官、兵士等同上。

爱德蒙 来人，把他们押下去，好生看守，等上面发落下来，再作处理。

考狄利娅 存心良善的反而得到恶报，这样的先例是很多的。我只是为了您，被迫害的父亲才感到悲伤；否则尽管欺人的命运向我横眉怒目，我也不把她的凌辱放在心上。我们要不要去见见这两个女儿和这两个姊姊？

李　尔 不，不，不，不！来，让我们到监牢里去。我们两人将要像笼中之鸟一般唱歌；当你求我为你祝福的时候，我要跪下来求你饶恕；我们就这样生活，祈祷，唱歌，说些古老的故事，嘲笑那班像金翅蝴蝶似的廷臣，听听那些可怜的囚徒们讲些宫廷里的消息；我们也要跟他们在一起谈话，谁失败，谁胜利，谁在朝，谁在野，用我们的意见解释各种事情的奥秘，就像我们是上帝的耳目一样；在囚牢的四壁之内，我们将要冷眼看那些党徒派系随着月亮的圆缺而升降。

爱德蒙 把他们带下去。

李 尔 对于这样的祭物，我的考狄利娅，天神也要敬香致敬的。我果然把你捉住了吗？谁要是想分开我们，必须从天上取下一把火炬来，像烟熏狐狸一样把我们赶散。揩干你的眼睛；天神会吞食掉他们的全身，他们也不能使我们流泪，我们要看他们先活活饿死。来。（兵士押李尔、考狄利娅下）

爱德蒙 过来，队长。听着，把这一通密令拿去；（以一纸授与军官）跟着他们到监牢里去。我已经把你提升了一级，要是你能够照这密令所说执行，一定大有好处。你要知道，识时务的才是好汉；心肠太软的人不配佩带刀剑。我吩咐你去干这件重要的差使，你可不必多问，愿意就做，不愿意就另谋出路吧。

军 官 我愿意，大人。

爱德蒙 那么去吧；你立了这一个功劳，就会是一个幸运的人。听着，事不宜迟，必须照我所写的马上办好。

军 官 我不会拖车子，也不会吃干麦；只要是男子汉干的事，我就会干。（下）

喇叭奏花腔。奥本尼、高纳里尔、里根、军官及侍从等上。

奥本尼 伯爵，你今天果然表明了你的神勇无畏；命运眷顾着你，帮你让跟我们敌对的人都束手就擒。请你把你的俘虏交给我们，让我们一方面按照他们的身份，一方面顾到我们自身的安全，决定一个适当的处置。

爱德蒙 殿下，我已经把那不幸的老王拘禁起来，并且派兵严密监视了；我认为他的高龄和尊号都有一种莫大的魔力，可以吸引人心归附于他，要是不加防范，恐怕我们的部下都要受他的煽惑而与我们反戈相向。那王后，我为了同样的理由，也把她一起下了监狱；他们明天或者迟一些就可以受你们的审判。现在弟兄们刚刚流过血汗，丧折了不少的朋友，正品尝着战争的残酷，未免心中愤激，这场争端无论理由怎样正大，他们都会肆意咒诅；所以审问考狄利娅和她的父亲这一件事，必须在一个更适当的时候举行。

奥本尼 伯爵，说一句不怕您见怪的话，您不过是一个随征的将领，我并没打算与您平起平坐。

里　根 那要看我怎样恩宠他，我想你在说这样的话以前，应该先问问我的意思才是。他带领我们的军队，受到我的全权委任，凭着这一层亲密的关系，也够资格和你称兄道弟了。

高纳里尔 少亲热点儿吧；他的地位是他靠着自己的才能获得的，并不是你给的。

里　根 凭着我授予的权力，他就能和最尊贵的人匹敌。

高纳里尔 要是他做了你的丈夫，那倒好办了。

里　根 笑话往往会变成预言。

高纳里尔 呵呵！说这话的人的眼睛似乎有点儿邪气。

里　根 太太，我现在身子不大舒服，懒得跟你斗口了。将军，请你接受我的军队、俘虏和财产；这一切连我自己都由你支配；我是你的献城降服的臣仆；让全世界为我证明，我现在把你立为我的丈夫和君主。

高纳里尔 你想要享受他吗？

奥本尼 那不是你所能阻止的。

爱德蒙 也不是你所能阻止的，殿下。

奥本尼 杂种，我可以阻止你们。

里　根 （向爱德蒙）叫鼓手打起鼓来，和他决斗，证明我已经把尊位给了你。

奥本尼　等一等，我还有话说。爱德蒙，你犯有叛逆重罪，我逮捕你；同时我还要逮捕这一条金鳞的毒蛇。（指高纳里尔）贤妹，为了我的妻子的利益，我必须要求您放弃您的声明；因为她已经跟这位勋爵有约在先，所以我，她的丈夫，不得不对你们的婚姻表示异议。要是您想结婚的话，不如把您的爱情给我吧，我的妻子已经另有所属了。

高纳里尔　不要无事生非！

奥本尼　葛罗斯特，你现在甲胄在身；让号角吹起来；要是没有人出来证明你所犯的无数凶残暴戾的罪孽，这儿是我的信物；（掷下手套）我要用你的心脏，证明我此刻所宣布的一切，否则在此之前我决不再进食。

里　根　嗳哟！我病了！我病了！

高纳里尔　（旁白）要是你不病，我也从此不相信毒药了。

爱德蒙　这儿是我的回应；（掷下手套）谁骂我是叛徒，他就是个说谎的恶人。叫你的号角吹起来吧；谁有胆量，出来，我可以向他、向你、向每一个人证明我的不可动摇的忠心和荣誉。

奥本尼　来，传令官！

爱德蒙　传令官！传令官！

奥本尼　信赖你个人的勇气吧；因为你的军队都是用我的名义征集的，我已经用我的名义把他们遣散了。

里　根　我越来越难受啦！

奥本尼　她身体不舒服；把她扶到我的帐里去。（侍从扶里根下）过来，传令官。

传令官上。

奥本尼　叫喇叭吹起来。宣读这一道命令。

官官吹喇叭！（喇叭吹响）

传令官 （宣读）“在本军之中，如有任何将校官佐愿意证明爱德蒙——名分未定的葛罗斯特伯爵是一个罪恶多端的叛徒，请他在第三次喇叭声中站出来。爱德蒙先生将坚决自卫。”

爱德蒙 吹！（喇叭初响）

传令官 再吹！（喇叭再响）

传令官 再吹！（喇叭三响。内喇叭声相应）

喇叭手前导，爱德伽武装上。

奥本尼 问明他的来意，为什么他听了喇叭的呼召到这儿来。

传令官 你是什么人？你叫什么名字？在军中是什么官级？为什么你要应召而来？

爱德伽 我的名字已经被阴谋的毒齿咬啮蛀蚀了；可是我的出身正像我现在所要面对的敌手同样高贵。

奥本尼 谁是你的敌手？

爱德伽 代表葛罗斯特伯爵爱德蒙的是什么人？

爱德蒙 他自己；你对他有什么话说？

爱德伽 拔出你的剑来，要是我的话得罪了一颗高贵的心，你的兵器可以为你辩护；这是我的剑。听着，虽然你有的是胆量、活力、权位和尊荣，虽然你挥着胜利的宝剑，夺到了新的幸运，可是凭着我的荣誉、我的誓言和我的骑士的身份所给我的特权，我要当众宣布你是一个叛徒，不忠于你的神明、你的兄长和你的父亲，阴谋倾覆这一位崇高卓越的君王，从你的头顶直到你脚下的尘土，彻头彻尾是一个肮脏的逆贼。要是你说一声“不”，这一柄剑、这一只手臂和我的全身的勇气，都要向你的心口证明你在说谎。

爱德蒙 照理我应该问你的名字；可是你的外表既然这样英勇，你的出言吐语也可以表明你的出身，而且虽然按照骑士的规则，我可以拒绝你的挑战，但我却不会那样做，我要把你所说的那些罪名仍旧丢回到你的头上，让那像地狱一般可憎的谎话吞没你的心；这柄剑将要在你的心头挖破一个窟窿，我要把你的罪恶永远统统塞进去。吹起来，喇叭！（号角声。二人决斗。爱德蒙倒地）

奥本尼 留他活命，留他活命！

高纳里尔 这是诡计，葛罗斯特；按照决斗的法律，你尽可以不接受一个不知名的对手的挑战；你不是被人打败，你是中了人家的计了。

奥本尼 闭住你的嘴，妇人，否则我要用这一张纸塞住它了。且慢，骑士。你这比一切恶名更恶的恶人，读读你自己的罪恶吧。不要撕，太太；我看你也认识这一封信的。（以信授与爱德蒙）

高纳里尔 认识又有什么关系！法律在我手中，不在你手中；谁可以控诉我？（下）

奥本尼 岂有此理！你知道这封信吗？

爱德蒙 不要问我知道不知道。

奥本尼 追上她去；她情急了什么事都干得出来；留心看着她。（一军官下）

爱德蒙 你所指斥我的罪状，我全都承认；而且我所干的事着实不止这些，总有一天会全部暴露的。现在这些事已成过去，我也要永辞人世了。——可是你是什么人，我会死在你的手里？假如你是一个贵族，我愿意对你不记仇恨。

爱德伽 让我们互相宽恕吧。在血统上我并不比你低微，爱德蒙；要是我的出身比你更高贵，你尤其不该那样陷害我。我的名字是爱德伽，你的父亲的儿子。公正的天神用人们的风流罪过惩罚我们；他在黑暗淫邪的地方种下了你，结果使他丧失了他的眼睛。

爱德蒙 你说得不错；报应的车轮已经循环到了我这里。

奥本尼 我一看见你的举止行动，就觉得你不是一般人。我必须拥抱你；让悔恨碎裂了我的心，要是我曾经憎恨过你和你的父亲。

爱德伽 殿下，我一向知道您的仁慈。

奥本尼 你把自己藏匿在什么地方？你怎么知道你父亲的灾难？

爱德伽 殿下，我知道他的灾难，因为我就在他的身边照料他，听我讲一段简短的故事；当我说完以后，啊，但愿我的心爆裂了吧！为了逃避通缉追杀——贪生怕死是人之常情，我们宁愿每小时忍受着死亡之痛，也不愿一下子结束自己的生命；为了逃避那紧追着我的、残酷的宣判，我不得不披上一身疯人的褴褛衣服，改扮成一副连狗儿都看不起的模样。在这样的乔装之中，我碰见了我的父亲，他的两个眼眶里流着血，那宝贵的眼珠已经失去；我替他做向导，为他领路，为他求乞，把他从绝望之中拯救出来；啊！我真不该向他瞒住我自己的真相！直到约摸半小时以前，我已经披上甲胄，对成败毫无把握之时，才请他为我祝福，才把我的全部经历从头到尾告诉他知道；可是，唉！他的破碎的心太脆弱了，载不起这样突如其来的极端冲突的喜悦和悲伤，他含着微笑死了。

爱德蒙 你这番话很使我感动，说不定会带来好处；可是说下去吧，看上去你还有话要说。

奥本尼 要是还有比这更伤心的事，请不要说下去了吧；因为我听了这样的话，已经忍不住热泪盈眶了。

爱德伽 对于不喜欢悲哀的人，这似乎已经是悲哀的顶点；可是却还有更悲哀的事。当我正在放声大哭的时候，来了一个人，他认识我就是他所见过的那个疯丐，不敢接近我；可是后来他知道了我究竟是什么人，遭遇到什么样不幸，他竟也抱住我的头颈，大放悲声，好像要把天空都震碎一般；他伏在我父亲的尸体上；讲出了关于李尔和他两个人的一段最凄惨的故事；他越讲越伤心，他的生命之弦都要开始颤断了；那时候喇叭的声音已经响过二次，我只好抛下他一个人昏迷在那里。

奥本尼 可是那是什么人？

爱德伽 肯特，殿下，被放逐的肯特；他一路上乔装改貌，跟随那把他视同仇敌的国王，替他躬操奴隶不如的贱役。

一侍臣持一流血之刀上。

侍　臣 救命！救命！救命啊！

爱德伽 救什么命！

奥本尼 说呀，什么事？

爱德伽 那血淋淋的刀是什么意思？

侍　臣 它还热腾腾地冒着气呢；它是从她的心窝里拔出来的——啊！她死了！

奥本尼 谁死了？说呀。

侍　臣 您的夫人，殿下，您的夫人；她的妹妹也被她毒死了，她自己承认的。

爱德蒙 我跟她们两人都有婚姻之约，现在我们三个人可以在一块儿做夫妻了。

爱德伽 肯特来了。

奥本尼 把她们抬出来，不管她们有没有死。上天的判决使我们战栗，却不能引起我们的怜悯。（侍臣下）

肯特上。

奥本尼 啊！这就是他吗？当前的变故使我不能对他致以我的敬礼。

肯　特　我要来向我的陛下道一声永久的晚安，他不在这儿吗？

奥本尼　我们把一件重要的事情忘了！爱德蒙，陛下呢？考狄利娅呢？肯特，您看见这一种情景吗？（侍从抬高纳里尔、里根二尸体上）

肯　特　嗳哟！怎么会如此？

爱德蒙　爱德蒙还是有人爱的；这一个为了我的缘故毒死了那一个，跟着她也自杀了。

奥本尼　正是这样。把她们的脸遮起来。

爱德蒙　我快要断气了，倒想做一件违反我的本性的好事。赶快差人到城堡里去，因为我已经下令，要把李尔和考狄利娅处死。不要多说废话，迟一点就来不及啦。

奥本尼　跑！跑！跑呀！

爱德伽　跑去找谁呀，殿下？——谁奉命干这件事的？你得给我一件什么东西，作为赦免的凭证。

爱德蒙　想得不错；把我的剑拿去给那队长。

奥本尼　快去，快去。（爱德伽下）

爱德蒙　他从你的妻子跟我两人的手里得到密令，要把考狄利娅在狱中缢死，对外面说是她自己在绝望中自杀的。

奥本尼　神明保佑她！把他暂时抬出去。（侍从抬爱德蒙下）

李尔抱考狄利娅尸体、爱德伽、军官及余人等同上。

李　尔　哀号吧，哀号吧，哀号吧，哀号吧！啊！你们都是些石头一样的人；要是我有了你们的那些舌头和眼睛，我要用我的眼泪和哭声震撼苍穹。她是一去不回的了。一个人死了还是活着，我是知道的；她已经像泥土一样死去。借一面镜子给我；要是她的气息还能够在镜面上呵起一层薄雾，那么她还没有死。

肯　特　这就是所谓的世界末日吗？

爱德伽 还是末日恐怖的预兆?

奥本尼 天塌下来了，一切都要归于毁灭吗?

李　尔 这根羽毛在动；她没有死！要是她还能活命，那么我遭到的一切悲哀都可以抵消。

肯　特 （跪）啊，我的好主人！

李　尔 走开！

爱德伽 这是尊贵的肯特，您的朋友。

李　尔 一场瘟疫降落在你们身上，全是些凶手，奸贼！我本来可以把她救活的；现在她永远走了！考狄利娅，考狄利娅！等一等。嘿！你说什么?她的声音总是那么柔软温和，女儿家是应该这样的。我亲手杀死了那把你缢死的奴才。

军　官 殿下，他真的把他杀死了。

李　尔 我不是把他杀死了吗，汉子?从前我一举起我的宝刀，就可以叫他们吓得抱头鼠窜；现在年纪老啦，受到这许多磨难，心力不中用啦。你是谁?老实告诉我，我的眼睛可不大好。

肯　特 要是命运女神向人夸口，说有两个曾经一度被她宠爱后来却为她厌弃的人，那么我们的眼前就各站着其中一个。

李　尔 我的眼睛太糊涂啦。你不是肯特吗?

肯　特 正是，您的仆人肯特。您的仆人卡厄斯呢?

李　尔 他是一个好人，我可以告诉你；他一发脾气就会打人。他现在已经死得骨头都腐烂了。

肯　特 不，陛下；我就是那个人——

李　尔 我马上能认出来你是不是。

肯　特 自从您开始遭遇变故以来，我一直跟随着您的不幸的足迹。

李　尔 欢迎你来呀。

肯　特 不，一切都是凄惨的、黑暗的、毁灭性的；您的两个大女儿已经在绝望中毁灭了。

李　尔　嗯，我也想是这样的。

奥本尼　他不知道自己在说些什么话，我们谒见他也是徒然的。

爱德伽　全然是徒劳。

一军官上。

军　官　启禀殿下，爱德蒙死了。

奥本尼　他的死在现在不过是小事一桩了。各位勋爵和尊贵的朋友，听我向你们宣示我的打算：对于这一位老病衰弱的君王，我们将要尽我们的力量给他可能的安慰；当他在世的时候，我仍将把最高的权力归还给他。（向爱德伽、肯特）你们两位仍旧恢复原来的爵位，我还要加赉你们额外的尊荣，褒扬你们过人的节行。一切朋友都要得到他们忠贞的回报，一切仇敌都要尝到他们罪恶的苦杯。——啊！瞧，瞧！

李　尔　我的可怜的弄人给他们缢死了！不，不，没有命了！为什么一条狗、一匹马、一只耗子，都有它们的生命，你却没有一丝呼吸？你是永不回来的了，永不，永不，永不，永不，永不！请你替我解开这个纽扣；谢谢你，先生。你看见吗？瞧着她，瞧，她的嘴唇，瞧那边，瞧那边！（死）

爱德伽　他晕过去了！——陛下，陛下！

肯　特　碎吧，心啊！碎吧！

爱德伽　抬起头来，陛下。

肯　特　不要烦扰他的灵魂。啊！让他安然死去吧；他会痛恨那些想要使他在这无情的尘世多受一刻煎熬的人。

爱德伽　他真的去了。

肯　特　他居然忍受了这么久，才是一件奇事；他一直是在强忍着活下去。

奥本尼 把他们抬出去。我们现在要传令全国举哀。（向肯特、爱德伽）

两位朋友，帮我主持大政，
培养这已经伤透的国本。

肯　特 不日间我就要登程上道；
我已经听见主上的呼召。

爱德伽 不幸的重担不能不背；
倾诉是我们唯一的应对。
逝者已经忍受了一切，
后人何堪独怆而悲。（同下。奏丧礼进行曲）

安东尼与克莉奥佩特拉

An Dong Ni Yu Ke Li Ao Pei Te La

剧中人物

玛克·安东尼
奥克泰维斯·凯撒 } 罗马三执政
伊米力斯·莱必多斯

塞克斯特斯·庞贝厄斯

道密歇斯·爱诺巴勃斯
文提狄斯
爱洛斯
斯凯勒斯 } 安东尼部下将佐
德西塔斯
狄米特律斯
菲　罗

茂西那斯
阿格立巴
道拉培拉 } 凯撒部下将佐
普洛丘里厄斯
赛琉斯
盖勒斯

茂那斯
茂尼克拉提斯 } 庞贝部下将佐
凡里厄斯

陶勒斯　凯撒副将

凯尼狄斯　安东尼副将

西里厄斯　文提狄斯属下裨将

尤弗洛涅斯　安东尼遣往凯撒处的使者

艾勒克萨斯
玛狄恩
塞琉克斯
狄俄墨得斯　}克莉奥佩特拉的侍从

预言者

小　丑

克莉奥佩特拉　埃及女王

奥克泰维娅　凯撒之妹，安东尼之妻

查米恩
伊拉丝　}克莉奥佩特拉的侍女

将佐、兵士、使者及其他侍从等

地　点

罗马帝国各部

第一幕

第一场　亚历山大里亚。克莉奥佩特拉宫中一室

狄米特律斯及菲罗上。

菲　罗　嘿，咱们主帅这样迷恋，真太不像话啦。从前他指挥大军的时候，他的英勇的眼睛像身披盔甲的战神一样发出棱棱的威光，现在却如醉如痴地尽是盯在一张黄褐色的脸上。他的大将雄心曾经在激烈的鏖战中涨断了胸前的扣带，现在却完全失去自制，甘愿做一具风扇，扇凉一个吉卜赛女人的欲焰。瞧！他们来了。

喇叭奏花腔。安东尼及克莉奥佩特拉率侍从上；太监掌扇随侍。

菲　罗　留心看着，你就可以知道他本来是这世界上三大柱石之一，现在已经变成一个娼妇的弄人了。瞧吧。

克莉奥佩特拉　要是那真的是爱，告诉我它有多深。

安东尼　可以测量深浅的爱是贫乏的。

克莉奥佩特拉　我要立一个界限，知道你能够爱我到怎么一个极度。

安东尼 那么你必须发现新的天地。

一侍从上。

侍　从 禀将军，罗马有信来了。

安东尼 讨厌！简简单单告诉我什么事。

克莉奥佩特拉 不，听听他们怎么说吧，安东尼。富尔维娅也许在生气了；也许那乳臭未干的凯撒会降下一道尊严的谕令来。吩咐你说：“做这件事，做那件事；征服这个国家，清除那个国家；照我的话执行，否则就要处你一个违抗命令的罪名。”

安东尼 怎么会，我亲爱的！

克莉奥佩特拉 也许！不，非常可能；你不能在此久留了；凯撒已经把你免职；所以听听他们怎么说吧，安东尼。富尔维娅签发的传票呢？我应该说是凯撒的？还是他们两人的？叫那送信的人进来。我用埃及女王的身份起誓，你在脸红了，安东尼；你那满脸的热血是你对凯撒所表示的敬礼；否则就是因为长舌的富尔维娅把你骂得不好意思。叫那送信的人进来！

安东尼 让罗马融化在台伯河的流水里，让广袤的帝国的高大的拱门倒塌吧！这儿是我的生存的空间。纷纷列国，不过是一堆堆泥土；粪秽的大地养育着人类，也养育着禽兽；生命的光荣存在于一双心心相印的情侣的及时互爱和热烈拥抱之中；（拥抱克莉奥佩特拉）这儿是我的永远的归宿；我们要让全世界知道，我们是卓立无比的。

克莉奥佩特拉 巧妙的谎话！他既然不爱富尔维娅，为什么要跟她结婚呢？我还是假作痴呆吧；安东尼就会回复他的本色的。

安东尼 没有克莉奥佩特拉鼓起他的活力，安东尼就是一个毫无生气的人。可是看在爱神和她那温馨的时辰的分上，让我们不要把大好的光阴在口角争吵之中蹉跎过去；从现在起，我们生命中的每一分钟，都要让它充满了欢乐。今晚我们怎么玩？

克莉奥佩特拉 接见罗马的使者。

安东尼 嗳哟，淘气的女王！你生气、你笑、你哭，都是那么可爱；每一种情绪在你的身上都充分表现出它动人的姿态。我不要接见什么使者，只要和你在一起；今晚让我们两人到市街上去逛逛，察看察看民间的情况。来，我的女王；你昨晚就有这样一个愿望的。不要对我们说话。（安东尼、克莉奥佩特拉及侍从同下）

狄米特律斯 安东尼会这样藐视凯撒吗？

菲　罗 先生，有时候他不是安东尼，他的一言一动，都够不上安东尼所应该具有的伟大的品格。

狄米特律斯 那些在罗马造谣的小人，把他说得如何如何不堪，想不到他竟会证实他们的话；可是我希望他明天能够改变他的态度。再会！（各下）

第二场　同前。另一室

查米恩、伊拉丝、艾勒克萨斯及一预言者上。

查米恩 艾勒克萨斯大人，可爱的艾勒克萨斯，什么都是顶好的艾勒克萨斯，顶顶顶好的艾勒克萨斯，你在娘娘面前竭力推荐的那个算命的呢？我倒很想知道我的未来的丈夫，你不是说他会在他的角上挂起花圈吗？

艾勒克萨斯 预言者！

预言者 您有什么吩咐？

查米恩 就是他吗？先生，你能够预知未来吗？

预言者 在造化的无穷尽的秘籍中，我曾经涉猎一二。

艾勒克萨斯 把你的手给他相相看。

爱诺巴勃斯上。

爱诺巴勃斯 筵席赶快送进去；为克莉奥佩特拉祝饮的酒要多一些。

查米恩 好先生，给我一些好运气。

预言者 我不能制造命运，只能预知休咎。

查米恩 那么请你替我算出一注好运气来。

预言者 你将来要比现在更美丽。

查米恩 他的意思是说我的皮肤会变得白嫩一些。

伊拉丝 不，你老了可以搽粉的。

查米恩 千万不要长起皱纹来才好！

艾勒克萨斯 不要打扰他的预言；留心听着。

查米恩 嘘！

预言者 你将要爱别人甚于被别人所爱。

查米恩 那我倒宁愿让酒来燃烧我这颗心。

艾勒克萨斯 不，听他说。

查米恩 好，现在给我算出一些非常好的命运来吧！让我在一个上午嫁三个国王，再让他们一个个死掉；让我在五十岁生一个孩子，犹太的希律王都要向他鞠躬致敬；让我嫁给奥克泰维斯·凯撒，和娘娘平起平坐。

预言者 你将要比你的女主人活得长久。

查米恩 啊，好极了！多活几天总是好的。

预言者 你的前半生的命运胜过后半生的命运。

查米恩 那么大概我的孩子们都是没出息的；请问我有几个儿子几个女儿？

预言者 要是你的每一个愿望都会怀胎受孕，你可以有一百万个儿女。

查米恩 啐，呆子！妖言惑众，恕你无罪。

艾勒克萨斯 你以为除了你的枕席以外，谁也不知道你在转些什么念头。

查米恩 来，来，替伊拉丝也算个命。

艾勒克萨斯 我们大家都要算个命。

爱诺巴勃斯 我知道我们今晚的命运，是喝得烂醉上床。

伊拉丝 从这一只手掌即使看不出别的什么来，至少可以看出一个贞洁的性格。

查米恩 正像从泛滥的尼罗河可以看出旱灾一样。

伊拉丝 去，你这浪蹄子，你又不会算命。

查米恩 嗳哟，要是一只滑腻的手掌不是多子的征兆，那么我就连自己的耳朵也不会搔了。你就为她算出一个平平常常的命运来吧。

预言者 你们的命运都差不多。

伊拉丝 怎么差不多？怎么差不多？说得具体些。

预言者 我已经说过了。

伊拉丝 难道我的命运一寸一分也没有胜过她的地方吗？

查米恩 好，要是你的命运比我胜过一分，你愿意胜在什么地方？

伊拉丝 反正不是在我丈夫的鼻子上。

查米恩 愿上天改变我们邪恶的思想！艾勒克萨斯，——来，他的命运，他的命运。啊！让他娶一个不能怀孕的女人，亲爱的爱昔斯女神，我求求你；让他第一个妻子死了，再娶一个更坏的；让他娶了一个又一个，一个不如一个，直到最坏的一个满脸笑容地送他戴着五十顶绿头巾下了坟墓！好爱昔斯女神，你可以拒绝我其他更重要的请求，可是千万听从我这一个祷告；好爱昔斯，我求求你！

伊拉丝 阿门。亲爱的女神，俯听我们下民的祷告吧！因为正像看见一个漂亮的男人娶到一个淫荡的妻子，可以叫人心碎一样，看见一个奸恶的坏人有一个不偷汉子的老婆，也是会使人大失所望的；所以亲爱的爱昔斯，给他应得的命运吧！

查米恩　阿门。

艾勒克萨斯　瞧，瞧！要是她们有权力使我做一个王八，就是叫她们当婊子，她们也会干的。

爱诺巴勃斯　嘘！安东尼来了。

查米恩　不是他，是娘娘。

克莉奥佩特拉上。

克莉奥佩特拉　你们看见主上了吗？

爱诺巴勃斯　没有，娘娘。

克莉奥佩特拉　他刚才不是在这儿吗？

查米恩　不在，娘娘。

克莉奥佩特拉　他本来高高兴兴的，忽然一下子又触动了他思念罗马的心。爱诺巴勃斯！

爱诺巴勃斯　娘娘！

克莉奥佩特拉　你去找找他，把他带到这儿来。艾勒克萨斯呢？

艾勒克萨斯　有，娘娘有什么吩咐？主上来了。

安东尼偕一使者及侍从等上。

克莉奥佩特拉　我不要见他；跟我去。（克莉奥佩特拉、爱诺巴勃斯、艾勒克萨斯、伊拉丝、查米恩、预言者及侍从等同下）

使　者　你的妻子富尔维娅第一个上战场。

安东尼　向我的兄弟路歇斯开战吗？

使　者　是，可是那次战事很快就结束了，当时形势的变化，使他们捐嫌修好，合力反抗凯撒的攻击；在初次交锋的时候，凯撒就得到胜利，把他们驱出了意大利边境。

安东尼　好，还有什么坏消息？

使　者　人们因为不爱听坏消息，往往会连带憎恨那报告坏消息的人。

安东尼　只有愚人和懦夫才会这样。说吧；已经过去的事，我决不再介意。谁告诉我真话，即使他的话里藏着死亡，我也会像听人家恭维我一样听着。

使　者　拉卜纳斯——这是很刺耳的消息——已经带着他的帕提亚军队长驱直进，越过亚洲境界；沿着幼发拉底河岸，他的畦利的旌旗从叙利亚招展到吕底亚和爱奥尼亚；可是——

安东尼　可是安东尼却——你是想这样说。

使　者　啊，将军！

安东尼　直接痛快地把一般人怎么批评我的话告诉我，不要吞吞吐吐地怕什么忌讳；罗马人怎样称呼克莉奥佩特拉，你也怎样称呼她；富尔维娅怎样责骂我，你也怎样责骂我；尽管放胆指斥我的过失，无论它是情真罪当的，或者不过是恶意的讥弹。啊！只有这样才可以使我们反躬自省，平心静气地拔除我们内心的莠草，耕垦我们荒芜的德性。你暂且退下吧。

使　者　遵命。（下）

安东尼　喂！从息些温来的人呢？

侍　从　甲有没有从息些温来的人？

侍　从　乙他在等候着您的旨意。

安东尼　叫他进来。我必须挣断这副坚硬的埃及镣铐，否则我就要在沉迷中丧失自己了。

另一使者上。

安东尼　你是什么人？

使者乙　你的妻子富尔维娅死了。

安东尼　她死在什么地方？

使者乙　在息些温。她抱病的经过，还有其他更重要的事情，都在这封信里。（*呈上书信*）

安东尼　下去。（*使者乙下*）一个伟大的灵魂去了！我曾经盼望她死；我们一时间的憎嫌，往往引起过后的追悔；眼前的欢愉冷淡了下来，便会变成悲哀；因为她死了，我才感念到她生前的好处；喜怒爱恶，都只在一转手之间。我必须割断情丝，离开这个迷人的女王；千万种我所意料不到的祸事已在我的怠惰之中萌蘖生长。喂！爱诺巴勃斯！

爱诺巴勃斯重上。

爱诺巴勃斯　主帅有什么吩咐？

安东尼　我必须赶快离开这儿。

爱诺巴勃斯　嗳哟，那么我们那些娘儿们一个个都要活不成啦。我们知道一件无情的举动会多么刺伤她们的心；要是她们见我们走了，她们一定会活不下去的。

安东尼　我非走不可。

爱诺巴勃斯　要是果然有逼不得已的原因，那么就让她们死了吧；好端端把她们丢了，未免可惜，但在一个重大的理由之下，只好把她们置之不顾了。克莉奥佩特拉只要略微听到这一点风声，就会当场死去；我曾经看见她为了一点点小事死过二十次。我想死神倒也是一个懂得怜香惜玉的多情种子，她总是死得那么容易。

安东尼　她的狡猾简直是不可思议。

爱诺巴勃斯　唉！主帅，不，她的感情完全是从最纯洁微妙的爱心里提炼出来的。我们不能用风雨形容她的叹息和眼泪；它们是历书上从未记载过的狂风暴雨。这绝不是她的狡猾，否则她就跟乔武一样有驱风唤雨的神力了。

安东尼 但愿我从来没有看见她！

爱诺巴勃斯 啊，主帅，那您就要错过了一件神奇的杰作；失去这样的眼福，您的壮游也会大大减色的。

安东尼 富尔维娅死了。

爱诺巴勃斯 主帅？

安东尼 富尔维娅死了。

爱诺巴勃斯 富尔维娅！

安东尼 死了。

爱诺巴勃斯 啊，主帅，快向天神举行一次感谢的献祭吧。旧衣服破了，裁缝会替人重做新的；一个妻子死了，天神也早给他另外注定一段姻缘。要是世上除了富尔维娅以外，再没有别的女人，那么您确是遭到了重大的打击，听见了这样的噩耗，也的确应该痛哭流涕；可是在这一段不幸之上，却有莫大的安慰；旧裙换了新裙，旧人换了新人；要是为了表示对于死者的恩情，必须洒几滴眼泪的话，尽可以借助洋葱的力量的。

安东尼 我不能不去料理料理她在国内的未了之事。

爱诺巴勃斯 您在这儿也有未了之事，不能抛开不管；尤其是克莉奥佩特拉的事情，她一刻也少不了您。

安东尼 不要一味打趣。把我的决心传谕我的部下。我要去向女王告知我们必须立刻出发的原因，请她放我们远走。因为不但富尔维娅的死讯和其他更迫切的动机在敦促我起程，而且我在罗马的许多同志也有信来恳求我急速回国。塞克斯特斯·庞贝厄斯已经向凯撒挑战，他的威力控制了海上的帝国；我们那些反复无常的民众——他们在一个人的生前从来不知道感激他的功德，一定要等他死了以后才会把他视若神明——已经开始把庞贝大王的一切尊荣加在他的儿子的身上；凭借着这样盛大的名誉和权力，再加上天赋高贵的血统和身世，他已经成为一个雄视一世的战士；要是让他的势力继续发展下去，全世界都会受到他的威胁。无数的变化正在酝酿之中，它们像初出卵的小蛇一样，虽然已经有了生命，它们的毒舌还不会伤人。你去通告我的手下将士，就说我命令他们立刻准备动身。

爱诺巴勃斯 我就去照您的话办。（各下）

第三场 同前。另一室

克莉奥佩特拉、查米恩、伊拉丝及艾勒克萨斯上。

克莉奥佩特拉 他呢？

查米恩 我后来一直没看见他。

克莉奥佩特拉 瞧瞧他在什么地方，跟什么人在一起，在干些什么事。不要说是我叫你去的。要是你看见他在烦恼，就说我在跳舞；要是他样子很高兴，就对他说我突然病了。快去快回。（艾勒克萨斯下）

查米恩 娘娘，我想您要是真心爱他，这种手段是不能取得他的好感的。

克莉奥佩特拉 我还有什么该做的事没有做过呢？

查米恩 您应该事事顺从他的意思，别跟他闹别扭。

克莉奥佩特拉 你是个傻瓜；听了你的教训，我就要永远失去他了。

查米恩 不要过分玩弄他；我希望您不要这样。人们对于他们所畏惧的人，日久之后，往往会心怀怨恨。安东尼来了。

安东尼上。

克莉奥佩特拉 我身子不舒服，心情很糟糕。

安东尼 我觉得非常难于启齿——

克莉奥佩特拉 搀我进去，亲爱的查米恩，我快要倒下来了；我这身子再也支持不住，恐怕不久于人世了。

安东尼 我最亲爱的女王——

克莉奥佩特拉 请你站得离我远一点。

安东尼 究竟为了什么事？

克莉奥佩特拉 就从你那双眼睛里，我知道一定有些好消息。那位明媒正娶的娘子怎么说？你走吧。但愿她从来没有允许你来！不要让她说是我把你羁留在这里；我作不了你的主，你是她的。

安东尼 天神可鉴——

克莉奥佩特拉 啊！从来不曾有过一个女王受到这样大的欺骗；可是我早就看出你是不怀好意的。

安东尼 克莉奥佩特拉——

克莉奥佩特拉 你已经不忠于富尔维娅，虽然你向神明信誓旦旦，为什么我要相信你会真心爱我呢？被这些随意毁弃的空口盟誓所迷惑，简直是无可理喻的疯狂！

安东尼 最可爱的女王——

克莉奥佩特拉 不，请你不必找什么借口，你要去就去吧。当你要求我准许你留下的时候，才用得着你的花言巧语；那时候你是怎么也不想走的；我的嘴唇和眼睛里有永生的欢乐，我的弯弯的眉毛里有幸福的天堂；我身上的每一部分都带着天国的馨香。它们并没有变样，除非你这全世界最伟大的战士已经变成了最伟大的说谎者。

安东尼 嗳哟，我的爱人！

克莉奥佩特拉 我希望我也长得像你一样高，让你知道埃及人也不是好欺负的。

安东尼 听我说，女王；为了应付时局的需要，我不得不暂时离开这里，可是我的整个心还是继续和你厮守在一起的。内乱的刀剑闪耀在我们意大利全境；塞克斯特斯·庞贝厄斯已经向罗马海口进发；国内两支势均力敌的军队，还在那儿彼此摩擦。不齿众口的人，只要培植起强大的势力，人心就会自然趋附他；被摈斥的庞贝仗着他父亲的威名，已经在不知不觉中取得那些现政局下失意分子的拥戴，他们人数众多，是罗马的心腹之患；蠢蠢思乱的人心，只要一旦起了什么剧烈的变化，就会造成不可收拾的混乱。关于我自己个人方面的，还有一个你可以放心让我走的理由，富尔维娅死了。

克莉奥佩特拉 年龄的增长虽然改不掉我的愚蠢，却能去掉我轻信人言的稚气。富尔维娅也会死吗？

安东尼 她死了，我的女王。瞧，请你抽时间读一读这封信，就知道她一手掀起了多少风波；我的好人儿，最后你还可以看到她死在什么时候、什么地方。

克莉奥佩特拉 啊，最负心的爱人！那应该盛满你悲哀泪珠的泪壶呢？现在我知道了，我知道了，富尔维娅死了，你是这个样子，将来我死了，我也推想得到你会怎样待我。

安东尼 不要吵嘴了，静静地听我说明我的决意；要是你听了不以为然，我也可以放弃我的主张。凭着蒸晒尼罗河畔粘土的骄阳起誓，我现在离此他去，但我永远是你的兵士和仆人，或战或和，都遵照着你的意旨。

克莉奥佩特拉 解开我的衣带，查米恩，赶快；可是让它去吧，我是很容易害病，也很容易痊愈的。正如安东尼的爱情一样。

安东尼 我的宝贝女王，别说这种话，给我一个机会，检验检验我对你的真心吧。

克莉奥佩特拉 富尔维娅给了我一些教训。请你转过头去为她哀哭；然后再向我告别，就说那些眼泪是属于埃及女王的。

好，扮演一幕绝妙的假戏，让它瞧上去活像真心的流露吧。

安东尼 你再说下去，我要恼了。

克莉奥佩特拉 你还可以表演得动人一些，可是这样也很不错了。

安东尼 凭着我的宝剑——

克莉奥佩特拉 还有你的盾牌起誓。他越演越有精神了；可是这还不是他登峰造极的境界。瞧，查米恩，这位罗马巨人的怒相有多么庄严。

安东尼 我要告辞了，陛下。

克莉奥佩特拉 多礼的将军，一句话。将军，你我既然必须分别——不，不是那么说；将军，你我曾经相爱过——不，也不是那么说；您知道——我想要说的是句什么话呀？唉！我的好记性正像安东尼一样，把什么都忘得干干净净了。

安东尼 倘不是为了你的高贵的地位，我就要说你是个无事嚼舌的女人。

克莉奥佩特拉 克莉奥佩特拉要是有那么好的闲情逸致，她也不会这样满腹悲哀了。可是，将军，原谅我吧；既然我的一举一动您都瞧不上眼，我也不知道怎样的行为才是适当的。您的荣誉在呼唤您去；所以不要听我不足怜悯的痴心的哀求，愿所有的神明和您同在吧！愿胜利的桂冠悬在您的剑端，敌人到处俯伏在您的足下！

安东尼 我们去吧。来，我们虽然分离，实际上并没有分离；你住在这里，你的心却跟着我驰骋疆场；我离开了这里，我的心仍旧留在你身边。走吧！（同下）

第四场　罗马。凯撒府中一室

奥克泰维斯·凯撒、莱必多斯及侍从等上。

凯　撒　你现在可以知道，莱必多斯，我不是因为气量狭隘，才这样痛恨我们这位伟大的同僚。从亚历山大里亚传来的消息，都说他每天钓钓鱼，喝喝酒，嬉游纵乐，彻夜不休，比克莉奥佩特拉更没有男人的气概，既不接见宾客使者，也不把他旧日的同僚放在心上；凡是众人所最容易犯的过失，都可以在他身上找到。

莱必多斯　他的一二缺陷，绝不能掩盖住他的全部优点；他的过失就像天空中的星点一般，因为夜间的黑暗而格外显著；它们是与生俱来的，不是有意为之；这是连自己也无能为力的事，绝不是存心如此。

凯　撒　你太宽容了。即使我们承认淫乱了托勒密王室的宫闱，为了一时的欢乐而牺牲了一个王国，和一个下贱的奴才对坐饮酒，踏着蹒跚的醉步白昼招摇过市，和那些满身汗臭的小人互相殴打，这种种恶劣的行为，都算不得他的过失；即使安东尼果然有那样希世的威仪，能够不因这些秽德而减色，我们也绝对不能宽恕他，因为他的轻举妄动，已经加重了我们肩头的负担。假如他因为闲散无事，用醇酒妇人消磨他的光阴，那么即使过度的淫乐煎枯了他的骨髓，也只是他自作自受，不干别人的事；可是在这样国家多难的时候，他还是沉迷不返，就像一个已经能够明白事理的孩子，因为贪图眼前的欢乐而忘记父兄的教诲一样，我们不能不对他严辞谴责。

一使者上。

莱必多斯　又有什么消息来了。

使　者　尊贵的凯撒，你的命令已经遵照实行，每一小时你都可以听到外边的消息。庞贝在海上的势力非常强大，那些因为畏惧而臣服凯撒的人，似乎都对他表示衷心的爱戴；不满意现状的，一个个都到海边投奔他。一般人都说罗马亏待了他。

凯　撒　我早就应该料到这一点。人之常情教训我们，一个人未在位的时候，是为众人所钦佩的，等到他一旦在位，大家就对他失去了信仰；受尽冷眼的失势英雄，身败名裂以后，也会受到世人的爱慕。群众就像漂浮在水上的菖蒲，随着潮流的方向而进退，在盲目的行动之中湮灭腐烂。

使　者　凯撒，我还要报告你一件消息。茂尼克拉提斯和茂那斯，两个著名的海盗，啸集了大小船只，横行海上，四处剽掠，屡次侵犯意大利的海疆；沿海居民望风胆裂，年轻力壮的相率入伙，协同作乱；凡是出口的船舶，才离海岸，就被他们邀截而去；因为他们只要一提起庞贝的名字，就可以所向无敌。

凯　撒　安东尼，离开你荒唐的淫乐窝吧！你从前杀死了赫息斯和潘萨两个执政，从摩地那被放逐的时候，饥荒到处追随着你，你虽然是一个娇生惯养的人，却用无比的毅力和环境苦斗，忍受山谷野人所不堪忍受的苦难；你喝的是马尿和畜类嗅到了也会恶心的污水；吃的是荒野中粗恶生涩的浆果，甚至于像没有食物的牡鹿一样，当白雪铺盖牧场的时候，啃着树皮充饥；在阿尔卑斯山上，据说你曾经吃过腐烂的野兽尸体，有些人光是看见这种东西都会惊怖失色的。我现在提起这些往事，虽然好像有伤你的名誉，可是当时你的确用百折不挠的战士精神忍受这一切，你的神采奕奕的脸上，并不因此而现出过丝毫憔悴的痕迹。

莱必多斯　可惜他不能有始有终。

凯　撒　但愿他自知惭愧，赶快回到罗马来。现在我们两人必须临阵应战，所以应该立刻召集将士，制定方略；庞贝的势力是会在我们的怠惰之中一天一天强大起来的。

莱必多斯　凯撒，明天我就可以确实告诉你我能够在海陆双方集合多少的军力，好应付当前的变局。

凯　撒　我也要去调度一下。那么明天见。

莱必多斯　明天见，阁下。要是你听见外面有什么变动，请通知我一声。

凯　撒　当然当然，那是我的责任。（各下）

第五场　亚历山大里亚。宫中一室

克莉奥佩特拉、查米恩、伊拉丝及玛狄恩上。

克莉奥佩特拉　查米恩！

查米恩　娘娘！

克莉奥佩特拉　唉唉！给我喝一些曼陀罗汁。

查米恩　为什么，娘娘？

克莉奥佩特拉　我的安东尼去了，让我把这一段长长的时间昏睡过去吧。

查米恩　您太想念他了。

克莉奥佩特拉　啊！胡说！

查米恩　娘娘，我不敢。

克莉奥佩特拉　你，玛狄恩！

玛狄恩　陛下有什么吩咐？

克莉奥佩特拉　我现在不想听你唱歌；我不喜欢一个太监能做的任何事；好在你净了身子，再也不会胡思乱想，让你的一颗心飞出埃及。你也有爱情吗？

玛狄恩　有的，娘娘。

克莉奥佩特拉　当真？

玛狄恩　当真不了，娘娘，因为我干不来那些伤风败俗的事；可是我也有强烈的爱情，我常常想起维纳斯和玛斯所干的事。

克莉奥佩特拉　啊，查米恩！你想他现在是在什么地方？他是站着还是坐着？他在走吗？还是骑在马上？幸运的马啊，你能够把安东尼驮在你的身上！出力啊，马儿，你知道谁骑着你吗？他是撑持着半个世界的巨人，全人类勇武的干城啊。他现在在说话了，也许他在低声微语："我那古老的尼罗河畔的花蛇呢？"因为他是这样称呼我的。现在我在用最美味的毒药陶醉我自己。他在想念我吗，我这被福玻斯的热情的眼光烧灼得遍身黝黑、时间已经在我额上留下深深皱纹的人？阔面广颐的凯撒啊，当你大驾光临的时候，我还只是一个少不更事的女郎，伟大的庞贝老是把他的眼睛盯在我的脸上，好像抛下船锚一般舍不得离开。

艾勒克萨斯上。

艾勒克萨斯　埃及的女王，万福！

克莉奥佩特拉　你和玛克·安东尼是多么不同！可是因为你是从他的地方来的，你的身上也带着几分他的光彩了。我的勇敢的玛克·安东尼怎样？

艾勒克萨斯　亲爱的女王，他在无数次的热吻以后，最后吻着这一颗东方的珍珠。他的话紧紧粘在我的心上。

克莉奥佩特拉　那就要靠我的耳朵来摘取了。

艾勒克萨斯　他说："好朋友，你去说，那忠实的罗马人把这一颗蚌壳里的珍宝献给伟大的埃及女王；请她不要嫌这礼物的菲薄，因为我还要为她征服无数的王国，让它们在她富饶的王座之下臣服纳贡；你对她说，所有东方的国家，都要称她为它们的女王。"于是他点了点头，很庄严地骑上了一匹披甲的骏马；我虽然还想对他说话，可是那马儿的震耳的长嘶，把一切声音全都盖住了。

克莉奥佩特拉　啊！他是忧愁的还是快乐的？

艾勒克萨斯　就像在盛暑和严寒之间的季候一样，他既不忧愁也不快乐。

克莉奥佩特拉　多么坚毅沉着的性情！听着，听着，查米恩，这才是一个男子汉！可是听着，他并不忧愁，因为他必须把他的光辉照耀到那些仰望他的人脸上；他并不快乐，那似乎告诉他们他的眷念是和他的欢乐一起留在埃及的；可是在这两者之间，啊，神圣的合体，无论你忧愁或快乐，那强烈的情绪都可以显出你的可爱，没有一个人能够比得上你。你碰见我的使者了吗？

艾勒克萨斯　是，娘娘，我碰见二十个给您送信的人。为什么您这样接连不断地叫他们寄信去？

克莉奥佩特拉　谁要是在我忘记寄信给安东尼的那一天出世的，一定穷苦而死。查米恩，拿墨水和信纸来。欢迎，我的好艾勒克萨斯。查米恩，我曾经这样爱过凯撒吗？

查米恩　啊，那英姿飒爽的凯撒！

克莉奥佩特拉　让另外一句感叹窒塞了你的咽喉吧！你应该说英姿飒爽的安东尼。

查米恩　威武的凯撒！

克莉奥佩特拉　凭着爱昔斯女神起誓，你要是再把凯撒的名字和我的唯一的英雄相提并论，我就要打得你满口出血了。

查米恩　请娘娘开恩恕罪，我不过把您说过的话照样说说罢了。

克莉奥佩特拉　那时候我年轻识浅，我的热情还没有被煽起，所以才会说那样的话！可是，来，我们进去吧；把墨水和信纸给我。他将要每天收到一封信，要不然我要发动埃及全国的人去为我送信。（同下）

第二幕

第一场　墨西拿。庞贝府中一室

庞贝、茂尼克拉提斯及茂那斯同上。

庞　贝　伟大的天神们假如是公平正直的，他们一定会帮助理直辞正的人。

茂尼克拉提斯　尊贵的庞贝，天神对于他们所眷顾的人，也许给他一时的刁难，但绝不会长久令他失望。

庞　贝　当我们还在向他们神座祈求的时候，也许我们的希望已经毁灭了。

茂尼克拉提斯　我们昧于利害，往往所祈求的反而对我们自己有损无益；聪明的天神拒绝我们的祷告，正是玉成我们的善意；我们虽然所愿不遂，其实还是实受其利。

庞　贝　我一定可以成功；人民这样爱戴我，海上的霸权已经握在我的手里；我的势力正像上弦月一样逐渐扩展，终有一天会变成一轮高悬中天的满月。玛克·安东尼正在埃及闲坐宴饮，懒得出外作战；凯撒搜括民财，弄得众怒沸腾；莱必多斯只知道两面讨好，他们两人也对他假意殷勤，可是他对他们两人并无好感，他们两人也不把他放在心上。

茂那斯 凯撒和莱必多斯已经上了战场；他们带着一支很强大的军队。

庞　贝 你从什么地方听到这个消息？那是假的。

茂那斯 西尔维斯说的，主帅。

庞　贝 他在做梦；我知道他们都在罗马等候着安东尼。淫荡的克莉奥佩特拉啊，但愿一切爱情的魔力柔润你的褪了色的朱唇！让妖术和美貌互相结合，再用淫欲加强它们的魅力！把这浪子围困在酒色阵中，让他的头脑终日昏迷；让美味的烹调刺激他的食欲，让醉饱酣眠消磨他的雄心，直到长睡不醒的一天！

凡里厄斯上。

庞　贝 何事，凡里厄斯！

凡里厄斯 我要报告一个非常确实的消息：玛克·安东尼就要到罗马了；他早已离开埃及，算起日子来应该早到了。

庞　贝 我真不愿相信这句话。茂那斯，我想这位好色之徒未必会为了这样一场小小的战争而披起他的甲胄来。讲到他的将才，的确要比那两个人胜过一倍；要是我们这一次行动，居然能够把沉湎女色的安东尼从那埃及寡妇的怀中惊醒起来，那倒也可以抬高我们的身价。

茂那斯 我想凯撒和安东尼未必能够彼此相容；他的已故的妻子曾经得罪凯撒，他的兄弟也和凯撒动过刀兵，虽然我想不是出于安东尼的指使。

庞　贝 茂那斯，我不知道他们大敌当前，会不会捐弃私人间的嫌怨。倘不是我向他们三人揭起了挑战的旗帜，他们大概就会自相火并，因为他们彼此间的积恨，已经到了剑拔弩张的境地；可是我们还要看看同仇敌忾的心理究竟能够把他们团结到什么程度。一切依照神明的意旨吧！我们的成败存亡，全看我们的

手腕够不够强硬。来，茂那斯。（同下）

第二场　罗马。莱必多斯府中一室

爱诺巴勃斯及莱必多斯上。

莱必多斯　好爱诺巴勃斯，你要是能够劝告你家主帅，请他在言辞上温和一些，那就是做了一件大大的好事了。

爱诺巴勃斯　我要请他按照他自己的本性说话；要是凯撒激恼了他，让安东尼向凯撒睥睨而视，发出像战神一样的怒吼吧。凭着朱庇特起誓，要是安东尼的胡子装在我的脸上，我今天绝不愿意修剪。

莱必多斯　现在不是闹私人意气的时候。

爱诺巴勃斯　要是别人有意寻事，那就随时都可以闹起来的。

莱必多斯　可是我们现在有更重大的问题，应该抛弃小小的争执。

爱诺巴勃斯　要是小小的争执在前，重大的问题在后，那就不能这么说。

莱必多斯　你的话全然是感情用事；可是请你不要拨起火灰来。尊贵的安东尼来了。

安东尼及文提狄斯上。

爱诺巴勃斯　凯撒也打那边来了。

凯撒、茂西那斯及阿格立巴上。

安东尼　要是我们在这儿相安无事，你就到帕提亚去；听着，文提狄斯。

凯　撒　我不知道，茂西那斯，问阿格立巴。

莱必多斯　尊贵的朋友们，有大事把我们联合在一起，让我们不要因为细微的小事而彼此龃龉。各人有什么不痛快的地方，不妨平心静气提出来谈谈；要是为了一点小小的意见而弄得面红耳赤，那就不单是见伤不救，简直是向病人行刺了。所以，尊贵的同僚们，请你们看在我诚恳的请求的面上，用最友好的态度讨论你们最不愉快的事情，千万不要意气用事，处理当前的大事才是主要的。

安东尼 说得有理。即使我们现在彼此以兵戎相见，也应该保持这样的精神。

凯　撒 欢迎你回到罗马来！

安东尼 谢谢你。

凯　撒 请坐。

安东尼 请坐。

凯　撒 那么有僭了。

安东尼 听说你为了一些捕风捉影，或者和你毫不相干的事情，心里不大痛快。

凯　撒 要是我无缘无故，或者为了一些小小的事情而生起气来，尤其是生你的气，那不是笑话了吗？你的名字根本用不着我提在嘴上，我却好端端把它诋毁，那不更是笑话了吗？

安东尼 凯撒，我在埃及跟你有什么相干？

凯　撒 本来你在埃及，就跟我在罗马一样，大家都是各不相干的；可是假如你在那边图谋危害我的地位，那我就不能不把它当作一个与我有关的问题了。

安东尼 你说我图谋危害是什么意思？

凯　撒 你只要看看我在这儿遭到些什么事情，就可以懂得我的意思。你的妻子和兄弟都向我宣战，他们用的都是你的名义。

安东尼 你完全弄错了；我的兄弟从来没有盗用我的名义。

我曾经调查这件事情的始末，从几个和你交锋过的人口中听到了确实的报告。他不是把你我两人一律看待，同样向我们两人的权力挑战吗？我早就写信给你，向你解释过了。你要是有意寻事，应该找一个更充分的理由，这样的借口是不能成立的。

凯　撒　你推托得倒很干净，可是也太把我看得不明事理啦。

安东尼　话不能这样说；我相信你一定不会想不到，他既然把我们两人同时作为攻击的目标，我当然不会赞许他这种作乱的行为。至于我的妻子，我希望你也有一位像她这样强悍的夫人；三分之一的世界在你的统治之下，你可以很容易地把它驾驭，可是你却永远驯服不了这样一个妻子。

爱诺巴勃斯　但愿我们都有这样的妻子，那么男人可以和女人临阵对垒了！

安东尼　凯撒，她的脾气实在太暴躁了，虽然她也是个精明强干的人；我很抱歉她给了你很大的烦扰，你必须原谅我没有力量控制她。

凯　撒　你在亚历山大里亚喝酒作乐的时候，我有信写给你；你却把我的信置之不理，把我的使者一顿辱骂赶出去。

安东尼　阁下，这是他自己不懂礼节。我还没有叫他进来，他就莽莽撞撞走到我的面前；那时候我刚宴请过三个国王，不免有些酒后失态；可是第二天我就向他当面说明，那也等于向他道歉一样。让我们不要把这个人作为我们争论的题目吧；我们即使反目，也不要把他当作借口。

凯　撒　你已经破坏盟约，我却始终信守。

莱必多斯　得啦，凯撒！

安东尼　不，莱必多斯，让他说吧；这是攸关我荣誉的事，若是果然如他所说，我就是一个不讲信义的人了。说，凯撒，我怎么破坏了盟约。

凯　撒　我们有约在先，当我需要你的助力的时候，你必须举兵相援，可是你却拒绝我的请求。

安东尼　那是我一时糊涂，疏忽了我的责任；我愿意向你竭诚道歉。我的诚实决不会减低我的威信；失去诚实，我的权力也就无法行施。那个时候我实在不知道富尔维娅为了希望我离开埃及，已经在这儿发动战事。在这一点上，我应该请你原谅。

莱必多斯　这才是英雄的口气。

茂西那斯　请你们两位不要记念旧恶，还是合力同心，应付当前的局势吧。

莱必多斯　说得有理，茂西那斯。

爱诺巴勃斯　或者你们可以暂时做一会儿好朋友，等到庞贝的名字不再被人提起以后，要是你们没有别的事情可做，不妨旧事重提，那时你们就去尽情地争吵好了。

安东尼　你一介武夫，不要胡说。

爱诺巴勃斯　老实人是应该闭口不言的，我倒几乎忘了。

安东尼　少说几句，免得伤了在座众人的和气。

爱诺巴勃斯　好，好，我就做一块小心翼翼的石头。

凯　撒　他的出言虽然莽撞，却有几分意思；因为我们的行动这样互相背驰，要维持长久的友谊是不可能的。不过要是我知道有什么方法可以加强我们的团结，那我即使踏遍天涯去访求也愿意。

阿格立巴　允许我说一句话，凯撒。

凯　撒　说吧，阿格立巴。

阿格立巴　你有一个同母姊妹，贤名久播的奥克泰维娅；玛克·安东尼现在是一个鳏夫。

凯　撒　不要这样说，阿格立巴；要是给克莉奥佩特拉听见了，你少不了一顿骂。

安东尼 我没有妻室，凯撒；让我听听阿格立巴有些什么话说。

阿格立巴 为了保持你们永久的和好，使你们成为兄弟，把你们的心紧紧结合在一起，让安东尼娶奥克泰维娅做他的妻子吧；她的美貌配得上世间第一等英雄，她的贤德才智胜过任何人所能给她的誉扬。缔结了这一段姻缘以后，一切现在所看得十分重大的猜嫉疑虑，一切对于目前的危机所感到的严重的恐惧，都可以一扫而空；现在你们把无稽的传闻看得那样认真，到了那时候，真正的事实也都可以一笑置之了；她对于你们两人的爱，一定可以促进你们两人间的情谊。请你们恕我冒昧，提出了这样一个意见；这并不是我临时想起来的，我觉得自己责任所在，早就把这意思详细考虑过了。

安东尼 凯撒愿意表示他的意见吗？

凯　撒 他必须先听听安东尼对于这番话有什么反应。

安东尼 要是我说，“阿格立巴，照你的话办吧，”阿格立巴有什么力量，可以使它成为事实呢？

凯　撒 凯撒有这样的力量，他可以替奥克泰维娅做主。

安东尼 但愿这一件大好的美事没有一点阻碍，顺利达成我们的愿望！把你的手给我；从现在起，让兄弟的友爱支配着我们远大的前程！

凯　撒 这儿是我的手。我给了你一个妹妹，没有一个兄长爱他的妹妹像我爱她一样；让她联系我们的王国和我们的心，永远不要彼此离隙！

莱必多斯 但愿如此。阿门！

安东尼 我不想对庞贝作战，因为他最近对我礼遇优渥，我必须先答谢他的盛情，免得被他批评我无礼；然后我再责问他兴师犯境的理由。

莱必多斯 时间不容我们犹豫；我们倘不立刻就去找庞贝，庞贝就要来找我们了。

安东尼 他驻屯在什么地方？

凯　撒 在密西纳山附近。

安东尼 他在陆地上的实力怎样？

凯　撒 很强大，而且每天都在扩充；在海上他已经握有绝对的主权。

安东尼 外边的传说正是这样。我们大家早一点商量商量就好了！事不宜迟；可是在我们披甲上阵以前，先把刚才所说的事情办好吧。

凯　撒 很好，我现在就带你到舍妹那儿去，介绍你们认识。

安东尼 去吧；莱必多斯，你也必须陪我们去。

莱必多斯 尊贵的安东尼，即使有病我也要扶杖追随的。(喇叭奏花腔。凯撒、安东尼、莱必多斯同下)

茂西那斯 欢迎你从埃及回来，朋友！

爱诺巴勃斯 凯撒的心腹，尊贵的茂西那斯！我的正直的朋友阿格立巴！

阿格立巴 好爱诺巴勃斯！

茂西那斯 事情这样圆满解决，真是可喜。你在埃及养得很好。

爱诺巴勃斯 是的，老兄；我们白天睡得日月无光，夜里喝得天旋地转。

茂西那斯 听说十二个人吃一顿早餐，烤了八口整头的野猪，有这回事吗？

爱诺巴勃斯 这不过是大鹰旁边的一只苍蝇罢了；我们还有

更惊人的豪宴，那说来才叫人咋舌呢。

茂西那斯　她是一位非常奢华的女王，要是一般的传说没有把她夸张过分的话。

爱诺巴勃斯　她在昔特纳斯河上第一次遇见玛克·安东尼的时候，就把他的心捉住了。

阿格立巴　我也听见说他们在那里会的面。

爱诺巴勃斯　让我告诉你们。她坐的那艘画舫就像一尊在水上燃烧的发光的宝座；舵楼是用黄金打成的；帆是紫色的，熏染着异香，逗引得风儿也为它们害起相思来了；桨是白银的，随着笛声的节奏在水面上下，使那被它们击动的痴心的水波加快了脚步追随不舍。讲到她自己，那简直没有字眼可以形容；她斜卧在用金色的锦绸制成的天帐之下，比图画上巧夺天工的维纳斯女神还要娇艳万倍；在她的两旁站着好几个脸上浮着可爱的酒窝的小童，就像一群微笑的丘比特一样，手里执着五彩的羽扇，那羽扇的风，本来是为了让她柔嫩的面颊凉快一些的，反而使她的脸色变得格外绯红了。

阿格立巴　啊！安东尼看见这样一位美人，真是几生有幸！

爱诺巴勃斯　她的侍女们像一群海上的鲛人神女，在她眼前奔走服侍，她们的周旋进退，都是那么婉娈多姿；一个作着鲛人装束的女郎掌着舵，她那如花的纤手矫捷地执行她的职务，沾沐芳泽的丝缆也都得意得心花怒放了。从这画舫之上散出一股奇妙扑鼻的芳香，弥漫在附近的两岸。倾城的仕女都出来瞻望她，只剩安东尼一个人高坐在市场上，向着空气吹啸；那空气倘不是因为填充空隙的缘故，也一定飞去观看克莉奥佩特拉，而在天地之间留下一个缺口了。

阿格立巴　奇特的埃及人！

爱诺巴勃斯　她上了岸，安东尼就遣使请她晚餐；她回答说他是客人，应当让她自己尽东道之谊，请他进宫赴宴。我们这位娴习礼仪的安东尼是从来不曾在一个妇女面前说过一个“不”字的，整容十次方才前去；这一去不打紧，为了他眼睛所享受的盛餐，他把一颗心付了出去，作为一席之欢的代价了。

阿格立巴　了不得的女人！怪不得我们从前那位凯撒为了她竟放下刀枪，丢弃在她的床边；他尽力耕耘，她便结出了果实。

爱诺巴勃斯　我有一次看见她从市街上奔跳过去，一边喘息一边说话；那吁吁娇喘的神气，也是那么楚楚动人，即便在她破碎的语言里，也有一种天生的媚力。

茂西那斯　现在安东尼必须把她完全割舍了。

爱诺巴勃斯　不，他绝不会丢弃她，年龄不能使她衰老，习惯也腐蚀不了她的变化无穷的伎俩；别的女人使人日久生厌。她却越是给人满足，越是使人饥渴；因为最丑恶的事物一到了她的身上，也会变成美好，即使她在卖弄风情的时候，神圣的祭司也不得不为她祝福。

茂西那斯　要是美貌、智慧和贤淑可以把安东尼的心安定下来，那么奥克泰维娅也可以是他的一位贤内助。

阿格立巴　我们走吧。好爱诺巴勃斯，既然你在这儿停留，就请你做我的客人吧。

爱诺巴勃斯　多谢你的好意。（同下）

第三场　同前。凯撒府中一室

凯撒、安东尼、奥克泰维娅（居二人之间）及侍从等上。

安东尼　这广大的世界和我的重要的职务，使我有时不得不离开你的怀抱。

奥克泰维娅　当你出去的时候，我将会长跪神前，为你祈祷。

安东尼　晚安，阁下！我的奥克泰维娅，不要从世间的传说之中诵读我的缺点；我过去诚然有行为不检的地方，可是从今以后，一定循规蹈矩。晚安，亲爱的姑娘！

奥克泰维娅　晚安，将军！

凯　撒　晚安！（凯撒、奥克泰维娅同下）

预言者上。

安东尼　喂，我问你，你想不想回埃及去？

预言者　我希望我从来没有离开埃及，我更希望你从来没有到过埃及！

安东尼　你能够告诉我你的理由吗？

预言者　我心里明白，嘴里却说不出来。可是我看你还是赶快到埃及去吧。

安东尼　对我说，将来是凯撒的命运强，还是我的命运强？

预言者　凯撒的命运强。所以，安东尼啊！不要留在他的旁边吧。你的本命星是高贵勇敢、一往无敌的，可是一挨近凯撒的身边，它就黯然失色，好像被他掩去了光芒一般；所以你应该和他离得远一点儿才好。

安东尼　不要再提起这些话了。

预言者　这些话我只对你说；别人面前我再也不会提起。你无论跟他玩什么游戏，一定胜不过他，因为他有那种天赋的幸运，即使明明你比他本领高强，他也会把你击败。凡是他的光辉所在，你的光总是黯淡的。我再说一句，你在他旁边的时候，你的本命星就会惴惴不安，失去了主宰你的力量，可是他一走开，它就又可以变得不可一世了。

安东尼　你去对文提狄斯说，我要跟他谈谈。（预言者下）他必须到帕提亚去。这家伙也许果真能够知道过去未来，也许给他偶然猜中，说的话倒很有道理。就是骰子也会听他的话；我们在游戏之中，虽然我的技术比他高明，总敌不过他的手风顺利；抽签的时候，总是他占便宜；无论斗鸡斗鹑，他都能够以弱胜强。我还是到埃及去；虽然为了息事宁人而缔结了这门婚事，可是我的快乐是在东方。

文提狄斯上。

安东尼 啊！来，文提狄斯，你必须到帕提亚去一次；你的委任文书已经办好了，跟我来拿吧。（同下）

第四场 同前。街道

莱必多斯、茂西那斯及阿格立巴上。

莱必多斯 不劳远送，请两位催促你们的主帅早日起程。

阿格立巴 将军，等玛克·安东尼和奥克泰维娅温存一下，我们就会来的。

莱必多斯 那么等你们披上戎装以后，我再跟你们相见吧。

茂西那斯 照路程计算起来，莱必多斯，我们可以比你先到密西纳山。

莱必多斯 你们的路程要短一些；我因为还有其他的任务，不得不多绕一些远路。你们大概比我先到两天。

茂西那斯 将军，祝你成功！

阿格立巴 再会！

莱必多斯 再会！（各下）

第五场 亚历山大里亚。宫中一室

克莉奥佩特拉、查米恩、伊拉丝、艾勒克萨斯及侍从等上。

克莉奥佩特拉 给我奏一些音乐；对于我们这些以恋爱为生的人，音乐是我们忧郁的解药。

侍从奏乐！

玛狄恩 上。

克莉奥佩特拉 算了；我们打弹子吧。来，查米恩。

查米恩 我的手腕疼；您跟玛狄恩打吧。

克莉奥佩特拉 女人跟太监玩，就像女人跟女人玩一样。来，你愿意陪我玩玩吗？

玛狄恩 我愿意勉力奉陪，娘娘。

克莉奥佩特拉 心有余而力不足，那一片好意，总是值得嘉许的。我现在也不要打弹子了。替我把钓竿拿来，我们到河边去；你们在远远的地方奏着音乐，我就把钓竿放下去，诱那长着赭色鳍片的鱼儿上钩；我的弯弯的钓钩要钩住它们滑溜溜的嘴巴；当我拉起它们来的时候，我要把每一尾鱼当作一个安东尼，我要说："啊哈！你可给我捉住啦！"

查米恩 那一次您跟他在一起钓鱼，你们还打赌哩；他不知道您已经叫一个人钻在水里，悄悄把一条腌鱼挂在他的钓钩上了，而他还当是什么好东西，拼命地往上提，想起来真是有趣得很。

克莉奥佩特拉 唉，提起那些话，真叫人有不胜今昔之感！那时候我笑得他恼羞成怒，可是一到晚上，我又笑得他回嗔作喜；第二天早晨我在九点钟以前就把他灌醉上床，替他穿上我的衣帽，我自己佩带了他那柄腓力比的宝剑。

一使者上。

克莉奥佩特拉 啊！从意大利来的；我的耳朵里久已不听见消息了，你有多少消息，一起把它们塞了进去吧。

使　者 娘娘，娘娘——

克莉奥佩特拉　安东尼死了！你要是这样说，狗奴才，你就杀死你的女主人了；可是你要是说他平安无恙，这儿有的是金子，你还可以吻一吻这一只许多君王们曾经吻过的手；他们一面吻，一面还发抖呢。

使　者　第一，娘娘，他平安无事。

克莉奥佩特拉　啊，我还要给你更多的金子。可是听着，我们常常说已死的人是平安的；要是你也是这个意思，我就要把那赏给你的金子熔化了，灌进你这报告凶讯的喉咙里去。

使　者　好娘娘，听我说。

克莉奥佩特拉　好，好，我听你说；可是瞧你的相貌不像是个好人；安东尼要是平安无恙，不该让这样一张难看的面孔报告这样大好的消息；要是他有什么疾病灾难，你应该像一尊头上盘绕着毒蛇的凶神，不该仍旧装做人的样子。

使　者　请您听我说下去吧。

克莉奥佩特拉　我很想在你没有开口以前先把你捶一顿；可是你要是说安东尼没有死，很平安，凯撒待他很好，没有把他监禁起来，我就把金子像暴雨一般淋在你头上，把珍珠像冰雹一样撒在你身上。

使　者　娘娘，他很平安。

克莉奥佩特拉　说得好。

使　者　他跟凯撒感情很好。

克莉奥佩特拉　你是个好人。

使　者　凯撒和他的友谊已经比从前大大增进了。

克莉奥佩特拉　我要赏给你一大笔财产。

使　者　可是，娘娘——

克莉奥佩特拉　我不爱听“可是”，它会推翻先前所说的那些好消息；呸，“可是”！“可是”就像一个狱卒，它会带上一个十恶不赦的罪犯。朋友，请你把你所知道的消息，不管是好的坏的，一起灌进我的耳朵里吧。他跟凯撒很要好；他身体健康，你说；你还说他行动自由。

使　者　自由，娘娘！不，我没有这样说；他已经被奥克泰维娅约束住了。

克莉奥佩特拉　什么约束？

使　者　他们已经缔结了百年之好。

克莉奥佩特拉　查米恩，我的脸色发白了！

使　者　娘娘，他跟奥克泰维娅结了婚啦。

克莉奥佩特拉　愿最恶毒的瘟疫降临在你身上！（击使者倒地）

使　者　好娘娘，请息怒。

克莉奥佩特拉　你说什么？滚，（又击）可恶的狗奴才！否则我要把你的眼珠放在脚前踢出去；我要拔光你的头发；（将使者拉扯殴辱）我要用钢丝鞭打你，用盐水煮你，用酸醋慢慢地浸死你。

使　者　好娘娘，我不过报告您这么一个消息，又不是我做的媒。

克莉奥佩特拉　说没有这样的事，我就赏给你一处封邑，让你安享富贵；你惹我生气，我已经打过了你，也不再计较了；你还有什么要求，只要向我说，我都可以答应你。

使　者　他真的结了婚啦，娘娘。

克莉奥佩特拉　混蛋！你不要活命了吗？（拔刀）

使　者　嗳哟，那我可要逃了。您这是什么意思，娘娘？我没有过失呀。（下）

查米恩　好娘娘，定一定心吧；这人是没有罪的。

克莉奥佩特拉　天雷击死的不一定是有罪的人。让埃及溶解在尼罗河里，让善良的人都变成蛇吧！叫那家伙进来；我虽然发疯，我还不会咬他。叫他进来。

查米恩　他不敢来。

克莉奥佩特拉　我不伤害他就是了。（查米恩下）这一双手太有失自己的尊严了，是我自己发了脾气，却去殴打一个比我卑微的人。

查米恩及使者重上。

克莉奥佩特拉　过来，先生。把坏消息告诉人家，即使诚实不虚，总不是一件好事；悦耳的喜讯不妨极口渲染，不幸的噩耗还是缄口不言，让那身受的人自己感到的好。

使　者　我不过是尽我的责任。

克莉奥佩特拉　他已经结了婚吗？你要是再说一声“是”，我就更恨你了。

使　者　他已经结了婚了，娘娘。

克莉奥佩特拉　愿天神重罚你！你还是这么说吗？

使　者　我应该说谎吗，娘娘？

克莉奥佩特拉　啊！我但愿你说谎，即使我的半个埃及完全陆沉，变成鳞蛇栖息的池沼。出去。就算你有美少年那耳喀索斯一般美好的姿容，在我的眼中你也是最丑陋的伧夫。他结了婚吗？

使　者　求陛下恕罪。

克莉奥佩特拉　他结了婚吗？

使　者　陛下不要动怒，我不过是遵照您的命令行事，要是因此而受责，那真是太冤枉啦。他跟奥克泰维娅结了婚了。

克莉奥佩特拉　啊，他的过失现在都要叫你承担，虽然你所肯定的，又与你无关！滚出去；你从罗马带来的货色我接受不了；让它堆在你身上，把你压死！（使者下）

查米恩 陛下息怒。

克莉奥佩特拉 我在赞美安东尼的时候，把凯撒诋毁得太过分了。

查米恩 您好多次都是这样，娘娘。

克莉奥佩特拉 现在我可受到报应啦。带我离开这里；我要晕倒了。啊，伊拉丝！查米恩！算了。好艾勒克萨斯，你去问问那家伙，奥克泰维娅容貌长得怎样，多大年纪，性格怎样；不要忘记问她的头发是什么颜色；问过了赶快回来告诉我。（艾勒克萨斯下）让他一去不回吧；不，查米恩！我还是望他回来，虽然他一边的面孔像个狰狞的怪物，另一边却像威武的战神。（向玛狄恩）你去叫艾勒克萨斯再问问她的身材有多高。可怜我，查米恩，可是不要对我说话。带我到我的寝室里去。（同下）

第六场 密西嫩附近

喇叭奏花腔。鼓角前导，庞贝及茂那斯自一方上；凯撒、安东尼、莱必多斯、爱诺巴勃斯、茂西那斯率兵士等自另一方行进上。

庞 贝 我已经得到你们的保证，你们也已经得到我的保证，在没有交战以前，让我们先来举行一次谈判。

凯 撒 先礼后兵是最妥当的办法，所以我们已经把我们的目的预先用书面通知你了；你要是已经认真考虑过，请让我们知道那些条件能不能使你收起你愤愤不平的剑，带领你的部下们回到西西里去，免得白白在这里牺牲许多有用的青年。

庞 贝 你们三位是当今宰制天下的元老，神明意旨的主要执行者，你们还记得裘力斯·凯撒的阴魂在腓利比向善良的勃鲁托斯作祟的时候，他看见你们怎样为他出力；我的父亲也是有儿子、有朋友的，为什么他就没有人替他复仇？脸色惨白的凯歇斯为什么要阴谋作乱？那正直无私、为众人所尊敬的罗马人勃鲁托斯，和他的武装的党徒们，那一群追求着可敬的自由的人，为什么要血溅圣殿？他们的目的不是希望有一个真正的英雄出来统治罗马吗？我现在兴起水上的雄师，驾着怒海的波涛而来，也就是为了这一个目的；凭着我的盛大的军力，我要痛惩无情的罗马，报复它对我尊贵的父亲负心的罪辜。

凯　撒　什么事情都好慢慢商量。

安东尼　庞贝，你不能用你船只的强盛威吓我们；就是到海上见面，我们也决不怕你。在陆地上你知道我们的力量是远远胜过你的。

庞　贝　不错，在陆地上你把我父亲的屋子也占去了；可是既然杜鹃不会自己筑巢，你就住下去吧。

莱必多斯　现在我们不必讲别的话，请告诉我们，你对于我们向你提出的条件觉得怎样？

凯　撒　这才是我们今天谈话的中心。

安东尼　我们并不一定要求你接受，请你自己权衡利害。

凯　撒　要是这样的条件还不能使你满足，那么妄求非分的结果也是值得考虑的。

庞　贝　你们允许把西西里和撒丁尼亚两岛让给我；我必须替你们扫除海盗，还要把多少小麦送到罗马；双方同意以后，就可以完盾全刃，各自回去。

凯撒、安东尼、莱必多斯　这正是我们所提的条件。

庞　贝　那么告诉你们吧，我到这儿来跟你们会见，本来是预备接受你们的条件的，可是看见了玛克·安东尼，却有点儿气愤不过。虽然一个人不该自己卖弄恩德，不过你要知道，凯撒和你兄弟交战的时候，你的母亲到西西里来，曾经受到殷勤的礼遇。

安东尼　我也听人说起过，庞贝，我早就想重重谢你。

庞　贝　让我握你的手。将军，想不到我会在这儿碰见你。

安东尼　东方的枕褥是温暖的；幸亏你把我叫了起来，否则我还要在那边留恋下去，错过许多机会了。

凯　撒　自从我上次看见你以后，你已经变了许多啦。

庞　贝　嗯，我不知道冷酷的命运在我的脸上留下了什么痕迹，可是我决不让她钻进我的胸中，使我的心成为她的臣仆。

莱必多斯　今天相遇，真是一件幸事。

庞　贝　我也希望这样，莱必多斯。那么我们已经彼此同意了。为了表示郑重起见，我希望把我们的协定写下来，各人签署盖印。

凯　撒　那是当然的手续。

庞　贝　我们在分手以前，还要各人互相请一次客；让我们抽签决定哪一个人先请。

安东尼　我先来吧，庞贝。

庞　贝　不，安东尼，你也得抽签；可是不管先请后请，你那很好的埃及式烹调是总要让我们领教领教的。我听说裘力斯·凯撒在那边吃成了一个胖子。

安东尼　你听到的事可真不少啊。

庞　贝　无意冒犯将军。

安东尼　那么你就好好地讲吧。

庞　贝　这些我都是听来的。我还听见说，阿波罗陀勒斯把一个——

爱诺巴勃斯　那话不用说了，是有这一回事。

庞　贝　请问是怎么一回事？

爱诺巴勃斯　把一个女王裹在褥子里送到凯撒的地方。

庞　贝　我现在记起你来了；你好啊，壮士？

爱诺巴勃斯 有酒有肉，怎么不好；看来我的口福不浅，眼前就要有四次宴会了。

庞 贝 让我握握你的手；我从来没有对你怀恨。我曾经看见你打仗，很钦慕你的勇敢。

爱诺巴勃斯 将军，我对您一向没有多大好感，可是我不是没有称赞过您，虽然我给您的称赞，还不及您实际价值的十分之一。

庞 贝 你的爽直正是你的好处。现在我要请各位赏光到敝船上去叙叙；请了，各位将军。

凯撒、安东尼、莱必多斯 请你领路，将军。（*除茂那斯、爱诺巴勃斯外皆下*）

茂那斯 庞贝，你的父亲是绝不会签订这样的条约的。朋友，我们曾经有一面之缘。

爱诺巴勃斯 我想我在海上见过你。

茂那斯 正是，朋友。

爱诺巴勃斯 你在海上很了不起。

茂那斯 你在陆地上也不错。

爱诺巴勃斯 谁愿意恭维我的，我都愿意恭维他；虽然我在陆地上横行无敌，是一件无可否认的事。

茂那斯 我在水上横行无敌，也是不可辩驳的。

爱诺巴勃斯 为了你自己的安全，你还是否认了的好；你是一个海上的大盗。

茂那斯 你是一个陆地的暴徒。

爱诺巴勃斯 那么我就否认我陆地上的功劳。可是把你的手给我，茂那斯；要是我们的眼睛可以替我们作见证，它们在这儿可以看见两个盗贼握手言欢。

茂那斯 人们的手尽管不老实，他们的脸总是老实的。

爱诺巴勃斯 可是没有一个美貌的女人有一张老实的脸。

茂那斯 不错，她们总会把男人的心偷走。

爱诺巴勃斯 我们到这儿来，本来是要跟你们厮杀。

茂那斯 对我自己来说，打仗变成了喝酒，真是扫兴得很。庞贝今天把他的一份家产笑掉了。

爱诺巴勃斯 要是他真的把家产笑掉了，那可是再也哭不回来的。

茂那斯 你说得有理，朋友。我们没有想到会在这儿看见玛克·安东尼。请问他已经跟克莉奥佩特拉结了婚吗？

爱诺巴勃斯 凯撒的妹妹名叫奥克泰维娅。

茂那斯 不错，朋友；她本来是卡厄斯·玛瑟勒斯的妻子。

爱诺巴勃斯 可是她现在是玛克·安东尼的妻子了。

茂那斯 怎么？

爱诺巴勃斯 这是真的。

茂那斯 那么凯撒跟他永远联合在一起了。

爱诺巴勃斯 要是叫我预测这一个结合的将来，我可不敢发表这样乐观的论断。

茂那斯 我想这一门婚事，大概还是政策上的权宜，不是出于男女双方的爱恋。

爱诺巴勃斯 我也这样想；可是你不久就会发现联结他们友谊的这一条带子，结果反而勒死了他们的感情。奥克泰维娅的性情是端庄而冷静的。

茂那斯 谁不愿意有这样一个妻子？

爱诺巴勃斯 玛克·安东尼自己不是这样一个人，所以他也不喜欢这样一个妻子。他一定会再到埃及去领略她的异味；那时候奥克泰维娅的叹息便会扇起凯撒心头的怒火，正像我刚才所说的，她现在是他们两人之间感情的联系，将来却会变成促动两人反目的原因。安东尼的心早已另有所属了，他在这儿结婚，只是一种应付环境的手段。

茂那斯 你的话也许会成为事实。来，朋友，上船去吧。我要请你喝杯酒呢。

爱诺巴勃斯 我一定领情；我们在埃及是喝惯了大口的酒的。

茂那斯 来，我们去吧。（同下）

第七场 密西嫩附近海面庞贝大船上

音乐；两三仆人持酒食上。

仆 甲 他们就要到这儿来啦，伙计。有几个人已经醉得站立不稳，哪怕最轻微的风都可以把他们吹倒。

仆 乙 莱必多斯喝得满脸通红。

仆 甲 他们故意拿他开心，尽是哄他一杯一杯灌下去。

仆 乙 他们自己却留着酒量，他只顾叫喊“不喝了，不喝了”；结果还是自己管不住自己。

仆 甲 他岂不是失去了理智，自己跟自己过不去。

仆 乙 混在大人物中间，他也只能给他们玩弄玩弄。叫我举一根掮不起的枪杆子，不如拈一根不中用的芦苇。

仆 甲 高居于为众人所仰望的地位而毫无作为，正像眼眶里没有眼珠、只留下两个可怜的空洞一样。

喇叭奏花腔。凯撒、安东尼、莱必多斯、庞贝、阿格立巴、茂西那斯、爱诺巴勃斯、茂那斯及其他将领等上。

安东尼 他们都是这样的，阁下。他们用金字塔作标准，测量尼罗河水位的高低，由此判断年岁的丰歉。尼罗河的河水越是高涨，收成就越有把握；潮水退落以后，农夫就可以在淤泥上播种，不多几时就结果实了。

莱必多斯 你们那边有很奇怪的蛇。

安东尼 是的，莱必多斯。

莱必多斯 你们埃及的蛇是生在烂泥里的，晒着太阳长大的；你们的鳄鱼也是一样。

安东尼 正是这样。

庞　贝 请坐——上酒！我们干一杯祝莱必多斯健康！

莱必多斯 我身子不太舒服，可是我绝不示弱。

爱诺巴勃斯 除非等你睡去，他们绝不会放过你的。

莱必多斯 嗯，的确，我听说托勒密王朝的金字塔造得很好；我听见人家都是这样一致公认。

茂那斯 庞贝，我要跟你说句话。

庞　贝 就在我的耳边说；什么事？

茂那斯 主帅，请你离开你的座位，听我对你说。

庞　贝 等一等，我就来。这一杯酒祝莱必多斯健康！

莱必多斯 你们的鳄鱼是怎么一种东西？

安东尼 它的形状就像一条鳄鱼；它有鳄鱼那么大，也有鳄鱼那么高；它用它自己的肢体行动，靠着它所吃的东西活命；它的精力衰竭以后，它就死了。

莱必多斯 它的颜色是怎样的？

安东尼 也跟鳄鱼的颜色差不多。

莱必多斯 那是一种奇怪的蛇。

安东尼 可不是；而且它的眼泪是湿的。

凯　撒 你这么解释，他会信服吗？

安东尼 有庞贝向他敬酒还会不满意吗，否则他真是个穷奢极欲之人了。

庞　贝 该死，该死！这算什么话？去！照我吩咐你的去做。我叫你们替我斟下的这杯酒呢？

茂那斯　要是你愿意听我说话，请你站起来。

庞　贝　我想你是发疯了。什么事？（二人走至一旁）

茂那斯　我一向都是忠心耿耿，为你的利益打算。

庞　贝　你替我做事很忠实。还有什么话说？各位将军，大家痛痛快快乐一下。

安东尼　莱必多斯，留心你脚底下的浮沙，你要摔下来了。

茂那斯　你要做全世界的主人吗？

庞　贝　你说什么？

茂那斯　你要做全世界的主人吗？

庞　贝　怎么做法？

茂那斯　你只要抱着这样的决心，虽然我只是一个微贱的人，可我能够把全世界交在你的手里。

庞　贝　你喝醉了吗？

茂那斯　不，庞贝，我一口酒也没有沾唇。你要是有胆量，就可以做地上的君王；大洋环抱之内，苍天覆盖之下，都归你所有，只要你有这样的雄心。

庞　贝　有什么法子，说来听听。

茂那斯　这三个统治天下、鼎峙称雄的人物，现在都在你的船上；让我割断缆绳，把船开到海心，砍下他们的头颅，那么一切就都是你的了。

庞　贝　唉！这件事你应该自己去干，不该先来告诉我。我干了这事，人家要说我不顾信义；你去干了，却是为主尽忠。你必须知道，我不能把利益放在荣誉的前面，我的荣誉是比利益更重要的。你应该懊悔让你的舌头说出了你的计谋；要是趁我不知道的时候干了，我以后会觉得你这件事情干得很好，可是现在我必须斥责这样的行为。放弃了这一个念头，还是喝酒吧。

茂那斯 （*旁白*）从此以后，我再也不追随你这前途黯淡的命运了。放着这样大好机会白白错过，以后再找，还找得到吗？

庞　贝 再敬莱必多斯一杯！

安东尼 把他抬上岸去。我来替他干了吧，庞贝。

爱诺巴勃斯 敬你一杯，茂那斯！

茂那斯 爱诺巴勃斯，太客气了！

庞　贝 把酒满满地倒在杯子里，让它一直满到杯口。

爱诺巴勃斯 茂那斯，那是一个很有力气的家伙。（*指一扶莱必多斯下场之侍从*）

茂那斯 为什么？

爱诺巴勃斯 你没看见他把三分之一的世界负在背上吗？

茂那斯 那么三分之一的世界已经喝醉了，但愿整个世界都喝得酩酊大醉，像车轮般旋转起来！

爱诺巴勃斯 你也喝，大家喝个痛快。

茂那斯 来。

庞　贝 我们今天的聚会，比起亚历山大里亚的豪宴来，恐怕还是望尘莫及。

安东尼 也差不多了。来，碰杯！这一杯是敬凯撒的！

凯　撒 我可喝不下去了；我这头脑越喝越糊涂。

安东尼 今天大家不醉不归，不能让你例外。

凯　撒 那么你先喝，我陪着你喝；可是与其在一天之内喝这么多的酒，我宁愿绝食整整四天。

爱诺巴勃斯 （*向安东尼*）哈！我的好皇帝；我们现在要不要跳起埃及酒神舞来，庆祝我们今天的欢宴？

庞　贝 好壮士，让我们跳起来吧。

安东尼 来，我们大家手挽着手，一直跳到美酒浸透了我们的知觉，把我们送进了温柔的黑甜乡里。

爱诺巴勃斯 大家搀着手。当我替你们排队的时候，让音乐在我们的耳边高声奏起；于是歌童唱起歌来，每一个人都要扯开喉咙和着他唱，唱得越响越好。（奏乐；爱诺巴勃斯同众人携手列队）

歌

来，巴克科斯，酒国的仙王，
你两眼红红，胖胖皮囊！
替我们浇尽满腹牢骚，
替我们满头挂上葡萄；
喝，喝，喝一个天旋地转，
喝，喝，喝一个地转天旋！

凯　撒 够了，够了。庞贝，晚安！好兄弟，我求求你，跟我回去吧；不要一味游戏，忘记了我们的正事。各位将军，我们分手吧；你们看我们的脸烧得这样红；强壮的爱诺巴勃斯喝得一点力气都没有了；我自己的舌头也有点结结巴巴；大家疯疯癫癫的，都变成一群傻瓜啦。不必多说了。晚安！好安东尼，让我搀着你。

庞　贝 我一定要到岸上来陪你们乐一下。

安东尼 很好，庞贝。把你的手给我。

庞　贝 啊，安东尼！你占住了我父亲的屋子，可是那有什么关系？我们还是朋友。来，我们下船吧。

爱诺巴勃斯 留心不要栽在水里。（庞贝、凯撒、安东尼及侍从等下）茂那斯，我不想上岸去。

茂那斯 别去，到我舱里坐坐。这些鼓！这些喇叭、笛子！嘿！让海神听见我们向这些大人物高声道别吧；吹起来，他妈的！吹响一点！（喇叭奏花腔，间以鼓声）

爱诺巴勃斯 嘿！瞧我的帽子。（掷帽）

茂那斯 嘿！好家伙！来。（同下）

第三幕

第一场　叙利亚一平原

文提狄斯率西里厄斯及其他罗马将校士卒奏凯上；兵士抬巴科勒斯尸体前行。

文提狄斯　横行无敌的帕提亚，你也有失败的一天；命运选定了我，叫我替已死的玛克斯·克拉苏复仇。把这王子的尸身在我们大军之前抬着走。奥洛第斯啊，你杀了我们的玛克斯·克拉苏，现在我们叫你的巴科勒斯抵了命啦。

西里厄斯　尊贵的文提狄斯，趁着帕提亚人的血在你的剑上还没有冷却的时候，继续追逐那些逃亡的敌人吧；驰骋你的铁骑，越过米太、美索不达米亚以及其他可以让溃败的帕提亚人栖身的地方；这样你的伟大的主帅安东尼就要使你高坐在凯旋的战车里，用花冠加在你的头上了。

文提狄斯　啊，西里厄斯，西里厄斯！这样已经很够了；一个地位在下的人，不应该立太大的功勋；因为，你要知道，西里厄斯，与其当长官不在的时候出力博得一个太高的名声，宁可把一件事情做到一半就歇手。凯撒和安东尼的赫赫功业，大部分是他们的部下替他们建立起来的，并不是靠他们自己的力量。我在叙利亚的一个同僚索歇斯，本来在他手下当副将的，就是因为太露锋芒而失去了他的欢心。在战场上，部下的军功如果超过主将，主将的威名就会被他所掩罩；凡是军人都有争强好胜的心理，他们宁愿吃一次败仗，也不愿让别人夺去了胜利的光荣。我本来还可以替安东尼多出一些力，可是那反而会使他恼怒，他一恼我的辛苦就白费了。

西里厄斯　文提狄斯，你真是深谋远虑；一个军人要是不能审察利害，那就跟他的剑没有分别了。你要写信去向安东尼报捷吗？

文提狄斯　我要很谦恭地告诉他，我们凭借他的先声夺人的威名，已经得到了怎样的战果；他的雄壮的旗帜和精神饱满的部队，怎样把百战百胜的帕提亚骑兵驱出了战场之外。

西里厄斯　他现在在什么地方？

文提狄斯　他准备到雅典去；我们现在就向雅典兼程前进，向他当面复命。来，弟兄们，走。（同下）

第二场　罗马。凯撒府中一室

阿格立巴及爱诺巴勃斯自相对方向上。

阿格立巴　啊！那些好兄弟们都散开了吗？

爱诺巴勃斯　他们已经把庞贝打发走了；那三个人还在重申盟好。奥克泰维娅因为不忍远离罗马而哭泣；凯撒也是满面愁容；莱必多斯自从在庞贝那儿赴宴归来以后，就像茂那斯说的，他害了贫血症。

阿格立巴　莱必多斯是个好人。

爱诺巴勃斯 一个很好的人。啊，他多么爱凯撒！

阿格立巴 嗯，可是他多么崇拜安东尼！

爱诺巴勃斯 凯撒？他才是人世的天神。

阿格立巴 安东尼吗？他是天神的领袖。

爱诺巴勃斯 你说起凯撒吗？嘿！盖世无双的英雄！

阿格立巴 啊，安东尼！千年一遇的凤凰！

爱诺巴勃斯 你要是想赞美凯撒，只要提起凯撒的名字就够了。

阿格立巴 真的，他对于他们两人都是恭维备至。

爱诺巴勃斯 可是他最爱凯撒；不过他也爱安东尼。嘿！他对于安东尼的友情，是思想所不能容、言语所不能尽、计数所不能量、文士所不能抒述、诗人所不能讴吟的。可是对于凯撒，他只有跪伏惊叹的份儿。

阿格立巴 他对于两个人的爱是一样的。

爱诺巴勃斯 他们是他的翅鞘，他是他们的甲虫。（内喇叭声）这是上马的信号。再会，尊贵的阿格立巴。

阿格立巴 愿你幸运，英勇的壮士，再会！

凯撒、安东尼、莱必多斯及奥克泰维娅上。

安东尼 请留步吧，阁下。

凯　撒 你已经把大半个我带走；请你为了我的缘故好好待她。妹妹，愿你尽力做一个好妻子，不要辜负了我的期望。最尊贵的安东尼，让这一个贤淑的女郎成为巩固我们两人友谊的胶泥，不要反而让她成为撞毁我们感情堡垒的攻城车；因为我们要是不能同心爱护她，那么还不如不要让她置身在我们两人之间的好。

安东尼 你要是不信任我，我可要生气啦。

凯　撒 我的话已经说完了。

安东尼 无论你怎样放心不下，你绝不会发现我有什么可以使你怀疑的地方。愿神明护持你，使罗马的人心都乐于为你效死！我们就在这儿分手吧。

凯 撒 再会，我最亲爱的妹妹，再会；愿你一路平安！再会！

奥克泰维娅 我的好哥哥！

安东尼 她的眼睛里有四月的风光；那是恋爱的春天，这些眼泪便是催花的时雨。别伤心了。

奥克泰维娅 哥哥，请你留心照料我的丈夫的房子；还有——

凯 撒 什么，奥克泰维娅？

奥克泰维娅 让我附着你的耳朵告诉你。

安东尼 她的口不会顺从她的心，她的心也不会顺从她的口；她好比浪涛之上的一根天鹅羽毛，不会偏向于任何一方。

爱诺巴勃斯 （向阿格立巴旁白）凯撒会不会流起眼泪来？

阿格立巴 他的脸上已经堆起乌云了。

爱诺巴勃斯 就算他是一匹马，这样也会有损他的庄严；何况他是一个堂堂的汉子。

阿格立巴 嘿，爱诺巴勃斯，安东尼看见裘力斯·凯撒死了，也曾放声大哭；他在腓利比看见勃鲁托斯被人杀死，也曾伤心落泪呢。

爱诺巴勃斯 不错，那一年他害着重伤风，为自己波折的人生涕泗横流；不瞒你说，连我也被他感染得哭起来了。

凯 撒 不，亲爱的奥克泰维娅，你一定可以随时得到我的音讯；我对你的想念是不会因为时间的久远而冷淡下去的。

安东尼 来，大哥，来，我要用我爱情的力量和你角力了。你看，我抱住了你；现在我又放开了你，愿神明替我保佑你。

凯　撒　再会，祝你们快乐！

莱必多斯　让所有的星星吐放它们的光明，一路上照耀着你们！

凯　撒　再会，再会！（吻奥克泰维娅）

安东尼　再会！（喇叭声。各下）

第三场　亚历山大里亚。宫中一室

克莉奥佩特拉、查米恩、伊拉丝及艾勒克萨斯上。

克莉奥佩特拉　那个人呢？

艾勒克萨斯　他有些害怕，不敢进来。

克莉奥佩特拉　让他进来！

一使者上。

克莉奥佩特拉　过来，朋友。

艾勒克萨斯　陛下，您发怒的时候，犹太的希律王也不敢正眼看您的。

克莉奥佩特拉　我要那个希律王的头；可是安东尼去了，谁可以替我去干这件事呢？走近些。

使　者　最仁慈的陛下！

克莉奥佩特拉　你见过奥克泰维娅吗？

使　者　见过，尊贵的女王。

克莉奥佩特拉　在什么地方？

使　者　娘娘，在罗马；我看见她一手搀着她的哥哥，一手搀着安东尼；她的脸给我看得清清楚楚。

克莉奥佩特拉　她像我一样高吗？

使　者　她没有您高，娘娘。

克莉奥佩特拉　听见她说话了吗？她的声音是尖的，还是低的？

使　者　娘娘，我听见她说话了；她的声音是很低的。

克莉奥佩特拉　那就不大好。他不会喜欢她太久的。

查米恩　喜欢她！啊，爱昔斯女神！那是不可能的。

克莉奥佩特拉　我也这样想，查米恩；矮矮的个子，说话又不伶俐！她走路的姿态有没有威仪？想想看；要是你曾见过真正的威仪，就该知道怎样的姿态才算是有威仪的。

使　者　她走路简直像爬；她行动起来和静止不动时简直没有区别；她是一个没有生命的形体，一尊不会呼吸的雕像。

克莉奥佩特拉　真的吗？

使　者　要是不真，我就是没长眼睛。

查米恩　在埃及人中间，他一个人的观察力可以胜过三个人。

克莉奥佩特拉　我看他很懂事。我还不曾听到她有什么可取的地方。这家伙眼光很不错。

查米恩　好极了。

克莉奥佩特拉　你猜她有多大年纪？

使　者　娘娘，她本来是一个寡妇——

克莉奥佩特拉　寡妇！查米恩，听着。

使　者　我想她总有三十岁了。

克莉奥佩特拉　你还记得她的脸孔吗？是长的还是圆的？

使　者　圆的，太圆了。

克莉奥佩特拉　脸孔滚圆的人，大多数是很笨的。她的头发是什么颜色？

使　者　棕色的，娘娘；她的前额低到无法再低。

克莉奥佩特拉　这儿是赏给你的金子；我上次对你太凶了点儿，你可不要见怪。我仍旧要派你去替我探听消息；我知道你是

个很可靠的人。你去端整行装；我的信件已经预备好了。（使者下）

查米恩　一个很好的人。

克莉奥佩特拉　正是，我很后悔把他那样凌辱。听他说起来，那女人简直不算什么。

查米恩　不算什么，娘娘。

克莉奥佩特拉　这人不是不曾见过世面，应该识得好歹。

查米恩　见过世面？我的爱昔斯女神，他已侍候您多年了！

克莉奥佩特拉　我还有一件事要问他，好查米恩；可是没有什么要紧，你把他带到我写信的房间里来就是了。一切还有结果圆满的希望。

查米恩　您放心吧，娘娘。（同下）

第四场　雅典。安东尼府中一室

安东尼及奥克泰维娅上。

安东尼　不，不，奥克泰维娅，不单是那件事；那跟其他许多类似的事都还是情有可原的。可是他不该重新向庞贝宣战，还居然立下遗嘱，当众宣读；我的名字他提也不愿提起，当他不得不恭维我一番的时候，他就冷冷淡淡地用一两句话敷衍过去；他深怕对我过于宽厚；我向他讲好话，他全然不放在心上，最多就在牙缝里应酬一下。

奥克泰维娅　啊，我的主！传闻之辞，不可完全相信；即使确实，也不要太过介意。要是你们两人之间发生了冲突，我就是世上最不幸的女人，既要为你祈祷，又要为他祈祷；神明一定会嘲笑我，当我向他们祷告，“啊！保佑我的丈夫”以后，又接着向他们祷告，“啊！保佑我的哥哥”。希望丈夫得胜，只好让哥哥失败；希望哥哥得胜，只好让丈夫失败；在这两者之间，再没有一个折衷的两全之道。

安东尼 温柔的奥克泰维娅，让你的爱心替你决定你的最大的同情应该倾向在哪一方面。要是我失去了我的荣誉，就是失去了我自己；与其你有一个被人轻视的丈夫，还是不要嫁给我的好。可是你既然有这样的意思，那么就有劳你在我们两人之间斡旋斡旋吧；一方面我仍旧在这儿积极准备，万一不幸而彼此以兵戎相见，令兄的英名恐怕就要毁于一旦了。事不宜迟，你趁早动身吧。

奥克泰维娅 谢谢我的主。最有威力的天神把我造成了一个最柔弱的人，我这最柔弱的人却要来调停你们的争端！你们两人开了战，就像整个的世界分裂为二，只有无数战死者的尸骸才可以填平这一道裂痕。

安东尼 你明白了谁是造成这次争端的祸首以后，就不会再这样护着他；我们的过失决不会恰恰相等，总可以分别出一个是非曲直来。打点你的行装；你爱带什么人同去，就带什么人同去；路上需要多少费用，尽管问我要好了。（同下）

第五场　同前。另一室

爱诺巴勃斯及爱洛斯自相对方向上。

爱诺巴勃斯 啊，朋友爱洛斯！

爱洛斯 有了很奇怪的消息呢，朋友。

爱诺巴勃斯 什么消息？

爱洛斯 凯撒和莱必多斯已经向庞贝开战。

爱诺巴勃斯 这是老消息；结果怎么样？

爱洛斯 凯撒利用了莱必多斯向庞贝开战以后，就翻过脸来不承认他有同等的地位，不让他分享胜利的光荣；不但如此，还凭着他以前写给庞贝的信札，作为通敌的证据，把他拘捕起来；所以这个可怜的第三者已经完了，只有死才能使他自由。

爱诺巴勃斯 那么，世界啊，你现在只剩下两个人了；把你所有的食物丢给他们，他们也要摩拳擦掌，互相争夺的。安东尼在哪儿？

爱洛斯 他正在园里散步，一面走，一面恨恨地踢着脚下的草，嘴里嚷着："傻瓜，莱必多斯！"还发誓说要把那暗杀庞贝的军官捉住了割断他的咽喉。

爱诺巴勃斯 我们伟大的舰队已经扬帆待发了。

爱洛斯 那是要开到意大利去声讨凯撒的。还有，道密歇斯，主帅叫你快去；我应该把我的消息慢慢告诉你的。

爱诺巴勃斯 那就失去新闻的价值了；可是不要管它，带我去见安东尼吧。

爱洛斯 来，朋友。（同下）

第六场 罗马。凯撒府中一室

凯撒、阿格立巴及茂西那斯上。

凯 撒 这件事，还有其他种种，都是他为了表示对于罗马的轻蔑而在亚历山大里亚干的；那情形是这样的：在市场上筑起了一座白银铺地的高坛，上面设着两个黄金的宝座，克莉奥佩特拉跟他两人公然升座；我的义父的儿子，他们替他取名为凯撒里昂的，还有他们两人通奸所生的一群儿女，都列坐在他们的脚下；于是他宣布以克莉奥佩特拉为埃及帝国的女皇，全权统辖叙利亚、塞浦路斯和吕底亚各处领土。

茂西那斯 这是当着公众的面举行的吗？

凯　撒　就在公共聚集的场所，他们表演了这一幕把戏。他当场又把王号分封给他的诸子；米太、帕提亚、亚美尼亚，他都给了亚历山大；叙利亚、西利西亚、腓尼基，他给了托勒密。那天她打扮成爱昔斯女神的样子；据说她以前接见群臣的时候，常常是这样装束的。

茂西那斯　让全罗马都知道这种事情吧。

阿格立巴　罗马人久已厌恶他的骄横，一定会对他完全失去好感。

凯　撒　人民已经知道了；他们还听到了他的讨罪的檄告。

阿格立巴　他讨谁的罪？

凯　撒　凯撒。他说我在西西里侵吞了塞克斯特斯·庞贝厄斯的领土以后，不曾把那岛上他所应得的一份分派给他；又说他借给我一些船只，我没有归还他；最后他责备我不该擅自褫夺莱必多斯的权位，推翻了三雄鼎峙的局面；他还说我们霸占他的全部收入。

阿格立巴　主上，这倒是应该答复他的。

凯　撒　我已经答复他，叫人带信给他了。我告诉他，莱必多斯最近变得非常横暴残虐，滥用他的大权作威作福，我不得不做这一次的变动。凡是我所征服得来的利益，我都可以让他平均分享；可是在他的亚美尼亚和其他被征服的国家之中，我也要向他要求同样的权利。

茂西那斯　他绝不会答应那样的要求。

凯　撒　那我们也绝对不能对他让步。

奥克泰维娅率侍从上。

奥克泰维娅　祝福，凯撒，我的主！祝福，最亲爱的凯撒！

凯　撒　难道要我称你为被遗弃的女子吗！

奥克泰维娅　你没有这样叫过我，你也没有理由这样称呼我。

凯　撒　你为什么一声不响地到来呢？你来得不像是凯撒的妹妹；安东尼的妻子应该有一大队人马做她的前驱，当她还在远远的地方的时候，一路上的马嘶声就已经在报告她到来的消息；路旁的树枝上都要满爬着人，因为见不到所盼的人而焦心绝望；那络绎不断的马蹄扬起的灰尘，应该一直高达天顶。可是你却像一个市场上的女佣一般来到罗马，不曾预先通知我们，使我们来不及用盛大的仪式向你表示我们的欢迎；我们本该在海陆双方派人迎接，每到一处，都应该有人招待你的。

奥克泰维娅　我的好哥哥，我这样悄悄而来，并不是出于勉强，全然是我自己的意思。我的主安东尼听见你准备发动战争，把这不幸的消息告诉了我，所以我才请求他准许我回来一次。

凯　撒　他很快就答应你了，因为你是使他不能享受风流乐趣的障碍。

奥克泰维娅　不要这样说，哥哥。

凯　撒　我随时注意着他，他的一举一动，我这儿都有耳闻。他现在在什么地方？

奥克泰维娅　在雅典。

凯　撒　不，我的被人欺负的妹妹；克莉奥佩特拉已经招呼他到她那儿去了。他已经把他的帝国奉送给一个淫妇；他们现在正在召集各国的君长，准备进行一场大战。利比亚的国王鲍丘斯、卡巴多西亚的阿契劳斯、巴夫拉贡尼亚的国王菲拉德尔福斯、色雷斯王哀达拉斯、阿拉伯的玛尔丘斯王、本都的国王、犹太的希律、科麦真的国王密瑟里台提斯、米太王坡里蒙和利考尼亚王阿敏达斯，还有别的许多身居王位的人，都已经在他的邀请之下集合了。

奥克泰维娅　唉，我真不幸！我的一颗心分系在你们两人身上，你们两人却彼此相残！

凯　撒　欢迎你回来！我们因为得到你的来信而暂缓发动，可是现在已经明白你怎样被人愚弄，我们倘再蹉跎观望，是一件多么危险的事，所以不能不迅速行动了。宽心吧，不要因为这些不可避免的局势扰乱了你的安宁而烦恼，让一切依照命运的安排达到它们最后的结局吧。欢迎你回到罗马来；我没有比你更亲爱的人了。你已经受到空前的侮辱，崇高的众神怜悯你的无辜，才叫我们和一切爱你的人奉行他们的旨意，替你报仇雪恨。愿你安心自乐，我们总是欢迎你的。

阿格立巴　欢迎，夫人！

茂西那斯　欢迎，好夫人！每一颗罗马的心都爱你、同情你；只有贪淫放纵的安东尼才会把你抛弃，让一个娼妓窃持大权，向我们无理挑衅。

奥克泰维娅　真的吗，哥哥？

凯　撒　真的。妹妹，欢迎；请你安心忍耐，我的最亲爱的妹妹！（同下）

第七场　阿克兴海岬附近安东尼营地

克莉奥佩特拉及爱诺巴勃斯上。

克莉奥佩特拉　我一定要跟你算账，你瞧着吧。

爱诺巴勃斯　可是为什么，为什么，为什么？

克莉奥佩特拉　在这次出征以前，你说我是女流之辈，战场上没有我的份儿。

爱诺巴勃斯　对啊，难道我说错了吗？

克莉奥佩特拉　为什么我不能御驾亲征，这不明明是讪谤我吗？

爱诺巴勃斯 （*旁白*）好，我可以回答你；要是我们把雄马雌马一起赶上战场，那岂不要引得雄马撒野，雌马除了驮上兵士，还要驮上雄的呢。

克莉奥佩特拉 你说什么？

爱诺巴勃斯 安东尼看见了您，一定会心神不定；他在军情紧急的时候，怎么可以让您分散他的有限的精力和宝贵的时间？人家已经在批评他的行动轻率了，在罗马他们都说这一次的军事，都是一个名叫福的纳斯的太监和您的几个侍女们作的主张。

克莉奥佩特拉 让罗马沉下海里去，让那些诽谤我们的舌头一起烂掉！我是一国的君主，必须像一个男子一般负起主持战局的责任。不要反对我的决意；我不能留在后方。

爱诺巴勃斯 好，那么我不管。皇上来了。

安东尼及凯尼狄斯上。

安东尼 凯尼狄斯，他从大兰多和勃伦提斯出发，这么快就越过爱奥尼亚海，把妥林占领下来，不是很奇怪吗？你有没有听见这个消息，亲爱的？

克莉奥佩特拉 因循观望的人，最善于惊叹他人的敏捷。

安东尼 骂得痛快，真是警惰的良箴，这样的话出之于一个堂堂男子的口中，也可以毫无愧色。凯尼狄斯，我们要在海上和他决战。

克莉奥佩特拉 海上！不在海上还在什么地方？

凯尼狄斯 请问主上，为什么我们要在海上和他决战？

安东尼 因为他挑我在海上决战。

爱诺巴勃斯 可是您也曾经要求他单人决斗。

凯尼狄斯 您还要求他在法赛利亚，凯撒和庞贝交战的故址，和您一决胜负；可是他因为这些要求对他不利，一概拒绝了；他可以拒绝您，您也可以拒绝他的。

爱诺巴勃斯　我们的船只缺少得力的人手，那些水兵本来都是赶骡种地的乡民，在仓促之中临时拉来充数的；凯撒的舰队里却都是屡次和庞贝交锋、能征惯战的将士；而且他们的船只很轻便，不比我们的那样笨重。您在陆地上已经准备着充分的实力，拒绝和他在海上决战，也不是一件丢脸的事。

安东尼　在海上，在海上。

爱诺巴勃斯　主上，您要是在海上决战，就是放弃了陆地上绝对可操胜券的机会，分散了您那些善战的步兵的兵力，埋没了您那赫赫有名的陆战的才略，牺牲了最稳当的上策，去冒毫无把握的危险。

安东尼　我决定在海上作战。

克莉奥佩特拉　我有六十艘船舶，凯撒的船不比我们多。

安东尼　我们把多余的船只一起烧掉，把士卒分配到需用的船上，就从阿克兴岬口出发，迎头痛击凯撒的舰队。要是我们失败了，还可以再从陆地上争回胜利。

一使者上。

安东尼　什么事？

使　者　启禀主上，这消息是真的；有人已经看见他了；凯撒已经占领了妥林。

安东尼　他自己也到那边了吗？那是不可能的；他的本领果然神出鬼没。凯尼狄斯，我们在陆地上的十九个军团和一万二千匹战马，都归你节制。我自己要到船上指挥去；走吧，我的海中女神！

一兵士上。

安东尼　什么事，英勇的军人？

兵　士　啊，皇上！不要在海上作战；不要相信那些朽烂的木板；难道您怀疑这一柄宝剑的威力，和我这满身的伤疤吗？让那些埃及人和腓尼基人去跳水吧；我们是久惯于立足于地上、凭着膂力赢取胜利的。

安东尼 好，好，去吧！（安东尼、克莉奥佩特拉及爱诺巴勃斯同下）

兵　士 凭着赫剌克勒斯起誓，我想我的话没有说错。

凯尼狄斯 你没有错，可是他的整个行动，已经不受他自己的驾驭了；我们的领袖是被人家牵着走的，我们都只是一些供妇女驱策的男子。

兵　士 您是在陆地上负责保全人马实力的，是不是？

凯尼狄斯 玛克斯·奥克泰维斯、玛克斯·杰思退厄斯、泼勃力科拉、西里厄斯都要参加海战；留着我们保全陆地的实力。凯撒用兵这样神速，真是出人意外。

兵　士 当他还在罗马的时候，他的军队的调动掩护得非常巧妙，没有一个间谍不给他瞒过了。

凯尼狄斯 你知道谁是他的副将吗？

兵　士 他们说是一个名叫陶勒斯的人。

凯尼狄斯 这人我很熟悉。

一使者上。

使　者 皇上叫凯尼狄斯进去。

凯尼狄斯 这样扰攘的时世，每一分钟都有新的消息产生。（同下）

第八场　阿克兴附近一平原

凯撒、陶勒斯及将士等上。

凯　撒 陶勒斯！

陶勒斯 主上？

凯　撒　不要在陆地上攻击敌人；保全实力；在我们海上的战事没有完毕以前，避免一切挑衅的行为。遵照这一通密令上所规定的计策实行，不可妄动；我们的成败在此一举。（同下）

安东尼及爱诺巴勃斯上。

安东尼　把我们的舰队集合在山的那一边，正对着凯撒的阵地；从那地方我们可以看清敌人船只的数目，然后决定我们应战的方略。（同下）

凯尼狄斯率陆军上，由舞台一旁列队穿过；凯撒副将陶勒斯率其所部由另一旁穿过。两军入内后，内起海战声。号角声；爱诺巴勃斯重上。

爱诺巴勃斯　完了，完了，全完了！我再也瞧不下去了。埃及的旗舰“安东尼号”一碰到敌人，就带领了他们的六十艘船只全体转舵逃走；我的眼珠都看得要爆炸了。

斯凯勒斯上。

斯凯勒斯　天上所有的男神女神啊！

爱诺巴勃斯　你为什么有这样的感慨？

斯凯勒斯　大半个世界都在愚昧中失去了；我们已经用轻轻的一吻，断送了无数的王国州郡。

爱诺巴勃斯　战局怎么样？

斯凯勒斯　我们的一方面好像已经盖上了瘟疫的戳记似的，注定着死亡的命运。那匹不要脸的埃及雌马，但愿她浑身害起癞病来！正在双方鏖战，不分胜负，或者还是我们这方面略占上风的时候，她像一头被牛虻叮上了身的六月的母牛一样，扯起帆就逃跑了。

爱诺巴勃斯　那我也看见了，我的眼睛看得火星直爆，再也看不下去了。

斯凯勒斯　她刚刚拨转船头，那被她迷醉得英雄气短的安东尼也就无心恋战，像一只痴心的水凫一样，拍了拍翅膀飞着追上去。我从来没有见过这样可羞的行为，多年的经验、丈夫的气概、战士的荣誉，竟会这样扫地无余！

爱诺巴勃斯 唉！唉！

凯尼狄斯上。

凯尼狄斯 我们在海上的命运已经奄奄一息，无可挽回地没落下去了。我们的主帅倘不是这样糊涂，一定不会弄到这一个地步。啊！他自己都公然逃走了，兵士们看着这一个榜样，怎么不会众心涣散！

爱诺巴勃斯 你也这样想吗？那么真的什么都完了。

凯尼狄斯 他们都向伯罗奔尼撒逃去了。

斯凯勒斯 那条路很容易走，我也要到那边去等候复命。

凯尼狄斯 我要把我的军队马匹向凯撒献降；六个国王已经先我而投降了。

爱诺巴勃斯 我还是要追随安东尼的受伤的命运，虽然这是我的理智所反对的。（各下）

第九场　亚历山大里亚。宫中一室

安东尼及众侍从上。

安东尼 听！土地在叫我不要践踏它，它怕我这不光荣的身体会使它蒙上难堪的耻辱。朋友们，过来；我在这世上盲目夜行，已经永远迷失了我的路。我有一艘满装黄金的大船，你们拿去分了，各自逃生，不要再跟凯撒作对了吧。

众侍从 逃走！不是我们干的事。

安东尼 我自己也在敌人之前逃走，替懦夫们立下一个逃跑避害的榜样。朋友们，去吧；我已经为自己决定了一个方针，今后无须借重你们了；去吧。我的金银财宝都在港里，你们尽管拿去。唉！我追随了一个我羞于看见的人；我的头发都在造反，白发埋怨黑发的粗心鲁莽，黑发埋怨白发的胆小痴愚。朋友们，去吧；我可以写几封信，介绍你们投奔我的几个朋友。请你们不要怏怏不乐，也不要口出怨言，听从我在绝望之中的这一番指示；未了的事，听其自然；赶快到海边去吧；我就把那艘船和船上的财物送给你们。现在请你们暂时离开我；我已经不配命令你们，所以只好请求你们。我们等会儿再见吧。（坐下）

查米恩及伊拉丝携克莉奥佩特拉手上，爱洛斯后随。

爱洛斯 好娘娘，上去呀，安慰安慰他。

伊拉丝 上去呀，好娘娘。

查米恩 不上去又怎么样呢？

克莉奥佩特拉 让我坐下来。天后朱诺啊！

安东尼 不，不，不，不，不。

爱洛斯 您看见了吗，主上？

安东尼 啊，呸！呸！呸！

查米恩 娘娘！

伊拉丝 娘娘，啊，好娘娘！

爱洛斯 主上，主上！

安东尼 是的，阁下，是的。他在腓利比把他的剑摇来挥去，像在跳舞一般；是我杀死了那个形容瘦削、满脸皱纹的凯歇斯，结果了那发疯似的勃鲁托斯的生命；他却只会让人代劳，从来不曾亲临战场。可是现在——算了。

克莉奥佩特拉 唉！扶我一下。

爱洛斯 主上，娘娘来了。

伊拉丝 上去，娘娘，对他说话；他惭愧得完全失了常态了。

克莉奥佩特拉 好，那么扶着我。啊！

爱洛斯 主上，起来，娘娘来了；她低下了头，您要是不给她一些安慰，她会悲哀而死的。

安东尼 我已经毁了自己的名誉，犯了一个最可耻的错误。

爱洛斯 主上，娘娘来了。

安东尼 啊！你把我带到什么地方去，埃及女王？瞧，我因为不愿从你的眼睛里看见我的耻辱，正在凭吊那已经化为一堆灰烬的我的雄图霸业呢。

克莉奥佩特拉 啊，我的主，我的主！原谅我因为胆怯而扬帆逃避；我没有想到你会跟了上来的。

安东尼 埃及的女王，你完全知道我的心是用绳子缚在你的舵上的，你一去就会把我拖着走；你知道你是我的灵魂的无上主宰，只要你向我一点头一招手，即使我奉有天神的使命，也会把它放弃了来听候你的差遣。

克莉奥佩特拉 啊，恕我！

安东尼 我曾经玩弄半个世界在我的手掌之上，操纵着无数人生杀予夺的大权，现在却必须俯首乞怜，用吞吞吐吐的口气向这小子献上屈辱的降表。你知道你已经多么彻头彻尾地征服了我，我的剑是绝对服从我的爱情的指挥的。

克莉奥佩特拉 恕我，恕我！

安东尼 不要掉下一滴泪来；你的一滴泪的价值，抵得上我所得而复失的一切。给我一吻吧；这就可以给我充分的补偿了。我们已经差那位教书先生去了；他回来了没有？爱人，我的灵魂像铅一样沉重。叫他们预备酒食！命运越是给我们打击，我们越是瞧不起她。（同下）

第十场　埃及。凯撒营地

凯撒、道拉培拉、赛琉斯及余人等上。

凯　撒　叫安东尼的使者进来。你们认识他吗？

道拉培拉　凯撒，那是他的教书先生；不多几月以前，多少的国王甘心为他奔走，现在他却差了这样一个卑微的人来，这就可以见得他的途穷日暮了。

尤弗洛涅斯上。

凯　撒　过来，说明你的来意。

尤弗洛涅斯　我虽然只是一个地位卑微的人，却奉着安东尼的使命而来；不久以前，我在他的汪洋大海之中，不过等于一滴草叶上的露珠。

凯　撒　好，你来有什么事？

尤弗洛涅斯　他说你是他的命运的主人，向你致最大的敬礼；他请求你准许他住在埃及，要是这一件事你不能允许他，他还有退一步的请求，愿你让他在天地之间有一个容身之处，在雅典做一个平民；这是他要我对你说的话。克莉奥佩特拉也承认你的伟大的权力，愿意听从你的支配；她恳求你慷慨开恩，准许她的后裔保存托勒密王朝的宝冕。

凯　撒　对于安东尼，他的任何要求我一概置之不理。女王要是愿意来见我，或是向我有什么请求，我都可以答应，只要她能够把她那名誉扫地的朋友逐出埃及境外，或者就在当地结果他的性命；要是她做得到这一件事，她的要求一定可以得到我的垂听。你这样去回复他们两人吧。

尤弗洛涅斯　愿幸运追随你！

凯　撒　带他通过我们的阵线。（尤弗洛涅斯下。向赛琉斯）

现在是试验你的口才的时候了；快去替我从安东尼手里把克莉奥佩特拉夺来；无论她有什么要求，你都用我的名义答应她；另外你还可以照你的意思向她提出一些优厚的条件。女人在最幸福的环境里，也往往抵抗不了外界的诱惑；一旦到了困穷无告的时候，一尘不染的贞女也会失足堕落。尽量运用你的手段，赛琉斯；事成之后，随你需索什么酬报，我都决不吝惜。

赛琉斯 凯撒，我就去。

凯　撒 注意安东尼在失势中的态度，从他的举动之间窥探他的意向。

赛琉斯 是，凯撒。（各下）

第十一场　亚历山大里亚。宫中一室

克莉奥佩特拉、爱诺巴勃斯、查米恩及伊拉丝上。

克莉奥佩特拉 我们怎么办呢，爱诺巴勃斯？

爱诺巴勃斯 想一想，然后死去。

克莉奥佩特拉 这一回究竟是安东尼错还是我错？

爱诺巴勃斯 全是安东尼的错，他不该让他的情欲支配了他的理智。两军相接的时候，本来是惊心怵目的，即使您在战争的狰狞的景象之前逃走了，为什么他要跟上来呢？当世界的两半互争雄长的紧急关头，他是全局所系的中心人物，怎么可以让儿女之私牵掣了他的大将的责任。在全军惶惑之中追随您的逃走的旗帜，这不但是他的无可挽回的损失，也是一个无法洗刷的耻辱。

克莉奥佩特拉 请你别说了。

安东尼及尤弗洛涅斯上。

安东尼 那就是他的答复吗？

尤弗洛涅斯是，主上。

安东尼 那么女王可以得到他的恩典，只要她愿意把我交出？

尤弗洛涅斯 他正是这样说。

安东尼 让她知道他的意思。把这颗鬓发苍苍的头颅送给那凯撒小子，他就会满足你的愿望，赏给你许多采邑领土。

克莉奥佩特拉 哪一颗头颅，我的主？

安东尼 再去回复他。对他说，他现在年纪还轻，应该让世人看看他有什么与众不同的地方；也许他的货币、船只、军队，都只是属于一个懦夫所有；也许他的臣僚辅佐凯撒，正像辅佐一个无知的孺子一样。所以我要向他挑战，叫他不要依仗那些比我优越的条件，直截痛快地跟我来一次剑对剑的决斗。我就去写信，跟我来。(安东尼、尤弗洛涅斯同下)

爱诺巴勃斯 (旁白)是的，战胜的凯撒会放弃他的幸福，和一个剑客比赛起匹夫之勇来！看来人们的理智也是他们命运中的一部分，一个人倒了霉，他的头脑也就跟着糊涂了。他居然梦想富有天下的凯撒肯来理会一个一无所有的安东尼！凯撒啊，你把他的理智也同时击败了。

一侍从上。

侍　从 凯撒有一个使者来了。

克莉奥佩特拉 什么！一点礼貌都没有了吗？瞧，我的姑娘们；人家只会向一朵含苞未放的娇花屈膝，等到花残香消，他们就要掩鼻而过了。让他进来，先生。(侍从下)

爱诺巴勃斯 (旁白)我的良心开始跟我自己发生冲突了。我们的忠诚不过是愚蠢，因为只有愚人才会尽忠到底；可是谁要是死心塌地追随一个失势的主人，那么他的主人虽然被他的环境征服了，他却能够征服那种环境而不为所屈，这样的人是应该在历史上永远占据一个地位的。

赛琉斯上。

克莉奥佩特拉 凯撒有什么见教？

赛琉斯 请斥退左右。

克莉奥佩特拉 这儿都是朋友，你放心说吧。

赛琉斯 也许他们是安东尼的朋友。

爱诺巴勃斯 先生，他需要像凯撒一样多的朋友，否则他也用不着我们了。只要凯撒高兴，我们的主人十分愿意成为他的朋友；至于我们，那您知道，总是跟着他走的，他做了凯撒的朋友，我们自然也就是凯撒的人。

赛琉斯 好，那么，最有声誉的女王，凯撒请求你不要因为你目前的处境而介意，你只要想他是凯撒。

克莉奥佩特拉 说下去，尊贵的使者。

赛琉斯 他知道你投身在安东尼的怀抱里，不是因为爱他，只是因为惧怕他。

克莉奥佩特拉 啊！

赛琉斯 所以他对于你荣誉上所受的创伤是万分同情的，因为那只是被迫忍受的污辱，不是咎有应得的责罚。

克莉奥佩特拉 他是一位天神，他的判断是这样公正。我的荣誉并不是自己甘心屈服，全然是被人征服的。

爱诺巴勃斯 （旁白）我要去问问安东尼，究竟是不是这样。主上，主上，你已经是一艘千洞百孔的破船，我们必须离开你，让你沉下海里，因为你的最亲爱的人也把你丢弃了。（下）

赛琉斯 我要不要回复凯撒，告诉他您对他有什么要求？因为他心里很希望您有求于他。要是您愿意把他的命运作为您的靠山，他一定会十分高兴的；可是他要是听见我说您已经离开了安东尼，把您自己完全置身于他的羽翼之下，尊奉他为全世界的主人，那才会叫他心满意足哩。

克莉奥佩特拉 你叫什么名字?

赛琉斯 我的名字是赛琉斯。

克莉奥佩特拉 最善良的使者，请你这样回答伟大的凯撒；我不能亲自吻他征服一切的手，已经请他的使者代致我的敬礼了；告诉他，我随时准备把我的王冠跪献在他的足下；告诉他，从他的举世慑服的诏语之中，我已经听见埃及所得到的判决了。

赛琉斯 这是您最正当的决策。智慧和命运互相冲突的时候，要是智慧有胆量贯彻它的主张，没有意外的机会可以摇动它的。准许我敬吻您的手。

克莉奥佩特拉 你们凯撒的义父在世的时候，每次想到了征服国土的计划，往往把他的嘴唇放在这一个卑微的所在，雨也似的吻着它。

安东尼及爱诺巴勃斯上。

安东尼 凭着雷霆之威的乔武起誓，好大的恩典！喂，小子，你是什么东西?

赛琉斯 我是奉着全世界最有威权、最值得服从的人的命令而来的使者。

爱诺巴勃斯 （*旁白*）你要挨一顿鞭子了。

安东尼 过来！啊，你这混蛋！天神和魔鬼啊！我已经一点权力都没有了吗?不久以前，我只要吆喝一声，国王们就会像一群孩子似的争先恐后问我有什么吩咐。你没有耳朵吗?我还是安东尼哩。

众侍从上。

安东尼 把这家伙抓出去抽一顿鞭子。

爱诺巴勃斯 （*旁白*）宁可和初生的幼狮嬉戏，不要玩弄一头濒死的老狮子。

安东尼 天哪！给我狠狠地打！即使二十个向凯撒纳贡称臣

的最大的国君，要是让我看见他们这样放肆地玩弄她的手——她，这个女人，她从前是克莉奥佩特拉，现在可叫什么名字？——狠狠地鞭打他，打得他像一个孩子一般捧住了脸哭着喊饶命；把他拉出去。

赛琉斯 玛克·安东尼——

安东尼 把他拖下去；抽过了鞭子以后，再把他带来见我；我要叫这凯撒手下的奴才替我传一个信给他。（侍从等拖赛琉斯下）在我没有认识你以前，你已经是一朵半谢的残花了；嘿！罗马的衾枕不曾留住我，多少名媛淑女我都不曾放在眼里，我不曾生下半个合法的儿女，难道结果反倒被一个向奴才们卖弄风情的女人欺骗了吗？

克莉奥佩特拉 我的好老爷——

安东尼 你一向就是个水性杨花的人；可是，不幸啊！当我们沉溺在我们的罪恶之中的时候，聪明的天神就封住了我们的眼睛，把我们明白的理智丢弃在我们自己的污泥里，使我们崇拜我们的错误，看着我们一步步陷入迷途而暗笑。

克莉奥佩特拉 唉！竟会一至于此吗？

安东尼 当我遇见你的时候，你是已故的凯撒吃剩下来的残羹冷炙；你也曾做过克尼厄斯·庞贝口中的禁脔；此外不曾流传在世俗的口碑上的，还不知道有多少更荒淫无耻的经历；我相信，你虽然能够猜想得到贞节应该是怎样一种东西，可是你根本就不知道它究竟是什么。

克莉奥佩特拉 你为什么要说这种话？

安东尼 让一个得了人家赏赐说一声“上帝保佑您”的家伙玩弄你那受过我的爱抚的手，那两心相印的神圣的见证！啊！我不能像一个绳子套在脖子上的囚徒一般，向行刑的人哀求早一点了结他的痛苦；我要到高山荒野之间大声咆哮，发泄我的疯狂的悲愤！

众侍从率赛琉斯重上。

安东尼 把他鞭打过了吗？

侍 从 甲狠狠地鞭打过了，主上。

安东尼 他有没有哭喊饶命？

侍 从 甲他求过饶了。

安东尼 你的父亲要是还活在世上，让他怨恨你不是一个女儿；你应该后悔追随胜利的凯撒，因为你已经为了追随他而挨了一顿鞭打了；从此以后，愿你见了妇女的洁白的纤手，就会吓得浑身乱抖。滚回到凯撒跟前去，把你在这儿所受到的款待告诉他；记着，你必须对他说，他使我非常生气，因为他的态度太傲慢自大，看轻我现在失了势，却不想到我从前的地位。他使我生气；我的幸运的星辰已经离开了它们的轨道，把它们的火焰射进地狱的深渊里去了，一个倒霉的人，是最容易被人激怒的。要是他不喜欢我所说的话和所干的事，你可以告诉他我有一个已经赎身的奴隶歇巴契斯在他那里，他为了向我报复，尽管鞭笞他、吊死他、用酷刑拷打他，都随他的便；你也可以在旁边怂恿他。去吧，带着你满身的鞭痕滚吧！（赛琉斯下）

克莉奥佩特拉 你的脾气发完了吗？

安东尼 唉！我们世上的明月已经晦暗了；它只是预兆着安东尼的没落。

克莉奥佩特拉 我必须等他安静下来。

安东尼 为了献媚凯撒的缘故，你竟会和一个服侍他穿衣束带的人眉来眼去吗？

克莉奥佩特拉 你还不了解我的心吗？

安东尼 不是心，是石头！

克莉奥佩特拉 啊！亲爱的，要是我果然这样，愿上天在我冷酷的心里酿成一阵有毒的冰雹，让第一块雹石落在我的头上，溶化了我的生命；然后让它打死凯撒里昂，再让我的孩子和我的勇敢的埃及人一个一个在这雹阵之下丧生；让他们死无葬身之地，充作尼罗河上蝇蚋的食料！

安东尼 我很满意你的表白。凯撒已经在亚历山大里亚安下营寨，我还要和他决一个最后的雌雄。我们陆上的军队很英勇地坚持不屈；我们溃散的海军也已经重新集合起来，恢复了原来的威风。我的雄心啊，你这一向都在哪里？你听见了吗，爱人？要是我再从战场上回来吻这一双嘴唇，我将要遍身浴血出现在你的面前；凭着这一柄剑，我要创造历史上不朽的记录。希望还没有消失呢。

克莉奥佩特拉 这才是我的英勇的主！

安东尼 我要使出三倍的膂力，三倍的精神和勇气，做一个杀人不眨眼的魔王；因为当我命运顺利的时候，人们往往在谈笑之间邀取我的宽赦；可是现在我要咬紧牙齿，把每一个阻挡我去路的人送下地狱。来，让我们再痛痛快快乐它一晚；召集我的全体忧郁的将领，再一次把美酒注满在我们的杯里；让我们不要理会那午夜的钟声。

克莉奥佩特拉 今天是我的生日；我本来预备让它在无声无息中过去，可是既然我的主仍旧是原来的安东尼，那么我也还是原来的克莉奥佩特拉。

安东尼 我们还可以挽回颓势。

克莉奥佩特拉 叫全体将领都来，主上要见见他们。

安东尼 叫他们来，我们要跟他们谈谈；今天晚上我要把美酒灌得从他们的伤疤里流出来。来，我的女王；我们还可以再接再厉。这一次我临阵作战，我要使死神爱我，即使面对他的无情的镰刀，我也要作猛烈的抗争。（除爱诺巴勃斯外皆下）

爱诺巴勃斯 现在他要用狰狞的怒目去压倒闪电的光芒了。

过分的惊惶会使一个人忘怀了恐惧，不顾死活地蛮干下去；在这一种心情之下，鸽子也会向鸷鸟猛啄。我看我们主上已经失去了理智，所以才会恢复了勇气。有勇无谋，结果一定失败。我要找个机会离开他。（下）

第四幕

第一场　亚历山大里亚城前。凯撒营地

凯撒上，读信；阿格立巴、茂西那斯及余人等上。

凯　撒　他叫我小子，把我信口谩骂，好像他有力量把我赶出埃及似的；他还鞭打我的使者；要求我跟他单人决斗，凯撒对安东尼。让这老贼知道，我如果想死，方法还多着呢。尽管他挑战，我只是置之一笑。

茂西那斯　凯撒必须想到，一个伟大的人物开始咆哮的时候，就是势穷力迫、将要堕下陷阱的预兆。不要给他喘息的机会，利用他狂暴焦躁的心理；一个发怒的人，总是疏于自卫的。

凯　撒　让全营将士知道，明天我们将要作一次结束一切战争的决战。在我们队伍里面，有不少最近还在安东尼部下作战的人，凭着这些归降的将士，就可以把他活捉。你去传告我的命令；今晚大宴全军；我们现在食物山积，这都是弟兄们辛苦应得的犒赏。可怜的安东尼！（同下）

第二场　亚历山大里亚。宫中一室

安东尼、克莉奥佩特拉、爱诺巴勃斯、查米恩、伊拉丝、艾勒克萨斯及余人等上。

安东尼　他不肯跟我决斗吗，道密歇斯？

爱诺巴勃斯　是的。

安东尼　他为什么不肯？

爱诺巴勃斯　他以为他的命运胜过你二十倍，他一个人可以抵得上二十个人。

安东尼　明天，军人，我要在海上陆上同时作战；我倘不能胜利而生，也要用壮烈的战血洗刷我的濒死的荣誉。你愿意出力打仗吗？

爱诺巴勃斯　我愿意嚷着“牺牲一切”的口号，向敌人猛力冲杀。

安东尼　说得好；来。把我家里的仆人叫出来；今天晚上我们要饱餐一顿。

三四仆人上。

安东尼　把你的手给我，你一向是个很忠实的人；你也是；你，你，你，你们都是；你们曾经尽心侍候我，国王们曾经做过你们的同伴。

克莉奥佩特拉　（对爱诺巴勃斯旁白）这是什么意思？

爱诺巴勃斯　（向克莉奥佩特拉旁白）这是他在心里懊恼的时候想起来的一种古怪花样。

安东尼　你也是忠实的。我希望我自己能够化身为像你们这么多的人，你们大家都合成了一个安东尼，这样我就可以为你们尽力服务，正像你们现在为我尽力一样。

众　仆　那我们怎么敢当！

安东尼　好，我的好朋友们，今天晚上你们还是来侍候我，不要少给我酒，仍旧像从前那样看待我，就像我的帝国也还跟你们一样服从我的命令那时候一样。

克莉奥佩特拉　（向爱诺巴勃斯旁白）他是什么意思？

爱诺巴勃斯　（向克莉奥佩特拉旁白）他要逗他的仆人们流泪。

安东尼　今夜你们来侍候我；也许这是你们最后一次服侍我了；也许你们从此再也看不见我了；也许你们所看见的，只是我的血肉模糊的影子；也许明天你们便要服侍一个新的主人。我瞧着你们，就像自己将要和你们永别了一样。我的忠实的朋友们，我不是要抛弃你们，你们尽心竭力地跟随了我一辈子，我到死也不会把你们丢弃的。今晚你们再侍候我两小时，我不再有别的要求了；愿神明保佑你们！

爱诺巴勃斯　主上，您何必向他们说这种伤心的话呢？瞧，他们都哭啦；我这蠢才的眼睛里也有些热辣辣的。算了吧，不要叫我们全都变成娘儿们吧。

安东尼　哈哈哈！该死，我可不是这个意思。你们这些眼泪，表明你们都是有良心的。我的好朋友们，你们误会了我的意思了，我本意是要安慰你们，叫你们用火把照亮这一个晚上。告诉你们吧，我的好朋友们，我对于明天抱着很大的希望；我要领导你们胜利而生，不是光荣而死。让我们去饱餐一顿，来，把一切忧虑都浸没了。（同下）

第三场　同前。宫门前

二兵士上，各赴岗位。

兵士甲 兄弟晚安；明天就是决战的日子了。

兵士乙 胜败都在明天见分晓；再见。你在街上没有听见什么怪事吗？

兵士甲 没有。你知道什么消息？

兵士乙 多半是个谣言。晚安！

兵士甲 好，晚安！

另二兵士上。

兵士乙 弟兄们，留心警戒哪！

兵士丙 你也留心点儿。晚安，晚安！（兵士甲、兵士乙各就岗位）

兵士丁 咱们是在这儿。（兵士丙、兵士丁各就岗位）要是明天咱们的海军能够得胜，我绝对相信咱们地上的弟兄们也一定会挺得住的。

兵士丙 咱们的军队是一支充满了决心的勇敢的军队。（台下吹高音笛声）

兵士丁 别说话！什么声音？

兵士甲 听，听！

兵士乙 听！

兵士甲 空中的乐声。

兵士丙 好像在地下。

兵士丁 这是好兆头，是不是？

兵士丙 不。

兵士甲 静些！这是什么意思？

兵士乙 这是安东尼所崇拜的赫剌克勒斯，现在离开他了。

兵士甲 走；让我们问问别的守兵听没听见这种声音。（四兵士行至另一岗位前）

兵士乙 喂，弟兄们！

众兵士 喂！喂！你们听见这个声音了吗？

兵士甲 听见了；这不是很奇怪吗？

兵士丙 你们听见了吗，弟兄们？你们听见了吗？

兵士甲 跟着这声音走，一直走到我们的界线上为止；让我们听听它怎样消失下去。

众兵士 （共语）好的。——真是奇怪得很。（同下）

第四场 同前。宫中一室

安东尼 及克莉奥佩特拉上；查米恩及余人等随侍。

安东尼 爱洛斯！我的战铠，爱洛斯！

克莉奥佩特拉 再睡一会儿吧。

安东尼 不，我的宝贝。爱洛斯，来；我的战铠，爱洛斯！

爱洛斯持铠上。

安东尼 来，好家伙，替我穿上这一身战铠；要是命运今天不照顾我们，那是因为我们向她挑战的缘故。来。

克莉奥佩特拉 让我也来帮帮你。这东西有什么用处？

安东尼 啊！别管它，别管它；你是为我的心坎披上铠甲的人。错了，错了；这一个，这一个。

克莉奥佩特拉 真的，嗳哟！我偏要帮你；它应该是这样的。

安东尼 好，好；现在我们一定可以成功。你看见吗，我的好家伙？你也去武装起来吧。

爱洛斯 快些，主上。

克莉奥佩特拉 这一个扣子不是扣得很好吗？

安东尼 好得很，好得很。在我没有解甲安息以前，谁要是解开这一个扣子，一定会听见惊人的雷雨。你怎么这样笨手笨脚时，爱洛斯；我的女王倒是一个比你能干的侍从哩。快些。啊，亲爱的！要是你今天能够看见我在战场上驰骋，要是你也懂得这一种英雄的事业，你就会知道谁是真正的勇士。

一兵士武装上。

安东尼 早安；欢迎！你瞧上去像是一个善战的健儿；我们对于心爱的工作，总是一早起身，踊跃前趋的。

兵　士 主帅，时候虽然还早，弟兄们都已经装束完备，在城门口等候着您了。（喧呼声；喇叭大鸣）

众将佐兵士上。

将　佐 今天天色很好。早安，主帅！

众兵士 早安，主帅！

安东尼 孩儿们，你们的喇叭吹得很好。今天的清晨像一个立志干一番轰轰烈烈的事业的少年，很早就踏上了它的征途。好，好；来，把那个给我。这一边；很好。再会，亲爱的，我此去存亡未卜，这是一个军人的吻。（吻克莉奥佩特拉）我不能浪费我的时间在无谓的温存里；我现在必须像一个钢铁铸成的男儿一般向你告别。凡是愿意作战的，都跟着我来。再会！（安东尼、爱洛斯及将士等同下）

查米恩 请娘娘进去安息安息吧。

克莉奥佩特拉 你领着我。他勇敢地去了。要是他跟凯撒能够在一场单人的决斗里决定这一场大战的胜负，那可多好！那时候，安东尼——可是现在——好，去吧。（同下）

第五场　亚历山大里亚。安东尼营地

喇叭声。安东尼及爱洛斯上；一兵士自对面上。

兵　士 愿天神保佑安东尼今天大获全胜！

安东尼　我只恨当初你那满身的创疤不曾使我听从你的话，在陆地上作战！

兵　士　你早听了我的话，那许多倒戈的国王一定还追随在你的后面，今天早上也没有人会逃走了。

安东尼　谁今天逃走了？

兵　士　谁！你的一个多年亲信的人。你要是喊爱诺巴勃斯的名字，他不会听见你；或许他会从凯撒的营里回答你："我已经不是你的人了。"

安东尼　你说什么？

兵　士　主帅，他已经跟随凯撒去了。

爱洛斯　他的箱笼财物都没带走。

安东尼　他去了吗？

兵　士　确确实实地去了。

安东尼　去，爱洛斯，把他的钱财送还给他，不可有误；听着，什么都不要留下。写一封信给他，表示惜别欢送的意思，写好了让我在上面签一个名字；对他说，我希望他今后再也不会有同样充分的理由，使他感到更换一个主人的必要。唉！想不到我的衰落的命运，竟会使本来忠实的人也变起心来。快去。爱洛斯！（同下）

第六场　亚历山大里亚城前。凯撒营地

喇叭奏花腔。凯撒率阿格立巴、爱诺巴勃斯及余人等同上。

凯　撒　阿格立巴，你先带领一支人马出去，开始和敌人交锋。我们今天一定要把安东尼生擒活捉；你去传令全军知道。

阿格立巴　凯撒，遵命。（下）

凯　撒　全面和平的时候已经不远了；但愿今天一战成功，

让这鼎足而三的世界不再受干戈的骚扰!

一使者上。

使　者　安东尼已经在战场上了。

凯　撒　去吩咐阿格立巴，叫那些投降过来的将士充当前锋，让安东尼向他自家的人发泄他的愤怒。(凯撒及侍从下)

爱诺巴勃斯　艾勒克萨斯叛变了，他奉了安东尼的使命到犹太去，却劝诱希律王归附凯撒，舍弃他的主人安东尼；为了他这一个功劳，凯撒已经把他吊死。凯尼狄斯和其余叛离的将士虽然都蒙这里收留，可是谁也没有得到重用。我已经干了一件使我自己捶心痛恨的坏事，从此以后，再也不会有快乐的日子了。

一凯撒军中兵士上。

兵　士　爱诺巴勃斯，安东尼已经把你所有的财物一起送来了，还有他给你的许多赏赐。那差来的人是从我守卫的地方入界的，现在正在你的帐里搬下那些送来的物件。

爱诺巴勃斯　那些东西都送给你吧。

兵　士　不要取笑，爱诺巴勃斯。我说的是真话。你最好自己把那来人护送出营；我有职务在身。否则就送他走一程也没关系。你们的皇上到底还是一尊天神哩。(下)

爱诺巴勃斯　我是这世上唯一的小人，最是卑鄙无耻。啊，安东尼！你慷慨的源泉，我这样反复变节，你尚且赐给我这许多黄金，要是我对你尽忠不二，你将要给我怎样的赏赉呢！悔恨像一柄利剑刺进了我的心。如果悔恨之感不能马上刺破我这颗心，还有更加迅速的方法呢；不过我想光是悔恨也就足够了。我帮着敌人打你！不，我要去找一处最污浊的泥沟，了结我这卑劣的残生。(下)

第七场　两军营地间的战场

号角声；鼓角齐奏声。阿格立巴及余人等上。

阿格立巴　退下去，我们已经过分深入敌军阵地了。凯撒自己正在指挥作战；我们所受的压力超过我们的预料。（同下）

号角声；安东尼及斯凯勒斯负伤上。

斯凯勒斯　啊，我的英勇的皇上！这才是打仗！我们大家要是早一点这样出力，他们早就满头挂彩，给我们赶回老家去了。

安东尼　你的血流得很厉害呢。

斯凯勒斯　我这儿有一个伤口，本来像个丁字形，现在却已经裂开啦。

安东尼　他们败退下去了。

斯凯勒斯　我们要把他们追赶得入地无门；我身上还可以受六处伤哩。

爱洛斯上。

爱洛斯　主上，他们已经打败了；我们已经占了优势，这次一定可以大获全胜。

斯凯勒斯　让我们从背后痛击他们，就像捉兔子一般把他们一网罩住；打逃兵是一件最有趣不过的事情。

安东尼　我要重赏你的鼓舞精神的谈笑，我还要把十倍的重赏酬劳你的勇敢。来。

斯凯勒斯　让我一瘸一拐地跟着您走。（同下）

第八场　亚历山大里亚城下

号角声。安东尼、斯凯勒斯率军队行进上。

安东尼 我们已经把他打回了自己的营地；先派一个人去向女王报告我们今天的战绩。明天在太阳没有看见我们以前，我们要叫那些今天逃脱性命的敌人一个个喋血沙场。谢谢各位，你们都是英勇的壮士，你们挺身作战，并不以为那是你们强制履行的义务，每一个人都把这次战争当作了自己切身的事情；你们都显出了赫克托尔一般的威武。进城去，拥抱你们的妻子朋友，告诉他们你们的战功，让他们用喜悦的眼泪洗净你们伤口的瘀血，吻愈了那光荣的创痕。（向斯凯勒斯）把你的手给我。

克莉奥佩特拉率扈从上。

安东尼 我要向这位伟大的女神夸扬你的勋劳，使她的感谢祝福你。你世上的光辉啊！你勾住我的裹着铁甲的颈项，连同你这一身盛装，穿过我的坚利的战铠，跳进我的心头，让我的喘息载着你凯旋吧！

克莉奥佩特拉 万君之君，你无限完美的英雄啊！你带着微笑从天罗地网之中脱身归来了吗？

安东尼 我的夜莺，我们已经把他们打退了。嘿，姑娘！虽然霜雪已经洒上我的少年的褐发，可是我还有一颗勃勃的雄心，它能够帮助我建立青春的志业。瞧这个人；让他的嘴唇沾到你手上的恩泽；吻着它，我的战士；他今天在战场上奋勇杀敌，就像一个痛恨人类的天神一样，没有人逃得过他的剑锋的诛戮。

克莉奥佩特拉 朋友，我要送给你一副纯金的铠甲，它本来是归一个国王所有的。

安东尼 即使它像日轮一样灿烂夺目，他也可以受之无愧。把你的手给我。通过亚历山大里亚全城，我们的大军要列队前进，兴高采烈地显示我们的威容；我们要把剑痕累累的盾牌像我们的战士一样高高举起。要是我们广大的王宫能够容纳我们全军的将士，我们一定要全体欢宴一宵，为了预祝明天的大捷而痛

饮。喇叭手，尽力吹响起来，让你们的喧声震聋了全城的耳朵；和着聒噪的鼓声，使天地之间充满了一片欢迎我们的呐喊。（同下）

第九场 凯撒营地

哨兵各守岗位。

兵士甲 在这一小时以内，要是没有人来替我们，我们必须回到警备营去。今晚星月皎洁，他们说我们在清晨两点钟就要出发作战。

兵士乙 昨天的战事使我们受到极大的打击。

爱诺巴勃斯上。

爱诺巴勃斯 夜啊！请你做我的见证——

兵士丙 这是什么人？

兵士乙 走近些，听他说。

爱诺巴勃斯 请你做我的见证，神圣的月亮啊，变节的叛徒在历史上将要永远留下被人唾骂的污名，爱诺巴勃斯在你的面前忏悔他的错误了！

兵士甲 爱诺巴勃斯！

兵士丙 别说话！听下去。

爱诺巴勃斯 无上尊严的忧郁的女神啊，把黑夜的毒雾降在我的身上，让生命，我的意志的叛徒，脱离我的躯壳吧；把我这一颗为悲哀所煎枯的心投掷在我这冷酷坚硬的罪恶上，让它碎成粉末，结束了一切卑劣的思想吧。安东尼啊！你的高贵的精神，是我的下贱的行为所不能仰望的，原谅我对你个人所加的伤害，可是让世人记着我是一个叛徒的魁首。啊，安东尼！啊，安东尼！（死）

兵士乙 让我们对他说话去。

兵士甲 我们还是听他说，也许他所说的话跟凯撒有关系。

兵士丙 让我们听着吧。可是他好像睡着了。

兵士甲 恐怕是晕过去了；照他的祷告听起来，不像是会一下子睡着了的。

兵士乙 我们过去看看他。

兵士丙 醒醒，将军，醒醒！对我们说话呀。

兵士乙 你能听见吗，将军？

兵士甲 死神的手已经抓住了他。（远处鼓声）听！庄严的鼓声在催唤睡着的人醒来。让我们把他抬到警备营去；他不是一个无名之辈。该换岗的时候了。

兵士丙 那么来；也许他还会苏醒过来。（众兵士抬爱诺巴勃斯尸下）

第十场　两军营地之间

安东尼及斯凯勒斯率军队行进上。

安东尼 他们今天准备在海上作战；在陆地上他们已经见识了我们的厉害。

斯凯勒斯 主上，我们要在海陆两方面同样向他们显显颜色。

安东尼 就算他们会在火里风里跟我们交战，我们也可以对付得了的。可是现在我们必须带领步兵，把守着城郊附近的山头；海战的命令已经发出，他们的战舰已经出港，我们凭着居高临下的优势，可以一览无余地观察他们的动静。（同下）

凯撒率军队行进上。

凯　撒 可是在敌人开始向我们进攻以后，我们仍旧要在陆

地上继续作战，因为他的主力已经都去补充舰队了。到山谷里去，占个有利的地势！（同下）

安东尼及斯凯勒斯重上。

安东尼 他们还没有集合起来。在那株松树矗立的地方，我可以望见一切；让我去看一看形势，立刻就来告诉你。（下）

斯凯勒斯 燕子在克莉奥佩特拉的船上筑巢；那些算命的人都说不知道这是什么预兆；他们板起了冷冰冰的面孔，不敢说出他们的意见。安东尼很勇敢，可是有些郁郁不乐；他的多磨的命运使他有时充满了希望，有时充满了忧虑。（远处号角声，如在进行海战）

安东尼重上。

安东尼 什么都完了！这无耻的埃及人葬送了我；我的舰队已经投降了敌人，他们正在那边高掷他们的帽子，欢天喜地地在一起喝酒，正像分散的朋友久别重逢一般。三翻四覆的淫妇！是你把我出卖给这个初出茅庐的小子，我的心现在只跟你一个人作战。吩咐他们大家散伙了吧；我只要向这迷人的妖妇报复了我的仇恨以后，我这一生也就可以告一段落了，叫他们大家散伙了吧；去。（斯凯勒斯下）太阳啊！我再也看不见你的升起了；命运和安东尼在这儿分了手；就在这儿让我们握手分别。一切到了这样的结局了吗？那些像狗一样追随我，从我手里得到他们愿望的满足的人，现在都掉转头来，把他们的甘言巧笑向势力强盛的凯撒献媚去了；剩着这一株凌霄独立的孤松，悲怅它的鳞摧甲落。我被人出卖了。啊，这负心的埃及女人！这外表如此庄严的妖巫，她的眼睛能够指挥我的军队的进退，她的酥胸是我的荣冠、我的唯一的归宿，谁料她却像一个奸诈的吉卜赛人似的，凭着她的擒纵的手段，把我诱进了山穷水尽的垓心。喂，爱洛斯！爱洛斯！

克莉奥佩特拉上。

安东尼 啊！你这妖妇！走开！

克莉奥佩特拉 我的主怎么对他的爱人生气啦?

安东尼 不要让我看见你，否则我要给你咎有应得的惩罚，使凯撒的胜利大为减色了。让他提了你去，在欢呼的民众之前把你高高举起；追随在他的战车的后面，给人们看看你是你们全体女性中最大的污点；让他们把你当作一头怪物，谁出了最低微的代价，谁就可以尽情饱览；让耐心的奥克泰维娅用她那准备已久的指爪抓破你的脸。（克莉奥佩特拉下）要是活着是一件好事，那么你固然是去了的好；可是你还不如死在我的盛怒之下，因为一死也许可以避免无数比死更难堪的痛苦。喂，爱洛斯！涅索斯被害的毒衣已经披上了我的身子；阿尔锡第斯，我的先祖，教给我你的愤怒；让我把那送毒衣来的人抛向天空，悬挂在月亮的尖角上。让我用这一双曾经握过最沉重的武器的手，征服我最英雄的自己。这妖妇必须死；她把我出卖给那罗马小子，我中了他们的毒计；她必须因此而受死。喂，爱洛斯！（下）

第十一场　亚历山大里亚。宫中一室

克莉奥佩特拉、查米恩、伊拉丝及玛狄恩上。

克莉奥佩特拉 扶着我，我的姑娘们！啊！他比得不到铠甲的忒拉蒙还要暴躁；就连一头被猎人穷追的野猪都没有像他那样满口飞溅着白沫。

查米恩 到陵墓里去！把您自己锁在里面，叫人告诉他您已经死了。一个大人物失去了地位，是比灵魂脱离躯壳更痛苦的。

克莉奥佩特拉 到陵墓里去！玛狄恩，你去告诉他我已经自杀了；你说我最后一句话是“安东尼”；请你用非常凄恻的声音，

念出这一个名字。去，玛狄恩，回来告诉我他听见了我的死讯有什么反应。到陵墓里去！（各下）

第十二场　同前。另一室

安东尼及爱洛斯上。

安东尼　爱洛斯，你还能看见我吗？

爱洛斯　看得见，主上。

安东尼　有时我们看见天上的云像一条蛟龙；有时雾气会化成一只熊、一头狮子的形状，有时像一座高耸的城堡、一座突兀的危崖、一堆雄峙的山峰，或是一道树木葱茏的青色海岬，俯瞰尘寰，用种种虚无的景色戏弄我们的眼睛。你曾经看见过这种现象，它们都是一些日暮的幻影。

爱洛斯　是，主上。

安东尼　现在瞧上去还像一匹马的，一转瞬间，浮云飞散了，它就像一滴水落在池里一样，分辨不出它的形状。

爱洛斯　正是这样，主上。

安东尼　爱洛斯，我的好小子，你的主帅也不过是这样一块浮云；现在我还是一个好好的安东尼，可是我却保不住自己的形体，我的小子。我为了埃及兴起一次次的战争；当我的心还属于我自己的时候，它曾经气吞百万之众，可是我让女王占有了它，我以为她的心也已经被我占有，现在我才知道她的心不是属于我的；她，爱洛斯，竟和凯撒暗中勾结，用诡计毁坏我的荣誉，使敌人得到了胜利。不，不要哭，善良的爱洛斯；我们还留着我们自己，可以替自己找个结局呢。

玛狄恩上。

安东尼　啊，你那万恶的女主人！她已把我的权柄偷去了。

玛狄恩 不，安东尼，我那娘娘是爱你的；她的命运和你的命运是完全结合在一起的。

安东尼 滚开，放肆的阉人；闭住你的嘴！她欺骗了我，我不能饶她活命。

玛狄恩 人只能死一次，一死也就一了百了。你所要干的事，她早已替你干好；她最后所说的一句话是“安东尼！最尊贵的安东尼”。在一声惨痛的呻吟之中，她喊出了安东尼的名字，一半在她的嘴唇上，一半还留在她的心里。她的呼吸停止了，你的名字也就埋葬在她的胸中。

安东尼 那么她死了吗？

玛狄恩 死了。

安东尼 把战铠脱下吧，爱洛斯；永昼的工作已经完毕，我们现在该去睡了。（向玛狄恩）你送来这样的消息，还让你留着活命回去，已是给你最大的酬劳了；去。（玛狄恩下）脱下来；埃阿斯的七层的盾牌，也挡不住我心头所受的打击。啊，碎裂了吧，我的胸膛！心啊，使出你所有的力量来，把你这脆弱的胸膛爆破了吧！赶快，爱洛斯，赶快。我不再是一个军人了；残破的甲片啊，去吧；你们从前也是立过功劳的。暂时离开我一会儿。（爱洛斯下）我要追上你，克莉奥佩特拉，流着泪请求你宽恕。我只能这样做，因为我余下的生命只剩下痛苦。火炬既然已经熄灭，还是静静地躺下来，不要深入迷途了。一切的辛勤徒然毁坏了自己所成就的事业；纵然有盖世的威力，免不了英雄末路的悲哀；从此一切撒手，也可以省下多少麻烦。爱洛斯！——我来了，我的女王！——爱洛斯！——等一等我。在灵魂们偃息在花朵上的乐园之内，我们将要携手相亲，用我们快活的神情引起幽灵们的注目；狄多和她的埃涅阿斯将不再有人随从，到处都是我们遨游的地方。来，爱洛斯！爱洛斯！

爱洛斯重上。

爱洛斯 主上有什么吩咐?

安东尼 克莉奥佩特拉死了，我却还在这样重大的耻辱之中偷生于人世，天神都在憎恶我的卑劣了。我曾经用我的剑宰割世界，驾着无敌的战舰建立海上的城市；可是她已经用一死告诉我们的凯撒，“我是我自己的征服者”了，我难道连一个女人的志气也没有吗？爱洛斯，你我曾经有约在先，到了形势危急的关头，当我看见我自己将要在敌人手里遭受无可避免的凌辱的时候，我一发出命令，你就必须立刻把我杀死；现在这个时刻已经到了，履行你的义务吧。其实你并不是杀死我，而是击败了凯撒。不要吓得这样脸色发白。

爱洛斯 天神阻止我！帕提亚人充满敌意的矢镝不曾射中您的身体，难道我却必须下这样的毒手吗?

安东尼 爱洛斯，你愿意坐在罗马的窗前，看着你的主人交叉着两臂，俯下了他的伏罪的颈项，带着满面的羞惭走过，他的前面的车子上坐着幸运的凯撒，把卑辱的烙印加在他的俘虏的身上吗?

爱洛斯 我不愿看见这种情形。

安东尼 那么来，我必须忍受些微的痛苦，解脱终身的耻辱。把你那柄曾经为国家立过功劳的剑拔出来吧。

爱洛斯 啊，主上！原谅我！

安东尼 我当初使你获得自由的时候，你不是曾经向我发誓，我叫你怎样做你就怎样做吗？赶快动手，否则你过去的勤劳，都是毫无目的的了。拔出剑来，来。

爱洛斯 那么请您转过脸去，让我看不见那为全世界所崇拜瞻仰的容颜。

安东尼 你瞧！（转身背对爱洛斯）

爱洛斯 我的剑已经拔出了。

安东尼 那么让它赶快执行它的使命吧。

爱洛斯 我亲爱的主人，我的元帅，我的皇上，在我没有刺这残酷的一剑以前，允许我向您道别。

安东尼 很好，朋友；再会吧。

爱洛斯 再会吧，伟大的主帅！我现在就动手吗？

安东尼 现在，爱洛斯。

爱洛斯 那么好，我这样免去了安东尼的死所给我的悲哀了。（自杀）

安东尼 比我勇敢三倍的义士啊！壮烈的爱洛斯啊，你把我所应该做而你所不能做的事教会我了。我的女王和爱洛斯已经用他们英勇的示范占了我的先着；可是我要像一个新郎似的奔赴死亡，正像登上恋人的卧床一样。来；爱洛斯，你的主人临死时候却是你的学生，你教给我怎样死去。（伏剑倒地）怎么！没有死？没有死？喂，卫士！啊！帮我快一点死去！

德西塔斯及众卫士上。

卫士甲 什么声音？

安东尼 朋友们，我把事情搞砸了；啊！请你们替我完成我的工作吧。

卫士乙 大星陨落了！

卫士甲 时间停止了！

众卫士 唉，伤心！

安东尼 哪一个爱我的，把我杀死了吧。

卫士甲 我不能下这样的手。

卫士乙 我也不能。

卫士丙 谁也下不了这样的手。（众卫士下）

德西塔斯 你手下的人看见你国破身亡。全都走散了。我只要把这柄剑拿去献给凯撒，再把这样的消息告诉他，就可以成为我的进身之阶。

狄俄墨得斯上。

狄俄墨得斯　安东尼在什么地方？

德西塔斯　那边，狄俄墨得斯，那边。

狄俄墨得斯　他活着吗？你怎么不回答我，朋友？（德西塔斯下）

安东尼　是你吗，狄俄墨得斯？拔出你的剑来，把我刺死了吧。

狄俄墨得斯　最尊严的主上，我们娘娘克莉奥佩特拉叫我来看你。

安东尼　她什么时候叫你来的？

狄俄墨得斯　现在，我的主。

安东尼　她在什么地方？

狄俄墨得斯　关闭在陵墓里。她早就害怕会有这种事情发生；她因为看见您疑心她和凯撒有勾结——其实是完全没有这回事的——没有法子平息您的恼怒，所以才叫人来告诉您她死了；可是她又怕这一个消息会引起不幸，所以又叫我来向您说明事实的真相；我怕我来得太迟了。

安东尼　太迟了，好狄俄墨得斯。请你叫我的卫士来。

狄俄墨得斯　喂，喂！皇上的卫士呢？喂，卫士们！来，你们的主帅叫你们哪！

安东尼的卫士四五人上。

安东尼　好朋友们，把我抬到克莉奥佩特拉的所在去；这是我最后命令你们做的事了。

卫士甲　唉，唉！主上，您手下还有几个人是始终跟随着您的。

众卫士　最不幸的日子！

安东尼　不，我的好朋友们，不要用你们的悲哀使冷酷的命运在暗中窃笑；我们应该用泰然的态度，报复命运加于我们的凌辱。把我抬起来；一向总是我带领着你们，现在我却要劳你们抬着我走了，谢谢你们。（众抬安东尼同下）

第十三场　同前。陵墓

克莉奥佩特拉率查米恩、伊拉丝及侍女等于高处上。

克莉奥佩特拉　啊，查米恩！我一辈子都不再离开这里了。

查米恩　不要伤心，好娘娘。

克莉奥佩特拉　不，我怎么不伤心？一切奇怪可怕的事情都是受欢迎的，我就是不要安慰；我们的不幸有多么大，我们的悲哀也该有多么大。

狄俄墨得斯于下方上。

克莉奥佩特拉　怎么！他死了吗？

狄俄墨得斯　死神的手已经降在他身上，可是他还没有死。从陵墓的那一边望出去，您就可以看见他的卫士正在把他抬到这儿来啦。

卫士等抬安东尼于下方上。

克莉奥佩特拉　太阳啊，把你广大的天宇烧起来吧！人间的巨星已经消殒它的光芒了。啊，安东尼，安东尼，安东尼！帮帮我，查米恩，帮帮我，伊拉丝，帮帮我；下面的各位朋友！大家帮帮忙，把他抬到这儿来。

安东尼　静些！不是凯撒的勇敢推倒了安东尼，是安东尼战胜了他自己。

克莉奥佩特拉　是的，只有安东尼能够征服安东尼；可是苦啊！

安东尼　我要死了，女王，我要死了；我只请求死神宽假片刻的时间，让我把最后的一吻放在你的唇上。

克莉奥佩特拉　我不敢，亲爱的——我的亲爱的主，恕我——我不敢，我怕他们把我捉去。我决不让全胜而归的凯撒把我作为向人夸耀的战利品；要是刀剑有锋刃，药物有灵，毒蛇有刺，我决不会落在他们的手里；你那眼光温柔、神气冷静的妻子奥克泰维娅永远没有机会在我的面前表现她的端庄贤淑。可是来，来，安东尼——帮助我，我的姑娘们——我们必须把你抬上来。帮帮忙，好朋友们。

安东尼　啊！快些，否则我就要去了。

克莉奥佩特拉　嗳哟！我的主是多么的重！我们的力量都已变成重量了，所以才如此沉重。要是我有天后朱诺的神力，我一定要叫羽翼坚劲的墨丘利负着你上来，把你放在乔武的身旁。可是只有呆子才存着这种无聊的愿望。上来点儿了。啊！来，来，来；（众举安东尼上至克莉奥佩特拉前）欢迎，欢迎！死在你曾经生活过的地方；要是我的嘴唇能够给你生命，我愿意把它吻到枯焦。

众　人　伤心的景象！

安东尼　我要死了，女王，我要死了；给我喝一点酒，让我再说几句话。

克莉奥佩特拉　不，让我说；让我高声咒骂那司命运的婆子，惹得她摔破她的轮子。

安东尼　一句话，亲爱的女王。你可以要求凯撒保护你生命的安全，可是不要让他玷污了你的荣誉。啊！

克莉奥佩特拉　生命和荣誉是不能两全的。

安东尼　亲爱的，听我说；凯撒左右的人，除了普洛丘里厄斯以外，你谁也不要相信。

克莉奥佩特拉 我不相信凯撒左右的人；我只相信自己的决心和自己的手。

安东尼 我的厄运已经到达它的终点，不要哀哭也不要悲伤；当你思念我的时候，请你想到我往日的光荣；你应该安慰你自己，因为我曾经是全世界最伟大、最高贵的君王，因为我现在堂堂而死，并没有怯懦地向我的同国之人抛下我的战盔；我是一个罗马人，英勇地死在一个罗马人的手里。现在我的灵魂要离我而去；我不能再说下去了。

克莉奥佩特拉 最高贵的人，你死了吗？你把我抛弃不顾了吗？这寂寞的世上没有了你，就像个猪圈一样，叫我怎么活下去呢？啊！瞧，我的姑娘们，（安东尼死）大地消失它的冠冕了！我的主！啊！战士的花圈枯萎了，军人的大旗摧倒了；剩下在这世上的，现在只有一群无知的儿女；杰出的英雄已经不在人间，月光照射之下，再也没有值得注目的人物了。（晕倒）

查米恩 啊，冷静些，娘娘！

伊拉丝 她也死了，我们的女王！

查米恩 娘娘！

伊拉丝 娘娘！

查米恩 啊，娘娘，娘娘，娘娘！

伊拉丝 陛下！陛下！

查米恩 冷静些，伊拉丝！

克莉奥佩特拉 什么都没有了，我只是一个平凡的女人，平凡的感情支配着我，正像支配着一个挤牛奶、做贱工的婢女一样。我应该向不仁的神明怒掷我的御杖，告诉他们当他们没有偷去我们的珍宝的时候，我们这世界是可以和他们的天国互相媲美的。如今一切都只是空虚无聊；忍着像傻瓜，不忍着又像疯狗。

那么在死神还不敢侵犯我们以前，就奔进了幽秘的死窟，是不是罪恶呢？怎么啦，我的姑娘们？唉，唉！高兴点儿吧！嗳哟，怎么啦，查米恩！我的好孩子们！啊，姑娘们，姑娘们，瞧！我们的灯熄了，它暗下去了，各位好朋友，提起勇气来；——我们要埋葬他，一切依照最庄严、最高贵的罗马的仪式，让死神乐于带我们同去。来，走吧；容纳着那样一颗伟大的灵魂的躯壳现在已经冰冷了；啊，姑娘们，姑娘们！我们没有朋友，只有视死如归的决心。（同下；安东尼尸身由上方抬下）

第五幕

第一场　亚历山大里亚。凯撒营地

凯撒、阿格立巴、道拉培拉、茂西那斯、盖勒斯、普洛丘里厄斯及余人等上。

凯　撒　道拉培拉，你去对他说，叫他赶快投降；他已经屡战屡败，不必再出丑了。

道拉培拉　凯撒，遵命。（下）

德西塔斯持安东尼佩剑上。

凯　撒　为什么拿了这柄剑来？你是什么人，这样大胆，竟敢闯到我们的面前？

德西塔斯　我的名字叫做德西塔斯；我是安东尼手下的人，当他叱咤风云的时候，他是我的最好的主人，我愿意为了刈除他的敌人而捐弃我的生命。要是现在你肯收容我，我也会像尽忠于他一样尽忠于你；不然的话，就请你把我杀死。

凯　撒　你说什么？

德西塔斯　我说，凯撒啊，安东尼死了。

凯　撒　这样一个重大的消息，应该用雷鸣一样的巨声爆发出来；地球受到这样的震动，山林中的猛狮都要奔到市街上，城市里的居民反而藏匿在野兽的巢穴里。安东尼的死不是一个人的没落，半个世界也跟着他的名字同归于尽了。

德西塔斯　他死了，凯撒；执法的官吏没有把他宣判死刑，受人雇佣的刺客也没有把他加害，是他那曾经创造了许多丰功伟绩、留下不朽的光荣的手，凭着他的心所借给它的勇气，亲自用剑贯穿了自己的心胸。这就是我从他的伤口拔下来的剑，瞧它上面沾着他的最高贵的血液。

凯　撒　你们都现出悲哀的脸色吗，朋友们？天神在责备我，可是这样的消息是可以使君王们眼睛里洋溢着热泪的。

阿格立巴　真是不可思议，我们的天性使我们不能不悔恨我们抱着最坚强的决意所进行的行动。

茂西那斯　他的毁誉在他身上是难分高下的。

阿格立巴　从未有过这样罕见的人才操纵过人类的命运；可是神啊，你们一定要给我们一些缺点，才使我们成为人类。凯撒受到感动了。

茂西那斯　当这样一面广大的镜子放在他面前的时候，他不能不看见他自己。

凯　撒　安东尼啊！我已经追逼得你到了这样一个结局；我们的血脉里都注射着致命的毒液，今天倘不是我看见你的没落，就得让你看见我的死亡；在这整个世界之上，我们是无法并立的。可是让我用真诚的血泪哀恸你——你、我的同伴、我的一切事业的竞争者、我的帝国的分治者、战阵上的朋友和同志、我的身体的股肱、激发我的思想的心灵，我要向你发出由衷的哀悼，因为我们那不可调和的命运，引导我们到了这样分裂的路上。听我说，好朋友们——

一埃及人上。

凯　撒　我再慢慢告诉你们吧。这家伙脸上的神气，好像要来报告什么重要的事情似的；我们要听听他有什么话说。你是哪儿来的？

埃及人　我是一个卑微的埃及人。我家女王幽居在她的陵墓里，这是现在唯一属于她所有的地方，她想要知道你预备把她怎样处置，好让她自己有个准备。

凯　撒　请她宽心吧；我们不久就要派人去问候她，她就可以知道我们已经决定了给她怎样尊崇而优厚的待遇；因为凯撒绝不是一个冷酷无情的人。

埃及人　愿神明保佑你！（下）

凯　撒　过来，普洛丘里厄斯。你去对她说，我们一点没有羞辱她的意思；好好安慰安慰她，免得她自寻短见，反倒使我们落一场空；因为我们要是能够把她活活地带回罗马去，那才是我们永久的胜利。去，尽快回来，把她所说的话和你所看见的她的情形告诉我。

普洛丘里厄斯　凯撒，我就去。（下）

凯　撒　盖勒斯，你也跟他一道去。（盖勒斯下）道拉培拉呢？我要叫他帮助普洛丘里厄斯传达我的旨意。

阿格立巴、茂西那斯　道拉培拉！

凯　撒　让他去吧，我现在想起了我刚才叫他干一件事去了；他大概一会儿就回来。跟我到我的帐里来，我要让你们看看我是多么不愿意牵扯进这一场战争中间；虽然在戎马倥偬的当儿，我在给他的信中仍然是多么心平气和。跟我来，看看我在信中对他是怎样的态度。（同下）

第二场　同前。陵墓

克莉奥佩特拉、查米恩及伊拉丝于高处上。

克莉奥佩特拉 我的孤寂已经开始使我得到了一个更好的生活。做凯撒这样一个人是一件无聊的事；他既然不是命运，他就不过是命运的奴仆，执行着她的意志。干那件结束一切行动的行动，从此不受灾祸变故的侵犯，酣然睡去，不必再靠那同样滋养着乞丐和凯撒的人间烟火活着，那才是最有意义的。

普洛丘里厄斯、盖勒斯及兵士等自下方上。

普洛丘里厄斯 凯撒问候埃及的女王；请你考虑考虑你有些什么要求准备向他提出。

克莉奥佩特拉 你叫什么名字？

普洛丘里厄斯 我的名字是普洛丘里厄斯。

克莉奥佩特拉 安东尼曾经向我提起过你，说你是一个可以信托的人；可是我现在已经用不着信托什么人，也不怕被人欺骗了。你家主人倘若想要有一个女王向他乞讨布施，你必须告诉他，女王是有女王的身份的，她要是向人乞讨，至少也得乞讨一个王国；要是他愿意把他所征服的埃及送给我的儿子，那么为了他把原来属于我自己的东西仍旧赏赐给我的偌大恩惠，我一定满心感激地向他长跪拜谢的。

普洛丘里厄斯 安心吧，您是落在一个宽宏大度的人的手里，什么都不用担忧。您要是有什么意见，尽管向我的主上提出；一切困穷无告的人，都可以沾沐他的深恩厚泽。让我回去向他报告您的臣服的诚意，您就可以知道他是一个多么仁慈的征服者。

克莉奥佩特拉 请你告诉他，我是他的命运的奴仆，我向他献呈他所应得的敬礼。每一小时我都在学习着服从的教训，希望他能够允许我瞻仰他的威容。

普洛丘里厄斯 我愿意照您的话回去报告，好娘娘。宽心吧，因为我知道那造成您目前这一种处境的人，对于您的遭遇是非常同情的。

盖勒斯 你们瞧，把她捉住是一件多么容易的事。（普洛丘里厄斯及二卫士登梯升墓至克莉奥佩特拉后。一部分卫士拔栓开各墓门，发现底层墓室。向普洛丘里厄斯及各卫士）把她好生看守，等凯撒到来发落。（下）

伊拉丝 娘娘！

查米恩 啊，克莉奥佩特拉！你给他们捉住啦，娘娘！

克莉奥佩特拉 快，快，我的好手。（拔出匕首）

普洛丘里厄斯 住手，娘娘，住手！（捉住克莉奥佩特拉手，将匕首夺下）不要干这种对不起您自己的事；您现在并没有被人陷害，却已经得到了解救。

克莉奥佩特拉 什么，死可以替受伤的病犬解除痛苦，难道我却连死的权利也被剥夺了吗？

普洛丘里厄斯 克莉奥佩特拉，不要杀死你自己，辜负了我们主上的一片好心；让人们看他的行事是多么高尚正大吧，要是你死了，他的美德岂不白白埋没了吗？

克莉奥佩特拉 死神啊，你在哪儿？来呀，来！来，来，把一个女王带了去吧，她的价值是抵得上许多婴孩和乞丐的！

普洛丘里厄斯 啊！忍耐点儿，娘娘！

克莉奥佩特拉 先生，我要不食不饮；宁可用闲谈消磨长夜，也不愿睡觉。不管凯撒使出什么手段来，我要摧残这一个易腐的皮囊。你要知道，先生，我并不愿意带着镣铐，在你家主人的庭前做一个待命的囚人，或是受那阴沉的奥克泰维娅的冷眼的嗔视。难道我要让他们把我悬吊起来，受那敌意的罗马的下贱民众的鼓噪怒骂吗？我宁愿葬身在埃及的沟壑里；我宁愿赤裸了身体，躺在尼罗河的湿泥上，让水蝇在我身上下卵，使我生蛆而腐烂；我宁愿铁链套在我的颈上，让高高的金字塔作为我的绞架！

普洛丘里厄斯 您想得太可怕了，凯撒绝不会这样对待您的。

道拉培拉上。

道拉培拉 普洛丘里厄斯，你所做的事，你的主人凯撒已经知道了，他叫你去；女王归我看守。

普洛丘里厄斯 道拉培拉，那再好没有了；对她客气点儿。（向克莉奥佩特拉）您要是有什么话要对凯撒说，我可以替您转达。

克莉奥佩特拉 你去说，我要死。（普洛丘里厄斯及兵士等下）

道拉培拉 最尊贵的女王，您有没有听说过我的名字？

克莉奥佩特拉 我不知道。

道拉培拉 您一定知道我的。

克莉奥佩特拉 先生，我听见什么、知道什么，都没有关系。当孩子和女人们把他们的梦讲给你听的时候，你不是只会取笑他们吗？

道拉培拉 我不懂您的意思，娘娘。

克莉奥佩特拉 我梦见有一个安东尼皇帝；啊！但愿我再有这样一次睡眠，让我再看见这人一次！

道拉培拉 请您听我说——

克莉奥佩特拉 他的脸就像青天一样，上面有两轮循环运转的日月，照耀着这一个小小的地球。

道拉培拉 最尊贵的女王——

克莉奥佩特拉 他的两足横跨海洋；他的高举的臂膀罩临大地；他在对朋友说话的时候，他的声音有如谐和的天乐，可是当他发怒的时候，就会像雷霆一样震撼整个宇宙。他的慷慨是没有冬天的，那是一个收获不尽的丰年；他的欢悦有如长鲸泳浮于碧海之上；戴着王冠宝冕的君主在他左右追随服役，国土和岛屿是一枚枚从他衣袋里掉下来的金钱。

道拉培拉　克莉奥佩特拉——

克莉奥佩特拉　你想想过去和将来，会不会有像我梦见的这样一个人？

道拉培拉　好娘娘，这样的人是没有的。

克莉奥佩特拉　你说的全然是欺罔神听的谎话。然而世上要是果然有这样一个人，他的伟大一定超过所有的梦想；造化虽然不能抗衡想象的瑰奇，可是凭着想象描画出一个安东尼来，那幻影是无论如何要在实体之前黯然失色的。

道拉培拉　听我说，好娘娘。您遭到这样重大的不幸，您的坚忍的毅力是和您的悲哀相称的。要是您的痛苦不曾在我心头引起同情的反响，但愿我永远没有功成名遂的一天。

克莉奥佩特拉　谢谢你，先生。你知道凯撒预备把我怎样处置吗？

道拉培拉　我不愿告诉您我所希望您知道的事。

克莉奥佩特拉　不，先生，请你说——

道拉培拉　他虽然是一个可尊敬的人——

克莉奥佩特拉　他要把我当作一个俘虏带回去炫耀他的凯旋吗？

道拉培拉　娘娘，他会这样干的；我知道他的为人。（内呼声："让开！凯撒来了！"）

凯撒、盖勒斯、普洛丘里厄斯、茂西那斯、塞琉克斯及侍从等上。

凯　撒　哪一位是埃及的女王？

道拉培拉　娘娘，这位便是皇上。（克莉奥佩特拉跪）

凯　撒　起来，你不用下跪。请起来吧，埃及的女王。

克莉奥佩特拉 陛下，这是神明的意思；我必须服从我的主人。

凯　撒 一切不必介意；你加于我们的伤害，虽然铭刻在我们的肌肤之上，但对于我们的记忆来说，只不过是稍纵即逝的插曲。

克莉奥佩特拉 全世界唯一的主人，我没有话可以替我自己辩白，可是我承认我也像一般女人一样，在我的身上具备着许多可耻的女性的弱点。

凯　撒 克莉奥佩特拉，你要知道，我们对于你总是宽大的，决不用苛刻的手段使你难堪，只要你顺从我的意志，你就会知道这一次的变化是对你有益的。可是假如你想效法安东尼的例子，使我蒙上残暴的恶名，那么你将要失去我的善意，你的孩子们都将不免一死，否则我是很愿意保障他们的安全的。我走了。

克莉奥佩特拉 愿全世界都拜服您的广大的权力；整个大地都是属于您的；我们是您的胜利的标帜，您可以把我们随便悬挂在什么地方。这儿，我的主。

凯　撒 你必须帮助我考虑怎样处置克莉奥佩特拉的办法。

克莉奥佩特拉 （呈手卷）这是登记着我所有的金钱珠宝的清单，一切都按照正确的估计载明价值，不值钱的琐细的东西不在其内。塞琉克斯呢？

塞琉克斯 有，娘娘。

克莉奥佩特拉 这是我的司库；我的主，请您问问他，我有没有为我自己留下什么；要是他所言不实，请治他以应得之罪。老实说吧，塞琉克斯。

塞琉克斯 娘娘，我宁愿闭住我的嘴唇，不愿说一句和事实不符的话。

克莉奥佩特拉 我藏起了什么？

塞琉克斯 您所藏起的珍宝的价值，可以抵得过您所呈献出来的一切。

凯 撒 不必脸红，克莉奥佩特拉，我佩服你这件事干得聪明。

克莉奥佩特拉 瞧！凯撒！啊，瞧，有权有势的人多么被人趋附；我的人现在都变成您的人啦；要是我们易地相处，您的人也会变成我的人的。这个塞琉克斯如此没有良心，真叫人切齿痛恨。啊，奴才！你这跟买卖的爱情一样靠不住的家伙！什么！你想逃走吗？好，凭你躲到哪儿去，我要抓住你的眼珠，即使它们会长出翅膀飞走。奴才，没有灵魂的恶人，狗！啊，卑鄙不堪的东西！

凯 撒 好女王，看在我的面子上，请息怒吧。

克莉奥佩特拉 啊，凯撒！今天多蒙你降尊纡贵，辱临我这柔弱无用的人，谁知道我自己的仆人竟会存着这样狠毒的居心，当面给人如此难堪的羞辱！好凯撒，假如说，我替自己保留了一些女人家的玩意儿，一些不重要的小东西，像我们平常送给泛泛之交的那一类饰物；假如说，我还另外藏起一些预备送给莉维娅和奥克泰维娅的比较值钱的纪念品，因为希望她们替我说两句好话；是不是我必须向一个被我豢养的人禀报明白？神啊！这是一个比国破家亡更痛心的打击。（向塞琉克斯）请你离开这里，否则我要从命运的冷灰里，燃起我的愤怒的余烬了。你若还是一个人，你应该同情我的。

凯 撒 走开，塞琉克斯。（塞琉克斯下）

克莉奥佩特拉 我们掌握大权的时候，往往因为别人的过失而担负世间的指责；可是我们失势以后，却谁也不把别人的功德归在我们身上，而对我们表示善意的同情。

凯 撒 克莉奥佩特拉，不论是你所私藏的或是献纳的珍宝，我都没有把它们作为战利品而加以没收的意思；它们永远是属于你的，你可以把它们随意处分。相信我，凯撒不是一个唯利是图的商人，会跟人家争夺一些商人手里的货品，所以你安心吧，不要把你自己拘囚在你的忧思之中；不要这样，亲爱的女王，因为我们在决定把你怎样处置以前，还要先征求你自己的意见。吃得饱饱的，睡得好好的；我们对你非常关切而同情，你应该始终把我当作你的朋友。好，再见。

克莉奥佩特拉　我的主人和君王！

凯　撒　不要这样。再见。（喇叭奏花腔。凯撒率侍从下）

克莉奥佩特拉　他用好听的话骗我，姑娘们，他用好听的话骗我，使我不能做一个光明正大的人。可是你听我说，查米恩。（向查米恩耳语）

伊拉丝　完了，好娘娘；光明的白昼已经过去，剩给我们的只有黑暗了。

克莉奥佩特拉　你赶快再去一次；我已经说过，那东西早预备好了；你去催促一下。

查米恩　娘娘，我就去。

道拉培拉重上。

道拉培拉　女王在什么地方？

查米恩　瞧，先生。（下）

克莉奥佩特拉　道拉培拉！

道拉培拉　娘娘，我已经宣誓向您掬献我的忠诚，所以我要来禀告您这一个消息；凯撒准备取道叙利亚回国，在这三天之内，他要先把您和您的孩子们遣送就道。请您自己决定应付的办法，我总算已经履行您的旨意和我的诺言了。

克莉奥佩特拉　道拉培拉，我永远感激你的恩德。

道拉培拉　我是您的永远的仆人。再会，好女王；我必须侍候凯撒去。

克莉奥佩特拉　再会，谢谢你。（道拉培拉下）伊拉丝，你看怎么样？你，一个埃及的木偶人，将要在罗马被众人观览，正像我一样；那些操着百工贱役的奴才们，披着油腻的围裙，拿着木尺斧锤，将要把我们高举起来，让大家都能看见；他们浓重腥臭的呼吸将要包围着我们，使我们不得不咽下他们那股难闻的气息。

伊拉丝　天神保佑不要让这种事发生！

克莉奥佩特拉　不，那是免不了的，伊拉丝。放肆的卫士们将要像追逐娼妓一样追逐我们；歌功颂德的诗人们将要用荒腔走韵的谣曲吟咏我们；俏皮的喜剧伶人们将要把我们编成即兴的戏剧，扮演我们亚历山大里亚的欢宴。安东尼将要以一个醉汉的姿态登场，而我将要看见一个逼尖了喉音的男童穿着克莉奥佩特拉的冠服卖弄着淫妇的风情。

伊拉丝　神啊！

克莉奥佩特拉　那是免不了的。

伊拉丝　我决不让我的眼睛看见这种事情；因为我相信我的指爪比我的眼睛更强。

克莉奥佩特拉　那才是一个有志气的办法，叫他们白白准备了一场，让他们看不见他们荒谬的梦想得逞。

查米恩重上。

克莉奥佩特拉　啊，查米恩，来，我的姑娘们，替我穿上女王的装束；去把我最华丽的衣裳拿来；我要再到昔特纳斯河去和玛克·安东尼相会。伊拉丝，去。现在，好查米恩，我们必须快点；等你侍候我穿扮完毕以后，我就放你一直玩到世界的末日。把我的王冠和一切全都拿来。（伊拉丝下；内喧声）是什么声音？

一卫士上。

卫　士　有一个乡下人一定要求见陛下；他给您送无花果来了。

克莉奥佩特拉　让他进来。（卫士下）一件高贵的行动，却会完成在一个卑微的人的手里！他给我送自由来了。我的决心已经打定，我的全身不再有一点女人的柔弱；现在我从头到脚，都像大理石一般坚定；现在我的心情再也不像月亮一般变幻无常了。

卫士率小丑持篮重上。

卫　士　就是这个人。

克莉奥佩特拉　出去，把他留在这儿。（卫士下）你有没有把那能够致人于死命而毫无痛苦的那种尼罗河里的可爱的虫儿捉来？

小　丑　不瞒您说，捉是捉来了；可是我希望您千万不要碰它，因为它咬起人来谁都没有命的，给它咬死的人，难得有活过来的，简直没有一个人活得过来。

克莉奥佩特拉　你记得有什么人给它咬死吗？

小　丑　多得很呐，男的女的都有。昨天我还听说有一个人这样死了；是一个很老实的女人，可是她也会撒几句谎，一个老实的女人是可以撒几句谎的，她就是给它咬死的，死得才惨哩。不瞒您说，她把这条虫儿怎样咬她的情形活灵活现地全讲给人家听啦；不过她们的话也不是完全可以相信的。总而言之，这是一条古怪的虫，这可是没有错的。

克莉奥佩特拉　你去吧；再会！

小　丑　但愿这条虫儿能给您极大的快乐！（将篮放下）

克莉奥佩特拉　再会！

小　丑　您可要记着，这条虫儿可是会咬人的。

克莉奥佩特拉　好，好，再会！

小　丑　你还要留心，千万别把这条虫儿交给一个笨头笨脑的人；因为这是一条不怀好意的虫。

克莉奥佩特拉　你不必担忧，我们留心着就是了。

小　丑　很好。请您不用给它吃什么东西，因为它是不值得养活的。

克莉奥佩特拉　它会不会吃我?

小　丑　您不要以为我是那么蠢，我也知道就是魔鬼也不会吃女人的，我知道女人是天神的爱宠，要是魔鬼没有把她弄坏。可是不瞒您说，这些婊子生的魔鬼老爱跟天神捣蛋，天神造下来的女人，十个中间倒有五个是给魔鬼弄坏了的。

克莉奥佩特拉　好，你去吧；再会!

小　丑　是，是；我希望这条虫儿能给您快乐!（下）

伊拉丝捧冠服等上。

克莉奥佩特拉　把我的衣服给我，替我把王冠戴上；我心里怀着永生的渴望；埃及葡萄的芳醇从此再也不会沾润我的嘴唇。快点，快点，好伊拉丝；赶快。我仿佛听见安东尼的呼唤；我看见他站起来，夸奖我壮烈的行动；我听见他在嘲笑凯撒的幸运；我的夫，我来了。但愿我的勇气为我证明我可以无愧做你的妻子！我是火，我是风；我身上其余的原素，让它们随着污浊的皮囊同归于腐朽吧。你们好了吗？那么来，接受我嘴唇上最后的温暖。再会，善良的查米恩、伊拉丝，永别了！（吻查米恩、伊拉丝，伊拉丝倒地死）难道我的嘴唇上也有毒蛇的汁液吗？你倒下了吗？要是你这样轻轻地就和生命分离，那么死神的刺击正像情人手下的一捻，虽然疼痛，却是心甘情愿的。你静静地躺着不动了吗？要是你就这样死了，你分明告诉世人，死生之际，连告别也是多余的。

查米恩　溶解吧，密密的乌云，化成雨点落下来吧；这样我就可以说，天神也伤心得流起眼泪来了。

克莉奥佩特拉 我不应该这样卑劣地留恋着人间；要是她先遇见了鬈发的安东尼，他一定会向她问起我；她将要得到他的第一个吻，夺去我天堂中无上的快乐。来，你杀人的毒物，（自篮中取小蛇置胸前）用你的利齿咬断这一个生命的葛藤吧；可怜的蠢东西，张开你的怒口，赶快完成你的使命。啊！但愿你能够说话，让我听你称那伟大的凯撒为一头愚蠢的驴子。

查米恩 东方的明星啊！

克莉奥佩特拉 静，静！你没有见我的孩子正在我的胸前吮吸乳汁，使我安然睡去吗？

查米恩 啊，我的心碎了！啊，我的心碎了！

克莉奥佩特拉 像香膏一样甜蜜，像微风一样温柔——啊，安东尼！——让我把你也拿起来。（取另一蛇置臂上）我还有什么好留恋呢——（死）

查米恩 在这万恶的世间？再会吧！现在，死神，你可以夸耀了，一个绝世的佳人已经为你所占有。软绵绵的窗户啊，关上了吧；闪耀着金光的福玻斯再也看不见这样一双华贵的眼睛！你的王冠歪了，让我替你戴正，然后我也可以去了。

众卫士疾趋上。

卫士甲 女王在什么地方？

查米恩 说话轻一些，不要惊醒她。

卫士甲 凯撒已经差了人来——

查米恩 来得太迟了。（取一蛇置胸前）啊！快点，快点；我已经有点觉得了。

卫士甲 喂，过来！事情不大对；凯撒受了骗啦。

卫士乙 凯撒差来的道拉培拉就在外边；叫他来。

卫士甲 这儿出了什么事啦！查米恩，这算是你们干的好事吗？

查米恩 干得很好，一个世代冠冕的王家之女是应该堂堂而死的。啊，军人！（死）

道拉培拉上。

道拉培拉 这儿发生了什么事啦？

卫士乙 都死了。

道拉培拉 凯撒，你也曾想到她们会采取这种惊人的行动，虽然你想竭力阻止她们，她们毕竟做出来给你看了。（内呼声，“让开！凯撒来了！”）

凯撒率全体扈从重上。

道拉培拉 啊！主上，您真是未卜先知；您的担忧果然成为事实了。

凯　撒 她最后终究显出了无比的勇敢；她推翻了我们的计划，为了她自身的尊严，决定了她自己应该走的路。她们是怎样死的？我没有看见她们流血。

道拉培拉 什么人最后跟她们在一起？

卫士甲 一个送无花果来的愚蠢的乡人；这就是他的篮子。

凯　撒 那么一定是服了毒啦。

卫士甲 啊，凯撒！这查米恩刚才还活着；她还站着说话；我看见她在替她已死的女王整饬那头上的王冠；她的身子发抖，她站立不稳，接着就突然倒在地上。

凯　撒 啊，英勇的柔弱！她们要是服了毒药，她们的身体一定会发肿；可是瞧她好像睡去一般，似乎在她温柔而有力的最后挣扎之中，她还要捉住另一个安东尼的样子。

道拉培拉 在她的胸前这儿有一道血痕，还有一个小小的裂口；在她的臂上也是这样。

卫士甲 这是蛇咬过的痕迹；这些无花果叶上还有粘土，正像在尼罗河沿岸那些蛇洞边所长的叶子一样。

凯　撒　她多半是这样死去的；因为她的侍医告诉我，她曾经访求无数易死的秘方。抬起她的眠床来；把她的侍女抬下陵墓。她将要和她的安东尼同穴而葬；世上再也不会有第二座坟墓怀抱着这样一双著名的情侣。像这样重大的事件，亲手造成的人也不能不深深感动；他们这一段悲惨的历史，成就了一个人的光荣，可是也赢得了世间无限的同情。我们的军队将要用隆重庄严的仪式参加他们的葬礼，然后再回到罗马去。来，道拉培拉，我们对于这一次饰终盛典，必须保持非常整肃的秩序。（同下）

莎士比亚悲剧（下）

［英］威廉·莎士比亚◎著　朱生豪◎译

吉林出版集团股份有限公司

哈姆莱特

Ha Mu Lai Te

剧中人物

克劳狄斯　丹麦国王

哈姆莱特　前王之子，今王之侄

福丁布拉斯　挪威王子

霍拉旭　哈姆莱特之友

波洛涅斯　御前大臣

雷欧提斯　波洛涅斯之子

伏提曼德、**考尼律斯**、**罗森格兰兹**、**吉尔登斯吞**、**奥斯里克**　朝臣

待　臣

教　士

马西勒斯、**勃那多**　军官

弗兰西斯科　兵士

雷奈尔多　波洛涅斯之仆

上　尉

英国使臣

众伶人

二小丑　掘坟墓者

格特鲁德　丹麦王后，哈姆莱特之母

奥菲利娅　波洛涅斯之女

贵族、贵妇、军官、兵士、教士、水手、使者及侍从等

哈姆莱特父亲的鬼魂

地　点

丹麦京城　艾尔西诺

第一幕

第一场　艾尔西诺。城堡前的露台

弗兰西斯科立露台上守望。勃那多从他对面走上来。

勃那多　那边是谁？

弗兰西斯科　不，你先回答我；站住，告诉我你是什么人。

勃那多　国王万岁！

弗兰西斯科　勃那多吗？

勃那多　正是。

弗兰西斯科　你来得很准时。

勃那多　现在已经打过十二点钟；你去睡吧，弗兰西斯科。

弗兰西斯科　谢谢你来替我；天冷得厉害，我心里也老大不舒服。

勃那多　你守在这儿，一切都很安静吗？

弗兰西斯科　一只小老鼠也不见走动。

勃那多　好，晚安！要是你碰见霍拉旭和马西勒斯，我的守夜的伙伴们，就叫他们赶紧点来。

弗兰西斯科　我想我听见他们的声音了。喂，站住！谁在哪儿？

霍拉旭及马西勒斯上。

霍拉旭 都是自己人。

马西勒斯 丹麦王的臣民。

弗兰西斯科 祝你们晚安！

马西勒斯 啊！再会，正直的军人！谁替了你？

弗兰西斯科 勃那多接我的班。祝你们晚安！（下）

马西勒斯 喂！勃那多！

勃那多 喂——啊！霍拉旭也来了吗？

霍拉旭 他是来了。

勃那多 欢迎，霍拉旭！欢迎，好马西勒斯！

马西勒斯 什么！这东西今晚又出现过了吗？

勃那多 我还没有瞧见什么。

马西勒斯 霍拉旭说那不过是我们的幻想，我告诉他我们已经两次看见过这个可怕的怪象，他总是不肯相信；所以我请他今晚也来陪我们守一夜，要是这鬼魂再出来，就可以证明我们并没有看错，还可以叫他和它说几句话。

霍拉旭 嘿，嘿，它不会出现的。

勃那多 先请坐下；虽然你一定不肯相信我们的故事，我们还是要把我们这两夜来所看见的情形再向您絮叨一遍。

霍拉旭 好，我们坐下来，听听勃那多怎么说。

勃那多 昨天晚上，当北斗西面的那颗星开始移动到它现在吐射光辉的地方时，时钟刚敲了一点，马西勒斯跟我两个人——

马西勒斯 住声！不要说下去；瞧，它又来了！

鬼魂上。

勃那多 正像已故的国王的模样。

马西勒斯 您是有学问的人，去和它说话，霍拉旭。

勃那多 它的样子不像已故的国王吗？看，霍拉旭。

霍拉旭 像得很；它使我心里充满了恐怖和惊奇。

勃那多 它希望我们对它说话。

马西勒斯 您去问它，霍拉旭。

霍拉旭 你是什么鬼怪，胆敢僭窃丹麦先王出征时的神武的雄姿，在这样深夜的时分出现？凭着上天的名义，我命令你说话！

马西勒斯 它生气了。

勃那多 瞧，它昂然不顾地走开了！

霍拉旭 不要走！说呀，说呀！我命令你，快说！（鬼魂下）

马西勒斯 它走了，不愿回答我们。

勃那多 怎么，霍拉旭！您在发抖，您的脸色这样惨白。这不是幻觉吧？您有什么高见？

霍拉旭 凭上帝起誓，倘不是我自己的眼睛向我证明，我再也不会相信这样的怪事。

马西勒斯 它不像我们的国王吗？

霍拉旭 正如你像你自己一样。它身上的那副战铠，就是他讨伐野心的挪威王的时候所穿的；它脸上的那副怒容，活像他有一次在谈判破裂以后把那些乘雪橇的波兰人打倒在冰上时的神气。怪事怪事！

马西勒斯 前两次它也是这样不早不晚地在这个静寂的时辰，用军人的步态走过我们的眼前。

霍拉旭 我不知道究竟应该怎样想；可是大概推测起来，这恐怕预兆着我们国内将要有一番非常的变故。

马西勒斯 好吧，坐下来。谁要是知道的，请告诉我，为什么我们要有这样森严的戒备，使全国的军民每夜不得安息；为什么每天都在制造铜炮，还要向国外购买战具；为什么征集大批造船匠日夜赶工，连星期日也不停止工作；这样夜以继日地辛苦忙碌，究竟为了什么？谁能告诉我？

霍拉旭 我可以告诉你；至少一般人都是这样传说。刚才他的形象还向我们出现的那位已故的王上，你们知道，曾经接受骄矜好胜的挪威的福丁布拉斯的挑战；在那一次决斗中间，我们的勇武的哈姆莱特，——他的英名是举世称颂的——把福丁布拉斯杀死了；按照双方根据法律和骑士精神所订立的协定，福丁布拉斯要是战败了，除了他自己的生命以外，必须把他所有的一切土地拨归胜利的一方；同时我们的王上也提出相当的土地作为赌注，要是福丁布拉斯得胜了，那哈姆莱特的土地也就归他所有，正像在同一协定上所规定的，他失败了，哈姆莱特可以把他的土地没收一样。现在要说起那位福丁布拉斯的儿子，他生得一副未经锤炼的烈火也似的性格，在挪威四境召集了一群无赖之徒，供给他们衣食，驱策他们去干冒险的勾当。他的唯一的目的，我们的当局看得很清楚，无非是要用武力和强迫性的条件，夺回他父亲所丧失的土地。照我所知道的，这就是我们种种准备的主要动机，我们这样戒备的唯一原因，也是全国所以这样慌忙骚乱的缘故。

勃那多 我想正是为了这个缘故。我们那位王上在过去和目前的战乱中间，都是一个主要的角色，所以无怪他的武装的形象要向我们出现示警了。

霍拉旭 那是扰乱我们心灵之眼的一点微尘。从前在富强繁盛的罗马，当那雄才大略的裘力斯·凯撒遇害以前不久，披着殓衾的死人都从坟墓里出来，在街道上啾啾鬼语，星辰拖着火尾，露水带血，太阳变色，支配潮汐的月亮被吞蚀得像一个没有起色的病人；这一类预报重大变故的征兆，在我们国内的上上下下也已经屡次出现了。可是别作声！瞧！瞧！它又来了！

鬼魂重上。

霍拉旭　我要挡住它的去路，即使它会害我。不要走，鬼魂！要是你会开口，对我说话吧；要是我有可以为你效劳之处，使你的灵魂得到安息，那么对我说话吧；要是你预知祖国的命运，靠着你的指示，也许可以及时避免未来的灾祸，那么对我说话吧；或者你在生前曾经把你搜刮得来的财宝埋藏在地下，我听见人家说，鬼魂往往在他们藏金的地方徘徊不散，（鸡啼）要是有这样的事，你也对我说吧；不要走，说呀！拦住它，马西勒斯。

马西勒斯　要不要我用我的戟刺它？

霍拉旭　好的，要是它不肯站定。

勃那多　它在这儿！

霍拉旭　它在这儿！（鬼魂下）

马西勒斯　它走了！我们不该用暴力对待这样一个尊严的亡魂；因为它是像空气一样不可侵害的，我们无益的打击不过是恶意的徒劳。

勃那多　它正要说话的时候，鸡就啼了。

霍拉旭　于是它就像一个罪犯听到了可怕的召唤似的惊跳起来。我听人家说，报晓的雄鸡用它高锐的啼声，唤醒了白昼之神，一听到它的警告，那些在海里、火里、地下、空中到处浪游的有罪的灵魂，就一个个钻回各自的巢穴里去；这句话现在已经证实了。

马西勒斯　那鬼魂正是在鸡鸣的时候隐去。有人说，在我们每次欢庆救世主诞生前不久，这报晓的鸟儿总会彻夜长鸣；那时候，他们说，没有一个鬼魂可以出外行走，夜间的空气非常清净，没有一颗星用毒光射人，没有一个神仙用法术迷人，妖巫的符咒也失去了力量，一切都是圣洁而美好的。

霍拉旭 我也听人家这样说过，倒有几分相信。可是瞧，清晨披着赤褐色的外衣，已经踏着那边东方高山上的露水走过来了。我们也可以下岗了。照我的意思，我们应该把我们今夜看见的事情告诉年轻的哈姆莱特；因为凭着我的生命起誓，这一个鬼魂虽然对我们不发一言，见了他一定有话要说。你们以为按着我们的交情和责任说起来，是不是应当让他知道这件事情？

马西勒斯 很好，我们决定去告诉他吧；我知道今天早上在什么地方最容易找到他。（同下）

第二场 城堡中的大厅

国王、王后、哈姆莱特、波洛涅斯、雷欧提斯、伏提曼德、考尼律斯、群臣、侍从等上。

国　王 虽然我们亲爱的王兄哈姆莱特新丧未久，我们的心里应当充满了悲痛，我们全国都应当表示一致的哀悼，可是我们凛于后死者责任的重大，不能不违情逆性，一方面固然要用适度的悲哀纪念他，一方面也要为自身的利害着想；所以，在一种悲喜交集的情绪之下，让幸福和忧郁分据了我的两眼，殡葬的挽歌和结婚的笙乐同时并奏，用盛大的喜乐抵消沉重的不幸，我已经和我旧日的长嫂，当今的王后，这一个多战之国的共同的统治者，结为夫妇；这一次婚姻事先曾经征求各位的意见，多承你们诚意的赞助，这是我必须向大家致谢的。现在我要告诉你们知道，年轻的福丁布拉斯看轻了我们的实力，也许他以为自从我们亲爱的王兄驾崩以后，我们的国家已经瓦解，所以挟着他的从中取利的梦想，不断向我们书面要求把他的父亲依法割让给我们英勇的王兄的土地归还。这是他一方面的话。现在要讲到我们的态度和今天召集各位来此的目的。我们的对策是这样的：我这儿已经写好了一封信给挪威国王，年轻的福丁布拉斯的叔父——他因为卧病在床，不曾与闻他侄子的企图——在信里我请他注意他的侄子擅自在国内征募壮丁，训练士卒，积极进行各种准备的事实，要求他从速制止他的进一步的行动；现在我就派遣你，考尼律斯，还有你，伏提曼德，替我把这封信送给挪威老王，除了训令上所规定的条件以外，你们不得僭用你们的权力与挪威成立逾越范围的妥协。你们赶紧去吧，再会！

考尼律斯、伏提曼德　我们定当尽力执行陛下的旨意。

国　王　我相信你们的忠心；再会！（*伏提曼德、考尼律斯同下*）现在，雷欧提斯，您有什么话说？您对我说您有一个请求：是什么请求，雷欧提斯？只要是合理的事情，您向丹麦王说了，他总不会不答应您。您有什么要求，雷欧提斯，不是您未开口我就自动许给了您吧？丹麦王室和您父亲的关系，正像头脑之于心灵一样密切；丹麦国王乐意为您父亲效劳，正像双手乐于为嘴效劳一样。您要些什么，雷欧提斯？

雷欧提斯　陛下，我要请求您允许我回到法国去。这一次我回国参加陛下加冕的盛典，略尽臣子的微忱，实在是莫大的荣幸；可是现在我的任务已尽，我的心愿又向法国飞驰，但求陛下开恩允准。

国　王　您父亲已经答应您了吗？波洛涅斯怎么说？

波洛涅斯　陛下，我推却不过他几次三番的恳求，已经勉强答应他了；请陛下放他去吧。

国　王　好好利用你的时间，雷欧提斯，尽情发挥你的才能吧！可是，来，我的侄儿哈姆莱特，我的孩子——

哈姆莱特　（*旁白*）超乎寻常的亲族，漠不相干的路人。

国　王　为什么愁云依旧笼罩在你的身上？

哈姆莱特　不，陛下；我已经在太阳里晒得太久了。

王　后　好哈姆莱特，抛开你阴郁的心情吧，对你的父王应该和颜悦色一点；不要老是垂下眼皮，在泥土之中找寻你的高贵的父亲。你知道这是一件很普通的事情，活着的人谁都要死去，从人世踏进永久的宁静。

哈姆莱特　嗯，母亲，这是一件很普通的事情。

王　后　既然是很普通的，那么你为什么瞧上去好像老是这样郁郁于心呢？

哈姆莱特　“好像”，母亲！不，是这样就是这样，我不知道什么“好像”不“好像”。好妈妈，我的墨黑的外套、礼俗上规定的丧服、勉强吐出来的叹气、像滚滚江流一样的眼泪、悲苦沮丧的脸色以及一切仪式、外表和忧伤的流露，都不能表示出我的真实的情绪。这些才真是给人瞧的，因为谁也可以做作成这种样子。它们不过是悲哀的装饰和衣服；可是我的郁结的心事却是无法表现出来的。

国　王　哈姆莱特，你这样孝思不匮，原是你天性中纯笃过人之处；可是你要知道，你的父亲也曾失去过一个父亲，那失去的父亲自己也失去过父亲；那后死的儿子为了尽他的孝道，必须有一个时期服丧守制，然而固执不变的哀伤，却是一种逆天悖理的愚行，不是堂堂男子所应有的行为；它表现出一个不肯安于天命的意志，一个经不起艰难痛苦的心，一个缺少忍耐的头脑和一个简单愚昧的理性。既然我们知道那是无可避免的事，无论谁都要遭遇到同样的经验，那么我们为什么要这样固执地把它介介于怀呢？嘿！那是对上天的罪戾，对死者的罪戾，也是违反人情的罪戾；在理智上它是完全荒谬的，因为从第一个死了的父亲起，直到今天死去的最后一个父亲为止，理智永远在呼喊，“这是无可避免的。”我请你抛弃了这种无益的悲伤，把我当作你的父亲；因为我要让全世界知道，你是王位的直接的继承者，我要给你的尊荣和恩宠，不亚于一个最慈爱的父亲之于他的儿子。至于你要回到威登堡去继续求学的意思，那是完全违反我们的愿望的；请你听从我的劝告，不要离开这里，在朝廷上领袖群臣，做我们最亲近的国亲和王子，使我们因为每天能看见你而感到欢欣。

王　后　不要让你母亲的祈求全归无用，哈姆莱特；请你不要离开我们，不要到威登堡去。

哈姆莱特　我将要勉力服从您的意志，母亲。

国　王　啊，那才是一句有孝心的答复；你将在丹麦享有和我同等的尊荣。御妻，来。哈姆莱特这一种自动的顺从使我非常高兴；为了表示庆祝，今天丹麦王每一次举杯祝饮的时候，都要放一响高入云霄的祝炮，让上天应和着地上的雷鸣，发出欢乐的回声。来。（除哈姆莱特外均下）

哈姆莱特　啊，但愿这一个太坚实的肉体会融解、消散，化成一堆露水！或者那永生的真神未曾制定禁止自杀的律法！上帝啊！上帝啊！人世间的一切在我看来是多么可厌、陈腐、乏味而无聊！哼！哼！那是一个荒芜不治的花园，长满了恶毒的莠草。想不到居然会有这种事情！刚死了两个月！不，两个月还不满！这样好的一个国王，比起当前这个来，简直是天神和丑怪；那样爱我的母亲，甚至于不愿让天风吹痛了她的脸。天地呀！我必须记着吗？嘿，她会偎倚在他的身旁，好像吃了美味的食物，格外促进了食欲一般；可是，只有一个月的时间，我不能再想下去了！脆弱啊，你的名字就是女人！短短的一个月以前，她哭得像个泪人儿似的，送我那可怜的父亲下葬；她在送葬的时候所穿的那双鞋子还没有破旧，她就，她就——上帝啊！一头没有理性的畜生也要悲伤得长久一些——她就嫁给我的叔父，我的父亲的弟弟，可是他一点不像我的父亲，正像我一点不像赫剌克勒斯一样。只有一个月的时间，她那流着虚伪之泪的眼睛还没有消去它们的红肿，她就嫁了人了。啊，罪恶的匆促，这样迫不及待地钻进了乱伦的衾被！那不是好事，也不会有好结果；可是碎了吧，我的心，因为我必须噤住我的嘴！

霍拉旭、马西勒斯、勃那多同上。

霍拉旭 祝福，殿下！

哈姆莱特 我很高兴看见你身体健康，霍拉旭，真的是你。

霍拉旭 我也是，殿下；我永远是您的卑微的仆人。

哈姆莱特 不，你是我的好朋友；我愿意和你朋友相称。你怎么不在威登堡，霍拉旭？马西勒斯！

马西勒斯 殿下——

哈姆莱特 我很高兴看见你。（向勃那多）你好，朋友。——可是你究竟为什么离开威登堡？

霍拉旭 无非是偷闲躲懒罢了，殿下。

哈姆莱特 我不愿听见你的仇敌说这样的话，你也不能用这样的话刺痛我的耳朵，使它相信你对你自己所作的诽谤；我知道你不是一个偷闲躲懒的人。可是你到艾尔西诺来有什么事？趁你未去之前，我们要陪你痛饮几杯哩。

霍拉旭 殿下，我是来参加您的父王的葬礼的。

哈姆莱特 请你不要取笑，我的同学；我想你是来参加我的母后的婚礼的。

霍拉旭 真的，殿下，这两件事情相去得太近了。

哈姆莱特 这是一举两便的方法，霍拉旭！葬礼中剩下来的残羹冷炙，正好宴请婚筵上的宾客。霍拉旭，我宁愿在天上遇见我的最痛恨的仇人，也不愿看到那样的一天！我的父亲，我仿佛看见我的父亲。

霍拉旭 啊，在什么地方，殿下？

哈姆莱特 在我的心灵的眼睛里，霍拉旭。

霍拉旭 我曾经见过他一次；他是一位很好的君王。

哈姆莱特 他是一个堂堂男子；整个说起来，我再也见不到像他那样的人了。

霍拉旭 殿下，我想我昨天晚上看见了他。

哈姆莱特 看见谁？

霍拉旭 殿下，我看见您的父王。

哈姆莱特 我的父王！

霍拉旭 不要吃惊，请您静静地听我把这件奇事告诉您，这两位可以替我作见证。

哈姆莱特 看在上帝的分上，讲给我听。

霍拉旭 这两位朋友，马西勒斯和勃那多，在万籁俱寂的午夜守望的时候，曾经连续两夜看见一个自顶至踵全身甲胄、像您父亲一样的人形，在他们的面前出现，用庄严而缓慢的步伐走过他们的身边。在他们惊奇骇愕的眼前，他三次走过去，手里所握的鞭杖可以碰到他们的身上；他们吓得几乎浑身都瘫痪了，只是呆立着不动，一句话也没有对他说。怀着惴惧的心情，他们把这件事悄悄地告诉了我，我就在第三夜陪着他们一起守望；正像他们所说的一样，那鬼魂又出现了，出现的时间和它的形状，证实了他们的每一个字都是正确的。我认识您的父亲；那鬼魂是那样酷肖他的生前，我这两手也不及他们彼此的相似。

哈姆莱特 可是这是在什么地方？

马西勒斯殿下，就在我们守望的露台上。

哈姆莱特 你们有没有和它说话？

霍拉旭 殿下，我说了，可是它没有回答我；不过有一次我觉得它好像抬起头来，像要开口说话似的，可是就在那时候，晨鸡高声啼了起来，它一听见鸡声，就很快地隐去不见了。

哈姆莱特 这很奇怪。

霍拉旭 凭着我的生命起誓，殿下，这是真的；我们认为按着我们的责任，应该让您知道这件事。

哈姆莱特 不错，不错，朋友们；可是这件事情很使我迷惑。你们今晚仍旧要去守望吗？

马西勒斯、勃那多是，殿下。

哈姆莱特 你们说他穿着甲胄吗？

马西勒斯、勃那多是，殿下。

哈姆莱特 从头到脚？

马西勒斯、勃那多从头到脚，殿下。

哈姆莱特 那么你们没有看见他的脸吗？

霍拉旭 啊，看见的，殿下；他的脸甲是掀起的。

哈姆莱特 怎么，他瞧上去像在发怒吗？

霍拉旭 他的脸上悲哀多于愤怒。

哈姆莱特 他的脸色是惨白的还是红红的？

霍拉旭 非常惨白。

哈姆莱特 他把眼睛注视着你吗？

霍拉旭 他直盯着我瞧。

哈姆莱特 我真希望当时我也在场。

霍拉旭 那一定会使您吃惊万分。

哈姆莱特 多半会的，多半会的。他停留得长久吗？

霍拉旭 大概有一个人用不快不慢的速度从一数到一百的那样长的时间。

马西勒斯、勃那多还要长久一些，还要长久一些。

霍拉旭 我看见他的时候，不过这么久。

哈姆莱特 他的胡须是斑白的吗？

霍拉旭 是的，正像我在他生前看见的那样，乌黑的胡须里略有几根变成白色。

哈姆莱特 我今晚也要守夜去；也许它还会出来。

霍拉旭 我可以担保它一定会出来。

哈姆莱特 要是它借着我的父王的形貌出现，即使地狱张开嘴来，叫我不要作声，我也一定要对它说话。要是你们到现在还没有把你们所看见的告诉别人，那么我要请求你们大家继续保持沉默；无论今夜发生什么事情，都请放在心里，不要在口舌之间泄露出去。我一定会报答你们的忠诚。好，再会；今晚十一点钟到十二点钟之间，我要到露台上来看你们。

众　人 我们愿意为殿下尽忠。

哈姆莱特 让我们彼此保持着不渝的交情；再会！（霍拉旭、马西勒斯、勃那多同下）我父亲的灵魂披着甲胄！事情有些不妙；我想这里面一定有奸人的恶计。但愿黑夜早点到来！静静地等着吧，我的灵魂；罪恶的行为总有一天会发现，虽然地上所有的泥土把它们遮掩。（下）

第三场　波洛涅斯家中一室

雷欧提斯及奥菲利娅上。

雷欧提斯 我需要的物件已经装在船上，再会了，妹妹；在好风给人方便、船只来往无阻的时候，不要贪睡，让我听见你的消息。

奥菲利娅 你还不相信我吗？

雷欧提斯 对于哈姆莱特和他的调情献媚，你必须把它认作年轻人一时的感情冲动，一朵初春的紫罗兰早熟而易凋，馥郁而不能持久，一分钟的芬芳和喜悦，如此而已。

奥菲利娅 不过如此吗？

雷欧提斯 不过如此；因为一个人新月般逐渐饱满的成长过

程，不仅是肌肉和体格的成长，而且随着身体的发展，精神和心灵也同时扩大。也许他现在爱你，他的真诚的意志是纯洁而不带欺诈的；可是你必须留心，他有这样高的地位，他的意志并不属于他自己，因为他自己也要被他的血统所支配；他不能像一般庶民一样为自己选择，因为他的决定足以影响到整个国本的安危，他是全身的首脑，他的选择必须得到各部分肢体的同意；所以要是他说，他爱你，你应该小心，应该明白；以他的特殊身份，他要想言行合一，也是决不能越出丹麦国内的公意的范畴的。你再想一想，要是你用过于轻信的耳朵倾听他的歌曲，让他攫走了你的心，在他的狂妄的渎求之下打开了你的宝贵的童贞，那时候你的名誉将要蒙受多大的损失。留心，奥菲利娅，留心，我的亲爱的妹妹，不要放纵你的爱情，不要让欲望的利箭把你射中。一个自爱的女郎，哪怕是向月亮显露她的美貌都算是极端放荡了；圣贤也不能逃避谗口的中伤；春天的草木往往还没有吐放它们的蓓蕾，就被蛀虫蠹蚀；朝露一样晶莹的青春，常常会受到罡风的吹打。所以留心吧，戒惧是最安全的方策；即使没有旁人的诱惑，少年的血气也要向他自己叛变。

奥菲利娅 我将要记住你这段很好的教训，让它看守着我的心。可是，我的好哥哥，你不要像有些坏牧师一样，指点我上天去的险峻的荆棘之途，自己却在花街柳巷流连忘返，忘记了自己的箴言。

雷欧提斯 啊！不要为我担心。我耽搁得太久了；可是父亲来了。

波洛涅斯上。

雷欧提斯 两度的祝福是双倍的福分；第二次的告别是格外可喜的。

波洛涅斯 还在这儿，雷欧提斯！上船去，上船去，真好意思！风息在帆顶上，人家都在等着你哩。好，我为你祝福！还有几句教训，希望你铭刻在记忆之中；不要想到什么就说什么，凡事必须三思而行。对人要和气，可是不要过分狎昵。相知有素的朋友，应该用钢圈箍在你的灵魂上，可是不要对每一个泛泛的新知滥施你的交情。留心避免和人家争吵；可是万一争端已起，就应该让对方知道你不是可以轻侮的。倾听每一个人的意见，可是只对极少数人发表你的看法；接受每一个人的批评，可是保留你自己的判断。尽你的财力购制贵重的衣服，可是不要炫新立异，必须富丽而不浮艳，因为服装往往可以表现人格；法国的名流要人，就是在这点上显得格外刻意，与众不同。不要向人告贷，也不要借钱给人；因为债款放了出去，往往不但丢了本钱，而且还失去了朋友；向人告贷的结果，是容易养成因循懒惰的习惯。尤其要紧的，你必须对你自己忠实；正像有了白昼才有黑夜一样，对自己忠实，才不会对别人欺诈。再会；愿我的祝福使这一番话在你的行事中奏效！

雷欧提斯 父亲，我告别了。

波洛涅斯 时候不早了；去吧，你的仆人都在等着。

雷欧提斯 再会，奥菲利娅，记住我对你说的话。

奥菲利娅 你的话已经锁在我的记忆里，那钥匙你替我保管着吧。

雷欧提斯 再会！（下）

波洛涅斯 奥菲利娅，他对你说些什么话？

奥菲利娅 回父亲的话，我们刚才谈起哈姆莱特殿下的事情。

波洛涅斯 嗯，这是应该考虑一下的。听说他近来常常跟你在一起，你也从来不拒绝他的求见；要是果然有这种事——人家这样告诉我，也无非是叫我注意的意思——那么我必须对你说，你还没有懂得你做了我的女儿，按照你的身份，应该怎样留心你自己的行动。究竟在你们两人之间有些什么关系？老实告诉我。

奥菲利娅 父亲，他最近曾经屡次向我表示他的爱情。

波洛涅斯 爱情！呸！你讲的话完全像是一个不曾经历过这种危险的不懂事的女孩子。你相信他的那种表示吗？

奥菲利娅 父亲，我不知道我应该怎样想才好。

波洛涅斯 好，让我来教你；你应该这样想，你是一个毛孩子，竟然把这些虚情假意当作了真心的表白。你应该把你的架子抬得更高些，否则——就此打住这个可怜的字眼吧——你会使我献丑成一个十足的傻瓜。

奥菲利娅 父亲，他向我求爱的态度是很光明正大的。

波洛涅斯 唉，那只是态度；由他，由他。

奥菲利娅 而且，父亲，他差不多用尽一切指天誓日的神圣的盟约，证实他的言语。

波洛涅斯 嗯，这些都是捕捉愚蠢的山鹬的圈套。我知道在热情燃烧的时候，一个人无论什么盟誓都会说出口来；这些火焰，女儿，是光多于热的，刚刚说出口就会光消焰灭，你不能把它们当作真火看待。从现在起，你还是少露一些你的女儿家的脸；你应该抬高身价，不要让人家以为你是可以随意呼召的。对于哈姆莱特殿下，你应该这样想，他是个年轻的王子，他比你在行动上有更大的自由。总而言之，奥菲利娅，不要相信他的盟誓，它们不过是诱人出轨的淫媒。正像道貌岸然花言巧语的鸨母，一切只为达到骗人的目的。我的言尽于此，简单一句话，从现在起，我不许你一有空闲就跟哈姆莱特殿下聊天。你留点儿神吧；进去。

奥菲利娅 我一定听从您的话，父亲。（同下）

第四场　露　台

哈姆莱特、霍拉旭及马西勒斯上。

哈姆莱特　风吹得人怪痛的，这天气真冷。

霍拉旭　是很凛冽的寒风。

哈姆莱特　现在什么时候了？

霍拉旭　我想还不到十二点。

马西勒斯　不，已经打过了。

霍拉旭　真的？我没有听见；那么鬼魂出现的时候快要到了。（内喇叭奏花腔及鸣炮声）这是什么意思，殿下？

哈姆莱特　王上今晚大宴群臣，作通宵的醉舞；每次他喝下了一杯葡萄美酒，铜鼓和喇叭便吹打起来，欢祝万寿。

霍拉旭　这是向来的风俗吗？

哈姆莱特　嗯，是的。可是我虽然从小就熟习这种风俗，但在我看来，摈弃倒比遵守它还体面些。这一种酗酒纵乐的风俗，使我们在东西各国受到许多非议；他们称我们为酒徒醉汉，将下流的污名加在我们头上，使我们各项伟大的成就都因此而大为减色。在个人方面也常常是这样，有人因为身体上天生长了一些丑恶的黑痣——这原本不是他们自己的错，因为天性不能由自己选择——或者生来自带某种往往掩盖其宝贵美德的缺点或坏习惯——不管在其余方面他们是如何纯洁，如何具备优良品性，由于那点特殊的缺点也会饱受非议。少量的恶癖足以勾销全部高贵的品质，害得人声名狼藉。

鬼魂上。

霍拉旭　瞧，殿下，它来了！

哈姆莱特　天使保佑我们！不管你是一个善良的灵魂或是万

恶的妖魔，不管你带来了天上的和风或是地狱中的罡风，不管你的来意好坏，因为你的形状是这样引起我的怀疑，我要对你说话；我要叫你哈姆莱特君王，父亲！尊严的丹麦先王，啊，回答我！不要让我在无知的蒙昧里抱恨终天；告诉我为什么你的长眠的骸骨不安墓穴，为什么安葬着你的遗体的坟茔张开它的沉重的大理石的两颚，把你重新吐放出来。你这已死的尸体这样全身甲胄，出现在月光之下，使黑夜变得这样阴森，使我们这些为造化所玩弄的愚人由于不可思议的恐怖而心惊肉跳，究竟是什么意思呢？说，这是为了什么？你要我们怎样？（鬼魂向哈姆莱特招手）

霍拉旭 它招手叫您跟着它去，好像它有什么话要对您一个人说似的。

马西勒斯 瞧，它用很有礼貌的举动，招呼您到一个僻远的所在去；可是别跟它走。

霍拉旭 千万不要跟它去。

哈姆莱特 它不肯说话；我还是跟它去。

霍拉旭 不要去，殿下。

哈姆莱特 嗨，怕什么呢？我把我的生命看得不值一枚针；至于我的灵魂，那是跟它自己同样永生不灭的，它能够加害它吗？它又在招手叫我前去了；我要跟它去。

霍拉旭 殿下，要是它把您诱到潮水里去，或者把您领到下临大海的峻峭的悬崖之巅，在那边它现出了狰狞的面貌，吓得您丧失理智，变成疯狂，那可怎么好呢？您想，无论什么人一到了那样的地方，望着下面千仞的峭壁，听见海水奔腾的怒吼，即使没有别的原因，也会怪念连连的。

哈姆莱特 它还在向我招手。去吧，我跟着你。

马西勒斯 您不能去，殿下。

哈姆莱特 放开你们的手！

霍拉旭 听我们的劝告，不要去。

哈姆莱特 我的运命在高声呼喊，使我全身每一根微细的血管都变得像怒狮的筋骨一样坚硬。（鬼魂招手）它仍旧在招我去。放开我，朋友们；（挣脱二人之手）凭着上天起誓，谁要是拉住我，我要叫他变成一个鬼！走开！去吧，我跟着你。（鬼魂及哈姆莱特同下）

霍拉旭 幻想占据了他的头脑，使他不顾一切。

马西勒斯 让我们跟上去；我们不应该服从他的话。

霍拉旭 那么跟上去吧。这种事情会引出些什么结果来呢？

马西勒斯 丹麦国里恐怕有些不可告人的坏事。

霍拉旭 上帝的旨意支配一切。

马西勒斯 得了，我们还是跟上去吧。（同下）

第五场 露台的另一边

鬼魂及哈姆莱特上。

哈姆莱特 你要领我到什么地方去？说；我不愿再前进了。

鬼　魂 听我说。

哈姆莱特 我在听着。

鬼　魂 我的时间快到了，我必须再回到硫磺的烈火里去受煎熬的痛苦。

哈姆莱特 唉，可怜的亡魂！

鬼　魂 不要可怜我，你只要留心听着我将要告诉你的话。

哈姆莱特 说吧；我自然要听清。

鬼　魂 你听了以后，也自然要替我报仇。

哈姆莱特 什么？

鬼　魂 我是你父亲的灵魂，因为生前孽障未尽，被判在晚间游行地上，白昼忍受火焰的烧灼，必须经过相当的时期，等生前的过失被火焰净化以后，方才可以脱罪。若不是因为我不能违犯禁令，泄露我的狱中的秘密，我可以告诉你一桩事，最轻微的一句话，都可以使你魂飞魄散，使你年轻的血液凝冻成冰，使你的双眼像脱了轨道的星球一样向前突出，使你的纠结的卷发根根分开，像愤怒的豪猪身上的刺毛一样森然耸立；可是这一种永恒的神秘，是不能向血肉的凡耳宣示的。听着，听着，啊，听着！要是你曾经爱过你的亲爱的父亲——

哈姆莱特 上帝啊！

鬼 魂 你必须替他报复那逆伦惨恶的杀身的仇恨。

哈姆莱特 杀身的仇恨！

鬼 魂 杀人是重大的罪恶；可是这一件谋杀的惨案，更是骇人听闻而逆天害理的罪行。

哈姆莱特 赶快告诉我，让我驾着像思想和爱情一样迅速的翅膀，飞去把仇人杀死。

鬼 魂 我的话果然激动了你；要是你听见了这种事情而漠然无动于衷，那你除非比舒散在忘河之滨的蔓草还要冥顽不灵。现在，哈姆莱特，听我说；一般人都以为我在花园里睡觉的时候，一条蛇来把我螫死，这一个虚构的死状，把丹麦全国的人都骗过了；可是你要知道，好孩子，那毒害你父亲的蛇，头上戴着王冠呢。

哈姆莱特 啊，我的预感果然是真的！我的叔父！

鬼 魂 嗯，那个乱伦的奸淫的畜生，他有的是过人的诡诈，天赋的奸恶，凭着他的阴险的手段，诱惑了我的外表上似乎非常贞淑的王后，满足他的无耻的兽欲。啊，哈姆莱特，那是一个多么卑鄙无耻的背叛！我的爱情是那样纯洁真诚，始终信守着我在结婚的时候对她所作的盟誓；她却会对一个天赋的才德远不如我的恶人降心相从！可是正像一个贞洁的女子，虽然淫欲罩上神圣的外表也不能把她煽动一样，一个淫妇虽然和光明的天使为偶，也会有一天厌倦于天上的唱随之乐，而宁愿搂抱人间的朽骨。可是且慢！我仿佛嗅到了清晨的空气；让我把话说得简短一些。当我按照每天午后的惯例，在花园里睡觉的时候，你的叔父乘我不备，悄悄溜了进来，拿着一个盛着毒草汁的小瓶，把一种使人麻痹的药水注入我的耳腔之内，那药性发作起来，会像水银一样很快地流过全身的大小血管，像酸液滴进牛乳一般把淡薄而健全的血液凝结起来；它一进入我的身体，我全身光滑的皮肤上便立刻发生无数疱疹，像害着癞病似的满布着可憎的鳞片。这样，我在睡梦之中，被一个兄弟同时夺去了我的生命、我的王冠和我的王后；甚至于不给我一个忏罪的机会，使我在没有领到圣餐也没有受过临终涂膏礼以前，就一无准备地负着我的全部罪恶去对簿阴曹。可怕啊，可怕！要是你有天性之情，不要默尔而息，不要让丹麦的御寝变成了藏奸养逆的卧榻；可是无论你怎样进行复仇，不要失去理智，更不可对你的母亲有什么不利的图谋，她自会受到上天的裁判和她自己内心中的荆棘的刺戳。现在我必须去了！萤火的微光已经开始暗淡下去，清晨快要到来了；再会，再会！哈姆莱特，记着我。（下）

哈姆莱特 天上的神明啊！地啊！再有什么呢？我还要向地狱呼喊吗？啊，呸！忍着吧，忍着吧，我的心！我的全身的筋骨，不要一下子就变成衰老，支持着我的身体呀！记着你！是的，我可怜的亡魂，当记忆不曾从我这混乱的头脑里消失的时候，我会记着你的。记着你！是的，我要从我的记忆的碑版上拭去一切琐碎愚蠢的记录、一切书本上的格言、一切陈言套语、一切过去的印象、我的少年的阅历所留下的痕迹，只让你的命令留在我的脑筋的书卷里，不搀杂一些下贱的废料；是的，上天为我作证！啊，最恶毒的妇人！啊，奸贼，奸贼，脸上堆着笑的万恶的奸贼！我的记事簿呢？我必须把它记下来；一个人可以尽管满面都是笑，骨子里却是杀人的奸贼；至少我相信在丹麦是这样的。（写字）好，叔父，我把你写下来了。现在我要记下我的誓言，那是，“再会，再会！记着我”。我已经发过誓了。

霍拉旭　（在内）殿下！殿下！

马西勒斯　（在内）哈姆莱特殿下！

霍拉旭　（在内）上天保佑他！

哈姆莱特　但愿如此！

霍拉旭　（在内）喂，呵，呵，殿下！

哈姆莱特　喂，呵，呵，孩儿！来，鸟儿，来。

霍拉旭及马西勒斯上。

马西勒斯　怎样，殿下？

霍拉旭　有什么事，殿下？

哈姆莱特　啊！奇怪！

霍拉旭　好殿下，告诉我们。

哈姆莱特　不，你们会泄露出去的。

霍拉旭　不，殿下，凭着上天起誓，我一定不泄露。

马西勒斯　我也一定不泄露，殿下。

哈姆莱特　那么你们说，哪一个人会想得到有这种事？可是你们能够保守秘密吗？

霍拉旭、马西勒斯　是，上天为我们作证，殿下。

哈姆莱特　全丹麦都找不到有哪一个奸贼不是一个十足的坏人。

霍拉旭　殿下，这样一句话是用不着什么鬼魂从坟墓里出来告诉我们的。

哈姆莱特　啊，对了，你说得有理；所以，我们还是不必多说废话，大家握握手分开了吧。你们可以去照你们自己的意思干你们自己的事——因为各人都有各人的意思和各人的事，这是实际情况——至于我自己，那么我对你们说，我是要祈祷去的。

霍拉旭 殿下，您这些话好像有些疯疯癫癫似的。

哈姆莱特 我的话冒犯了你，真是非常抱歉；是的，我从心底里抱歉。

霍拉旭 哪里，殿下。

哈姆莱特 不，凭着圣伯特力克的名义，霍拉旭，我真的把你得罪得不轻。讲到这一个幽灵，那么让我告诉你们，它是一个老实的亡魂；你们要是想知道它对我说了些什么话，我只好请你们暂时不必动问。现在，好朋友们，你们都是我的朋友，都是学者和军人，请你们允许我一个卑微的要求。

霍拉旭 是什么要求，殿下？我们一定允许您。

哈姆莱特 永远不要把你们今晚所见的事情告诉别人。

霍拉旭、马西勒斯 殿下，我们一定不告诉别人。

哈姆莱特 不，你们必须宣誓。

霍拉旭 凭着良心起誓，殿下，我决不告诉别人。

马西勒斯 凭着良心起誓，殿下，我也决不告诉别人。

哈姆莱特 把手按在我的剑上宣誓。

马西勒斯 殿下，我们已经宣誓过了。

哈姆莱特 那不算，把手按在我的剑上。

鬼　魂 （在台板下）宣誓！

哈姆莱特 啊哈！孩儿！你也这样说吗？你在那儿吗，好家伙？来；你们没听见这个地下面的人怎么说吗？宣誓吧。

霍拉旭 请您教我们怎样宣誓，殿下。

哈姆莱特 永不向人提起你们所看见的这一切。把手按在我的剑上宣誓。

鬼　魂　（在下）宣誓！

哈姆莱特　你还在跟着吗？那么我们换一个地方。过来，朋友们。把你们的手按在我的剑上，宣誓永不向人提起你们所听见的这一切。

鬼　魂　（在下）宣誓！

哈姆莱特　说得好，老鼹鼠！你能够在地底钻得这么快吗？好一个开路的先锋！好朋友们，我们再来换一个地方。

霍拉旭　嗳哟，真是不可思议的怪事！

哈姆莱特　那么你还是用见怪不怪的态度对待它吧。霍拉旭，天地之间有许多事情，是你们的哲学里所没有梦想到的呢。可是，来，上帝的慈悲保佑你们，你们必须再作一次宣誓。我今后也许有时候要故意装出一副疯疯癫癫的样子，你们要是在那时候看见了我的古怪的举动，切不可像这样交叉着手臂，或者这样摇头摆脑的，或者嘴里说一些吞吞吐吐的话，例如“呃，呃，我们知道”，或者“只要我们高兴，我们就可以”，或是“要是我们愿意说出来的话”，或是“有人要是怎么怎么”，诸如此类的含糊其辞的话语，表示你们知道我有些什么秘密；你们必须答应我避免这一类言词，上帝的恩惠和慈悲保佑着你们，宣誓吧。

鬼　魂　（在下）宣誓！（众宣誓）

哈姆莱特　安息吧，安息吧，受难的灵魂！好，朋友们，我以满怀的真情，信赖着你们两位；要是在哈姆莱特的微弱的能力以内，能够有可以向你们表示他的友情之处，上帝在上，我一定不会有负你们。让我们一同进去；请你们记着无论在什么时候都要守口如瓶。这是一个颠倒混乱的时代，唉，倒霉的我却要负起重整乾坤的责任！来，我们一块儿去吧。（同下）

第二幕

第一场　波洛涅斯家中一室

波洛涅斯及家仆雷奈尔多上。

波洛涅斯　把这些钱和这封信交给他，雷奈尔多。

雷奈尔多　是，老爷。

波洛涅斯　好雷奈尔多，你在没有去看他以前，最好先探听探听他的行为。

雷奈尔多　老爷，我本来就有这个意思。

波洛涅斯　很好，很好，好得很。你先给我调查调查有些什么丹麦人在巴黎，他们是干什么的，叫什么名字，有没有钱，住在什么地方，跟哪些人作伴，用度大不大；用这种转弯抹角的方法，要是你打听到他们也认识我的儿子，你就可以更进一步，表示你对他也有相当的认识；你可以这样说："我知道他的父亲和他的朋友，对他也略为有点认识。"你听见没有，雷奈尔多？

雷奈尔多　是，我在留心听着，老爷。

波洛涅斯　"对他也略为有点认识，可是，"你可以说，"不怎么熟悉；不过假如果然是他的话，那么他是个很放浪的人，有些怎样怎样的坏习惯。”说到这里，你就可以随便捏造一些关于他的坏话；当然啰，你不能把他说得太不成样子，那是会损害他的名誉的，这一点你必须注意；可是你不妨举出一些纨绔子弟们所犯的最普通的浪荡的行为。

雷奈尔多 譬如赌钱，老爷。

波洛涅斯 对了，或是喝酒、斗剑、赌咒、吵嘴、嫖妓之类，你都可以说。

雷奈尔多 老爷，那是会损害他的名誉的。

波洛涅斯 不，不，你可以在言语之间说得轻淡一些。你不能说他公然纵欲，那可不是我的意思；可是你要把他的过失讲得那么巧妙，让人家听着好像那不过是行为上的小小的不检，一个性格急躁的公子哥，一个血气方刚的少年的一时胡闹，这没什么大不了。

雷奈尔多 可是老爷——

波洛涅斯 为什么叫你做这种事？

雷奈尔多 是的，老爷，请您告诉我。

波洛涅斯 呃，我的用意是这样的，我相信这必有大益；你这样轻描淡写地说了我儿子的一些坏话，就像你提起一件略有污损的东西似的，听着，要是跟你谈话的那个人，也就是你向他探询的那个人，果然看见过你所说起的那个少年犯了你刚才所列举的那些罪恶，他一定会用这样的话向你表示同意：“好先生——”也许他称你“朋友”，“仁兄”，按照着各人的身份和各国的习惯。

雷奈尔多 很好，老爷。

波洛涅斯 然后他就——他就——我刚才要说一句什么话？嗳哟，我正要说一句什么话；我说到什么地方啦？

雷奈尔多 您刚才说到“用这样的话表示同意”；还有“朋友”或者“仁兄”。

波洛涅斯 说到“用这样的话表示同意”，嗯，对了；他会用这样的话对你表示同意：“我认识这位绅士，昨天我还看见他，或许是前天，或许是什么什么时候，跟什么什么人在一起，正像您所说的，他在什么地方赌钱，在什么地方喝得酩酊大醉，在什么地方因为打网球而跟人家打起架来；”也许他还会说，“我看见他走进什么什么一家生意人家去，”那就是说窑子或是诸如此类的所在。你瞧，你用说谎的钓饵，就可以把事实的真相诱上你的钓钩；我们有智慧、有见识的人，往往用这种旁敲侧击的方法，间接达到我们的目的；你也可以照着我上面所说的那一番话，探听出我的儿子的行为。你懂得我的意思没有？

雷奈尔多 老爷，我懂得。

波洛涅斯 上帝和你同在；再会！

雷奈尔多 那么我去了，老爷。

波洛涅斯 你自己也得留心观察他的举止。

雷奈尔多 是，老爷。

波洛涅斯 叫他用心学习音乐。

雷奈尔多 是，老爷。

波洛涅斯 你去吧！（雷奈尔多下）

奥菲利娅上。

波洛涅斯 啊，奥菲利娅！什么事？

奥菲利娅 嗳哟，父亲，吓死我了！

波洛涅斯 凭着上帝的名义，怕什么？

奥菲利娅 父亲，我正在房间里缝纫的时候，哈姆莱特殿下跑了进来，走到我的面前；他上身的衣服完全没有扣上纽子，头上也不戴帽子，他的袜子上沾着污泥，没有袜带，一直垂到脚踝上；他的脸色像他的衬衫一样白，他的膝盖互相碰撞，他的神气是那样凄惨，好像他刚从地狱里逃出来，要向人讲述地狱的恐怖一样。

波洛涅斯 他因为不能得到你的爱而发疯了吗?

奥菲利娅 父亲，我不知道，可是我想也许是的。

波洛涅斯 他怎么说?

奥菲利娅 他握住我的手腕紧紧不放，拉直了手臂向后退立，用他的另一只手这样遮在他的额角上，一眼不眨地瞧着我的脸，好像要把它临摹下来似的。这样经过了好久的时间，然后他轻轻地摇动一下我的手臂，他的头上上下下点了三次，于是他发出一声非常惨痛而深长的叹息，好像他的整个的胸部都要爆裂，他的生命就在这一声叹息中间完毕似的。然后他放松了我，转过他的身体，他的头还是向后回顾，好像他不用眼睛的帮助也能够找到他的路，因为直到他走出了门外，他的两眼还是注视在我的身上。

波洛涅斯 跟我来；我要见王上去。这正是恋爱不遂的疯狂；一个人受到这种剧烈的刺激，什么不顾一切的事情都会干得出来。我真后悔。怎么，你最近对他说过什么使他难堪的话没有?

奥菲利娅 没有，父亲，可是我已经遵从您的命令，拒绝他的来信，并且不允许他来见我。

波洛涅斯 这就是使他疯狂的原因。我很后悔当时考虑不周，看错了人。我以为他不过把你玩弄玩弄，恐怕贻误你的终身；可是我不该这样多疑！正像年轻人干起事来，往往不知道瞻前顾后一样，我们这种上了年纪的人，总是免不了忧思过虑。来，我们见王上去。这种事情是不能蒙蔽起来的，要是隐讳不报，也许会闹出乱子来，那会比直言受责严重得多。来。（同下）

第二场　城堡中一室

国王、王后、罗森格兰兹、吉尔登斯吞及侍从等上。

国　王　欢迎，亲爱的罗森格兰兹和吉尔登斯吞！这次匆匆召请你们两位前来，一方面是因为我非常思念你们，一方面也是因为我有需要你们帮忙的地方。你们大概已经听到哈姆莱特的变化；我把它称为变化，因为无论在外表上或是精神上，他已经和从前大不相同。除了他父亲的死以外，究竟还有些什么原因，把他激成了这种疯疯癫癫的样子，我实在无从猜测。你们从小便跟他在一起长大，素来知道他的脾气，所以我特地请你们到我们宫廷里来盘桓几天，陪伴陪伴他，替他解解愁闷，同时乘机窥探他究竟有些什么秘密的心事，为我们所不知道的，也许一旦公开之后，我们就可以替他对症下药。

王　后　他常常讲起你们两位，我相信世上没有哪两个人比你们更为他所亲信了。你们要是不嫌怠慢，答应在我们这儿小作逗留，帮助我们实现我们的希望，那么你们的盛情雅意，一定会受到丹麦王室隆重的礼谢的。

罗森格兰兹　我们是两位陛下的臣子，两位陛下有什么旨意，尽管命令我们；像这样言重的话，倒使我们置身无地了。

吉尔登斯吞　我们愿意投身在两位陛下的足下，两位陛下无论有什么命令，我们都愿意尽力奉行。

国　王　谢谢你们，罗森格兰兹和善良的吉尔登斯吞。

王　后　谢谢你们，吉尔登斯吞和善良的罗森格兰兹。现在我就要请你们立刻去看看我的大大变了样子的儿子。来人，领这两位绅士到哈姆莱特的地方去。

吉尔登斯吞　但愿上天保佑，使我们能够得到他的欢心，帮助他恢复常态！

王　后　阿门！（罗森格兰兹、吉尔登斯吞及若干侍从下）

波洛涅斯上。

波洛涅斯　启禀陛下，我们派往挪威去的两位钦使已经喜气洋洋地回来了。

国　王　您总是带着好消息来报告我们。

波洛涅斯　真的吗，陛下？不瞒陛下说，我把我对于我的上帝和我的宽仁厚德的王上的责任，看得跟我的灵魂一样重呢。此外，倘若我的脑筋没有出岔子的话，我猜想我已经发现了哈姆莱特发疯的原因。

国　王　啊！您说吧，我急着要听呢。

波洛涅斯　请陛下先接见了钦使；我的消息留作盛筵过后的茶点谈资吧。

国　王　那么有劳您去迎接他们进来。（波洛涅斯下）我的亲爱的格特鲁德，他对我说他已经发现了你的儿子心神不定的原因。

王　后　我想主要的原因还是他父亲的死和我们过于迅速的结婚。

国　王　好，等我们仔细问问。

波洛涅斯率伏提曼德及考尼律斯重上。

国　王　欢迎，我的好朋友们！伏提曼德，我们的挪威王兄怎么说？

伏提曼德　他叫我们向陛下转达他的友好的问候。他听到了我们的要求，就立刻传谕他的侄儿停止征兵；本来他以为这种举动是准备对付波兰人的，可是一经调查，才知道它的对象原来是陛下；他知道此事以后，痛心自己因为年老多病，受人欺罔，震怒之下，传令把福丁布拉斯逮捕；福丁布拉斯并未反抗，受到了挪威王一番申斥，最后就在他的叔父面前立誓决不兴兵侵犯陛下。老王看见他诚心悔过，非常欢喜，当下就给他三千克朗的年俸，并且委任他统率他所征募的那些兵士，去向波兰人征伐；同时他叫我把这封信呈上陛下，（以书信呈上）请求陛下允许他的军队借道通过陛下的领土，他已经在信里提出若干条件，保证决不扰乱地方的安宁。

国　王　这样很好，等我们有空的时候，还要仔细考虑一下，然后答复。你们远道跋涉，不辱使命，很是劳苦了，先去休息休息，今天晚上我们还要在一起欢宴。欢迎你们回来！（伏提曼德、考尼律斯同下）

波洛涅斯　这件事情总算圆满结束了。王上，娘娘，要是我向你们长篇大论地解释君上的尊严，臣下的名分，白昼何以为白昼，黑夜何以为黑夜，时间何以为时间，那不过徒然浪费了昼夜时间；所以，既然简洁是智慧的灵魂，冗长是肤浅的藻饰，我还是把话说得简单一些吧。你们的那位殿下是疯了；我说他疯了，因为假如要说明什么才是真疯，那就只有认为他这叫发疯，此外还有什么可说的呢？可是那也不用说了。

王　后　多谈些实际，少弄些玄虚。

波洛涅斯　娘娘，我发誓我一点不弄玄虚。他疯了，这是真的；唯其是真的，所以才可叹，它的可叹也是真的——蠢话少说，因为我不愿弄玄虚。好，让我们同意他已经疯了；现在我们就应该求出这一个结果的原因，或者不如说，这一种病态的原因，因为这个病态的结果不是无因而至的，这就是我们现在要做的一步工作。我们来想一想吧。我有一个女儿——当她还不过是我的女儿的时候，她是属于我的——难得她一片孝心，把这封信给了我；现在，请猜一猜这里面说些什么话。（读信）“给那天仙化人的、我的灵魂的偶像，最艳丽的奥菲利娅——”这是一个粗俗的说法，下流的说法；“艳丽”两字用得非常下流；可是请听下去吧；“让这几行诗句留下在她的皎洁的胸中——”

王　后　这是哈姆莱特写给她的吗？

波洛涅斯　好娘娘，等一等，听我接着念：（读信）

“你可以疑心星星是火把；

你可以疑心太阳会移转；

你可以疑心真理是谎话；

可是我的爱永没有改变。

亲爱的奥菲利娅啊！我的诗写得太坏。我不会用诗句来抒写我的愁怀；可是相信我，最好的人儿啊！我最爱的是你。再会！最亲爱的小姐，只要我一息尚存，我就永远是你的，哈姆莱特。”这一封信是我的女儿出于孝顺之心拿来给我看的；此外，她又把他一次次求爱的情形，在什么时候，用什么方法，在什么所在，全都讲给我听了。

国　王　可是她对于他的爱情抱着怎样的态度呢？

波洛涅斯　陛下以为我是怎样的一个人？

国　王　一个忠心正直的人。

波洛涅斯　但愿我能够证明自己是这样一个人。可是假如我看见这场热烈的恋爱正在进行——不瞒陛下说，我在我的女儿没有告诉我以前，早已看出来了——假如我知道有了这么一回事，却在暗中玉成他们的好事，或者故意视若无睹，假作痴聋，一切不闻不问，那时候陛下的心里觉得怎样？我的好娘娘，您这位王后陛下的心里又觉得怎样？不，我一点儿也不敢懈怠我的责任，立刻就对我那位小姐说：“哈姆莱特殿下是一位王子，不是你可以仰望的；这种事情不能让它继续下去。”于是我把她教训一番，叫她深居简出，不许和他见面，不要接纳他的来使，也不要收受他的礼物；她听了这番话，就照着我的意思实行起来。说来话短，他遭到拒绝以后，心里就郁郁不快，于是饭也吃不下了，觉也睡不着了，他的身体一天憔悴一天，他的精神一天恍惚一天，这样一步步发展下去，就变成现在他这一种为我们大家所悲痛的疯狂。

国　王　你想是这个原因吗？

王　后　这是很可能的。

波洛涅斯　我倒很想知道知道，哪一次我曾经肯定地说过了“这件事情是这样的”，而结果却并不这样？

国　王　照我所知道的，那倒没有。

波洛涅斯　要是我说错了话，把这个东西从这上面拿下来吧。（指自己的头及肩）只要有线索可寻，我总会找出事实的真相，即使那真相一直藏在地球的中心。

国　王　我们怎么可以进一步试验试验？

波洛涅斯　您知道，有时候他会接连几个钟头在这儿走廊里踱来踱去。

王　后　他真的常常这样踱来踱去。

波洛涅斯　趁他踱来踱去的时候，我就让我的女儿去见他，我们可以躲在帏幕后面注视他们相会的情形；要是他不爱她，他的理智不是因为恋爱而丧失，那么不要叫我襄理国家的政务，让我去做个耕田赶牲口的农夫吧。

国　王　我们要试一试。

王　后　可是瞧，这可怜的孩子忧忧愁愁地念着一本书来了。

波洛涅斯　请陛下和娘娘避一避；让我上去招呼他。（国王、王后及侍从等下）

哈姆莱特读书上。

波洛涅斯　啊，恕我冒昧。您好，哈姆莱特殿下？

哈姆莱特　呃，上帝怜悯世人！

波洛涅斯 您认识我吗，殿下？

哈姆莱特 认识认识，你是一个卖鱼的贩子。

波洛涅斯 我不是，殿下。

哈姆莱特 那么我但愿你是一个和鱼贩子一样的老实人。

波洛涅斯 老实，殿下！

哈姆莱特 嗯，先生；在这世上，一万个人中间只不过有一个老实人。

波洛涅斯 这句话说得很对，殿下。

哈姆莱特 要是太阳能在一条死狗身上孵育蛆虫，因为它是一块可亲吻的臭肉——您有一个女儿吗？

波洛涅斯 我有，殿下。

哈姆莱特 不要让她在太阳光底下行走；怀孕是某种幸福，但是如果您女儿怀了孕，那可不好。朋友，留心哪。

波洛涅斯 （*旁白*）你们瞧，他念念不忘地提我的女儿；可是最初他不认识我，他说我是一个卖鱼的贩子。他的疯病已经很深了，很深了。说句老实话，我在年轻的时候，为了恋爱也曾大发其疯，那样子也跟他差不多哩。让我再去对他说话。——您在读些什么，殿下？

哈姆莱特 都是些空话，空话，空话。

波洛涅斯 讲的是什么事，殿下？

哈姆莱特 谁同谁？

波洛涅斯 我是说，您读的书里讲到些什么事，殿下。

哈姆莱特 一派诽谤，先生；这个专爱把人讥笑的坏蛋在这儿说着，老年人长着灰白的胡须，他们的脸上满是皱纹，他们的眼睛里粘满了眼屎，他们的头脑是空空洞洞的，他们的两腿是摇摇摆摆的；这些话，先生，虽然我十分相信，可是照这样写在书上，总有些有伤厚道；因为就是拿您先生自己来说，要是您能够像一只蟹一样向后倒退，那么您也应该跟我一样年轻了。

波洛涅斯 （*旁白*）这些虽然是疯话，却有深意在内。——您要出去吹风吗，殿下？

哈姆莱特 我要进我的坟墓。

波洛涅斯 那倒真是个避风地方。（*旁白*）他的回答有时候是多么深刻！疯狂的人往往能够说出理智清明的人所说不出来的话。我要离开他，立刻就去想法让他跟我的女儿见面。——殿下，我要向您告别了。

哈姆莱特 先生，那是再好没有的事；但愿我也能够向我的生命告别，但愿我也能够向我的生命告别，但愿我也能够向我的生命告别。

波洛涅斯 再会，殿下。

哈姆莱特 这些讨厌的老傻瓜！

罗森格兰兹及吉尔登斯吞重上。

波洛涅斯 你们要找哈姆莱特殿下，那儿就是。

罗森格兰兹 上帝保佑您，大人！（*波洛涅斯下*）

吉尔登斯吞 我的尊贵的殿下！

罗森格兰兹 我的最亲爱的殿下！

哈姆莱特 我的好朋友们！您好，吉尔登斯吞？啊，罗森格兰兹！好孩子们，你们两人都好？

罗森格兰兹 不过像一般庸庸碌碌之辈，在这世上虚度时光而已。

吉尔登斯吞 无荣无辱便是我们的幸福；我们不可能成为命运女神帽子上的钮扣。

哈姆莱特 也不会是她的鞋底吗？

罗森格兰兹 正是，殿下。

哈姆莱特 那么你们是在她的腰上，或是在她的怀抱之中吗？

吉尔登斯吞　说老实话，我们是在她的私处。

哈姆莱特　在命运身上秘密的那部分吗？啊，对了；她本来是一个娼妓。你们听到什么消息没有？

罗森格兰兹　没有，殿下，我们只知道这世界变得老实起来了。

哈姆莱特　那么世界末日快到了；可是你们的消息是假的。让我再仔细问问你们；我的好朋友们，你们在命运手里犯了什么案子，她把你们送到这儿牢狱里来了？

吉尔登斯吞　牢狱，殿下！

哈姆莱特　丹麦是一所牢狱。

罗森格兰兹　那么世界也是一所牢狱。

哈姆莱特　一所很大的牢狱，里面有许多监房、囚室、地牢；丹麦是其中最坏的一间。

罗森格兰兹　我们倒不这样想，殿下。

哈姆莱特　啊，那么对于你们它并不是牢狱；因为世上的事情本来没有善恶，都是各人的思想把它们分别出来的；对于我它是一所牢狱。

罗森格兰兹　啊，那是因为您的雄心太大，丹麦是个狭小的地方，不够给您发展，所以您把它看成一所牢狱啦。

哈姆莱特　上帝啊！倘不是因为我有了一个噩梦，那么即使把我关在一个果壳里，我也会把自己当作一个拥有着无限空间的君王的。

吉尔登斯吞　那种恶梦便是您的野心；因为野心家本身的存在，也不过是一个梦的影子。

哈姆莱特　一个梦的本身便是一个影子。

罗森格兰兹　不错，因为野心是那么空虚轻浮的东西，所以我认为它不过是影子的影子。

哈姆莱特 那么我们的乞丐是实体，我们的帝王和大言不惭的英雄却是乞丐的影子了。我们进宫去好不好？因为我实在不能陪着你们谈玄说理。

罗森格兰兹、吉尔登斯吞 我们愿意侍候殿下。

哈姆莱特 没有的事，我不愿把你们当作我的仆人一样看待；老实对你们说吧，在我旁边侍候我的人都不如你们忠诚。可是，凭着我们多年的交情，老实告诉我，你们到艾尔西诺来有什么贵干？

罗森格兰兹 我们是来拜访您来的，殿下；没有别的原因。

哈姆莱特 像我这样一个叫花子，我的感谢也是不值钱的，可是我谢谢你们；我想，亲爱的朋友们，你们专诚而来，只换到我的一声不值半文钱的感谢，未免太不值得了。不是有人叫你们来的吗？果然是你们自己的意思吗？真的是自动的访问吗？来，不要骗我。来，来，快说。

吉尔登斯吞 叫我们说些什么话呢，殿下？

哈姆莱特 无论什么话都行，只要不是废话。你们是奉命而来的；瞧你们掩饰不了你们良心上的惭愧，已经从你们的脸色上招认出来了。我知道是我们这位好国王和好王后叫你们来的。

罗森格兰兹 为了什么目的呢，殿下？

哈姆莱特 那可要请你们指教我了。可是凭着我们朋友间的道义，凭着我们少年时候亲密的情谊，凭着我们始终不渝的友好的精神，凭着比其他一切更有力量的理由，让我要求你们开诚布公，告诉我究竟你们是不是奉命而来的？

罗森格兰兹 （*向吉尔登斯吞旁白*）你怎么说？

哈姆莱特 （*旁白*）好，那么我看透你们的行动了。——要是你们爱我，别再抵赖了吧。

吉尔登斯吞 殿下，我们是奉命而来的。

哈姆莱特 让我代你们说明来意，免得你们泄露了自己的秘密，有负国王、王后的付托。我近来不知为了什么缘故，一点兴致都提不起来，什么游乐的事都懒得过问；在这一种抑郁的心境之下，仿佛负载万物的大地，这一座美好的框架，只是一个不毛的荒岬；这个覆盖众生的苍穹，这一顶壮丽的帐幕，这个点缀着金黄色火球的庄严的屋宇，只是一大堆污浊的瘴气的集合。人类是一件多么了不得的杰作！多么高贵的理性！多么伟大的力量！多么优美的仪表！多么文雅的举动！在行为上多么像一个天使！在智慧上多么像一个天神！宇宙的精华！万物的灵长！可是在我看来，这一个泥土塑成的生命算得了什么？人类不能使我发生兴趣；不，女人也不能使我发生兴趣，虽然从你当下的微笑之中，我可以看到你们在这样想。

罗森格兰兹 殿下，我心里并没有这样的思想。

哈姆莱特 那么当我说"人类不能使我发生兴趣"的时候，你为什么笑起来？

罗森格兰兹 我想，殿下，要是人类不能使您发生兴趣，那么那班戏子们恐怕要来自讨一场没趣了；我们在路上超过了他们，他们是要到这儿来向您献技的。

哈姆莱特 扮演国王的那个人将要得到我的欢迎，我要在他的御座之前致献我的敬礼；冒险的骑士可以挥舞他的剑盾；情人的叹息不会没有酬报；躁急易怒的角色可以平安下场；小丑将要使那班善笑的观众捧腹；我们的女主角可以坦白诉说她的心事，不用怕那无韵诗的句子脱去板眼。他们是一班什么戏子？

罗森格兰兹 就是您向来所欢喜的那一个班子，在城里专演悲剧的。

哈姆莱特 他们怎么走起江湖了呢？固定在一个地方演戏，在名誉和进益上都要好得多哩。

罗森格兰兹 我想他们不能在一个地方立足，是为了时势的变化。

哈姆莱特 他们的名誉还是跟我在城里那时候一样吗？他们的观众还是那么多吗？

罗森格兰兹 不，他们现在已经大非昔比了。

哈姆莱特 怎么会这样的？他们的演技退步了吗？

罗森格兰兹 不，他们还是跟从前一样努力；可是，殿下，他们的地位已经被一群羽毛未丰的黄口小儿占夺了去。这些娃娃们的嘶叫博得了台下疯狂的喝采，他们是目前流行的宠儿，他们的声势压倒了所谓普通的戏班，以至于许多佩剑的上流顾客，都因为惧怕那些为这帮娃娃写戏文的剧作家的鹅毛笔的威力，而不敢到那边去了。

哈姆莱特 什么！是一些童伶吗？谁维持他们的生活？他们的薪工是怎么计算的？他们一到不能唱歌的年龄，就不再继续他们的本行了吗？要是他们赚不了多少钱，长大起来多半还是要做普通戏子的，那时候难道他们不会抱怨写戏词的人把他们害了吗——因为那些评论家之前把他们捧得太高，以至最终反而拖累了他们自己的前途。

罗森格兰兹 真的，两方面闹过不少的纠纷，全国的人都站在旁边恬不为意地呐喊助威，怂恿他们互相争斗。曾经有一个时期，一个脚本非得插进一段编剧家和演员争吵的对话，不然是没有人愿意出钱购买的。

哈姆莱特 有这等事？

吉尔登斯吞 是啊，他们都投入了大量心血。

哈姆莱特 结果是童伶们打赢了吗？

罗森格兰兹 正是，殿下；连著名的“环球剧院”都成了他们的舞台。

哈姆莱特 那也没有什么稀奇；我的叔父是丹麦的国王，而那些当我父亲在世的时候对他扮鬼脸的人，现在都愿意拿出二十、四十、五十、一百块金洋来买他的一幅小照。哼，这里面有些不是常理可解的地方，要是哲学能够把它推究出来的话。（内喇叭奏花腔）

吉尔登斯吞 这班戏子们来了。

哈姆莱特 两位先生，欢迎你们到艾尔西诺来。把你们的手给我；欢迎总要讲究某些礼节和俗套；让我不要对你们失礼，因为这些戏子们来了以后，我不能不敷衍他们一番，也许你们见了会发生误会，以为我招待你们还不及招待他们殷勤。我欢迎你们；可是我的叔父父亲和婶母母亲可弄错啦。

吉尔登斯吞 弄错了什么，我的好殿下？

哈姆莱特 天上刮着西北风，我才会发疯；风从南方吹来的时候，我不会把一只鹰当成了一只鹭鸶。

波洛涅斯重上。

波洛涅斯 祝福你们，两位先生！

哈姆莱特 听着，吉尔登斯吞；你也听着；你们站过来听我说；你们看见的那个大孩子，还在襁褓之中，没有学会走路哩。

罗森格兰兹 也许他是第二次裹在襁褓里，因为人家说，一个老年人是第二次做婴孩。

哈姆莱特 我可以预言他是来报告我戏子们来到的消息；听好，（故意大声说给波洛涅斯听）——你说得不错；在星期一早上；正是正是。

波洛涅斯 殿下，我有消息要来向您报告。

哈姆莱特 大人，我也有消息要向您报告。当罗歇斯在罗马演戏的时候——

波洛涅斯 那班戏子们已经到这儿来了，殿下。

哈姆莱特 嗤，嗤！

波洛涅斯 凭着我的名誉起誓——

哈姆莱特 那时每一个伶人都骑着驴子而来——

波洛涅斯 他们是全世界最好的伶人，无论悲剧、喜剧、历史剧、田园剧、田园喜剧、田园史剧、历史悲剧、历史田园悲喜剧、不分场的古典戏或是摆脱拘束的新派诗剧，他们无不拿手；塞内加的悲剧不嫌其太沉重，普鲁图斯的喜剧不嫌其太轻浮。无论在严谨的规矩或是即兴的剧本方面，他们都是唯一的演员。

哈姆莱特 以色列的士师耶弗他啊，你有一件怎样的宝贝！

波洛涅斯 他有什么宝贝，殿下？

哈姆莱特 嗨，

他有一个独生娇女，

爱她胜过掌上明珠。

波洛涅斯 （旁白）还在提我的女儿。

哈姆莱特 我念得对不对，耶弗他老头儿？

波洛涅斯 要是您叫我耶弗他，殿下，那么我是有一个爱如掌珠的娇女。

哈姆莱特 不，下面不是这样的。

波洛涅斯 那么应当是怎样的呢，殿下？

哈姆莱特 唉，

老天不佑，劫数难逃。

下面的命运你知道，

就这么凑巧，谁也难保——

这支圣歌的第一节能透露给你很多；因为，你瞧，有人来打断我的话头了。

优伶四五人上。

哈姆莱特 欢迎，各位朋友，欢迎欢迎！我很高兴看见你们这样健康。欢迎，啊，我的老朋友！你的脸上比我上次看见你的时候，多长了几根胡子，格外显得威武啦；你是要到丹麦来向我挑战吗？啊，我的年轻的姑娘！凭着圣母起誓，您穿上了一双高底木靴，比我上次看见您的时候更苗条得多啦；求求上帝，但愿您的喉咙不要沙哑得像一面破碎的铜锣才好！各位朋友，欢迎欢迎！我们要像法国猎鹰一样，不管看见什么都猛扑过去；让我们立刻就来念一段剧词。来，试一试你们的本领，来一段激昂慷慨的剧词。

伶　甲　殿下要听的是哪一段？

哈姆莱特　我曾经听见你向我背诵过一段台词，可是它从来没有上演过；即使上演，也不会有一次以上，因为我记得这本戏并不受大众的欢迎。它是不合一般人口味的鱼子酱；可是照我的意思看来，还有其他在这方面比我更有权威的人也抱着同样的见解，它是一本绝妙的戏剧，场面支配得很是适当，文字质朴而富于技巧。我记得有人这样说过；那字里行间没有哗众取宠的噱头，也未见矫揉造作的痕迹；他把它称为一种老老实实的写法，既刚健又柔美，壮丽而不招摇。其中有一段话是我最喜爱的，那就是埃涅阿斯对狄多讲述的故事，尤其是讲到普里阿摩斯被杀的那一节。要是你们还没有把它忘记，请从这一行念起；让我想想，让我想想——

野蛮的皮洛斯像猛虎一样——

不，不是这样；但是的确是从皮洛斯开始的：——

野蛮的皮洛斯蹲伏在木马之中，
黝黑的手臂和他的决心一样，
像黑夜一般阴森而恐怖；
在这黑暗狰狞的肌肤之上，
现在更染上令人惊怖的纹章，

从头到脚，他全身一片殷红，
溅满了父母子女们无辜的血；
那些燃烧着熊熊烈火的街道，
发出残忍而惨恶的凶光，
照亮敌人去肆行他们的杀戮，
也焙干了到处横流的血泊；
冒着火焰的熏炙，像恶魔一般，
全身胶黏着凝结的血块，
圆睁着两颗血红的眼睛，
来往寻找普里阿摩斯老王的踪迹。

你接下去吧。

波洛涅斯 上帝在上，殿下，您念得好极了，真是抑扬顿挫，曲尽其妙。

伶 甲

那老王正在与希腊人苦战，
但是他的手臂却一点不听他的指挥，
他的古老的剑锵然落地；
皮洛斯瞧他孤弱可欺，
疯狂似的向他猛力攻击，
凶恶的剑刃虽然没有击中，
但胆虚体弱的老王却几乎能被风吹倒。
这一下打击有如天崩地裂，
惊动了没有感觉的伊利恩，
冒着火焰的屋顶霎时坍下，
那轰然的巨响像一个霹雳，
震聋了皮洛斯的耳朵；瞧！
他的剑还没砍下普里阿摩斯

白发的头颅，却已在空中停住；
像一个涂抹了重彩的暴君，
恍恍忽忽，
兀立不动。
在一场暴风雨未来以前，
天上往往有片刻的宁寂，
一块块乌云静悬在空中，
狂风悄悄地收起它的声息，
死样的沉默笼罩整个大地；
可是就在这片刻之内，
可怕的雷鸣震裂了天空。
经过暂时的休止，杀人的暴念
重新激起了皮洛斯的精神；
库克罗普斯为战神铸造甲胄，
那巨力的锤击，
还不及皮洛斯流血的剑
向普里阿摩斯身上劈下那样凶狠无情。
去，去，你娼妇一样的命运！
天上的诸神啊！剥去她的权力，
不要让她僭窃神明的宝座；
拆毁她的车轮，把它滚下神山，
直到地狱的深渊。

波洛涅斯　这一段太长啦。

哈姆莱特　它应当跟您的胡子一起到理发匠那儿去剪一剪。念下去吧。他只爱听俚俗的歌曲和淫秽的故事，否则他就要瞌睡的。念下去；下面要讲到赫卡柏了。

伶　甲　可是啊！谁看见那蒙脸的王后——

哈姆莱特 “那蒙脸的王后”？

波洛涅斯 那很好；“蒙脸的王后”是很好的句子。

伶 甲

满面流泪，在火焰中赤脚奔走，
一块布覆在失去宝冕的头上，
也没有一件蔽体的衣服，
只有在惊惶中抓到的一幅毡巾，
裹住她瘦削而多产的腰身；
谁见了这样伤心惨目的景象，
不要向残酷的命运申申毒詈？
她看见皮洛斯以杀人为戏，
正在把她丈夫的肢体脔割，
忍不住大放哀声，那凄凉的号叫——
除非人间的哀乐不能感动天庭——
即使天上的星星也会陪她流泪，
诸神的心中都要充满悲愤。

波洛涅斯 瞧，他的脸色都变了，他的眼睛里已经含着眼泪！不要念下去了吧。

哈姆莱特 很好，其余的部分等会儿再念给我听吧。大人，请您去找一处好好的地方安顿这一班伶人。听着，他们是不可怠慢的，因为他们是这一个时代的缩影；宁可在死后得到一首恶劣的墓志铭，不要在生前受他们一场刻毒的讥讽。

波洛涅斯 殿下，我按着他们应得的名分对待他们就是了。

哈姆莱特 嗳哟，朋友，还要客气得多哩！要是照每一个人应得的名分对待他，那么谁逃得了一顿鞭子？照您自己的名誉地位对待他们；他们越是不配受这样的待遇，越可以显出您的谦虚有礼。领他们进去。

波洛涅斯 来，各位朋友。

哈姆莱特 跟他去，朋友们；明天我们要听你们唱一本戏。（*波洛涅斯偕众伶下，伶甲独留*）听着，老朋友，你会演《贡扎古之死》吗？

伶　甲 会演的，殿下。

哈姆莱特 那么我们明天晚上就把它上演。也许我为了必要的理由，要另外写下约摸十几行句子的一段剧词插进去，你能够把它预先背熟吗？

伶　甲 可以，殿下。

哈姆莱特 很好。跟着那位老爷去；留心不要取笑他。（*伶甲下。向罗森格兰兹、吉尔登斯吞*）我的两位好朋友，我们今天晚上再见；欢迎你们到艾尔西诺来！

吉尔登斯吞 再会，殿下！（*罗森格兰兹、吉尔登斯吞同下*）

哈姆莱特 好，上帝和你们同在！现在我只剩一个人了。啊，我是一个多么不中用的蠢才！这一个伶人不过在一本虚构的故事、一场激昂的幻梦之中，却能够使他的灵魂融化在他的意象里，在它的影响之下，他的整个的脸色变成惨白，他的眼中洋溢着热泪，他的神情流露着仓皇，他的声音是这么呜咽凄凉，他的全部动作都表现得和他的意象一致，这不是极不可思议的吗？而且一点也不为了什么！为了赫卡柏！赫卡柏对他有什么相干，他对赫卡柏又有什么相干，他却要为她流泪？要是他也有了像我所有的那样使人痛心的理由，他将要怎样呢？他一定会让眼泪淹没了舞台，用可怖的字句震裂了听众的耳朵，使有罪的人发狂，使无罪的人惊骇，使愚昧无知的人惊惶失措，使所有的耳目迷乱了它们的功能。可是我，一个糊涂颟顸的家伙，垂头丧气，一天到晚像在做梦似的，忘记了杀父的大仇；虽然一个国王给人家用万恶的手段掠夺了他的权位，杀害了他的最宝贵的生命，我却始终哼不出一句话来。我是一个懦夫吗？谁骂我恶人？谁敲破我的脑壳？谁拔去我的胡子，把它吹在我的脸上？谁扭我的鼻子？谁当面指斥我胡说？谁对我做这种事？嘿！我应该忍受这样的侮辱，因为我是一个没有心肝、逆来顺受的怯汉，否则我早已用这奴才的尸肉，喂肥了满天盘旋的乌鸢了。嗜血的、荒淫的恶贼！狠心的、奸诈的、淫邪的、悖逆的恶贼！啊！复仇！——嗨，我真是个蠢才！我的亲爱的父亲被人谋杀了，鬼神都在鞭策我复仇，我这做儿子的却像一个下流女人似的，只会用空言发发牢骚，学起泼妇骂街的样子来，在我已经是了不得的了！呸！呸！活动起来吧，我的脑筋！我听人家说，犯罪的人在看戏的时候，因为台上表演的巧妙，有时会激动天良，当场供认他们的罪恶；因为暗杀的事情无论干得怎样秘密，总会借着神奇的喉舌泄露出来。我要叫这班伶人在我的叔父面前表演一本跟我的父亲的惨死情节相仿的戏剧，我就在一旁窥察他的神色；我要探视到他的灵魂的深处，要是他稍露惊骇不安之态，我就知道我应该怎么办。我所看见的幽灵也许是魔鬼的化身，借着一个美好的形状出现，魔鬼是有这一种本领的；对于柔弱忧郁的灵魂，他最容易发挥他的力量；也许他看准了我的柔弱和忧郁，才来向我作祟，要把我引诱到沉沦的路上。我要先得到一些比这更切实的证据；凭着这一本戏，我可以发掘国王内心的隐秘。（下）

第三幕

第一场　城堡中一室

国王、王后、波洛涅斯、奥菲利娅、罗森格兰兹及吉尔登斯吞上。

国　王　你们不能用迂回婉转的方法，探出他为什么这样神魂颠倒，让紊乱而危险的疯狂困扰他的安静的生活吗？

罗森格兰兹　他承认他自己有些神经迷惘，可是绝口不肯说为了什么缘故。

吉尔登斯吞　他也不肯虚心接受我们的探问；当我们想要使他吐露他自己的一些真相的时候，他总是用假作痴呆的神气故意回避。

王　后　他对待你们还客气吗？

罗森格兰兹　很有礼貌。

吉尔登斯吞　可是不大自然。

罗森格兰兹　他惜字如金，可是对我们的提问回答起来却是毫无拘束。

王　后　你们有没有劝诱他找些什么消遣？

罗森格兰兹 娘娘，我们来的时候，刚巧有一班戏子也要到这儿来，给我们超过了；我们把这消息告诉了他，他听了好像很高兴。现在他们已经到了宫里，我想他已经吩咐他们今晚为他演出了。

波洛涅斯 一点不错；他还叫我来请两位陛下同去看看他们演得怎样哩。

国　王 那好极了；我非常高兴听见他在这方面感到兴趣。请你们两位还要更进一步鼓起他的兴味，把他的心思移转到这种娱乐上面。

罗森格兰兹 是，陛下。（罗森格兰兹、吉尔登斯吞同下）

国　王 亲爱的格特鲁德，你也暂时离开我们；因为我们已经暗中差人去唤哈姆莱特到这儿来，让他和奥菲利娅见见面，就像他们偶然相遇一般。她的父亲跟我两人将要权充一下密探，躲在可以看见他们却不能被他们看见的地方，注意他们会面的情形，从他的行为上判断他的疯病究竟是不是因为恋爱上的苦闷。

王　后 我愿意服从您的意旨。奥菲利娅，但愿你的美貌果真是哈姆莱特疯狂的原因；更愿你的美德能够帮助他恢复原状，使你们两人都能安享尊荣。

奥菲利娅 娘娘，但愿如此。（王后下）

波洛涅斯 奥菲利娅，你在这儿走走。陛下，我们就去躲起来吧。（向奥菲利娅）你拿这本书去读，他看见你这样用功，就不会疑心你为什么一个人在这儿了。人们往往用至诚的外表和虔敬的行动，掩饰一颗魔鬼般的内心，这样的例子是太多了。

国　王 （旁白）啊，这句话是太真实了！它在我的良心上抽了多么重的一鞭！涂脂抹粉的娼妇的脸，还不及掩藏在虚伪的言辞后面的我的行为更丑恶。难堪的重负啊！

波洛涅斯 我听见他来了；我们退下去吧，陛下。（国王及

波洛涅斯下）

哈姆莱特上。

哈姆莱特 生存还是毁灭，这是一个值得考虑的问题；默然忍受命运的暴虐的毒箭，或是挺身反抗人世的无涯的苦难，通过抗争把它们扫清，这两种行为，哪一种更高贵？死了；睡去了；什么都完了；要是在这一种睡眠之中，我们心头的创痛，以及其他无数血肉之躯所不能避免的打击，都可以从此消失，那正是我们求之不得的结局。死了；睡去了；睡去了也许还会做梦；嗯，阻碍就在这儿；因为当我们摆脱了这一具朽腐的皮囊以后，在那死的睡眠里，究竟将要做些什么梦，那不能不使我们踌躇顾虑。人们甘心久困于患难之中，也就是为了这个缘故；谁愿意忍受人世的鞭挞和讥嘲、压迫者的凌辱、傲慢者的冷眼、被轻蔑的爱情的惨痛、法律的迁延、官吏的横暴和费尽辛勤所换来的得势小人的鄙视，要是他只要用一柄小小的刀子，就可以清算他自己的一生？谁愿意负着这样的重担，在烦劳的生命的压迫下呻吟流汗，倘不是因为惧怕不可知的死后，惧怕那从来不曾有一个旅人回来过的神秘之国，是它迷惑了我们的意志，使我们宁愿忍受目前的折磨，不敢向我们所不知道的痛苦飞去？这样，重重的顾虑使我们全变成了懦夫，决心的赤热的光彩，被审慎的思维盖上了一层灰色，伟大的事业在这一种考虑之下，也会逆流而退，失去了行动的意义。且慢！美丽的奥菲利娅！——女神，在你的祈祷之中，不要忘记替我忏悔我的罪孽。

奥菲利娅 我的好殿下，您这许多天来贵体安好吗？

哈姆莱特 谢谢你，很好，很好，很好。

奥菲利娅 殿下，我有几件您送给我的纪念品，我早就想把它们还给您；请您现在收回去吧。

哈姆莱特 不，我不要；我从来没有给你什么东西。

奥菲利娅 殿下，我记得很清楚您把它们送给了我，那时候您还向我说了许多甜言蜜语，使这些东西格外显得贵重；现在它们的芳香已经消散，请您拿回去吧，因为在有气节的人看来，送礼的人要是变了心，礼物虽贵，也会失去了价值。拿去吧，殿下。

哈姆莱特 哈哈！你贞洁吗？

奥菲利娅 殿下！

哈姆莱特 你美丽吗？

奥菲利娅 殿下是什么意思？

哈姆莱特 要是你既贞洁又美丽，那么你的贞洁应该断绝跟你的美丽来往。

奥菲利娅 殿下，难道美丽和贞洁作伴，不是更加锦上添花吗？

哈姆莱特 嗯，真的；因为美丽可以使贞洁变成淫荡，贞洁却未必能使美丽受它自己的感化；这句话从前像是怪诞之谈，可是现在时间已经把它证实了。我的确曾经爱过你。

奥菲利娅 真的，殿下，您曾经使我相信您爱我。

哈姆莱特 你当初就不应该相信我，因为美德不能熏陶我们罪恶的本性；我没有爱过你。

奥菲利娅 那么我真是受了骗了。

哈姆莱特 进尼姑庵去吧；为什么你要生养一群罪人出来呢？我自己还不算是一个顶坏的人；可是我可以指出我的许多过失；一个人有了那些过失，他的母亲还是不要生下他来的好。我很骄傲，恩怨分明，富于野心，我的罪恶是那么多，连我的思想也容纳不下，我的想象也不能给它们形容，甚至于我都没有充分的时间可以把它们实行出来。像我这样的家伙，匍匐于天地之间，有什么用处呢？我们都是些十足的坏人；一个也不要相信我们。进尼姑庵去吧。您的父亲呢？

奥菲利娅　在家里，殿下。

哈姆莱特　把他关起来，让他只好在家里发发傻劲。再会！

奥菲利娅　嗳哟，天哪！救救他！

哈姆莱特　要是您一定要嫁人，我就把这一个咒诅送给您做嫁奁；尽管您像冰一样坚贞，像雪一样纯洁，您还是逃不过谗人的诽谤。进尼姑庵去吧，去；再会！或者要是您必须嫁人的话，就嫁给一个傻瓜吧；因为聪明人都明白你们会叫他们变成怎样的怪物。进尼姑庵去吧，去；越快越好。再会！

奥菲利娅　天上的神明啊，让他清醒过来吧！

哈姆莱特　我也知道你们会怎样涂脂抹粉；上帝给了你们一张脸，你们又替自己另外造了一张。你们烟视媚行，淫声浪气，替上帝造下的生物乱取名字，卖弄你们不懂事的风骚。算了吧，我再也不敢领教了；它已经使我发了狂。我说，我们以后再不要结什么婚了；已经结过婚的，除了一个人以外，都可以让他们活下去；没有结婚的不准再结婚，进尼姑庵去吧，去。（下）

奥菲利娅　啊，一颗多么高贵的心是这样殒落了！朝臣的眼睛、学者的辩舌、军人的利剑、国家所瞩望的一朵娇花；时流的明镜、人伦的雅范、举世注目的中心，这样无可挽回地殒落了！我是一切妇女中间最伤心而不幸的，我曾经从他音乐一般的盟誓中吮吸芬芳的甘蜜，现在却眼看着他的高贵无上的理智，像一串美妙的银铃失去了谐和的音调，无比的青春美貌，在疯狂中凋谢！啊！我好苦，谁料过去的繁华，变作今朝的泥土！

国王及波洛涅斯重上。

国　王　恋爱！他的精神错乱不像是为了恋爱；他说的话虽然有些颠倒，也不像是疯狂。他有些什么心事盘踞在他的灵魂里，我怕它也许会产生危险的结果。为了防止万一，我已经当机立断，决定了一个办法：他必须立刻到英国去，向他们追索延宕未纳的贡物；也许他到海外各国游历一趟以后，时时变换的环境，可以替他排解去这一桩使他神思恍惚的心事。你看怎么样？

波洛涅斯 那很好；可是我相信他的烦闷的根本原因，还是为了恋爱上的失意。啊，奥菲利娅！你不用告诉我们哈姆莱特殿下说些什么话；我们全都听见了。陛下，照您的意思办吧；可是您要是认为可以的话，不妨在戏剧终场以后，让他的母后独自一人跟他在一起，恳求他向她吐露他的心事；她必须很坦白地跟他谈谈，我就找一个所在听他们说些什么。要是她也探听不出他的秘密来，您就叫他到英国去，或者凭着您的高见，把他关禁在一个适当的地方。

国　王 就这样吧；大人物的疯狂是不能听其自然的。（同下）

第二场　城堡中的厅堂

哈姆莱特及若干伶人上。

哈姆莱特 请你念这段剧词的时候，要照我刚才读给你听的那样子，一个字一个字打舌头上很轻快地吐出来；要是你也像多数的伶人们一样，只会拉开了喉咙嘶叫，那么我宁愿叫那宣布告示的公差念我这几行词句。也不要老是把你的手在空中这么摇挥；一切动作都要温文，因为就是在洪水暴风一样的感情激发之中，你也必须取得一种节制，免得流于过火。啊！我顶不愿意听见一个披着满头假发的家伙在台上乱嚷乱叫，把一段感情片片撕碎，让那些只爱热闹的末流观众听了出神，他们中间的大部分是除了欣赏一些莫名其妙的手语以外，什么都不懂得的。我可以把这种家伙抓起来抽一顿鞭子，因为他把妥玛刚特形容过分，希律王的凶暴也要对他甘拜下风。请你留心避免才好。

伶　甲　我留心着就是了，殿下。

哈姆莱特　可是太平淡了也不对，你应该接受你自己的常识的指导，把动作和言语互相配合起来；特别要注意到这一点，你不能越过自然的常道；因为不近情理的表现是和演剧的原意相反的，自有戏剧以来，它的目的始终是反映自然，显示善恶的本来面目，给它的时代看一看它自己演变发展的模型。要是表演得过分了或者太懈怠了，虽然可以博外行的观众一笑，明眼之士却要因此而皱眉；你必须看重这样一个卓识者的批评甚于满场观众盲目的毁誉。啊！我曾经看见有几个伶人演戏，而且也听见有人把他们极口捧场，说一句不客气的话，他们既不会说基督徒的语言，又不会学着基督徒、异教徒或者普通人的样子走路，瞧他们在台上大摇大摆，使劲叫喊的样子，我心里就想一定是什么造化的雇工把他们造了下来；造得这样拙劣，以至于全然失去了人类的面目。

伶　甲　我希望我们在这方面已经有了相当的纠正了。

哈姆莱特　啊！你们必须彻底纠正这一种弊病。还有你们那些扮演小丑的，除了剧本上专为他们写下的台词以外，不要让他们临时编造一些话加上去。往往有许多小丑爱用自己的笑声，引起台下一些无知的观众的哄笑，虽然那时候全场的注意力应当集中于其他更重要的问题上；这种行为是不可恕的，它表示出那丑角的可鄙的野心。去，准备起来吧。（伶人等同下）

波洛涅斯、罗森格兰兹及吉尔登斯吞上。

哈姆莱特　啊，大人，王上愿意来听这一本戏吗？

波洛涅斯　他跟娘娘都就要来了。

哈姆莱特　叫那些戏子们赶紧点儿。（波洛涅斯下）你们两人也去帮着催催他们。

罗森格兰兹、吉尔登斯吞 是，殿下。（罗森格兰兹、吉尔登斯吞下）

哈姆莱特 喂！霍拉旭！

霍拉旭上。

霍拉旭 有，殿下。

哈姆莱特 霍拉旭，你是我所交往的人们中间最正直的一个。

霍拉旭 啊，殿下！——

哈姆莱特 不，不要以为我在恭维你；你除了你的善良的精神以外，身无长物，我恭维了你又有什么好处呢？为什么要向穷人恭维？不，让蜜糖一样的嘴唇去吮舐愚妄的荣华，在有利可图的所在屈下他们生财有道的膝盖来吧。听着。自从我能够辨别是非、察择贤愚以后，你就是我灵魂里选中的一个人，因为你虽然经历一切的颠沛，却不曾受到一点伤害，命运的虐待和恩宠，你都是受之泰然；能够把感情和理智调整得那么适当，命运不能把他玩弄于指掌之间，那样的人是有福的。给我一个不为感情所奴役的人，我愿意把他珍藏在我的心坎，我的灵魂的深处，正像我对你一样。这些话现在也不必多说了。今晚我们要在国王面前演一出戏，其中有一场的情节跟我告诉过你的我的父亲的死状颇相仿佛；当那幕戏正在串演的时候，我要请你集中你的全副精神，注视我的叔父，要是他在听到了那一段戏词以后，他的隐藏的罪恶还是不露出一丝痕迹来，那么我们所看见的那个鬼魂一定是个恶魔，我的幻想也就像铁匠的砧石那样黑漆一团了。留心看好他；我也要把我的眼睛看定他的脸上；过后我们再把各人观察的结果综合起来，给他下一个判断。

霍拉旭 很好，殿下；在演这出戏的时候，要是他在容色举止之间有什么地方逃过了我们的注意，请您唯我是问。

哈姆莱特 他们来看戏了；我必须装出一副傻样子。你去拣一个地方坐下。

奏丹麦进行曲，喇叭奏花腔。国王、王后、波洛涅斯、奥菲利娅、罗森格兰兹、吉尔登斯吞及余人等上。

国　王 你好吗，哈姆莱特贤侄？

哈姆莱特 很好，好极了；我过着变色蜥蜴般的生活，饱饮甜言蜜语的空气；你们真不该这样养肥鸡。

国　王 你这种话真是答非所问，哈姆莱特；我不是那个意思。

哈姆莱特 不，我现在也没有那个意思。（向波洛涅斯）大人，您说您在大学里念书的时候，曾经演过一回戏吗？

波洛涅斯 是的，殿下，他们都称赞我是一个很好的演员哩。

哈姆莱特 您扮演什么角色呢？

波洛涅斯 我扮的是裘力斯·凯撒；勃鲁托斯在朱庇特神殿里把我杀死。

哈姆莱特 他在神殿里杀死了那么好的一头小牛，真太残忍了。那班戏子已经预备好了吗？

罗森格兰兹 是，殿下，他们在等候您的旨意。

王　后 过来，我的好哈姆莱特，坐在我的旁边。

哈姆莱特 不，好妈妈，这儿有一个更迷人的东西哩。（在奥菲利娅脚边躺下）

波洛涅斯 （向国王）啊哈！您看见吗？

哈姆莱特 小姐，我可以睡在您的怀里吗？

奥菲利娅 不，殿下。

哈姆莱特 我的意思是说，我可以把我的头枕在您的膝上吗？

奥菲利娅 嗯，殿下。

哈姆莱特 您以为我在转着下流的念头吗？

奥菲利娅 我没有想到，殿下。

哈姆莱特 睡在姑娘大腿的中间，想起来倒是很有趣的。

奥菲利娅 什么，殿下？

哈姆莱特 没有什么。

奥菲利娅 您在开玩笑哩，殿下。

哈姆莱特 谁，我吗？

奥菲利娅 嗯，殿下。

哈姆莱特 上帝啊！我不过是悦人悦己。一个人为什么不说说笑笑呢？您瞧，我的母亲多么高兴，我的父亲还不过死了两个钟头。

奥菲利娅 不，已经四个月了，殿下。

哈姆莱特 这么久了吗？嗳哟，那么让魔鬼去穿孝服吧，我可要去做一身貂皮的新衣啦。天啊！死了两个月，还没有把他忘记吗？那么也许一个大人物死了以后，他的记忆还可以保持半年之久；可是凭着圣母起誓，他必须造下几所教堂，否则他就要跟那被遗弃的竹马一样，没有人再会想念他了。

高音笛奏乐。哑剧登场：

一国王及一王后上，状极亲热，互相拥抱。后跪地，向王作宣誓状，王扶后起，俯首后颈上。王就花坪上睡下；后见王睡熟离去。另一人上，自王头上去冠，吻冠，注毒药于王耳，下。后重上，见王死，作哀恸状。下毒者率其他二三人重上，佯作陪后悲哭状。从者舁王尸下。下毒者以礼物赠后，向其乞爱；后先作憎恶不愿状，卒允其请。同下。

奥菲利娅 这是什么意思，殿下？

哈姆莱特 呃，这是阴谋诡计的意思。

奥菲利娅 大概这一场哑剧就是全剧的本事了。

致开场词者上。

哈姆莱特 这家伙可以告诉我们一切；演戏的都不能保守秘密，他们什么话都会说出来。

奥菲利娅 他也会给我们解释方才那场哑剧的意思吗？

哈姆莱特 是啊；你做什么给他看，他也能给你讲出什么；只要你做出来不害臊，他讲起来也决不害臊。

奥菲利娅 殿下真坏，真坏。我还是看戏吧。

开场词

这悲剧要是演不好，
要请各位原谅指教，
小的在这厢有礼了。（致开场词者下）

哈姆莱特 这算开场词呢，还是指环上的诗铭？

奥菲利娅 它很短，殿下。

哈姆莱特 正像女人的爱情一样。

二伶人扮国王、王后上。

伶　王

日轮已经盘绕三十春秋，
那茫茫海水和滚滚地球，
月亮吐耀着借来的晶光，
三百六十回向大地环航，
自从爱把我们缔结良姻，
许门替我们证下了鸳盟。

伶　后

愿日月继续他们的周游，
让我们再厮守三十春秋！
可是唉，你近来这样多病，

郁郁寡欢，失去旧时高兴，
好教我满心里为你忧惧。
可是，我的主，你不必疑虑；
女人的忧伤像她的爱情一样，
不是太少，就是超过分量；
你知道我爱你是多么深，
所以才会有如此的忧心。
越是相爱，越是挂肚牵胸；
不这样哪显得你我情浓？

伶　王

爱人，我不久必须离开你，
我的全身将要失去生机；
留下你在这繁华的世界，
安享尊荣，受人们的敬爱；
也许再嫁一位如意郎君——

伶　后

啊！我断不是那样薄情人；
我倘忘旧迎新，难邀天恕，
再嫁的除非是杀夫淫妇。

哈姆莱特　（旁白）苦恼，苦恼！

伶　后

妇人失节大半贪慕荣华，
多情女子决不另抱琵琶；
我要是与他人共枕同衾，
怎么对得起地下的先灵！

伶　王

我相信你的话发自心田，

可是我们往往自食前言。
志愿不过是记忆的奴隶，
总是有始无终，虎头蛇尾，
像未熟的果子密布树梢，
一朝红烂就会离去枝条。
我们对自己所负的债务，
最好把它丢在脑后不顾；
一时的热情中发下誓愿，
心冷了，那意志也随云散。
过分的喜乐，剧烈的哀伤，
反会毁害了感情的本常。
人世间的哀乐变幻无端，
痛哭转瞬早变成了狂欢。
世界也会有毁灭的一天，
何怪爱情要随境遇变迁；
有谁能解答这一个哑谜，
是境由爱造？是爱逐境移？
失财势的伟人举目无亲；
走时运的穷酸仇敌逢迎。
这炎凉的世态古今一辙；
富有的门庭挤满了宾客；
要是你在穷途向人求助，
即使知交也要情同陌路。
把我们的谈话拉回本题，
意志命运往往背道而驰，
决心到最后会全部推倒，
事实的结果总难符预料。

你以为你自己不会再嫁，
只怕我一死你就要变卦。

伶　后

地不要养我，天不要亮我！
昼不得游乐，夜不得安卧！
毁灭了我的希望和信心；
铁锁囚门把我监禁终身！
每一种恼人的飞来横逆，
把我一重重的心愿摧折！
我倘死了丈夫再做新人，
让我生前死后永陷沉沦！

哈姆莱特　要是她现在背了誓！

伶　王

难为你发这样重的誓愿。
爱人，你且去；我神思昏倦，
想要小睡片刻。（睡）

伶　后

愿你安睡；
上天保佑我俩永无灾悔！（下）

哈姆莱特　母亲，您觉得这出戏怎样？

王　后　我觉得那女人说得太多了。

哈姆莱特　啊，可是她会守约的。

国　王　这本戏是怎么一个情节？里面没有什么要不得的地方吗？

哈姆莱特　不，不，他们不过开玩笑毒死了一个人；没有什么要不得的。

国　王　戏名叫什么？

哈姆莱特 《捕鼠机》。呃，怎么？这是一个象征的名字。戏中的故事影射着维也纳的一件谋杀案。贡扎古是那公爵的名字；他的妻子叫做白普蒂丝妲。您看下去就知道是怎么一回事。这是个很恶劣的作品，可是那有什么关系？它不会对您陛下跟我们这些灵魂清白的人有什么相干；让那肩背带伤的马儿去惊跳退缩吧，我们的肩背可都是好好的。

一伶人扮琉西安纳斯上。

哈姆莱特 这个人叫琉西安纳斯，是那国王的侄子。

奥菲利娅 您很会解释剧情，殿下。

哈姆莱特 要是我看见傀儡戏搬演您跟您爱人的故事，我也会替你们解释的。

奥菲利娅 您的嘴真尖刻，殿下。

哈姆莱特 我要是真尖刻起来，您非得哼哼不可。

奥菲利娅 真是变幻无常。

哈姆莱特 女人嫁丈夫也是一样。动手吧，凶手！混账东西，别扮鬼脸了，动手吧！来；哇哇的乌鸦发出复仇的啼声。

琉西安纳斯

黑心快手，遇到妙药良机；
趁着没人看见，事不宜迟。
你夜半采来的毒草炼成，
赫卡忒的咒语念上三巡，
赶快发挥你凶恶的魔力，
让他的生命速归于幻灭。（以毒药注入睡者耳中）

哈姆莱特 为了觊觎权位，在花园里把他毒死。他的名字叫贡扎古；那故事原文还存在，是用很好的意大利文写成的。底下就要演到那凶手怎样得到贡扎古的妻子的爱了。

奥菲利娅 王上站起来了！

哈姆莱特 什么！给一响空枪吓坏了吗？

王　后 陛下怎么样啦？

波洛涅斯 不要演下去了！

国　王 给我点起火把来！去！

众　人 火把！火把！火把！（除哈姆莱特、霍拉旭外均下）

哈姆莱特 嗨，让那中箭的母鹿掉泪，

　　没有伤的公鹿自去游玩；

有的人失眠，有的人酣睡，

　　世界就是这样循环轮转。

老兄，要是我的命运跟我作起对来，凭着我这颂词的本领，头上再插满羽毛，开缝的靴子上再缀上两朵绢花，你想我能不能在戏班子里插足？

霍拉旭 也许他们可以让您领半额包银。

哈姆莱特 我可要领全额的。

因为你知道，亲爱的朋友，

　　这一个荒凉破碎的国土

原本是乔武统治的雄邦，

　　而今王位上却坐着——孔雀。

霍拉旭 您该押了韵才是。

哈姆莱特 啊，好霍拉旭！那鬼魂真的没有骗我。你看见吗？

霍拉旭 看见的，殿下。

哈姆莱特 在那演戏的一提到毒药的时候？

霍拉旭 我看得他很清楚。

哈姆莱特 啊哈！来，奏乐！来，那吹笛子的呢？

要是国王不爱这出喜剧，

那么他多半是不能赏识。

来，奏乐！

罗森格兰兹及吉尔登斯吞重上。

吉尔登斯吞 殿下，允许我跟您说句话。

哈姆莱特 好，你对我讲全部历史都可以。

吉尔登斯吞 殿下，王上——

哈姆莱特 嗯，王上怎么样?

吉尔登斯吞 他回去以后，非常不舒服。

哈姆莱特 喝醉了吗?

吉尔登斯吞 不，殿下，他在发脾气。

哈姆莱特 您应该把这件事告诉他的医生才算聪明；因为叫我去替他诊视，恐怕反而更会激动他的脾气的。

吉尔登斯吞 好殿下，请您说话检点些，别这样拉扯开去。

哈姆莱特 好，我是听话的，你说吧。

吉尔登斯吞 您的母后心里很难过，所以叫我来。

哈姆莱特 欢迎得很。

吉尔登斯吞 不，殿下，这一种礼貌是用不着的。要是您愿意给我一个好好的回答，我就把您母亲的意旨向您传达；不然的话，请您原谅我，让我就这么回去，我的事情就算完了。

哈姆莱特 我不能。

吉尔登斯吞 您不能什么，殿下?

哈姆莱特 我不能给您一个好好的回答，因为我的脑子已经坏了；可是我所能够给您的回答，您——我应该说我的母亲——可以要多少有多少。所以别说废话，言归正传吧；您说我的母亲——

罗森格兰兹 她这样说：您的行为使她非常吃惊。

哈姆莱特 啊，好儿子，居然会叫一个母亲吃惊！可是在这母亲的吃惊的后面，还有些什么话呢？说吧。

罗森格兰兹 她请您在就寝以前，到她房间里去跟她谈谈。

哈姆莱特 即使她十次是我的母亲，我也一定服从她。您还有什么别的事情？

罗森格兰兹 殿下，我曾经蒙您错爱。

哈姆莱特 凭着我这双扒儿手起誓，我现在还是欢喜您的。

罗森格兰兹 好殿下，您心里这样不痛快，究竟为了什么原因？要是您不肯把您的心事告诉您的朋友，那恐怕会害您自己失去自由。

哈姆莱特 我不满足我现在的地位。

罗森格兰兹 怎么！王上自己已经亲口把您立为王位的继承者了，您还不能满足吗？

哈姆莱特 嗯，可是“要等草儿青青——”这句老话也有点儿发了霉啦。

乐工等持笛上。

哈姆莱特 啊！笛子来了；拿一支给我。跟你们退后一步说话；为什么你们总这样千方百计地窥探我的心思，好像一定要把我逼进你们的圈套？

吉尔登斯吞 啊！殿下，要是我有太冒昧放肆的地方，那都是因为我对于您敬爱太深的缘故。

哈姆莱特 我不大懂得您的话。您愿意吹吹这笛子吗？

吉尔登斯吞 殿下，我不会吹。

哈姆莱特 请您吹一吹。

吉尔登斯吞 我真的不会吹。

哈姆莱特 请您不要客气。

吉尔登斯吞 我真的一点不会，殿下。

哈姆莱特 那是跟说谎一样容易的；您只要用您的手指按着这些笛孔，把您的嘴放在上面一吹，它就会发出最好听的音乐来。瞧，这些是音栓。

吉尔登斯吞 可是我不会从它里面吹出谐和的曲调来；我不懂那技巧。

哈姆莱特 哼，您把我看成了什么东西！您会玩弄我；您自以为摸得到我的心窍；您想要探出我的内心的秘密；您会从我的最低音试到我的最高音；可是在这支小小的乐器之内，藏着绝妙的音乐，您却不会使它发出声音来。哼，您以为玩弄我比玩弄一支笛子容易吗？无论您把我叫做什么乐器，您也只能拨撩我，不能玩弄我。

波洛涅斯重上。

哈姆莱特 上帝祝福您，先生！

波洛涅斯 殿下，娘娘请您立刻就去见她说话。

哈姆莱特 您看见那片像骆驼一样的云吗？

波洛涅斯 嗳哟，它真的像一头骆驼。

哈姆莱特 我想它还是像一头鼬鼠。

波洛涅斯 它拱起了背，正像是一头鼬鼠。

哈姆莱特 还是像一条鲸鱼吧？

波洛涅斯 很像一条鲸鱼。

哈姆莱特 那么等一会儿我就去见我的母亲。（旁白）我给他们愚弄得再也忍不住了。（高声）我等一会儿就来。

波洛涅斯 我就去这么说。（下）

哈姆莱特 说等一会儿是很容易的。离开我，朋友们。（除哈姆莱特外均下）现在是一夜之中最阴森的时候，鬼魂都在此刻从坟墓里出来，地狱也要向人世吐放疠气；现在我可以痛饮热腾腾的鲜血，干那白昼所不敢正视的残忍的行为。且慢！我还要到我母亲那儿去一趟。心啊！不要失去你的天性之情，永远不要让尼禄的灵魂潜入我这坚定的胸怀；让我做一个凶徒，可是不要做一个逆子。我要用利剑一样的说话刺痛她的心，可是决不伤害她身体上一根毛发；我的舌头和灵魂要在这一次学学伪善者的样子，无论在言语上给她多么严厉的谴责，在行动上却要做得丝毫不让人家指摘。（下）

第三场　城堡中一室

国王、罗森格兰兹及吉尔登斯吞上。

国　王　我不喜欢他；纵容他这样疯闹下去，对于我是一个很大的威胁。所以你们快去准备起来吧；我马上叫人办好你们要递送的文书，同时打发他跟你们一块儿到英国去。就我的地位而论，他的疯狂每小时都可以危害我的安全，我不能让他留在我的近旁。

吉尔登斯吞　我们就去准备起来；许多人的安危都寄托在陛下身上，这一种顾虑是最圣明不过的。

罗森格兰兹　每一个庶民都知道怎样远祸全身，一个身负天下重寄的人，尤其应该时刻不懈地防备危害的袭击。君主的薨逝不仅是个人的死亡，它像一个漩涡一样，凡是在它近旁的东西，都要被它卷去同归于尽；又像一个矗立在最高山峰上的巨轮，它的轮辐上连附着无数的小物件，当巨轮轰然崩裂的时候，那些小物件也跟着它一齐粉碎。国王的一声叹息，总是随着全国的呻吟。

国　王　请你们准备立刻出发；因为我们必须及早制止这一种公然的威胁。

罗森格兰兹、吉尔登斯吞　我们就去赶紧预备。（罗森格兰兹、吉尔登斯吞同下）

波洛涅斯上。

波洛涅斯　陛下，他到他母亲房间里去了。我现在就去躲在帏幕后面，听他们怎么说。我可以断定她一定会把他好好教训一顿。您说得很不错，母亲对于儿子总有几分偏心，所以最好有一个第三者躲在旁边偷听他们的谈话。再会，陛下；在您未睡以前，我还要来看您一次，把我所探听到的事情告诉您。

国　王　谢谢你，贤卿。（波洛涅斯下）啊！我的罪恶的戾气已经上达于天；我的灵魂上负着一个元始以来最初的咒诅，杀害兄弟的暴行！我不能祈祷，虽然我的愿望像决心一样强烈；我的更坚强的罪恶击败了我的坚强的意愿。像一个人同时要做两件事情，我因为不知道应该先从什么地方下手而徘徊歧途，结果反弄得一事无成。要是这一只可咒诅的手上染满了一层比它本身还厚的兄弟的血，难道天上所有的甘霖都不能把它洗涤得像雪一样洁白吗？慈悲的使命，不就是宽宥罪恶吗？祈祷的目的，不是一方面预防我们的堕落，一方面救拔我们于已堕落之后吗？那么我要仰望上天；我的过失已经犯下了。可是唉！哪一种祈祷才是我所适用的呢？“求上帝赦免我的杀人重罪”吗？那不能，因为我现在还占有着那些引起我的犯罪动机的目的物，我的王冠、我的野心和我的王后。非分攫取的利益还在手里，就可以幸邀宽恕吗？在这贪污的人世，罪恶的镀金的手也许可以把公道推开不顾，暴徒的赃物往往成为枉法的贿赂；可是天上却不是这样的，在那边一切都无可遁避，任何行动都要显现它的真相，我们必须当面为我们自己的罪恶作证。那么怎么办呢？还有什么法子好想呢？试一试忏悔的力量吧。什么事情是忏悔所不能做到的？可是对于一个不能忏悔的人，它又有什么用呢？啊，不幸的处境！啊，像死亡一样黑暗的心胸！啊，越是挣扎，越是不能脱身的胶住了的灵魂！救救我，天使们！试一试吧；屈下来，顽强的膝盖；钢丝一样的心弦，变得像新生之婴的筋肉一样柔嫩吧！但愿一切转祸为福！（退后跪祷）

哈姆莱特上。

哈姆莱特 他现在正在祈祷，我正好动手；我决定现在就干，让他上天堂去，我也算报了仇了。不，那还要考虑一下；一个恶人杀死我的父亲；我，他的独生子，却把这个恶人送上天堂。啊，这简直是以恩报怨了。他用卑鄙的手段，在我父亲满心俗念、罪孽正重的时候乘其不备把他杀死；虽然谁也不知道在上帝面前，他的生前的善恶如何相抵，可是照我们一般的推想，他的孽债多半是很重的。现在他正在洗涤他的灵魂，要是我在这时候结果了他的性命，那么天国的路是为他开放着，这样还算是复仇吗？不！收起来，我的剑，等候一个更惨酷的机会吧；当他在酒醉以后，在愤怒之中，或是在乱伦纵欲的时候，有赌博、咒骂或是其他邪恶的行为的中间，我就要叫他颠踬在我的脚下，让他幽深黑暗不见天日的灵魂永堕地狱。我的母亲在等我。这一服续命的药剂不过延长了你临死的痛苦。（下）

国　王 起立上前。

国　王 我的言语高高飞起，我的思想滞留地下；没有思想的言语永远不会上升天界。（下）

第四场　王后寝宫

王后及波洛涅斯上。

波洛涅斯 他就要来了。请您把他着实教训一顿，对他说他这种狂妄的态度，实在叫人忍无可忍，倘没有您娘娘替他居中回护，王上早已对他大发雷霆了。我就悄悄地躲在这儿。请您对他讲得着力一点。

哈姆莱特 （在内）母亲，母亲，母亲！

王　后 都在我身上，您放心吧。下去吧，我听见他来了。

（波洛涅斯匿帏后）

哈姆莱特上。

哈姆莱特 母亲，您叫我有什么事？

王　后 哈姆莱特，你已经大大得罪了你的父亲啦。

哈姆莱特 母亲，您已经大大得罪了我的父亲啦。

王　后 来，来，不要用这种胡说八道的话回答我。

哈姆莱特 去，去，不要用这种胡说八道的话问我。

王　后 啊，怎么，哈姆莱特！

哈姆莱特 现在又是什么事？

王　后 你忘记我了吗？

哈姆莱特 不，凭着十字架起誓，我没有忘记您；您是王后，您的丈夫的兄弟的妻子，您又是我的母亲——但愿您不是！

王　后 嗳哟，那么我要去叫那些会说话的人来跟你谈谈了。

哈姆莱特 来，来，坐下来，不要动；我要把一面镜子放在你的面前，让你看一看你自己的灵魂。

王　后 你要干么呀？你不是要杀我吧？救命！救命呀！

波洛涅斯 （在帏后）喂！救命！救命！救命！

哈姆莱特 （拔剑）怎么！是哪一个鼠贼？准是不要命了，我来结果你。（以剑刺穿帏幕）

波洛涅斯 （在帏后）啊！我死了！

王　后 嗳哟！你干了什么事啦？

哈姆莱特 我也不知道；那不是国王吗？

王　后 啊，多么鲁莽残酷的行为！

哈姆莱特 残酷的行为！好妈妈，简直就跟杀了一个国王再去嫁给他的兄弟一样坏。

王　后 杀了一个国王！

哈姆莱特 嗯，母亲，我正是这样说。（揭帏见波洛涅斯）你这倒运的、粗心的、爱管闲事的傻瓜，再会！我还以为是一个在你上面的人哩。也是你命不该活；现在你可知道爱管闲事的危险了。——别尽扭着你的手。静一静，坐下来，让我扭你的心；你的心倘不是铁石打成的，万恶的习惯倘不曾把它硬化得透不进一点感情，那么我的话一定可以把它刺痛。

王　后 我干了些什么错事，你竟敢这样肆无忌惮地向我摇唇弄舌？

哈姆莱特 您的行为可以使贞节蒙污，使美德得到了伪善的名称；从纯洁的恋情的额上取下娇艳的蔷薇，替它盖上一个烙印；使婚姻的盟约变成博徒的誓言一样虚伪；啊！这样一种行为，简直使盟约成为一个没有灵魂的躯壳，神圣的婚礼变成一串谵妄的狂言；苍天的脸上也为它带上羞色，大地因为痛心这样的行为，也罩上满面的愁容，好像世界末日就要到来一般。

王　后 唉！究竟是什么极恶重罪，你把它说得这样惊人呢？

哈姆莱特 瞧这一幅图画，再瞧这一幅；这是两个兄弟的肖像。您看这一个的相貌多么高雅优美；太阳神的鬈发，天神的前额，像战神一样威风凛凛的眼睛，像降落在高吻穹苍的山巅的神使一样矫健的姿态；这一个完善卓越的仪表，真像每一个天神都曾在那上面打下印记，向世间证明这是一个男子的典型。这是您从前的丈夫。现在您再看这一个；这是您现在的丈夫，像一株霉烂的禾穗，损害了他的健硕的兄弟。您有眼睛吗？您甘心离开这一座大好的高山，靠着这荒野生活吗？嘿！您有眼睛吗？您不能说那是爱情，因为在您的年纪，热情已经冷淡下来，进而驯服于理智的判断；什么理智愿意从这么高的地方，降落到这么低的所在呢？知觉您当然是有的，否则您就不会有行动；可是您那知觉也一定已经麻木了；因为就是疯人也不会犯那样的错误，无论怎样丧心病狂，总不会连这样悬殊的差异都分辨不出来。那么是什么魔鬼蒙住了您的眼睛，把您这样欺骗呢？有眼睛而没有视觉、有触觉而没有感觉，听觉、嗅觉也全都失去了作用，因为仅仅一种官觉出了毛病是不会糊涂到您这步田地。羞啊！您不觉得惭愧吗？要是地狱中的孽火可以在一个中年妇人的骨髓里煽起了蠢动，那么在青春的烈焰中，让贞操像蜡一样融化了吧。当无法阻遏的情欲迷失方向的时候，用不着喊什么羞耻了，因为霜雪都会自动燃烧，理智都会做情欲的奴隶呢。

王　后　啊，哈姆莱特！不要说下去了！你使我的眼睛看进了我自己灵魂的深处，看见我灵魂里那些洗拭不去的黑色的污点。

哈姆莱特　嘿，生活在汗臭垢腻的眠床上，让淫邪熏没了心窍，在污秽的猪圈里调情弄爱——

王　后　啊，不要再对我说下去了！这些话像刀子一样戳进我的耳朵里；不要说下去了，亲爱的哈姆莱特！

哈姆莱特　一个杀人犯、一个恶徒、一个不及你前夫二百分之一的庸奴、一个冒充国王的丑角、一个盗国窃位的扒手，从架子上偷下那顶珍贵的王冠，塞在自己的腰包里！

王　后　别说了！

哈姆莱特　一个下流无耻的国王——

鬼魂上。

哈姆莱特　天上的神明啊，救救我，用你们的翅膀覆盖我的头顶！——陛下英灵不昧，有什么见教？

王　后　嗳哟，他疯了！

哈姆莱特　您不是来责备您的儿子不该浪费他的时间和精力，把您煌煌的命令搁在一旁，耽误了应该做的大事吗？啊，说吧！

鬼　魂　不要忘记。我现在是来磨砺你的快要蹉跎下去的决心。可是瞧！你的母亲那副惊愕的表情。啊，快去安慰安慰她的正在交战中的灵魂吧！最柔弱的人最容易受幻想的激动。去对她说话，哈姆莱特。

哈姆莱特　您怎么啦，母亲？

王　后　唉！你怎么啦？为什么你把眼睛睁视着虚无，向空中喃喃说话？你的眼睛里射出狂乱的神情；像熟睡的兵士突然听到警号一般，你的整齐的头发一根根都像有了生命似的竖立起来。啊，好儿子！在你的疯狂的热焰上，浇洒一些清凉的镇静吧！你在瞧什么？

哈姆莱特　他，他！您瞧，他的脸色多么惨淡！看见了他这一种形状，要是再知道他所负的沉冤，即使石块也会感动的。——不要瞧着我，因为那种哀怨会妨碍我的冷酷的决心；也许我会因此而失去勇气，让挥泪代替了流血。

王　后　你这番话是对谁说的？

哈姆莱特　您没有看见什么吗？

王　后　什么也没有；要是有什么东西在那边，我不会看不见的。

哈姆莱特　您也没有听见什么吗？

王　后　不，除了我们两人的说话以外，我什么也没有听见。

哈姆莱特　啊，您瞧！瞧，它悄悄地去了！我的父亲，穿着他生前所穿的衣服！瞧，他就在这一刻，从门口走出去了！（鬼魂下）

王　后　这是你脑中虚构的意象；一个人在心神恍惚之中，最容易发生这种幻妄的错觉。

哈姆莱特　心神恍惚！我的脉搏跟您的一样，在按着正常的节奏跳动哩。我所说的并不是疯话；要是您不信，不妨试试，我可以把话一字不漏地复述一遍，一个疯人是不会记忆得那样清楚的。母亲，为了上帝的慈悲，不要自己安慰自己，以为我这一番说话，只是出于疯狂，不是真的对您的过失而发；那样的思想不过是骗人的油膏，只能使您溃烂的良心上结起一层薄膜，那内部的毒疮却在底下愈长愈大。向上天承认您的罪恶吧，忏悔过去，警戒未来；不要把肥料浇在莠草上，使它们格外蔓延起来。原谅我这一番正义的劝告；因为在这种万恶的时世，正义必须向罪恶乞恕，它必须俯首屈膝，要求人家接纳他的善意的箴规。

王　后　啊，哈姆莱特！你把我的心劈为两半了！

哈姆莱特　啊！把那坏的一半丢掉，保留那另外的一半，让您的灵魂清净一些。晚安！可是不要上我叔父的床！即使您已经失节，也得勉力学做一个贞节妇人的样子。习惯虽然是一个可以使人失去羞耻的魔鬼，但是它也可以做一个天使，对于勉力为善的人，它会用潜移默化的手段，使他徙恶从善。您要是今天晚上自加抑制，下一次就会觉得这一种自制的功夫并不怎样为难，慢慢地就可以习以为常了；因为习惯简直有一种改变气质的神奇的力量，它可以制服魔鬼，也可以把他从人们心里驱逐出去。让我再向您道一次晚安；当您希望得到上天祝福的时候，我将求您祝福我。至于这一位老人家，（指波洛涅斯）我很后悔自己一时鲁莽把他杀死；可是这是上天的意思，要借着他的死惩罚我，同时借着我的手惩罚他，使我成为代天行刑的凶犯和使者。我现在先去把他的尸体安顿好了，再来承担这个杀人的过咎。晚安！为了顾全母子的恩慈，我不得不忍情暴戾；不幸已经开始，更大的灾祸还在接踵而至。再有一句话，母亲。

王　后　我应当怎么做？

哈姆莱特　我不能禁止您不再让那肥猪似的僭王引诱您和他

同床，让他拧您的脸，叫您做他的小耗子；我也不能禁止您因为他给了您一两个恶臭的吻，或是用他万恶的手指抚摩您的颈项，就把您所知道的事情一起说了出来，告诉他我实在是装疯，不是真疯。您应该让他知道的；因为哪一个聪明懂事的王后愿意隐藏着这样重大的消息，不去告诉一只蛤蟆、一只蝙蝠、一只老雄猫知道呢？不，虽然理性警告您保守秘密，您尽管学那寓言中的猴子，因为受了好奇心的驱使，到屋顶上去开了笼门，把鸟儿放走，自己钻进笼里去，结果连笼子一起掉下来跌死吧。

王　后　你放心吧，要是言语来自呼吸，呼吸支持生命，只要我一息犹存，就决不会让我的呼吸泄露了你对我所说的话。

哈姆莱特　我必须到英国去；您知道吗？

王　后　唉！我忘了；这事情已经这样决定了。

哈姆莱特　公文已经封好，打算交给我那两个同学带去，对这两个家伙我要像对待两条咬人的毒蛇一样随时提防；他们将要做我的先驱，引导我钻进什么圈套里去。我倒要瞧瞧他们的能耐。开炮的要是给炮轰了，也是一件好玩的事；他们会埋地雷，我要比他们埋得更深，把他们轰到月亮里去。啊！用诡计对付诡计，不是顶有趣的吗？这家伙一死，多半会提早了我的行期；让我把这尸体拖到隔壁去。母亲，晚安！这一位大臣生前是个愚蠢饶舌的家伙，现在却变成非常谨严庄重的人了。来，老先生，该是收场的时候了。晚安，母亲！（各下。哈姆莱特拖波洛涅斯尸入内）

第四幕

第一场　城堡中一室

国王、王后、罗森格兰兹及吉尔登斯吞上。

国　王　这些长吁短叹之中，都含着深长的意义，你必须——讲出，让我明白。你的儿子呢？

王　后　（向罗森格兰兹、吉尔登斯吞）请你们暂时退开。（罗森格兰兹、吉尔登斯吞下）啊，陛下！今晚我看见了多么惊人的事情！

国　王　什么，格特鲁德？哈姆莱特怎么啦？

王　后　疯狂得像彼此争强斗胜的天风和海浪一样。在他野性发作的时候，他听见帏幕后面有什么东西爬动的声音，就拔出剑来，嚷着"有耗子！有耗子！"于是在一阵疯狂的恐惧之中，把那躲在幕后的好老人家杀死了。

国　王　啊，罪过罪过！要是我在那儿，我也会照样死在他手里的；放任他这样胡作非为，对于你、对于我、对于每一个人，都是极大的威胁。唉！这一件流血的暴行应当由谁负责呢？我是不能辞其咎的，因为我早该防患未然，把这个发疯的孩子关禁起来，不让他到处乱走；可是我太爱他了，以至于不愿想一个适当的方策，正像一个害着恶疮的人，因为不让它出毒的缘故，弄到毒气攻心，无法救治一样。他到哪儿去了？

王　后　拖着那个被他杀死的尸体出去了。像一堆下贱的铅铁掩不了真金的光彩一样，他知道他自己做错了事，他的纯良的本性就从他的疯狂里透露出来，他哭了。

国　王　啊，格特鲁德！来！太阳一到了山上，我就赶紧让他登船出发。对于这一件罪恶的行为，我们只有尽量利用我们的威权和手腕，替他掩饰，帮他开脱。喂！吉尔登斯吞！

罗森格兰兹及吉尔登斯吞重上。

国　王　两位朋友，请去多找几个人帮忙。哈姆莱特在疯狂之中，已经把波洛涅斯杀死；他现在把那尸体从他母亲的房间里拖出去了。你们去找他来，对他说话要和气一点；再把那尸体搬到教堂里去。请你们快去把这件事情办好。（*罗森格兰兹、吉尔登斯吞下*）来，格特鲁德，我要去召集我那些最有见识的朋友们，把我们的决定和这一件意外的变故告诉他们，免得外边无稽的谰言牵涉到我们身上，它的毒箭从低声的密语中间散放出去，是像弹丸从炮口射出去一样每发必中的。啊，来吧！我的灵魂里充满着混乱和惊愕。（*同下*）

第二场　城堡中另一室

哈姆莱特上。

哈姆莱特　藏好了。

罗森格兰兹、吉尔登斯吞（*在内*）　哈姆莱特！哈姆莱特殿下！

哈姆莱特　什么声音？谁在叫哈姆莱特？啊，他们来了。

罗森格兰兹及吉尔登斯吞上。

罗森格兰兹 殿下，您把那尸体怎么样啦？

哈姆莱特 它本来就是泥土，我仍旧让它回到泥土里去。

罗森格兰兹 告诉我们它在什么地方，让我们把它搬到教堂里去。

哈姆莱特 不要相信。

罗森格兰兹 不要相信什么？

哈姆莱特 不要相信我会打消自己的念头听你们的。而且，一块海绵也敢问起我来！一个堂堂王子应该用什么话去回答它呢？

罗森格兰兹 您把我当作一块海绵吗，殿下？

哈姆莱特 嗯，先生，一块吸收君王的恩宠、利禄和官爵的海绵。可是这样的官员要到最后才会显出他们对于君王的最大用处来；像猴子吃硬壳果一般，他们的君王先把他们含在嘴里舐弄了好久，然后再一口咽了下去。当他需要被你们所吸收去的东西的时候，他只要把你们一挤，于是，海绵，你又是一块干巴巴的东西了。

罗森格兰兹 我不懂您的话，殿下。

哈姆莱特 那很好，一番下流的话正好让它埋葬在一个傻瓜的耳朵里。

罗森格兰兹 殿下，您必须告诉我们那尸体在什么地方，然后跟我们见王上去。

哈姆莱特 他的身体和国王同在，可是那国王并不和他的身体同在。国王是一件东西——

吉尔登斯吞 一件东西，殿下！

哈姆莱特 一件虚无的东西。带我去见他。狐狸躲起来，大家追上去。（同下）

第三场　城堡中另一室

国　王　上，侍从后随。

国　王　我已经叫他们找他去了，并且叫他们把那尸体寻出来。让这家伙任意胡闹，是一件多么危险的事情！可是我们又不能把严刑峻法加在他的身上，他是为糊涂的群众所喜爱的，他们喜欢一个人，只凭眼睛，不凭理智；我要是处罚了他，他们只看见我的刑罚的苛酷，却不想到他犯的是什么重罪。为了顾全各方面的关系，这样叫他迅速离国，也许是妥善之策。应付非常的变故，只有用非常的手段，不然是不中用的。

罗森格兰兹上。

国　王　啊！事情怎样啦？

罗森格兰兹　陛下，他不肯告诉我们那尸体在什么地方。

国　王　可是他呢？

罗森格兰兹　在外面，陛下；我们把他看起来了，等候您的旨意。

国　王　带他来见我。

罗森格兰兹　喂，吉尔登斯吞！带殿下进来。

哈姆莱特及吉尔登斯吞上。

国　王　啊，哈姆莱特，波洛涅斯呢？

哈姆莱特　吃饭去了。

国　王　吃饭去了！在什么地方？

哈姆莱特　不是在他吃饭的地方，是在人家吃他的地方；有一群精明的蛆虫正在他身上大吃特吃哩。蛆虫是全世界最大的饕餮家；我们喂肥了各种牲畜给自己受用，再喂肥了自己去给蛆虫受用。胖胖的国王跟瘦瘦的乞丐是一个桌子上两道不同的菜——

不过是这么一回事。

国　王　唉！唉！

哈姆莱特　一个人可以拿一条吃过一个国王的蛆虫去钓鱼，再吃那吃过那条蛆虫的鱼。

国　王　你这句话是什么意思？

哈姆莱特　没有什么意思，我不过提醒您一个国王可以在一个乞丐的脏腑里来一番巡礼呢。

国　王　波洛涅斯呢？

哈姆莱特　在天上；您差人到那边去找他吧。要是您的使者在天上找不到他，那么您可以自己到另外一个所在去找他。可是你们在这一个月里要是找不到他的话，你们只要跑上走廊的阶石，也就可以闻到他的气味了。

国　王　（向若干侍从）到走廊里去找一找。

哈姆莱特　他一定会恭候你们哩。（侍从等下）

国　王　哈姆莱特，你干出这种事来，使我非常痛心。为了你的安全，你必须火速离开国境；所以快去自己预备预备。船已经整装待发，风势也很顺利，同行的人都在等着你，一切都已经准备好向英国出发。

哈姆莱特　到英国去！

国　王　是的，哈姆莱特。

哈姆莱特　好。

国　王　要是你明白我的用意，你应该知道这是为了你的好处。

哈姆莱特　我看见一个明白您的用意的天使。可是来，到英国去！再会，亲爱的母亲！

国　王　我是你慈爱的父亲，哈姆莱特。

哈姆莱特　我的母亲。父亲和母亲是夫妇两个，夫妇是一体

之亲；所以再会吧，我的母亲！来，到英国去！（下）

国　王　跟在他后面，劝诱他赶快上船，不要耽误；我要叫他今晚离开国境。去！这一切解决停当了，就什么事都没有了。请你们赶快一点。（罗森格兰兹、吉尔登斯吞下）英格兰王啊，丹麦的宝剑在你的国土上还留着鲜明的创痕，你向我们纳款输诚的敬礼至今未减，要是你畏惧我的威力，重视我的友谊，你就不能忽视我的意旨；我已经在公函里要求你把哈姆莱特立即处死，照着我的意思做吧，英格兰王，因为他像是我深入膏肓的痼疾，一定要借你的手把我医好。我必须知道他已经不在人世，我的脸上才会浮起笑容。（下）

第四场　丹麦原野

福丁布拉斯、一名队长及兵士等列队行进上。

福丁布拉斯　队长，你去替我问候丹麦国王，告诉他说福丁布拉斯因为得到他的允许，已经按照约定，率领一支军队通过他的国境。你知道我们在什么地方集合。要是丹麦王有什么话要跟我当面说，我也可以入朝晋谒；你就这样对他说吧。

队　长　是，主将。

福丁布拉斯　慢步前进。（福丁布拉斯及兵士等下）

哈姆莱特、罗森格兰兹、吉尔登斯吞等同上

哈姆莱特　官长，这些是什么人的军队？

队　长　他们都是挪威的军队，先生。

哈姆莱特　请问他们是开到什么地方去的？

队　长　到波兰的某一部分去。

哈姆莱特　谁是领兵的主将？

队　长　挪威老王的侄儿福丁布拉斯。

哈姆莱特　他们是要向波兰本土进攻呢，还是去袭击边疆？

队　长　不瞒您说，我们是要去夺一小块徒有虚名毫无实利的土地。叫我出五块钱去把它租下来，我也不要；要是把它标卖起来，不管是挪威人、波兰人，谁也不会得到更多的好处。

哈姆莱特　啊，那么波兰人一定不会防卫它的了。

队　长　不，他们早已布防好了。

哈姆莱特　为了这一块荒瘠的土地，搭上二千人的生命和二万块的金圆也未必可以解决。这完全是因为国家富足升平了，晏安的积毒蕴蓄于内，虽然已经到了溃烂的程度，外表上却还一点看不出将死的征兆来。谢谢您，官长。

队　长　上帝和您同在，先生。（下）

罗森格兰兹　我们去吧，殿下。

哈姆莱特　我就来，你们先走一步。（除哈姆莱特外均下）我所见到、听到的一切，都好像在对我谴责，鞭策我赶快进行我的蹉跎未就的复仇大愿！一个人要是把最美好的时光都虚度在吃吃睡睡上，他还算是个什么东西？简直不过是一头畜生！上帝造下我们来，使我们能够这样高谈阔论，瞻前顾后，当然要我们利用他所赋与我们的这一种能力和灵明的理智，不让它们白白废掉。现在我明明有理由，有决心，有力量，有方法，可以动手干我所要干的事，可是我还是在大言不惭地说一却空话，却始终不曾在行动上表现出来；我不知道这是因为像鹿豕一般的健忘呢，还是因为三分懦怯一分智慧的过于审慎的顾虑。像大地一样显明的榜样都在鼓励我；瞧这一支勇猛的大军，领队的是一个娇美的少年王子，勃勃的雄心振起了他的精神，使他蔑视不可知的结果，为了区区弹丸大小的一块不毛之地，拼着血肉之躯，去向命运、死亡和危险挑战。真正的伟大不是轻举妄动，而是在荣誉遭遇危险的时候，即使为了一根稻秆之微，也要慷慨力争。可是我的父亲给人惨杀，我的母亲给人污辱，我的理智和感情都被这种不共戴天的大仇所激动，我却因循隐忍，一切听其自然，看着这两万个人为了博取一个空虚的名声，坦然地走下他们的坟墓里去，目的只是争夺一方还不够给他们作战场或者埋骨之所的土地，相形之下，我将何地自容呢？啊！从这一刻起，让我屏除一切的疑虑妄念，把流血的思想充满在我的脑际！（下）

第五场　艾尔西诺。城堡中一室

王后、霍拉旭及一侍臣上。

王　后　我不愿意跟她说话。

侍　臣　她一定要见您；她的神气疯疯癫癫，瞧着怪可怜的。

王　后　她要什么？

侍　臣　她不断提起她的父亲；她说她听见这世上到处是诡计；一边呻吟，一边捶她的心，对一些琐琐屑屑的事情痛骂，讲的都是些很玄妙的话，好像有意思，又好像没有意思。她的话虽然不知所云，可是却能使听见的人心中发生反应，而企图从它里面找出意义来；他们妄加猜测，把她的话断章取义，用自己的思想附会上去；当她讲那些话的时候，有时眨眼，有时点头，做着种种的手势，的确使人相信在她的言语之间，含蓄着什么意思，虽然不能确定，却也未必是祥兆。

霍拉旭　最好有什么人跟她谈谈，因为也许她会在愚妄的脑筋里散布一些危险的猜测。

王　后　让她进来。（侍臣下）

我负疚的灵魂惴惴惊惶，
琐琐细事也像预兆灾殃；

罪恶是这样充满了疑猜，
越小心越容易流露鬼胎。

侍臣带奥菲利娅重上。

奥菲利娅 丹麦的美丽的王后陛下呢？

王　后 啊，奥菲利娅！

奥菲利娅 （唱）

找寻真爱满街走，
　谁是你情郎？
毡帽在头杖在手，
　草鞋穿一双。

王　后 唉！好姑娘，这支歌是什么意思呢？

奥菲利娅 您说？请您听好了。（唱）

姑娘，姑娘，他死了，
　一去不复来；
头上盖着青青草，
　脚下石生苔。
噢呵！

王　后 唉，可是，奥菲利娅——

奥菲利娅 请您听好了。（唱）

殓衾遮体白如雪——

国王上。

王　后 唉！陛下，您瞧。

奥菲利娅

鲜花红似雨；
花上盈盈有泪滴，
伴郎坟墓去。

国　王 你好，美丽的姑娘？

奥菲利娅 好，上帝保佑您！他们说猫头鹰是一个面包师的女儿变成的。主啊！我们都知道我们现在是什么，可是谁也不知道自己将来会变成什么。愿上帝和您同席！

国　王 她父亲的死激成了她这种幻想。

奥菲利娅 对不起，我们再别提这件事了。要是有人问您这是什么意思，您就这样对他说：（唱）

情人佳节就在明天，
　我要一早起身，
梳洗齐整到你窗前，
　来做你的恋人。
他下了床披了衣裳，
　他开开了房门；
她进去时是个女郎，
　出来变了妇人。

国　王 美丽的奥菲利娅！

奥菲利娅 真的，不用发誓，我会把它唱完：（唱）

凭着神圣慈悲名字，
　这种事太丢脸！
少年男子不知羞耻，
　一味无赖纠缠。
你曾答应娶我，
　然后再同枕席。
谁料被你欺骗，
　从此后悔莫及。

国　王 她这个样子已经多久了？

奥菲利娅 我希望一切转祸为福！我们必须忍耐；可是我一想到他们把他放下寒冷的泥土里去，我就禁不住掉泪。我的哥哥

必须知道这件事。谢谢你们很好的劝告。来，我的马车！晚安，太太们；晚安，可爱的小姐们；晚安，晚安！（下）

国　王　紧紧跟住她；留心不要让她闹出乱子来。（霍拉旭下）啊！深心的忧伤把她害成这样子；这完全是为了她父亲的死。啊，格特鲁德，格特鲁德！不幸的事情总是接踵而来；第一是她父亲的被杀；然后是你儿子的远别，他闯了这样大祸，不得不亡命异国，也是自取其咎。人民对于善良的波洛涅斯的暴死，已经群疑蜂起，议论纷纷；我这样匆匆忙忙地把他秘密安葬，更加引起了外间的疑窦；可怜的奥菲利娅也因此而伤心得失去了她的正常的理智，我们人类没有了理智，不过是画上的图形，无知的禽兽。最后，跟这些事情同样使我不安的，她的哥哥已经从法国秘密回来，行动诡异，居心叵测，他的耳中所听到的，都是那些播弄是非的人所散播的关于他父亲死状的恶意的谣言；这些谣言难免牵涉到我们身上。啊，我的亲爱的格特鲁德！这些消息就像一尊能杀人的火炮，随时随地都可以消灭我于无形。（内喧呼声）

王　后　嗳哟！这是什么声音？

一侍臣上。

国　王　我的瑞士卫队呢？叫他们把守宫门。什么事？

侍　臣　赶快避一避吧，陛下；比大洋中的怒潮冲决堤岸还要汹汹其势，年轻的雷欧提斯带领着一队叛军，打败了您的卫士，冲进宫里来了。这一群暴徒把他称为主上；就像世界还不过刚才开始一般，他们推翻了一切的传统和习惯，毫无规矩，胆大妄为，高喊着“我们推举雷欧提斯做国王！”他们掷帽举手，吆呼的声音响彻云霄，“让雷欧提斯做国王，让雷欧提斯做国王！”

王　后　他们这样兴高采烈，却不知道已经误入歧途！啊，你们干了错事了，你们这些不忠的丹麦狗！

国　王　宫门都已打破了。

雷欧提斯戎装上；一群丹麦人随上。

雷欧提斯　国王在哪儿？弟兄们，大家站在外面。

众　人　不，让我们进来。

雷欧提斯　对不起，请你听我的。

众　人　好，好。（众人退立门外）

雷欧提斯　谢谢你们；把门看守好了。啊，你这万恶的奸王！还我的父亲来！

王　后　安静一点，好雷欧提斯。

雷欧提斯　我身上要是有一点血安静下来，我就是个野生的杂种，我的父亲是个王八，我的母亲的贞洁的额角上，也要雕上娼妓的恶名。

国　王　雷欧提斯，你这样大张声势，兴兵犯上，究竟为了什么原因？——放了他，格特鲁德；不要担心他会伤害我的身体，一个君王是有神灵呵护的，叛逆只能在一边蓄意窥伺，并迟早会被吓退。——告诉我，雷欧提斯，你有什么气恼不平的事？——放了他，格特鲁德。——你说吧。

雷欧提斯　我的父亲呢？

国　王　死了。

王　后　但是并不是他杀死的。

国　王　尽让他问下去。

雷欧提斯　他怎么会死的？我可不能受人家的愚弄。忠心，到地狱里去吧！让最黑暗的魔鬼把一切誓言抓了去！什么良心，什么礼貌，都给我滚下无底的深渊里去！我要向永劫挑战。我的立场已经坚决；是死是活我无所谓，只要痛痛快快地为我的父亲复仇。

国　王　有谁阻止你呢？

雷欧提斯　除了我自己的意志以外，全世界也不能阻止我；我将不惜一切达到初衷。

国　王　好雷欧提斯，要是你想知道你的亲爱的父亲究竟是怎样死去的话，难道你复仇的方式是把敌友混淆，把赢家和输家都一扫而光吗？

雷欧提斯　我只要找我父亲的敌人算账。

国　王　那么你要知道谁是他的敌人吗？

雷欧提斯　对于他的好朋友，我愿意张开我的手臂拥抱他们，像舍身的伽蓝鸟一样，把我的血供他们畅饮。

国　王　啊，现在你才说得像一个孝顺的儿子和真正的绅士。我不但对于令尊的死不曾有分，而且为此也感觉到非常的悲痛；这一个事实将会透过你的心，正像白昼的阳光照射你的眼睛一样。

众　人　（内喧哗）放她进去！

雷欧提斯　怎么！那是什么声音？

奥菲利娅重上。

雷欧提斯　啊，赤热的烈焰，炙枯了我的脑浆吧！七倍辛酸的眼泪，灼伤了我的视觉吧！天日在上，我一定要叫那害你疯狂的仇人重重地抵偿他的罪恶。啊，五月的玫瑰！亲爱的女郎，好妹妹，奥菲利娅！天啊！一个少女的理智，也会像一个老人的生命一样受不起打击吗？人类的天性由于爱情会格外敏感，而这敏感又会把自己最珍贵的部分舍弃给其所爱的事物。

奥菲利娅　（唱）

他们把他抬上柩架；
　哎呀，哎呀，哎哎呀；
在他坟上泪如雨下；——
再会，我的鸽子！

雷欧提斯 要是你没有发疯而只是激励我复仇，你的言语也不会比你现在这样子更使我感动了。

奥菲利娅 你应该唱：“哨啊哨，还叫他啊哨啊哨。”哦，这叠唱的配合多么好听！唱的是那坏良心的管家把主人的女儿拐了去了。

雷欧提斯 这一种无意识的话，比正言危论还要有力得多。

奥菲利娅 这是表示记忆的迷迭香；爱人，请你记着吧：这是表示思想的三色堇。

雷欧提斯 疯话往往最有道理，比正言危论还要有力。

奥菲利娅 （向国王）这是给您的茴香和漏斗花；（向王后）这是给您的芸香；这儿还留着一些给我自己；遇到礼拜天，我们不妨叫它慈悲草。啊！您可以把您的芸香插戴得别致一点。这儿是一枝骗人的雏菊；我本想给您几朵紫罗兰，可是我父亲一死，它们全都谢了；他们说他死得其所——（唱）

可爱的罗宾是我的宝贝。

雷欧提斯 忧愁、痛苦、悲哀和地狱中的磨难，在她身上都变成了可怜可爱。

奥菲利娅 （唱）

他会不会再回来？
他会不会再回来？
　不，不，他死了；
　你的命难保，
他再也不会回来。
他的胡须像白银，
满头黄发乱纷纷。
　人死不能活，
　且把悲声歇；

上帝饶赦他灵魂！

求上帝饶赦一切基督徒的灵魂！上帝和你们同在！（下）

雷欧提斯 上帝啊，你看见这种惨事吗？

国 王 雷欧提斯，我必须跟你详细谈谈关于你所遭逢的不幸；你不能拒绝我这一个权利。你不妨先去选择几个你的最有见识的朋友，请他们在你我两人之间做公正人；要是他们评断的结果，认为是我主动或同谋杀害的，我愿意放弃我的国土、我的王冠、我的生命以及我所有的一切，作为对你的补偿；可是他们假如认为我是无罪的，那么你必须答应助我一臂之力，让我们两人开诚合作，定出一个惩凶的方策来。

雷欧提斯 就这样吧；他死得这样不明不白，他的下葬又是这样偷偷摸摸的，他的尸体上没有一些战士的荣饰，也不曾替他举行一些哀祭的仪式，从天上到地下都在发出愤懑不平的呼声，我不能不问一个明白。

国 王 你可以明白一切；谁是真有罪的，让斧钺加在他的头上吧。请你跟我来。（同下）

第六场 城堡中另一室

霍拉旭及一仆人上。

霍拉旭 要来见我说话的是些什么人？

仆 人 是几个水手，主人；他们说他们有信要交给您。

霍拉旭 叫他们进来。（仆人下）倘不是哈姆莱特殿下差来的人，我不知道在这世上的哪一部分会有人来看我。

众水手上。

水手甲 上帝祝福您，先生！

霍拉旭 愿他也祝福您。

水手乙 他要是高兴，先生，他会祝福我们的。这儿有一封信给您，先生——它是从那位到英国去的钦使寄来的——要是您的名字果然是霍拉旭的话。

霍拉旭 （读信）“霍拉旭，把这封信看过以后，请把来人领去见一见国王；他们还有信要交给他。我们在海上的第二天，就有一艘很凶猛的海盗船向我们追击。我们因为船行太慢，只好勉力迎敌；在彼此相持的时候，我跳上了盗船，他们就立刻抛下我们的船，扬帆而去，剩下我一个人做他们的俘虏。他们对待我很是有礼，可是他们也知道这样做对他们有利；我还要重谢他们哩。把我给国王的信交给他以后，请您就像逃命一般火速来见我。我有一些可以使您听了咋舌的话要在您的耳边说；可是事实的本身比这些话还要严重得多。来人可以把您带到我现在所在的地方。罗森格兰兹和吉尔登斯吞到英国去了；关于他们我还有许多话要告诉您。再会。您的知心朋友哈姆莱特。”来，让我立刻就带你们去把你们的信送出，然后请你们尽快领我到那把这些信交给你们的那个人的地方去。（同下）

第七场 城堡中另一室

国王及雷欧提斯上。

国 王 你已经用你同情的耳朵，听见我告诉你那杀死令尊的人，也在图谋我的生命；现在你必须明白我的无罪，并且把我当作你的一个心腹的友人了。

雷欧提斯 听您所说，果然像是真的；可是告诉我，为什么您不顾自己的安全，对于这样罪大恶极的暴行，反而不采取严厉的手段呢？

国 王 啊！那是因为有两个理由，也许在你看来是不成其为理由的，可是对于我却有很大的关系。王后，他的母亲，差不多一天不看见他就不能生活；至于我自己，那么不管这是我的好处或是我的致命的弱点，我的生命和灵魂是这样跟她连结在一起，正像星球不能跳出轨道一样，我也不能没有她而生活。而且我所以不能把这件案子公开，还有一个重要的顾虑；一般民众对他都有很大的好感，他们盲目的崇拜像一道使树木变成石块的魔泉一样，会把他的过失也当作光荣。我的箭太轻太没有力了，遇到这样的狂风，一定不能射中目的，反而给吹了回来。

雷欧提斯 那么难道我的一个高贵的父亲就这样白白死去，一个好好的妹妹就这样白白疯了不成？如果能允许我赞美她的美丽及才德，那简直是可以傲视一世、睥睨古今的。可是我的报仇的机会总有一天会到来。

国　王 不要让这件事扰乱了你的睡眠；你不要以为我是这样一个麻木不仁的人，会让人家揪着我的胡须，还以为这不过是开开玩笑。不久你就可以听到消息。我爱你父亲，我也爱我自己；那我希望可以使你想到——

一使者上。

国　王 啊！什么消息？

使　者 启禀陛下，是哈姆莱特寄来的信；这一封是给陛下的，这一封是给王后的。

国　王 哈姆莱特寄来的！是谁把它们送到这儿来的？

使　者 他们说是几个水手，陛下，我没有看见他们；这两封信是克劳狄奥交给我的，来人把信送在他手里。

国　王 雷欧提斯，你可以听一听这封信。出去！（使者下。读信）“陛下，我已经光着身子回到您的国土上来了。明天我就要请您允许我拜谒御容。让我先向您告我的不召而返之罪，然后再向您禀告我这次突然意外回国的原因。哈姆莱特敬上。”这是什么意思？同去的人也都一起回来了吗？还是有什么人在捣鬼，事实上并没有这么一回事？

雷欧提斯　您认识这笔迹吗？

国　王　这确是哈姆莱特的亲笔。“光着身子”！这儿还附着一笔，说是“一个人回来”。你看他是什么用意？

雷欧提斯　我可不懂，陛下。可是他来得正好；我的郁闷的心也热起来了。这样我就有机会当面追讨他：“看看你干的好事”！

国　王　要是果然这样的话，可是怎么会呢？然而，此外又有何解释呢？雷欧提斯，你愿意听我的吩咐吗？

雷欧提斯　愿意，陛下，只要您不勉强我跟他和解。

国　王　我是要使你自己心里得到平安。要是他现在中途而返，不预备再作这样的航行，那么我已经想好了一个计策，怂恿他去作一件事情，一定可以叫他自投罗网；而且他死了以后，谁也不能讲一句闲话，即使他的母亲也不能觉察我们的诡计，只好认为是一件意外的灾祸。

雷欧提斯　陛下，我愿意服从您的指挥，最好请您设法让他死在我的手里。

国　王　我正是这样计划。自从你到国外游学以后，人家常常说起你有一种特长的本领，这种话哈姆莱特也是早就听到过的；虽然在我的意见之中，这不过是你所有的才艺中间最不足道的一种，可是你的一切才艺的总和，都不及这一种本领更能挑起他的妒忌。

雷欧提斯　是什么本领呢，陛下？

国　王　它虽然不过是装饰在少年人帽上的一条缎带，但也是少不了的；因为年轻人应该装束得华丽潇洒一些，表示他的健康活泼，正像老年人应该装束得朴素大方一些，表示他的矜严庄重一样。两个月以前，这儿来了一个诺曼底绅士；我自己曾经亲自跟法国人打过仗，他们都是很精于骑术的；可是这位好汉简直有不可思议的魔力，他骑在马上，好像和他的坐骑化成了一体似的，随意驰骤，无不出神入化。他的技术是那样远超过我的预料，无论我杜撰一些怎样夸大的辞句，都不够形容它的奇妙。

雷欧提斯 是个诺曼人吗？

国 王 是诺曼人。

雷欧提斯 那么一定是拉摩德了。

国 王 正是他。

雷欧提斯 我认识他；他的确是全国知名的勇士。

国 王 他承认你的武艺很了不得，对于你的剑术尤其极口称赞，说是倘有人能够和你对敌，那一定大有可观；他发誓说他们国里的剑士要是跟你交起手来，一定会眼花缭乱，全然失去招架之功。他对你的这一番夸奖，使哈姆莱特妒恼交集，一心希望你快些回来，跟他比赛一下。从这一点上——

雷欧提斯 从这一点上怎么，陛下？

国 王 雷欧提斯，你真爱你的父亲吗？还是不过是做作出来的悲哀，只有表面，没有真心？

雷欧提斯 您为什么这样问我？

国 王 我不是以为你不爱你的父亲；可是我知道爱不过起于一时感情的冲动，经验告诉我，经过了相当时间，它是会逐渐冷淡下去的。爱像一盏油灯，灯芯烧枯以后，它的火焰也会由微暗而至于消灭。一切事情都不能永远保持良好，因为过度的善反会摧毁它的本身，正像一个人因充血而死去一样。我们所要做的事，想到了就该做；因为人的想法变幻无常，有多少口舌、多少欲望、多少意外，就会有多少犹豫、多少迟延；那时候再空谈该做什么，只不过等于聊以自慰的长吁短叹，徒然伤身罢了。可是回到我们所要谈的问题上来吧。哈姆莱特回来了；你预备怎样用行动代替言语，表明你自己的确是你父亲的孝子呢？

雷欧提斯　我要在教堂里割破他的喉咙。

国　王　当然，无论什么所在都不能庇护一个杀人的凶手；复仇应该不受地点的限制。可是，好雷欧提斯，你要是果然志在复仇，还是住在自己家里不要出来。哈姆莱特回来以后，我们可以让他知道你也已经回来，叫几个人在他的面前夸奖你的本领，把你说得比那法国人所讲的还要了得，怂恿他和你作一次比赛，赌个输赢。他是个粗心的人，不会想到人家在算计他，一定不会仔细检视比赛用的刀剑的利钝；你只要预先把一柄利剑混杂在里面，趁他没有注意的时候不动声色地自己拿了，在比赛之际，看准他的要害刺了过去，就可以替你的父亲报了仇了。

雷欧提斯　我愿意这样做；为了达到复仇的目的，我还要在我的剑上涂一些毒药。我已经从一个卖药人手里买到一种致命的药油，只要在剑头上沾了一滴，刺到人身上，它一碰到血，即使只是擦破了一些皮肤，也会毒性发作，无论什么灵丹仙草，都不能挽救。我这就去把剑尖蘸上这种烈性毒剂，管保刺破一点，就叫他送命。

国　王　让我们再考虑考虑，看时间和机会能够给我们什么方便。要是这一个计策会失败，要是我们会在行动之间露出破绽，那么还是不要尝试的好。为了预防失败起见，我们应该另外再想一个万全之计。且慢！让我想来；我们可以对你们两人的胜负打赌；啊，有了，你在跟他交手的时候，必须使出你全副的精神，使他疲于奔命，等他口干舌躁要讨水喝的当儿，我就为他预备好一杯毒酒，万一他逃过了你的毒剑，也逃不过毒酒。且慢！什么声音？

王后上。

国　王　啊，亲爱的王后！

王　后　一桩祸事刚刚到来，又有一桩接踵而至。雷欧提斯，你的妹妹掉在水里淹死了。

雷欧提斯　淹死了！啊！在哪儿？

王　后　在小溪之旁，斜生着一株杨柳，它的毵毵的枝叶倒映在明镜一样的水流之中；她编了几个奇异的花环来到那里，用的是毛茛、荨麻、雏菊和长颈兰——正派的姑娘管这种花叫“死人指”，说粗话的牧人却给它起了另一个不雅的名字——她爬上一根横垂的树枝，想要把她的花冠挂在上面；就在这时候，一根心怀恶意的树枝折断了，她就连人带花一起落下呜咽的溪水里。她的衣服四散展开，使她暂时像人鱼一样漂浮水上；她嘴里还断断续续唱着古老的谣曲，好像一点不感觉到她处境的险恶，又好像她本来就是生长在水中一般。可是不多一会儿，她的衣服给水浸得重起来了，这可怜的人歌儿还没有唱完，就已经沉到泥里去了。

雷欧提斯　唉！那么她淹死了吗？

王　后　淹死了，淹死了！

雷欧提斯　太多的水淹没了你的身体，可怜的奥菲利娅，所以我必须忍住我的眼泪。可是人类的常情是不能遏阻的，我掩饰不了心中的悲哀，只好顾不得惭愧了；当我们的眼泪干了以后，我们的妇人之仁也会随着消灭的。再会，陛下！我有一段炎炎欲焚的烈火般的话，可是我的傻气的眼泪把它浇熄了。（下）

国　王　让我们跟上去，格特鲁德；我好容易才把他的怒气平息了一下，现在我怕又要把它挑起来了。快让我们跟上去吧。（同下）

第五幕

第一场 墓 地

二小丑携锄、锹等上。

小丑甲 她存心自己脱离人世，却要照基督徒的仪式下葬吗？

小丑乙 我对你说是的，所以你赶快把她的坟掘好吧；验尸官已经验明她的死状，宣布应该按照基督徒的仪式把她下葬。

小丑甲 这可奇了，难道她是因为自卫而跳下水里的吗？

小丑乙 他们验明是这样的。

小丑甲 那一定是有意的，不可能有别的原因。因为问题是这样的；要是我有意投水自杀，那必须成立一个行为；一个行为可以分为三部分，那就是干、行、做；所以，她是有意投水自杀的。

小丑乙 唉，你听我说——

小丑甲 让我说完。这儿是水；好，这儿站着人；好，要是这个人跑到这个水里，把他自己淹死了，那么，不管他自己愿不愿意，总是他自己跑下去的；你听见了没有？可是要是那水追到他的身上把他淹死了，那就不是他自己把自己淹死；所以，对于他自己的死无罪的人，并没有缩短他自己的生命。

小丑乙 法律上是这样说的吗？

小丑甲 嗯，是的，这是验尸官的验尸法。

小丑乙 说一句老实话，要是死的不是一位贵家女子，他们决不会按照基督徒的仪式把她下葬的。

小丑甲 对了，你说得有理；有财有势的人，就是要投河上吊，比起他们同教的基督徒来也可以格外通融，世上的事情真是太不公平了！来，我的锄头。要论家世悠久，就得数种地的、开沟的和掘坟的；他们都是亚当的传人。

小丑乙 亚当也算世家吗？

小丑甲 当然，他在开山立户方面很有两手呢。

小丑乙 真的吗？

小丑甲 怎么？你是个异教徒吗？你的圣经是怎么读的？圣经上说亚当掘地；没有真本事，能够开山立户吗？让我再问你一个问题；要是你回答得不对，那么你就承认你自己——

小丑乙 你问吧。

小丑甲 谁造出东西来比泥水匠、船匠或是木匠更坚固？

小丑乙 造绞架的人；因为一千个曾过往其上的人都已经先后死去，它还是站在那儿动都不动。

小丑甲 我很喜欢你的聪明，真的。绞架是很合适的；可是它怎么是合适的？它对于那些有罪的人是合适的。你说绞架造得比教堂还坚固，说这样的话是罪过的；所以，绞架对于你是合适的。来，重新说过。

小丑乙 谁造出东西来比泥水匠、船匠或是木匠更坚固？

小丑甲 嗯，你回答了这个问题，我就让你下工。

小丑乙 呃，现在我知道了。

小丑甲 说吧。

小丑乙 真的，我可回答不出来。

哈姆莱特 及霍拉旭上，立远处。

小丑甲 别尽绞你的脑汁了，懒驴子是打死也走不快的；下回有人问你这个问题的时候，你就对他说，“掘坟的人”。因为他造的房子是可以一直住到世界末日的。去，到老约翰的酒店里去给我倒一杯酒来。（小丑乙下。小丑甲且掘且歌）

年轻时候最爱偷情，
　觉得那事很有趣味；
规规矩矩学做好人，
　在我看来太无意义。

哈姆莱特 这家伙难道对于他的工作一点没有什么感觉，在掘坟的时候还会唱歌吗？

霍拉旭 他做惯了这种事，所以不以为意。

哈姆莱特 正是；不大劳动的手，它的感觉要比较灵敏一些。

小丑甲 （唱）

谁料如今岁月潜移，
　老景催人急于星火，
两腿挺直，一命归西，
　世上原来不曾有我。（掷起一骷髅）

哈姆莱特 那个骷髅里面曾经有一条舌头，它也会唱歌哩；瞧这家伙把它摔在地上，好像它是第一个杀人凶手该隐的颚骨似的！

霍拉旭 也许是的，殿下。

哈姆莱特 也许是一个朝臣，他会说，“早安，大人！您好，大人！”也许他就是某大人，嘴里称赞某大人的马好，心里却想把它讨了来，你看是不是？

霍拉旭 是，殿下。

哈姆莱特 啊，正是；现在却让蛆虫伴寝，他的下巴也脱掉了，一柄工役的锄头可以在他头上敲来敲去。从这种变化上，我们大可看透了生命的无常。难道这些枯骨生前受了那么多的教养，死后却只好给人家当木块一般抛着玩吗？想起来真是怪不好受的。

小丑甲 （唱）

锄头一柄，铁铲一把，
　殓衾一方掩面遮身；
挖松泥土深深掘下，
　掘了个坑招待客人。（掷起另一骷髅）

哈姆莱特 又是一个；谁知道那不会是一个律师的骷髅？他的舞弄刀笔的手段，颠倒黑白的雄辩，现在都到哪儿去了？为什么他让这个放肆的家伙用龌龊的铁铲敲他的脑壳，而不去控告他一个殴打罪？哼！这家伙生前也许曾经买下许多地产，开口闭口用那些条文、具结、罚款、证据、赔偿一类的名词吓人；现在他的脑壳里塞满了泥土，这就算是他所取得的罚款和最后的赔偿了吗？他的双重保证人难道不能担保他再多买点地皮，到头来只给他留下一块与契约同样大小的地面吗？这个小木头匣子，原来要装他全部的地契都恐怕装不下，如今地主本人却也只能有这么一点地盘，哈？

霍拉旭 不能比这再多一点了，殿下。

哈姆莱特 契约纸不是用羊皮做的吗？

霍拉旭 是的，殿下，也有用牛皮做的。

哈姆莱特 我看痴心指靠那些玩意儿的人，比牲口聪明不了多少。我要去跟这家伙谈谈。大哥，这是谁的坟？

小丑甲 我的，先生——

挖松泥土深深掘下，
掘了个坑招待客人。

哈姆莱特 我看也是你的，因为你在里头胡闹。

小丑甲 您在外头也不老实，先生，所以这坟不是您的；至于说我，我倒没有在里头胡闹，可是这坟的确是我的。

哈姆莱特 你在里头，又说是你的，这就是“在里头胡闹”。因为挖坟是为死人，不是为会蹦会跳的活人，所以说你胡闹。

小丑甲 这套胡闹的话果然会蹦会跳，先生；等会儿又该从我这里跳到您那里去了。

哈姆莱特 你是在给什么人挖坟？是个男人吗？

小丑甲 不是男人，先生。

哈姆莱特 那么是个女人？

小丑甲 也不是女人。

哈姆莱特 不是男人，也不是女人，那么谁葬在这里面？

小丑甲 先生，她本来是一个女人，可是上帝让她的灵魂得到安息，她已经死了。

哈姆莱特 这混蛋倒会分辨得这样清楚！我们讲话可得字斟句酌，精心推敲，否则稍有含糊就会自讨没趣。凭着上帝发誓，霍拉旭，我觉得这三年来，世事突变，庄稼汉的脚趾头已经挨近朝廷贵人的脚后跟，可以磨破那上面的冻疮了。——你做这掘墓的营生多久了？

小丑甲 我开始干这营生，是在我们的老王爷哈姆莱特打败福丁布拉斯那一天。

哈姆莱特 那是多久以前的事？

小丑甲 你不知道吗？每一个傻子都知道的；那正是小哈姆莱特出世的那一天，就是那个发了疯给他们送到英国去的。

哈姆莱特 嗯，对了；为什么他们叫他到英国去？

小丑甲 就是因为他发了疯呀；他到英国去，他的疯病就会好的，即使疯病不会好，在那边也没有什么关系。

哈姆莱特 为什么？

小丑甲 英国人不会把他当作疯子；他们都跟他一样疯。

哈姆莱特 他怎么会发疯？

小丑甲 人家说得很奇怪。

哈姆莱特 怎么奇怪？

小丑甲 他们说他脑子有了毛病。

哈姆莱特 从哪里来的？

小丑甲 还不就是从丹麦本地来的？我在本地干这掘墓的营生，从小到大，一共有三十年了。

哈姆莱特 一个人埋在地下，要经过多少时候才会腐烂？

小丑甲 假如他不是在未死以前就已经腐烂——就如现在多是害杨梅疮死去的尸体，简直抬都抬不下去——他大概可以过八九年；一个硝皮匠在九年以内不会腐烂。

哈姆莱特 为什么他要比别人长久一些？

小丑甲 因为，先生，他的皮硝得比人家的硬，可以长久不透水；尸体一碰到水，是最会腐烂的。这儿又是一个骷髅；这骷髅已经埋在地下二十三年了。

哈姆莱特 它是谁的骷髅？

小丑甲 是个婊子养的疯小子；你猜是谁？

哈姆莱特 不，我猜不出。

小丑甲 这个遭瘟的疯小子！他有一次把一瓶葡萄酒倒在我的头上。这一个骷髅，先生，是国王的弄人郁利克的骷髅。

哈姆莱特 这就是他！

小丑甲 正是他。

哈姆莱特 让我看。（取骷髅）唉，可怜的郁利克！霍拉旭，我认识他；他是一个最会开玩笑、非常富于想象力的家伙。他曾经把我负在背上一千次；现在我一想起来，却忍不住胸头作呕。这儿本来有两片嘴唇，我不知吻过它们多少次。——现在你还会挖苦人吗？你还会蹦蹦跳跳，逗人发笑吗？你还会唱歌吗？你还会随口编造一些笑话，说得满座捧腹吗？你没有留下一个笑话，讥笑你自己吗？这样垂头丧气了吗？现在你给我到小姐的闺房里去，对她说，凭她脸上的脂粉搽得一寸厚，到后来总要变成这个样子的；你用这样的话告诉她，看她笑不笑吧。霍拉旭，请你告诉我一件事情。

霍拉旭　什么事情，殿下？

哈姆莱特　你想亚历山大在地下也是这副形状吗？

霍拉旭　也是这样。

哈姆莱特　也有同样的臭味吗？呸！（掷下骷髅）

霍拉旭　也有同样的臭味，殿下。

哈姆莱特　谁知道我们将来会变成一些什么下贱的东西，霍拉旭！要是我们用想象推测下去，谁知道亚历山大的高贵的尸体，不就是塞在酒桶口上的泥土？

霍拉旭　那未免太想入非非了。

哈姆莱特　不，一点也不，这很有可能；比方说吧：亚历山大死了；亚历山大埋葬了；亚历山大化为尘土；人们把尘土做成烂泥；那么为什么亚历山大所变成的烂泥，不会被人家拿来塞在啤酒桶的口上呢？

凯撒死了，他尊严的尸体
也许变了泥把破墙填砌；
啊！他从前是何等的英雄，
现在只好替人挡雨遮风！

可是不要作声！不要作声！站开；国王来了。

教士等列队上；众抬奥菲利娅尸体前行；雷欧提斯及诸送葬者、国王、王后及侍从等随后。

哈姆莱特　王后和朝臣们也都来了；他们是送什么人下葬呢？仪式又是这样草率的？瞧上去好像他们所送葬的那个人，是自杀而死的，同时又是个很有身份的人。让我们躲在一旁瞧瞧他们。

（与霍拉旭退后）

雷欧提斯 还有些什么仪式？

哈姆莱特 （向霍拉旭旁白）那是雷欧提斯，一个很高贵的青年；听着。

雷欧提斯 还有些什么仪式？

教士甲她的葬礼已经超过了她所应得的名分。她的死状很是可疑；倘不是因为我们迫于权力，按例就该把她安葬在圣地以外，直到最后审判的喇叭吹召她起来。我们不但不应该替她祷告，并且还要用砖瓦碎石丢在她坟上；可是现在我们已经允许给她处女的葬礼，用花圈盖在她的身上，替她撒播鲜花，鸣钟送她入土，这还不够吗？

雷欧提斯 难道不能再有其他仪式了吗？

教士甲不能再有其他仪式了；要是我们为她唱安魂曲，就像对于一般平安死去的灵魂一样，那就要亵渎了教规。

雷欧提斯 把她放下泥土里去；愿她的娇美无瑕的肉体上生出芬芳馥郁的紫罗兰来！我告诉你，你这下贱的教士，我的妹妹将要做一个天使，你死了却要在地狱里呼号。

哈姆莱特 什么！美丽的奥菲利娅吗？

王　后 好花是应当散在美人身上的；永别了！（撒花）我本来希望你做我的哈姆莱特的妻子；这些鲜花本来要铺在你的新床上，亲爱的女郎，谁想得到我要把它们散在你的坟上！

雷欧提斯 啊！但愿千百重的灾祸，降临在害得你精神错乱的那个该死的恶人的头上！等一等，不要就把泥土盖上去，让我再拥抱她一次。（跳下墓中）现在把你们的泥土倒下来，把死的和活的一起掩埋了吧；让这块平地上堆起一座高山，那古老的丕利恩和苍秀插天的奥林匹斯山都要俯伏在它的足下。

哈姆莱特 （上前）哪一个人的心里装载得下这样沉重的悲

伤？哪一个人的哀恸的辞句，可以使天上的行星惊疑止步？那是我，丹麦王子哈姆莱特！（跳下墓中）

雷欧提斯 魔鬼抓了你的灵魂去！（将哈姆莱特揪住）

哈姆莱特 您祷告错了。请不要掐住我的喉咙；因为我虽然不是一个暴躁易怒的人，可是我的火性发作起来，是很危险的，您还是不要激恼我吧。放开您的手！

国　王 把他们扯开！

王　后 哈姆莱特！哈姆莱特！

众　人 殿下，公子——

霍拉旭 好殿下，安静点儿。（侍从等分开二人，二人自墓中出）

哈姆莱特 嘿，我愿意为了这个题目跟他决斗，直到我的眼皮不再眨动。

王　后 啊，我的孩子！什么题目？

哈姆莱特 我爱奥菲利娅；四万个兄弟的爱合起来也抵不过我对她的爱。您愿意为她干些什么事情？

国　王 啊！他是个疯人，雷欧提斯。

王　后 看在上帝的情分上，不要跟他认真。

哈姆莱特 哼，让我瞧瞧你会干些什么事。你会哭吗？你会打架吗？你会绝食吗？你会撕破你自己的身体吗？你会喝一大缸醋吗？你会吃一条鳄鱼吗？我都做得到。你是到这儿来哭泣的吗？你跳下她的坟墓里，是要当面羞辱我吗？你跟她活埋在一起，我也会跟她活埋在一起；要是你还要夸说什么高山大岭，那么让他们把几百万亩的泥土堆在我们身上，直到把我们的地面堆得高到直入云天，被烈日炙烤，让巍峨的奥萨山在相形之下变得只像一个皮疣那么渺小吧！嘿，你会吹，我就不会吹吗？

王　后 这不过是他一时的疯话。他的疯病一发作起来，总是这个样子的；可是等一会儿他就会安静下来，正像母鸽孵育它那一双金羽的雏鸽时一样温和了。

哈姆莱特 听我说，老兄；您为什么这样对待我？我一向是爱你的。可是这些都不用说了，有本领的，随他干什么事吧；猫总是要叫，狗总是要闹的。（下）

国　王 好霍拉旭，请你跟住他。（霍拉旭下。向雷欧提斯）记住我们昨天晚上所说的话，格外忍耐点儿吧；我们马上就可以实行我们的办法。好格特鲁德，叫几个人好好看守您的儿子。这一个坟上将要有活生生的纪念物，平静的时间不久就会到来；现在我们必须耐着心把一切安排。（同下）

第二场　城堡中的厅堂

哈姆莱特及霍拉旭上。

哈姆莱特 这个题目已经讲完，现在我可以让你知道另外一段事情。你还记得当初的一切经过情形吗？

霍拉旭 记得，殿下！

哈姆莱特 当时在我的心里有一种战争，使我不能睡眠；我觉得我的处境比锁在脚镣里的叛变的水手还要难堪。我就鲁莽行事——结果倒鲁莽对了，我们应该承认，有时候一时孟浪，往往反而可以做出一些为我们的深谋密虑所做不成功的事；从这一点上，我们可以看出来，无论我们怎样辛苦图谋，我们的结果却早已有一种冥冥中的力量把它布置好了。

霍拉旭 这是无可置疑的。

哈姆莱特 我从舱里起来，把一件航海的宽衣罩在我的身上，在黑暗之中摸索着找寻那封公文，果然给我达到目的，摸到了他们的包裹；我拿着它回到我自己的地方，疑心使我忘记了礼貌，我大胆地拆开了他们的公文，在那里面，霍拉旭——啊，堂皇的诡计！——我发现一道严厉的命令，借了许多好听的理由为名，说是为了丹麦和英国双方的利益，决不能让我这个险恶的人物逃脱，接到公文之后，必须不等磨好利斧，立即枭下我的首级。

霍拉旭　有这等事？

哈姆莱特　这一封就是原来的国书；你有空的时候可以仔细读一下。可是你愿意听我告诉你后来我怎么办吗？

霍拉旭　请您告诉我。

哈姆莱特　在这样重重诡计的包围之中，我的脑筋不等我定下心来思索，就开始活动起来了；我坐下来另外写了一通国书，字迹清清楚楚。从前我曾经抱着跟我们那些政治家们同样的意见，认为字体端正是一件有失体面的事，总是想竭力忘记这一种技能，可是现在它却对我有了大大的用处。你知道我写些什么话吗？

霍拉旭　嗯，殿下。

哈姆莱特　我用国王的名义，向英王提出恳切的要求，因为英国是他忠心的藩属，因为两国之间的友谊，必须让它像棕榈树一样发荣繁茂，因为和平的女神必须永远戴着她的荣冠，沟通彼此的情感，以及许许多多诸如此类的重要理由，请他在读完这一封信以后，不要有任何的迟延，立刻把那两个传书的来使处死，不让他们有从容忏悔的时间。

霍拉旭　可是国书上没有盖印，那怎么办呢？

哈姆莱特　啊，就在这件事上，也可以看出一切都是上天预先注定。我的衣袋里恰巧藏着我父亲的私印，它跟丹麦的国玺是一个式样的；我把伪造的国书照着原来的样子折好，签上名字，盖上印玺，把它小心封好，归还原处，一点没有露出破绽。第二天就遇见了海盗，那以后的情形，你早已知道了。

霍拉旭　这样说来，吉尔登斯吞和罗森格兰兹是去送死的了。

哈姆莱特 唉，朋友，他们本来是自己钻求这件差使的；我在良心上没有对不起他们的地方，是他们自己的阿谀献媚断送了他们的生命。两个强敌猛烈争斗的时候，不自量力的微弱之辈，却去插身在他们的刀剑中间，这样的事情是最危险不过的。

霍拉旭 这是一个怎样的国王！

哈姆莱特 你想，我是不是应该——他杀死了我的父王，奸污了我的母亲，篡夺了我的嗣位的权利，用这种诡计谋害我的生命，凭良心说我是不是应该亲手向他复仇雪恨？如果我不去剪除这一个戕害天性的蟊贼，让他继续为非作恶，岂不该受天谴？

霍拉旭 他不久就会从英国得到消息，知道这一回事情产生了怎样的结果。

哈姆莱特 时间虽然很局促，可是我已经抓住眼前这一刻工夫；一个人的生命可以在说个“一”字的刹那之间了结。可是我很后悔，好霍拉旭，不该在雷欧提斯之前失去了自制；因为他所遭遇的惨痛，正是我自己的怨愤的影子。我要取得他的好感。可是他倘不是那样夸大他的悲哀，我也决不会动起那么大的火性来的。

霍拉旭 不要作声！谁来了？

奥斯里克上。

奥斯里克 殿下，欢迎您回到丹麦来！

哈姆莱特 谢谢您，先生。（向霍拉旭旁白）你认识这只水苍蝇吗？

霍拉旭 （向哈姆莱特旁白）不，殿下。

哈姆莱特 （向霍拉旭旁白）那是你的运气，因为认识他是一件丢脸的事。一头畜生要是做了一群畜生的头子，它就可以把食槽搬到国王的席面上来了。他是个乡巴佬，可是拥有大批肥田。

奥斯里克 殿下，您要是有空的话，我奉陛下之命，要来告诉您一件事情。

哈姆莱特 先生，我愿意恭聆大教。您的帽子是应该戴在头上的，您还是戴上去吧。

奥斯里克 谢谢殿下，天气真热。

哈姆莱特 不，相信我，天冷得很，在刮北风哩。

奥斯里克 真的有点儿冷，殿下。

哈姆莱特 可是对于像我这样的体质，我觉得这一种天气却是闷热得厉害。

奥斯里克 对了，殿下；真是说不出来的闷热。可是，殿下，陛下叫我来通知您一声，他已经为您下了一个很大的赌注了。殿下，事情是这样的——

哈姆莱特 请您不要这样多礼。（促奥斯里克戴上帽子）

奥斯里克 不，殿下，我还是这样舒服些，真的。殿下，雷欧提斯新近到我们的宫廷里来；相信我，他是一位完善的绅士，充满着最卓越的特点，他的态度非常温雅，他的谈吐非常高贵；说一句发自衷心的话，他是上流社会的南针，因为在他身上可以找到一个绅士所应有的品质的总汇。

哈姆莱特 先生，他对于您这一番描写，的确可以当之无愧；虽然我知道，要是把他的好处一件一件列举出来，不但我们的记忆将要因此而淆乱，交不出一篇正确的账目来，而且他这一艘满帆的快船，也决不是我们失舵之舟所能追及；可是，凭着真诚的赞美而言，我认为他是一个才德优异的人，他的高超的禀赋是那样稀有而罕见，说一句真心的话，除了在他的镜子里以外，再也找不到第二个跟他同样的人，纷纷追踪求迹之辈，不过是他的影子而已。

奥斯里克 殿下把他说得一点不错。

哈姆莱特 您的用意呢？为什么我们要用尘俗的呼吸，嘘在这位绅士的身上呢？

奥斯里克 殿下？

霍拉旭 自己所用的语言，到了别人嘴里就听不懂了吗？早晚你会懂的，先生。

哈姆莱特 您向我提起这位绅士的名字，是什么意思？

奥斯里克 雷欧提斯吗？

霍拉旭 他的嘴里已经变得空空洞洞，因为他的那些好听话都说完了。

哈姆莱特 正是雷欧提斯。

奥斯里克 我知道您不是不明白——

哈姆莱特 您真能知道我这人不是不明白，那倒很好；可是，说老实话，即使您知道我是明白人，对我也不是什么光荣的事。好，您怎么说？

奥斯里克 我是说，您不是不明白雷欧提斯有些什么特长——

哈姆莱特 那我可不敢说，因为也许人家会疑心我有意跟他比并高下；可是要知道一个人的底细，应该先知道他自己。

奥斯里克 殿下，我的意思是说他的武艺；人家都称赞他的本领一时无两。

哈姆莱特 他会使些什么武器？

奥斯里克 长剑和短刀。

哈姆莱特 他会使这两种武器吗？很好。

奥斯里克 殿下，王上已经用六匹巴巴里的骏马跟他打赌；在他的一方面，照我所知道的，押的是六柄法国的宝剑和好刀，连同一切鞘带钩子之类的附件，其中有三柄的挂架尤其珍奇可爱，跟剑柄配得非常合适，式样非常精致，花纹非常富丽。

哈姆莱特 您所说的挂架是什么东西？

霍拉旭 我知道您要听懂他的话，非得翻查一下注解不可。

奥斯里克 殿下，挂架就是剑柄上的挂钩。

哈姆莱特 要是我们腰间能挂着大炮，那么用这个名词倒还合适；否则我看还是就叫它钩子吧。好，说下去；六匹巴巴里骏马对六柄法国宝剑，附件在内，外加三个花纹富丽的挂架；法国货对丹麦货。可是，用你的话来说，两边“押”的是什么呢？

奥斯里克 殿下，王上跟他打赌，要是你们两人交起手来，在十二个回合之中，他至多不过多赢您三招；可是他却觉得他可以稳赢九个回合。殿下要是答应的话，马上就可以试一试。

哈姆莱特 要是我答应个“不”字呢？

奥斯里克 殿下，我的意思是说，您答应跟他当面比较高低。

哈姆莱特 先生，我还要在这儿厅堂里散散步。您去回陛下说，现在是我一天之中休息的时间。叫他们把比赛用的钝剑预备好了，要是这位绅士愿意，王上也不改变他的意见的话，我愿意尽力为他博取一次胜利；万一不幸失败，那我也不过丢了一次脸，给他多剁了两下。

奥斯里克 我就照这样去回话吗？

哈姆莱特 您就照这个意思去说，随便您再加上一些什么新颖说道都行。

奥斯里克 我全心为殿下效劳。

哈姆莱特 不敢，不敢。（奥斯里克下）他的心只能靠他自己推销，否则别人谁也不会替他送人。

霍拉旭 这一只小鸭子顶着壳儿逃走了。

哈姆莱特 他在母亲怀抱里的时候，也要先把他母亲的奶头恭维几句，然后吮吸。像他这一类靠着一些繁文缛礼撑撑场面的家伙，正是愚妄的世人所醉心的；他们的浅薄的牙慧使傻瓜和聪明人同样受他们的欺骗，可是一经试验，他们的汽泡就爆破了。

一贵族上。

贵　族 殿下，陛下刚才叫奥斯里克来向您传话，知道您在这儿厅上等候他的旨意；他叫我再来问您一声，您是不是仍旧愿意跟雷欧提斯比剑，还是慢慢再说。

哈姆莱特 我没有改变我的初心，一切服从王上的旨意。现在也好，无论什么时候都好，只要他方便，我总是随时准备着，除非我丧失了现在所有的力气。

贵族 王上、娘娘，跟其他的人都要到这儿来了。

哈姆莱特 他们来得正好。

贵族 娘娘请您在开始比赛以前，对雷欧提斯客气几句。

哈姆莱特 我愿意服从她的教诲。（贵族下）

霍拉旭 殿下，这局恐怕您多半要失败。

哈姆莱特 我想我不会失败。自从他到法国去以后，我练习得很勤；我一定可以把他打败。可是你不知道我的心里是多么不舒服；那也不用说了。

霍拉旭 啊，我的好殿下——

哈姆莱特 那不过是一种傻气的心理；可是一个女人也许会因为这种莫名其妙的疑虑而惶惑。

霍拉旭 要是您心里不愿意做一件事，那么就不要做吧。我可以去通知他们不用到这儿来，说您现在不能比赛。

哈姆莱特 不，我们不要害怕什么预兆；一只雀子的死生都是命运预先注定的。注定在今天，就不会是明天；不是明天，就是今天；逃过了今天，明天还是逃不了，随时准备着就是了。一个人既然在离开世界的时候只能一无所有，那么早早脱身而去，不是更好吗？随它去。

国王、王后、雷欧提斯、奥斯里克、众贵族及侍从等持钝剑等上。

国王 来，哈姆莱特，来，让我替你们两人和解和解。（牵雷欧提斯、哈姆莱特二人手使相握）

哈姆莱特 原谅我，雷欧提斯；我得罪了您，可是您是个堂堂男子，请您原谅我吧。这儿在场的众人都知道，您也一定听见人家说起，我是怎样被疯狂害苦了。凡是我的所作所为，足以伤害你的感情和荣誉、激起你的愤怒来的，我现在声明都是我在疯狂中犯下的过失。难道哈姆莱特会做对不起雷欧提斯的事吗？哈姆莱特决不会做这种事。要是哈姆莱特在丧失他自己的心神的时候，做了对不起雷欧提斯的事，那样的事不是哈姆莱特做的，哈姆莱特不能承认。那么是谁做的呢？是他的疯狂。既然是这样，那么哈姆莱特也是属于受害的一方，他的疯狂是可怜的哈姆莱特的敌人。当着在座众人之前，我承认我在无心中射出的箭，误伤了我的兄弟；我现在要向他请求大度包涵，宽恕我的不是出于故意的罪恶。

雷欧提斯 按理讲，我的感情是激动我复仇的主要力量，那么现在我在感情上总算满意了；但是除此还有荣誉这一关，除非有什么为众人所敬仰的长者，告诉我可以跟你捐除宿怨，指出这样的事是有前例可援的，不至于损害我的名誉，那时我才可以跟你言归于好。目前我且先接受你友好的表示，并且保证决不会辜负你的盛情。

哈姆莱特 我绝对信任你的诚意，愿意奉陪你举行这一次友谊的比赛。把钝剑给我们。来。

雷欧提斯 来，给我一柄。

哈姆莱特 雷欧提斯，我的剑术荒疏已久，只能给你帮场；正像最黑暗的夜里一颗吐耀的明星一般，彼此相形之下，一定更显得你的本领的高强。

雷欧提斯 殿下不要取笑。

哈姆莱特 不，我可以举手起誓，这不是取笑。

国　王 奥斯里克，把钝剑分给他们。哈姆莱特侄儿，你知道我们怎样打赌吗？

哈姆莱特 我知道，陛下；您把赌注下在实力较弱的一方了。

国　王　我想我的判断不会有错。你们两人的技术我都领教过；但是后来他又有了进步，所以才规定他必须多赢几招。

雷欧提斯　这一柄太重了；换一柄给我。

哈姆莱特　这一柄我很满意。这些钝剑都是同样长短的吗？

奥斯里克　是，殿下。（二人准备比剑）

国　王　替我在那桌子上斟下几杯酒。要是哈姆莱特击中了第一剑或是第二剑，或者在第三次交锋的时候争得上风，让所有的碉堡上一齐鸣起炮来；国王将要饮酒慰劳哈姆莱特，他还要拿一颗比丹麦四代国王戴在王冠上的更贵重的珍珠丢在酒杯里。把杯子给我；鼓声一起，喇叭就接着吹响，通知外面的炮手，让炮声震彻天地，报告这一个消息，“现在国王为哈姆莱特祝饮了！”来，开始比赛吧；你们在场裁判的都要留心看好。

哈姆莱特　请了。

雷欧提斯　请了，殿下。（二人比剑）

哈姆莱特　一剑。

雷欧提斯　不，没有击中。

哈姆莱特　请裁判员公断。

奥斯里克　中了，很明显的一剑。

雷欧提斯　好；再来。

国　王　且慢；拿酒来。哈姆莱特，这一颗珍珠是你的；祝你健康！把这一杯酒给他。（喇叭齐奏。内鸣炮）

哈姆莱特　让我先赛完这一局；暂时把它放在一旁。来。（二人比剑）又是一剑；您怎么说？

雷欧提斯　我承认给您碰着了。

国　王　我们的孩子一定会胜利。

王　后　他身体太胖，有些喘不过气来。来，哈姆莱特，把我的手巾拿去，揩干你额上的汗。王后为你饮下这一杯酒，祝你胜利，哈姆莱特。

哈姆莱特 好妈妈！

国　王 格特鲁德，不要喝。

王　后 我要喝的，陛下；请您原谅我。

国　王 （旁白）这一杯酒里有毒；太迟了！

哈姆莱特 母亲，我现在还不敢喝酒；等一等再喝吧。

王　后 来，让我擦干你的脸。

雷欧提斯 陛下，现在我一定要击中他了。

国　王 我怕你击不中他。

雷欧提斯 （旁白）可是我的良心却不赞成我干这件事。

哈姆莱特 来，该第三个回合了，雷欧提斯。您怎么一点不起劲？请您使出全身的本领来吧；我怕您在开我的玩笑哩。

雷欧提斯 您这样说吗？来。（二人比剑）

奥斯里克 两边都没有中。

雷欧提斯 受我这一剑！（雷欧提斯挺剑刺伤哈姆莱特；二人在争夺中彼此手中之剑各为对方夺去，哈姆莱特以夺来之剑刺雷欧提斯，雷欧提斯亦受伤）

国　王 分开他们！他们动起火来了。

哈姆莱特 来，再试一下。（王后倒地）

奥斯里克 嗳哟，瞧王后怎么啦！

霍拉旭 他们两人都在流血。您怎么啦，殿下？

奥斯里克 您怎么啦，雷欧提斯？

雷欧提斯 唉，奥斯里克，正像一只自投罗网的山鹬，我用诡计害人，反而害了自己，这也是我应得的报应。

哈姆莱特 王后怎么啦？

国　王 她看见他们流血，昏了过去了。

王　后 不，不，那杯酒，那杯酒——啊，我的亲爱的哈姆莱特！那杯酒，那杯酒；我中毒了。（死）

哈姆莱特　啊，奸恶的阴谋！喂！把门锁上！阴谋！查出来是哪一个人干的。（雷欧提斯倒地）

雷欧提斯　凶手就在这儿，哈姆莱特。哈姆莱特，你已经不能活命了；世上没有一种药可以救治你，不到半小时，你就要死去。那杀人的凶器就在你的手里，它的锋利的刃上还涂着毒药。这奸恶的诡计已经回转来害了我自己；瞧！我躺在这儿，再也不会站起来了。你的母亲也中了毒。我说不下去了。国王——国王——都是他一个人的罪恶。

哈姆莱特　锋利的刃上还涂着毒药！——好，毒药，发挥你的力量吧！（刺国王）

众　人　反了！反了！

国　王　啊！帮帮我，朋友们；我不过受了点伤。

哈姆莱特　好，你这败坏伦常、嗜杀贪淫、万恶不赦的丹麦奸王！喝干了这杯毒药——你那颗珍珠是在这儿吗？——跟我的母亲一道去吧！（国王死）

雷欧提斯　他死得应该；这毒药是他亲手调下的。尊贵的哈姆莱特，让我们互相宽恕；我不怪你杀死我和我的父亲，你也不要怪我杀死你！（死）

哈姆莱特　愿上天赦免你的错误！我也跟着你来了。我死了，霍拉旭。不幸的王后，别了！你们这些看见这一幕意外的惨变而战栗失色的无言的观众，倘不是因为死神的拘捕不给人片刻的停留，啊！我可以告诉你们——可是随它去吧。霍拉旭，我死了，你还活在世上；请你把我的行事的始末根由昭告世人，解除他们的疑惑。

霍拉旭　不，我虽然是个丹麦人，可是在精神上我却更是个古代的罗马人；这儿还留剩着一些毒药。

哈姆莱特　你是个汉子，把那杯子给我；放手；凭着上天起誓，你必须把它给我。啊，上帝！霍拉旭，我一死之后，要是世人不明白这一切事情的真相，我的名誉将要永远蒙着怎样的损伤！你倘若爱我，请你暂时牺牲一下天堂上的幸福，留在这一个冷酷的人间，替我传述我的故事吧。（内军队自远处行进及鸣炮声）这是哪儿来的战场上的声音？

奥斯里克 年轻的福丁布拉斯从波兰奏凯班师，这是他对英国来的钦使所发的礼炮。

哈姆莱特 啊！我死了，霍拉旭；猛烈的毒药已经克服了我的精神，我不能活着听见英国来的消息。可是我可以预言福丁布拉斯将被推戴为王，他已经得到我这临死之人的同意；你可以把这儿所发生的一切事实告诉他。此外仅余沉默而已。（死）

霍拉旭 一颗高贵的心现在碎裂了！晚安，亲爱的王子，愿成群的天使们用歌唱抚慰您安息！——为什么鼓声越来越近了？（内军队行进声）

福丁布拉斯、英国使臣及余人等上。

福丁布拉斯 这一场比赛在什么地方举行？

霍拉旭 你们要看些什么？要是你们想知道一些惊人的惨事，那么不用再到别处去找了。

福丁布拉斯 好一场惊心动魄的屠杀！啊，骄傲的死神！你用这样残忍的手腕，一下子杀死了这许多王裔贵胄，在你的永久的幽窟里，将要有一席多么丰美的盛筵！

使臣甲 这一个景象太惨了。我们从英国奉命来此，本来是要回复这儿的王上，告诉他我们已经遵从他的命令，把罗森格兰兹和吉尔登斯吞两人处死；不幸我们来迟了一步，那应该听我们说话的耳朵已经没有知觉了，我们还希望从谁的嘴里得到一声感谢呢？

霍拉旭 即使他能够向你们开口说话，他也不会感谢你们；他从来不曾命令你们把他们处死。可是既然你们都来得这样凑巧，有的刚从波兰回来，有的刚从英国到来，恰好看见这一幕流血的惨剧，那么请你们叫人把这几个尸体抬起来放在高台上面，让大家可以看见，让我向那懵无所知的世人报告这些事情的发生经过；你们可以听到奸淫残杀、反常悖理的行为、冥冥中的判决、意外的屠戮、借手杀人的狡计，以及陷人自害的结局；这一切我都可以确确实实地告诉你们。

福丁布拉斯 让我们赶快听您说；所有最尊贵的人，都叫他们一起来吧。我在这一个国内本来也有继承王位的权利，现在国中无主，正是我要求这一个权利的机会；可是我虽然准备接受我的幸运，我的心里却充满了悲哀。

霍拉旭 关于那一点，我受死者的嘱托，也有一句话要说，他的意见是可以影响许多人的；可是在这人心惶惶的时候，让我还是先把这一切解释明白了，免得引起更多的不幸、阴谋和错误来。

福丁布拉斯 让四个将士把哈姆莱特像一个军人似的抬到台上，因为要是他能够践登王位，一定会成为一个贤明的君主的；为了表示对他的悲悼，我们要用军乐和战地的仪式，向他致敬。把这些尸体一起抬起来。这一种情形在战场上是不足为奇的，可是在宫廷之内，却是非常的变故。去，叫兵士放起炮来。（奏送葬曲；众抬尸同下。内鸣炮）

特洛伊罗斯与克瑞西达

Te Luo Yi Luo Si Yu Ke Rui Xi Da

剧中人物

普里阿摩斯　特洛亚国王

赫克托尔
特洛伊罗斯
帕里斯
得伊福玻斯
赫勒诺斯
}普里阿摩斯之子

玛伽瑞隆　普里阿摩斯的庶子

埃涅阿斯
安忒诺
}特洛亚将领

卡尔卡斯　特洛亚祭司，克瑞西达的父亲，投降于希腊

潘达洛斯　克瑞西达的舅父

阿伽门农　希腊主帅

墨涅拉俄斯　阿伽门农之弟

阿喀琉斯
埃阿斯
俄底修斯
涅斯托
狄俄墨得斯
帕特洛克罗斯
}希腊将领

忒耳西忒斯　丑陋而好谩骂的希腊人

亚历山大　克瑞西达的仆人

特洛伊罗斯的仆人

帕里斯的仆人

狄俄墨得斯的仆人

海伦　墨涅拉俄斯之妻

安德洛玛刻　赫克托尔之妻

卡珊德拉　普里阿摩斯之女，能预知未来

克瑞西达　卡尔卡斯之女

特洛亚及希腊兵士、侍从等

地　点

特洛亚；特洛亚郊外的希腊营地

开场白

这一场戏的地点是在特洛亚。一群心性高傲的希腊王子。怀着满腔的愤怒，把他们满载着准备一场恶战的武器的船舶会集在雅典皓口；六十九个戴着王冠的武士，从雅典海湾浩浩荡荡向弗里吉亚出发；他们立誓荡平特洛亚，因为在特洛亚的坚强的城墙内，墨涅拉俄斯的王妃，失了身的海伦，正在风流的帕里斯怀抱中睡着；这就是引起战衅的原因。他们到了忒涅多斯，从庞大的船舶上搬下了他们的坚甲利兵；这批新上战场未临矢石的希腊人，就在达耳丹平原上扎下他们威武的营寨。普里阿摩斯的城市的六个城门，达耳丹、丁勃里亚、伊里亚斯、契他斯、特洛琴和安替诺力第斯，都用重重的铁锁封闭起来，关住了特洛亚的健儿。一边是特洛亚人，一边是希腊人，两方面各自提心吊胆，不知道谁胜谁败；正像我这念开场白的人，又要担心编剧的一支笔太笨拙，又要担心演戏的嗓子太坏，不知道这部戏究竟演得像个什么样子。在座的诸位观众，我要声明一句，我们并不从这场战争开始的时候演起，却是从中途开始的；后来的种种事实，都尽量在这出戏里表演出来。诸位喜欢它也好，不满意也好，都随诸位的高兴；本来胜败乃兵家常事，万一我们演得不好，也是不足为奇的呀。

第一幕

第一场　特洛亚。普里阿摩斯王宫门前

特洛伊罗斯披甲胄上，潘达洛斯随上。

特洛伊罗斯　叫我的仆人来，我要把盔甲脱下了。我自己心里正在发生激战，为什么还要到特洛亚的城外去作战呢？让每一个能够主宰自己的心的特洛亚人去上战场吧；唉！特洛伊罗斯的心早就不属于他自己了。

潘达洛斯　您不能把您的精神振作起来吗？

特洛伊罗斯　希腊人又强壮、又有智谋，又凶猛、又勇敢；我却比妇人的眼泪还柔弱，比沉沉的睡眠还温驯，比无知的蠢汉还痴愚，比夜间的处女还怯懦，比不懂事的婴儿还笨拙。

潘达洛斯　好，我的话也早就说完了；我自己实在不愿再多管什么闲事。一个人要吃面饼，总得先等把麦子磨成面粉。

特洛伊罗斯　我不是已经等过了吗？

潘达洛斯　嗯，您已经等到麦子磨成了面粉；可是您必须再等面粉放在筛里筛过。

特洛伊罗斯　那我不是也已经等过了吗？

潘达洛斯 嗯，您已经等到面粉放在筛里筛过；可是您必须再等它发酵起来。

特洛伊罗斯 那我也已经等过了。

潘达洛斯 嗯，您已经等它发过酵了；可是以后您还要等面粉搓成了面团，炉子里生起了火，把面饼烘熟；就是烘熟以后，您还要等它凉一凉，免得烫痛了您的嘴唇。

特洛伊罗斯 忍耐女神也没有遭受过像我所遭受的这么多苦难的煎熬。我坐在普里阿摩斯的华贵餐桌前，只要一想起美丽的克瑞西达——该死的！“只要一想起”！什么时候她离开过我的脑海呢？

潘达洛斯 嗯，我从来没有看见过她像昨天晚上那样美丽，她比任何一个女人都美丽。

特洛伊罗斯 我要告诉你：当我那颗心好像要被叹息劈成两半的时候，为了怕被赫克托尔或是我的父亲觉察，我不得不把这叹息隐藏在笑纹的后面，正像懒洋洋的阳光勉强从阴云密布的天空探出头来一样；可是强作欢娱的忧伤，是和乐极生悲同样使人难堪的。

潘达洛斯 她的头发倘不是比海伦的头发略微黑了点儿——嗯，那也不用说了，她们两个人是无法相比的；可是对我自己来说，她是我的外甥女，我当然不好意思像人家所说的那样过分夸奖她，不过我倒很希望有人听见她昨天的谈话，就像我听见的一样。令姊卡珊德拉的口才固然很好，可是——

特洛伊罗斯 啊，潘达洛斯！我对你说，潘达洛斯——当我告诉你我的希望沉没在什么地方的时候，你不该回答我它们葬身的深渊有多深。我告诉你，我为了爱克瑞西达都快发疯了；你却回答我她有多么美丽，把她的眼睛、她的头发、她的面庞、她的走姿、她的语调，尽量倾注在我心头的伤口上。啊！你口口声声对我说，一切洁白的东西，和她的玉手一比，都会变成墨水一样黝黑，然后再写下它们自己的谴责；比起她柔荑的一握来，天鹅的绒毛是多么坚硬，最敏锐的感觉相形之下，也会迟钝得好像农夫的手掌。当我说我爱她的时候，你这样告诉我；你的话并没有说错，可是你不但不替我在爱情所加于我的伤痕上敷抹油膏，反而用刀子加深我的一道道伤痕。

潘达洛斯 我说的不过是真话。

特洛伊罗斯 你的话还没有说到十分。

潘达洛斯 真的，我以后不管了。随她美也好，丑也好，她果然是美的，那是她自己的福气；要是她不美，也只好让她自己去设法补救。

特洛伊罗斯 好潘达洛斯，怎么啦，潘达洛斯？

潘达洛斯 我为你们费了许多的气力，她也怪我，您也怪我；在你们两人中间跑来跑去，今天一趟，明天一趟，也不曾听见一句感谢的话。

特洛伊罗斯 怎么！你生气了吗，潘达洛斯？怎么！你生我的气了吗？

潘达洛斯 因为她是我的亲戚，所以她就比不上海伦美丽；倘使她不是我的亲戚，那么她穿着平日的衣服也像海伦穿着节日的衣服一样美丽。可是那跟我有什么相干呢！即使她是个又黑又丑的人，也不关我的事。

特洛伊罗斯 我有说她不美吗？

潘达洛斯 您说她美也好，说她不美也好，我都不管。她是个傻瓜，不跟她父亲去，偏要留在这儿；让她到希腊人那儿去吧，下次我看见她的时候，一定这样对她说。拿我自己来说，我以后可再也不管人家的闲事了。

特洛伊罗斯 潘达洛斯——

潘达洛斯 我什么都不管。

特洛伊罗斯 好潘达洛斯——

潘达洛斯 请您别再跟我多说了！言尽于此，我还是让一切照旧的好。（潘达洛斯下。号角声）

特洛伊罗斯 别吵，你们这些聒耳的喧哗！别吵，粗暴的声音！两方面都是些傻瓜！无怪海伦是美丽的，因为你们每天用鲜血涂染着她的红颜。我不能为了这样一个理由去和人家作战；它对于我的剑是一个太贫乏的题目。可是潘达洛斯——老天爷！您怎么这样作弄我！我要向克瑞西达传达我的情愫，只有靠着潘达洛斯的力量；可是求他去说情，他自己就是这么难说话，克瑞西达又是那么冷若冰霜，把一切哀求置之不闻。阿波罗，为了你对达芙妮的爱，告诉我，克瑞西达是什么，潘达洛斯是什么，我们都是些什么；她的眠床就是印度；她睡在上面，是一颗无价的明珠；一道汹涌的波涛横在我们中间；我是个采宝的商人，这个潘达洛斯便是我的不可靠的希望，是我载登彼岸的渡航。

号角声。埃涅阿斯上。

埃涅阿斯 啊，特洛伊罗斯王子！您怎么不上战场去？

特洛伊罗斯 我不上战场就是因为我不上战场；这是一个娘儿们的答案，因为不上战场就不是男子汉的行为。埃涅阿斯，战场上今天有什么消息？

埃涅阿斯 帕里斯受了伤回来了。

特洛伊罗斯 谁伤了他，埃涅阿斯？

埃涅阿斯 墨涅拉俄斯。

特洛伊罗斯 让帕里斯流血吧；他给人家带了绿帽子，人家就让他用血来偿，也算是礼尚往来。（号角声）

埃涅阿斯 听！今天城外厮杀得多么热闹！

特洛伊罗斯 我倒宁愿在家里安静点儿。可是我们也去凑凑热闹吧；你是不是要到那里去？

埃涅阿斯 我立刻就去。

特洛伊罗斯 好，那么我们一块儿去吧。（同下）

第二场　同前。街道

克瑞西达及亚历山大上。

克瑞西达　走过去的那些人是谁？

亚历山大　赫卡柏王后和海伦。

克瑞西达　她们到什么地方去？

亚历山大　她们是上东塔去，从塔上可以俯瞰山谷，看到战场的形势。赫克托尔素来是个很有涵养的人，今天却发了脾气；他骂过他的妻子安德洛玛刻，打过给他造甲胄的人；看来战事吃紧，在太阳升起以前他就披着轻甲，上战场去了；那战地上的每一朵花，都像一个先知似的，在赫克托尔的愤怒中看到了将要发生的一场血战而凄然落泪。

克瑞西达　他为什么发怒？

亚历山大　据说是因为在希腊军队里有一个特洛亚血统的将领，是赫克托尔的表兄弟；他们叫他做埃阿斯。

克瑞西达　好，他怎么样？

亚历山大　他们说他是个与众不同的人，而且是个顶天立地的男子汉。

克瑞西达　每个男子都是顶天立地站着的，除非他们喝醉了，病了，或是没有了腿。

亚历山大　这个人，姑娘，从许多野兽身上偷到了它们的特点：他像狮子一样勇敢，熊一样粗蠢，象一样迟钝。上天在他身上放了太多的怪脾气，以致于把他的勇气糅成了愚蠢，在他的愚蠢之中，却又有几分聪明。每一个人的好处，他都有一点儿；每一个人的坏处，他也都有一点儿。他会无缘无故地垂头丧气，也会莫名其妙地兴高采烈。什么事情他都懂得几分，可是又什么都是鸡零狗碎的，就像一个害着痛风的布里阿洛斯，生了许多的手，一点儿用处都没有；又像一个昏瞢的阿耳戈斯，生了许多的眼睛，却什么东西都瞧不见。

克瑞西达　这个人听起来真好笑，他怎么会把赫克托尔激怒了呢？

亚历山大　他们说他昨天和赫克托尔交战，把赫克托尔打下马来；赫克托尔受了这场耻辱，气得饭也吃不下，觉也睡不着。

克瑞西达　谁来啦？

潘达洛斯上。

亚历山大　姑娘，是您的舅父潘达洛斯。

克瑞西达　赫克托尔是一条好汉。

亚历山大　他在这世上可算是一条好汉，姑娘。

潘达洛斯　你们说些什么？你们说些什么？

克瑞西达　早安，潘达洛斯舅舅。

潘达洛斯　早安，克瑞西达甥女。你们在那儿讲些什么？早安，亚历山大。你好吗，甥女？你什么时候到王宫里去的？

克瑞西达　今天早上，舅舅。

潘达洛斯　我来的时候你们在讲些什么？赫克托尔在你进宫去的时候已经披上甲出去了吗？海伦还没有起来吗？

克瑞西达　赫克托尔已经出去了，海伦还没有起来。

潘达洛斯　是这样吗？赫克托尔起来得倒很早。

克瑞西达　我们刚才就在讲这件事，也说起了他发怒的事情。

潘达洛斯　他在发怒吗？

克瑞西达　这个人说他在发怒。

潘达洛斯　不错，他是在发怒；我也知道他为什么发怒。大家瞧着吧，他今天一定要显一显他的全身本领；还有特洛伊罗斯，他的武艺也不比赫克托尔差多少哩；大家留意特洛伊罗斯吧，看我的话有没有错。

克瑞西达 什么！他也发怒了吗？

潘达洛斯 谁，特洛伊罗斯吗？这两个人比较起来，还是特洛伊罗斯强。

克瑞西达 天哪！这两个人怎么能相比？

潘达洛斯 什么！特洛伊罗斯不能跟赫克托尔相比吗？你难道有眼不识英雄吗？

克瑞西达 嗯，要是我见过他，我会认识他的。

潘达洛斯 好，我说特洛伊罗斯是特洛伊罗斯。

克瑞西达 那么您的意思跟我一样，因为我相信他一定不是赫克托尔。

潘达洛斯 赫克托尔也有不如特洛伊罗斯的地方。

克瑞西达 不错，他们各人有各人的特色；每个人都是他自己。

潘达洛斯 他自己！唉，可怜的特洛伊罗斯！我希望他是他自己。

克瑞西达 他正是他自己呀。

潘达洛斯 除非我赤了脚从印度朝拜回来。

克瑞西达 他不是赫克托尔啊。

潘达洛斯 他自己！不，他不是他自己。但愿他是他自己！好，天神在上，时间倘不照顾人，也会将其终结。好，特洛伊罗斯，好！我巴不得我的心在她的胸膛里。不，赫克托尔并不比特洛伊罗斯强。

克瑞西达 对不起。

潘达洛斯 他年纪大了些。

克瑞西达 对不起，对不起。

潘达洛斯 那一个还没有到他这样的年纪；等到那一个也到了这样的年纪，你就要对他刮目相看了。赫克托尔今年已经老得有点儿头脑糊涂了，他没有特洛伊罗斯的聪明。

克瑞西达 他有他自己的聪明，用不着别人的聪明。

潘达洛斯 也没有特洛伊罗斯的才能。

克瑞西达 那也用不着。

潘达洛斯 也没有特洛伊罗斯的漂亮。

克瑞西达 那是和他的威武不相称的；还是他自己的相貌好。

潘达洛斯 甥女，你真是没长眼睛。海伦前天也说过，特洛伊罗斯虽然皮肤黑了点儿——我必须承认他的皮肤是黑了点儿，不过也不算怎么黑——

克瑞西达 不，就是有点儿黑。

潘达洛斯 凭良心说，黑是黑的，可是也不算黑。

克瑞西达 说老实话，真是真的，可是有点儿假。

潘达洛斯 她说他的皮肤的颜色胜过帕里斯。

克瑞西达 啊，帕里斯的皮肤难道血色不足吗？

潘达洛斯 不，他的血色很足。

克瑞西达 那么特洛伊罗斯的血色就嫌太多了；要是她说他的皮肤的颜色胜过帕里斯，那么他的血色一定比帕里斯更旺；一个的血色已经很足，另一个却比他更旺，那一定红得像火烧一样，还有什么好看。我倒还是希望海伦的金口恭维特洛伊罗斯长着一个紫铜色的鼻子。

潘达洛斯 我向你发誓，我想海伦爱他胜过帕里斯哩。

克瑞西达 那么她真是一个风流的希腊女人了。

潘达洛斯 是的，我的的确确知道她爱着他。有一天她跑到他的房间里去——你知道他的下巴上一共长着不过三四根胡子——

克瑞西达 不错，一个酒保都可以很快地把他的胡须算出一个总数来。

潘达洛斯 他年纪很轻，可是他的哥哥赫克托尔能够举起的重量，他也举得起来。

克瑞西达 他这样一个年轻人，居然就已经是举重能手了吗？

潘达洛斯 可是我要向你证明海伦的确爱他；她曾跑过去用她白嫩的手摸他那分岔的下巴——

克瑞西达 我的天哪！怎么会有分岔的下巴呢？

潘达洛斯 你知道他的脸上有酒窝，他笑起来比弗里吉亚的任何一个人都好看。

克瑞西达 啊，他笑得很好看。

潘达洛斯 难道不是吗？

克瑞西达 是，是，就像秋天起了乌云一般。

潘达洛斯 那才怪呢。可是我要向你证明海伦爱着特洛伊罗斯——

克瑞西达 要是您证明有这么一回事，特洛伊罗斯一定不会否认。

潘达洛斯 特洛伊罗斯！嘿，他才不把海伦放在心上，就像我瞧不起一个坏蛋一样。

克瑞西达 要是您喜欢吃坏蛋，就像您喜欢胡说八道一样，那您一定会在蛋壳里找小鸡吃。

潘达洛斯 我一想到她怎样摸弄他的下巴，就忍不住发笑；她的手真是白得出奇，我必须承认——

克瑞西达 这一点是不用上刑罚您也会承认的。

潘达洛斯 她在他的下巴上发现了一根白须。

克瑞西达 唉！可怜的下巴！许多人的肉瘤上都长着比它更多的毛呢。

潘达洛斯 可是大家都笑得不亦乐乎；赫卡柏王后笑得眼珠都打起滚来。

克瑞西达 就像两块磨石似的。

潘达洛斯 卡珊德拉也笑。

克瑞西达 可是她的眼窝下火烧得不是太猛；她的眼珠也打滚吗？

潘达洛斯 赫克托尔也笑。

克瑞西达 他们究竟都在笑些什么？

潘达洛斯 哈哈，他们就是笑海伦在特洛伊罗斯下巴上发现的那根白须。

克瑞西达 倘若那是一根绿须，那么我也要笑起来了。

潘达洛斯 这根胡须还不算好笑，他那俏皮的回答才叫他们笑得透不过气来呢。

克瑞西达 他怎么说？

潘达洛斯 她说，“你的下巴上一共只有五十一根胡须，其中倒有一根是白的。”

克瑞西达 这是她提出的问题。

潘达洛斯 不错，那你可以不用问。他说，“五十一根胡须，一根是白的；这根白须是我的父亲，其余都是他的儿子。”“天哪！”她说，“哪一根胡须是我的丈夫帕里斯呢？”“出角的那一根，”他说，“拔下来，给他拿去吧。”大家听了都哄然大笑起来，害得海伦怪不好意思的，帕里斯气得满脸通红，别的人一个个哈哈大笑，简直笑得合不拢嘴来。

克瑞西达 说了这么久的话，现在您也该合拢一下嘴了。

潘达洛斯 好，甥女，昨天我对你说起的事情，请你仔细想一想。

克瑞西达 我正在想着呢。

潘达洛斯 我可以发誓说那是真的；他哭起来就像个四月里出世的泪人儿一般。

克瑞西达 那么我就像一棵盼望五月到来的荨麻一样，在他的泪雨之中长了起来。（*归营号声*）

潘达洛斯　听！他们从战场上回来了。我们站在这儿高一点儿的地方，看他们回宫去好不好？好甥女，看一看吧，亲爱的克瑞西达。

克瑞西达　随您的便。

潘达洛斯　这儿，这儿，这儿有一块好位置，我们可以看得清清楚楚。他们走过的时候，我可以把他们的名字一个个告诉你，可是你尤其要注意特洛伊罗斯。

克瑞西达　说话轻一点儿。埃涅阿斯自台前走过。

潘达洛斯　那是埃涅阿斯；难道他不是一个好汉吗？我告诉你，他是特洛亚的一朵花。可是留心看特洛伊罗斯；他就要来了。安忒诺自台前走过。

克瑞西达　那个人是谁？

潘达洛斯　那是安忒诺；我告诉你，他是一个很机智的人，也是一个很好的男子汉；他在特洛亚是一个顶有见识的人，他的仪表也很不错。特洛伊罗斯什么时候才来呢？特洛伊罗斯来的时候，我一定指给你看；他要是看见我，一定会向我点头致意的。

克瑞西达　他会向你点头吗？

潘达洛斯　你看吧。

克瑞西达　那样的话，你就更成了个颠三倒四的呆子了。（赫克托尔自台前走过）

潘达洛斯　那是赫克托尔，你瞧，你瞧，这才是个汉子！愿你胜利，赫克托尔！甥女，这才是个好汉。啊，勇敢的赫克托尔！瞧他是多么神气威武！你能说他不是个好汉吗？

克瑞西达　啊！真是个好汉。

潘达洛斯　不是吗？看见了这样的人，真叫人心里高兴。你瞧他盔上有多少刀剑的痕迹！瞧那里，你看见了吗？瞧，瞧，这不是说笑话；那一道一道的，好像在说，有本事的，把我挑下来吧！

克瑞西达 那些都是刀剑割破的吗?

潘达洛斯 刀剑?他什么都不怕;即使魔鬼来找他,他也不放在心上。看见了这样的人,真叫人心里高兴。你瞧,那不是帕里斯来了吗?那不是帕里斯来了吗?帕里斯自台前走过。

潘达洛斯 甥女,你瞧;他不也是个英俊的男子吗?嗳哟,瞧他多神气!谁说他今天受了伤回来?他没有受伤;海伦看见了一定很高兴,哈哈!我希望现在就看见特洛伊罗斯!那么你也就可以看见特洛伊罗斯了。

克瑞西达 那是谁?赫勒诺斯自台前走过。

潘达洛斯 那是赫勒诺斯。我不知道特洛伊罗斯到什么地方去了。那是赫勒诺斯。我想他今天大概没有出来。那是赫勒诺斯。

克瑞西达 赫勒诺斯会不会打仗,舅舅?

潘达洛斯 赫勒诺斯?不,但,他还能应付两下。我不知道特洛伊罗斯到什么地方去了。听!你没听见人们在喊"特洛伊罗斯"吗?赫勒诺斯是个祭司。

克瑞西达 那边来的那个鬼鬼祟祟的家伙是谁?特洛伊罗斯自台前走过。

潘达洛斯 什么地方?那儿吗?那是得伊福玻斯。啊,那是特洛伊罗斯!甥女,这才是个好汉子!嘿!勇敢的特洛伊罗斯!骑士中的魁首!

克瑞西达 小声点儿!不害臊吗?别嚷啦!

潘达洛斯 瞧着他,留心瞧着他;啊,勇敢的特洛伊罗斯!甥女,好好瞧着他;瞧他的剑上沾着多少血,他盔上的刀伤剑痕比赫克托尔的盔上还要多;瞧他的神气,瞧他走路的姿势!啊,令人钦佩的少年!他还没有满二十三岁哩。愿你胜利,特洛伊罗斯,愿你胜利!要是我有一个姊妹是女神,或是有一个女儿是天仙,我也愿意让他自己选一个去。啊,令人钦佩的男子!帕里斯？嘿！帕里斯比起他来简直泥土不如；我可以大胆说一句，海伦要是能够把帕里斯换了特洛伊罗斯，就是叫她挖出一颗眼珠来，她也心甘情愿。

克瑞西达 又有许多人来了。

众兵士 自台前走过。

潘达洛斯 驴子！傻瓜！蠢才！麸皮和糠屑，麸皮和糠屑！大鱼大肉之后的残羹！我可以在特洛伊罗斯的面前度过我的一生。别瞧啦，别瞧啦；鹰隼已经过去，现在就剩了些乌鸦，就剩了些乌鸦了！我宁愿做一个像特洛伊罗斯那样的男子，也不愿做阿伽门农以及整个的希腊。

克瑞西达 在希腊人中间有一个阿喀琉斯，他比特洛伊罗斯强得多啦。

潘达洛斯 阿喀琉斯！他只配推推车子，扛扛东西，他简直是一匹骆驼。

克瑞西达 好，好。

潘达洛斯 “好，好”！嘿，难道你一点儿不懂得好歹吗？难道你没长眼睛吗？你不知道怎样才算一个好男子吗？家世、容貌、体格、谈吐、勇气、学问、文雅、品行、青春、慷慨，这些不都是一个完美男子应有的条件吗？

克瑞西达 是呀，这样简直是以人为脍啦；烤成了一只去骨鸡，那还有什么骨气可言。

潘达洛斯 你在女人中间也正是这样一个角色，谁也不知道你用了一套什么护身符。

克瑞西达 我靠在背上好保护我的肚子；靠我的聪明好守住我肚子里的计策；靠守住秘密来保持我的清白；靠我的面罩好卫护我的美貌；我还靠着你来保护这一切；这就是我的一套护身法宝，招架着四面八方。

潘达洛斯 你且把你所招架的一面一方说来听听。

克瑞西达 嘿，首先就是把你看紧；这是其中最重要的一点。我如果不能抵御对方的袭击，至少可以注意到你的把戏，不让你看出我是怎样接住那横刺的剑头，除非我被击中受伤，那就藏也无从藏起了。

潘达洛斯 你还真是与众不同。

特洛伊罗斯侍童上。

侍　童 老爷，我的主人请您马上过去，有事相谈。

潘达洛斯 在什么地方？

侍　童 就在您府上；他已经在那里脱下了他的盔甲。

潘达洛斯 好孩子，对他说我就来。（*侍童下*）我不知道他有没有受伤。再见，好甥女。

克瑞西达 再见，舅舅。

潘达洛斯 甥女，等会儿我就来看你。

克瑞西达 舅舅，您要带些什么来呢？

潘达洛斯 啊，我要带一件特洛伊罗斯的礼物给你。

克瑞西达 那么您真是个氤氲使者了。（*潘达洛斯下*）言语、盟誓、礼物、眼泪以及恋爱的全部祭礼，他都借着别人的手向我呈献过了；然而我从特洛伊罗斯本身所看到的，比之从潘达洛斯的谀辞的镜子里所看到的，还要清楚千倍。可是我却还不能答应他。女人在被人追求的时候是个天使；无论什么东西，一到了人家手里，便一切都完了；无论什么事情，也只有正在进行的时候兴趣最为浓厚。一个被人爱恋的女子，要是不知道男人重视未获得的事物，甚于既得的事物，她就等于一无所知；一个女人要是以为恋爱在达到目的以后，还是像热情未获满足以前一样的甜蜜，那么她一定从来不曾有过恋爱的经验。所以我从恋爱中间归纳出这一句箴言：既得之后是命令，未得之前是请求。虽然我的心里装满了爱情，我却不让我的眼睛泄露我的秘密。（*克瑞西达、亚历山大同下*）

第三场　希腊营地。阿伽门农帐前

吹号；阿伽门农、涅斯托、俄底修斯、墨涅拉俄斯及余人等上。

阿伽门农　各位王子，你们的脸上为什么都这样郁郁不乐？希望所给我们的远大计划，并不能达到我们的预期；我们雄心勃勃的行为，遇见了种种阻碍困难，正像壅结的树瘿扭曲了松树的纹理，妨害了它的生长。各位王子，你们都知道我们这次远征，把特洛亚城围困了七年，却还不能把它攻克下来；我们每一次的进攻，都不能达成我们的目标。你们看到了这样的战绩，满脸羞愧，认为是莫大的耻辱吗？实在说起来，那不过是伟大的乔武的一个长时期的考验，故意试探我们人类有没有恒心。人们在被命运眷宠的时候，勇、怯、强、弱、智、愚、贤、不肖，都看不出什么分别来；可是一旦为幸运所抛弃，开始涉历惊涛骇浪的时候，就好像有一把有力的大扇子，把他们扇开了，柔弱无用的都被扇去，有毅力、有操守的却会卓立不动。

涅斯托　伟大的阿伽门农，恕我冒昧，说几句话补充你的意思。在命运的颠沛中，最可以看出人们的气节；风平浪静的时候，有多少轻如一叶的小舟，敢在宁谧的海面上行驶，和那些载重的大船并驾齐驱！可是一等到风涛怒作的时候，你就可以看见那坚固的大船像一匹凌空的天马，从如山的雪浪里腾跃疾进；那凭着自己单薄脆弱的船身，便想和有力者竞胜的不自量力的小舟呢，不是逃进港口，便是葬身在海神的腹中。表面的勇敢和实际的威武，也正是这样在命运的风浪中区别开来；在和煦的阳光照耀之下，迫害牛羊的不是猛虎而是蝇虻；可是当烈风吹倒了多节的橡树，蝇虻向有荫庇的地方纷纷飞去的时候，那山谷中的猛虎便会应和着天风的怒号，发出惊人的长啸，正像一个叱咤风云的志士，不肯在命运的困迫之前低头一样。

俄底修斯 阿伽门农，伟大的统帅，整个希腊的神经和脊骨，我们全军的灵魂和主脑，听俄底修斯说几句话。对于你从你崇高的领导地位上所发表的有力的言词，以及你，涅斯托，凭着你的老成练达的人生经验所提出的可尊敬的意见，我只有赞美和同意；你的话，伟大的阿伽门农，应当刻在高耸云霄的铜柱上，让整个希腊都瞻望得到；你的话，尊严的涅斯托，应当像天轴地柱一样，把所有希腊人的心系束在一起；可是请你们再听俄底修斯说几句话。

阿伽门农 说吧，伊塔刻的王子；从你的嘴里吐出来的，一定不会是琐屑的空谈，无聊的废话，正像下流的忒耳西忒斯一张开嘴，我们便知道不会有音乐、智慧和天神的启示一样。

俄底修斯 特洛亚至今兀立不动，没有给我们攻下，赫克托尔的宝剑仍旧在它主人的手里，这都是因为我们漠视了军令的森严所致。看这一带大军驻屯的阵地，散布着多少虚有其表的营寨，谁都怀着各不相下的私心。大将就像是一个蜂房里的蜂王，要是采蜜的工蜂大家各自为政，不把采得的蜂蜜归献蜂王，那么还有什么蜜可以酿得出来呢？尊卑的等级可以不分，那么最微贱的人，也可以和最有才能的人分庭抗礼了。诸天的星辰，在运行的时候，谁都恪守着自身的等级和地位，遵循着各自不变的轨道，依照着一定的范围、季候和方式，履行它们日常的职责；所以灿烂的太阳才能高拱出天，炯察寰宇，纠正星辰的过失，揭恶扬善，履行它的无上威权。可是众星如果出了常轨，陷入了混乱状态，那么多少的灾祸、变异、叛乱、海啸、地震、风暴、惊骇、恐怖，将要震撼、摧裂、破坏、毁灭这宇宙间的和谐！纪律是达到一切雄图的阶梯，要是纪律发生动摇，啊！那时候事业的前途也就会变得黯淡。要是没有纪律，社会上的秩序怎么得以稳定？学校中的班次怎么得以整齐？城市中的和平怎么得以维持？

各地间的贸易怎么得以畅通？法律上所规定的与生俱来的特权，以及尊长、君王、统治者、胜利者所享有的特殊权利，怎么得以确立不坠？只要把纪律的琴弦拆去，听吧！多少刺耳的噪音就会发出来；一切都是互相抵触；江河里的水会泛滥得高过堤岸，淹没整个的世界；强壮的要欺凌老弱，不孝的儿子要打死他的父亲；威力将代替公理，没有是非之分，也没有正义存在。那时候权力便是一切，而凭仗着权力，便可以逞着自己的意志，放纵无厌的贪欲；欲望，这一头贪心不足的饿狼，得到了意志和权力的两重辅佐，势必将把全世界供它的馋吻，然后把自己也吃下去。伟大的阿伽门农，这一种混乱的状态，只有在纪律被人扼杀以后才会发生。就是因为漠视了纪律，有意前进的才反而会向后退却。主帅被他属下的将领所轻视，那将领又被他的属下所轻视，这样上行下效，谁都瞧不起他的长官，结果就引起了猜忌竞争的心理，损害了整个军队的元气。特洛亚所以至今兀立不动，不是靠着它自己的力量，乃是靠着我们的这一种弱点；换句话说，它的生命是全赖我们的弱点替它支撑下来的。

涅斯托　俄底修斯已经十分睿智地指出了我们的士气不振的原因。

阿伽门农　俄底修斯，病源已经发现了，那么应当怎样对症下药呢？

俄底修斯　公认为我军中坚的阿喀琉斯，因为听惯了人家的赞誉，养成了骄矜自负的心理，常常高卧在他的营帐里，讥笑着我们的战略；还有帕特洛克罗斯也整天陪着他懒洋洋地躺在一起，说些粗俗的笑话，用荒唐古怪的动作扮演着我们，说是模拟我们的神气。有时候，伟大的阿伽门农，他模仿着崇高的你，像一个高视阔步的伶人似的，走起路来脚底下发出蹬蹬的声响，用这种可怜又可笑的夸张的举止，表演着你的庄严的样子；当他说话的时候，就像一串哑钟的声音，发出一些荒诞无稽的怪话。魁梧的阿喀琉斯听见了这腐臭的一套，就会笑得在床上打滚，从他的胸口笑出了一声洪亮的喝彩：“好哇！这正是阿伽门农。现在再给我扮演涅斯托；咳嗽一声，摸摸你的胡须，就像他正要发表什么演说一样。”帕特洛克罗斯就这样扮了，扮得一点儿也不像，可是阿喀琉斯仍旧喊着：“好哇！这正是涅斯托。现在，帕特洛克罗斯，给我表演他穿上盔甲去抵御敌人夜袭的姿态。”于是老年人的弱点，就成为他们的笑料；咳嗽一声，吐一口痰，瘫痪的手乱抓乱摸着领口的纽钉。我们的英雄看见了这样的把戏，简直要笑死了，他喊着：“啊！够了，帕特洛克罗斯；我的肋骨不是钢铁打的，你再扮下去，我要把它们一起笑断了。”他们这样嘲笑着我们的能力、才干、性格、外貌，各个的和一般的优长；我们的进展、计谋、命令、防御、临阵的兴奋、议和的言论，我们的胜利或失败，以及一切真实的或无中生有的事实，都被这两人引作信口雌黄的题目。

涅斯托　许多人看着这两个人的榜样，也沾上了这种恶习。埃阿斯也变得执拗起来了，他那目空一切的神气，就跟阿喀琉斯没有两样；他也照样在自己的寨中独张一帜，聚集一班私党饮酒喧哗，大言无忌地辱骂各位将领；他手下有一个名叫忒耳西忒斯的奴才，一肚子都是骂人的言语，埃阿斯就纵容着他把我们比得泥土不如，使军中对我们失去了信仰，也不管这种言论会引起多么危险的后果。

俄底修斯　他们斥责我们的政策，说它是懦怯；他们以为在战争中间用不着智慧；先见之明是不需要的，唯有行动才是一切；至于怎样调遣适当的军力，怎样测度敌人的强弱，这一类运筹帷幄的智谋，在他们的眼中都不值一笑，认为只是痴人说梦、纸上谈兵；所以在他们看来，一辆凭着它的庞大的蛮力冲破城墙的战车，它的功劳远过于制造这战车的人，也远过于运用他们的智慧指挥它行动的人。

涅斯托 我们如果承认这一点，那就是说，阿喀琉斯的战马也比得上许多希腊的英雄了。（喇叭奏花腔）

阿伽门农 这是哪里来的喇叭声音？墨涅拉俄斯，你去瞧瞧。

墨涅拉俄斯 是从特洛亚来的。

埃涅阿斯上。

阿伽门农 你到我们帐前来有什么事？

埃涅阿斯 请问一声，这就是伟大的阿伽门农的营寨吗？

阿伽门农 正是。

埃涅阿斯 我是一个使者，也是一个王子，可不可以让我把一个善意的音信传到他的尊贵的耳中？

阿伽门农 当着全体拥戴阿伽门农为他们统帅的希腊将士面前，我给你比阿喀琉斯的手臂更坚强的保证，你可以对他说话。

埃涅阿斯 谢谢你给我这样宽大的允许和保证。可是一个异邦人怎么可以从这许多人中间，辨别出哪一个是他们最尊贵的领袖呢？

阿伽门农 怎么？

埃涅阿斯 是的，我这样问是因为我要让我的脸上呈现出一种恭敬的表情，叫我的颊上露出一重羞愧的颜色，就像黎明冷眼窥探着少年的福玻斯一样。哪一位是指导世人的天神，尊贵威严的阿伽门农？

阿伽门农 这个特洛亚人在嘲笑我们；否则特洛亚人就都是些善于辞令的朝士。

埃涅阿斯 在和平的时候，他们是以天使般的坦白、文雅温恭而著称的朝士；可是当他们披上甲胄的时候，他们有的是无比的胆量、精良的武器、强健的筋骨、锋利的刀剑，什么也比不上他们的勇敢。可是住口吧，埃涅阿斯！赞美倘若从被赞美者自己的嘴里发出，是会减去赞美的价值的；从敌人嘴里发出的赞美，才是真正的光荣。

阿伽门农 特洛亚的使者，你说你的名字是埃涅阿斯吗？

埃涅阿斯 是，希腊人，那是我的名字。

阿伽门农 你来有什么事？

埃涅阿斯 恕我，将军，我必须向阿伽门农当面说明我的来意。

阿伽门农 从特洛亚带来的消息，必须公之于众人。

埃涅阿斯 我从特洛亚奉命来此，并不是来向他耳边密语的；我带了一个喇叭来，要吹醒他的耳朵，唤起他的注意，然后再让他听我的话。

阿伽门农 请你像风一样自由地说吧，现在不是阿伽门农酣睡的时候；特洛亚人，你将要知道他是清醒着，因为这是他亲口告诉你的。

埃涅阿斯 喇叭，高声吹起来吧，把你响亮的声音传进这些怠惰的营帐；让每一个有骨气的希腊人知道，特洛亚的意旨是要用高声宣布出来的。（喇叭吹响）伟大的阿伽门农，在我们特洛亚有一位赫克托尔王子，普里阿摩斯是他的父亲，他在这沉闷的长期的休战中，感到了髀肉复生的悲哀；他叫我带了一个喇叭来通知你们；各位贤王、各位王子、各位将军！要是在希腊的济济英才之中，有谁重视荣誉甚于安乐；有谁为了博取世人的赞美，不惜冒着重大的危险；有谁信任着自己的勇气，不知道世间有可怕的事；有谁爱恋自己的情人，不仅会在他所爱的人面前发空言，并且也敢在别人面前用武力证明她的美貌和才德；要是有这样的人，那么请他接受赫克托尔的挑战。赫克托尔愿意当着特洛亚人和希腊人的面，用他的全力证明他有一个比任何希腊人所曾经拥抱过的更聪明、更美貌、更忠心的爱人；明天他要在你们的阵地和特洛亚的城墙之间的地带，用喇叭声唤起一个真心爱自己情人的希腊人前来，赫克托尔愿意和他一决胜负；倘若没有这样的人，那么他要回到特洛亚去向人家说，希腊的姑娘们都是又黑又丑，不值得为她们一战。这就是他叫我来说的话。

阿伽门农 埃涅阿斯将军，这番话我可以去告诉我们军中的情人们；要是我们军中没有这样的人，那么我们一定把这样的人都留在国内了。可是我们都是军人；一个军人要是不想恋爱、不曾恋爱或者不是正在恋爱，他一定是个卑怯的家伙！我们中间倘有一个正在恋爱，或者曾经恋爱过的，或者准备恋爱的人，他可以接受赫克托尔的挑战；要是没有别人，我愿意亲自出马。

涅斯托 对他说有一个涅斯托，在赫克托尔的祖父还在吃奶的时候就是个汉子了，他现在虽然上了年纪，可是在我们希腊军中，倘若没有一个胸膛里燃着一星光荣的火花，愿意为他的恋人而应战的勇士，你就去替我告诉他，我要把我的银须藏在黄金的面甲里，凭着我这一身衰朽的筋骨，也要披上甲胄，和他在战场上相见；我要对他说我的爱人比他的祖母更美，全世界没有比她更贞洁的女子；为了证明这一个事实，我要用我仅余的两三滴老血，和他的壮年的盛气决一高下。

埃涅阿斯 天哪！难道年轻的人这么少，一定要您老人家上阵吗？

俄底修斯 阿门。

阿伽门农 埃涅阿斯将军，让我搀着您的手，先带您到我们大营里看看，阿喀琉斯必须知道您这次的来意；各营各寨，每一个希腊将领，也都要一体传闻。在您回去以前，我们还要请您喝杯酒，表示我们对一个高贵的敌人的敬礼。（除俄底修斯、涅斯托外同下）

俄底修斯 涅斯托！

涅斯托 你有什么话，俄底修斯？

俄底修斯 我想起了一个幼稚的念头；请您帮我斟酌斟酌。

涅斯托 你想起些什么？

俄底修斯 我说，钝斧斩硬节，阿喀琉斯骄傲到这么一个地步，倘不把他及时挫折一下，让他的骄傲的种子播散开去，恐怕后患无穷。

涅斯托 那么你看应当怎么办？

俄底修斯 赫克托尔的这一次挑战虽然没有指名叫姓，实际上完全是对阿喀琉斯而发的。

涅斯托 他的目的很明显；我们在宣布他挑战的时候，应当尽力使阿喀琉斯明白——即使他的头脑像利比亚沙漠一样荒凉——赫克托尔的意思就是以他为目标的。

俄底修斯 您以为我们应当激他一下，叫他去应战吗？

涅斯托 是的，这是最适当的办法。除了阿喀琉斯以外，谁还能从赫克托尔的手里夺下胜利的光荣来呢？虽然这不过是一场游戏的斗争，可是从这回试验里，却可以判断出两方实力的高低；因为特洛亚人这次用他们最优秀的将材来试探我们的声威；相信我，俄底修斯，我们的名誉在这场儿戏的行动中将要遭受严重的考验，结果如何，虽然只是一时的得失，但一隅可窥全局，未来的重大演变，未始不可以从此举的结果观察出来。前去和赫克托尔决战的人，在众人的心目中必须是从我们这里挑选出来的最有本领的人物，为我们全军的灵魂所寄，就好像他是从我们各个人的长处中提炼出来的精华；要是他失败了，那得胜的一方岂不将勇气百倍，格外加强他们的自信，即使单凭着一双赤手，也会出入白刃之间而不知恐惧吗？

俄底修斯 恕我这样说，我以为唯其如此，所以不能让阿喀琉斯去接受赫克托尔的挑战。我们应当像商人一样，尽先把次货拿出来，试试有没有脱售的可能；要是次货卖不出去，然后再把上等货色拿出来，那么在相形之下，更可以显出它的光彩。不要容许赫克托尔和阿喀琉斯交战，因为我们全军的荣辱，虽然系此一举，可是无论哪一方面得胜，胜利的光荣总不会属于我们的。

涅斯托 我老糊涂了，不能懂得你的意思。

俄底修斯 阿喀琉斯倘不是这样骄傲，那么他从赫克托尔手里取得的光荣，也就是我们共同的光荣；可是他现在已经是这样傲慢不逊，倘使赫克托尔也不能取胜于他，那他一定会更加目空一世，在他侮蔑的目光之下，我们都要像置身于非洲的骄阳中一样汗流浃背了；要是他失败了，那么他是我们的首将，他的耻辱当然要影响到我们全军的声誉。不，我们还是采取抽签的办法，预先安排好让愚蠢的埃阿斯抽中，叫他去和赫克托尔交战；我们私下里再竭力捧他一下，恭维他的本领比阿喀琉斯还强，这对于我们这位戴惯高帽子的大英雄可以成为一服清心的药剂，把他冲天的傲气挫折几分。要是这个没有头脑的、愚蠢的埃阿斯奏凯而归，我们不妨替他大吹特吹；要是他失败了，那么他本来不是什么了不得的人物，也不算丢了我们的脸。不管胜负如何，我们主要的目的，是要借埃阿斯的手，压下阿喀琉斯的气焰。

涅斯托 俄底修斯，你的主意果然很好，我可以先去向阿伽门农说说；我们现在就去找他吧。制伏两条咬人的恶犬，最好的办法是请它们彼此相争，骄傲便是挑拨它们搏斗的一根肉骨。（同下）

第二幕

第一场　希腊营地的一部分

埃阿斯及忒耳西忒斯上。

埃阿斯　忒耳西忒斯！

忒耳西忒斯　要是阿伽门农浑身长起毒疮来呢？

埃阿斯　忒耳西忒斯！

忒耳西忒斯　要是那些毒疮都出起脓来呢？

埃阿斯　狗！

忒耳西忒斯　如果他真是个脓包那也总该可以拿出些东西来了吧；可我现在还是什么都没看见。

埃阿斯　你这狼狗养的，你没听见吗？给你点儿颜色看看。（打忒耳西忒斯）

忒耳西忒斯　愿整个希腊的瘟疫降在你身上，你这蠢牛一样的狗杂种将军！

埃阿斯　你再说，你这发霉的酵母，再说；我要扒掉你这丑陋的皮囊。

忒耳西忒斯　我要骂开你那糊涂的心窍；可是我想等到你能

够不瞧着书念熟一段祷告的时候，你的马都会背诵一篇演说了。你会打人吗？你这害血瘟症的！

埃阿斯 坏东西，把布告念给我听。

忒耳西忒斯 你这样打我，你以为我是没有知觉的吗？

埃阿斯 那布告上怎么说？

忒耳西忒斯 我想它说你是个傻瓜。

埃阿斯 你再说，野猪，你再说；我的手指头痒着呢。

忒耳西忒斯 我希望你从头上痒到脚上，让我把你浑身的皮都搔破了，叫你做一个全希腊顶讨人厌的癞皮花子。在你冲锋陷阵的时候，你就打不动了。

埃阿斯 我叫你把布告念给我听！

忒耳西忒斯 你一天到晚叽哩咕噜地骂阿喀琉斯，因为他比你神气，所以你一肚子不舒服，就像一个丑妇瞧不惯别人长得比她好看一样；哼，你简直像狗一样地向他叫个不停。

埃阿斯 忒耳西忒斯老太太！

忒耳西忒斯 你可以打他呀。

埃阿斯 你这烘坏了的歪面包块儿！

忒耳西忒斯 他会像一个水手砸碎一块硬面包似的，一拳头就把你打得血肉横飞。

埃阿斯 你这婊子生的贱狗！（打忒耳西忒斯）

忒耳西忒斯 你打，你打。

埃阿斯 你这替妖精垫屁股的凳子！

忒耳西忒斯 好，你打，你打；你这糊涂将军！我的臂弯里也比你有更多的头脑；一头蠢驴都可以做你的老师；你这下贱的莽驴子！他们叫你到这儿来打几个特洛亚人，你却给那些聪明人卖来卖去，好像一个蛮族的奴隶一般。要是你尽打我，我就从你的脚跟骂起，一寸一寸骂上去，一直骂到你的头顶，你这没有肚肠的东西，你！

埃阿斯 你这狗！

忒耳西忒斯 你这下贱的将军！

埃阿斯 你这恶狗！（打忒耳西忒斯）

忒耳西忒斯 你这战神手下的白痴！你打，不讲理的东西；你打，蠢骆驼；你打，你打。

阿喀琉斯及帕特洛克罗斯上。

阿喀琉斯 啊，怎么，埃阿斯！你为什么打他？喂，忒耳西忒斯！怎么一回事？

忒耳西忒斯 你瞧他，你看见了吗？

阿喀琉斯 我看见了；是怎么一回事？

忒耳西忒斯 不，你再瞧瞧他。

阿喀琉斯 好；是怎么一回事？

忒耳西忒斯 不，你仔细瞧瞧他。

阿喀琉斯 好，我瞧过了。

忒耳西忒斯 可是你还没有把他瞧清楚；因为无论你把他当作什么人，他总是埃阿斯。

阿喀琉斯 那我也知道，傻瓜。

忒耳西忒斯 不错，可是那傻瓜却不知道他自己。

埃阿斯 所以我打你。

忒耳西忒斯 听，听，听，听，这还成什么话！简直是驴子的理由。我已经敲扁了他的脑袋，他倒还没有打痛我的骨头；我可以拿一个铜子去买九只麻雀，可是他的脑袋还不值一只麻雀的九分之一。我告诉你，阿喀琉斯，这家伙把思想装在肚子里，把大肠小肠一起塞在他的脑袋里，让我告诉你我怎么说他的。

阿喀琉斯 你怎么说的？

忒耳西忒斯 我说，这个埃阿斯——（埃阿斯举手欲打）

阿喀琉斯　且慢，好埃阿斯。

忒耳西忒斯　他所有的一点点儿智慧——

阿喀琉斯　不，你不要动手。

忒耳西忒斯　还塞不满海伦的针眼，其实他还是为了这个海伦才来打仗的。

阿喀琉斯　住口，傻瓜！

忒耳西忒斯　我倒是想安安静静的，可是那傻瓜一定要跟我闹；瞧他，瞧他，你瞧。

埃阿斯　啊，你这该死的贱狗！我要——

阿喀琉斯　你何必跟一个傻瓜斗嘴呢？

忒耳西忒斯　不，他才不敢哩；他还斗不过一个傻瓜的嘴。

帕特洛克罗斯　说得好，忒耳西忒斯。

阿喀琉斯　为什么闹起来的？

埃阿斯　我叫这坏猫头鹰去替我看看布告上说些什么话，他就骂起我来了。

忒耳西忒斯　我又不是替你做事的。

埃阿斯　好，很好。

忒耳西忒斯　我是自愿到这儿来的。

阿喀琉斯　你刚才到这儿来挨了打，不是自愿的；没有人自愿挨打。埃阿斯才是自愿来的，你却不是。

忒耳西忒斯　哼，你也是条没脑子的蛮牛。赫克托尔要是把你们两个人的脑壳捶了开来，那才是个大笑话，因为这简直就跟捶碎一个空心的烂胡桃没有分别。

阿喀琉斯　怎么，忒耳西忒斯，你把我也骂起来了吗？

忒耳西忒斯　俄底修斯，还有那个涅斯托老头子，他们的头脑在你们的祖父还没有长脚爪的时候就已经发了霉了，把你们当作牛马一样驾驭，赶你们到战场上去替他们打仗。

阿喀琉斯 什么？什么？

忒耳西忒斯 是的，老实对你们说吧。哼，阿喀琉斯！哼，埃阿斯！哼！

埃阿斯 我要割下你的舌头。

忒耳西忒斯 没有关系，我被割下了舌头还比你会说话些。

帕特洛克罗斯 别多说啦，忒耳西忒斯；还不住口！

忒耳西忒斯 阿喀琉斯的走狗叫我别说话，我就闭上嘴吗？

阿喀琉斯 他骂到你身上来了，帕特洛克罗斯。

忒耳西忒斯 我要瞧你们像一串猪狗似的给吊死，然后我才会再踏进你们的营帐；我要去找一个有聪明人的地方住下，再不跟傻瓜们混在一起了。（下）

帕特洛克罗斯 他去了倒也干净。

阿喀琉斯 埃阿斯，传谕全军的是这么一件事；赫克托尔要在明天早上五点钟的时候，在我们的营地和特洛亚城墙之间，以喇叭为号，召唤我们这儿的一个骑士去和他决战；要是谁敢宣称——我记不得那一套话，全是些胡说八道。再见。

埃阿斯 再见。那么派谁去应战呢？

阿喀琉斯 我不知道；那是要用抽签的办法来决定的；否则他们应该知道叫谁去的。

埃阿斯 啊，你的意思是说你自己。待我再去探听探听消息。（各下）

第二场 特洛亚。普里阿摩斯宫中一室

普里阿摩斯、赫克托尔、特洛伊罗斯、帕里斯及赫勒诺斯上。

普里阿摩斯 抛掷了这许多时间、生命和言语以后，希腊军

中的涅斯托又向我们发出了这样的通牒："把海伦交还我们，那么一切其他的损害，例如荣誉上的污辱，时间上的损失，人力物力的消耗，将士的伤亡，以及充填战争欲壑所消费的一切，都可以置之不问。"赫克托尔，你意下如何？

赫克托尔 就我个人而论，虽然我比谁都不怕这些希腊人，可是，尊严的普里阿摩斯，没有一个软心肠的女人会像我这样为了不可知的前途而忧虑。和平最能带来一种危险，就是使人高枕无忧；所以适当的疑虑还是智者的明灯，是防患于未然的良方。放海伦回去吧；自从为了这一个问题开始大动干戈以来，我们已经牺牲了无数的兵士，他们每一个人的生命都像海伦一样宝贵；要是我们丧亡了这许多同胞，去保卫一件既不属于我们、对于我们又没有多大价值的东西，那么我们凭着什么理由，拒绝把她交还给人家呢？

特洛伊罗斯 什么话！哥哥，你把我们伟大尊严的父王的荣誉，去和微贱的生命放在一个天平里称量吗？你要用算盘来计算他无限的广大，用恐惧和理智的狭窄来束缚不可测度的巨人的腰身吗？呸，说这样丢脸的话！

赫勒诺斯 你这样痛斥理智是不足为奇的，因为你是个完全没有理智的人。是不是因为你说了这一套意气用事的话，我们的父王就不该用理智来处理他的事务了吗？

特洛伊罗斯 你还是去做梦打瞌睡吧，我的祭司哥哥；你满口都是大道理。我可以代你把你的这番大道理说出来；你知道敌人是要来加害于你的；你知道一柄出鞘的剑是危险的，按照理智，一个人应当明哲保身；所以赫勒诺斯一看见拿起了剑的希腊人，就会像一颗出了轨道的流星似的，借着理智的翅膀高飞远走，这还用得着奇怪吗？不，我们要是谈理智，那么还是关起门来睡大觉吧。一个堂堂男子，要是让他的脑中塞满了理智，就会变成一个胆小怕事的懦夫，汩没了他的英勇的气概。

赫克托尔　兄弟，她是不值得我们费这么大代价保留下来的。

特洛伊罗斯　哪一样东西的价值不是按照着人们的估计而决定的？

赫克托尔　可是价值不能凭着私心的爱憎而决定；一方面这东西的本身必须确有可贵的地方，另一方面它必须为估计者所重视，这样它的价值才能确立。要是把隆重的祭礼去向一个卑微的神祇献祭，那就是疯狂的崇拜；偏执着私人的感情而不知辨别是非利害，那也是溺爱不明。

特洛伊罗斯　假如我今天娶了一个妻子，我的选择是取决于我的意志，我的意志是受我的耳目所左右；假如我在选定以后，我的意志重新不满于我的选择，那么我怎么可以避免既成的事实呢？一方面逃避责任，一方面又要不损害自己的荣誉，这样的事是不可能的。我们把绸缎污毁了以后。就不能再拿它向商家退换；我们也不因为已经吃饱，就把剩余的食物倒在肮脏的阴沟里。当初大家都赞成帕里斯去向希腊人报复；你们的一致同意鼓励了他的远行，善于捣乱的海浪和天风，也协力帮助他一帆风顺地到了他的目的地；为了希腊人俘掳了我们一个年老的姑母，他夺回了一个希腊的王妃作为交换，她的青春和娇艳掩盖了朝暾的美丽。我们为什么留住她不放？因为希腊人没有放还我们的姑母；她是值得我们保留的吗？啊，她是一颗明珠，她的高贵的价值，曾经掀动过千百个国王迢迢渡海而来，大家都要做一个觅宝的商人。你们不能不承认帕里斯的前去并不是失策，因为你们大家都喊着“去！去！”你们也不能不承认他带回了光荣的战利品，因为你们大家都拍手欢呼，说她的价值是不可估计的；那么你们现在为什么要诋毁从你们自己的智慧中产生的果实，把你们曾经估计为价值超过海洋和陆地的宝物重新贬斥得一文不值呢？啊！赃物已经偷了来了，我们却不敢把它保留下来，这才是最卑劣的偷窃！这样的盗贼甚至都不配偷窃这样的宝物。

卡珊德拉 （在内）痛哭吧，特洛亚人！痛哭吧！

普里阿摩斯 什么声音？谁在那儿喊叫？

特洛伊罗斯 这是我们那位发疯的姊姊，我听得出她的声音。

卡珊德拉 （在内）痛哭吧，特洛亚人！

赫克托尔 这是卡珊德拉。

卡珊德拉 上，狂呼。

卡珊德拉 痛哭吧，特洛亚人！痛哭吧！借给我一万只眼睛，我要让它们充满先知的眼泪。

赫克托尔 安静些，妹妹，别闹！

卡珊德拉 少年的男女们，中年的、老年的人们，还有只会哭泣的荏弱的婴孩们，大家帮着我哭喊呀！让我们先付清一部分将来的重大的悲恸。痛哭吧，特洛亚人！痛哭吧！让你们的眼睛练习练习哭泣吧！特洛亚要化为一片平地，我们美好的宫殿要变成一堆瓦砾；我们那闯祸的兄弟帕里斯放了一把火，把我们一起烧成灰烬啦！痛哭吧，特洛亚人！痛哭吧！海伦是我们的祸根！痛哭吧，痛哭吧！特洛亚要烧起来啦，快把海伦放回去吧！（下）

赫克托尔 特洛伊罗斯兄弟，你听了我们的姊妹这一种激昂的预言，难道一点都无动于衷吗？难道你的血液竟狂热得这样无可理喻，不知道师出无名，必遭天谴吗？

特洛伊罗斯 赫克托尔大哥，行动的是非曲直，只有从事实的发展上去判断，卡珊德拉的疯话，更不能打消我们的勇气；我们已经把我们各人的荣誉寄托在这一次战争里了，她的神经错乱的谵语，绝不能抹煞我们行动的光明正大。拿我自己来说，我正像所有普里阿摩斯的儿子一样，什么都不能动摇我的决心；愿上帝唾弃我们中间那些畏首畏尾的懦夫！

帕里斯 要是我们不能贯彻始终，那么世人将要讥笑我的行动的轻率，也要讥笑你们决策的鲁莽；可是我指着天神为证，我因为得到你们完全的同意，才敢放胆行事，屏除一切恐惧，去进行这一个危险的计划；要不然单凭着这一双赤手空拳，能够做出什么事情来呢？一个人的匹夫之勇，怎么抵挡得了倾国之众的敌意呢？然而我可以说一句，要是我必须独自担当这些困难，要是我能够运用充分的权力，那么帕里斯决不从他已经做下的事情中缩回手来，也绝不会中途气馁。

普里阿摩斯 帕里斯，你的话说得完全像一个沉醉于自己欢乐中的人；你自己吮吸着蜜糖，让人家去尝胆汁的苦味。我不敢恭维你的“勇敢”。

帕里斯 父王，我本来不敢独占这样一个美人所带来的欢乐，可是为了洗刷她的失身的羞辱，我不能不保持她的光荣的完整。要是现在因为迫于对方的威胁，再把她还给敌人，那对于这位被劫的王妃是一件多么不可容忍的罪恶，对于您的尊严是一个多么大的污点，对于我又是一桩多么难堪的耻辱！难道像这样一种卑劣的思想，也会侵入您的高贵的心灵吗？在我们这儿，即使是一个最凡庸的懦夫，为了保卫海伦的缘故，也会挺身而出，拔剑而起；无论怎样高贵的人，都愿意为海伦献身效命；她既然是这样一个绝世无双的美人，我们难道不应该为她而战吗？

赫克托尔 帕里斯，特洛伊罗斯，你们两人的话都说得很好；可是你们对于我们现在讨论的问题不过作了一番文饰外表的诡辩，正像亚里士多德所说的那种不适宜于听讲道德哲学的年轻人一样。你们所提出的理由，只能煽动偏激的意气，不能作为抉择是非的标准；因为一个耽于欢乐或是渴于复仇的人，他的耳朵比蝮蛇更聋，是听不见正确的判断的。物各有主，这是造物的意旨；在一切人类关系之中，还有什么比妻子对于丈夫更亲近的？要是这一条自然的法律为感情所破坏，思想卓越的人因为被私心所蒙蔽，也对它悍然不顾，那么在每一个组织健全的国家里，都有一条制定的法律，抑制这一类悖逆的乱行。海伦既然是斯巴达的王妃，按照自然的和国家的道德法律，就应该把她还给斯巴达；错误已经铸成，倘再执迷不悟地坚持下去，那就大错而特错了。这是赫克托尔认为正确的见解；可是虽然这么说，我的勇敢的兄弟们，我仍旧赞同你们的意思，把海伦留下来，因为这是与我们全体和各人的荣誉大有关系的。

特洛伊罗斯 你这句话才真说中了我们的本意；倘若这不过是一场意气之争，而不是因为重视我们的光荣，那么我也不愿为了保卫她的缘故，再洒一滴特洛亚的血。可是，尊贵的赫克托尔，她是一个光荣的题目，可以策励我们建立英勇卓绝的伟业，使我们战胜当前的敌人，树立万世不朽的声名；我相信即使有人给他整个世界的财富，勇敢的赫克托尔也不愿放弃这一个千载难逢的机会。

赫克托尔 我愿意和你们通力合作，伟大的普里阿摩斯的英勇的后人。我已经向这些行动滞钝、党派分歧的希腊贵人们提出挑战，惊醒他们昏睡的灵魂。我听说他们的主将只会睡觉不会管事，听任手下的将士们明争暗斗；也许我这一声怒吼，可以叫他觉醒过来。（同下）

第三场　希腊营地。阿喀琉斯帐前

忒耳西忒斯上。

忒耳西忒斯 怎么，忒耳西忒斯！你把头都气昏了吗？埃阿斯这蠢象欺人太甚；他居然动手打人；可是他会打我，我就会骂他，总算也出了气了。要是颠倒过来，他骂我的时候我也可以打他，那才痛快呢！他妈的！我一定要去学会一些降神召鬼的法术，让我瞧见我的咒诅降在他身上。还有那个阿喀琉斯，也真是一尊好大炮。要是特洛亚一定要等这两个人去打下来，那么除非等到城墙自己坍倒。啊！你奥林匹斯山上发射雷霆的乔武大神，还有你，蛇一样狡猾的墨丘利，你们要是不能把他们所有的一丁点儿的智慧拿去，那么还算什么万神之王，还算什么足智多谋？他们的智慧稀少得这样出奇，为了搭救一只粘在蜘蛛网上的飞虫，他们竟不知道除了拔出他们的刀剑来把蛛丝斩断以外还有什么别的办法。然后，我希望整个军队都遭到灾殃；或者让他们一起生疮，因为他们在为一个婊子打仗，这是他们应得的报应。我的祷告已经说过了，让不怀好意的魔鬼去说他们吧。喂！阿喀琉斯将军！

帕特洛克罗斯上。

帕特洛克罗斯　是谁？忒耳西忒斯！好忒耳西忒斯，进来骂几句人给我们听吧。

忒耳西忒斯　要是我能够记得一枚镀金的铅币，我一定会想起你；可是那也不用说了，我要骂你的时候，只要提起你的名字就够了。但愿人类共同的咒诅，无知和愚蠢一起降在你的身上！上天保佑你终身得不到明师的指示，听不到教诲的启迪！让你的血气引导着你直到死去！等你死了的时候，替你掩埋的那位太太要是说你是一具漂亮的尸体，我就要再三发誓，说她除了掩埋害麻风病死的人以外，从来不曾掩埋过别的尸体。阿门。阿喀琉斯呢？

帕特洛克罗斯　什么！你也会虔诚起来吗？你刚才在祷告吗？

忒耳西忒斯是的，上天听见了我的话！阿喀琉斯上。

阿喀琉斯 谁在这儿?

帕特洛克罗斯 忒耳西忒斯，将军。

阿喀琉斯 哪儿?哪儿?你来了吗?啊，我的干酪，我的开胃的妙药，你为什么不常常到我的餐桌上来吃饭呢?来，告诉我阿伽门农是什么?

忒耳西忒斯 你的主帅，阿喀琉斯。告诉我，帕特洛克罗斯，阿喀琉斯是什么?

帕特洛克罗斯 你的主人，忒耳西忒斯。再请你告诉我，你自己是什么?

忒耳西忒斯 我是知道你的人，帕特洛克罗斯。告诉我，帕特洛克罗斯，你是什么?

帕特洛克罗斯 你知道我，就不用问了。

阿喀琉斯 啊，你说，你说。

忒耳西忒斯 我可以把整个问题演绎下来。阿伽门农指挥阿喀琉斯；阿喀琉斯是我的主人；我是知道帕特洛克罗斯的人；帕特洛克罗斯是个傻瓜。

帕特洛克罗斯 你这混蛋!

忒耳西忒斯 闭嘴，傻瓜!我还没有说完呢。

阿喀琉斯 他是一个有谩骂特权的人。说下去吧，忒耳西忒斯。

忒耳西忒斯 阿伽门农是个傻瓜；阿喀琉斯是个傻瓜；忒耳西忒斯是个傻瓜；帕特洛克罗斯已经说过了，是个傻瓜。

阿喀琉斯 来，把你的理由推论出来。

忒耳西忒斯 阿伽门农倘不是个傻瓜，他就不会指挥阿喀琉斯；阿喀琉斯倘不是个傻瓜，他就不会受阿伽门农的指挥；忒耳西忒斯倘不是个傻瓜，他就不会侍候这样一个傻瓜；帕特洛克罗斯不用说啦，当然是个傻瓜。

帕特洛克罗斯　为什么我是个傻瓜？

忒耳西忒斯　那你该去问那造你出来的上帝。我只要知道你是个傻瓜就够了。瞧，谁来啦？

阿喀琉斯　帕特洛克罗斯，我不想跟什么人说话。跟我进来，忒耳西忒斯。（下）

忒耳西忒斯　全是些捣鬼的家伙！争来争去不过是为了一个王八和一个婊子，结果弄得彼此猜忌，白白损失了多少人的血。但愿战争和奸淫把他们一起抓了去！（下）

阿伽门农、俄底修斯、涅斯托、狄俄墨得斯及埃阿斯上。

阿伽门农　阿喀琉斯呢？

帕特洛克罗斯　在他的帐里，元帅；可是他的身子不大舒服。

阿伽门农　你去对他说，我在这儿。他辱骂我的使者，现在我又卑躬屈节地来拜访他；你对他说吧，叫他不要以为我不敢在他面前提起我的地位，也不要以为我不知道自己的身份。

帕特洛克罗斯　我就照这样对他说。（下）

俄底修斯　我们刚才看见他站在营帐的前面；他没有病。

埃阿斯　他害的是狮子的病，骄傲是他的病根。你们要是喜欢这个人，那么也可以说是一种忧郁症；可是照我说起来，完全是骄傲。他凭着什么理由这样骄傲呢？元帅，我对你说句话。（拉阿伽门农立一旁）

涅斯托　埃阿斯为什么这样骂他？

俄底修斯　阿喀琉斯把他的弄人骗去了。

涅斯托　谁，忒耳西忒斯吗？

俄底修斯　正是他。

涅斯托　那很好，我们希望看见他们分裂，不希望看见他们勾结；可是为了这样一个傻子就会叫他们彼此不和，那么他们的友谊也实在太“坚实”了。

俄底修斯 智慧联络不起来的好感，愚蠢一下子就会把它打破。帕特洛克罗斯来了。

帕特洛克罗斯重上。

涅斯托 阿喀琉斯没有跟他来。

俄底修斯 巨象的腿是为步行用的，不是为屈膝用的。

帕特洛克罗斯 阿喀琉斯叫我回复元帅，要是元帅大驾光临敝寨，除了游玩以外还有其他的目的，那么他真是抱歉万分；他希望您不过是因为要在饭后活活筋骨，助助消化，所以才出来散散步的。

阿伽门农 听着，帕特洛克罗斯，他这种语含讥讽的推托，我们早就听厌了。他这个人不是没有可取的地方，可是因为自恃己长的缘故，他的优点已经开始在我们的眼中失去光彩，正像一枚很好的鲜果，因为放在龌龊的盆子里，没有人要去吃它，只好任由它腐烂。你去对他说，我们要来找他说话；你尽管大胆告诉他，说我们认为他太骄傲，也不够爽气，自以为了不起，其实说不上什么明智；他故意摆出一股威风，装模作样，目中无人，反而自鸣得意；他横行霸道，喜怒无常，好像天下大事都要由他摆布。你去把这些话告诉他，要是他把自己价估得这么高，那么我们也用不着他这么一个人，只好让他像一架无法拖曳的重炮一样，搁在武器库里生锈；对他说，我们宁愿重用一个活跃的侏儒，也不要一个贪睡的巨人。

帕特洛克罗斯 是，我就去这样对他说，把他的回音立刻带出来。（下）

阿伽门农 我们是来找他说话的，一定要听到他亲口的答复。俄底修斯，你进去。（俄底修斯下）

埃阿斯 他有什么胜过别人的地方？

阿伽门农　他不过自以为比别人了不起罢了。

埃阿斯　他竟这样了不起吗？您想他是不是以为他比我强？

阿伽门农　那是肯定的。

埃阿斯　您也跟他有同样的见解，认为他比我强吗？

阿伽门农　不，尊贵的埃阿斯，你跟他一样强，一样勇敢，一样聪明，一样高贵，可是你比他脾气好得多，也比他更听号令。

埃阿斯　一个人为什么要骄傲？骄傲的心理是怎么产生的？我就不知道什么是骄傲。

阿伽门农　埃阿斯，你的头脑比他明白，你的人格也比他高尚。一个骄傲的人，结果总是在骄傲里毁灭了自己。他一味对镜自赏，自吹自擂，遇事只顾浮夸失实，到头来只会事事落空而已。

埃阿斯　我讨厌一个骄傲的人，就像讨厌一窝癞蛤蟆一样。

涅斯托　（*旁白*）可是他却不讨厌他自己；这不是很奇怪吗？

俄底修斯重上。

俄底修斯　阿喀琉斯明天不愿上阵。

阿伽门农　他有什么理由？

俄底修斯　他也不讲什么理由，只逞着自己的性子，一味执拗，把什么人都不放在眼里。

阿伽门农　我们再三请他，为什么他总不出来？

俄底修斯　正因为我们前来移樽就教，他便妄自尊大起来，把草纸当文书；他好比着了魔似的，甚至连自己嘴里出一口气都不得平静。我们这位阿喀琉斯是如此自命不凡，连他的思想与行动也互相仇视，自相残杀，使他不能自主。我该怎么说呢？他的骄傲确已病入膏肓，无可救药了。

阿伽门农 让埃阿斯去叫他出来。将军，你到他帐里去看看他；听说他和你的感情不错，也许你去请他，他会却不过你的情面。

俄底修斯 啊，阿伽门农！不要这样。我们应当让埃阿斯离阿喀琉斯越远越好。这个骄悍的将军用傲慢塞住了自己的心窍，眼睛里只有自己没有别人，难道我们反要叫一个更被我们敬重的人去向他礼拜吗？不，我们不能让这位比他尊贵三倍的、勇武超群的将军污损了他的血战得来的光荣；他的才能并不在阿喀琉斯之下，为什么要叫他贬低身份去向阿喀琉斯央求呢？那不过格外助长他的骄傲的气焰罢了。叫这位将军去看他！不，天神不容许这样的事，天神会用雷鸣一样的声音怒吼着说："叫阿喀琉斯出来见他！"

涅斯托 （*旁白*）啊！这样很好，说到他的心窝里去了。

狄俄墨得斯 （*旁白*）瞧他一声不响地听得多么出神！

埃阿斯 要是我去看他，我要一拳打歪他的脸。

阿伽门农 啊，不！你不要去。

埃阿斯 要是他对我神气活现，我可要老实不客气地教训他一下。让我去看他。

俄底修斯 不，用不着惊动你去。

埃阿斯 下贱的、放肆的家伙！

涅斯托 （*旁白*）他把自己形容得一点儿不错！

埃阿斯 他不能客气一点儿吗？

俄底修斯 （*旁白*）乌鸦也会骂别人太黑！

埃阿斯 我要叫他的傲气变成鲜血。

阿伽门农 （*旁白*）他自己原是病人，倒当起医生来了。

埃阿斯 要是大家的思想都跟我一样——

俄底修斯 （*旁白*）那么世上就没有聪明人了。

埃阿斯 一定不让他放肆到这个地步；他要是装腔作势，就叫他吞下他的刀子。

涅斯托 （旁白）果真如此，你也得同他平分秋色呢。

俄底修斯 （旁白）半斤八两。

埃阿斯 尽管他是个铁铮铮的硬汉，我也要把他揉成面团。

涅斯托 （旁白）他的热度还是不够高；再恭维他几句，把他的野心煽起来。

俄底修斯 （向阿伽门农）元帅，你太容忍他了。

涅斯托 尊贵的元帅，不要这样做。

狄俄墨得斯 你必须准备不靠阿喀琉斯的力量去和特洛亚人作战。

俄底修斯 就是因为人家把他的名字挂在嘴边，所以养成了他的骄傲。我倒想起了一个人——可是他就在我们眼前，我还是不说了吧。

涅斯托 你为什么不说呢？他又不像阿喀琉斯一样争强好胜。

俄底修斯 整个世界都知道他是跟阿喀琉斯一样勇敢的。

埃阿斯 婊子养的畜生！在我们面前摆他的臭架子！但愿他是个特洛亚人！

涅斯托 要是埃阿斯现在也像他一样骄横——

俄底修斯 像他一样傲慢——

狄俄墨得斯 像他一样喜欢别人的阿谀奉承——

俄底修斯 像他一样的坏脾气——

狄俄墨得斯 像他一样的目中无人、妄自尊大——

俄底修斯 感谢上天，将军，你的天性是这样仁厚；那生下你的令尊、乳哺你的令堂，真是应该赞美；教你念书的那位先生，愿他名垂万世；你那非博学所能企及的天赋聪明，更可与日月争光；至于传授你武艺的那位师傅，那么他是应该和战神并享千秋的；讲到你的神勇，那么力举全牛的迈罗，也不得不向强壮的埃阿斯甘拜下风。我用不着称赞你的智慧，那是像一道围墙、一堵堤岸，包围着你的广大丰富的才能。咱们这位涅斯托老将军眼睛里见过得多，自然智慧超人一等；可是对不起，涅斯托老爹，要是您也像埃阿斯一样年轻，您的教育也不过像他一样，那么您的智慧也绝不会超过他的。

埃阿斯 我拜您做干爹吧。

俄底修斯 好，我的好儿子。

狄俄墨得斯 你要听他的话啊，埃阿斯将军。

俄底修斯 咱们不要在这儿多耽搁了；阿喀琉斯这野兔子在丛林里躲着呢。请元帅立刻传令全军，召集所有人马；新的君王们到特洛亚来了，明天我们一定要用全力维护我们的声威。这儿有一位大将，让从东方到西方来的骑士们各自争取他们的光荣吧，最大的胜利将是属于埃阿斯的。

阿伽门农 我们就去召开会议。让阿喀琉斯睡吧；正是轻舟虽捷，怎及巨舶容深。（同下）

第三幕

第一场　特洛亚。普里阿摩斯宫中

潘达洛斯及一仆人上。

潘达洛斯　喂，朋友！对不起，请问一声，你是跟随帕里斯王子的吗？

仆　人　是的，老爷，他走在我前面的时候，我就跟在他后面。

潘达洛斯　我的意思是说，你是靠他吃饭的吗？

仆　人　老爷，我是靠天吃饭的。

潘达洛斯　你依靠着一位贵人，我必须赞美他。

仆　人　愿赞美归于上帝！

潘达洛斯　你认识我吗？

仆　人　说老实话，老爷，我只是觉得您有点眼熟。

潘达洛斯　朋友，我们大家应当熟悉一点儿。我是潘达洛斯老爷。

仆　人　我希望以后跟老爷您熟悉一点儿。

潘达洛斯　那很好。

仆　人　您是一位殿下吗？

潘达洛斯　殿下！不，朋友，你只可以叫我老爷或是大人。（内乐声）这是什么音乐？

仆　人　我不大知道，老爷，我想那是数部合奏的音乐。

潘达洛斯　你认识那些奏乐的人吗？

仆　人　我全都认识，老爷。

潘达洛斯　他们奏乐给谁听？

仆　人　他们奏给听音乐的人听，老爷。

潘达洛斯　是谁想听这音乐，朋友？

仆　人　我想听，还有爱音乐的人也想听。

潘达洛斯　朋友，你不懂我的意思；我太客气，你又太调皮。我是说什么人叫他们奏的。

仆　人　呃，老爷，是我的主人帕里斯叫他们奏的，他就在里面；那位人间的维纳斯，美的心血，爱的微妙的灵魂，也陪着他在一起。

潘达洛斯　谁，我的甥女克瑞西达吗？

仆　人　不，老爷，是海伦；您听了我形容她的话还不知道吗？

潘达洛斯　朋友，看来你还没有见过克瑞西达小姐。我是奉特洛伊罗斯王子之命来见帕里斯的；我的事情急得像热锅里的沸水，来不及等你进去通报了。

仆　人　好个热锅上的蚂蚁！呀，一句陈词滥调罢了！

帕里斯及海伦率侍从上。

潘达洛斯　您好，我的好殿下，这些好朋友们都好！愿美好的欲望好好地领导他们！您好，我的好娘娘！愿美好的思想做您美好的枕头！

海　伦　好大人，您满嘴都是好话。

潘达洛斯　谢谢您的谬奖，好娘娘。好殿下，刚才的音乐很好，很好的杂色合奏呢。

帕里斯 是被你搅杂的，贤卿；现在罚你唱一曲，让音乐再和谐起来。耐儿，他很会唱歌呢。

潘达洛斯 真的，娘娘，没有这回事。

海 伦 啊，大人！

潘达洛斯 粗俗得很，真的，粗俗不堪。

帕里斯 说得好，我的大人！你说得都这么好听。

潘达洛斯 好娘娘，我有事情要来对殿下说。殿下，您允许我跟您说句话吗？

海 伦 不，您不能这样赖过去。我们一定要听您唱歌。

潘达洛斯 哎，好娘娘，您在跟我开玩笑啦。可是，殿下，您的令弟特洛伊罗斯殿下——

海 伦 潘达洛斯大人，最最亲爱的大人——

潘达洛斯 算了，好娘娘，算了。——叫我向您致意问候。

海 伦 您不能赖掉我们的歌；要是您不唱，我可要生气了。

潘达洛斯 好娘娘，好娘娘！真是位好娘娘。

海 伦 叫一位好娘娘生气是一件大大的罪过。

潘达洛斯 不，不，不，哪儿的话，哪儿的话，哈哈！殿下，他要我对您说，晚餐的时候皇上要是问起他，请您替他推托一下。

海 伦 潘达洛斯大人？——

潘达洛斯 我的好娘娘，我最好的好娘娘怎么说？

帕里斯 他有些什么要务？今晚他在什么地方吃饭？

海 伦 可是，大人——

潘达洛斯 我的好娘娘——我那位殿下要生你的气了。我不能让您知道他在什么地方吃饭。

帕里斯 我可以拿我的生命打赌，他一定是到那位富有风趣的克瑞西达那儿去啦。

潘达洛斯 不，不，哪有这样的事？您真是说笑话了。那位风趣的婢子在害病呢。

帕里斯 好，我就替他捏造一个托辞。

潘达洛斯 是，我的好殿下。您为什么要说克瑞西达呢？不，这个婢子在生病昵。

帕里斯 我早就看出来了。

潘达洛斯 您看出来了！您看出什么来啦？来，给我一件乐器。好娘娘，请听吧。

海　伦 呵，这样才对。

潘达洛斯 我这位甥女一心只想着一件东西，这件东西，好娘娘，您倒是有了。

海　伦 我的大人，只要她所想要的不是我的丈夫帕里斯，什么都可以给她。

潘达洛斯 哈！她不会要他；他们两人只是彼此彼此。

海　伦 生过了气，和好如初，“彼此”两人就要变成三人了。

潘达洛斯 算了，算了，不谈这些；我来唱一支歌给您听吧。

海　伦 好，好，请你快唱吧。好大人，你的额角长得很好看哩。

潘达洛斯 啊，谬奖谬奖。

海　伦 你要给我唱一支爱情的歌；这个爱情要把我们一起葬送了。啊，丘比特，丘比特，丘比特！

潘达洛斯 爱情！啊，很好，很好。

帕里斯 对了，爱情，爱情，只有爱情才是一切！

潘达洛斯 这支歌正是这样开始的：（唱）

爱情，爱情，只有爱情才是一切！
爱情的宝弓，射雌也射雄；
爱情的箭锋，射中了心胸，

不会伤人，只叫人心头火热，
那受伤的恋人痛哭哀号，
啊！啊！啊！这一回性命难逃！
等会儿他就要放声大笑，
哈！哈！哈！爱情的味道真好！
暂时的痛苦呻吟，啊！啊！啊！
变成了一片笑声，哈！哈！哈！
咳呵！

海　伦　嗳哟，他的鼻尖儿都在恋爱哩。

帕里斯　爱人，他除了鸽子以外什么东西都不吃；一个人多吃了鸽子，他的血液里会添加热力，血液里添加热力便会激动情欲，情欲激动了便会胡思乱想，胡思乱想的结果就是玩女人闹恋爱。

潘达洛斯　这就是恋爱的产生经过吗？而这些说的不就是《圣经》里所说的毒蛇吗？好殿下，今天是什么人上阵？

帕里斯　赫克托尔、得伊福玻斯、赫勒诺斯、安忒诺以及所有特洛亚的英雄们都去了；我本来也想去的，可是我的耐儿不放我走。我的兄弟特洛伊罗斯为什么不去？

海　伦　他噘起了嘴唇，好像有些什么心事似的。潘达洛斯大人，您一定什么都知道。

潘达洛斯　哪儿的话，最最亲爱的娘娘。我很想听听他们今天打得怎样。您会记得替令弟设辞推托吗？

帕里斯　我记得就是了。

潘达洛斯　再会，好娘娘。

海　伦　替我问候您的甥女。

潘达洛斯　是，好娘娘。（下；归营号声）

帕里斯　他们从战场上回来了，我们到普里阿摩斯的大厅上去迎接这一群战士吧。亲爱的海伦，我必须请求你帮助我们的赫克托尔卸下他的甲胄；他的坚强的带扣，利剑的锋刃和希腊人的武力都不能把它打开，却不能抵抗你的纤指的魔力；你的力量胜过希腊诸岛所有的国王。替伟大的赫克托尔卸除他的甲胄吧。

海　伦　帕里斯，我能够做他的仆人是莫大的荣幸；为他服役的光荣，比我们天生的美貌更值得夸耀。

帕里斯　亲爱的，我爱你爱到了不可思议的地步。（同下）

第二场　同前。潘达洛斯的花园

潘达洛斯及特洛伊罗斯的侍童自相对方向上。

潘达洛斯　啊！你的主人呢？在我的甥女克瑞西达家里吗？

侍　童　不，老爷；他等着您带他去呢。

特洛伊罗斯上。

潘达洛斯　啊！他来了。怎么样！怎么样！

特洛伊罗斯　孩子，走开。（侍童下）

潘达洛斯　您见过我的甥女吗？

特洛伊罗斯　不，潘达洛斯；我在她的门口踯躅，像一个站在冥河岸边的游魂，等待着渡船的接引。啊！请你做我的船夫卡戎，赶快把我载到得救者的乐土中去，让我徜徉在百合花的中央！好潘达洛斯啊！请你从丘比特的肩背上拔下他的彩翼来，陪着我飞到克瑞西达身边去吧！

潘达洛斯　您在这园子里随便玩玩。我立刻就去带她来。（下）

特洛伊罗斯　我觉得眼前迷迷糊糊的，期望使我的头脑不停地旋转。想象中的美味是这样甘甜，它迷醉了我的神经。要是我的生津的齿颊果然尝到了经过三次提炼的爱情的旨酒，那该怎样呢？我怕我会死去，昏昏沉沉地倒下去不再醒来；我怕那种太微妙渊深的快乐，调和在太芳冽的甘美里，不是我的粗俗的感官所能禁受的；我怕，我更怕在无边的幸福之中，我会失去一切的知觉，正像大军冲锋、敌人披靡的时候，每个人忘记了自己一样。

潘达洛斯重上。

潘达洛斯 她正在打扮；她就要来了；您说话可要机灵点儿。她怕难为情怕得了不得，慌张得气都喘不过来，好像给一个鬼附上了身似的。我就去带她来。她真是个顶可爱的坏东西；就像一头刚给人捉住的麻雀似的慌张得喘不过气来。（下）

特洛伊罗斯 我自己的心里也感到了这样一种情绪；我的心跳得比一个害热病的人的脉搏还快；我的一切感官都失去了作用，正像臣仆在无意中瞥见了君王威严的目光一样。

潘达洛斯偕克瑞西达重上。

潘达洛斯 来，来，有什么害羞呢？小孩子才怕难为情。他就在这儿呢。把您向我发过的誓当着她的面再发一遍吧。怎么！你又要回去了吗？你在没有给人家驯服以前，一定要有人看守着吗？来吧，来吧，要是你再退回去，我们可要把你像一匹马似的套在辕木里了。您为什么不对她说话呢？来，打开这一块面纱，好给我们看看你的美容。呵，你何必这样不肯得罪一下日光呀！天黑了，你更要马上遮掩起来呢。好了，好了，赶快趁此出手吧。这才对了！一吻就定了终身！经营起来；多么甜美呵。让你们两颗心去扭成一团吧，不要等我把你们扯开了那就迟了。真是英雄美人，天生一对；真不错，真不错。

特洛伊罗斯 姑娘，您使我一句话也说不出来了。

潘达洛斯 相思债是不能用说话去还清的，你还是给她一些行动吧，不要又是一动也不动的。怎么！又在亲嘴了吗？好，“良缘永缔，互结同心”——进来吧，进来吧；我先去拿个火来。（下）

克瑞西达 请进去吧，殿下。

特洛伊罗斯 啊，克瑞西达！我好容易盼望到这一天！

克瑞西达 盼望，殿下！但愿——啊，殿下！

特洛伊罗斯 但愿什么？为什么您又不说了？我亲爱的姑娘在我们爱的灵泉里发现什么渣滓了？

克瑞西达 要是我的恐惧是生眼睛的，那么我看见的渣滓比泉水还多。

特洛伊罗斯 恐惧可以使天使变成魔鬼，它所看到的永远不是真实的。

克瑞西达 盲目的恐惧有明眼的理智领导，比之凭着盲目的理智毫无恐惧地横冲直撞，更容易找到一个安全的立足点；倘能时时忧虑着最大的不幸，那么在较小的不幸来临的时候往往可以安之若素。

特洛伊罗斯 啊！让我的爱人不要怀着丝毫恐惧；在爱神导演的戏剧里是没有恶魔的。

克瑞西达 也没有可怕的巨人吗？

特洛伊罗斯 没有，只有我们自己才是可怕的巨人，因为我们会发誓泪流成海，入火吞山，驯服猛虎，凡是我们的爱人所想得到的事，我们都可以做到。姑娘，这就是恋爱的可怕之处，意志是无限的，实行起来就有许多不可能；欲望是无穷的，行为却必须受制于种种束缚。

克瑞西达 人家说恋人们发誓要做的事情，总是超过他们的能力，可是他们却保留着一种永不实行的能力；他们发誓做十件以上的事，实际做到的还不满一件事的十分之一。这种声音像狮子、行动像兔子一样的家伙，可不是怪物吗？

特洛伊罗斯 果然有这样的怪物吗？我可不是这样。请您考验了我以后，再来估计我的价值吧；当我没有用行为证明我的爱情以前，我是不愿戴上胜利的荣冠的。一个人要继承产业，在没有到手之前不必得意；出世以前，谁也无从断定一个人的功绩，并且，一旦出世，他的名位也不会太高。为了真爱，让我简单讲一两句话。特洛伊罗斯将会向克瑞西达证明，一切出于恶意猜嫉的诽谤，都不足以诬蔑他的忠心；真理所能揭示的最真实的言语，也不会比特洛伊罗斯的爱情更真实。

克瑞西达 请进去吧，殿下。

潘达洛斯重上。

潘达洛斯 怎么！还有点儿不好意思吗？你们的话还没有说完吗？

克瑞西达 好，舅舅，要是我干下了什么错事，那都是您不好。

潘达洛斯 那么要是你给殿下生下了一位小殿下，你就把他抱来给我好了。你对殿下要忠心；他要是变了心，你尽管骂我。

特洛伊罗斯 令舅的话，和我不变的忠诚，都可以给您作保证。

潘达洛斯 我也可以替她向您保证；我们家里的人都是不轻易许诺的，可是一旦许身于人，便永远不会变心，就像芒刺一样，碰上了身，再也掉不下来。

克瑞西达 我现在已经有了勇气；特洛伊罗斯王子，我朝思暮想，已经苦苦地爱着您几个月了。

特洛伊罗斯 那么我的克瑞西达为什么这样不容易征服呢？

克瑞西达 似乎不容易征服，可是，殿下，当您第一眼看着我的时候，我早就被您征服了——恕我不再说下去，要是我招认得太多，您会看轻我的。我现在爱着您；可是直到现在为止，我还能够控制我自己的感情；不，说老实话，我说了谎；我的思想就像一群顽劣的孩子，倔强得不受他们母亲的管束。瞧，我们真是些傻瓜！为什么我要唠唠叨叨说这些话呢？要是我们不能替自己保守秘密，谁还会对我们忠实呢？可是我虽然这样爱您，却没有向您求爱；然而说老实话，我却希望我自己是个男子，或者我们女子也像男子一样有先启口的权利。亲爱的，快叫我止住我的舌头吧；因为我这样得意忘形，一定会说出使我后悔的话来。瞧，瞧！您这么狡猾地一声不响，已经使我从我的脆弱当中流露出我的内心来了。封住我的嘴吧。

特洛伊罗斯 好，虽然甜蜜的音乐从您的嘴里发出，我愿意用一吻封住它。

潘达洛斯 妙得很，妙得很。

克瑞西达 殿下，请您原谅我；我并不是有意要求您吻我；真是怪羞人的！天哪！我做了什么事啦？现在我真的要告辞了，殿下。

特洛伊罗斯 告辞了，亲爱的克瑞西达？

潘达洛斯 告辞！你就是告辞到明天早晨，还会跟他在一起的。

克瑞西达 请您不要多说。

特洛伊罗斯 姑娘，什么事情使您生气了？

克瑞西达 我讨厌我自己。

特洛伊罗斯 您可不能逃避您自己。

克瑞西达 让我试一试。我有另外一个自己跟您在一起，可是它是无情的，宁愿离开它自己，去受别人的愚弄。我真的要走了；我的智慧掉在什么地方了？我自己也不知道自己在说些什么话。

特洛伊罗斯 说着这样聪明话的人，是不会不知道自己所说的话的。

克瑞西达 殿下，也许您会以为我所吐露的不是真情，我不过在玩弄手段，故意用这种不害羞的招认，来试探您的意思，可是您是个聪明人，否则您也许不在恋爱，因为智慧和爱情只有在天神的心里才会同时存在，人们是不能兼而有之的。

特洛伊罗斯 啊！要是我能够相信一个女人会永远点亮她的爱情不灭的明灯，保持她的不变的忠心和不老的青春，她那永远美好的灵魂不会随着美丽的外表同归衰谢；只要我能够相信我对您的一片至诚和忠心，会换到您的同样纯洁的爱情，那时就连我的灵魂都要欢欣鼓舞起来！可是唉！我的忠心是这样单纯，比赤子之心还要简单而纯朴。

克瑞西达 在那一点上我要跟您互相竞争。

特洛伊罗斯 啊，当两种真理为了互争高下而相战的时候，那是一场多么道义的战争！从今以后，世上真心的情郎们都要以特洛伊罗斯为榜样；当他们充满了声诉、盟誓和夸大的比拟的诗句中缺少新的譬喻的时候，当他们厌倦于那些陈陈相因的套语，例如：像钢铁一样坚贞，像草木对于月亮、太阳对于白昼、斑鸠对于她的配偶一样忠心——当他们用尽了这一切关于忠诚的譬喻，而希望援引一个更有力的例证的时候，他们便可以加上一句说："像特洛伊罗斯一样忠心。"

克瑞西达 愿您的话成为预言！要是我变了心，或者有一丝不忠不贞的地方，那么当时间古老得忘记了它自己的时候，当特洛亚的岩石被水珠滴烂、无数的城市被盲目的遗忘所吞噬、无数强大的国家了无痕迹地化为一堆泥土的时候，让我的不贞继续存留在人们的记忆里，永远受人唾骂！当他们说过了"像空气、像水、像风、像沙土一样轻浮；像狐狸对于羔羊、豺狼对于小牛、豹子对于母鹿、继母对于前妻的儿子一样虚伪"以后，让他们举出一个最轻浮最虚伪的榜样来，说："像克瑞西达一样负心。"

潘达洛斯 好，交易已经达成，双方盖个印吧；来，来，我替你们做证人。这儿我握着您的手，这儿我握着我甥女的手。我这样辛辛苦苦把你们两人拉在一起，要是你们中间无论哪一个变了心，那么从此以后，让世上所有可怜的媒人们都叫着我的名字，直到永远！让一切忠心的男人都叫做特洛伊罗斯，一切负心的女子都叫做克瑞西达，一切做媒的人都叫做潘达洛斯！大家说阿门。

特洛伊罗斯 阿门。

克瑞西达 阿门。

潘达洛斯 阿门。现在我要带你们到一间房间里去，那里面还有一张眠床；那张床是不会泄露你们的秘密的，你们尽管去成其美事吧。去！愿丘比特赐予所有羞于开口的女士以床、房间和潘达洛斯，好成全她们的美事。（同下）

第三场 希腊营地

阿伽门农、俄底修斯、狄俄墨得斯、涅斯托、埃阿斯、墨涅拉俄斯及卡尔卡斯上。

卡尔卡斯 各位王子，为了我替你们所做的事情，现在我可以向你们要求报偿了。请你们想一想，我因为审察未来的大势，决心舍弃特洛亚，丢下我的家产，顶上一个叛逆的名字；牺牲现成的安稳的地位，来追求不可知的命运；抛开我所习惯的一切，到这举目生疏的地方来替你们尽力；你们曾经允许给我许多好处，现在我只要求你们让我略沾小惠，想来你们总不会拒绝我吧。

阿伽门农 特洛亚人，你要向我们要求什么？说吧。

卡尔卡斯 你们昨天捉来了一个特洛亚的俘虏，名叫安忒诺；特洛亚对他是很重视的。你们常常要求他们拿我的女儿克瑞西达来交换被俘的特洛亚重要将士，可是特洛亚总是加以拒绝；据我所知，这个安忒诺在特洛亚军中是一个很重要的人物，一切事务倘没有他去处理，都要陷于停顿，他们甚至于愿意拿一个普里阿摩斯亲生的王子来和他交换；各位殿下，把他送回去，交换我的女儿来吧，只要让我瞧见她一面，就可以补偿我替你们所尽的一切劳力了。

阿伽门农 让狄俄墨得斯把他送去，带克瑞西达回来吧；卡尔卡斯的要求可以让他得到满足。狄俄墨得斯，你去准备好这一次交换所需要的一切，同时带个信去，问一声赫克托尔明天是不是预备决战，埃阿斯已经预备好了。

狄俄墨得斯 我愿意担负这一使命，并且深感莫大的光荣。（狄俄墨得斯、卡尔卡斯同下）

阿喀琉斯 及帕特洛克罗斯自帐内走出。

俄底修斯 阿喀琉斯正在他的帐前站着，请元帅在他面前走过去，理也不要理他，就好像忘记了他是个什么人似的；各位王子也都要对他装出一副冷淡的态度。让我在最后走过，他一定会问我，为什么人家都向他投掷这样轻蔑的眼光；那时我就借你们的冷淡做题目，对他的骄傲发出一些意含针砭的讥讽，使他不能不饮下我给他的这一服清心药剂。这服药也许会发生效力。要一个骄傲的人看清他自己的嘴脸，只有用别人的骄傲给他做镜子；倘若向他卑躬屈节，只会助长他的气焰，徒然自取其辱。

阿伽门农 我就依照你的计策而行，当我走过他身旁的时候，故意装出一副冷淡的神气；每一位将军也都要这样，或者不理他，或者用轻蔑的态度向他打个招呼，那是会比完全不理他更使他难堪的。大家跟着我来。

阿喀琉斯 怎么！元帅又要来找我说话了吗？您知道我的意思，我是不愿再跟特洛亚人打仗的了。

阿伽门农 阿喀琉斯说些什么？他有什么事要跟我说？

涅斯托 将军，您有什么事要对元帅说吗？

阿喀琉斯 没有。

涅斯托 元帅，他说没有。

阿伽门农 那再好没有了。（阿伽门农、涅斯托同下）

阿喀琉斯 早安，早安。

墨涅拉俄斯 您好？您好？（下）

阿喀琉斯 怎么！那王八也瞧不起我吗？

埃阿斯 啊，帕特洛克罗斯！

阿喀琉斯 早安，埃阿斯。

埃阿斯 嘿？

阿喀琉斯 早安。

埃阿斯 是，是，早安，早安。（下）

阿喀琉斯 这些家伙都是什么意思？他们不认识阿喀琉斯了吗？

帕特洛克罗斯 他们大模大样地走了过去。从前他们一看见阿喀琉斯，总是鞠躬如也，笑脸相迎，那一副毕恭毕敬的神气，就像礼拜神明一样。

阿喀琉斯 怎么！难道我的威风已经衰落了吗？大丈夫在失欢于命运以后，不用说会被众人所厌弃，他可以从别人的眼睛里看到他自己的没落；因为人们都是像蝴蝶一样，只会向炙手可热的夏天蹁跹起舞；在他们的俗眼之中，只有富贵尊荣，这些不一定用才能去博得的身外浮华，才是值得敬重的；当这些不足恃的浮华化为乌有的时候，人们的敬意也就会烟消云散。可是我还没有到这样的地步，命运依然是我的朋友，我依然充分享受着我所有的一切，只有这些人对我改变了态度，我想他们一定对我有什么不满意的地方。俄底修斯也来了，他在读些什么；待我前去打断他的诵读。啊，俄底修斯！

俄底修斯 啊，阿喀琉斯！

阿喀琉斯 你在读些什么？

俄底修斯 有一个不认识的人写给我这样几句话：“无论一个人的天赋如何优异，外表或内心如何美好，也必须在他的德性的光辉照耀到他人身上发生了热力、再由感受他的热力的人把那热力反射到自己身上的时候，才能体会到他本身的价值的存在。”

阿喀琉斯 这没有什么奇怪，俄底修斯！一个人看不见自己的美貌，他的美貌只能反映在别人的眼里；眼睛，那最灵敏的感官，也看不见它自己，只有当自己的眼睛和别人的眼睛相遇的时候，才可以交换彼此的形象，因为视力不能反及自身，除非把自己的影子映在可以被自己看见的地方。这事一点儿也不足为怪。

俄底修斯 我并不重视这一种很普通的道理，可是我不懂写这几句话的人的用意；他用迂回婉转的说法，证明一个人无论禀有着什么奇才异能，倘若不把那种才能传达到别人的身上，他就等于一无所有；也只有在把才能发展出去以后所博得的赞美声中，才可以认识他本身的价值，正像一座穹窿把声音弹射回来，又像一扇迎着阳光的铁门，反映出太阳所投射的形状，同时吐发出它所吸收的热力一样。他这番话很引起了我的思索，使我立刻想起了默默无闻的埃阿斯。天哪，这是一个多好的汉子！真是一匹离群的骏马，他的奇才还没有为他自己所发现。天下真有这样被人贱视的珍宝！也有毫无价值的东西，反会受尽世人的赞赏！明天我们可以看见埃阿斯在无意中得到一个大显身手的机会，从此以后，他的威名将要遍传人口了。天啊！有些人会乘着别人懈怠的时候，干出怎样一番事业！有的人悄悄地钻进了反复无常的命运女神的厅堂，有的人却在她的眼中扮演着痴人！有的人利用着别人的骄傲而飞黄腾达，有的人却因为骄傲而使他的地位一落千丈！瞧这些希腊的将军们！他们已经在那儿拍着粗笨的埃阿斯的肩膀，好像他的脚已经踏在勇敢的赫克托尔的胸口，强大的特洛亚已经濒于末日了。

阿喀琉斯 我相信你的话，因为他们走过我的身旁，就像守财奴看见叫花子一样，没有一句好话。也没有一张好脸。怎么！难道我的功劳都已经被人忘记了吗？

俄底修斯 将军，时间老人的背上负着一个庞大的布袋，那里面装满着被寡恩负义的世人所遗忘的丰功伟绩；那些已成过去的美绩，一转眼间就会在人们的记忆里消失。只有继续不断地前进，才可以使荣名永垂不替；如果一旦罢手，就会像一套久遭搁置的生锈的铠甲，谁也不记得它的往日的勋劳，徒然让它的不合时宜的式样，留作世人揶揄的资料。不要放弃眼前的捷径，光荣的路是狭窄的，一个人只能前进，不能后退；所以你应该继续在这一条狭路上迈步前进，因为无数竞争的人都在你的背后，一个紧追着一个；要是你略事退让，或者闪在路旁，他们就会像汹涌的怒潮一样直冲过来，把你遗弃在最后；又像一匹落伍的骏马，倒在地上，下驷的驽骀都可以追在它的前面，从它的身上践踏过去。那时候人家现在所做的事，虽然比不上你从前所做的事，但是你的声名却要被他们所掩盖，因为时间正像一个趋炎附势的主人，对于一个临去的客人不过和他略微握一握手，对于一个新来的客人，却伸开了两臂，飞也似的过去抱住他；欢迎是永远含笑的，告别总是带着叹息。啊！不要让德行追索它旧日的酬报，因为美貌、智慧、门第、膂力、功业、爱情、友谊、慈善，这些都要受到无情的时间的侵蚀。世人有一个共同的天性，他们一致赞美新制的玩物，虽然它们原是从旧有的材料改造而成的；他们宁愿拂拭发着亮光的金器，却不去过问那被灰尘掩蔽了光彩的金器。人们的眼睛只能看见现在，他们所赞赏的也只有眼前的人物；所以不用奇怪，你即伟大的完人，一切希腊人都在开始崇拜埃阿斯，因为活动的东西是比停滞不动的东西更容易引人注目的。众人的属望曾经集于你的身上，要是你不把你自己活活埋葬，把你的威名收藏在你的营帐里，那么你也未始不可恢复旧目的光荣；不久以前，你那在战场上的赫赫声威，是曾经使天神为之侧目的。

阿喀琉斯 我这样深居简出，却有极充分的理由。

俄底修斯 可是有更充分、更有力的理由反对你的深居简出。阿喀琉斯，人家都知道你恋爱着普里阿摩斯的一个女儿。

阿喀琉斯 嘿！人家都知道！

俄底修斯 你以为那很奇怪吗？什么事情都逃不过旁观者的

冷眼；渊深莫测的海底也可以量度得到，潜藏在心头的思想也会被人猜中。国家事务中往往有一些秘密，是任何史乘所无法发现的。你和特洛亚人之间的关系，我们是完全明白的；可是阿喀琉斯倘若是个真正的英雄，他就应该去把赫克托尔打败，不应该把波吕克塞娜丢弃不顾。要是现在小小的皮洛斯在家里听见了光荣的号角在我们诸岛上吹响，所有的希腊少女们都在跳跃欢唱："伟大的赫克托尔的妹妹征服了阿喀琉斯，可是我们的伟大的埃阿斯勇敢地把他打倒。"那时候他的心里该是多么难受。再见，将军，我对你这样说完全是出于好意；留心你脚底下的冰块，不要让一个傻子从这上面滑了过去，你自己却把它踹碎了。（下）

帕特洛克罗斯 阿喀琉斯，我也曾经这样劝告过您。一个男人在需要行动的时候优柔寡断，没有一点儿丈夫的气概，比一个鲁莽粗野、有男子气概的女子更为可憎。人家常常责怪我，以为我对于战争的厌恶以及您对于我的亲密的友谊，是使您懈怠到现在这种样子的根本原因。好人，振作起来吧；只要您振臂一呼，那柔弱轻佻的丘比特就会从您的颈上放松他的淫荡的拥抱，像雄狮鬣上的一滴露珠似的，摇散在空气之中。

阿喀琉斯 埃阿斯要去和赫克托尔交战吗？

帕特洛克罗斯 是的，也许他会在他身上得到极大的荣誉。

阿喀琉斯 我的声誉已经遭到极大的威胁，我的威名已经受到严重的损害。

帕特洛克罗斯 啊！那么您要留心，自己加于自己的伤害是最不容易治疗的；忽略了应该做的事，往往会引起危险的后果，这种危险就像寒热病一样，会在我们向阳闲坐的时候侵袭到我们的身上。

阿喀琉斯 好帕特洛克罗斯，去把忒耳西忒斯叫来；我要差这傻瓜去见埃阿斯，请他在决战完毕以后，邀请特洛亚的骑士们到我们这儿来，大家便服相见。我简直像一个女人似的害着相思。渴想着会一会卸除武装的赫克托尔，跟他握手谈心，把他的面貌瞧一个清楚。——他来得正好！

忒耳西忒斯上。

忒耳西忒斯 怪事，怪事！

阿喀琉斯 什么怪事？

忒耳西忒斯 埃阿斯在战场上走来走去，像失了魂似的。

阿喀琉斯 是怎么一回事？

忒耳西忒斯 他明天必须单人匹马去和赫克托尔交战；他因为预想到这一场英勇的厮杀，骄傲得了不得，所以满口乱嚷乱叫，却没有说出一句话来。

阿喀琉斯 怎么会有这样的事？

忒耳西忒斯 他跨着大步，像一只孔雀似的走来走去，踱了一步又立定了一会儿；他那满腹心事的样子，就像一个在脑子里打算盘的女店主在那儿计算她的账目；他咬着嘴唇，装出一副深谋远虑的神气，好像说："我这儿有一脑袋的神机妙算，你们等着瞧吧。"他说得不错，可是他那脑袋里的智慧，就像打火石里的火花一样，不去打它是不肯出来的。这家伙一辈子算是完了；因为赫克托尔倘不在交战的时候扭断他的头颈，凭着他那股摇头摆脑的得意劲儿，也会把自己的头颈摇断的。他已经不认识我；我说，"早安，埃阿斯。"他却回答我，"谢谢，阿伽门农。"你们看他还算个什么人，会把我当作元帅！他简直变成了一条失水的鱼儿，一个不会说话的怪物啦。荣誉这东西！就像一件皮背心一样，两面都好穿。

阿喀琉斯 忒耳西忒斯，你必须做我的使者，替我带一个信给他。

忒耳西忒斯 谁，我吗？嘿，他见了谁都不睬；他不愿意回答人家；只有叫花子才老是开口；他的舌头是长在臂膀上的。我可以扮作他的样子，让帕特洛克罗斯向我提出问题，你们就可以瞧瞧埃阿斯是怎么样的。

阿喀琉斯 帕特洛克罗斯，对他说；我恭恭敬敬地请求英武的埃阿斯邀请骁勇无比的赫克托尔着便服到敝寨一叙；关于他的身体上的安全，我可以要求慷慨宽宏、声名卓著、高贵尊荣的希腊军大元帅阿伽门农特予保证，等等，等等。你这样说吧。

帕特洛克罗斯 乔武大神祝福伟大的埃阿斯！

忒耳西忒斯 哼！

帕特洛克罗斯 我奉尊贵的阿喀琉斯的命令前来——

忒耳西忒斯 嘿！

帕特洛克罗斯 他，恭恭敬敬地请求您邀请赫克托尔到他的寨内一叙——

忒耳西忒斯 哼！

帕特洛克罗斯 他可以从阿伽门农那里取得安全通行的保证。

忒耳西忒斯 阿伽门农！

帕特洛克罗斯 是，将军。

忒耳西忒斯 嘿！

帕特洛克罗斯 您的意思怎样？

忒耳西忒斯 愿上帝和你同在。

帕特洛克罗斯 您的答复呢，将军？

忒耳西忒斯 明天要是天晴，那么在十一点钟的时候，一定可以见个分晓；可是他即使得胜，我也要叫他付出重大的代价。

帕特洛克罗斯 您的答复呢，将军？

忒耳西忒斯 再见，再见。

阿喀琉斯 啊，难道他就是这么一副腔调吗？

忒耳西忒斯 不，他简直是脱腔走调；我不知道赫克托尔捶破了他的脑壳以后，他还会唱些什么调调儿出来；不过我想他是不会有什么调调儿唱出来的，除非阿波罗抽了他的筋去做琴弦。

阿喀琉斯 来，你必须立刻替我去送一封信给他。

忒耳西忒斯 让我再带一封去给他的马吧；比较起来，还是他的马有些知觉哩。

阿喀琉斯 我心里很乱，就像一池搅乱了的泉水，我自己也看不见它的底。（阿喀琉斯、帕特洛克罗斯同下）

忒耳西忒斯 但愿你那心里的泉水再清澈起来，好让我把我的驴子牵下去喝几口水！我宁愿做一只羊身上的虱子，也不愿做这么一个没有头脑的勇士。（下）

第四幕

第一场　特洛亚。街道

埃涅阿斯及仆人持火炬自一方上；帕里斯、得伊福玻斯、安忒诺、狄俄墨得斯及余人等各持火炬自另一方上。

帕里斯　瞧！喂！那儿是谁？

得伊福玻斯　那是埃涅阿斯将军。

埃涅阿斯　那一位是帕里斯王子吗？要是我也安享着像您这样的艳福，除非有天大的事情，什么也不能叫我离开我床头的伴侣。

狄俄墨得斯　我也这样想呢。早安，埃涅阿斯将军。

帕里斯　埃涅阿斯，这是一位勇敢的希腊人，你们握握手吧。你不是说过，狄俄墨得斯曾经有整整一个星期在战场上把你纠缠住不放吗？现在你可以仔细瞧瞧他的面容了。

埃涅阿斯　在我们继续休战的期间，勇敢的将军，我愿意祝您健康；可是当我们戎装相见的时候，我对您只有不共戴天的敌忾。

狄俄墨得斯　狄俄墨得斯对于您的友情和敌意，都同样欣然接受。当我们现在心平气和的时候，请您许我向您还祝健康；可是我们要是在战场上角逐起来，那么乔武在上，我要用我全身的力量和计谋，来夺取你的生命。

埃涅阿斯 你将要猎逐一头狮子，当它逃走的时候，是用它的脸奔向敌人的。现在我却用善意的温情，欢迎你到特洛亚来！凭着维纳斯的玉手起誓，世上没有人会像我一样爱着他所准备杀死的东西。

狄俄墨得斯 我们的想法完全一样。乔武，要是埃涅阿斯的末日不是我的宝剑的光荣，那么愿他活到千秋万岁吧！可是当我们为了光荣而互相争斗的时候，那么愿他明天就死去，而且每一处骨节上都留着一个伤痕！

埃涅阿斯 我们真是知己相逢。

狄俄墨得斯 正是；我们更希望下一次相逢的时候，彼此互成仇敌。

帕里斯 像这样满含着敌意的热烈欢迎，像这样无上高贵的充满仇恨的友情，真是我平生所未闻。将军，你有什么事起得这样早？

埃涅阿斯 王上叫我去，可是我不知道为了什么事。

帕里斯 这就是他所要叫你干的事；你带着这位希腊人到卡尔卡斯的家里，在那里把美丽的克瑞西达交给他，以交换他们放回来的安忒诺。你可以陪着我们一块儿去；你先走一步也可以。我总是觉得——也可以说的确相信——我的兄弟特洛伊罗斯昨天晚上在那里过夜；你就把他叫醒起来，通知他我们就要来了，同时把一切情形告诉他。我怕我们此去一定是非常不受欢迎的。

埃涅阿斯 那还用说吗？特洛伊罗斯宁愿让希腊人拿了特洛亚去，也不愿让克瑞西达被人从特洛亚带走。

帕里斯 那也没有办法；时势所迫，不得不然。请吧，将军；我们随后就来。

埃涅阿斯 那么各位早安！（下）

帕里斯 告诉我，尊贵的狄俄墨得斯，像一个好朋友似的老实告诉我，照您看起来，我跟墨涅拉俄斯两个人究竟谁更配得上美丽的海伦？

狄俄墨得斯 你们两人都差不多。一个不以她的失节为嫌，费了这么大的力气想要把她追寻回来；一个也不以舔人唾余为耻，不惜牺牲了如此的资财将士，把她保留下来。他像一个懦弱的王八似的，甘心喝下人家残余的无味糟粕；您像一个好色之徒似的，愿意让她淫荡的身体生育您的后嗣。如此比较起来，你们正是一个半斤，一个八两。

帕里斯 您把您的同国的姊妹说得太不堪了。

狄俄墨得斯 她太对不起她的祖国了。听我说，帕里斯，在她的淫邪的血管里，每一滴负心的血液，都有一个希腊人为它而丧失了生命；在她的腐烂的尸体上，每一分、每一厘的皮肉，都有一个特洛亚人为它而暴骨沙场。自从她牙牙学语以来，她所说过的好话的数目，还抵不上死在她手里的希腊人和特洛亚人的总数。

帕里斯 好，狄俄墨得斯，您说的话就像一个做买卖的人似的，故意把您所要买的东西说得这样坏；可是我们却不愿多费唇舌，夸赞我们所要出卖的东西。请往这边走。（同下）

第二场　同前。潘达洛斯家的庭前

特洛伊罗斯及克瑞西达上。

特洛伊罗斯 亲爱的，进去吧；早晨很冷呢。

克瑞西达 那么，我的好殿下，让我去叫舅舅下来，替您开门。

特洛伊罗斯 不要麻烦他；去睡吧，去睡吧；你那双可爱的眼睛已经倦得睁不开来，你的全身有一种软绵绵的感觉，好像一个没有思虑的婴孩似的。

克瑞西达 那么再会吧。

特洛伊罗斯 请你快去睡一会儿。

克瑞西达 您已经讨厌我了吗？

特洛伊罗斯 啊，克瑞西达！倘不是忙碌的白昼被云雀叫醒，惊起了无赖的乌鸦；倘不是酣梦的黑夜不再遮掩我们的欢乐，我是怎么也不愿离开你的。

克瑞西达 夜是太短了。

特洛伊罗斯 可恨的妖巫！对于心绪烦乱的人们，她会像地狱中的长夜一样逗留不去；对于欢会的恋人们，她就驾着比思想还快的翅膀迅速飞走。你再不进去，会受寒的，那时你又要骂我了。

克瑞西达 请您再稍留片刻吧；你们男人总是不肯多留一会儿的。唉，好傻的克瑞西达！我应该继续推拒您的要求，那么您就不肯走开了。听！有人起来啦。

潘达洛斯 （在内）怎么！这儿的门都开着吗？

特洛伊罗斯 这是你的舅舅。

克瑞西达 真讨厌！现在他又要来把我取笑了；叫人怪不好意思的！

潘达洛斯上。

潘达洛斯 啊，啊！滋味如何？喂，你这位大娘子！我的甥女克瑞西达呢？

克瑞西达 该死的坏舅舅，老是把人取笑！你自己害得我——现在却来讥笑我。

潘达洛斯 害得你怎样？害得你怎样？让她自己说，我害得你怎样？

克瑞西达 算了，算了，你这坏人！你自己永远做不出好事来，也不让人家做一个安安分分的人。

潘达洛斯 哈，哈！唉，可怜的东西！真是个傻丫头！昨天晚上没有睡觉吗？他这个坏家伙不让你睡吗？让妖精抓了他去！

克瑞西达 我不是对您说过吗？我恨不得打他一顿才痛快！（内叩门声）谁在打门？好舅舅，去瞧瞧。殿下，您再到我房里坐一会儿；您在笑我，好像我的话里头存着邪心似的。

特洛伊罗斯 哈哈！

克瑞西达 不，您弄错了，我没有转这种念头。（内叩门）他们把门擂得多急！请您快进去吧，我怎么也不愿让人家瞧见您在这儿。

（特洛伊罗斯、克瑞西达同下）

潘达洛斯 （往门口）是谁？什么事？你们要把门都打破了吗？怎么！什么事？

埃涅阿斯上。

埃涅阿斯 早安，大人，早安。

潘达洛斯 是谁？埃涅阿斯将军！嗳哟，我人都不认识啦。您这么早来有什么见教？

埃涅阿斯 特洛伊罗斯王子在这儿吗？

潘达洛斯 在这儿？他在这儿干吗？

埃涅阿斯 算了，大人，我知道他在这儿，您不用瞒我。我有一些对他非常重要的话要跟他说。

潘达洛斯 您说他在这儿吗？那么我可以发誓，我一点儿也不知道；我自己是很晚才回来的。他到这儿来干吗呢？

埃涅阿斯 算了，算了，您这样替他遮掩，也许是对朋友的一片好心，可是对他没有什么好处。不管您知道不知道，快去叫他出来；去。

特洛伊罗斯重上。

特洛伊罗斯 怎么！什么事？

埃涅阿斯 殿下，恕我冒昧，我的事情很紧急；令兄帕里斯、得伊福玻斯、希腊来的狄俄墨得斯和被释归来的安忒诺都要来了。因为希腊人把安忒诺还给我们，所以我们必须在这一小时内，把克瑞西达姑娘交给狄俄墨得斯带回希腊，作为交换。

特洛伊罗斯 已经这样决定了吗？

埃涅阿斯 这件事情已经由普里阿摩斯和全体廷臣通过，立刻就要实行。

特洛伊罗斯 好容易如愿以偿，又变成了一场梦幻！我要见他们去；埃涅阿斯将军，请你装作我们是偶然相遇的，不要说在这儿找到了我。

埃涅阿斯 很好，很好，殿下；我决不泄露秘密。（特洛伊罗斯、埃涅阿斯同下）

潘达洛斯 有这等事？刚到手就丢了？魔鬼把安忒诺抓了去！这位小王子准要发疯了。该死的安忒诺！我希望他们扭断他的头颈！

克瑞西达重上。

克瑞西达 怎么！什么事？刚才是谁？

潘达洛斯 唉！唉！

克瑞西达 您为什么这样长叹？他呢？去了！好舅舅，告诉我，是怎么一回事？

潘达洛斯 我还是死了干净！

克瑞西达 天哪！是什么事？

潘达洛斯 你进去吧。你为什么要生到这世上来？我知道你会把他害死的。唉，可怜的王子！该死的安忒诺！

克瑞西达　好舅舅，我求求您，我跪在地上求求您，告诉我究竟发生了什么事。

潘达洛斯　你得走了，丫头，你得走了；人家拿安忒诺来换你来了。你必须到你父亲那儿去，不能再跟特洛伊罗斯在一起。他一定要伤心死的；他肯定受不了的。

克瑞西达　啊，你们天上的神明！我是不愿意去的。

潘达洛斯　你非去不可。

克瑞西达　我不愿意去，舅舅。我已经忘记了我的父亲；我不知道什么骨肉之情，只有亲爱的特洛伊罗斯才是我最亲近的亲人。神明啊！要是克瑞西达有一天会离开特洛伊罗斯，那么让她的名字永远被人唾骂吧！时间、武力、死亡，尽你们把我的身体怎样摧残吧；可是我的爱情是这样坚固，就像吸引万物的地心，永远不会动摇的。我要进去哭了。

潘达洛斯　好，你去哭吧。

克瑞西达　我要扯下我的光亮的头发，抓破我的被人赞美的脸，哭哑我的娇好的喉咙，用特洛伊罗斯的名字捶碎我的心。我不愿离开特洛亚一步。（同下）

第三场　同前。潘达洛斯家门前

帕里斯、特洛伊罗斯、埃涅阿斯、得伊福玻斯、安忒诺及狄俄墨得斯上。

帕里斯　天已经大亮，把她交给这位希腊勇士的预订时间很快就要到了。特洛伊罗斯，我的好兄弟，你去告诉这位姑娘她所应该做的事，催她赶快收拾一切，准备动身。

特洛伊罗斯　你们各位都跟我到她家里去；我立刻带她出

来。当我把她交给这个希腊人的时候，请你把他的手当作一座祭坛，你的兄弟特洛伊罗斯是个祭司，把他自己的心挖出来作为献祭了。（下）

帕里斯　我知道一个人在恋爱中的心理；可是我虽然于心不忍，却没有法子帮助他！各位将军，请进去吧。（同下）

第四场　同前。潘达洛斯家中一室

潘达洛斯及克瑞西达上。

潘达洛斯　别太伤心啦，别太伤心啦。

克瑞西达　你为什么叫我别太伤心呢？我所感到的悲哀是这样地深刻、广泛、透彻而强烈，我怎么能够把它压抑下去呢？要是我可以节制我的感情，或是把它的味道冲得淡薄一点儿，那么也许我也可以节制我的悲哀；可是我的爱是不容许掺杂任何水分的，我失去了这样一个爱人的悲哀，也是没有办法可以排遣的。

特洛伊罗斯上。

潘达洛斯　他、他、他来了。啊！好一对鸳鸯！

克瑞西达　（*抱特洛伊罗斯*）啊，特洛伊罗斯！特洛伊罗斯！

潘达洛斯　瞧这一双痴男怨女！我也要想抱着什么人哭一场哩。那歌儿是怎么说的？

啊，心啊，悲哀的心，
　你这样叹息为何不破碎？

下面的答句是——

因为言语或友情，
　都不能给你的痛苦以安慰。

这几行诗句真是说得入情入理。可见什么东西都不应该随便丢弃，因为我们也许会有一天用得着这样几句诗的。喂，小羊们！

特洛伊罗斯 克瑞西达，我因为爱你爱得这样虔诚，远胜于从我的冷淡的嘴唇里所吐出来的对于神明的颂祷，所以激怒了天神，他们便要把你夺去。

克瑞西达 天神也会嫉妒吗？

潘达洛斯 是，是，是，是，这是显而易见的事实。

克瑞西达 我真的必须离开特洛亚吗？

特洛伊罗斯 这也是一件无可避免的恨事。

克瑞西达 怎么！也必须离开特洛伊罗斯吗？

特洛伊罗斯 你必须离开特洛亚，也必须离开特洛伊罗斯。

克瑞西达 真会有这种事吗？

特洛伊罗斯 而且是这样匆促。运命无情的毒手把我们硬生生拆分开来，不留给我们一些从容握别的时间；它粗暴地阻止了我们唇吻的交融，用蛮力打散了我们紧紧的偎抱，把我们无限郑重的深盟密誓扼死在我们的喉间。我们用千万声叹息买到了彼此的爱情，现在却必须用一声短促的叹息把我们自己廉价出卖。无情的时间像一个强盗似的，现在必须把他所偷到的珍贵宝物急急忙忙塞在他的包裹里；像天上的星那么多的离情别意，每一句道别都伴着一声叹息一个吻，都被他挤塞在一句简单的“再会”里；只剩给我们草草的一吻，被断续的泪珠和成了辛酸的滋味。

埃涅阿斯 （在内）殿下，那姑娘预备好了没有？

特洛伊罗斯 听！他们在叫你啦。有人说，一个人将死的时候，催命的鬼差也是这样向他“来吧！来吧！”地招呼着的。叫他们耐心等一会儿；她就要来了。

潘达洛斯 我的眼泪呢？快下起雨来，把我的叹息打下去，因为它像一阵大风似的，要把我的心连根吹起来了呢！（下）

克瑞西达 那么我必须到希腊人那儿去吗？

特洛伊罗斯 没有挽回的余地了。

克瑞西达 那么我要在快活的希腊人中间，做一个伤心的克瑞西达了！我们什么时候再相会呢？

特洛伊罗斯 听我说，我的爱人。只要你忠心不变——

克瑞西达 我忠心不变！怎么！难道你怀疑我吗？

特洛伊罗斯 不，你不要误会我的意思；我说“只要你忠心不变”，不是对你有什么不放心的地方，我不过用这样一句话，引出我下面的意思。只要你忠心不变，我一定会来看你的。

克瑞西达 啊！殿下，那您就要遭到不测的危险啦；可是我的忠心是不会变的。

特洛伊罗斯 我要出入危险，习以为常。你佩戴着我这衣袖吧。

克瑞西达 这手套也请您永远戴在手上。我什么时候会再看见您呢？

特洛伊罗斯 我会贿赂希腊的守兵，每天晚上来探望你。可是你不要变心。

克瑞西达 天啊！又是“不要变心”！

特洛伊罗斯 爱人，听我告诉你我说这句话的理由；希腊的青年们都是具备美好的品质的，他们都很可爱，很俊秀，有很好的天赋，又博学多能，我怕你也许会喜新忘旧；唉！一种真诚的嫉妒占据着我的心头，请你把它叫做纯洁的罪恶吧。

克瑞西达 天啊！您不爱我。

特洛伊罗斯 那么让我像一个恶徒一样不得好死！我不是怀疑你的忠心，只是不相信自己有什么长处；我不会唱歌，不会跳舞，不会讲那些花言巧语，也不会跟人家勾心斗角，这些都是希腊人最擅长的本领；可是我可以说在每一种这一类的优点中间，都潜伏着一个不动声色的狡猾的恶魔，引诱人堕入他的圈套。希望你不要被他诱惑。

克瑞西达　您想我会被他诱惑吗？

特洛伊罗斯　不。可是有些事情不是我们的意志所能做主的；有时候我们会变成引诱自己的恶魔，因为过于相信自己的脆弱易变的心性，而陷于身败名裂的地步。

埃涅阿斯　（在内）殿下！

特洛伊罗斯　来，吻我；我们就此分别了。

帕里斯　（在内）特洛伊罗斯兄弟！

特洛伊罗斯　哥哥，你带着埃涅阿斯和那希腊人进来吧。

克瑞西达　殿下，您不会变心吗？

特洛伊罗斯　谁，我吗？唉，忠心是我唯一的过失；当别人用手段去沽名钓誉的时候，我却用一片忠心博得一个痴愚的名声；人家用奸诈在他们的铜冠上镀了一层金，我只有纯朴的真诚，我的王冠是敝旧而没有虚饰的。我的真心你完全不必怀疑；我的为人就是纯正朴实，如此而已。

埃涅阿斯、帕里斯、安忒诺、得伊福玻斯及狄俄墨得斯上。

特洛伊罗斯　欢迎，狄俄墨得斯将军！这就是我们向你们交换安忒诺的那位姑娘，等我们到了城门口的时候，我就把她交给你，一路上我还要告诉你她是怎样的一个人。你要好好看顾她；凭着我的灵魂起誓，希腊人，要是有一天你的生命悬在我的剑下，只要一提起克瑞西达的名字，你就可以像普里阿摩斯坐在他的深宫里一样安全。

狄俄墨得斯　克瑞西达姑娘，您无须感谢这位王子的关切，您那明亮的眼睛，您那天仙化人的面庞，就是最有力的言辞，使我不能不给您尽心的爱护；您今后就是狄俄墨得斯的女主人，他愿意一切听从您的吩咐。

特洛伊罗斯　希腊人，你用这种恭维她的话语，来嘲笑我的诚意的请托，未免太没有礼貌了。我告诉你吧，希腊的将军，她的好处是远超过你的恭维以上的，你也不配做她的仆人。我吩咐你好好看顾她，因为这就是我的吩咐；要是你胆敢欺负她，那么即使阿喀琉斯那个大汉做你的保镖，我也要切断你的喉咙。

狄俄墨得斯 啊！特洛伊罗斯王子，您不用生气，让我凭着我的地位和使命所赋有的特权，说句坦白的话；当我离开这儿以后，我爱怎么做就怎么做，什么人也不能命令我；我将按照她本身的价值看重她，可是您要是叫我必须怎么怎么做，那么我就用我的勇气和荣誉，回答您一个“不”字。

特洛伊罗斯 来，到港口去吧。我对你说，狄俄墨得斯，你今天对我这样出言不逊，以后你可不要落在我的手上。姑娘，让我搀着您的手，我们就在路上谈谈我们两人所要说的话吧。（特洛伊罗斯、克瑞西达、狄俄墨得斯同下；喇叭声）

帕里斯 听！赫克托尔的喇叭声。

埃涅阿斯 我们把这一个早晨浪费过去了！我曾经对他发誓，要比他先到战场上去，现在他一定要怪我怠惰迟慢了。

帕里斯 这都是特洛伊罗斯不好。来，来，到战场上去会他。

得伊福玻斯 我们立刻就去吧。

埃涅阿斯 好，让我们像一个精神奋发的新郎似的，赶快去追随在赫克托尔的左右；我们特洛亚的光荣，今天完全依靠着他一个人的神威。（同下）

第五场　希腊营地。前设围场

埃阿斯披甲胄及阿伽门农、阿喀琉斯、帕特洛克罗斯、墨涅拉俄斯、俄底修斯、涅斯托等同上。

阿伽门农 你已经到了约定的地点，勇气勃勃地等候时间的到来。威武的埃阿斯，用你的喇叭向特洛亚高声吹响，让它传到你那英勇的敌人的耳中，召唤他出来吧。

埃阿斯 吹喇叭的，我多赏你几个钱，你替我使劲地吹，把你那喇叭管子都吹破了吧。吹啊，小子，鼓起你的腮帮，挺起你的胸脯，吹得你的眼睛里冒血，给我把赫克托尔吹出来。（吹喇叭）

俄底修斯 没有喇叭回答的声音。

阿喀琉斯 时候还早哩。

阿伽门农 那一边不是狄俄墨得斯带着卡尔卡斯的女儿来了吗？

俄底修斯 正是他，我认识他走路的姿态；看他趾高气扬的样子，好像非常得意。

狄俄墨得斯及克瑞西达上。

阿伽门农 这位就是克瑞西达姑娘吗？

狄俄墨得斯 正是。

阿伽门农 好姑娘，欢迎您到我们这儿来。

涅斯托 我们的元帅用一个吻来欢迎您哩。

俄底修斯 可是那只能表示他个人的盛意；她是应该让我们大家都有接一次吻的机会的。

涅斯托 说得有理；我来开始吧。涅斯托已经吻过了。

阿喀琉斯 美人，让我吻去您嘴唇上的冰霜；阿喀琉斯向您表示他的欢迎。

墨涅拉俄斯 我也有吻她一次的权利。

帕特洛克罗斯 你还是放弃了你的权利吧；帕里斯也正是这样打旁边杀了过来，把你的权利夺了去的。

俄底修斯 啊，杀人的祸根，我们一切灾难的根源；为了一个人我们就要发动一场战争。

帕特洛克罗斯 姑娘，这第一个吻是墨涅拉俄斯的；第二个是我的；帕特洛克罗斯正吻着您。

墨涅拉俄斯 啊！这倒很方便！

帕特洛克罗斯 帕里斯跟我两个人总是代替他和人家接吻。

墨涅拉俄斯 我一定要得到我的一吻。姑娘，冒昧了。

克瑞西达 在接吻的时候，是您给我吻呢还是您受我的吻？

帕特洛克罗斯 我给您吻，也受您的吻。

克瑞西达 权衡轻重，不可吃亏，您所受的吻胜过您所给的吻，所以我不让您吻。

墨涅拉俄斯 那么我给您利息；让我用三个吻换您的一个吧。

克瑞西达 你确是个怪人；偏偏不用双数。

墨涅拉俄斯 姑娘，单身汉都很古怪。

克瑞西达 帕里斯却成了双；你也明明知道；你变得吊单了，他占了你的便宜，你是有苦说不出。

墨涅拉俄斯 你可真是无情。

克瑞西达 对不起。

俄底修斯 你俩并不能针锋相对，这笔买卖是做不成的。好姑娘，我可以向您讨一个吻吗？

克瑞西达 可以。

俄底修斯 我真想吻你。

克瑞西达 好，您讨吧。

俄底修斯 那么，为了维纳斯的缘故，给我一个吻；等海伦再变成一个处女的时候，他也可以吻您，她的吻也让我代领了吧。

克瑞西达 这一笔债可以记在账上，等到期的时候，您再来问我讨吧。

俄底修斯 那是永远不会到期的，那么把我的一吻给我。

狄俄墨得斯 姑娘，我带您去见令尊吧。（狄俄墨得斯偕克瑞西达下）

涅斯托 真是一个伶俐的女人。

俄底修斯 算了，算了！她的眼睛里、面庞上、嘴唇边都有话，连她的脚都会讲话呢；她身上的每一处骨节，每一个行动，都透露着风流的性情。呵，这种油腔滑调的货色，厚着脸皮，侧步而进；她们像是敞开心扉的样子引人上钩；简直是街头卖俏，唾手可得。（喇叭声）

众　人 特洛亚人的喇叭。

阿伽门农他们的军队来了。赫克托尔披甲胄；埃涅阿斯、特洛伊罗斯与其他特洛亚将士等上。

埃涅阿斯 各位希腊将军请了！赫克托尔叫我来问你们，在今天这次比武中间，交战双方是不是一定要一决雌雄，死伤流血，在所不计；还是在一方面已经占到上风的时候，就由监战的人发令双方停止？

阿伽门农 赫克托尔愿意采取哪一种方式？

埃涅阿斯 他没有意见；他愿意服从两方面议定的条件。

阿喀琉斯 这正是赫克托尔的作风，想得很周到，有点儿骄傲，可是未免太小看对方的骑士了。

埃涅阿斯 将军，您倘若不是阿喀琉斯，那么请问您叫什么名字？

阿喀琉斯 我倘不是阿喀琉斯，就是个无名小卒。

埃涅阿斯 那么尊驾正是阿喀琉斯了。可是让我告诉您吧：赫克托尔有的是吞吐宇宙的无限大的勇气，却没有一丝一毫的骄傲。您要是知道他的为人，那么他这种表面上的骄傲，正是他的礼貌。你们这位埃阿斯的身体上有一半是和赫克托尔同血统的，为了顾念亲属的情谊，今天只有半个赫克托尔出场，用他一半的心，一半的身体，来跟这个一半特洛亚人一半希腊人的混血骑士相会。

阿喀琉斯 那么今天的战争只是一场娘儿们的打架吗？啊！我知道了。

狄俄墨得斯重上。

阿伽门农 狄俄墨得斯将军来了。善良的骑士，你去站在我们这位埃阿斯的旁边；你和埃涅阿斯将军就做两方面的监战人吧，或者让他们战到精疲力竭，或者让他们略为打上一两回合，都由你们两人决定。这两个交战的既然是亲戚，恐怕他们剑下也不免有所顾忌。（埃阿斯、赫克托尔二人入场）

俄底修斯 他们已经拔剑相向了。

阿伽门农 那个满脸懊丧的特洛亚人是谁？

俄底修斯 普里阿摩斯的最小的儿子，一个真正的骑士；他未曾经过多大的历练，可是已经卓尔不群；他的出言很坚决，他的行为代替了他的言辞，他也从不矜功伐能；他不容易动怒，可是一动了怒，他的怒气却不容易平息下来；他有一颗坦白的心和一双慷慨的手，他所有的都可以给人家，他所想到的都不加掩饰，可是他的慷慨并不是滥施滥与，他的嘴里也从不曾吐露过一些卑劣的思想。他像赫克托尔一样勇敢，可是比赫克托尔更厉害；因为赫克托尔在盛怒之中，只要看见柔弱的事物，就会心软下来，可是他在激烈行动的时候，是比善妒的爱情更为凶狠的。他们称他为特洛伊罗斯，在他的身上饱含着未来的希望，足与赫克托尔先后媲美。这是埃涅阿斯对我说的，他很熟悉这个少年，当我在特洛亚宫里的时候，他这样私下告诉我的。（号角声；赫克托尔与埃阿斯交战）

阿伽门农 他们打起来了。

涅斯托 埃阿斯，出力！

特洛伊罗斯 赫克托尔，你睡着了吗？醒来！

阿伽门农 他的剑法很不错；好啊，埃阿斯！

狄俄墨得斯 大家住手。（号角声停止）

埃涅阿斯 两位王子，够了，请歇手吧。

埃阿斯 我还没有上劲呢；再打一会儿吧。

狄俄墨得斯 请问赫克托尔的意思。

赫克托尔 好，那么我是不愿意再打下去了。将军，你是我父亲妹妹的儿子，伟大的普里阿摩斯的外甥；血统上的关系，阻止我们作流血的斗争。要是在你身上混合着的希腊和特洛亚的血液，可以使你这样说："这一只手是完全属于希腊的，这一只是属于特洛亚的；这腿上的筋肉全然是希腊的，这腿上全然是特洛亚的；右边的脸上流着我母亲的血液，左边的流着我父亲的血液。"那么凭着万能的乔武起誓，我要用我的剑在你每一处流着希腊血液的肢体上留下这一场恶战的痕迹；可是我不能上干天怒，让我的利剑沾上一滴你所得自你的母亲、我的可尊敬的姑母的血液。让我拥抱你，埃阿斯；凭着震响着雷霆的天神起誓，你有很壮健的手臂；兄弟，愿你得到一切的光荣！

埃阿斯 谢谢你，赫克托尔；你是一个太仁厚慷慨的人。我本意是要来杀死你，替自己博得一个英雄的名声。

赫克托尔 即使最负盛名的涅俄普托勒摩斯，也不能希望从赫克托尔身上夺得光荣。

埃涅阿斯 两方面都在等着看你们两位还有什么行动。

赫克托尔 我们就这样回答：拥抱是这一场决战的结果。埃阿斯，再会。

埃阿斯 这是一个难得的机会，要是我的请求可以获得胜利，那么我要请我的著名的表兄到我们希腊营中一叙。

狄俄墨得斯 这是阿伽门农的意思，伟大的阿喀琉斯也渴想见一见解除甲胄的赫克托尔的英姿。

赫克托尔 埃涅阿斯，叫我的兄弟特洛伊罗斯过来见我；把这次友谊的访问通知我们特洛亚方面的观战将士，叫他们回去吧。兄弟，把你的手给我；我愿意跟你一起举杯痛饮，认识认识你们的骑士。

埃阿斯 伟大的阿伽门农亲自来迎接我们了。

赫克托尔 凡是他们中间最有名的人物，都请你一个一个把他们的名字告诉我；可是轮到阿喀琉斯的时候，我要凭着我自己的眼睛，从他魁梧庞大的身体上认出他来。

阿伽门农 尊贵的英雄！我们热烈欢迎你，正像我们热烈希望早早除掉你这样一位敌人一样；可是在欢迎的时候，不该说这样的话，请你明白我的意思，在过去和未来的路上，是布满毁灭的零落的残迹的，可是在此时此刻，我们却毫不猜疑，以出于真心的诚意向你表示欢迎，伟大的赫克托尔！

赫克托尔 谢谢你，尊严的阿伽门农。

阿伽门农 （*向特洛伊罗斯*）特洛亚著名的将军，我们同样欢迎你的光临。

墨涅拉俄斯 让我继我的王兄之后，欢迎你们两位英雄的兄弟。

赫克托尔 这一位将军是谁？

埃涅阿斯 尊贵的墨涅拉俄斯。

赫克托尔 啊！是您吗，将军？凭着战神的臂甲，谢谢您！不要笑我发这样古怪的誓，您那位从前的太太总是凭着爱神的手套起誓的；她很好，可是没有叫我向您问候。

墨涅拉俄斯 别提起她，将军；她是一个危险的话题。

赫克托尔 啊！对不起，恕我失言。

涅斯托 勇敢的特洛亚人，我常常看见你突过希腊青年的队伍，像披荆斩棘一样挥舞着你的宝剑，一手操纵着死生的命运；我也看见你像一个盛怒的珀耳修斯似的鞭策着骏马驰骋，把你的剑停留在空中，不去加诛那些望风披靡的败将降卒；那时我曾经对旁边的人说："瞧！那边正是天神朱庇特在那儿决定人们的生死呢！"我也看见一群希腊人把你紧紧包围在中间，像奥林匹斯山上的一场角斗似的，你却从容不迫地在那儿休息；可是当我看见你的时候，你的脸总是深锁在钢铁的面甲里，直到现在方才看到你的面目。我认识你的祖父，曾经跟他交战过一次，他是一位很好的军人；可是凭着伟大的战神起誓，你比他强得多啦。让一个老年人拥抱你；可尊敬的战士，欢迎你驾临我们的营地。

埃涅阿斯 这位是年老的涅斯托。

赫克托尔 让我拥抱你，久历沧桑的好老人家；最可尊敬的涅斯托，我很高兴遇见你。

涅斯托 我希望我的臂膀不但能够拥抱你，也能够和你在疆场上决战。

赫克托尔 我也希望它们能够。

涅斯托 嘿！凭着我这一把白须，我明天可要跟你决战几回合呢。好，欢迎，欢迎！我现在是老了——

俄底修斯 特洛亚的柱石已经在我们这儿了，我不知道现在那座城会不会倒下来。

赫克托尔 俄底修斯将军，您的容貌我还记得很清楚。啊！自从上次您跟狄俄墨得斯出使敝城，我们初次会面以后，已经死了多少希腊人和特洛亚人啦。

俄底修斯 将军，我那时候早就向您预告后来的事情了；我的预言还不过应验了一半，因为那座屏障贵邦的顽强的城墙，那些高耸云霄的碉楼，都必须吻它们自己脚下的泥土。

赫克托尔 我不能相信您的话，它们现在还是固若金汤；照我并不夸大的估计，打落每一块弗里吉亚的石头，都必须用一滴希腊人的血作代价。什么事情都要到结局方才知道究竟，那位惯于调停一切的时间老人，总有一天会替我们结束这一场纷争的。

俄底修斯 那么就让他去解决一切吧。最温良、最勇武的赫克托尔，欢迎！等元帅宴请过您以后，我也要请您驾临敝营，让我略尽地主之谊。

阿喀琉斯 对不起，俄底修斯将军，我要占先一下！赫克托尔，我已经把你看了个饱，仔细端详过你的面貌，把你身上的每一个地方都牢牢记住了。

赫克托尔 这位就是阿喀琉斯吗？

阿喀琉斯 我就是阿喀琉斯。

赫克托尔 请你站好，我也要看看你。

阿喀琉斯 你尽管看吧。

赫克托尔 我已经看好了。

阿喀琉斯 你看得太快了。我可要像买东西似的再把你从头到脚细细看一遍。

赫克托尔 啊！你要把我当作一本兵法书细读吗？可是我怕你有许多地方看不懂。为什么你要这样盯着我？

阿喀琉斯 天神啊，告诉我，我应该在他身上的哪一部分把他杀死呢？是这儿，是这儿，还是这儿？让我认清在什么方位结果赫克托尔的生命。天神啊，回答我吧！

赫克托尔 骄傲的人，天神倘会回答这样一个问题，他们也不成其为天神了。请你再站一站。你以为取我的命是一件这么容易的事，可以让你预先认清在什么地方把我杀死吗？

阿喀琉斯 我告诉你，是的。

赫克托尔 即使你的话是天神的启示，我也不会相信。你还是自己留心点儿吧，因为我要把你杀死的时候，我不是在这儿或那儿杀死你，凭着替战神打盔的铁砧起誓，我要在你身上每一处地方杀死你。各位聪明的希腊人，恕我夸下这样的海口，他出言不逊，激我说出这样狂妄的话来；可是我倘不能用行为证实我的话，我就永不——

埃阿斯 表兄，你不必生气。阿喀琉斯，您也不用说这种恫吓的话，等您用得着它们的时候再拿出来吧；只要您有胃口，您可以每天去跟赫克托尔厮杀的。可是我怕我们全营将士请您出马的时候，又请您也请不出来了。

赫克托尔 请您让我在战场上跟您相见好不好？自从您不肯替希腊人出力以来，我们已经好久不曾有过痛快的厮杀了。

阿喀琉斯 赫克托尔，你请求我吗？好，明天我一定和你相会，决一个你死我活；可是今天晚上我们是好朋友。

赫克托尔 一言为定，把你的手给我。

阿伽门农 各位希腊将士，你们大家先到我的营帐里来，参加共同的欢宴；要是赫克托尔有工夫，你们有谁想要表示你们好客的殷勤，可以再各自招待他。把鼓儿高声打起来，把喇叭吹起来，让这位大英雄知道我们对他的欢迎。（除特洛伊罗斯、俄底修斯二人外皆下）

特洛伊罗斯 俄底修斯将军，请您告诉我，卡尔卡斯住在什么地方？

俄底修斯 在墨涅拉俄斯的营帐里，尊贵的特洛伊罗斯；狄俄墨得斯今晚就在那儿陪他喝酒，这家伙眼睛里不见天地，只是瞧着美丽的克瑞西达。

特洛伊罗斯 将军，我们从阿伽门农帐里出来以后，可不可以有劳您带我到那里去？

俄底修斯 您可以命令我。我也要请问一声，这位克瑞西达姑娘在特洛亚的名誉怎样？她在那里有没有什么情人因为跟她分别而伤心？

特洛伊罗斯 啊，将军！我真像一个向人夸示自己的伤疤的人一样，反而遭到您的讥笑了。请吧，将军。她曾经被人爱，她也爱过人，她现在还是这样；可是甜蜜的爱情往往是命运的口中之食。（同下）

第五幕

第一场　希腊营地。阿喀琉斯帐前

阿喀琉斯及帕特洛克罗斯上。

阿喀琉斯　今夜我要用希腊的美酒烧热他的血液，明天再用我的宝剑叫它冷下来。帕特洛克罗斯，我们一定要请他痛痛快快地大吃一顿。

帕特洛克罗斯　忒耳西忒斯来了。

忒耳西忒斯上。

阿喀琉斯　啊，你这坏透了的核儿！你这天生的硬面包皮儿！有什么消息？

忒耳西忒斯　嘿，你这虚有其表的画像，你这痴人崇拜者的偶像，这儿有一封信给你。

阿喀琉斯　从哪儿来的，你这七零八碎的东西？

忒耳西忒斯　嘿，你这满盘的傻瓜，从特洛亚来的。

帕特洛克罗斯　现在谁在看守着营帐？

忒耳西忒斯　军医和伤兵。

帕特洛克罗斯　说得妙，你这捣蛋鬼，耍这种把戏有意思吗？

忒耳西忒斯 请你免开尊口，孩子；我一点儿也不能从你的谈话里得到什么好处。人家都以为你是阿喀琉斯的男丫环。

帕特洛克罗斯 混蛋！什么叫做男丫环？

忒耳西忒斯 嘿，男丫环就是男婊子。但愿南方的各种恶病，绞肠、脱肠、伤风、肾砂、昏睡症、瘫痪、烂眼、坏肝、哮喘、膀胱肿毒、坐骨神经痛、灰掌疯、无药可医的筋骨痛、终身不治的水泡疹，一股脑儿全染到你这荒唐家伙的身上！

帕特洛克罗斯 怎么，你这该死的破烂匣子，你这样咒人是什么意思？

忒耳西忒斯 我咒你吗？

帕特洛克罗斯 哼，你这烂木桶，你这婊子生的不成形的恶狗，你没有咒我。

忒耳西忒斯 没有！那么你为什么发火，你这一绞轻薄的毛线，你这罩在烂眼上的绿绸眼罩，你这浪子钱袋上的流苏，你？啊！这个寒伧的世间怎么尽是这些水面的飞虫，这些可厌的渺小生物！

帕特洛克罗斯 闭嘴，恶毒的东西！

忒耳西忒斯 你这麻雀蛋儿！

阿喀琉斯 我的好帕特洛克罗斯，我明天出战的雄心已经受到挫折。这儿是一封赫卡柏王后写来的信，还有她的女儿，我的爱人，给我的一件礼物，她们都恳求我遵守我从前发过的一句誓言。我不愿违背我的誓言。让希腊没落，让名誉消失，让光荣或去或留吧；我必须服从我所发过的重誓。来，来，忒耳西忒斯，帮着布置布置我的营帐；今夜一定要在欢宴中消度过去。去吧，帕特洛克罗斯！（阿喀琉斯、帕特洛克罗斯同下）

忒耳西忒斯 这两个人有太多的血气，太少的头脑，也许会发起疯来；要是他们因为有太多的头脑，太少的血气而发疯，那么我倒可以治愈他们的疯病。还有那个阿伽门农，人倒很老实，他也很爱玩鹌鹑，可是他的头脑总共还不过像耳屎那么一点点。讲到他那个外表像天神的兄弟，那头公牛，那尊原始的雕像，那座歪斜的王八的纪念碑，他不过是用链条穿起了挂在他哥哥腿上的一块小小的鞋拔；像他这种家伙，智慧里掺了些奸恶，奸恶里拼了些智慧，还能够叫他变得比现在的样子好一点儿吗？变一头驴子，那也不算什么；他又是驴子又是牛。变一头牛，那也不算什么；他又是牛又是驴子。变一条狗、一头骡子、一只猫、一只臭鼬、一只蛤蟆、一条蜥蜴、一只枭、一只鹞子，或是一条没有卵的鲱鱼，我都不在乎；可是倘要叫我变一个墨涅拉俄斯！嘿，我才要向命运造反呢。要是我不是忒耳西忒斯，那么别问我愿意变什么，因为就是叫我做癞病人身上的一个虱子我都愿意，只要不是做墨涅拉俄斯。嗳唷！精灵们带着火把来啦！

赫克托尔、特洛伊罗斯、埃阿斯、阿伽门农、俄底修斯、涅斯托、墨涅拉俄斯及狄俄墨得斯各持火炬上。

阿伽门农 我们走错了，我们走错了。

埃阿斯 不，那儿就是；就是那个有火光的地方。

赫克托尔 真太麻烦你们了。

埃阿斯 不，没有什么。

俄底修斯 他自己来接您啦。

阿喀琉斯重上。

阿喀琉斯 欢迎，勇敢的赫克托尔；欢迎，各位王子。

阿伽门农 特洛亚的英雄王子，我现在要向您道晚安了。埃阿斯会吩咐卫士们侍候您的。

赫克托尔 谢谢您，愿您晚安，希腊的元帅。

墨涅拉俄斯 晚安，将军。

赫克托尔 晚安，墨涅拉俄斯好将军。

忒耳西忒斯 好个屁，你说好呀？好粪坑，好尿桶。

阿喀琉斯 回去的人我向他们道晚安，留着的人我欢迎他们。

阿伽门农 晚安。（阿伽门农、墨涅拉俄斯同下）

阿喀琉斯 年老的涅斯托也没有去；狄俄墨得斯，你也在这儿耽搁一两个小时，陪陪赫克托尔吧。

狄俄墨得斯 我不能，将军；我有重要的事情，现在就要去了。晚安，伟大的赫克托尔。

赫克托尔 把您的手给我。

俄底修斯 （向特洛伊罗斯旁白）跟着他的火把跑；他是到卡尔卡斯的帐里去的。我陪您走走。

特洛伊罗斯 真是有劳您啦。

赫克托尔 好，晚安。（狄俄墨得斯下；俄底修斯、特洛伊罗斯随下）

阿喀琉斯 来，来，我们进帐吧。（阿喀琉斯、赫克托尔、埃阿斯、涅斯托同下）

忒耳西忒斯 那个狄俄墨得斯是个奸诈小人，一个居心不正的坏家伙；当他斜着眼睛瞧人的时候，正像一条发着咝咝声音的蛇一样靠不住。他会随口许愿，可是等到他履行他所许的愿的时候，天文学家也会发出预告，因为那时候天象一定会发生巨大的变化，太阳反而要向月亮借光了。我宁愿不看赫克托尔，一定要跟住他；人家说他养着一个特洛亚的婊子，借那卖国贼卡尔卡斯的营帐幽会。我要跟他去。奸淫，只有奸淫！全都是些不要脸的淫棍！（下）

第二场　同前。卡尔卡斯帐前

狄俄墨得斯上。

狄俄墨得斯 喂！你睡了没有？

卡尔卡斯 （在内）谁在叫？

狄俄墨得斯 狄俄墨得斯。是卡尔卡斯吗？你的女儿呢？

卡尔卡斯 （在内）她就来了。

特洛伊罗斯及俄底修斯自远处上；忒耳西忒斯随上。

俄底修斯 站远一些，别让火把照见我们。

克瑞西达上。

特洛伊罗斯 克瑞西达出来会他了。

狄俄墨得斯 啊，我的被保护人！

克瑞西达 我的亲爱的保护人！来！我给您说句话。（向狄俄墨得斯耳语）

特洛伊罗斯 哼，这样亲热！

俄底修斯 她会向无论哪个初次见面的男人唱歌。

忒耳西忒斯 而且不论哪个男人都能跟她唱到一块儿去，只要他能搭上她的腔调，她的调门多得很。

狄俄墨得斯 你会记得吗？

克瑞西达 记得，记得。

狄俄墨得斯 好，你可记住了；不要心口不一。

特洛伊罗斯 叫她记住些什么？

俄底修斯 听着！

克瑞西达 甜甜蜜蜜的希腊人，别再诱我干那些傻事情了。

忒耳西忒斯 捣什么鬼！

狄俄墨得斯 不，那么——

克瑞西达 我对您说呀——

狄俄墨得斯 算了，算了，有什么说的；你已经违背誓言了。

克瑞西达 真的，我不能。你要我怎么样？

忒耳西忒斯 一个鬼把戏——公开的秘密。

狄俄墨得斯 你不是发过誓要给我一件什么东西吗？

克瑞西达 请您不要逼我履行我的誓言了，亲爱的希腊人；除了这一件事情以外，我什么都依你。

狄俄墨得斯 晚安！

特洛伊罗斯 忍耐，把这口怒气压下去吧！

俄底修斯 你怎么啦，特洛亚人？

克瑞西达 狄俄墨得斯——

狄俄墨得斯 不，不，晚安；我不愿再被愚弄了。

特洛伊罗斯 比你更好的人也被她愚弄过了。

克瑞西达 听着！我要向您的耳边说句话。

特洛伊罗斯 该死，该死！

俄底修斯 您在动怒了，王子；我们还是走吧，免得您的脾气越发越大。这地方是个危险的地方，这时候也是容易闯祸的时候。请您回去吧。

特洛伊罗斯 不，你瞧你瞧！

俄底修斯 您还是走吧；您已经气得发疯了。来，来，来。

特洛伊罗斯 请你再等一会儿。

俄底修斯 您快要忍耐不住了；来。

特洛伊罗斯 请你等一会儿。凭着地狱和一切地狱里的酷刑发誓，我决不说一句话！

狄俄墨得斯 好，晚安！

克瑞西达 可是您是含怒而去的。

特洛伊罗斯 那使你心里难过吗？啊，枯萎了的忠心！

俄底修斯 怎么，怎么，王子！

特洛伊罗斯 天神在上，我忍耐就是了。

克瑞西达 我的保护人！——喂，希腊人！

狄俄墨得斯 呸，呸！再见；你老是作弄人家。

克瑞西达 凭良心说，我没有；您回来呀。

俄底修斯 您在气得发抖了；王子；我们走吧，您要忍不住了。

特洛伊罗斯 她摸他的脸！

俄底修斯 来，来。

特洛伊罗斯 不，等一会儿；天神在上，我决不说一句话；在我的意志和一切耻辱的中间，有忍耐在那儿看守着；再等一会儿吧。

忒耳西忒斯 那个屁股胖胖的、手指粗得像马铃薯般的荒淫的魔鬼怎么会把这两个宝货撮在一起！煎吧，都给我在奸淫里煎枯了吧！

狄俄墨得斯 那么你答应了吗？

克瑞西达 是，我答应了；不骗您。

狄俄墨得斯 给我一件什么东西作保证吧。

克瑞西达 我去给您拿来。（下）

俄底修斯 您发誓说一定忍耐的。

特洛伊罗斯 你放心吧，好将军；我一定抑制住自己，不让我的感情暴露出来；我满心都是忍耐。

克瑞西达重上。

忒耳西忒斯 抵押品来了！瞧，瞧，瞧！

克瑞西达 狄俄墨得斯，这衣袖请您收下来吧。

特洛伊罗斯 啊，美人！你的忠心呢？

俄底修斯 王子——

特洛伊罗斯 我会忍耐；在外表上忍住我的怒气。

克瑞西达 您瞧瞧那衣袖；瞧清楚了。他曾经爱过我——啊，负心的女人！把它还给我。

狄俄墨得斯 这是谁的？

克瑞西达 您已经还了我，不用再问了。明天晚上我不愿跟您相会。狄俄墨得斯，请您以后不要再来看我了吧。

忒耳西忒斯 现在她又要磨他了；说得好，磨石！

狄俄墨得斯 拿来给我。

克瑞西达 什么，是这个吗？

狄俄墨得斯 是这个。

克瑞西达 天上的诸神啊！你可爱的、可爱的信物！你的主人现在正在床上躺着想起你也想起我；他一定在那儿叹气，拿着我的手套，一边回忆一边轻轻地吻着它；就像我吻着你一样。不，不要从我手里把它夺去；谁拿了它去，就是把我的心也一块儿拿去了。

狄俄墨得斯 你的心已经给了我了；这东西也是我的。

特洛伊罗斯 我已经发誓忍耐。

克瑞西达 你不能把它拿去，狄俄墨得斯；您真的不能拿去；我宁愿把别的东西给您。

狄俄墨得斯 我一定要这个。它是谁的？

克瑞西达 您不用问。

狄俄墨得斯 快说，它本来是属于谁的？

克瑞西达 它本来是属于一个比您更爱我的人的。可是您既然已经拿了去，就给了您吧。

狄俄墨得斯 它是谁的？

克瑞西达 凭着狄安娜女神和环绕她的群星起誓，我不会告诉您它是谁的。

狄俄墨得斯 明天我要把它佩在我的战盔上，要是他不敢向我挑战，也叫他看着心里难过。

特洛伊罗斯 即使你是魔鬼，把它挂在你的角上，我也要向你挑战。

克瑞西达 好，好，事情已经过去，也不用说了；可是不，我不愿赴您的约会。

狄俄墨得斯 好，那么再见；狄俄墨得斯以后再不让你玩弄了。

克瑞西达 您不要去；人家刚说了一句话，您又恼起来啦。

狄俄墨得斯 我不喜欢被人开这样的玩笑。

忒耳西忒斯 我也不喜欢，自有地狱王为证；可是你不喜欢的事我倒最喜欢。

狄俄墨得斯 那么我要不要来？什么时候？

克瑞西达 好，你来吧；——天啊！——你来吧；——我一定要受神明的惩罚了！

狄俄墨得斯 再会。

克瑞西达 晚安；请你一定来。（狄俄墨得斯下）别了，特洛伊罗斯！我的一只眼睛还在望着你，可是另一只眼睛已经随着我的心转换了方向。唉，我们可怜的女人！我发现了我们这一个弱点，我们的眼睛所犯的错误支配着我们的心；一时的失足把我们带到了永远错误的路上。啊，从这里可以得出一个结论，那就是：受眼睛支配的爱恋该是多么卑劣。（下）

忒耳西忒斯 这是她对于她自己的贞节的最老实的供认，除非她再说一句："我的心现在已经变成了一个娼妇。"

俄底修斯 没有什么可看的了，王子。

特洛伊罗斯 是的，一切都完了。

俄底修斯 那么我们还留在这儿干吗？

特洛伊罗斯 我要把他们在这儿说的话一个字一个字地记录在我的灵魂里。可是我倘把这两个人共同串演的这一出戏剧告诉人家，虽然我宣布的是事实，这事实会不会是一个谎呢？因为在我的心里还留着一个顽强的信仰，不肯接受眼睛和耳朵的见证，好像这两个器官都是善于欺骗，它们的作用只是颠倒是非，淆乱黑白。刚才出来的真是克瑞西达吗？

俄底修斯 我又不会驱神役鬼，特洛亚人。

特洛伊罗斯 一定不是她。

俄底修斯 的确是她。

特洛伊罗斯 我还没有发疯，我知道那不是她。

俄底修斯 难道倒是我疯了吗？刚才明明是克瑞西达。

特洛伊罗斯 为了女人的光荣，我宁愿不要相信她是克瑞西达！我们都是有母亲的；不要让那些找不到诽谤的题目的顽固批评家们得到借口，用克瑞西达的例子来评断一切女性；还是相信她不是克瑞西达吧。

俄底修斯 王子，她干了些什么事，可以使我们的母亲都蒙上污辱呢？

特洛伊罗斯 她没有干什么事，除非刚才的女人真的就是她。

忒耳西忒斯 他自己亲眼瞧见了还要强词诡辩吗？

特洛伊罗斯 这是她吗？不，这是狄俄墨得斯的克瑞西达。美貌如果是有灵魂的，这就不是她；灵魂如果指导着誓言，誓言如果代表着虔诚的心愿，虔诚如果是天神的喜悦，世间如果有不变的常道，这就不是她。啊，疯狂的理论！为自己起诉，控诉自己，却又毫无实证，全都是矛盾；理智造了反，却不违反理智；理智丢光了，却仍做得合理。这是克瑞西达，又不是克瑞西达。我的灵魂里正在进行着一场奇怪的战争，一件不可分的东西，分隔得比天地相去还要辽远；可是在这样广大的距离中间，却又找不到一个针眼大的线缝。像地狱之门一样坚强的证据，证明克瑞西达是我的，上天的赤绳把我们结合在一起。像上天本身一样坚强的证据，却证明神圣的约束已经分裂松懈，她的破碎的忠心、她的残余的爱情、她的狼藉的贞操，都拿去同狄俄墨得斯另结新欢了。

俄底修斯 尊贵的特洛伊罗斯也会受制于他所吐露的那种感情吗？

特洛伊罗斯 是的，希腊人；我要用像热恋着维纳斯的战神玛斯的心一样鲜红的大字把它书写出来；从来不曾有过一个年轻的男子用我这样永恒而坚定的灵魂恋爱过。听着，希腊人，正像我深爱着克瑞西达一样，我也同样痛恨着她的狄俄墨得斯；他将要佩在盔上的那块衣袖是我的，即使他的盔是用天上的神火打成的，我的剑也要把它挑下来；疾风卷海，波涛怒立的声势，也将不及我的利剑落在狄俄墨得斯身上的时候那样惊心动魄。

忒耳西忒斯 这是他偷女人的报应。

特洛伊罗斯 啊，克瑞西达！负心的克瑞西达！你好负心！一切不忠不信、无情无义，比起你的失节负心来，都会变成光荣。

俄底修斯 啊！您忍着些吧；您这一番愤激的话，已经给人家听见了。

埃涅阿斯上。

埃涅阿斯 殿下，我已经找您一个钟头了。赫克托尔现在正在特洛亚披起他的甲胄来了。埃阿斯等着护送您回去。

特洛伊罗斯 那么我们一同走吧。多礼的将军，再会。别了，叛逆的美人！狄俄墨得斯，留心站稳了，顶一座堡垒在你的头上吧！

俄底修斯 我送你们两位到门口。

特洛伊罗斯 请接受我心烦意乱的感谢。（特洛伊罗斯、埃涅阿斯、俄底修斯同下）

忒耳西忒斯 要是我碰见了那个混蛋狄俄墨得斯！我要向他

学老鸦叫，叫得他满身晦气。我倘把这婊子的事情告诉了帕特洛克罗斯，他一定愿意把任何东西送给我；鹦鹉瞧见了一粒杏仁，也不及他听见了一个婊子近在手头更高兴。奸淫，奸淫；永远是战争和奸淫，别的什么都不会流行。愿浑身火焰的魔鬼抓了他们去！（下）

第三场　特洛亚。普里阿摩斯王宫门前

赫克托尔及安德洛玛刻上。

安德洛玛刻　我的夫君今天怎么脾气坏到这样子，不肯接受人家的劝告呢？脱下你的甲胄来，今天不要出去打仗了。

赫克托尔　不要激怒我，快进去；凭着一切永生的天神起誓，我非去不可。

安德洛玛刻　我的梦一定会应验的。

赫克托尔　别多说啦。

卡珊德拉上。

卡珊德拉　我的哥哥赫克托尔呢？

安德洛玛刻　在这儿，妹妹；他已经披上甲胄，充满了杀心。陪着我向他高声恳求吧；让我们跪下来哀求他，因为我梦见流血的混乱，整夜里只是梦着屠杀的惨象。

卡珊德拉　啊！这是真的。

赫克托尔　喂！让我的喇叭吹起来。

卡珊德拉　看在上天的面上，好哥哥，不要吹起进攻的信号。

赫克托尔　快去；天神已经听见我发过誓了。

卡珊德拉　天神对于愤激暴怒的誓言是充耳不闻的；它们是不洁的祭礼，比污秽的兽肝更受憎恨。

安德洛玛刻 啊！听从我们的劝告吧。不要以为自恃正义，便可以伤害他人；如果那是合法的，那么用暴力劫夺所得的财物拿去布施，也可以说是合法的了。

卡珊德拉 誓言是否有效，必须视发誓的目的而定；不是任何的目的都可以使誓言发生力量。脱下你的甲胄吧，亲爱的赫克托尔。

赫克托尔 你们别闹。我的荣誉主宰着我的命运。生命是每一个人所重视的；可是高贵的人重视荣誉远过于生命。

特洛伊罗斯上。

赫克托尔 啊，孩子！你今天预备上战场吗？

安德洛玛刻 卡珊德拉，叫我们的父亲来劝劝他。（卡珊德拉下）

赫克托尔 不，你不要去，特洛伊罗斯；脱下你的铠甲，孩子；我今天充满了骑士的精神。等你的筋骨长得结实一点儿，再去试探战争的锋刃吧。脱下你的铠甲，去，不要怀疑，勇敢的孩子，我今天要为了你、为了我、为了整个的特洛亚而作战。

特洛伊罗斯 哥哥，您有一个太仁慈的弱点，这弱点适宜于一头狮子，却不适宜于一个勇士。

赫克托尔 是怎样一个弱点，好特洛伊罗斯？你指出来责备我吧。

特洛伊罗斯 好几次战败的希腊人倒在地上，您虽然已经举起您的剑，却叫他们站起来，放他们活命。

赫克托尔 啊！那是公道的行为。

特洛伊罗斯 不，那是傻气的行为，赫克托尔。

赫克托尔 怎么！怎么！

特洛伊罗斯 看在一切天神的面上，让我们把恻隐之心留在我们母亲那儿吧；当我们披上甲胄的时候，让残酷的愤怒指挥着我们的剑锋，执行无情的杀戮。

赫克托尔 嘿！那太野蛮了。

特洛伊罗斯 赫克托尔，这样才是战争呀。

赫克托尔 特洛伊罗斯，我今天不要你临阵。

特洛伊罗斯 谁可以阻止我？命运、命令，或是握着火红的指挥杖的战神的手，都不能叫我退下；普里阿摩斯父王和赫卡柏母后含着满眶的眼泪跪在地上，都不能打消我的决心；就是您，我的哥哥，拔出您的锋利的剑来，也挡不住我；除了我自己的毁灭以外，我不怕任何的阻力。

卡珊德拉偕普里阿摩斯上。

卡珊德拉 拖住他，普里阿摩斯，不要放松。他是你的拐杖；要是你失去你的拐杖，那么你依靠着他，整个的特洛亚依靠着你，大家都要一起倒下了。

普里阿摩斯 来，赫克托尔，来，回来；你的妻子做了噩梦，你的母亲看见了幻象，卡珊德拉预知了未来，我自己也像一个突然得到天启的先知一样，告诉你今天是一个不祥的日子，请你回来吧。

赫克托尔 埃涅阿斯在战场上等我；我和许多希腊人有约在先，今天一定要去跟他们相会。

普里阿摩斯 可是你不能去。

赫克托尔 我不能失信于人。您知道我一向是不敢违抗您的意旨的，所以，亲爱的父亲，不要使我负上一个不孝的罪名，请您允许我出战吧。

卡珊德拉 普里阿摩斯啊！不要听从他。

安德洛玛刻 不要允许他，亲爱的父亲。

赫克托尔 安德洛玛刻，你使我生气了。为了你对我的爱情，快给我进去吧。（安德洛玛刻下）

特洛伊罗斯　都是这个愚蠢的、做梦的、迷信的姑娘，凭空虚构出这许多噩兆。

卡珊德拉　啊，别了！亲爱的赫克托尔！瞧，你死了！瞧，你的眼睛变成惨白了！瞧，你满身的伤口都在流血！听，特洛亚在呼号，赫卡柏在痛哭，可怜的安德洛玛刻在发出她尖锐的悲声！瞧，慌乱、疯狂和惊愕，像一群没有头脑的痴人彼此相遇，大家都在哭喊着赫克托尔：赫克托尔死了！啊，赫克托尔！

特洛伊罗斯　去！去！

卡珊德拉　别了。且慢，赫克托尔，我还要向你告别：你欺骗了你自己，也欺骗了我们全体特洛亚人。（下）

赫克托尔　父王，您听见她这样嚷叫，不觉得惊恐吗？进去安慰安慰我们的军民；我们现在要出去作战，干一些值得赞美的事情，今天晚上再来讲给您听吧。

普里阿摩斯　再会，愿神明保佑你平安！（普里阿摩斯、赫克托尔各下；号角声）

特洛伊罗斯　他们已经打起来了，听！骄傲的狄俄墨得斯，相信我，我今天不是失去我的手臂，就要夺回我的衣袖。

特洛伊罗斯将去时，潘达洛斯自另一方上。

潘达洛斯　您听见了吗，殿下？您听见了吗？

特洛伊罗斯　现在又有什么事？

潘达洛斯　这儿是那可怜的女孩子寄来的一封信。

特洛伊罗斯　给我看。

潘达洛斯　这倒霉的混账咳嗽害得我好苦，还要让这傻丫头把我搅得心神不安，又是这样，又是那样，看来我这条老命也活不长久了；我的眼睛又害起了风湿症，我的骨节又痛得这么厉害，不知道我作了什么孽，才受到这样的罪。她说些什么？

特洛伊罗斯　空话，空话，只有空话，没有一点儿真心；行为和言语背道而驰。（撕信）去，你像风一样轻浮，就跟着风飘去，也化成一阵风吧。她用空话和罪恶搪塞我的爱情，却用行为去满足他人。（各下）

第四场　特洛亚及希腊营地之间

号角声；兵士混战；忒耳西忒斯上。

忒耳西忒斯　现在他们在那儿打起来了，待我去看个热闹。那个奸诈的卑鄙小人，狄俄墨得斯，把那个下流的痴心的特洛亚小傻瓜的衣袖裹在他的战盔上；我巴不得看见他们碰头，看那头爱着那婊子的特洛亚小驴子怎样放那个希腊淫棍回到那只假情假义的浪蹄子那儿去，叫他有袖而来，无袖而归。在另一方面，那些狡猾的信口发誓的坏东西——那块耗子咬过的陈年干酪，涅斯托，和那头狗狐俄底修斯，他们定下的计策，简直不值一颗乌莓子；他们的计策是要叫那条杂种恶狗埃阿斯去对抗那条同样坏的恶狗阿喀琉斯；现在埃阿斯那恶狗已经变得比阿喀琉斯那恶狗更骄傲了，今天他不肯出战；所以那些希腊人都像野蛮人一样胡作非为起来，计策权谋把军誉一起搅坏了。且慢！衣袖来了；那一个也来了。

狄俄墨得斯上，特洛伊罗斯随上。

特洛伊罗斯　别逃；你就是跳下了冥河，我也要跳下去追你。

狄俄墨得斯　你弄错了，我没有逃；因为你们人多，好汉不吃眼前亏，所以我才抽身出来。你看剑吧！

忒耳西忒斯　守住你那婊子，希腊人！为了那婊子的缘故，特洛亚人，出力吧！挑下那衣袖来，挑下那衣袖来！（特洛伊罗斯、狄俄墨得斯随战随下）

赫克托尔上。

赫克托尔 希腊人，你是谁？你也是要来跟赫克托尔比一个高下的吗？你是不是一个贵族？

忒耳西忒斯 不，不，我是个无赖，一个只会骂人的下流汉，一个卑鄙龌龊的小人。

赫克托尔 我相信你；放你活命吧。（下）

忒耳西忒斯 慈悲的上帝，他居然会相信我！这天杀的把我吓了这么一跳！那两个扭成一团的混蛋呢？我想他们也许把彼此吞下去了，那才是个笑话哩。看起来，淫欲总是自食其果的。我要找他们去。（下）

第五场 战地的另一部分

狄俄墨得斯及仆人上。

狄俄墨得斯 来，给我把特洛伊罗斯的骏马牵了回去，把它奉献给我的爱人克瑞西达，向她表示我对于她的美貌的敬礼；对她说，我已经教训过那个多情的特洛亚人，用事实证明我是她的骑士了。

仆 人 我就去，将军。（下）

阿伽门农上。

阿伽门农 来救兵，来救兵！凶猛的波吕达玛斯已经把门农打了下来；那私生子玛伽瑞隆把多里俄斯捉了去，像一尊巨大的石像似的，站在被杀的厄庇斯特洛福斯和刻狄俄斯二王的尸体上，挥舞着他的枪杆；波吕克塞诺斯也死了；安菲玛科斯和托阿斯都受了致命的重伤；帕特洛克罗斯被擒被杀。下落不明；帕拉墨得斯身受重创；可怕的萨癸塔里大逞威风，把我们的兵士吓得四散奔窜。狄俄墨得斯，快去叫救兵，否则我们就要一败涂地了。

涅斯托上。

涅斯托　去，把帕特洛克罗斯的尸体抬到阿喀琉斯帐里；再叫那像蜗牛一样慢腾腾的埃阿斯赶快披上甲胄。有一千个赫克托尔在战场上，一会儿他骑着马在这儿鏖战，一会儿他又在那边徒步奔突，挡着他的人逃的逃，死的死，就像一群轻舟小艇，遇见了一头喷射海水的巨鲸一样；一会儿他又在别的地方，把那些稻草般的希腊人摧枯拉朽似的杀得望风披靡，这里，那里，到处有他神出鬼没的踪迹，他的敏捷的行动，简直是如鱼得水，要怎么样便怎么样，看见了也会叫人不相信自己的眼睛。

俄底修斯上。

俄底修斯　啊！勇气，勇气，王子们！伟大的阿喀琉斯披起铠甲来了；他在哭泣，咒骂，发誓复仇，帕特洛克罗斯身上的创伤已经激起了他的昏睡的雄心；他手下的那些负伤的壮士，有的割去了鼻子，有的砍掉了手，断臂的，刖足的，都在叫喊着赫克托尔的名字。埃阿斯也失去了一个朋友，恼得他咬牙切齿，已经披甲出战，要去找特洛伊罗斯拼命；那特洛伊罗斯今天就像发了疯似的横冲直撞，勇不可当，命运也像故意讥讽智谋的无用一样，对他特别照顾，使他战无不胜。

埃阿斯上。

埃阿斯　特洛伊罗斯！你这懦夫躲到哪里去了？（下）

狄俄墨得斯　在那儿，在那儿。

涅斯托　好，好，我们也上去杀一阵。

阿喀琉斯上。

阿喀琉斯　这赫克托尔在什么地方？来，来，你这吓唬小孩子的家伙，还不给我出来吗？我要让你知道遇见一个发怒的阿喀琉斯是什么样的。赫克托尔！赫克托尔呢？我只要找赫克托尔。（各下）

第六场　战地的另一部分

埃阿斯上。

埃阿斯　特洛伊罗斯，你这懦夫，出来！

狄俄墨得斯上。

狄俄墨得斯　特洛伊罗斯！特洛伊罗斯在什么地方？

埃阿斯　你要找他干吗？

狄俄墨得斯　我要教训教训他。

埃阿斯　等我做了元帅，你到了我的地位，你再来教训他吧。特洛伊罗斯！喂，特洛伊罗斯！

特洛伊罗斯上。

特洛伊罗斯　啊，奸贼，狄俄墨得斯！转过你的奸诈的脸来，你这奸贼！拿你的命来赔偿我的马儿！

狄俄墨得斯　嘿！你来了吗？

埃阿斯　我要独自跟他交战；闪开，狄俄墨得斯。

狄俄墨得斯　他是我的猎物；我不愿意袖手旁观。

特洛伊罗斯　来，你们这两个希腊贼子；你们一起来吧！（随战随下）

赫克托尔上。

赫克托尔　呀，特洛伊罗斯吗？啊，打得好，我的小兄弟！

阿喀琉斯上。

阿喀琉斯　现在我看见你了。嘿！等着吧，赫克托尔！

赫克托尔　住手，你还是休息一会儿。

阿喀琉斯　我不要你卖什么人情，骄傲的特洛亚人。我的手臂久已不举兵器了，这是你的幸运；我的休息和怠惰，给了你很大的便宜；可是我不久就会让你知道我的厉害。现在你还是去追

寻你的命运吧。（下）

赫克托尔 再会，要是我早知道会遇见你，我的勇气一定会增加百倍。啊，我的兄弟！

特洛伊罗斯重上。

特洛伊罗斯 埃阿斯把埃涅阿斯提了去了；真有这样的事吗？不，凭着那边天空中灿烂的阳光发誓，他不能让埃阿斯捉去；我一定要去救他出来，否则宁愿让他们把我也一起捉了去。听着，命运！今天我已经把死生置之度外了。（下）

一骑士披华丽铠甲上。

赫克托尔 站住，站住，希腊人；你是一个很好的猎物。啊，你不愿站住吗？我很喜欢你这身甲胄；即使把它割破砍碎，也要剥它下来。畜生，你不愿站住吗？好，你逃，我就追，非得剥下你的皮来不可。（同下）

第七场 战地的另一部分

阿喀琉斯及众骑士上。

阿喀琉斯 过来，我的骑士们，听清我的话。你们看我到什么地方，就跟到什么地方。不要动你们的刀剑，蓄养好你们的气力；当我找到了凶猛的赫克托尔以后，你们就用武器把他密密围住，一阵乱剑剁死他。跟我来，孩子们，留心我的行动；伟大的赫克托尔决定要在今天丧命。（同下）

墨涅拉俄斯及帕里斯互战上；忒耳西忒斯随上。

忒耳西忒斯 那王八跟那奸夫也打起来了。用点儿力，公牛！用点儿力，狗子！呦，帕里斯，呦！啊，我的两个雌麻雀！呦，帕里斯，呦！那公牛打胜了；喂，留心他的角！（帕里斯、墨涅拉俄斯下）

玛伽瑞隆上。

玛伽瑞隆 奴才，转过来跟我打。

忒耳西忒斯 你是什么人？

玛伽瑞隆 普里阿摩斯的庶子。

忒耳西忒斯 你是个私生子，我也是个私生子，我喜欢私生子，一个私生子生我出来，教养我成为一个私生头脑、私生血气的变种；一头熊不会咬它的同类，那么私生子为什么要自相残杀呢？要注意，我们彼此不和是最不吉祥的预兆：一个私生子为一个婊子打起架来是会惹祸上身的；再会，私生子。（下）

玛伽瑞隆 愿魔鬼抓了你去，懦夫！（下）

第八场 战地的另一部分

赫克托尔上。

赫克托尔 华丽的外表下包裹着一颗腐烂不堪的核心，你这一身好盔甲送了你的性命。现在我已经做完一天的工作，待我好好休息一下。我的剑啊，你已经饱餐了鲜血和死亡，你也休息休息吧。（脱下战盔，将盾牌悬挂背后）

阿喀琉斯及众骑士上。

阿喀琉斯 瞧。赫克托尔，太阳已经开始没落，丑恶的黑夜在他的背后追踪而来；赫克托尔的生命，也要跟太阳一起西沉，结束了这一个白昼。

赫克托尔 我现在已经解除武装；不要乘人不备，希腊人。

阿喀琉斯 动手，孩子们，动手！这就是我所要找的人。（赫克托尔倒地）现在，特洛亚，你也跟着倒下来吧！这儿躺着你的心脏，你的筋肉，你的骨骼。上去，骑士们！大家齐声高呼："阿喀琉斯已经把勇武的赫克托尔杀死了！"（吹归营号）听！

我军在吹归营号了。

骑　士　主将，特洛亚的喇叭跟我们的喇叭声音是一样的。

阿喀琉斯　黑夜的巨龙之翼已经覆盖了大地，分开了交战的两军。我的尚未餍足的宝剑，因为已经尝到了美味，也要归寝了。（插剑入鞘）来，把他的尸体缚在我的马尾巴上，我要把这特洛亚人拖过战场。（同下）

第九场　战地的另一部分

阿伽门农、埃阿斯、墨涅拉俄斯、涅斯托、狄俄墨得斯及余人等列队行进，内喧呼声。

阿伽门农　听！听！那是什么呼声？

涅斯托　静下来，鼓声！内呼声："阿喀琉斯！阿喀琉斯！赫克托尔被杀了！阿喀琉斯！"

狄俄墨得斯　听他们的呼声，好像是赫克托尔被阿喀琉斯杀了。

埃阿斯　果然有这样的事，我们也不要自夸；伟大的赫克托尔并没有不如他的地方。

阿伽门农　大家静静前进。派一个人到阿喀琉斯那里去，请他到我的大营里来。要是赫克托尔的死是天神有心照顾我们，那么伟大的特洛亚已经是我们的，残酷的战争也要从此结束了。（众列队行进下）

第十场　战地的另一部分

埃涅阿斯及特洛亚兵士上。

埃涅阿斯　站住！我们现在还控制着这战场。不要回去，让我们忍着饥饿挨过这一夜。

特洛伊罗斯上。

特洛伊罗斯 赫克托尔被杀了。

众 人 赫克托尔！有这样的事！

特洛伊罗斯 他死了，他的尸体被缚在那凶手的马尾上，惨无人道地拖过了充满着耻辱的战场。天啊，颦蹙你的怒眉，赶快降下你的惩罚来吧！神明啊，坐在你们的宝座上，眷顾着特洛亚吧！让你们的迅速的灾祸变成慈悲，不要拖延我们不可避免的毁灭吧！

埃涅阿斯 殿下，您不要泄掉我们全军的士气。

特洛伊罗斯 你没有了解我的意思，所以才会对我说这样的话。我没有说到逃走、恐惧和死亡；我是向着一切天神和世人所加于我们的迫切的危险挑战。赫克托尔已经离我们而去了；谁去把这样的消息告诉普里阿摩斯和赫卡柏呢？有谁现在到特洛亚去，宣布赫克托尔的死讯的，让他永远被称为不祥的啼枭吧。这样一句话是会使普里阿摩斯变成一座石像，使妇女们变成泪泉和化石，使少年们变成冰冷的雕像，使整个的特洛亚惊怖失色的。可是去吧，赫克托尔死了，还有什么话说呢？且慢！你们这些可恶的营帐，这样骄傲地布在我们弗里吉亚的平原上，无论太阳起得多早，我要把你们踏为平地！还有你，你这肥胖的懦夫。无论怎样广阔的距离，都不能分解我们两人的仇恨；我要永远像一颗疑神疑鬼的负疚的良心一样缠绕着你！回到特洛亚去！我们不要懊恼，让复仇的希望掩盖我们内心的悲痛。（埃涅阿斯及特洛亚军队下）

特洛伊罗斯将去时，潘达洛斯自另一方上。

潘达洛斯 听我说，听我说！

特洛伊罗斯 滚开，下贱的龟奴！愿丑恶和耻辱追随着你，

永远和你的名字连在一起！（下）

潘达洛斯 好一副医治我的骨痛的妙药！啊，世界，世界，世界！一个替别人奔走的人，是这样被人轻视！做卖国贼的，做淫媒的，人家用得着你们的时候，是多么重用你们，可是他们会给你们些什么好处呢？为什么人家这样喜欢我们所干的事，却这样痛恨我们的行业？有什么诗句可以证明？——让我想一想！——

那采蜜的蜂儿无虑无愁，
终日在花丛里歌唱优游；
等到它一朝失去了利刺，
甘蜜和柔歌也一齐消逝。

奉告吃风月饭的朋友们，用这几句诗做你们的座右铭吧。（下）

科利奥兰纳斯

Ke Li Ao Lan Na Si

剧中人物

卡厄斯·马歇斯　后称卡厄斯·马歇斯·科利奥兰纳斯

泰特斯·拉歇斯
考密涅斯　}征伐伏尔斯人的将领

米尼涅斯·阿格立巴　科利奥兰纳斯之友

西西涅斯·维鲁特斯
裘涅斯·勃鲁托斯　}护民官

小马歇斯　科利奥兰纳斯之子

罗马传令官

塔勒斯·奥菲狄乌斯　伏尔斯人的大将

奥菲狄乌斯的副将

奥菲狄乌斯的党羽们

尼凯诺　罗马人

安息市民

阿德里安　伏尔斯人

二伏尔斯守卒

伏伦妮娅　科利奥兰纳斯之母

维吉利娅　科利奥兰纳斯之妻

凡勒利娅　维吉利娅之友

维吉利娅的侍女

罗马及伏尔斯元老、贵族、警吏、侍卫、兵士、市民、使者、传令官、奥菲狄乌斯的仆人及其他侍从等

地　点

罗马及其附近；科利奥里及其附近；安息

第一幕

第一场　罗马。街道

一群暴动的市民各持棍棒及其他武器上。

市民甲　在我们继续前进之前，先听我说句话。

众　人　说，说。

市民甲　你们都下了决心，宁愿死，不愿挨饿吗？

众　人　我们都下了决心了，我们都下了决心了。

市民甲　第一，你们知道卡厄斯·马歇斯是人民的最大公敌。

众　人　我们知道，我们知道。

市民甲　让我们杀死他，然后我们要多少谷就有多少谷。我们就这样决定了吗？

众　人　不用多说；就这么干。走，走！

市民乙　各位好市民，听我说一句话。

市民甲　我们都是苦百姓，贵族才是好市民。那些有权有势的人吃饱了，才会把装不下的东西拿来救济我们。他们只要把吃剩下来的东西趁着新鲜的时候赏给我们，我们就会以为他们是出于人道之心来救济我们；可是在他们看来，我们都是不值得救济的。我们的痛苦饥寒，我们的枯瘦憔悴，就像是列载着他们的富裕的一张清单；他们享福就是靠了我们受苦。让我们举起我们的武器来复仇，趁我们还没有瘦得只剩几根骨头。天神知道我说这样的话，只是迫于没有面包吃的饥饿，不是因为渴于复仇。

市民乙　你特别提出卡厄斯·马歇斯来作为攻击的对象吗？

市民甲　我们首先要攻击他；他是出卖群众的狗。

市民乙　你不想到他替祖国立下了什么功劳吗？

市民甲　我知道得很清楚，我也不愿抹煞他的功劳；可是他因为过于骄傲，已经把他的功劳抵销了。

市民乙　你不要恶意诽谤。

市民甲　我对你说，他所做的轰轰烈烈的事情，都只有一个目的：虽然心肠仁厚的人愿意承认那是为了他的国家，其实他只是要取悦于他的母亲，同时使他自己可以对人骄傲；骄傲就是他的美德的顶点。

市民乙　他自己也无能为力的天生的癖性，你却认为是他的罪恶。你不能说他是个贪心的人。

市民甲　要是我不能这样说他，我也不会缺少攻击他的理由：他有数不清的过失，说来也会叫人口酸。（*内呼声*）这是什么呼声？城那面的人们也起来了。我们还在这儿多说什么？到议会去！

众　人　来，来。

市民甲　且慢！谁来啦？

米尼涅斯·阿格立巴上。

市民乙　尊贵的米尼涅斯·阿格立巴；他是常常爱护着平民的。

市民甲　他是个好人；要是别人都像他一样就好了！

米尼涅斯 同胞们，你们现在要干些什么事？你们拿着这些棍棒到什么地方去？为了什么事？请你们告诉我。

市民甲 我们的事情元老院并不是不知道；他们这半个月来早已得到消息，知道我们将要有什么行动，现在我们就要做给他们看。人家说，穷人诉苦的时候，嘴里会发出一股可怕的气息；我们要让他们知道，我们还有一双可怕的胳臂哩。

米尼涅斯 嗳哟，列位，我的好朋友们，你们不要活命了吗？

市民甲 先生，我们早就没有命活了。

米尼涅斯 我告诉你们，朋友们，贵族们对于你们是非常关切的。你们要是把你们的穷困和饥荒归罪于政府，还不如举起你们的棍棒来打天；因为这次饥荒是天神的意旨，不是贵族们造成的。政府总是尽心竭力，替你们解除种种重大的困难；你们应该屈膝哀求，不该举手反抗，这才会对你们有好处。唉！灾祸使你们迷失了本性，引导你们到更大的灾祸的路上；你们诽谤着国家的领导者，他们像慈父一样爱护你们，你们却像仇敌一样咒诅他们。

市民甲 爱护我们！真的！他们从来没有爱护过我们；让我们忍受饥寒，他们的仓库里却堆满了谷粒；颁布保护高利贷的法令；每天都在忙着取消那些不利于富人的正当的法律，重新制定束缚穷人的苛酷的条文。我们要是不死在战争里，也会死在他们手里；这就是他们对我们的爱护！

米尼涅斯 你们必须承认你们自己太会恶意猜疑，否则你们就是一群不懂好坏的傻子。我要讲一个有趣的故事给你们听，也许你们已经听见过；可是因为它适合我的目的，我要把它的意思再引申一下。

市民甲 好，我倒要听听，先生；可是你不要以为用一个故事就可以把我们的耻辱蒙混过去。请你讲吧。

米尼涅斯 从前有一个时候，身体上的各部器官联合向肚子反抗；它们申斥它像一个无底洞似的占据在身体的中央，无所事事，其余的器官有的管看，有的管听，有的管思想，有的管教训，有的管步行，有的管感觉，分工合作，共同应付着全身的需要，只有它只知容纳食物，不知分担劳苦。肚子回答说——

市民甲 好，先生，那肚子怎么回答？

米尼涅斯 别急，让我讲给你听。——那肚子，而绝非肺部，微微地露出一丝冷笑——因为你瞧，我既然可以叫肚子说话，那么当然也可以叫它微笑——带着讥讽的口气回答那些愤愤不平的、嫉妒它的收入的作乱的器官，正像你们因为元老们跟你们地位不同，所以把他们信口诽谤一样。

市民甲 你那肚子怎么回答？哼！那戴着王冠的头，那视察一切的眼睛，那运筹决策的心，那胳臂——我们的兵士，那腿——我们的坐骑，那舌头——我们的吹号人，以及其他在我们这一个组织里各尽寸劳的属僚佐贰，要是他们——

米尼涅斯 要是他们怎样？这家伙老是抢在我前面说话！要是他们怎样？要是他们怎样？

市民甲 要是他们受制于饕餮的肚子，那不过是身体上的一个藏污纳垢的地方——

米尼涅斯 好，那便怎样？

市民甲 要是他们提出抗议，那肚子有什么话好说呢？

米尼涅斯 我会告诉你的；只要你略微忍耐片刻，不要这么性急，你就可以听到肚子的回答。

市民甲 你讲话太不利索。

米尼涅斯 听着，好朋友；这位庄严的肚子是很从容不迫的，不像攻击他的人们那样鲁莽轻率，他这样回答："不错，我的全体的朋友们，”他说，“你们全体赖以生活的食物，是由我最先收纳下来的；这是理所当然的事，因为我是整个身体的仓库和工场；可是你们应该记得，就是我把那些食物从你们血液的河流里一路运输过去，一直传达到心的宫廷和脑的宝座；经过人身的五官百窍，最强韧的神经和最微细的血管都从我这里得到保持他们活力的资粮。你们，我的好朋友们，虽然在一时之间——”听着，这是那肚子说的话——

市民甲 好，好，他怎么说？

米尼涅斯 “虽然在一时之间，不能看见我怎样把食物分送到各部分去，可是我可以清算我的收支，大家都从我这里领回食物的精华，剩下给我自己的只是一些糟粕。”你们觉得他的话说得怎样？

市民甲 那也回答得有理。你说这一段话是什么用意呢？

米尼涅斯 罗马的元老们就是这样一个好肚子，你们就是那一群作乱的器官；因为你们要是把他们所讨论、所关切的问题仔细检讨一下，把有关大众幸福的事情彻底想一想，你们就会知道你们所享受的一切公共的利益，都是从他们手里得到，完全不是靠着你们自己的力量。你以为怎样，你这一群人中间的大拇脚趾头？

市民甲 我是大拇脚趾头？为什么我是大拇脚趾头？

米尼涅斯 因为你在这一场最聪明的叛乱里，是一个最低微、最卑鄙的人，却跑在众人的最前面；你这最下贱的恶棍，为了妄图非分的利益，竟敢自居于领导的地位。可是你们准备好举起你们粗硬的棍棒来吧；罗马和她的群鼠已经到了决战的关头；总有一方不免遭殃。

卡厄斯·马歇斯上。

米尼涅斯 祝福，尊荣的马歇斯！

马歇斯 谢谢。——什么事，你们这些违法乱纪的流氓，凭着你们那些龌龊有毒的意见，使你们自己变成了社会上的疥癣了吗？

市民甲 我们一向多承您温语相加。

马歇斯 谁要是对你们温语相加，他也会恭维他心里所痛恨的人了。你们究竟要什么，你们这些恶狗？你们既不喜欢和平，又不喜欢战争；战争会使你们害怕，和平又使你们妄自尊大。谁要是信任你们，他将会发现他所寻找的狮子不过是一群野兔，他所寻找的狐狸不过是一群鹅；你们比冰上的炭火、阳光中的雹点更不可靠。你们的美德是尊敬那犯罪的囚徒，咒诅那执法的刑官。谁立下了功德，就应该受你们的憎恨；你们的欢心就像病人的口味，只爱吃那些足以加重他的病症的食物。谁要是信赖着你们的欢心，就等于用铅造的鳍游泳，用灯心草去砍伐橡树。该死的东西！相信你们？你们每一分钟都要变换一个心，你们会称颂你们刚才所痛恨的人，唾骂你们刚才所赞美的人。你们在城里到处鼓噪，攻击尊贵的元老院，究竟是怎么一回事？倘使没有他们帮助神明把你们约束住了，使你们有一点畏惧，你们早就彼此相食了。他们究竟是什么目的？

米尼涅斯 他们要求照他们所索取的数量给他们谷物；他们说这城里藏着很多的存粮。

马歇斯 该死的东西！他们说！他们只会坐在火炉旁边，假充知道议会里所干的事；谁将要升起，谁正在得势，谁将要没落；宣布他们猜想中的婚姻；党同伐异，凡是他们所赞成的一方面，就夸赞它的强大；凡是他们所反对的一方面，就放在他们的破鞋子底下蹂踏。他们说有很多的谷！要是那些贵族们愿意放下他们的慈悲，让我运用我的剑，我要尽我的枪尖所能挑到，把几千个这样的奴才杀死了堆成一座高高的尸山。

米尼涅斯 不，这些人差不多已经完全悔悟了；因为他们虽然行事十分鲁莽，然而他们都是非常怯懦的。可是请问，还有那一群怎么说？

马歇斯 他们已经解散了，该死的东西！他们说他们肚子饿；叹息出一些陈腐的老话：什么饥饿可以摧毁石墙；什么狗也要吃东西；什么肉是供口腹享受的；什么天神降下五谷，不是单为富人。用这种陈词滥调，倾吐他们的不平；他们的申诉是被接受了，他们的请愿也得到了准许——一个奇怪的请愿，最慷慨的人听见了也会伤心，最大胆的人瞧见了也会失色——于是他们抛掷他们的帽子，高声欢呼，好像赌赛谁可以把他的帽子挂到月亮的钩上去似的。

米尼涅斯 准许了他们什么请愿？

马歇斯 由他们自己选出五个护民官，保护他们下贱的智慧；一个是裘涅斯·勃鲁托斯，一个是西西涅斯·维鲁特斯，还有那几个我不知道——哼！如果是我的话，就让这些乌合之众把城头上的天拆毁了，也决不答应他们；这样会使他们渐渐扩展势力，引起更大的叛乱。

米尼涅斯 真是怪事。

马歇斯 去，滚回家去，你们这些废物！

一使者匆匆上。

使　者 卡厄斯·马歇斯呢？

马歇斯 这儿；什么事？

使　者 将军，伏尔斯人起兵了。

马歇斯 我很高兴；我们可以有机会发泄发泄我们积蓄的精力了。瞧，我们的元老们来了。

考密涅斯、泰特斯·拉歇斯及其他元老；裘涅斯·勃鲁托斯、西西涅斯·维鲁特斯等同上。

元老甲 马歇斯，您最近对我们说的话不错；伏尔斯人果然起兵了。

马歇斯 他们有一个领袖，塔勒斯·奥菲狄乌斯，你们就会知道他的厉害。我很嫉妒他的高贵的品格，倘若我不是我，我就希望我是他。

考密涅斯 您曾经跟他交战过。

马歇斯 要是整个世界分成两半，互相厮杀，而他竟站在我这一方，那么我为了要跟他交战，也会向自己的一方叛变；能够猎逐像他这样一头狮子，那绝对是一件可以自傲的事。

元老甲 那么，尊贵的马歇斯，跟随考密涅斯出征去吧。

考密涅斯 这是您已经答应过的。

马歇斯 是的，我决不食言。泰特斯·拉歇斯，你将要再次见到我向塔勒斯挥剑。怎么！你无动于衷？你想置身事外吗？

拉歇斯 不，卡厄斯·马歇斯；即使我必须一手扶杖而行，我也要用另一手挥杖从征，决不后于人。

米尼涅斯 啊！这才是英雄本色！

元老甲 请你们各位驾临议会；我们那些最高贵的朋友们都在那里等着我们。

拉歇斯 （向考密涅斯）您先走；（向马歇斯）您跟在考密涅斯后面；我们必须跟在您的后面。

考密涅斯 尊贵的马歇斯！

元老甲 （向众市民）去！各人回家去！去！

马歇斯 不，让他们跟着来吧。伏尔斯人有许多谷；带这些耗子去吃空他们的谷仓吧。敬天畏上的叛徒们，你们已经表现了非常的勇敢；请你f门跟着来吧。（众元老、考密涅斯、马歇斯、泰特斯、米尼涅斯同下；众市民偷偷散开）

西西涅斯 你见过像这个马歇斯一样骄傲的人吗？

勃鲁托斯　没有人可以和他相比。

西西涅斯　当我们被选为护民官的时候——

勃鲁托斯　你没有留心到他的嘴唇和眼睛吗?

西西涅斯　他那种冷嘲热讽才叫人难堪呢。

勃鲁托斯　碰到他动怒的时候，天神也免不了挨他一顿骂。

西西涅斯　温柔的月亮也要遭他的讥笑。

勃鲁托斯　这些战争把他葬送了；他已经变得这样骄傲，不会再像从前那样勇敢了。

西西涅斯　这样一种性格，在受到胜利的煽动以后，会瞧不起正午时候他所践踏的自己的影子。可是我不知道凭着他这种傲慢的脾气，怎么能够俯首听从考密涅斯的号令。

勃鲁托斯　他的目的只是争取名誉，他现在也已经有很好的名誉；一个人要保持固有的名誉，获得更大的名誉，最好的办法就是处在一人之下万人之上的地位；因为要是有过错的话，就可以归咎于主将，虽然他已经尽了最大的能力；盲目的舆论就会替马歇斯发出惋惜的呼声：“啊！要是他担负了这个责任就好了!”

西西涅斯　而且，要是事情进行得顺利的话，舆论因为一向认定马歇斯是他们的英雄，考密涅斯的功劳也会被他埋没。

勃鲁托斯　对了，即使马歇斯没有出一点力，考密涅斯的一半的光荣也是属于他的；考密涅斯的一切错处，对于马歇斯也会变成光荣，虽然他不曾立下一点功劳。

西西涅斯　让我们去听听他们怎样调兵遣将；还要看看他除了这一副孤僻的神气以外，是用怎样的态度出发作战的。

勃鲁托斯　我们去吧。(同下)

第二场　科利奥里。元老院

塔勒斯·奥菲狄乌斯及众元老上。

元老甲 所以照您看来，奥菲狄乌斯，罗马人已经预闻我们的计谋，知道我们行动的情形了。

奥菲狄乌斯 那不也是您的意见吗？凡是我们这儿所想到的事情，哪一件不是在我们还没有把它实行以前，罗马就已经准备好对策了？自从我得到那边来的消息以后，到现在还不满四天；那消息是这样的——我想这封信还在我身边；是的，在这儿。“他们已经调遣一支军队，不知道是开向东方去的还是开向西方去的。饥荒很是严重；民不聊生，人心思乱。据闻那支军队由考密涅斯、马歇斯——你的旧日的敌人，罗马人恨他比你还要厉害——和泰特斯·拉歇斯一个非常勇敢的罗马人——这三个人率领；大概是要开到你们边境上来的，请考虑考虑吧。”

元老甲 我们的军队已经在战场上；我们相信罗马一定准备着迎战了。

奥菲狄乌斯 你们以为把你们伟大的计划遮掩一下，让它到最后的关头方才暴露出来，是一个很聪明的办法；可是当它正在进行的时候，就已经被罗马人知晓了。我们本来预备趁罗马还没有知道我们的计划以前，就用迅雷不及掩耳的手段，占领许多城市，现在消息已经泄露，我们的计划也要受到影响了。

元老乙 尊贵的奥菲狄乌斯，请您接受我们的委任，赶快到军前去；让我们守卫科利奥里。要是他们兵临我们城下，您就带领军队回来把他们赶走；可是我想他们一定还没有防备我们的进攻。

奥菲狄乌斯 啊！那可不能这么说；我可以确定说他们已经有充分的准备。不但如此，他们一部分军队已经出发，把我们这儿作为唯一的目标。我去了。要是我有机会碰见卡厄斯·马歇斯，那么我们曾经立誓在先，一定要战到精疲力尽方才罢手。

众元老 愿神明帮助您！

奥菲狄乌斯　愿你们各位平安！

元老甲　再会！

元老乙　再会！

众元老　再会！（各下）

第三场　罗马。马歇斯家中一室

伏伦妮娅及维吉利娅上，各坐矮凳上做针线。

伏伦妮娅　儿媳妇，你唱一支歌吧，或者让你自己高兴一点儿。倘若我的儿子是我的丈夫，我宁愿他出外去争取光荣，不愿他贪恋着闺房中的儿女私情。当年，他还只是一个身体娇嫩的孩子，我膝下还只有他这么一个儿子，他的青春和美貌正吸引着众人的注目，就在这种连帝王们的整天请求也都不能使一个母亲答应让她的儿子离开她眼前一小时的时候，我因为想到名誉对于这样一个人是多么重要，要是让他默默无闻地株守家园，岂不等于一幅悬挂在墙上的画像？所以就放他出去追寻危险，从危险中博取他的声名。我让他参加一场残酷的战争；当他回来的时候，他的头上戴着橡叶的荣冠。我告诉你，儿媳妇，我第一次知道他是个男孩子的时候，还不及第一次看见他已经变成一个堂堂男子汉的时候那样喜欢得跳跃起来。

维吉利娅　婆婆，要是他战死了呢？

伏伦妮娅　那么他的不朽的声名就是我的儿子，就是我的后裔。听我说句真心话：要是我有十二个儿子，我都同样爱着他们，就像爱着我们亲爱的马歇斯一样，我也宁愿十一个儿子为了他们的国家而光荣地战死，不愿一个儿子闲弃他的大好的身子。

侍女上。

侍　女　太太，凡勒利娅夫人来瞧您来啦。

维吉利娅　请您准许我进去。

伏伦妮娅　不，你不要进去。我仿佛已经听见你丈夫的鼓声，看见他拉着奥菲狄乌斯的头发把他摔下马来，那些伏尔斯人见了他就像小孩子见了一头熊似的纷纷逃避；我仿佛看见他这样顿足高呼："上前，你们这些懦夫！虽然你们是罗马人，你们却是在恐惧中生下来的。"他用套着甲的手揩去他额角上的血，奋勇前进，好像一个割稻的农夫，倘使不把所有的稻一起割下，主人就要把他解雇一样。

维吉利娅　他额角上的血！朱庇特啊！不要让他流血！

伏伦妮娅　去，你这傻子！那样才更可以显出他的英武的雄姿，远胜于那些辉煌的战利品，当赫卡柏哺乳着赫克托尔的时候，她的丰美的乳房还不及赫克托尔流血的额角好看，当他轻蔑地迎着希腊人的剑锋的时候。——请凡勒利娅夫人进来。（侍女下）

维吉利娅　上天保佑我的丈夫不要遭奥菲狄乌斯的毒手！

伏伦妮娅　他会把奥菲狄乌斯的头打到他膝盖底下去，在他的脖子上践踏。

侍女率凡勒利娅及守门人重上。

凡勒利娅　两位夫人早安。

伏伦妮娅　好夫人。

维吉利娅　今天幸会夫人，不胜欣慰。

凡勒利娅　你们两位都好？真是一对贤主妇！你们在这儿缝些什么？好一处清净的所在。小哥儿好吗？

维吉利娅　谢谢夫人，他很好。

伏伦妮娅　他宁愿看刀剑听鼓声，也不愿见教书先生的面。

凡勒利娅　真是有其父必有其子；我可以发誓他是一个很可爱的孩子。不瞒你们说，星期三那天我曾经瞧了他足足半个钟头；他有这么一副坚毅的面孔。我见他追赶着一只金翅的蝴蝶，捉到了手又把它放走，放走了又去追它；这么奔来奔去，捉了放、放了捉，也不知道是因为跌了一跤呢，还是因为别的缘故，他发起脾气来，咬牙切齿地，把那蝴蝶撕碎了；啊！瞧他撕的时候那股劲儿！

伏伦妮娅 他父亲也是这样的脾气。

凡勒利娅 真是一个不同凡俗的孩子。

维吉利娅 一个调皮透顶的孩子，夫人。

凡勒利娅 来，放下你们的针线；今天下午我要你们陪我玩去。

维吉利娅 不，好夫人，今天我不出去。

凡勒利娅 不出去！

伏伦妮娅 偏要她出去。

维吉利娅 不，真的，请您原谅；在我的丈夫打仗没有回来以前，我决不迈出门槛一步。

伏伦妮娅 胡说！你不应该这样毫无理由地把你自己关在家里。来，你必须去访问访问那位害病的好夫人。

维吉利娅 我愿意祝她早日恢复健康，替她诚心祈祷；可是我不能去。

伏伦妮娅 为什么呢，请问？

维吉利娅 不是因为偷懒，也不是因为我冷酷无情。

凡勒利娅 你要做珀涅罗珀第二吗？可是人家说，她在俄底修斯出去以后所纺的纱线，不过使伊塔刻充满了飞蛾一般的食客而已。来；我希望你手里的布也像你的手指一样有知觉，那么你因为心怀不忍，也许不会再用针去刺它了。来，你必须跟我们一块儿去。

维吉利娅 不，好夫人，原谅我；真的，我不想出去。

凡勒利娅 真的，你跟我去吧；我会告诉你关于尊夫的好消息。

维吉利娅 啊，好夫人，现在还不会就有好消息哩。

凡勒利娅 真的，我不是对你说笑话；昨天晚上他有信来。

维吉利娅 真的吗，夫人？

凡勒利娅 真的，不骗你；我听见一个元老说起。据说，伏尔斯人有一支军队开了过来，我们的主将考密涅斯已经带了一部分罗马军队前去迎敌了；尊夫和泰特斯·拉歇斯两人已经在他们的科利奥里城前扎下营寨，他们深信一定会在短时期内获得胜利。凭着我的名誉发誓，这是真的；所以请你陪我们去吧。

维吉利娅 请您多多原谅，好夫人；我以后什么都听从您就是了。

伏伦妮娅 随她去，夫人；照她现在这种样子，叫她同去也会扫我们的兴。

凡勒利娅 真的，我也这样想。那么再见吧。来，好夫人。维吉利娅，请你还是把你的忧愁撵出门外，跟我们一块儿去吧。

维吉利娅 不，夫人，我真的不去。我愿您快乐。

凡勒利娅 那么好，再见。（同下）

第四场　科利奥里城前

旗鼓前导；马歇斯、泰特斯·拉歇斯、军官、兵士等上；一使者自对面上。

马歇斯 有人带消息来了；我可以打赌他们已经相遇了。

拉歇斯 我用我的马赌你的马，他们还没有相遇。

马歇斯 好，一言为定。

拉歇斯 算数。

马歇斯　喂，我们的元帅有没有跟敌人相遇？

使　者　他们已经彼此相望，可是还没有交锋。

拉歇斯　这匹好马是我的啦。

马歇斯　我向你买回来。

拉歇斯　不，我不愿把它出卖或是送人；可是我愿意借给你骑五十年。让我们招降这城市吧。

马歇斯　那两支军队离这儿有多远？

使　者　有一里半光景。

马歇斯　那么我们可以互相听见鼓角的声音了。战神啊，请你默佑我们马到成功，好让我们立刻转过头来，挥舞我们热腾腾的利剑，去帮助我们战地上的友人！来，吹起喇叭来。吹议和信号；二元老及余人等在城墙上出现。

马歇斯　塔勒斯·奥菲狄乌斯在你们城里吗？

元老甲　不，没有一个人比他更不把你放在心上了。听，我们的鼓声（*远处鼓声*）正在召唤我们的青年们杀出去；我们宁愿推倒我们自己的城墙，也不愿蜷缩在城内偷生；我们的城门瞧上去虽然还是关得紧紧的，可是它们不过是用灯心草拴住的，等会儿就会自己打开。你听，远方的声音！（*远处号角声*）那是奥菲狄乌斯；听，他正在向你们那七零八落的军队大施挞伐。

马歇斯　啊！他们在交战了！

拉歇斯　让他们喧呼的声音鼓起我们的勇气。来，梯子！一队伏尔斯兵士上，自台前经过。

马歇斯　他们不怕我们，却从城里蜂拥而出。现在把你们的盾牌挡在胸前，鼓起你们比盾牌更坚强的斗志，奋力杀敌吧！上去，勇敢的泰特斯；想不到他们竟会这样藐视我们，把我气得出了一身汗。来啊，弟兄们；谁要是退缩不前，我就把他当作一个伏尔斯人，叫他死在我的剑下。

号角声；罗马人败退；马歇斯重上。

马歇斯 愿南方的一切瘟疫都降在你们身上，你们这些罗马的耻辱！愿你们浑身长满毒疮恶病，在逆风的一里路之外就会互相传染，人家只要一闻到你们的气息就会远远退避。你们这些套着人类躯壳的蠢鹅的灵魂！猴子们都会打退的一群奴才，也会把你们吓得乱奔乱窜！该死！你们都是背后受伤；背上流着鲜红的血，脸却因为奔逃和恐惧而变成了灰白！提起勇气来，向他们反攻！否则凭着天上的神火起誓，我要丢下敌人，向你们作战了；留心着吧。上去；要是你们奋勇坚持，我们一定要把他们打回他们妻子的怀抱里去。

号角声；伏尔斯人及罗马人重上交战；伏尔斯人败退城内，马歇斯追至城门口。

马歇斯 现在城门开了；大家出力！命运打开它们，是为了追赶的人，不是为了逃走的人；瞧着我的样子，跟我来吧！（进城门）

兵士甲 简直是蛮干！我可不来。

兵士乙 我也不高兴。（马歇斯被关在城内）

兵士丙 瞧，他们把他关在里面了。

众　人 他这回准要送命了。（号角声继续吹响）

泰特斯·拉歇斯重上。

拉歇斯 马歇斯怎样啦？

众　人 他一定被杀了，将军。

兵士甲 他紧紧追赶着那些逃走的敌人，一直追进了城里，突然之间他们把城门关上了，剩下他一个人在里面应付全城的敌人。

拉歇斯 啊，英勇的壮士！当他的无情的刀剑锋摧刃折的时候，他那有知的血肉之躯依旧昂然不屈。你被我们遗弃了。马歇斯；一颗像你的身体那么大的完整的红玉，也比不上你珍贵。你是一个恰如凯图理想的军人，不但在挥舞刀剑的时候勇猛惊人，你的威严的怒容，你的雷鸣一样的声音，也会使敌人丧胆，就像整个世界在害着热病而颤栗一样。

马歇斯被敌众围攻流血重上。

兵士甲 将军，瞧！

拉歇斯 啊！那是马歇斯！让我们救他出来，否则大家都要像他一样了。（众人上前激战，同进城内）

第五场 科利奥里。街道

若干罗马兵士携战利品上。

兵士甲 我要把这带回罗马去。

兵士乙 我要把这带回去。

兵士丙 倒霉！我还以为这是银子哩。（远处号角声仍继续不断）

马歇斯及泰特斯·拉歇斯上，一喇叭手随上。

马歇斯 瞧这些家伙倒是一分钟也不肯放松！垫子、铅汤匙、小小的铁器、刽子手也懒得剥下来的死刑犯身上的囚衣，这些下贱的奴才不等打完仗，就忙着收拾起来了。都是该死的东西！听，元帅在那边厮杀得那么热闹！我们也去助战去！我灵魂里痛恨的仇人，奥菲狄乌斯，正在那儿杀戮着我们的罗马人。勇敢的泰特斯，你分一部分军队在城里扫荡扫荡，我再带着那些有勇气的，立刻就去接应考密涅斯。

拉歇斯 将军，你在流血呢；你已经战得太辛苦啦，该休息休息才是。

马歇斯 不要恭维我；我还没有杀上劲儿来呢。再见。这一点点血，可以鼓起我的勇气，有什么要紧；我还要这样子去和奥菲狄乌斯交战。

拉歇斯　但愿命运女神深深地恋爱着你；凭着她的无边的法力，使你的敌人的剑每击不中！勇敢的将军，愿胜利伴随着你！

马歇斯　愿命运同样照顾着你！再见。

拉歇斯　英勇绝伦的马歇斯！（马歇斯下）去，在市场上吹起你的喇叭来；召集全城的官吏，让他们明白我们的意旨。去！（各下）

第六场　考密涅斯营帐附近

考密涅斯　率军队自前线退却。

考密涅斯　弟兄们，休息一会儿；你们打得不错。我们没有失去罗马人的精神，既不愚蠢地作无益的牺牲，在退却的时候，也没有露出怯懦的丑态。相信我，诸位，敌人一定还要向我们进攻。我们正在激战的时候，可以断断续续地听到从风里传来的我们友军和敌人激战的声音。罗马的神明啊！愿你们护佑他们获得胜利，正像我们希望自己获得胜利一样；当我们含笑相遇的时候，我们一定会向你们呈献感谢的祭礼。

一使者上。

考密涅斯　你带什么消息来了？

使　者　科利奥里的市民从城里蜂拥而出，和拉歇斯、马歇斯两人的军队交战；我看见我们的军队被他们击退，就离开那儿了。

考密涅斯　你的话虽然是真，却不是好消息。那是多久以前的事？

使　者　一个多钟头了，元帅。

考密涅斯 一共不到一里路，我们曾经听到过一阵短促的鼓声；你怎么一里路要走一个钟头，到现在才把这消息送来？

使　者 伏尔斯人的探子跟住了我，我不得不绕圈子走了三四里路；要不然的话，元帅，我早就在半点钟以前把消息送来了。

考密涅斯 那边来的是谁？瞧他的样子，好像撞见了强盗一般。嗳哟！他的神气有点儿像马歇斯；我从前也见过他这副模样的。

马歇斯 （在内）我来得太迟了吗？

考密涅斯 正像牧羊人听见雷声就知道它不是鼓声一样，我一听见马歇斯讲话的声音，就知道那不会是一个卑微的人在讲话。

马歇斯上。

马歇斯 我来得太迟了吗？

考密涅斯 是的，要是你身上染着的不是别人的血，而是你自己的血，那么你是来得太迟了。

马歇斯 啊！让我用就像我求婚时候一样坚强的胳臂拥抱你，让我用花烛送我们进入洞房的时候那样喜悦的心拥抱你！

考密涅斯 战士中的英华！泰特斯·拉歇斯怎样啦？

马歇斯 他正忙得像一个法官一样；把有的人处死、有的人放逐、有的人罚款，有的人得到了赦免，有的人受到了警告；科利奥里已经隶属于罗马的名义之下，像一头用皮带束住的摇尾乞怜的猎狗，不怕它逃到哪儿去了。

考密涅斯 告诉我说他们已经把你们击退的那个奴才呢？他到哪儿去了？叫他来。

马歇斯 不要责骂他；他并没有虚报事实。可是我们的那些士兵——死东西！他们还要护民官！——他们见了比他们自己更不中用的家伙，也会逃得像耗子见了猫儿似的。

考密涅斯 可是你们怎么会得胜呢？

马歇斯 现在还有时间讲话吗？敌人呢？你们是不是已经占到优势？倘若不是，那么你们为什么停了下来？

考密涅斯 马歇斯，我们因为实力不及敌人，所以暂避锋芒，以退为进。

马歇斯 他们的阵地布置得怎样？你知道他们的主力是在哪一方面？

考密涅斯 照我的推测，马歇斯，他们的先锋部队是他们最信任的安息地方部队，统辖他们的将领就是他们全军希望所寄的奥菲狄乌斯。

马歇斯 为了我们过去并肩作战的历次战役，为了我们共同流过的血，为了我们永矢友好的盟誓，我请求你立刻派我去向奥菲狄乌斯和他的安息地方部队挑战；让我们不要坐失时机，赶快挺起我们的刀剑枪矛来，就在这一小时内和他们决一胜负。

考密涅斯 我虽然希望用香汤替你沐浴，用油膏敷擦你的伤痕，可是我决不敢拒绝你的请求；请你自己选择一队最得力的人马带领前去吧。

马歇斯 只要是有胆量跟我去的，就是我所要选择的人。我相信在这儿一定有喜欢像我身上所涂染的这种油彩的人；我也相信在这儿一定有畏惧恶名甚于生命危险的人；我更相信在这儿一定有认为蒙耻偷生不如慷慨就义、祖国的荣誉胜过个人幸福的人；要是在你们中间有一个这样的人，或是有许多人都抱着这样的思想，就请挥起剑来，跟随马歇斯去。（众人高呼挥剑，将马歇斯举起，脱帽抛掷）啊！只有我一个人吗？你们把我当作你们的剑吗？要是这不单单是形式上的表示，那么你们中间哪一个人不可以抵得过四个伏尔斯人？哪一个人不可以举起坚强的盾牌来，抵御伟大的奥菲狄乌斯？谢谢你们全体，可是我只要选择一部分人就够了；其余的必须静候号令，在别的战争里担起你们的任务来。现在请大家开步前进；我要立刻挑选那些最胜任的人。

考密涅斯 前进，弟兄们；把你们所表示的雄心壮志付诸实践，你们将和我们分享一切。（同下）

第七场 科利奥里城门

泰特斯·拉歇斯在科利奥里布防完毕后，率兵士及鼓角等出城往考密涅斯及马歇斯处会合，一副将及一探子随上。

拉歇斯 就是这样；各个城门都要用心防守，按照我的命令行事，不可怠忽职务。要是我差人来，你就传令这些队伍开拔赴援，留少数人暂时驻守；要是我们在战场上失败了，这一个城也是守不住的。

副将我们一定尽职尽责，将军。

拉歇斯 去，把城门关上。带路的人，来，领我们到罗马军队的阵地上去。（各下）

第八场 罗马及伏尔斯营地之间的战场

号角声；马歇斯及奥菲狄乌斯自相对方向上。

马歇斯 我只要跟你厮杀，因为我恨你甚过恨一个背约的人。

奥菲狄乌斯 我也同样恨你；没有一条非洲的毒蛇比你的名誉和狠毒更使我憎恨。站定你的脚跟。

马歇斯 要是谁先动脚跑，让他做对方的奴隶而死去，死后永远不得超生！

奥菲狄乌斯 马歇斯，要是我逃走，你就把我当作一头兔子一样追捕好了。

马歇斯 塔勒斯，过去三小时以内，我独自在你们科利奥里城里奋战，所向无敌；你看见我脸上所涂着的，不是我自己的血；你要是不服气的话，快来跟我拼命吧。

奥菲狄乌斯 即使你就是你们所夸耀的老祖宗赫克托尔自己，我今天也不放你活命。（二人交战，若干伏尔斯人趋前援助奥菲狄乌斯）你们这些多事的、没有勇气的东西，谁要你们来帮我，丢我的脸。（马歇斯驱众人入内且战且下）

第九场 罗马营地

号角声；吹归营号；喇叭奏花腔。考密涅斯及罗马兵士一队自一方上，马歇斯以巾裹臂伤，率另一队罗马兵士自另一方上。

考密涅斯 要是我向你追叙你这一天来的工作，你一定不会相信你自己所干的事。可是我要回去向他们报告，让那些元老们的喜笑里掺杂着眼泪；让那些贵族们耸肩倾听，由衷赞叹；让那些贵妇们惊怖失色，欢喜颤栗，要求再闻其详；让那些麻木不仁、和顽固的平民一鼻孔出气、痛恨着你的尊荣的护民官们，也不得不违背他们的本心，说："感谢神明，我们罗马有这样一位军人！"

泰特斯·拉歇斯率所部兵士追踪而至。

拉歇斯 啊，元帅，这儿才是一匹骏马，我们都不过是些鞍鞯缰勒；要是你看见——

马歇斯 请你别说了。当我的母亲赞美我的时候，我就会心中不安，虽然她是有夸扬她自己骨肉的特权的。我所做的事情不过跟你们所做的一样，各人尽各人的能力；我们的动机也只有一个，大家都是为了自己的国家。谁只要克尽他良心上的天职，他的功劳就应该在我之上。

考密涅斯 你的功劳是不能埋没的；罗马必须知道她自己的健儿的价值。隐蔽你的勋绩，比偷窃诽谤的罪恶更大。所以我请求你，为了表扬你的本身，不是酬答你的辛劳，听我在全军将士面前说几句话。

马歇斯 我身上的剑痕尚新，它们听见人家提起它们的时候，就会作痛的。

考密涅斯 它们不应该因此作痛；它们只会因忘恩负义而溃烂，而死亡可以将它治愈。在我们所虏获的无数强壮的战马之中，在我们从战地上和城中所搜得的一切珍宝财物之中，我们把十分之一分送给你；你可以在当众分配的时候，凭你自己的意愿挑选。

马歇斯 谢谢你，元帅；可是我不能同意让我的剑受人贿赂。恕我拒绝你的盛情；我愿意和参与这次战役的人受同等的待遇。（喇叭奏长花腔；众高呼“马歇斯！马歇斯！”抛掷帽、枪；考密涅斯、拉歇斯脱帽立）愿这些被你们亵渎的乐器不再发出声音！当战地上的鼓角变成媚人的工具的时候，让宫廷和城市里都充斥着口是心非的阿谀趋奉吧！快别这样了！我只是没有洗净我流血的鼻子，我只是打败了几个孱弱的家伙，这儿的许多弟兄都跟我干过同样的事，虽然没有人注意到他们；你们就这样把我过分吹捧，好像我喜欢让我这一点儿微功薄能，用掺和着谎语的赞美大加渲染似的。

考密涅斯 你太谦虚了；你不但蔑视我们对你的至诚的称颂，尤其对于你自己的美好的声名，也未免过于苛刻。请不要见怪，要是你会对你自己动怒，那么我们要把你当作一个危险人物一样，替你加上镣铐，然后再放胆跟你辩论。让全世界知道，卡厄斯·马歇斯戴着这一次战争的荣冠，为了纪念他的功勋，我送给他我这一匹全军知名的骏马，以及它所附带的一切装具；从今以后，为了他在科利奥里所建树的奇功，在我们全军欢呼声中，他将被称为卡厄斯·马歇斯·科利奥兰纳斯！让他永远光荣地冠上这一个名字！

众　人　卡厄斯·马歇斯·科利奥兰纳斯！（喇叭奏花腔；鼓角齐鸣）

科利奥兰纳斯　我要去洗个脸；等我把脸洗净以后，你们就可以看见我有没有惭愧的颜色。可是我谢谢你们。我准备跨上你的骏马，尽我所有的能力，永远保持着你们加于我的美名。

考密涅斯　好，我们回营去；在我们解甲安息以前，还要先给罗马去信，报告我们的胜利。泰特斯·拉歇斯，你必须回到科利奥里，叫他们派代表到罗马去，为了彼此双方的利益，和我们商订议和的条款。

拉歇斯　是，元帅。

科利奥兰纳斯　天神要开始讥笑我了。我刚才拒绝了最尊荣的礼物，现在却不得不向元帅请求一个小惠。

考密涅斯　无论什么要求，我都可以允许你。你说吧。

科利奥兰纳斯　我从前曾经在这科利奥里城里向一个穷汉借宿过一宿，他招待我非常殷勤。我看见他已经成为我们的俘虏，他见了我就向我高呼求助；可是因为那时奥菲狄乌斯在我的眼前，愤怒吞噬了我的怜悯，我没有理会他；请您让我的可怜的居停主人恢复自由吧。

考密涅斯　啊！这是一个很好的请求！即使他是杀死我儿子的凶手，我也要让他像风一样自由。泰特斯，把他放了。

拉歇斯　马歇斯，他的名字呢？

科利奥兰纳斯　天哪！我忘了。我很疲倦；嗯，我懒得记忆。我们这儿没有酒吗？

考密涅斯　我们回营去。你脸上的血也干了；我们应当赶快替你调理一下。来。（同下）

第十场　伏尔斯人营地

喇叭奏花腔；吹号筒。塔勒斯·奥菲狄乌斯流血上，二三兵士随上。

奥菲狄乌斯　我们的城市被占领了！

兵士甲　只要条件讲得好，它会还给我们的。

奥菲狄乌斯　条件！把自己的运命听任他人支配的一方，还会有什么好条件！马歇斯，我已经跟你交战过五次了，五次我都被你打败；要是我们相会的次数就像吃饭的次数一样多，我相信你也会每次把我打败的。天地为证，要是我再有机会当面看见他，不是我杀死他，就是他杀死我。我对他的敌视已经使我不能再顾全我的荣誉；因为我既不能堂堂正正地以剑对剑，用同等的力量取胜他，凭着愤怒和阴谋，也要设法叫他落在我的手里。

兵士甲　他简直是个魔鬼。

奥菲狄乌斯　他比魔鬼还大胆，虽然没有魔鬼狡猾。他使我的英武受到了毁损；因此我的怨毒一见了他，就会自己冒出来。不论在他睡觉、害病或是解除武装的时候，不论在圣殿或神庙里，不论在教士的祈祷或在献祭的时候，所有这一切阻止复仇的障碍，都不能运用它们陈腐的特权和惯例，禁止我向马歇斯发泄我的仇恨。假如我在无论什么地方找到了他，即使他是在我自己的家里，在我的兄弟的保护之下，我也要违反好客的礼仪，在他的胸膛里洗我的凶暴的手。你们到城里去探听探听敌人占领的情形，以及将要到罗马去做人质的是哪一些人。

兵士甲 您不去吗？

奥菲狄乌斯 我在柏树林里等着，它就在磨坊的南面；请你探到了外边的消息以后，就到那儿告诉我，让我可以决定应当怎样走我的路。

兵士甲 是，将军。（各下）

第二幕

第一场　罗马。广场

米尼涅斯、西西涅斯及勃鲁托斯上。

米尼涅斯　占卜的人告诉我，我们今晚将有消息到来。

勃鲁托斯　好消息还是坏消息？

米尼涅斯　这消息不是人民所希望听到的，因为他们对马歇斯没有好感。

西西涅斯　畜生也知道谁是他们的友人。

米尼涅斯　请问，狼喜欢谁？

西西涅斯　羔羊。

米尼涅斯　对了，因为它可以吃它，正像那些饥饿的平民恨不得把尊贵的马歇斯吃下去一般。

勃鲁托斯　他真是一头羔羊！吼起来却像一头熊。

米尼涅斯　他真是一头熊！却过着羔羊一般的生活。你们两位都是老人家了；让我问你们一件事情，请你们告诉我。

勃鲁托斯、西西涅斯　好，你说。

米尼涅斯　马歇斯究竟有些什么大不了的缺点，这种缺点是不是也可以从你们两位身上找出许多来呢?

勃鲁托斯 任何缺点他都不缺少，所有的缺点他都齐备。

西西涅斯 尤其是骄傲。

勃鲁托斯 他的自负更可以凌越一切。

米尼涅斯 这可奇怪了。你们两位知道我们这城里的人，我的意思是说，我们在军中有地位的人怎样批评你们吗?

西西涅斯 他们怎样批评我们?

米尼涅斯 因为你们现在说起骄傲——你们不会生气吗?

西西涅斯、勃鲁托斯 好，好，你说吧。

米尼涅斯 好，那也没有什么关系；因为本来就是芝麻大的一点小事，也会使你们大发脾气的。把你们的脾气压一压；要是你们非要动怒，那也随你们的便。你们怪马歇斯太骄傲吗?

勃鲁托斯 这不单是我们两人的意见。

米尼涅斯 我知道单单凭着你们两个人，是怎么也干不出什么大事情来的；你们的助手太多了，否则你们的行动就会变得非常简单；你们的能力太幼稚了，只好因人成事。你们说起骄傲；啊！要是你们能够转过眼睛来看看你们自己的背后，把你们自己反省一下！啊，要是你们能够！

勃鲁托斯 那便怎样呢?

米尼涅斯 那时候你们就可以看见一双全罗马最骄傲狂妄、无功受禄的官儿，换句话说，全罗马一对最大的傻瓜。

西西涅斯 米尼涅斯，谁都知道你是个怎样的人。

米尼涅斯 谁都知道我是个喜欢说说笑话的贵族，也喜欢喝杯不掺水的热酒；人家说我有点先入为主，太容易大惊小怪；我喜欢作长夜之宴，不高兴日出而作；想到什么就要说出来，不让一些芥蒂留在心里。碰到像你们这样的两位贵人——恕我不能称你们为圣人——要是你们给我喝的酒不合我的口味，我就会向它扮鬼脸；要是你们所发表的高论，大部分都是些驴子叫，我也不敢恭维你们讲得不错；虽然人家要是说你们是两位尊严可敬的长者，我也只好不去跟他们争论，可是谁说你们长着很好的相貌，就是说了一个大谎。你们要是从我的为人里看出这一点，就算你们了解我了吗？即使算你们了解了我，那么以你们昏聩的眼光，又能从我的这种品性里看出什么缺点来呢？

勃鲁托斯　算了，算了，我们了解你是个怎样的人。

米尼涅斯　你们既不了解我，也不了解你们自己，你们什么都不了解。只要那些苦人们向你们脱帽屈膝，你们就觉得踌躇满志。你们费去整整的一个大好下午，审判一个卖橘子的女人跟一个卖塞子的男人涉讼的案件，结果还是把这场三便士的官司宣布延期判决。当你们正在听两方辩论的时候，要是突然发起疝气痛来，你们就会现出一脸的怪相，暴跳如雷，一面连声喊拿便壶来，一面斥退两方，好好一件案子，给你们越审越糊涂；纠纷没有解决，两方只是挨你们骂了几声混蛋。你们可真是一对活宝。

勃鲁托斯　算了，算了，大家都知道你在筵席上是一个嬉笑怒骂的好手，在议会里却是一个毫无用处的人物。

米尼涅斯　我们的教士们见了你们这种荒唐的家伙，也会忍不住把你们嘲笑。你们讲得最中肯的时候，那些话也不值得你们挥动你们的胡须；讲到你们的胡须，那么还不配塞在一个拙劣的椅垫或是驴子的驮鞍里。可是你们一定要说马歇斯是骄傲的；按照最低的估计，他也抵得过你们所有的老前辈合起来的价值，虽然他们中间有几个最有名的人物也许是世代相传的刽子手。晚安，两位尊驾；你们是那群畜类一般的平民的牧人，我再跟你们谈下去，我的脑子也要沾上污秽了；恕我失礼少陪啦。（勃鲁托斯、西西涅斯退至一旁）

伏伦妮娅、维吉利娅及凡勒利娅上。

米尼涅斯 啊，我的又美丽又高贵的太太们，月亮要是降下尘世，也不会比你们更高贵；请问你们这样热烈地在望着什么？

伏伦妮娅 正直的米尼涅斯，我的孩子马歇斯回来了；为了天后朱诺的爱，让我们去吧。

米尼涅斯 哈！马歇斯回来了吗？

伏伦妮娅 是的，尊贵的米尼涅斯，他载着胜利的荣誉回来了。

米尼涅斯 让我向您脱帽致敬，朱庇特，我谢谢您。呵！马歇斯回来了！

伏伦妮娅、维吉利娅 是的，他真的回来了。

伏伦妮娅 瞧，这儿是他写来的一封信。他还有一封信给政府，还有一封给他的妻子；我想您家里也有一封他写给您的信。

米尼涅斯 我今晚要高兴得把我的屋子都掀翻了。有一封信给我！

维吉利娅 是的，真的有一封信给您；我看见的。

米尼涅斯 有一封信给我！读了他的信可以使我七年不害病，在这七年里头，我要向医生撇嘴唇；比起这一味延年却病的灵丹来，药经里最神效的药方也只算江湖医生的草头方，只配胡乱给马儿治治病。他没有受伤吗？他每一次回来的时候，总是负着伤的。

维吉利娅 啊，不，不，不。

伏伦妮娅 啊！他是受伤的，感谢天神！

米尼涅斯 只要受伤不严重，我也要感谢天神。他把胜利放进他的口袋里了吗？受了伤才更可以显出他的英勇。

伏伦妮娅 他把胜利高悬在额角上，米尼涅斯；他已经第三次戴着橡叶冠回来了。

米尼涅斯 他已经把奥菲狄乌斯痛痛快快地教训过了吗？

伏伦妮娅 泰特斯·拉歇斯信上说他们曾经交战过，可是奥菲狄乌斯逃走了。

米尼涅斯 的确，他也只好逃走；否则，即使有全科利奥里城里的宝柜和金银，我也根本不会再提起这个奥菲狄乌斯的名字的。元老院有没有知道这一个消息?

伏伦妮娅 两位好夫人，我们去吧。是的，是的，是的，元老院已经得到元帅的来信，他把这次战争的全部功劳归在我的儿子身上。他这一次的战功的确比他以前各次的战功更要超过一倍。

凡勒利娅 真的，他们都说起关于他的许多惊人的作为。

米尼涅斯 惊人的作为！嘿，我告诉你吧，这些都是他凭着真本领干下来的呢。

维吉利娅 愿天神默佑那些话都是真的！

伏伦妮娅 真的！还会是假的不成?

米尼涅斯 真的！我可以发誓那些话都是真的。他什么地方受了伤?（向西西涅斯、勃鲁托斯）上帝保佑两位尊驾！马歇斯回来了；他有更多可以骄傲的理由啦。（向伏伦妮娅）他什么地方受了伤?

伏伦妮娅 肩膀上，左臂上；当他在民众之前站起来的时候，他可以把很大的伤疤公开展示。在击退塔昆这一役中，他身上就有七处受伤。

米尼涅斯 颈上一处，大腿上两处，我知道一共有九处。

伏伦妮娅 在这一次出征以前，他全身一共有二十五处伤痕。

米尼涅斯 现在是二十七处了；每一个伤口都是一个敌人的坟墓。

（内欢呼声，喇叭奏花腔）听！喇叭的声音！

伏伦妮娅 这是马歇斯将要到来的预报。凡是他所到之处，总是震响着雷声；他经过以后，只留下一片汪洋的泪海；在他壮健的臂腕里躲藏着幽冥的死神；只要他一挥手，敌人就丧失了生命。

喇叭奏花腔。考密涅斯及泰特斯·拉歇斯拥科利奥兰纳斯戴橡叶冠上，将校、兵士及一传令官随上。

传令官 罗马全体人民听着：马歇斯单枪匹马，在科利奥里城内奋战；他已经在那里赢得了一个光荣的名字，在卡厄斯·马歇斯之后，加上了科利奥兰纳斯的荣称。欢迎您到罗马来，伟大的科利奥兰纳斯！（喇叭奏花腔）

众　人 欢迎您到罗马来，伟大的科利奥兰纳斯！

科利奥兰纳斯 快别这样；我不喜欢这一套。请你们免了吧。

考密涅斯 瞧，将军，您的母亲！

科利奥兰纳斯 啊！我知道您为了我的胜利，一定已经祈祷过所有的神明。（跪下）

伏伦妮娅 不，我的好军人，起来；我的善良的马歇斯，尊贵的卡厄斯，还有你那个凭着功劳博得的新的荣名——那是怎么叫的？——我必须称呼你科利奥兰纳斯吗？——可是啊！你的妻子！——

科利奥兰纳斯 我的静默的好人儿，愿你有福！你这样泪流满面地迎接我的凯旋，要是一具棺材装着我的尸骨回来，你倒会含笑吗？啊！我的亲爱的，科利奥里的寡妇和失去儿子的母亲，她们的眼睛也哭得像你一样。

米尼涅斯 愿天神替你加上荣冠！

科利奥兰纳斯 你还活着吗？（向凡勒利娅）啊，我的好夫人，恕我失礼。

伏伦妮娅 我不知道应当转身向什么地方。啊！欢迎你们回来！欢迎，元帅！欢迎，各位将士！

米尼涅斯 十万个欢迎！我也想哭，也想笑；我的心又轻松又沉重。欢迎！谁要是不高兴看见你，愿咒诅咬啮着他的心！你们是应当被罗马所眷爱的三个人；可是凭着人类的忠心起誓，在我们的城市里却有几棵老山楂树，它们的口味是和你们不同的。可是欢迎，战士们！是荨麻我们就叫它荨麻，傻瓜们的错处就是因为他们是傻瓜。

考密涅斯 你说得有理。

科利奥兰纳斯 米尼涅斯，这是永远的真理。

传令官 站开，站开！

科利奥兰纳斯 （向伏伦妮娅、凡勒利娅）让我吻您的手，再让我吻您的。在我还没有回到自己家里去以前，我必须先去访问那些贵族们；他们不但给我欢迎，而且还给我新的光荣。

伏伦妮娅 我已经活到今天，看见我的愿望——实现，我的幻想构成的美梦成为事实；现在只有一个愿望还没有满足，可是我相信我们的罗马一定会把它加在你的身上的。

科利奥兰纳斯 好妈妈，您要知道，我宁愿照我自己的意思做他们的仆人，不愿擅权弄势，和他们在一起做主人。

考密涅斯 前进，到议会去！（喇叭奏花腔；吹号筒。众列队按序下；西西涅斯、勃鲁托斯留场）

勃鲁托斯 所有的舌头都在讲他，眼光昏花的老头子也都戴了眼镜出来瞧他；饶舌的乳媪因为讲他讲得出了神，让她的孩子在一旁啼哭；灶下的丫头也把她最好的麻巾裹在她那油腻的颈上，爬上墙头去望他；马棚里、阳台上、窗眼里，全都挤满了，水沟里、田塍上，也都站满着各色各样的人，大家争先恐后地想看一看他的脸；难得露脸的祭司也在人丛里挤来挤去，跟人家争抢一个位置；蒙着面罩的太太奶奶们也让她们用心装扮过的面庞去接受阳光的热吻，吻得一块红、一块白的；真是热闹极了，简直像把他当作了一尊天神的化身似的。

西西涅斯　我说，他这次一定有做执政的希望。

勃鲁托斯　那么当他握权的时候，我们只好无所事事了。

西西涅斯　他初握政权，地位还不能巩固，可是他将要失去他已得的光荣。

勃鲁托斯　那就好了。

西西涅斯　你放心吧，我们所代表的平民，本来对他抱着恶感，只要为了些微细故，就会忘记他新得的光荣，凭着他这副骄傲的脾气，我相信他一定会干出一些不慊人意的事来。

勃鲁托斯　我听见他发誓说，要是他被推为执政，他绝不到市场上去，也不愿穿上表示谦卑的粗衣；他也不愿按照习惯，把他的伤痕袒露给人民看，从他们恶臭的嘴里求得同意。

西西涅斯　正是这样。

勃鲁托斯　他是这样说的。啊！他宁愿放弃执政的地位，也不愿服从绅士贵族们的请求去干这样的事。

西西涅斯　我但愿他坚持着这样的意思，把它见之实施。

勃鲁托斯　他大概会这么干的。

西西涅斯　要是真的这样，那么正像我们所希望的，他的崩溃一定无可避免了。

勃鲁托斯　他要是不倒，我们的权力也要动摇。为了促成他的没落，我们必须让人民知道他一向对于他们怀着怎样的敌意；要是他掌握了大权，他一定要把他们当作骡马一样看待，压制他们的申诉，剥夺他们的自由；认为他们的行动和能力是不适宜于处理世间的事务的，正像战争的时候用不着骆驼一样；豢养他们的目的，只是要他们担负重荷，要是他们在重负之下压得爬不起来，一顿痛打便是给他们的赏赐。

西西涅斯　只要给他一点刺激，他的傲慢不逊的脾气，一定会向人民发泄出来，正像嗾使一群狗去咬绵羊一样容易；那时候你这一番话就等于点在干柴上的一把烈火，那火焰可以使他的声名从此化为灰烬。

一使者上。

勃鲁托斯　有什么事？

使　者　请两位大人到议会里去。人家都以为马歇斯将要做执政。我看见聋子围拢来瞧他，瞎子围拢去听他讲话；当他一路经过的时候，中年的妇女向他挥手套，年轻的姑娘向他挥围巾手帕；贵族们见了他，像对着乔武的神像似的鞠躬致敬，平民们见了他，都纷纷掷帽；欢声雷动；我从来没有见过这样的景象。

勃鲁托斯　我们到议会去吧。让我们一面用耳朵和眼睛留心着眼前的情势，一面用我们的心思想着未来的意图。

西西涅斯　那么请了。（同下）

第二场　同前。议会

二吏役上，铺坐垫。

吏　甲　来，来，他们快要来了。有多少人竞争执政的位置？

吏　乙　他们说有三个人；可是谁都以为科利奥兰纳斯一定会当选。

吏　甲　他是个好汉子；可是他太骄傲了，对于平民也没有好感。

吏　乙　老实说一句，有许多大人物尽管口头上拼命讨好平民，心里却一点不喜欢他们；也有许多人喜欢了一个人，却不知道为什么要喜欢他，他们既然会莫名其妙地爱他，也就会莫名其妙地恨他。所以科利奥兰纳斯对于他们的爱憎漠不关心，正可以表示他真正了解他们的性格；他也由他们去看得一清二楚，满不在意。

吏　甲　要是他对于他们的爱憎漠不关心，那么他既不会有心讨好他们，也不会故意冒犯他们；可是他对他们寻衅的心理，却比他们对他仇恨的心理更强，凡是可以表明他是他们的敌人的事实，他总是不加讳饰地表现出来。像这样有意装出敌视人民的态度，比起他所唾弃的那种取媚人民以求得他们欢心的手段来，同样是不足为法的。

吏　乙　他替国家立下了极大的功劳；他的跻登高位，绝不像那些毫无寸尺之功、单凭着向人民曲意逢迎的手段滥邀爵禄的人们那样容易；他的荣誉彪炳在他们的眼前，他的功业铭刻在他们的心底，他们要是不作一声，否认这一切，那就是忘恩负义；要是颠倒是非，混淆黑白，那就是恶意中伤，定会招致谴责。

吏　甲　别讲他了；他是一个可尊敬的人。让开，他们来了。

喇叭奏花腔。侍卫官前导，考密涅斯（执政）、米尼涅斯、科利奥兰纳斯、众元老、西西涅斯、勃鲁托斯同上；元老及护民官依次就座。

米尼涅斯　我们已经决定处置伏尔斯人的办法，并且决定召唤泰特斯·拉歇斯回来，剩下来要在这一次会议里决定的主要的问题，就是怎样酬报我们这一位为国宣劳的英雄。所以，各位尊严的元老们，请你们要求现任执政，也就是领导我们得到这一次胜利的主帅，略为向我们报告一些卡厄斯·马歇斯·科利奥兰纳斯所成就的英勇伟绩，让我们可以按照他实际的功劳向他表示我们的感谢，并且用适当的尊荣褒奖他。

元老甲 说吧，好考密涅斯；不要因为怕叙述太长而忽略了什么，宁可让我们觉得国家酬庸有功太菲薄，不要使我们觉得政府的爵禄失之过滥。（向西西涅斯、勃鲁托斯）两位人民的代表，请你们耐心静听，当我们决定了一个结果以后，还要有劳你们向民众传达我们的意见，征求他们善意的同情。

西西涅斯 我们这次为了通过一个满意的条约而集会，在欣慰之余，我们是很愿意给我们这位英雄不次的荣迁的。

勃鲁托斯 要是他能够把他一向对人民的看法稍微改善一点，那么我们一定可以赞同。

米尼涅斯 不要说题外话；我希望你还是不要开口的好。你们愿意听考密涅斯说话吗？

勃鲁托斯 当然愿意；可是我的劝告却要比您的责备恰当一些哩。

米尼涅斯 他喜爱你们的人民；可是不要硬叫他和他们睡在一个床上。尊贵的考密涅斯，说吧。（科利奥兰纳斯起立欲去）不，您坐下。

元老甲 坐下，科利奥兰纳斯；不要因为听到你自己所做的光荣的事情而惭愧。

科利奥兰纳斯 请诸位原谅，我宁愿让我的伤痕消失了形迹，不愿听人家讲起我得到它们时的情形。

勃鲁托斯 将军，我希望您不是因为听了我的话，所以不安于席的。

科利奥兰纳斯 不，可是往往打击使我停留，空言却使我逃避。你的话都是不关痛痒的。至于你的人民，我只能按照他们的价值来喜爱他们。

米尼涅斯 请坐下来吧。

科利奥兰纳斯 我宁愿在赴战的号角吹响的时候，让人家在

太阳底下搔我的头颅，不愿呆坐着听人家把我的一些不足道的小事信口夸张。（下）

米尼涅斯 两位人民代表，你们现在已经看见他宁愿用他全身的力量去追求荣誉，不愿分出一小部分的精神来听人家的赞美，他怎么能够向你们那些一千个中间难得有一个好人的芸芸众生浪费他的谀辞呢？说吧，考密涅斯。

考密涅斯 我的声音太微弱了，不足以叙述科利奥兰纳斯的功绩。勇敢是世人公认的最大美德，有勇的人是最值得崇敬的；要是我们可以这么说，那么我现在所要说起的这一个人，在全世界简直再找不出一个可以和他抗衡的人物。当塔昆举兵向罗马侵犯的时候，他还只有十六岁，就已经在战场上崭露头角，表现他过人的神勇；我们当时的执政亲眼看见那些鬈鬈多须的大汉被白皙韶秀的他追赶得没命奔逃。他跨过了一个被压倒在地上的罗马人的身体，当着执政的面前，手刃了三个敌人；塔昆也和他亲自对垒，被他打了下来。在那一天的战绩里，他本来可以做一个怯懦不前的妇女，但他证明了自己是战场上最勇敢的汉子，为了旌扬他的功勋，他的额上被加上了橡叶的荣冠。这样他从一个新列戎行的孺子，变成一个能征惯战的战士，他的与日俱增的勇敢，像大海一样充沛，在前后十七次战役之中，战无不胜，攻无不克。讲到最近这一次在科利奥里城前和城中的鏖战，那么我可以说，我的言辞是无法给他适当的赞美的；他阻止了奔逃的败众，用他惊人的榜样，扫去了懦夫心中的恐惧；正像水草当着一艘疾驶的帆船一样，他的剑光挥处，人们不是降服就是死亡，谁要是碰着他的锋刃，再也没有活命的希望；从脸上到脚上，他浑身都染着血，他的每一个行动，都伴随着绝命的哀号；他一个人闯进了密布着死亡的城里，用他操纵着死生的铁手染红了城门，然后他又单身脱围而出，带着一队生力军，像一颗彗星似的向科利奥里突击。他已经大获全胜；但战争的喧声又开始刺激他敏锐的感觉，于是他过人的精力又使他忘却了身体的疲劳，他立刻再上战场，在那里奔走驰突，杀人如麻，好像这是一场永无休止的掠夺一样；直到我们把城郊全部占领以后，他不曾有一刻站定喘息的时间。

米尼涅斯 了不得的英雄！

元老甲 我们所准备给他的光荣，他是受之无愧的。

考密涅斯 他拒绝我们分给他的战利品，把一切珍贵的宝物视同粪土；他的欲望比吝啬者的度量更小；行为的本身便是他给自己的酬报。

米尼涅斯 他是个高贵的人物；快去请他来。

元老甲 请科利奥兰纳斯来。

警 吏 他来了。

科利奥兰纳斯重上。

米尼涅斯 科利奥兰纳斯，元老们很愿意举你做执政。

科利奥兰纳斯 我愿意永远为他们尽忠效命。

米尼涅斯 现在还有一步手续必须履行，您应该向人民说几句话。

科利奥兰纳斯 请你们宽免我这一项例行的手续，因为我不能披上粗布的长衣，裸露着身体，请求他们为了我的伤痕的缘故，接受我做他们的执政。请你们不要让我干这种事吧。

西西涅斯 将军，人民必须表示他们的意见；他们也绝不愿变更规定的仪式。

米尼涅斯 不要激怒他们；您还是遵照着习惯，像前任的那些人一样，用合法的形式取得您的地位吧。

科利奥兰纳斯 要我扮演这一幕把戏，我一定要脸红，我看还是免了吧。

勃鲁托斯 （向西西涅斯旁白）你听见吗？

科利奥兰纳斯 向他们夸口，说我做过这样的事，那样的事，把应当藏匿起来的没有痛楚的伤疤给他们看，好像我受了这些伤，只是为了换得他们的一声赞叹！

米尼涅斯 不要固执于这一点。两位护民官，请你们向民众传达我们的意志。愿我们尊严的执政享有一切快乐和光荣！

众元老 愿一切快乐和光荣降于科利奥兰纳斯！（喇叭奏花腔；除西西涅斯、勃鲁托斯外均退场）

勃鲁托斯 你知道他将怎样对待人民。

西西涅斯 但愿他们知道他的用心！他将要用一种鄙夷不屑的态度去请求他们，好像他从他们手里得到恩惠是一件耻辱。

勃鲁托斯 来，我们去把这儿的一切经过情形通知他们；我知道他们都在市场上等候着我们的消息。（同下）

第三场　同前。大市场

若干市民上。

市民甲 要是他请求我们的同意，我们可不能拒绝他。

市民乙 要是我们不想同意，我们也可以拒绝他。

市民丙 我们有权利拒绝他，可是我们没有权力运用这一种权利；因为要是他把他的伤痕给我们看，把他的功绩告诉我们，我们的舌头就应当替他的伤痕说话，告诉他他的伟大的功绩已经得到我们慷慨的嘉纳。忘恩负义是一种极大的罪恶，忘恩负义的群众是一个可怕的妖魔；我们都是群众中间的一分子，都要变成这妖魔身上的器官肢体了。

市民甲 我可以举出一个小小的例子，证明我们在人家眼里正是这样一个东西：有一次我们为了要求谷物而鼓噪起来的时候，他自己曾经破口骂我们是多头的群众。

市民丙 许多人都这样称呼我们，不是因为我们的头发有的是褐色的，有的是黑色的，有的是赭色的，有的是光秃秃的，而是因为我们的思想是这么分歧不一。我真的在想，要是我们各人所有的思想都从一个脑壳里发表出来，它们一定会有的往东，有的往西，有的往北，有的往南，四下里飞散开去。

市民乙 你这样想吗？你看我的思想会向哪一个方向飞？

市民丙 嘿，你的思想可不像别人的思想那样容易出来，因为它是牢牢地封在一个木头的脑壳里的；可是要是它得到了自由，它一定会飞到南方去。

市民乙 为什么飞到南方去？

市民丙 到南方去迷失在一阵大雾里，它的四分之三溶解在恶臭的露水里，剩下的四分之一因为良心上过意不去，仍旧转回来，帮助你娶一个妻子。

市民乙 你老这样开人家的玩笑；开吧，开吧。

市民丙 你们都决定对他表示同意吗？可是那也没有关系，最后的结果是要取决于大多数的意见的。我说，要是他愿意同情民众，那么从来不曾有过一个比他更胜任的人了。

科利奥兰纳斯披粗衣与米尼涅斯同上。

市民丙 他来了，还披着一件粗布的长衣。留心他的举止。我们不要大家在一起，或者一个人，或者两个人三个人，分别跑到他站立的地方。他必须征求个别的同意；我们每一个人都有他各自的权利，可以用我们自己的嘴向他表示我们各自的同意。所以大家跟我来吧，让我指导你们怎样走过他的身旁。

众　人 很好，很好。（市民等同下）

米尼涅斯 啊，将军，您错了；您不知道最尊贵的人都做过这样的事吗？

科利奥兰纳斯 我应该怎么说？“求求你，先生，”——哼！我不能让我的舌头发出这种乞怜的调子。“瞧，先生，我的伤痕！当你们那些同胞们听见了自己军中的鼓声而惊呼逃走的时候，我因为为国尽劳，受了这么多伤。”

米尼涅斯 嗳哟，天哪！您不能那样说；您必须请求他们想起您的功劳。

科利奥兰纳斯 想起我的功劳！哼！我宁愿他们把我忘记，正如他们把神父们的忠告也忘记了一样。

米尼涅斯 您会把事情弄糟的。我走了。请您好好地对他们说话。

科利奥兰纳斯 叫他们把脸洗一洗，把他们的牙齿刷干净。（米尼涅斯下）好，有一对来了。

二市民重上。

科利奥兰纳斯 先生，你们知道我为什么站在这儿吗？

市民甲 我们知道，将军；告诉我们您到这儿来的缘故。

科利奥兰纳斯 因为我自己的功劳。

市民乙 您自己的功劳！

科利奥兰纳斯 嗯，却不是我自己的意志。

市民甲 怎么不是您自己的意志？

科利奥兰纳斯 不，先生，我从来不愿意向穷人求乞。

市民甲 您必须明白，要是我们给了您什么东西，我们是希望从您身上得到一点好处的。

科利奥兰纳斯 好，那么我要请问，向你们讨一个执政做要多少价钱？

市民甲 那价钱就是您必须恭恭敬敬地请求。

科利奥兰纳斯 恭恭敬敬！先生们，我请求你们，让我做执政吧；你们要是想看我的伤痕，我愿意在隐僻一点的地方给你们看。请你们给我同意吧，先生；你们怎么说？

市民乙 您可以得到我们的同意，尊贵的将军。

科利奥兰纳斯 一言为定，先生。我已经讨到两个尊贵的同意了。谢谢你们的布施；再见。

市民甲 可是这有点儿古怪。

市民乙 要是已经出口的话可以收回——可是那也算了。（二市民下）

其他二市民重上。

科利奥兰纳斯 我请求你们，现在我已经按照习惯，披上这一件衣服了，你们能够允许我做执政吗？

市民丙 您虽然有功于国家，可是不孚众望。

科利奥兰纳斯 请教？

市民丙 您鞭笞罗马的敌人，也鞭笞罗马的友人；您对平民一向没有好感。

科利奥兰纳斯 您应该格外敬重我，因为我没有滥卖人情。先生，为了博取人民的欢心，我愿意向我这些誓同生死的同胞们谄媚，这是他们所认为温良恭顺的行为。既然他们所需要的，只是我的脱帽致敬，不是我的竭忠尽瘁，那么我可以学习一套卑躬屈节的本领，尽量向他们装腔作势；那就是说，先生，我要学学那些善于笼络人心的贵人，谁喜欢这一套，我可以大量奉送。所以我请求你们，让我做执政吧。

市民丁 我们希望您是我们的朋友，所以愿意给您诚心的帮助。

市民丙 您曾经为国家受了许多伤。

科利奥兰纳斯 你们既然已经知道，那我也用不着袒露我的身体向你们证明。我一定非常珍重你们的盛意，不再来麻烦你们了。

市民丙、市民丁　愿天神给您快乐，将军！（同下）

科利奥兰纳斯　最珍贵的同意！宁可死，宁可挨饿，也不要向别人求讨我们所应得的酬报。为什么我要穿起这身毡布的外衣站在这儿，向每一个路过的人乞讨不必要的同意？习惯逼着我这样做；习惯怎样命令我们，我们就该怎样做，陈年累世的灰尘让它堆在那儿不加扫拭，高积如山的错误把公道正义完全障蔽。与其扮演这样的把戏，还不如索性把国家尊贵的名位赏给愿意干这种事的人。我已经演了半本，待我憋着这口气，演完那下半本吧。又有几个“同意”来了。

其他三市民重上。

科利奥兰纳斯　你们的同意！为了你们的同意，我和敌人作战；为了你们的同意，我经历十八次战争，受到二十多处创伤；为了你们的同意，我干下许多大大小小的事情。我要做执政；请你们给我同意吧。

市民戊　他曾经立过大功，必须让他得到每一个正直人的同意。

市民己　那么让他做执政吧。愿天神给他快乐，使他成为人民的好友！

众　人　阿门，阿门。上帝保佑你，尊贵的执政！（市民等下）

科利奥兰纳斯　尊贵的同意！

米尼涅斯偕勃鲁托斯、西西涅斯重上。

米尼涅斯　您已经忍受种种麻烦，这两位护民官将会向您宣布您已经得到人民的同意，现在您必须立刻到元老院去，接受正式的任命。

科利奥兰纳斯　事情完了吗？

西西涅斯　您已经按照惯例履行了请求同意的手续；人民已

经接受了您，他们就要再召集一次会议，通过您的任命。

科利奥兰纳斯 什么地方？就在元老院吗？

西西涅斯 就在那儿，科利奥兰纳斯。

科利奥兰纳斯 我可以把这些衣服换下来了吗？

西西涅斯 您可以，将军。

科利奥兰纳斯 我就去换衣服；让我认识了我自己的本来面目以后，再到元老院来。

米尼涅斯 我陪您去。你们两位也跟我们一起走吗？

勃鲁托斯 我们还要在这儿等候民众。

西西涅斯 再见。（科利奥兰纳斯，米尼涅斯下）他现在已经拿稳了；从他的脸色看来，他心里好像在火一样烧着呢。

勃鲁托斯 他用一颗骄傲的心穿着他的卑贱的衣服。请你打发这些民众吧。

众市民重上。

西西涅斯 啊，各位朋友！你们已经选中这个人了吗？

市民甲 他已经得到我们的同意。

勃鲁托斯 我们祈祷神明，但愿他不要辜负你们的好意。

市民乙 阿门。照我的愚见观察，他在请求我们同意的时候，仿佛在讥笑我们。

市民丙 不错，他简直在辱骂我们。

市民甲 不，他说起话来总是这样的；他没有讥笑我们。

市民乙 除了你一个人之外，我们中间每一个人都说他用侮蔑的态度对待我们。他应该把他的功劳的印记，他为国家留下的伤痕给我们看。

西西涅斯 啊，那我相信他一定会给你们看的。

众　人 不，不，谁也没有瞧见。

市民丙 他说他有许多伤痕，可以在隐僻一点的地方给我们看。他以这样带着轻蔑的神气挥舞着他的帽子，“我要做执政，”他说，“除非得到你们的同意，传统的习惯不会容许我；所以我要请求你们同意。”当我们答应了他以后，他就说：“谢谢你们的同意，谢谢你们最珍贵的同意；现在你们已经给我同意，我也用不着你们了。”这不是讥笑是什么？

西西涅斯 啊，到底是你们没有看见呢，还是你们已经看见了，却一味表示孩子气的好感，随便给了他同意？

勃鲁托斯 你们难道不会凭着你们所受的教训，对他说当他还没有掌握权力、不过是政府里一个地位卑微的仆人的时候，他就是你们的敌人，老是反对着你们的自由和你们在这共和国里所享有的特权吗？你们难道不会对他说，现在他登上了秉持国家大权的地位，要是他仍旧怀着恶意，继续做平民的死敌，那么你们现在所表示的同意，不将要成为你们自己的咒诅吗？你们应当对他说，他的伟大的功业，既然可以使他享有他所要求的地位而无愧色，但愿他的仁厚的天性，也能够想到你们现在所给他的同情的赞助，而把他对你们的敌意变成友谊，永远做你们慈爱的执政。

西西涅斯 你们照这样对他说了以后，就可以触动他的心性，试探他的真正的意向；也许他会给你们善意的允诺，那么将来倘有需要的时候，你们就可以责令他履行旧约；也许那会激怒他的暴戾的天性，因为他是不能容忍任何拘束的，这样引动了他的恼怒，你们就可以借着他的恶劣的脾气做理由，拒绝他当执政。

勃鲁托斯 你们看，他在需要你们好感的时候，都会用这样公然侮蔑的态度向你们请求，难道你们没有想到，当他有权力压迫你们的时候，他这种侮蔑的态度不会变成公然的伤害吗？怎么，你们胸膛里难道都是没有心的吗？或者你们的舌头都不听从理智的判断吗？

西西涅斯 你们以前不是曾经拒绝过向你们请求的人吗？现在他并没有请求你们，不过把你们讥笑了一顿，你们却会毫不迟疑地给他同意了吗？

市民丙 他还没有经过正式的确认，我们还可以拒绝他。

市民乙 我们一定要拒绝他；我可以号召五百个人反对他就任。

市民甲 好，就是一千个人也不难，还可以叫他们各自拉些朋友来充数。

勃鲁托斯 你们立刻就去，告诉你们那些朋友，说他们已经选了一个执政，他将会剥夺他们的自由，限制他们发言的权利，把他们当作狗一样看待，虽然为了要它们吠叫而豢养，可是往往因为它们吠叫而把它们痛打。

西西涅斯 让他们集合起来，重新作一次郑重的考虑，一致撤回你们愚昧的选举。竭力向他们提出他的骄傲和他从前对你们的憎恨；也不要忘记他是用怎样轻蔑的态度穿着那件谦卑的衣服，当他向你们请求的时候，他是怎样讥笑着你们；可是你们因为存心忠厚，只想到他的功劳，所以像这样从牢不可拔的憎恨里表现出来的放肆无礼的举止，也就被你们忽略过去了。

勃鲁托斯 你们还可以把过失推在我们两人——你们的护民官身上，说都是我们一定要你们选举他。

西西涅斯 你们可以说，你们是在我们的命令之下选举他的，不是出于你们自己的真意；你们的心里因为存着不得不然的见解，而不是因为觉得应该这样做，所以才会违背着本心，而赞同他做执政。把一切过失推在我们身上好了。

勃鲁托斯 对了，不必宽恕我们。说我们向你们反复讲说，他在多么年轻的时候就已经开始为国家出力；他已经服务了多么长久；他的家世是多么高贵；纽玛的外孙，继伟大的霍斯提力斯君临罗马的安格斯・马歇斯，就是从他们家里出来的；替我们开渠通水的坡勃律斯和昆塔斯也是那一族里的人；做过两任监察官的森索利纳斯是他的先祖。

西西涅斯 因为他出身这样高贵，他自己又立下这许多功劳，应该可以使他得到一个很高的位置，所以我们才把他向你们举荐；可是你们在把他过去的行为和现在的态度互相观照之下，认为他始终是你们的敌人，所以决定撤回你们一时疏忽的同意。

勃鲁托斯 你们坚持着说，你们的同意只是因为受到我们的怂恿；把民众召集起来以后，你们立刻就到议会里来。

众　人 我们一定这样做；我们大家都后悔选他。（众市民下）

勃鲁托斯 让他们去闹；与其隐忍着更大的危机，不如冒险鼓动起这一场叛变。要是他照着以往的脾气，果真因为他们的拒绝而发起怒来，那么我们正可以好好利用这一个机会。

西西涅斯 到议会去。来，我们必须趁着大批的民众还没有赶到以前先到那儿，免得被人家看出他们是受我们的煽动。（同下）

第三幕

第一场　罗马。街道

吹号筒；科利奥兰纳斯、米尼涅斯、考密涅斯、泰特斯·拉歇斯、众元老、贵族等同上。

科利奥兰纳斯　那么塔勒斯·奥菲狄乌斯又发兵来了吗？

拉歇斯　是的，阁下；所以我们应当格外迅速地部署起来。

科利奥兰纳斯　这么说，伏尔斯人还是没有屈服，随时准备着向我们乘机进攻。

考密涅斯　执政阁下，他们已经精疲力尽，我们这一辈子大概都不会再看见他们的旗帜飘扬了。

科利奥兰纳斯　你看见奥菲狄乌斯了吗？

拉歇斯　在我们的保卫之下他曾经来看过我；他咒骂伏尔斯人，因为他们这样卑怯地举城纳降。现在他退到安息去了。

科利奥兰纳斯　他有说起我吗？

拉歇斯　说起了，阁下。

科利奥兰纳斯　怎么说？说些什么？

拉歇斯　他说他跟您剑对剑地会过多少次；在这世上，您是他最切齿痛恨的一个人，他说只要能够找到一个机会把您打败，他不惜倾家荡产。

科利奥兰纳斯 他现在在安息吗？

拉歇斯 是的。

科利奥兰纳斯 我希望有机会到那边去找他，让我们把彼此的仇恨发泄一个痛快。欢迎你回来！

西西涅斯及勃鲁托斯上。

科利奥兰纳斯 瞧！这两个是护民官，平民大众的喉舌；我瞧不起他们，因为他们擅作威福，简直到了叫人忍无可忍的地步。

西西涅斯 不要走过去。

科利奥兰纳斯 嘿！那是什么意思？

勃鲁托斯 前面有危险，不要过去。

科利奥兰纳斯 为什么有这样的变化？

米尼涅斯 怎么一回事？

考密涅斯 他不是已经由贵族平民双方通过了吗？

勃鲁托斯 考密涅斯，他没有。

科利奥兰纳斯 我不是已经得到孩子们的同意了吗？

元老甲 两位护民官，让开；他必须到市场上去。

勃鲁托斯 人民对他非常愤怒。

西西涅斯 站住，否则大家都要卷进一场骚动里了。

科利奥兰纳斯 你们不是他们的牧人吗？他们会把刚才出口的话当场否认，这样的人也可以让他们有发言的权利吗？你们管些什么事情？你们既然是他们的嘴巴，为什么不把他们的牙齿管住？你们没有指使他们吗？

米尼涅斯 安静点儿，安静点儿。

科利奥兰纳斯 这是一场故意为之的行动，全然是阴谋的结果，它的目的是要拘束贵族的意志。要是我们容忍这一种行为，我们就只好和那些既没有能力统治、又不愿被人统治的人们生活在一起了。

勃鲁托斯　不要说这是一个阴谋。人民高呼着说您讥笑了他们，说您在不久以前施放谷物的时候，曾经口出怨言，辱骂那些为人民请命的人，说他们是时势的趋附者，谄媚之徒，卑鄙的小人。

科利奥兰纳斯　这是大家早就知道的。

勃鲁托斯　他们有的人还不知道。

科利奥兰纳斯　那么是你后来告诉他们的吗？

勃鲁托斯　怎么！我告诉他们！

科利奥兰纳斯　你很会干这种事的。

勃鲁托斯　像您干的这种事，我想我可以比您干得好一点。

科利奥兰纳斯　那么我为什么要做执政呢？凭着那边天上的云起誓，让我也像你们一样没有寸尺之功，跟你们一起做个护民官吧！

西西涅斯　您把悻悻之情表现得太露骨了，人民正是为了这个缘故才激动起来的。您现在已经迷失了道路，要是您想达到您的目的地，您必须用温和一点的态度向人家问路，否则您不但永远做不到一个尊荣的执政，就是要跟他并肩做一个护民官，也是一样办不到的。

米尼涅斯　让我们安静一点。

考密涅斯　人民一定被人利用、受人指使了。这一种纷争不应该在罗马发生；科利奥兰纳斯因功受禄，也不该在他坦荡的大路上遭遇这种用卑鄙手段所设下的障碍。

科利奥兰纳斯　向我提起谷物的事情！那个时候我是这样说的，我可以把它重说一遍——

米尼涅斯　现在不用说了。

元老甲　在这样意气相争的时候，还是不用说了吧。

科利奥兰纳斯　我一定要说。我的高贵的朋友们，请你们原谅。这种反复无常、腥臊恶臭的群众，我不愿恭维他们，让他们认清楚自己的面目吧。我要再说一遍，我们因为屈尊纡贵，与他们降身相伍，已经亲手播下了叛乱、放肆和骚扰的祸根，要是再对他们姑息纵容，那么这种莠草更将滋蔓横行，危害我们元老院的权力；我们不是没有道德，更不是没有力量，可是我们的力量已经送给一群乞丐了。

米尼涅斯　好，别说下去了。

元老甲　请您不要再说下去了。

科利奥兰纳斯　怎么！不再说下去！我曾经不怕外力的凭陵，为国家流过血，现在我更要大声疾呼，直到嘶破我的肺部为止，警告你们留意那些你们所厌恶、畏惧、唯恐沾染然而却又正在竭力招引上身的麻疹。

勃鲁托斯　您讲起人民的时候，好像您是一位膺惩罪恶的天神，忘记了您也是跟他们具有同样弱点的凡人。

西西涅斯　我们应当让人民知道他这种话。

米尼涅斯　怎么，怎么？他的一时气愤的话吗？

科利奥兰纳斯　一时气愤！即使我像午夜的睡眠一样善于忍耐，凭着乔武起誓，我也不会改变我这一种意思！

西西涅斯　您这一种意思必须让它留着毒害自己，不能让它毒害别人。

科利奥兰纳斯　必须让它留着！你们听见这个侏儒群中的高个子的话了吗？你们注意到他那斩钉截铁的“必须”两个字吗？

考密涅斯　好像他的话就是金科玉律似的。

科利奥兰纳斯　“必须”！啊，善良而不智的贵族！你们这些庄重而鲁莽的元老们，为什么你们会允许这多头的水蛇选举一个官吏，让他代替怪物发言，凭着他的专横的“必须”两字，他会大胆宣布要把你们的水流向沟渠决注，把你们的河道侵为己有？放下你们的愚昧，从你们危险的宽容中觉醒过来吧！你们是博学的人，不要像一般愚人一样，甘心替他们掇椅铺垫。要是他们做了元老，你们便要变成平民；当他们的声音和你们的声音混合在一起的时候，因为他们人数众多，你们将要完全为他们所掩盖，被他们所支配。他们可以选择他们自己的官长，就像这家伙一样，凭着他的“必须”、他的迎合民心的“必须”两字，就可以和最尊贵的元老们对抗。凭着乔武本身起誓，执政们将会因此失去他们的身份；当两种权力彼此对峙的时候，混乱就会乘机而起，我一想到这种危机，心里就感到极大的痛苦。

考密涅斯 好，到市场上去吧。

科利奥兰纳斯 谁授权执政，使他散放仓库中的存谷，像从前希腊的情形——

米尼涅斯 得啦，得啦，别提起那句话啦。

科利奥兰纳斯 虽然希腊人民有更大的权力，可是我说，他们这一种举动，无异助长反叛的风气，酿成了国家的瓦解。

勃鲁托斯 嘿，人民可以同意说这种话的人当执政吗？

科利奥兰纳斯 我可以说出比他们的同意更好的理由来。他们知道这些谷不是我们名分中的酬报，自以为谁也不会把它从他们的嘴边夺走，所以也从来不曾为它出过一丝劳力。当国家危急存亡的关头要他们出征的时候，他们连城门也懒得走出；一到了战场，他们只有在叛变内讧这一类行动上表现出最大的勇气；像这样的功绩，是不该把谷物白白分给他们的。他们常常用莫须有的罪名指斥元老院，难道我们因为受到了他们那样的指斥，才会作这样慷慨的施舍吗？好，给了他们又怎样呢？这些盲目的群众会感激元老院的好意吗？他们的行动就可以代替他们的言语：“我们提出要求；我们是大多数，他们畏惧我们，所以必须答应我们的要求。”这样我们贬抑了我们自己的地位，让那些乌合之众把我们的谨慎称为恐惧；他们的胆子愈来愈大，总有一天会打开元老院的锁，让一群乌鸦飞进来向鹰隼乱啄。

米尼涅斯 够了，够了。

勃鲁托斯 够了，你已经说得太多了。

科利奥兰纳斯 不，再听我说下去。无论天上人间，一切可以凭着发誓的东西，愿它们为我的结论作证！元老贵族与平民两方的权柄，一部分因为确有原因而轻视着另一部分，那一部分却毫无理由地侮辱着这一部分；身份、名位和智慧不能决定可否，却必须取决于无知的大众的一句是非，这样的结果必致于忽略了实际的需要，让轻率的狂妄操纵着一切；正当的目的受到阻碍，一切事情都是无目的地胡作非为。所以，我请求你们，要是你们的谨慎大于你们的恐惧，你们的爱国之心大于怀疑它的变化，你们喜欢光荣甚于长生不死，愿意用危险的药饵向一个奄奄一息的病体作冒险的一试，那么赶快拔去群众的舌头吧；让他们不要去舐那将要毒害他们的蜜糖。你们要是受到耻辱，是非的公论也要从此不明，政府将要失去它所应有的健全，因为它被恶势力所统治，一切善政都将无法推行。

勃鲁托斯 他已经说得很够了。

西西涅斯 他说的全然是叛徒的话；他必须受叛徒应受的处分。

科利奥兰纳斯 你这卑鄙的家伙！你应当受众人的唾弃！人民要这种秃头的护民官干吗呢？因为信任了他们，所以人民才会不再服从比他们地位高的人。在叛乱的时候，一切不合理的事实都可以武断地成为法律，那时候他们才是应该受人拥戴的人物；可是在正常的时期，让一切按照正理而行，把他们的权力推进尘土里去吧。

勃鲁托斯 公然的叛逆！

西西涅斯 这还是个执政吗？不。

勃鲁托斯 喂！警官呢？把他逮捕起来。

一警吏上。

西西涅斯 去，叫民众来；（警吏下）我以人民的名义亲自逮捕你，宣布你是一个企图政变的叛徒，公众幸福的敌人；我命令你不得反抗，跟我去听候处分。

科利奥兰纳斯 滚开，老山羊！

众元老 我们可以替他担保。

考密涅斯 老人家，放开手。

科利奥兰纳斯 滚开，坏东西！否则我要把你的骨头一根根摇下来。

西西涅斯 诸位市民，救命啊！

若干警吏翠侍从及一群市民同上。

米尼涅斯 大家彼此都客气一点。

西西涅斯 这个人要夺去你们一切的权力。

勃鲁托斯 抓住他，警官们！

众市民 打倒他！打倒他！——

众元老 （围绕科利奥兰纳斯忙作一团，狂呼）武器！——武器！——武器！——护民官！——贵族们！——市民们！——喂！——西西涅斯！——勃鲁托斯！——科利奥兰纳斯！——市民们！——静！——静！——静！——且慢！——住手！——静！

米尼涅斯 事情将要闹成怎样呢？——我气都喘不过来啦。这一场乱子可不小。我话都说不出来啦。你们这两位护民官！科利奥兰纳斯，克制些！好西西涅斯，说句话吧。

西西涅斯 听我说，诸位民众；静下来！

众市民 让我们听我们的护民官说话；静下来！说，说，说。

西西涅斯 你们快要失去你们的自由了，马歇斯将要夺去你们的一切；马歇斯，就是刚才你们选举他做执政的。

米尼涅斯 嗳哟，嗳哟，嗳哟！这不是去灭火，明明是火上加油。

元老甲 他要把我们这城市拆为平地。

西西涅斯 没有人民，还有什么城市？

众市民 对了，有人民才有城市。

勃鲁托斯 我们得到全体的同意，就任人民的长官。

众市民 你们继续是我们的长官。

米尼涅斯 他们也未必会放弃这一个地位。

考密涅斯 他们要把城市拆毁，把屋宇摧为平地，把整齐有序的市面埋葬在一堆瓦砾之中。

西西涅斯 这一种罪名应该判处死刑。

勃鲁托斯 让我们执行我们的权利，否则就让我们失去我们的权利。我们现在奉人民的意旨，宣布马歇斯应该立刻受死刑的处分。

西西涅斯 抓住他，把他押送到大帕岩上，推下山谷里去。

勃鲁托斯 警官们，抓住他！

众市民 马歇斯，赶快束手就缚！

米尼涅斯 听我说一句话；两位护民官，请你们听我说一句话。

警　吏 静，静！

米尼涅斯 请你们做祖国的真正的友人，像你们表面上所装的一样；什么事情都可以用温和一点的手段解决，何必这样武断从事？

勃鲁托斯 要是病症凶险，只有投下猛药才可见效，谨慎反会误了大事。抓住他，把他押到山岩上去。

科利奥兰纳斯 不，我宁愿死在这里。（拔剑）你们中间有的人曾经瞧见我怎样跟敌人争战；来，你们自己现在也来试一试看。

米尼涅斯 放下那柄剑！两位护民官，你们暂时退下去吧。

勃鲁托斯 抓住他！

米尼涅斯 帮助马歇斯，帮助他，你们这些有义气的人；帮助他，年轻的和年老的！

众市民 打倒他！——打倒他！（在纷乱中，护民官、警吏及民众均被打退）

米尼涅斯 去，回到你家里去；快去！否则大家都要活不成啦。

元老乙 您快去吧。

科利奥兰纳斯 站住！我们的朋友跟我们的敌人一样多。

米尼涅斯 难道我们一定要跟他们打起来吗？

元老甲 天神保佑我们不要有这样的事！尊贵的朋友，请你回家去，让我们设法挽回局势吧。

米尼涅斯 这是我们身上的一个痛疮，你不能替你自己医治；请你快去吧。

考密涅斯 来，跟我们一块儿走。

科利奥兰纳斯 我希望他们是一群野蛮人，不是罗马人；虽然这些畜类生在罗马，在朱庇特神庙的宇下长大，可是他们却跟野蛮人没有分别——

米尼涅斯 去吧；不要把你的满脸义愤放在你的唇舌上。

科利奥兰纳斯 要是堂堂正正地交锋起来，我一个人可以打败他们四十个人。

米尼涅斯 我自己也可以对付他们中间的一对头儿脑儿，那两个护民官。

考密涅斯 可是现在众寡悬殊；当一幢房屋坍下的时候而不知道趋避，这一种勇气是被称为愚笨的。您还是趁着那群乱民没有回来以前赶快走开吧；他们的愤怒就像受到阻力的流水一样，一朝横决，就会把他们所负载的一切冲垮无遗。

米尼涅斯 请您快去吧。我要试一试我这老年人的智慧对于那些没有头脑的东西是不是有用；无论如何，这事情总要想法子解决。

考密涅斯 去吧，去吧。（科利奥兰纳斯、考密涅斯及余人等同下）

贵族甲 这个人把他自己的前途葬送了。

米尼涅斯 他的天性太高贵了，不适宜这个世界。他不肯恭维涅普图努斯的三叉戟的雄威，或是乔武的雷霆的神力。他的心就在他的口头，想到什么一定要说出来。他一动了怒，就会忘记世上有一个死字。（内喧声）听他们闹得多厉害！

贵族乙 我希望他们都去睡觉！

米尼涅斯 我希望他们都给我跳下台伯河里！好厉害！他就不能对他们说句好话吗？

勃鲁托斯及西西涅斯率乱民上。

西西涅斯 要把全城的人吃掉、让他一个人称霸的那条毒蛇呢？

米尼涅斯 两位尊贵的护民官——

西西涅斯 我们必须用无情的铁手，把他推下大帕岩去；他已经公然反抗法律，所以法律也无须再向他执行什么审判的手续，他既然藐视群众，就叫他见识见识群众的力量。

市民甲 我们要让他明白，尊贵的护民官是人民的喉舌，我们是他们的臂膀。

众市民 我们一定要让他明白。

米尼涅斯 诸位，诸位——

西西涅斯 静些！

米尼涅斯 有话可以商量，何必吵成这个样子？

西西涅斯 先生，你怎么也会帮助他逃走了？

米尼涅斯 听我说；我知道这位执政的长处，我也可以举出他的短处。

西西涅斯 执政！什么执政？

米尼涅斯 科利奥兰纳斯执政。

勃鲁托斯 他！执政！

众市民 不，不，不，不，不。

米尼涅斯 要是两位护民官和你们这些善良的民众允许我，我要请求说一两句话，你们听了以后，就会平心静气，自悔多事了。

西西涅斯 那么简简单单地说吧；因为我们已经决定除去这个恶毒的叛徒。把他驱逐出境会引起未来的祸患；留在国内，我们都要死在他的手里；所以我们决定就在今晚把他处死。

米尼涅斯 我们的罗马是以赏罚严明著称于世，她对于有功的儿女的爱护，是记录在天神的册籍里的，要是现在她像一头灭绝天性的母兽一样，吞食了她自己的子女，善良的神明一定不能容许！

西西涅斯 他是一颗必须割去的疮疖。

米尼涅斯 啊！他是一段生着疮疖的肢体，割去了会致人死命，治愈它却很容易。他对罗马做了些什么事，你们要把他处死呢？他杀死我们的敌人，为我们的祖国流过血，我敢说一句，他所失去的血，比他身上所有的血还多；他剩下的血，要是现在再被他的国人取去，那么不管是下这样毒手的人，或是容忍这种事发生的人，都将永远在后世留下一个可耻的烙印了。

西西涅斯 这些全然是胡说八道。

勃鲁托斯 一派歪论；当他爱他的国家的时候，他的国家才会尊重他。

米尼涅斯 再矫健的腿脚，一旦生了疮，它以前的功劳也会被很快忘记。

勃鲁托斯 我们不想再听你说下去了。追到他家里去，把他拖出来；他是一种能够传染的恶病，不要让他的流毒沾到别人身上。

米尼涅斯 再听我说一句话，只有一句话。你们现在的行动，都是出于一时的气愤，就像纵虎出柙一样，当你们自悔孟浪的时候，再要把笨重的铅块系在虎脚上就来不及了。与其鲁莽偾事，不如循序渐进；因为他也不是没有人拥护的，要是因此而引起内战，那么伟大的罗马要在罗马人自己手里毁掉了。

勃鲁托斯 要是这样的话——

西西涅斯 你还说什么？我们不是已经领略到他是怎样地服从命令的吗？我们的警察官不是已经遭他痛打了吗？我们自己不是也遭他反抗过了吗？来！

米尼涅斯 请你们想到这一点；他自从两手能够拔剑的时候起，就一直在战争中长大，不曾在温文尔雅的语言方面受过训练；他说起话来，总是把美谷和糠麸不加分辨地同时倾吐。你们要是允许我，我可以到他家里去，向他陈说利害，叫他接受用和平的手段，合法的方式进行的裁判。

元老甲 两位尊贵的护民官，这是最人道的办法；你们原来的方式太残酷了，而且也不知道将会引起怎样的结果。

西西涅斯 尊贵的米尼涅斯，那么请您接受人民的委托，去把他传来。各位朋友，放下你们的武器。

勃鲁托斯 不要回去。

西西涅斯 在市场上集合。我们在那边等着你们。要是您不能把马歇斯带来，我们就实行原来的办法。

米尼涅斯 我一定会叫他来的。（向众元老）请你们陪我去一趟。他一定要来，否则事情会愈弄愈糟的。

元老甲 我们去找他吧。（同下）

第二场　同前。科利奥兰纳斯家中一室

科利奥兰纳斯及贵族等上。

科利奥兰纳斯　让他们大家来扯我的耳朵；让他们把我用车轮辗死、马蹄踏死，或是堆十座山在大帕岩上，把我推下看不见底的深谷；我还是用这样一副态度对待他们。

贵族甲　这正是您的过人之处。

科利奥兰纳斯　我的母亲常常说他们只是一批下贱软弱的货色，几个小钱就可以把他们收买，在集会的时候只会秃露着头顶，听到像我这样地位的人谈到战争或和平的问题，就会打呵欠，呆呆地不作一声。我真不明白她为什么不赞成我。

伏伦妮娅上。

科利奥兰纳斯　我正在说起您。您为什么要我温和一点？难道您要我违反我的本性吗？您应该说，我现在的所作所为，正可以表现我的真正的骨气。

伏伦妮娅　啊！儿啊，儿啊，儿啊，我希望你不要在基础未固以前，就丢失了你手中的权力。

科利奥兰纳斯　别管我。

伏伦妮娅　你要不是这样有意显露你的锋芒，已经不失为一个豪杰之士；在他们还有力量阻挠你的时候，你要是少向他们矜夸一些意气，也可以少碰到一些逆意的事情。

科利奥兰纳斯　让他们上吊去吧！

伏伦妮娅　是的，我还希望他们在火里烧死。

米尼涅斯及元老等上。

米尼涅斯　来，来；您太粗暴了，有点太粗暴了；您必须得回去把局势挽回一下不可。

元老甲　此外没有办法了；您要是不愿意这样做，我们的城

市就要分裂而灭亡了。

伏伦妮娅 请你接受劝告吧。我有一颗跟你同样刚强的心，可是我还有一个头脑，教我把我的愤怒用在更适当的地方。

米尼涅斯 说得好，尊贵的夫人！倘不是因为遭到这样非常的变化，为了挽回大局起见，不得不出此下策，那么我也要擐甲持枪，决不忍受这样的耻辱，让他去向群众屈身的。

科利奥兰纳斯 我必须怎么办？

米尼涅斯 回去见那两个护民官。

科利奥兰纳斯 好，还有呢？还有呢？

米尼涅斯 为了您的失言道歉。

科利奥兰纳斯 向他们道歉！我甚至不向神明道歉；难道我必须向他们道歉吗？

伏伦妮娅 你太固执了；在危急的时候，一个人是应当通权达变的。我听你说过，在战争中间，荣誉和权谋就像亲密的朋友一样不可分离；假定这句话是真的，那么请你告诉我，在和平的时候，它们倘若不能交相为用，是不是能够独立存在？

科利奥兰纳斯 呸！呸！

米尼涅斯 问得好。

伏伦妮娅 要是你们在战争中间，为了达到你们的目的，不妨采用权谋，示人以诈，而这样的行为对于荣誉并无损害，那么在和平的时候，万一也像战时一样需要权谋，为什么它就不能和荣誉并行不悖呢？

科利奥兰纳斯 为什么您要强迫我接受这种理由？

伏伦妮娅 因为你现在必须去向人民说话；而不是照着你自己的意思说话，却要去向他们说一些完全违背你的本心的话。为了避免把自己的命运作孤注，为了避免流许多的血，你可以用温和的词句招抚一个城市，那么向人民说这样的话，对于你的荣誉又有什么损害呢？要是我的财产和我的亲友处于生死存亡的关头，需要我用欺诈的手段保全他们，我就会毅然去干那样的事，并不以为有什么可耻；我是代表你的妻子、你的儿子、这些元老和贵族们向你进这番忠告的；可是你却宁愿向这些无知的群众们怒目横眉，不愿向他们稍假辞色，去博取他们的欢心和爱戴，那才是维持你的荣誉和地位所必需的保障。

米尼涅斯　尊贵的夫人！走吧，跟我们走吧；说两句好话；也许你不但可以缓和当前的危险，并且可以弥补过去的错误。

伏伦妮娅　我的孩子，请你现在就去见他们，把这帽子拿在手里，用你的膝盖吻着地上的砖石，摇摆你的头，克制你的坚强的心，让它变得像摇摇欲坠的烂熟的桑子一样谦卑；在这种事情上，行为往往胜于雄辩，愚人的眼睛是比他们的耳朵聪明得多的。你可以对他们说，你是他们的战士，因为生长在干戈扰攘之中，不懂得博取他们好感所应有的礼节；可是从此以后，当你握权在位的日子，你一定会为他们鞠躬尽瘁。

米尼涅斯　您只要照她这两句话说过以后，他们的心就是您的了；因为他们的原谅是有求必应的，正像他们爱说废话一样不费事。

伏伦妮娅　请你听从我们的劝告，去吧；虽然我知道你宁愿在火焰的深谷里追逐你的敌人，也不愿在卧室之中向他献媚。考密涅斯来了。

考密涅斯上。

考密涅斯　我已经到市场上去过。您现在必须结合强力的援助，否则就得用温和的态度保全您自己，或者暂时出走，躲避他们的锋芒。所有的民众都激怒了。

米尼涅斯　只有谦恭的言语才可以挽回形势。

考密涅斯　要是他能够勉力抑制他的性子，我想这也是个办法。

伏伦妮娅　他必须这样做，非这样做不可。请你说你愿意这样做，立刻就去吧。

科利奥兰纳斯 我必须去向他们露我的秃脑袋吗？我必须用我的无耻的舌头，把一句谎话加在我的高贵的心上吗？好，我愿意。可是这一个计策倘若失败，他们就要把这个马歇斯的体肤磨成齑粉，迎风抛散了。到市场上去！你们现在逼着我去做的这件事情，它的耻辱是我终身都洗刷不掉的。

考密涅斯 来，来，我们愿意帮您的忙。

伏伦妮娅 好儿子，你曾经说过，当初你因为受到我的奖励，所以才会成为一个军人；现在请你再接受我的奖励，做一件你从来没有做过的事吧。

科利奥兰纳斯 好，那么我就去。滚开，我的高傲的脾气，让一个娼妓的灵魂占据住我的身体！让我那和战鼓竞响的巨嗓变成像阉人一样尖细、像催婴儿入睡的处女的歌声一样轻柔！让我的颊上挂起奸徒的巧笑，让学童的眼泪蒙蔽我的目光的犀利！让乞儿的舌头在我的嘴唇之间转动，让我那跨惯征鞍的膝盖，像接受布施一样向人弯曲！不，我不愿意；我怕我会失去对我自己的尊敬，我的身体干了这样的事，也许会使我的精神沾上一重无法摆脱的卑鄙。

伏伦妮娅 那么随你的便。我向你请求，比之你向他们请求，对于我是一个更大的耻辱。一切都归于毁灭吧；宁可让你的母亲感觉到你的骄傲，不要让她因为你的危险的顽强而担忧，因为我用像你一样豪壮的心讪笑着死亡。你愿意怎么办就怎么办吧；你的勇敢是从我身上得来的，你的骄傲却是你自己的。

科利奥兰纳斯 请您宽心吧，母亲，我就到市场上去；不要责备我了。我要骗取他们的欢心，当我回来的时候，我将被罗马的一切手艺人所喜爱。瞧，我去了。替我向我的妻子致意。我一定要做一个执政回来，否则你们再不要相信我的舌头也会向人谄媚。

伏伦妮娅 照你的意思做吧。（下）

考密涅斯 去！护民官在等着您。准备好一些温和的回答；因为我听说他们将要向您提出一些比现在他们加在您身上的更严重的罪状。

米尼涅斯 记住“温和”二字。

科利奥兰纳斯 让我们去吧；随便他们捏造我什么罪状，我都可以用我的荣誉答复他们。

米尼涅斯 是的，可是要温和点儿。

科利奥兰纳斯 好，那么就温和点儿。温和！（同下）

第三场 同前。大市场

西西涅斯及勃鲁托斯上。

勃鲁托斯 我们说他企图独裁专政，用这一点作为他的最大的罪名；要是他在这一点上能够饰辞自辩，我们就说他敌视人民，并且说他把从安息人那里得到的战利品都中饱了私囊。

一警吏上。

勃鲁托斯 啊，他来不来？

警 吏 他就来了。

勃鲁托斯 什么人陪着他？

警 吏 年老的米尼涅斯和那些一向袒护他的元老们。

西西涅斯 你有没有把我们得到的票数记录下来？

警 吏 我已经记在这儿了。

西西涅斯 你有没有按着部族征询他们的意见？

警 吏 我已经分别征询过了。

西西涅斯 快把民众立刻召集到这儿来；当他们听见我说“凭着民众的权利和力量，必须如此如此”的时候，不论是死刑、罚款或是放逐，我要是说“罚款”，就让他们跟着我喊“罚款”；

我要是说“死刑”，就让他们跟着我喊“死刑”。

警　吏　我一定这样吩咐他们。

西西涅斯　当他们开始呼喊的时候，叫他们不停地喊下去，大家乱哄哄地高声鼓噪，要求把我们的判决立刻施行。

警　吏　很好。

西西涅斯　叫他们留心我们的言谈举止，不要退缩让步。

勃鲁托斯　去干你的事吧。（警吏下）一下子就激动他的怒气。他一向惯于征服别人，爱闹别扭；一受了拂逆，就不能控制自己的性子，那时候他心里想到什么便要说出口来，我们就可以看准他这个弱点致他死命。

西西涅斯　好，他来了。

科利奥兰纳斯、米尼涅斯、考密涅斯及元老贵族等上。

米尼涅斯　请您温和点儿。

科利奥兰纳斯　好，就像一个马夫似的，为了一点点的赏钱，愿意替无论哪个恶徒奔走。但愿尊荣的天神们护佑罗马的安全，让贤德的君子做我们的执法者！播散爱的种子在我们的中间，使我们宏大的神庙里充满和平的气象，不要使我们的街道为战争所扰乱！

元老甲　阿门，阿门。

米尼涅斯　好一个高尚的愿望！

警吏率市民等重上。

西西涅斯　过来，民众。

警　吏　听你们的护民官说话；肃静！

科利奥兰纳斯　先听我说几句话。

西西涅斯、勃鲁托斯　好，说吧。喂，静下来，

科利奥兰纳斯　你们就在此刻宣布我的罪状吗？一切必须在这儿决定吗？

西西涅斯　我要请你答复，你是否愿意服从人民的公意，承

认他们的官吏的权力，当你的罪案成立以后，甘心接受合法的制裁？

科利奥兰纳斯 我愿意。

米尼涅斯 听着！各位市民，他说他愿意。想一想，他立过多少战功；想一想他身上的伤痕，就像墓地上的坟茔一样多。

科利奥兰纳斯 那些不过是荆棘抓破的伤痕，这点点的创疳，也不过供人一笑罢了。

米尼涅斯 再想一想，他说的话虽然不合一个市民的身份，可是却不失为军人的谈吐；不要把他粗暴的口气认为恶意的言辞，那正是他的军人本色，不是对你们的敌视。

考密涅斯 好，好，别说了。

科利奥兰纳斯 为了什么原因，在我已经得到全体同意当选执政以后，你们又立刻撤销原议，给我这样的羞辱？

西西涅斯 回答我们。

科利奥兰纳斯 好，说吧；我是应该回答你们的。

西西涅斯 你企图推翻一切罗马相传已久的政制，造成个人专权独裁的地位，所以我们宣布你是人民的叛徒。

科利奥兰纳斯 怎么！叛徒！

米尼涅斯 不，温和点儿，你答应过的。

科利奥兰纳斯 愿地狱底层的烈火把这些人民吞了去！说我是他们的叛徒！你这害人的护民官！在你的眼睛里藏着两万个死亡，在你的两手中握着两千万种杀人的毒计，在你说谎的舌头上含着无数杀人的阴谋，我要用向神明祈祷一样坦白的声音，向你说："你说谎！"

西西涅斯 民众，你们听见他的话了吗？

众市民 把他送到山岩上去！把他送到山岩上去！

西西涅斯 静！我们不必再把新的罪名加在他的身上；你们亲眼看见他所做的事，亲耳听见他所说的话：殴打你们的官吏，辱骂你们自己，用暴力抗拒法律，现在他又公然藐视那些凭着他们的权力审判他的人，像这样罪大恶极的行为，已经应处最严重的死刑了。

勃鲁托斯　可是他既然为罗马立过功劳——

科利奥兰纳斯　你们还要讲什么功劳？

勃鲁托斯　我提起这一点，因为我知道你的功劳。

科利奥兰纳斯　你！

米尼涅斯　你是怎样答应你的母亲的？

考密涅斯　你要知道——

科利奥兰纳斯　我不要知道什么。让他们宣判把我投下高峻的大帕岩吧，放逐，鞭打，每天给我吃一粒谷监禁起来，我也不愿用一句好话的代价购买他们的慈悲，更不愿为了乞讨他们的布施而抑制我的雄心，向他们道一声早安。

西西涅斯　因为他不但在思想上，而且在行动上不断敌对人民，企图剥夺他们的权力，到现在他居然胆敢在尊严的法律和执法的官吏之前，行使暴力反抗的手段，所以我们用人民的名义，秉着我们护民官的职权，宣布从即时起，把他放逐出我们的城市，要是以后他再进入罗马境内，就要把他投身在大帕岩下。用人民的名义，我说，这判决必须实行。

众市民　这判决必须实行——这判决必须实行——把他赶出去！——把他放逐出境！

考密涅斯　听我说，各位人民大众——

西西涅斯　他已经受到判决；没有什么说的了。

考密涅斯　让我说句话。我自己也曾当过执政；我可以向罗马公开展示她的敌人加在我身上的伤痕；我重视祖国的利益，甚于自己的生命和我所珍爱的儿女；要是我说——

西西涅斯　我们知道你的意思；说什么？

勃鲁托斯　不必多说，他已经被当作人民和祖国的敌人而放逐了；这判决必须实行。

众市民 这判决必须实行——这判决必须实行。

科利奥兰纳斯 你们这些狂吠的贱狗！我痛恨你们的气息，就像痛恨腐臭的沼泽的臭味一样；我蔑视你们的好感，就像厌恶腐烂的露骨的尸骸一样。我驱逐了你们；让你们和你们那游移无定的性格永远留在这里吧！让每一句轻微的谣言震动你们的心，你们敌人帽上羽毛的摇闪，就会把你们带进绝望的深渊！永远保留着把你们的保卫者放逐出境的权力吧，直到你们的愚昧让人家不费一刀一枪，就使你们成为最微贱的俘虏！对于你们，对于这一个城市，我只有蔑视；我这就离开你们，天下之大，何愁没有我的安身之处。

（科利奥兰纳斯、考密涅斯、米尼涅斯、元老、贵族等同下）

警　吏 人民的仇敌已经去了，已经去了！

众市民 我们的敌人已经被放逐了！——他去了！——呵！呵！（众欢呼，掷帽）

西西涅斯 去，把他赶出城门，像他从前驱逐你们一样驱逐他，尽量发泄你们的愤怒，让他也难堪难堪。让一队卫士卫护我们通过全城。

众市民 来，来——让我们把他赶出城门！来！神明保佑我们尊贵的护民官！来！（同下）

第四幕

第一场　罗马。城门前

科利奥兰纳斯、伏伦妮娅、维吉利娅、米尼涅斯、考密涅斯及若干青年贵族上。

科利奥兰纳斯　算了，别哭了，就这样分手吧；那多头的畜生把我撞走了。哎，母亲，您从前的勇气呢？您常常说，患难可以检验一个人的品格；非常的境遇方才可以显出非常的气节；风平浪静的海面，所有的船只都可以并驱竞胜；命运的铁拳击中要害的时候，只有大勇大智的人才能够处之泰然；您常常用那些格言教训我，锻炼我的坚强不屈的志气。

维吉利娅　天啊！天啊！

科利奥兰纳斯　不，妇人，请你——

伏伦妮娅　愿赤色的瘟疫降临在罗马各色人民的身上，使百工商贾同归于尽！

科利奥兰纳斯　怎么，怎么，怎么！当我离开他们以后，他们将会追念我的好处。不，母亲，您从前不是常常说，要是您做了赫剌克勒斯的妻子，您一定会替他完成六件艰巨的工作，减轻他一半的辛苦吗？请您仍旧保持这一种精神吧。考密涅斯，不要懊丧；再会！再会，我的妻子！我的母亲！我一定还要干一番事业。你年老而忠心的米尼涅斯，你的眼泪比年轻人的眼泪更辛酸，它会伤害你的眼睛的。我的旧日的主帅，我曾经瞻仰过您那刚强坚毅的气概，您也看见过不少可以使人心肠变硬的景象，请您告诉这两个伤心的妇人，为了不可避免的打击而悲痛，是一件多么痴愚的事情。我的母亲，您知道您一向把我的冒险作为您的安慰，请您相信我，虽然我像一条孤独的龙一样离此而去，可是我将要使人们在谈起我的沼泽的时候，就会瞿然变色；您的儿子除非误中奸谋，否则一定会有吐气扬眉的一天。

伏伦妮娅　我的长子，你要到哪儿去呢？让考密涅斯陪你走一程吧；跟他商量一个妥当的方策，不要盲冲瞎撞，去试探前途的危险。

科利奥兰纳斯　天神啊！

考密涅斯　我愿意陪着你走一个月，跟你决定一个安身的地方，好让我们彼此互通声息；要是有机会可以设法召你回来的话，我们也可以不致于在茫茫的世界上到处找寻一个莫明踪迹的人，万一事过境迁，大好的机会又要蹉跎过去了。

科利奥兰纳斯　再会吧；你已经有一把的年纪，饱受战争的辛苦，不要再跟一个筋骨壮健的人去跋涉风霜了。我只要请你送我出城门。来，我亲爱的妻子，我最亲爱的母亲，我的情深义厚的朋友们，当我出去的时候，请你们用微笑向我道别。请你们来吧。只要我尚在人世，你们一定会听到我的消息；而且你们所听到的，一定还是跟我原来的为人一样。

米尼涅斯　那正是每一个人所乐意听见的。来，我们不用哭泣。要是我能够从我衰老的臂腿上减去七岁年纪，凭着善良的神明发誓，我一定要寸步不离地跟着你。

科利奥兰纳斯 把你的手给我。来。（同下）

第二场 同前。城门附近的街道

西西涅斯、勃鲁托斯及一警吏上。

西西涅斯 叫他们大家回家去；他已经走了，我们也不必追他。贵族们很不高兴，他们都是袒护他的。

勃鲁托斯 现在我们已经表现出我们的力量，事情既已了结，我们不妨在言辞之间装得谦恭一点。

西西涅斯 叫他们回家去；说他们重要的敌人已经去了，他们已经恢复了往日的力量。

勃鲁托斯 打发他们各人回家。（警吏下）

伏伦妮娅、维吉利娅及米尼涅斯上。

勃鲁托斯 他的母亲来了。

西西涅斯 让我们避开她。

勃鲁托斯 为什么？

西西涅斯 他们说她发了疯了。

勃鲁托斯 她们已经看见我们；您尽管走吧。

伏伦妮娅 啊！你们来得正好。愿神明把所有的灾祸降在你们身上，报答你们的好意！

米尼涅斯 静些，静些！不要这样高声嚷叫。

伏伦妮娅 我倘不是哭不成声，一定要让你们听听——不，我要嚷给你们听听。（向勃鲁托斯）你想逃走吗？

维吉利娅 （向西西涅斯）你也别走。我希望我能够向我的丈夫说这句话。

西西涅斯 你们要当男人了吗？

伏伦妮娅 是的，傻瓜；那是丢脸的事吗？听这傻瓜说的话。我的父亲不是一个男人吗？你果然有这样狐狸般的狡猾，会把一个替罗马立过多少汗马功劳的人放逐出去。

西西涅斯　嗳哟，苍天在上！

伏伦妮娅　为了罗马的利益，他挥舞他的英勇的剑锋，那次数比你说过的聪明话还要多。让我告诉你；可是你去吧；不，你给我站住；我但愿我的儿子在阿拉伯，你和你那一族里的人都跪在他的面前，他手里举起宝剑——

西西涅斯　那又怎么样呢？

维吉利娅　那又怎么样！他要斩草除根，不留下一个孽种在世上。

伏伦妮娅　全都是些杂种私生子！好人，他为了罗马受过多少伤！

米尼涅斯　来，来，别闹了。

西西涅斯　要是他能够贯彻为国献身的初衷，不把自己辛苦换来的光荣亲手撕毁，那就好了！

勃鲁托斯　我也希望他这样。

伏伦妮娅　“我也希望他这样”！都是你们煽动这些乱民，猫狗般的畜生，他们不能认识他的价值，正像我不能了解上天不让世间知道的神秘一样。

勃鲁托斯　请你让我们走吧。

伏伦妮娅　现在，先生，请你给我滚吧。你们已经干了一件了不得的好事。在你们未走之前，再听我说一句话；正像朱庇特的神庙不能和罗马最卑陋的一间屋子相比一样，被你们放逐出去的我的儿子——这位夫人的丈夫，就是他，你们明白了没有？——比起你们这些东西来，真是天壤之别。

勃鲁托斯　好，好，我们失陪啦。

西西涅斯　为什么我们要呆在这儿，给一个疯婆子纠缠不休？

伏伦妮娅 把我的祈祷带了去吧。（二护民官下）我但愿天神们什么事也不做，只替我实现我的咒诅！要是我能够每天遇见他们一次，那么我心头的悲哀也许可以倾吐一空。

米尼涅斯 您已经骂得他们很痛快；凭良心说，您没有冤屈他们。你们愿意赏光到舍间吃晚饭吗？

伏伦妮娅 愤怒是我的食物；我一肚子都是气恼，吃不下东西了。来，我们走吧。不要这样呜呜咽咽地哭个不停，瞧着我的样子，我们在愤怒的时候，应当保持天后般的尊严。来，来，来。

米尼涅斯 唉，唉，唉！（同下）

第三场　罗马安息间的大路

一罗马人及一伏尔斯人上，相遇。

罗马人 先生，我认识您，您也认识我；您的大名我想是阿德里安。

伏尔斯人 正是，先生。不瞒您说，我可忘记您了。

罗马人 我是个罗马人；可是我所干的事，却跟您一样，是跟罗马人作对的。您现在认识我了吗？

伏尔斯人 尼凯诺吗？不是。

罗马人 正是，先生。

伏尔斯人 我上次看见您的时候，您的胡子比现在多一点；可是您的声音可以证明您的确是他。罗马有什么消息？我得到了伏尔斯政府的命令，叫我到罗马去找您；您现在省了我一天的路程了。

罗马人 罗马发生了一场惊人的叛变；人民跟元老贵族们作对。

伏尔斯人 发生了！那么现在已经解决了吗？我们的政府却不这样想；他们正在积极准备用兵，想要趁他们争执得十分激烈的时候向他们突袭。

罗马人 火焰大体已经熄灭，可是一件微细的琐事就可以使它重新燃烧起来。因为那些贵族们对于放逐科利奥兰纳斯这件事感到非常痛心，一有机会，就准备剥夺人民的一切权力，把那些护民官永远罢免。我可以告诉你，未灭的余烬正在那儿吐出熊熊的火焰，猛烈爆发的时期已经不远了。

伏尔斯人 科利奥兰纳斯被放逐了！

罗马人 被放逐了，先生。

伏尔斯人 尼凯诺，您带了这一个消息去，他们一定十分欢迎。

罗马人 他们现在的机会很好。人家说，诱奸有夫之妇，最好趁她和丈夫反目的时候下手。你们那位英勇的塔勒斯·奥菲狄乌斯这一下可以大逞威风了，因为他的最大的敌手科利奥兰纳斯已经被他的祖国摈斥了。

伏尔斯人 这是不用说的。我很幸运今天凑巧碰见了您；现在我的任务已了，让我陪着您高高兴兴地回去吧。

罗马人 我现在就可以开始把许多罗马的怪事讲给您听，一直讲到晚餐的时候为止；这些事情，都是对于他们的敌人有利的。您说你们已经有一支军队准备出发了吗？

伏尔斯人 一支很雄壮的军队；所有人马都已经征齐入伍，分派营舍，命令发出以后，一小时之内就可以出发。

罗马人 我很高兴听见他们已经准备好了；我想我去见了他们以后。就可以催促他们立刻举事。好，先生，今天能够碰见您，真是一件幸事，我很愿意做您的同行的伴侣。

伏尔斯人 您省了我一趟跋涉，先生；能够跟您一路同行，真是我的莫大的荣幸。

罗马人 好，我们一块儿走吧。（同下）

第四场 安息。奥菲狄乌斯家门前

科利奥兰纳斯微服化装蒙面上。

科利奥兰纳斯 这安息倒是一个很好的城市。城啊，是我使你的妇女们成为寡妇；这些富丽大厦的后嗣，有许多人我曾经听见他们在我的战阵中间呻吟倒地。所以不要认出我，免得你的妇人们用唾涎唾我，你的小儿们投石子打我，使我在琐小的战争中死去。

一市民上。

科利奥兰纳斯 请了，先生。

市　民 请了。

科利奥兰纳斯 请您指点我伟大的奥菲狄乌斯住在什么地方。他是在安息吗？

市　民 是的，今天晚上他在家里宴请政府中的贵人。

科利奥兰纳斯 请问他的家在哪儿？

市　民 就在您面前的这一所屋子。

科利奥兰纳斯 谢谢您，先生。再见。（市民下）啊，变化无常的世事！刚才还是誓同生死的朋友。两个人的胸膛里好像只有一颗心，睡眠、饮食、工作、游戏，都是彼此相共，亲爱得分不开来，一转瞬之间，为了些微的争执，就会变成不共戴天的仇人。同样，切齿痛恨的仇敌，他们在梦寐之中也念念不忘地勾心斗角，互谋倾陷，因一个偶然的机会、一些不足道的琐事，也会变成亲密的友人，彼此携手合作。我现在也正是这样；我痛恨我自己生长的地方，我的爱心已经移向了这个仇敌的城市。我要进

去；要是他把我杀死，那也并不是有悖公道的行为；要是他对我曲意优容，那么我愿意为他的国家尽力。（下）

第五场　同前。奥菲狄乌斯家中厅堂

内乐声；仆甲上。

仆　甲　酒，酒，酒！他们都在干些什么事！我想我们那些伙计们都睡着了。（下）

仆乙上。

仆　乙　戈得斯呢？主人在叫他。戈得斯！（下）

科利奥兰纳斯上。

科利奥兰纳斯　好一间屋子；好香的酒肉！可是我却不像一个客人。

仆甲重上。

仆　甲　朋友，你要什么？你是哪儿来的？这儿没有你的地方；出去。（下）

科利奥兰纳斯　我是科利奥兰纳斯，他们这样款待我是理所当然的。

仆乙重上。

仆　乙　朋友，你是从什么地方来的？管门的难道不生眼睛，会放这种家伙进来吗？出去出去！

科利奥兰纳斯　走开！

仆　乙　走开！你自己走开！

科利奥兰纳斯　想找不痛快吗？

仆　乙　你这样放肆吗？我就去叫人来跟你说话。

仆丙上；仆甲重上。

仆　丙　这家伙是什么人？

仆　甲　我从来没有见过这样古怪的家伙，我没有法子叫他出去。请你去叫主人出来。

仆　丙　朋友，你到这儿来干吗？谢谢你，快出去吧。

科利奥兰纳斯　只要让我站在这儿；我不会弄坏你们的炉灶的。

仆　丙　你是什么人？

科利奥兰纳斯　一个绅士。

仆　丙　一个穷得出奇的绅士。

科利奥兰纳斯　正是，你说得不错。

仆　丙　谢谢你，穷绅士，到别处去吧；这儿没有你的地方。喂，滚出去。

科利奥兰纳斯　你管你自己的事；去，吃你的残羹冷菜去。（将仆丙推开）

仆　丙　怎么，你不肯去吗？请你去告诉主人，他有一个奇怪的客人在这儿。

仆　乙　好，我就去告诉他。（下）

仆　丙　你住在什么地方？

科利奥兰纳斯　在苍天之下。

仆　丙　在苍天之下！

科利奥兰纳斯　是的。

仆　丙　那是在什么地方？

科利奥兰纳斯　在鹞子和乌鸦的城里。

仆　丙　在鹞子和乌鸦的城里！这个蠢驴！那么你是和乌鸦住在一起的吗？

科利奥兰纳斯　不；我并不侍候你的主人。

仆　丙　怎么，你是来和我们老爷打交道的吗？

科利奥兰纳斯　嗯，反正不是跟你们太太打交道就是好事

了。别尽说废话了，到酒席上侍候去吧。（将仆丙打走）

奥菲狄乌斯及仆乙上。

奥菲狄乌斯 这家伙在什么地方？

仆　乙 这儿，老爷。倘不是恐怕惊吵了里面的各位老爷，我早就把他当狗一样打得半死了。

奥菲狄乌斯 你是从哪儿来的？你要什么？你叫什么名字？为什么不说话？说吧，朋友，你叫什么名字？

科利奥兰纳斯 （取下面巾）塔勒斯，要是你还不认识我，看见了我的脸，也想不起我是什么人，那么我必须自报姓名了。

奥菲狄乌斯 你叫什么名字？（众仆退后）

科利奥兰纳斯 我的名字在伏尔斯人的耳中是不好听的，你听见了也会觉得刺耳。

奥菲狄乌斯 说，你叫什么名字？你有一副凌然不可侵犯的容貌，你的脸上有一种威严；虽然你的装束这样破旧，却不像是一个庸庸碌碌的人。你叫什么名字？

科利奥兰纳斯 准备皱起你的眉头来吧。你还没认出我吗？

奥菲狄乌斯 我不认识你。你的名字呢？

科利奥兰纳斯 我的名字是卡厄斯·马歇斯，我曾经把重创和灾祸加在你和所有伏尔斯人的身上；我的姓氏科利奥兰纳斯就是最好的证明。辛苦的战役、重大的危险、替我这负恩的国家所流过的血，结果只是换到了这一个空洞的姓氏，为你对我所怀的怨恨留下一个创巨痛深的记忆。只有这名字剩留着；残酷猜嫉的人民，得到了我们那些懦怯的贵族的默许，已经一致遗弃了我，抹煞了我一切的功绩，让那些奴才们把我轰出了罗马。这一种不幸的遭遇，使我今天来到你的家里；不要误会我，以为我想来向你求恩乞命，因为要是我怕死的话，我就应该远远地躲开你；我只是因为出于气愤，渴想报复那些放逐我的人，所以才到这儿来站在你的面前。要是你也有一颗复仇的心，想要替你自己和你的国家洗雪耻辱，现在就是你的机会到了，你正可以利用我的不幸，达到你自己的目的，因为我将要用地狱中一切饿鬼的怨毒，来向我的腐败的祖国作战。可是你要是没有这样的胆量，也不想追求远大的前程，那么一句话，我也已经厌倦人世，愿意伸直我的颈项，听任你的宰割，让你一泄这许多年来郁积在心头的怨恨；你要是不杀我，你就是个傻瓜，因为我一向是你的死敌，曾经从你祖国的胸前溅下了无数吨的血；要是让我活在世上，对于你永远是一个耻辱，除非你能够跟我合作。

奥菲狄乌斯 啊，马歇斯，马歇斯！你所说的每一个字，已经从我心里扫除了旧日的怨恨，不再存留一些芥蒂。要是朱庇特从天边的云中宣示神圣的诏语，说："这是真的"，我也不会相信他甚于相信你，高贵无比的马歇斯。让我用我的双臂抱住你的身体；我这样拥抱着我的剑砧，热烈而真诚地用我的友谊和你竞赛，正像我过去雄心勃勃地和你比赛着勇力一样。我告诉你，我曾经热恋着我的妻子，为她发过无数挚情的叹息；可是我现在看见了你，你高贵的英雄！我的狂喜的心，比我第一次看见我的恋人成为我的新妇，跨进我的门槛的时候还要跳跃得厉害。嗨，战神，我对你说，我们已经有一支军队准备行动；我已经再度下了决心，一定要从你的胸前割下一块肉来，即使牺牲自己的一只胳臂，也是甘心的。你曾经打败我十二次，每天晚上我都做着和你交战的梦；在我的睡梦之中，我们常常一起倒在地上，争着解开彼此盔上的扣子，拳击着彼此的咽喉，等到梦醒以后，已经不知不觉累得半死了。尊贵的马歇斯，即使我们和罗马毫无仇恨，只是因为你被他们放逐了出来，我们也会动员一切十二岁以上七十岁以下的男子。把战争的汹涌的洪流倾倒在罗马忘恩的心脏里。来啊！进去和我们那些善意的元老们握握手，他们现在正要向我告别；他们虽然还没有想到要把罗马吞并，可是已经准备向你们的领土进攻了。

科利奥兰纳斯 感谢神明！

奥菲狄乌斯 所以，沉鸷雄毅的将军，要是你愿意为报复自己的仇恨而做我们的前导，我可以分我的一半军力归你麾下；你既然对于自己国中的虚实了如指掌，就可以凭着你自己的经验决定进军的方策；或者直接向罗马本城进攻，或者在僻远的边疆猛力骚扰，让他们在灭亡以前，先受到一些惊恐。可是进来吧；让我先介绍你见见几个人，取得他们的准许。一千个欢迎！我们已经尽释前嫌，变成了一心一德的友人。把你的手给我；欢迎！（科利奥兰纳斯、奥菲狄乌斯同下）

仆　甲 （上前）真是意想不到的变化！

仆　乙 我可以举手为誓，我还想用棍子打他呢；可是我心里总觉得他这个人是不能凭他的衣服判断他的。

仆　甲 他的臂膀多么结实！他用两个指头就把我掇来掇去，就像人们拈弄一个陀螺似的。

仆　乙 啾，我瞧着他的脸，就知道他有不同凡俗的地方；我觉得他的脸上有一种——我不知道应该怎么说。

仆　甲 他的确是这样；瞧上去好像——我早就知道他有一点不是我所窥测得到的东西。

仆　乙 我可以发誓，我也这样想；他简直是世界上最稀有的人物。

仆　甲 我想是的；可是他是比你所知道的一个人更伟大的军人。

仆　乙 谁？我的主人吗？

仆　甲 啾，那就不用说了。

仆　乙 我的主人一个人可以抵得过像他这样的六个人。

仆　甲　不，那也不见得；我看还是他厉害。

仆　乙　哼，那可不能这么说；讲到保卫城市，我们大帅的本领是

超人一等的。

仆　甲　是的，就是进攻起来也不弱呢。

仆丙重上。

仆　丙　奴才们哪！我可以告诉你们好多消息。

仆甲、仆乙　什么，什么，什么？讲给我们听听。

仆　丙　在所有的国家之中，我顶不愿意做一个罗马人；我宁可做一个判了死罪的囚犯。

仆甲、仆乙　为什么？为什么？

仆　丙　嘿，刚才来的那个人，就是常常打败我们的大帅的那个卡厄斯·马歇斯呢。

仆　甲　你为什么说“打败我们的大帅”？

仆　丙　我并不说“打败我们的大帅”；可是他一向是他的劲敌。

仆　乙　算了吧，我们都是自己人；我们的大帅总是败在他手里，我常常听见他自己这样说。

仆　甲　说句老实话，我们的大帅实在打他不过；在科利奥里城前，他曾经把大帅像切肉一样宰着呢。

仆　乙　要是他喜欢吃人肉，也许还会把他煮熟了吃下去哩。

仆　甲　可是再讲你的新闻吧。

仆　丙　嘿，他在里边受到这样的敬礼，好像他就是战神的儿子一样；坐在食桌的上首；那些元老们有什么问题问他的时候，总是脱下帽子站在他的面前。我们的大帅自己也把他当作一个情人似的敬奉，握着他的手，翻起了眼白听他讲话。可是最要

紧的消息是，我们的大帅已经只剩半截了，还有那半截因为全体在座诸人的要求和同意，已经给了那个人了。他说他要去把看守罗马城门的人扯着耳朵拖出来；他要斩除挡住他的路的一切障碍，使他的所过之处都一马平川。

仆　乙　他一定做得到这样的事。

仆　丙　做得到！他当然做得到。因为你瞧，他虽然有许多敌人，也有许多朋友；那些朋友在他沮丧失势的时候，却不敢自称为他的朋友，不敢露面出来。

仆　甲　沮丧失势！怎么讲？

仆　丙　可是他们要是看见他恢复元气，再振声威，就会像雨后的兔子一样从他们的洞里钻了出来，环绕在他的身边了。

仆　甲　可是什么时候出兵呢？

仆　丙　明天，今天，立刻。今天下午你们就可以听见鼓声。这是他们宴会中的一个余兴，在他们抹干嘴唇以前就要办好。

仆　乙　啊，那么我们就可以热闹起来啦。这种和平不过锈了铁，增加了许多裁缝，让那些没事做的人编些歌曲唱唱。

仆　甲　还是战争好，我说；它胜过和平就像白昼胜过黑夜一样。战争是活泼的、清醒的，热闹的、兴奋的；和平是麻木不仁的、平淡无味的、寂无声息的、昏睡的、没有感觉的。和平所产生的私生子，比战争所杀死的人更多。

仆　乙　没错。战争可以说是一个强奸妇女的狂徒，因而和平就无疑是制造绿帽子的能手了。

仆　甲　是呀，它使男人们彼此仇恨。

仆　丙　理由是有了和平，人们就不那么需要彼此照顾了。我愿意用我的钱打赌还是战争好。我希望看见罗马人像伏尔斯人一样贱。他们都从席上起来了，他们都从席上起来了。

众　仆　进去，进去，进去，进去！（同下）

第六场　罗马。广场

西西涅斯及勃鲁托斯上。

西西涅斯　我们没有听见他的消息，也不必怕他有什么图谋。人民现在已经由狂乱的状态回复到安宁平静，他也无能为力了。因为一切进行得如此顺利，我们已经使他的朋友们感到惭愧，他们是宁愿瞧见纷争的群众在街道上闹事——虽然那样对于他们自身也是同样有害——而不愿瞧见我们的百工商贾们安居乐业、歌舞升平的。

米尼涅斯上。

勃鲁托斯　我们总算没有错过了时机。这是米尼涅斯吗？

西西涅斯　正是他，正是他。啊！他近来变得和气多啦。您好，老人家！

米尼涅斯　你们两位都好！

西西涅斯　您那科利奥兰纳斯除了他的几个朋友以外，没有什么人因为他的不在而惋惜。我们的共和政府依然存在，即使他对它再不满，也会继续存在下去的。

米尼涅斯　一切都很好；要是他的态度能够谦和一些，事情一定会更好的。

西西涅斯　他在什么地方？你有听见人家说起吗？

米尼涅斯　不，我没有听到什么；他的母亲和他的妻子也没有听到他的消息。

市民三四人上。

众市民　天神保佑你们两位！

西西涅斯　各位朋友，你们都好。

勃鲁托斯 你们大家都好，你们大家都好。

市民甲 我们自己、我们的妻子儿女，都应该跪下来为你们两位祈祷。

西西涅斯 愿你们都能享受幸福繁荣的生活！

勃鲁托斯 再见，好朋友们；我们希望科利奥兰纳斯也像我们一样爱你们。

众市民 神明保佑你们！

西西涅斯、勃鲁托斯 再见，再见。（市民等下）

西西涅斯 这才是太平盛世的光景，比从前这些人在街上到处奔走、叫嚣扰乱的时候好得多啦。

勃鲁托斯 卡厄斯·马歇斯在战阵上是一员干将；可是太傲慢、太目空一世、太野心勃勃、太自负了——

西西涅斯 他只想由他一个人称王称霸，用不着别人帮助。

米尼涅斯 我倒不这样想。

西西涅斯 要是他果然当了执政，我们现在就要发现他是这样一个人而后悔不及了。

勃鲁托斯 幸亏神明默护，不让他当选，罗马除去了这个人，可以从此安宁了。

一警吏上。

警　吏 两位尊贵的护民官，据一个给我们关在牢里的奴隶说，伏尔斯人派了两支军队，已经开进了罗马领土，摧毁他们所碰到的一切，存心要来向我们挑起一场恶战。

米尼涅斯 那一定是奥菲狄乌斯；当罗马有马歇斯挺身保卫的时候，他就像一只缩头的蜗牛，不敢钻出壳来张望一眼，现在他听见马歇斯已经被放逐出去，又要把他的角伸出来了。

西西涅斯 得啦，您何必提起马歇斯呢？

勃鲁托斯 去把这个造谣惑众的家伙抽一顿鞭子。伏尔斯人绝不敢来侵犯我们。

米尼涅斯 绝不敢！我们有过去的记录可以证明他们会干这样的事；在我的一生之中，已经看到过三次同样的例子了。可是你们在处罚这家伙以前，应该把他问清楚，他从什么地方听到这句话，免得屈打了一个把确实消息报告你们、叫你们预防祸事的好人。

西西涅斯 不劳指教，我知道决不会有这种事。

勃鲁托斯 不可能的。

一使者上。

使　者 贵族们都急急忙忙地到元老院去了；他们不知道听到了什么消息，一个个脸色都变了。

西西涅斯 都是这个奴才。——去把他鞭打示众；完全是他造谣生事。

使　者 是的，大人，这奴隶的话已经有人证实；而且还有更可怕的消息。

西西涅斯 什么更可怕的消息？

使　者 许多人都在那里公开传说，我也不知道他们从哪儿听来的，说是马歇斯已经和奥菲狄乌斯联合，带领一支军队来攻打罗马了；他发誓为自己复仇，把罗马人无论老幼，一起杀尽。

西西涅斯 会有这样的事！

勃鲁托斯 完全是谣言；他们想用这样的话煽惑那些懦弱的人，让他们希望善良的马歇斯回来。

西西涅斯 正是这个诡计。

米尼涅斯 这话恐怕不是真的；他跟奥菲狄乌斯是势不两立的仇人，绝没有联合的可能。

另一使者上。

使者乙 请各位大人到元老院去。卡厄斯·马歇斯由奥菲狄乌斯辅佐，已经率领了一支声势浩大的军队，向我们的领土进犯了；他们一路过来势如破竹，到处纵火焚烧，掳夺一空。

考密涅斯上。

考密涅斯 啊！看你们干的好事！

米尼涅斯 什么消息？什么消息？

考密涅斯 你们已经帮助你们的敌人来强奸你们自己的女儿，让全城的屋顶坍塌在你们的头顶，亲眼看你们的妻子被人污辱——

米尼涅斯 什么消息？什么消息？

考密涅斯 你们的神庙将化为灰烬，你们所倚赖的特权将只剩锥孔一样大小。

米尼涅斯 请你把消息告诉我吧。——哼，你们干的好事！——请问什么消息？假如马歇斯和伏尔斯人联合起来——

考密涅斯 假如！他就是他们的神。他领导着他们的那副气概，好像凭着造化的本领，也造不出他这样一个顶天立地的男儿一样；他们跟随着他来攻击我们这些小儿，就像孩子们追捕夏天的蝴蝶、屠夫们杀戮苍蝇一样有把握。

米尼涅斯 瞧你们干的好事，你们和你们那些穿围裙的家伙！你们那样看重那些手工匠的话，那些吃大蒜的人们吐出来的气息！

考密涅斯 他将要荡平你们的罗马。

米尼涅斯 就像赫剌克勒斯从树上摇落一颗烂熟的果子一样容易。瞧你们干的好事！

勃鲁托斯 可是这是真的吗？

考密涅斯 是真的吗？等着瞧吧，你们的脸色都要吓白了。各处属地都望风响应，欣然脱离我们的羁縻；企图抵抗的，都被讥笑为勇敢的愚夫，因为不自量力而覆亡。谁能责怪他的不是呢？你们的敌人和他的敌人都知道他是一个不可轻视的人。

米尼涅斯 我们全都完了，除非这位英雄大发慈悲。

考密涅斯 谁去求他开恩呢？护民官是不好意思去向他求情的；人民不值得他怜悯，正像豺狼不值得牧人怜悯一样；至于他的要好的朋友们，要是他们向他说，“照顾照顾罗马吧”，那么他们也就和他所憎恨的人一鼻孔出气，也就是他的仇敌了。

米尼涅斯 不错，要是他在我的家里放起火来，我也没有脸向他说：“请您住手。”——你们干的好事，你们和你们那些手艺人！

考密涅斯 你们使罗马发生空前的颤栗，它从来没有像今天这样濒于绝望的边缘。

西西涅斯、勃鲁托斯 不要说这是我们的错处。

米尼涅斯 怎么！那么是我们的错处吗？我们都是敬爱他的，可是像一群畜生和怯懦的贵族似的，让你们那群贱民为所欲为，把他轰出了城。

考密涅斯 可是我怕他们又要用高声的叫喊迎接他进来了。塔勒斯·奥菲狄乌斯，人类中间第二个令人畏惧的名字，像他的部属一样服从他的号令。罗马倘要抵抗他们，除了准备与城俱亡以外，已经力竭计穷、无法防御了。

一群市民上。

米尼涅斯 这群东西来了。奥菲狄乌斯也和他在一起吗？你们抛掷你们恶臭油腻的帽子，鼓噪着把科利奥兰纳斯放逐出去，就这样使罗马的空气变得污浊了。现在他来了；每一个兵士头上的每一根头发，都会变成惩罚你们的鞭子；他要把你们的头颅一个一个砍下来，报答你们的好意。算了，要是他把我们一起烧成了一个炭块，也是活该。

众市民 真的，我们听见了可怕的消息。

市民甲 拿我自己来说，当我说把他放逐的时候，我也说这是一件很惋惜的事。

市民乙 我也这样说。

市民丙 我也这样说；说句老实话，我们中间有许多人都这样说。我们所干的事，都是为了大众的利益；虽然我们同意放逐他，可是那也并不是我们的本意。

考密涅斯 你们都是些好东西，你们的同意！

米尼涅斯 你们干的好事，你们和你们的那帮庸众！我们要不要到议会里去？

考密涅斯 啊，是，是；不去又有什么事情好做？（考密涅斯、米尼涅斯同下）

西西涅斯 各位！你们回家去吧；不要着急。这两个人是一党，他们虽然面子上装得很害怕，心里却但愿真有这样的事。回去吧，不要露出惊慌的样子来。

市民甲 但愿神明照顾我们！来，朋友们，我们回去吧。我们把他放逐的时候，我早就说我们做了一件错事。

市民乙 我们大家都这样说。可是走吧，我们回去吧。（众市民下）

勃鲁托斯 我不喜欢这种消息。

西西涅斯 我也不喜欢。

勃鲁托斯 我们到议会去吧。要是有人能够证明这消息是个谣言，我愿意把我一半的家产赏给他！

西西涅斯 我们走吧。（同下）

第七场 离罗马不远的营地

奥菲狄乌斯及其副将上。

奥菲狄乌斯 他们仍旧向那罗马人纷纷投附吗?

副将我不知道他有一种什么魔力，可是他们简直把他当作食前的祈祷、席上的谈话，和餐后的谢恩一样一刻不离口。您的声名，主帅，在这次战役中已经相形见绌，甚至于您自己的部下对您的信仰也一天不如一天了。

奥菲狄乌斯 我现在也没有法子，虽然可以用计策排挤他，可是那会影响到军事的进行。当我第一次拥抱他的时候，我想不到他在我的面前也会倨傲成这个样子；可是这也是他天性如此，改变不过来的脾气，我也只好原谅他了。

副将可是主帅，为您着想，我倒希望这次您没有和他负起共同的责任，或者您自己统率全军，或者让他独自主持一切。

奥菲狄乌斯 我很懂得你的意思；你等着瞧吧，等到我跟他最后清算的日子，不怕他不跌翻在我的手里。虽然看上去好像他的行事非常堂皇正大，对伏尔斯政府也十分尽忠，作战的时候像龙一样勇猛，一拔出剑来就可以克敌制胜，他自己也因此沾沾自喜，一般凡俗的眼光也莫不以为如此；可是他还有一件事情留下没有做，在我们最后清算的日子，它将要使我们两人中间有一个人牺牲。

副将请教主帅，您看他会不会把罗马征服?

奥菲狄乌斯 他还没有坐下，他的威力就已经压倒一切。罗马的元老和贵族们都是他的朋友；护民官不是军人；他们的人民会鲁莽地把他放逐，也会鲁莽地收回成命。我想他对于罗马，就像白鹭对于鱼类一样，他天性中自有一种使人俯首就范的力量。本来他是他们的一个忠勇的仆人，可是他不能使他的荣誉维持不坠。也许因为他的一帆风顺的命运，使他沾上骄傲的习气，损坏了他完善的人格；也许因为他见事不明，不善于利用他自己的机会；也许因为他本性难移，只适宜于顶盔披甲，不适宜于雍容揖让，刚毅严肃本来是治军的正道，他却用来对待和平时期的民众；这几重原因他虽然并不完全犯着，可是每一种都犯几分，只要犯了其中之一，就可以使他为人民所畏惧，因而也被他们憎恨以至于放逐。正像一个怀璧亡身的人一样，他的功劳一经出口，就会被它自己所噎死。所以我们的美德是随着时世变迁而变更价值的；权力本身虽可称道，可是当它高踞宝座的时候，已经埋下它的葬身的基础了。一个火焰驱走另一个火焰，一枚钉打掉另一枚钉；权利因权利而转移，强力被强力所征服。来，我们去吧。卡厄斯，当你握有整个罗马的时候，你就是一个最贫穷的人了；因为那时候你就在我的手掌之中了。（同下）

第五幕

第一场　罗马。广场

米尼涅斯、考密涅斯、西西涅斯、勃鲁托斯及余人等上。

米尼涅斯　不，我不去。你们已经听见他从前的主将怎么说了，他对于他的爱护是无微不至的。他虽然把我叫做父亲，可是那又有什么用处呢？你们把他放逐出去，还是你们去向他央求，在他营帐之前一里路的地方俯伏下来，膝行而进。请他大发慈悲吧。不，他既然不愿听考密涅斯的话，那么我还是安住家里的好。

考密涅斯　他假装不认识我。

米尼涅斯　你们听见了吗？

考密涅斯　可是从前他却用我的名字称呼我。我向他提起我们过去的交情，我们在一起流过的血；可是无论我叫他科利奥兰纳斯或者其他的名字，他都不应一声；他仿佛是一个无名无姓之人，等着用罗马城中的烈火替他自己熔铸出一个名字来。

米尼涅斯　哼，好，你们干的好事！一对护民官替罗马降低了炭价，不朽的功绩！

考密涅斯 我对他说，宽恕人家所不能宽恕的，是一种多么高贵的行为；他却回答我，一个国家向它所处罚的罪人求恕，是一件多么无聊的事。

米尼涅斯 很好，他当然要说这样的话啦。

考密涅斯 我叫他想想他自己的亲戚朋友；他回答我说，他等不及把他们从一大堆恶臭发霉的糠屑中间选择出来；他说他不能为了不忍烧去一两粒谷子的缘故，永远忍受着难闻的气味。

米尼涅斯 为了一两粒谷子的缘故！我就是这样一粒谷子；他的母亲、妻子，他的孩子，还有这位好汉子，我们都是这样的谷粒；你们是发霉的糠屑，你们的臭味已经熏到月亮上去了。为了你们的缘故，我们也只好同归于尽！

西西涅斯 不，请您不要恼怒；要是您不肯在这样危急的时候帮助我们，那么您也不要在我们患难之时责备我们。可是我们相信，要是您愿意替您的祖国请命，那么凭着您的巧妙的口才，一定可以使我们那位同国之人放下干戈，比我们所能召集的军队更有力量。

米尼涅斯 不，我不愿多管闲事。

西西涅斯 请您去这一趟吧。

米尼涅斯 我干得了什么事呢？

勃鲁托斯 只要您去向马歇斯试一试您与他的交情能不能为罗马做一点事。

米尼涅斯 好，要是马歇斯理也不理我，就像他对待考密涅斯一样对待我，那便怎样呢？要是我在他的无情的冷淡之下抱着满怀的懊恼失望而归，那可怎么办呢？

西西涅斯 无论此去成功或失败，您的好意总是会得到罗马的感谢的。

米尼涅斯 好，我就去试一试；也许他会听我的话。可是他对考密涅斯咬紧嘴唇，哼呀哈的，让我心里很是没底。也许考密涅斯没有看准适当的时间，那个时候他还没有吃过饭；一个人在腹中空虚、血液没有温暖的时候，往往会噘着嘴生气，不大肯布施人，更不容易宽恕别人的过失；可是当我们把酒食填下了脏腑，使全身的血管增加热力以后，我们的灵魂就要比未进饮食以前温柔得多了。所以我要留心看着他，等他餐罢以后，方才向他提出我的请求，竭力说得他回心转意。

勃鲁托斯 您已经知道用怎样的途径激发他的天良，我们相信您一定不会有错。

米尼涅斯 好，不论结果如何，我去试一试再说。成功失败，不久就可以见个分晓。（下）

考密涅斯 他绝不会听他的话。

西西涅斯 不听他？

考密涅斯 我告诉你，他坐在黄金座椅上，他的眼睛红得像要把罗马烧起来一般，他的冤愤就是监守他的恻隐之心的狱吏。我跪在他的面前，他淡淡地说了一声“起来”，用他的无言的手把我挥走。他准备做的事，他将用书面告诉我；他不愿做的事，他已经立誓在先，绝无改移。所以一切希望都已归于乌有了，除非他的母亲和妻子去向他当面哀求；听说她们已经准备前去求他保全他的祖国了，所以让我们就去恳促她们赶快动身吧。（同下）

第二场　罗马城前的伏尔斯人营地

二守卒立岗位前防守；米尼涅斯上。

守卒甲 站住！你是什么地方来的？

守卒乙 站住！回去！

米尼涅斯 你们这样尽职，很好；可是对不起你们，我是一个政府官吏，要来会见科利奥兰纳斯。

守卒甲 从什么地方来的？

米尼涅斯 从罗马来的。

守卒甲 你不能通过；你必须回去。我们主将有令，凡是从罗马来的人，一概不见。

守卒乙 等你看见你们的罗马被烈焰拥抱的时候，你再来跟科利奥兰纳斯说话吧。

米尼涅斯 我的好朋友们，要是你们曾经听见你们的主将说起罗马和他在罗马的朋友们，那么我的名字一定进过你们的耳朵；我是米尼涅斯。

守卒甲 很好，回去吧；你的名字不能使你在这儿通行无阻。

米尼涅斯 我告诉你吧，朋友，你的主将是我的好朋友；我曾经是记载他的善行的一卷书，人家可以从我的嘴里读到他的无与伦比的名声，因为我对于我的朋友们的好处总是极口称扬的，尤其是他，我有时候因为说溜了嘴，就像一个球碰到了光滑的地面一样，会不知不觉地夸张过分，越过了限定的界线。所以，朋友，你必须让我通过。

守卒甲 先生，即使您替他说过的谎话，就跟您自己说过的话一样多，即使说谎是一件善事，您也不能从这儿通过。所以您还是回去吧。

米尼涅斯 朋友，请你记好我的名字是米尼涅斯，我一向都是站在你主将一边的。

守卒乙 不管你替他扯过多少谎，我奉着他的命令，却必须老实告诉你，你不能通过。所以你回去吧。

米尼涅斯 你知道他已经吃过饭了没有？我一定要等他饭后方才跟他说话。

守卒甲 你是一个罗马人，是不是？

米尼涅斯 我是罗马人，你的主将也是罗马人。

守卒甲 那么你应当像他一样痛恨罗马。你们把保卫罗马的人逐出门外，在一阵群众的狂暴的愚昧中，把你们的干盾给了你们的敌人，现在你们却想用老妇人的不费力的呻吟、你们女儿们的童贞的手掌或是像你这样一个老朽的瘫痪的说项，来抵御他的复仇的怒焰吗？你们想要用像这样微弱的呼吸，来吹灭将要焚毁你们城市的烈火吗？不，你完全想错了；所以赶快回到罗马去，准备引颈就戮吧。你们的劫运已经无可避免，我们的主将发誓不再宽恕你们。

米尼涅斯 哼，要是你的长官知道我在这儿，他一定会对我以礼相待的。

守卒乙 算了吧，我的长官不认识你。

米尼涅斯 我是说你的主将。

守卒甲 我的主将不知道有你这样一个人。回去，走，否则我要叫你流出你身上所有的两三滴血了；回去回去。

米尼涅斯 不，不，朋友，朋友——

科利奥兰纳斯及奥菲狄乌斯上。

科利奥兰纳斯 什么事？

米尼涅斯 现在，伙计，我也不要麻烦你替我传报了。你现在就可以知道我是一个被人礼敬的人；一个卑微的哨兵，是无法阻止我看见我的孩儿科利奥兰纳斯的。你只要看他怎样款待我，就可以猜想得到你是不是将要上绞架，或者受到其他更长久、受苦、更残酷的死刑了；现在你给我留心看着，想一想你的未来的遭遇而晕过去吧。（向科利奥兰纳斯）愿荣耀的天神们每时每刻护佑着你，像你的米尼涅斯老爹一样眷爱你！啊，我的孩子！我的孩子！你在准备用火烧我们；瞧，我要用我眼睛里的泪水把它浇熄。他们好容易劝我到这儿来；可是我因为相信除了我自己以外，再也没有别人可以说动你，所以就让叹息把我吹出了城门，来求你宽恕罗马，和你的迫切待命的同胞们。愿善良的神明们缓和你的愤怒，要是你还有几分气恼未消，请你发泄在这个奴才的身上吧，他像一块石头一样，挡住了我不让见你。

科利奥兰纳斯 去！

米尼涅斯 怎么！去?!

科利奥兰纳斯 我不知道什么妻子、母亲、儿女。我现在替别人做着事情，虽然是为自己报仇，可是我的行动也要受伏尔斯人的支配。讲到我们过去的交情，那么还是让它在无情的遗忘里冷淡下去吧，不要用同情的怜悯唤起它的记忆了。所以你去吧；你们的城门经不起我大军的一击，我的耳朵也不会被你们的呼吁所打动。可是为了我们的友谊，把这拿去吧；（以信交与米尼涅斯）这是我写给你的，我本想叫人送给你。还有一句话，米尼涅斯，我不想听你说话。奥菲狄乌斯，这个人是我在罗马的好朋友，可是你瞧我怎样对待他！

奥菲狄乌斯 您有一个很坚决的意志。（科利奥兰纳斯、奥菲狄乌斯同下）

守卒甲 先生，您的大名是米尼涅斯吗？

守卒乙 这个名字是一道很有法力的符咒。现在您知道从哪条路回家去了。

守卒甲 您有没有听见我们因为不让大驾通过，挨了怎样一顿痛骂？

守卒乙 为了什么理由您说我要晕过去呢？

米尼涅斯 整个世界和你们的主将都不在我的心上；至于像你们这种东西，那么我简直不知道世上有你们的存在，你们是太渺小了。自己愿意死的人，不怕别人把他杀死。让你们的主将去

大施威风吧。讲到你们，那么愿你们一辈子做个没出息的小兵；愿你们的困苦与年俱增！你们叫我去，我也要对你们说，滚开！（下）

守卒甲 他不是一个等闲之辈。

守卒乙 我们的主将是个好汉；他是岩石，是风吹不折的橡树。（同下）

第三场 科利奥兰纳斯营帐

科利奥兰纳斯、奥菲狄乌斯及余人等上。

科利奥兰纳斯 我们明天将要在罗马城前驻扎下我们的大军。我的从征的助手，你必须向伏尔斯报告我怎样坚定地执行我的任务的情形。

奥菲狄乌斯 您只知道履行他们的意旨，充耳不闻罗马人民的呼吁，不让一句低声的私语进入您的耳中；即使那些自信和您交情深厚、绝不会遭您拒绝的朋友，也不能不失望而归。

科利奥兰纳斯 最后来的那位老人家，就是我使他怀着一颗碎裂的心回去的那位，爱我胜如一个父亲；他简直把我像天神一样崇拜。他们把最后的希望寄托在他身上，叫他来向我说情；我虽然用冷酷的态度对待他，可是为了顾念往日的交情起见，仍旧向他提出最初的条件，那是他们所已经拒绝、现在也无法接受的。我不曾向他们作过什么让步；以后要是他们再派什么人来向我请求，无论是政府方面的使者，或是私人方面的朋友，我都一概不去理会他们。（内呼声）嘿！这是什么呼声？难道我刚发了誓，就有人来引诱我背约吗？我一定不。

维吉利娅、伏伦妮娅各穿丧服，率小马歇斯、凡勒利娅及侍从等上。

科利奥兰纳斯 我的妻子走在最前面；跟着她来的就是塑成我这躯体的高贵的模型，她的手里还挽着她的嫡亲的孙儿。可是去吧，感情！一切天性中的伦常，都给我毁灭了吧！让倔强成为一种美德。那屈膝的敬礼，还有那可以使天神背誓的鸽子一样温柔的眼光，又都值得了什么呢？我要是被温情所溶解，那么我就要变得和别人同样软弱了。我的母亲向我鞠躬了，好像奥林匹斯山也会向一个土丘低头恳求一样；我的年幼的孩儿也露着求情的脸色，伟大的天性不禁喊出："不要拒绝他！"让伏尔斯人耕耘着罗马的废壤，把整个意大利夷为田亩吧；我决不做一头服从本能的呆鹅，我要漠然无动于衷，就像我是我自己的创造者，不知道还有什么亲族一样。

维吉利娅 我的主，我的丈夫！

科利奥兰纳斯 我现在不能用我在罗马时的那双眼睛瞧着你了。

维吉利娅 悲哀改变了我们的容貌，所以您才会这样想。

科利奥兰纳斯 像一个愚笨的伶人似的，我现在已经忘记了我所扮演的角色，将要受众人的耻笑了。我最亲爱的，原谅我的残忍吧；可是不要因此而向我说："原谅我们的罗马人。"啊！给我一个像我的放逐一样长久、像我的复仇一样甜蜜的吻吧！善妒的天后可以为我证明，爱人，我这一个吻就是上次你给我的，我的忠心的嘴唇一直为它保持着贞操。天啊！我是多么饶舌，忘记了向全世界最高贵的母亲致敬。母亲，您的儿子向您下跪了；（跪）我应该向您表示不同于一般儿子的最深的敬意。

伏伦妮娅 啊！站起来受我的祝福；让坚硬的石块做我的膝垫，我现在跪在你的面前，颠倒向我的儿子致敬了。（跪）

科利奥兰纳斯 这是什么意思？您向我下跪！向您有罪的儿子下跪！那么让硗瘠的海滨的石子向天星飞射，让作乱的狂风弯折凌霄的松柏，去打击赤热的太阳吧；一切不可能的事都要变成可能，一切不会实现的奇迹都要轻易成真了。

伏伦妮娅　你是我的战士；你这雄伟的躯体上有一部分是我的血肉。你认识这位夫人吗？

科利奥兰纳斯　坡勃力科拉的尊贵的姊妹，罗马的明月；她的贞洁有如最皎白的雪凝冻而成，悬挂在狄安娜神庙檐下的冰柱；亲爱的凡勒利娅！

伏伦妮娅　这是你自己的一个小小的缩影，（指小儿）等他长大成人以后，他就会完全像你一样。

科利奥兰纳斯　愿至高无上的乔武允许战神把义勇的精神启发你的思想，让你不会屈服于耻辱之下，在战争中做一座伟大的海标，受得住一切风浪的袭击，使那些望着你的人都能得救！

伏伦妮娅　跪下来，孩子。

科利奥兰纳斯　我的好孩子！

伏伦妮娅　他，你的妻子，这位夫人，以及我自己，现在都来向你请求了。

科利奥兰纳斯　请您不要说下去；或者在您没有向我提出什么要求以前，先记住这一点：我所立誓决不允许的事情，不能因为你们的请求而答应你们。不要叫我撤回我的军队，或者再向罗马的手工匠屈服；不要对我说我在什么地方太不近人情；也不要想用你们冷静的理智浇熄我的复仇的怒火。

伏伦妮娅　啊！别说了，别说了；你已经拒绝我们一切的要求，因为我们除了你已经拒绝的以外，再没有什么其他的要求了；可是我们还是要向你请求，那么要是你拒绝了我们，我们就可以归怨于你的忍心。所以，听我们说吧。

科利奥兰纳斯　奥菲狄乌斯，还有你们这些伏尔斯人，请你们听着；因为凡是从罗马来的言语，我都要公之于众。您的要求是什么？

伏伦妮娅　即使我们静默不言，你也可以从我们的衣服和容态上，看出我们自从你放逐以后，过着怎样的生活。请你想一想，我们到这儿来，是怎样比世间所有的妇女不幸万分，因为我们看见了你，本来应该眼睛里荡漾着喜悦，心坎里跳跃着欣慰，可是现在反而悲泣流泪，忧惧颤栗；母亲、妻子、儿子，都要看着她的孩子、她的丈夫和他的父亲亲手挖出他祖国的心脏来。你的敌意对于可怜的我们是无上的酷刑，你使我们不能向神明祈祷，那本来是每一个人所能享受的安慰。因为，唉！我们虽然和祖国的命运密不可分，可是我们的命运又是和你的胜利密不可分的，我们怎么能为我们的祖国祈祷呢？唉！我们倘不是失去我们的国家，我们亲爱的保姆，就是失去你——我们在国内唯一的安慰。无论哪一方得胜，虽然都符合我们的愿望，可是总免不了一个悲惨的结果；我们不是看见你像一个通敌的叛徒一般，戴上镣铐牵过市街，就是看见你意气扬扬地践踏在祖国的废墟上，高举着胜利的旗帜，因为你已经勇敢地溅洒了你妻子儿女的血。至于我自己，那么，孩子，我不愿等候命运宣判战争的最后胜负；要是我不能把你劝服，使你放弃了陷一个国家于灭亡的行动，而采取一种兼利双方的途径，那么相信我，我决不让你侵犯你的国家，除非先从你生身母亲的尸体上践踏过去。

维吉利娅　啾，我替您生下这个孩子，继续您的家声，您现在也必须从我的身上践踏过去。

小马歇斯　我可不让他踏；我要逃走，等我长大了，我也要打仗。

科利奥兰纳斯　看见孩子和女人的脸，最容易使人心肠变软。我已经坐得太久了。（*起立*）

伏伦妮娅　不，不要就这样离开我们。要是我们的请求，是要你为了拯救罗马人的缘故而毁灭你所臣事的伏尔斯人，那么你可以责备我们不该损害你的信誉；不，我们的请求只是要你替双方和解，伏尔斯人可以说，“我们已经表示了这样的慈悲，”罗马人也可以说，“我们已经接受了这样的恩典”，同时两方都向你欢呼称颂：“祝福你替我们缔结和平！”你知道，我的伟大的儿子，战争的结果是不能确定的，可是这一点却可以确定；要是你征服了罗马，你所收得的利益，不过是一个永远伴着唾骂的恶名；历史上将要记载：“这个人本来是很英勇的，可是他在最后一次的行动里亲手涂去了他的美名，毁灭了他的国家，他的名字永受后世的憎恨。”儿子，对你的母亲不能默默无言啊；你已保全了体面，就该同天神一样做得光彩，虽然用雷电撕裂云层，却不妨霹雳一声，震倒一棵橡树，何必让生灵涂炭呢？你为什么不说话呢？你以为一个高贵的人，是应该不忘旧怨的吗？媳妇，你说话呀；他不理会你的哭泣呢。你也说话呀，孩子；也许你的天真会比我们的理由更能使他感动。没有一个人和他母亲的关系更密切了；可是他现在却让我像一个用脚镣锁着的囚人一样叨叨絮语，置若罔闻。你从来不曾对你亲爱的母亲表示过一点孝敬；她却像一头痴心爱着它头胎雏儿的母鸡似的，把你教养成人，送你献身疆场，又迎接你满载着光荣归来。要是我的请求是不正当的，你尽可以挥斥我回去；否则你就是不忠不孝，天神将要降祸于你，因为你不曾向你的母亲尽一个人子的义务。他转身去了；跪下来，让我们用屈膝羞辱他。附属于他那科利奥兰纳斯的姓氏上的，只有骄傲，没有一点怜悯。跪下来；完了，这是我们最后的哀求；我们现在要回到罗马去，和我们的邻人们死在一起。不，瞧着我们吧。这个小孩不会说他要些什么，只是陪着我们下跪举手，他代替我们呼吁的理由，比你拒绝的理由有力得多。来，我们去吧。这人有一个伏尔斯的母亲，他的妻子在科利奥里，他的孩子也许像他一样。可是请你给我们一个答复；我要等我们的城市在大火中焚烧以后，方才停止我的声音，那时候我也没有什么好说了。

科利奥兰纳斯 （握伏伦妮娅手，沉默）啊，母亲，母亲！您做了一件什么事啦？瞧！天都裂开来了，神明在俯视这一场悖逆的情景而讥笑我们了。啊，我的母亲！母亲！啊！您替罗马赢得了一场幸运的胜利；可是相信我，啊！相信我，被您战败的您的儿子，却已经遭遇着严重的危险了。可是让它来吧。奥菲狄乌斯，虽然我不能帮助你们战胜，可是我愿意为双方斡旋和平。好奥菲狄乌斯，要是你处在我的位置，你会听你的母亲这样说而不答应她吗？

奥菲狄乌斯 我心里十分感动。

科利奥兰纳斯 我敢发誓你一定受到感动。将军，要我的眼睛里流下同情的眼泪来，可不是一件容易的事呢。可是，好将军，你们想要缔结怎样的和平，请你告诉我；我自己并不到罗马，仍旧跟着你们一起回去；请你帮助我促成这一个目的吧。啊，母亲！妻子！

奥菲狄乌斯 （旁白）我很高兴你已经使慈悲和荣誉两种观念在你的心里互相抵触了；我可以利用这一个机会，恢复我以前的地位。

（诸妇人向科利奥兰纳斯作手势示意）

科利奥兰纳斯 好，那慢慢再说。我们先一起喝杯酒；你们可以带一个比言语更确实的证据回去，那是我们在同样情形之下也会照样签署的。来，跟我们进去。夫人们，罗马应该为你们建造一座庙宇；意大利所有的刀剑和她的联合的军力，都不能缔结这样的和平。（同下）

第四场　罗马。广场

米尼涅斯及西西涅斯上。

米尼涅斯　你看见那边庙堂上的基石吗？

西西涅斯　看见了又怎样？

米尼涅斯　要是你能够用你的小指头把它移动，那么，罗马的妇女们，尤其是他的母亲，也许有几分希望可以把他说服。可是我说，再也不会有什么希望了。我们只能伸着头颈等候人家来切断我们的咽喉。

西西涅斯　难道在这样短短的时间里，一个人会改变得这样厉害吗？

米尼涅斯　毛虫和蝴蝶是大不相同的，可是蝴蝶就是从毛虫变化而成的。这马歇斯已经从一个人变成一条龙了；他已经生了翅膀，不再是一个爬行的东西了。

西西涅斯　他本来是很孝敬他的母亲的。

米尼涅斯　他本来也很爱我；可是他现在就像一匹八岁的马，完全忘记他的母亲了。他脸上那副凶相，可以使熟葡萄变酸；他走起路来，就像一辆战车开过，把土地都震陷了；他的目光可以穿透甲胄；他的话语有如丧钟，哼一声也像大炮的轰鸣。他坐在尊严的宝座上，好像只有亚历山大才可以和他对抗。他的命令一发出，事情就已经办成。他全然是一个天神，只缺少永生和一个可以雄踞的天庭。

西西涅斯　要是你说得不错，那么他还缺少天神应有的慈悲。

米尼涅斯　我不过照他的本相描述他。你瞧着吧，他的母亲将会从他那儿带些什么慈悲来。他要是会发慈悲，那么雄虎身上也会有乳汁了；我们这不幸的城市就可以发现这一个真理，这一切都是因为你们的缘故！

西西涅斯 但愿神明护佑我们！

米尼涅斯 不，神明在这种事情上是不会护佑我们的。当我们把他放逐的时候，我们就已经冒犯了神明；现在他回来杀我们的头，神明也不会可怜我们。

一使者上。

使者甲 先生，您要是爱惜性命，赶快逃回家里躲起来吧。民众已经把你们那一位护民官捉住，把他拖来拖去，大家发誓说要是那几位罗马妇女不把好消息带回来，就要把他千刀万剐。

另一使者上。

西西涅斯 有什么消息？

使者乙 好消息！好消息！那几位夫人已经得到胜利，伏尔斯军队撤退了，马歇斯也回去了。罗马从来不曾有过这样欢乐的日子；就是击退塔昆的时候，也不及今天这样高兴。

西西涅斯 朋友，你能够确定这句话是真的吗？全然是真的吗？

使者乙 正像我知道太阳是一团火一样确定。您究竟躲在什么地方，才会不相信这句话呢？好消息传进城里，是比潮水冲过桥孔还快的。你听！（喇叭箫鼓声同时并奏，内欢呼声）喇叭、号筒、弦琴、横笛、手鼓、铙钹，还有欢呼的罗马人，使太阳都跳起舞来了。您听！（内欢呼声）

米尼涅斯 这果然是好消息。我要去迎接那几位夫人。这位伏伦妮娅抵得过全城的执政、元老和贵族；比起像你们这样的护民官来，那么盈海盈陆的护民官，也抵不上她一个人。你们今天祷告得很有灵验；今天早上我还不愿出一个铜子来买你们一万条喉咙哩。听，他们多么快乐！（乐声、欢呼声继续）

西西涅斯 第一，你带了这样的好消息来，愿神明祝福你；第二，请你接受我的感谢。

使者乙 先生，我们大家都应该感谢上天。

西西涅斯 她们已经离城很近了吗？

使者乙 就快要进城来了。

西西涅斯 我们也去迎接她们，凑凑热闹。（众去）伏伦妮娅、维吉利娅、凡勒利娅等由元老、贵族、民众等簇拥而上，自台前穿过。

元老甲 瞧我们的女恩人，罗马的生命！召集你们的部族，赞美神明，燃起庆祝的火炬来；在她们的面前散布鲜花；用欢迎他母亲的呼声，代替你们从前要求放逐马歇斯的鼓噪，大家喊："欢迎，夫人们，欢迎！"

众　人 欢迎，夫人们，欢迎！（鼓角各奏花腔；众人下）

第五场　科利奥里。广场

塔勒斯·奥菲狄乌斯及侍从等上。

奥菲狄乌斯 你们去通知城里的官员们，说我已经到了；把这封信交给他们，叫他们读了以后，就到市场上去，我要在那边当着他们和民众，证明这信里所写的话。我所控告的那个人，现在大概也进了城，他也想在民众面前用言语替他自己辩解；你们快去吧。（侍从等下）

奥菲狄乌斯党羽三四人上。

奥菲狄乌斯 非常欢迎！

党徒甲 我们的主帅安好？

奥菲狄乌斯 别提啦，我正像一个被自己的布施所毒害、被自己的善心所杀死的人。

党徒乙 主帅，要是您仍旧希望我们帮助您实行原来的计划，我们一定愿意替您解除您的忧虑。

奥菲狄乌斯 现在我还不能说；我们必须在弄明白人民的心理以后，再决定怎么办。

党徒丙 当你们两人继续对立的时候，人民的喜怒也不会有一定的方向；可是你们中间无论哪一个人倒下以后，还在的那一个人就可以为众望所归。

奥菲狄乌斯 我知道；我必须找到一个振振有辞的借口，方才可以对他作无情的抨击。他是我提拔起来的人，我用自己的名誉担保他的忠心；可是他这样跻登贵显以后，就用谄媚的露水灌溉他的新栽的树木，引诱我的朋友们归附他，为了这一个目的，他方才有意抑制他的粗暴倔强、不受拘束的性格，装出一副卑躬屈节的态度。

党徒丙 主帅，他在候选执政的时候，因为过于傲慢而落选——

奥菲狄乌斯 那正是我要说起的事；他因为得罪了罗马的民众，被他们放逐出境，他就到我的家里来，向我伸颈就戮；我收容了他，使他成为我的同僚，满足他的一切要求；甚至于为了帮助他完成他的目的，还让他在我的部队中间亲自挑选最勇壮的兵士；我自己也尽力协助他，和他分任劳苦，却让他一个人获得名誉。我这样挫抑着自己，非但毫无怨尤，而且还自以为成人之美，引以为豪。直到后来，我仿佛变成了他的下属，而不是他的同僚了；他对我老是露出不屑的神气，好像我是一个贪利之徒一样。

党徒甲 他正是这样，主帅；全军都觉得非常奇怪。后来我们向罗马长驱直进，满以为这次一定可以大获全胜——

奥菲狄乌斯 正是；为了这一次的事情，我也一定要把他亲手扑杀。单单几滴像谎话一样不值钱的女人的眼泪，就使他出卖了我们在这次伟大的行动中所抛掷的血汗和劳力。他非死不可，他的没落才是我出头的机会。可是听！（鼓角声，夹杂人民高呼声）

党徒甲 您走进您自己的故乡，就像到一处驿站一样，不曾有一个人欢迎您回来；可是他回来的时候，那喧哗的声音却把天都震破了。

党徒乙 那些健忘的傻瓜们，没有想到他曾经杀死他们的子女，却拼命张开他们卑贱的喉咙来向他称颂。

党徒丙 所以您应该趁他没有为自己辩白、凭着他的利嘴鼓动人心之前，就让他死在您的剑下，我们一定会帮助您。等他死了以后，您就可以用您自己的话宣布他的罪状，即使他有天大的冤屈，也只好和他的尸体一同埋葬了。

奥菲狄乌斯 不要说下去；官员们来了。

城中众官员上。

众　官 您回来了，欢迎得很！

奥菲狄乌斯 我不值得受各位这样的欢迎。可是，各位大人，你们有没有用心读过我写给你们的信？

众　官 我们已经读过了。

官　甲 并且觉得很痛心。他以前所犯的种种错误，我想未尝不可以从宽处分；可是他这样越过一切的界限，轻易地放弃了我们厉兵秣马去谋取的利益，擅作主张，和一个濒于屈膝的城市缔结休战的条约，这是绝对不可容恕的。

奥菲狄乌斯 他来了；你们可以听听他怎么说。

科利奥兰纳斯上，旗鼓前导，一群市民随上。

科利奥兰纳斯 祝福，各位大人！我回来了，仍旧是你们的兵士，仍旧像我去国的时候一样对自己的祖国没有一点眷恋，一心一意接受你们伟大的命令。让我报告你们知道，我已经顺利地执行了我的使命，用鲜血打开了一条大道，直达罗马的城前。我们这次带回来的战利品，足足抵偿出征费用的三分之一而有余。我们已经缔结和约，使安息人得到极大的光荣，但是对罗马人也并不过于难堪。这儿就是已经由罗马的执政和贵族签字，并由元老院盖印核准的我们所议定的条件，现在我把它呈献给各位了。

奥菲狄乌斯　不要读它，各位大人；对这个叛徒说，他已经越权滥用你们的权力，罪无可赦了。

科利奥兰纳斯　叛徒！怎么？

奥菲狄乌斯　是的，叛徒，马歇斯。

科利奥兰纳斯　马歇斯！

奥菲狄乌斯　是的，马歇斯，卡厄斯·马歇斯。你以为我会在科利奥里用你那个盗窃得来的名字科利奥兰纳斯称呼你吗？各位执政的大臣，他已经不忠不信地辜负了你们的付托，为了几滴眼泪的缘故，把你们的罗马城放弃在他的母亲妻子的手里——听着，我说罗马是“你们的城市”。他破坏他的盟誓和决心，就像拉断一绞烂丝一样，也没有咨询其他将领的意见，就这样痛哭号呼地牺牲了你们的胜利；他这种卑怯的行为，使孩儿们也替他羞愧，勇士们都面面相觑，为他脸红。

科利奥兰纳斯　你听见了吗，战神玛斯？

奥菲狄乌斯　不要提起天神的名字，你这爱哭的孩子！

科利奥兰纳斯　嘿！

奥菲狄乌斯　我的话就是这样。

科利奥兰纳斯　你这漫天说谎的家伙，我的心都气得快要胀破了。孩子！啊，你这奴才！恕我，各位大人，这是我第一次迫不得已地骂人。请各位秉公判断，痛斥这狗子的妄言。他身上还留着我鞭笞的痕迹，我一定要把他打下坟墓里去。他心里明白他所说的都是一派胡言。

官　甲　两个人都不要闹，听我说话。

科利奥兰纳斯　把我碎尸万段吧，伏尔斯人；成人和儿童们，让你们的剑上都沾着我的血吧。小子！说谎的狗！要是你们的历史上记载的是实事，那么你们可以翻开来看一看，我曾经怎样像一头鸽棚里的鹰似的，在科利奥里城里单拳独掌，把你们这些伏尔斯人打得落花流水。小子！

奥菲狄乌斯　嘿，各位大人；你们愿意让这个亵渎神圣、大言不惭的狂徒当着你们的耳目，炫耀他盲目的侥幸，使你们回想起你们的耻辱吗？

众党徒　杀死他，杀死他！

众市民　将他碎尸万段！——立刻杀死他！——他杀了我的儿子！——我的女儿！——他杀死了我的族兄玛克斯！——他杀死了我的父亲！

官　乙　静下来，喂！不许行暴；静下来！这人是一个英雄，他的名誉广播世间。他对于我们所犯的罪行，必须用合法的手续审判。站住，奥菲狄乌斯，不要扰乱治安。

科利奥兰纳斯　啊！要是我有剑在手，即使有六个奥菲狄乌斯，或者他的所有的党徒都在我的面前，我也一定要结果他的性命！

奥菲狄乌斯　放肆的恶徒！

众党徒　杀，杀，杀，杀，杀死他！（奥菲狄乌斯及众党徒拔剑杀科利奥兰纳斯，科利奥兰纳斯倒地；奥菲狄乌斯立于科利奥兰纳斯尸体上）

众　官　住手，住手，住手，住手！

奥菲狄乌斯　各位朋友，听我说话。

官　甲　啊，塔勒斯！

官　乙　你已经做了一件将要使勇士们悲泣的事了。

官　丙　不要踏在他的身上。各位朋友，静下来。收好你们的剑。

奥菲狄乌斯　各位大人，这次暴行完全是他自己向我们挑衅的结果，你们已经亲眼瞧见他的所作所为，一定知道这个人的存在对于你们是一种多大的威胁，现在我们已经除去这一个祸患，你们应该引此为莫大的幸事。请你们把我传到你们的元老院里去质询吧，我愿意呈献我自己做你们的忠仆，或者受你们最严厉的处分。

官　甲　把他的尸体搬去；你们大家为他悲泣，用最隆重的敬礼表示哀思吧。

官　乙　他自己的躁急，免去了奥菲狄乌斯大部分的责任。事情已经到这个地步，我们还是商量善后的处置吧。

奥菲狄乌斯　我的愤怒已经消失，我感到深深的悔恨。把他抬起来；让三个光荣的军人帮着抬他的尸体，我自己也做其中的一个。鼓手，在你的鼓上敲出沉痛的节奏来；把你们的钢矛倒拖在地上行走。虽然他在这城里杀死了许多人的丈夫儿女，使他们至今吞声饮泣，可是他必须有一个光荣的葬礼。大家一起来吧。

（众抬科利奥兰纳斯尸体同下；奏丧礼进行曲）

图书在版编目（C I P）数据

莎士比亚悲剧：全三册 /（英）威廉·莎士比亚著；
朱生豪译 . —长春：吉林出版集团股份有限公司，
2017.11（2022.7 重印）

书名原文 : Shakespearean Tragedy

ISBN 978-7-5581-3060-1

Ⅰ . ①莎… Ⅱ . ①威… ②朱… Ⅲ . ①悲剧—剧本—
作品集—英国—中世纪 Ⅳ . ① I561.33

中国版本图书馆 CIP 数据核字（2017）第 259707 号

莎士比亚悲剧：全三册

著　　者	［英］威廉·莎士比亚
译　　者	朱生豪
策划编辑	杜贞霞
责任编辑	滕　林
封面设计	老　刀
开　　本	650mm×960mm　1/16
字　　数	834 千
印　　张	69.5
版　　次	2018 年 4 月第 1 版
印　　次	2022 年 7 月第 2 次印刷
出版发行	吉林出版集团股份有限公司
电　　话	总编办：010-63109269
	发行部：010-63109269
印　　刷	三河市京兰印务有限公司

ISBN 978-7-5581-3060-1　　定价：168.00 元（全三册）